葵花黄金色

上册

余立功 著

作家出版社

1

这场雪，真是大，一刻不间断地下了五天五夜。

老一辈的人都惊叹，称亘古未见。

当然，他们口中的亘古，肯定不是真正的亘古，只能说明他们孤陋寡闻，从未见过。不过，也的确是大。

雪如天女散花般铺天盖地，直下得天昏地暗，积雪没至成人膝盖，就连从未停过航的通州河，也冻起盈尺有余的厚冰。江汉平原的这条繁华水道，无数次泛滥成灾吞噬不计其数性命的大河，一改桀骜不驯，变成了伢们温驯的溜冰场和嬉戏打闹的游乐场。

两三百户人家的黄家大湾，于这茫茫雪原里，似乎若有若无。许多低矮的茅草屋——甚至简陋的砖瓦屋——被压垮，人畜有的冻死，有的被倒塌的房屋压死。

在众多破破烂烂的房屋中间，村子东头有一座建在高台上的青砖青瓦房屋围成的四合院子，鹤立鸡群般傲然挺拔，却没受丁点影响。尽管没受大雪影响，但四合院的主人黄周氏病入膏肓，只剩一口不甘、不舍与忧愁的气吊着，弄得大院同样充满了悲怆气氛。

明年才活一个甲子的黄周氏，人们就没见她闲过，不仅把祖业守住了，且发扬光大，还添置了一百多亩地，在通海口镇上的黄记绸缎铺与黄记杂货铺也扩大面积，增加了伙计。

吃五谷杂粮，哪有不得病的？但黄周氏的病，的确是不好，居然是大肚子病[1]上身。所有人都觉得不可思议：一个大善人，又不常年接触野水，么样[2]会得这种病呢？

大肚子病，在江汉平原随处可见，既普通又要命。郎中说，到了晚期只能等死，找不到有效的治疗药物。条件好的，让病人好吃好喝，延缓些时日。最后都食欲不振、面色萎黄、骨瘦如柴，却肚大如鼓，痛苦地死去。好像营养都集中在了肚子上。但其实，那不是营养，那是肝脾肿大和腹腔积水。

这个病，早就上身了，只是黄周氏没太当回事。除了吃斋念佛，也就偶尔喝点汤药，连郎中都不怎么瞧，每天迈着三寸金莲，屋里屋外乱窜，活蹦乱跳地把一切铺排得井然有序。

直到几个月前，肚子明显膨胀，病情毫无征兆地恶化。以致郎中成了常客，有通海口镇的，还请了县城的。药也吃了不老少，她无奈地自嘲说，比吃的饭还多。还说大半辈子积攒的药，这几个月都吃完了。药罐子也煎破了几只，却始终不见好转，反倒是身体瘦削得没了原形，卧床不起半月有余。血更是吐了几回，也是一回比一回吐得多。红里带黑的血吐在木盆里，吓得死人。

这几天，甚至昏迷过两回。大家隐隐地揪心，说这个年，老夫人怕是过不成了，指不定再昏迷，就永远回不来了。都在心里为她祈祷，也怨老天爷不公。

自己的病，自己心里有数。所以稍稍清醒，她就忙着交代后事。其实，反反复复交代的，也就那么几桩。

小年这天，老太太精神尚可，上午还喝了半碗稀粥。等家里敬完了灶神，下午又把儿子黄有财、管家周光烈和贴身丫鬟小凤召到床前，披着棉袄倚靠床头讲的，还是那几桩，也算是个归总吧。

第一桩，要儿子把鸦片戒了。为这事，老夫人真是苦口婆心，狠话讲过好多回，说要是不戒，不仅会害死他，而且会祸害子孙的。

---

① 大肚子病：血吸虫病。

② 么样：方言。意思是怎么。

黄周氏生过三个儿子，无奈命中注定子嗣不多，只活了这个老三。有财小的时候，三十岁就守寡的黄周氏，含在嘴里怕化了，捧在手心怕飞了，从未动过他一根手指头。如今三十几了，还是三个伢的爹，却恨铁不成钢地拿扫帚抽了他几回屁股。无奈，有财离不开了，每回答应好好好，扭头却又往通海口镇上的鸦片馆跑。她这回没讲狠话，而是拿好言相劝。有财终于心有所动，跪在踏板上声泪俱下，保证再不吸了。

第二、三两桩事，黄周氏是一起讲的。既担心三个未成年孙伢得不到好的抚养，又希望再添几个，保黄氏一脉香火旺盛。这是她的一块心病。

有财的老婆定氏，前头生了两个讨债的丫头，好不容易生个带把的，可惜血崩死了。三个孙伢都是她亲自抚养，睡也和她一张床。前面两个虽是女伢，但黄家人丁不旺，也当男伢养。如今大丫头大丫才八岁多，小丫头小丫虚七岁。孙子天宝更小，四岁刚过，还体弱多病，能否成人都成问题。这叫她如何肯瞑目啊！

定氏死后，她就张罗着给儿子续弦。当然，她这个家世，希望攀高枝者的确络绎不绝，恨不得把她高高的门槛踏平。做妾都是高攀，何况续弦当大呢？所以供她挑选的黄花闺女一大把。也有两个先后娶进了家门的。但是，不让她省心的儿子，除了鸦片，对其他再无兴趣，包括女人。很快，两个女人都哪里来回哪里去了。

“这丫头十五岁，可以圆房了。自从买过来，我调教了几年，人也本分，是个旺夫的相。我死了，你不再犯浑，也别守祖上的那些个头七、三七、五七甚至三年的守孝规矩了，直接收了她。是妻是妾我不管。这样三个伢有个姆妈[①]照应，也趁年轻，再给黄家添点人丁。”看一眼脸红透了的丫鬟小凤，喘了口粗气，老夫人又说，“两个坛坛[②]，终归是帮人家养的。我天宝一个人，太孤单了！”

---

① 姆妈：方言。指母亲。

② 坛坛：方言。指女孩。江汉平原把女孩叫“酒坛子”，或许出自古代“弄瓦”之意。有时也叫“坛子”。

瞥了小凤一眼，有财使劲点头。小凤呜呜咽咽，也使劲点头。

瞟一眼儿子，老夫人叮嘱道："你不要当我面把个头点得像鸡啄米，我两腿一蹬又忘了。不然，我在地下睡着，也不安逸的。你要记住，这比天天给我烧香还好！"

第四桩，是要儿子学会当家理事。虽然三十几了，却是个衣来伸手饭来张口的主。不敢说麦子韭菜分不清，但可以肯定，许多植物他叫不上名字。农活没做过，农事一抹黑，犁耙耖子各作何用途，估计也是一锅烂粥。镇上的生意就更不用说了，摸头不知脑。要不是去柜上取钱吸鸦片，估计连地方都摸不着。这么一个主，你教他么样理这一大家子的事？

眼看着自己油尽灯枯，黄周氏这才着起急来。这么大的家业，终归是要儿子支起来的，不能就这样断了。这个事，想想就头大，就盼望多活几年。可是，阎王在催命，黑白无常围着床头转啊！

平心说，这其实难怪有财。黄周氏太能干了，什么都亲力亲为，把一切思虑得周全，打理得有序，支派得妥帖。管家周光烈，是她娘家侄子，虽比有财大不了几岁，却是有头脑肯出力的；绸缎铺掌柜朱林、杂货铺掌柜张业成是跟老爷干起的人，虽说年纪有些大，但人实诚，口碑也好。所以，不管屋里屋外，都用不着有财操心。

听老夫人断断续续地说，三人泪流满面，劝她别想太多了。好人有好报，菩萨会保佑黄家，也保佑她长命百岁的。

黄周氏惨然一笑。将死之人，哪能听不出是安慰？也不管儿子是不是真听进去了，听进去了多少，还是做样子糊弄她，转头托付周光烈，说你也不是外人，你们是嫡亲表兄弟。你长他几岁，也有脑壳[①]，无论如何，看在我没拿你当外人的分儿上，帮帮有财。光烈满口应允，说姑妈放一百二十个心。

又对拿着篾片挑桐油灯芯的丫鬟小凤说，你以后就是这屋里的

---

① 有脑壳：俗语。意思是有头脑。

女主人了。我么样料理这个家的，相信你学了不少，我也有意教了你很多。要尽快把担子挑起来，相夫教子，千万别让家道中落，败在你们手上了。小凤又瞥了有财一眼，低眉顺眼地直点头。

黄周氏又语重心长地讲，在偌大的黄家大湾，孤儿寡母守住这份家业，没有族人和乡邻帮衬，是断断做不到的。纵有三头六臂，也做不到！一定要善待族人乡邻，切莫因蝇头小利，而和人家交恶。

正说着，下人王莲端药进来。小凤接过来尝了一口，正要喂黄周氏时，她却伸手挡住了，对转身出门的王莲说，你把长工和下人们都叫来。下面的话，我跟大家一块说。

老夫人药还没喝完，七八个长工和下人陆陆续续到了，把房间挤得水泄不通。黄周氏让小凤叫大家坐。但房里没那么多板凳，且在老夫人面前从未放肆过，尊卑有序哩！所以，除了早先坐在里面的东家黄有财和管家周光烈，都站着，还谢谢老夫人赏赐，说站惯了，不累的。

黄周氏身子虚弱，声音极小，所以众人屏息静气，生怕影响了她，也生怕漏掉了半个字。

出乎意料的是，老夫人先把所有人感谢了一遍，说黄家是大家的。没有大家，就没有今天的黄家……其实，就是一家人。因为不是姓黄，就是姓周，都是她婆家人，或者娘家人。就是个别旁姓，也乡里乡邻。何况处久了，不是亲人也变成了亲人。所以她主事起，就没敢怠慢大家。

老夫人刚一开口，就把所有人的心揪住了，女人们抽鼻子抹泪眼。她讲的也是实情。长期吃斋念佛的老夫人，也确实仁慈，没拿下人当下人。

女人们哭的这个间隙，黄周氏歇息了一会儿。喘口粗气，接着又说，她就要走了，拜托看在她待大家不算薄的分儿上，给她儿子一分面子，继续帮衬黄家。众人又唏嘘，泪流满面地说，一定不辜负老夫人重托。

黄周氏接着说，再过几天就过年了，而这场大雪，也给一些人家造成了灾难。所以，一直坚持的施粥，要比过去做得更好，明日就搭棚子。不仅禾场[①]上要搭，管逃荒要饭人的饱，还要到镇上去搭。塌了屋的，先接家里来住，让乡邻体体面面过个年。另外有些人家，房屋还能住，也有这样那样的难处，该施舍粮食的施舍粮食，该施舍钱的施舍钱。做这些事，大家会更辛苦。她叮嘱说，要把善事做好。

她面向儿子，实际对所有人说："做善事，不能图回报，偷偷去送，千万别让人晓得。放到屋檐下，或者塞进门缝里，就可以了。不然，人家会觉得没面子。"

这种善事，黄周氏主事起，每年都做，也都明白该么样做，但黄周氏仍不厌其烦地每次都叮嘱一番。人活一张脸。再穷的人，也是要脸面的。不见面，就没打人家的脸，避免了人家的尴尬。这是黄周氏的逻辑。

那些困苦的乡邻，哪能不晓得是这家接济的？黄家大湾也还有几家财主，但没谁有她这样的菩萨心肠。都恨不能吃葡萄不吐皮，喝了血再敲碎骨头吸骨髓，哪里肯施舍别人？于是，那些人家把屋檐下的食物和钱默默收进屋里，也把这份情默默记下，再默默回馈。正是如此，才结出了黄周氏前面讲的虽是孤儿寡母，却仍然守住了这份家业的果。

当地的几股土匪，明火执仗地把周边的大户都抢过，肆无忌惮地绑票过，却从未找她家的麻烦。甚至都不到黄家大湾来，让乡邻跟着受益。

这个果，是在日积月累的润物无声中结下的。于黄周氏，是赠人玫瑰手有余香，是吃斋念佛人慈悲为怀的自然表达。只不过，这么深奥的道理，一个最多到过通海口镇的女人，至死都没悟出，全凭一种朴素的想法。

黄周氏讲的最后一桩事，是她的丧事，一切从简。吃斋念佛

---

① 禾场：方言。指门前的空地、晒场。

的人，不喜欢铺张，何况这份家业，是她呕心沥血一分一厘攒下的，是她日积月累从牙缝里抠出来的。活着没敢奢侈，死后也不想铺张……

黄周氏还没讲完，屋里已经哭声一片。

讲这些话，黄周氏似乎耗尽了平生力气。最后几近呓语，周光烈和有财把耳朵凑近了，才勉强听得清几个字。她最后的呓语，凭着跟了她十多年的默契，周光烈还是明白了个大概——你们把我吩咐的做到了，就是对我最大的孝。我也就能放心地去见死鬼男人了。

一听要到镇上设棚施粥，有财体会不出奄奄一息的姆妈为他铺路的良苦用心，也感受不到众人此刻的心情，更忘记了刚刚对姆妈的承诺，自告奋勇地要去镇上。周光烈扭过头来，皱着眉头说你是东家，这种顶风冒雪出苦力的差事，还是让下人们去做吧。

“我困了，都出去吧！”黄周氏无力地摆了摆手，懒得再理会儿子。估计是心死了，生不起气来了。一来儿子的这么个德行，说到底还是她惯出来的毛病。二来儿孙自有儿孙福，自己将死之人，也就这几天的事，管不了他一辈子了。该说的，都说了，听不听，就由他了。自己两眼一闭两腿一伸，他的日子过成个么样子，自己操不了那个心了。

人们眼噙热泪，一步三回头地离开了黄周氏的房间，然后围在堂屋的方桌旁边。桌子下面有个烧着谷壳的火盆，一边向火[①]，一边听周光烈分派设棚施粥和接塌了屋的乡邻来家里住的事。

各自领了任务，便分头去行动。有的出门请无处栖身的乡邻，有的收拾房间，有的推起磨子碾米磨面，有的则清理搭棚子的材料。大家有个共同心愿，就是千万别拂了老夫人的菩萨心肠，一定帮这将死之人，把好事办好。

不一会儿，十来家乡邻，就陆陆续续到了。有的还卷了床破棉

① 向火：方言。意思是烤火、取暖。

絮，有的么事[1]都没带，只有拖家带口的人。有眼力的，把破烂而简单的被褥行李往边上一扔，就动手帮起忙来。没眼力的，也被周光烈安排，或者正在忙碌的人们一声招喊，加入其间。伢们，则满院子疯跑。一时间，黄家大院便熙熙攘攘叽叽喳喳，热闹非凡。

当然，长工和下人们也会提醒说，小点声，不要吵到了老夫人！那些人往往脸一红，不好意思地吐一下舌头，声调自然低了下去。但是很快，又忘了这个院里，还有个正跟催命无常抗争的人。

实际上，他们的忙碌，乃至吵闹，真没影响到昏昏沉沉睡着的黄周氏。

不久，一辆马车驶进村口，轧得积雪咯吱咯吱响。听到马铃响，周光烈心说总算是来了，吩咐王莲烧两碗姜汤，然后出门迎候。

周光烈很是过细。两碗姜汤，是给田郎中和苕货驱寒的。

等长工苕货在正搭粥棚的禾场上稳住马车，周光烈就迎上前去，满面歉疚地说，又麻烦郎中了。然后伸出手，扶田郎中下车，搀扶着进屋。长工腊狗提了田郎中的药箱，跟在身后。进进出出搭棚子的人，连忙让出一条道。

2

通海口镇上首屈一指的田郎中，五十岁上下，精瘦沉稳。只见他戴一顶毛茸茸的狗皮帽，长袍外面套了件狗皮袄，手上是狗皮手套，脚蹬长筒毛皮靴，把个人包裹得严严实实。

最近这段时间，都是苕货驾着马车，专门接到家里来，给老夫人瞧病。

被周光烈引进老夫人的房间，望一眼床上昏睡的人，田郎中取下了狗皮手套。周光烈接过，叠在一起，放到旁边的小桌上。田

① 么事：方言。意思是什么。

郎中把手伸向踏板上的火盆，然后交叉着使劲地搓。一边搓，一边观察老夫人的脸色。两只手搓暖和了，才拿右手的三根指头，搭在黄周氏手腕上，又用左手帮她把被褥搭在手腕上盖住，微闭眼睛不出声。

所有人大气不敢出，紧盯着田郎中那毫无表情的脸。

过了一会儿，田郎中让黄周氏伸出舌头。

上午讲了不少的话，黄周氏似乎耗尽了所有力气，躺在被窝里一动不动，似睡非睡。小凤伏在她耳边，提醒了一句，她才勉强伸出舌头来。

仔细瞧过老妇人的舌头，田郎中才收回把脉的手，面色凝重地说："我们去堂屋吧。"

坐在八仙桌旁，几个人把手伸向火盆，满脸焦急地望向田郎中。周光烈迫不及待地问，姑妈的病有没有好转？又似自言自语地说，感觉精神越来越差了。显得忧心忡忡。田郎中皱着眉头附和说，的确是，脉相弱得几乎摸不着了。有财一听，哭丧着脸问，就没办法了吗？

田郎中略微想了想，语调平淡地说，恐怕真要准备后事了。顿时把一屋子的人，唬得傻掉了。俄顷，有财如女人般，和小凤、王莲一起呜呜咽咽，犹如老夫人真的死了一样。

大孙女大丫不知何时来到堂屋，闻言也泪如雨下，随后跑进老妈[1]房里，跪在踏板上，双手伸进被窝，牢牢抓住老妈那冰凉的手。黄周氏半睁眼睛，伸出一只骨瘦如柴的手，摩挲孙女柔顺的头发和稚嫩的脸颊，心中涌出十二分的不舍、不甘与担忧，两颗泪珠不由自主地滚落。

"无论如何，都烦劳郎中再想想法子。钱不是问题，多贵的药都买。姑妈不能走哩！"周光烈紧紧握住田郎中的手，言语中充满了诚恳、悲怆和无奈。

---

① 老妈：方言。指奶奶。后文的爹爹，指爷爷。

“真不是钱的事。这个病上身，华佗也奈它不何的。这样吧，我改个方子再试试，兴许能延缓几日。”突然瞥见有财哈欠连连，鼻涕口水直流，田郎中不禁心下嫌弃，从药箱里取过纸和毛笔，接着说，“恐怕，真得做两手准备了。”

周光烈赶紧从神龛上取来砚盘，往里面倒上水，拿了一块墨使劲地研。边研墨边哀求田郎中，务必帮他姑妈过了这一关。

田郎中说那是自然，悬壶济世是医者本分。提起毛笔，在砚盘里蘸湿笔尖，展开纸笺开药方。

留田郎中吃过饭，仍由苕货架着马车送他回镇上。早就鸦片瘾发作了的有财自告奋勇，要去抓药。

田郎中和周光烈都鄙视一眼，心说你姆妈都要咽气了，你却还有闲心去逍遥。田郎中只在心里骂，嘴上不好表达。周光烈更气，刚刚答应姑妈戒的，转身就忘得一干二净了。但也不好明说，毕竟他是东家，便拐弯抹角地提醒，姑妈不定么时候醒来，要找你说话么办[1]？拜托田郎中抓好了药，苕货带回来就可以了。

周光烈还不敢说突然死了么办，只敢说担心老太太醒了，要找他说事。

有财嘴巴一撇，不屑地说，苕货哪有那个本事？人们更加鄙视，药是在田郎中药房抓，只是带回来而已，要么本事？心说你找借口，也找个稍微上点档次的行不行？

苕货更是气得直翻白眼，暗道你要去鸦片馆就直说，别捎带着把老子也损一顿。但他也不好争辩，只有忍气吞声，站在一旁不吱声。苕货是个哑巴，但不聋。通海口地区把这类哑巴叫“一声哑”。“一声哑”虽然嘴巴没法表达，脑子还是灵光的。

周光烈说，你实在要去，我也拦不住，但得先问下姑妈。

有财才懒得去问，穿戴齐整，出门就爬上架子车，把一屋子的人气得吐血。但是，躺在逍遥馆包间的短床上还没过足瘾，长工黄

---

① 么办：方言。意思是怎么办。

腊狗就骑着马，风风火火地追了过来。

被长工不客气地把烟枪扯下来扔在地上，再野蛮地一把扯起，有财十分恼怒。逍遥馆的老板魏德恩和店小二跟进来，满脸堆笑地赔小心[①]，说一个没看住，就让他闯了进来，然后恶狠狠地赶腊狗出包间。

腊狗顾不得礼数了，哭丧着脸，扯下还赖在床上不肯起的有财说，赶紧回去吧，东家！老妈走了。有财以为是咒他姆妈的，怒吼了一句："你老妈走了！"

包间的吵闹，惊醒了在大堂打盹的苕货，冲进来对着腊狗一通比画，嘴里哇哇大叫。意思是问："你说么事？老妈走了？"

腊狗没说话，痛苦地点头。见他这副表情，苕货么事都晓得了，不由分说，一把扯起有财，出门就丢在马车上，然后把马鞭高高扬起，挥舞得"叭叭"直响，拼了命地往回赶。一路上，他的泪水顺着脸颊往下淌，仿佛比死了亲娘老子还伤心。有财似乎还没从震惊中走出来，一脸懵懂的样子。

苕货跟腊狗都是孤儿，是黄周氏的收留，才有今日的。虽然只是个长工，却一直把黄周氏当亲娘，尽管黄周氏没认可，他们也从未叫过。

黄家大湾两三百户人家，多数穷得叮当响。原本十亩左右的薄田，即可维持一家老小生计，无奈这个水窝子十年九涝。洪水动辄漫堤，甚至冲垮腐烂不堪的低矮堤坝，继而一泻千里，人畜片甲不留。为应对无穷水患，人们尽量把房屋筑在高台之上。但家境不好的，无钱筑高台，也没那么多地筑高台，一遇洪灾便流离失所，携儿带女讨米要饭。另一方面，虽然水泊众多，但不是家家都置得起渔船，何况大多水面有主，并不能随便下湖捕捞。加上改朝换代兵荒马乱，苛捐杂税又重，更是民不聊生。大多数人家靠打短工，补贴自家那几亩薄田的不足，聊以活命。

---

① 赔小心：俗语。意思是赔礼道歉。

更有如腊狗、苕货等人，地无半亩、房无一间，或者住在千脚落地、四面透风的茅草棚里，靠做长工过一天算两个半天的。

而腊狗、苕货这样在黄周氏家里做长工和下人的，又算是幸运。因为免费吃住，包括他们的女人和伢们，也安排活路。只要没有恶习，不偷不盗不做伤风败俗之事，基本不会赶走，直到终老。换句话说，他们没家产，也比较苦，但衣食还是无忧。正因如此，这些长工和下人，也死心塌地地不换东家。这其实是一种良性循环，对东家也只有益没有害，也是其他东家的长工和下人所羡慕的。

眼见马车辗着积雪疾驶而去，腊狗眼里噙着泪水，去绸缎铺和杂货铺把信[①]，叫他们置办丧事物品。

腊狗没说谎，老太太真被周光烈那个老鸹[②]嘴一语成谶，没跟儿子说上最后一句话，就带着满腹的遗憾和愁绪，孤寂地走了。此刻，她已由本家的几个老妇人沐浴完毕，穿戴整齐，静静地躺在床上，等儿子回来了入殓。

黄周氏没女儿，也没媳妇，但正如腊狗跟苕货一样，王莲、小凤以及一帮下人和长工的老婆伢儿，都把她当成了娘，一个个泪流满面，扯着嗓子哭泣，号啕之声不绝于耳。请来避风寒的乡邻，也是捶胸顿足，陪着落泪。

屋外又飘起了雪花，北风呼啸更劲，似乎老天也在悲悯。偶有老鸹扯起嗓子在树梢嘶哑吼叫，惊得树上的凌钩子[③]咔嚓咔嚓往下掉，为这凄惨气氛再增添一丝恐怖。

马车到村口，已是掌灯时分。老远就听见悲号之声，有财才真正意识到，姆妈的确是走了。

及至到了禾场，见人们就着昏暗的桐油灯光，正在粥棚上挂白

---

① 把信：方言。意思是送信、传递消息。

② 老鸹：方言。指乌鸦。

③ 凌钩子：方言。通海口地区把屋檐或者树枝上结的冰块，叫做“凌钩子”，有时也叫“凌冰”。

花，扯白幔，有财晓得，这是要改成灵棚了。顿时，内心涌出一股悲怆、自责和愧疚。马车还没停稳，他就翻下车来，连滚带爬地扑进姆妈的房间。

来不及瞅一眼姆妈那貌似平静，却眉宇微颦，仿佛有无尽牵挂与不舍的脸庞，跪在地上，“砰，砰，砰”三个响头，顿时从踏板上响起。随后，他泣不成声，含混不清地说：“您郎就这么狠心，丢下我们不管了，姆妈？我们以后该么办啦，姆妈？儿子不孝，都没送您郎最后一程哪，姆妈……”

周光烈扯起表弟，悲戚地劝道：“姑妈已经走了，你也哭不回来了啊！让姑妈平静升天吧。走，我们去堂屋，商量后事么办。”

黄姓的几个老妇人拉着小凤，自愿留下来陪伴，送黄周氏的亡灵最后一程。周光烈边往外走边吩咐王莲，送些茶水和点心进来，然后照顾好大丫姐弟三人。

到了堂屋，又吩咐苕货给烤火盆里添谷壳，接着说明日会很忙，女人们抓紧去困觉[①]，男人留下来商量事情。

于是，女人都悲戚地离开，各忙各的去了。男人们则围坐在八仙桌四周，拿起烟杆，往烟窝里塞烟末，然后凑到桌子下面的火盆里点燃。顿时，堂屋便烟雾缭绕了。

黄周氏早给自己准备好了后事，一应物品，也吩咐下人置办得差不多了，这才带着对子孙的不放心离世的。儿子不成器[②]，是她最大的心病。但是阎王老子招手，黑白无常催命，那是天数，不是她管得了的。

她置办的物品，除了棺材花了点银子，是上好的楠木，油得漆黑，其他的就很普通了。比如，寿衣等穿戴和棺材里的摆放物品，就是在镇上王老五的寿衣店买的普通货。且只买了依当地风俗必备的，绝不多买一样，比一般家庭都寒碜。她的解释是，东西带多了是累赘。而且，也容易遭歹人惦记。她嘴里的歹人，是指盗墓的。

---

① 困觉：方言。意思是睡觉。

② 不成器：俗语。意思是不走正道、没本事。

置办整齐了，老妇人还穿上寿衣，铺上棉絮和垫单，摆好两头翘角的枕头，躺进去试了试，心满意足地说，还蛮舒服的。

坐在八仙桌旁，没操过心理过事的有财六神无主，一脸苦瓜相。其他的，要么是长工和下人，要么是避风寒的乡邻，虽说有的也沾点亲，但都自觉没说话的分儿。所以，整个屋子显得冷清，只有周光烈在分派任务。

说起来，长工和下人上十个，绸缎铺和杂货铺也有四五个人，平时不感觉人手紧。但临近年关，绸缎铺跟杂货铺的人不能抽，正是生意红火的时候哩！家里的十个人，忙过年就够紧张了，何况老夫人布置的施粥，也必须继续。不然，老夫人在地下，也不会放过他周光烈。布施粮食和钱，倒是小事一桩，先算计好，派两个人，一个晚上挨门挨户去送，很容易搞定的。照黄家大湾的习俗，老了人[①]都是族人和乡邻帮忙。这么一想，周光烈心里，就有了大致计划。

"我看，先就这样子安排。"把铜烟头里的烟灰磕进火盆，周光烈便开始说他的谋划。

老夫人的丧事，这是一等一的大事。虽然老夫人说节俭不张扬，且一辈子勤俭，但也不能太过敷衍，交给黄有龙领头操办。他是保长，又是族长，见过世面，知道礼数。他来操办，差不了。另外，请私塾的夏先生[②]协助。在黄家大湾，文案[③]没超过他的，顺便帮忙管账。其他管事和打下手的人，由黄有龙挑。

施粥的事，棚子已经搭起来了，先跟丧事一起办。湾子里的穷人都请来帮忙，其家人管一日两餐。凡吃施粥的，来了就是跟老夫人有缘，也管饱。这个事由甲长黄有发领头。粮食、鸡鸭鱼肉、蔬菜，自家田里圈里都有。就是还差点么事，由总管黄有龙开单子，腊狗跟苕货负责采买。办完老夫人丧事，再正常施粥。镇上的施

---

① 老了人：方言。即死了老人。

② 先生：江汉平原把老师尊称"先生"。

③ 文案：方言。指抄抄写写的事。

粥，就在绸缎铺门口搭棚，由绸缎铺跟杂货铺掌柜朱林、张业成负责，人手由他们招。他补充说，在自家店铺门口，既让人晓得是黄家做善事，又能吸引客户，增加生意。

见众人都赞成，周光烈转头问有财，如此安排可否？有财继续苦着脸，双拳一抱，对周光烈揖了揖说，全凭表兄做主！又把拳头转向众人说，有劳各位族人乡邻！

眼见天差不多微亮，周光烈说瞌睡是睡不成了。吩咐腊狗喊他堂客王莲起床，给大伙弄点吃的，吃完了热乎乎干活。

王莲和一帮妇人，其实也没睡。把大丫姐弟安抚着睡了，就在灶屋里一边切卤菜，一边感念黄周氏的好，哀叹好人命不长，时不时声泪俱下。一听呼唤，立马下了十几碗热气腾腾的面条，切了几盘卤菜端出来。

吃得热乎乎了，周光烈支派众人去报丧，随后对有财说："请有龙、有发哥和夏先生，得你亲自去。"

黄有龙、黄有发当然没推辞的道理，夏先生也是嗝都没打一个[①]就来了。众人齐心协力，把黄周氏的丧事，办得那是相当体面。

这虽然有悖黄周氏的遗言，不是她的初衷，但周光烈觉得，黄家的家当，都是她攒下的，不搞得体面些，与黄家的地位身价不相称，与姑妈的贡献不匹配。就是把黄家的家当，全花在丧事上，也是不为过的。他甚至感到遗憾，因为离年关太近了。按照乡俗，停尸不能跨年。就是说，腊月三十必须下葬，而且也不能真拖到三十。帮忙的人，也得回家准备团年饭。所以，黄周氏的丧事，只能从腊月二十五，办到二十九。

黄周氏吃斋念佛，所以只请了镇海寺的和尚，没请道士。她是庙里的大施主，和尚们还是很给力的，七八个人全来了，做法事念经超度。

黄周氏做善事无数，讨米要饭的从未空过，还请到桌上坐着

① 嗝都没打一个：俗语。意思是十分爽快。

吃，施粥更是常态，所以吊唁者如云。乡邻自觉自愿帮忙，这让黄有龙这个主事，也当得潇洒，并未费太大精力。

开始的打算，是在禾场上搭棚子施粥，在院子里摆硬米饭[①]席。后来院子里摆不下，只能安排部分硬米饭也在天棚里吃。也不是正规的两餐，而是摆流水席，客人和乡邻随到随吃。尽管天气寒冷，人们却吃得热火朝天，边吃边绘声绘色地讲亲历或者道听途说的老夫人的恩德。

这份热闹，与棚子一角的戏台子上，如诉如泣的高亢悲腔相互感染，恰到好处地演绎了黄周氏平凡而不俗的一生。似乎吃硬米饭的人，都是这出大戏中的当家演员，都是为给黄周氏歌功颂德专程前来的。

3

腊月二十九下葬，天又飘起了鹅毛大雪，但却丝毫不能阻挡人们对黄周氏的爱戴。这一天的黄家大湾，举湾共泣，普天同哀。

送葬的队伍逶逶迤迤，延绵不绝，从村头排到了黄家墓地。人们顶风冒雪，自觉自愿地跟随灵柩缓步前行。所过人家，即便穷得没裤子穿，也燃起长长的鞭炮。到得墓地，更是堆山似海[②]的人，痛哭哀号一片。

棺材稳稳地落进大坑，手握铁锹的乡邻站成一圈，只等杠夫们卸了杠，就挥锹填土了。突然，跪在雪地里的有财嘶哑地一声大吼：“姆妈，您郎放心地去吧！儿子再不吸鸦片了，保证把家业治好。”

他这一声吼，搞得所有人都愣住了，满脸错愕地扭头望过来。随即，又都松了一口气，心说黄周氏这死，能够唤醒儿子走正道，

---

① 吃硬米饭：俗语。赴丧宴叫吃硬米饭。

② 堆山似海：方言。形容很多。

也是值了。

谁知这还不算完，还有更震撼人心的一幕，转瞬又发生了。只见有财把左手中指按在砖头上，挥起一把刀，猛地砍下去，随着“啊”的一声痛叫，半截指头就断了。他不顾疼痛，抓起血淋淋的指头，就丢进了墓坑里。

众人骇得瞠目结舌，所有的呼吸和动作，都停止了。甚至呼啸的北风，仿佛也顿了一下，然后才更猛烈地吹起来。指挥安葬的黄有龙，这一刻更是忘了流程，怔怔地望着这个堂弟发呆。倒是周光烈还算清醒，一把抱住有些摇晃的有财，失声痛呼：“你这是何苦啊！”

腊狗连忙从破烂棉袄上撕下一块布条，抓起他鲜血淋漓的左手，迅速缠在那剩下的半截中指上。

众人的脸色，变得十分复杂。黄家这辈人，他家境最好，却也的确是浑。特别是为了吸鸦片，竟连病重的亲娘丢下不管，以至于黄周氏咽最后那口气，他都没在身边陪伴，让老人带着遗憾，凄凉离世。真是罪不可赦啊！今日见他幡然悔悟，又都心下宽慰。然而，他这明志的代价，似乎太大了。但是不管么样说，浪子回头金不换，能痛改前非，又的确难能可贵。愣怔之后，都一改此前的憎恶，劝他回去歇息。

有财却坚定地摇头，抓过一把铁锹，挥下了第一锹土。众人见他这样，便不再劝，转而挥锹铲土，迅速堆起了一座坟茔。

这几天，有财一直在煎熬，不止是身体，主要是心灵。为过鸦片瘾，居然浑到亲娘离世，他都不在身边。这个无法弥补的过错，让他悔恨不已，决心洗心革面，重新做人。

但是，鸦片瘾时时发作，闹得他心绪如麻，恨不得跑到街上，吸最后一口“告别烟”。也曾低下贱[①]地央腊狗和苕货，采买时带点回来，但两个长工直接回绝了，丁点面子不给。周光烈警告说，

① 低下贱：方言。意思是放低身段。

他倘若再吸，他就辞了管家不干了。一个东家，被下人和长工如此欺负，这口气他咽不下。然而回头想想，明白也是为他好，便都忍了。不过，还是觉得窝囊，也激发了他的斗志。心说一定要做一回人给你们看看，让你们再也不敢小瞧了老子。

今日，他就是削指明志，宣示戒烟的决心与意志。

葬礼完毕，右手抱着小凤重新包扎过的左手，虽然钻心刺骨地疼，有财还是硬挺着，在棚子和院子里的谢宴间穿梭，感谢帮忙的乡邻。

谢宴依旧是每桌十个大碗四个小碟的菜，蒸、烧、煎、炒、卤都有，外加一个大碗的汤。老了人，是白喜事，何况事情办完了，所以喝起酒来，就无所顾忌，高潮一个接一个。

答谢乡邻，当然要请德高望重的族里长辈。周光烈安排他们与有功之臣黄有龙、黄有发和夏先生，在堂屋坐了两桌。这两桌老人多、长辈多，所以也沉闷得多。有财一一敬过酒，又拉周光烈去院子和禾场上的棚子里每桌敬过一遍，然后再回来陪吃。

虽不似晚辈们胡喝海闹，但并非不交谈。在细嚼慢咽和浅尝小品间，也谈些共同感兴趣的话题。

黄有龙的老子黄德林浅酌一口，语重心长地对有财说："伢儿啊！你姆妈去了，你就不能再浑浑噩噩混日子了。要把这个家，挑起来呀！不能让它塌了哇！"

"大伯教训得是！孩儿一定努力。"有财连忙放下刚刚提起的筷子，起身躬腰，连连点头。

"大伯您郎是不晓得。婶娘下葬的时候，有财兄弟表过决心了。您郎们看，他都剁了半截指头哩。"黄有龙指着他缠着布条的左手，连忙帮他打圆场。

"就怕是过段时间，好了疮疤忘了痛哩，也怕是无志者常立志哩！"瞥一眼有财的左手，黄德林的眼里古井无波，说得慢条斯理，却也把不屑表露无遗。

"他选在婶娘下葬的时候，还当着那么多乡邻的面。我相信，有财兄弟是真心改过的。这不，还剁了半截指头哩！”黄有龙的意思是说，他不仅在那个场合发了誓言，还有行动。

“但愿吧！”黄德林的语气仍旧不屑，表情不咸不淡。

黄德林是晚清秀才，袁世凯时代的复城县县长还请他到县衙做过几天事，又是族长兼保长他爹，他的话当然一言九鼎。他这一开头，犹如给诸位前辈发表见解打好了影本，提供了参照。于是乎，都顺着这个话题，纷纷教导起来。也许，他们是积郁良久，忧心如焚，却苦于没机会劝说吧——

“不懂的可以慢慢学，毛病也可以慢慢改。但那个鸦片，绝不是么好东西，真不能再碰了，必须现在就戒。”

“是啊！你看麻港的麻书能，就是鸦片害死的。还有汪场的汪炳忠，抽得只剩个壳子了，风都吹得倒。”

“你还有三个伢要养哩，不能这样子糟蹋自己呀！”

“就是！不能让你祖上辛辛苦苦攒下的这份家业，在你手上就败了，伢儿啊！”

……

你一言我一语，苦口婆心地规劝和教诲，弄得有财在大冷的天里也额头冒汗，一个劲点头哈腰，直说是的、是的！一定改、一定改！

见他有些狼狈，黄有龙又给他解围，笑着说：“长辈们说得都对，我也受教良多。我相信有财兄弟，一定能把德政叔（黄有财的爹叫黄德政）这脉撑起来。过去是周婶娘能干，万事不需兄弟操心，怕把他累了。如今周婶娘殁了，有财兄弟自然便会操心。况且耳濡目染，得周婶娘真传，撑起个家，还不绰绰有余啊？再说了，他刚刚起过誓的，肯定不是儿戏。是吧，有财兄弟？”

“那是，那是！必须的，必须的！”有财感激地望着堂兄，顺着这个台阶，把头乱点。

虽然同是晚辈，却是公选的族长，又是保长，说话自然有分量，前辈们也得给他个面子，便停止了这个话题。

年近四十的夏先生，跟黄德林一样，也是前清秀才。这种话题，他一个外人不好插嘴，坐在席末小口吃饭。不承想，黄有龙喝了一口酒，放下酒碗时突然说："夏先生饱读诗书，阅人无数，见多识广。还望得空时，开导开导有财弟兄，帮他尽早走上正道。"

黄氏学堂只收男伢。有财家里虽还没伢念书，但每年的份子钱都出，且比哪家都多。这于夏先生，当然是得罪不起的衣食父母。闻言一怔，随即回道："那是自然，那是自然！"

"我一定经常登门，还望夏先生不吝赐教！"有财也不失时机地表了个态。

"客气，客气了！东家太客气了。"夏先生放下筷子，双手抱拳拱了拱。

就在夏先生重新提起筷子，准备夹菜时，院子里突然传来瓷碗破碎、桌椅板凳翻倒以及争吵怒骂的声音，把众人吓了一跳，下意识地扭头望过去。其实他们么事都望不到，因为他们在堂屋，中间隔着个拖院子[①]。

黄有龙、周光烈和有财连忙起身，出门去看究竟。

原来，为地界扯过皮的黄有亮与刘二虎，偏偏安排坐了一桌。老觉得被刘二虎偷移了界碑的黄有亮，喝得有些飘，也仗着在黄姓族人家里，指桑骂槐地骂刘二虎阴损缺德，不得好死。大庭广众之下，同样脾气火爆又同样喝高了的刘二虎，这张脸还不跟被人"啪啪啪"扇了三巴掌般难受？又拿话顶回去，说你也不要抱着门框子讲狠[②]，以为老子怕你。魏三看戏不怕台高，又说些二五点子话[③]撩拨，弄得二人火气更大，也懒得打嘴皮官司了，干脆撕扯到一起。

黄有亮个头矮小，哪是牛高马大的刘二虎的对手？很快就被骑到胯下。但黄有亮的弟弟黄有法也在场，见大哥被人欺负，二话不

① 拖院子：方言。堂屋或者厢房后面的房间，也简称拖院。

② 抱着门框子讲狠：俗语。意思是以为在自家有倚仗，就敢跟人斗狠。

③ 二五点子话：俗语。意思是阴阳怪气的话。

说，扬起手中的酒碗，就砸在刘二虎的脑壳上。刘二虎愣了一下，反手一巴掌，“啪”的一声甩在黄有法脸上，上演了“一刘战二黄”的大戏。魏三等人这才慌了，连忙起身拉架。当然，黄姓人多，加上平时就看不惯刘二虎那个霸道劲，拉架时自然带着情绪，让刘二虎多吃了些闷亏。

了解了事情原委，有财还没说么事，黄有龙就大声喝道：“真是岂有此理！这里是你们闹事的地方吗？今天是你们闹事的日子吗？要闹事的，都给我滚蛋！”

虽然被拉开了，但这垢[①]却结得更深了，再待下去没么[②]意思。何况，刘二虎的头破了，鲜血直流，黄氏兄弟也被揍得不轻，都得回去处理。听闻黄有龙这话，各自捂着头脸，悻悻然离开。

经过这么一闹，这谢宴就索然无味了。而且，也都喝得七荤八素歪歪倒倒，甚至不少人口齿不清声音越来越大。周光烈担心闹出更多事来，宣布谢宴结束。

黄有龙和夏先生也要走的，但被周光烈留住了。他说这么些年，一直在这边张罗，也没像模像样地跟家人吃餐团年饭。姑妈的后事料理完了，他也累了，明日要跟家人吃个团年饭。但是，丧事的账，又不能拖到明年，只有辛苦有龙哥和夏先生，晚上拢一下，了结了算了。

尽管不太乐意，但周光烈说的似乎不无道理，何况把账交清了，也一身轻松地安心过年。于是，拉上东家有财，四个人猫进账房，就着桐油灯和烤火盆拢账。

他们先拢的，是夏先生的账。毕竟是大头，总收总支。

牢靠又谨慎的夏先生，深知责任重大，这么大一个家世，丧事持续时间长，客情往来多，而且数目也不小，所以，他采取每笔账一记、每日一结的办法。这样，既不会错账，结总账时也不至于心

---

① 垢：方言。意思是矛盾、仇恨、怨恨。后面的“结垢”“结了垢”，就是结下矛盾、结下仇恨、结下怨恨的意思。

② 没么：方言。意思是没什么。

里没底，更没那么烦琐。

尽管这样，夏先生经手的账，也还是比较麻烦的。因为赶来的人情[①]，既有银元、铜元和军用币等货币，也有种类繁多的实物，甚至一只鸡一只鸭或者几升米，也是有的。虽然东家讲，湾子里的穷人饭都吃不上，来帮忙就行，送礼一概谢绝。但人家真送来了，也的确不好退回去。来的都是情，不收打人家的脸。所以，东家的这个规矩，实际并未执行，夏先生都分门别类地记在账簿上。送来的实物，当场就交人送库房或者灶屋了。

至于家里宰杀的猪羊鸡鸭、自家湖里捕捞的鱼、米仓里的米和田里的菜，那是黄有龙吩咐人去做的，他只记主要食物的数量，不涉及金额。而且，有财和周光烈对于这些，也只需要知道个大概就行了。

夏先生先把货币算清楚。收了多少、经黄有龙批条子支出了多少、柜子里还剩多少，一笔笔捋清楚，然后把账簿和剩下的钱推给周光烈和黄有龙核对。分毫不差了，一身轻松的夏先生又要去库房点实物。周光烈说实物就不点了，您郎一直住这里，又没带一块布片走。这样，最难搞的账，竟是轻轻松松就交清了。

再算黄有龙的。黄有龙手上的账比较好算。人情没过他的手，实物其实也没过他的手，他只是动动嘴皮子，或者写个留痕的条子，手下的人就给办了。所以很快，他也没么事了。

最后算周光烈的。

黄周氏的丧事，一生只办这一回，周光烈主张热热闹闹地办。比如回礼[②]，既要拿得出手，不显得抠门小气，又必须相同，不留人厚此薄彼的诟病。他说人情账，不能简单用钱来衡量。除了钱，还有人情在里边。这样，回礼就比许多人赶的情还重。既然他是这么个打算，黄有龙便把打开场[③]和回礼的采买，都托付给他，旁人

---

① 赶情：方言。送来的人情，简称赶情。意思是送礼。

② 回礼：江汉平原的习俗。客人赶人情，东家都得回点小物件，叫“回礼”。

③ 打开场：方言。指预先准备，或者开头要办的事情。

不插手。为此，他从浙江人开的钱记钱庄预支了银两，又从夏先生手里支过几回钱。

算着算着，一向精明自信的周光烈，额头沁出一层细密的汗珠。因为不管么样算，么样把算盘珠子拨拉得“啪啪”直响，都隔了五十个袁大头，而且是整数。五十个袁大头，可不是小数目，能买十几亩地了。

三个人都劝他别急，慢慢回忆，或者再算一遍。

“隔的是整数，应该比较好算的。”夏先生提醒道。

“会不会是银庄少给了？”黄有龙也提醒。

“我数过是三百，应该不会少。再说了，我也不会泡皮[1]成这样。”周光烈搔着头皮，皱着眉头回忆，一会儿又心急如焚地说，“这可如何是好啊！我当个管家，一年也就这个数。要是找不出来，把我卖了也凑不起呀！”

三个人还是劝他莫急，肯定是哪里搞绞了，或者把支出漏掉了，有账没报出来。一心要重新做人的有财，料想表哥不会黑自己，而且也的确是辛苦，大手一挥，大度地说：“差了就差了！不就五十个袁大头吗？就算是吃鼻屎[2]，也就五十个大洋的鼻屎。多大个事啊？我大袖子掸了[3]。”

“也是！做这么大的事，指头缝里漏一下也不止这个数。既然东家说大袖子掸了，那就掸了吧！”黄有龙点点头，起身道，“忙了这几天，也确实累得不行，该回去困觉了。”

周光烈却一把拉住黄有龙，着急地说：“那可不行的，亲兄弟还明算账哩！如果是我糊涂把账搞绞了，就是砸锅卖铁也要把窟窿补上的。不然，人家背地里么样议论我？我还在黄家大湾么样混啦？”

---

① 泡［pāo］皮：方言。指说话做事不靠谱，与北方“充大尾巴狼”意思相同。后面的“泡”，也是同义，是“泡皮”的省略句。

② 吃鼻屎：俗语。意思是被人坑了吃闷亏。

③ 大袖子掸了：俗语。意思是算了，不计较了。

“那你不是搞不清楚吗？”别看有财平时浑浑噩噩，这句话却实实在在。

望着周光烈急得汗水涔涔的发亮额头，有财退一步，又补了一句：“有账算不折[1]。你实在要较真，那就先记着。等你想清楚了，再补窟窿不迟。你是十年的管家，我们还是嫡亲姑舅老表，这个信任还是有的。难不成，你还跑了？”

黄有龙跟夏先生已经起身，周光烈想，也只能如此了。有时候，越急越记不起来。临走了又说：“明日的团年饭，你们自己吃吧。我陪堂客和伢儿吃餐团年饭。”

“吃团年饭有那么多讲究，你不来，我哪里晓得道道？再说，哪年的团年饭，不是请表嫂跟亮儿过来，一起吃的？”这下轮到有财急了，拉着周光烈的衣衫央求，“要不你教我一回。明年的团年饭，我就不要你管了。就一回，行不行？”

“敬神敬祖宗那一套，腊狗都晓得。再说了，你那么聪明的人，看了几十年，还没看出道道？别没志气。”

“腊狗哪里晓得那些道道？再说了，还要写哩！他跟我一样，大字不识一箩筐，怎么写得团圆[2]？把祖宗得罪了，可不是闹着玩的。”

低三下四地恳求了半天，周光烈依然执意，有财也不能太赖皮，只得把事先备好的三个红包，分别塞进他们手里，又说了许多感激的话。三人接过谢礼，各是八个银元，也说了声多谢，然后跨出大门，消失在了昏暗的雪夜里。

4

周光烈的绝情，让有财愣在禾场上，急得眼泪都要掉下来了。

---

① 折［shé］：即亏损。后面折人、折脸、折面子的“折”，都是“丢”的意思，即丢人、丢脸、丢面子。

② 团圆：方言。意思是完整。

他没操过那些心，只晓得个大致。但具体么样做，前后是个么顺序，要注意哪些细节，等等，还真是一笔糊涂账。甚至，给先辈寄袱包[①]这种最简单的事，读书时先生教过，忌日或者重要节日家里也写，但到底写了些么事，烧的时候说些么话，他实在没记住。总以为姆妈能活万万年，至少管他这辈子，没想到这么早就走了。大年三十，祖先是必须祭的，袱包是必须寄的。不然，九泉之下的祖先们一生气，他哪还有安生日子过呀！

外面很冷，小凤不晓得他为么事在禾场上发呆，怯懦地喊了声东家，说："水烧好了，盛在木盆里。抓紧洗了睡吧，这几天的确受累了……手指还疼吗？"

给东家打洗脸水洗脚水，一向都是腊狗或者苕货做的。老夫人临终要有财收了她，小凤便把自己的终身，于不知不觉间托付给了这个男人，认为照顾他的饮食起居，是分内之事。而且，侍候人侍候惯了，于是主动揽过这个活。

"洗，洗，洗！洗个鬼吔洗！"有财正在烦心哩，当即就没好气地喷了她八百钱[②]。

说到底，十五岁的小凤，还是个伢。吃斋念佛的黄周氏宅心仁厚，加上本就人丁不旺，小凤也还算机灵乖巧，就没拿她当买来的丫头，吆来喝去。如今，一片好心被当了驴肝肺，招来一顿没来由的呵斥，顿时脸就红到耳根，愣在门外回屋也不是，继续陪他待着也不是。

有财懒得管她的感受，气呼呼回屋，然后一屁股落在八仙桌旁的椅子上。毕竟，站在雪地里，真是蛮冷的。

在有财的印象里，姆妈待周光烈这个舅侄不薄。他爹娘死得早，自小就接到家里，管吃饱穿暖，还送他进学堂，读了一肚子的墨水。后来又给他买了台起了屋，帮他娶了媳妇，叫他当管家。跟

---

① 袱包：寄给亡故人的冥币，由烧纸钱演化而来。意在让他们在阴间有钱用，更好地庇佑子孙。

② 喷了她八百钱：俗语。意思是发了她一顿火。

他这个亲儿子，也没么不同了。甚至，言语上更亲热。如今姆妈刚刚入土，正是自己有难处要帮扶，何况他也答应了姆妈的，怎么就薄情寡义撂挑子呢？是不是翻脸比翻书还快？这不是明摆着抹卡胡[1]吗？照这个节奏，怕是管家他也不准备干了。即便他还想干，自己还请不请，也得掂量掂量了。可是，不请他，请哪个[2]呢？

越想，有财就越烦，直骂周光烈你个白眼狼，算我姆妈白疼你了。他这心里乱得很，恨不得连夜去烟馆，再吸几口刚刚决心戒掉的鸦片，哪里能顾及小凤的感受？

想想自己真没办法解决明日的问题，就大声叫喊："腊狗，腊狗！"

腊狗已经睡下了。听他声音里充满了焦躁，小凤自告奋勇："东家别慌，我去喊他过来。"

"东家这么晚叫我，请问有么急事？"腊狗也听到了他的叫喊，一边小跑，一边把胳膊往袖筒里塞。

"团年饭和祭祖的事，安排好了吗？"

面对东家的劈头询问，刚进堂屋的腊狗顿时蒙了。愣怔片刻，才应道："这种事，一向都是周管家准备好，我们照办的。"随即又说，我去喊周管家来。

"抹卡胡，走了。"

"啊？"腊狗的嘴巴吞得下鹅蛋，再说不出第二个字来。

"今年的团年饭和祭祖，就由你负责，务必做到位。"言毕，丢下发呆的腊狗跟小凤，有财脸和脚也没洗，径直进房间困觉去了。

安排团年饭，举办祭祖仪式，这是天大的事哩！哪是我一个长工做得了主的？哪年不是老夫人亲自张罗，周管家具体操办的？我就打打杂而已。能主持这大的事，我还做个么长工？还不早就飞黄腾达，至少也跟周光烈一样，被人请去当管家了？愣在堂屋，腊狗

① 抹卡胡：打麻将或者玩纸牌的一种技巧。猜到下家胡什么，就是卡着不出。这里是借喻，即有意刁难。

② 哪个：方言。意思是谁。

越想越气。

然而，气归气，东家吩咐了，他还得当个事去办。

回过头来又一想，真搞砸了，不遂东家的意，那也是没办法的事。本来就不是长工做得了的事，哪个要你赶鸭子上架的？倘若东家不讲理，扯横皮扣工钱，大不了被你辞了，再去找个东家。之所以死心塌地在你家做，是老夫人心好，不仅收养了我，还把丫头王莲许配我，不至于打一辈子光棍。如今恩人去了，如果你把我不当人，我就当你是疯狗。

翻过来覆过去地想了一遭，十八岁的腊狗，心里就舒坦了许多。何况天这么晚，么事都做不成了，不如安心困觉。

心情舒坦了许多的腊狗，钻进了那床破棉絮里。王莲把手搭过来，搂着帮他暖和身子，问东家找他何事？他愁眉苦脸，简单地说了说。

抽出胳膊支在床上，王莲半边身子侧起，盯着腊狗认真地说："既蒙东家看得起，那就不能搞砸了。"

"我哪是那块料啊，我的好堂客！"腊狗苦笑一声，搂过王莲。

思忖片刻，王莲说："你想啊！长工和下人，加起来有十个，借宿避寒的也有十几家，东家却把这么重要的事，只托付给了你。这至少表明，东家没把你看外。或者说，觉得你比别人有脑壳、更能干，值得信任和依赖，挑得起这副担子。"

腊狗想想，嘿嘿地笑了几声，说也是啊！

"不管么样说，照东家对我们的恩情，都要把事办得妥妥的。"王莲依旧盯着男人的脸，开导道，"你看啊，你娘老子[1]死得早，老妈怜悯你，八岁就收到家里。虽说放牛下地吃了些苦，但终归有个归宿，不至于饿死荒郊。我呢也是。九岁讨米要饭到这里，老妈见着可怜，就叫我留下来。跟着老妈和少夫人，帮着照护两个小姐和少爷，做些灶屋的事，也没吃多大苦。后来老妈看我们般配，就

① 娘老子：方言。指父母。

成全了我们，还送了五亩田。名义上你是长工，我是下人，但老妈何时把我们当长工和下人待了呢？”

“我也是这样想。可不能在老夫人刚刚入土，就把她家里的事搞砸了。但是，我的确心里不托底，就怕对不起老夫人。所以，才烦哩！”

“不急。我们合计一下。没吃过猪肉，还没见过猪跑啊？再说这些年，我们都参与了。把做过的事捋一捋，轮廓不就出来了？”

腊狗一想也是，干脆也靠着床头坐起来，从棉絮上抓过棉袄披上，就着窗外的雪光，两人一桩桩一件件仔细地凑。

团年饭好办。菜家里都有，端上桌的每年大同小异，这几年的团年饭都是王莲做，早就得心应手了。王莲说这个可以忽略。

难题还是祭神祭祖。按照惯例，半个月前就应该着手准备的。即便今年特殊，老夫人病了，东家的事陡然多了不少，且非常零乱，但老夫人是多细心的人啊！家里头再乱，自己身体再不好，也不会把这事忽略了。然而，前段时间忙着给老夫人看病，这几天又忙她的丧事，也没留意周管家准备了没有，如果有现成的，那还好办。倘若是没有，真抹卡胡，那就有些麻烦。

头靠在男人肩上，王莲边回忆边说：“周管家想抹卡胡，肯定就是没准备……不过话又说回来，他怎么就料到老夫人年前过世呢？所以，兴许也有准备。天亮了去账房看看。要是他有准备，就好办了，拿出来就是……就是没准备，也没关系。祭神祭祖的生案、熟案[①]，这几年都是我做的，无非就那几样。猪头羊头、鸡鸭鱼肉这些东西，家里现成就有，我一会儿就去做，肯定误不了事。钱纸、蜡烛、红纸、香这些物品，老妈吃斋念佛，常年有备，办丧事又买了一些，料想家里不缺……你去问东家要，或者到佛堂找。实在还差点么事，一早叫苕货上街去买。”

王莲这一番梳理，直惊得男人把瞳孔瞪得老大。他太佩服女人

---

① 生案、熟案：方言。生案，是指把食物从原料做到可以下锅；熟案，是指把食物从生的变成熟的。

了，竟把毫无头绪的一团乱麻，梳理得条分缕析。然而，腊狗的眉头随即又皱起。实物的准备，只是一部分。祭神祭祖的关键，在于文案和仪式。他不识几个字，写那些东西，估计东家也不在行。那可么办？

王莲也觉得是个问题。周管家连东家的脸都打了，肯定不会卖他个长工的面子。想了想，侧过脸，用探询的口吻说：“我看夏先生蛮和善的。要不，求夏先生？”

把湾子里识字的人在脑子里轮了一遍，腊狗无奈地说：“看来也只有这样了，死马当作活马医吧。”

商量妥当，王莲便起身了。她得去准备熟案。腊狗躺下困觉。心里惦记着事，哪里睡得着？也干脆下床，进灶屋给女人打下手。

镇上的商家，也要回家吃团年饭的，又不想错失赚钱机会，所以腊月三十做半天生意，下午起到正月十五上门板休市。如果缺么事，得叫苕货抓紧去买。磨蹭到店家上了门板，麻烦就大了。所以鸡叫第二遍，腊狗就去敲东家的房门。

有财睡得正香，猛丁被吵醒，当即就火了，躺在被窝里说：“催命哪！深更半夜的，鬼叫个么事？”

“东家！您郎昨天吩咐的事，我想了一晚上，才刚想出个头绪……就是来问问，祭神祭祖的物品都在哪里？好做准备。不然，来不及的。”腊狗赔着笑脸，轻轻跺脚。外面实在太冷了。

“周管家呢？去问他呀！我哪里晓得在哪里？”刚说完，就记起周光烈不来了，有财顿时头大，砍断了手指的地方也突然疼了，睡意更没了。但是，火气依然在，只是改对周光烈了。不过，他不在跟前，只好由腊狗替他受着。只听他耍赖式地说：“东西你去找，办法你去想。交给你了，你就要做好。”

腊狗哭笑不得，但也别无他法。想了想，又说：“您郎有账房的钥匙没？我进去看看，周管家准备了没有。”

“没有！”有财只回了两个字，斩钉截铁。

腊狗不晓得他是说没钥匙，还是说周光烈没准备。但听那极其不爽的语气，也不想触他那个霉头了，慌毛火急转身去佛堂。

老夫人走了，佛堂的桐油灯却还燃着。

在佛堂转了一圈，腊狗心情轻松不少。王莲说的物品，这里都有，就不劳苕货辛苦一趟了。他不晓得需要多大的量，干脆一口袋都装了，去灶屋跟王莲打了声招呼，就急忙出门。

天刚放亮，腊狗就气喘吁吁地跑到学堂，却见一把铜锁挂在门上，心顿时凉了半截。

学堂开在黄氏祠堂旁边，原本是祠堂的厢房。连忙去敲管理祠堂的黄有亮家那扇破门。

“夏先生一早就回去了。”

“怎么就回去了呢？”腊狗脱口而出。

“你我这样的穷鬼都要过年，人家堂堂教书先生，不更得过年了？”黄有亮扑哧一声笑了，觉得他这话问得奇怪。但这一笑，牵动了额头和脸上的青紫瘀伤，赶紧抚摸一把，眉头紧蹙地骂了一句：“狗日的刘二虎！”

“也是，啊！”腊狗愣了一下，尴尬地笑了笑。再一抬头，就见昨晚跟刘二虎打架的瘀痕，还清晰地印在他额头。也没心思关心他的伤势，急切地问走了多长时间。

“一炷香的工夫吧。”黄有亮又问他这么急找夏先生，为么事？

腊狗没工夫跟他磨嘴皮，急匆匆去追夏先生。追了两里多地，才把夏先生追上。腊狗一边喘着粗气，一边述说来意。

只夹了个包袱的夏先生，把狗钻洞[①]往上扯了扯，露出嘴巴，为难地说：“昨晚上么样不讲呢？你看这荒郊野岭的，我站着讲讲倒是可以，但么样帮你写呢？就是能写，也对先人不恭啊！”

腊狗伸出空着的手，要接夏先生的包袱，说我跟您郎去夏家垴。您郎写好了，我再拿回来。

“那哪里来得及呀！”夏先生脱口而出。随后把包袱夹紧了，说

---

① 狗钻洞：只留出眼睛，从头一直戴到脖子的帽子。

不用。又指着身旁六七岁的儿子夏恒义："你看我爷父子清早就走起，才走了两里地。后面还有四五里哩，那不到午时以后啊！再写一两个时辰，今日不就过去了？"

"那怎办？周管家抹卡胡，全指望您郎哩。"腊狗满脸失望。

"唉！"夏先生纠结良久，叹了口气道，"看在老夫人的面子上，我跟你转去吧。我们一路走一路讲，再帮你写完，你就晓得么样做了。"

"那哪里担当得起呢，夏先生！"虽然十分渴望，但腊狗还是心存愧疚。

"抓紧时间吧！越耽误越晚了。"夏先生叫儿子先回去，说他晚些再回。随后，一步三滑地往回走。

5

铁了心要改邪归正，何况被周光烈气得不轻，所以有财学得很虔诚。即便鸦片瘾上来，也强忍着，端坐在桌旁仔细听，心里默默地记，偶尔还问上一两句。

夏先生也是真心要帮他，一边在袱包和红纸、黄表纸上工工整整地写写画画，一边解释不同用途、使用方法和注意事项。腊狗打下手，按吩咐裁纸、折叠和包装。担心流程出错，或者把先人搞混淆，腊狗除了默默记在心里，还照夏先生说的顺序，分门别类依次叠好。

折腾了小半天，才把整个弄完，心里也有个谱了，有财千恩万谢地恨不得叫爹。封了三个袁大头的谢资，叫苕货赶马车送夏先生回夏家垴。

应该说，有财和腊狗还是灵光的。经过这么小半天，都对祭神祭祖的流程，心里有了底。而有了底气的腊狗，说话的语气，走路的姿势，都跟过去不同了。他俨然是管家，先吩咐人把清理得干干净净的堂屋再清理一遍，香案和神龛再擦亮些，接着去灶屋，看王莲几个人的准备情况。

背负双手，缓步绕行，睃巡案板上筲箕里卤好的猪头羊头和全鸡全鸭，灶台蒸笼上萦绕的腾腾热气，腊狗双眼细眯，嘴角上翘，满脸如鲜花般绽开。甚是满意地出门前，不忘对王莲等人说："祭神祭祖很快开始。你们再把祭品检查一遍。差点么事赶快补。"

女人们答应的声音响起时，腊狗已经到了院子。

施粥都在禾场上的棚子里，但腊月三十至正月初三除外。这四天在院子里。这是老夫人立下的规矩。老夫人说，叫花子都有三天年。既然是过年，怎能在外面吃呢？然而堂屋坐不下，只好来个折中，在院子里。照老夫人的解释，进了大门就是家里。而进院子，大门是必经之处。所以在院子里，其实就是在家里。这四天的施粥，也不同于平时，一碗青菜或者萝卜稀粥管饱。这四天必须有鱼有肉，且必须同家人的年饭一样用新鲜大米。施粥的时间，也跟东家的年饭同步，从同一口锅里出同样的菜，不让人有被施舍的感觉。

老夫人立的温馨规矩，感动得无数人泪流满面。湾里特别困难的，不知来自何处讨米要饭的，都在这几天，拖家带口来到黄家的院子里。有的每年来，施粥的时候每天来。尽管这样，黄家依然一视同仁管饭，从不嫌恶。当然，来人也不坐等吃饭，有眼力见儿的，也帮忙做些事。

腊狗如周管家一般在院子里转悠，就有人跟他打招呼。腊狗也一一应着，甚至停下来拉几句家常。比如，摸着伢蓬松凌乱如鸡窝的头，问几岁了，感叹真是黄皮寡瘦啊！拉着瘦骨嶙峋的手，望着沟壑纵横的老脸，问长者今年高寿，感叹岁月真是把无情刀啊……

"啊，啊！"

腊狗兴致盎然，正跟熟悉与不熟悉等待施粥的人闲聊，苕货边比画边呼唤的声音，不合时宜地猛丁响起。腊狗皱了下眉头，问站在堂屋后门口向他招手的苕货："么事？"

“堂屋收拾妥当了，时辰也差不多了，你是不是要去请东家？”祭祖的事，东家交代腊狗负责，所以在苕货心里，当然得请示他了。于是，两只手乱比画，嘴巴嘶哑地发出啊啊的声音。

长相厮守，腊狗当然明白苕货的意思，下意识地抬头看天。他其实看不到天。雪虽住了，天却依然昏惨惨的，且被天棚盖着。像模像样地背着手进堂屋，腊狗说我再看看。

在堂屋走了一圈，用挑剔的目光睃了一遍，在香案和神龛前停住，盯着正中的“天地君亲师”几个字足有一分钟，这才满意地说：“我去请东家，你带几个人去灶屋，把祭品端出来供上。”

虽然出自女人之手，祭品却必须由男人端上香案。此刻起，女人再不能碰。否则就亵渎了神灵和祖先，要重责的。

腊狗吩咐完毕，苕货和几个借宿避寒的黄姓男人，一脸肃穆地鱼贯般出堂屋后门，穿过院子，去到灶屋。能帮东家摆放祭品，也是至高无上的荣耀。所以几个男人早已净过手，也收拾得比平时干净清爽。

院子里望眼欲穿的人们，精神顿时一振，不自觉地挺起胸脯，眼睛紧盯着一众男人移动。因为，祭祀完神灵和祖先，团年饭就该开始了，早就咕咕叫的饥肠，终于能得到满足了。

过去祭神祭祖，都是跟在姆妈身后当配角。这次当主角了，由腊狗侍候着净了手，有财进到堂屋，一见香案和神龛上还冒着热气的供品，脸色不自觉地肃穆起来。

大丫小丫跟天宝，由小凤引着，跟在爹身后。再在他们身后，是自觉站成三排的长工、下人和借宿避寒以及吃施粥的所有男丁。在这么一个肃穆的时刻，进入这么一个肃穆的场所，望着眼前肃穆的灵牌和肃穆的祭品，人们也满脸肃穆，掉根针都听得见声音。

腊狗担负起司仪职责。随着他拿腔拿调的“祭神祭祖仪式，现在开始”的高喊，人们该跪时规规矩矩跪，该叩首时伏下身子叩首。腊狗引着有财上香焚袱包烧纸钱时，众人便站着行注目礼，一眨不眨地盯着他手上的动作。

祭神祭祖仪式，一气呵成。腊狗高呼“礼成”后，人们一哄而散，吃施粥的杂乱地跑出堂屋，迅速到院子找座位。长工、下人和借宿的乡邻，则在堂屋摆起了四桌，与东家其乐融融地大碗喝酒大快朵颐。

黄家的整个年，都是在丧失主心骨的混乱中过的。周光烈只在初一来烧了新香[①]，吃了餐酒，再没露面。有财没个主见，谁的建议都觉得行，大家想一出是一出，各种主意五花八门。他约束不了众人，人们想搞么事[②]就搞么事。甚至有下人和借宿的乡邻，把鸡鸭鱼肉夹在棉袄里带回家去，就如取自家的东西一样随意。

自小被收养的腊狗夫妇和苕货，早把黄家当自家了，看在眼里急在心头。起初旁敲侧击地提醒，这个法子不行又改策略，直截了当说张三打破了一口锅，李四拿走了一桌的菜，王五偷走了半只羊。

被他们嚼得耳朵根子都起茧了，有财暴跳如雷地要收拾人。然而，他的处理方式，却是找人当面对质，搞得告状的人叫苦不迭。不过，却也不惧被出卖。毕竟，东家的家，就是自己的家！当然，也有奸狡的主，打死不认账。

黄有明夫妇，就是这样一对活宝。

光天化日之下，借宿避寒的黄有明老婆胆子越来越大，竟夹了床半新的棉被回家，被腊狗撞了个正着，问她拿被褥做么事？你要晒吧，也没见日头。她理直气壮地说，这是我带来的。腊狗一声冷笑，说你来的时候只带了床破絮，哪见这好的被褥？分明是东家的。她说你说是就是啊？上面有字吗？你咬它一口，它出血就是东家的。否则，好狗不挡路！

腊狗气得吐血，上去抢夺。黄有明老婆哪是血气方刚年轻男人的对手？见势不妙，干脆一松手，一屁股跌坐到雪地上，撒泼打

---

① 烧新香：俗语。指过年期间给上年逝去的人上香，意为新年第一炷香。“烧了新香”，意思是上过香。

② 搞么事：方言。意思是干什么。

滚，大哭大闹，说腊狗非礼她。

她冷不防松手，毫无心理准备的腊狗也来个后仰，抱着被褥摔了一跤。

正是施粥的当口，一众喝着稀粥的人，便端着碗看热闹。但是，他们只看到两人争抢，没闹清楚缘由，不分青红皂白，都指责腊狗哪是个男人？青天白日欺负手无寸铁的女人。

腊狗抱着被褥，边爬起边解释，说是东家的。刚刚爬起，却冷不丁脸上挨了重重的一巴掌。转头一看，就看到了黄有明那张愤怒得恨不能生吞活剥了他的四方脸。

男人来了，女人哭闹得越发厉害，两只脚在雪地里乱蹬乱捅，边哭边诉：“穷人不是人哪，呜呜……连长工也敢欺负啊，呜呜……一床被褥，都怀疑是偷的哟，呜呜……背个强偷[①]名声，哪还有脸活呀，呜呜……”

见过不要脸的，没见过这么不要脸的。何况大过年的，被人扇一耳光，照通海口地区的说法，那不得一年都晦气呀！但腊狗还算理智，又觉得正义在他这边，所以尽管气得脸色铁青，却硬是忍住没还手，反而对黄有明说：“我也不想把事情闹到这步田地。但这床被褥，的确是东家的，我还盖过。”

“你说是就是了？上面有牙齿印吗？”黄有明怒气冲天，脸不变色心不跳，又去夺被褥，霸道地说，“我堂客说是我家的，那肯定就是了。退一万步说，我跟有财是兄弟，嫂子找他要床被褥，谅他也不敢不给。么时候轮到你个当长工的狗，说三道四？你出个鸟的头啊，出！”

他说到东家，提醒了腊狗，就想着请他出来主持公道。然而，东家却不在家里，他出门去了。

大过年的，家里有新香，他不在屋里守着，出个么门啦？听说有财不在家，不少人腹诽，肯定是烟瘾上来，到鸦片馆逍遥去了。

---

① 强偷：方言。指小偷。

姆妈下葬那天，还假模假样地断指明誓，骗取同情。明个鬼的誓啊明，他是嫌指头多了！亏人们还替他洒了几滴眼泪。也有人心说，这人真是够狠，为了骗同情，指头都敢剁。但是，这才忍了几日啊？就旧病复发了！叹息真是没得救了。

其实，众人只猜对了一半，另外一半却冤枉了有财。

他是真心想戒，但那个东西太诱人，戒掉实在难，忍得也实在难受。他怕一时没忍住，又跑去烟馆，就想找人说话，把时间打发了。

但愿意听他说话的姆妈，去了另外的世界，再不理他了。而因为施粥和那么多人借宿，屋里闹哄哄的，也没办法跟人安静说话。另外在家里，一堆的事找他拿主意，猛丁接受不了，有些心烦。于是一早晨，就喊苕货驾车，也的确是去了镇上。不过没去烟馆吞云吐雾，而是跟绸缎铺掌柜朱林和杂货铺掌柜张业成拜年，讨教生意上的事。

众人要是晓得他的心意，了解他的行程，兴许就不会生出那么多鄙视，而是多了理解与尊重。

虽然东家不在家，腊狗也是万万不能让黄有明把被褥拿走的。这也关系他清白哩！倘若让他拿走，东家损失床棉被事小，他欺负女人的名声就坐实了，事情就大发了。所以，也是死拽着不松手。

一床被褥都快要扯破了，两人依旧互不相让。正在吃施粥的人，看戏不怕台高地瞎起哄，闹得禾场上沸沸扬扬。

“咯吱，咯吱！”

接近开夜饭[1]的时间，车轮辗轧积雪的声音，终于由远而近。人们转过头去，果见一匹马一步三摇，拖着大车缓缓走来。苕货和东家戴着狗钻洞帽子，车把手上一边一个蜷缩着，手袖在袖筒里，苕货怀里还抱着马鞭，马都懒得赶。

一见禾场上的混乱，有财就皱起眉头问，么回事？两人如拔河般，各扯被角一头，请他评理。一天的好心情，顿时被砸成齑粉。

---

① 夜饭：方言。指晚饭。

望一眼撕裂的棉被，有财不假思索地吼道：“被褥我不要了，谁爱拿走拿走！”

就在腊狗愕然和黄有明得意之际，有财一脚跨进堂屋，挥挥手气急败坏地宣布：“我也不借屋你们住了，都走！从明日起，也停止施粥，棚子拆了！你们爱住哪住哪，爱去哪吃去哪吃去！”

他这话，霎时如炸雷炸响，所有人蒙在当场。随后就脸色都变了，有的当即卷起破棉絮，拉了老婆伢儿，气鼓鼓地作势要走，当他是空气。

这副场景，令有财目瞪口呆，顿悟么事叫穷人子气大了，也让他对人性有了更深切理解。来时点头哈腰千恩万谢，满嘴都是甜蜜蜜的颂扬。如今要他们走，就仿佛变成积攒了几辈子仇恨的人，都是要生吞活剥了他的神情。他在心里哀叹：“还真是请神容易送神难啦！”

其实，被人像轰野狗一样轰出门，心里面十二分不爽，也可以想见。只是这些人，争不起硬气。这是人家的屋，没义务养活自己，让住是情分，不让住是本分。所以，没哪个敢说半个“不”字。

有良心的，甚至站在有财的角度想，十几家子人，白吃白住十几日，的确也吵得够呛。总不能一直吃住下去吧？总有搬出去的那一天哪！当然，有些胆大的，也捎带着卷点小物件或者食物，夹着尾巴灰溜溜地走。

吃施粥的，估计想法跟借宿的人一样。本来过着睡醒了吃、吃完了睡的神仙日子，突然发现没地方吃了。天寒地冻的，饥肠辘辘去哪里填充？面对肚子咕噜咕噜的抗议，还不火冒三丈？但是，不说世上财主千千万，单这黄家大湾也还有几家，却只有黄周氏心肠好，每年开粥棚。人家也不该[①]哪个的，凭么事无缘无故地给你白吃白喝？

王莲急急从灶屋出来，拉着有财到一个角落，说话的声音也急急的：“使不得，使不得的，东家！这么一来，不仅老妈的好意全

① 该：方言。欠的意思。以下涉及物资或者钱用到“该”字时，同义。

泡汤了，您郎的名声也彻底坏掉了。”

虽然只有十七岁，但她侍候过老少两代夫人，如今又照护着三个伢儿。她的话，有财还听得进去。何况也没打算把事情做绝，只是被气得够呛，说说气话而已。于是咧咧嘴，无奈地说：“真是太气人了。白吃白住就算了，我们也不差这点东西。但是，何至于连偷带拿呢？”

王莲放下心来，连忙叫腊狗、苕货等长工和下人，去拦要走的人，说东家只是讲了句气话，何必当真呢？王莲也苦口婆心地劝，再不要拐东西了。人心都是肉长的，东家的东西，也不是浪打来的。

那些人哪里真想走？也是做个样子的。如今见好就收，脸上一阵红一阵白地讪讪应着，顺坡下驴地继续住下了。

6

第二天一早，有财又要出门，不想黄有龙戴着狗皮帽子、簇新棉袄外再套一件狗皮背心，双手袖在袖筒里，一步三滑地踩着积雪来了。

有财只得叫往马脖子上套马套的苕货等着，转头抱拳一拱到底，说新年吉祥。有龙也抱拳拱了拱，讲开门大吉。然后，宾主进堂屋落座，吩咐腊狗看茶添糖果点心。

黄有龙抓起一块饼干放嘴里，一边慢慢地嚼，一边看似不经意地问：“么样，不施粥了？听说借宿的也要赶走？”

“净是麻烦。耳根子一天都不得清净。”有财先是一怔，没想到堂兄会提这个事。但也不好意思收回说过的话。

“那你不怕人嚼舌根？毕竟，这是周婶娘立的规矩，也搞几十年了。方圆几十里，哪个不晓得黄财主家做善事？”黄有龙喝了口茶，放下茶杯时又提醒，“周婶娘刚过世，尸骨未寒喽！”

“谁爱嚼谁嚼去。”有财也喝了口茶，苦笑一声，漫不经心地说，“实在是应付不过来。都停了，消停。”

“嗯！麻烦肯定是麻烦。但周婶娘搞了几十年，到你手上就停了……”黄有龙停顿一下，察言观色，又丢颗京果在嘴里，含混不清地说，“我是怕人瞎议论，坏了黄家声誉。”

有财没接他的茬儿，往双方的茶杯添了茶水：“喏！喝茶。”

“嗯，谢谢！……停了怕是不好吧？”黄有龙轻轻地敲了下茶杯，故意说得轻描淡写，头却摇得像货郎鼓。

“不说这个了，没多大意思。”

“我是为你好。毕竟老话讲，救人一命胜造七级浮屠。如果碰上灾年，你能眼睁睁看着乡邻饿死？或者，像这场大雪，压塌了很多房屋，你能眼睁睁看着人冻死？”黄有龙睁大眼睛，又把头摇得像货郎鼓。

“堂兄一大早过来，不单是说这个事的吧？”有财心里面突然很疑惑，却是真不想讨论这个了。

见他没听劝的意思，黄有龙只得打住，问道：“我看苕货套了马车，这是要出门拜客？”

说实话，他真没那个雅兴，清早过来给这个从未放在眼里的堂弟拜年，也不关心施粥不施粥的事。不施粥更好。甚至希望他现在就把棚子拆了，把借宿的人赶走。他家也是财主，这边年年施粥做善事，给他家的舆论压力，其实蛮大的。

正如有财的猜测，他并非为了施粥的事，而是来敲打的。

黄有龙虽然是族长，但辈分不高，年纪也就四十冒头。说穿了，他这个族长是他老子黄德林让的，也是族人看他老子的面子，才把那颗豆子投他屁股后头的碗里头[①]的。家族的许多事，他其实

① 把那颗豆子投他屁股后头的碗里头：虽然普遍不识字，但通海口地区的人还是很有智慧。涉及选举一类的事，都给选民发一颗黄豆。候选人在板凳上坐成一排，每人背后放一只碗，拉上黑布帘隔开。选举人挨个走到布帘后面，把黄豆投进自己认可的人身后的碗里。谁碗里的黄豆多，谁最后胜出。

做不得主，也得听一众阁老[1]支使。

晚清的时候，黄德林就是族长。但在多事之秋，社会动荡，民生凋敝，他操碎了心也无济于事。眼见世风不古，江河日下，黄德林便学清朝变民国，也想来个改朝换代，放出风去要“禅让”，给年轻人更多机会。

当然，他也是左右权衡之后，才作这个决定的。说实话，他还不想族长之职，旁落他家。而他那时的声望，望遍黄姓近两百户，无人能出其右，还左右得了局面。再过几年，这个牛皮就不敢吹了。毕竟，世道变化太快，他无法预料会出现么状况。比如黄周氏，虽是女流，口碑却不一般的好。当然，对黄周氏收买人心的做法，他是嗤之以鼻的。然而，吃了人的嘴软拿了人的手软，时间一长，被黄周氏收买的穷人，难免会见风使舵，投到她的麾下。好在女流之辈不能当族长，也好在她儿子不争气。但是，倘若有人硬要扶那个阿斗呢？再或者，又冒出个其他的么人呢？拖到那时候再来选族长，就不是他黄德林左右得了的了。

再者说了，儿子当族长，他不就是过去皇家的太上皇啊！于是谢绝好心人的劝说与挽留，毅然决然开祠堂，召开家族大会，把族长的权杖交到了长子黄有龙的手上。

扶上马送一程的道理，读了几本圣贤书，又在县衙做过几天事的黄德林，再明白不过。抛头露面的好事，一定把儿子推到前面，帮他树立威望。他只在幕后谋划。当然，为了给儿子铺路，踩别人的事，他不会忘记，甚至亲自出马。比如对黄周氏收买人心的事，他就不止一回私底下警告过族人，也提醒阁老们提高警惕。

听人说，有财把他的话当耳旁风，又去烟馆了。这让他恼怒不已，也觉得机会来了。而黄周氏虽然死了，但她不仅提前安排施粥，继续偷偷摸摸给穷人送钱送粮食，还接塌了房屋的十几家人去住，又让他感到威胁依然存在。于是，借请春客的机会，邀阁老商

---

① 阁老：通海口地区的人把家族中有声望的长辈称为“阁老”。

议，该如何处罚有财。

其实，黄德林真是杞人忧天，也是高看了有财。成天浑浑噩噩，哪有么野心？当然不清楚黄有龙的真实目的，便实话实说：“是啊！昨天去镇上，见了我那两个掌柜。还有些事，今天去定下来。”

“去烟馆了吧？”黄有龙干咳一声，把铜烟袋里的烟渣在桌腿上敲掉，一脸狡黠地贼笑。

“哪有？真是去说事的。我说了要戒，就肯定戒了。”有财没么城府，听不出他话里的意思，当即脸都红了。

“我发现，你又多了个毛病。”黄有龙似笑非笑，眼神里满是不信。

“什么毛病？”有财一惊，忙把头往前凑近了，以便听得更真切。

“没过去老实了。连对我这个族长，也不讲实话。”黄有龙脸色突然拉下来，提高嗓门责问，“婶娘才过头七吧？你还是有孝之身吧？”

“怎么我说么事，你都不信呢？”有财真是憋屈，哭笑不得。

“守孝期间，荤酒不能沾，这是家法。更别说抽大烟了。当然，正好连着过年，又改朝换代世风日下，吃荤喝酒的事便不跟你计较了。但是，你也太过分了，居然跑去抽大烟！我真替尸骸未寒的婶娘寒心！”黄有龙把铜烟杆往桌上一拍，吓了有财一跳，软中带硬地说，“你要是觉得冤枉，那就由阁老们去议好了。反正那天，你也当阁老们承诺过的。”

不晓得黄有龙是真不晓得，还是假装不晓得，反正从他的话里，是认定有财去烟馆了。有财叫苦不迭，有心叫苕货做证，想想还是算了。清者自清。他爱么样想，就么样想吧。于是，脸色难看地问道：“族长兄还有其他事吗？我得去镇上了。跟两个掌柜约好的，不能让人家等久了。”

“唉！其实我这个族长，也不想你为难。但是你说你，大摇大摆的，恨不得拿喇叭在湾里嚷，我去吸鸦片啦！你这不是亵渎祖宗挑战家法吗？既然你亵渎挑战了，也传到我耳朵里，我能不管不问？”黄有龙沉吟片刻，“这样吧！后天开祠堂祭祖，你除了应出的那份，罚你再出一头猪，两只羊，三石谷。阁老和族人那边，我给你疏通疏通，看能不能过关。”

“我没犯错，凭么事要罚？”有财惊悚得恨不得吐血，连忙跳起来质问。

“话我传到了，做不做在你。还有事，告辞了。”黄有龙懒得再废话，阴冷着脸起身出门。

心情极为不爽地送他到门口，见棚子里坐着等施粥的人，有财脑壳里灵光一现，也想恶心他一下，便嬉皮笑脸地指着头顶的棚子，说：“族长！要不，把棚子拆了，拖你家去，送给你开粥棚？”

黄有龙停下脚步，愕然地望着他一向瞧不起的这个浑气[1]堂弟。

有财绷住笑，又一本正经地说：“你是族长，又是保长，不怕人打你的小算盘，也不怕人搞你的小动作。而且，你这个财主，实力比我还大。只不过，我家被姆妈搞得名声在外，你是闷头鸡子啄米吃哩！”

黄有龙没接他的话茬，只在心里暗暗骂娘，然后装着没听见，丢下一句“那个妖精，迟早会害死你”，就走了。

望着黄有龙远去的背影，有财好不懊恼。相信他一回，就这么难吗？怎么么样说，就是不信呢？昨天还真碰到魏德恩了，但是谢绝了去烟馆的邀请。这个话，估计黄有龙更不信。然而，黄有龙的处罚，还真是个难题。假如当哑屁放，那么不说他既是族长又是保长，整人的手段一大把，他那个老子黄德林，阴整[2]起人来更是不得了，真正的杀人不见血。想想就叫人毛骨悚然。假如接受，那去

① 浑气：俗语。意思是什么都不在乎，或者什么都不懂。类似北方话里的“浑不吝”。另外，对精神不正常的人，也叫“浑气”。

② 阴整：方言。意思是采取不正当手段，背后整人。

烟馆的诬陷就坐实了，黄干泥巴落裤裆——不是屎也是屎了。

有财正郁闷着，不想小凤带着三个伢出来了。他们是到禾场上堆雪人的，一见有财脸色铁青眉头紧锁，顿时愣住了，进也不是退也不是。碰到枪口上的三个伢，怯怯地叫了声大伯[①]。有财果然把气撒到他们身上，恶声恶气地训斥道："大冷的天，不在屋里待着向火，到处疯跑个鬼呀疯跑！"吓得四个人连忙退回堂屋。

有财也回屋，外面实在是冷。四个人又如老鼠见了猫，逃进了自己的房间。

坐在桌前，喝了一杯茶，从盘子里抓了颗京果使劲地嚼，一边想着辙。这时苕货进来，打着手势比比画画，嘴里哇啦哇啦。有财苦笑着说，黄有龙不让他去。苕货又边比比画画边哇啦哇啦，意思是两个掌柜还等着哩。

有财一想，也是。于是把心一横，没吃完的京果丢进盘子里，嘀咕一句："去！听见蝲蝲蛄叫，还不种庄稼了？"

正月初十开祠堂祭祖，是黄氏家族的传统。

据传，黄氏家族是由江西迁徙来的。由于穷得揭不开锅，三弟兄干脆把锅砸了，一人背一片外出谋生，方便后人以锅片相认。老三辗转来到这片芦苇丛生的沼泽地，昏死了过去，被一群水獭救活，当即就决定，此处即他家，取名黄家湾。经过一代代耕耘，开枝散叶，竟发展到近两百户人家，黄家湾也变成了黄家大湾。可见黄姓祖先的确有眼光，竟能选中这块宝地。

故事虽然老套，但黄氏族人一直这么传的。他从江西背来的那块破锅片，依然摆在祠堂的显赫处。足见也可能真实。

祖先筚路蓝缕的艰辛、独具慧眼的目光、开疆拓土的辉煌，永远是黄氏家族的骄傲，也是教育晚辈的鲜活教材，更是激励一代又一代黄氏族人不懈奋斗的源泉力量。所以，每次祭祖，族长都要声泪俱下地回顾这段往事。

---

① 大伯：一般而言，老大被后辈叫"大伯""大爹"，自家孩子也如此叫。而尽管有财是独子，但孩子们还是叫他"大伯"，体现出尊重。

此刻，黄有龙给祖先们依次上完香，转过身来，背靠列祖列宗的牌位，对着乌泱泱一堆人，正在用沉闷的语调，讲这个故事。两边长袍加身正襟危坐在十几把椅子上的，是健在的光字辈和德字辈阁老。

黄有龙话锋一转，突然讲到世风日下，人心不古。说有的后人道德沦丧，不顾礼义廉耻，干出了辱没先人家法不容之事。希望悬崖勒马浪子回头，警告他们如果置若罔闻，定将家法处置，决不姑息。

听到这里，大多数目光齐刷刷转向有财。德高望重的阁老们，更是侧过脸来，努力睁圆浑浊双眼，尽量表现出犀利，以彰显他们的憎恶与愤慨，以及至高无上的威严。当然，也有几个人，鄙夷地盯着这些目光。

被这么多目光关注，有财脸色“唰”的一下惨白，两眼紧盯着鞋上的泥，恨不得把脑袋扎进裤裆里。他悔恨交加。悔的是，的确做过违背祖训的事。恨的是，他改邪归正了，却还是得不到谅解。虽然他声明不接受处罚，但还是为祭祖出了最多的物资，甚至额外杀了一头猪宰了两只羊磨了两石米。但是，黄有龙依然不依不饶。

他想着，假如黄有龙指名道姓，自己要不要辩解。毕竟，真是在改的，不仅戒了鸦片，还开始学习当家理事。他评估了一下辩解的效果，肯定是不好。尽管你没错，但大家都说你有错，那你就是有错了。即便你长了一百张嘴，也是辩不白的。就是说，辩解跟不辩解，半斤八两，差不多的。而且说不定，辩解的效果更差，因为当面打了族长、阁老和族人的脸，甚至再扣顶不老实的帽子。

直到黄有龙讲匪患猖獗鸡犬不宁，要组织护湾队，有财那颗恨不得蹦出嗓子眼的心，才终于落回肚里。他没指名道姓，有财就觉得，比起他老子，还是仁慈多了。

记得有一年，黄德林硬是把黄德彪和他守寡的嫂子卷了帘子——说是打皮绊[①]，活生生扔到三角潭喂鱼，害得他们好长时间

① 打皮绊：方言。指男女发生不正当关系。

都不敢去三角潭打鼓泅[1]、摸鱼。在通海口地区，哥哥死了，很多家族会撮合，让小叔和嫂子钻一床被窝。现在就更多了。肥水不流外人田嘛！但黄德林硬说有悖伦理。大家其实心知肚明，他不过是惦记人家那七八亩好田罢了。后来的事实，也验证了人们的猜测，那七八亩旱涝保收的良田，转为公田不到三年，就插上了黄德林的界桩。

想到这里，有财又对黄有龙有些小小的感激。

匪患的确是个问题。民国建立十年了，按说该过好日子了。然而，南方打仗、北方打仗，南方跟北方、东边跟西边也打仗。一张鸡公[2]图上，无几处安宁。他们打仗，毕竟离通海口远，百姓并没感受多大骚扰。顶多，苛捐杂税多些，日子更苦些。但是，打散了的兵痞跑到这片肥田沃土，就舍不得走了，于是占湖为王，本地地痞流氓恶棍也趁机起事，平地冒出了十好几股势力。有的假借杀富济贫，有的打出保一方平安旗帜，大摇大摆进村出湾如入无人之境，青天白日牵牛撮谷恰似探囊取物。一时之间，搅得风声鹤唳鸡犬不宁。

就在正月初三，两股最大的势力黑虎帮与蛟龙寨，为抢武家河武财主的小姐做压寨夫人，年都不让人过，青天白日火并。说实话，他们死不死人，百姓不关心，甚至祈祷多死几个。然而武家河的十几个无辜百姓，包括如花似玉的武小姐，却惨死在枪刀之下。这么多冤魂野鬼，还不知阎王爷收不收哩！

人说兔子不吃窝边草。这帮没人性的家伙，常常薅草打兔子，顺带着把周边村庄也洗劫一番，闹得多少人背井离乡！

方圆十几里，兴许就黄家大湾是个另类，还没被光顾过。这份福气，实话讲，跟黄周氏大方施舍有点关系，只不过当家主事的族长跟阁老们不愿承认罢了。

黄有龙在上面讲，下面的人感同身受，摩拳擦掌跃跃欲试。当

---

① 打鼓泅：方言。意思是游泳。

② 鸡公：方言。指公鸡。

然，他不是跟大伙商量，而是有了计谋，来派任务的。成立护湾队，当然是有钱出钱有人出人，更不能平时松松垮垮战时群龙无首。那么，就要“平战结合”，就要训练有素，就要购置武器。靠两只拳头，是拼不过有刀有枪的土匪的，也是保不了黄家大湾平安的。

黄有龙的这些话，讲到人们心坎里去了。保护黄家大湾，是所有人的共同责任，谁也不能置身事外，袖手旁观。但是，这里面有个棘手的事，就是黄家大湾只有出蛮力的庄稼汉，没习武之人，狮子龙灯采莲船都玩不起来。财主家有喜事，都请镇上或者夏家垴的戏班子。向来胆小怕事，哪里担得起守家护湾的重任？摩拳擦掌之后，又面露难色，唉声叹气。

不过，这个问题，早被黄有龙化解了。他安慰说，已经写信给在吴大帅队伍当连副的二弟黄有虎，要他火速回来负责，顺便买几把枪。众人这才如释重负。

黄有龙带头捐了一百五十个大洋。然后从阁老们开始，由黄有龙的三弟黄有豹挨个登记捐钱捐物数量。参加护湾队的人就不统计了。十六岁到三十五岁的男丁，有一个算一个，按丁造册。

7

祭祖仪式完毕，便是黄氏家族大聚餐。直到此时，有财那颗悬着的心，才彻底放回肚里。

有资格迈过祠堂那道高约两尺门槛的，按照黄氏祖先立下的规矩，只有年满十岁以上的男丁。媳妇可以从侧门进来一回，就是新婚仪式之后，来禀告列祖列宗，我是黄家儿媳了，同时祈求多子多福，以保黄氏宗脉世代永续。

聚餐就不同了。黄氏家族近两百户一千多人，有一个算一个，婴儿也不例外，都能参加。男人在祠堂祭祖，女人们则按事先分派，去几个财主家里准备聚餐。哪些人去哪户财主家，也由黄有豹事先编排，乱不了的。

编排聚餐这事，不是谁都担得起的。比如有财，肯定做不了。这个“苦差事”，过去是黄有龙，现在是他的三弟，也是家族账房黄有豹勉为其难了。

编排这回聚餐，黄有豹也是煞费苦心。比如，去族长家里，不能是太穷的人，得安排德高望重的阁老家庭；也不能把阁老全部安排到族长家里，其他家里也得有镇得住场子的阁老；有矛盾的不能到一起，否则闹出事来就坏了家族喜庆。还有，有的家庭人多，有的家庭人少；有的财主房屋宽，有的财主房屋窄。最大的难题，是让人窥不出其中奥妙，即便有疑惑，也有冠冕堂皇的理由可以解释。诸如此类，他都得考虑清楚，然后提出建议，由族长决定。

有财家房子大，安排的人也最多，四十桌，也就是三百二十人。除了堂屋和几个房间，院子里就能摆二十桌。当然，也还是摆不下，但他家有施粥的天棚，正好可以利用。桌子板凳和碗筷碟盘，各家也自觉带来。座席的编排，则不需要黄有豹操心了，每个财主家里，他都指派一名知宾[①]，明确由知宾负责。

坐在自家堂屋的桌上，看着男人们乱哄哄闹酒（女人和伢们在院子或者天棚里），有财提不起精神。虽然多出了那么多血，却依然被族长像训继儿子[②]，训了好一顿。他这心里，能舒坦？肯定不是个滋味。但是作为东家，他也不好冷落族人，给人留下话柄，所以只得强装笑脸，有一搭没一搭应酬。

他巴巴地祈祷，早点结束吧！

但是，家族聚餐一年才一回，哪有那么快结束？何况今年他多杀了一头猪、多宰了两只羊，菜肴便更丰盛些。

---

① 知宾：江汉平原请客，一般安排两个主事的人。一个叫“知宾”，负责安排客人座席。另一个叫“礼房”，负责登记和收受礼金礼物。

② 继儿子：方言。指本无子嗣，而从族人、亲戚那里抱养的儿子，或者是娶的丧偶女人带来的儿子。总之不是亲养的儿子。

在有财度日如年的煎熬中，闹腾了一个多时辰的家族聚餐，终于接近尾声了。谁知有几个后生，依然沉浸在成立护湾队的激动里，嚷嚷着再炒几个菜下酒。

把家族聚餐派到财主家，一个没言明的考虑，就是菜肴酒水可能不足。说白了，变相吃一回大户。财主们也乐得做个人情，滋润一下族人们那饿得干瘪了许久的胃。毕竟一个祖宗发下来的，有的还同一个房头。就如过年期间，伢儿虽然淘气，家长也往往表现出宽容大度。

有财吩咐腊狗，再上几个硬菜，叫他们闹个够。而后笑着说："我就先撤了，你们吃好喝好。酒菜不够尽管叫。"

黄天雄喝得有些麻木了，脸红得像猴子屁股，拉着他的手，打了个酒嗝，语无伦次地说："财叔！您郎最够意思……但不陪，就不够意思……就是赶我们走的意思。"

"我是怕在这里，你们这些晚辈拘谨。我离开了，你们好敞开闹啊！"有财扒他的手，还是起了身。

"不是这样……您郎肯定是烟瘾来了……要去镇上。"

有财的脸，"欻"的一下就黑得透透的。满桌的人也吓了一跳，不晓得他为么事哪壶不开提哪壶，这不是打人的脸吗？喧闹戛然而止，掉片雪花都能听得见声音。

"财叔！他喝多了，瞎说八道的……呃！打人不打脸。吸鸦片这种事……呃！怎好在大庭……呃！广众下说呢？"黄天忠打破尴尬，下位跑了过来，拉着有财的胳膊。

众人又是一愣，面面相觑。然后纷纷起身，有的拦黄天雄，有的拉黄天忠，说他们是二黄[①]，劝有财别一般见识。

有财脸色铁青，心想丢根骨头，狗还跟我摇摇尾巴。今日好酒好肉招呼，竟招致羞辱，何况还是一群晚辈。这让他很是气恼，训斥道："瞎说八道么事呀？我早就戒了！"

---

① 二黄：方言。意思是不明事理，尽说混账话的人。

“吸就吸呗，财叔……嗝！又不是多大个丑事。我要是有钱……嗝！也去吸。”黄天雄没听出他的不满跟愤怒，继续胡说八道。

众人也拦他不住，只得抓住他棉袄往外拖，把他丢到雪地里，自个去醒酒。

有财懒得跟几个酒疯子磨叽，丢下满桌尴尬的目光，径直离席。他先各个房间转了一圈，甚至去了牛棚跟马厩，又到灶屋。见下人们都在吃饭，也不吭气，阴沉着脸去账房。

年眼看就过完了，表哥周光烈到底是个么意思？管家一日不能缺，他到底还来不来呢？翻着桌上的账本，有财心里无比郁闷。他相信，自己摸一年，他来不来，都无所谓了。但这一年，自己顶起来还是难度不小的。

另一件不开心的事，还是明明他已经改邪归正了，人们怎么就死活不相信呢？费了那么多口舌，却没几个人相信。黄有龙如此，那帮阁老如此，家里正在闹腾的后辈如此，估计那些没开口的，心里也是如此想的。

“唉，一失足成千古恨啦！要改变固有印象，何其难！”有财长叹一声，恨不得扇自己两嘴巴，为当初的浑。

跟有财一样，周光烈也心事满腹，整个年都没过好。

一直挨到正月十五吃过汤圆了，周光烈仍像没见引窝蛋的鸡母[①]，倒背着手在家里走来走去，皱着眉头唉声叹气。

“憋在屋里愁眉苦脸，也不是个事。还不如去打一捞[②]，探个虚实。”堂客周文氏拿抹布擦桌子，帮他出主意。

女人出的这个主意，他不是没想过，但心里还是别扭，低不下那个下贱。

自诩聪明一世的周光烈，后悔么样就猪油蒙了心，做出那么糊

---

① 鸡母：方言。指母鸡。

② 打一捞：俗语。意思是试探一下。水里是否有鱼，撒一网试试。此处是借喻，与下文探听虚实同义。

涂的事呢？给人的感觉是抹卡胡，也的确是要抹一回卡胡，逼有财给他个态度，最好能涨工钱。

老东家姑妈过世了，那么新东家如何打算，是否继续聘他，以及给多少工钱？怎么着也该有个姿态，让他有些面子。有财却只字不提。

回过头来想，还是自己心急了。姑妈刚刚过世，下葬当晚，自己就甩袖子走人，根本没给对方时间。心急吃不得热豆腐啊！周光烈追悔莫及。

甚至，他觉得低估了有财的智商。算死了他搞不团圆，就会低声下气来求自己，趁机提工钱的。可是人算不如天算，半路杀出夏先生这个程咬金。这夏先生也是可恶！为了区区三块大洋，他也吃得起亏，回家已经走到半路了，又顶风冒雪转来，把事情办团圆了，生生坏了自己的好事。还真是鸟为食亡人为财死啊！周光烈在心里又哀叹。

最后的一个机会，就是烧新香的人络绎不绝，春客天天请，加上施粥还在继续，原以为离了自己要砸锅的。没想到，腊狗那个狗屁长工，一个小愣子，竟然又搞周全了。如此一来，就显得请个管家，是多余的，这么些年的银子扔水里了。乡邻谈起来，也好说不好听哩！这叫他这张脸，往哪里搁呀！周光烈把腊狗又臭骂一回。

眼睁睁瞅着机会一个个流失，回旋的余地越来越小，周光烈懊恼得床单都快蹬烂了。

无尽的懊恼过后，他突然发现，自己好像并不聪明，也许是聪明反被聪明误了。对付有财那根直肠子，哪里用得着弯弯绕花心思？以两个人的关系，么事不能当面提？却偏要画蛇添足斗心眼，搞得如此被动。退一万步说，就是不涨工钱，安心当个管家，一人之下多少人之上，跟东家一张桌上吃饭，每餐酒肉招待，又横草不拈直草不拿①，蛮潇洒自在的。何况，收入也不错。

---

① 横草不拈直草不拿：俗语。指什么事都不干。

黄家大湾的几个管家，他的工钱是最高的。隔三岔五，姑妈还给些食物、小钱和布匹。也许有财抠门，再想像姑妈那样三不知[①]地给点钱物，怕是不可能了。但再怎么不济，总不至于减工钱，只会加呀！

初一去烧新香，也想顺便讨个信的，但有财只字没提。此后十几天，也不见他回拜。当然，他新孝在身，按规矩不回拜，也勉强说得过去，还真挑不出他么毛病。

十五过了，年就完了。如果有财还不来请，他这个管家，也就当到头了。老东家都守不住，其他财主又不缺管家，哪个来聘他？姑妈给的五十亩田，都佃出去了，靠租子管一家人的肚皮，也不成问题，但总觉得窝囊。头回跟有财斗心眼，看来，自己得以惨败收场了。

女人说得没错，有财的那个宝一碗扣着[②]，想知道骰子是几，也只有低回下贱，去他家里打一捞了。假如他铁了心不聘，也只好哑巴吃黄连，早做其他打算了。权当买个教训吧！谁教聪明睿智的心，竟被糨糊糊住了呢？

尽管极不情愿，还是让女人拿了两盒枯壳子茶[③]。已经迈出门槛了，女人又急忙喊了声："等等！"

"知道么样说，不要你教。"周光烈皱起眉头，以为女人还要絮叨么事。

不想女人跨步上前，劈手夺过礼盒，反身放到桌上，麻溜地拆开捆在外面的草绳。周光烈心思剔透，笑着说："我么样就没想到呢？还是堂客精明。"

女人也不言语，三下五除二就揭开礼盒。盒内只剩十几颗京

---

① 三不知：俗语。意思是时不时的。

② 那个宝一碗扣着：俗语。"押宝"是风靡江汉平原的赌博方式。庄家把骰子放在反扣着的碗和碟里使劲摇，然后碟在下碗在上放到赌桌上，反扣的碗并不揭开。待赌徒们押完赌注了，再揭开看骰子的大小，或者点数。

③ 枯壳子茶：用纸盒装的油炸食品礼盒，如后文的京果、兰花根、麻枣。

果、麻枣和兰花根[1]，可能是淘气的伢儿偷吃了。她犹豫了一下，因为太少了。但随即还是拿出几颗，放到桌上的盘子里，再把盒子盖上，草绳子系好，递给男人。

“就送个空盒子，他也不敢问我礼性的[2]。难不成，他还打开来看？”提在手里晃荡了几下，周光烈开心地笑了。

通海口地区收礼，没哪个当着客人的面开拆。打人脸哩！

“只管把心放肚里！”女人白了他一眼，一副恨铁不成钢的表情，然后打机关枪似的道，“他还不是往边上一丢，转手又送人了？就算日后发现少，能断定是你送的？早去早回，等你好消息。”

周文氏虽然尖嘴猴腮，但心思缜密嘴皮子厉害，整个周王村都是出了名的。特别是吵架，从未输过。这也是周光烈引以为傲的巨大优点。

周光烈挖着脑壳，礼盒夹在腋下，双手袖在袖筒子里，小心翼翼地走，盘算着怎么套话。从周王村到黄家大湾，有三里多地，所以中午才到。

穿过施粥的棚子，踏着青石板台阶拾级而上，刚到屋檐下，不承想掉下来一根凌钩子，正好落在衣领里，冰得周光烈一个激灵。

青石板上仿佛刚浇过水似的，结了薄薄的冰。所以这个激灵不打紧，重心顿时失衡，脚跟往后一滑，人往前一扑，双手连忙从袖筒里抽出，直接把大门推开了。此时，额头离那高高的门槛只差寸把远，狗皮帽子滚进了门里，枯壳子茶被身子压得粉碎。

大门猛地推开，随即卷进一股寒风，把桌下火盆里的火吹得一闪，躺在角落里啃骨头的黄狗，吓得丢下骨头躲进院子。正想心事的有财，也吓了一大跳。一看周光烈的狼狈相，愁眉一展，“扑哧”笑出了声：“您郎这是搞么事？这么个拜年法，我哪里受得起？”

人摔成这样了他还取笑，气得周光烈差点骂娘。之所以没敢骂，是他还有理智。一是有求于人，没资格骂；二呢他的娘是自己

---

① 京果、麻枣、兰花根：江汉平原流行的油炸糕点。

② 问礼性：方言。意思是兴师问罪、讲道理。

的姑妈，骂不得。虽然没骂，心里却是恨得蛋疼。当然，结结实实摔在青石板上，身子也疼。

借着有财伸过来的手爬起，懊恼不已的周光烈尽管脸色不好看，却还是捡起压扁了的茶壳子①，尴尬一笑说：“抱歉！压成粉子了。”

“没事！我们就用它吃早茶。”接过稀烂的茶壳子，顺空隙朝里瞟一眼，用手掂了掂重量，有财反身放到八仙桌上，吩咐刚从后门进来的小凤：“去！给周管家打盆热水洗把脸。另外，叫王莲切几个碟子，温一壶酒，我们吃个早茶。”

周光烈的脸红了一下，但随即恢复正常。都压成粉末了，哪里还看得出数量啊！洗了脸上手上的冰碴和泥巴，便在八仙桌上坐定，捧起热乎乎的茶喝了一口。

周光烈的到来，让有财的心情明朗起来。他正想找人商量事哩！

施粥二十多天的棚子拆了，借住的乡邻也陆续走了。听着感激感谢的话，有财心里还是蛮高兴的，很有成就感。姆妈临终托付的事，只剩收小凤这件没完成。

左右权衡，就想了了算了，免得姆妈在地下睡得不安逸，也免得小凤疯疯癫癫东想西想。但他又觉得，没必要这么猴急。倒不是有孝在身，须遵古训守孝三年才能婚娶。他是个把清规戒律看得很淡的人，不然也不会不顾姆妈的感受，去烟馆抽大烟了。他主要是觉得一个人过挺好，自由自在，无拘无束。

“东家，你这是有心事咧！”见有财闷声无语，周光烈笑嘻嘻地找话题。

“这个年过得可潇洒？潇洒够了，就该来做事了吧？”有财懒得跟他猜哑谜。

周光烈一怔，原来他没想过炒自己呀！随即暗骂自己真他妈笨

---

① 茶壳子：装糕点的盒子。

到家了，竟然自寻这么些天的烦恼，以至于年都没过好。又感叹堂客的确英明伟大，叫他来打一捞。最后松了口气，因为谈工钱的主动权，依旧握在自己手里。

于是乎，情绪大好。

8

尽管情绪大好，但周光烈是有城府的，不是草莽大汉。

他暗暗拧了一把棉裤里面的大腿，叮嘱自己沉住气，千万别再傻帽，又犯低级错误了。盛到碗里的肉，总是自己的，没人来抢。先帮对方把烦恼解决掉，心情弄舒畅，自己的事情，就好谈了。这样一想，他就跟黄有财打起了太极，问到底有何烦恼？

收小凤的事，黄周氏讲的时候他在场，不需要有财太啰嗦。老太太的遗言必须执行，周光烈认为这个是前提。现在的问题，是如何操办、何时操办，他建议尽早。有财虽不乐意，但也点头，说只能如此了。于是商定，正月二十就办了。收个丫头，五天的时间准备，够了。

“那我明日就过来操办。只是……”周光烈停顿了一下，望着有财。

“有话就说，有屁就放。跟我还吞吞吐吐？”有财是个直性子，没心膈[1]的，见不得曲里拐弯。

“那……”周光烈欲言又止，好像难以启齿，过了一会儿，才小声询问，“就是，我的工钱么样算呢？”

有财果然愕然，把只有一层皮的额头皱成沟壑，盯着他的眼睛看了一会儿，声音有些颤抖地问：“表兄是么意思？”

“你看啊！现在社会动荡，么事都涨了。如果还是原来的工钱，我怕是只有去喝西北风了。”

---

① 没心膈：方言。意思是没多少心眼。

“那……”有财显然没心理准备，停顿片刻，眉头皱起，“表兄想涨多少？”

“出得了你的手，就成。”周光烈嘿嘿一笑，这回倒是豪爽，似乎早就猜到有这一问。

有财心说假不假呀？我觉得姆妈给的价钱，就够大方了。你却还提，肯定是嫌少啊！什么叫出得了我的手？但嘴巴没这么讲，而是装出胸有成竹的样子，淡淡一笑道：“既然表兄提起，肯定是谋划过的。直说无妨，只要我给得起。”

“既然你这么讲，我就不客气了。不然，显得我夹生。”躲避掉有财探询的目光，周光烈咽了口口水，“一百五。一百五么样？”

“一百五十个现大洋？”有财的眼睛瞪得像灯笼，语气也夸张到不行。

“第一，我觉得我值这个数；第二，我觉得你拿得出；第三，物价这么涨，没这个数，我一家老小没法活。”尽管心里有底线，但哪个怕钱多了咬手呢？再者说了，讨价还价，就是要讨嘛。所以，有财让他报个数，他便一咬牙，说得理直气壮。万一，梦想成真了呢？

有财的脑壳摇得像货郎鼓，直说：“太多了，太多了！”

除了包吃包住、管两套衣裳以及其他物品，原来才五十个现大洋，如今直接涨一百，三倍哩！当黄家的钱，是大风吹来的？就算有财再浑，也做不起这个冤大头啊！

口子的确是开大了。好像讨价还价的主导权，又不在自己手上了。突然悟到这一点，周光烈肠子又悔青了。但是，他也没办法改口，只得觍着脸皮问：“那表弟，你能给多少？”

“原价！爱干不干！”原价肯定是不可能的，有财也心知肚明。但他还是狠了下心，脸色也不好看了。

两个人讨价还价，最后定在八十个大洋。周光烈无奈地摇头，苦笑着说：“你太狠了，东家！”

其实，这本就是他的心理预期。他并非全天候在黄家，只是有事才来。往后，往黄家跑的时间，只怕会更少。

但凡婚姻大事，须得族长同意。不然，小凤进不了祠堂，不进祠堂便不能算黄家的人，这件事也就不能算完结。

送走周光烈，有财不磨叽，也拎了两盒枯壳子茶，去找族长黄有龙，行个程序。敲开门，望见坐在桌子正中喝茶的黄德林，暗道一声糟糕。他最不愿见的，就是这黄德林。但他也退不出来了，只得连忙双手一拱，叫道："大伯，过年好啊！"

"都今日今时了，还讲个么礼性咧！"见他把枯壳子茶放到桌上，黄德林讲了句不客气的话，屁股都没挪一下，又嘴巴一努，说坐。

俗话说，伸手不打送礼的人。这黄德林还真不含糊，打得那是"啪啪"地响。有财有些尴尬，半边屁股在下首坐了，歉意地解释道："是晚了些。今年新香，没么走动。"

"来客人了，看茶！"黄德林没接话茬，扭头对着后门喊，又问，"有事啊？"

"有点事，找族长。"

"哦，真是不巧啊！一早就去他老丈人家了。"

"谢谢！"接过王管家递来的茶，有财道，"跟您郎讲，其实也一样。"

"我又不管族里的事，你还是等他回来吧。"黄德林回得一干二净，然后把长长的铜烟杆含在嘴里，使劲地"吧嗒"了一口。

真是个老狐狸，装得还真像！有财暗骂了一句，脸上却堆满了笑："其实就一点私事。跟您郎讲，真是一样的。"

"哦！"黄德林不置可否，拿烟杆对着茶碗晃了一下，"喏！喝茶。"

"多谢！"端起茶碗抿了一口，有财放下时说，"就是姆妈去世前，交代我把小凤收了，还说不等个么三七五七和守孝三年的规矩了。所以，我就想正月二十，把事办了，免得姆妈在地下惦记。但是收小凤，得进祠堂。"

“嗯！难得你有这份孝心。”黄德林斜睨一眼，慢条斯理地说，“循祖制呢，你就该等。但你娘有这个心愿，不等也不是不可以。毕竟世风在变，你又是为她守孝。她都不在乎，也就无所谓了……就不知，你是填房[①]呢，还是纳妾？”

“哦！您郎问这个啊，我没想过。其实，我是想一个人过算了。但姆妈有这个心愿，又不能拂了。”面对黄德林，有财知道没必要隐瞒么事，也隐瞒不住。老狐狸太精了，仿佛能看穿人心，洞悉你的所有想法。

“这个你可要想好了。假如是纳妾，那就简单了。请两桌客，表示有这个事，就完了。不用进祠堂的。就是不晓得，这是不是你姆妈的本意。你改邪归正守孝道，我是一百二十个赞成。但倘若不是你姆妈的意思，那你就既有悖祖训，又拂了你姆妈的意思。一头都不头，两头不沾边。”黄德林停住了，又“吧嗒”了一口旱烟。

“姆妈只说让我收，没说么样收。那可么办？”有财急了，后悔当初没追问一句。但姆妈死了，再问不到人了。

黄德林顺着自己的话，继续说：“如果是填房，就麻烦些，得规规矩矩办。小凤是你家买来的丫头，但要成为正房，就不能再说是没娘家的人。你得请个媒人，携了礼盒去提亲，再一步一步按章程来。”

“问题是，我原本想单过的。但姆妈讲了，又不能不办。大伯！您郎看，就纳妾，行不行？”听他这么一通分析，有财的脸，顿时像哭丧一样。

“能捋的，我帮你捋了。主意嘛，还得你自己拿……伢儿！既然你来了，有个事，我也再跟你说道说道。即使你不爱听，明白是为你好，就行了。”

有财没想到，他突然转了这大个弯，而是肯定不是好话，哪敢不听？便身子前倾了些，诚惶诚恐地说：“您郎说，我保证听。”

---

① 填房：江汉平原一些地方把续弦叫填房。指夫人殁了，或者休了，再娶个正房夫人。

“那个鸦片，不能再抽了。真不是个么好东西。”黄德林又斜睨一眼，尽管语气轻描淡写，不屑却跃然脸上。

“已经戒了，大伯！”

“戒了？真戒了？但我么样听说，你天天往烟馆跑呢？”黄德林的目光，满是怀疑。

“真戒了！但人家要那么说，我也捂不住嘴。只要我行得正坐得端，人家要说，就由他说吧。”有财无可奈何。

“你要真戒了，人家为么事硬说你还在吸？难道人家都错了？难怪人们说，你又多了个毛病，阴一盒阳一盒[1]。这个就更不好了。做人哪，诚实是根本。黄家的伢，不能丢了根本。这些话，我本来不想说，烂在肚子里的。但你娘老子都死了，没人跟你说了。要不是怕丢黄家的人，我也懒得说。算了，看你也不想听，你走吧。”黄德林摇了摇头，恨铁不成钢地下了逐客令。

这也太霸道了吧？解释的机会都不给？有财无语。既然是这样，再待下去，只会招到更多羞辱，便起身告辞。但最后，他还是说了句：“大伯！感谢您郎的教诲。不过，我自从起过誓，就真的再没吸了。不然，我这根手指，不是白剁了？”扬了扬还包着布片的左手，直接出了黄德林家的门。

郁闷至极的有财，很快又收拢心情。为不再找黄德林爷父子讨轻视，决心纳妾算了。正月二十，如期跟小凤圆了房，此事便算了了。

尽管许多人为小凤不值，但小凤没觉得有多委屈。一个买来的丫头，也算是有个不错的归宿了，决心跟他好好过日子，按老夫人的意思相夫教子。

就在人们收了过年的心，转身为一年忙碌做准备时，一声惊天炸雷，不仅扰乱了黄家大湾的祥和与宁静，也捣得人心惶惶惊慌失措。

---

① 阴一盒阳一盒：俗语。意思是说一套做一套，两面人。

正月二十四清早，管家王保旺抬起手，刚要敲东家黄有龙的大门，睁眼一看，霎时惊出一身冷汗。原来，大门上插着一把短刀！再一细瞧，短刀上穿着一片泛着黄色的毛边纸。他不敢取下来，急忙把门拍得山响。

“催命啦！”随着不耐烦的声音响起，门口露出了黄有龙那张阴冷的刀削脸。

面无人色的王保旺不能言语，用手指门上。黄有龙顺着手势一抬头，那把短刀与毛边纸便赫然映入眼帘，顿时也愣住了。这时黄德林悠闲踱来，瞅一眼门上，也是神色一凛。稍后，才颤颤抖抖地拔下短刀，取下毛边纸，反身摊在八仙桌上，哆哆嗦嗦地展开。

“为剿匪靖安，请备大洋五百，三天后送到镇海寺大殿香炉下。先礼后兵，过时不候。”潦草的毛笔字，无半个废字，刹那间就刺得眼睛灼痛。

五百大洋三天内备齐，这不是要命吗？到底是得罪了哪路神仙好汉，竟下此通牒？紧盯着这片堪比索命的毛边纸，三人半晌无语，也没敢再触碰，眼里满是不可置信的惊悚。仿佛这是一颗重磅炸弹。良久之后，又面面相觑。虽然对长工和佃户刻薄了些，但在外面，好像没积么怨。

左思右想不得其意，黄德林眉头突然一展，计上心来，把桌子一拍说：“这不是针对我们家的！之所以钉在我家大门，是因为有龙是保长。那就好办了……去！请阁老和大户们祠堂偏殿议事。”言毕，转身去了茅舍[①]。

通知没讲何事，但祠堂偏殿向来是讨论和决定大事的地方，极少启用，何况还请旁姓参加。所以，接到通知的人，都嗅出了不一般的气味。

很快，阁老和大户们，熙熙攘攘三十多人，便在祠堂偏殿聚齐了。那片毛边纸，如烫手山芋般，在一个个面如土色的人手里也传

① 茅舍：方言。即厕所、茅坑。

了一遍。到最后，皱皱巴巴没了原样。众人的面色，越发苍白与凝重，跟这片毛边纸一样。甚至有几个，椅子都坐不稳，如若不是紧紧抓住把手，必定滑落在地。

时局动荡，土匪横行，但黄家大湾总体幸运。既没直接受战火蹂躏，也未曾遭土匪袭扰。眼下却白纸黑字的条子，公然钉上了保长家的大门。这到底是哪股势力？尽管打着“剿匪靖安”幌子，但肯定是土匪无疑。如果是政府，一不会采取这种典型的土匪勒索方式，而是直接发公牒；二不会送钱到寺庙，而是直接登门好吃好喝招待，然后提着钱袋子走人，或者要人送到衙门；三不会出现“先礼后兵，过时不候”的恐吓。

众人正在东想西想，黄德林把回到手里的毛边纸条猛地拍在桌上，犀利的目光扫视全场，惊吓得满场目光齐刷刷地聚焦到了坐在首位的他身上。

碰到前所未有的大事，没经多少世事的保长黄有龙也六神无主了。此刻的黄德林，就是黄家大湾的主心骨。从大家的目光中，黄德林读出了期待，更觉担子的沉重。跟大家一样，他其实也拿不定把握。一生经历过那么多事，唯独这种事，还是第一回。但他不能把心虚暴露出来，更不能传染给众人。他暗暗告诫自己，可不能作出错误判断。否则祖上开拓出来的这片土地，便会生灵涂炭永无宁日，上辱没祖宗，下愧对子孙。

黄德林不开口，众人便不敢讲话。但他也不能老不开口，否则黄家大湾的话事人，只怕是要旁落了。悟到这一层，鸦雀无声好几分钟之后，黄德林那浑浊而苍老的声音，终于在偏殿响起。果然如他所料，从众人终于舒出一口长气的表情看，那些悬到喉咙口的心，正慢慢往下放了。

黄德林说，这是黄家大湾前所未有的挑战，关系整个湾子的生死。众人立即联想到武家河的惨事，十几条人命，说没就没了，顿时叽叽喳喳起来。

黄德林并未阻止，而是等声音逐渐平息了，人们的目光再次聚焦过来时，才接着讲，到底是哪股人所为？是因为得罪还是别的原因？必须弄清楚。但是，他话锋一转又说，这个目前不是最为迫切的，只有慢慢来，因为对方只给了三天时间。

众人一想也是，三天摸清楚对方底细，显然有难度。

“现在最为迫切的，是这个款送不送，假如不送，就讨论个应对之策。如果送，么样凑，哪个去送？先把这些讨论清楚。其余的，只能日后图谋。”这是黄德林最后出的考题。说完，端起茶碗喝了口茶，再转头望众人。

会场再次沉默。

过了一会儿，黄德林的二弟黄德茂扭头问黄有龙：“虎子么时候到家？”

黄德茂的话刚落音，所有人都把目光转向了黄有龙。祭祖的时候就讲要成立护湾队，在座的人也都凑了银两，却没下文。只是都憋在心里，没好意思问。

“哪儿那么快，二爷[①]！这才过去十几天咧！”黄有龙苦笑一声，双手抱拳对大伙拱了拱。

“唉！那就是指望不上了。”黄德茂哀叹一声，嘀咕道。

既然指望不上，便只得在送与不送中做选择了。一时间便如炸了锅般，众说纷纭。

有的说送吧，舍财免灾。不管是哪路土匪，都杀人不眨眼。倘若血洗黄家大湾，像武家河那样，可不是闹着玩的。有的反驳，假如土匪贪得无厌，觉得这钱来得太容易，还有下次，甚至下下次呢？又或者，给了这帮土匪，再来一帮土匪呢？何日是了期呀？于是，又觉得送不是个好办法。

坚持不送的，又提议尽快组织护湾队。反驳的又说，三天期限咧，我的大爷！何况都是有枪有刀的亡命徒咧！言下之意，组织护湾队，说起来容易，三天时间哪儿够啊！何况没武器，从未经历

---

① 二爷：方言。指二叔。

过打杀场面的老实巴交农民，拿镰刀冲担[①]去拼有枪有刀的亡命之徒，岂不是以卵击石自寻灭亡？于是，众人又沉默了。

左右为难进退维谷，直急得这帮平日里满脑子智慧的阁老和财大气粗的大户们抓耳挠腮。

最后是黄德林把血红的眼珠瞪得像牛卵子，咬牙切齿地拍板："送！"随后补充道，为保全父老乡邻，只有忍痛割肉。这是我们这些大户的责任。但是，我们今天忍辱负重送出去的，不管是哪路土匪，定教他来日加倍奉还。所以，组建护湾队是当务之急，必须抓紧。

9

在场的三十多户人家，凑齐五百个大洋不是难事。但是，一些人心里还是别扭。这一，条子是下给你黄德林家的，凭么事要大家凑？这二，为子虚乌有的护湾队，已经凑过一回，银两捏在你三儿子黄有豹手里，分文未支，为么事还要凑？这三，你们拿了片破纸，说是土匪勒索，哪个敢保证不是你做了个笼子，自己想勒索？但是，也只能把想法揣在心里，腹黑而已。

乖乖凑了银两，迈着如灌了水银的麻木双腿出祠堂，都觉得窝囊透顶，如丧考妣。有财更是。在那些大户里，他出的钱最多，整整五十个大洋，占了十分之一。

要黄有龙去送款，黄德茂说有风险，提议他就不出了。众人晓得又被他们摆了一道，却屁都不敢放一个，乖乖附议。

黄有龙也不想去，担心送了款便回不来。

当着几十人的面，儿子脸色惨白，说话哆嗦，让黄德林心里叹气，觉得丢人。恨铁不成钢地瞪了他一眼，大义凛然地教训道，你

① 冲担：江汉平原挑麦子、稻草的工具。跟扁担一样，只是两头削得尖尖的，有的还套上尖尖的铁头。

是保长，你不去哪个去？明面的话说完，又附在他耳边低声安抚道，放心！土匪只要钱不害命，何况又是在香火旺盛的寺庙。叫陈大武跟你一起。这一，可以做个伴，壮个胆。二也是更主要的，我看陈大武几个好像心里不辣火[①]。让他们陪你去，就明白不是我黄德林要黑哪个，是真有其事。

虽然惊恐得要命，但也确如他老子所料，黄有龙和陈大武三个人都平安回来了。

虽然他们平安回来，但是这件事，在大户们心里，还是造成了巨大阴影，都想着法子加固大门。有的把门闩改大加厚了，有的感觉一道闩不安全，再加一道甚至两道，有的闩上门之后再拿杠子或者桌子抵着，甚至枕头旁边放把菜刀。总之，那些大户人家，再没人敢睡安稳觉了。

穷人们无所谓，他们没钱，只有一条苦命。土匪却差不多只要钱，不到万不得已不要命。倘若土匪真的踏错了门槛，只好自认倒霉。而林林总总的传闻，似乎还没踏错门槛的先例。所以，穷人们的生产生活，好像也没太多改变。

转眼到了耕整土地和下种育苗的日子，土匪们也没再下条子，人们的心，才慢慢放下来。

外人的误解，深深地刺激了有财的神经，激发了他的斗志，加上起过誓，便扑下身子，专心学着理事。当然，鸦片瘾也时而上来，不过越来越轻了。即便上来了，也通过做事来转移。虽然别人说得神乎其神，他却感觉也没太难戒。

这让人们刮目相看，也让一些人心生忌惮。比如周光烈，觉得东家如此发奋，这一年过去，兴许真不需要他这个管家了。还有那个阴阴的黄有龙，生怕他改邪归正，抢了他的族长。而照黄周氏留下的口碑，再加上有财的转变，不要说这种事情不可能发生。

心生忌惮的人们，虽然所使手段不同，却目标高度一致，那就

---

① 不辣火：方言。意思是心里有疙瘩、不开心。

是千方百计，阻止有财的转变。

耕整土地和下种育苗的日子，也是青黄不接，饥馑难挨的时候。这天跟周光烈商量春耕的事，有财要他把库房的粮食盘盘。他忧心忡忡地说，我看讨米要饭的越来越多，还听说范家湖饿死人了。如果有富余，就把粥棚再搭起来。

“他们饿不饿死，与你何干？办老太太丧事，开支不小，过年施粥又比往年长，还有借宿的人白吃那么长时间，粮食应该不够的。还是不搭了吧？”周光烈大吃一惊。

他这么个态度，大大出乎有财意料，盯着他看了好长时间，仿佛不认识似的。在他印象中，表哥不是这样吝啬的啊！何况又不是用他家的粮食。

过去的周光烈，的确不是这样的。但人是会变的，特别长了杂念之后。

那天他去街上办事，碰巧黄有龙也去，就搭了黄有龙的马车。本来是说不到一处的，但因都有心病，自然就聊起了有财的变化。一个取笑对方，说照这个样子，明年他可能不聘管家了。另一个反唇相讥，说也许两年，至多三年，可能要改选族长了。各怀鬼胎的两个人，相视苦笑，于是结成联盟，凑起狙击有财的法子。最后达成的一致意见，就是凡他想干的好事，都让他干不成。他不想干的事，想办法逼他干。而且，最好再吸上鸦片。

“表哥！我们设想一下，假如老妈还活着，她会么样办？”盯着他看了一会儿，有财问。

周光烈没想到，他会这么想问题，心里吸了口凉气。看来，他真要学姑妈想问题做事情了。用脚指头都想得到，假如姑妈还活着，肯定是再搭棚施粥啊！周光烈脸皮抽搐了几下，也没硬抗，叹了口气说：“那我先盘盘库存，盘完了再说。好不好？”

周光烈刚刚出门，突然想起一件事，心说一不做二不休。既然你想做善事，索性还送你一件，看你有多少家当败。于是转身回来，说：“东家！还有个事。”

“有话就说有屁就放，麻溜点。见不得你这个磨叽劲。”

被有财喷了一脸，他也不恼，谁叫人家是东家呢？讪讪地说：“就是租户们找了你几回，都让我拦住了。他们说今年的情况有些特殊，希望能减租子。不然，这日子没法过。”

“在黄家大湾，我们家的租子，是最少的了吧？”姆妈定的这个规矩，有财是记得的。何况他开始当家理事，也掌握了一些情况，于是眉头顿时皱起。

“是！没哪个比我们更少了。”

“那他们还要减？叫他们去租族长的试试？”有财坐直了身子，明显是生气了。

“这不人家说了吗？今年情况特殊啊！……你看啊！去年，先是春旱，后是蝗灾，多数租户基本白干，好多人家租子都没交齐。要不是老太太发善心，年底都免了，年都没法过。到现在，好多家里种子都没备，而刚刚灌浆的麦子，有等不及的，就割了熬水喝……也怪可怜的！”

周光烈讲的，都是实情，有财也清楚。于是换了个口气，问道：“那其他东家的租户，都是么情况？”

“当然闹得更凶啦！有几家的租户，合起伙来找东家谈，说是不减就不租了。我们家的租户，都不好意思找你，只能跟我叨叨。毕竟，我们是最低的，而老太太在的时候，也很照顾。”

“如果其他财主减，我们就减吧。把握一个尺度就行。就是我们的租子，永远是黄家大湾最低的。”

周光烈心说你就泡吧，看你能泡多久，嘴里却说：“有你这句话，就好办了。就是不晓得，租户们得到这个消息，要么样感恩戴德哩！”

有财不晓得的是，他们家租户要减租子，其实是周光烈背后鼓动的。

有了有财那话，周光烈便跟租户去谈。他用了点技巧，一家一家谈。二十几家租户，一起谈效果肯定不好，毕竟他是少数。一家一家谈，虽然人数上均等，一对一，但他代表着东家，所以优势还是很明显的。

租子原来是好田一亩一石二斗、中田一亩一石、瘠田一亩八斗的稻谷。其他作物按谷换算。周光烈定的标准，是各降五升。谈的时候，他对每户都说，你是最低的，再没比你更低的了。这话也没错，因为其实都一样。但警告不能告诉别人，假如引起攀比，就不作数了，得往高了靠。他说减租的事，是他找东家软磨硬泡，才争取来的。

虽然都老实巴交，但并不愚钝，所以租户们当然听得出他的意思，就是并非东家发善心。于是，都一把鼻涕一把泪，对他感恩戴德，信誓旦旦地保证不跟别人讲。

租户们哪里晓得，周光烈转身跟东家说，好田一石一斗、中田九斗、瘠田七斗。每亩又少了五升。这五升，当然归周光烈所有了。别看只瞒了五升，有财家里可是有几百亩地出租的。何况卖这大个人情，租户们不也得孝敬他？这笔横财到手，就算没姑妈额外施舍，也够他一家人把生活提高几个档次了！更何况，还收买了人心！

可见这周光烈，胆子够大，下手够狠，心也够黑。

就在小麦刚刚挥镰，一个晴朗的傍晚，不知是哪来的土匪，驾了四五条船，顺着通州河过来。把船泊在黄家大湾码头，十多人大摇大摆地扛着冲担，拥进田间，挑起捆好的麦子，就往船上装。

割了一天，此刻正在另一头捆麦子的农民，起初还懵懵懂懂，直起身子张望，惊愕怎么会有这么好心肠的人，来帮忙挑麦子呢？待明白过来是么回事，就都慌了神，赶忙过去阻挡。等着新麦子度荒哩，这不是要一家老小的命哪！反正命也不值钱，这帮农民便拿自己的命，去赌土匪的命。何况拿一个人的命，保一家人的命，也值了。

结果可想而知，刚刚割掉麦子的田地里，东倒西歪地躺了十几个人。好在土匪只要麦子不要命，你不阻拦，他们便不找你的麻烦。所以尽管满身是血，也并未死人。

护湾队队长黄有虎和在远处干活的人们闻讯赶来时，那些船刚刚离开通州河岸，遭了船上的人一顿放肆的嘲笑。虽气得吐血，却也只有跺脚骂娘的份儿。

经历过这件事，人们便对黄德林父子以及护湾队很是不满。大伙既然交了钱，他们就该尽责保护。然而，却还是青天白日就被土匪打劫。顺带着，把上回那五百个大洋，又翻出来说事。

有的人其实自始就不爽，条子是下给他家的，钱却逼大伙凑。而且如今看来，那钱是塞了黑窟窿，没起鸟用。更有人私下议论，说下条子那事，不定就子虚乌有，是他们想的毒招，既黑大伙一把，也为成立护湾队找个再好不过的借口。这不仅因为主事和管钱的，都是他们亲兄弟，而且也因为黄德林，本就是黄家大湾最阴险狡诈之人。照这个架势，天晓得他们哪天会再要钱，天晓得那钱入了哪个的腰包。

天下没有不透风的墙，何况黄德林父子也是有根基的。坊间的议论，很快就传进了耳朵。于是，一方面，黄有虎白天背着匣子[①]，带两三个后生，在田间地头梭巡，晚上则加紧组织操练，还建立了一个类似联防的警报机制。另一方面，一条毒计，也在黄德林脑壳里形成。

这天有财跟几个长工，正在自家地里割小麦，突然拥来十几个人，二话不说也蹚进田里，挥镰割了起来。

腊狗以为是秧工[②]，因为天气看着不太好，兴许要下雨了，必须抓紧抢收。就笑呵呵地大声招呼："大家抓紧点。收完了，东家晚上肯定给我们加餐。"

一旁的有财问腊狗："你胆子够大的啊，居然敢叫秧工？还敢做主加餐？"

"我没叫啊！我以为您郎叫的哩！不是啊？"腊狗这才晓得搞差

---

① 匣子：方言。指短枪套子。

② 秧工：方言。指随叫随到、干完活即离去的短工、散工。

了，红着脸急忙分辩，随后又道，“莫不是周管家叫的？不然的话，么样来这么多人呢？”

听他这么说，有财眉头紧蹙，有些不舒坦，心说表哥主见是越来越大了。叫这么多秧工，气都不通一个的？

那些人附和着腊狗的招呼，说好啊好啊！然后割完了，又麻利地拿草葽子捆起，冲担挑了就走。他们这么自觉，干劲这么大，搞得有财跟长工们心里挺感动的，惊异么样不磨洋工了呢？于是，也赶紧地捆了挑回去。

进了湾子，才发觉不对头。那些人并未挑到有财的禾场上，而是各自挑回家去了。有财顿时急得满头大汗，连忙上前阻拦。然而，那些人根本不听他的，拽都拽不过来。再说了，对方十几个人，这边就他和几个长工，哪里拦得过来？眼睁睁看着他们挑走，有财真是欲哭无泪！

但是，这只是个开头，更悲催的还在后面。

到了吃夜饭的点，抢了麦子的，竟拖家带口到有财家，院子里、禾场上到处是人，甚至还坐在堂屋的八仙桌上，神气活现地跷起二郎腿，吵嚷着要吃夜饭！

小凤和三个伢吓得要死，躲在屋里不敢出来。

有财哭笑不得，说乡里乡亲的，管餐把饭，也不是不可以。但总得说出个道道来吧？那些人说麦子被土匪抢了，家里揭不开锅，只得来他家吃了。

这是么狗屁理由啊？哦！你们的麦子被人抢了，就要吃我的大户？湾里几个财主哩，怎么不去吃他们？当我有财是软柿子啊？有财嘴巴都气歪了，当即就轰他们走，说一个一个的，还惯出毛病来了！

这时腊狗过来，脸色也不好看，凑在有财耳边小声嘀咕了几句，气得他更像踩了尾巴的老猫，一蹦三尺高，放声骂道：“放他姆妈的狗臭屁！是哪个王八蛋造老子的谣？老子要跟他死人！老子么时候勾结土匪，抢他们的麦子了？老子连土匪长么样子，都不晓得，么样去勾结？再者说了，老子勾结土匪抢他们的麦子，能得么好处？”

坐在八仙桌上的几个人，是那些佃户里边有些话语权的。便问你们听哪个说，是我勾结土匪，抢你们麦子的？那些人没正面回答，而是反问了一句：“为么事被抢麦子的，你家佃户一个都没有？全是其他财主的佃户？”

有财还真被问住了，愣在当场。的确，他的佃户，一个都没被抢，而且，他的田在上游，离通州河埠头还近些，土匪却是把船靠在埠头，舍近求远抢了下游田里的麦子。愣怔片刻，有财反应过来，这话里有套，心说可不能上当了。于是说道：“他们没被抢，我么样晓得？你们得去问土匪呀！”

那些人只嘿嘿地笑，旱烟抽得“吧嗒吧嗒”响，一副大家都懂的表情，并不接他的话茬，气得有财跳脚。

10

“喂！不年不节的，又有么好事，请这么多客？”有财正在焦头烂额，黄有龙跨进门槛，满嘴的阴阳怪气。

“哎呀！族长来了正好。不评清白人[①]，就请族长来评个理。”有财如抓住救命稻草般，一把扯住黄有龙的胳膊，扯到一张空椅子上坐下。

他急得糨糊一团了，说话便没过脑壳。等众人哄堂大笑，而黄有龙脸色铁青时，才发现这话有问题，连忙纠正道：“哎呀！族长，不是说你不清白，是事情不清白……哎呀！清白……哎呀！不清白……哎呀！对不起，我脑壳乱了。”

“有财！你到底想说么事？”黄有龙一副真被他搞得不清白了的样子，挠了挠头皮，手指顺势对着满屋的人划拉了一遍，讶然道，

---

① 清白人：方言。意思是明白人。

“你请人吃饭，就是要他们帮你评理呀？是个么大事，还请这么多人来评？”

“哪是请他们来评理呀？”有财终于冷静下来，便把事情原委说了一遍，最后满脸委屈地说，“真不是我勾土匪来的，但他们就是听不进去。”

“哦，是这么个事啊！”黄有龙拍了下额头，恍然大悟的样子，然后对着屋里的人，煞有介事地说，“哎！我说你们，一个两个三个，太不像话了啊！你们的麦子被土匪抢了，有本事，找土匪去呀！赖人家有财搞么事？有财好欺负啊？赶紧回去，啊！不然，我叫区公所来人，抓你们坐牢去。”

从黄有龙进来，那些人一直像看戏的，盯着有财跟他讲，没一人开口。见黄有龙发问，其中一人才说：“保长！冤各有头债各有主，我们没去你家，没去黄有生家，而单单来有财家？肯定是有确信的。再说了，你是信他一个人，还是信我们这几十人？就是官司打到区公所，也是我们占理。哦！他是财主，你也是财主，你们就相互包庇，合起伙来欺负我们穷人？”

“看你这话说的！”黄有龙也怔住了，尴尬一笑，“那……总得有个证据呀？你们的证据在哪里？”

“这种事，我们哪里去找证据？不过，都在传，那就肯定是有了。”那人似乎理直气壮。

“东家，东家！”正在不可开交时，周光烈的声音在禾场上响起。有财还没应答，他已经进门了，兴奋地扑到有财跟前说，你买的鸦片，魏老板叫我带回来了。又像是才看到满屋的人，瞅一眼，惊讶地问，今天是做么好事，来了这么多人？

焦头烂额的有财眼前一黑，差点栽倒，随即就暴跳如雷：“周光烈！你胡说八道个么事？我鸦片戒了半年多，你又不是不晓得。我么时候买鸦片，还魏老板叫你带回来？”

周光烈一脸无辜的神情，把鸦片往桌上一放，似乎十分委屈：“你们之间的买卖，我哪里晓得？在街上碰到了，他叫我带回来，我就带回来了。做下人真是不容易！辛辛苦苦帮你的忙，还帮错了。真是的！你没买，他发神经要我带呀？不仅带回了鸦片，还有枪，以及全套用具，都在苕货的车上。他说你说老往街上跑不方便，又有人说闲话，干脆买一套放家里，想抽就能抽。”

满屋的人，甚至院子和禾场上的，听了周光烈的话，脸上就都精彩绝伦了。小凤也带着三个伢挤进堂屋，一脸惊诧地盯着有财看，满是不可置信。

过了好一会儿，黄有龙才把指头甩到有财脸上，义愤填膺地说：“好你个黄有财！你这当面一套背后一套的把戏，玩得真是绝呀！竟把所有人都骗了。佩服，佩服！”最后恨铁不成钢地把指头弯曲，捏成拳头，朝下猛地一甩，“唉——”的一声长叹，拂袖而去。

随着黄有龙的离去，谴责有财的声音，顿时便铺天盖地，真是恨不得拿唾沫淹死他。

不想都这个时候了，周光烈还不忘补一刀：“东家！这些东西，是一百个大洋。魏老板说，看在你是老主顾的分儿上，又是好朋友，打个折，只要了八十。我已经给他银票了。”

有财明白，这是被人坑了，而且坑得干净利落，真正的有口难辩。突然，一阵眩晕上头，身子一个晃荡，喉咙便涌出一股腥腥的甜味，随后一口鲜血喷射而出。

小凤跟三个伢骇得“哇”的一声大哭，赶紧上前抱着，生怕他栽倒下去。腊狗和刚进屋的苕货连忙接住，然后扶他回屋歇息。

周光烈跟众人也是一脸骇然。他们没想到，有财就这点耐性，轻轻松松就打击成这样了。随后，周光烈突然悟出了一点么事，脸色迅速转变，愤怒地吼道：“都走，都走！哪里来的，滚回哪里去！”说罢，也跟进有财的房间。

有财已然这样了，他家里也烂成了一锅粥，那些人哪还敢赖着不走？“哄”的一声，走了个干干净净。

周光烈没明白自己做的这事，有多龌龊，对自己今后有么影响，但管家职责所在，连忙吩咐苕货，赶紧驾马车去镇上请田郎中。

黄有龙正眉飞色舞地跟他老子和兄弟讲有财吃闷[1]，管家王保旺又兴奋地穿堂屋进院子，说有财吐血了。

王保旺一直躲在有财院子旁边的巷子里，盯着那边的动静。有财勾结土匪的风声，就是他放出去的。那帮人到有财家里要饭吃，也是他叫人暗中撺掇的。周光烈搞鸦片的闹剧，更是他给了十块大洋，去办的。

只是用有财的钱，去街上走一遭，就白赚十个大洋，于心里的天平已经倾斜的周光烈，何乐而不为？而且，他实际只花了七十个大洋，却跟有财报八十，又赚了十个。只赚不赔的买卖，那是多多益善哪！魏德恩更是乐得合不拢嘴。那些东西，哪里需要七十个大洋？二十几个足够！就是说，除了有财这个冤大头，所有参与者，都是赢家。

黄德林先是一愣，随即露出阴鸷的笑。

他觊觎有财家的田产，很多年了。只是黄周氏精明，不仅大量收买人心，而且也无懈可击，便只能把心思遮掩起来。如今黄周氏死了，原本想着她浑气儿子不成器，再慢慢下手的。不想有财却一夜间醒黄[2]，不仅戒了鸦片，还有模有样地躬身理事。倘若让他再折腾几年，自己的心思，怕是实现不了了。于是，就处处针对他打压他。没想到，这才刚刚出手，他就挺不住，气得吐血了。对这个侄子，他没半点怜悯，决心痛打落水狗，一举实现梦想。想了想，吩咐黄有龙安排开祠堂。随后，又如此这般地交代了一番。

田郎中诊断，是急火攻心，并无大碍，开了几服水药，苕货送郎中回去的时候顺便带回来，叫王莲连夜煎了，小凤服侍有财喝后安歇。一夜无话。

次日一早，十几户村民联署，把按了红手印的状词，郑重递到保长黄有龙手上，要求处理黄有财勾连土匪，抢劫小麦一事。黄有

---

① 吃闷［mēn］：俗语。意思是吃闷亏。

② 醒黄：方言。意思是清醒、明白。

龙不敢独断，便开祠堂公开审理。

夏收夏播这么忙，多数村民没来，反正跟他们无关。昨天挑了有财小麦，甚至拖家带口去他家闹的有些人，良心发现，也没来。其实他们来不来，关系不大。官司双方和阁老们来了就行。

有财是由管家周光烈、长工腊狗跟小凤陪同去的。本来小凤不能进祠堂的——这也是她第一回进，但有财有病，为体现人道关怀，族长黄有龙破例，让她陪同。

由黄德林一手导演的这出闹剧，肯定是搞不砸的。联署的十几个村民，都是王保旺送了好处，或者威胁过的，当然众口一词，说得有鼻子有眼，并且声泪俱下，一致恳请主持公道。找的三个证人，是本村的地痞、无业游民，描述有财跟土匪勾连的证据，就像他们做过一般，比真的还真。

有财当然是竭力辩解，大喊冤枉，也当然是被驳回，并作为态度恶劣的新证据。腊狗说三个地痞说的时间不对，因为那时东家跟他们一起在田里，也被当作是包庇，说你们是一伙的，作证无效。

既然事实清楚证据确凿，经阁老们合议，黄有龙断有财赔偿损失，为一年的田地收入。

接着说抽鸦片的事。周光烈尽管内心挣扎，隐隐觉得做过火了，但已经上了一条船，也不得不指鹿为马，说得那叫个言之凿凿。他们甚至把魏德恩从镇上叫来，讲他们是么样谈的交易，包括时间、地点。魏德恩此时才明白，周光烈还搞了十块大洋的鬼。但这已经不重要了。重要的是，黄有龙许的好处，比较有诱惑力，而且黄德林家族的势力，他得罪不起。

小凤指天发誓，说有财自从断指明誓，再也没抽过。但她的证词，跟腊狗的一样，同样无效。又经阁老商议，觉得有财伤风败俗，屡教不改，罪不可恕，黄有龙断黄有财出一百亩好田，充作黄姓公田。

站在祠堂里，黄有财欲哭无泪，两眼翻白，又喷出一口鲜血，接着倒在地上，人事不省。最后是腊狗背回来的。周光烈不知羞耻地跟在后面，屁颠屁颠地说些关心关切的话，听得小凤恨不得扇他两嘴巴。

眼见他们狼狈离去，黄德林再次露出一抹阴鸷的冷笑，其他人也心情复杂地散场。

这回的打击，对有财，对有财的家庭，都是毁灭性的。有财在床上躺了几个月，一蹶不振。小凤成天以泪洗面，隔几天去一回黄周氏的坟头，哭诉遭受的欺负，梦中也见过几回，希望婆婆给个主意。黄周氏当然给不了她任何主意。

夫妇俩恨周光烈入骨，却拿他没辙。有财这么个状况，里里外外的事情还得人张罗，而除了周光烈，没人担得起。

万念俱灰的有财，竟不再怕人嚼舌头，大摇大摆地又抽上了鸦片。没有了姆妈的唠叨与约束，小凤也管他不住，何况家里有一套现成的烟具，想抽就抽。腊狗、王莲和苕货等长工下人也劝过，都毫无例外地被他当耳旁风，甚至脾气来了，还喷人家八百钱。

他现在对所有事，都无所谓了，颇有世事无常诸相皆空的感觉——除了鸦片。有时甚至觉得，透过烟枪转个弯入口，不仅麻烦，而且不怎么过瘾，便直接把鸦片放入口中，一边咀嚼，一边享受那份快感。

过了最初的惶恐期，周光烈猛然悟出，黄家的地球，离了他转不动，所以越发肆无忌惮。家里和地里的事，他有如东家，想么样支使，就么样支使。镇上的绸缎铺和杂货铺，只每月给有财报个数，有财也懒得查账。至于每月的收支，同样懒得问，他就当作了自己的财产，随意支取。在这些个进进出出间，短短半年，周光烈就新置了十几亩地。

中秋刚过，这天天气晴好。周光烈家里有事回去了，腊狗等长工下地摘棉花。家里只有王莲、小凤和三个伢。

吃过中饭，在病榻上躺了几日的有财，感觉精神好了些，便唤小凤，扶他去院子里晒太阳。

小凤把躺椅在院子里摆好，垫了床薄絮，然后搀他下床。有财都站立不住了，整个人压在小凤身上，慢慢往外挪。小凤虽然身子小，却丝毫不觉吃力，仿佛压在她肩上的不是男人，只是床棉絮，轻飘飘的。顿时心里酸楚，眼泪扑簌扑簌往下掉。把男人放到躺椅上，帮他把身子摆舒服，又去抱了床被褥盖他身上。

病恹恹的有财感激地望了女人一眼，又无力地垂下眼帘，好似要尽情享受秋阳的那份温暖。小凤不敢离开，拉了条矮凳，坐在旁边。望着男人满脸的疲惫和倦怠，心乱如麻，不知道么样办才好。

大丫背着天宝，后面跟着小丫，嘻嘻哈哈从堂屋追着小狗出来。一见爹躺在院子里晒太阳，顿时一愣，连忙噤声，蹑手蹑脚转身回堂屋。

晒了不一会儿，有财突然脸色潮红，心脏痉挛，随即直起上身，“哇”地吐出一大口殷红的血，胸前的被褥顿时染成了红色。小凤吓得从矮凳上跳起，“哇”的一声尖叫：“来人啦！”

正在灶屋准备夜饭的王莲，闻言丢下活计，一边在围裙上揩手上的水，一边慌慌张张跑出来。见血顺着有财的嘴巴，还在流，王莲也大惊失色，赶紧扶住有财，一只手在他背心往下擀。三个伢也跑过来，瞧见爹这副模样，先是傻傻地愣怔，接着大哭。

鲜血带着泡泡，不住地从有财的口腔鼻腔往外流。还算冷静的王莲，也不知如何是好了，先对小凤说：“快！搭把手，扶东家回屋。”又吩咐大丫去喊人。

长工们赶回来的时候，有财只有出气没进气了。苕货又赶紧驾车，去镇上请田郎中。

然而郎中也无力回天。到了下半夜，有财便咽了气，两只眼球鼓得恨不得突出眼睑，硬是不肯合上。众人哀叹，最后一刻，他肯定是后悔吸鸦片了。也有的说，或许是放心不下三个年幼的伢。

周光烈是吃过夜饭才来的。此刻俯着身子，右手搭在他额头，重重地往下拂了几把，才帮他把眼睛合上。周光烈边拂边说：“你放心地去吧。三个伢，我帮你养。”

年仅三十八岁的有财暴病身亡，丧事没敢铺张。当然，该做的，比如诵经超度、道士法场，还是做到了位。

有财死后，小凤和大丫成天哭哭啼啼，几成泪人。开始是号啕，接着夹杂哀叹，后来就剩默默流泪了。小丫也哭，但毕竟还小，人们一劝，就止住了。天宝不知究竟，按照大人的吩咐尽完做儿子的义务，也无所谓悲伤不悲伤。

小凤和大丫成天以泪洗面，也引得一帮女人跟着垂泪，哀叹苦命的女人和伢。

小凤哭的是自己如此苦命，也哀叹今后的人生么样过。小小年纪被卖到黄家，虽说老太太仁慈，没像其他财主家的丫头受那么多苦，遭太多孽[①]，但毕竟寄人篱下，总归是成天提心吊胆。好不容易熬出头，却并没正式名分，只是做了个妾。做妾也罢了，原本就那身世，就没指望出人头地。可不到一年，男人死了，成了膝下无丁的寡妇。今后的日子，该么样熬呀！

大丫也叹命苦，不知路在何方。才十一岁呀，就成了孤儿。何况下面，还有弟弟妹妹，需要她这个姐姐照护。

一干妇人哀叹，既有为苦命的小凤和三个未成年伢的，也有为有财空有财富没命花的，还有联想自己有命没钱的。莫衷一是。

11

丧事期间，都还糊里糊涂，犹如在梦中。等丧事办完了，人们才发现，现实是何等残酷。

小凤虽说是妾，也是山上无老虎猴子充大王，算是家里主事的了，可也不过是个虚十六岁的女伢，哪里拎得清那么多繁杂琐事？何况没名没分的，只是个妾哩！

乌鸡变凤凰，在通海口地区还没出现过。

① 遭孽：方言。意思是遭受苦难、罪孽，有时也表达可怜。

世道沧桑，活命艰难，每个人都被沉重的担子压得喘不过气来。所以替他人操心的事，很快就一阵风吹过了。

好在黄周氏犹如长了后眼睛，在世时广施恩惠，给后人结了很好的善缘。看在死去的老太太面子上，长工、短工和下人们该搞么事尽力搞么事，佃户也照规矩按时交租，不搞坑蒙拐骗那一套把戏。所以，也还周转得开。

特别腊狗、王莲跟苕货几个，老是念叨如果不是老太太搭救，早就不知死在哪条阴刓沟[①]里，或者叫野狗撕得骨头末子不剩了。大丫、小丫是王莲带大的，感情上就更浓厚些。所以对这一家人，依旧恭敬如常。譬如尽管小凤没那个名分，还是喊她太太，而叫大丫、小丫和天宝，依然是大小姐、二小姐、少爷。从这些称呼，都体现出尊卑有序。

当然，也有例外的。比如周光烈，就颇不以为然。他当管家十几年，小凤一直是个丫头，买来的手续，还是他办的。这不仅让他有高高在上的优越感，也有有恩于彼的自信。三个最大才虚十一岁的小伢，得管他叫伯伯，见面了怯怯的，更不在话下，不过是他碟子里的几颗花生米罢了。

心里有了这些想法，言行上自然表露出来。外面的事，他常常直接做主了，并不和任何人商量，也觉得没人可以商量。就是家里的事，也动辄替小凤当家，甚至吩咐小凤，小凤还敢怒不敢言，只得听之任之。

有这大的权力，当然要给自己积累些财富。毕竟那些财富，他不弄到手，总还有人惦记，比如黄德林父子，可是狠狠地阴了有财一把的。过了这个村，便没这个店了。他现在真是后悔，答应给佃户们减租子了。不过，还是有机会补回来的。他想。

人一得意，就容易忘形，甚至逾矩。

黄家吃饭，坐位置是有讲究的。这天菜还没上齐，他就一屁股

---

① 阴刓沟：方言。指小涧沟。

踏到过去老太太坐、后来惯常有财坐的首位，且像模像样地要腊狗帮他斟酒。腊狗把酒斟上，杯子却移到了旁边。他瞪着一双牛卵子般的眼睛，责问腊狗么意思？腊狗说那是东家的位子。他说东家殁了。腊狗说老东家不在了，还有少东家哩！即便少东家没上桌，首位空着，旁人也不能坐。尊卑有序，这是规矩。你是管家，更知道规矩，更要摆正位置，给下人做样子。不然，长工和下人都不听你支派，那可么办？搾得周光烈虽牙齿咬得咯咯响，却也无可奈何，只得讪讪地换了个座位。

当然，这件事，他在心里是记下了。

小凤和大丫见他坐首位，也是瞪着不满的眼睛，不过没敢像腊狗这样搾他，但也放在了心里。

小凤的确是硬气不起来，因为她面临巨大的舆论压力，泥菩萨过河自身难保。湾子里到处传扬，甚至镇上的人都晓得，她有一张克夫相。圆房不到一年，就把男人克死了。都说纵使吸鸦片，也不至于死这么快。方圆吸鸦片的人还少啊，有哪个死这么快的？甚至个别气不忿的老女人，往她脸上吐口水，问她么样不去死，要留在世上害人？

不过，也有桩令小凤乃至全家高兴的事——她有喜了。

到有财死，她都并不晓得。后来王莲看她老呕酸水，问太太莫不是有喜了？再有生过伢的下人仔细询问，然后说恭喜太太，真是有喜了。虽然伢儿出生就见不到爹，但再么样说，她的后半辈子，总归是有了依靠。

有了这个念想，就是受再大委屈，她也默默承受，坚持挺住。

一眨眼，又到年关了。有财的坟茔上，茂盛的青草已经枯黄。小凤的肚子，也出怀得厉害。再有三个月，就要生了。

这天结完长工和下人们的工钱，照例是东家请吃饭，感谢一年辛苦，所以在堂屋摆了两桌。

尽管充公了一百亩田，家里收成锐减，小凤还是很大方，没克扣工钱，甚至学老太太，额外包了红包。大伙自然高兴，都敞开了喝酒。女人也不例外。何况不喝白不喝，进了肚皮才是自己的。

虽然再没敢坐首位，周光烈也俨然东家，喧宾夺主地挨个敬酒，说些过年吉祥，希望明年好好干的话。

看他那个得意忘形的样子，小凤心里就很不爽。给大伙结工钱前，小凤叫他盘全年的账，这也是老太太的惯常做法。周光烈先是推托，说太忙了，希望延后几天。后来实在推托不过，也是没个好脸色，算盘珠子拨拉得特别响，还时不时摔东摔西。

盘账的结果，令小凤心悸。

这年的收成，比上年减了四成不止。这里面，固然有死鬼男人答应减租，也有一百亩田充公的因素，还有来过几回土匪派款，政府名目繁多的税负也重。后面三桩事，是没办法的，胳膊拧不过大腿。减租她也赞成，她也是穷苦人出身，晓得一年闹[①]到头不容易。老太太常讲救人一命胜造七级浮屠，道理她懂。佃户都家大口阔，多给一升米，说不定就是老太太的那个意思，可以救一家性命了。

但是风调雨顺，年成还不错的，也不至于，减这么多呀！绸缎铺跟杂货铺，过去都赚钱，今年只是个平干[②]。想想都不可能哪！也不晓得周光烈么样跟他们结的账。

虽心里嘀咕，无奈她不识字，更不会算账，只能周光烈说多少就是多少。照这个结果，周光烈不想跟她盘账，其实也对。因为没意义，只是浪费彼此的时间。

吃到中间，小凤犹豫地跟大伙商量，施粥还搞不搞？老太太搞了几十年，死鬼也坚持了一年，突然停在她手上，感觉对不起老太太。搞吧，本就这么点收入，担心撑不下去。

周光烈一口就否决了。只见他把酒碗重重一蹾，说搞个鬼吔搞！照这么个状况，我看你也要捧个碗讨施粥喝了。真是打肿脸充胖子！一句话，噎得她哑口无言。

---

① 闹：方言。意思同“做”“干”。

② 平干：方言。意思是不亏不盈。

腊狗夫妇和苕货，见不得他摆不正位置，动不动粗门大嗓地顶小凤，真把自己当东家了。但也没办法，明面上不能跟他斗。既然他要喝，索性拿海碗拼，果然就把周光烈喝趴下了，“哇哇哇”吐得翻江倒海。当然，施粥的话题，也就此打住了。

吃饱喝足了收拾完残局，回家的回家，不回家的进了自己房间，丢下他一个人趴在桌子上。当然，那条黄狗在桌下的烤火盆旁蜷缩着，与他为伴。

半夜冻醒，借着横梁上挂着的桐油灯昏暗光亮，周光烈发现空无一人，烤火盆里也烟熄火熄。只有那条黄狗，估计是把他吐的东西舔了个一干二净，如醉鬼般趴在一旁一动不动。他心里顿时火起，直骂那群人居然敢不管老子！暗道老子有的是法子盘整[①]你们。

口渴厉害，嗓子眼快冒出烟来了，便起身去灶屋，揭开水缸盖子，拿瓢敲碎了冰，舀了凉水，“咕噜咕噜”灌了半瓢，才往账房的方向踉踉跄跄走去。

账房紧挨着东家的房间，但他没进账房，而是撬开了小凤的门闩。

睡得迷迷糊糊，温暖的被窝里突然伸进一只冰冷大手，吓得小凤一个激灵，“啊”的一个惊叫出声。周光烈连忙捂住她嘴巴说，表哥喜欢你好久了，表哥不怕你克夫，就是被你克死了，也心甘情愿。边说边手忙脚乱地脱了衣服往被窝里钻。

虽说只有十六七岁，且怀身大肚，但小凤的姿色，那是绝对没的说。跟着老太太没吃么苦，倒是养成了一个美人坯子。柳叶眉下，是一对水汪汪的大眼睛，顾盼能生辉。鹅蛋形的脸红得恰到好处，笔直的鼻梁下面有一只樱桃小嘴。嘴巴两边，有两个浅浅的酒窝。这让周光烈觊觎了很久，真正的垂涎三尺，但一直没敢下手。

北风刮得呼呼响，长工和下人们喝得七荤八素，早睡得如死猪

---

① 盘整：方言。意思是折磨。

一般。三个伢哪会有这种警觉性哪！所以胆大包天的周光烈，便肆意妄为。

不说为肚里的伢——那是她唯一的念想，就是为自己的清白，小凤当然是坚决反抗。迟迟不能得手的周光烈，威胁说你还是乖乖地从了我！要是动了胎气，你的后半辈子，就没丁点指望了。此刻的小凤，也不晓得哪来的勇气，拼死反抗。但是，一个十六七岁的女伢，又顾及身孕，哪里是衣冠禽兽的对手？反抗不成，转而痛哭流涕哀求，希望他看在老太太面子上，也看在有财死了的分儿上，放她一马。

已成禽兽的周光烈，早把所有顾忌抛到九霄云外。而小凤的哀求，更加刺激了他的兽欲。得手之后，赖在被窝不肯走，肮脏的爪子反复在那水嫩肌肤上游走，恬不知耻地要小凤在他跟有财之间做比较，说肯定比那死鬼不知强几百倍。

小凤欲哭无泪，努力扯住被褥，拒绝那只臭手。天快亮了，周光烈怕早起的人发现，才依依不舍地回账房休息。

小凤紧裹被褥坐在床头，两眼早没了泪，空洞地望着窗外的朦胧黑暗。这个身子已经脏了，她不能再要了。她脑海里只有一个念头，就是一死了之。至于是投河，还是上吊，她暂时没想好。

但是，肚里的伢儿么办？他（她）是无辜的，她没权利把他（她）的生命也带走。而且，死鬼还有三个伢，最大的才十一岁。若不把他们拉扯大，黄家一脉就断了，老太太吃斋念佛那么多年，也白费了。这样一想，她又不敢去死了。

一个十六七岁的女伢，肩负如此重任，遭受如此摧残，且没名没分，生死不得。或许，有人用自古红颜多薄命、小姐身子丫鬟命来诠释。然而，天理何在呀！

小凤瞪着空洞双眼，一直到天明。早晨吃饭时，见周光烈跷着二郎腿，无事般坐在八仙桌上，小凤便去灶屋，跟王莲一起吃了。然后，吩咐腊狗带着下人们，把粥棚搭起来。

尽管收成锐减，老太太一直做的善事，不能真断在她手上。只要她在一天，这个善事就做一天。何况，还是周光烈反对过的。越是他反对的事，她便越是要做。她倒要看看，谁是这家的主人。人赌一口气。哪怕倾家荡产，也不能输了这口气。

最后，她叹息一声，进了老太太的佛堂。既是为自己赎罪，也是为黄家祈祷。

缺少了男人的年，过得寡淡无味。

小凤每天躲进佛堂祈祷，希望减轻罪孽。到点了亲自去粥棚掌勺施粥，不让自己有空隙想那悲伤的事。人们么样劝，都劝不好，只得叮嘱几句，由她自便。晚上则把大丫小丫叫进屋子，跟自己一起睡。她还藏了把剪刀在枕头下面，以防禽兽周光烈再来。

也许是操劳过度，也许是伤心过度，抑或兼而有之，小凤在正月初十这天夜里，提前一个多月生产①。那个比小猫大不了多少的男婴，出生就脸色紫绀，哭声细得像蚊蚋，让人为他捏一把汗。然后不过几个时辰，在小凤的身旁还没躺热乎，就永远闭上了眼睛。

望着这坨自己身上掉下的再无生机的肉，小凤没有悲伤，只有刻骨仇恨，对周光烈的刻骨仇恨。她发誓，儿子的仇，自己的仇，一定要亲手报。不死不休。

元宵节，是过年的最后一天。过了这天，年就结束了，该收心，准备下地干活了。通海口地区的习俗，是天黑了举着火把，满垸子赶野火②，驱邪祈福。

这天晚上，黄家大湾的男人和伢们，如往年一样，举着火把满垸子疯跑，呐喊震天，把雪地里的野草，燃成了一堆堆篝火，极力演绎过年的最后疯狂。

就在人们满垸子狂欢的时候，一群荷枪实弹的不速之客，有的骑马有的走路，鬼神不知地摸进湾子，突然闯进了保长黄有龙家里，骇了黄德林个半死。

---

① 生产：方言。指生小孩、分娩。

② 赶野火：俗语。江汉平原一些地方，每到元宵节的夜晚，人们便举着火把，到原野去烧野草，叫作“赶野火”。据说可以祈福驱邪。

说他们是土匪吧，好多穿着跟黄有虎回来时一样的服装，打着同样的绑腿；说不是土匪吧，一个个帽子歪戴，衣服随意套着，坐没坐相站没站相，跟痞子没两样。

为首的中年男人，拿出早就开好的条子递给黄德林，慢条斯理地说："黄家大湾有共匪，我们是来剿匪的。你们要提供方便。否则，以通匪论处。"

闻听此言，黄德林骇出一身冷汗。前些年共产党在通海口西边闹革命，那真是轰轰烈烈，还闹到了黄家大湾。要不是他跑得快，说不定脑壳就搬家了。但他毕竟见多识广，稍稍稳了稳心神，就着昏暗的桐油灯仔细看过条子，还给中年男人时，皱眉询问："么时候又冒出共匪了？不是都销声匿迹了吗？最近我听说的，都是山匪、水匪、土匪，却从未听说共匪又来了呀？"

接过管家王保旺恭恭敬敬上的茶，中年男人喝了一口，随后重重一顿，面色一沉道："不要怀疑我们的情报。"

他这话，黄德林真不好接。假如共产党卷土重来，还真得当心。于是吩咐王保旺："去！叫个人，找黄有龙弟兄回来。"

他现在对几个儿子，特别是黄有虎恼火得要命。钱花了不老少，成立个护湾队有鬼用？人都进了家门，他们却在外面放野火。

真是不作不死！黄德林在心里恨恨地骂道。

12

三兄弟气喘吁吁回来，后面跟着一群扛着长枪冲担手持镰刀铁锹的年轻人。

黄有虎从撇把盒子[①]里掏出短枪，指向坐在八仙桌首位的中年男人。那些人也如临大敌，顿时把长枪短枪对着门口。一个拿短枪

① 撇把盒子：方言。指装短枪的枪套，有时也指短枪。

的，则指向了黄德林的脑壳。

瞅一眼黄有虎和门外的农民，中年男人呵呵一笑道："哟，还有武器呀！难不成，你就是共匪？"

黄德林连忙说："他不是共匪！他是我儿子，黄家大湾护湾队队长。我们这里常闹土匪，为保境安民，专门成立了个护湾队。"

"哦！地方自治武装啊，很好！"两只手摆了摆，示意自己人把枪收了，对着门口说，"我们找保长。保长到了吗？"

黄有龙哪见过刀枪相向的架势？早吓得腿软，战栗着答道："小的就是！"

"你进来。"依旧慢条斯理，俨然是他的地盘。说完，掏出烟丝拿纸卷起，一个年轻人连忙端起桐油灯，凑到跟前。

进到屋里，黄有龙也不敢坐，站立一旁。

中年男人点燃了烟，吐出一口烟雾，继续说："我们是来剿灭共匪，保黄家大湾平安的。现在要你做几件事。第一，给我这三十几个兄弟安排住的地方。第二，我们赶了一天的路，抓紧准备酒饭。第三，我这些兄弟给你们卖命，每人备十个袁大头犒劳。第四，提供黄家大湾共匪的活动情况。"

他说得倒是轻巧，听的人却头不断膨大，目瞪口呆。

"保黄家大湾平安，我们有护湾队。"一直站在门外没开口的黄有虎，突然朗声插嘴。边说边进屋。

所有人都愣住了，没想到他有这大胆子。中年男人也愣了一下，随即就像听到了世上最好笑的笑话，笑着问道："你们做得到？那我们来的时候，怎么没见人阻拦呢？"

黄有虎顿时语塞，人也停住不前了。中年男人也没指望他回答，斜睨他一眼，漫不经心地说："看来，你还有些胆量。原来是搞么事的？"

"他是吴大帅部队里的连副。为保黄家大湾平安，特地回来当队长的。"黄有龙替二弟回答，既是拉近跟这些人的关系，也想借机增加点手里的筹码。

“哼，连副算个屁呀！也敢跟我们胡咧咧？这是我们营长，廖营长。”一个人指着中年男人，霸气地回了一句。

中年男人扭过头，给了他一个赞许的目光，接着对黄有龙说：“废话少说了。我们还饿着肚子哩，抓紧去办吧。”

黄有龙转头望他老子，见黄德林眉头紧锁，他的心也沉了下来。管三十几个人顿把饭，倒也不难。问题是他们到底是不是官府衙门的？也没见个公牒，他也不敢问。接下来的几个问题，是住多久？安排到哪里住？谁家有这么多床铺给他们住？想想办法，一天两天勉强能对付。但假如长住，黄家大湾么样对付得了？还有，每人十个袁大头，真是狮子大开口！三十几个人，可不就小四百呀！年刚刚过完，家家户户的钱，也基本花光了，从哪里筹这么多钱？

“我是个军人，话不说二遍。我们赶了一天的路，抓紧吃了好瞌睡去。”黄氏父子的愁苦，廖营长根本没看在眼里。

惨遭当面羞辱与直接无视，黄有虎满脸通红，又气又恼恨不得吐血，手攥得越来越紧，手心都出汗了。

“今晚的吃住，先去有财家吧！他家施粥，粮食是有的，锅也大，房子也多。想必管三十几个人吃住，困难也小些。”黄德林略作思考，便沉声吩咐。

当老子的，哪里猜不透儿子们的心思？然而这伙人到底是何方神仙，底细丁点不知。贸然行事，铁定惨败，只有先稳住了再图后策。而且他清楚，他这个明显欺负小凤孤儿寡母的损招，其他人事不关己不会反对，小凤纵然满腹怨言也不敢反对。

已是子夜时分，睡得迷迷糊糊的人们，被如山响的拍门声惊醒。

腊狗跟苕货披着棉袄，刚把大门开了条缝，正想探头看个究竟，却被外面的人猛地一推，顿时就撞了个趔趄。随后，呼啦啦拥进一屋子的人，不知是大兵还是土匪，骇得两人霎时傻眼。陆续从后门进来的，也都傻傻地望着这群不速之客。

“小凤，小凤！”好不容易听到个熟人的声音，硬撑着起床的小凤，才略微心安了些。

生产不满十天的小凤，头上包着条头巾，脸色惨白，走路摇晃，下一刻就要跌倒似的。见黄有龙已经进屋，便歪歪撇撇[①]地挤到他跟前。

黄有龙面无表情地说，他们是官衙派来剿匪的，由你家安排吃住。大丫一听，刚刚安定的心，又拔凉拔凉。

这是赤裸裸地欺负屋里没男人啊！再说了，吃了十五天，过年的菜早就吃没了；施粥的菜，天亮了才去田里采摘，也不过是砍几蔸白菜挖些胡萝卜。这半夜三更的，到哪里去弄这么多吃的来？还有，谁家里有三十几个人的现成铺盖？

黄有龙却不管她的苦楚，吩咐完，便避瘟神般，脚板底下抹油，溜之大吉。

尽管心里面凄苦，甚至诅咒黄有龙回去的路上挨黑枪，但面对满屋子凶神恶煞般的不耐烦眼神，以及他们腰间背上的枪和大刀，她也不敢怠慢，吩咐王莲几个准备饭菜，又叫腊狗苕货摆好桌椅板凳请那些人坐，给他们沏茶。然后，拖着虚弱身子，进库房查看铺盖。

三个伢也被闹了起来，瞪着惊恐眼睛，在小妈身后亦步亦趋，把只大他们几岁的小凤，当成了保护伞。见三个伢瑟瑟发抖，小凤的心里直流血，眼泪扑簌扑簌掉。她弯下身子，把天宝抱在怀里，左手牵了小丫，任大丫拉着她的衣衫。

堂屋乱哄哄的，嚷嚷肚子饿了，要吃饭要喝酒。腊狗和苕货赔着小心侍候，摆杯筷碗碟，递上茶，又把酒倒上。出来了几盘花生米，早等得不耐烦的人们便猜拳行令，嚷嚷声里面，又夹杂了杯筷碗盏碰撞的声响。

家里的菜不够，与其听到叫骂了再去采摘，还不如提前做到位。王莲一边在灶屋里忙碌，一边这么想着。她不敢进堂屋，便央

① 歪歪撇撇：方言。意思是摇摇晃晃，行走不稳。

黑娃去叫男人。腊狗二话不说，挑了箩筐，拉上苕货，摸黑去了菜地。

那些人边喝边等，见只有几个素菜，酒也喝完了，又骂骂咧咧，甚至摔碗砸碟，乒乓乒乓的声音此起彼伏。

腊狗跟苕货去地里摸菜去了，小凤连个商量的人都没有，不晓得么样应付眼前局势。尽管周光烈禽兽不如，毕竟见过些世面，也有些主意，小凤倒希望他此刻还在这里。然而，自从把两个伢叫来一起睡，周光烈知道好事无望，借口过年家里忙，这半个月都没来过。

孤独无助的小凤，真是欲哭无泪！但她不敢去堂屋，只得央一个年长的下人去解释，说家里实在没荤菜了，酒也没备这么多，明日加倍补。

那边又气势汹汹地嚷嚷，要东家来陪酒。说老子们来剿匪，保黄家大湾平安，多辛苦啊，多大的风险啊！脑壳别在裤腰带上哩！可是，黄家大湾的人真他娘的不是东西，狗日的保长溜了，东家也当缩头乌龟！

腊狗几个正好回来，壮起胆子解释，东家去年过世了，现在的少东家，还是个五岁的伢。“呸，呸，呸！”廖营长连呸三声，说真他娘的晦气！又恶狠狠地说，叫东家婆子过来，也是一样的。腊狗又说，太太小产，还不过十天，遗腹子没几个时辰也死了。哪里能来陪老总？廖营长一听，大骂黄有龙真他娘的不是东西，竟把老子们丢到这样的晦气人家！又有几个人粗鲁地叫道，他家里就没黄花闺女了吗？

这是要糟蹋女人的节奏啊！腊狗跟苕货骇出冷汗，连忙说没有没有，只有三个不到十岁的伢。那些人满脸失望，但也不好再提这个事。

没有女人，可以勉强，但不能没有酒肉。于是自己动手，到鸡笼抓了鸡，杀了头半大的猪，又到库房寻出酒来，一直闹腾到鸡叫三遍。

接着的问题又来了。家里没那么多房间，也没那么多铺盖。那些人不管你有没有，吵吵嚷嚷个不停。小凤没办法，只得把自己和长工下人的床让出来，大伙挤在灶屋里，提心吊胆地打了个盹，便开始准备第二天的过早[①]和中饭。

快到施粥的时间，那些人才三三两两起床，然后又闹腾，找脸盆毛巾洗脸。他们也不讲究，抓着么事是么事，不仅拿小凤和伢们的毛巾擦，甚至直接用盖絮和床单揩。更有不知羞耻的，竟在禾场和院子里撒尿，丝毫不避女人和伢们。来吃施粥的人胆子小，一见这副场景，都给骇跑了。

虽然心中厌恶，却都敢怒不敢言，任由他们作恶。

黄德林也是一宵没睡好。一大早起床，又匆匆把阁老和大户们叫到祠堂偏殿，商量应对之策。

昨晚的事，大伙早知道了。所以没睡好的人，也绝不止黄德林一个。此刻个个愁眉苦脸，就证明了这一点。

廖营长提的四点要求，每一点都不好办。前面两点，就是吃住的问题，虽说暂时解决了，但如果长住呢？在有财家里折腾的情形，也都听说了。长住就真麻烦了，搁谁家都挺不住。一些人还觉得，堂堂黄家大湾，吹起牛来都说是顶天立地的男子汉，碰到事了却当缩头乌龟，把一个十六七岁的妇道人家推到风口浪尖，传出去都让人戳脊梁吐口水。面子往哪儿搁呀！第三点，四百个袁大头，出一个都是放血哩！何况狮子大开口，一要就是四百！谁家里有那么多现大洋，就好像晓得他们要来？第四点，可能就是个借口。兴许拿了钱，共匪就消失了。但倘若硬要交几个人，那可如何是好？黄家大湾没外人，交哪个都不好对乡亲交代。

众人都哀叹，这是个么鬼世道啊！也有人哀叹，黄家大湾怎么这么倒霉呢？去年过完年来一波，中间来过几波，如今年没过完又来一波，且都明目张胆，要价惊人。如今的黄家大湾，穷人更穷

---

① 过早：方言。两用。一是指早餐，二是指吃早餐。

了，有些财主也空有其名，架子没倒而已。到哪里去筹钱，来应付这莫名其妙又没完没了的开销？

见一个个虽脸色铁青却唉声叹气，窝囊透顶的黄有虎忍不住了，说："打他狗日的！在我们的地盘，又人多势众，不信打不赢狗日的。"

"打过之后呢？"黄德林反问一句，又说，"他既然敢明目张胆，肯定留有后手。打得赢打不赢先不说。即使打赢了，也结了垢。我们有老人有伢，还有财产。他是剐皮猴子，赤条条无牵挂，哪天再来也不晓得。还不得天天提心吊胆啦？何况又说了，真是官府的人呢？你敢跟官府作对？"

"那就打得他怕，打得他再不敢来。"黄有虎摩拳擦掌，恨得咬牙切齿。

"嘁！就你那几号烂人几条破枪？"黄德林满脸不屑，也拿廖营长的话刺激二儿子，"人家都摸到堂屋了，你们却屁都没闻[①]到，还在满垸子放野火。"

黄有虎顿时气短，满脸涨得通红。

黄德林这话，也是堵众人嘴巴的。说实话，成立护湾队，到底有用没用，人们越来越怀疑。对护湾队的不满，也与日俱增。三番五次给护湾队摊钱，土匪却进菜园子般三番五次地来，除了额外增加负担，真是没鸟用。还不如撤了，土匪来一回，凑一回钱撩撇[②]，至少也少凑一份份子钱。

黄德林的话，果然起了作用，想说护湾队不是的人，不好意思再开口了。于是转而附和说，打不是办法，还是想个万全之策，把瘟神送走。有人又说，哪有么万全之策？要好好生生送，就照人家说的办。此话一出，又都不言语了。

"既然是这样，那就凑钱吧。虽说是割肉放血，也是命中该有一劫，躲不掉的。不要敬酒不吃吃罚酒。等死了人，再去凑钱，闹

① 闻：方言。用鼻子嗅的意思，不是用耳朵听的意思。下文亦有类似表达。

② 撩撇：方言。意思是省事、方便。

得人财两空。”黄德林倒也干脆，叫黄有龙去请廖营长。

所谓官府剿匪，本就子虚乌有。他们不过是邻县汪家湖的土匪。那个中年人，姓廖倒是真的。不过胆子挺肥，用这种办法勒索过几个村子，买了些枪，家底也搞得挺厚实。听说黄家大湾有支护湾队，二当家——就是所谓的廖营长——带人来摸底细。

在祠堂偏殿的主位落座，“廖营长”惬意地呷着茶，先是装模作样地坚持，不灭共匪决不撤兵，把众人唬得差点尿裤子。讨价还价之后，改为两百个袁大头，交了钱就撤兵。众人终于松了口气，连忙去凑银子。

小凤也是个财主，但没资格参加讨论。黄有豹说折扣完吃喝的费用，要她再出二十个袁大头时，也跟死鬼男人一样，眼前一黑，一口鲜血喷涌而出。偌大个黄家大湾，再么样算，她也不该出这么多呀！这不是明摆着欺负她屋里没人吗？

出就出吧，总比土匪在家里闹得人心惶惶强。小凤强忍怒火，嘴角的血迹都没揩干净，便让苕货去周王村唤管家。

周光烈来了，进账房数了数，两手一摊，无奈地说：“不够啊！现成只有十个袁大头，银票也不到三十两。”

“怎么可能？”小凤的眼睛瞪得像灯笼，嘴巴半天合不拢。只有这个数，打死她都不信。

“你这是么意思？怀疑我吗？”尽管做贼心虚，周光烈的质问还是很严厉。

小凤看都懒得看他一眼，只想等着找机会，把他撵走。思索片刻，瞪着血红眼睛，咬着牙齿厌声说道，我不管你用么办法，就是卖粮食、卖地，今天都把银两凑齐。

一天不凑齐银两，土匪就一天不走。他们赖在这里，谁晓得会生出么变故？比如再加码呢？心力交瘁的小凤，不想自己成为黄家大湾的罪人，也只想到了这么个解决办法。在她滴血的内心，对过世的老太太，说了一千遍对不起！

帮小凤卖地，是周光烈最喜欢做的事。小凤话音一落，他立马去办，就像等着这句话似的。很快，他就把十亩地划到了自己名下。所用银两，也是早先从有财家里变戏法般变过去的。就是说，他又平白得了十亩地。心里的那份喜悦，真是不可名状。他相信，蚂蚁搬家的手段使不了多久，他就能跻身黄家大湾大户榜了。

总算是把瘟神送走了。然而丧夫、早产、丧子的打击，与惊悚、屈辱、愤恨交织，积郁成疾且操劳过度的小凤，终于搞得神经兮兮。此后疯疯癫癫时好时坏。半年后的一个夜晚，这个年仅十七八岁的苦命女人，竟孤独地蹚进通州河，追随男人撒手人寰，永远闭上了那双曾经漂亮的眼睛。

或许，那是她最好的归宿吧。因为，总算是经历了一场洗涤。洗涤所有！

13

这个家没了大人，谁来抚养三个伢，便成了一个问题，也让黄德林爷父子的狗鼻子，嗅到了前所未有的机遇。

周光烈也是胆子忒大了，两年时间就买了那么多地。而黄有财家的土地迅速减少，家境衰落，傻瓜都看得出来是么回事。许多人便在哀叹黄周氏不值的同时，也生出愤愤不平来。

最愤愤不平的，是黄氏家族的阁老们。他们觉得，黄周氏积攒的财富，只能好事[①]黄氏家族，而不是旁的什么人。即便周光烈是她亲侄子，也不行。周光烈一个管家，哪有那么多钱买地？何况买的，都是黄有财的。难不成还真祖坟冒青烟，在屋子里挖出一缸金子还是银元？

当然，其他人可不这么想。比如周光烈，十几年辅佐黄周氏，积攒下这份家业，又是黄周氏的亲舅侄，自觉亲情劳苦皆有，便叫

---

① 好事：方言。这里是便宜的意思。后面有时也会用到。

堂客伢儿从周王村搬了过来。比如黄有财的妻舅，伢们的嫡亲舅爷[①]，自以为有抚养外甥的义务，也占据了两间屋子。

一时间，有财家那个院子，犹如东周时的中华大地，诸侯林立，混乱一片。

他们争夺不打紧，苦的是三个伢。比如一日三顿，有的在灶屋做，有的在院子搭棚子做，有的清出库房做。然后拉拉扯扯，争着抢着要伢们去他们那里吃。反正食材都是这个家里的，他们不过费了点时间，把生的做成了熟的。

三个伢，却基本只跟王莲和腊狗、苕货一起，在灶屋吃。困觉则是姐妹俩一张床，天宝钻腊狗跟王莲的被窝。对另外的人，觉得那笑容背后，藏着让人脊背发凉的恐怖。

诸侯割据的局面，持续了小半年。

子弹飞了一阵子，黄德林觉得火候差不多到了，又召集阁老开会。果如黄德林所料，阁老们都义愤填膺。他们认为，黄氏家族的后人，只能由黄姓抚养，外人没这个资格。最后决定，由族长代养伢儿，代管家产、地产和商铺。

“为了黄有财一脉得以延续，这个亏我吃了！”黄有龙慷慨地拍了下桌子，显得大义凛然。

众人又说不取酬劳肯定不行，又不是一天两天，又不是存放一个物件可以不管不问。三个活人哩，责任多大呀！哪能不取酬劳？何况田地要打理，耕牛要喂养，粮食也不能堆进库房完事。商量来商量去，决定从黄有财家的收入里，每年支取一百个大洋作为酬劳，直到天宝十六岁。

“哪能那样做呢？好像我要占有财便宜似的。好说不好听哩！”黄有龙皱起眉头，面露难色。

众人又说责任与义务是对等的。你要不取酬劳，就是没准备尽责任。你想白干？我们不答应！黄有龙跟众人拱了拱手，好像无比

---

① 舅爷：江汉平原部分地方，把舅父叫“舅爷”。

为难，假模假样地说：“责任重大呀！既然大家这么信任，那就先试试看。如果不行，再商量其他办法。”

黄德林爷父子的盘算，其实是司马昭之心路人皆知，包括阁老们。然而，他们权势太大了，黄有龙是族长兼保长，黄有虎是护湾队队长，成天背着撇把盒子满湾子转，黄有豹掌握着族里湾里的经济大权，每家每户交多少摊派、么时候交，他说了算。而所谓的“阁老会议”，不过是借这个玩意儿走个形式。说穿了，就是一个利用工具。所以，没哪个敢当面抗。何况为三个年幼无知的伢去抗，傻子都不会干，还不如做个顺水推舟的人情。反正，财产又不是自己的。即便帮他维护了，死鬼黄有财也不会分一厘给自己。

生怕夜长梦多，黄有龙一家人很快搬进来，美其名曰方便三个伢的照护。但他把重心，放在了家产与田产的接管上。

在黄家大湾，黄德林爷父子拥有绝对的话语权。很快，其他人识趣地退出，灰溜溜地哪里来还哪里去了。但尝到巨大甜头，正做着财主梦的周光烈是个例外，他还想抗一抗，赖着没走。

这已是王保旺第三回堵他在账房了，但他拒不交账簿。他说：“娘亲有舅，爷亲有叔。按说有龙哥照顾三个伢，帮他们管理家产，也无可厚非。但是，就是亲戚，也有个亲疏远近哪！如果有龙哥是他亲伯爷①，我二话不说。但有龙哥不是，没出五服②都不错了。而我是亲舅爷。所以，我不会交的，会管到伢们成年。”

“真不交？”王保旺皮笑肉不笑，又嫌弃地说，“狗屁亲舅爷？表舅爷！关系都捋不清白，还搞得跟真的一样。”

“没办法交啊！”周光烈无奈摇头，似乎于心不忍，“你也不管

---

① 亲伯爷：方言。指父亲的兄长。随后的“亲舅爷”，指母亲的亲兄弟；而祖母兄弟（无论亲疏）的儿子们，都叫“表舅爷”。还有一个称谓“叔伯舅爷”，指母亲的堂兄弟。

② 出五服：亲属关系超过五代，不再为之服丧，叫作出服，也叫出五服。五服之内不可通婚。现代人多认为五服是五代，这种说法是错误的。五代算一服，出五服要二十五代。

亲舅爷，还是表舅爷。至少，他们的亲老妈，是我的亲姑妈。这是假不得的……我要交了，就对不起我姑妈，也对不起他们娘老子哩。”

“光烈啊！我现在是好言相劝，不要敬酒不吃吃罚酒。闹到糖不甜[①]，就不好看了。”

“么意思？你们还轰我走不成？”

“轰你搞么事？就怕留都留不住。”

“大不了鱼死网破。上回那事，我当然有错。但整个谋划，却是你们。好处也是你们得的多。有财充公那一百亩地，现在在哪个名下？”周光烈以为他拿诬陷黄有财吸鸦片的事威胁，于是咧嘴一笑，死猪不怕开水烫。那一百亩田，已经归到了黄有龙的名下，他也不怕把内幕公开。

“那么，大年三十晚上呢？哎！我说，你也真是口味重啊！怀身大肚的女人，你都有兴趣，也不怕把伢儿搞出来了。喂！那伢早产，不会真是你搞出来的吧？就是不晓得，黄家大湾的人晓得了，会么样对付你哩。”见他那一副讨打的贱相，王保旺恨不得呼他一巴掌[②]。但他没有，而是阴恻恻地笑着。

周光烈顿时便脸色惨白，神情委顿，嘴巴大张，却半晌没发出声音来。他的内心，犹如惊涛骇浪：“那么隐秘的事，他们么样晓得的？”

“哎呀！看我这张臭嘴，真是讨抽。东家叫不要说不要说的。怎么就硬是没忍住呢？”王保旺好像猛丁想起似的，轻轻抽了一嘴巴，贱贱地说完，还不忘又补一刀，“还有。阁老们严重怀疑，你哪来那么多钱，买了那么多地的？而那地，原来都是有财家的。而且，也就这两年的事。都说要找你，好好说道说道。”

周光烈沉默好久，最后乖乖地跟王保旺交接，当晚滚回了周王村。随后，又以较低的价钱，把在黄家大湾的地，都卖给了黄有

---

① 糖不甜：俗语。有多重意思。此处指不愉快、撕破脸皮的意思。

② 呼一巴掌：方言。意思是抽（扇）一巴掌。

龙，再没踏上黄家大湾这片土地。——这是后话。

望着日头余晖下，周光烈一家四口那落寂的背影，王保旺冷哼一声：“哼！跟东家斗，你差得太远了。”

有财的三个伢，表面上有了着落。比如天宝发过蒙[①]，就背起书包，天天去学堂念《三字经》。但心里的苦楚，只有自己晓得。当然，长工和下人们也看得清白，不时给些关照。但是不久，关照也只能偷偷摸摸进行了。

黄有龙的堂客黄鲁氏，是一个高颧骨、鼓眼睛、塌鼻梁，嘴巴大如漏斗，嘴唇却薄如蝉翼的女人，一看就不是善茬。事实上也是。她撒起泼来，没哪个治得了，能一边跳着脚，一边剁着砧板，在村口骂三天三夜。背地里都叫她母猪疯[②]，也的确是不同于常人。

黄有龙还娶了两房妾，也都很喜欢。但当着跋扈蛮横的黄鲁氏，他就不敢把喜欢表现出来了。两个妾呢，在黄鲁氏面前更像乖乖儿，大气都不敢出。家里多的是钱，但生了伢，奶妈都不给请，逼她们自己喂妈[③]自己带。现在好了，白捡了两个使唤丫头，虽然年纪小了点。不过，年纪小有年纪小的好处，叫做么事就得做么事，打骂不敢还嘴。在黄鲁氏那里受的委屈，也有了转嫁对象。

两个妾各生了一个儿子。大姨娘生的叫天福，快四岁，二姨娘生的叫天禄，两岁多。打他老子种下那颗坏种起，两个小崽子就深谙黄有龙的处世精髓，挺懂得看眼色行事，且乖张得紧，晓得如何欺负使唤丫头。稍不遂意，便身子一歪倒地号啕，双脚乱蹬乱捅，能把地捅出坑来。他们胡闹，最后挨打的铁定是大丫小丫跟天宝。

天气已经转凉了。这天下着小雨，天福吵着去禾场顶家马[④]。去吧，身上可能淋湿，会挨一顿揍；不去吧，小家伙哭闹，也要挨

① 发蒙：方言。指开始识字读书。发过蒙：完成了启蒙的仪式。

② 母猪疯：俗语。比喻像母猪发情，并非指癫痫病。但意思一样，都是说那人不正常。

③ 喂妈：方言。喂奶。

④ 顶家马：俗语。小孩骑在大人脖子上玩耍。

一顿揍。被他吵得没办法，帮他穿上小蓑衣，戴上小斗笠，躬下身子，让他爬到脖子上，大丫无奈地穿着木屐[①]出门。

双手抓住大丫的头发，小家伙时而“驾，驾”大叫，时而“咯咯咯”大笑。雨水顺着蓑衣流下来，把大丫的衣服都打湿透了，他却没停的意思。跑着跑着，大丫突然脖子一热，随即闻到一股骚臭。原来，小兔崽子跟他老子一样坏，竟然一泡尿，全撒进了大丫的脖子里。撒完了，继续咯咯地笑。

大丫还以为，到此没事了。不承想小兔崽子恶人先告状，说大丫故意害他尿裤子。站在旁边的大丫，早如落汤鸡了，冻得瑟瑟发抖，泪水和着雨水，簌簌地掉。大姨娘不问青红皂白，顺手操起扫帚，劈头盖脸地抽在大丫那湿透了的头上身上。边抽边恶狠狠地骂，最后罚她不准吃夜饭。

到了夜里，大丫发烧了，咬着被子哭得伤心欲绝。小丫和天宝也悲从中来，姊弟三人抱作一堆哭。但只能压抑着嘤嘤地哭，不敢恣意放声，生怕黄有龙家里的人听到了，再挨一顿揍。还是好心的王莲熬了姜汤，陪着落泪喂她喝下。

类似的遭遇，姊弟三人成了家常便饭。自家的粮食，说不让吃就不能吃；本来各有各的屋各有各的床，如今要三个伢挤一张“咯吱咯吱”响的破床，共一床破絮……类似事情，不胜枚举。

原本活蹦欢跳的三个伢，不仅瘦得皮包骨头，而且变得沉默寡言。长此以往，能否长大成人，还真得打个问号。

三个伢悲惨而黑暗的日子，过了一年多。腊狗、王莲和苕货看在眼里急在心头，趁大伙都睡了，躲在灶屋想办法。好在跟苕货相处久了，都会哑语，于是用手势交流。

王莲泪眼婆娑，戚戚地说：“东家的这点血脉，经不起折腾了。如果出个么意外，怎么对得起东家的恩德呀！”

两个男人也眼圈泛潮，拳头捏得咕咕响。

---

① 木屐：江汉平原的木屐，主要是下雨天穿的。用木板做底，底下有铁钉防滑，木板上面是皮革或者厚厚的布料，外面再漆上桐油。

“大小姐、二小姐挨打受骂，我们看得见，还能护一下。少东家每天鼻青脸肿，肯定遭了更多的罪。我私下问过，都是天赐跟天良打的。上学放学，他们的书包都要少东家背。一路上推推搡搡，甚至把少东家当马骑。他们比少东家还大哩。”王莲一边比画，一边擦眼泪。

“真是一窝毒蝎子！”苕货瞳仁都快突出来了，一拳擂在灶台上。

“东家的四五百亩田，只怕快去一半了。我看黄有龙每次耕整，都叫长工把界埂[①]耕了，往东家这边挪。有几块地，我估摸着，都少了一厢[②]多。这哪是人的心哪！跟畜牲差不多。”腊狗忧心忡忡，随即补充道，“不过，我在原来界碑的地下，都埋了砖头。等少东家长大了，再帮他讨回来。”

“问题是他们才这么大，要等到猴年马月呀？只怕到时候，黄花菜都凉了。”王莲依旧泪水涟涟，万般无奈。

“我有个办法，就不晓得行不行。”腊狗的手势刚做完，两个人就急切地问么办法。腊狗犹豫了一下，还是比画出来：“叫他们婆家接了去。”

两个人顿时沉默不语。

童养媳，主要是穷人养不起，送去男方家里，到了成婚年龄再圆房。有些富家也这么做，但毕竟好说不好听。而且，童养媳的日子充满艰辛，被折磨死的都有。大丫跟小丫，可是财主家的小姐，他们恩人的伢哩！怎么能让小姐受这般委屈，沦落到这步田地呢？王莲沉默了一会儿，坚决反对。

苕货想了想，说他赞成。他问王莲：“难道还有比现在更糟糕的吗？”

王莲想想，的确也是。只能死马当活马医，寄望于婆家体恤

---

① 界埂：两家地之间的田埂。

② 厢：为方便灌溉、排渍和田间管理，在一块田地间划出多条浅沟。两条浅沟之间种庄稼的地方，叫厢。类同北方的垄。

了。三个伢挨打受骂，他们是长工和下人，哪有能力保护？偷偷送点吃的，也跟做贼般，生怕给那家人发现了。说不定婆家好，没那么苛刻，两个女伢也算是解脱了。心里是这么想，手上还是比画：“就是太委屈两位小姐了。”

“哪个愿意呢？这不是没办法想了吗？”腊狗比画道。

那么，这个意思，么样传递到黄有龙耳朵里？假如他们不同意呢？三个人又陷入了沉思。过了一会儿，腊狗比画道：“不管那么多了。瞅个机会，我跟黄有龙说。”

王莲想了想，比画说：“不能直接讲。你们想啊！他是族长，假模假样也得顾个面子。他可是打着照护小姐和少东家的幌子哩！大小姐二小姐送了童养媳，人家肯定说他图谋东家的财产。当然啦，他也确实是图谋财产。幌子没了，虽说他是族长，但毕竟黄家也是大姓，不信就没人主持公道……这样子，我跟母猪疯说。”

又过了几天，天禄把屎拉在了裤裆里，二姨娘却追着小丫打。黄鲁氏坐在一旁嗑瓜子，就当没看见。王莲一边扫她吐了一地的瓜子壳，一边唤了声太太。

“哼！”黄鲁氏从鼻孔里哼了声，斜了她一眼，嘴巴里继续嗑着。

“有个话，不知道当讲不当讲。”

“有话就好好说，有屁就麻溜放……噗！”黄鲁氏正眼也不瞧，仿佛教王莲么样叫麻溜放屁似的，麻溜地又吐出一颗瓜子壳。

“大丫小丫这么不听话，老是惹太太姨娘生气。要我说，干脆送人算了。”

“嗯！你说么事？你再说一遍。”母猪疯果然来了兴趣，扭头望向王莲。

“我是说，把她们送到婆家去，眼不见心不烦。免得太太姨娘老生气，短阳寿。”

“嗯！是这么个理。”母猪疯若有所思，随即又说，“这个主意蛮好的，我琢磨琢磨。”

话到了这一步，王莲也不多说了，把瓜子壳扫进撮箕，进灶屋准备夜饭。

也不晓得她是么样说服或者说治服黄有龙的。第二天，黄有龙就带上王保旺，由苕货驾着马车出门。回来便张罗着做了两身新衣，又备了些“嫁妆”，把两个女伢送出了门。

两个女伢哭得像泪人，天宝更是伤心欲绝。姐姐们出了这个屋，才八岁的天宝知道，自己的日子，将更难熬了。即便是挨打，过去三人分担，两个姐姐宁愿自己挨打，也要护着他这个弟弟。从今往后，不仅没人替他挨打，反而是所有的打，都得他一个人挨了。

得到消息，除了黄有龙一家，在这个屋里生活的所有女人，都陪着落泪。就是腊狗、苕货几个男人，也眼圈红红的。

14

大丫、小丫是坐苕货的马车，去的婆家。马车上还有两个小包袱，装着少得可怜的几件衣裳。王莲跟母猪疯说，两个丫头是她带大的，想送一程，母猪疯没反对，便跟了过来。

坐在马车上，王莲一边搂着一个伢，鼻涕一把泪一把地千叮咛万嘱咐，像慈母般，教她们么样跟婆家人处理关系，照顾和保护好自己。说到伤心处，自己也号啕起来，后悔出了这么个馊主意。两个伢年纪虽小，却也经历了这么多事，明白了些事理，眼里噙着泪，不住点头。

“婶娘！不哭了。您郎看，我跟小丫都不哭了……唉！我最不放心的，是天宝。”大丫仰起头，抬手帮王莲揩了下眼角的泪。爹去世后，她们一直唤王莲叫婶娘，腊狗、苕货叫幺叔，早把他们当亲人了。

又叹了口气，大丫捅了捅车把手上的苕货，哀怨地继续说：

“苕货幺叔！我们也没其他亲人了……除了您郎们。我跟小丫不在家，最难过最难受最难挨的，就是天宝了。麻烦您郎们……照顾他，千万……千万别让他出事了……我们家，就这根独苗……唉！天宝，也太小了。”

断断续续地说，早已泪流满面了。小丫也搂着王莲，哭着，央求着。一直没开口的苕货，听了姐妹俩的话，眼圈也红了，嘴巴里啊啊啊啊，两只手乱比画。

“太感谢您郎们了！”苕货的比画和啊啊啊啊，两个女伢也是听懂了。

或许前世有缘，或许黄周氏长了后眼睛，收养腊狗和苕货两个孤儿时，问姓么事。见摇头，说那就姓黄吧！还给他们起了名字，一个叫腊狗，一个叫苕货。王莲则是卖女葬父买来的丫头。这三个人，成了她孙子孙女最信赖的人，也是最后的倚仗。

大丫大人般的话，听得王莲伤心欲绝，把两个伢搂得更紧，泪水如开闸般汹涌，哽咽着说不出话来，只能一个劲点头。“一声哑”苕货也涌出泪来。他不敢回头，怕伢们看到他流泪而担心，也把头点得像小鸡啄米。

苕货一直把马鞭抱在怀里，一次都没抽过马。那马也仿佛懂得人心，走得慢腾腾的。临近中午，终于到了通海口镇。

大丫的婆家，就在镇上。

在繁华的东河街，路过一家绸缎铺，苕货指给大丫看：“这是你们家的绸缎铺。朱掌柜和伙计胡秋生都不错的，有难处了，或者有么事要我办，就找他们。我常来铺里，但不好去府上找你的。杂货铺在西河街，掌柜叫张业成，回来叫秋生带你去认识。他们都是跟爹爹[①]干起的人，信得过。”

到一个完全陌生的环境陌生的家庭，将遭受么样的对待，十二岁的大丫，心里一片茫然。但她没时间想今后的路上有何艰辛，而

---

① 爹爹：江汉平原把祖父叫爹爹。

是一边听苕货嘱咐，一边使劲点头。

黄有龙来商定事情，是苕货驾的车，当然晓得大丫婆家的屋，所以马车直接停在了门口。喝马停住，苕货走到车旁，扶三个人下来。

抬眼望去，感觉是不错的人家。尽管门楣上“李宅”两个字都不认识，但青砖青瓦的房子，宽阔的门脸，以及门脸两边可以拆卸的鼓皮[①]门板和拴马桩，都彰显出这户人家，应该不只是殷实。几个人心里，又稍微松了口气。

门是开着的。见马车停在门口，下来一个女人和两个女伢，里面的人便知道大丫到了。一个中年男人出来，把她们迎了进去。苕货把马拴在马桩上，卸了笼头，丢了把谷草任由它慢慢咀嚼，拎了大丫的“陪嫁”也进了堂屋。

堂屋蛮宽敞。迎面鼓皮的正中，挂着“天地君亲师”的匾额。跟自己家里的一样，自然也猜到是这几个字了。两边的对联有些褪色，各七个字，便猜不出来了。匾额下面，是有些年头的神龛，上面还燃着香。神龛前面有张八仙桌，两边各有一把太师椅。一个老妇人端坐在靠右边的太师椅上，正眯着眼睛打量她们。两边靠鼓皮，各摆了一排椅子，好几个女人坐在上面。

“老夫人！她们到了。”中年男人趋前一步，向老妇人禀报完，又转身对大丫等人介绍，“这位是老夫人。”

“老夫人好！”中年男人刚说完，大丫就双膝一屈拜倒在地，连磕了三个响头。这也是在马车上，王莲教的。

“起来吧！”老妇人心里一喜，紧蹙的眉头不易察觉地抖动了一下，指了指旁边空着的椅子，说都坐吧！

王莲等人谢过，按中年男人指引落座，紧绷的脸色缓和了些许，悬着的心也放回肚里。看老夫人的面色和态度，大丫今后的日子，应该不太难熬。想到这里，王莲欠了下身子，微笑着说：“我

---

① 鼓皮：木质房屋的墙面，除门、窗、柱外，用木板镶嵌作为墙面，叫鼓皮。

们家大小姐，以后就劳烦老夫人和各位费心了。有不周到处，老夫人尽管责罚便是。”

老夫人显然是错把王莲当黄鲁氏了，轻言慢语地说：“前几天亲家伯亲自来提这件事，今日亲家婶又亲自送媳妇来，可见也是蛮看重的。放心吧，亲家婶！只要她醒事[①]，到了我李家，断不会为难她。迟早是我李家媳妇，也没为难她的道理。当然，一家有一家的章程，万事不能乱了章程。所以即便有时教导，也是为她好。”

王莲不敢挑穿她不是黄鲁氏，只好打马虎眼，说了一堆拜托和感谢的话，遂起身告辞，说我还得送二小姐。老妇人自是挽留，说都到中饭时间了，第一回来，怎好让婶娘空着肚子回去呢？吩咐人准备开饭。王莲只得谢过，说那就太叨扰了。老妇人说亲戚是要走动的，不走动就不亲了。还望亲家婶常来。

老妇人慈眉善目，说话也踩在理上，王莲彻底放心了，说恭敬不如从命，只要老夫人不嫌弃。

老妇人又从头到脚瞅大丫。前面都还满意，模样端正，举止得体。只是瞅到脚上，目光停住了，道：“你这都比得过马皇后[②]了……不过还来得及，回头我帮你再裹紧些吧！”

大丫吓了一跳。裹脚的痛苦，条件反射地涌上大脑，连忙把脚往里收了收。这双脚，她以为裹得很小了。不想，老夫人还嫌大。但她不敢执拗，说我回头再裹紧些，不敢烦劳老夫人的。

旁边坐的几个妇人不时插话，套口风。王莲也听得出来，三个老妇人口气态度都还好，但两个少夫人夹枪带棒，心里的担忧又涌了上来。但不管么样说，家世不错，老夫人也好，大丫应该不会吃太多苦头。

遗憾的是，没见到姑爷，也没好意思问。而且，这屋里好像阴

---

① 醒事：方言。意思是懂事。

② 马皇后：明太祖朱元璋原配夫人马秀英，明朝的开国皇后。在以三寸金莲为美、为贵，妇女皆缠足的元代，马秀英坚决不裹脚，被人称为“马大脚”。此处指裹脚不到位。

盛阳衰，打照面的，除了刘管家，大多是女人，没见一个男的。

送大丫到李宅，王莲心里宽慰了不少。但下午送小丫，却又弄得拔凉拔凉的。

小丫的婆家在於家渡。破旧的房屋，估计好多年没整修过了。家具不仅破旧，而且少得可怜。乡下的人，哪有有钱了不在房屋上显摆的？从房屋和家具，王莲就猜得出这家的状况。四个儿子，穿着也破烂不堪。唯一还算整齐的，是十三岁的大儿子魏登华，也是小丫未来的夫君。王莲估摸着，他那身衣裳，不是借来的，就是家里唯一拿得出手的。

这也太寒碜了！王莲心里直嘀咕，东家也不晓得是么样搞的，脑壳叫门夹了吗？自己那么好的家世，竟给伢找了户这样的婆家。怎么着也得讲究个门当户对，不至于把坛子[①]往火炕里推，找这么穷的婆家呀！

其实，大丫的情况，也就好那么一篾片[②]。虽没见上姑爷，但听说二十出头了，还是个病秧子，长年水药不断。那么将来的日子，尽管家世还好，但要长年照顾病人，想想都让人寒心。但是，东家不在世了，她也不能扒开坟茔去问他个理由。

人倒是蛮热情，看着是老实人家。晓得他们今日来，特地作了准备，还留王莲跟苕货过了一夜。而小丫的婆婆，也蛮欢喜[③]小丫。说是生了四个淘气包，就盼个暖心的坛坛，一定当亲闺女养。但再么样说，不是亲生的，不是自己身上掉下的肉，总是隔着一层。所以王莲也就听听而已，没当真的。

整个晚上，王莲都为两位小姐哀叹。然而，她也无力回天，只得搂着盖一床被子的小丫，再教导些为人处世的道理。

本来是逃避折磨的小丫，一脸苦相，眼泪簌簌地流。她也没想

---

① 坛子：方言。指女儿，同前面的“坛坛”一个意思。不过，两个称谓还是有些微区别。“坛子”没有感情色彩；“坛坛”则温馨许多，含有怜爱之意。

② 好那么一篾片：俗语。意思是好那么一点点。

③ 欢喜：方言。意思是欢迎、高兴。

到，婆家太穷了。今后的日子，该么样过呀！

撵走了大丫和小丫，黄有龙一家有说有笑，装扮得和和睦睦，但却各怀心事。

最为兴奋的是黄鲁氏。或许，也就她是赢家。苕货驾着马车一出禾场，她就像除去了块心病，卸下了千钧重担，把那份兴奋毫不掩饰地挂在脸上，也把母猪疯的品性展露无遗，像麻雀叽叽喳喳聒噪，像猴子跳进跳出欢闹。

两个姨娘和她们的儿子，与黄鲁氏的表现截然相反，内心极其不爽。失去了底层的衬托，复归于受欺负的地位，来自黄鲁氏的所有苦难和委屈，都得自己承着。

当然，还有天宝这个出气筒垫底，必要时仍可肆意妄为。但母猪疯哪个都敢欺负，想欺负就欺负，根本不用找借口，也不分时辰和场合。白天天宝在学堂，想转嫁母猪疯的欺负，或者发泄自己的怨恨，还得等他回来。还有，母猪疯的两个混蛋，欺负自己的宝贝儿子再容易不过，哪个叫自己只是个妾呢？所以除了怨出身不好，似乎也寻不到其他应对法子。

尽管不爽，两个姨娘也只能埋在心里，面上半点不敢表露。但两个小家伙却认不清形势，以为自己是皇太子哩，成天吵嚷着要抱，要骑家马，要玩各种各样折腾人的把戏，还动辄打滚撒泼。这自然惹得为娘生气，时常挨巴掌。

当然，姨娘打儿子，一半打的是气，对黄鲁氏的气。

黄有龙也不爽。他跟黄鲁氏，其实是同心同德的，都垂涎黄有财这份家产。但他不想这么露骨，而是不显山不露水地慢慢阴吞，免得授人以柄惹众怒。如今的做法，显然与初衷背道而驰。送走两个丫头，还遭了黄德林一顿责骂。

黄有龙晓得爹会生气。但是，他又的确搞不赢黄鲁氏，为了耳根子清净，不得不行此下策。黄有龙觉得，自己就是风箱的老鼠。

其实，心里面最痛苦最悲催的，是被他们遗忘了的天宝。

两个姐姐突然走了，天宝仿佛被抽了脊梁骨，也仿佛灵魂找不到安放的地方了。这种孤独与无助，落在一个八岁伢的肩上，该是何等沉重与残酷！但是没办法，这就是血淋淋的现实。无法承载也必须面对的现实。

天宝再没被叫到堂屋的八仙桌上吃饭，他也不敢去。他跟腊狗和几个长工下人，在灶屋里那张只有两碗青菜两碟咸菜的小桌上，任由眼泪吧嗒吧嗒掉进碗里，用泪水拌霉米饭，有一下没一下数饭粒。腊狗们心里也不好受，但不晓得么样安慰，只是不住地给他夹菜。

晚上，腊狗或者苕货照护他洗完澡，就进了腊狗夫妇的房间去睡，直到他们的伢天树出生。

大丫的婆家姓李，还真是有钱人家。房屋结构跟她家差不多，典型的四合院，不过比她家还大。宽阔的堂屋两边，各有一个厢房，分别住着小伯、小二伯[①]。出堂屋后门是大院子，四周的檐廊盖着青瓦，飘檐[②]下画了各式吉祥的花鸟兽形状作装饰，不仅遮阳挡雨，也赏心悦目。院子两边的两排房屋，住着她未来婆婆和其他家人，还有账房、下人住的房间和几间客房。院子的另一头，有一排稍稍简陋的房屋，分别是库房、灶屋、柴屋、磨房、马厩及茅舍。

不过，这个家庭有点复杂。至少，大丫的感受是这样。

这是个阴盛阳衰的大家庭。祖上没么家业，只有三个儿子。后来大儿子去汉口谋生，进了家皮货行当伙计，学得独门手艺，便回来开了“李记皮货行”。大哥并未独享财富，他把两个弟弟箍在一起，提出永不分家的家训，还定了手艺“传嫡不传庶、传男不传女、传长不传幼，一代只传一个人”的章程。第二代传给了老二的儿子。因为按照子辈排序，他是长子。到了第三代，又传回老大的孙子。目前到了第五代，老大的后人志伟继承。当然，第六代也有了。

---

① 小伯、小二伯：江汉平原一些地方，子女和侄儿喊大伯的女人叫小伯，二伯的女人叫小二伯。以此类推。

② 飘檐：房屋屋面超出墙的部分。

也是怪得很，每房只出一根独苗，其他都是女伢。

虽然传到了第五代，但一大家子遵祖训，仍在一口锅里抡勺。大房、二房各有一个儿子，分别叫志伟、志华。三房除了夫人，还纳过三个妾，却膝下无子。后来抢了个男人还在也有伢的女人做妾，希望生个伢继承香火。不料那女人太烈，竟一根绳子吊死在新房里。三房实在没辙了，就把夫人娘家堂兄的伢过继过来，就是大丫未来的夫君志宏。

如今，三个老男人都死了，但女人们却活得旺赳哒[①]。那天坐在太师椅上问话的，是小伯，志伟的姆妈，家里的掌舵人。志伟的堂客姓郭，儿子叫宇明，比大丫大两岁，还有两个女伢。志华的堂客姓向，儿子叫宇亮，跟大丫同岁，宇亮也有个妹妹。那天见的，除了小伯李周氏，还有小二伯李朱氏、未来婆婆李陈氏，以及公爹[②]的三个妾李柳氏、李秦氏、李邱氏，和大嫂李郭氏、二嫂李向氏。

管家姓刘，只晓得都叫他刘管家。跟她家一样，还有三个下人。

这么复杂的关系，大丫这个年龄的伢，短时间内搞清白，的确是有些难。特别是不适应把如老妈年纪的人叫父辈，把志伟、志华夫妇叫哥姐，几回都差点叫错了辈分。好在她还算机灵，老妈也没少教她规矩，加上刚到新的环境，那份警惕性时刻保有。虽然有惊无险，但也造成了一定的心理压力。

适者生存，是人生法则。与陌生人群磨合，就是相互适应的过程。

李周氏比较豁达，或许是同老妈一样吃斋念佛，也或许是李家人丁不旺，不像有些婆婆，哪天没整媳妇便心里不爽。这也是她在男人都死光了，还能把这个家箍在一起的原因。甚至刚见面就讲，大丫迟早是李家媳妇，只要不太出格，断没有为难她的道理。

---

① 旺赳哒：方言。生气勃勃的意思。

② 公爹：方言。指男人的父亲。

李周氏仔细观察，觉得大丫言谈举止还算得体，透出良好家教的底子。见到长辈了，羞涩地轻唤一声，然后低眉顺眼侍立一旁，长辈离去或者明示后才退下。眼里也有事，比如地上脏了，主动拿扫帚打扫；长辈的尿罐下人没刷干净，她也重刷一遍。虽是些小事，再加上第一面的印象，李周氏还是蛮喜欢的。

家里的事有下人打理，并不需要大丫做。但是，总不能一直混到圆房吧。人是需要调教的。不是有句老话叫么事来着？哦，对了！刀不磨生锈，水不流发臭。苗子是好苗子，但是懒散惯了，好苗子也废了，再调教就晚了。

李周氏思前想后，便有了主意，让下人姜嫂唤她到堂屋。

15

老太太坐在太师椅上，示意蹑手蹑脚进来的大丫，坐在矮凳上说话。望一眼慈祥却不怒自威的老太太，大丫不知唤她何事，心怀忐忑，哪敢落座？十指反勾放在右腰，微微弯腰道个万福，轻唤一声“小伯早安”之后，低垂着头，手指绞弄着衣角，小脚不知如何摆放似的在地面磨蹭。

自家伢这副模样，肯定会心疼得痉挛。姜嫂也是养人的人，最小的伢跟她一般大小，便提醒说，老夫人叫你坐，你就坐嘛！大丫又疑惑地望了一眼，见小伯慈眉善目轻轻颔首，这才把半边屁股坐在矮凳上。

老太太一直盯着她，虽然心里怜悯，暗说在娘家不晓得遭了多大的孽哟！但硬是忍住了，没吱声。

坐在矮凳上，大丫仍然不敢抬头，两手搁在膝上一动不动。老太太这才开口，问她来了这长时间，习惯不习惯？大丫一个劲点头，不说话。又说有么事需要，或者想回娘家，就跟她婆婆或者姜嫂讲，直接找老太太也可以。将来要长期相处的，太拘谨，就不好了。

老太太已经叫她不要拘谨了，她却无法做到不拘谨，甚至更拘谨，所以依旧只使劲点头，不说话。但大丫的心里，其实挺感动的。

实话说，她很担心妹妹弟弟。尤其是天宝，过得肯定差，但差到么程度，她只能凭想象。有一回苕货来镇上意外碰到了，问他，却支支吾吾。但从他吞吞吐吐的表达，以及眼眶潮湿的表情，可以想象，天宝肯定很凄苦。所以，她在梦中也不晓得哭过多少回。但是，她的思念，跟任何人都不敢讲，深深地埋在心里。老太太说是一家人，但她哪里敢奢望？黄有龙也说是一家人哩！

见她这个样子，老太太心生恻隐，吩咐刘管家，眼见天就凉了，带她去店里选几块皮子，做身过冬的衣裳。大丫心里又一阵暖流流过，仿佛老妈返阳了。

老太太转头吩咐大丫，志宏是你未来的夫君，照顾他的事，今日起就交给你了。叮嘱她上心些。说他是你未来的依靠。他的身体不调理好，你的依靠就倒了，未来就没了。

老太太这话，也不是唬她。大丫明白。也不知志宏得的么病，时常发烧咳嗽，有时咳得腰都直不起来。一日三餐药，也不见好转。见他咳的那个难受样子，大丫也跟着难受。在她心里，早就想为志宏做点么事了。但又不好意思，每次见到了，脸红到耳根。也常常惹得两个侄子宇明、宇亮取笑，说三爷您郎看啦，小三爷[①]脸都（又）红了！臊得她低头跑掉。所以，老太太如此嘱咐，她一点也不敢懈怠，连忙把头点得像小鸡啄米。

还有一件事，大丫也不甚明了。志宏跟她，相差整整十岁，她应该喊幺叔或者小爷才对，怎么就结上娃娃亲的？照理说，志宏这个年纪，早该成家当爹了。不明白也不好问，只得把个结结在

---

① 小三爷：江汉平原一些地方，把叔叔叫爷，前面再加上他在上辈里的排序。如李志宏排行老三，就叫“三爷”。叔叔的妻子，在前面加上个“小”字，正如宇明、宇亮叫大丫“小三爷”。

心里。

吩咐完了，老太太说，你跟刘管家去店里看看吧。大丫此时终于开口了，乖巧地回道，小伯说么事就是么事，我就不去看了吧！我也不懂。我跟姜嫂煎药去。说罢，迈动一双小脚，去了灶屋。照大丫理解，照顾好志宏，就是一天三餐把药煎好，服侍他喝下。

她的言行，老太太甚是满意，转头吩咐刘管家："家才！那就劳你告诉三老太太，请她辛苦一趟了。"

刘管家应了一声，转头就去敲李陈氏的房门。大丫这才晓得，管家叫刘家才。

李家有通海口镇上——甚至复城县——最大的皮货行，还有一家蛮大的杂货铺，以及乡下的几百亩地。皮货行由大哥志伟打理，二哥志华管杂货铺，乡下的地佃出去，时候到了收租子。志宏除了在家吃饭喝药，就是去茶馆喝茶听书，偶尔也去鸦片馆过过瘾。

皮货行是李家最主要的经济来源。靠了通州河，皮货从四面八方源源不断送来，成品摆在店里卖，半成品或者纯原料就加工，再摆到店里，或者上船运往其他地方。

只是做这些，李家也做不到今天的规模和名气。

李家有一个特别的本事，就是收购本地的兽皮，猪皮、牛皮、狗皮、兔皮、羊皮、蛇皮、獾子皮、水獭皮、黄鼠狼皮等，凡是动物的皮都收——甚至收了动物自己剥皮，然后再加工。别的皮货行不敢收，主要是去不了气味，成品也硬得像鞋壳[①]。这是李家先人在汉口学的独家本事，包括刮脂去肉、脱毛、浸灰、脱灰、软化、浸酸、鞣制处理，以及后期的染色、加脂、伸展、干燥、回湿、拉软、涂饰、熨平等整套流程。

也有不服气依葫芦画瓢，或者到李家皮货行挖人的，然而总归知其然不知其所以然，学不到精髓。整个通海口镇，目前就志伟知道关键所在，也常常对那些想偷核心技术的人嗤之以鼻。

---

① 鞋壳：妇女们把破布片用糨糊糊到门板上，晒干便硬邦邦了，作为纳布鞋的原料。当地人叫鞋壳。

另外，鸡毛、鸭毛、鹅毛以及大雁等飞禽的毛，不管家养的还是野生的，他们也收。加工之后，卖给裁缝们缝成毛袄毛裤，供财主或者其他有钱人过冬时保暖。

他们自己也有皮匠，能做各种各样的皮具，比如皮箱、皮鞋、木屐，放到自家店里卖。

自家就是干这行的，而且是最好的，所以家里人头上身上手上脚上，自然也不缺皮货毛货。甚至下人们也都有几件。

李陈氏来到堂屋，李周氏又吩咐了一遍，说童养媳也是媳，不能太亏待了，传出去让人好说不好听。你操持一下，给大丫备身皮货行头。李陈氏当然乐意，毕竟是自家未来媳妇，便满口应承，亲自去皮货行找志伟，要了几块上好的皮子回来。

跟着姜嫂学煎药，大丫时而坐在矮凳上，盯着灶里的火苗，把握火候添柴；时而起身揭开罐盖，看煎好了没有，喜滋滋地品味老夫人的关爱，顺便从姜嫂那絮絮叨叨中，了解李家的情况。

她暗自庆幸，这辈子跟了两个好长辈，一个是老妈，一个是小伯。老妈的言传身教，当时她小，没体会到多有用，只是内化成了习惯。在李家几个月的体验，显然已经受益了。小伯同老妈一样的仁慈宽厚，一样的与人为善，一样的受人尊敬。她暗暗发誓，这辈子都要像她们那样宽厚待人，始终把良心放在正中，无愧于上天给予的这份恩赐。

想着想着，她突然又皱起眉头。她经常这样，思维跳跃得厉害，老是担心弟弟妹妹。此刻也是跳跃到这个上面了。也不晓得小丫跟天宝，现在是个么状况哩！她是大姐，照顾弟弟妹妹，这是她的责任。但却不能在他们身边，甚至情况都不晓得。这份痛楚和揪心，旁人无法体会。

上天就是如此残忍，活生生把姐弟分开，折磨得一个才十三岁的女伢死去活来，却一点辙都想不出来。

“煎好了，三少奶奶。我把药汤滤到碗里，你给三爷送去。”正在她心猿意马时，姜嫂的声音突然传来。

姜嫂的话还没落音，大丫的脸就红到了耳根。也不知姜嫂么样想的，还是个童养媳，却开口闭口“少奶奶”。老太太笑着纠正了几回，说还没圆房哩！她却总不改口。被姜嫂臊得满脸通红，大丫哪里还敢搭腔？只得连忙起身，盯着她滤药。然后拿托盘装了，小心翼翼端去志宏房间。

志宏的房间她还没进去过。一想到他是未来夫君，脸就更红了，好像血全部冲到了脸上。刚到门口，却跟从学堂回来的宇明、宇亮碰了个正着。两人眼睛瞪得老大，大呼小叫地取笑：“哇！小三爷给三爷煎药了哦！”“哦，哦，哦！”

本就因羞涩而忐忑，被哥俩这么一惊吓，端着托盘的手一个哆嗦，药汤便洒了些出来，差点把托盘都掉地上了。

“大惊小怪的，叫么事叫！”

李周氏恰巧路过，喝了两个孙子一句，吓得他们赶紧逃掉。大丫感激地瞥了一眼，怯怯地叫了声小伯！李周氏瞟一眼托盘，见还有半碗，便说：“进去吧！没么好害臊的，天天见面哩！”

一看是大丫，正在小憩的志宏连忙坐起，惊问么样是你呀。大丫的心头如小鹿乱撞，羞涩得两腿打战，哪里还迈得开脚步？款款移到床边，把托盘放在床头柜上，头埋得更低，声音细如蚊子说道：“把药喝了吧！”

志宏也未仔细瞧过未来媳妇，见她一副局促不安的窘样，心里面涌出一丝疼爱，端起托盘上的碗，先试了下温度，就喝了个底朝天。

万里无云的天空，太阳毒辣辣地烤着。秋老虎真是肆无忌惮。

放学了，天宝如书童般，背着三个书包，挖着脑壳，汗流浃背地朝家里走。本来年纪就小，又没多少自信，天天受两个大他几岁伢儿的欺负与折磨，便更加沉默寡言，更加没有自信，头都没抬起过。

突然，一只手搭上他肩膀，然后猛地捏了一把，吓得他一个激灵，身子下意识地矮了下去。随后，就听到黄天良那不可抗拒的命令："走！打鼓泅去。"

黄家大湾到处是水，人们恨不得一年四季泡在水里。只是冬天怕冷，才放弃冬泳。所以都有一副好水性，也因此每年总有几个淹死的。淹死人的那几天，大人伢儿都不敢下水。特别淹死人的那个河段，更是忌惮得不行，走路都绕道。然而过不了几天——顶多十天半月，便忘了死人的事，又纷纷下水了。

但是立秋之后，大人不许伢们下水。甚至恐吓说，立秋后水鬼急于找替身，好上岸投胎。腊狗王莲也是这样警告的。胆大的，当了耳旁风，该下水还下水。胆小的，便唬住了，生怕被水鬼拖进水底，再沤进淤泥。

天宝属于胆小的，虽惧怕两兄弟，但更惧怕淹死。愣怔片刻，就坚定摇头："幺叔跟婶娘说了，有水鬼。不去。"

天赐一把薅住头发，把他的脸薅得仰起来，俯视着那双惊恐的眼睛，恶狠狠地说："长胆子了啊，竟然敢抗拒！"

天宝眼里溢出了泪水。天赐视而不见，抓住头发往前一推，霸气地说："去也得去，不去也得去。由不得你！"又对身边的伙伴手一挥："走！打鼓泅去！"

名义上是邀请，但于这些小伙伴，其实是命令，哪个也不敢惹得兄弟俩不高兴。不说他们不敢，就是他们的娘老子，也不敢。天赐天良家庭，那是超强大的存在。于是，不管情愿不情愿，也不敢想是否会挨爹娘一顿揍那耙纱[①]，兄弟俩视野所及的，都跟着去了不远处的那条小河。

几个月没么下雨，又不时往农田车水灌溉，所以小河的水大概只能没腰，且浑浊得很。天赐天良不管这些，边脱衣服，边吆喝伙伴们下水。

被拖到河边，天宝脸色惨白，腿肚子打战，还在犹豫要不要下

---

① 那耙纱：方言。意思是"那回事"。纺出的棉纱，一般都缠绕在一个长方形的木制或竹制耙子（叫纱耙）上，然后取下捆好（叫"一耙纱"）后浆洗晒干，就可以织布了。后文"这耙纱"，意思类似。

水。如若不下，肯定招致现场殴打；如若下了，腊狗叔王莲婶肯定不高兴。他不想他们不高兴。现在，他们俨然是他的监护人，他也把他们当作了亲人。

见他这副熊样，脱得光溜溜的天良爬上岸来，粗野地扯掉他背上的书包，扬手就一巴掌甩到他脑壳上，打得一个趔趄。随后，揪着耳朵往水里拖。就这样，衣服都没容天宝脱，硬生生地拖进了河里。几个还在犹豫的伢，哪敢再有半点怠慢？连忙脱了衣服跳进小河。

天气虽热，水却冰凉，顿时都打了个冷战，呼出一口凉气。其实，这才是秋后不宜下水的原因。水凉了，肌肉和血管会收缩，进而抽筋，出现溺水的危险。这个道理，乡下人不懂，只晓得有危险，于是编出个水鬼的故事，恐吓伢们。

适应了水温，便都开始狗爬猫扑，搅得河水哗哗响，也更加浑浊。

湿漉漉的衣服绑在身上，天宝哪里游得动？加上牙齿冻得打架，哭丧着脸上岸。但是，天赐不能容忍他一而再再而三地挑战权威。正玩得兴起，突然瞥见天宝正往坡上爬，霎时把脸一沉，一个猛扑过去，揪住头发往回拖，然后按进水里："你他妈个熊伢，敢不给老子面子……看你给不给老子面子……说，给不给面子？……"

凶巴巴地问一句，薅住头发提起，再按下去，骇得所有伢大惊失色，不晓得么样办。天良站在旁边，叉腰助威，一副不淹死不罢休的神情。

不晓得按下去提起来、提起来了再按下去，重复了多少遍，总之是天宝不挣扎了，气鼓鼓的天赐才松手。眼睁睁看天宝沉下去，反应快的爬上岸，然后大声呼叫："淹死人啦！淹死人啦！"

几个挑着稻谷的大人恰好路过，连忙丢了冲担冲下河。

大些的伢已经捞起天宝，正往岸边拖。一个大人接过，抱起天宝上岸，然后单膝跪地，另一条腿支起，把天宝脸朝下，肚皮搁在支起的大腿上。这时，一人上前压住天宝的腿，一人轻轻托起上身，慢慢放下，再托起，再放下……

湖区的人见惯了溺水，所以急救的知识，或多或少懂一点。这种救助方法，当地叫“吁水”。反复吁水十几次，天宝“哇哇”地吐了一口又一口苦水，恨不得把肠子都吐出来。众人这才呼出口长气，轻轻地放到草皮上躺着。

正收晚谷的人们得到消息，都丢下手里的活，慌毛火急地跑来，人便越聚越多。

腊狗也气喘吁吁地来了，一把抱起天宝，问还没离去的伢们，你们脱了衣服下水，天宝么样是穿着的？闯了这大的祸，伢们也不敢隐瞒，吞吞吐吐道出原委。腊狗脸色铁青，眼睛四处睃巡。两个小兔崽子早就脚底下抹油，逃之夭夭了，他哪里睃巡得到？人们直咋舌，说年纪轻轻就敢这样，长大了还得了啊！

黄家大湾的穷人，没少受黄周氏恩惠，不少人义愤填膺，拳头捏得咕咕响。几个年轻糙子[1]，更嚷嚷要找黄有龙算账。霸占了家产，把人家闺女逼得当童养媳，也就罢了。而照这个架势，是要斩草除根永绝后患哪！如果没有大人默许甚至授意，两个小兔崽子，能有这大的胆子？鬼都不信！

眼球都要爆出来了，但腊狗没话说，抱起天宝回家。

16

院子里，两个小兔崽子如没事般，正跟母猪疯和两个姨娘说着么事。一见腊狗抱着天宝进来，转身想进屋。

刚把天宝放到板凳上，三个女人就围上来，假惺惺地问，这是么样搞的，身上全湿了？不小心，掉水里了？腊狗没理会，“蹬蹬

① 糙子：方言。意思是半大不小。此处指十六七岁的男伢。

蹬”几大步追上去，扬手就“啪啪啪”地甩出了几声脆响，抽得两个小兔崽子半边脸成了猪肝。又一人一脚，踹翻在地。

三个女人先是愣怔，反应过来扑向腊狗，一边撕扯一边哭骂，仿佛要把腊狗撕碎一般。真是反了天了，一个长工，敢当着东家的面，殴打少东家！

院子里的吵闹，惊动了账房里的黄有龙和王保旺，以及灶屋里的王莲等人，“呼啦啦”拥过来，惊悚地看着眼前一幕。王保旺跨步上前，黑着脸斥责腊狗，反了你了，敢打少东家！王莲晓得男人一直忍着，还讲就是受再大委屈，也要帮东家把独苗保住的，所以相信他肯定有不得已的理由，于是没作声，默默地扯起天宝进屋，给他换衣裳。

腊狗没理会王保旺的吠吠，而是瞪着血红眼珠，咬牙切齿地对脸色同样铁青的黄有龙说：“我不管你有多大势力。如果东家的这根独苗没了，我保证你死全家！”

黄有龙打了个寒战，眼里也有了寒意。但腊狗敢这么警告，那必定是忍无可忍。自己儿子的品行，当老子的还能不晓得？所以，他没敢当面计较，转身追进屋里。

两个兔崽子也不经事，顿时狗咬狗起来，都说是对方的主意。听着屋里老子的咆哮和儿子的哀号，母猪疯也跟进屋。随即，在咆哮和哀号中间，又夹杂了母猪疯的哭闹。两个姨娘对视一眼，会心一笑，各自回房。

黄有龙从屋里出来，女人还扯着他长衫，一副要死要活不死不休的架势。对于母猪疯，黄有龙突然不悚了，狠狠地扯了一把长衫，把女人的手扯脱，黑着脸进账房。

揍了两个儿子一顿，心里却恨腊狗入骨。儿子做的是过了，但腊狗敢当面威胁，这让他么样容忍？他要是当了缩头乌龟，那这个族长保长，在黄家大湾还有么威望可言！

但么样惩罚腊狗，他暂时没想好，何况眼下时机也不对。他要的，是一击必中，一击绝命！不过没关系，时间在他这边，可以慢慢熬。而且，他有的是办法。软刀子，最有效。这么一想，便对身后的王保旺说："吩咐王莲，熬个鸡汤给那伢补补。"

替骨瘦如柴的天宝换了身干净衣裳，然后紧紧地搂在怀里，已经晓得原委的王莲，泪水扑簌扑簌往下掉。

天宝仰着头，惨兮兮地说："婶娘！我不想上学堂了。"

王莲没说话，把头乱点。哪有伢不想上学堂的？肯定是不得已了。想想也是，这么小个伢，成天提心吊胆地跟蛇蝎相处，日子么样过呀？再者说了，两个兔崽子胆大包天，挨了他老子一顿揍，还不变本加厉，找机会报复？晚上倒没所谓，在大人眼皮子底下，他们不敢太出格，睡又是跟自己一处，基本可以放心。但白天去学堂，先生哪能时时盯着？还不是想欺负就欺负？就比如今天这事，太惊险了！好在没酿成事实。不然，她以后死了，么样跟老太太见面？想想都后脖子发凉！

不去学堂，也不能老待在家里。家也不是个安静的地方，还有如狼似虎的母猪疯跟两个姨娘，以及不知天高地厚的两个小王八蛋！

一想到黄有龙的四个儿子，王莲就在心里咒他们不得好死，当然没好词形容他们了。

吃过夜饭，心里拔凉拔凉的王莲跟腊狗和苕货商量，天宝的事，该么办？腊狗说，学堂还是要去的。不然，少东家一辈子就毁了，也别想夺回家产了。苕货打着手势，意思是假如人没了，讲其他的还有屁用？保命要紧哩！

腊狗一想也是，也没辙了。如果不上学，便不能让他离开自己几个人的视野。否则，天晓得还会出么幺蛾子！不离开视野，便只能跟着腊狗，或者苕货。跟腊狗不现实。成天风里雨里，一会儿搞这一会儿忙那的，这么小的伢，哪吃得了那个苦？没被那家人欺负死，反倒被他们的好心折腾死。苕货说跟我吧。我天天驾车，他就在车上坐着。

看来，也只有这个法子了。腊狗夫妇没再说么事。

苕货提醒腊狗，黄有龙是睚眦必报的小人，阴狠歹毒，手段不是一般的凶残，得提防他报复。王莲也忧郁地望着男人。腊狗惨然苦笑，说穷人的命不值钱，他要报复就报复吧，我开始就没考虑后果。之所以当他大人的面打，就是要让他们明白，少东家再出个么意外，他们脱不了干系。只有这样，他们才有所忌惮，才不会为所欲为。

两个人都没想到，这个老实巴交的人，也被逼得学会用脑壳想事了，但仍然叮嘱他不可大意。

困觉的时候跟天宝一讲，脸色依然苍白的伢，一改萎靡不振，兴奋得从床上跳来，“我能去镇上看姐姐了”的话，脱口而出。听得王莲心头又一酸，把他搂得更紧，眼泪又扑簌扑簌往下掉。

就在天宝差点溺亡的当天夜里，大丫做了个噩梦。梦见她带着小丫和天宝，去沟里捞鱼——

鱼真多啊！她手持推罾[①]推得满头大汗，每一罾都有所获。小丫跟天宝抬着竹篓，欢天喜地地拣鱼，兴奋得像喜鹊，叽叽喳喳个不停。

眼看竹篓就装不下了，三个人兴奋地商定，再推最后一罾，有没有都回去。没承想，这回没推到鱼，却推起条土聋子[②]，顿时都吓傻了。

土聋子伸了个懒腰，然后拉长身子，缓缓地爬过来。骇得三人丢了推罾和竹篓，慌不择路地逃。土聋子昂着头，两根细长而猩红的芯子不断伸缩，嘴里发出“咝咝”声响，不紧不慢地跟在身后，他们快时它快，他们慢时它慢，就像猫逗老鼠。

土聋子逗了一会儿，却猛然加速，就好像最后冲刺，三人更是

---

① 推罾：三角形的捕鱼工具，一般在小河沟等浅水处使用。三角形框架用木棍或竹竿连接，穿着用细麻绳编织的网，一根长竹竿或者木棍（推杆）的一端与三角形底部固定。捕鱼时，手握推杆，把推罾沉入水底往前推。待推杆到尽头或者碰到障碍再无法往前推时，迅速挑起推罾收回。

② 土聋子：方言。学名叫短尾蝮，是一种和土地颜色相似、含有剧毒的蛇。

骇得傻掉了，脚都挪不开。眼看就要追上，天宝又摔倒了，她赶紧转身去拉，蛇也往前一蹿。也不知哪来的勇气，她猛地一扑，把天宝护在身下……

“啊——”！老叫不出声的大丫，终于惊悚出声。她这才发现，不仅全身湿透，就连被褥床单都是湿的。

大丫换了身衣裳，却再也无法入眠，拥着被子倚靠床头，陷入恐惧与思念。她不晓得这个梦是好是坏，深深地为弟弟妹妹担忧，也为无能力保护他们自责痛苦。她泪流满面。

鸡公叫过三遍，天快要亮了。从窗户往外看，东方露出了鱼肚白。“唉！”她叹了口气，无奈地藏起这份情愫，穿衣起床。

担起了侍候志宏喝药的责任，她再没睡过早床，每天差不多这个时候起。许多人的药是饭后喝，但郎中给志宏开的方子，是三餐都在饭前一炷香。她必须早早起床，跟姜嫂前后脚进灶屋。

提起煎药这事，她又在心里哀叹，志宏这病，啥时候能好啊？志宏也挺遭孽的，药那么苦，每回都皱着眉头，仍然坚持喝。他皱着眉头喝，她的心也跟着收缩，仿佛是自己在喝那苦药一般。

李家对她宽厚，没像其他童养媳遭万般苦难。但她心里头的苦闷，有哪个晓得？又向哪个述说？

不承想，一进灶屋，就被姜嫂看出了异样：“三少奶奶！你这是么样搞的，眼睛这般红？夜里又哭了？”

“没有啊！哪有？”大丫揉了揉眼睛，极力否认，取药罐清洗。姜嫂讲的一点没错，但大丫哪敢承认？

“唉！”姜嫂叹了口气，没再说么事，抓紧洗菜淘米，准备一大家子人的过早。

过完早，去铺里的去铺里，上学堂的上学堂，其他人也忙自己的去了，只有李周氏坐在太师椅上喝茶。热心肠的姜嫂瞅准机会，一面收拾桌上的残局，一面说：“老太太！有句话，不晓得当讲不当讲。”

老太太抿了一口茶，把茶杯放到小桌上，语气中略带不满地说：“你这个姜嫂！我么时候拿你当外人了？”

老太太的意思是直说无妨，但姜嫂还是瞅了一眼，感觉她真的不会生气，这才直起腰，靠近了些道：“感觉三少奶奶，心思蛮重的……唉，也是！都来几个月了，娘家没人来走动，她也没回去……毕竟才这大哩！想家，也是应该的。”

姜嫂一直叫大丫三少奶奶，老太太纠正过几回。她却觉得迟早的事，晚叫不如早叫得好，坚持不改口。老太太也懒得纠正了，她要这么叫，就随她叫吧。何况在李家，乱叫的也不止她一个，比如宇明跟宇亮，时而唤名字，时而喊小三爷。还有志华、志伟跟他们的媳妇，也是时而大丫时而弟妹地乱叫。老太太开明，名字就是个符号。何况，要下人直呼其名，好像也不太妥当。毕竟，将来也是她们的主人。

“我也感觉到了，这伢身世太苦了。本来好端端的家世，却自小没了娘，又突然老妈亲爹前后脚过世，无依无靠成了孤儿。不然，哪会这么早送到我李家呢？”老太太缓缓说完，略一思索，又道，“在自己屋里，可以无拘无束。但到了婆家，多多少少会受些约束。就是在金丝笼里关着，雀子[①]也会不自在……这样，你时常开导一下，我看她蛮听你的。其他的事，我来安排。”

姜嫂“哦”了一声，满心欢喜去灶屋，转告正在煎药的大丫。虽然心里怨她多嘴，怕惹老太太不高兴，但大丫还是挺感激她的关心。

下午没事，大丫关在房里做女红，给志宏绣一双鞋垫。突然听见老太太叫唤，连忙放下去堂屋。一眼看到坐在一旁的绸缎铺朱掌柜和杂货铺张掌柜，连忙上前见礼。两个掌柜也放下手中的茶杯，起身还礼。

自大丫到了李家，两个掌柜偶尔过来走动，有时约好了一起，有时分别来。

---

① 雀子：方言。指小鸟。

虽然年纪比她爹还大，却每次恭敬得很，讲话也很实诚。他们说能有今天，全亏老爷老夫人抬举。在他们眼里，只有一个东家。黄有龙要他们交盈利，催过好几回。他们也不说不交，只讲如果手续正当，也完全可以。不然的话，将来有人找他们算账，还不吃不了兜着走啊？以为他们卷了东家的银两哩！但黄有财死了，黄有龙从哪里去弄个委托手续？再说了，他再霸道，也只在黄家大湾霸道，手伸不进镇里。而霸占黄有财所有家产，他暂时还没那个能力，也忌惮舆论压力，便也不了了之。不过，单就那些地产，也够他消化的。

他们是大丫跟家里联系的纽带，也是了解天宝情况的唯一渠道。

李周氏示意大丫坐下说话。

大丫甫一落座，朱掌柜就开门见山地说：“大小姐！是这样子。眼看就到年关了，我跟张掌柜合计了一下，想跟你把今年的账捋一捋，该给东家的盈利，分文不少地给你。”

大丫愣住了，不知如何接话，望向李周氏。李周氏想了想，笑着说：“这样子行不行呢，两位掌柜？大丫到了李家，就是李家的人了。她的吃穿用度，自然由李家承担，不能再添黄家的麻烦。不然，我这张老脸没地方搁。柜上的盈利，当然得归黄家……”

“我们也是这样想的，老夫人！但少东家太小，给了黄家，就等于是进了黄有龙那个黑窟窿。要是黄老夫人泉下有知，还不冤枉死我们哪！”李周氏话还没说完，张掌柜就抢了过去。他是生怕这笔盈利，进了黄有龙的腰包。

“我的意思，跟两位掌柜没区别的。”黄家的事，李周氏当然晓得。指了指两个人的茶杯，示意喝茶，自己也端起抿了一口，“两位掌柜的人品，我们街里街坊的，还不晓得啊？我的意思是说，钱不能给大丫。她不是黄家的人了，黄家的人是少东家。少东家还小，当不了家，那么就烦劳二位帮他掌管——存入钱庄也可以。等他可以理事了，再把账目和钱两给他。”

她这话的确有道理，听得两位掌柜眼睛一亮，接过话头道："钱两我们可以帮少东家存入钱庄，而且以少东家的名义。但每年的账目，还是按期给大小姐报个数。不然，到时候再去算，日长月久，我们也记不住。再者说了，天道无常，哪个晓得会出么变故呢？"

李周氏连忙做了个打住的手势，嘴里连着几个"呸呸呸"，然后笑着说："正当盛年的，不说不吉利的话。"

"难说哩，老夫人！您郎看，东家比我们年少，不是先我们而去了？"张掌柜尴尬一笑，解释道。

大丫一听，眼眶便红了。李周氏瞅了大丫一眼，便不再在这个问题上纠缠，转移课题道："两位来了正好！我也有事，要请两位帮忙。"

"老夫人尽管吩咐！"两位把身子前倾了些，恭敬地等待下文。

又瞥了一眼大丫，李周氏说："大丫来了几个月，也没跟妹妹弟弟见个面，想必心里是想的，只是嘴上不好讲。眼看着学堂要放假，能否烦劳传个信，请少东家过来住几天？"

"这个没问题呀，信我们一定把到[①]。"两位掌柜满口应承，朱掌柜又抱拳拱手，不禁感叹，"哎呀！老夫人真是宅心仁厚，晚辈受益匪浅！"

姜嫂说的那话，原来是真的。但大丫还是感叹老太太心细，想得这么周全，眼圈顿时又红了。连忙起身，说了一箩筐感激感谢的话，直说得泣不成声。

17

让众人没想到的是，第二天，天宝就坐苕货的马车来了。

万般委屈又无限思念的天宝，看见急步下台阶的姐姐，跳下马

---

① 信我们一定把到："把信"是方言。全句的意思是，信我们一定送到。

车就扑了过去，眼泪止不住恣意流淌，犹如开闸泄洪般。抱住瘦骨嶙峋的弟弟，大丫失声痛哭，看得苕货和周围的人，禁不住跟着抹眼泪。太师椅上的李周氏，也坐不住了，抹着泪起身，亲自唤哭成泪人的姐弟俩进屋。

揩了把眼泪，带着仍在哭泣的天宝拜见过几位长辈，大丫拉着弟弟，急切地进了自己的房间。她拉着天宝的手就没放过，从头到脚仔细地看。只几个月不见，怎么就成了这副模样？正长身子的伢，整个人却瘦了一圈不止，身上也伤痕累累，穿着更像叫花子，破烂不堪。

天宝有千言万语要说，却又不知从何说起，一直抽搐饮泣，说话前言不搭后语。从他断断续续的哭诉中，大丫大致晓得了弟弟受的苦，也晓得他不敢去学堂了。不去就不去吧，大丫心里想，正如苕货幺叔说的，保命要紧。此刻，自己就是天宝的主心骨，她仿佛一下子长大了。

老夫人让人送来点心，天宝没敢吃，仍拿泪眼望姐姐，望得大丫心里头像锥子刺。过去的天宝，何曾受过丁点苦啊！哪会用这种眼神看人！想着想着又潸然泪下。

好一阵子之后，大丫拉着天宝回堂屋，对着坐在一边喝茶的苕货，也不言语，双膝一屈就跪倒在地，然后“砰砰砰”连磕三个响头。吓得苕货猛地站起，茶杯都碰翻了，茶水洒了一地。

这一幕，震惊了满屋子的人，眼圈跟着红肿。李周氏抹着泪蒙蒙的双眼，对苕货说：“他叔！吃过夜饭了您郎先回去，少爷在这里住几天。姐弟俩几个月没见了，十指连心，想必有很多话要说哩！”

李周氏的话一锤定音，其他人当然不反对。而于苕货，这既在期盼之中，又在意料之外，扶起大丫，连连点头，一边打着手势，一边哇哇哇地快速说着。大丫在一旁翻译：“苕货幺叔说，一切听凭老夫人安排。”

天宝要留下，苕货便不吃夜饭了，他还得去买东西。何况，也得告诉朱掌柜张掌柜一声，假如这边有么事，他们也好照应。

依依不舍地送走苕货，姐弟俩反身进屋。

老夫人盯着天宝，吩咐刘管家："家才！去请但裁缝来，给少爷做两身衣裳！"

刘管家还没出门，大丫拉着天宝，又依次给一屋的女人，甚至刘管家磕头。几个女人依旧泪眼蒙蒙，拉姐弟俩起身。刘管家则是满脸惶恐，双手扶起，直说使不得，使不得的！

天宝看所有人，都是怯怯的眼神，这让大丫有种刻骨铭心的痛。

快要吃夜饭了，大丫给志宏送药，特地带上天宝。她不再如刚开始羞涩和腼腆，已经大方多了。进到志宏屋里，对天宝说："叫志宏哥！"

"叫姐夫！"志宏也不客气，问天宝，"你就是我小舅子啊？我可是要巴结好。"

"还没到时候哩！"大丫脸都没红一下，又催促志宏把药喝了，"快点，凉了伤胃的。"

晚上吃饭，好心肠的老女人们轮番给天宝夹菜，弄得自己孙子孙女都吃醋了。天宝开始还怯怯地不敢吃，及至看出都是好心，便狼吞虎咽起来，又把几个女人心疼得不行。跟饿牢里放出来一般，这得有多虐待才成这样啊！而且，看他黄皮寡瘦只剩几根骨头撑着，心说肯定是长期挨饿的结果。

吃完了，姜嫂来收拾残局。李周氏想想，又吩咐道："天宝的身子骨太弱了，你去问问大丫，他爱吃么事。每餐想办法做点他爱吃的，给他补补。"

回头姜嫂把这话转给大丫，并问天宝爱吃么事时，感动得大丫又哭了一回。

过了两天，但裁缝就把天宝的衣裳送来了。看着穿戴一新的伢，几个老女人都满意地点头，说小少爷还是蛮帅的嘛！羞得小小年纪的天宝，满脸通红。

只不过几天时间，天宝的脸渐渐泛出些血色，笑声也多了起来。而且，跟宇明、宇亮混熟了，三个人好得不得了，满街疯跑。志宏也有时喊他进屋，说些体恤的话，甚至带他去茶馆听书。李家的亲近，让天宝忘了是在走人家①，有些乐不思蜀了。

这天过早，李周氏见大丫欲言又止，就问她碰到了么难处。大丫的脸顿时红了，把头摇得像货郎鼓。她其实想开口的，但又觉得不能太过分，不能人家对自己好，就得寸进尺顺杆子爬。那样，会招人嫌的。

李陈氏怜爱地说："有难处，就直说，别藏着掖着。我们是一家人哩！"

大嫂李郭氏似乎能洞穿人心，抢着笑道："看见了弟弟，还没看见妹妹哩！莫不是，想把妹妹也接来？"

"不，不，不！"竟然被猜中了一部分，大丫窘得满脸通红。这个家毕竟不是她作主，便又把头摇得像货郎鼓。

"嗯！"李周氏若有所思，"这样吧，你去看看妹妹。正好带天宝一起，想必他也想小姐了。"

大丫心里那个感激呀！简直无法用言语来表达。

李周氏雷厉风行，叫刘管家安排马车，明日一早送他们。

小丫的婆家，两人都没去过。不过这不是问题，嘴巴底下就是路。到了於家渡，大丫问一个碰到的人，那人指着村子东头，说："他家最好找了，只有半截石磙。你看禾场有半截石磙的，就是了。"

在坑坑洼洼的土路上又走了一段，果然就看到了半截石磙。车夫勒住马，大丫身子一晃，心也猛地一沉。没想到，小丫的婆家，这么穷啊！

禾场上有几个人，正在她发愣时，都围了上来。她轻声问道："这里是魏登华的家吗？"

---

① 走人家：方言。意思是串亲戚。

一个衣衫褴褛的女人好奇地问她是哪个，找魏登华搞么事？她说我是小丫的姐姐大丫。女人怔了一下，随即大声呼叫：“哎哟！原来是姨姐呀！稀客，稀客！”对着禾场上的一个十二三岁男伢边喊边招手：“登华，登华！过来，快过来！是你姨姐！”又扭头对着屋内大叫：“小丫，小丫！你姐姐来了！”

刚刚还和几个弟弟打闹的魏登华，红着脸，怯怯地过来，也不吱声。小丫从屋里跑出来，一双手湿漉漉的。快到跟前时，望望姐姐，再望望弟弟，却愣住了，再不敢上前。

“小姐！”天宝喊了一声，就从车上跳下来。

大丫紧跑两步，张开双臂就抱住了小丫，也大叫一声：“小丫！”

姐弟三人抱在一起，随即哭成一片。

“喂哟哟！怎么一见面就哭上了？快请屋里坐，屋里坐。”女人招呼完大丫天宝，扭头对傻愣愣立在原地的魏登华说，“快招呼客人屋里坐呀！”

魏登华的脸全红了。挣脱拉着他衣角的一个男伢，在前面引路，说：“走，屋里坐。”

本来跟小伯讲，要在这里住两天的。如今一看，还是不给这家人添麻烦的好。不给这家人添麻烦，也是不给小丫找罪受。叮嘱车夫给马喂点草料，说她们坐一下就回。

“怎么刚来就说走的话呀？先住两天再说吧，姨姐！”对大丫说完，女人又吩咐小丫，“去给姐姐跟弟弟打几个鸡蛋。”

“我婆婆！”小丫倒是比姐姐大方，止住哭，抹了把眼泪介绍道。但是，并未进灶屋。

坐在一张破桌旁，大丫瞅一眼桌子上收了一半的碗，心想刚刚小丫手上湿漉漉的，肯定是在洗碗。而桌上剩下的，也就半碗腌菜。张眼四望，么事都没有，心里顿时凉飕飕的。这不正是志宏教她的那个啥词……哦，家徒四壁呀！看到的和联想到的混合在一起，大丫的眼睛又湿润了。他不晓得爹是么样搞的。给她找的女婿，整整大了十岁，还是个病秧子。而给小丫找的女婿，家里竟是穷得只剩几张嘴了。

小丫没进灶屋，她婆婆也没再催，而是叫魏登华倒了两碗凉水放到桌上，然后陪在桌旁看他们说话。

随魏登华一起进来的，还有三个男伢，头发乱糟糟的如鸡窝，衣服破烂得遮不住身子。这冷的天，穿这点衣服哪里够？何况还破烂不堪衣不蔽体。大丫忽然释然，他们为何在禾场上打架嬉闹了。说不定，是一种取暖的方式呢。

三个男伢靠着泥糊的高粱秆子墙壁，一溜站了一排，拿好奇的眼神瞅着姐弟俩，如看猴把戏[①]。大丫瞅他们脸上，鼻涕如绿色毛毛虫，一半还在鼻孔里，另一半则跨河过江地搭到下嘴唇，甚至下巴上。恰在此时，最小的那个拿手背随意一背，顿时半边脸像糊了糨糊。大丫一阵恶心，下意识地皱了下眉，赶紧把头扭回来。

有她婆婆在场，大丫也不好问妹妹过得么样，只是讲些思念的话。小丫皱巴巴明显营养不良的黄脸和还穿着送来时的衣裳，让大丫心里痛楚不已，内疚不已。她是大姐，应该照顾她的。但是，却没照顾她。自己也是个童养媳，但条件和待遇，跟小丫岂止一个天上一个地下！

就凭小丫生了冻疮的双手依然湿漉漉的，以及她婆婆吩咐打鸡蛋，大丫判定，这家灶屋里的事，小丫承包了。她那么瘦小单薄，才十二岁，仅比灶台高一点点哩！却干那么重的活，么样受得了啊？大丫恨不得把爹从棺材缝里拖出来，问问他是么样当爹的，怎能对子女如此不负责任！

“杵在那里搞么事？撑门框啊？不晓得去打几条鱼[②]回来？”小丫婆婆对倚靠在门框边上的那个一言不发的男人吼道。

“这都立冬了，哪里还有鱼打？你去打一条我看看？”男人抽着旱烟，没好气地回了一句，纹丝没动。

小丫婆婆知趣地闭嘴，不再吩咐男人，生怕大丫顺杆子往上

---

① 猴把戏：方言。意思是耍猴。

② 打几条鱼：方言。即捕鱼。

爬。转头指着桌上的茶碗，劝道："喝茶，喝茶！"

"多谢婶娘，不渴。"大丫虚扶了一下茶碗，又推开。这冷的天，哪敢喝凉水呀！晓得这夫妇俩在唱双簧，又笑着对那男人道："不麻烦大叔了。我们顺道路过，坐坐就走。"

听姐姐说马上走，小丫的心当即凉了半截，眼泪又"吧嗒吧嗒"往下掉。天宝也不想走，搂住小丫的脖子，高兴地说："我们带了换的衣裳，小姐你放心，今天不走的。"

"就你多嘴！"大丫扯了他一把，吓得天宝嘟着嘴，再不敢插话。

"来了总得端个碗的，姨姐！连碗都不端，那不是瞧不起我们哪？再说了，我们也怕人家嚼舌根哩！"小丫婆婆嘴上功夫，也的确是了得。

"没关系的，婶娘！知道地方就好办了，就能常走动了。您郎跟大叔往后到了镇上，也请去家里歇个脚，喝口茶。"大丫像个大人，说话也滴水不漏，"小丫小，不醒事，还望您郎们多担待，多教教她。"

昧着良心说话，大丫的心直滴血，眼泪差点又掉下来。不过，她忍住了，只在眼睑里打转转。

尽管小丫的眼神满是期盼，尽管她婆婆言语上挽留，大丫把小伯叫刘管家备的礼品，自己的换洗衣裳和仅有的一个银元十几个铜板全给了小丫，又安慰一番，然后咬咬牙，狠心地转身上马车。她在心里默默地说，对不起，小丫！我能做的，只有这些了。剩下的，还靠你自己。

马车刚出村口，大丫就伏在车上，凄凄惨惨地哭，一直哭到镇上，哭得日头无光。

吹了大半天的冷风，又因心疼弟弟妹妹悲愤交加，回到李家，大丫就病倒了，且人事不省地躺了几天。

李家人都很惊讶。不是说过两天的吗？怎么车身[①]就打转了

① 车身：方言。意思是很快转身。

呢？一问天宝和车夫，唏嘘不已，也更加疼爱大丫，觉得这个媳妇明事理有良心，庆幸真是找对了。李周氏还在佛堂为她祈祷了一回，甚至把班交给哪个的长期困扰，好像也突然有解了。

勉强支撑着能起床了，大丫不顾人们阻拦，一步三晃猫进灶屋，费心尽力地为志宏煎药。志宏好，她才好。这是小伯讲过的，她自己也这么认为。

左思右想了几天，大丫婉拒了李周氏送天宝进镇上学堂的好意，决定送他回黄家大湾。这天过完早，把天宝叫进自己的房间，眼里噙着泪，搂着他说："李家你来走人家可以，次数多点也行。但长住不可以，至少眼前不可以。小伯说送你进学堂，也是好意。但李家没这个义务，我们也欠不起这个人情。"

天宝早就住习惯了，何况回去受的那份折磨，着实令人发指，没办法忍受。他不明白，姐姐为何还要他回去受那非人折磨。瞪着绝望的眼神，搂着姐姐的脖子，眼泪汪汪地央求，希望继续留下来。

大丫何尝不想留他在身边呢？何尝不想他过得无忧无虑幸福快乐呢？只是一个童养媳，保护自己的能力都没有，哪能像鸡母般，张开翅膀护小鸡？她任性不起来呀！尽管李家宽容，没给难她为，而且也有那个实力。天宝在李家，不过添双筷子的事。但也正是李家的宽容，让她想到了自觉，不要让人觉得她想利用这份宽容。假如闹到人家嫌弃，天宝再想找个暂时的避风塘，都丁点机会没有了。

天宝虽然不太明白姐姐讲的道理，但晓得她肯定有苦衷。只得在一个下午，依依不舍地被苕货抱上马车。送到街的尽头，大丫强忍着泪水下车。马车走了老远，天宝还对站在风里的大丫，带着哭腔喊："大姐！过段时间了，记得再来接我呀！"

大丫的心，早就碎了。马车走远了，孤立无助的大丫，扶着一棵被风吹得"吱吱"作响的苦楝，望着消失得无影无踪的马车方向，酣畅淋漓地又大哭一场。惊吓得一只老鸹，"扑棱"一声逃离，发出"呱呱"的惨叫，在荒芜的原野，显得特别凄凉。

心里空落落的，大丫鬼使神差，进了自家绸缎铺。朱掌柜忙从柜台里出来，问大小姐有何吩咐，说叫人知会一声，他就过去了，没必要亲自跑一趟的。

既然来了，就把犹豫了好长时间的想法，付诸实施吧。说不定，这是天意呢？大丫想。落座之后，便说掌柜上次讲的盈利，我想先支一点。朱掌柜说，盈利本就是黄家的，全凭大小姐吩咐。她说眼看着就到年关了，我想给小丫跟天宝做一身新衣裳，另外再给小丫家几两银子。

过年一身新，这是通海口地区的传统，稍微有点钱的人家，都是这么做的。黄有龙肯定不会给天宝做，小丫家里穷成那样，肯定也做不起。朱掌柜高兴地说，哎呀！到底是大小姐，想得真周全。我这就安排。

大丫叮嘱朱掌柜，就说是我帮他们做的，不要讲柜上支的，怕有人惦记。具体事情，有劳朱掌柜操下心。朱掌柜眼睛都亮了，没想到小小年纪，就考虑得这么过细，真如老太太当年啊！心里如此感叹，当然是颔首称赞。

这事还得跟小伯通个气，不然哪天穿兜[①]了闹出误会，以为是她花了李家的钱，就不好了。大丫想着。

18

回到家里，见李周氏坐在堂屋，正跟刘管家说事，她犹豫了，不晓得这个场合该不该说。

李周氏何等精明？见她欲言又止，瞟一眼刘管家，就慈祥地笑了笑说，自己人，但讲无妨的。大丫咬了咬牙，就低着头，把去绸缎铺的事讲了一遍，又希望她帮忙圆个谎。

---

① 穿兜：方言。意思同“穿帮”，指共同编织的谎言露出破绽，被人看出了真相。

李周氏闻言不禁起身，摸着她的头高兴地说，没想到小小年纪，想事情竟这样周全。言下之意，当然赞成。刘管家也瞅着大丫赞道，三少奶奶如此处事，颇有老夫人当年的气魄和谋略，真是叫人刮目相看。不露痕迹地把两个人的马屁都拍了一遍。

“你这倒是提醒了我。”思忖片刻，李周氏坐下时又说，“我看这个年，你们姊弟三个一起过比较好。你跟小丫都没圆房，还算是黄家的人。但黄家大湾是回不去的，那就到李家来好了。你是大姐，到大姐家里过年，也还说得过去。你说呢，家才？”

刘管家想都没想就说，老夫人想得甚是周全。大丫惊得目瞪口呆，待清醒过来想表达谢意时，李周氏又对刘管家说：“既然你也觉得好，就由你去安排。”

有了李周氏这话，又有刘管家张罗，大丫便数着指头盼过年，同时抓紧帮妹妹弟弟做衣裳。

天宝的衣裳好办，李家给他做过两身，但裁缝那里有尺码，放大一点就可以了。小丫必须量一回身材，过大过小都不好。刘管家派了马车送但裁缝去，量过尺码，听车夫说过几天再来接二小姐去李家过年时，刚刚接过五两银子还没捏热乎的魏家，当即就不乐意了。小丫婆婆说魏家的媳妇，哪有不在自家过年的道理？打击得小丫死了的心都有。然而，婆婆太厉害，动不动伸手打，她敢怒不敢言，甚至怒也不敢摆在脸面上。

车夫只是顺嘴一说，去不去关人家屁事？所以没接茬。

但裁缝上车，马刚迈开步，小丫婆婆突然又开口道：“要去，也不是不可以。正月初二回娘家，我家登华一起去。但是，我家登华没衣裳。”

“吁——”她这是个么意思？车夫感觉脑子不好使，赶紧喝住马。但裁缝也纳闷，东家只让我给小丫量尺码，跟你家儿子没衣裳有么关系？二人都做不了主，便当没听见。车夫又喝了一声“驾！”离开了於家渡。

车夫回来学给李家人听，大丫气得脸色铁青，心里又责怪爹，看给小丫找了个么样的婆家，真是把她往火炕里推！

倒是李周氏，好像能理解魏家的想法，对大丫说，是我们考虑不周全。这样，小年就把天宝接过来，他愿意过多久，就过多久。让小丫她们初二来，小两口给姐姐拜年，也理所当然。又吩咐刘管家，辛苦但裁缝再去一趟於家渡，给魏登华也量个尺码，做一身衣裳。

大丫又感动得泪流满面。

李周氏摸着她的头，无奈地笑着说："傻丫头！动不动就哭。小心哭老了，志宏嫌弃你。"

李陈氏握起拳头，接口说："他敢！这么好的媳妇敢嫌弃？看我不打断他的狗腿！"

"小伯唬你的，志宏不是那样的伢！不过，你这动不动就哭的毛病，也的确该改改。"小二伯李朱氏笑着安慰。

长辈的话，说得大丫一股暖流流遍全身，羞涩地破涕为笑。

小丫跟魏登华来住了两个晚上。天宝是过了十五才回去的，尽管不舍，但好像也理解大姐的苦楚了。弟弟妹妹高兴，大丫便也放下心来。这个年，总算是在祥和温馨中过去了。

不料到了六月，志宏的姆妈被蛇咬死了。就是大丫梦见过的那种土聋子。家里从未有过蛇，也不晓得多出现在荒郊野岭的蛇，怎么跑到家里来的。房子后面就是菜地，或许三伏天太热，它在菜地里待不住，就穿了个洞进来了。

老太太的死，是姜嫂发觉的。到了过早的点，还没见老太太出来，李周氏让她去看看，是否病了。结果，发现老太太胸口盘着一条慵懒的蛇，姜嫂惊叫一声昏死过去。众人闻声跑进去一看，也大惊失色。

自家干着皮货行，活剥蛇皮这种事，志伟当然不外行，也不惧怕，径直上前捉住，当场摔死。再瞧李陈氏，哪里还有呼吸？身子都凉了！

李陈氏的死，虽然匪夷所思，人们却无暇琢磨其中缘由，而是人人自危，谈蛇色变。

李周氏很快清醒过来，迅速展现雷厉风行的干练与当家人的权威，把家里的事情分由两拨人去办。一拨是志伟带着行里的伙计，很仔细地挨个屋子搜寻，看有没有蛇洞，还有没有蛇，包括茅舍、马厩、猪圈都不放过，杜绝后患。另一拨是志华、志宏操办后事。志宏是名正言顺的过继儿子，以他为主。大丫虽没过门，毕竟拿过八字，又已经在李家了，则以媳妇的角色。

类似于军帐里即将出征的将军领了令牌，两件事情都轰轰烈烈地迅速展开。经过两天排查，又在旮旯墙脚撒了雄黄，志伟便向坐镇堂屋的李周氏缴牌回旨，说姆妈放心，再无隐患了。李周氏说你也告诉大伙一声，免得都提心吊胆。又说你是老大，理应多担待些事情。看两个弟弟还有么事要帮忙的，给他们拿些主意。

其实，没么事要志伟帮忙的，甚至志华、志宏也没多少事可做。因为精明能干的刘管家，指挥一帮伙计和乡下来的长工，都做得差不多了。两弟兄也就是披麻戴孝，守在棺材旁边，陪络绎不绝的吊唁者磕头烧香，然后拱手道谢。有他加入不多，没他掺和不少。当然，姆妈吩咐了，志伟也尽职尽责地陪着，把整个流程走完。

李陈氏的丧事虽然隆重，但天气太热，第三天便送进了李家坟地。出殡的场面，自然阵容庞大，送葬的队伍逶迤一里之遥。大丫跟在志宏身后，这也是她第一回以媳妇的身份，参加李家盛大的仪式。所过之处，商铺和街坊均燃放鞭炮。

经过这场庄严仪式的洗礼，大丫似乎又成熟了些，对志宏的关怀无微不至。志宏没了娘，也似乎对大丫更依赖了，大事小事跟她讲，过去要娘办的事，也去找大丫。两个人这么默契，李家人自然乐观其成。尤其小伯李周氏，也有意无意托付大丫，去帮志宏做些事，为两人创造更多接触的机会。

不知是姐妹情深，还是命中注定的劫数，也有人说三老头在那边寂寞了。总之是李陈氏死后，三房的两个妾李柳氏、李秦氏竟也相继而去，都是暴病身亡，毫无征兆。李家又一阵忙碌，把两位老妇人安葬了。

一连三位长辈陨落，本就人丁不旺的李家，就更加冷清。偌大的“李宅”大院，也显出些凄凉。

转眼就到中秋了。心中有些悲凉的李周氏，这天问大丫，怎么老不见天宝来了呀？其实，这也是大丫心中的疑窦。隔些时就来住几天的天宝，真的有时日没来了。但她也不清楚原因，便说我去绸缎铺问问。

一去绸缎铺，朱掌柜就说，大小姐你不晓得？还以为你晓得了哩。然后叹了口气说，黄有龙真不是个东西！他这一说，大丫更急了，连忙问么样了。朱掌柜说，少东家放牛去了。大丫的眼泪，“唰”地就下来了，连忙追问到底么回事。

朱掌柜说：“听苕货说，家里的牛伢子[①]穿鼻子[②]了。黄有龙说少东家不肯读书，东游西逛浪费粮食，还不如给头牛把他拴住。反正是他家的牛，放好放坏他自己负责。腊狗跟苕货气不忿，找黄有龙理论。结果黄有龙很不耐烦，说你们不准他读书，又不准他放牛，难不成跟你们下地，还是把他供起来？小少爷自己却说，放牛就放牛，还能天天跟小伙伴们玩。这样，他就每天清早牵了牛伢子出去，晚上再赶回来。隔了没多久，黄有龙家的牛伢子也穿了鼻子，他又说一头牛是放，一群牛也是放，就把他家的那头牛伢子，也叫少东家放了。”

没想到黄有龙真是蛇蝎心肠，大丫泪如雨下。看她难受，朱掌柜想劝，又不晓得从何劝起。想了想，试探着说：“大小姐！要不，把少东家接到绸缎铺来，我教他做生意？”

“不要！”知道朱掌柜是好心，大丫却不假思索地一口回绝。

老妈说过祖训，黄家后人只能务田，也可以读书做官，但饿死

---

① 牛伢子：方言。指小牛犊。

② 穿鼻子：小牛犊到了一岁左右，就要戴上铁制或者木制的鼻拘子，再在鼻拘子上系上麻绳。江汉平原叫“穿鼻子”。

不经商。否则，逐出祠堂。所以，街上的铺子，一直聘朱掌柜、张掌柜打理，黄家只收钱，不插手经营上的事。至于为么事，老妈没说，她便不晓得。但她一直牢记老妈的话，心说千万不能因为自己鲁莽，害得天宝被逐出祠堂，害得她们这一脉在祖庙没了一席之地。

但是，她不能把祖训讲出来，免得伤了朱掌柜的自尊，彼此尴尬。

她这个斩钉截铁的态度，让朱掌柜一愣，不晓得为么事。但她不往下说，他也不好打破砂锅问，只得打住，说既然大小姐不同意，就当我没说。稍停，他叫了声大小姐。大丫"嗯"了一声，见他面有难色，却又不说了，只拿眼睛瞅自己，便问是不是还有么事。

朱掌柜犹豫了一下，最终还是开口道："我听苕货讲，家里的地，被吞了不老少。大小姐晓得吗？"

"啊！还有这种事？都有谁呀？到底是么回事？"大丫跳了起来，声调都变了，急切地抓住朱掌柜的手臂追问。

其实，这也是她不想天宝离开黄家大湾的另一个原因。觊觎她家田地的，肯定不老少。她天真地觉得，只要天宝在湾里晃着，就是么事都不做，么话都不说，也时时提醒那些人，那片土地是有主的，主人就是黄天宝。尽管天宝还小。

"具体情况我也不晓得，要问苕货。苕货现在提不得黄有龙，提起就骂得狗血喷头。为田地的事，他和腊狗跟好几个人干过架了，但也是干着急没办法。"

好不容易安定的心，又不平静了，恨不得回一趟黄家大湾，找占她家田地的人问个理性[①]。仔细掂量了一下，觉得自己在黄有龙他们眼里，实在太过渺小。他们之所以肆无忌惮，也是拿捏死了这家人，没那个能量。真去了，除了鸡蛋碰石头，不仅于事无补，而

① 问个理性：俗语。意思是讨说法、讲道理。

且很可能雪上加霜，惹得那些人变本加厉。

“唉！只得作长远打算了。”大丫想。但她的愤怒，却是无以复加。

没过几天，绸缎铺的伙计胡秋生说苕货来了，朱掌柜请她过去一趟。

刚进绸缎铺，苕货就双膝跪地，说他辜负了黄家，没看好少东家跟家产。大丫连忙搀起，扶到椅子上坐了。然后就从苕货的手势跟“哇啦哇啦”中，问出了大致情况——

黄有龙起初还有些顾忌，只偷偷摸摸做些下三滥的事。比如，耕整土地时，连同界埂一起耕了，把界埂往大丫家这边移个两三尺。黄家大湾的田，每块都很长，所以就占了不少。再比如整他家的田，却用大丫家的农具和牲口，已经不分彼此了。类似的事，太多太多，苕货说数都数不过来。

后来又来过两拨土匪，但叫护湾队打跑了，黄有虎就更专横跋扈了，逼着人们捐钱捐物，说要买枪修炮楼。护湾队也变成了黄有虎的私人武装，专门守他们和几个大财主的家，对穷人则如凶神恶煞，毫不念及乡邻情面。稍有不从，非打即骂，甚至拿绳子捆了吊在旗杆上，弄得怨声载道，说还不如叫土匪来抢了算了。

有护湾队撑腰，黄有龙的胆子越发地大，做事情肆无忌惮，不再怕乡邻说三道四。大丫家的财产，俨然成了他的。各家各户凑的钱，买枪修炮楼不够，就叫王保旺从大丫家的账上支取。跟佃户们签租约，一律按他家的标准，少一升都不行。交的租子，全入了他家的账——尽管还装在大丫家的库房里，想拉出去卖就卖了。各种摊派、杂税，都从大丫家的账上支取，放贷用大丫家的钱，收的息则自己统腰包[①]。

大丫家自己种的一百多亩田，也全部佃了出去。长工赶到他家地里干活，却饭都吃不饱了。稍不遂意，也是非打即骂，动辄赶人

---

① 统腰包：方言。意思是装腰包。

滚蛋。大丫家里的长工阿六、福生，都赶走了，因为年纪大闹不动了。腊狗不服，顶了他几句，被黄有虎吊在旗杆上一整天，腰也打折了，抻都抻不直。

少东家就更惨了。每天只带两三个红苕[①]，天不亮牵了牛出门，天不黑不准归家。王莲装了半竹筒饭给少东家带上，不想被母猪疯碰见，拿斧头把竹筒砍了，还打了王莲两耳光。

……

聋哑人讲话，本来就困难。苕货心里既充满仇恨、不甘和不屈，又着急要一股脑地讲给大丫听，可想而知，他声泪俱下地一边"哇哇"一边比画，那得费多大的劲！大丫体谅他的难处，虽然泪流满面，却一直没打断。朱掌柜坐在旁边，也没插话。不过，脸色也是愤恨无比。

"大小姐！湾里开始饿死人了，实在过不下去的，都出门讨米了。"说到这里，苕货拍了拍胸脯，接着比画，"大小姐放心，我跟腊狗和王莲，是不会离开的。就是遭再多的罪，吃再多的苦，甚至拼了命，也要保少东家周全。"

"扑通"一声，大丫又跪下了，泣不成声地说："苕货幺叔！来生就是做牛做马，我也要报答你们的大恩大德。"

苕货先是双手乱摆，意思是她见外了，要她赶紧起来。然后，又满脸愁苦，惨戚戚地边"哇哇"边比画，说："只是少东家要吃不少苦头。而且照族里讲的，黄有龙要管到十六岁。到那时，家里的产业，估计就没么事了。"

已然如此，没有就没有了吧！大丫叹了口气说，只要天宝没事，么事都可以舍下。这世上，还有比活着更要紧的吗？能活着，就不容易了。又感谢了一遍苕货跟腊狗王莲对他们家的照顾，对天宝的照顾，叮嘱他们也要保护好自己。

她觉得，后面一句，很重要。他们现在是黄有龙的眼中钉肉中

---

① 红苕：方言。指红薯。

刺，是横在鲸吞他们家产中间的一道障碍，也是天宝头顶实际上挡不了雨的一把破伞。倘若他们也出事，天宝就更没遮没挡了。

中秋这天，放心不下的大丫，征得小伯同意，出人意料地拉上志宏，回了趟黄家大湾。

19

成熟遮掩年龄。或者说，能弥补年龄的不足。过了十四岁的大丫，出脱得亭亭玉立，俨然十七八岁的成熟女人了。志宏虽大她十岁，但平时横草不拈直草不拿，加上长年中药养着，比实际年龄好像也小些。所以站在一起，倒显得般配。

志宏患火病[①]几年了，这是个不治之症，也是李周氏的一块心病，因此么事都不派他做，专心养病。不想老三一脉就此绝了，决定让他们尽早圆房，接续香火。何况，自己指不定哪天就走了，甚至如三娘，碰上个意外，连交代都没一个，就永远闭上了眼睛跟嘴巴。所以，就把他们圆房的时间，定在了腊月初八。

除了圆房这个因素，大丫要回趟黄家大湾，还是担心天宝。苕货带来的消息，让她饭菜不香寝卧难安。她的想法很单纯，在通海口镇，李家的实力和口碑没人敢忽略。作为李家的准儿媳，她携未来夫君风风光光回娘家，也算得是衣锦还乡，而不是如其他童养媳，虐待受尽猪狗不如。想必黄有龙再欺负天宝时，会考虑这一层因素而有所忌惮。同时，给黄氏族人都备了礼，也是希望天宝遭受欺负时，有人出来讲句公道话。

这个年龄的大丫，能这么想，已经很不简单了。但是，她却忽略了人性这个最捉摸不透的东西。

试想啊！假如这些能让黄有龙忌惮，能让族人帮天宝主持公

---

① 火病：方言。即现在的肺炎。

道，那么她老妈坚持了几十年的施粥和施舍，那么大的恩德，是不是更能起点作用呢？还不是一阵风吹过了？所以，大丫的苦心，铁定被人当作驴肝肺，她的付出，也铁定是肉包子打狗。不过，是否会发生这样的结果，她的确想不到。她想到的是，一切能帮天宝的法子，都必须试一下。

李周氏想把大权交给她，所以便如她所愿。何况，圆房之前，小两口回一趟娘家，也在情理之中。不说大丫有么家事要处理，至少也得跟她九泉之下的娘老子禀告一声，祭祭祖先。于是不仅同意，还生怕怠慢了黄家，又着刘掌柜置办了礼品、祭品等物资，派了马车。

大娘、二娘心血来潮，嚷嚷要去三娘娘家看看。李周氏没反对，甚至吩咐："你们两个去，显得李家看重，也别叫人把李家看扁了，说李家不懂礼数。有些话三娘不好讲，你们是嫂子，经的世面也多，拿得出话来，就帮她讲。"

或许，李郭氏、李向氏是随口打哇哇[①]，但婆婆开了口，也不好不去了。

四个人坐同一辆马车，虽然心里面别扭，又不敢明面上表现，便说些二五点子话挤对。一个酸酸地说，我们这是丫鬟陪小姐踏青咧！另一个接口说，瞎说八道，明明是秋天！今天中秋节你忘了？一个取笑大丫这会儿都耐不住了，跟三爷挨挨擦擦。另一个附和说，我那时候跟老二手都没拉过！把平时不敢说的话，在家人特别是老太太面前不敢表达的情绪，都一股脑地宣泄出来。

大丫没想到，两个一本正经的人，这会儿竟如此放得开，什么话都敢讲，脸上红一阵白一阵，不住地赔礼，身子也不晓得该往哪里放。马车就那么宽，路上又颠簸，刚刚离远点，就又跟志宏颠到一起了，不得不红着脸再挪开。好在路程不远，个把时辰就到了黄家大湾。

---

① 随口打哇哇：俗语。意思是随口说说而已。

应该说，小伯的安排，还是有些效果的。至少，表面上是有效果的。

马车停在门口时，黄有龙抱着茶壶，正坐在八仙桌旁的太师椅上，优哉游哉喝茶，心里面好不惬意。猛抬头看到马车，以为是好友来访，连忙放下茶壶起身。及至看见大丫下车，顿时就呆住了，一只脚在门外，一只脚在门里，不晓得是该出去，还是该退回来。

黄有龙不仅惊讶于她这个时候回来，而且惊讶于如此阵仗，如皇后娘娘省亲。毕竟见过世面，惊诧片刻，黄有龙就回过神来。面子上的事，总还得顾着，于是满脸堆笑地迎上去，嘴里直说：“稀客，稀客！”

进屋之后，继续把笑挂在脸上，叫众人落座，又对着后门大叫：“王管家，保旺！”

“来啦——”随着一声拿腔作调的尖声应答，尖嘴猴腮的王保旺就到了堂屋。听这声调，就晓得他也心情大好。一见大丫，也是意外，愕然惊叫道：“哟！大小姐回来了？”

“我自己的屋，不能回来吗？”苕货讲了不少这个满肚子坏水的王保旺在她家干的好事，大丫说话当然不客气。

“能回，能回！大小姐么时候都能回。”王保旺没想到大丫进门就给他脸色，不过他也不是一般的人，不然，做得了黄有龙的管家？愣怔片刻，干笑着讪讪地道，“我的意思是说，大小姐把个信，我就安排车去接了。”

大丫这口气，让黄有龙也感觉不对劲，生怕把他搭上，连忙岔开话题，吩咐王保旺：“抓紧看茶，叫灶屋准备酒席。”

大丫也不是回来吵架的，只是看到王保旺，特别听他那话，好像自己不该回来似的，一时没忍住，戗了他一句。黄有龙这样说，她便借坡下驴，蹙眉问道：“天宝呢？”

王保旺也不想这时候跟大丫口角，转身去吩咐事情。

“可能出去野[①]去了，我这就叫人喊他回来。”黄有龙扭头又对

① 野：方言。这里是玩的意思。

着院子大叫，“哪个在院子里呀？来个人哪！”

“我去看看婶娘。”黄有龙叫的人还没来，大丫就朝院子里走。其他三人见状，也跟在身后。

“看婶娘啊？应该在院子里。”黄有龙以为她指黄鲁氏，便对着院子嚷，“天赐他娘，大丫看你来了。”

“哦！”黄鲁氏跟两个姨娘正在院子里嗑瓜子，听到这话并未会意，随口应了一声。

及至穿戴得这么洋气的一男三女冷不防进院子，三人顿时吓了一跳，连忙起身。再一细看走在前头的竟是大丫，更是张大了嘴巴合不拢，瓜子壳沾在唇边不记得吐，傻愣愣如钉在那里了一般。

“三娘！你家的屋，比李家还大呀！真是羡慕死你了，难怪你有那么好的家教，讨婆婆喜欢的！”大嫂李郭氏眼睛四处睃巡，感叹过后又说，“不行！我得参观参观你的闺房。看看是么样的闺房，才睡得出这么个讨人喜欢的美人。”

“真是不小！我也要去沾沾灵气！”二嫂李向氏附和着。

她们直接无视了黄鲁氏等三个女人。三个女人却似乎还在惊愕中没回过神来，傻乎乎杵在当地。而紧跟着进院子的黄有龙，也明白自己会错意了，脸色霎时涨得像猪肝。

与此同时，听了两个嫂子的对话，大丫的脸色也刹那间惨白。她哪里还有闺房啊！被撵到李家前，就从东厢房赶出来，窝在一间耳房里。

都当童养媳了，哪里还有闺房？李郭氏也是这样想的，所以那话，本就是挖苦。见她愣在原地，内心不晓得多高兴，却不表露出来，拉了她胳膊，继续嚷嚷看闺房。转头看黄有龙几个人的表情，顿时就明白，肯定是连窝都撮了[①]。心里又转为对大丫同情，暗道这狗男女也太可恶，霸占了房屋不算，竟连个窝都不留。这么一想，便没了兴趣，自找了个台阶，哂然一笑，讪讪地说：“不给看

---

① 连窝都撮了：俗语。本意是把鸟窝端了，意思是不给人留退路。

就算了，不看了。”

“怎么能算了呢？来都来了哩！”李向氏却不依不饶，又问志宏，“难道三爷不想参观参观？”

一个大男人，看女伢的闺房，传出去都是笑话。尽管马上要成为他名正言顺的女人，也不好。为掩饰尴尬，志宏把头扭向一边，当作没听见。

“婶娘！王莲婶娘！”大丫不再理会所有人，一边疾步往灶屋去，一边急切呼唤。

在灶屋里忙碌的王莲几个人连忙出来，一见大丫，霎时就眼前一亮，趋前几步拉住她的手，亲切地嘘寒问暖。

他们这么大阵仗，又闹出这大动静，当然惊动了很多人，不少乡邻也过来打招呼，院子里顿时便叽叽喳喳，如过年一般。

被人当作了空气，黄有龙夫妇有些尴尬。想想，就叫人搬板凳出来，说：“就在院子里坐着聊吧。”

这时，头发如鸡窝，骨立形销，浑身脏兮兮的天宝喘着粗气，一头撞进院子。随后又止住脚步，怔怔地望着眼前一幕。黄有龙过去，摸着他的头，提醒道：“这伢野憨了吧？这么没礼貌？快叫姐姐姐夫啊！”

天宝一把扒开他的手，眼里噙着泪，没让它流下来，激动地扑向大丫。大丫心头一酸，眼泪不自觉地掉下来，把他紧紧地搂住，嘴里喊了声：“天宝！”便再无第二句话。

过了一会儿，天宝推开姐姐，木讷地叫了声姐夫，又分别叫大嫂、二嫂，也再不吭声。一个十岁的伢，成熟得像老头，令李家人心头一紧。这哪里还是那个活蹦乱跳的天宝啊！

被天宝扒开了手，黄有龙先是一愣，随后尴尬地“呵呵”了两声。见天宝又不讲话了，讪皮讪脸地说：“这伢！越来越不爱讲话，越来越没礼数了。又不晓得去哪里野的，真是脏兮兮呀！”

大丫懒得听他胡咧咧，揩干眼泪，去车上取了套新衣裳转来，对天宝说：“先洗个澡，把衣裳换了，然后领着姐夫去送礼。”

“他又不是没衣裳。有衣裳他也不穿。你还大老远的带套衣裳过来，真是的！就好像我们欺负他一样。”黄鲁氏终于找到了说话的机会，撇了撇嘴。见男人狠狠地瞪她一眼，又赶紧打住。

还不清楚大丫此行，是个么目的，所以黄有龙非常谨慎。此前他说叫天赐领着志宏去挨家挨户送礼，被大丫断然否决，说等天宝回来。从大丫的口气，可见她是知道一些事情了。对自己的那个贸然提议，如今后悔得要死。当时也是太自信，以为大丫么事都听他安排，就胡诌了一句。细想也是，人家有弟弟，为何要个外人领呢？这么一想，他就对大丫有些忌惮了。觉得这丫头，跟过去不一样，不能随便打发了。

王莲烧了水，带天宝去洗澡。好长时间没洗热水澡，天宝直呼太舒服了！然后穿着姐姐带来的新衣裳，脸上又洋溢出伢儿才有的稚气，跟志宏坐着马车，去挨家挨户送礼。

腊狗也从地里回来了。天宝带着志宏出门，大丫对腊狗说：“我要祭祖，禀告父母。麻烦幺叔帮忙准备一下。”

黄有龙听得一愣，随即抢过话头：“要不，去祠堂？”

“不了！去祠堂的规矩我懂。”大丫这话干瘪瘪的，没一丝烟火气，也没商量余地。

在自己家里祭祀祖先和父母，于情于理无可挑剔。黄有龙却暗暗叫苦。他不仅大摇大摆地搬进了人家的屋，还连人家神龛上的祖宗牌位都换了，那些个牌子都不知扔哪里去了。但也别无他法，只得硬着头皮应承，转身跟王保旺去找。

“大小姐！刚刚布置好了，等姑爷回来了就开始。”腊狗的话像晴天霹雳，炸得黄有龙、黄鲁氏和王保旺里嫩外焦。不过，他们脑筋转得挺快，说晓得要祭祖的。你一回来，我们就吩咐腊狗了。

腊狗恨恨地瞪了他们一眼。大丫家的祖宗牌位，他们扔进了灶屋的柴火堆里。王莲不忍心当柴烧，偷偷用包袱包了，一直藏在自己屋里。

他们对腊狗的眼神视而不见，也说就等姑爷回来了。

“谢谢幺叔！”大丫感激地对腊狗说完，便回堂屋。站在神龛前，见祖宗和爹的牌位擦得干干净净，摆得整整齐齐，大丫鼻子一酸，泪水又止不住簌簌直流。李向氏递上手巾，李郭氏搂搂她的肩。

黄有龙等人也随她进来，站在一旁冷眼旁观。扭头一看墙脚的破箩筐里，竟是自家的祖宗牌子，顿时血往上冲，差点跟腊狗动起手来。不过，他还是忍住了，只是恶狠狠地剜了腊狗一眼。

吃中饭的时候，黄氏家族都来送回礼。回礼五花八门，雨伞、鸡子、鸭子、鸡蛋、盐蛋……甚至一升米。大丫不忍心收穷人的，但这是乡俗，不收就是瞧不起人家，只得一个劲说感谢的话，邀请他们去家里做客。

临离开了，大丫当着所有人的面，搂着天宝说：“你是少东家，将来要当家理事的。别只惦记放牛。有空了，多去街上看姐姐。”

听了这话，天宝愣住了。黄有龙的脸色，却又涨成了猪肝，随后把头直点，一脸假笑道：“姐姐的话，你要记住了！”

然而在他内心，却是对大丫恨之入骨，心说千万要防着这个女人。因为她的言行，打他脸好几回了。

望着马车越来越小，站在村口的天宝，又像霜打的茄子，顿时委顿下去。好在王莲一直在旁边，一把把他搂进了怀里。

大丫运气不错，圆房才一年，就生了个丫头，取名宇红。过了一年半，又生了个大胖小子，把人丁不旺的李家，上上下下兴奋得疯了似的。特别是吃斋念佛的李周氏，更是觉得菩萨显灵，让老三家终于有后了。她那颗心，不再吊在半空中，人也仿佛年轻了好几岁，走路的脚步都轻快了。

老太太亲自给小孙子起了名字，按照辈分，叫宇清。宇明是长房的，宇亮是二房的，三房的就叫宇清。几个老女人对这个名字很满意，成天“宇清，宇清”不离口，犹如亲孙子般，叫得宇明、宇亮都受不了，要吃醋了。

俗话说只愁生，不愁养。到了十个月，宇清就迈开了脚丫；一岁刚过，嘴巴开始咿咿呀呀。

不料天有不测风云，宇清抓完周[1]不到三个月，通海口镇突然走起了天花，死了好几个伢。李家顿时紧张得不得了，都不到外面闲逛，也关门谢客，桐油灯也彻夜长明，生怕黑白无常闯进来。同时，还采取各种措施，避邪驱邪。

还真是怕么事来么事。防备得这么严实，感觉苍蝇都飞不进来，但是宇清还是染上了。李家霎时一片恐慌，郎中整天待在伢儿身边。李周氏、李朱氏更是关进佛堂，没日没夜地诵经念佛，求菩萨保佑。无奈伢儿没带阳寿，不几天工夫，就撒开手，连再见都没讲，急着找下家投胎去了。正所谓阎王叫他五更走，不敢留他到天明。

兜头一闷棍的打击，让李家霎时坠入黑窟窿，人人哀叹，个个愁容。又快临盆的大丫，更是掉了魂似的痴痴呆呆，挺着个大肚子，抱着伢的衣服不放，逢人便絮絮不休地讲伢如何聪明如何可爱。反复也就那几句。如果独处，也目光空洞喃喃呓语。

倘若是第一回见她这种状况，没准会吓个半死。

20

到底经事多些，李周氏率先从悲痛中清醒过来。大丫的状况让她心急如焚，担心时间一长，这伢疯掉了。便常常拉着她的手，慢言细语开导，劝她爱惜身子，爱惜肚子里的伢。

老太太语重心长地说："伢！小伯跟你讲啊！都是娘身上掉下的肉，哪个不心疼呢？……都心疼咧……再说了，你该做的，我们该做的，都做了。该想的法子，也想尽了。但他还是要走，留不住啊！……虽说在你肚里揣了他十个月，但你们没母子缘分。他也没

① 抓完周：方言。即给孩子过完周岁生日。

那个命，享不起这个福……就不是李家的人，就是个讨债鬼，留着也是个害人精，还不如早些送他走的好……那也是没法子的事咧，伢！你要老这样子，把身子淘垮了，以后的日子么样过？要为自己和志宏着想咧！……我找陈先生算过的，你是儿女双全的有福之人，说不定肚子里就是个带把的哩！把他折腾么样了，你还不后悔死呀？听话，啊！”

李朱氏、李邱氏也走马灯般劝。但劝着劝着，往往也想起了宇清可爱的样子，先抹起了眼泪。

大丫也不是不明事理，只是这个打击，太大了。大到她那颗小小的心脏，承受不起。

功夫不负有心人，长辈们的轮番劝导，让大丫终于伏到李周氏怀里，身子一颤一颤地好一阵号啕，她们也如释重负地终于呼出口长气。李周氏慈母般搂着，怜爱地抚摸她的秀发，不再劝了，任由她发泄。能哭出来，就好办了。就怕她不哭不闹。

也许是太过悲伤动了胎气，还没足月，大丫竟在夏夜发作了。李家又一阵忙碌。但是，这个比小猫大不了多少的小不点，生下来就浑身发紫，也如小猫般无力呻吟了几声，眼睛都没睁开，就追随哥哥宇清，赶紧找下家投胎去了。

接连夭折两个伢，大丫死的心都有了，人瘦得掉了形。真正的形销骨立！走路恍恍惚惚，行事丢三落四，如掉了魂似的。

大丫也明白，自己不能死。女儿宇红还小，男人志宏的身子越来越差，头痛发烧的间隔越来越短，常常脸色潮红，喘气困难。小伯说得对，她要替志宏着想哩。何况志宏是她的天。替志宏着想，也是替自己和宇红着想，替这个小家庭的天着想。于是，又把全部精力放到帮志宏调养身子上，无暇他顾。尽管她的脸上，时常挂着与年龄不相称的忧伤。

她完全不信镇上的郎中了。要是他们够厉害，早就治好志宏了，何至于拖到今日！她进这个家门六年多，就没见志宏断过药。她也晓得，不是郎中没本事，实在志宏得的病不好。火病，就是个不治之症，就是个靠钱养着的病。拼的是家世，看哪个撑的时间长些而已。

所以，除了照请镇上的郎中，听闻哪里有偏方秘方，她都放下大户人家贵妇人的架子，也不顾闲言碎语，不辞辛苦地去跟人家磨牙。

欣慰的是，接连夭折了两个伢不到半年，她又怀上了。

这天拖着怀身大肚，大丫又叫了车夫出门。

志宏心疼，不让她去，哀求道："为了我，你脚板都跑大了。这就快临盆了，世道又乱，哪里都不太平。还到处跑，不要命了？我是拖一天赚一天的人。你再有个三长两短，你让宇红么办？你让肚子里的伢么办？"

他讲"脚板都跑大了"时，她还开了个玩笑，说你居然嫌我脚大？及至听到后面，心里一酸，眼泪就刷刷地流，心说就冲男人的这份关爱，为他死了也值。揩干净眼泪，毅然决然地爬上了马车。

这回去的地方不远，刘家港，七八华里地。去的时候很顺畅，也见到了那个白胡子白头发飘飘欲仙的老头。

听她说娘家在黄家大湾，老头突然面色凝重，问她晓不晓得德政老爷。大丫心生怪异，脱口说那是我爹爹。老头一听，便施礼谢恩，顿时吓了她一跳。老头细道根由，她才晓得，却原来老头落魄时，整个冬天都在她家吃过施粥。爹爹老妈也不赶他，还给床棉絮，让他在灶屋困觉，才幸免冻饿而死。这个救命之恩，老头铭记在心，常常拿来教育子孙。

得知是为相公求药，又看她怀身大肚的，老头更是感动，说她有老太太遗风，热情地留她吃中饭。大丫心焦，当即谢绝。老头说既然这样，那我就去瞧瞧病人吧！

传闻老头古怪，都是病人寻上门，极少出诊的。大丫原本也只想求药，没奢望请得动老头。如今老头主动，当然求之不得。

回程走到半路，突然从芦苇丛中跳出几个劫匪，青天白日拦路打劫。拉马的拉马，拦车的拦车，大呼小叫好不得意，比那年土匪住进家里还恐怖。

大丫哪见过这种场面？骇得昏死过去。老头一看大事不好，连忙掐人中，斥叱劫匪活腻歪了。

这时，一匹棕色的马悠闲地缓步踏来，马背上骑着个戴狗皮帽子、腰挎撇把盒子的青年。一个小喽啰拉着大丫家那匹马的缰绳，喜形于色地讨好：“老大！逮了个有钱的女人。”

青年刚得意地瞅一眼车上，脸色立马就变得难看至极，一马鞭抽在小喽啰头上，怒声骂道：“你妈的个 ×！你以为，哪个的票都能绑啊？”

小喽啰顿时就蒙了，正吵吵嚷嚷的劫匪们也蒙了。循着声音，老头抬头一望，霎时就气不打一处来，指着那骑马的青年怒骂：“好你个狗日的刘老三！你知道吓着谁了吗？”

刘老三是看见了老头才紧张的，那是他既亲又怕的亲二爷。老头如此一说，青年心头更惊，颤声问道：“是哪个？”

“是哪个？闹出了事，老子要你的狗命！”老头怒不可遏。

“到底是哪个？”刘老三跳下马来，凑近了仔细瞅，心说不认识啊！恰好大丫醒了，见他凑过来，又吓得一哆嗦。

“她你不认识。那年你跟着老子讨米，在黄家大湾黄老爷家里白吃白住半个月，难道也忘了吗？你个忘恩负义的狗东西！”老头护着大丫，继续怒骂刘老三。

“啊！难道是黄老夫人的么人吗？”刘老三着实惊诧，眼睛瞪得有些大，语气里却也透出疑惑。

“黄家大小姐！”老头没好气地恶声回道。

刘老三脑壳“嘭”的一声响，这下真蒙了。愣怔片刻，便“扑通”一声拜倒在地，颤声说道：“恩人在上，请受小子一拜。小子有眼无珠，还望大小姐见谅。”爬起来，扬起马鞭，往劫匪头上脸上又挨个抽了一遍。

“别装模作样了！”老头并不买账，看一眼蹙额攒眉面相惨白细密汗珠不断渗出的大丫，吩咐道，“大小姐好像是动了胎气。你小子快去镇上李府报个信，我们也要抓紧赶。”

刘老三二话没说，翻身上马，扬起鞭，带着几个喽啰绝尘而去。老头也催马夫快马加鞭。

幸好刘老三提前报了信，不然哪里来得及呀！

不过，刘老三带着喽啰到“李宅”，可是把一屋老小骇了个半死。青天白日的，响马来拍门板，哪个不怕呀？等刘老三啰啰嗦嗦道完原委，刚把心放宽的李家，又乱成一锅粥。请接生婆的请接生婆，换床单的换床单，烧热水的烧热火。

分派完毕，李周氏又一头扎进佛堂，操起佛珠念念有词。众人忙碌完毕，便焦急地在门外站了一排，朝着马车来的方向翘首以盼。两个妯娌则小声交谈，或者自言自语，也是满脸焦躁。

马车刚在门前停稳，早就等得慌毛火急的人们便涌上前去。志宏一把抱起大丫，“蹬蹬蹬”跑步进屋。刚把大丫放到床上，就被李周氏轰了出来：“去，去！这里没你么事了，外边等着去。”

李朱氏刚把门关上，接生婆就拿剪刀剪开裤子，随即说：“羊水都出来了，幸亏赶了回来。”扭头看姜嫂准备好了热水，又喊她过来搭把手。

虽说是第四胎了，大丫依旧痛得满头大汗，一个劲要死要活叫唤。接生婆要她忍住，说你把力气叫完了，等会儿要你叫却没有，那就麻烦了。大丫又把牙关咬得死紧，双手抓牢床缘。两个妯娌各抓过她一只手，紧紧地握在掌心，一旁的李周氏、李朱氏、李邱氏则心里念着菩萨保佑，嘴里不停安慰：“没事的，没事的！”

到底年轻底子好，又是第四胎，所以生产还算顺利。随着“喔哇，喔哇”的娇嫩啼哭，满头汗水的接生婆抱起婴儿，呼出口长气，笑容满面地说：“恭喜恭喜！是个坛坛。”

“坛坛好，坛坛好！坛坛有酒喝。”李周氏笑容可掬地凑过脸去，随后吩咐接生婆，快给伢清洗了打上襁褓。

李周氏说的是真心话。人丁不旺的李家，不管生男生女，总归是添人进口，她都高兴。

一直焦躁地在走廊走来走去的志宏，终于安静下来，站在门口，急切地等待唤他进去看母女。

由刘管家陪着，坐在堂屋喝茶的刘老头，一听母婴平安，那紧张得成猪肝色的脸，才缓和下来。要是母婴出丁点差池，他都会愧疚一辈子。毕竟，劫匪头子刘老三，是他亲侄子。突然想起正事，连忙让刘管家请志宏过来："反正也得一会儿才瞧得着令嫒，三老爷这会没么事，不如把病先看了。"

望闻问切之后，老头说我是自己熬膏子，就不开药方了。明日送膏子来。然后告辞。老头死活没收诊金，甚至膏子钱，说他这条命都是少奶奶家恩赐的。李家只得作罢，反正还情的机会多得是。

接生婆打好襁褓，放在大丫旁边时，婴儿早安静下来。也可能如娘一样，拼尽了力气，恬静而略显疲倦地躺在娘的身边。大丫望一眼小人，一股母性涌上心头，怜爱地伸手揽过，有些伤感地说："这伢，看着怎么跟猫咪一般大呀。唉，也太小了！"

但是再小，也是她身上掉下的肉。已经失去两个伢了，无论如何，她都不会让这个惹人怜悯的小不点，出任何意外。

满心欢喜的李周氏，随后给女伢起了个名，叫宇蕾。

又过一年，大丫生了第五胎。依旧是个坛坛。李周氏内心叹息，怎么尽生坛坛呢？但她没说出口，而是给女伢起了个名字，叫宇秀。

小丫生过三胎，但也夭折了一个。已经十六岁的天宝，还在放牛。不过，他们都好像适应了现状。

特别是天宝，按说黄有龙应该履行当初承诺，把家产还给他了。见黄有龙不提不理，似乎忘了这个茬，大丫、腊狗、苕货忍不住，都去跟他交涉，黄有龙却找种种借口推诿，一直没兑现。

要回家产的希望，似乎变得渺茫。这成了几个人的心病。

天宝却不以为然，说虽然黄有龙只准他带几个烤红苕，但不少乡邻偷偷塞给他吃的，比如一个鸡蛋，比如半碗胡萝卜饭或者菜饭。还有伙伴时不时来陪他，玩得可开心了。随即又茫然地说，他也不晓得乡邻为么事对他好，因为他没帮人家，也帮不了人家。

大丫告诉他，这是祖辈——特别是老妈——积的德，正如尼姑庵里的师父讲的因果，也如人们常说的前人栽树后人乘凉。只拿得出半碗菜饭或者一个鸡蛋给天宝的，肯定是穷人，而湾子里的穷人，没几家没得过老妈的恩惠。虽然老妈没想到后人会沦落到这步田地，也不是要用小恩小惠，来换取人们对她后人的施舍。但老妈种的因，在他这里结了果。

跟天宝讲这些的时候，大丫的心略微宽了些，也更加思念老妈。

既然他们满足现状，她又没能力帮他们改变么事，便也只能如此了。这就是命，各人是各人的命，抗拒不了的。何况，自己也是一头的疱[①]，并不比他们好多少。志宏的身体越来越差，女儿先天不足黄皮寡瘦，这都是她的心病。

还有一桩事，大丫是不晓得，被小伯按下去了，但至今未了结。要是晓得了，估计得气得昏死过去。

那天宇蕾抓周，曲终人散，已经是掌灯时分。沉浸在添丁喜悦里的李周氏，抱着宇蕾又亲了一口，才心满意足地递给大丫说，我累了，先回房歇息。

老太太前脚进东厢房，志伟后脚就跟了进来。老太太以为他担心自己身体哩！说我没事，想歇息了。你们也累了一天，早点歇息吧！

志伟却没走。犹豫了一会儿，搀姆妈在藤椅上坐下，吞吞吐吐地说："有个事，想和您郎商量。"

"哦！有事啊？么事这么急，非得这时候说？还搞得神神秘秘？"虽然有些累，但看儿子的样子，好像有难言之隐，便指着一旁的凳子，示意他坐，"说来听听。"

"我想……"志伟又望了老太太一眼，欲言又止。

"娘母子还有么话不能敞开讲，要遮遮掩掩的？"老太太瞥了一眼儿子，不解地问。

---

① 一头的疱：俗语。意思是麻烦缠身。

“姆妈，把家分了吧！”志伟满脸憋得通红，终于用最简短的话，把意思表达出来。

“你说么事啊？你敢再说一遍？”虽然志伟声如蚊哪，老太太却听得如雷贯耳，猛丁直起身子。

由于起身过猛，差点摔倒。志伟急忙伸手去扶，被老太太一甩手挣脱了，不认识似的盯着儿子的脸。

“现在这世道，生意越来越不好做了，姆妈！我感觉压力好大。分开了，各过各的，便都会想办法挣钱，不至于全指望皮货行和那几百亩田。”志伟低着头，不敢与姆妈对视。

只这轻轻巧巧的几句话，便把老太太气得浑身发抖，指着儿子鼻子的手指抖得更厉害，半天没说出一句话来。突然，两眼一翻，朝后一仰。志伟反应还算敏捷，大叫一声“姆妈”，急忙伸手扶住了，没让李周氏摔下去。

老太太颓然坐到藤椅上，依旧不言语，大口大口喘粗气，把志伟吓得面色苍白，不知所措。俄顷，双膝一跪，带着哭腔说：“您郎别吓我啊，姆妈！”又狠狠地扇了自己一嘴巴，“儿子再不提这事了，姆妈！”

志伟突然恨死李郭氏了。他本没这个意思，但经不住女人夜夜在耳边聒噪，搅得他心烦意乱，才来跟姆妈讲的。倘若因这个事，让姆妈有个三长两短，他不像剐兔子皮一样剐了李郭氏，他就不是人养的。志伟暗暗发誓。

李周氏心里明镜似的。自己养的儿子，自己还不清楚脾气秉性呀？何况，祖训他也是知道的。知道有祖训还要悖逆，那就只有一种可能，受了别人唆使。但是，纵然是受人唆使，她依旧不能原谅。毕竟，人家只是挑唆，话却是他亲口说的。这说明，他不是猪油蒙了心，他就是个猪油心，原本就存这样的想法，只不过经人挑唆，才敢说出来。

想到这里，老太太心都碎了，痛苦地直摇头。志伟一只手在娘后背不住地由上往下撸，帮她顺气，嘴里说姆妈，消消气消消气！

老太太怕这个话传出去，弄得兄弟阋墙妯娌反目，心想既然儿子提出来了，索性把话讲透它，让他们死了这条心，再不敢提这个事。刚刚缓过气来，就起身拉开房门，说：“躲在门外听壁根，算么事呢？光明正大地进来说，不好吗？”

哄男人进了娘的房间，李郭氏果然把耳朵贴在门上，听里面的动静。老太太猛地开门，她立足不稳跌进来，摔了个狗啃屎，脸顿时红得像熟透的番茄，惊骇得趴在老太太脚前不敢起身。

志伟没想到女人就在门外，更没想到竟被老太太发觉，嘴巴张得像喇叭，却半点声音没发出。

21

老太太已经镇定下来，先自己坐了，又指着身边的两张椅子，声无波澜地说：“起来，坐下说话。”

两口子忐忑不安，哪里敢坐？李郭氏连摔疼了的嘴巴和膝盖都不敢揉，更别说掸身上的灰尘和整理搞乱了的衣衫。

瞅一眼媳妇的狼狈样，李周氏问还记不记得祖训。两人红着脸，都说记得！祖训么样说的？二人不敢言。她叹一口气说，看来，你们是忘记了。突然脸色一沉，盯着儿子的眼睛，加重语气问，你不会连自己姓么事都忘了吧？连娘老子是哪个都忘了吧？

二人本就如坐针毡，哪里经得住这重的敲打？双膝一屈就跪在娘的脚边。

“好！姆妈姑且信你们没忘。那你们说说，祖训到底是么样说的？”

面对盛怒的姆妈，二人均缄口不言，免得哪句答错了，招致更严厉的训斥。不过，志伟还是怨恨地瞪了女人一眼。感受到男人责备的目光，女人把头低得更低了。

李周氏也不待回答，对儿子说：“看来，你并不明白是么意思。

既然你不明白，那就是你老子的错。他应该教你的，可他没有。但他已经死了，我也没法让他从棺材里爬出来，再给你补这一课。那就只有罚我这个老婆子，代他教你一回。不过，老婆子不会再教第二回。所以，你要听好了。”

两人把头点得像捣蒜。老太太语重心长地讲：“祖训的根本意思，是他那手艺，后人都能受益，不至于有人穷得当叫花子。如今你们要分家，这就意味着，是要独享。如果是你自己创下的家业，是你凭本事有了这身手艺，你要独享，我无话可说。可是，手艺是祖宗传下来的，家业是祖祖辈辈积攒的。怎么能变成你自己的呢？”

老太太越说越激动，气都喘不匀了。稍稍平复下心情，才接着说：“分家，你当然是赢家。志华也不错，他还有个杂货铺。那么志宏呢？他么事都不会，也么事都没有，又体弱多病，过了今日不知有没有明日。家里还有三个年幼的伢和一个老人邱老妈，却只有一个三娘照应。你们说，他那一家子么办？还是说，皮货行和杂货铺也分了，祖上的家业从此一分为三？那不是败得快呀！”

“可以多分些财产啊！”李郭氏终于找到了开口的机会。

“你告诉我，分多少是多？”李周氏晓得是她的主意，恨不得把她那张臭嘴缝上，哪里还容她狡辩？吓得她再不敢开口。老太太叹了口气：“唉！他么事都不会，又体弱多病。就是说他不仅没挣钱的本事，却还天天要砸钱。钱哪天断了，命就没了。你们是一个祖宗发的芽，就忍心看三爹一脉灰飞烟灭吗？”

最后这个反问，老太太几乎是吼出来的，惊骇得两人又是一个哆嗦。老太太最后警告：“我不想再听这个混账话。除非我死了！”

从老太太房里出来，两人汗水涔涔。关上自己的房门，李郭氏揉着跪酸了的腰和跪疼了的膝盖，说骇死我了！要男人帮她揉揉。男人揉着自己的腰，没好气地说：“去，去，一边去！都是你出的馊主意！”

老太太不想影响了家庭团结，闹得人心惶惶，所以埋在心里。志伟两口子更不会讲了，毕竟不是什么光彩的事。

自己点燃的火苗，被老太太直接浇熄，还训了个狗血淋头，李郭氏表面上偃旗息鼓，内心却恼怒异常。

转头又想，既然老太太说“除非我死了”，而不是一口封死“我死了也不行”，那就有可能性了。总不至于，老太太“千岁千岁千千岁”吧。只要男人跟她一条心，或者虽不一条心，但她能掌控，那就多等几年吧。她才刚过四十，多等几年，好像也等得起。

李郭氏起分家之念，是受特殊诱因的刺激。

按她的理解，志伟打理的皮货行，是李家主要经济来源，他们又是长房，当然享有绝对话语权。依“男主外、女主内”的传统规则，老太太百年之后，“主内”的权杖自然也传她手里。可李家祖上却不是这么定的，而是取决于上代主使人的喜好。譬如，第一代“内”“外”皆由长房主使，第二代“外”由二房、“内”由三房主使，第三代“外”由长房、“内”由二房主使。李周氏是第四代，回归第一代模式。

即将接棒的第五代，“外”是长房志伟，这是依出生先后排的，没么事好争的，也成定数。“内”却极有可能是三房的大丫。虽然尚未明确，因为主事的老太太还在。但种种迹象表明，老太太似乎更倾向大丫，时不时跟她讨论治家的事，教她治家的手法。

好不容易熬成婆了，却是个仍要听人支使的婆。这就意味着，也许这一辈子，都当不成真正意义上的“婆”了。而支使她的人，比她还小十好几岁。这叫她颜面何存？痴长了十几岁[①]哩！李郭氏如何不着急？正是基于生存的恐惧和权力的邪念，她才每晚在男人枕边吹风，鼓动闹分家。

鼓动男人闹分家，她也不是没道理地瞎胡闹。她严重怀疑，祖先的脑壳叫驴踢了，给门夹了，故意为后人制造矛盾。总不至于，千秋万代不分家吧？幸好是不发人[②]，一代一代都只一根独苗。倘若像有的人家，一生就是十几个儿子，那个家庭，还得了啊！不把

---

① 痴长了十几岁：俗语。意思是白大了十几岁。

② 发人：方言。意思是人丁不兴旺。

通海口镇都占完了？桌子都摆不下，吃饭都没地方坐哩！她甚至脑洞大开地怀疑，李家之所以不发人，也是受那个混账家规的束缚！再说了，没那个混账家规，就自己一脉做，二房、三房哪有个么念想？没有念想，还不是乖乖地哪里凉快哪里去？哪来的矛盾？

细想之下，便觉得分家是早晚的事，总有一个做恶人的。与其把矛盾推给后人，不如她来做这个恶人。但这些道理，在李周氏那里都是大逆不道，听不进去的，也不愿意听。便只得找生意不好做之类的理由，来试探她口风了。

这一试探，虽然碰了一鼻子灰，挨了一顿好剋，却也看到了希望。男人肯定听命于她！有了这个做后盾，她的谋划推行起来，还难么？李郭氏窃喜。

其实，被男人和女儿的事折磨得心力交瘁，大丫哪有心情和精力，去动“主内”的念头？压根就没想过那粑纱！然而，人走霉运，躺着也中枪。

或许是儿子媳妇的逼宫深深刺激了，身子骨一向硬朗的李周氏，竟一病不起，而且来势汹汹。镇上有名的郎中都来瞧过，药喝了无数，却始终不见起色。

自己的病，自己门儿清。这天伺候老太太喝过药，李郭氏接过空碗正要出门，不想精神好了点的老太太说，你先扶我起来，然后叫志伟过来，我们娘仨说会儿话。把空碗放在一旁的小桌上，扶老太太倚靠在床头坐着，怕老太太冷，又帮她披了件皮袄，这才出门去叫志伟。

“把门闩上吧，外面风大。”两人在床边坐定，老太太对儿子说。

听着娘有气无力的话，志伟心里凄楚。他明白娘是不想旁人听到，连忙放开刚刚抓住的手，把门闩上了，回来后再次抓住娘的手，眼睛有些潮湿。这才多长时间啊，娘曾经那么有力的手，就如粗糙而冰冷的砖头，手指也像枯树枝。

李郭氏猜到老太太要说么事，又不敢贸然张嘴，便疑惑地望着她。这时老太太开口了：“志伟，翠玉！”

翠玉是李郭氏的名字。两人赶紧嗯了一声，然后又都闭嘴，静待娘讲话。果然，老太太细语慢声地继续说：“这次的病，来得蹊跷。这些时日，你老子老是在眼面前晃，怪我没把家管好，让李家败落了。”

老太太突然停住了，眼皮子用力睁了睁，似乎精力很不济。两人心里也跟着一紧。李郭氏赶紧起身，给老太太擀后背顺气。老太太喘了口气，说：“好了，翠玉！你坐下吧。”

就这样断断续续的，老太太说了很多。主要是劝儿子媳妇，担起大哥大嫂的责任，像个大哥大嫂的样子，收起分家的心思，把家箍住，家业守住，千万不能在他们手上散伙了。正面说了说反面，反面说了再说正面，反复叨叨，真可谓苦口婆心。

不忍娘讲得如此辛苦，志伟两口子一个劲点头，说我们也是一时糊涂，才生出那个混账想法。姆妈放心，这个想法再没有了，也不提了，一心一意把李家维持好。两个人说得声泪俱下。说到懊恼处，志伟还扬手扇了一个嘴巴。

老太太最后说：“你们是我的儿子媳妇，么样的脾气秉性，我还是晓得的。要说到做到。人在做，天在看，瞒不住的……好了，放我躺下来，我累了。”

类似的话，李周氏讲过好几回。一晃又过了十来天，也许真是感觉时日不多了，老太太让刘管家把所有人都叫到了床头。

“三娘！来，扶我坐起。”都聚齐了，老太太无力地把瘦骨嶙峋的手伸向大丫。

只这一声招呼，就惊骇得李郭氏愣在原地，立马猜到了老太太的意思。她的神经，再次受到刺激。只不过，注意力都在老太太身上，没人发现她眼里的那一丝异动。

大丫又身怀六甲了。连忙趋前一步，挺着大肚子，一只手托起后背，扶老太太半躺着，另一只手取过枕头，垫在她背上。

环视一遍满屋的妯娌和儿子媳妇们，老太太有气无力地说，她自十五岁嫁到李家，有四十多年了。扪心自问，虽没太大作为，但对得起李家上上下下，有颜面去见列祖列宗。

随后便说身后事情，强调了三点。第一，世道混乱，家境日下，后事从简，不准铺张浪费。第二，兄弟和睦，妯娌互助，维持李氏万世基业。她特地盯了志伟夫妇一眼，意味深长地说，特别是老大，千万别忘了祖训，辱没了列祖列宗。第三，外面的事志伟做主，屋内的事大丫当家。

老太太说得轻言细语，但也算是遗嘱了。除了志伟夫妇，所有人都愣住了。这么重的责任，她还真放心托胆给三娘？

大丫也倍感意外。托着老太太的后背，泣不成声地把头摇得像货郎鼓："小伯！万万使不得的。您郎对我恩德如山，本当不负重托。无奈大丫德薄才疏，实在担不起这副担子的。大嫂、二嫂，都比大丫能干有本事。小伯！"

大丫的话，听在妒火中烧的李郭氏耳里，当然是虚情假意，眼中闪过一丝厌恶，却并未吱声。李向氏晓得"主内"的事，不是大娘就是三娘，反正轮不到自己，所以无所谓。三个儿子眼神复杂地互瞅一眼，都不言语。二房李朱氏、三房的姨娘李邱氏，把儿子媳妇们的表现看在眼里，皱着眉头，真心担忧大丫压不住场子，但也没开口。

微闭双眼缓了口气，老太太又睁开，用枯槁般的左手拉着大丫，脸上挤出一丝笑，慈祥地说："不难的，三娘！这不，还有哥哥妯娌们帮你吗？刘管家我拜托过，也会帮你的。"见刘管家点头，又说，"当家其实不难的，关键是心要正，一碗水端平……答应我，不要让我失望，能放心地走。"转头对李郭氏、李向氏说："你们两个，其实也担得起来。只不过三娘年轻，管的时间能更长些，这对李家有好处……你们要帮她，合心合力把这个家管好。"

尽管各有想法，但面对一个将死之人的临终托付，又是大庭广众，两个女人还能说么事？唯有把头点得像鸡啄米。

老太太又把目光移到两个妯娌脸上，肃穆地说："我过去么样管这个家，你们最清楚……都帮三娘一把啊！否则，我不会放过你们的。即使到了那边，也等着跟你们算账。”

李朱氏、李邱氏没想到，大娘会把这么重的担子，最后压到自己肩上，还讲出这么诛心的话。于是赶紧诺诺。

当晚，操劳一生的李周氏，就在陪伴她的志伟刚刚睡着的时候，悄悄地闭上了眼睛。所有人痛哭了一场，然后坐到堂屋商量后事么样办。

其实，也没么事好商量的，通海口镇办丧事，有固定流程，早已程式化了。不过是明确下分工而已。当然，李家家底厚，老太太的后事肯定要隆重些，尽管老太太说从简。

老太太的丧事，自然是志伟主持操办，但大丫要尽力协助。毕竟，老太太临终有交代，要她主内的。

商量很快就结束了，然后各行其是。譬如，三兄弟抓紧写亲友姓名地址，一会儿给人去报丧；刘管家找人通知皮货行、杂货铺伙计和乡下的长工们过来帮忙，然后进账房准备钱款，梳理流程；李朱氏、李邱氏和儿辈三妯娌再进东厢房，为老太太净身整容，穿上寿衣。

帮老太太洗涤换衣完毕，五个女人留在东厢房陪伴，就着姜嫂送来的过早，说体己话。大丫说，我年轻没经事，今后的事么样办，还望二老妈、三老妈和两位嫂子提点，我照做就是。四人颔首应允，都说三娘不必客气，有事尽管吩咐。

不一会儿，伙计都来了。刘管家留了几个在院子搭灵棚，多数都支派出去，有报丧的，有采买的，有请和尚的，有请鼓乐班子的。一切有条不紊地安排下去。

灵棚很快就搭好了，除了部分报丧的，其他人也回来了，镇海寺的和尚和鼓乐班子也到了。刘管家安置大伙吃了便餐，随后一声吆喝，三声铳响，顿时便鞭炮锣鼓唢呐喇叭齐鸣，惊吓得狗蹿猪叫鸡飞鸟散。李家哭声大起。

到了申时，李周氏娘家、李郭氏娘家的人也到了。至此，所有重要宾客聚齐，只差大丫娘家的人。

大丫娘家，只有小丫和天宝。在旁人眼里，算不得么事。但大丫还是蛮看重的，心里着急么样还不到呢？

李周氏、李郭氏娘家的人吊唁过，便聚在堂屋喝茶。

李周氏弟弟周大武见刘管家过来，一把扯住了，问如今主内是哪个？操办老太太丧事又是哪个？刘管家忙得屁眼门子冒烟，没工夫跟他扯闲篇，也不知何意，便实话实说："回舅老爷，主内是三太太，老太太丧事由大东家操持。"

"一个黄毛丫头片子，么样主得了李家的内？"周大武显然没打算放过刘管家，不仅言语傲慢，讲话的声音也提高了几度，顿时吸引了所有目光。

"这是老太太生前交代的，舅老爷！"刘管家一愣。这时院子里有人喊"管家，刘管家！"刘管家"哎"了一声，又扯被周大武拽着的衣衫，回道："对不起，舅老爷！后面有人叫。"

周大武没放手，追问了一句："我家姑妈不是孤老吧？"

这是要搞事的节奏啊！刘管家的头，顿时就"嗡"的一下大了，眼里满是惊诧。果然，周大武话音刚落，李郭氏弟弟郭凯文就冷冰冰地接话，火药味更浓了："老太太有儿子有媳妇有孙子。这是哪门子规矩，把儿子媳妇孙子撂一边，要个外人帮她办丧事？"

一屋子的人，原本坐着闲聊等开饭的，霎时都来了兴致，有的放下茶碗，有的站起身来。刘管家急了，连忙解释道："舅爷您郎误会了。我刚刚回舅老爷的话，是这么说的：主内是三太太，这是老夫人临终的嘱咐，两个老夫人、三个东家和太太们全在场。老夫人的丧事，当然是志伟大爷主持了。"

"弥留之际的话，也能当真？想必那时候都糊涂了。"郭凯文一脸的阴阳怪气。

"请尊重逝者，舅爷！不管么样讲，这是李家的规矩，几代了都没变过。主外是长子，主内由上辈指定。"刘管家想息事宁人，不希望在节骨眼上节外生枝，但也并非一味退让。

郭凯文的话让人震惊，进而鄙视，心说太无礼了，竟然对死者说大不敬的话！好在刘管家撑得及时。

郭凯文也许真是无知，或者傲慢无边，又怪里怪气地叫嚣：“规矩是么时候定的？还是同治年间吧？皇帝都崩了好几个！现在是么朝代？都民国二十五年了！总统也换车泡子[①]地换了十几个。那李家的规矩，不也得改改？”

“李家规矩改不改，么样改，那是李家的事，轮不到旁人说三道四吧？”刘管家也不是好欺负的。但他不想因小失大，遂软中带硬地戗了一句，又赔着笑脸，对众人拱拱手：“各位舅老爷姑老爷尊敬的贵宾，你们来吃硬米饭的不是？既是吃硬米饭，那就吃好喝好。如果刘某照顾不周，还望海涵。可千万别扯其他的事，惊扰得老夫人不安逸。拜托！那边有事，失陪了！”

周大武、郭凯文一愣，随后让开刘管家，讪讪地笑道：“那是，那是！我们不过问个明白，也没别的意思。”

原先还稀里糊涂看热闹的人，终于看明白了，心想找碴儿也不该在这个时候这种场合啊！于是乎，有的脸上不屑，有的坐下继续喝茶，有的干脆上街闲逛。

周家、郭家还有几个为李郭氏愤愤不平，甚至要出头的，仔细想想，刘管家说的确实在理，时候场合都不对。李郭氏没能主内，他们脸上无光，这是必然的。但毕竟家丑不外扬，关起门来再么样闹，也是李家兄弟的事。他们要帮自家姑娘，也只能暗中帮，或者避开了外人。这么一想，虽然心中不爽，也只能暂且按下心中的愤懑，给刘管家让开一条缝。

22

堂屋整的这一出，动静蛮大的，院子里的人，院子两边房里甚

---

① 换车泡［pào］子：方言。与“走马灯”一个意思。水车上车水的木片叫车泡子。意思是跟水车上的刮水木片一样，轮流着来。

至大门外的人，都听得清清楚楚。当然是有人兴奋有人紧张有人好奇。迟到的小丫和天宝，则是满脸惊悚，却束手无策，紧张地瞅向了身怀大肚、步履艰难的大姐。

可是很快，人们就把竖起的耳朵又耷拉了下去。因为，刘管家那软中带硬的话，把一场即将燃起的战火，给浇得烟熄火熄。其结果，是大丫充满了感激，李郭氏满满都是恨意，李向氏幸灾乐祸，李朱氏、李邱氏则急如热锅上的蚂蚁，生怕闹出不好收场的事。

李周氏的丧事，虽暗流涌动，却也总算平安。但是，大家心里都明白，起了头的事，哪能这么算完？回头，肯定有好戏看。

李周氏的丧事没出岔子，李朱氏、李邱氏和大丫几个人，终于舒出一口长气。然而就在此刻，却如六月飞大雪、晴空响惊雷，一场磨难骤然而至。

下完葬，吃罢饭，客人都告辞，周家、郭家的亲戚却没走。敏感的向家亲戚感觉蹊跷，原本要走的，也临时起意不走了。不走就留宿吧，反正住的房间还没收拾。李朱氏、李邱氏和大丫也没往深处想。

已经夜深人静了，就在身心俱疲的人们准备歇息时，周大武突然要开家庭会议。大丫和李朱氏、李邱氏跟刘管家都紧张起来，晓得他肯定是为“主内”的事，心里头暗暗叫苦。但他是李周氏的亲弟弟，志伟的亲舅爷，不好在老太太刚下完葬，就说他个么事，便拖着疲乏身子，都去了堂屋。

宽敞的堂屋里，周大武当仁不让地坐了首位，“吧嗒”一口旱烟，又摸一把刮得锃亮、在几盏桐油灯映照下闪着淡淡幽光的头皮，恬不知耻地说：“各位！在座的，我辈分最高，年纪也最大。我就不绕弯子，倚老卖老一回了。今天的话题，就是分家。”

他没半句废话，上来就开宗明义提分家，并不是此前对“主内”人的异议，让人们多多少少有些意外。大丫捧着大肚子，张大了嘴巴合不拢，眼睛四下里睃巡。她很快便意识到，话题显然是小范围议过，因为在桐油灯下的缭绕烟雾中，除了多数人愕然，也还有淡然，各种神情缤彩纷呈。

李朱氏、李邱氏先是一个愣怔，随即反应过来，异口同声地说：“舅老爷！大娘临终一再交代，李家不分家的。您郎这闹的是哪一出啊？”

周大武傲慢地瞅一眼两人，不屑地说：“我姐是么样说的，我没听到。也从未听她说过不分家的话。就是说过，她也死了，死无对证。那么我今天主持分家，有问题吗？”

李邱氏笑了一下，道：“舅老爷！您郎可能搞错了。朱老妈跟我，和您郎平辈。我还记得，朱老妈长您郎一岁。”

她这话尽管没挑明，但都听出来是么意思了。周大武说他辈分最高、年纪最大，其实不然。李家还有两个跟他平辈，甚至一个比他年长。那么按他的逻辑，李家天字辈的人还在，要决定个么事，也该李朱氏主持，轮不到他这个外人插手。

被当面打脸，周大武顿时气结，其他人则面面相觑。不过，周大武很快就反击了，不屑地说：“分家这大的事，当然是男人说了算。女人家家的，哪里拎得清？”

李朱氏正要说这是李家的事，跟男人女人没关系，不想被郭凯文抢了话头。只见他的脸夸张得像讲古书，道：“向来树大分杈人大分家！李家已经六代了，早就该分了。你们去访访，整个通海口镇，还有哪家是五代的？三代都没几家了！难道人家都错了？”

李家三兄弟和他们的女人都不开口，但心思跃然脸上。李郭氏的喜是挂在脸上的。分了家，大丫那主内的身份，便是皮之不存毛将焉附，志华两口子虽对大丫主内不服，但绝不想闹到分家。他那个杂货铺，也就勉强支撑，再想过现在的日子，那是痴心妄想。最惨的是志宏跟大丫，他们不仅么事都没有，还要不断砸钱治病。

刘管家扫了一眼众人的脸色，小心翼翼地提醒：“舅老爷！不分家，是祖训，也是老太太的意思，刚刚两位老夫人说过了。何况老太太刚刚入土，是否缓后再议？”

“李家分不分家，关你个外人屁事？一边去！”周大武一声斥叱，把李邱氏说他那话的意思，转头直接甩给刘管家，堵得刘管家哑口无言。想想也是，退出堂屋，躲进账房唉声叹气，再没露面。

“老大！你不能当缩头乌龟，更不能当李家的罪人哪！你得说句话呀！不分家，是祖训，难道你忘了？你姆妈临死的话，你也忘得干干净净了？突然闹这么一出，你又不吱声，难不成，都是你的主意呀？”李朱氏急了，把矛头对准了志伟。

志伟提出过分家，但被娘制止了。这几天一直在想，越想越觉得娘说得有道理，这个家不能分。何况娘尸骨未寒，即便要分，也不是这个时候。此刻被二老妈推墙堵壁①，再不开口，也说不过去了，于是对周大武说：“舅爷！分家不是小事，您郎也没打个招呼，都没心理准备。要不，先把账理清楚了，再说分不分的事？”

“这个倒是可以。不过，分家的时候一定要叫上我，做个中人，也讨杯酒喝。”周大武思忖片刻，嘿嘿一笑，又“吧嗒”了一口旱烟，再摸一把秃头。

“还真是你的主意？你胆子也忒大了呀，志伟！你姆妈么样跟你交代的？她苦口婆心咧！你敢重复一遍吗？她尸骨未寒咧，你就这样当孝子啊？”李朱氏脸色都变了，扯着嗓子问到志伟的脸上，又转向李郭氏，“大娘！你们是不是早就合计好了，就等你婆婆咽气呀？”

没想到她会直截了当给自己难堪，而且话语诛心，仿佛她居心叵测，咒死了李周氏似的。不过，也真被她猜中了一部分，自己就是这么划算的。李郭氏顿时便心下一沉，黄脸一红，却没敢狡辩，而是低下了脑壳瞅地砖。

她不吱声，众人便当她默认。不过，志伟“嘿嘿”一笑，接过话头讪讪地说：“二老妈！我们也不想分的。这不是话赶话，赶到这儿了吗？”

---

① 推墙堵壁：俗语。意思是没有退路。

志华也不死心，凑上前去提醒志伟：“大哥！分家的事，还真是要慎重。毕竟，有祖训哩！”

“祖训也可以改的嘛！总不至于，李家一百代都不分吧？”郭凯文不假思索地顶了回去。

郭凯文抢儿子话头，李朱氏非常气愤，也怒撑一句：“李家的规矩改不改，是李家的事。哪轮到你个外人说三道四？”

这个话，听得满屋子客亲脸色一凛。的确，好像真是咸吃萝卜淡操心了。李家分不分家，跟我们有半毛钱关系呀？即便不分，又妨我们么事？人家自己没那意思，这不是皇帝不急太监急吗？

但是，周大武却不乐意了。他把铜烟杆在桌子脚上敲了敲，道：“二老妈这话，我不爱听。我们么时候就成外人了？”

“也不怪我说句不中听的，虽然我只是三房的姨娘。”李邱氏也忍不住了。众人不知道她要说么事，张着耳朵望过去。李邱氏接着说，“在座的，只有李家生的，进了李家门跟着姓李的，才有资格讨论李家分不分家的事。其他人，只是亲戚。如果亲戚为亲戚好，我觉得就都打住，再不说没油盐渣子的话[①]。”

此话真是石破天惊，亲戚都坐不住了，有的直接离去。李朱氏说那话的时候，他们就想走的。而自始至终，也就周大武跟郭凯文两个在说。志伟也坐不住了，不时瞟一眼似乎事不关己的李郭氏，总觉得挑这个事，是这个女人跟他们两个嘀咕的结果。

“你说么事？我是舅爷耶！你居然说舅爷是外人？”周大武做梦也想不到，他刚刚讲刘管家那话，李邱氏又分毫不差地还到了他身上，顿时气得直哆嗦。

“是的，您郎是舅爷。但您郎如果执意要在李家闹，而且分那么清楚的话，那么充其量，只是志伟的舅爷，不是李家的舅爷。志华跟志宏也喊一声舅爷，那是看在大娘待他们不薄的分儿上。我再劝您郎一句，如果真把自己当舅爷，就请尊重李家，尊重李家的祖

① 没油盐渣子的话：俗语。意思是没意义的话。

宗，不要再出个么幺蛾子。”李朱氏也不客气，针尖对麦芒。现在，她是恶心死周大武了。

为了李家的利益，李朱氏、李邱氏是决意要跟周大武和郭凯文死杠到底了。

众人说话的火药味，越来越浓了。志宏却面色惨白，一句话也说不出来。而且在李家，他就是个累赘，哪有资格说话？但是，他想到了今后。钱没了，药就没了；药没了，命就没了。一想到命没了，脑袋“嗡”的一声响，一股热流冲喉，身子一软跌倒在地，同时一口鲜血喷涌而出。

这个变故，令所有人大吃一惊，连忙拥过去搀起。关于分家的争论，也戛然而止。

当然，周大武跟郭凯文这两根搅屎棍，并不因为志宏的病，以及志华的担忧，甚至李朱氏、李邱氏的坚决反对，而存丝毫恻隐。反而觉得志宏是装出来的，逼他们停止，更加坚定了推动分家的决心。甚至拿出痛打落水狗的手段，不断施压。而原本犹豫的骑墙派志伟，在他们的反复游说下，也终于被堂客李郭氏拿下，成为了分家派的坚定一员。

心已经散了，分家便水到渠成，只不过差最后的流程。大丫那个所谓的“主内”，也就名存实亡。甚至名都不曾存过，狐狸没打着，倒惹了一身骚，成了分家的引线[①]。

倘若人死了真有亡灵，估计李周氏会气得掀开棺材盖，从坟墓里爬出来跟她弟弟和儿子媳妇急眼了。而分家明面上的引线，就是她那个“主内”的决定，也说不定后悔得再死一回。

分就分吧。与其天天争吵，见面了如仇人，还不如分了安逸。志宏跟大丫的心麻木了。李朱氏、李邱氏见无力回天，也哀叹着偃旗息鼓，不再进行毫无意义的抗争。志华两口子想想，自己中不溜秋，虽比上不足，却比下有余，便转而挖空心思，揣摩起如何尽可

---

① 引线：方言。即导火索。

能多地争取利益。

就在李周氏的头七，从坟上烧完了纸钱回来，周大武、郭凯文撺掇李志伟，逼着刘管家把账本摊在八仙桌上，开始了残酷的分家过程。

这天正好是中秋，各家团圆的日子，李家却在分家。

大丫的脑壳怎么也转不过弯了，觉得滑稽可笑。男人躺在床上，没来堂屋参加分家会，何况也身心俱疲。大丫心想，小丫和天宝不也得过吗？所以任由他们分，始终不发一言，没提丁点要求。她也晓得，即便提了，照志伟、志华争得脸红脖子粗只差动手的情形，也不可能给她额外开恩。

志伟两口子原先还当李周氏的面承诺，要多分点家产给三房的，如今锱铢必较，都把那些话当屁放了。最后的结果，不出意外地，志伟得皮货行，志华得杂货铺，乡下六百多亩地和账上的钱，三三余一。

之所以志宏比两位哥哥少商行，郭凯文自相矛盾的理由让人吐血，却也莫可奈何。他说严格来说，志宏不算李家的儿子，当然不能跟两个哥哥平分。而田地跟其他财产还能得三分之一，是他总算继承了李家的一脉香火，何况身体也不好，需要钱治病，算是两个仁慈哥哥的施舍。

不过，他说的也并非全无道理。过继儿子和上门女婿，都是没地位的，如果不是生活所迫，没谁去当。而不拿过继儿子当儿子的情形，甚至被族人强夺田地财产并逐出祠堂的例子，比比皆是。去年冬天，洪家坝有个男人刚死，他女人和六岁的过继儿子就被族人扫地出门，饥寒交迫地惨死在一条小涧沟旁边。不管么样说，志宏不仅留在李家祠堂，还分了田产和房屋，也算是他们仁至义尽，应该知足的。

在房屋问题上，因为都不可能搬出“李宅”，且各不相让，李郭氏跟李向氏终于披头散发地对打起来。最后采取拈阄的办法。大丫依然与世无争，他们拈剩下的，就是她的。也是悲催得很，结果跟志伟夫妇的主张，竟一模一样——他们得了院子东边的房屋。西边的房屋是志华的。最里边的那排房屋，就是柴屋、库房、厕所、磨房、猪圈和马厩，是志宏的。堂屋和两边的厢房，提前就定好了，堂屋公用，厢房李朱氏、李邱氏各一间，没纳入拈阄范围。不过也在合约上写明了，她们百年归山之后，另行处理。

因为是李周氏的头七，刘管家安排了夜饭。但除了志伟一家和周大武、郭凯文几个自家亲戚在堂屋热闹，志华、志宏两家都没去吃。他们分别在灶屋做了饭菜，然后端进各家房里。

在分家时候就处处被针对的管家刘家才，自知再无立足之地，也识趣地背起行囊，道一声再见，回老屋坡子场去了。

家产分割不公，加上郭凯文那赤裸裸话语的刺激——虽然大丫没讲，但还是传进了志宏的耳朵，——悲愤交加，病情再次加重。他的生命，已然是风雨飘摇了。

高强度劳累，又被分家击打得心力交瘁，二十五岁的大丫再次早产。时间是民国二十五年年末。她好像搞成习惯性了，总是早产。

前面的五个，除了出生就夭折的第三个，因为李周氏在，满月都办得像模像样。这第六个伢的满月，却凄凉得紧，只有婆婆李邱氏忙进忙出，小丫跟天宝来送了粥米[①]，跟烟熄火熄没么区别。大丫没一声叹息，咬咬牙，给幺女儿取名叫宇洁。

已经望得见年了，老幺宇洁才两个月，志宏就带着满腔怨恨与不甘，丢下孤儿寡母，撒手尘寰。

大丫已经没了泪水。卖了十亩地，安葬完男人，开始谋划日后的生活。

不过，她有个坚定的念想，就是老天爷不可能将她这家人团灭了。只要挺过眼前的难关，就一定能把婆婆李邱氏照顾好，给她养老送终，同时把四个女伢抚养成人。

然而，有坚定念想固然重要，鼓足勇气也实属可嘉，但真正践

① 粥米：方言。指亲友邻里馈赠饼食、禽蛋、衣料等礼物给产妇家为贺。

行，却艰难无比。

近两百亩地，远在十几里外的荒湖，她没办法去打理。黄家大湾那边，黄有龙的势力越发地大了，靠天宝夺回土地家产，可能命丢了，也不一定遂愿。原本还想着靠李家的声势，让黄有龙有所忌惮的。如今自己沦落到这步田地，便梦都不用做了。为了身外之物，让天宝送命，她是宁死不干的。那么叫天宝去荒湖，少部分自己种，多数佃出去，养活六口人，应该不是大问题。

大丫这样盘算着。

23

屋漏连阴雨，船破风浪急。

就在不幸的女人精致谋划未来时，李志伟的管家郭凯文，犹如一只狰狞野狼，瞪着幽蓝眼珠，一清早就从院子里穿了过来。

“三太太！忙着呢？”讪皮讪脸地打了个招呼，郭凯文就抓过条板凳坐下。

夜猫子进宅，准没好事。正做过早的大丫心想。拿火剪[①]夹了个稻草把子[②]塞进灶膛，揭开锅盖撒了把白菜进去，淡淡地问道：“有事吗？”

“是这样的，三太太！”郭凯文开了个头，又不说了，眯起一双细眼，在这间原来的柴屋里贼眉鼠眼地四下乱瞅。

拿锅铲把锅里的稀饭跟菜搅匀，大丫轻声说：“我听着哩！”

“两位东家都不好意思开口，只有我来做这个恶人了。”停顿片刻，见大丫没吱声，他接着说，“两位东家昨晚上商量了一下，决定再收回一百亩地。”

---

① 火剪：方言。指火钳。

② 把子：方言。指稻草或麦秸绞成把的柴火。

“理由呢？”

大丫的语气平淡如水，这倒是令郭凯文惊讶，而这个反问，也让他语塞：“理由……理由……”

“总不会是平白无故地欺负我们孤儿寡母吧？总得有个说得过去的理由吧？”大丫淡然一笑，又拿锅铲在锅里搅，生怕结锅了。

“还是不说的好吧？”

“没理由？没理由我么样会答应呢？”

“我不是来商量，是来通知的。三太太！”

“果然是明火执仗喽！”

“唉！孤儿寡母的，也是可怜！”郭凯文叹了口气，一听就是虚情假意，随后又似乎难以启齿地道，“三太太逼我说，我可就说了，你可不能怪我啊！他们说……三老爷是抱养的，本就没血缘关系。如今三老爷死了，三太太跟李家……就更没关系了。三老爷名下的财产，得重新分……包括这边的屋，也只把柴屋留给三太太……而这，还是念你们孤儿寡母没地方去，算是做个慈善……其他的屋，他们都离不开……比如，茅舍，哪个人离得开？磨房要经常磨豆腐，库房要存放粮食。还有马厩，他们说三太太又没马，要马厩搞么事？”

“志宏死了，我还活着哩！还真是无法无天了！”李邱氏正好从西厢房过来，一听就火冒三丈。

“您郎的西厢房暂时不动，邱老妈！但是百年归山了，也是要腾出来给志华的。这也是他们两兄弟给您郎的孝敬，但不在三太太名下。”郭凯文似乎早就发现李邱氏了，但一点不惊慌，说话也丁点不客气。

李邱氏懒得跟他废话，“咚”的一声，脚一跺，气呼呼地转身出门。郭凯文明晓得她找两兄弟问理性去了，却也没拦，嘴角还挂了一个嘲讽的笑。

“就是说，感谢他们大慈大悲，给了我和四个伢一间柴屋，还有九十亩不晓得有没有收成的冷浸田[1]。是吧？”眼看着婆婆离开，大丫依旧语气冷淡。

其实在她内心，早如眼前锅里的菜粥翻滚了。原先不了解地的情况，分家的时候也抱着随他们便的想法，心说总不至于，做得太过分吧？到了荒湖一看，顿时就差点昏死过去。岂止是太过分，简直过分到了极点，过分得不能再过分！原来，好田中田他们全分了，留给她的，只剩水窝子，冷浸田。

“是一百亩！你卖了十亩。”郭凯文纠正道。

“好！我说错了，是一百亩不晓得有没有收成的水窝子，冷浸田。”大丫惨然一笑，锅铲仍在手里，却停了搅动，已经闻得到结锅的煳味了，“是的，死鬼死了。但是四个丫头，算不算李家的后人呢？”

“他们说了，坛子，不算！何况志宏本就姓陈，不姓李。给是情分，不给是本分，谅外人也说不出个么事来的。”郭凯文斩钉截铁，他不想再聊了。被大丫像先生考学生地考，心里既窝火，也煎熬。把重新做的地契和房契放到桌上，叫大丫抓紧腾屋，也不等回话，就昂着脑壳走了。

八岁的宇红不知何时起的床，懵懵懂懂听了后半程。郭管家刚走，见姆妈怔怔地望着锅里已经煳了的稀粥，一把抱住了她的腿，乖巧地也一声不吭。

听到堂屋那边隐隐传来的争吵，泪水在眼眶里打转转，大丫硬是没让它掉下来，吩咐宇红去喊邱老妈来过早。既然郭凯文来讲这个事，估计她去问理性，也改变不了么事的。

大丫的猜测丁点没错，李邱氏果然吃了一顿瘪。

李志伟一家人正在过早，见她刚过大丫那边，又气冲冲转来，就猜到是么回事了。李志伟还假模假样地喊了声邱老妈，问过早了没有。要不，就在我们这边过？

---

① 冷浸田：指受冷水、冷泉浸渍或湖区滩地受地下水浸渍的一类水田。由于水土温度低，使水稻生长不良，造成低产。

李邱氏没废话，质问郭凯文跟三娘说的那话，是不是你们的意思。李志伟没吭气，李郭氏咽下嘴里的汤，把手中的包子[1]往盘子里一蹾，仰起头来傲慢地说是啊！有么事不对吗？李邱氏顿时气结，脚一跺说："你们是一个祖先咧！"

"哪个跟她一个祖先？"李郭氏翻了个白眼，当即就搒了回去。

李朱氏提着刚买的菜正好进屋，听了李郭氏这话，又看李邱氏气鼓鼓的样子，顿时把篮子往地上一放，抢过话头，语气不善地问："连是一个祖先都不承认了，大娘！看来，你这是要跟二房、三房彻底闹翻的架势啊？"

"跟您郎没关系，二老妈！您郎别伸着脑壳接砖头[2]。"

李郭氏脖子一梗，噎了李朱氏个半死。再要说么事，早在门外听壁根的李向氏进来，提起篮子，搀住胳膊说老妈！没您郎么事，回屋过早去。

"么事叫没我么事？李家的事，就是我的事。"自忖是李家的天牌，李朱氏一把甩开媳妇的手，指着李郭氏，气恼地说，"你听她刚刚说么事？她说哪个跟你们是一个祖先！"

"哎呀，二老妈！您郎真是听差了。我没说跟您郎不是一个祖先，我是说跟大丫。"李郭氏也算是服她了，只得解释了一句。

"听到了吗，老妈？大娘都说了，没说您郎，我们就不在这时凑热闹了。"李向氏又去拉她胳膊。

"说邱老妈也不行！怎么着，她也是李家的长辈！再说了，大丫也是三房的媳妇，跟你们一样的身份！"李朱氏又甩开媳妇的手，似乎要管到底了，"她姆妈在世的时候，何曾说过这种混账话？何曾另眼看过你跟三娘？心思都没存过！如今刚刚过世，她就说这种大逆不道的混账话，还有她这说话的口气，可见就是个蛇蝎心肠的女人！"

被人当着儿子媳妇甚至孙伢的面指责，还如此诛心，把李郭氏

① 包子：方言。指馒头。

② 伸着脑壳接砖头：俗语。意思是管不该管的事，给自己找麻烦。

也搞毛了。脸一墨，筷子“啪”的一声往桌上一拍，说：“我说二老妈，您郎有完没完啦？再说下去，别怪我连您郎的面子，也驳得丁点不剩了！”

现在就李朱氏跟李郭氏怒撑了，且火药味越来越浓，主角李邱氏反倒插不上嘴。

李邱氏本就老实，何况又是没么地位身份的妾，平时言语也短，拿不出个么话，此刻虽然气鼓鼓的，却如旁不相干似的，傻立一旁听她们吵。甚至，她连为三房争那一百亩田和房屋的正事，都忘记了。及至牵着宇红出堂屋，快走到大丫那间灶屋了，才猛然记起来，正事还没说哩。

于是停下来，想转身再去说。但一细想，连二娘李朱氏都压不住李郭氏，她去了，能有么用？说不定，再惹一肚子的气来回。

“过早了，老妈！”正在她犹豫间，大丫的喊声响起。

“三娘！”扒了一口满是糊味的稀饭在嘴里嚼着，李邱氏寡然无味，望着喂宇秀米汤的大丫，欲言又止。

“么事？您郎么样停住不说了？”见婆婆又没话了，大丫心生好奇。

这个话，的确不太好开口。寡妇改嫁，有先例的。大丫年轻，又长得俊，改嫁不是不可以。昨晚上李郭氏就带了媒人找她，说开染坊的周掌柜想娶大丫做妾，但她是妯娌，不好出面说，便拜托李邱氏。她尽管也是妾，却是公爹的妾，算是长辈了，给大丫作主，还说得过去。

李邱氏是家里穷得没钱给爹下葬，才卖身做的妾，人却不傻。到了李家，没怎么受尊重，她也不抗争，心里其实明镜似的。长媳和媒婆的话，让她心里打了个咯噔，暗说性子也太急了些吧？志宏尸骨未寒哩！但又不好明说，只是面露难色，推说一个吃嗟来之食的人，哪里当得了三娘的家？李郭氏说，您郎是李家的天牌，还不一言九鼎啊？您郎放心，我们都听您郎的。志伟也说，我们长房给您郎养老送终，也管志宏的几个伢。怎么着，您郎是李家的长辈，志宏的几个伢，也是李家的后哩！

这是昨晚上说的话，到了今日，就全都变了，变成志宏的伢，跟他们毫不相干了。兴许，他们还觉得，自己这个妾，也跟李家不相干哩！只是没闹到说出口的地步。

一个屋檐下过了十几年，李邱氏当然熟知长媳的品行。又不是活在月亮上，经的还少啊？特别分家这大的事，问过我一句吗？还不是想分就分了？需要了是长辈，不需要了屁都不如，就跟扫帚撮箕一样。指望你们养老送终？只怕是尸身上生蛆，你们都不会管。照眼前的架势，三娘大概还会管我。但这个话，她同样只能在心里说。便继续推说，你们还是直接问三娘吧！我真不好开口的。

眼见李邱氏不答应，李郭氏的脸色果真难看起来，说话也不中听了，夹枪带棒的，甚至以赡养作威胁。然而，就算两个人说破天，李邱氏却一直不松口，气得摔门而去。

但是这件事，还是震撼了李邱氏，一晚上翻来覆去没睡好。李郭氏的目的，李邱氏看得清楚明白，就是盯上了那份家产，尽管只是小头甚至零头了。

静下心来想，摊上了李郭氏这位妯娌，死了男人的大丫，改嫁未必是坏事。首先，她会想一切法子逼她走，软的不行来硬的，善良的大丫哪里是对手？最后受不了，还是被逼走。其次，周掌柜也有一份不错的家业，但与自己的男人一样，虽然娶了一妻四妾，膝下仍无子无女。周老板心动大丫，估计是看中了她的生育能力，毕竟十年时间，就生过六胎，现在也才二十五岁，正是生育的年龄。正反两面剖开来权衡，她也倾向于大丫改嫁了。

然而李郭氏的这个信，她不能转。动机太恶劣。但是提醒大丫，还是必须的，免得直接面对了措手不及。这样一想，李邱氏瞅了瞅几个伢，又犹豫了一下，说："吃吧，没么事。"

吃过饭，大丫去菜地，李邱氏也跟着去了。为了生存，大丫在屋后垦出了一块几分田的菜地。

左右无人，李邱氏就讲了李郭氏说的话，提醒她心里有个数。

大丫气得浑身发抖，也把她走后，郭凯文的话学了一遍，这下轮到李邱氏气得说不出话来了。

好一会儿，李邱氏才说："这心真是毒啊！我还以为一步步来哩，原来都双管齐下了。"

"不管他！我生是李家的人，死是李家的鬼。就是皇帝老子选我做妃子，也不去。"大丫斩钉截铁。

得了这个口风，李邱氏不好再说么事。

九十亩就九十亩吧，总比一亩都没有强。一分地都没有的人家，不也照样过呀？这世道，真没说理的地方。早先黄有龙说等天宝十六岁，就把家产交给天宝的，如今天宝虚二十了，讨要过无数回，却依然无果，吞得骨头末子不剩。所以天宝来打理这九十亩地，也比给黄有龙当长工强。

把郭凯文的话跟婆婆的提醒糅到一起，大丫觉得不能再等了。于是去绸缎铺，托小朱掌柜——老朱掌柜的儿子——告诉苕货，下次来的时候带天宝一起。

24

这天早上，天阴惨惨的，一副要下雪的样子。

几只老鸹在掉得不剩几片叶子的柳树①上"呱呱"惨叫，瘆得人头皮发麻。像极了大丫此刻的心境。

一些人扛来不少竹子，扔在院子里。大丫不晓得要搞么事，也不好问，毕竟是别人的。到了下午，那些人又来了，竟在这排房子的飘檐下，扎起了一排栅栏。完工了一看，只给她这间柴屋留了个小门，其他屋子的门，都封住了。就是说，她再不能去那些屋子，也不能走东西两边的飘檐去堂屋，进出都得穿院子。

---

① 柳树：江汉平原的人把杨树叫柳树。

大丫也生不起气来了，只是哑然失笑，心说还真是步步紧逼呀！

腊月二十四，过小年的日子。

天宝来了一见，就怒火中烧，要找志伟、志华讲理性。大丫拦住了，说："跟这些人置气，不划算。过完年了，我把屋夹两堵壁子隔一下，中间是灶屋跟堂屋，两边隔成房间，我们住一间，留一间给你。假如不是邱老妈还住西厢房，每天过来不方便，我真恨不得把南面的门封了，改到北面开门。虽说是背街，也眼不见心不烦。"

天宝叹了口气，没再说么事。

天天满院子跑的宇蕾噘着嘴巴，满脸不高兴地扒着竹栅栏往外瞅。正往堂屋上菜的姜嫂瞧见了，于心不忍，走进院子，用勺子舀了只豆腐丸子递进来。就在宇蕾从栅栏缝隙伸手去接时，猛听得一声炸雷从姜嫂背后响起："好你个吃里爬外的狗东西，竟敢拿老娘的东西赶人情！"

跟姜嫂一样，宇蕾吓得一个哆嗦，连忙把手收回来，顿时被竹篱笆划破出血了。望着小伯那张凶神恶煞的脸，她顾不得看手上的血，甚至都不晓得疼，吓得"哇"的一声大哭。

李郭氏扬起手里的一把筷子，狠狠地砸在姜嫂头上，骂道："我叫你吃里爬外……我看你还敢吃里爬外！"

听见伢儿哭，大丫连忙出门，瞅一眼掉地上的豆腐丸子，就么事都明白了。心疼地抱起宇蕾，眼泪簌簌直流。自己受再大委屈，她都能忍受，但伢们受委屈，她就剜心般难受。回到屋里，边帮伢儿清理伤口，边流着泪道："人要有骨气。人家的东西再好，也是人家的，不能眼馋。晓得吧？"

宇蕾只有三岁多，却忍住眼泪，使劲点头。显然，她是记住了这次血的教训。

天宝气得发抖，眼里充血，拳头捏得咕咕响。但姐姐的眼神，制止了他的冲动。

第二天一早，天宝就出去了。大丫以为他去街上看热闹，便没当回事。不想下午，他跟苕货一起，拉了车芦苇过来。随后腊狗和几个乡邻，也挑的挑背的背，弄了些芦苇来。叫一声大小姐，就帮她夹壁子。

却原来，天宝目睹了母女的惨状，忍不住跟腊狗苕货诉说，几个人当即决定来帮这个忙，也不等过年之后了。

大丫的泪水，又止不住地流。把天宝唤到一旁，给了些法币，叫他去买鱼肉和酒菜。等天宝回来，大伙这才晓得是要留吃饭，死活不让做。但大丫不管，依旧做了。

七八个人，夹壁的夹壁，和泥的和泥，很快就把壁子夹完了。饭菜都做了，不吃对不住大丫的一片心意。不过，硬没喝酒，酒壶盖子被苕货死死地按住了。

望着夹起的芦苇，腊狗说壁子是夹完了，但泥巴只能翻年了再糊。因为干不了。众人都说，委屈大小姐先将就吧！大丫除了感激，还能说么事？好像说么事，都是多余的。

众人一不做二不休，第二天一早又来了，比昨天人还多。当然，都是穷人。绸缎铺的朱掌柜也拉了一车砖头瓦片来。于是，旋灶的、打墙的、用砖头垒床台的、在北面开门的，都发挥专长忙碌开来。啥都不会的，就打下手，当小工。只半天时间，新的灶台旋成了，两边房里的床台垒起了，昨天还差一点点没完工的芦苇壁子也夹完了。

大伙说么事也不肯再吃大丫家的一口，道一声“恭喜大小姐乔迁新居”之后，便一哄而散。

在虽然小了点却像模像样的三间屋里，陪着众人转了一圈，大丫心里头暖融融的，眼睛湿润地站在禾场上，对着远去的乡邻，深深地鞠了个躬。

正月初二，小丫和魏登华带着三个伢，照例来走亲戚，给姨妈和舅爷拜年。

没想到，在墙眉嵌有“李宅”匾额的大门前，却让人拦住了，不准进。兴奋地嚷嚷“大姨妈，大姨妈”的大儿子虎子，顿时耷拉下脸来。小丫抱着不到一岁的小女儿，说我是大丫的妹妹。看门的说，这里没叫大丫的，下人里头都没有。小丫问能告诉我她去哪儿了吗？看门的再不理会，仿佛她面对的是空气。邱老妈在西厢房听到了，连忙出来说，这是三太太的妹妹。你总不至于，连屋都不让她进吧？看门的这才一脸嫌弃地放他们进来。

随邱老妈进院子，瞄向被竹篱笆包围着的那扇孤零零小门，小丫惊骇得倒吸一口凉气。日子越来越不好过了，她还打算借点钱的。但瞧姐姐这个家，她哪里还开得了这个口？

把小丫几个人带进大丫屋里，李邱氏想，假如再来人，不还是被挡在外面吗？便回到门口，对看门的说："我说，你也别掺和东家的家事，更不要狗眼看人低，拦三太太的客人了。东家几兄弟是分家了，但只是因些误会。说不定哪天和好，又合到一处呢？要知道，三太太可是老夫人指定的主内人。你今天得罪三太太，到时候肯定吃不了兜着走。眼头子放亮些，别太死板，免得到最后神仙打架，你这小鬼遭殃。"

分家之后，从刘管家往下，除了姜嫂两口子，李郭氏一个没留，全部开了。主要是姜嫂做的菜，合李志伟夫妇胃口，又暂时没找到更好的。现在这个院里进出的，管家是她大哥郭凯文，下人都是郭凯文找的，包括这个守门的。

李邱氏连诈带威胁，骇得这人一愣一愣的。想想也是，背心便汗湿了，不住赔礼道歉。

如往年一样，大丫给妹妹一家，每人做了身新衣裳。一进门，都兴高采烈换新衣。然后，不知愁苦滋味的伢们，从屋里疯到街上，被雪弄得脏兮兮的，脸冻得通红，却依然不亦乐乎。

桌盒[①]早切好了，天宝端到桌上，开始摆碗筷。大丫转身做热

① 桌盒：独具江汉平原地方特色的长方形木制器皿，请客吃早餐时使用。一桌桌盒，由三只单独的长方形桌盒拼成，每只桌盒里摆三只装了卤菜的碟子，端上桌便成了一个正方形。本来是盛卤菜的器皿，时间久了，便演变成了吃早餐的代名词。用桌盒招待客人，主要表示尊重和正规，有仪式感。

菜、下面条，宇红则坐到灶门口的板凳上喂把子。魏登华是闷葫芦，坐在桌旁喝茶，好半天才跟天宝有一句交流。

教训了看门的人回来，李邱氏看看差不多了，对宇红说："去喊老表们回来吃饭，我来喂柴火。"

就在他们其乐融融吃桌盒时，院子里突然锣鼓喧天，一阵嘈杂。志伟、志华两家以为是给他们送恭贺的，连忙喜滋滋出门。但听了"恭喜大小姐，贺喜大小姐"的道喜，又见龙灯径直去了大丫的门口，脸顿时就绿了，转身回屋，"哐当"一声关上房门。

郭凯文"蹬蹬蹬"出堂屋，黑着脸训斥门口的小厮："你是个树墩子，野猫野狗都随便往里放啊？要你娘的个苕货杵在门口有鬼用啊？"

小厮是年前才来的。一早上，被李邱氏训了一回，此刻正得意，心说终于是眼头子放亮了，不想又惹得郭凯文不高兴，又被训了一回，顿时就急眼了，转身说我去赶出来！郭凯文"叭"地甩了他一巴掌，压低了声音吼道："进都进了，你么样赶？大过年的，要闹得大家都不好看，是吧？不过我警告你，这是最后一回。再有下一回，老子敲断你的狗腿！"

大过年的，无缘无故被人打脸，小厮顿时傻眼，好半天没回过神来，捂住半边疼痛的脸，不知如何是好。然后恨恨不已，心说神仙打架小鬼遭殃的事，真让老子大年初二就碰到了，这运气也是他妈的霉到家了。

院子里依旧锣鼓喧天，黄家大湾的汉子们还是刚刚凑起的班子，却把龙灯舞得活灵活现。大丫的眼里噙着泪，抓起京果兰花根分发，又叫天宝散纸烟。腊狗上前，双手一拱，又道一遍："恭喜大小姐，贺喜大小姐！"众人也跟着说："恭喜大小姐，贺喜大小姐！"

大丫不知她目前的状况，是值得恭喜还是不值得恭喜。李邱氏说当然值得恭喜，怎么着也把房屋翻新了哩！不过，娘家人以这种方式来拜年，倒是感动得大丫热泪盈眶。而这一切，都是拜先人所赐，受惠于先人阴德。

龙灯玩了差不多半个时辰，而且是玩全套。大丫请他们吃早茶，但都客客气气婉拒，呵呵笑着说，还得跑下家哩！大丫又拿了两盒京果兰花根，硬塞给腊狗，才放他们离去。

这份意外惊喜，大概是这个年，他们最开心的时刻了。

惊喜还没过去，添堵的事，随之又来了。只见一个穿得大红大绿的中年女人进门，笑嘻嘻地说："哟！好热闹，来客人了？邱老妈、三太太，新年好啊！恭喜恭喜！"

正热热闹闹议论龙灯的一屋子人，戛然而止。小丫、魏登华和天宝不知是何方神仙，客客气气让座。李邱氏和几个伢却满眼都是敌意，宇红甚至冲她嚷嚷："你个扫帚星，又来做么事？"

"大过年的，么样说话呢？"大丫心里一个咯噔，脸色也微微一变，但还是瞪了大女儿一眼。

这段时间，说媒的都踩塌门槛了，却无一例外地让她轰了出去。这个专门撮吃撮喝的胡大婶，此前来过三回，都没给她好脸色。不想她也不看看日子，大年初二竟又跑了来。俗话说伸手不打笑脸人，何况大过年的，大丫只得客气地说："原来是胡大婶哪。稀客，稀客！"

胡大婶无视一屋的敌视，把一盒枯壳子茶往桌上一放，就坐在小丫让出的板凳上，笑嘻嘻地道："我还是想来讨杯喜酒喝，想必三太太会给我这个面子吧？"

几个女伢下意识抱住了姆妈的腿，紧张地仰望着她的脸，生怕她答应这个老狐狸精。原本还撺掇大丫改嫁的，自从得知了大丫的心意，便坚定地站在大丫一边的李邱氏，忍无可忍地道："胡大姐！我说，你就不会看看日子吗？"

大丫惨然一笑，道："胡大婶真是费心哪！过年都等不及了，不晓得又是哪家呢？"

此话一出，李邱氏跟几个女伢更紧张，浑身一个激灵。小丫、魏登华和天宝终于听出了点门道。

以为大丫终于松口了，胡大婶喜形于色，连忙起身道："就是后街的童老板啦！这不是童老板的堂客年前过世了吗？他想续个弦，觉得你蛮合适的，就托我来问问。”

“哦！童老板哪？童老板应该五十几了吧？胡大婶觉得，合适吗？”大丫开始收拾桌上的瓜子壳，把胡大婶往旁边扒了一下。

“这有么不合适的？要我看，挺般配的啊！”胡大婶挪了下身子，让大丫把桌上的瓜子壳抹到撮箕里，“童老板有家产，又没其他女人，虽有三个姑娘，却都出嫁了，一个都没留家里。你要是过去，还不是你说么样就么样？”

“那我真要感谢您郎，胡大婶！替我想得还真是周全。”这话听得胡大婶一喜，其他人一愣，不想大丫随即却话锋一转，“不过，我还是之前那句话，就是他有金山银山，就是皇帝选我做妃子，我都不稀罕。我就守着这间破屋，守着老妈和四个伢儿。您郎呢，就别费那个心，再不要来了。”

“听到没有？我姆妈叫你再不要来了。你呢，赶紧走。”宇红终于放下心来，对着胡大婶吼道。

“真是狗咬吕洞宾，不识好人心！”刚刚还眉飞色舞，胡大婶脸色瞬间就阴沉下来，抓起提来的那盒枯壳子茶，气呼呼出门。

一屋人的好心情，顿时被胡大婶揉搓得荡然无存。小丫一家五口只住了一宿，初三就回去了。也没跟姐姐开口，说借钱的话。望着妹妹那欲说还休的神情，大丫知道她体恤自己，心情便很沉重，为没能帮上妹妹自责。

25

正月初五，突然下了一场雪。只一晚上，就都上了冰。

走廊被李志伟夹了壁子，宇红过西厢房，搀着李邱氏过来过早，只能从院子里穿。不料脚下一滑，穿着木屐的李邱氏摔了一跤。听到响声，大丫赶紧出门，搀扶起老人。东西两边的志伟、志华两家，不知是没听见，还是装着没听见，反正是房门依然紧闭，没一个人出来看一眼。

幸好积雪够厚，又有宇红搀扶，李邱氏才无大碍。把老太太扶进屋，大丫盛了碗面条放她面前，说：“我想去想来，老妈！西厢房不要了，您郎搬过来，跟我们一起住吧。”

“唉，我也想哩！”老太太叹了口气，眼睛四下里瞅瞅，“但是，你们这屋也太小了，哪里住得下呀！”

“小是小了些，但也不多您郎一个人的。”大丫嘴巴往门外一努，接着说，“今天好在是雪厚，没摔么样。要是起大风下大雨，您郎么样过来呢？”

“他们说过，要给我养老送终的。便宜船不能让他们划过去了。”思忖片刻，李邱氏又说，“我就住那里，扎他们的心，刺他们的眼。”

宇秀在床上喊要尿尿。大丫正要起身，宇红放下碗，连忙跑了过去。大丫苦笑一声，接着说：“何必呢，老妈？您郎难道看不出来，那是客套吗？再说了，您郎是三房的。我养您郎，那是天经地义……您郎点个头，我就把南面的门封了，进出只走北面的门，眼不见心不烦。”

“唉！你说的也是。小年那天宇蕾受的那个委屈，我想起来心里就堵得慌。为了一个豆腐丸子，拿三岁的伢出气，一般人都做不出来。还有小丫姨妈他们来，门都不让进，真是叫人寒心。”李邱氏说着，伤心地落下泪来，“都怪老妈没用，委屈你了。”

李邱氏其实也遭孽。老子死了没钱埋，卖给这个男人做妾。不料没过多久，一心要她帮忙生个伢的男人突然死了，守了半辈子活寡。好在李周氏宽厚，没把兄弟的妾不当人，才没觉得自己是个外人。志伟、志华说给她养老送终，但谁都晓得只是嘴边上的话，她也没指望那两个人。后半辈子，肯定是跟自己的媳妇过，尽管是抱养的儿子，甚至严格说，那抱养的儿子还不是她的。

“不怪您郎的，老妈！这都是命。以后我们这一屋三代六个女人，就相依为命了。只要我和四个伢有一口吃的，决不让您郎饿肚子。您郎踏踏实实搬过来，跟我们挤。过完十五，我就把南面的门封了。免得一开门就看到篱笆，就像堵在心坎上。”李邱氏自责，大丫心里也不好受。

话说到这个份儿上，李邱氏也不好再说么事了，当即叫大丫跟天宝过西厢房，把她简单的行李物品搬过来。从今日起，她就在这边住了。

李郭氏从茅舍出来，见天宝抱着棉絮，大丫搂着李邱氏的换洗衣服出堂屋，便隔着篱笆讶异地问：“大过年的，你们搬这些东西搞么事？”

“不搞么事。”大丫敷衍一句就走了，留下一脸愕然的李郭氏在走廊里发呆。

“神经病！”外面太冷了，斜睨一眼姐弟俩的后背，李郭氏赶紧把脖子缩进皮衣领子，袖着手进了自己的房间。

不一会儿，李郭氏叫上男人，穿过堂屋进西厢房，见老太太的东西搬得干干净净，心下大喜。然后，两个人又到大丫的屋，假惺惺地对李邱氏说：“邱老妈！您郎在西厢房住得好好的，么样突然就不住了？这是演的哪一出啊？清白的，晓得是嫌弃我们。不清白的，还不骂我们没孝心哪？”

“没说你们没孝心，是我没福气。”老太太赔着笑脸，“人老了，没火气，怕冷。过这边住，有煨脚的。”

“如果是这样，那我们就放心了。”掩饰住内心的狂喜，志伟如释重负，说了这么一句。

“那您郎记得告诉街坊，是自己搬出来的，不是我们赶的哟！我们还想着给您郎养老送终哩，看来是不要了。”突然想起似的，李郭氏补充道，“团年饭本来是要叫您郎的，但我们做得晚，看您郎吃过了，就没叫。”

“是啊！我们也是一样的。”不知何时，志华跟他女人李向氏也来了。站在门外，李向氏说道。

“都怪你！一个火烧那么晚，都没机会孝敬邱老妈。”志华责备李向氏。

“多谢你们，多谢你们！我这不知是哪辈子修来的福分，要你们都惦记。”李邱氏说。

“您郎需要么事，记得跟我们说啊！不要把我们当外人。”说完这句，志伟转身出门。

屋里的李郭氏跟屋外的两口子，也重复了李志伟的这句话，各自回屋。

“唉——”，李邱氏长长地哀叹一声，转头进天宝原来睡的房间，指着地上的两捆谷草，歉意地说，“舅爷！害您郎打地铺了。”

气得脸色铁青的天宝，一听李邱氏这话，马上缓和下来。一边把谷草摊开，把自己的棉絮铺上去，一边说：“老妈您郎这说的是哪里话？这屋本来就是您郎的。”

本想着第二天回黄家大湾的，又怕李邱氏多心，天宝又多住了两天。

过了十五，天宝带几个人帮大丫封了南面的门。回到黄家大湾，就跟黄有龙讲，他要到荒湖帮姐姐种田。

坐在堂屋的太师椅上，黄有龙瞪着一双牛卵子般的鼓眼睛，像不认识似的，瞪得天宝心里发毛，问他么意思。

“么意思？还要我提醒？你觉得，你走得脱身吗？”

天宝如堕五里烟云，也如对方一样把眼睛瞪得像灯笼，好奇地问：“我怎么就走不脱身了？”

望着天宝这一副夸张的神情，黄有龙呵呵一笑，随后阴鸷地说：“我从八岁开始养你。这十二年，你吃的，穿的，用的，住的，哪样不是我的？你算算，得花了我多少银子？哦！骨头壮了，翅膀硬了，一拍屁股就想走人了。你说说，天底下有这样的好事？”

“么事啊！我吃你的、穿你的、用你的？你莫不是昏了头吧？”天宝气得跳将起来，把手先放他额头，又放自己额头，冷笑连连，“没发烧么！怎么净说胡话？”

一个晚辈，敢用这种语调跟他讲话，甚至像哄伢拿手摸他的额头，气得黄有龙一掌格开，转头对着院子大叫：“保旺，保旺！拿算盘过来！”

“这话应该是我跟你讲。你占了我的家，还有几百亩地，两个姐姐早早就赶出家门。这十二年，光几百亩地得收多少租？还有钱庄里的那些钱，到哪里去了？还有这十二年，你是么样待我的？当牛做马，比长工都不如！我告诉你，黄有龙！你真要算，那就都得好好算算。”老实巴交的天宝，顿时气得嘴歪，把憋了十几年的话，都讲了出来。

“你，你……”黄有龙指着天宝的鼻子，气得讲不出话来。他实在没想到，一个二十出头的毛头小子，敢跟自己吵架，甚至说出这样的话。

“好，好！你要好好算，那就好好算算。”黄有龙手指对着天宝乱点。然后对穿着长衫，夹着算盘和账本来到堂屋的王保旺，恶狠狠地说：“你跟我算过细了。这十二年，他家的田地和租子，都去了哪里？他家在钱庄，还有没有钱？我在他身上，又花了多少钱？连本带利，一个子儿不准少！”

王保旺也不吭气，坐到八仙桌旁，假模假样地摊开账本，把算盘珠子拨拉得“噼里啪啦”山响。

“看在一笔写不出两个黄字的分儿上，好事我做了也就做了，银子都花在黄家后人身上，我本不跟你计较的。但既然你这个白眼狼要计较，那老子也不跟你客气了。一分一厘，都跟你算个清楚明白。”黄有龙一副气咻咻的样子，坐在桌旁不住地哔哔，眼睛时而盯着算盘珠子，时而望向在账本上写写画画的王保旺。

天宝不识几个字，不知道王保旺写了些么事，也不知道他是么样算的。王保旺一直不吱声，埋头算账写字。不过，天宝心里还是有底的，谅他们也不敢太出格。甚至想着，有些细账，就不跟他计较了，大袖子一抹而过①。

---

① 大袖子一抹而过：俗语。意思是抹去不计较了。后面的大袖子掸了，是一个意思。

天宝跟黄有龙吵起来，嚷嚷要算账，腊狗跟苕货担心天宝吃闷亏，便没敢出门，在院里院外装模作样地转进转出。

约莫两盏茶的工夫，王保旺就抬起头来，望着黄有龙说："东家！算完了。"

"算完了？算完了，就报数！"黄有龙胸有成竹，点燃旱烟袋，霸气地说。

王保旺埋头盯着账本，说了一堆数字之后，道："两两相抵，天宝该东家七十个银元……这还没算利息。如果驴打滚，该两百个银元，是只少不多的……哎，东家！听我句劝，好不好？"

听到最后的数字，黄有龙正要发作，王保旺却突然挂了这么一句尾巴，顿时愣了一下，沉着脸说："你说。"

"要我说，您郎吃点亏算了，又不是好事了外人。再说了，您郎家大业大，又是长辈，跟晚辈计较这些小钱，好说不好听。"

"放你娘的狗臭屁！难怪都叫你王黑心的，真是你娘的黑心狗腿子！"天宝怒不可遏，指着王保旺的鼻子破口大骂。

王保旺很忌讳"王黑心"这个诨号。当然，人们也就在背后叫叫。如今被天宝当面喊出来，气得鼻子歪到一边，把算盘往桌上猛地一顿，"嚯"的一声起身，怒视天宝。那眼神，真是恨不得杀了天宝。

"听到没有？你听到没有？他这张贱嘴，一张开就骂了我们两个人！这得多大仇恨哪？这就是个白眼狼！是我要跟他计较吗？"黄有龙气呼呼的，对王保旺说，"不行！你必须再算，小葱拌豆腐，算个一清二白。"

王保旺听话听音，晓得黄有龙对这个数是满意的，只是做个样子吓唬天宝。于是咧嘴一笑，又说："算了吧，东家！就这穷鬼，算出一千个银元又能如何？他拿得出来？鬼都不信！难不成，你把他屁股挖了当窑烧[1]？"

---

① 把他屁股挖了当窑烧：俗语。比喻他什么都没有，能奈他何？

“嗯！也是，那就两百个银元吧！”黄有龙也回过神来。随后摆了摆手，眼里闪着狡黠的光，皮笑肉不笑地说，“算了，天宝！看在你娘老子死得早没人教，也看在你是黄家的后人，就不跟你计较，算那么细了。我大袖子掸了。但这七十个银元，你要走，就马上还……噢！我看你街上的绸缎铺跟杂货铺，也值不得这个数。要不，抵给我？即便不值这个数，我也大袖子掸了，按这个数算。”

天宝气得浑身发抖，脸色惨白，嘴唇直哆嗦，却发不出一个音来。

腊狗跟苕货实在听不下去了，不约而同地冲进来。苕货一把揪住王保旺的衣襟，把他揪得站起来，瞪着两只血红眼珠，一只手快速比画，嘴巴快速地哇啦哇啦。

腊狗的拳头攥得紧紧的，听得见骨骼响，一边在王保旺眼前晃，一边怒吼道：“把你刚才的话，再说一遍！东家只有两百三十亩地吗？这个屋是破屋吗？只值一百个银元？十几年的租子，哪里去了？还有那些家当、耕牛、农具呢？东家么时候该钱庄三百个银元了？少东家天天放牛、下地，自己挣饭吃。他吃了么事、穿了么事，又用了么事，要值三百个银元？你要说不出个子丑寅卯来，老子剐了你！”

两人眼里充满煞气的凶光，吓得王保旺浑身哆嗦，脸色惨白，转头瞅向黄有龙，哪里还有刚才的嚣张？

“反了，反了！简直是反了！”黄有龙也从未见过两人这副要杀人的眼神，提起烟杆就砸在苕货头上，嘴里大叫，“放手，你放手！”

苕货劈手夺烟杆，拉了黄有龙一个趔趄，差点摔倒在地。眼见苕货把铜烟杆摔在地上，再踩成两半，黄有龙暴跳如雷：“反了，反了！穷鬼要造反了！去叫有虎来，快去，快去！”

堂屋的嘈嚷，早惊动了院里的人，也吸引了门外经过的人。听见爹的叫喊，黄有龙的大儿子黄天赐拔腿就出门。

黄有龙一边扒苕货那铁钳般的手，一边眼露凶光，恶狠狠地说：“长工打东家，这是以下犯上！不把你们穿锁骨游乡，老子不姓黄！”

“老子这辈子只有一个东家，就是黄天宝！你想当老子的东家？门都没有！”腊狗不禁气极反笑。

黄鲁氏突然冲进来，张开嘴巴就咬了苕货的手一口。苕货疼得一声惨叫，松开了攥着王保旺的手，顺势一掌，推了她个屁股蹲。这是她始料不及的，愣怔片刻爬起，把她那肥胖如猪的躯体，一头撞向苕货，母猪疯发了般哭喊：“打女人哪，打女人哪！”

苕货刚退一步，没提防黄有龙抓起桌上包了铜角的算盘，狠狠地砸到头上，鲜血霎时就顺着头发流了半边脸。苕货彻底暴怒了，抹一把脸上的血，一骨碌爬起，一个直拳捅向黄有龙的鼻梁，顿时便捅得他鼻子塌陷，鼻孔出血。黄有龙的二儿子黄天良提着一把铁锹过来，扬手就拍向苕货的脑袋。天宝大叫一声“苕货幺叔注意”，人也冲了上去。腊狗更快，劈手夺过铁锹，扬手甩了黄天良一巴掌，也打得鼻孔出血。

一场混战，就此开始。

围观的人，起先有的无奈摇头，有的满脸愤怒，也有年轻糙子把拳头攥起。此时胆小的赶紧逃走，胆大的进屋劝架。劝架的多是穷人，平时受尽窝囊气，当然便有倾向性，瞅空塞个冷坨子[①]。王保旺则躲进了账房。

“砰！砰！砰！”突然响起的枪声，中止了屋里的混战。

身穿皮袄、足蹬长统皮靴的黄有虎，手提还在冒烟的撇把，脸色黑得吓人，径直走到苕货跟前，扬手就是一巴掌。苕货那满是血污的半边脸，顿时肿得像包子。

捂住瘆人的脸，苕货恨恨地盯着他，但没敢吱声。黄有虎只当没看见，转头对腊狗也如法炮制。没等腊狗反抗，转身往外走，对两个端着长枪的打手吼道：“押到队部去！”

---

① 塞冷坨子：俗语。意思是打冷拳。

护湾队队部，那是如黄有虎的名字一样的魔鬼般存在！是半夜能骇得调皮伢儿不敢哭吵的存在！抓到队部去的，除了倾家荡产，也没几个完整走出来的。

众人大惊失色，纷纷求情，希望黄有虎网开一面。王莲也拦在前面，声泪俱下地说好话[①]，讲理性，又哭又闹。

黄有虎不为所动，阴沉着脸，径直朝祠堂旁边的大队部走去。

打手们动作麻溜地五花大绑时，腊狗、苕货跟天宝并未挣扎。一个打手嘴里骂骂咧咧，一脚踹开王莲，还举起枪托作势要砸。腊狗劝王莲放弃，看护好八岁的儿子天树。

眼睁睁看着三人被捆得像虾米，又眼睁睁看着打手们一路枪托砸拳头捶双脚踢地把三个人押走，黄有龙、王保旺的脸上露出奸狡的笑，围观的穷人则摇头叹息，纷纷散去。

26

也不晓得出于么样的考虑，黄有虎当晚竟放了天宝，只是暴打了一顿。腊狗跟苕货，则仍然关在队部。

但让黄有虎大光其火的是，明明遍体鳞伤，且还绑在柱子上的腊狗跟苕货，竟于夜间消失了，无影无踪。颜面尽失的黄有虎，把三个看守各抽二十马鞭，抽了个半死，然后派人四处搜查。最终的结果，是不知所往，活没见人死没见尸。

暴怒的黄有虎，又抓王莲和天宝来拷问。王莲又哭又闹，撒泼打滚，反而找他要人。

一个女人，他实在下不去狠手，而且也太熟了，只得放过。天宝伤痕累累，自身行动都困难，哪里救得出两个同样伤痕累累的人，何况还有三个身强力壮的看守？不过，天宝的债务，就这样一

---

① 说好话：方言。意思是求情。

锤定音了。老太太赏给王莲的五亩田，同样被黄有虎没收。

再无任何田产的天宝和王莲，以及腊狗八岁的儿子天树，成了黄有龙家名副其实的长工。

就是不当长工，天宝也不敢离开。腊狗和苕货是因为自己的事，跟黄有龙起冲突，最后失踪的。他倘若是逃跑，王莲跟天树孤儿寡母，碰到个么事，就帮忙的人都没一个了。

腊狗跟苕货莫名消失，坊间众说纷纭。有的讲，黄有虎自导自演，偷偷杀了，然后逼天宝跟王莲就范，不仅轻而易举霸占财产，而且只能乖乖当长工；有的说，被通州河西南边的共产党解救了，不然，三个看守怎么都说自己被打晕了呢？当然，还有其他传闻。甚至有人说，苕货跟腊狗在通海口镇现过身，有鼻子有眼。

尽管传言都没法证实，但在黄家大湾，还是引起了轩然大波，甚至人心惶惶。有了第一种传言，穷人们再不敢跟东家作对。闹得不好，苕货跟腊狗的今日，就是他们的明日。有了第二种传言，财主们如坐针毡，惶惶不可终日。共产党一直只在通州河西南边的，如今公然来黄家大湾护湾队抢人，可见其势力强大。倘若找自己麻烦，还不是老鹰捉小鸡呀？

也就是说，不管哪种传言，都使穷人和富人间的矛盾，前所未有地尖锐。也让黄家大湾的人，不管富人还是穷人，都陷入恐慌。黄有龙明火执仗地抢夺天宝家产，让人人忌惮的同时，也名声扫地，口碑差到极致。不过，他只在乎财产，不在乎口碑，这口碑也就没所谓了。

黄家大湾发生这大的事，早就传得沸沸扬扬了，大丫却是过了两天，才在菜市场买菜时，从一个乡邻嘴里听说的。她还奇怪，天宝么样不来了呢？再不来，荒湖那边的田就要耽误了。

既气又急，把菜篮子委托给邻居李婶带回去，拔腿就去黄家大湾。大丫进门时，黄有龙正眼都没瞅她，跟当年和志宏回去形成了鲜明反差。她也一样，招呼没打，直接进天宝住的那间耳房。

天宝浑身是伤，躺在床上动弹不得，跟姐姐哭诉。大丫陪着抹泪。其间只有王莲进来，其他人或许想来，但慑于黄有龙的威势，都离得远远的，甚至绕道走。

家里的田地和财产被黄有龙强占，两位亲人生死不知，她还投诉无门。大丫真是欲哭无泪！她想不明白，这世道，怎么成了这个样子！还给人留活路吗？

无力无助的大丫，除了安慰天宝跟王莲，好像也做不了更多。叮嘱了一番保命要紧的话，转身回家。经过堂屋，黄有龙阴阳怪气地说，都到中饭时间了，吃了中饭再回吧！大丫目不斜视，直接跨出大门。心里说，你也别嚣张，总有狠人来治你的！

天宝不能来了，荒湖的九十亩田只能佃出去。佃出去的时候人家一丈量，其实只有七十多亩，少了十几亩。不说李家兄弟心黑，也怪大丫大意，应该请人丈量的，不能他们说多少就是多少。但是现在，说么事都是干鱼肚里寻胆，迟了。

荒湖那个水窝子，都是望天收的冷浸田。老天开眼，能收几粒谷子。天成不好了，谷草都收不了几把。但她依然学老妈，以当地最低的租子，佃给了两家佃户。当然，虽说不能保收，但怎么也有七十多亩地。七十几亩地的租子，一家六口活命，应该还不成问题。但是，倘若碰到天灾或者人祸呢？总得有点积蓄才行的。真闹到家无隔夜粮的地步，麻烦就大了。何况，还想着贴小丫一点哩！

正月初三小丫回去时，那个欲言又止的神情，老在眼前晃，心里歉疚得很。所以，除了七十几亩田保底，她还得另想生钱的路子。

绸缎铺跟杂货铺的主意，她没想到去打。其一那是黄家的唯一财产，天宝的今后全指望着它。何况天宝二十岁，也该娶媳妇了。其二兵荒马乱的，通州河早没了往昔的辉煌，没那么多商船客船来往，不仅生意差了、成本高了，税捐也见风涨，匪霸更是明目张胆索要，能勉强维持已经不错了。

门前有几分杂草丛生的荒地，大丫一锄头一锄头地刨出来，平整了种菜。假如菜种得好，填饱了六张嘴巴，还可以去卖，变点现钱。这个想法果然不错，靠着那几分田，一个季度下来，居然没怎么上街买菜了。

由堂堂李氏家族内当家，沦落到街头小卖，这个落差，不是一般人能承受的。起初，大丫也满脸羞涩。特别人们左一个“三太太”，右一个“三太太”地叫，叫得她面红耳赤。

生活中的困顿，都是突如其来的，没有现成的解决预案。甚至是死疙瘩，解不开的。

六口嘴巴张着，六个肚皮瘪着，冬天要保暖，夏天要防暑，伢要上学，生病要喝药……这一桩桩一件件，哪样不要钱？缺了钱，寸步难行！如此严峻的现实，直接就摊在她面前；如此重大责任，直接就砸到她身上，犹如泰山压顶。

面子要紧，还是保命要紧？上天愣是没给她挑选的余地，和角色转换的缓冲。除了直面，她别无选择！

当然，清明给死鬼男人烧纸钱，她还是忍不住抱怨了一回，诉说心中的委屈。好在她自小就自立，又做过童养媳，跟死鬼男人诉说之后，心里面好像好受了些，甚至释然了：凭自己的劳动，养活自己和家人，不折人！

事实上，跟底层民众接触多了，她对人生有了新的感悟，甚至觉得她的苦，也不是苦了。至少相对小丫和天宝，她是幸运的。一些人念在老妈接济过，一些人同情她的遭遇，一些人知道她卖菜公道，所以常常上门来买，并未对她恶语相向，或者冷嘲热讽，也让她的不安得到了些许缓解。

这天蹲在街头小卖，身边的篮子里有针头线脑，也有瓜子糖果，还有纸烟。春风茶馆的老板顾顺堂路过，叫了声“三太太！”随即也蹲了下来。

“哦，是顾老板！您郎也要买东西？”大丫有些意外。顾老板这样的有钱人，怎么可能买她篮子里的东西呢？

“不买。”顾顺堂果然如是说。一边在她篮子里轻轻扒拉，一边说：“我是想，请您郎去茶馆里面卖。人多些，也不风吹日晒的。”

大丫更加愕然。的确，进茶馆的人不光喝茶听书，也嗑瓜子吃糖果抽纸烟。茶馆也都有的卖，就摆在柜台里。但顾老板的春风茶馆跟其他茶馆不一样，准许老婆婆和伢们提着篮子穿梭。大丫也曾动过心，但她面皮薄，也不想夺了人家的生意，在门口晃荡过几回，终于没好意思进去。

兴许她的晃荡，让顾老板注意到了。但却没想到，他会主动相邀。愣怔片刻，大丫疑惑道："茶馆也要做生意的，哪好到您郎的地盘，抢您郎的生意呢？"

"我不靠茶馆赚钱的，就是图个随兴。"顾顺堂笑笑，"要不，三太太！您郎每天花钱买个座位，卖瓜子糖果就名正言顺了，您郎也心安理得，不觉得过意不去。"

顾老板说得诚恳，大丫再不答应，就显得不近人情。便去试了几天。

茶馆上午不说书，但下午和晚上都有，分别叫日场、夜场。大丫便早起摘菜卖菜，然后或者拾掇菜园，或者把从潘家场买回的斗笠挑出去卖。吃过中饭，挎着竹篮去糕点铺买一篮子糖果糕点瓜子，再到春风茶馆"坐班"。

天宝躺在床上，大丫三天两头得往黄家大湾跑，既探病，也送药。跟黄有龙家里的人，依旧互不理睬。

这天去看天宝，王莲也过来了。说了会儿闲话，王莲提醒道，天宝二十一岁，该成个家了。大丫哀叹一声说，这是我的一块心病哩！但哪里娶得起呢？哪个又肯嫁过来呢？王莲犹豫了一下说，其实有一家，我觉得还可以，就怕你们怪我多事。大丫说您郎想哪里去了？幺叔跟您郎，把我们当自家伢儿看，我们心里都晓得。如今幺叔音信杳无，也是为了我们。您郎家里都这样了，却还关心天宝的婚事，这是我们前辈子修来的福分，感激都来不及，哪里会怪呢？

"唉！假如是当上门女婿呢？"王莲幽幽地叹口气，然后试探口风。

"啊！上门女婿呀？"大丫的眼睛瞪得像灯笼。说实话，她还真接受不了，而且，马上联想到自己跟小丫当童养媳的身世，内心一阵揪痛。

“我也就这么一说，主意还是你们姐弟拿。”瞅见她那表情，就知道触到了痛处，但王莲没回避，继续道，“方台有户人家，不是太富裕，但也有十几亩田。生了三个女伢。大的已经出嫁，留了老幺养老，小天宝三岁多，今年十七。方家有这意思，因为老妈做了那么多善事，口碑在那里，也中意天宝这个人。得知他们偷偷访天宝，我也偷偷去访了访方家。是个忠厚人家，天宝假如过去，应该不会吃么大亏……唉！我天宝，也太苦了！”

“那天宝，你是个么意思？”虽然不想弟弟做上门女婿，但也的确是没办法的办法。何况这事，还得听天宝的，于是大丫问道。

“唉！”躺在床上的天宝叹了口气，没回答。上门做女婿，其实跟长工差不多，但凡有丁点办法，都不会走这一步。

“天宝啊！要我说，你总不能真跟黄有龙当一辈子长工吧？黄有龙已经放出话来，说如果你去上门，该他的钱，就一笔勾销……当然啦！我们都晓得你不该他的，而是他霸占了你的。他这个意思，就是赶你出黄家大湾，永远霸占你的家产。但三十年河东三十年河西，我就不信他黄有龙，能一直霸道下去。有账算不迟的，天宝！你要相信，总有算账的那天。到时候，连本带利，都叫他还回来。但你一日不走，就一直是他心头的一根刺。如今的黄家大湾，是龙潭虎穴，太凶险了。腊狗跟苕货生死不知，我不想你再出个么意外。”王莲坐在床边，说着说着，流下泪来。

天宝想想，看来只有走这条路了。无奈地又叹息一声，眼泪顺着面颊流湿了枕头，说：“听婶娘的，我没么想法。只是我这一走，婶娘跟天树，就更孤单了。他们欺负起来，会肆无忌惮。”

王莲揩了把眼泪，说：“你放心。我一个妇道人家，他们欺负不了么事的。天树虽然小，但比你机灵，放牛就是了，出不了大事的。不要想我们的事，管好你自己。”

三个人抱头痛哭了一场。既然方家主动，天宝也愿意，抓紧请媒人撮合。天宝伤势一好，就卷了铺盖去方台。而黄有龙，果然没提欠债的事。

天宝的事情落地，大丫更把全部身心都放到操持这个家庭上。

大丫的瓜子点心，只在进价上加一点点，省了食客费脚力跑路的周折，她也就赚个路费，所以很快一扫而光。但她有个原则，每场只卖一篮子，卖完就回，决不贪多。吃罢晚饭了，再去茶馆。

顾顺堂觉得奇怪，说您郎生意这么火，么样不多进些来卖呢？她笑着说，生意她不能一个人做了，总得给别人留点的。顾顺堂一听肃然起敬，说三太太真是菩萨心肠。

她感谢顾老板给了她机会，顾顺堂反说感谢她给茶馆带来了客源。大丫好像没听明白。顾顺堂进而解释，过去喝茶听书的，从未坐满过六成。自从您郎来卖瓜子点心，哪天不是八成以上？现在都要提前订座了，有时候还得加板凳。如果不是您郎，我这生意哪有这么好？我们这是双赢的。

既然没给顾老板惹麻烦，还帮他带来了客源，大丫便放下心来，甚至觉得有一份责任，每天雷打不动。有时候去得晚了，茶馆人满为患，却始终没人占她那个座位。这个事，也让她感动不已。

“三婶，三婶！”

夏天的一个下午，隔壁李婶的孙子大毛，跌跌撞撞跑进茶馆，喊完之后双手撑着膝盖，上气不接下气。看那样子，似乎出了大事。大丫心里一个咯噔，忙问出么事了，大毛气仍没喘匀，断断续续地说有人抬了花轿到门口，来接您郎的。

大丫先是一怔，随即哑然失笑。轿子都抬到门口了，她却还在卖瓜子花生。跟顾老板打了声招呼，麻烦他照看一下，说我得回去看看。

其实也不需要人照看。她卖的东西，都任人自取，然后自觉付账的。她只须报个价就成。现在价码大伙也晓得了，所以报价都免了。

之所以还要委托顾老板，也是个尊重人的意思。

27

两人刚拐进巷子口，就听见锣鼓家伙拼命地敲，唢呐喇叭使劲地吹。看热闹的，早把禾场围满了。再走近些，就见禾场中间，赫然停着顶花轿。

远远地见她走来，就有人嚷：“新娘子来了，新娘子来了！”

在一群人簇拥下，一个穿着大红衣衫的男人走过来，学着戏文里的台词，指着花轿说：“娘子！我接你来了。”

大丫没理会，径直到了禾场中间。街坊们的眼神有些复杂，大丫依然没理会。走到门口，发现李邱氏满脸凄惶，四个女儿在哭泣。见到大丫，扑过来三个女儿，还有一个老幺宇洁在床上哭。大丫心里一酸，眼泪“唰”地就掉了下来。

男人跟在她身后，吩咐两个中年女人：“抓紧帮娘子换衣裳，良辰就要到了，客人也该等急了。”

一把打掉两个妇人递过来的衣裳，大丫问男人：“你谁呀？你要抢人吗？”

男人一听急了，连忙道：“我前几天下了聘礼的，你也答应了的。难道，你想反悔吗？”

禾场上的街坊，屋里的李邱氏，以及她的三个女儿，一听真傻了眼。原来，她早就答应了？

“哦！还下了聘礼呀，我么样不晓得？你的聘礼呢，在哪里？拿来大家伙看看。”大丫惊诧莫名，对着满禾场的人喊，“我就这三间屋，藏不得掖不住，麻烦你们帮他找找，看聘礼在哪里。”

当然没人会到她家里去抄。大丫也懒得管是否真有人到家里来抄，面朝男人道：“你说我答应了。几时答应的？哪个作证？你指出来，我跟他对证。”

“是郭凯文郭管家做的媒，聘礼也是他代收的。我问么时候接亲，他说你说只要我看好了日子，么时候都可以。”男人脸上挂不住，急忙辩白。

大丫只觉眼前一黑，摇晃一下差点栽倒，幸好伢们还抱着她的腿。街坊顿时也明白是么回事了，“哦”了一声，心道此人太可恶太歹毒太阴险。明白过来之后，纷纷嘲讽道——

“你呀，真是个二百五！被人讹了，还替人数钱。你晓得吗？那郭管家，是大太太家的。跟三太太，八杆子打不着。”

“是啊！大太太家的门，在正街哩！门楣上写着大大的‘李宅’两个字。你走错门哪！”

“莫不是，大太太要再嫁？你要不要去？我帮你带路。”

……

面对街坊的七嘴八舌，男人急得脸都白了，凑上脸问大丫：“你是李家三太太吵？你是叫大丫吵？”

“是啊！我是李家三太太，是叫大丫。么样了？”

“这就对了哩！郭管家跟我说的，就是李家三太太，就是大丫你。他说你做梦都想再嫁。听说我堂客死了，叫我赶快来，不然就去别人家，娶不到了。”男人得意扬扬，那神态要多猥琐有多猥琐。

街坊们又议论纷纷，都说没想到，郭凯文还真是头顶长疮脚下流脓啊，比蛇蝎还毒却又愚蠢至极！就为了占大丫这点家产，竟使出这么下三滥的手段，却又不晓得巧妙一点。也有的说，他就是要明目张胆地欺负孤儿寡母，也不一定。

大丫怒极反笑，轻轻地摇了摇头，不屑地对那男人说：“是的，我是想嫁。但你那花轿，也太小了，坐不下。”

所有人又蒙圈了。大丫这是唱的哪一出啊？男人也觉得不可思议，上下打量了大丫好几遍，终于不解地问：“就你这身板，那么大个花轿，么样坐不下呢？”

“我嫁了，这老的小的么办？你能帮我想个主意吗？”大丫指着李邱氏和几个伢，也不等他回答，缓和了语气道，“你要娶我，也可以。但是，得把她们捎带上。”

人们这才恍然大悟，顿时哄然大笑。

男人头皮一阵发紧，瞅一眼一屋老小，疑惑地说：“我是娶娘子，又不是开善堂，哪管那老的小的？顶多，带最小的那个丫头过去。”

“你不管可以，但我不行哪！要娶我，就都带走。不然，我这一家人不就散伙了？”

接亲的人早就按捺不住了，此时更炸了锅：

“时辰都过了，何财主！废那么多话搞么事？”

“是啊！把人塞进花轿抬回去，按着脑壳堂一拜，然后进洞房。多撩撇！”

“就是，生米煮成熟饭了，看她还能么样！”

……

何财主顿如醍醐灌顶，也不吩咐人帮大丫换衣裳了，弯腰做了个抱的姿势。李邱氏不知哪来的勇气，拦在大丫身前，随着“叭”的一声脆响，就听她骂道：“光天化日强抢民女，你还真无法无天了！你要抢可以，先周结①了我这条老命！”

大喜的日子遭老妇人甩了一嘴巴，男人忍了好长时间的怒火，终于点燃了。更关键的，是颜面尽失。抹一把火烧火燎的脸，两只眼睛顿时暴起，撸起袖子就要动手。

跟他来的十几个人也毛了，蠢蠢欲动。不想满禾场的人，大多是大丫的街坊，见势不妙嚷嚷起来，警告不准动粗，说街上的人，也不是好欺负的。

反身抓起桌上的菜刀，把浑身颤抖的老妇人拉到身后，大丫冷笑一声，对那男人说：“想行凶？那就来吧！反正到了这个份儿上，死了跟活着也没么两样。”

大丫绝望而愤怒的眼神，加上决绝的话语，还真把那男人震慑住了。

大丫强忍着，没让屈辱的泪水滚落下来，继续道：“想抢亲？

---

① 周结：方言。这里是解决掉、杀了的意思。

可以呀！不过我跟你讲，我死鬼男人除了亲娘，还有四个姨娘。四姨娘就是抢亲抢来的。打你一巴掌的是三姨娘。抢亲抢来的四姨娘是么样死的，可以叫我三姨娘，或者在场的街坊讲给你听。四姨娘能做到，我这个媳妇也能做到。不信你就抢个试试，我今日不死在你家新房里，我就不姓黄。”

李家四姨娘就是抢亲过来的当晚，吊死在新房里的。许多街坊还记得，这些人可能也听说过。所以大丫这话，让他们瞠目结舌。

“冤有头债有主，你们找郭管家去呀！说不定，是帮他姐姐找汉子呢？”正僵持间，一个街坊突然喊了一嗓子。

他这个恶心的话，让街坊们差点笑岔了气。那李郭氏，都四十好几了，还嫁个鬼呀！何况他男人李志伟，风头正盛哩！不过，他这以其人之道还治其人之身的一招，街坊都觉得，替大丫出了口恶气。

迎亲的人也觉得有理，愣怔片刻，便抬起花轿，气呼呼奔正街而去。可以想见，那肯定是个非常热闹的场面，肯定有不少惊喜。

知道有好戏看的街坊，也闹哄哄地跟在后面。

大丫一家人，没那份看热闹的心情。

只见大丫把菜刀往桌上一扔，转身抱起床上哭得嘶声哑气的小女儿宇洁，任另外三个女儿抱着她的腿痛哭。

李邱氏哽咽道：“三娘，真是委屈你了！我思前想后，你才二十六岁，今后的日子还长。如果真有好人家，你就再跨一步吧！”

“老妈！这是要赶我出门吗？”大丫坐下来，解开衣襟给宇洁喂奶，声音凄楚。

“唉！不是老妈要赶你出门哪，伢儿啊！老妈其实也舍不得。但老妈是半截身子入土的人了，不能误了你一生啊！寡妇改嫁，现在也不是折人的事。几个伢，能带走，你就带走，只把宇红留给我，给三房撑个门户。不能带，就都留下，我抚养她们成人。”李邱氏声音也是凄楚。

“我说过的，老妈！他就是拿金山银山来，我也不走的。就是皇帝选我做妃子，我也不去的。就是大娘一把火把这个屋烧了，也是赶不走我的。我们是一家人，我不会丢下您郎们不管的。”大丫说罢，抱起宇洁，在她脸上狠狠亲了一口，又赶紧把妈妈[①]塞进她嘴里。

李邱氏两行热泪继续流淌，自怨自艾地说：“都是我这个老不死的，连累你了。”

“这就是命嘞，老妈！也不是您郎连累了我。您郎又没有吃白食，还不是拼命在做？老妈！这个话，再不要提了，好吗？我们一家人，好好过。我就不信，我勤扒苦做，还能把您郎们饿死了。”眼见宇洁吃饱了，递给一旁的大女儿宇红，对李邱氏说，“我还得去茶馆。四个伢儿，就交给您郎了。”

出门拐过巷子口再上正街，还听到从“李宅”那边传来的激烈争吵，甚至打斗声。大丫却头都没往那边望一下，憋了好长时间的泪水，终于泉水般涌出。她赶紧拿衣袖遮住。

望着媳妇那单薄而孤寂的背影，李邱氏叹息一声，么话都没说。不过，她终于是打消念头，再不劝大丫改嫁了。

不仅李邱氏不再劝，估计再无媒人上门。大丫今天的话，算是跟所有人交了实底。从这点看，大丫倒是感激那个二百五男人，以及他抬来的那顶花轿，能让她省好多时间和口水。

这事过去没多久，大丫家里出了件更大的事。

这天早上，赶集的人很多，熙熙攘攘。

虽然太阳升起老高了才来，但大丫的菜是起早床摘的，不仅新鲜，价钱也低，所以两篮子菜，一会儿就卖光了。她想，伢们每天早上喝糊糊，都喝得要吐了，也该换个口味尝个新鲜。于是，提着空篮子，去卖葱油锅盔的摊子排队。

葱油锅盔很便宜，一般人都吃得起，所以很多人拿这个充饥。但熬糊糊更便宜，所以大丫家的过早，很少在外边买。

---

① 妈妈：方言。江汉平原一些地方把乳头叫“妈妈”，也把“奶水”叫“妈妈”，有时简称“妈”。喂奶称为把妈。

“三太太，三太太！”排了一会儿队，眼看就到她了，却猛地听见有人喊。

大丫扭头，见街坊陈叔一边猛招手，一边匆匆跑过来，满脸焦急的样子。尽管隔得有些远，大丫还是说：“有么急事啊，陈叔？我买锅盔哩。”

“你家宇蕾给马车撞了。还买么锅盔呀？赶快回家吧！”跑得太急了，陈叔脸色惨白，上气不接下气。

“您郎说么事啊，陈叔？我家宇蕾么样了？”菜市场人多，太吵，大丫没听太明白，追问了一句。

“叫马车撞了，只怕是不行了。”陈叔跑近了，喘着粗气重复了一遍。

大丫顿时如五雷轰顶，整个人都傻掉了，两只篮子也落到地上。刹那间反应过来，撒腿就跑，篮子也顾不得提。

宇蕾是活着的四个伢儿中的老二。就是姜嫂给了一个豆腐丸子，还没吃到嘴，就被李郭氏发现后大发雷霆的那个，也是四个伢中最乖巧的，前不久刚过完五岁生日。

跌跌撞撞跑到巷子口，就见禾场上围满了人，老远听得见李邱氏撕心裂肺的号啕。大丫的心霎时沉到底，腿肚子发软，再也跑不动了。幸好有邻居搀住，才没倒下去。

来到门口，只见伢儿静静地躺在芦席上，双目紧闭，嘴角还有殷红的血。李邱氏正鼻涕一把泪一把地号啕：“我的儿啊，你怎么这么短命哪，你才五岁呀！呜呜……你就这么狠心，不打声招呼就走了啊！呜呜……我真是糊涂啊，腌个么盐菜呀！一眨眼没看见，就让我儿走了啊！呜呜……你个天杀的车夫啊，你就不能看好疯马呀！呜呜……”

宇红抱着妹妹宇洁，也坐在旁边哭泣。还有几个邻居，一边抹泪一边叹息。

大丫没有号啕。只见她扒开人群，伏下身子，轻轻抱起，好像生怕弄醒了熟睡的女儿。然后搂在怀里，默默揩干净女儿嘴角的血，犹如揩她睡着时流出的涎。随即泪水刷刷地流，滴得女儿脸上身上都是，再揩滴到她脸上的泪水。

她死过两个伢，早就伤心欲绝过，按说心理该强大了。然而，不管死过几个，她都跟死第一个一样悲伤，一样伤心欲绝。

尽管伤心欲绝，但伢已经死了，就是怪死李邱氏，或者李邱氏自己寻短见，依然不能复生。何况，家里没男人，她便是主心骨顶梁柱。所以，她很快从悲伤中清醒，没像婆婆和伢们只顾号啕，而是坚强地想着么样处理后事。

在通海口镇，伢儿死了是恶丧，不能拖。而且天气炎热，必须尽快掩埋。她抱着女儿，泪流满面地央邻居，去请专门办丧事的人来。

办丧事的两个人，早就等在门外。答应一声，转身去棺材铺，买了个柳树板子钉的小匣子[①]。他们扛着匣子转来，大丫已经帮女儿洗了脸，换了干净衣裳。两人把伢儿轻轻地放进小匣子，盖上盖板时，大丫终于“哇”地放声大哭，扑过去想掀开看最后一眼。但被街坊拦住了，眼睁睁看着人把匣子抬走。

从李邱氏的哭诉和街坊们的述说，大丫知道了事情始末：宇蕾一个人在禾场上玩耍，忽然一辆空马车狂奔过来，先是被迎面撞飞，又从身上辗过。马可能受惊了，飞快奔跑，所以尽管是空车，力量还是很大。隔壁的李婶第一时间抱起，发现伢儿七窍出血，胸口有一只马蹄印，脖子有车轮辗过的痕迹，哪里还有丁点生机？那匹行凶的马，早逃得无影无踪，至今也不晓得是谁家的。

“可能是乡下来的。”

“有可能。如果是镇上的，怎么着也该来道个歉的。”

“车上也没车夫，不然还可以问的出来是谁家的马。”

“肯定早就颠下来，说不定也受伤了。”

---

① 匣子：方言。孩子死了不能装棺材，都是简单地用板子钉个盒子装了掩埋。通海口地区叫“匣壳子”。吵架时最恶毒的咒骂之一，就是“你个装匣壳子的”，意思是不得好死。

……

街坊们七嘴八舌地分析，都说一定要找到那个车夫，让他赔偿。

大丫有气无力地说："各凭良心吧，不找了。就是找到了，又能么样呢？他能赔我乖巧又活泼可爱的宇蕾吗？"

当着外人，大丫表现得镇定、冷静和坚强，但她心里却在滴血，真恨不得要那车夫偿命，也恨不得死的是自己。第二天，躺在床上不吃不喝。不说话，只流泪。是眼泪顺着脸颊，犹如断线的珠子，源源不断滚落的那种流泪。但是第三天，她就强撑着起床，批发了瓜子糖果去茶馆。家里还有四张嘴巴张着，容不得她一直悲伤。

李邱氏仿佛苍老了十岁不止。不到五十岁的人，背也佝偻了，头发差不多白完了，脸上的褶皱愈加密而深了，走路都颤颤巍巍。当然，把三个孙女看得更紧了，生怕再出意外。

28

有三四华里长的通海口镇，位于通州河中部的北边。

据史书记载，自梁朝天监二年（北魏景明四年）起，先后二十次在这里设郡治，几个朝代下来，时而叫"州"，时而叫"郡"，时而叫"县"，时而叫"府"，也叫过"镇"。治名多有变化，但万变不离其地。就是民国改县，县治也依然设在通海口地区范围内的复城。

换句话说，通海口镇，是县治复城的卫星镇，也是复城的重要屏障。可见其战略地位十分重要。为拱卫复城，国民政府还在通海口驻了一个团的正规军——五百师三团。

从通州河岸往北，共有四排房屋。街道宽敞且笔直，一眼望不到头。这是横街。还有与四排房屋垂直的几条竖街。从横街角度看，每隔一段距离，会有稍窄些的竖街分隔，使集镇成典型的

"井"字形，颇有大唐遗风。

所有街道，皆由青石板铺就。街道两边，是挂着各式招牌的商铺、酒肆、戏院、茶楼、当铺、钱庄、药铺，等等。夹杂其间的，还有妓院。毫不夸张地讲，大城市有的，通海口都有。所以，胆子大的叫它"小上海"，谨慎些的也敢叫"小汉口"。

通海口镇的繁华，除了是复城的卫星镇，还缘于得天独厚的地理位置。

江汉平原水系发达，纵横交错地把村庄与村庄、集镇与集镇相连，也让本地与外地相通。星罗棋布的村庄和集镇甚至县城，犹如一颗颗璀璨珍珠，经由这四通八达的水系串起，就组成了一幅壮丽画卷，也成为一个有机整体。

通州河便是这发达水系中的一条中小河流。通州河到底有多长？没人讲得清。但它汇入襄河[①]后，下游通长江，再进海洋，这是人们晓得的。这也是这一方的人，敢把自己的居住地，由"童伢口"，改叫"通海口"的底气。

其实，哪个名字，都是有故事的。"童伢口"一说，是相传此地有一渡口，摇渡的系一童子伢，热心助人，还救过不少落水者。为褒奖他的事迹，就把整个地方都叫童伢口了。而"通海口"的由来，还有两说。一说古云梦泽烟波浩淼如海，此地属泽边进出之口；又一说有地下潜河在此流出地面，且流水不断，众谓来自大海。

东来西往的大小货船在通海口镇交汇，既把外地的木材、楠竹、煤炭、布匹、瓷器、盐巴、茶叶等物资运到通海口，满足方圆几十里稠密人口的生产生活需要，也把本地盛产的粮食、棉花、水产运出去。当然，也有本地不需要的物资，在这里下船再转运到别处去的。所以，通海口也是通州河上重要的商贾集散地，也是商船客船的天然补给处，还是累了的船夫们理想的休憩场所。

① 襄河：汉江又叫襄河。

随着战乱频仍、匪患成灾，通海口镇竟步入长期衰退通道，当地人自嘲是老太太过年，一年不如一年。但是到了民国二十七年，镇上突然多了很多陌生人，给这座日渐凋敝的古镇，带来了短暂人气。就犹如临死之人，脸上突然泛出回光返照的红润。

这都是日本鬼子攻打武汉，来复城避难的。但是复城容纳不下那么多，部分人便继续西行，而后就停在了离复城只有十几公里的通海口镇。

很快又有新的传说，就是日本人占领武汉之后并未住脚，而是一路向西，离通海口镇已经不远了。而且，神挡杀神佛挡杀佛的日本鬼子，早把复城作为了打击目标。因为这里不仅是他们继续西进的障碍，还驻有国军整编五百师。

被这些消息击蒙了的人们，有的继续往西逃难，有的则尽管物价飞涨，一天不晓得有多少个价，却疯狂囤积食物。

面对疯了的市场，大丫没东西卖高价，也没钱囤积食物，只能随波逐流，过一天算两个半天。

深秋的一天，通海口镇热闹非凡。商贾大户开张营业，沿街摊点在招徕顾客，还有那挑担的、提篮的、卖柴的、卖菜的、贩油的、贩米的、打货的、采买的……以及爱国学生街头演讲的，人海茫茫，熙熙攘攘。

临近中午，天空突然传来巨响。人们不知所来何物，也并未意识到危险，都好奇地驻足仰头，便看到成群巨鸟遮天蔽日。正疑惑么样会有这大巨鸟时，贴着屋脊飞行的巨鸟突然裂开肚皮，下起了巨蛋。

就在人们疑惑它的蛋么样这么大、这么多时，伴随着“轰隆！轰隆！”的巨响，那些“蛋”却突然在人群中、街道上、房屋间四处开炸，或者如火龙喷出巨大火焰。顿时便血肉横飞，街道和房屋火光冲天，浓烟滚滚。

人们这才发觉大事不好，东西丢得满街都是，哭爹喊娘四处逃窜。不承想，转了个圈，巨鸟又飞了回来。随后，人们头顶猛地响起“哒哒哒……”的机关枪声，像割谷似的，一大片一大片的人们，刹那间应声倒地。

巨鸟飞来时，大丫正在春风茶馆。听到飞机、炸弹、枪声响起，继而听到哭爹喊娘的哀号，又看到门外燃起的火光和浓烟，她想都没想，拔腿就往学堂跑。宇红去学堂，差不多要放午学了。

六个伢，已经丢了三个。剩下的三个，是她的命根子，可不能再有闪失。

头顶的炸弹、燃烧弹和子弹仿佛下雨，满街都是在枪林弹雨中奔跑的人，也不时有人倒下。离学堂不远时，但见学堂浓烟滚滚，伢们哭喊着往外跑，说有学生被打死了。始终没见到宇红，大丫的预感越来越不好，心吊到了嗓子眼。

学堂门口没人跑了，都跑光了，除了大丫。直到离学堂两三百米的地方，才看到大门前倒着几个学生，有的一动不动，有的受伤了爬不起来，或者挣扎着挥手，或者发出凄惨的号叫。喷着火焰的飞机，仍在头顶盘旋。大丫的心更加沉重，没想着躲避，继续跑。

终于到了近处，一眼就看到了浑身是血的宇红，头颅微微扬起，枕在向前伸展的右手臂上。她撕心裂肺地狂叫一声：“我的乖乖宝贝啊！”两眼一黑，昏死在女儿身旁。

醒来之后，无视仍在无休无止疯狂施暴的罪恶巨鸟，抱起女儿，凄惨得哭都哭不出来了。女儿满头满身的血，背部有两个窟窿，仍在往外鼓血泡泡。气绝的女儿如棉条般，任她凄惨而悲怆地千呼万唤，也没应答一声。

二十多只巨鸟不间断来回，整整轰炸了一个多时辰。学堂门口一片号啕，一片诅咒，一片慌乱。

十一岁的女儿，太瘦了。大丫也瘦，却仍然感觉怀里的伢，轻飘飘的。她无限悲哀，自责没把伢养得稍微有点肉。有街坊见大丫踉踉跄跄，一步三摇，想伸出援手。大丫无声地摇头，抬头望了望又飞回来的巨鸟，坚持把伢抱回了家。

身处三县交界的通海口古镇，人们并不清楚其战略地位，只晓得它历史悠久，是通州河上为数不多的繁华码头，是南来北往的商品集散地，是距县治复城不远的一座小镇。

然而，古镇的战略地位，的确重要。不然，国民政府不可能在这里驻一个团的正规军，各路土匪不可能如过江之鲫，西南边也不可能活跃着共产党游击队，日本鬼子更不会下血本地想从地图上把它抹掉。

人们事后才晓得，日本鬼子的飞机，是对复城和通海口一起轰炸的。两地只隔十多公里，如果中间有个时间差，通海口的人们也会作些防范。或许鬼子就是担心人们防范，才出其不意地两个小城一起轰炸的吧。由此，人们对日本鬼子不仅充满了仇恨，而且对其阴险狡诈，也有了浅显的认知。

日本鬼子的狂轰滥炸和近距离扫射，把美丽的通海口古镇变成了恐怖的修罗场，竟一回杀害了两百多人。真是“万户萧瑟鬼唱歌”呀！同时，炸毁或者烧毁了半座城池的房屋和商铺。其中，就包括黄记绸缎铺。

炸弹是穿透黄记绸缎铺屋顶，然后爆炸的，整间店铺夷为平地，老掌柜和伙计胡秋生当场毙命，少掌柜命悬一线在家等死。

一年之内连丧二女，且都死于非命。这份打击，哪个承受得起？李邱氏眼睛都快哭瞎了。大丫没哭，只是一个劲流泪。她在心里长啸：“老天爷，你何其不公啊！”

绸缎铺被炸，大丫没第一时间去看。草草地把女儿葬了，轰炸后的第四天，她才跟闻讯赶来的天宝夫妇一起，风雨飘摇地站到只剩一堆残砖破瓦的废墟上。

望着眼前景象，一个悲哀的声音又从大丫心底涌出：“老天爷，你就不管管了吗？日本鬼子他要灭我全家呀！”

么事都没有了，看也是白看，三个人绝望地摇头，转身赶去朱家打探少掌柜伤情。躺在床上，少掌柜满怀歉疚地说：“对不起，大小姐，东家！没能帮你们把铺子看好。”

自己心里淌血，却也不忘安慰少掌柜，希望他把命保住。

日本鬼子的这次轰炸，把复城和通海口镇及周边的人们拖进了无尽梦魇。都不晓得还炸不炸，么时候再来炸，成天提心吊胆。被炸了的商铺，也不敢重新起屋[①]，任一堆废墟就那么放着。

天宝成家后，大丫就叫他接手商铺的账。朱掌柜和张掌柜便把这些年存在钱记钱庄的银票，都给了天宝。但他胆子小，没敢买地，也没起大屋，都塞进罐子里埋在床底下。

此时，他也同样不敢下手起商铺。何况，他就是想起，也没钱了。因为位于东河街的钱记钱庄，不仅炸得尸壳不剩[②]，而且钱老板跑路了，据说回了浙江。钱老板不回来，那几张银票，便无异于废纸。

一晃两三个月没事，记心好忘心大[③]的人们，又如空袭前一样，该搞么事搞么事。再说了，生活也得继续过的呀！

转眼到了大年三十。老天爷似乎特别眷顾惨遭重创的通海口镇，下了几天的雪，昨天就住了，太阳公公懒洋洋地露出了久违的笑脸。一清早，人们就开始捣鼓团年饭，到处炊烟缭绕，仿佛又恢复了往日生机。

正午时分，动作快的喜气洋洋放起鞭炮，动作慢的蒸笼也开始上汽。突然，刻骨铭心的可怖轰鸣，又由远而近了。人们顿时慌了六脊[④]，扔下杯筷和锅铲火剪，扶老携弱冲出家门，往刚挖的防空洞跑，或者钻进地窖。

大丫的家离防空洞比较远，也没条件挖地窖。听到轰鸣声，以及街上的嘈嚷，她没敢带婆婆、两个女儿和天宝去防空洞，而且也带不动。说不定还没跑到，就如大女儿宇红一样，被炸死在半路

---

① 起屋：方言。指盖房子。

② 尸壳不剩：俗语。尸壳，即尸首。意思是什么都没有了。

③ 记心好忘心大：俗语。意思是健忘，类似于“记吃不记打”。指不接受教训，只记得好处而忘了受罪。

④ 慌了六脊：俗语。意思是惊慌失措。

了。于是钻进用砖头砌的床下。

轰炸比上次更猛烈，持续时间也更长。直到飞机的轰鸣和爆炸声消失了好一会儿，大丫才敢让瑟瑟发抖且差不多冻僵了的几个人，从床下爬出来。

天宝是昨天来的，卖了一担棉梗，送来两条鱼，顺便跟杂货铺张老板结账。想着今日再打点年货，便在这边过夜了。没承想，就碰上了鬼子扔炸弹。胆战心惊地把门开了条缝，就望见西河街浓烟滚滚，一片火海。

大丫也伸头去看，顿时脸色惨白，心凉到冰点，扒开天宝，拔腿就迈开小脚，朝西河街方向狂奔。天宝也回过神来，跟着大姐跑。

29

三四里长的河街，是通海口镇最早的街区。

通海口镇的发迹，说到底得益于通州河。通州河流到通海口镇，河面突然开阔，河水陡然趋缓，北岸宽阔平坦，似乎是天然码头。东来西往的商船与客船，只把跳板一伸，便可方便地上下货物和客人。

得天独厚的地理位置，留下了有商业眼光的外地人，纷纷盖房搭铺，本地人也把住房改商铺、客栈。久而久之，便形成了一定规模的小镇。说通海口镇是“小汉口”，其实是指河街。因为商铺、码头、客栈，大多集中在河街。

河街太长，为便于区分，或者方便客户寻找商铺，人们便习惯叫东河街和西河街，以通州河上的古老石板桥延伸下来的直街为分界。黄家的两个商铺，都在河街上。一个在东河街，一个在西河街。

日本鬼子前次轰炸，重点是军事、政府和学校所在的核心区域，以及绸缎铺所在的繁华东河街。杂货铺所在的西河街虽有损毁，但经过整修，还能做生意。如果杂货铺再出事，黄家就彻底完了。

姐弟俩心急如焚，一口气跑到西河街头，便跑不动了。

哭喊咒骂的人们，把这儿塞了个水泄不通。加上上次的轰炸，整条街都平了，只剩一地瓦砾。浓烟滚滚，火焰乱蹿，木材及其他可燃物噼里啪啦作响。大丫两腿战栗不止，眼里只有绝望，没一滴泪珠。突然，她身子一软，跌坐在地。

人们也都静静而绝望地望着，任由商铺店铺燃为灰烬，并未采取扑火行动。不是不想，而是不能。火势太大，根本没法扑。

河街的商铺，虽青砖青瓦，但柱、梁、檐、檩、瓦条、隔壁、鼓皮和门窗等，皆为木质，点火即着。此刻浸泡在火海里，还不可着劲地烧啊！何况北风猎猎，火借风势，更是不为灰烬誓不休。

跟上回四处开花的狂轰滥炸比，日本鬼子好像更有目的性。好在正吃年饭，商铺大多关闭，所以河街上死人并不多。但是，日本鬼子还炸了几个重点区域，如再次轰炸的区政府、国军五百师三团驻地，伤亡还是惨烈。国军死伤一百多，周边几户街坊被团灭，绝了户。

民国二十七年的团年饭，就这样被日本鬼子搅和得稀里哗啦了。这年除夕的惨状，也永远定格在通海口镇人们的心里，成为抹杀不去的梦魇，刻骨铭心的仇恨。

通海口镇人们的“守岁”，是习以成俗地吃完了团年饭，便围坐在桐油灯下，一边听长辈讲古话[①]，一边等待新年更声响起。今年的“守岁”，完全不同以往。人们如坠冰窟，眼里噙着泪水，僵硬地站在朔风劲吹的河街边缘，观看熊熊烈火燃烧，听着火里噼里啪啦脆响。

这场大火，噼里啪啦地烧到了正月初二。随着晨曦升起，那最后一缕白烟，才悠闲升腾，像极了垂死之人缓缓呼出的最后一缕浊

① 讲古话：俗语。就是守夜。守夜不能干坐着，而是通过讲各种故事、经历和对来年的憧憬，打发难熬的寒冷冬夜，一直到夜半更声敲响。

气，与天空的乌云浑成一体。

烧成灰烬了，人们还不死心，去到商铺的遗迹。大丫甚至不能准确辨认杂货铺的位置了，傻傻地伫立在废墟里，眼光漫无目的地睃巡。

到了中午，人群又嘈杂甚至慌乱起来。原来，传说日本人要打县治复城，三团奉命开拔，区政府也人去楼空。

一些人还想囤积食物，然而粮铺米铺都炸没了。许多人在打包细软，准备逃离。复城到通海口，也就二三十里地，如果复城丢了，通海口镇还不就分分钟完了？都没见过日本人，但是听说蛮坏的，烧杀奸掳无恶不作。光这两回扔炸弹，就扔得人们吓破了胆。

大丫也想到了逃离，但不晓得该逃到哪里去。别人有娘家可去，她的娘家被霸占了。去小丫或者天宝家，倒是一个选项，但小丫家太穷，天宝只是个上门女婿。她又没么东西带过去，陡然增加他们的难处不说，也怕他们的老人不欢喜。寄人篱下的生活，自己过得了，老妈和伢们么样办？

当然了，还有个去处，就是荒湖，她在那里有七十几亩田。然而细想，那田佃出去了。半路收回？她摇了摇头，自言自语："那要遭天杀的。"

大丫叫婆婆收拾东西。李邱氏说，我是死得过的人了，谅日本人不会拿我么样。其实她心里，是另外一层意思：两个孙女本来就小，再带上她这个累赘，说不定还没跑出通海口镇，日本人就到了，或者在逃荒的路上被踩死了。然而，大丫哪里放得心把她一个人丢在家里？好话说了一箩筐，总算是说动了。

大丫一边收拾一家人可怜兮兮的换洗衣裳，制作了些干粮，一边前思后想了好长时间，终于下定决心——去荒湖！怎么着，看在那七十几亩地的分上，想必那两家人，也不至于让她们饿死。

天宝没回方台，一直在大姐这边陪着。听说去荒湖，顿时不解，劝说去方台吧！怎么着，我还能关照你们哩！大丫说方台离镇上太近了。说不定，你们也得马上逃的。不如跑远点，省了中间的折腾。天宝觉得有道理，便不再争辩。

正月初五，天宝挑了一对箩筐，宇秀跟宇洁坐在里边，下面是两床棉絮、简单的换洗衣服。大丫搀着李邱氏，花了一天半时间，终于有惊无险地逃到了荒湖李家垸。

佃户李叔和赵叔都是老实巴交的庄稼人，以为来收田的，吓得不知如何是好。年关时节，都要度春荒了，哪里有租交啊？得知是逃难投奔，又感激得不行，直说这是看得起他们。保证只要他们饿不死，东家就有饭吃。

这不是假话，从两家忙前忙后的热情和脸上的笑，便看得出来。也的确，佃大丫的田，他们没想到租子会这么低，一直想着有个报答的机会。

安顿好大姐一家，天宝慌毛火急回方台。大姐说得对，方台离镇上，太近了。他得去做带方家逃难的准备。

大丫一家四口，住进了李叔家里。赵叔也热情邀请，但李叔家里人少些，只有夫妇两个，外加两个十多岁的女伢，还多一间房屋。

是逃难而非做客，大丫便非常自觉，老嚷嚷要做事。但年还没过完，人家自己都无所事事，所以没么事要她们做的。直到开始春耕了，才跟着李叔夫妇下地。

李邱氏则主动承担了一日三餐的做饭、洗衣等杂活。乡下做饭很简单，因为没得选择。无非是从米缸抓两把米，扯把菜混在里面，熬菜稀饭，或者煮杂粮饭。时而干些时而稀些，主要看米缸的米还多不多。下地的人连上手了，李邱氏便把饭菜装进篮子，在泥泞的田埂上一步三滑，挑着送过去。洗衣也简单，乡下人没么衣裳，且都破破烂烂，也不敢天天洗，次数洗多了破得更快。

五岁多的宇秀和刚满四岁的宇洁，倒是不知愁滋味，甚至觉得比镇上还好玩，很快就跟一帮伢们混得烂熟，然后一起疯疯癫癫，东跑西跑。天气暖和了，甚至下湖拣螺蛳憨子[①]，把自己弄得脏兮

① 憨子：方言。指蚌壳。

兮或者湿淋淋的。两人还学会了打鼓泅。

当然，她们也不白吃。尽管参与了劳动，还是另算伙食费，从租子里扣。李叔李婶起初不肯，说她们是凭自己的劳动挣饭吃。大丫说白吃那可不行。我们做的这些活，您郎们手上一紧，就做完了，只不过多花点工夫。但我们不来，您郎们就少了四张嘴。何况也不晓得要吃到么时候，也不是一餐两餐。李叔李婶只得依她。

三个月后，听说日军攻打复城，飞机、坦克、大炮都用上了，但碰到了五百师的顽强抵抗。激战半个月，五百师尽管伤亡惨重，却硬是守住了县城。这让人们吊到嗓子眼的心，又略微下落了一些，逃难的人陆续回到镇上，艰难地恢复起往日的营生。

李叔李婶一如既往地热情，但大丫不能等到人家开赶了再走，那就糖不甜了。何况只有出项没进项，也不是长久之计。坐吃山空，想想都恐怖。便告辞，心怀忐忑地带着一家人回去。

依旧是天宝挑去的那对箩筐，但没告诉天宝，也谢绝了李叔送的好意，大丫自己挑着。然而宇秀不肯坐，说姆妈太辛苦了。姐姐不坐，宇洁也不坐，牵着老妈走。

路程太远，十好几里地，四五岁的两个女伢，走到猴年马月呀？没多久，就脚上磨起了血泡，眼皮都睁不开了。大丫说你们走得太慢了，还不如坐箩筐，姆妈挑着还快些。虽然心疼娘，也觉得有道理，这才听话地坐进去。两个伢儿虽说是瘦，挑在肩上还是累得不行，所以一路走一路歇。

歇了几回，宇秀又不肯坐了，说您郎挑妹妹一个人吧。宇洁一听也不坐了，咬紧牙关，拉着姆妈的衣角，一瘸一拐坚持走。没有办法，李邱氏只得牵起宇秀，艰难地跟在身后。

就这样走走停停，停停走走，终于走进了通海口镇。

有的人还没回，所以街上比较稀疏，但都行色匆匆，与往昔的繁华比，显得空荡而萧条。原本放光的青石板，蒙满了灰尘和泥土，且被炸弹炸出的坑里积满了水，甚至生出了青苔。这种既熟悉又陌生的感觉，令她们恐惧与不安。曾经最为繁华的河街，依旧一片废墟，野猫野狗到处乱窜，希望觅到一点食物，这又勾起大丫的心酸，简直伤心欲绝。

历经磨难，大丫的承受能力明显增强，不再轻易落泪。上天也没留她伤心的时间，她们必须赶紧回家。离开三四个月，还不知道家里是个么样子哩！

终于望得到家了。一家人难免激动，也有些忐忑，心跳“怦怦怦”地加速，脚下的步伐不自觉加快，疲惫的身子，仿佛也轻松了许多。

抬眼望向那熟悉而亲切的大门，大丫那颗激动的心，又凉到了冰点——门竟然半开着，铜锁躺在门槛旁，上面都有了一层薄薄的灰！她先是三步并作两步，到了门口又警惕地缓下来，忐忑不安地把门推开一条缝，仿佛那不是自己的屋。

突然，一只精瘦的野狗蹿出，撞了她个趔趄，也吓得宇秀、宇洁一声尖叫，赶紧攥紧娘的衣角。随即，便闻到了一股恶臭。

看来，屋里没人！大丫壮起胆子，把门完全推开。只看一眼，就晓得还真有人光顾过，因为桌子板凳都不在原来的位置了。跨进门槛，才发现恶臭从何来了。原来在堂屋一角，躺着一只被撕咬得血肉模糊的死猫，肥大的拖尾巴蛆还在蠕动。被惊扰的几只老鼠，迅速钻进了芦苇夹壁旁边的洞里！

一家人恶心得差点吐了出来。

放下肩上的担子，大丫赶紧进里间察看。

唯一的衣柜翻过了，床上的稻草散落一地，垫絮和盖絮不知所踪。大丫暗自庆幸，好在三张各十个银元的银票带在了身上。虽然可能只是个念想，因为钱记钱庄消失了。但若是被人偷走，便念想也没了。大丫一声苦笑，悲凉地甚觉对强偷不起，让他（她）白跑了一趟。接着又皱起眉头，因为强偷并没白跑，把棉絮连带包被和床单以及几件换洗的破衣服，都顺走了。家里成了这个样子，晚上么样睡呢？

想想没辙，只得薅起发霉了的稻草，抖落掉灰尘，也希望抖落掉晦气，然后在床上铺平，叫困到极点的女儿将就着睡。心想反正要买米买油盐的，顺带着买两床棉絮回来。好在还没到打烊的时候。

回来的路上她就看到，有的人把堂屋拾掇出来，改成了商铺。也有的在禾场上，用板凳搁门板卖东西。还有些粗货或者食物，就摆在地上。

那只死猫太臭太恶心。连同死猫身下的泥土，大丫一起铲出屋去，拾起被撬坏的铜锁挂在门环上，这才把米袋装进篮子，去街上采买。李邱氏开始收拾屋子。她不能么事都丢给这个完全可以不管她，目前却相依为命的媳妇。

到了街上，大丫又吃了一惊。跟她逃难前的物价，又翻了何止一倍？

捏着沾满汗水的皱巴巴法币，觍着脸，很不好意思地跟人讨价还价。对方也是面露尴尬，然而却斩钉截铁地说，实在对不住，三太太！虽然都是老街坊，但这个价，没法还的。继而跟她解释，一是进价太高，他们也只能水涨船高。二是每天提心吊胆，也不晓得日本人哪天打过来，就命都没了。

人家满脸无奈，东西她又不能不买，那就只有少买了。甚至发霉的大米都买不起，只买了五斤高粱。至于棉絮，她硬着头皮买了两床劣质的。自己可以委屈，但不能委屈了婆婆跟两个伢儿。

兴许是走了一天太累，大丫进屋的时候，睡在稻草上的宇洁还没醒。来不及缝包被，大丫赶紧把棉絮给女儿盖上。李邱氏收拾完了屋子，开始淘高粱米下锅。

屋子三个多月没收拾，何况不知么人光顾过，大丫放心不下。所以，尽管婆婆收拾过，她还是重新收拾了一遍。

第二天一早，大丫捏着一张银票出门。物价这么涨，她得去看看，能做点么买卖，赚点活命的钱。不然，一家人撑不了几天的。同时，也想去当铺碰碰运气，看银票可不可以换点钱。

银票是天宝给的。天宝成家后，接手了两家铺子的账，得了近两百个银元的银票，便塞给了两个姐姐各三十个银元的银票。她当时不肯要。天宝说你不要，小姐也不好意思要。想想小丫家里实在太困难，人又好面子，大丫便接了。但是，她从未打过银票的主意，想着先帮他攒着，等哪天需要了，再给他。如今也是实在没法子了。如果能赚到钱，再加倍还他就是。大丫一边这样想着，一边加快了步伐。

在街上转了一圈，从这条街转到那条街，由东转到西了再折回，发现么事都贵，只要有货，都能赚钱。因为正街和河街的消失，镇上几乎没东西可买。但问题是，她从哪里进货，又哪来的本钱？大丫头又大了。抱着试试看的心态，走进挤满了人的朱记当铺。

30

朱记当铺是通海口镇最大的当铺，老板是武汉人，生意遍布半个中国。别人不敢做的生意，他敢；别人做不成的生意，他能。大丫找不到钱记钱庄的钱老板，兴许神通广大的朱记当铺能找到。

“三太太！您郎要当么事？”排了好长时间的队，终于轮到大丫了。徐掌柜亲自接待，还照着李家的规矩，称呼她一声“三太太”。

“徐掌柜！不晓得，这个可不可以当？”瞅瞅左右和身后，大丫生怕晃了人眼睛，惹人惦记。见都是熟面孔，才把一直攥在手里的小布包一层层打开，再警觉地瞅一眼周围，取出银票，迅速从窗口递进去。

徐掌柜正反两面端详了好久，才无奈地又递出来，歉意地说：“对不起，三太太！我们不当银票。”

“我是实在没法子了，徐掌柜！您郎看，能不能通融一下呢？”大丫没接，又推了进去。

“当呢，是不行的。如果兑换，倒可以试试。”徐掌柜收过银票，思忖片刻，才说。

大丫一听可以兑换，便不假思索地说：“那就烦劳徐掌柜，帮我兑换吧。”

“三太太！您郎也晓得，钱记钱庄没了，兑换对于我们，也是有风险的。假如找不到钱老板，我们就亏得没底了。所以，照当铺的规矩，只能打五折。”

“五折呀？那折扣也太大了吧？”大丫傻眼了。打五折，这张十个银元的银票，便只能按五个兑换法币。做生意，五个银元的法币，还是少了点。

“当然啦！我们是街坊，三太太人缘又好，我可以自作主张，按五五折兑。您郎考虑好，兑还是不兑？”

五五折，也就多了半个银元，这可是十个银元的银票啊！转个身便只剩五个半了。何况还不是银元，是兑换成不断贬值的法币。大丫心里面如油煎。

典当的人排成了长龙，虽是熟人不好催，但徐掌柜还是感受到了人们的不耐烦，便说：“三太太！要不您郎先到别家看看，或者找人挪挪？实在想兑，么时候来都可以的。”说完便无视大丫，对后面的人喊道：“下一位！”

大丫想，谁让自己找不到钱老板呢？兑了，还有值五个半银元的法币。不兑，又找不到钱老板，就是一张废纸。少得不如现得。而且说不定，这笔死钱盘活，很快就赚回来了呢？于是又把银票递进窗口，说：“兑了！”

接过徐掌柜递出的一叠法币，大丫清点了一遍，数量不差。谢过徐老板，拿布袋装了，径直去做糕点的陈老板家，买了一篮子糖果糕点。她跟顾老板讲好了，还去春风茶馆卖糖果点心纸烟。在没找到其他货源之前，她不能让自己闲着。只能骑在驴上找马，而不能找到马了才有得骑。

下午到春风茶馆，大丫突然眼睛一亮。今天说书的，居然是在黄家大湾教书的小夏先生。小夏先生叫夏恒义，是老夏先生的儿子，小大丫三岁。老夏先生身体不好，荐了他儿子接手。正对着大门的夏恒义也看到她了，点了下头，算是打过招呼，然后继续讲《隋唐英雄传》。

中场歇息，夏恒义过大丫这张桌旁坐下，看她做生意。大丫提起茶壶，倒了一碗茶，双手捧到他面前，又捧出一把炒花生放桌上问，夏先生不教书了吗？夏恒义喝了口茶，苦笑一声说，黄家大湾办了个新式学堂，他只教国文，所以有多余时间了。而光靠教书的那点薪水，养不活一家老小，正好顾老板邀请，便来赚点外快。

知道教书先生清苦，却没想到如她一样寒碜，为了生计不顾斯文和颜面。叹了口气，也不好再顺着这个话题说么事。

短暂停顿过后，夏恒义说少爷可惜了，应该多读点书的。大丫晓得老夏先生没少关照天宝，也没少打欺负他的那些伢的板子。天宝不敢去学堂，老夏先生还到家里来找过，希望他继续读。便说了些感谢的话。夏恒义说，我在黄家大湾办了个免费夜校，教穷人识字。可惜少爷去了方台，没空来听课。大丫叹口气说，各人有各人的命咧，夏先生！

下午的时间很快就过了。路过卖种子的刘老板门口，大丫买了几包菜籽。吃过夜饭，便拾掇门前的那块菜地。

只三个多月，这片菜地里的杂草，竟然有半人高了。大丫拿了把镰刀，把杂草全部割掉，然后用铁锹翻土。虽然只有几分田，大丫跟李邱氏两人，竟一晚上也没拾掇干净，只得第二天卖完了瓜子糕点回来，继续拾掇。宇秀、宇洁也满身泥土，跟在娘和老妈身后瞎忙。

割杂草时，大丫突然眼前一亮。原来那杂草中间，竟有一株葵花秧顽强向上，似乎要争得一席之地。她生怕伤到了葵花秧，小心翼翼地把周边的杂草割干净，又拿锹挖出葵花秧，移栽到边缘将来准备扎篱笆的地方。

葵花贱得很，且一株只能结一颗，而生长周期还长，根本不划算。李邱氏不解，停了手上的镰刀问，一株葵花秧，值得你这么小心吗？大丫边给葵花秧培土，边笑着说，没办法，我就是喜欢葵花。早对大丫言听计从的李邱氏，也没去探个究竟，立马应了一句：“那我得常常给它浇水。”

这天下午，大丫扛起扁担，慌毛火急去六七里外的潘家场买斗笠。这是她隔几天，就要做的事。潘家场的斗笠有些名气，她给的价钱也公道，便都愿意卖给她。一只斗笠，其实没多少赚头，但总比没有强啊！收了三四十顶斗笠，大丫拿绳子捆了，挑起扁担，迈着小脚快步返回。

离通海口镇还有两里地。大丫一抬头，就见月光下有两个小不点，步履蹒跚地与她相向而行，顿时心头一颤。她以为看错了，揩了揩被汗水糊住的眼睛，顿时泪水就涌了出来。两个小不点，还真是她的心肝宝贝，宇秀跟宇洁！

早就筋疲力尽了，只是强大的意志支撑着。霎时便精神倍增，猛地加快脚步。伢们也看到她了，一边奔跑，一边齐喊了一声：“姆妈，我们来接您郎了！”

大丫把担子一扔，一把抱住一双女儿，眼泪如潮水般涌出，迅速模糊了双眼。

狼就在槛栏外面转悠，却总不拱破槛栏，其实比直接钻进来，更令羊恐惧。通海口镇的人，就在这样的担惊受怕中，歪歪撇撇地过了一年多。

其间，日本鬼子又轰炸过两次，把个有悠久历史的繁华县治复城，以及卫星小镇通海口，炸得千疮百孔，几成废墟，百业凋敝，民不聊生。也把国民政府炸得搬家，迁到另外一座小镇苟延残喘。不过，日本人打了几回复城，甚至都进了城里，但硬是被五百师通过巷战给挤了出去，没让他们占领。

好在经过前两次轰炸，人们摸索了些规律，学会了如何躲避。所以尽管房屋损毁严重，好一些的房屋几乎都坍塌了，原本漂亮而光滑的青石板街道，全是坑洼，马车都没法行走了。但人员伤亡比过去要少。

日子总是要过的。总不至于听见蝲蝲蛄叫，就不种庄稼了吧？何况，区公所和三团围着通海口镇，神出鬼没地转悠，也时而回镇里住上几天。这也给了人们信心。于是，一些人便整修炸坏烧毁了的房屋。更有胆大的，在河街清理废墟，重新起了商铺。本钱没了的，也在原址搭个棚子，卖简单的生活、生产物资。

河街慢慢有了些生机，天宝就找张掌柜，希望把杂货铺再开起来。张掌柜当然高兴，毕竟家里七八张嘴巴，天天都要吃饭的。张掌柜跟大丫和天宝商量，他手里还有柜上的三十个银元，能不能先用于杂货铺的开张？大丫跟天宝咬咬牙，说就先这样吧。于是，张掌柜找人把废墟清理掉，买了些砖瓦，开始重建杂货铺。

然后，天宝放心回方台。大丫一心一意侍弄菜园，卖瓜子糕点纸烟，隔几天去一趟潘家场批了斗笠再回来卖。

她的菜园侍弄得很好，青菜都是绿油油滴得下水来，所以供不应求。但无奈田地太小，只有巴掌大，也只能尽量不让它出现空隙，采摘之后及时补种应季品种。

去茶馆的人逐渐多了，但兵荒马乱的年月，很多老面孔消失了，好在也换了些新面孔进来。新面孔，当然是从武汉、沙市等大城市逃难来的。来的都是客，只要出茶位费，顾顺堂一律笑脸相待。大丫也是，瓜子糕点童叟无欺、生人熟客一个价钱。纸烟依然论支卖。虽说赚不了大钱，但每天都有进项，养活一家四口，倒也不是太大的问题。

夏恒义说书，时间不固定。他好像挺忙的，看着有些憔悴。有时一个人来，有时跟着一个糙子伢。这个糙子伢也是黄家大湾的，叫黄天华，大丫的堂弟。是个孤儿，夏恒义收为书童。

夏恒义每回来了，都客客气气跟大丫打招呼，并无多余话语。这回却莫名其妙地提醒她，注意个人安危，不要掺和议论些不相干的事，他说来的生客，并不都是听书喝茶的。大丫并非多嘴婆，从不议论个么事，所以虽懵懵懂懂，不明其意，但还是投去感激一瞥，点头答应，然后牢记在心，处处防备。

到了民国二十九年秋天，刚刚占领复城不久，日本鬼子竟毫无征兆地进攻通海口镇，打了人们一个猝不及防。

大丫是在茶馆听到的消息，么事都不要了，拔腿就去学堂，接刚读启蒙班的女儿宇秀、宇洁回家，拎起早就打好的包袱，一家四口再次逃往荒湖的李家垸。

日本鬼子在东边打，逃难的往西边走。人比上回更多，因为复城到通海口，仅仅二三十里，眨眼的工夫就到了。人们肩背手提熙熙攘攘，大小不等的马车、手推车夹杂其间，把窄窄的泥巴路挤得水泄不通。不时有人掉进水沟了大呼小叫，或者跌倒了遭踩踏、车辆辗轧而惨叫。

尽管心急如焚，然而弱母幼女哪里跑得快？上回还有天宝帮忙，现在只能靠她一个人。所以，只得随拥塞不堪的逃难队伍，缓慢移动。

慌乱的逃难人流里，不好的消息一个接一个，真假莫辨。

有人讲，日本鬼子烧杀掳奸，无恶不作，比魔鬼还魔鬼，比蛇蝎还蛇蝎。有人说可不是吗？在胡家台，就强奸了四个妇女。要是反抗，丧尽天良的鬼子先用刺刀刺伤，轮奸了再刺死，肠子都挑了出来。又有人说，有个妇女都怀孕六个月了，被奸杀后又遭剖腹，挑出的胎儿还在动，日本鬼子竟把胎儿挂在刺刀上，边走边呵呵狞笑。更有人说，日本鬼子到了於家渡，见老百姓跑光了，粮食藏起来了，恼羞成怒地放了一把火，三十几家房屋烧了个精光；在宋河村口，见人们扶老携幼肩挑背驮外逃，端起机枪就扫，再拿刺刀刺，死伤无数……

这些消息，听得人毛骨悚然。大丫也是手脚发软，腿肚子打颤，心堵到了嗓子眼。於家渡，正是小丫她们那个村，也不晓得小丫是个么情况啊！

所幸鬼子从东南来的，而荒湖在西南。所以逃难的队伍尽管迟缓，却并未碰上。

日本鬼子在通海口镇只待了两个晚上，就被三团跟共产党游击队联手，挤了出去。不过，他们并未跑太远，而是在交通相对便利的於家渡一带安营扎寨。於家渡在通州河下游，复城与通海口中间，离通海口镇也就十几里地。

旁边蹲着群野心勃勃的狼，镇上的人们，哪敢再睡落心瞌睡？还不睡着了也须睁一只眼啊？真是欲哭无泪！

然而还是那句话：日子得过呀！躲避了一些日子，人们又陆陆续续回来，继续各自的惨淡人生。

在荒湖李家垸躲了半个月，大丫一家也回来了。她依旧为生活奔波，警醒而有规律：每天早上送宇秀、宇洁去学堂，侍弄菜园，差不多正午了再接伢们回家。吃完中饭再送去学堂，然后批发糕点纸烟——瓜子花生晚上在家里炒好——到春风茶馆去卖，或者去潘家场挑一担斗笠回来。

生过六个伢儿，就剩老五、老六了，不想她们再出意外，所以更加呵护，恨不得时时刻刻守着。然而为了一家人的生计，并不能时刻守着。菜园里的菜，是街坊们现采现买，李邱氏照看即可。虽然单调，倒也安逸。

她现在最煎熬的，是小丫一家人的安危。她让天宝去过一回。但鬼子在於家渡修了碉堡，挖了很深的壕沟，好像要住到地老天荒似的，天宝根本没进得去。直到有一天，在街上的帮工里碰到魏登华的三弟魏登武，她才舒了口气。原来，他们逃到了排子湖的姑妈家，想着躲一阵子就回去的。但於家渡给鬼子占了，回不去，就在那里帮人种地了。

但魏登武接下来说的，让她又陷入震惊与忧伤之中。魏登武说，二哥登银不放心跟人合养的水牛，一个夜晚偷偷回去想牵出来，结果让日本人发现，打了个半死，每天给鬼子修工事出苦力。能否活着逃出来，就看他造化了。

此后，鬼子又“扫荡”过几回，但都没进得了镇子。

现在的通海口镇周边，几股力量成胶着状态。镇子及近郊是国军五百师三团，东南是日本人，西南是共产党游击队，西北则是众多土匪水匪各据一方。

三团把所有武装都不放眼里，碰到就打。也是怪得很，国共合作的协议，以及蒋总裁的号令，在五百师眼里无异于塌票——一文不值，根本不拿游击队当友军。那次为收复通海口镇，跟游击队联手是一次例外。当然，游击队心知肚明，往往主动回避，不与之冲突，只死磕日本鬼子跟土匪水匪，碰一回打一回。日本人也不怎么碰三团，不打甚至还拉拢土匪水匪，却专打游击队。土匪水匪专抢商人跟大户，偶尔也因地盘之争火并，或者勾结日本鬼子，偷袭落单的游击队与三团士兵。这么一个大鱼吃小鱼、小鱼吃虾米、虾米吃泥巴，却又你吃不掉我、我也奈何不得你的复杂局面，把通海口地区搅得天昏地暗，也把人们整得风声鹤唳，惶悚不安。

通州河上，好久都不过一只商船客船了。昔日的“小汉口”“小上海”名存实亡，只剩一具空有其名的躯壳。

31

民国三十年春上的一个早晨，人们意外地没听到三团出操的号声，也没见到官兵。三团的号声，俨然成了稳定人心的压舱石。号声没了，便好像压舱石被人撬走了，顿时又慌乱起来，不少人去营房探究竟。

不探不知道，一探吓一跳。不知何时，营房人去楼空，哨兵都没见一个。转身去区公所，除了无关紧要的几个差役，也基本上空空如也。众人这才晓得大事不好，悬了好长时间的另一只靴子，看来是要落地了。

消息如长了翅膀，一传十十传百，整座镇子再次慌乱起来。很快，扶老携幼肩挑背驮的混乱人群，再次从镇子西边的土路上拥出。多灾多难的通海口镇人，又如丧家之犬，哭爹喊娘地踏上了逃难征程。

不费一枪一弹占领一座战略小镇，日本鬼子初始疑惑，随后大为光火。为熄灭心中怒火，这群畜生竟真的点起一把火，把他们认为无用的房屋，或者存在管治隐患的街巷，燃为灰烬。

可怜一座古色古香的小镇，在经历几次轰炸和这把大火之后，基本就灰飞烟灭了。眺望通海口镇上空的浓烟，整整飘荡了三天三夜，逃难的人们心里直滴血，真恨不能喝其血啖其肉寝其皮！

除了占用三团的营房，日本鬼子又大肆征用民房，大摇大摆地以主人身份住了进去。

至此，人们才对他们退守於家渡的意图，恍然大悟。原来，是以於家渡为据点，采取蚕食策略，到处修碉堡，直抵通海口镇。这就把从复城到於家渡再到通海口镇的整片土地，纳入了势力范围。这狗日的日本鬼子，真是够狡猾呀！

逃难躲避，终非长久之计，加上鬼子的宣传利诱，一些人尝试回去。后来又有传言，说回去的人没受么虐待。大丫便如其他年轻女人，满脸涂抹上厚厚的锅底灰，忐忑而惶恐地带着一家人，也回了镇上。

到了才发现，她的屋沾了李家的光，竟然没被烧掉。

据说日军软硬兼施，加上李郭氏姐弟极力撺掇，李志伟竟“荣任”了通海口区商会会长。眼面前的益处，就是他的房产完好无缺，且留在“李宅”居住。大丫的三间小屋，原本就是“李宅”的柴屋，只不过把门转了个方向，所以也跟着“沾光”。不过，左邻右舍一个没见。一打听，才得知河北的老街，被日本人划为“日化区”无偿征用，好几百户居民必须到河南重新起屋。

大丫心里顿时起了毛。虽说房屋完好无损，但四周都是日本人，她孤儿寡母的，哪里还敢住啊！

收拾屋子的事交给婆婆，依旧裹着头巾，脸上擦了锅底灰，上街买食物。到了街上才发现，原来的商户都赶去河南了，她只能在日本人开的日华洋行买。

行走在空空荡荡坑坑洼洼的青石板上，不时碰到日本兵，以及歪戴帽子、敞开衣衫的假洋鬼子，有的背着上了明晃晃刺刀的长枪，有的牵着吐出猩红舌头的狼狗，有的腰间挎着盒子枪，大丫吓得脸色苍白，步子都迈不开。但是没办法，一家人早就肚子咕咕叫，等着她买了米回去下锅哩！

没有男人的家，生活有多艰难，当顶梁柱的那个女人过得有多苦，旁人体会不到。但这么凶险的局面，她还得硬着头皮抛头露面，就足以说明一切。大丫心里头，那个苦啊！

她没怎么埋怨过男人，此刻却心生怨恨。你个死鬼死那么早搞么事？你两眼一闭两腿一蹬倒是撩撇了，却抛下孤儿寡母老的老小的小，在这世上受活罪！想着想着，潸然泪下。伤心过了，揩干眼泪，又叹了口气，决定早点搬到河南去。好歹都是老街坊，互相有个照应，胆子也大些。

雷家祠堂，日本人征用后开了洋行。

站在祠堂门口，大丫诚惶诚恐，犹豫了好长时间，才鼓足勇气进去。小心翼翼问价钱，大丫惊奇地发现，不管是穿和服，还是穿长衫的，竟然都会讲中国话。尽管别扭，却也能听明白大概。而洋行的货，则贵得出奇。她手里的一把法币，买不了多少米面油盐。总不至于饿死吧！大丫咬紧牙关，买了些高粱、小米、麦麸和油盐。

出了洋行，衣服都被冷汗打湿得拧得出水来。直到回了家里，紧张的情绪，才终于松弛下来。

把米袋递给婆婆去淘米做夜饭，稍稍平复了下紧张情绪，大丫又扛了锄头，出门清理菜园。虽说是决定尽快搬到河南去，但就算搭草棚，也需要些时间，不是说去就能去的。在此之前，菜园也不能空了，得抓紧让它有产出。

通海口镇的人胆子小，忘性却大。沦陷不到半年，就仿佛忘了是在鬼子铁蹄之下，甚至赶出家门、霸占商铺的屈辱，也抛诸脑后了。表面上也是，只要不惹日本人，好像想搞么事，就能搞么事了。当然，日本人禁忌很多。不过，人们逆来顺受惯了，照做就是，也没感觉多大的不适应。

大丫终究不敢在河北久待，成天提心吊胆，两个伢不敢出门，真是太恐怖了。于是，抓紧在河南找了块空地，请人搭了个窝棚，算是有了栖身之处。

早先在当铺兑的五个半银元的法币，花得差不多了。想着把剩下的二十个银元的银票也兑了算了，但是日本人一来，徐老板就带着家眷去了汉口，兑不成了。何况，日本人狂推“军用票”。法币也收，但只进不出，找零都是军用票。

大丫有个感觉，日本人这么不得人心，肯定待不长。如果刚把军用票兑到手，日本人就跑了，那不又是一堆废纸？这样的废纸，家里都有一堆了。她有些懊恼，早知今日，三十个银元的银票都兑就好了。可惜世上没有后悔药。反过来又一想，说不定，钱老板哪天又回来了呢？有个念想，也是好的。于是，把剩下的二十个银元的银票藏了起来。

天宝刚起的简易杂货铺，又被鬼子强征，也基本算是喂野狗了。这让她对当初同意天宝起商铺的事，也深深愧疚。

有男人的家，女人基本待在家里不出门。

但大丫不同，尽管她也是个女人。为了生计，不让可怜的婆婆跟两个女儿过得太过凄惶，她必须装扮得像七老八十岁老妪，头上缠块脏得没了颜色的布巾，脸上拿锅底灰抹得乌七八黑，然后迈着一双小脚四处奔波，尝尽世上冷暖，看够人间脸色。

虽然胆战心惊，大丫依旧每天到洋行批些瓜子糕点，下午和晚上再去春风茶馆卖。隔几天去潘家场批一回斗笠。窝棚后面靠近河坡，她整理出一块地来，继续种菜。周而复始。

她做不了其他的。想过，但实在没那本事，也没那本钱，便继续做老本行了。

顾顺堂的春风茶馆，居然还在河北，没搬到河南去。

已经入秋了，这天日场又是夏恒义说书。正说得抑扬顿挫、眉飞色舞，听众也听得津津有味，黄天赐突然带了几个荷枪实弹的鬼子，气势汹汹闯进来，赶人们去参加宣判大会。

跑到日本混了两年的黄天赐，现在是鬼子的翻译。他二爷黄有虎因了这层关系，或者本就闹得风生水起，得到日本人赏识，现在是皇协军侦缉队队长。

鬼子隔三岔五开宣判会，先做一通“大东亚共荣”的宣传，接着放狼狗咬“犯人”，再用刺刀刺，最后补几枪。这种血腥场面，大丫见过一次，就再也不敢去了。听黄天赐说又要开宣判会，顿时就吓得脸色惨白起不了身。

这时过来一个日本兵，端起刺刀挑开她的头巾，嘴巴“哇啦哇啦”不知胡说些么事，两只贼眼则从头看到脚。刚刚还对鬼子点头哈腰的黄天赐，转身恶狠狠地吼大丫：“皇军说了，你不参加，也可以。不过，一会儿得去刘家祠堂。”又一脸冷笑，阴恻恻地说：“而且我觉得，你今日应该去。”然后像吆鸭子似的，轰所有人：“快点，都快点！”

一听去刘家祠堂，大丫更是吓得如筛糠，站都站不稳了。

真是可怜的刘家，一个体面的大家族！本是供奉祖宗牌位的神圣地方，却被隔成一个个小间，改成了供鬼子发泄兽欲的慰安院，搞得乌烟瘴气，敢怒不敢言。

夏恒义不动声色地走过来，悄声说跟着我，不要怕。大丫这才惶恐地跟在夏恒义身后。

人们大多如夏恒义，面无表情。兴许是麻木了。夏恒义一边若无其事地走，一边小声提醒：“那个鬼子好像盯上了您郎，这段时间不要来茶馆了。”

大丫机械地挪着小脚，也机械地点头，恐惧到了极点。

会场是谢家祠堂门前的广场，已经黑压压地站了许多人。四周都是端枪的鬼子和皇协军，虎视眈眈地盯着赤手空拳的人群。两条高大的黄毛狼狗蹲在地上，吐着老长的舌头，肚皮上的毛夸张地一伸一缩，眼睛嚣张地四下张望。

又来了几个鬼子，径直走到场子中间，翻译魏泽彪——逍遥鸦片馆老板魏德恩的儿子——晃着肥硕脑袋，气势汹汹地叫道："肃静，肃静！都站好，不要乱动。下面，把跟皇军作对的反日分子押进来！"

随着他这一声吼，六个衣衫褛烂伤痕累累五花大绑的男人，便由黄有虎的侦缉队推推搡搡地来到会场中间，一字排开。两只狼狗慵懒地望过来，吓得其中三人一阵哆嗦，赶紧往旁边挪了挪，生怕狼狗扑上来。狼狗不屑地瞟了一眼，然后把头扭开，极有耐心的样子。

"下面，有请皇军犬养少佐讲话。大家欢迎！"魏泽彪说完，就带头鼓掌。稀稀拉拉的掌声刚落地，犬养便叽里呱啦一句，魏泽彪点头哈腰地听着，再趾高气扬地翻译一句。

有人交头接耳，黄有虎又高喊"肃静"。牵着狼狗的鬼子也配合得天衣无缝，松了松手里的绳子。两只狼狗好像深谙主子意图，对着人群跃跃欲试，唬得人们顿时噤若寒蝉。

大丫两眼直勾勾地盯着魏泽彪，根本没听他们讲么事。

国民政府封了鸦片馆，他老子魏德恩跑到了汉口。这小子么样勾结上日本人，跟黄天赐一样当翻译的，大丫不得而知。但是，却对他老子恨之入骨，恨不得千刀万剐。爹黄有财吸鸦片，就是魏德恩蛊惑，专去他的逍遥馆的。栽赃爹的那套鸦片枪具和鸦片，也是魏德恩提供的。被他讹了多少银子，就不提了。关键是，大丫已经知道，爹后来破罐子破摔，就是因为那次被诬陷。然后就命搞没了。这是杀父大仇！杀父仇人的儿子就在眼前，继续耀武扬威，却除了拿愤怒的眼神盯他，竟然束手无策。也真是没天理可讲，大丫甚觉悲哀。

见大丫直视魏泽彪的眼里放出怒火，夏恒义担心她吃亏，轻轻拉了一把。幸好，魏泽彪并未注意到。也许，仇人太多，他顾忌不过来。或者，有日本人撑腰，也无须顾忌了。

转眼看那六个义士，大丫顿时惊讶得差点叫出声来，连忙拿手捂住嘴巴。原来，站在中间的，竟是几年没了音讯的哑巴叔叔苕货！她下意识瞅一眼夏恒义，想告诉她这个发现。夏恒义又做了个手势，示意鬼子讲话的时候千万别出声。

她突然想起黄天赐的那个冷笑，以及那句阴恻恻的话，浑身一阵冰凉。原本以为自己是局外人的，这下再不敢置身事外了，眼睛不离苕货左右。

苕货更瘦了，但精神还好，虽五花大绑，破烂衣衫里露出伤痕，甚至血迹还没干，却依旧气定神闲，两眼平静地望着前方，好像不知今日是死期。这让大丫更担忧，不敢淡定。

犬养叽里呱啦讲了好长时间，魏泽彪也恭恭敬敬翻译了好一会儿，大丫一句也没听进去。直到宣判，大丫这才晓得，苕货竟是游击队员。另外的五个人，两个是三团的，两个贩卖私盐，一个拿了日本人的木屐。

苕货何时参加游击队的，大丫不得而知。那年从护湾队脱逃，就再没他消息了，仿佛人间蒸发。得知他是游击队员，大丫突然为他自豪起来。然而，这样一个好人，却马上要押赴刑场，她心底又涌出无限悲哀。

每一回的宣判会，都在这个广场，然后押着游街，最后到河南去枪杀。跟着游街，是一种煎熬，大丫一回都没跟过。这次有苕货叔叔，她便拖着沉重脚步，机械地从河北跟到河南。夏恒义也是，一直跟着。

从谢家祠堂过石桥到河南的刑场，有三里多地。前面有鬼子开道，走不多远就停下，魏泽彪跟黄天赐带头喊口号。应声不响亮，皇协军就用枪托砸，骑马的鬼子拿马鞭抽，甚至作势放狼狗咬，吓得人们青嚷鬼叫[①]。

秋老虎也趁机发威，晒得人们满头满脸的汗。一直折腾到下午快四点，日头都偏西了，才走到刑场。这时，人们的心更吊到了嗓

① 青嚷鬼叫：俗语。意思是惨叫。

子眼，有人惊吓得站不稳身子，有人把头别向后边，甚至用手捂住眼睛。

随着犬养一声鬼嗥，早就蓄满了精神的狼狗，猛地挣脱绳子，撒开四蹄扑向“犯人”。“啊！”应声倒地的同时，两个人发出凄厉惨叫。被迫观看的人们，也跟着惨叫。

随后，狼狗又扑向苕货和三团的一个士兵。大丫吓得不晓得害怕了，呆望着眼前的惨状。苕货竟一声没吭，直到不再挣扎，任狼狗撕咬。夏恒义脸色铁青，拳头攥得紧紧的，听得见骨节响。

狼狗把六个人撕咬得奄奄一息了，鬼子一哄而上，拿刺刀乱捅。最后还不解气，又“砰砰砰”朝他们乱放一通枪。

大丫早就想好了，不管冒多大风险，都要给苕货收尸，然后厚葬。但是没想到，鬼子连死人都不放过。只见一个鬼子扬起长把弯刀，如劈柴般手起刀落，剁下了苕货被狼狗咬得血肉模糊的头颅。随后拎着还在滴血的头颅，如拎小伢玩具，一步三摇地扬长而去。

魏泽彪跟黄有虎恶狠狠地威胁道：“反日分子暴尸三天。敢来收尸者，视若同党。一经抓捕，立即枪毙！”

“简直禽兽不如，丧尽天良！”夏恒义恨恨地小声骂了一句，眼里滴得出血来，浑身也在颤抖。

大丫不晓得是怎么回的家。一进窝棚，就栽倒在当作床铺的稻草上，泪水止不住流淌。宇秀、宇洁以为姆妈累了，没惊扰她，乖巧地帮老妈择菜、淘米做饭。

日本洋行的米，一半是沙子，怎么淘都淘不干净。两个女儿耐心地淘了好长时间，又怕把米淘没了，便蹲在禾场上一粒粒地捡。大颗的捡出来了，小粒怎么也捡不干净。李邱氏叹了口气，道：“就这样吧！捡不干净的，只能吃的时候小心了。”然后和着青菜，一起下锅去煮。

“姆妈！我还是不想上学了。”坐在小矮桌旁，八岁的宇秀筷子杵在碗里，低着头，眼睛不敢望姆妈，说这话时声音细如蚊子嗡。她晓得触碰了姆妈的底线。这话过去说过，姆妈一口就给封死了。

但是今天，还是忍不住又讲了出来。

“你说么事？”大丫果然一脸黑线，眼睛红肿地盯着女儿，声调都变了。苕货的惨死，本就悲伤到了极点，女儿突然冒出这么一句，更让她伤心得无以复加。

宇秀哪里晓得背后的事？向来轻声细语跟她讲话的姆妈，突然是这么个语气，吓了一跳，把头垂得更低了。过了一会儿，才咬咬牙说：“我不上学了。”

李邱氏也发现媳妇情绪不对，她从不对伢们讲狠话的。望了大丫一眼，转头和蔼地问宇秀：“为么事？”

大丫也反应过来，的确吓着伢了。爹死得早，母女几个被李家扫地出门，两个女儿跟着遭够了孽，却从未叫一声苦，老觉得对她们不起，就是自己节衣缩食，也要尽量让她们过得好一点，不至于受人冷眼。大丫坚信，夏先生也说过，人从书里乖，有文化总是好。所以，尽管街坊不解，说两个女伢，又是这样一个家庭，上学有鬼用啊！但大丫不管人家如何议论，咬紧牙关，甚至不惜卖了十亩地，让她们每天穿得干干净净去学堂。调整了一下情绪，也跟婆婆一样，缓和了语气问：“到底为么事？”

“我不想您郎们这么累。不上学，能减少家里的负担，还能帮忙做些事。我都九岁了，做得动事了。”

“刚过八岁，好不好？”女儿晓得疼人了——其实早就晓得，只不过没说出来——大丫心头一热，又好气又好笑地纠正道。叹了口气又问：“唉！那你能做么事？”

“过了生日进九岁，这是老妈说的。”宇秀也是倔脾气。

李邱氏跟大丫一听，都愣住了。宇秀接着说：“比如帮老妈做饭哪！您郎在外面累一整天，回到家里就有饭吃。老妈年岁大了，也做不动了……您郎尝尝，老妈教我炒的菜，还行吧？”宇秀夹了一筷子青菜到娘碗里，讨好地笑着说。

“我还闹得动。实在闹不动了，再说吧。”大丫想把这扇门关上。

“四个人的饭，我也烧得动，不要你帮忙。何况，也没么好东西烧，就是最简单的青菜熬粥。”李邱氏也心头一热。

宇秀却不想就此结束。放下碗筷，挽着娘的胳膊，轻轻地摇着说：“整个学堂，就没几个女伢，还都是有钱人家的……一个女伢，读书真的没么用。”

“没么用，有钱人家还送坛坛去读啊？姆妈晓得你有孝心，但还应付得来。这个话，再不要说了。”大丫拍了拍女儿的头，“抓紧吃饭，别带坏了妹妹。”

宇秀嘟着嘴，又说：“也学不到个么东西。一半的时间，学那个叽里呱啦的鸟语，讨厌死了。”

大丫这下沉默了。小日本太厉害，心也太黑了。占领了中国的地盘不算，买东西用他们的军用票也就算了，居然读书还强迫伢们学他们的鸟语。时间一长，不是全中国的人，都只会讲他们那个鸟语，忘记中国话了？

沉默片刻，她突然记起夏恒义的一句话，虽然不明白其中的道理，但既然是夏恒义说的，那就一定有道理。于是说道：“夏先生很赞成你们读书的，他还在乡下办夜校，教大人读书识字。夏先生说，日本人迟早要滚蛋的。那时候，中国需要更多读书识字的人。”

姆妈把夏先生都搬出来了，宇秀只好打住，悻悻然埋头喝菜粥。

32

天黑了好长时间，婆婆跟女儿也睡了。打更的梆子声响到第三遍，心想鬼子和二鬼子也该睡了，大丫便戴上头巾，抓了把锅底灰在脸上抹了个遍，然后出门。

向来胆小的大丫，也不知哪来的胆量，居然摸到了刑场。然而，她在刑场上找了个遍，却空空如也，哪里还有一具尸体？大丫怔住了。思忖片刻，匆匆回家，一路小跑一路想，还是有好心人啊！

敲梆子的人回来又回去了。大丫翻出几张纸钱和香，来到一个无人处，对着刑场的方向，一边焚烧，一边念念叨叨，祝苕货和几个好人一路走好。

第二天一早，一个惊天消息传遍了大街小巷：不仅刑场上的尸体不见了，挂在菜市场旗杆上的头颅也不见了，还把看守苕货头颅的两个鬼子和三个二鬼子杀了。

就在这消息如没脚的风，迅速传遍通海口镇的角角落落时，鬼子和二鬼子倾巢出动，挨家挨户搜查反日分子。人倒是抓了几个，却没一个能说出尸体和头颅下落的，更没人能说出如何杀鬼子和二鬼子的。日本鬼子才不管你说得出说不出，统统杀了了事。

后来又传说，是游击队干的。传得有鼻子有眼，令人深信不疑，也升腾起了一线希望。

大丫再不敢去春风茶馆了，夏先生提醒过。但是生活还得继续，日子还得过。思前想后，决定随一帮妇女，去位于河南的洋行米厂整米。

日本人垄断了市场，所有生活物资，米、油、药、洋火、洋糖、洋布……华人都不准卖，必须去洋行买。

也不晓得日本洋行从哪里弄来的米，不仅霉味熏得人流眼泪，而且沙子石子比米还多，猪都不吃。当然，日本人自己也不吃。他们吃的米，要么是下乡抢的，要么是找人整好了的。霉米都是卖给中国人的。他们才不管你能吃不能吃，你不吃拉倒，除非你宁愿饿死。

大丫没去整过米，便约长期在米行仓库整米的赵嫂带她去。米行的仓库，原来是陈家花行，如今被日本人强征了。日本人抠门得很，整米的筛子都得自己带。

还没到仓库门口，就见几个荷枪的鬼子和二鬼子，挨个检查排成队的妇女。大丫很害怕。瞥一眼她惨白的脸，赵嫂提醒她别紧张，越紧张越出鬼。说你跟着我就行。于是，便在队伍后面站定，缓慢往前挪动。

因为都是空手——除了手上的那张筛子，所以检查大多例行公事，看过良民证，摘下头巾看看里面藏没藏东西，就进去了。当然，年轻有姿色的媳妇，那几个家伙也在身上乱摸，邪恶地问藏了武器没有啊。有个年轻媳妇被摸得大喊大叫，吓得大丫也跟着哆嗦。赵嫂又提醒，说你越是紧张，他们就越乱摸，放自然些。还好，见她穿得破破烂烂，满脸沧桑像中年妇女，几个家伙没太为难她。

刚进仓库，大丫差点打喷嚏。霉味太难闻了。她赶紧揉了揉鼻子，才没让喷嚏打出来。

日本监工手里拿着竹条，嘴巴咋咋呼呼说着听不懂的鸟语，一副凶巴巴的样子。赵嫂天天来，虽然听不懂，也明白个大概，对大丫嘴巴一努："喏！那边有两个空位子，我们过去。"

黄天赐居然也在这里，吓得大丫心头又一紧，跟在赵嫂身后，低头从他身边走过。一路上碰到好多熟悉的街坊，都埋头干活，相互不打招呼。赵嫂一路走一路提醒，干活的时候不要讲话，也不能停下来，否则日本人手里的竹条就会抽到身上，而且这一天也白干了；上茅舍要请假，不批准不能去。大丫连连点头，表示明白。

到了赵嫂说的空位子，两人坐下来，拿瓢从面前的麻袋里舀出大米，倒在筛子里先筛沙子。筛得差不多了，停下来，拣里面的石子。这种事在家里常做，所以也不需要哪个教，大丫干得很是熟练。

整米的人都干起活了，仓库的空气就更混浊，筛起的灰尘和米糠弥漫得睁不开眼睛。好几回，大丫都差点把喷嚏打出来。她边整米边想，这米其实不错呀！沙子石子不多，也没霉味，么样买的米就那么多沙子石子呢？

赵嫂仿佛看穿了她的心思，低着头小声道："我们整的米，不是拿到洋行卖的，是专供日本人的。"

"八格，你的良心大大地坏！"就在大丫恍然大悟，暗骂这鬼子真是良心给狗吃了时，日本人突然一声吼叫，吓得她一个激灵，下意识地循声张望，只见暴怒的日本人举起竹条，劈头盖脸地抽在一个妇女的头上脸上。

黄天赐也叫道：“这是皇军的军粮，你居然敢马虎！你是要皇军吃沙子石子吗？筛干净，一定要筛干净……你今天的工钱没了。”

难怪跟自己买的米不同，还真如赵嫂所说，是给鬼子吃的。大丫心里又把日本鬼子骂了一回。

那个妇女挨了这顿打，忍气吞声地返工。黄天赐指着那个妇女，又对所有人说：“这是皇军的军粮，一定要筛仔细了。否则，她就是你们的样板。”

到了中午，累得腰都直不起来了，才在黄天赐的吆喝声中起身，各自回家吃饭。

出大门的检查，比进来时严苛多了，基本都搜了身，仿佛生怕她们带出了一粒大米。被男人从上到下摸一遍，甚至脱鞋子给他们看，虽然是隔着衣服的，大丫心里也屈辱至极。

下午的过程跟上午一样。收工时，日本人给了半升米。当然，不是她们筛过的，甚至都不是还没来得及筛的麻袋里的。而是跟米行买的一样，散发着浓烈霉味、满是沙子石子的米。这是她们一天的工钱。

整了几天米，大丫再不去了。不是吃不得那个苦头，也不是适应不了仓库里的灰尘，实在是忍受不了出门的检查。太侮辱人了！

过后一段时间，大丫到建筑工地和码头做过挑脚[①]，到街道和医院做过清洁工，甚至去有钱人家洗过衣裳。建筑工地的活，挑砖、和泥、抬木料，都是女人做不来的重体力活，她咬牙坚持了几天，累得腰酸背疼，也不敢再去了。倘若她受伤甚至死了，这个家就麻烦大了。清扫街道和医院，倒是做得来，却老挨鬼子或者二鬼子动不动叱呵，甚至还吃了鬼子一个恶狠狠的枪托。帮有钱人家洗

---

① 挑脚：方言。即搬运工。

衣裳，没一个不挑剔的，挨臭骂不说，还动辄扣工钱。

所以这些活，她都没长干，而是冒着生命危险，偷偷做了几回黑市生意。

很多生活必需品，都被日本人列为战略物资，只能去洋行买，又贵得出奇，弄得许多人家揭不开锅，直至卖儿鬻女。大丫也迫于生活压力，特别是起河南的这间茅草屋，又卖了十亩地。

于是，胆大的开始搞黑市交易，比如私自买盐和烟，再回来卖，价钱比日本洋行便宜得多。大丫尝试做的几回，都是半夜跟人去长江边上的埠头，一回买十来斤盐，几条纸烟，提心吊胆地穿过日本人的哨卡，回来再悄悄地卖给街坊。她只敢卖街坊，不敢卖生人，生怕人家揭发，或者被乔装打扮的侦缉队特务发现。

偷偷卖盐和纸烟，尽管绝不卖高价，也的确比去茶馆卖瓜子点心赚钱。但是风险太大。万一被日本人发现，或者有人告发，不死也得脱层皮。胆战心惊地做了几回，就不敢再做了。

然而有一天，经不住撺掇，又跟三个街坊去了长江埠头。去的时候，是从哨卡旁边的芦苇丛穿过的，倒也没事。回来依旧走芦苇丛，不料一个街坊一脚踏空，掉进水沟，在寂静的夜里发出了“扑通”一声响。

“哪个？”哨卡的二鬼子非常警觉。几个人还没弄清白是么回事，就传出一声惊叫，接着是拉枪栓的声音，然后就有人提着马灯过来。借着马灯的光亮，他们很快被三支黑洞洞的枪口指着。

这一行四人，包括两个老头和两个妇女，哪见过这个场面？顿时就蒙了，大气不敢出，乖乖束手就擒。

捆在哨卡喂了一夜蚊子，天一亮，又送进了日本人的江防所牢房。

牢房里挤满了人，男女老少都有，有的身上还有枪伤，也有被打残了的，躺在地上哼哼唧唧。

鬼子和伪军劈头盖脸揍了一顿，然后让他们提供保人，就丢进牢房，再没来过问。每天倒是送两餐饭。饭钱当然得自己出，出去的时候算总账。私盐跟香烟是走私品，直接没收，不能拿来抵饭钱。假如出不起这几顿饭钱，便送去做苦力抵账。老弱妇孺做不得苦力，就只剩死路一条了……

把他们扔进牢房之前，二鬼子把这些交代得清清楚楚。至于死法，二鬼子狞笑着说，皇军的办法太多了，你们想到的，没想到的，皇军都可以成全。

吃中饭时他们才发现，所谓的“饭”，就是一把豌豆米，另有一桶从长江提来的浑浊黄水，摆在牢房门口，由他们自取。就着浑浊黄水咽豌豆米，听说关久了的，㞎㞎[①]都屙不出，直接憋死。

到了第三天，又抓了五百师的几个人。但牢房人满为患了，要他们腾位置。一个二鬼子威胁说：“牢房不是客栈，更不是免费的救济堂。限你们的保人，三天之内拿钱赎人。否则，都扔进长江喂鱼去。”

几个人吓了个半死，然而都穷得叮当响，哪里找得到保人？何况江防所不在通海口镇，在复城附近的贺家沟。另外三个人费尽周折，终于提供了在复城的亲戚名单，央人赶紧交完保释金，在悔过书上摁了手印，先出去了。

大丫在贺家沟甚至复城都举目无亲。不仅复城或者贺家沟举目无亲，甚至整个世界，也没能给她当保人的亲戚，所以关到了最后期限。

关进牢房的这些日子，大丫真是愁死了。三十刚过，头发就掉得稀稀疏疏了。她倒不是为自己发愁。生活过成这样，其实也生无可恋了，死就死了，命该如此。但是，倘若她死了，她那年迈的婆婆和年幼的两个女儿该么样活？离家五六天了没回去，音信全无的，还不知把她们急成么样子了哩！

一直到第六天，也是鬼子给的最后限期，突然来了个姓田的郎中。此人并不认识，非亲非故的，为何要保她？又如何晓得她要人

---

① 㞎㞎：方言。指大便。

保的？大丫很是意外。

田郎中好像晓得她的疑惑，自我介绍说："我是田氏药铺在复城分铺的当家，田道德的叔子[1]。我叫田柏炎。顾老板得知你关在这里没人保，就找我侄子道德，叫我保你出去。"

田道德的名号如雷贯耳，是田氏药铺的现当家，也是给老妈看过病的田郎中的儿子。是听说他有个叔子，但很少回通海口，即使回去，也没见过，所以并不认识。不过，大丫还是好生感慨："这世上，还是有好人啊！"

她是个知恩图报的人，然而力量有限，只得先把好人的名字记在心里。

鬼子真是坏透了，大丫都出了牢门，还在她背上砸了一枪托，然后用挑衅的眼神瞪着她。

回家路上，大丫两眼发花，犹如踩在棉花上软绵无力。直到傍晚了，才好不容易挪到家。再也撑不住，一跤跌了下去。坐卧不宁的李邱氏跟两个女儿，连忙把整整瘦了一圈，真正皮包骨头的大丫抬到床上，然后坐在床边，眼睛都不眨地盯着，以泪洗面。

到了下半夜，大丫终于醒过来，三个人这才松了口气，端来一碗玉米糊糊喂她吃。

"三娘！回来就好，回来了就好！还以为再见不到你了哩！可把两个伢急死了。"婆婆鼻涕一把泪一把，摸了摸两个孙女的头，"是猜你被鬼子抓走了，所以到处打听，但硬是打听不到关到哪里了。直到前日，柳大叔才说你关在贺家沟，叫我们抓紧找保人去赎，晚了就来不及了。"

柳大叔，一起被抓走的四个人之一，也是跌进沟里引来哨兵的那个老头。

明白了一个大概，大丫有气无力地问："您郎去求的顾老板？"

"是啊！得到消息，我先是高兴，总算晓得下落了。随后又像

---

① 叔子：方言。指叔叔。

遭雷打了，三魂去了两魂，七魄去了五魄。你说这个家，哪个愿意当保人？”李邱氏依旧一把鼻涕一把泪，断断续续地说，“我先去找老大，想着他当商会会长，捞个人，还不是一句话呀？可大娘和郭凯文直接就拦了，连人都没让见，还好好地挖苦了我一顿……实在没辙了，我想顾老板慈眉善目的，人缘也好，还叫你去他茶馆卖瓜子点心，就抱着死马当作活马医的想法去找。不想，人家满口答应……唉！你说，自家兄弟都不肯搭把手，八竿子打不着的外人，倒帮了这大的忙。这人心哪，真是不好估！”

“还有田郎中，也要感谢的。”大丫补充道。

“是的，是的！人家二话不说，就派人去复城把信了。”李邱氏连忙附和。

“对不起啊，老妈！让您郎担惊受怕不说，还到处折人。”

“你这伢，说的是么话？你不一直说，我们是一家人吗？”李邱氏揩了把泪眼，嗔怪地拿指头点了下大丫的额头，又怜悯地帮她把头发捋了捋，“倒是我儿，你受苦了。这身子，都脱形了。头发，也花白了。”

大丫苦涩地说：“跑这一趟，不仅没赚到钱，还把家底搭进去了。老妈！我们可能又要卖田了。我这回回来，是人家田老板出的保金。得抓紧还了。”

“卖，卖！还有么事比命更金贵的？那些身外之物，去了有来的。”李邱氏满口答应。

天一亮，大丫就起身去荒湖卖田。到了荒湖才晓得，田也不值钱了。原来卖十个大洋的田，现在卖六个大洋都没人要。但是没办法，她该的可不是一般的钱，是买命的人情。于是一咬牙，又卖了十亩，回来就直接还给了田郎中。

分家分了两百亩水浸田，虽然是三弟兄中最少的，也是最差的，大丫还觉得挺满足，没强求平均。不想还没到手，男人一死，就强夺了一百亩走。说的是还有一百亩，其实只有八十几亩。给男人办后事，卖了十亩。日本人来了才几年，又卖了三十亩，只剩最后的四十几亩保命田了。

尽管是水窝子冷浸田，也不能再卖了，不然，一家人真的只有喝西北风了。但是，是否还要再卖，也不是她左右得了的。大丫心里无限悲哀，只有暗暗祈祷一家人平安无事。

经过这一回教训，大丫晓得自己发不起意外财，还是得靠坡打鼓泅[①]，做回老本行。她不能再有任何闪失。否则，她的家么办？老的老小的小，都经不起折腾的。于是，再没敢去冒险。

33

街上的乞丐，比日本人来之前，多了成倍不止，也不时见到冻饿而死的人。乞丐们起先只向穿着体面的人伸手，如今见人就瞪着乞怜的眼睛，伸出肮脏的手掌。这也便宜了日本人，诱骗甚至强抓成年乞丐去修工事。

尽管自己也只差拉了一屋老小去讨米，但大丫心肠软，见不得可怜兮兮的眼神，总是多少给点。

夏初的一个晚上，大丫炒瓜子花生，到很晚才上床。自己炒，比去店里买，成本低些，也更脆更香。

睡得迷迷糊糊，忽然听见宇秀猛咳嗽，喊头痛。大丫一下就惊醒了。拿手一摸，头上身上滚烫滚烫，又见她直打寒战，骇得不轻，背起就上田道德郎中的诊所。李邱氏和八岁的宇洁也醒了，紧紧地跟在身后。

田郎中出诊，刚刚回来。这大半夜，他就没睡过，在诊所看了三个，又去病情较重的几个人家里出诊。

叫大丫把宇秀放到床上，田郎中面色凝重地把手指搭上伢儿手腕，一边诊着脉，一边叫她伸舌头看舌苔，轻声细语问感觉。良久

---

① 靠坡打鼓泅：俗语。打鼓泅即游泳。整句话的意思是，靠着河坡游泳，比喻做事牢靠。

才收回目光，拿开诊脉的手，掀开衣服看皮肤。

望闻问切过后，田郎中面色愈加冷峻，因为跟他诊过的几个病例症状一模一样。都是寒战、高烧、头疼、咳嗽，以及腹股沟红肿剧痛、腋下和颈部颜面潮红、结膜充血、烦躁不安，等等。郎中诊断，好像是鼠疫的早期症状。二十年前镇上闹过一回，死了两百多人。开始的症状，就是这样的。

就是说，通海口镇或许又发鼠疫了！

但是鼠疫这个话，他不敢乱讲，太敏感了。万一不是呢？天天讲中日亲善、大东亚共荣的日本人，还不安他个妖言惑众的罪名，一把火烧了他诊所杀光他全家？为慎重起见，田道德又详细询问发病前的情况，特别是饮食。

前面几个病例，有个共同点——吃过一个小伢从日本军营偷的包子。

饥馑难熬，人们到处找食物。当然，除非疯子[①]跟奄奄一息者，还是不会从日本人倒的馊水里面捡食物吃的。觅食觅疯了的人们，忽然发现紧邻通州河的两处军营，灶屋就在河边，且只有一个流动哨在后门巡逻。于是，水性好的便天黑了下河，趁哨兵不注意，悄悄摸进灶屋，往往有意想不到的收获。

李邱氏跟大丫仔细回忆宇秀得病前的点点滴滴。

当李邱氏讲她给过半个包子时，田道德心脏猛地收紧，连忙追问："哪来的包子？"

"难道那包子有毒？"李邱氏也心头一紧，然后说，"柳嫂家的双喜摸进军营，摸了七八个包子，不想一上岸给陈东阳碰到了。陈东阳说见者有份，不然就向日本人告发。双喜害怕，当场分了他两个。恰好我路过，掰了半个给我。白花花的包子，我舍不得吃，想着给两个坛坛。揣着回家时，见到宇秀，就给她了。可能是太饿，或者包子太好吃，她一个人吃完了，丁点没给宇洁留。"

---

① 疯子：方言。指神智不清，精神病患者。

“好在没留。不然，你家就不是一个伢得病了。”田道德仿佛松了半口气。

“真是那包子有毒？”李邱氏还心存疑惑。

“肯定是。我刚从柳家回，也去了东阳家。他们的症状跟你家坛坛是一样的。另外三家的伢，也是吃过双喜给的包子。”田道德非常肯定，思忖片刻，又皱起眉头，“从症状看，像鼠疫。但是不是，我不敢保证。我先按鼠疫开方子，抓了药赶紧回去煨。等伢儿喝了，明日再来看效果。”

从诊所回来，大丫煨好了药喂宇秀，然后婆媳俩守在床边，彻夜没眠。也不怕鼠疫传染，不停地把毛巾打湿了，敷在伢儿头上。

“这天杀的日本鬼子！”李邱氏恨得咬牙切齿，不时重复这句话。同时也深深自责，宁愿中毒的是自己。倘若伢儿有个三长两短，她也不想活了。

大丫没埋怨她，也没安慰，任她自言自语，默默地做一个娘该做的事。

天亮了，伢儿的病好像没好转，反倒更重了。发烧没退，咳嗽、胸痛更剧烈，不时还咳出血来，呼吸也变得急促，特别是脸色发绀。两个人更加紧张，抱起浑身绵软的伢儿，再去田氏诊所。

诊所里挤满了人，个个满脸焦躁，见大丫抱着伢，也不言语，只是让出一条缝，放她进来。

三张床上都躺着伢，田郎中正给一个伢做检查。大丫只得抱着宇秀，焦急地等在一旁。片刻工夫，田郎中叫把宇秀放到一个伢的脚头，便诊查起来。

不多时，田郎中坐到椅子上，先吩咐徒弟田金，照前面的方子抓药，就在诊所煎，然后心情沉重地对满屋的人说：“这四个病人，加上我看过的其他几个，症状完全一样。可以肯定，就是鼠疫。但奇怪的是，如果是鼠疫，应该有个三五天，才出现这些症状。不晓得么样这么快。而且我的方子，应该是有效的，那年治鼠疫病人，我大伯用的就是这个方子，很快就压住了。可是昨晚上喝过药，他们的症状都没压住，反而加重了。你们可能还不晓得，柳家的二小子跟陈东阳，天不亮就死了。”

柳家二小子，就是从日本人军营偷包子的双喜，才十二三岁。田郎中的话，吓得众人惊悚不已，哭着喊着央他想办法，甚至有人下跪了。

突然，一个男伢“哇”地吐出一口鲜血，随即浑身抽搐。田郎中紧皱眉头，起身过去察看。但见那伢眼睛翻白，牙关紧咬，浑身黑紫，已处于休克状态，于是赶紧掐人中。伢儿终于呼出一口气，众人也跟着松了一口气。可是，众人的这口气刚刚呼出，新的空气还没吸进肺里，那伢又背过气去。然后，任凭田郎中如何使劲，也再没呼出一口气来。

诊所里顿时响起了呼天抢地的哭喊。

大丫跟李邱氏腿肚子战栗，人都立不住了，死死地盯着奄奄一息的宇秀。

田金的药终于端了出来。婆媳二人一个掰开宇秀的嘴巴，一个舀起一调羹先吹气，温度适宜了再喂进她嘴里。然而一碗药还没喂完，宇秀也出现了与刚刚那伢类似的状态。田道德无奈地摇头，说只能尽人事听天命了。

这一天，河南这片区域，死了十三个。纵然田郎中俗称扁鹊在世，也没能妙手回春，一个都没救活。

鼠疫是有传染的。二十年前的那回鼠疫，人们印象太深刻了，所以人心惶惶。但是却也奇怪，这回的鼠疫好像不传染，死了十 三个人之后，再没死人了。不仅没死人，连类似症状的病人都没出现。

过了几天，在日本军营帮厨的张得武悄悄地透露说，用闹药[1]闹死人，是日本人故意搞的。灶屋的食物老是有人偷，害得日本人宵夜都没得吃，一气之下，就在那天的包子里下了闹药。不想这些闹药包子，还真给双喜偷出来，又被陈东阳发现，当众分给众人

① 闹药：方言。指毒药。

吃了。

就在众人愤恨不已时，那嚣张的日本人，也并没想要遮掩么事，而是耀武扬威地到柳家索赔包子。而且狮子大开口，或者赔一百个包子，或者照市面价钱赔一百个包子的军用票。

柳家吃了上顿没下顿，哪里拿得出这份赔偿？要是能吃饱饭，哪个会去日本人军营偷包子？那都是赌命的事。

魏泽彪阴阳怪气地说，没有是吧？没有也行。柳憨巴[①]你不是有一把苕力气吗？正好皇军修工事缺苦力。你去，么时候抵够包子钱了，么时候放你回。柳庆生气得七窍生烟，说你们不要欺人太甚。伢儿死了没找你们讲理性，你们却还逼上门来。你也是街上的人。真逼上绝路了，别怪我不客气！

魏泽彪瞪起一对绿豆眼，像看怪物盯着柳庆生的脸，嚣张地说："哟哟哟哟！脾气还见长了啊。喂！我问你，你要么样对我不客气？要不要我做个么准备呢？我跟你说，这回是皇军仁慈，只毒死了馋嘴猫。回头换个有传染的毒，再叫你大儿子去偷，看不毒死你全家！"

柳庆生能么样对他不客气呢？当然是说说气话。不过，他的气话，直接惹得魏泽彪火冒三丈，讲完狠话不算，又叫两个二鬼子拿绳子绑柳庆生。

柳庆生老婆和两个伢一看大事不好，哭喊着扑上去阻挡。一旁的鬼子早不耐烦了，抡起枪托劈头盖脸地砸，然后丢下满头满脸都是血的几个人，押着柳庆生走了。

茅草棚子外，满禾场的人肺都气炸了，拳头捏得咕咕响，把日本人祖宗八百代问候了不知多少遍。然后，却和着血沫，把打碎的牙往肚里咽，眼睁睁看着他们扬长而去，屁都没人敢放一个。也再没人敢去日本军营偷吃食了。

老百姓敢怒不敢言，并不代表所有人不敢言。这事发生没几

---

① 憨巴：方言。意思是傻瓜。

天，鬼子在庙湾的碉堡给游击队连锅端了，打死炸死二十几个鬼子和二鬼子。无独有偶。又过了几天，五百师把於家渡的鬼子军火仓库烧得精光。镇上还出现了诸如“血债血偿”“日本鬼子滚出中国去”等标语。

鬼子气得咬牙切齿，却也拿游击队和五百师莫可奈何。

宇秀没保住，大丫伤心欲绝，李邱氏更是捶胸顿足，头发都扯下来一大把。但依然是那句话：生活还得过！于是，舔平伤口，擦干尚未流尽的血泪，用时间冲淡忧伤。

这天下午，大丫坐在春风茶馆门旁的桌边，神情悲凉地卖着瓜子糕点。喝茶听书的人少了，瓜子糕点的进价涨了，生意大不如从前。每天卖菜卖瓜子卖糕点卖斗笠的钱，勉强糊个嘴巴，只得叫宇洁退了学。

刚接过一位听客揉得皱巴巴的军用票，正找零钱时，荒湖的佃户李叔来了。没开口先“扑通”一声跪下，骇了大丫一跳，连忙起身搀起，道：“不敢当的，李叔！”

一个大男人，不是塌天了，哪个跪得下来呀！跪天跪地跪父母，哪能跪一个外人？把零钱找给买瓜子的听客，大丫问李叔碰到了么难处。

李叔这一跪，引得人们扭头张望，夏恒义也停止说书，眼睛看过来。

“唉！”被大丫搀扶着坐了，李叔叹了口气，老泪纵横，“这不秋收了吗？虽然您郎没催，但租子还得交不是？总不至于东家不催，我们就赖着不交吧？晓得您郎一个女人不容易，我就跟赵叔送到镇上来。哪晓得路过检查站，竟给没收了。赵叔气不过争了几句，日本人就怒了，不问青红皂白，端起刺刀当胸刺了个对穿。我连忙给他们讲好话，才准我用板车拉他回去。但几百斤谷，一粒也不准带走。赵叔肠子都挑出来了，躺在家里哩！命能不能保得住，只看他造化了。我来，就是想跟您郎商量，今年的租子，能不能明年一起交？”

瞅一眼茶馆没鬼子，也没二鬼子，顿时都义愤填膺，恨不得生吞活剥了那帮没人性的畜生。又有人说，前几天肖湾的一个女人死了娘，男人拉去修工事了，只得挺着怀身大肚奔丧。也是到了岗哨，鬼子真是禽兽不如啊！就在岗哨门口轮流祸害，还逼了个神经病去祸害，他们在旁边呵呵大笑。女人受了这般凌辱，哪里还有脸见人？神情恍惚地走到离哨棚百把丈的一棵苦楝树旁，解下腰带，吊死在了苦楝树上。听得众人毛骨悚然，愤恨不已。

“哪个哨棚？”夏恒义走过来，铁青着脸问李叔。

李叔不知何意，说：“就是镇子西南刘湾的那个哨棚。”

大丫很愤怒，也很绝望。她再没么东西了，就指望那四十几亩田的租子活命的。如今被日本人全抢走了，还把赵叔伤得命悬一线，她哪忍心再收人家的租子？一边安慰李叔，一边把卖瓜子糕点的钱全掏出来，递到李叔手上说：“李叔！今年的租子就免了，也不用明年补了。我身上只有这点钱，麻烦您郎带给赵叔看病吧。”

李叔千恩万谢，钱却死活不肯收，说：“三太太！您郎的情况，我们又不是不晓得。没了租子，这个冬春还不晓得么样过哩！您郎放心，明年一定补上。”

“您郎们又不是不交，是让万恶的鬼子拦路打劫了。怎好要您郎们出双份呢？再说了，我们一家就三个人，混个嘴巴就行了。要实在挺不过去，我再去荒湖吵您郎们。”大丫惨然一笑。

众人都说大丫深明大义，又劝李叔把钱收了，还有几个也掏出钱来加到一起，感动得李叔差点又下跪。

送走李叔，说书的和听书的都没了兴趣，悄没声息地散了。

夏恒义没走。他和顾顺堂坐到大丫这张桌子来，问她今后有么打算。

“能有么打算？走一步看一步呗！”大丫一边收拾还没卖完的瓜子糕点，一边苦笑着回答。

顾顺堂欲说么事，见夏恒义轻轻摇头，又止住了。沉默了一会儿，夏恒义才说：“黑暗是暂时的，黎明就要来了。三太太！您郎要相信，日本鬼子是秋后的蚱蜢子[1]，蹦跶不了几天的。到那时候，大家的日子都会好起来。”

“谢谢夏先生！您郎的话，我信。”虽不明白夏先生为何跟她讲这个，大丫还是应道。然后，告辞回家。

第二天下午，大丫去春风茶馆，却没见到夏恒义。

茶馆里人不多，六七个人一边喝茶，一边压抑着兴奋，小声议论——

“你们晓得了吧？刘湾的鬼子检查站，让游击队端了。鬼子和二鬼子加起来，有七八个人，杀了个精光！”

“晓得了！都传轰了[2]，还能不晓得？早晨就晓得了。又长了一回中国人的志气。”

“听说小鬼子气得跳脚，又要去‘扫荡’了。”

“哪回‘扫荡’，鬼子捞到便宜的？让他们下乡，再给游击队教训一回。”

……

大丫心里一愣，马上联想到夏恒义问是哪个检查站的话，以及当时的神态，抬眼望了望正在门口看似迎客，实则瞪着警惕的眼神观察行人的顾老板，好像突然明白了么事。但她不敢表露，生怕别人看出她的惊诧，给夏先生和顾老板招来麻烦。正好有人买瓜子，便把脸上的惊诧遮掩了过去。

有了这样的疑惑，她有些心神不宁，好几回把账算错了。好在都是老街坊老主顾，也不跟她计较。她算多了，人家善意地指出；算少了，提醒一句，把差额补上。

顾顺堂察觉到了她的异样，兴许也猜到了原因，唤伙计唐则成到门口迎客，自己捧着紫砂茶壶过来，看似漫不经心地陪她聊天，实则是帮她稳定情绪。

也是怪得很。顾顺堂坐到这张桌子之后，大丫就感觉心里踏实了许多。

---

① 蚱蜢子：方言。指蚱蜢。

② 传轰了：俗语。意思是传得沸沸扬扬了。

34

转眼到了民国三十三年春上。

下午茶馆散场时，春雨蒙蒙下着，街上行人不多。大丫打了把破雨伞，挽着空篮子，深一脚浅一脚地回家。天有些晚了，又是雨天，她走得比较匆忙。

转过一个街口，眼角的余光倏地看到，身后两个鬼鬼祟祟的人，闪进了旁边的粗货铺。她猛然想起，出茶馆不久，这两人就露过一面。那么跟她这么久，是个么意思？

鬼子和侦缉队抓抗日分子，抓得更勤了。好几个不明不白消失的熟人，都传是被抓了。她不免警觉起来。自己不是抗日分子，但抓进去的，又有多少是呢？他们说是就是了，甭管你真是还是假是。

过了街口，再回望一眼，两人仍躲躲闪闪地跟在身后。她断定自己确实被跟踪了，正好走到一家洋行门口，便拐进去买了几斤高粱，顺便在里面待了一会儿。

出来时，却被两人堵在了门口。一个说跟我们走一趟！大丫说我们又不认识，为么事要跟你们走。撑开雨伞，欲从旁边离开。另一个不耐烦地说少废话！别敬酒不吃吃罚酒。难道要绑了你，才跟我们走？说着竟掏出短枪来。

大丫骇得一个哆嗦，声音颤抖地问去哪里。早先开口的那个，面无表情地说，去了你就晓得了。大丫说我跟家里打个招呼，免得家里人着急。掏出枪来的家伙，拿枪在她眼前晃着说，臭娘们屁事真多，打么事招呼？你是要通风报信吧？大丫没辙，只好跟他们走。

“三太太！您郎这是要去哪里呀？”见大丫提着小半篮子高粱米，朝着家相反的方向走，街坊田道清感到奇怪，凑过来问道。

“去哪里，关你屁事？”那个家伙又拿枪对着田道清晃了晃，恶狠狠地吼道。

田道清骇得一个激灵，快步离开。大丫心里一动，连忙追上去，把篮子递他手上，拜托他带给婆婆，说她有点急事，要晚些回，叫她跟宇洁先吃。然后，被带到了皇协军侦缉队。

见到大丫的那一刻，大队长黄有虎愣了一下，随后便假惺惺套了两句近乎。

面对仇人，大丫爱搭不理。黄有虎也不在乎她的态度，反骂那两个人："真是你妈的两个蠢货！"

两人虽然不服气，却也无可奈何，缩了缩脖子，在一旁乖乖站着。

黄有虎跟他们交代的，是跟着，看有没有人联系大丫。没想到，两个蠢货却把人弄到侦缉队来了。但这话，黄有虎不好当大丫的面讲，只得气恼地骂了两个混蛋一嘴。随后眼珠子一转，心说既然弄来了，也好！那就让她见见王莲。于是阴鸷一笑说，让你见个老熟人。说罢，率先进了一间阴森森的潮湿房子。

猛一看满屋的刑具和一口炭火烧得红通通的大锅，嗅着弥漫血腥的空气，大丫两腿乱颤。

倒背着手的黄有虎，坦然地嘴巴朝昏暗的墙角一努说："你看看，那是哪个？"

顺着那个方向，大丫这一望不打紧，顿时惊诧莫名，张大了嘴巴半天合不拢。原来，竟是王莲和她十来岁的儿子天树！

王莲脸色惨白，紧紧地护住天树。天树则搂住王莲的身子，两人如筛糠般簌簌发抖。

手里的破雨伞滑落在地，大丫趋前一步，抓住王莲冰冷的手问，婶娘么样在这里，到底犯了么事？王莲紧张地说，不晓得啊！下午就被几个团丁无缘无故押了过来。

"哼！"依旧倒背着手，黄有虎鼻孔里冷哼一声，"你男人是共产党，你能不晓得？我们吃饱了撑的，无缘无故请你过来？"

大丫再次愣住了。那天见到苕货叔叔，她就猜到腊狗叔叔活着，而且也参加了游击队。但是否是真的，却一直没得到证实。苕货当时应该也看到她了，却视而不见，或许是怕她受牵连。在那样一个场合，她也没机会问。后来问过王莲，王莲一口否认，便把疑问存在心里。

“说！你男人现在在哪里？”黄有虎拿起了桌上的皮鞭。

“我还没找你要人哩，你反倒找起我来了。四五年前被你抓到护湾队，至今杳无音信。你说，你到底把他么样了？”虽骇得要命，而且伢也抓来了，王莲仍然据理力争。

“嘿嘿！”黄有虎冷笑一声，鞭子在手里捋了捋，一手握着鞭柄，一手捋到鞭梢，然后“啪”的一声脆响抽到桌子上，“看来，你是不见棺材不落泪了。”

大丫和王莲母子吓得紧紧抱在一起。过了一会儿，王莲才说：“真不晓得他在哪里。你有本事，抓他好了。我们娘儿俩碍你么事了？更过分的是，你还把大丫扯进来。怎么说，她也是你侄姑娘。你真是无耻到了极点。”

“敢骂老子？好，好！不愧是共党家属，够硬。老子一会儿就教你哭都哭不出来，看你还敢不敢骂老子。哼！”威胁完了，把鞭子往桌上一扔，又假惺惺地说，念在都姓一个黄字的分儿上，又是女人和伢儿，暂时不给苦头你们吃。

就在三人刚刚松了口气时，他又恶狠狠地盯着大丫说：“限你三天时间，找腊狗来投案，换他们母子。三天一过，休怪我不客气！”

“喂，二爷！天树还是个伢，晓得个么事？我带他出去了啊！”对着即将出门的黄有虎后背，大丫喊道。

这是她做童养媳起，第一回开口叫黄有虎二爷。黄有虎充耳不闻，径直出了房间。两个打手也紧随其后。

望着黄有虎和两个打手的背影，大丫问王莲，到底晓不晓得腊狗叔在哪里？王莲先欲言，后又坚定摇头，说托人捎过几回口信，让她管好自己跟天树，不要惦记他。至于到底在哪里，没有确切消息。

牢房再无外人，大丫又安慰了一番，然后雨伞也忘了拿，牵着天树出门。

“站住！哪个准你带他出来的？”还没走几步，就被人恶狠狠地叫住了，又对天树吼道，“滚进牢房去。”

大丫一看，正是抓她来的那个喜欢拿枪乱晃的家伙，此刻同样把短枪在手里乱晃，一脸的凶神恶煞。连忙把天树挡在身后，说：“我跟你们队长说好了的。”

“说好个屁！队长的脾气，是你晓得还是我晓得？”那家伙根本不买账，又瞪着天树，“乖乖回牢房，等你老子来换，还能少吃些苦头。不然，老子把你点天灯！”

王莲连忙出来，牵了天树的手，对大丫说：“谢谢大小姐好心。天树还是先跟我一起吧。”

大丫没辙，只得又叮嘱一遍，这才匆匆离去。

成天为生活奔波，大丫没有活动圈子，何况游击队的事，只是听人说，并未真见过。黄有虎只给三天期限，万分火急哩！可是，托哪个传消息呢？大丫脑子里乱糟糟的一团麻。感觉夏先生顾老板跟游击队有关系，但到底有没有，也不敢去确认。跟游击队有瓜葛，可是要掉脑袋的。所以就是有，也不一定能告诉她。

但是，大丫顾不得那么多了。即便没有，他们见多识广，朋友也多，估计能出个主意，或者托个关系。当初被日本人关在贺家沟的牢房，也是不沾亲不带故的顾老板托了田郎中，才保出来的。这样想过，大丫好像有了底气，敲响了春风茶馆的大门。

夜场已经散了。敲了一会儿，唐则成才来开门。一见浑身湿透了的大丫，惊诧地问：“三太太！你这是么样了？”

“顾老板在吗？”大丫没回答，喘着粗气急切地问。

“这么晚过来，三太太莫不是有急事？”唐则成正犹豫该么样回答，却听楼板响起，楼梯口也传来顾顺堂的声音，便闪过了横在门口的身子。

大丫没拐弯抹角，进门就开门见山地问："顾老板！您郎认不认得游击队的人？"

两人又是一愣，对视一眼，顾顺堂低声吩咐唐则成关上大门，守在门口。又对大丫说："三太太！请楼上说话。"

到了二楼，给大丫倒了杯热水，顾顺堂问："这么晚了，三太太有么急事？"

大丫便把王莲母子被抓，以及黄有虎只给三天期限找腊狗来投案的话，说了一遍。然后哭着央求："我是没辙了才来找您郎的，顾老板！即便您郎跟游击队不熟，起码人脉广，比我这妇道人家有办法。"

顾顺堂脸色铁青，拳头捏得咕咕响。思忖了一会儿，劝她不要急，说肯定有办法的。叫她早些回家，说世道不太平，这么晚没回，还不晓得婆婆跟坛坛急成么样子了哩！临出门，又叫唐则成寻了把雨伞，送她回去。她千恩万谢地不要，唐则成还是把她送到了家门口。

浑身淋得透湿，又因担忧急火攻心，下半夜发了高烧。但她硬撑着，天麻麻亮起床，淘米做饭。自己一家人可以喝照得见人影的稀粥跟玉米糊糊，王莲母子在牢里，得吃干的才撑得住。所以，锅里的米和着胡萝卜煮得半熟时，她都捞起来装进瓦罐，然后塞进灶里煨。天放亮了，又去菜园扯了把青菜，在河边洗净，炒了盛进一只缺口碗里，再从鸡窝里摸出一只引窝鸡蛋煮熟。一切停当，用篮子提了去牢房。

刚从茅舍回来的黄有虎，一见就皮笑肉不笑地说："哟！这么早就送饭了？是么好吃的？有二爷的没有啊？"

"牢饭二爷也吃啊？"大丫没好气地戗了他一句。

黄有虎的脸色立马变了，心说大清早的，真他妈晦气，居然叫她给编排了。脸色一沉道："我看你也别急着送牢饭，还是抓紧把信吧。皇军的耐心有限，侦缉队的耐心也有限。三天限期，还是我看在乡邻的面子上，争取来的。"

"喂，二爷！"大丫拦住正要离开的黄有虎。她是真不想喊他一声二爷，但人在屋檐下，只得低回头。

"还有么事？"黄有虎不耐烦了。

"天树还是个伢儿，我能带他出去吗？"

"不能！再小，也是共党家属。"黄有虎不跟她商量，一口回绝了。

王莲跟天树吃完，大丫把碗、筷子和瓦罐收进篮子，说我中午再送饭来，便匆匆去春风茶馆听消息。

茶馆上午不营业。大丫刚敲开门，顾顺堂就叫她上二楼。雨伞还给唐则成，都没说声谢谢，就跟着上了二楼。

站在窗口望着街道的夏恒义，听到推门声转过身来，示意大丫在一张藤椅上坐了，详细询问王莲的情况，若有所思地说："黄有虎这招蛮阴的。假如您郎找到了腊狗，就说明和游击队有瓜葛，他再找您郎麻烦就有把柄了；假如三天内腊狗不现身，照鬼子的残忍，杀害王莲母子完全有可能。"

大丫一听更急了，起身说道："我跟腊狗叔叔一家的关系，您郎是晓得的。要不是他郎们关照，我姐弟三个，也许早就不在人世了。所以，我愿意替他郎们做任何事。"

夏恒义劝她不要急，略一思索又说："您郎到处放风，说王莲母子关在侦缉队，希望好心人带个话给腊狗，让他来投案。这样子，即便后来发生个么事，黄有虎也抓不到您郎把柄了。这边的事，我来想办法，您郎就不管了。"

"到处放风？管不管用啊？黄有虎只给了三天时间咧！"

"放心吧！不会有事的。"夏恒义安慰道，成竹在胸的样子。

夏恒义如此笃定，大丫的情绪也安定了许多，赶紧去洋行买米，再回家做饭了送到侦缉队去。

第三天一早，街上突然传出一个惊天消息，说黄有虎的娘老子，被游击队抓了，要交换王莲母子。否则就地正法。而且，倘若王莲母子身上有伤，也将同样用到他娘老子身上。

黄有虎是早上看到爹的亲笔信的，顿时气急败坏，也惊悚得满身冷汗。他不清楚，信由何人在何时送来，又是么样送进了戒备森严的侦缉队，而且放到他办公桌上的。看完信，他立马带着人，荷枪实弹地回了趟黄家大湾，把护湾队的狗腿子们大骂一顿，连他哥哥黄有龙、弟弟黄有豹也未能幸免。

刚从黄家大湾回来，仍未消气的黄有虎，又把侦缉队的家伙们骂得狗血淋头，一个个吓得大气不敢出。

大丫不晓得消息真假，心中十分忐忑。想黄有虎的为人，特别有鬼子撑腰，游击队的这个做法——假如真是游击队做的，能否奏效，她有些怀疑。

黄有虎正在大发雷霆，大丫就不识时务地去送中饭。一见面，就阴森森地盯着大丫，阴阳怪气地道："果然是和游击队有勾结啊！"

大丫说："这话从何说起呢？二爷可别骇我，要死人的。"

"骇你？"把黄德林的信往桌上一拍，黄有虎气急败坏地说，"游击队都绑我娘老子了，还嚣张地把信送到我办公桌上！你敢说，不是你通的风把的信？你不和他们勾结，他们敢绑我娘老子？说不定，你就是游击队的奸细！"

传闻是真的呀！大丫刹那间有些宽慰，心说总算是拿住他七寸了。却又不敢表露，只是按照夏先生教的话，道："不是您郎让我传话三天的限期吗？我又不认识游击队的人，只有到处托人传话了。"

"托了些么人？"一直没说话的黄天赐，眼中精光一闪，似乎嗅出点味道了，也似乎抓住了重点，突然兴奋地发问。

依他的逻辑，把大丫托的人抓来一审，就都清楚了。如果那些人否认，就是大丫找的游击队；如果大丫托人属实，受托之人便跟游击队有联系。说不定，还能挖出重要线索或者重要人物。毕竟，黄家大湾是日占区，能够指挥游击队到日占区抓人的，肯定不是小人物。

他这个意思，傻瓜都听出来了。于是，满屋子的人都跟着追问大丫，都托了谁？

大丫说：“只给我三天时间，我跟游击队又不熟，所以见人就托，还在菜场拜托了卖菜买菜的人，在茶馆拜托了茶客。认识的和不认识的，都有。怕不止几十上百号？哪里都记得起来呀！而且一传十十传百，到底传了多少，就更不晓得了。说不定我托人的时候，旁边就有游击队呢。”

黄有虎、黄天赐和喽啰们一听，又泄气了。倘若真如她所言，那可是大海捞针哪！

这时，几个鬼子跟魏泽彪突然闯进来，对着满屋子的人哇啦哇啦。通过魏泽彪翻译，大丫才晓得，他们要搞春季“扫荡”了。黄有虎顿时急眼说，他娘老子还在游击队手上，请求暂缓。日本人却直接忽视，骂了句“八格”，限他们即刻出发。

黄有虎气得直瞪眼，但鬼子的火气比他还大，赶紧闭上嘴巴弯下腰，一副狗腿子神态。

黄天赐小眼睛一转，点头哈腰地对着鬼子叽里呱啦。见鬼子满脸不屑地把手一挥，径直出门，转头对大丫道：“皇军说了，你把王莲母子领走。但是，我爹爹老妈明日必须回家。倘若他们有任何闪失，都拿你是问。”

现在就领走王莲母子？这也太出乎意料，太戏剧性了吧？大丫愣是没转过那道弯来。但是，她哪敢多想？既然黄天赐这么说，那就是真的了。假如他一反悔，事情肯定不好办了。于是千恩万谢，赶紧接了王莲母子回自己的家。

黄天赐说的其他话，她都左耳朵进，右耳朵出了。开玩笑！游击队的主，是她做得了的？她现在都不晓得，游击队抓黄德林，是不是跟夏先生有关。或者说，夏先生是不是游击队的人。但不管么样说，王莲母子安全了，这是她高兴的。至于黄德林，那就听天由命了。

35

从跟黄有虎叔侄的交涉，感觉夏先生的方法管用，大丫又匆匆去春风茶馆。她得回个话，同时再讨个主意。毕竟，王莲母子住她家里，分分钟都有可能再抓进去。

顾顺堂依然让她上二楼。

王莲母子已经平安，让夏恒义舒了口长气。又听闻鬼子部署春季“扫荡”，脸色再次沉了下来，眉头皱成“川”字形。思忖片刻，问荒湖的李叔可不可靠，得到肯定答复，夏恒义说游击队居无定所，带着家眷不方便，但王莲肯定不能回黄家大湾了，问大丫能否送他们去荒湖。他又解释说，荒湖在边缘地带，游击队常去，日伪反倒是不敢，叮嘱她就说是李叔的远房亲戚。

大丫满口应允，又问：“我腊狗叔真是游击队吗？”

“是的。他现在是县大队的副连长。”到了这个时候，夏恒义不再隐瞒。这也变相承认，他也是游击队的人。

“那我苕货叔也是游击队？”大丫又问。

“是的。他们都是我从护湾队救了，送到根据地的。苕货同志是一名优秀的侦察员。只是，可惜了。”夏恒义的面色更加凝重，握着的拳头捶在茶几上，眼里闪着泪花。看得出，他心里非常地痛。

“那他郎被杀的时候，您郎眼睁睁地看着，为么事不救？”大丫满脸不解，眼里也闪着泪花。

“唉！有些事情，不是您郎想象的那么简单。我们共产党游击队员每天都准备牺牲，但不能作无谓的牺牲。”

这点大丫能理解。就当时的情况，如果夏先生去救，只是多死一个或者几个人，改变不了苕货被杀的结果。她突然又心生好奇，问苕货幺叔那么灵活的人，怎么就被抓了的？

夏恒义沉吟片刻，回忆道：“通海口镇是一个军事要塞和交通要道，是东西南北的人来往的必经之地。所以，各方面武装都想得到。不然，日本人不会花大气力打通海口，五百师也不会常常来打日本人。新四军其实到处都有，只是没占据集镇。游击队就担负着掩护和护送的任务。苕货同志就是护送领导被敌人发现了，为了领导和同志们脱险，而主动暴露被敌人抓到的。”

共产党游击队在周边甚至镇上惩罚鬼子汉奸，她时常听说。如今见夏先生真是共产党游击队，又得知两个叔叔也是，而且苕货大义凛然的样子老在眼前晃，对他们就更加敬重，觉得保护王莲母子的安全义不容辞了。

鬼子忙于“扫荡”，检查站只对进镇的人盘查严格，出去则比较松，又选在散集的时候，所以两个武工队员护送大丫王莲去荒湖，没多少波折。只是大丫感到惊讶，两个平时寡言少语的年轻街坊，居然也是游击队，可见抗日的人真不少，而且就在身边。

送罢王莲母子，大丫跟武工队员连夜回了镇上。

睡到后半夜，河北突然响起了猛烈的爆炸声。大丫不晓得发生了么事，提心吊胆地整夜都没敢再睡。尽管如此，第二天一早，仍挑了小半担蔬菜去菜市场。

刚进菜场，就听人们抑制不住兴奋，到处叽叽喳喳小声议论，说日本人的军火库炸了个稀里哗啦。大丫这才恍然，心里直说炸得好，炸得好啊！只是，她不好把这份喜悦，挂在脸上。抓紧卖完了菜，又买了些甘蔗、荸荠，回家连同花生、瓜子、糖果等装了满满一篮子，去春风茶馆。

街上的鬼子和二鬼子比平时多，盘查更加严厉，不停地抓人。大丫不免又担起心来。自从被黄有虎扯入王莲这件事，她好像也跟游击队有了瓜葛，心中便多了牵挂。

刚到茶馆门口，正在招呼客人的顾顺堂对她含笑点头，她的心才放宽了些。当然，大丫不晓得的是，得到她说的消息，夏恒义当时就给游击队放了信鸽，又派人送信，叮嘱做好反“扫荡”工作，同时派人进镇，配合武工队活动。夏恒义的原话是：“他们下乡

‘扫荡’，我们就反其道而行之，在镇上闹他几个动作，叫他们顾头不顾腚！”

茶馆里人头攒动。今天起，夏恒义要说《薛仁贵征东》全本了，这是门外的海报上写了的。

他身后有张太师椅，面前的桌上铺了张旧桌布，上面摆着两样东西——一把紫砂茶壶和一块醒木①。身穿长衫的夏恒义兴致勃勃，一直站着说，那张太师椅竟成了摆设。中间也不歇息，只是偶尔端起紫砂茶壶，小呷一口茶水，抑扬顿挫地一口气说了第一回“龙门县将星降世，唐天子梦扰青龙”和第二回“罗通班师配丑妇，狼主差使贡金珠”。

七八桌的听众个个引颈，神情贯注地随着夏恒义的节奏，时而兴奋，时而紧张，时而开怀大笑。其间，听众以为要歇息了，谁知他又抓起醒木，使劲往桌上一拍，拍出一片山响，把刚要离席的听众又招了回去。

大丫依旧在门口的一张桌旁，尽管人们无暇光顾她的零食，也是满脸带着微笑。听夏先生说书，她往往入神，把故事记在心里。她没上过学堂，人却聪慧，记忆也好，回家跟婆婆和伢们讲起，也头头是道，让她们跟着长了不少见识，明白了不少道理。

连着讲完了两回，夏恒义才去上了趟茅舍。人们也才蜂拥般来到大丫桌旁，让她篮子里的零食顿时销下去一半。

这个时候，天华就有事做了，笑呵呵地帮堂姐卖零食。只要跟着夏先生来，他都会坐在大丫旁边。但他对读书识字没兴趣，对听故事也没兴趣，却对帮堂姐卖东西兴趣浓烈。夏先生说书还没起头，就开始盼中场休息，好帮堂姐卖零食。

很快，第三回“举金狮叔宝伤力，见白虎仁贵倾家”就开始了。刚刚讲到薛仁贵为习武散尽万贯家财，不得已到叔叔薛雄处借粮，不想被一顿羞辱，甚至要逐他出薛门，越想越气，丢了根绳子

---

① 醒木：方言。即惊堂木。

在大槐树上上吊，却被挑担为生的王茂生夫妇路遇救下一节，魏泽彪突然带着几个鬼子伪军进来。

一见那明晃晃的刺刀乱晃，人们先是“啊”的一阵惊呼，随后骚动，又在鬼子的哇啦哇啦嘶叫与魏泽彪恶狠狠的翻译中安静下来。

夏恒义坐下，抱起茶壶抿茶，一脸的笃定。顾顺堂上前交涉，询问所为何事。魏泽彪没好气地说，皇军的军火库炸了，全镇搜捕游击队。与此同时，鬼子伪军凶神恶煞地挨个查看良民证。没找到要找的人，又都灰溜溜滚蛋，转身进了隔壁的“范氏饭庄”。

夏恒义一直冷眼旁观，见都走了，笑呵呵地说我们继续。

随后半个月，简直是日本人和二鬼子的梦魇。

先是黄有虎、魏泽彪、郭凯文等几个汉奸，被相继清除于姘头的床上、侦缉队的茅舍以及赌场等地方。每个清除的现场，都留有“认贼作父，不得好死！”“汉奸的下场！”“人民的公判！”等标语，落款均是“通海口区游击队”。恐吓得大小汉奸惶惶不可终日，感觉哪里都不安全，见谁都像是游击队，不得不老实了几天。

黄有虎、魏泽彪直接当走狗的，自不必交代。郭凯文也真不是个么好鸟。

怂恿李志伟当会长有功，被日本人聘为商会秘书，后又擢升常务副会长，天天帮日本人压榨商人，是给鬼子筹款出力最多的，自己也趁机大发横财。甚至拆了通海口镇两户老板的大屋，砖瓦木料石料全部运到朱雀，给自己起庄园。这还不是游击队锄他奸的主要原因。更加罪不可恕的是，他堂兄郭凯华是共产党中心县委领导，他竟卑鄙无耻地利用这份亲戚关系，诱捉郭凯华年迈的爹和没成年的儿子，再亲手交给鬼子。老人被活活打死，儿子折磨成了浑气，以至于常常吃屎喝尿。

接着是二十几个“扫荡”回来的鬼子和二鬼子，牵着猪牛羊，抱着鸡鹅鸭，押着民工推着几板车的货，已经快到镇上了，却遭游击队伏击。等援军赶到，发现无一幸存，游击队早逃之夭夭不知所踪，抢来的东西也被悉数带走。随后是装满了棉花，准备运往汉口的几艘木船，莫名其妙地在通州河里被一把火烧了个精光。

再后来，五百师突袭通海口镇，差点把守城的鬼子伪军连锅端，“扫荡”的鬼子和二鬼子连夜回援，又半路遭伏击……

日本人的春季“扫荡”，就这样被粉碎了。他们都自顾不暇，哪还敢下乡“扫荡”？于是如疯狗般，在镇上肆无忌惮地抓人杀人，闹得鸡犬不宁。不过，夏恒义信心满满地说，日本人这是回光返照，蹦跶不了几天了。

细心的人们观察，夏恒义说的好像有道理。因为镇上的日本人，越来越少了，就靠二鬼子撑着。二鬼子又经不起游击队和五百师敲打，成天龟缩在镇里和少数几个据点，三两个人不敢出门，再没了往日的嚣张。

日子就这样熬着，不过感觉是有点盼头了。

果然没出所料，也就又熬了一年多。到了民国三十四年秋，农历七月尾，人们清早起来忽然发现，小鬼子甚至洋行里的日本人，犹如过阴兵[①]般销声匿迹了。

人们不明就里，甚至惶恐不安，不晓得鬼子去了哪里，也不晓得他们葫芦里卖的么药，或者又在憋么坏招。直到下午，人们才听说，小日本投降了！或许是惧怕报复，竟于夜间开拔，去县城朱雀向五百师缴械去了。

通海口镇顿时沸腾起来。离中秋还差几天，但压抑得太久，人们等不及了，张灯结彩，敲锣打鼓，甚至唱起了大戏。

也不晓得哪个带的头，中秋节这天，都冲进鬼子的营房、洋行、仓库抢东西。有用没用的，甚至炮弹，都扛回家里去。

没跑得了的二鬼子，起先还龟缩在营房里，紧锁大门不敢动。继而按捺不住，也参与到打砸抢的行列，然后作鸟兽散。周边的土匪，嗅到这么好的白抢机会，也大摇大摆上街。军营和洋行抢光

---

① 阴兵：方言。也称鬼兵。顾名思义，就是阴间鬼魂组成的军队。

了，搂草打兔子，顺带着打劫其他商家甚至居民财物。

日本人走了，国民政府也没来人。在这一个多月的无政府空当期，通海口镇一片混乱，搅得乌烟瘴气。

大丫没去发不义之财。她找顾老板借了点钱，把小丫、天宝两家和王莲母子接到家里，好好地过了个中秋，晚上还看了场夜戏。

夜戏散场回到草棚，都没睡意，便其乐融融地围坐在禾场上，吃着月饼扯闲篇，看那圆圆的月亮缓慢移动。伢们则在一旁追逐嬉闹。

“大姑妈！您郎看田里刨不出食来，我们眼看着又要添老三了。不晓得能不能帮天宝在镇上谋个事做？或者，上镇里做点小生意？”

天宝媳妇方引娣挺着大肚子，突然一本正经地说道，弄得众人一愣。天宝、小丫和魏登华更是满脸期盼，都停止啃月饼了。

“没问题呀！但谋事做，我没那本事。黄家就有店铺在街上，如今鬼子跑了，您郎们收回来自己做，不比去谋事更好？”大丫起先也是一愣，反应过来后，爽快地说，“虽然老妈讲，黄家后人不准经商，所以她宁愿聘朱掌柜、张掌柜打理，也不让爹染指绸缎铺和杂货铺的营生。可是世道变了，老妈讲的那一套不管用了。我自己做的，不就是提篮的小本买卖么？自己做生意，说不定，还能做成大老板呢？”

“铺子能收回来？哎呀！那可真是太好了。”魏登华一拍大腿，兴奋得脸上放光。

“我们没想当大老板，大姑妈！就是糊个口。”方引娣脸一红，小声说道。

“就不晓得，还收不收得回来哩！”天宝吧嗒一口旱烟，说得慢条斯理，底气明显不足。

“原来是被鬼子强占的。如今鬼子跑了，难不成，还有人再来强占？”天宝的话，搞得大丫也没底气了。

“是啊！你们姐弟在一处，相互间有个照应，那是再好不过的。”王莲插嘴道，不过她还是担忧，“但就是不晓得，这国民政府是个么章程。会不会跟鬼子一样呢？”

“应该不一样吧？怎么说，也是自己的政府哩！不像狗日的日本人，跑到别个国家，当然是想么样糟蹋就么样糟蹋了。”魏登华的想法有些不同，随后赶紧补充，“两间店铺，得给我们一间。千万别撇了我们。不管么样说，舅爷还有二十几亩地，我们可是靠做长工打短工活命的。”

人们一听，脸色都变了，没想到他会提这么个要求。特别方引娣，脸色极度难看，嘴巴张了几回，想说点么事。

“姨爷！您郎这话讲差了。虽说姨妈跟我，都是舅爷的亲姐姐，但嫁出去的女儿泼出去的水，不能再想娘家的一分一毫。这店铺姓黄，只是舅爷一个人的。”大丫苦涩一笑，生怕生出龃龉，赶在引娣开口前，善意提醒。

对小丫跟天宝，大丫都愧疚，但对天宝的愧疚更甚。小丫那么小做童养媳，的确是委屈。但大丫也做了童养媳。天宝却不同，他是黄家独苗。自小受的苦就不说了。最让她愧疚的，是没能力为他娶上一房妻室，只得在二十一岁那年，到方家做上门女婿。好在方氏贤淑，也育有一儿一女，但总归姓方不姓黄，好说不好听。所以，总想着有能力了，帮天宝一把。然而，能帮天宝的能力，她却一直没有。既然他们想来做生意，那就推一把呗！同时，在涉及天宝的切身利益上，她会当仁不让地维护，即便想揩油的是小丫，也不行。当然，她也会在能力范围，尽可能地关照小丫。

“大姐，舅爷舅妈！登华开玩笑的，您郎们别当真，我们没想占娘家的家产。只是说，舅爷舅妈店铺缺人手了，可以叫我们来帮忙。再说了，这么些年，大姐帮我们还少啊？我们都记着哩！”小丫也看到弟弟两口子脸色不好，听出了大姐口气中的不快，连忙用肘拐了一下魏登华。

“嘿嘿！是啊，是啊！哪会呢？也不可能哪！”魏登华回过意来，晓得自己说敞了，尴尬笑着，赶紧点燃旱烟袋。

天宝跟引娣脸上这才多云转晴，顺着小丫的话，讪讪地说：

“那是自然。叫姐姐姐夫帮忙，不比找外人强啊？”

魏登华一句话引起的不快，总算是化解了。王莲松了口气，说：“你们是我看着长大的，真不想你们闹得不愉快。这样说开了，最好。”

“两个铺子，我跟引娣也照顾不过来。到时候小姐跟小姑爷可以来管一个的。”天宝是个忠厚人，觉得自己前面的反应过急，伤到人了，连忙补充道。

瞅见引娣的脸色又垮了下来，大丫连忙打圆场：“舅爷先不把话说死了。等铺子落实地，您郎再跟舅娘去合计，要不要请他们。这是您郎的家事，我跟姨爷姨妈就不掺和了。我的想法，即便是请，也跟过去聘朱掌柜、张掌柜一样，铺子是您郎的，东家也是您郎。”

“那是自然，那是自然！”魏登华再不敢托大，瞎咋呼了。

“唉！”一直没说话的李邱氏，突然发了声感叹。

这声感叹太过突兀，都扭过头去问：“邱老妈！您郎叹么事气咧？”

“没么事。”李邱氏一惊，连忙否认。

但她哪里是没么事呢？她还真有想法，只是不好开口。天宝口口声声，只说请小丫两口子参与做生意，却只字不提大丫。她心里在说，天宝啊天宝！大姐为你扒心扒肝，你就说个乖话，哄她开心一下也好啊！她肯定不会争你个么事，更不会占你便宜呀！你却乖话都不说一嘴。好在是大丫，不跟你计较。要是换一个人，还不在心里叹息死呀？

或许是二十多年的依赖，早把大姐当娘看了，天宝的确没想到这层。甚至，觉得大姐为他劳心费神，是天经地义的。而大丫，也真没李邱氏这些想法，真是扒心扒肝为天宝的。只听她对天宝和引娣说：“要不，您郎们去看看铺子，先把杂货铺收拾出来？绸缎铺炸得尸壳不剩，但地基还在，也可以先搭棚子的。”

“街上的事，我们也不懂。就麻烦大姑妈，先帮我们收回来吧。”引娣说。

天宝也说：“心急吃不得热豆腐，估计没那么快的。就麻烦大姐，先帮我们把铺子收回来吧。”

大丫也不推辞，满口答应了。随后，又讨论来了怎么住的问题。大丫算是有两处住所，她不晓得，这算不算发了国难财。虽然都很差，但住人还是能将就的，便热心快肠地说，先不另外找地方了，就住我这里。

开心快乐、无忧无虞的日子，总是稍纵即逝的。何况中秋也就一天。

36

第二天送走了客人，大丫就过河北，准备收拾那间由柴屋改成的房子。如果要修补，也先修补好，免得搬进去了再修补，他们心里有疙瘩。这也是她弥补弟弟妹妹和减轻愧疚的一种方式。大丫边走边盘算。

那边成了日本人的地盘，大丫就几年了再没去过，也不晓得现在是个么情况。走在这条曾经再熟悉不过的巷子里，不断有人打招呼，大丫这才发觉，好多街坊都搬回来了，便不由自主地加快脚步。

怀揣一颗忐忑的心来到屋前，霎时傻眼得恨不得抓狂。屋还在，门却没了，被整板抹了石灰的墙壁封得严严实实，墙壁上“大东亚共荣”几个黑字分外刺眼。

围着李家大院转了半圈，大丫极不情愿，却又无可奈何地绕到了门额上写着“李宅”二字、两边各蹲一只石狮的大门口。

李宅门前车水马龙，老远就听得见堂屋里的欢声笑语。满面春风在门外迎客的李志伟跟管家郭凯武，见大丫怒气冲冲过来，同时皱起了眉头。

郭凯武是郭凯文的双胞胎兄弟。郭凯文当了商会常务副会长，无暇料理李家事务，李郭氏便叫他过来当管家。

李志伟还没开言，郭凯武便抢在前面，语气不善地问你来做么事。大丫懒得跟他费话，直视李志伟问，凭么事把我的门封了？李志伟的眉头皱得更紧了，把头别向一边，就像大丫有传染病似的。

郭凯武跨前一步，拦在李志伟面前，反问你的门在哪里，我么样不晓得你有道门呢？这是你的屋吗？恶狠狠地说，你屋都没有，哪来的什么狗屁门！继而提高声调，威胁道："赶紧滚，不然叫你好看！"

"没人问你！别狗仗人势乱叫唤，最后落得郭凯文下场！"大丫被他的咄咄逼人搞得火大，怒撑了一句。又移动一步，避开郭凯武挡着的身子，再次直视李志伟，道："问你话呢？哑巴了？只会放疯狗咬人哪？"

两人脸色阴沉得可怖，只差暴跳如雷了。家里请了那么多客人，大丫却来闹事，这不是当面打脸吗？特别郭凯武，还没人敢当面骂他是狗的，何况咒他跟郭凯文一个下场，顿时就有动手的冲动。

就在这紧要关头，有人骑着马来了。两人丢下大丫，赶紧跑过去，满脸堆笑地拉着缰绳。李志伟说："区长大人驾到，敝府蓬荜生辉！欢迎，欢迎！请区长大人下马。"

刚准备下马的那人，霎时把笑凝固在脸上，抬起的脚又退回去蹬住马镫子，端坐不动。郭凯武心思通透，当即明悟，扶住他一条胳膊，脸上挤出一堆的笑，另一只手指着台阶，做了个请的手势，道："区长大人，请高抬贵脚，上台阶！"

微笑重新回到那人脸上，扶着郭凯文的肩膀翻身落马，然后忽视掉李志伟，以及他那伸出的右手，昂首跨上台阶。

李志伟这才明白自己讲错话了，闹了个大红脸。刚刚到任的接收大员，怎能叫人家"下马"呢？只得收回落空了的右手，尴尬地跟在后边，陪着区长进屋。

大丫仍在生气，对着一行人的背影高声责问："李志伟！你凭么事把我的门封了？”

自家的门被人无缘无故封了，撂谁也淡定不了啊。泥人也有三分火哩！不过，那些人也是见过世面，充耳不闻，谈笑风生地跨过门槛，跟早候在堂屋的人拱拳打恭，客气连连。

日本人占领的这几年，李志伟关了皮货行，来钱太慢。改行做钱的生意，么事来钱做么事。倚仗商会会长这个金牌头衔，又有满肚子坏水的郭凯文辅佐，借着为日本人筹款的旗号，赚了个盆满钵满。

郭凯文教的法子，虽然简单，却很实用。就是日本人下了筹款命令，他就找商户开会，并带头捐款，不收齐不散会。到底齐没齐，他和郭凯文说了算。至于日本人要筹多少款，别人不清楚，只在他和郭凯文心里。日本人懒得跟商户们啰嗦，也知道他中饱私囊，然而以华制华，本就是他们的策略。自己的钱款到手，就睁一眼闭一眼，管他两人得了多少？这样，交完了日本人的，剩下就是这郎舅的。

李志伟起初不落忍，毕竟街里街坊，低头不见抬头见。但经不住郭凯文姐弟撺掇，也经不住利益诱惑，心肠便越练越硬，甚至期盼日本人常下筹款命令了。

商户们起初也配合，要多少都给，花钱买平安。可是回数一多，就吃不消了。好的生意，日本人做了。留给本地商户的，都是鸡肋，没么赚头。本就惨淡经营，出项多进项少，哪里填得了日本人那个无底洞？

交不出款的，郭凯文的办法也简单，直接交名单和数额给日本人，或者侦缉队。日本人更简单，派二鬼子上门绑人，叫家人带了款项来赎。当然，赎款远超交款，因为增加了“人工费”和“罚款”。

被逼得走投无路了，饭馆袁老板上吊、杂粮行沙老板投河，还有几个商户跑路。但凡跑路和死了的，那就更简单，直接收商铺。郭凯文挂在嘴边的口头禅，就是“跑得了和尚跑不了庙”。

游击队的锄奸行动，李志伟也在名单里的。但他不喜欢应酬，深居简出。同时，鬼子的商会会长，也住进了他家。这样，保护日本商会会长的人，实际上也保护着李志伟。游击队没机会下手，让他成了漏网之鱼。

日本人投降，李志伟出去躲了段时间。不承想新来的接收大员，就是这位区长，也是个财迷，收了他叫郭凯武送的一千大洋，竟不计前嫌，任命他为新的商会会长。

这天，就是他“荣归故里”，走马上任的日子。照李志伟的性情，悄悄回来了完事。可高调惯了的郭氏姐弟不答应，于是广发“英雄帖”，举办完简短的上任仪式，就把有点头脸的都请到家里。没有头脸，却还有点家产的，也发了帖子。因为，这也是敛财的机会。那些人来还是不来，郭氏姐弟倒不计较，贺喜的情钱到了就成。

听着屋里乱哄哄热闹非凡，大丫肚皮都气炸了，站在门外不停地叫喊：“李志伟，李志伟！你为么事要封我的门？你出来呀！你出来，给我讲个清白！”

大丫的叫喊，引得路人驻足。也有好心人劝她，惹不起的，赶紧回去吧。大丫不管，都逼绝路上了哩！活路都没了，还有么事好怕的？

李志伟没出来，倒是把郭凯武叫出来了。阴沉着脸，驱赶围观的人群：“走，走！都走！疯子闹事，有么事好看的？”

人们三三两两地离去了，郭凯武把指头甩到大丫鼻子尖上，凶巴巴地吼道：“我再说一遍，也是最后一遍！这里没你一砖一瓦，更没你所谓的门！你就是眼红，晓得李家今天做好事，故意来闹码子[①]的。但我警告你，李家的忍耐是有限的，不要扒错了你的算盘子[②]！”

“兔子急了还咬人哩，李志伟！把屋还给我！罩你们的日本鬼子滚蛋了，我就不信，你们还能像过去一样跋扈。”大丫毫无惧色，

---

① 闹码子：俗语。意思是闹事、出人家洋相。

② 扒错了你的算盘子：俗语。意思是打错了算盘。

扒开他指头，又对着大门喊，“李志伟，李志伟！你出来，出来呀！你不能总当缩头乌龟吧？”

两人就怕人说他们是汉奸。见大丫直接扯到了日本鬼子罩着这件事，郭凯武又气又惊，扬起巴掌，声色俱厉地威胁道：“你再喊一遍试试！”

担心大丫吃亏，就在她再次喊叫，而郭凯武的巴掌的确是要落下时，一众街坊连拖带架，把她弄离了李家大门口。

大丫欲哭无泪呀！回家就病倒了。李邱氏晓得媳妇因何病倒的，再次自降身价，登门去找李志伟。

那年大丫被日本人抓进牢房，李邱氏想求他作保，结果在郭氏姐弟那里碰了一鼻子灰，折过一回人[①]。但“颜面”这个东西虚无缥缈，于穷人毫无意义，李邱氏早不在乎了，所以也不怕再折一回人。何况这回的事不一样，是他要霸占三房的屋。

李志伟家这些天摆流水席，大宴宾客，根本没空搭理。李邱氏却顾及李家名声，不想家丑外扬，而且忠厚老实，做不来撒泼打滚那套，所以去了三回，前两回都被郭凯武挡了。直到第三回，才见着大媳妇。

李郭氏当然晓得她所为何事，郭凯武挡完驾，都跟她说了。引进西厢房坐定，假惺惺地问，三老妈过来，不晓得是有么吩咐呢？李邱氏不会装，也不拐弯抹角，直巴笼统[②]地明白来意。

对这位大不了自己几岁的三房姨娘，李郭氏没放在眼里。但这种瞧不起，她只搁在心里，没摊明面上。当即就装出一脸惊讶，夸张地说：“她不是在河南起了新屋吗？就那间破柴屋，还值得她惦记？真是没见过世面，心眼小啊！”

她这话让李邱氏心里的火，直往上蹿。但她是来要屋的，不是吵架的，也不跟她发火，说：“破不破，总是祖上留给她的一份家业，她当然得要啊！”

---

① 折过一回人：俗语。意思是丢过一回人。

② 直巴笼统：方言。意思是直截了当，不拐弯抹角。

“她不住这里，一晃五六年了吧？三老妈，我跟您郎说啊！我是看屋漏得要塌了，才发善心收的。如果不是我，不定早就塌了哩。哦！五六年都没要，我修好了，她就来要了。敢情是丢给我帮她保管维修的啊？我是她下人？天下有这样好的事？那不是把人当苕盘[①]吗？”

李郭氏如爆米花般越说越快，李邱氏想打断，却根本插不上嘴。见她终于住了，赶紧说：“就是烂透了，也是她的。她要回自己的屋，天经地义啊，大娘！”

“还给她，也不是不可以。但我得跟她算算这维修的钱，保管的钱，还有这钱的息钱，以及杂七杂八的开销。”李郭氏嘴巴一撇，话讲得相当霸气，似乎道理尽在她这边。

讲歪理，李邱氏真不是对手。眼睛四下里睃巡，突然说：“那过些日子，我还回西厢房住。这个屋原来就是给我的。至于我死了以后，你们怎么扯皮，我就管不着了。”

李郭氏没想到她会提西厢房，而且完全占在理上。愣了一下，便采取哀兵政策，挤出两点泪来说：“三老妈！不瞒您郎说，这间西厢房，现在是我在住。但我没法退给您郎。志伟那个老不死的，又娶了两房姨太太，就把我赶这里来了。除了西厢房，我么事都没了。退给了您郎，我只有睡大街了。”

“那依你的意思，活该我去睡大街？”李邱氏终于抓住机会，反击了一句。

“那雷公还不劈了我啊，我的三老妈！您郎这样讲，叫我们做晚辈的，哪里担得起呀？”李郭氏一副惶悚不安的样子，赶忙说道。想想又问，“您郎帮三娘带了几个伢，她敢不管您郎？她就不怕遭雷劈呀？”

“三娘待我如亲娘，雷公为么事要劈她？还真是没天理了吧？我住自己的屋，跟三娘管不管我，有么关系呀？”李邱氏突然发现

① 当苕盘：俗语。苕指傻瓜。“盘”是戏耍的意思。全句的意思是把人当傻瓜。

从西厢房入手，好像有效果，咬住不放。

前面说“颜面”对穷人不重要，然而作为有钱人的面罩，又是万万不可或缺的。纵然满肚子男盗女娼，坏事做尽天良丧尽，表面上也粉饰得正大光明，真正的又做婊子又立牌坊。

李郭氏的心态，正是这样。一直没管过李邱氏死活，却生怕人家说她没孝心；从未想过放弃西厢房，又企盼这个话由对方说出来。见李邱氏咬死不松口，李郭氏只得叹了口气说，三老妈！给我点时间。李邱氏也没咄咄逼人，但希望她说到做到，尽快腾出来。

做你的白日梦去吧，看老娘腾不腾！李邱氏刚出“李宅”大门，李郭氏就对着她后背啐了一口，心里恶狠狠地说。

李邱氏当然不晓得，还自以为有成效哩。

沉睡三日，大丫终于下床。屋的事，只有拖后再说了，她得先去看店铺。拖着疲惫身躯，从东头进入北街，那条曾经繁华也最能展示通海口镇风光的河街。

日本人占领后，人们被赶到河南，也沿通州河形成了一条商业街。为以示区别，人们把原来的河街改称“北街”，东河街改叫东北街，西河街改叫西北街。河南的商业街，则称之为“南街”。

映入眼帘的，哪里还寻得见记忆中那熙熙攘攘摩肩接踵的样子？哪里还听得到此起彼伏的叫卖吆喝和一声高过一声的讨价还价？通州河岸鳞次栉比的码头也杂草覆盖，了无生机，河里的商船更是寥寥无几，满眼都是苍凉和萧条。

被鬼子烧了之后，大丫常来看这些废墟。来一回，嘴里冒回冷气，心头一回比一回凄凉。

终于看到几家开着的门店前，有花花绿绿的幌子懒散地飘着。虽然门可罗雀，却也开门迎客了。店主或者伙计以为她来买东西，热情地招呼，大丫一边回应，一边也暗暗松了口气，心说总算是看到点生机。

又走过几间店铺，便停住了。这里是绸缎铺的位置，即便烧成废墟，大丫都不会记错的。然而，不知是谁搭了间简陋房子，经营着粗货。四下里张望了一遍，便进到门里。

店主和伙计均不认识。便上前交涉，说这是我家绸缎铺，被日本人炸了，一直空着没起屋。你们怎么能起屋开店呢？

店主是个中年人，虽满脸堆笑，但说出的话，还是吓了大丫一跳。他说这位大姐真会开玩笑，我们有正规转让手续，诈不走的。大丫正色道，没跟你开玩笑，这地方是我祖上的产业。店主懒得废话，语气也不友善了。他说这位大姐，你要买东西，就买；不买东西，就走。不要妨碍我们做生意，现在做一笔生意也不容易。大丫当然不可能离开，问他从哪里转让的。店主转身整理货架上的货物，但还是漫不经心地告诉她，是从黄天赐队长手上。

听他言下之意，他既手续齐全，又后台够硬，乃是炙手可热的区公所保安大队大队长黄天赐。大姐你知难而退吧，别自找没趣了。

事实的确如此。放眼通海口镇，黄天赐是少数几个可以横着走的人之一，敢惹他的人真不多。

当汉奸的原班人马，国民党照单全收了。其中就有侦缉队队长黄天赐，任了保安大队长，且把过去的保安大队跟侦缉队合并，更加人强马壮。如鱼得水大权在握的黄天赐，天天跟在接收大员——区长——屁股后头，查抄鬼子、汉奸和洋行财产，挨门挨户搜查从日本军营和洋行抢走的财物。

闻听此言，大丫暗暗叫苦。假如他当日军或者汉奸物业，假没收之名行强占之实，那想要回来，真比登天还难。因为是否日军或者汉奸物业，他上嘴唇往下嘴唇那么一磕，就基本没人改得了。

但是大丫不死心，毕竟这是她家的，便要店主拿契约出来看，说我不相信你的话。

店主心想，这女人怎么这么轴这么不开窍呢？于是不屑地说：“那是地契吔！你以为是伢们板的撇撇[①]，推的轱辘滚子[②]，想看就

① 撇撇：方言。用纸折成的三角形游戏玩具。

② 轱辘滚子：方言。男伢们的玩具。篾片或者铁丝圈起的圆圈叫轱辘滚子，另做一个U形推杆，推着在地上滚动。

能看的？”

不远处有家杂粮行，掌柜郑洞国是老街坊，闻声过来，证实地基的确是三太太家的。听郑掌柜叫大丫三太太，店主觉得她虽然穿着朴素，可能还有点身份，语气和态度顿时委顿下去，再不敢不屑一顾。所以虽心不甘情不愿，还是从柜台下面取出一张纸来。大丫不识字，转手递给郑洞国，说烦劳郑掌柜帮我验证一下。

郑洞国眯着眼，看了正面看反面，看了反面再看正面，然后指着那个印启启[①]，皱着眉头道：“还真是的，三太太。这是区公所的大印。”

“怎么可能呢？我家在这里卖绸缎，都三代人了，从未转过手。我又不是汉奸，他怎么能说没收就没收呢？不行！我得找黄天赐去。”

听她说要找黄天赐，郑掌柜跟店主都骇了一跳，劝她别找那个麻烦，搞得不好吃不了兜着走，划不来的。

“不行！我家祖传的产业，他凭么事说收就收，说转让就转让？”大丫也不看杂货铺了，转身去区公所。

37

凄风苦雨，身子虚弱，摇摇晃晃走了半个钟头，才来到区公所。然而却被告知，黄有龙娶了个三姨太，黄天赐陪区长回家喝喜酒去了。

大丫问他么时候回。哨兵是本地人，知道她虽是大队长堂妹，却不招待见。既然她堂哥都不待见，他也没必要客气，不屑地瞥她一眼，不耐烦地说，吃喜酒的事，可不就长短说不准哪？我又不是他娘老子，哪晓得他么时候回？

---

① 印启启：方言。指印章。

大丫指着门里的传达室，说我进去等他吧！哨兵用手一拦说，我劝你还是回去，改天再来。天黑了才回来，甚至不回来，也是常有的事。

大丫着急，恨不能一爪子抓黄天赐到手，然后问出个子丑寅卯，哪敢就此离开？见大丫不肯离去，哨兵不客气地说："你到警戒线十米以外去等，不要妨碍我执行公务。不然，给人发现了，是要挨鞭子关禁闭扣军饷的。"

深秋季节，又细雨纷纷，站在街边苦等，且不晓得得等多长时间，本就有病的身子，肯定吃不消。说不定，他还没回来，自己就冻死路旁了。大丫叹口气，心想先去杂货铺看看，晚些再来。她甚至懊恼自己气昏了头，听说绸缎铺没了就赶过来，也不晓得先去看看杂货铺。

"三太太！你么样摇摇晃晃，跟个醉汉似的？"

往回没走几步，一声惊诧，打断了大丫的思绪。循声望去，只见袁老板的太太刘氏，撑着雨伞从对面过来。

袁老板先开米行，生意很红火。不意日本人垄断米行，便改行经营饭馆。他的特色风味通海口三蒸，货真价实又佐料独特，迅速赢得口碑，人们做好事有喜事，都来他店里请客。也正是这表面红火，导致他迅速关门，却没大吉——

街坊们捧场，他当然求之不得，成天把笑挂在脸上，嘴巴都合不拢。花花绿绿的钞票源源不断，哪个不高兴呢？除非脑壳被驴踢坏了！

但是，这种开心的笑，在袁老板脸上并未挂太久，人们甚至发现，他再难得一笑，反而是愁眉不展。原来，保安大队和侦缉队成了常客。客源拓展了，不是应该高兴吗？可他们老吃霸王餐，大碗喝酒大块吃肉，常把饭馆闹个底朝天，然后摔盘子砸碗，骂骂咧咧走人。

只有出项没进项，哪是做生意？那是赔本赚吆喝，纵使家财万贯也扛不住啊。油多盐多，没有日子多哩！何况，还要养一屋老小。厚着脸皮讨要，轻者挨一顿骂，阴阳怪气地说老子们保了你平安，吃你一顿饭还好意思要钱？没送你去修工事，已经便宜你了；老子们能来吃，就给足了你面子。更有脾气火爆的，抡起枪托砸在身上，说声：“滚！”然后置之不理，扬长而去。

万般无奈，袁老板忍痛关门，心说老子不做了，看你们还么样吃老子的霸王餐！不想那些人说他有抵触情绪，破坏大东亚共荣，是反日行为。

开门开不起，关门又关不起，袁老板欲哭无泪。不久，日本人又要捐款。袁老板真是无能为力了，也不敢卖了祖屋变现，悄悄带了根绳子，到通州河边的树林里上了吊……

袁太太把手放她额头，立马惊叫道：“你病了哩，三太太！额头都烫手了……你到区公所来搞么事嘛？”

大丫有气无力，反问她来搞么事。袁太太气不打一处来，说是来算账讨公道的。随后，也不管大丫了，对着区公所的大门高声叫骂起来：“区公所的家伙们，你们听好了！老娘男人袁大发是抗日人士，他不是汉奸！他是抗日死的，是被鬼子和汉奸逼死的，是抗日的功臣！你们不分青红皂白，跟汉奸沆瀣一气，竟敢诬陷抗日人士是汉奸，还要没收他家财。你们是何居心？你们是不是中国的政府？你们的良心叫狗吃了吗？……”

喷着唾沫星子，袁太太骂一句，手对着区公所指一下，脚也踩着节奏跺一下，跺得水珠子四溅，溅得大丫半身都湿了。大丫终于明白，没收家产的，不止她一家。

区公所在正街中心。袁太太的叫骂，吸引了三三两两的人。也有来讨说法，并不是被袁太太的叫骂所吸引，只是到了区公所门口，才会聚到叫骂的人群里的。

聚集的人越来越多，哨兵胆怯，企图关上大门。叫骂的人却发一声喊，都冲上去，死死地抵住，不让那门合上。正僵持间，院里跑来一群持枪的士兵，把枪栓拉得“哗啦哗啦”响，如临大敌地把枪口对着众人。

外面的老百姓，不相信他们会对手无寸铁的人开枪。何况家财都没了，留这副躯壳也是受罪。所以同心合力，推开了眼看就要合上的大门。

“砰！”一声清脆枪响，突然在头顶炸开，人们霎时安静下来，如泥塑蜡雕般目瞪口呆。

“我警告你们：赶紧散去，不然就真的开枪了！”一个家伙挥着枪管还冒着一缕青烟的手枪，趁这短暂的宁静，恶狠狠地吼道。

毕竟是些婆婆老老①，刚刚还群情汹涌，面对黑洞洞枪口，转眼就面如土色，俄顷溃退。正往这边会集的，听到枪响，又见这边的人乱糟糟逃窜，还没靠拢，也做了鸟兽散。

大丫落在最后，感觉非常不好，心情沮丧到了极点。然而，她还是抱着侥幸心理，赶紧去杂货铺。

到了西北街，隔三岔五就见紧闭的店铺大门上，贴着两张写了字的长条白纸，组成一个大大的“×”。虽然字不认识，但那个“×”的意思，她是明白的。见到的“×”越多，大丫的神经就越收缩，心跳也越来越快。

终于到了杂货铺，大丫的瞳孔猛然放大，惊骇得双手捧起，下意识捂住嘴巴。随即，又把手放开，跑步上前，双手在大门上抚摸，泪水和着雨水，顺着脸颊扑簌簌往下流。最后，几乎没半秒钟停顿，愤恨不已地把两张糨糊尚未干透的纸条，扯了个粉碎，使劲地摔在地上。似乎这样还不能解她心头之恨，又拿一双满是泥巴的小脚，使劲地碾。

一把大锁挂在门上，只能隔着贴了封条的门缝，察看里面的摆设。看了一会儿，忽然一阵眩晕，顺着大门倒在了屋檐下……

婆婆和女儿泪水涟涟地守在床边，见她眼睛突然睁开，同时惊叫道：“三媳妇醒了，郎中！”“我娘醒了，郎中！”

大丫睁眼一看，竟然是田郎中诊所。

---

① 婆婆老老：方言。泛指妇女和老人。

“醒了？”田郎中过了，又给她把脉。

“我么样到了您郎诊所的？”大丫有些诧异，挣扎着要起来，无奈一阵眩晕，不得不又躺下。

“嗯！幸没大碍。”田道德起身，边走向那张桌子边说，“三太太！您郎身子太虚了。这么玩命，要出事的……我开几服药，您郎带回去喝。但是主要的，还是多休息。”

“我么样到了您郎诊所的？”大丫又问了一句。

婆婆这才哽咽着说，她在西北街晕倒了，得亏有街坊碰见，送到田郎中这里，又有人去家里把信。大丫哀叹一声，泪水哗哗地顺着脸颊流。

回到家里，李邱氏去煎药，宇洁抱起她的胳膊，声音凄惨地说：“姆妈！商铺我们不要了，谁稀罕谁拿去，好不好？我只要姆妈好好的……我早早没了爹，再不能没了娘！您郎也不想女儿重复您郎的人生，是吧？……我十一岁，能帮家里做事了，也保证不惹您郎生气。好不好，姆妈？……”

女儿的劝慰如诉如泣，听得大丫心如刀绞。连忙伸过另一只胳膊，揽住女儿的头，饮泣不止，泪水都渗进了稻草把子做的枕头里。

李邱氏端着药过来，一边心疼地看着大丫喝，也一边抹眼泪。

相依为命的三个人，早把对方的存在，当作了活下去的动力。李邱氏跟大丫，不想三房唯存的一盏灯油，就这么泼了；宇洁不想自己仅有的依靠，过早地倒了。正是这念想支撑，才使得熙攘人海中的三颗弱小心灵异常坚韧，茫茫原野里的三株小草傲然不屈。

“三太太！身体好些了吧？”门外陡然响起一声问候，打断了祖孙三代的相互慰藉。

“好多了，谢谢李婶挂记！”大丫欠起身子，声音有些沙哑。

宇洁用衣袖擦干泪眼，迎出门去。一见来者手中还冒着热气的几个红苕，顿时一怔，感动地说：“老吃您郎的，真是过意不去呀！”

“你这伢儿！几块红苕，又不是个么好东西。给，接着！烫哩！”把红苕递给宇洁，李老妈走到床边，手在大丫头上试了试，叹口气说，“唉，遭孽呀！真是不给穷人活路哟！”按住挣扎着坐起来的大丫，又说不起来，不起来！你这还发烧哩，别加倍了！

陪着说了一会儿话的李老妈前脚出门，大丫就迫不及待地问李邱氏，是不是找过大娘？李邱氏是心疼大丫，同时也气不忿，才背着她去找李志伟夫妇的。也没打算告诉她。见她问起，才说她答应把西厢房和柴屋都退出来，但要给她点时间。

大丫一听就晓得是敷衍，说您郎怎么着也是个长辈。这个事我来处理，您郎别再去讨轻视了。李邱氏说，我能帮就帮你一点，你活得太不容易了。大丫叹了口长气，也不好再说么事。

尽管女儿劝她放下，说身外之物，生不能带来死不能带走，自己也答应过。但毕竟祖宗留下的产业，且妹妹弟弟两家人，都如岸上瞅着眼面前那一汪水的鱼，瞪大了眼睛巴望它活命的，哪是说放下就放得下的？身子骨稍好了些，大丫又去找黄天赐。

黄天赐正好在办公室。

他也不怕摔死了，双脚架在桌上，斜靠着的椅子两只前脚腾空，只留两只后脚着地，嘴里有一下没一下地嗑着瓜子。

听了她的诉求，也没起身，把瓜子往桌上一扔，冷笑一声，摊开双手，头摇得像货郎鼓，直说无能为力。

“这是个么道理？你总得说出个道道来吧？难不成，也像黄家大湾的土地和房产，给你家吞了去？你就不怕噎死？”大丫不跟他废话。

黄天赐也不恼，慢条斯理地说，那处绸缎铺，自民国二十七年炸成废墟，到如今七年了，一直没再起起来。按照区公所规定，荒废五年的物业，一律收归政府所有。大丫问，那不是日本人一直在通海口镇，没法起吗？黄天赐说区长说了，不问缘由，过了时限一律没收。

大丫心里怒骂，这是个么混账逻辑？就是强抢嘛！然而却不敢跟他吵，又问杂货铺为么事又封了呢。黄天赐想都不想，冷笑一声说，你那是资敌！

资敌，就是叛国，跟汉奸一样的罪。看来，他对自己两处物业的情况，早就摸得通透了。但大丫仍然不解，说明明是日本人强占的，么样就成资敌了呢？

日本人强占，你可以反抗啊！你不反抗，算是默认。默认是么事？那不跟汪精卫一样的汉奸行为？黄天赐终于把椅子四脚放平了，唾沫星子乱飞，那叫一个振振有词。

那照你这个说法，物业被你白占，我是一处都要不回来了？大丫强忍着愤怒，问道。黄天赐满脸不屑地纠正道，不是我白占，是归公。归公懂吗？就是由政府没收。政府没收的物业，你想要回去？做梦吧你！当初我大伯[①]说帮你们代管，你们不干。现在好了吧？骨头渣子都不剩了。

“给你大伯代管？那也是肉包子打狗！”大丫也冷笑一声，又说，“哦！我那绸缎铺地基，你说是政府收了，怎么我看那契约，是你签的呢？”

“哦！你说这个啊！区长说我工作努力，奖励给我了。”

“我的物业被日本人强占，你说是资敌，是汉奸。但你这个真正的汉奸，政府却不惩罚，还重用。这不是颠倒黑白吗？真没王法治你们啊？”

黄天赐听她说这个，顿时不耐烦了，“咚”的一声猛然站起，轻蔑地说：“我那是国家需要，深入虎穴，打入鬼子内部。你懂个屁！”

“我怎么听说，有人通过打点，收回了自己的物业？你能不能出个价，看看我收回两处物业，得多少钱打点？”

黄天赐连话都不接了，扬长而去。

大丫不知自己是么样走出区公所的。

离开区公所又去李宅，却被告知李志伟去汉口，李郭氏回朱雀娘家了。大丫问郭凯武，大娘答应婆婆，要把西厢房跟柴屋还给我们的，不晓得么时候能搬进去？

---

① 我大伯：指他父亲黄有龙。

郭凯武一脸诧异，说姐姐答应过的？我么样不晓得？既是她答应的，那得等她回来了问她。一句话，回了个干干净净。大丫没辙，只得回家。

还在老远，就见魏登华端了张矮凳坐在禾场上，眼巴巴地等她。大丫心里一个咯噔。

38

中秋过后，魏登华跟天宝都来讨过几回信，只问结果不管过程。结果当然不满意，趁兴而来黑着脸回，就好像她没努力似的，甚至糊弄了他们。

天宝还好点，能理解大姐苦衷，只是方氏不住唠叨，夹在中间不好受。魏登华就不一样了，直接垮起脸，犹如该他八百钱，粗门大嗓地呼来唤去，动辄要喝酒、要炒肉，吃不完的打包带走。

“姨爷！来了？”为了小丫过得好点，大丫从不跟魏登华一般见识，老远就打招呼。从性格上说，她也不喜欢跟人计较。大概，大姐都是这样子，以母性的爱来对待弟弟妹妹们吧，尽管魏登华还长她一岁。

“嗯！”魏登华语调平平，听不出丝毫情绪，然后直巴笼统地问，“我还是来讨信[①]的。我们么时候能来做生意？”

这个也太直接了。不过，他跟大丫讲话，一向都是这样直巴笼统的。

跑了半天，也累了。大丫端了条矮板凳坐下，歉意地说：“我刚从区公所回来，目前还是没头绪。不过，叫冤叫屈的很多，有的也解决了。只有再等等。您郎放心，一有消息，我就把信过去。”

“还是不行哪？”魏登华霎时满脸失望，把旱烟杆塞进嘴里，“吧嗒”一声，吐出一口浓烟，“我们佃的田已经退了。再找不到事

① 讨信：方言。意思是打听信息。

做，会饿死人的。再说了，到镇上做生意的风，也放出去了。突然来不成，我这张脸往哪搁呀？”

“对不起，姨爷！是我把事情想简单了。”

魏登华没吱声，又“吧嗒”了两口旱烟。吸得太猛，呛得“咳咳”了两声。

“姨爷！您郎坐会儿，我去做饭。”婆婆不在家，估计拾柴火去了。看看就到中饭时间，宇洁也差不多要放学，大丫起身进屋。

“急都急死了，哪有心思吃饭哪！”魏登华对着她后背喊了一嗓子，透出些不耐烦。

大丫的脸唰地就变了，脚步停顿了一下。但是，最终也没说么事，只是“唉”的一声叹息，就进屋做饭去了。

李邱氏砍了两捆柴火回来，正好听到魏登华的话，心里很不是滋味。把柴火往禾场上一扔，揩了把脸上的汗，忍不住劝道：“她姨爷！人心都是肉长的，您郎就不能体谅一下姐姐呀？她难道不想把事办成？她是没办法哩！您郎是没跑过，不晓得有多难。为您郎们的事，说了多少好话，看了多少脸色，怄了多少冤枉气，又有哪个晓得？前几天在西北街晕过去，差点死掉了，还是街坊送去诊所的。都没好利索，就又出去跑。换做是您郎，做不做得来？心急吃不得热豆腐的，啊！”

魏登华也一声叹息，没接茬，似乎并不关心这些事。

取过杨杈[①]，李邱氏边把柴火扒开，摊在禾场上晒，边继续说：“您郎跟舅爷每回来，只问成了没成，从不问姐姐吃了多少苦，遭了多少孽，也不申半文钱的情[②]。当然啦，她也不跟您郎们计较……但凡能做的，么事没帮您郎们做呢？做不到的，就不要为难她，更不要摔脸子[③]……我这话，没别的意思。人呢，要互相体

① 杨杈：叉禾草的农具，长柄，歧头如丫。大多砍自杨树（江汉平原把柳树叫杨树）枝，故名杨杈。

② 不申半文钱的情：俗语。申情，口头表达领情和感激。全句的意思是，一点情都不领。

③ 摔脸子：方言。意为耍态度、没好气儿、给脸色别人看。

谅。她的压力，真的好大。”

李邱氏这话，听得魏登华愣住了，半晌无语。甚至吃饭，也一反常态没喝酒。吃过了，再不提铺子的事，接过大丫给的一把零票，悄没声息地挖着脑壳走了。

望着妹夫肩膀一耸一耸的落寞后背，大丫站在禾场上，心里酸酸的，感觉窝囊透顶，又差点落下泪来。

黄天赐的那些鬼话，大丫晓得是忽悠她的。只不过他有权有枪，穷人拿他没辙。明明是自己的祖业，却给人明目张胆地抢了去，哪个能咽得下这口气？何况，正如魏登华说的，搞不好要死人的！

想到有权有枪，大丫突然一个激灵：何不去求夏先生？说不定，夏先生有办法呢？一方面，夏先生的爹——老夏先生，是黄天赐的启蒙先生。二方面，夏先生是备受尊敬的明白人。这样一个人出面，大丫觉得，黄天赐会卖他一个面子。

第二天下午，抓了把“三匹罐[①]”，提着一篮子瓜子糕点，就风风火火去春风茶馆。

想着求夏先生跟她在黄天赐那里转个弯[②]的大丫，快到茶馆时，突然看见一支部队从东头过来，有的骑高头大马，有的坐汽车，更多的扛着枪跑得气喘吁吁。

她连忙闪到街旁，等部队过去。然而，这支部队老长了，好长时间都没过完。大丫心里闪过一串念头：过这大的部队，莫不是又要打仗了？日本人不是投降了吗？打谁呢？

瞧热闹的人们，有的表情跟她一样，迷迷糊糊的茫然不知，有的三三两两议论，说是回到了复城的五百师，要打游击队了。听到这里，大丫的心猛然一沉，既为腊狗他们担忧，又觉得找夏先生帮忙，再不能耽搁了。战事一开，夏先生哪有精力管她这事呀？她也不好意思开口了啊！

---

① 三匹罐：土茶叶。三匹茶叶就能泡一罐茶，比喻茶叶品质好。

② 转个弯：俗语。意思是从中斡旋、调解。

部队终于过去了，大丫继续去春风茶馆。然而到了门口，才发现铁将军把门。大丫的心又揪了起来，暗道莫不是出么事了吧？随即“呸呸呸”吐出几口涎水，自骂真是张臭乌鸦嘴！

心里来回这么一想，便仿佛拨动了另一根神经，顿时一个激灵冷静下来，自责道：“人家是忙大事的人，操不完的心。不说想不想帮自己，就是想帮也没时间哪！自己帮不上人家个么忙，还老给人添麻烦。真是病急乱投医，昏了头了！”

愣怔了一会儿，又暗自庆幸，幸好铁将军把门，也幸好这会清醒过来了。自言自语道：“好在没见着人。不然，这人真丢大了。”

“唉！这就是命吗？”一声叹息，边往回走边想，老天爷真把穷人往死里逼呀！想到一个路子，就堵死了；绞尽脑汁再想一个，又堵死了！难道，真不给穷人活路了吗？

走了一截，大丫突然掉头，再次杀向李家。

她去过几回了，但都被郭凯武那条恶狗挡在外面，门槛都没让她跨过。连李志伟的后脑勺，也没见着一回。昨天郭凯武说两个人出去了，大丫半信半疑。如今没了退路，她打算豁出这条命，再杀个回马枪。

到了门口，碰巧没人把守。抬脚正要进去，李志华的堂客李向氏却突然出来，两人都有些意外，大眼瞪小眼地互相瞅了一会儿。

“哎呀，是三娘啊！快请屋里坐，屋里坐。”李向氏率先开口，转身回屋，瞅一眼她手腕上挎着的篮子，又问，“你怕是有五六年没踏过这道门槛了吧？”

大丫没回答，跟在她身后。李向氏又说：“你也是的！怄个么气吵？自己的屋，想回来就回来。么样搞的像刀尖之仇，一晃五六年了，门槛都不跨一回？”

堂屋也没人，大丫停住脚步说：“我找老大。他把我门封了，问他个理性。”

“哎呀！我懒得出门，所以虽说住一个镇上，也怕是有年头没见了吧？走，先去我屋里喝杯茶。”李向氏前所未有的热情。

的确是好久没见了。李宅大门在正街，大丫开的那扇门是背街，都是穷人的矮屋草棚，还插花式的菜地遍布。从改门那天起便分道扬镳，一人一头扎进穷人堆里受苦受难，另一个留在富人群里享清福。鬼子占领后，她更没到这边来过。但也不像她说的这样夸张，在街上还是碰过面的。只不过，互相都不想搭理而已。

大丫心里像鬼油煎[1]，哪有时间陪她喝茶扯闲篇？便说真的没空！李向氏却不管三七二十一，拉了她的篮子，就出堂屋朝西拐，搞得大丫再不太好意思拒绝。

堂屋的尽头，神龛两边，原本各有一扇门进出院子，站在堂屋，一眼就望得见院子。大丫此刻却发现，东边已被一堵画有花鸟和山水的墙挡住了，西边则是一堵光秃秃的墙。

挑檐下的过道，原本也是通透的。随李向氏左拐进西边的门，发现过道中间也是一堵墙，把东西过道隔开。再往里走，就看到整个挑檐下，都砌了一堵墙，与院子隔开。西边虽有灯光，仍昏暗得很，一股潮湿的霉味扑鼻而来。

看来，李志伟是把整个院子都占了，并未留个角落给李志华。大丫顿感诧异，心说这也太狠了吧！

“你比从前更瘦了。”李向氏一边走，一边皱起眉头，“我记得你才三十四吧？唉！看来生活的确不易，都好像五六十岁的老妈了。背也扛了[2]，腰也弯了。”

“唉！哪能跟你们比呢？天天在外面讨生活，吃了上顿愁下顿，还不老得快呀！”大丫哀叹一声，提着的篮子晃了晃，苦笑着说，“这不，还把卖零食的篮子提到这里来丢人现眼哩！”

“唉！家家都有难念的经哪！”瞅一眼她篮子里的零食，李向氏也哀叹，然后指着过道的那堵隔墙说，“这跟牢房，有多大区别呀？”

大丫瞅瞅，心说这比方，还真是恰当。她坐过牢，也为王莲的

---

① 像鬼油煎：俗语。意思是像油煎。中间加个“鬼”字，表示程度，意思是很严重的煎熬。

② 背也扛了：俗语。意思是腰都直不起来了。

事去过牢房。但她嘴上却说：“不管么样说，你还有屋哩。我却连窝都撮了。”

李向氏没接茬，推开一扇房门，指着餐桌旁的椅子，说：“坐！我去倒茶。”

“真不渴！都急死了，哪有心情喝茶呀？我是一定要找老大问个理性的。”

李向氏也是没对象倾诉，压抑得太久了，不管大丫如何着急，坐到椅子上，就迫不及待地倒起苦水来：“老大两口子的心，太黑了……当然，都是郭家两兄弟，硬把他们教黑的。原来没这么黑的……那两个家伙，满肚子坏水，比蛇蝎还毒，真是头顶长疮，脚下流脓啊！……你是搬出去了，没经过。如今我肠子都悔青了哟！你说，要不是猪油糊了心，信了他们的鬼话，当他们的赶棍[①]逼你走，我们还能联手跟他们斗的。怎么着，你也是老太太指定的内当家哩！……唉！事到如今，也是追悔不及了……或者，跟你一起搬出去，眼不见心不烦，少受多少窝囊气。”

看屋里的改动，大丫能想象得到，李向氏没说假话。

说着说着，李向氏鼻涕一把泪一把地哭诉起来：“你看这大的院子，二十几间屋，都给日本人住了，像爹一样供着，却只给我留五间。这一间，我只能灶屋、饭堂混在一起了。隔壁一间，我跟你二哥住。再往里一间，就是明亮两口子的。呜呜呜……东西都没地方放，只能见缝插针，哪里有空隙就塞哪里了……不过，也没么东西了。呜呜呜……我是哪辈子作了孽呀，报应到现时！”

大丫没心情听她闲扯，也唤不起同情。当初绞起杠来[②]，甚至搬出娘家人，合伙把家产分了，赶癞皮狗般轰她孤儿寡母出门，哪里像兄弟妯娌呀？何况老人跟志宏尸骨未寒哩！他们说的那些捣心

---

① 赶棍：江汉平原有一种捕鱼的工具，叫赶罾。往赶罾里赶鱼的，是三根棍子绑成的三角形，叫“赶棍”。此处是借喻，意思是帮凶。

② 绞起杠来：俗语。杠：挑、抬或者压东西的木棍。本意是用绳子把杠紧紧地绞到一起，比喻合起伙来。

窝子的话，她记忆犹新，想起来就寒毛倒竖，浑身冰冷。她的心，已经被他们伤肿了。

“三娘！当初是我们对你不起，你不会怪罪吧？……唉！谁也没后脑壳长眼睛，看得清后来。真是万万想不到，他收拾完了你，会腾出手来收拾我们。”

“我宇洁快放学了。问完了，我得抓紧回去做饭。”她总算说了道歉的话，大丫心里略微好受了些，提起放在桌上的篮子，起身往外走。

李向氏挥起拳头，在身后高喊：“一定要讨回来啊！本来就是你的，凭么事便宜他？还有三爹[1]的西厢房，也千万别打退堂鼓啊，三娘！”

大丫没应她的话，转头去李志伟那边。

东边的门虚掩着，轻轻一推，大丫就进去了。过道与院子相通，并未砌墙隔断，顿觉豁然开朗，与西边的阴暗潮湿形成了鲜明反差。

再一细瞧，房屋重新装修过，挑檐、鼓皮和门窗都上了新漆，浓烈的油漆味直冲嗅觉。院子中间砌了座假山，假山上有植被，清澈的水正从山顶流下，发出潺潺声响。两个年轻女人在院子里嘻嘻哈哈，说笑打闹。猛丁见生人进来，都拿询问的目光，看向胳膊上挽着只篮子的大丫。

大丫视而不见，穿过院子，径直走进自己的屋。刚跨进门槛，霎时间就愣住了。用芦苇隔的壁子没了，砌的床没了，打的灶没了，她原来那些并不值钱的家具和用品统统不见了。总之，她的全部痕迹，都清除了。这里又成了杂物间，乱七八糟的东西，都乱七八糟地扔着。大丫看得伤心欲绝，又愤怒不已。

那两个女人跟进来，问她找么事。大丫恶狠狠地道：“找李志伟那个天杀的！”

---

① 三爹：这里指李邱氏。女性当男性称呼，以示尊敬。

两个女人吓了一跳，对视一眼，连忙退去。

曾叔挑着买的菜回来，站在过道喊姜嫂。姜嫂应了一声，从灶屋出来。两人同时看见了从屋里出来的大丫，惊诧莫名，异口同声地喊了声“三太太！”然后快步走拢来。刚要离去的两个女人，这才晓得她就是久闻大名的三太太，都一脸诧异地盯着大丫看。

曾叔跟姜嫂的这声惊叫，太过突兀，惊得好几个人从屋里出来。李郭氏阴沉着脸，不客气地问大丫：“你来搞么事？”

她没回朱雀啊，敢情郭凯武真是骗我哩！大丫也不跟她客气，直巴笼统地说：“找你男人。你叫他出来。”

“他不在屋里，办事去了。你找他做么事？”李郭氏面无表情，阴恻恻地指着那两个女人，恶毒地说，“他不缺女人。这不，几年时间，又娶了这两个活宝。”

“黄浑！”大丫没想到她这么恶心，居然连这么歹毒的话都讲得出来，骂了一句，开门见山地说，“他不在，那就找你。你答应婆婆还我房屋的，么时候还？”

“你说么事？我么样听不懂呢？该你的屋吗？”

两人言语都比较硬，曾叔和那两个女人知趣地离开了。唯有姜嫂，不知是不会看眼色，还是存心的，端了条板凳过来，殷勤地说：“三太太好不容易回来一回。来，您郎请坐。”

大丫接过板凳，说了声多谢，但放到一边，并未坐。姜嫂又说：“我去沏杯茶来。”

“就你能！做你的饭去！”李郭氏早就按捺不住，见她没完没了，一声怒叱。

姜嫂吓得脖子一缩，讪讪地说：“三太太您郎忙着，我就先走了。”

没人在旁边了，李郭氏双手叉腰，昂着头，趾高气扬地问：“我婆婆早死了，哪里又冒出个婆婆来？哦！你是说三房那个老不死的妾呀？嗯！前几天的确来过，但我么事都没答应她。”

大丫懒得跟她啰唆，问：“你们占我的屋，就不怕天打五雷轰啊？”

李郭氏像看外星人般看着大丫，然后哈哈大笑。笑够了，才盯着大丫说：“我这大的家产，会占你的屋？传出去都是笑话。喂！莫不是穷疯了说胡话吧？哪是你的屋？你说。你要能说出个子丑寅卯来，我倒是不介意，施舍你一间。”

晓得这个好打架的鸡公，是想激怒自己，大丫控制住情绪，说：“跟你说不清白，我找李志伟。”

“不在家，跟你说过了。你要找他说屋的事，那就对不起，死了这份心吧。你要说其他的，我也告诉你，那两个贱女人，都比你年轻漂亮，来的时候还都是黄花闺女。”

她一再开黄浑腔，而且越来越赤裸，大丫气得发抖，指着她的鼻子，却半晌没说出一句话来。知道跟她谈不出个结果，果断放下手指，说：“你告诉李志伟，我还会来的。”而后毅然转身，一刻不停留地朝门外走去。

“慢走，不送啊！”对着大丫的后背，李郭氏高声叫道，末了又傲慢地在空荡荡的院子里睃巡一圈。

那些人虽然离开了院子，却都张大了耳朵偷听。有幸灾乐祸准备瞧热闹的，也有为大丫捏着一把汗的。见架没吵起来，有的满脸失望，有的则把心放回了肚里。

“你找我男人说么事都成。但我告诉你，你勾引不了他的。”大丫都要出那道门进堂屋了，李郭氏不知哪根筋搭错了，或者还不解恨，竟跟上来，指着空荡荡的院子，“喏！你看到的两个狐狸精，哪个都比你年轻，也好看多了。”

她不断煽火，把听壁根的人惊得目瞪口呆，心里说乖乖，这哪里是妯娌间该说的话呀！

大丫浑身颤抖，而后猛地回头，就看到李郭氏那张厌恶至极的脸上，似乎意犹未尽，竟挂着嘲讽的讥笑。大丫忍无可忍，猛地一甩手，就发出了“啪”的一声脆响。

39

李郭氏做梦也没想到，向来孱弱的大丫，会扬手给她一巴掌。下意识地捂住打疼了的脸，满是不可思议的神情。待想起还击时，大丫挽着篮子已经出了大门。无处发泄的李郭氏，转而在院子里骂起了大街，吓得人们大气都不敢出一丝。

受这种恶毒的人身羞辱，大丫是第一回。竟然动手打人，也是平生唯一的一回。大丫一边快速地走，一边泪水止不住哗哗地流。

房屋和商铺被霸占，不仅索要无果，还平白受了李郭氏跟黄天赐那么大的气，大丫越想越不舒服，想着过几天，还得再去要。他们堵了她姊弟的活路，她也不能叫他们过得太舒坦。反正最坏的结果，也就这样了，不会比这样更坏。不然，她死都咽不下这口气。

正这么盘算着，却于三天后的下午，刚进茶馆就听到一个惊天消息：李志伟被人绑票了！

在这多事之秋，各种各样的消息满天飞，且一个比一个劲爆，但真假莫辨。所以大丫的直觉，是这消息不可靠。李志伟何许人也？区长的红人！哪个吃了熊心豹子胆，敢去捅区长那个马蜂窝？

从理智上，大丫憎恶这种极端暴力。在黄家大湾，她家就被黄有龙安排二十几个土匪住过，闹得乌烟瘴气，以至于留下心理阴影，常常被噩梦惊醒。后来又给土匪吓得动了胎气，要不是匪首的亲叔同行，真不晓得会发生么样的事情，出现么样的后果。但听说李志伟被绑，却激不起丁点同情，反而有解恨的感觉，幸灾乐祸地想，恶人有恶报，只等时候到。做多了坏事的李志伟，终于遭报应了。

但是很快，回过神来的大丫，又埋怨绑匪早不绑晚不绑，偏偏在我要屋的节骨眼上绑。暗暗祈祷，千万别撕票啊！不然，我那屋永远要不回来了。

夏恒义说书说累了，歉意地说歇息一会儿。

顿时，人们蜂拥地围到大丫这张桌子，瓜子、花生、甘蔗、荸荠、糕点、纸烟……两只小箩筐的东西，转瞬就去了大半。然后，自觉把钱放进旁边的小篮子，或者在小篮子里找零。她则拎起茶壶，径直去给夏恒义的小紫砂茶壶灌满。

尽管世风日下，但来茶馆消遣的人都知道大丫不易，所以没人讨价还价，更没人拿了东西不给钱。大丫也不小心眼，讲明价码，食物任他们取，钱任他们放，不过她的手。而她则把自制的“三匹罐”，由夏恒义的小紫砂茶壶起，依次给所有茶碗灌满。

大丫的“三匹罐”，甘甜，解渴，深受人们喜爱。

“谢谢三太太！”略显疲惫的夏恒义坐在椅子上，曲起两指在桌子上敲了敲，微笑着说。

“夏先生客气了。”大丫略微犹豫了一下，仿佛鼓足了勇气，又低声问，“一会儿散场了，不知能否耽误夏先生一袋烟的工夫？我想请教点事情。”

原本打定主意不再麻烦夏恒义的，可是见到了和蔼的夏恒义，嘴巴一个没忍住，还是说了后面的话。不过，她没如原来想的，直巴笼统求夏恒义去黄天赐那里转弯，而是真想讨个主意。她最近又去找过几回，黄天赐依旧不松口，似乎走进死胡同了。而天宝跟魏登华，又不住地问信，弄得她焦头烂额。每每看他们那失望的眼神，她就揪心地疼。

“没问题啊！”夏恒义爽声说完，捧起茶壶呷了口茶。

待大丫把所有人的茶碗斟满了，夏恒义就把醒木往桌上猛地一拍，随后，开讲《薛仁贵征东》第26回“秦怀玉冲杀四门，老将军阴灵显圣”。

日场结束，听客走光了，只剩收拾场地的顾顺堂与伙计唐则成，夏恒义便问大丫何事。大丫把两个商铺充公、房子被占却索要无果的苦恼，大致讲了一遍，说就想讨个主意。

见夏恒义沉默不语，大丫估计他也有难处。毕竟，这些事还是有些棘手，而夏先生是文化人，面子底子都要的，倘若出的主意依旧不管用，那就折面子掉底子了。想到这里，连忙又说：“要是太为难，那就算了。给您郎们添的麻烦，已经够多的了。”

“可以试试，但不一定能成。这样吧，您郎先回去，等我的消息。”

原本只想讨主意的，没想到夏恒义爽快地揽了过去。大丫喜出望外，歉意地说：“老是给先生找麻烦，却无以为报，真是过意不去。”

“您郎也是走投无路了嘛。找我，也是信任我嘛。所以，不必挂在心上的。”夏恒义笑呵呵的，两只手摆了摆。

第二天，也是传李志伟被绑的第三天，李宇明突然来茶馆，低声下气地叫了声“三婶”，把大丫吓得愣怔了好长时间，才问他有么事。李宇明左右看看，似乎难以启齿，问三婶能否借一步说话。

太阳打西边出来了？老死不相往来的，怎么跑茶馆来找自己了？大丫有些疑惑。抬头望门外，跟昨天一样，太阳没打西边出啊！又瞅瞅顾老板和听书的人，注意力都在说书的夏先生那里，也没么不同啊！虽疑惑不定，还是出了门。在屋檐下站定，又问有么事。李宇明身子微躬，悲戚地说大伯被绑了。大丫面无表情，说我听说了。李宇明说能否请三婶高抬贵手，放过大伯？房屋我们尽快还给您郎。

大丫听得糊里糊涂，问是个么意思。房屋本来就是我的，我当然要讨要了。你们一日不还，我就吵得你们一日不安逸。但是，这跟人家绑不绑你老子，有么关系呀？八竿子打不着哩！李宇明说绑匪要五千大洋，否则撕票。

“那你抓紧筹钱哪，有闲工夫跟我谈房屋？等着人家撕票？”大丫依旧不解。

“这么多钱，去哪里筹？我拢了拢，千把大洋屋里是有的。可是绑匪狮子大张口，咬定没有五千，谈都不谈。”李宇明哭丧着脸。

“你老子跟了鬼子那么长时间，捞了多少不义之财？会筹不到五千大洋？”大丫打死都不信。

“三婶有所不知。大伯赚的是多，但大多被小伯给舅爷家了。死了的凯文舅爷和活着的凯武舅爷，都比我们有钱。”李宇明几乎要哭出来了。

“那就叫郭家出啊！他们黑了那么多，吐一丁点都不愿意啊？你老子那棵摇钱树倒了，他郭家再从哪儿黑钱去？”大丫简直哭笑不得，觉得不可理喻，“哎！我说，你也真有意思啊。这都火烧眉毛了，你不去找该出钱，也出得起钱的人，却跟一个被你们赶出家门，穷得只差捧了破碗去讨米的人浪费时间。你到底是个么意思？恶心我呀？我还要做生意哩。我一家人活命，就靠这点小本生意了。”

“郭家才懒得管哩！那是个皮筲箕，滴水不漏的。”李宇明满脸无奈。

大丫觉得他越扯越远了，毫不客气地打断：“郭家是不是皮筲箕，关我么事？跟我说又有么意思？我的屋是被你们占的，别往其他人身上扯。当然啦，郭家兄弟是帮凶，这笔账我先给他们记着……钱他不给你，叫你姆妈去要啊！那是你姆妈的亲弟弟，钱也是你姆妈给的，他还能不听你姆妈的？退一万步说，你姆妈能见死不救？”

“大伯娶那两房姨娘，原本就把小伯会气死。听说绑匪要五千大洋，肉疼得要死，便一个子儿都不肯出。说要出，叫姨娘出。这不是气话吗？姨娘哪里有钱？我去找凯武舅爷，却被臭骂一顿，再赶了出来。”

大丫彻底无语，没想到李郭氏无情到如此地步。回过头来又想，也是李志伟无情在先，根子还在他那里，怪不得李郭氏的。但是，大丫对他跟自己说这事，还是不解，便说：“那是你们的家事，缠着我有用？不过我警告你，李宇明！不管绑匪撕不撕票，不管你老子死不死，我的屋，是一定要索回来的。”

“我晓得。的确是我们做得不对，不该赶三婶出李家，更不该连栖身之地都不给的。我回头就把屋整好，然后请三婶搬回来。但是不管么样说，我们是一个祖宗，打断骨头连着筋哩！所以，三婶您郎不能见死不救啊！”

比她还大两岁的李宇明只差下跪了，大丫却还是不明白，李志伟被绑，跟还她的屋有么关联。无语的大丫把头乱摇，说：“不是，你这……喂，李宇明！我说了这半天，你么样就听不明白呢？说实话，他得罪人太多，事情做得太绝，我要是绑匪，也肯定绑他……但是……不是，我怎么就见死不救了？你把话说清楚了……再说了，我救得了他吗？我！”

“绑匪是刘家港的刘老三。中人过话①说，他是帮三婶索要家产的。不仅仅房屋，而是所有。所以开口要五千大洋，少一个子儿都不行。”

大丫更加哭笑不得了。她跟刘老三，也就十多年前打过一回交道，当时骇得动了胎气。从这点讲，刘老三也是她的仇人。自那之后，再没打过照面，哪里喊得动他来绑李志伟？

大丫满脸不信，急得李宇明双膝一屈，真的跪下了，举起右手赌咒发誓。又惨戚戚地说，假如三婶不松手，大伯便只有死路一条。因为小伯是断断不会出钱的。

“你这是搞么事？快起来。”大丫心肠软，见不得人低声下气。即便对方是仇人，也不忍看他落魄，何况李宇明还跪下了。但毕竟男女有别，不好拉他起来，无奈地问，“那你要我么样做？”

“想麻烦三婶去一趟刘家港，帮我们解开这个结。”李宇明继续跪着，话说得直截了当。

望见土匪都唯恐避之不及，哪个肯为痛恨之人赴汤蹈火？就是仁慈如大丫，也做不到啊！大丫愣住了，拿不定主意。

不知不觉，到了中场歇息时间。

听客们出来活动身子，就听了后半部分，于是议论纷纷。

有的说，李家真是钻钱窟窿里了，居然不肯拿钱赎人，难道钱

① 过话：方言。传话的意思。

比命还金贵呀！有的说，这家人异想天开，平时么样待三太太的，心里没个数？还有脸来觍着求人家去土匪窝捞人？有的说，这家人真是奇葩，为了家产把人家扫地出门，还恨不得踩在脚下，像碾蚂蚁一样地碾死，如今碰到事了，倒记起这个苦命的三婶来。还有的说，这家人真是恶毒，竟叫一个孱弱的女人，去向嗜杀成性的绑匪求情。这样恶毒的计谋，也就他们想得出来。更有的说，李志伟是不是遭绑都很难说。三太太前脚讨要房屋，后脚他就被绑，是不是太巧合了？说不定是做了个笼子，要诱杀大丫的。这话听得人毛骨悚然。

虽众说纷纭，却无一例外地向着大丫。更有耿直的，劝大丫别上当，心肠一软当冤大头。也有劝大丫别犯傻的，说你一个女人家，手无缚鸡之力，但绑匪们是谁呀？是抡刀甩枪杀人如麻眼睛都不眨的魔王。到了匪窝，还不成了他们砧板上的肉？

“这样吧！你如果信得过，我去走一遭试试。”

夏恒义不知何时也来到门外，突然冒了这么一嘴，骇了众人一跳。随后便都松了口气，因为他算是给大丫解了围。

“夏先生能出面，自然再好不过了。就是不晓得，刘老三那边答不答应！”李宇明果然大喜过望，连忙起身，冲夏恒义深深地鞠了一个躬。

“还是我陪您郎一起吧，夏先生！毕竟他们编的理由，照宇明所说，是为我鸣不平，应该不会害我的。”李志伟再么样混蛋，也是一条人命。大丫是个菩萨心肠，有普度众生之德。何况夏先生自告奋勇，这份情她得领。就是龙渊虎穴，也该陪他走这一遭。犹豫之后，她终于说道，语气虽然无奈，却也激动得宇明差点又下跪。

众人都没想到，大丫居然会答应。甚至有人怀疑，她是不是脑壳进水了，这种事都会答应？夏恒义也愣住了，不过略略思考，却还是点了点头。

自清末起，土匪就没消停过，老百姓不堪其扰。夏恒义仔细分析通海口地区形形色色的土匪，差别其实蛮大的。真土匪没底线，专门欺压百姓。特别日本人来的那些年，更是肆无忌惮助纣为虐，烧杀抢掠无恶不作。但有几股土匪，譬如刘家港的刘老三，专跟官府和富豪作对，所抢财物，也基本分给了百姓，既无血债，也无民愤，甚至得百姓称赞。有的群众，还把他们跟游击队相提并论。

所以，夏恒义一直想把刘老三拉到革命队伍里来，也做过一些工作了。但是，让他们成为革命队伍的人，也不是那么容易。而绑李志伟这事，让他觉得是个机会。

从通海口镇到刘家港，得有七八里坑坑洼洼的土路。李宇明考虑还算周全，叫车夫架了马车，另外备了两匹马。第二天过完早，夏恒义跟天华骑马，大丫坐车，加上车夫共四人就出发，没用一个钟头就望得见刘家港村口了。

刚一上路，大丫就后悔了，不晓得为何脑壳一热，竟答应了李宇明。就当时的情形，她其实是报答夏恒义恩情的。毕竟，李宇明找的是自己，而夏恒义是为自己解围。又不想夏恒义只身犯险，想着跟他做个伴，免得遇到危急了，转弯的人都没一个，才鬼使神差地点了头。

坐到马车上，看到天华同行，就觉得自己多余了。即使没天华，想夏先生做大事的人，么样的场面没见过，么样的事情没经历过？真有个危险，她一个弱女人，能起么作用？很可能，还会成为夏恒义的累赘。另外，一想是去土匪窝子，就寒毛倒竖，腿肚子打颤，暗怪自己冲动了，竟作出如此草率的决定。

好在一路上，夏恒义跟天华都无话找话地跟她闲聊，让她那紧张的心，时而得到片刻放松。

而事实证明，大丫的紧张，并非多余。

40

位于通州河北一片湖泊中间的刘家港，地形复杂得难以想象。

刘家港三面环水，只有一个进出口沟通外界，犹如口袋般。大大小小十几块旱地，就靠小船或者划子[1]勾连，且沼泽芦苇成片，进可攻退可守，是理想的藏身之所。外人进去了，往往晕头转向，找不到出口在哪里。日本人来过两次，企图占领这个小港，结果只有挨揍的份儿，最后不得不放弃。

离村口尚有小半里地，随着路旁的芦苇丛一阵晃动，突然闪出两个人来，一人手提大刀，一人端着梭镖[2]，大喝一声搞么事的。骇了大丫一跳，坐在车上没吱声。

天华策马上前，老老实实报上姓名，讲过来由。夏恒义则波澜不惊地立住马，静静地望着交涉的三个人。不过，心里却暗赞刘老三的警惕性，哨卡设这么远，还如此隐蔽。

交涉完毕，芦苇丛里升起一支绑着红色小旗的竹竿。不一会儿，村口那边也升起一面小红旗，两人这才放他们进村。这种通信方式，虽然古老传统，却又令所有人耳目一新。

进到村口，有人过来替下车夫，赶着马车进村。车夫则留在原地。白胡子老头的屋，离村口不远。路过时，惊魂甫定的大丫，想着一会儿再跟老头道声谢。虽然他没医好死鬼男人，但也算救过她一命了。

马车在坑洼不平的小路上颠簸了一阵，突然停下了，改坐划子。在芦苇丛里东弯西拐了一会儿，再上岸，继续走一程旱路。就这样时而旱路时而水路，又七弯八拐的，早弄得大丫辨不出东南西北，也搞得紧张兮兮。

“哎呀，怎么是大小姐啊？难怪清早就听喜鹊子叫哩，真是有贵客到啊！”再次上岸走不多远，在一处祠堂门口，刘老三惊叫着快步迎了上来。再一瞧左边，又是一声惊叫：“这不是夏先生吗？哎呀，德高望重的夏先生也来了。两位贵客光临，真是蓬荜生辉呀！请进，快请进！”

---

① 划子：比船更小的简易小舟。

② 梭镖：木制长柄，顶端装有铁制单尖两刃刀。

夏先生双手一拱，说承蒙抬爱！跟着刘老三跨过了门槛。

大丫心头依旧紧张，所以没吱声。直接跟土匪打交道，也就刘老三半路截她那回。但她当时吓晕了，危机还是白胡子老头，也就是刘老三他叔化解的。当然，更早前还有一回，二十几个土匪住进她家。但那时小，记忆不深，何况是后妈小凤在应付。

这是刘家祠堂的偏堂，看来是被刘老三征用了。屋里摆了一排桌子板凳，分宾主落座。见刘老三没恶意，大丫胆子也壮了，开门见山地说："你们要绑李志伟，就绑。搞么事要扯上我？我早被他踹出李家了。"

"嘿嘿！"刘老三尴尬地干笑两声，欠起身子，双手抱拳拱了几拱，"本意是替大小姐打抱不平的，没承想却劳动大小姐舟车劳顿。实在唐突了。对不起，对不起！"

大丫顿时无语，想想又说："实在要说个么平不平的，也是李家的家事。如今刘寨主横插一杠子，不觉得管得太宽了吗？晓得的，道声刘寨主行侠仗义。不晓得的，还说我大丫勾搭外人欺负族人。刘寨主就没想过，你把好名声买了，人家么样看我？"

"哎呀！大小姐这一说，还真是欠思量。罪过，罪过！"刘老三又拱了拱手。而后眉头一皱，含沙射影地对夏恒义说："夏先生真是德高望重啊，居然会为那老小子跑一趟。看来，关系不一般哟！"

"误会，误会！刘寨主误会了。"夏恒义欠起身子，也拱了拱手，"我来的目的，其实跟刘寨主一样，纯粹为大小姐打抱不平。"

"哦！是吗？"虽然半信半疑，刘老三也懒得废话，反正一会儿就晓得了。冷哼一声，道，"哼！那个混蛋老小子，真是欺人太甚，早就想收拾他了……去！把老小子带过来。"

五花大绑的李志伟刚一进来，就满脸惊悚，又深感意外。他万万想不到，会在这里见到大丫跟夏恒义。心说还真是大丫勾搭土匪绑的自己呀！但没跟夏恒义交过恶啊，他么样也来了呢？莫不是，两人早就勾搭上了？都说他是大乡绅，道貌岸然的，看来也是个花花公子啊！

无聊之人，当然尽想无聊之事。作恶太多之辈，便也觉得全天下，都跟自己一样，是作恶之徒了。如今却管不得那么多了，两膝一屈，先跪在大丫面前，又跪步转向夏恒义，说：“三娘饶命，夏先生饶命！”

大丫满脸厌恶，没吱声。夏恒义淡淡地说：“你搞错了，我们不是来要你命的。刘寨主绑你，跟我们没丁点关系。我们是受你儿子所托，来跟刘寨主商讨，看么样能放了你。昨天你儿子去茶馆求三太太，正好我在旁边。但她个女人家家的，我于心不忍，便答应你儿子，陪着来了。”

“是，是！三娘饶命！”李志伟又转向大丫，只差磕头了。大丫感慨万千，仍然没接他的话。

“你可知罪？”刘老三俨如判官，威严地打断了他的表演，也吓了他一个哆嗦，连忙回答：“我知罪，知罪！”

“那你倒是说说，哪几宗罪？”

“我不该欺负三娘孤儿寡母，独占家产。”李志伟想都不想，张嘴就来。

“嚯！这么快就完了？”刘老三横眉倒竖，吓得李志伟脖子一缩，仿佛刀劈下来了似的。也不待他开口，接着又说，“既然你承认有这一条，那么，我就代表大小姐娘家人，跟你好好地清算清算。”

原以为刘老三拿自己当借口哩，没想到真是为自己出头的。但这种方式用在李志伟身上，大丫怀疑适得其反。假如放了他，报复是铁定的；假如杀了他，他家里人的报复也是铁定的。就是说，不管从哪个角度，大丫今后的处境，都极为不妙。而且，这还没算街坊邻居么样看她。想到这里，又不满地瞥了刘老三一眼。

夏恒义倒是没吱声，看他如何帮大丫出头。一屋人都怒目而视，给李志伟威压，却没人插刘老三的嘴。夏恒义暗道，这刘老三的威望，还是蛮高的。不禁又一阵窃喜。

“我告诉你！大小姐娘家的人，多了去了，多得你不可想象。

是的，黄有龙、黄有虎两个王八蛋，还有那个兔崽子黄天赐，不仅不给她出头，还霸占家产，处处作难……回头找他们算账的事另说，你也跟他们把个信……今日单说你的事。你晓得，黄老太太广行善事，施粥、免租、接济穷人，该有多少人受雨露恩泽，该有多少人不至于冻死饿死？”说着说着，刘老三眼睛有些湿润，声音有些哽咽，指了指满屋的人，“就我刘家港，都是成群结队去的，有的人整个冬天都在大小姐家里过的。在座的，有几个家里没去过人？”

众人这才开腔，连忙附和：“是的，是的！都去过，都去过！”

他们配合得天衣无缝，夏恒义暗暗好笑，觉得这些人不去唱戏，都屈才了。

“所以，我们都是大小姐的娘家人。还有方圆几十里受过老太太恩惠的，也是！老子们要灭你狗日的，甚至全家，一袋烟的事。一人一口唾沫，都能淹死你。你个王八蛋可倒好，三番五次欺负，害得她孤儿寡母四处流浪，身上没一片好布，吃了上顿愁下顿。你真以为，大小姐娘家就无人了？过去不找你算账，并不是怕你，只是不跟你个狗日的一般见识。没想到，你狗日的狗胆越来越大，做事越来越过分。”

刘老三越说越气，几度哽咽。众人也愤恨不已，恨不得当场宰了他。大丫两眼蒙眬，泪水婆娑。夏恒义则用欣赏的目光看向刘老三，对达成自己的目标，似乎胜券在握。

李志伟跪在地上，冷汗涔涔，瑟瑟发抖。他的确没想到这层，只道她个破败家庭，走投无路的童养媳，还不是手里的泥巴坨，想么样捏就么样捏呀！

“老子们也是讲理性的。那你说说，照你霸占大小姐的家产，以及这些年该有的补偿，找你要五千大洋，多不多？”刘老三不解恨，用脚踢了踢李志伟。

“不多，不多！”李志伟早就失魂落魄了，哪里敢说半个不字？头磕得就像小鸡啄米。

“既然你说不多，我看也只少不多，那就这么定了。”刘老三转头对夏恒义说，“夏先生，您郎也听到了。既然您郎是他家请的中人，那就明日日头落土之前，叫他家里拿钱赎人。”

“可这一时半会儿的，我哪里筹得到这么多钱呢？能不能宽限几日啊？”夏恒义还没开口，李志伟回过神来，哭丧着脸，说得可怜兮兮。

“这是跟我讲条件吗？”刘老三眯缝起眼睛，阴沉着脸，逼视李志伟。

“不敢，不敢！”李志伟一听，又傻了。

“既然不敢，那就抓紧筹钱。连德高望重的夏先生都来了，这可是一口唾沫一只钉的大乡绅。你写个字，请夏先生带回去，明日送钱来。晚一天断一只胳膊，晚两天断两只胳膊。胳膊断完了断腿。要是敢不送，我连尸首都不让他们收，砍完了直接投湖里喂王八。”

刘老三说得风轻云淡，李志伟却听得浑身战栗。夏恒义强忍着没笑出声。刘老三是附近最温和的土匪了，只抢富人再分给穷人，只图钱不害命。他不相信这次，会出现例外。

“我能说句话吗？”大丫终于开口了，声音里有一丝颤抖。刘老三讲娘家人那段话，她是很感动的，也很感激祖上积下的阴德。但刘老三越说，她的内心就越发不安。

“大小姐！您郎尽管讲。”刘老三身子往前躬了躬，语气态度仿佛换了个人。

“我很感谢您郎们！爹爹老妈过世好多年了，那些陈年旧事，您郎们却还记得这么清楚……”

“大小姐！您郎客气了。滴水之恩当涌泉相报，何况是救命的恩情。我们虽然穷，但良心在。”刘老三打断大丫的话，又指着李志伟，恨意未消地道，“不像这个畜生，良心叫狗吃了……你姆妈的！老子真想一刀子进去，把你那颗心挖出来看看，是不是比炭还黑……对不起，大小姐！您郎继续。”

“刘寨主讲到良心，我觉得很好。我也得讲良心。不是我的东西，我不要；来路不正的东西，我也不要。我只要我该要的，正当路径来的。就是说，我只要我的屋。这样子，我才心安理得，才吃得下睡得着。否则，会遭天谴的。所以，还请刘寨主体恤。”

大丫刚说完，所有人就蒙圈了，面面相觑。李志伟则脸上一喜，感激地望了眼大丫，又把目光惶恐地转向刘老三。惊诧过后，刘老三提醒说，那也是您郎该得的，大小姐！

过去的事提不得，提起来都是辛酸泪。大丫不想提了，苦涩一笑说，陈谷子烂芝麻的，算不清楚。刘老三没了主意，转头问夏先生有何高见。夏恒义却把球踢给了李志伟，问李老板怎么看。

“我，我……”李志伟没想到还可以参与讨论，顿时不知该如何表达了。

“我，我！我你个鬼吔，我！”刘老三听他“我，我”了半天，也没“我，我”出个所以然来，气不打一处来，当场断喝，“听他的，半个铜钱也吐不出来，甚至嫌占少了。”

李志伟翻了下白眼，赶紧说该退的一定退，说话绝对算数。刘老三“嘿嘿”冷笑一声，鼻孔里又重重地“哼”了一声说，谅你也不敢！

夏恒义斟酌了一下说，那我说个意见，刘寨主看行不行？如果不合意，就当没说。刘老三说，请讲！夏恒义接着说，三太太只要那间屋，我们也不好拂了她的意，搞得她为难。这样，限个时间，让李老板抓紧退屋，这事就算了了。

一听这话，众人惊出一身冷汗，刘老三也急了，说那本来就是应该退的。而且，又何止是那间屋呢？不能大小姐大度，就让大度的人吃亏。夏恒义微微一笑又说，那是自然，锣做锣打鼓做鼓敲嘛！

人们虽惊魂未定，却也没再打断，拉长了耳朵听他继续说：“五千大洋，李老板一时可能真拿不出。一分钱不出，估计他自己都不好意思，也走不出刘家港。不如出两千给寨主，大家都能接受。”

刘老三连连摆手，道：“不行，不行！以大小姐名义要钱，却是我收了。我刘老三在道上还怎么混哪？不行，不行！夏先生这是打我的脸哩！”

众人也反对，“不行”声一片。甚至有人顿时就看低了夏恒义的品格，心说狗屁乡绅，蛇鼠一窝哩！更有一点面子也不给的，直接说他出的是馊主意。

“据我所知，刘寨主是劫富济贫的。不仅没扰过穷人，而且打来的钱，都分给了穷人。”夏恒义微微一笑。

众人虽不知他是何意，也连连点头，自豪地说那是！夏恒义接着说：“既然是这样，那今年春上老是下雨，眼看着夏收也成问题，不如以三太太名义收了这两千，再散给需要的穷人。这也如她家过去施粥一样。”

众人这才恍然大悟，顿时交头接耳，议论纷纷。

“夏先生这个办法好！但既是以大小姐名义仗义疏财，那我要三千。我要到各个村子去散，尤其是黄家大湾！”眼见大家认可，刘老三大腿一拍，急急地说。又问李志伟：“看在大小姐和夏先生面子上，我给你减了差不多一半，你还有么想法？”

“没想法，没想法！”李志伟连连摇头。

“没想法最好！另外，按照大小姐意思，我今天就放了你。两天内，我要看到钱。不过你记住了，不要耍个么花招。前两天我能绑你，以后也随时能。而且，再敢为难大小姐，就不是绑你这么客气了。听明白了没有？”

李志伟又把个头乱点。只要放他回去，么事都能答应。

事情说完，大丫起身要走。刘老三等人死活不依，说再怎么着，也得端回碗的，哪能让恩人空着肚子走呢？养尊处优惯了的李志伟，可怜兮兮跪了小半天，早就腰酸腿疼，如释重负连忙起身，说有劳三娘费心。然后，灰头土脸先走了。

夏恒义扯了扯刘老三的衣袖，说借一步说话。两人便到一边交谈起来。谈了么事，人们都不晓得。不过，夏恒义和天华没跟大丫一起回，在刘家港多待了一天。

大丫要去拜谢白胡子老头，刘老三的神情顿时黯淡下来，说家叔前两年就过世了。大丫竟不知如何接话，仿佛傻了一般。夏恒义安慰道，有这个心意就行了，老头泉下有知，肯定感受得到的。

41

从刘家港回来，大丫就把李志伟的事抛诸脑后了。毕竟，赚钱养家为大。

“姑妈！您郎能出来一下吗？”春风茶馆门口，黄天赐穿得整整齐齐，腰里挎着短枪，对专心听夏恒义说书的大丫喊了一声。

一方面他声音细如蚊嗡，另一方面街上没人叫她“姑妈”，所以硬是没会过来，还斜睨了一眼。直到黄天赐又喊了声姑妈，大丫才指着自己的鼻尖问，喊我啊？黄天赐说嗯！您郎能出来一下吗？

一直没这么亲切过，还低这大下贱[①]，随伢的辈分叫声“姑妈”的。大丫有些彷徨，吩咐拿敌视的眼神盯着黄天赐的天华，帮她照看生意，而后出茶馆，跟上次宇明找她一样，站在屋檐下问他么事。

今年十七岁的天华，每次见到了，都拿敌视的眼神瞪他。他爹黄有仁是黄天赐家的长工，受伤后被黄有龙赶出家门，无钱医治身亡。夏恒义看他可怜，用抵扣在学堂的聘资作交换，再搭上面子，才把他从黄有龙手里赎出来。他跟着夏恒义，有五六年了。所以，他恨死了黄天赐一家。

对于天华的敌意，黄天赐向来不屑一顾，直接当成了空气。这令天华恨意更浓，常常咬牙切齿，就想掏枪嘣了他。但夏恒义有交代，说时候没到，便只得把仇恨埋在心底，心说夏先生说的那个时

① 低下贱：俗语。意思是降低身段。

候一到，老子一定毫不手软。

今日也是，他的眼神满是恨意，黄天赐却瞟都没瞟他一眼。天华不知他来找大丫姐么事，便坐在门口，竖直耳朵听。

“姑妈！我跟区长好话讲尽了，总算是把杂货铺退了回来。您郎看么时候有空，去区里办下手续。”黄天赐一副谦卑的样子，话里话外，都有讨好的意味。

尽管不晓得他的态度何以来了个一百八十度大转弯，大丫却没领情，不满地问：“那商铺本来就是我的，地契都在，还要办个么手续？”

“不是中间出了些变故吗？”黄天赐赔着笑脸解释道。

“是你们以为能一口吞下的。没想到，上面挂着卡子[①]吧？”大丫突然联想到李志伟被绑，心里有股解恨的快意，不屑地讥讽道。

“手续其实很简单的。前面我都办好了，您郎去按个手印就成。”黄天赐的脚在地上不停磨蹭，尴尬地笑了笑。

“那我还有间商铺呢？”大丫不依不饶，毕竟绸缎铺比杂货铺大，地段也更好些。

“还在做工作，问题是买家不肯退。”黄天赐面露难色。

大丫气不打一处来，愤恨地说：“本来就是我的，他说不退就不退了？你卖的时候，么样不问我一声，同意不同意呢？”

“这不中间折腾过一回了吗？”黄天赐有些无奈，还把双手摊了摊，一副为难的神情。那人是区长的亲戚，黄天赐得罪不起，根本没敢去要。其实那人就没出钱，只是借黄天赐的名义过了个手，黄天赐也是哑巴吃黄连。听大丫这话，他觉得有商量余地，便试探地问：“那我给您郎钱？”

如今的法币，连草纸都不如。去年还能买一斗米的，现在买一升就不错了。贬值太厉害。何况天宝跟小丫两家都想来街上做生意，各自独立，才不至于扯皮。想到这里，大丫回绝得斩钉截铁：

① 卡子：捕鱼用的竹签。用猪血浸过的鱼线上，绑住里面塞了面条段或者米粒的竹签，投放到河里。鱼吃食时嘴被竹签撑开，就基本跑不了。

“不要！不是我的，你就是给一座金山，我都不要。我只要我的商铺，不要你的钱。”

“那就只有等些时日了。”刚刚燃起的希望之火，瞬间灰飞烟灭。黄天赐心里又叫起苦来，却不好明说，想着拖一日是一日。

大丫想了想，也觉得能收一间是一间。假如黄天赐一反悔，就又鸡飞蛋打了。何况，也得跟夏先生先通个气，毕竟夏先生是出了面的。便说明日上午吧。

黄天赐骑上脚踏车走了，天华对回到茶馆的大丫说：“恭喜你呀，大丫姐！”

“恭喜么事？八字没一撇哩。”大丫坐下，无奈地说。

在她心里，其实也有点欣慰的。宇明讲，她那屋他们正在恢复原貌，很快就能搬回去了。加上河南的草棚，小丫和天宝两家来，就有了栖身之所。虽只要回一间商铺，但他们到了镇上，也不至于无事可做了。以后赚了钱，再把河南的草棚改一改，姐弟三家终于在一起了。这种种迹象，都预示着，姐弟三人的生活，正朝着美好的方向发展。似乎一直躲着的阳光，也终于照到了她们身上。

散场了，夏恒义捧着紫砂茶壶，主动过到大丫这张桌，笑呵呵地问，黄天赐来，是不是讲商铺的事？大丫往他紫砂茶壶里倒满“三匹罐”，笑着说感谢夏先生费心。老给夏先生添麻烦，实在不好意思。

顾顺堂也为大丫高兴，说心里的一块疙瘩，总算是除掉了。夏先生继续笑呵呵的，说您郎不要感谢我，应该感谢人家刘老三。大丫笑笑说，都要感谢的，包括顾老板！顾顺堂也乐呵呵地笑了，说我也跟着沾光了啊！

大丫又问，夏先生是么样跟他讲的？前几回找他，可是把门堵得死死的，半点缝都不肯留，弄得我差点就死心了。而且，今日这态度好得，我都没法形容了。打小起，就没见他这样子对过谁——当然啦，日本鬼子除外。还跟着他伢，叫了我几声姑妈，叫得我都差点把他当亲哥哥了。

夏恒义喝了口茶，轻描淡写地说，也没讲么事，就把刘老三的话，给他学了一遍。然后告诉他，这是刘老三让我带的原话。顾顺堂呵呵一笑说，他再狠，能狠得过李志伟？眼见李志伟那猴都服服帖帖，他这一旁的鸡，还不得赶紧拿翅膀把头夹住，哪敢奓开半根毛呀？

大丫心有不甘地说，我还有间商铺，他不肯退哩！夏恒义劝她慢慢来，别着急，先把这间收了，免得夜长梦多。顾顺堂也说，少得不如现得！您郎要不抓紧，哪天他一反悔，又都没了。

大丫其实也是这么想的。黄天赐太像他爹了，一样的阴狠手辣，一样的横蛮不讲理。跟不讲理的人打交道，真不能按正常人的思维。于是说，我明日上午就去办手续。说完，收拾起桌椅板凳来。

正在整理横七竖八板凳的唐则成忙说，三太太您郎快回吧，我们马上就收拾好了。天华拿着抹布在抹桌子，也说我跟则成哥两个人，收拾起来很快的。大丫姐您郎先走吧，宇洁该放学回家了。顾顺堂也来帮忙，说您郎每回都帮我们收拾，太不好意思了。大丫笑着说，我长年累月在茶馆做生意，也真要感谢您郎们的照顾。

说话间，桌子板凳摆整齐了，瓜子壳花生壳、烟头糖纸点心纸和咬碎的甘蔗及果皮摊了一地，唐则成拿起扫帚扫地。顾顺堂在门口望了望，说看来要下雨了，催大丫快些回。大丫一看也是，便跟四个人告辞。

望着大丫迈着小脚，挑着一对小箩筐快步离去的背影，夏恒义感叹，真是个可怜又坚强的女人！顾顺堂也叹了口气说，可不是吗？

自从夏恒义辞了黄家大湾的学堂，专门到春风茶馆说书，这里就成了通海口镇人气最旺的茶馆。夏恒义说书，太有感染力和吸引力了。所以，大丫的零食生意也跟着红火，早就不提篮小卖了，而是每天挑两箩筐过来，且没有剩余的。所卖零食，也从去商铺买，到许多都自己做。她炒的瓜子、花生，炸的麻花、玉兰片等，都是当天早起做了直接去卖，新鲜得很，香脆可口。尤其她泡的“三匹罐”，再丢进几片葵花花瓣，更是一绝，醇香四溢，解渴生津，喝了都说好，喝了忘不掉，喝了还想喝。

第二天一早，忙碌了大半宵的大丫，信心满怀地去区公所。然而不久，又如泄了气的皮球，有气无力地回来了。

卖了菜回来的李邱氏，坐在小桌旁过早。见媳妇这样子，就知道事情没办成，也不好多问，甚至都没安慰半句——安慰解决不了任何问题。而是默默起身，从灶里扒了两只红苕，递到她手里。大丫坐到桌旁，眼睛无神地望着门外，剥了红苕的皮，有一下没一下地掰了塞进嘴巴。她实在是不甘心。

李邱氏说我去捡些柴火，家里柴火不多了。大丫叮嘱她年纪大了，别逞能。能背多少，就捡多少。千万别累出病来了。柴火没有了，我回头去砍。李邱氏嘴里应着，带了镰刀和绳子出门。

大丫上午没出去，在菜园里忙活，但心里一直不舒坦。草草地吃过中饭，就挑着两只小箩筐，匆匆去春风茶馆。

茶馆里坐满了人，夏恒义已经开讲了。天华连忙出来，帮她把担子挑进去，然后放到桌子上。

顾顺堂看她气色不对，关切地问：事情办得不顺利？大丫无奈地摇头，说没见到人。顾顺堂有些意外，连声问道，不是约好的吗？他现在还敢放您郎鸽子？他就不担心刘老三绑了他或者他家人去？大丫说，他一大早就跟三团团长去复城开会了。

顾顺堂一听，顿时心头一惊，眉头不易察觉地一凛，追问道：“您郎是说，他和三团团长去复城开会？”

“是的。传达室的人跟我是这么讲的。”大丫又想起了么事似的，补充道，“保安大队加岗了，过去是两个，今日有四个。瞅那院子里边，好像挺忙的，进进出出的士兵，都在搬东西。”

顾顺堂顿时陷入沉思状。他想起了不久前复城县工委领导来检查工作时，要他们加紧收集情报的话，说五百师很可能又要对县大队动手了。如今看，暴风雨真要来了。他想着要把这个情报尽快传递给县大队和通西、通南中队，便安慰了大丫几句，就提起泡好的茶，给客人们续茶水。

给夏恒义的紫砂茶壶续茶时，不露声色地在他耳边嘀咕了几句。不想顾顺堂刚回到座位，夏恒义突然把醒木使劲一拍，大声说：“欲知后事如何，且听下回分解！”

故事讲了一半，眼看着就到高潮，夏恒义却卖个关子，急刹车不讲了。听兴正浓的听客们先是一个愣怔，随后就“呼啦”一声，迅速拥到大丫这里，争先恐后地买瓜子花生及其他零食。

顾顺堂给大丫递一个眼神，然后拎着空茶壶，随夏恒义走进了茶馆后面的准备间。大丫见状，也去了准备间，任由食客们各取所需，同时把钱扔进旁边的小篮子，或者在里面找零钱。

天华也有眼力，站在准备间门外，防备有人闯入。当着顾顺堂和唐则成的面，夏恒义让大丫再讲一遍她看到的情况，便叫她先出去。随后，天华进了趟准备间，又很快出来，然后出了茶馆大门。

大丫想夏先生不会无缘无故地问那些事，还问得那么细，肯定对他们很重要。终于能帮夏先生做点事，内心难免有些激动，脸上却安详如故，提起茶壶挨个茶碗续茶。

就在这时，夏恒义把醒木猛地一拍，朗声说道：“各位听客！现在继续说《薛仁贵征东》第三十八回，‘苏文误入龙门阵，仁贵智灭东辽军’。”

夏恒义的这一回快要说完了，宇明于不意间进来，恭恭敬敬喊了声“三婶”。正听得津津有味的大丫一愣，扭过头来问么事。

从刘家港回来，李志伟病了一场，感觉收敛多了。街坊们私下里议论，说恶人还得恶人治。看他过去趾高气扬霸道跋扈，还以为有多厉害哩！只被刘老三整了一回，就做起了缩头乌龟，看来也不过如此。

就蛮横霸道这一点，宇明仿佛不是他爹的儿子，愣是没遗传他爹的基因，总是怯怯懦懦的样子。三十几的人了，讲话依旧战战兢兢，点头哈腰。有人说，霸道的事，都被他老子做完了。也有人说，李志伟原本不霸道，是被他堂客跟大舅子教唆坏了的。还有人说，宇明是被他娘欺负成这样子的。

此刻的宇明，依然一副怯懦的样子，谨小慎微地说，房屋修整好了，想请三婶过去看看。

大丫脸上一喜，心说总算来了桩高兴的事！当即丢下生意，随宇明出门。

一路上，宇明左一个三婶右一个三婶，小心翼翼地讲房屋的整修情况。

对这个长她两岁的侄子，大丫没么成见。害自己孤儿寡母凄凄惨惨的，是他娘老子，他的确没掺和。但是，他是李志伟跟李郭氏的儿子，从情感上，自然也泛不起好感来。这也是没办法的事。所以，都是宇明喋喋不休，大丫极少开口。

到了十字路口，宇明继续往前走。大丫以为他分神了，提醒说左拐！宇明停下来，解释说大伯的意思，还是一个大门进吧，毕竟是一家人，何况三爹还要回西厢房的。大丫坚决不跟他们一个门进出。说我的门开在背街，早就习惯大门朝北了。再说了，你们过去能赶我出李家大门，保不齐还赶第二回的。我不想老被人赶。不跟你们一个门，也就想赶也赶不成了。

李宇明没辙，而且照姆妈的脾气和舅爷的做派，三婶的担忧也不无道理。叹了口气，说："那我让工友们再改过来……不过，三婶！今天都来了，就还是走大门，看看还原的情况，是否符合您郎的要求？"

大丫丝毫没犹豫，斩钉截铁地说："不看了。你们改好了，我打扫打扫，就搬进去。"

说完，头也不回地返回茶馆，留下李宇明怔怔地发呆。

国民党撕毁重庆谈判协议以来，各地针对共产党武装及其根据地的战事就没停过。但是，五百师却硬是按兵未动。复城县工委分析，应该是准备工作没到位。就是说，五百师动是肯定的，只是时间问题。所以，复城县工委密切关注着五百师的一举一动，也时刻保持着高度戒备。

监视三团的动向，就是工委下达的任务。如今三团团长跟区保安大队长一起去县城开会，且军营突然忙碌，夏恒义分析，是军事行动不可避免地要开始了。于是派天华去核实，又放出信鸽，还亲自骑马跑了二十多华里，到西南的杨林湾向工委汇报。同时从其他渠道，工委也获得了一些信息，把这些碎片化的信息汇聚到一起，就得出了五百师将有大规模行动的判断。于是一边向地区工委报告，一边组织县游击大队及各区中队做好反击准备。

42

谁也料不到，一个劳动妇女不经意地漏了那么一嘴，竟有情报价值。当然啦，也就是被长期搞地下工作的夏恒义和顾顺堂听到了，才能凭着职业敏感嗅出其中的价值，并利用到最大化。假如跟婆婆李邱氏讲，兴许嗯都不会嗯一声，就随风飘散了。

果不其然，驻扎通海口镇的五百师三团跟区保安大队，第三天一早，就威风凛凛地向西南出发了。

望着浩浩荡荡开拔的队伍，站在春风茶馆二楼窗前的夏恒义跟顾顺堂，脸上都是刚毅和自信。部队尚未走完，夏恒义就把捧在手中好久了的鸽子，轻轻往上一扬，送上了天空。

鸽子先在空中绕了一个漂亮的弧形，然后径往西南飞去。直到看不见鸽子的踪影了，夏恒义才收回目光，对顾顺堂说，我们也按照计划，开始行动吧！顾顺堂点头，说等着晚上看好戏吧。

自从三团与区保安大队开赴西南，真真假假的消息便如风般，夹杂着源源不断的伤兵，偶尔也有隐隐的枪炮声，迅速传回到镇上。茶馆是人流聚集场所，自然也是信息汇聚与交换的中心。进茶馆的人们，尽管无缘亲历，议论的话题却须臾离不开战事。

最亲近的腊狗叔叔在游击队，夏恒义、顾顺堂等人又不时关照，以及坊间传播的共产党游击队各种好，让大丫的心，早就倒向了共产党游击队。而尽管三团纪律严明，没怎么骚扰老百姓，但黄天赐在国民党保安大队当大队长，商铺被国民党区长无理占去，所以对国民党及其队伍提不起好感，甚至厌恶感日甚一日。

正是基于这种朴素情感，大丫也关心起战事来。每天下午，雷打不动去春风茶馆，听人们讲最新战事。

商铺与房屋的事，只有暂且放下了。黄天赐打仗去了，不在镇上，抓他不着，急也是白急，于是干脆不急。房屋整改如果完工了，宇明会来通知。李志伟跟李郭氏不怕大丫，但刘老三始终拿半只眼睛盯着，料他们再不敢耍心眼。

这些天听到的，都是令人振奋的消息。比如：一个人刚兴奋地说，游击队昨天又打了个漂亮仗，另一个急不可耐地接上，我晓得！接着两人眉飞色舞地抢着讲，杨林湾那边沟河湖汊密布，芦苇沼泽成片，跟刘家港差不多。三团多是西北来的旱鸭子，到了那片地方，纵有天大本事也不能施展。而游击队总有办法，把他们引到沟河湖汊和芦苇沼泽中。再一个人急不可耐，插嘴说光引进去还不算本事。关键是组织老百姓，把陈年的菱角壳和死黄鲇[①]什么的，成片撒在路上。你们说，现在下梅雨，河里沟里是满的，秧田也在灌水，穿着皮鞋布鞋么样走路呢？只有穿草鞋！就草鞋那底，可不一刺就穿？呵呵！脚都划得血骨淌流[②]，还打屁的仗啊……

讲的人惟妙惟肖，听的人哈哈大笑。

随着街上的伤兵越来越多，这样的传闻，也似乎得到了印证。

镇上也变得不太平，不是三团和保安大队营房的哨被摸了，就是巡夜的士兵少了一个两个没回来，甚至被褥仓库失火，军火库还炸了一回。焦头烂额的留守部队，干脆宵禁，无头苍蝇般满大街搜捕共产党，弄得风声鹤唳，人人自危。

宵禁了，顾顺堂干脆关了夜场，只下午开门。众人也不管，只要开门，就风雨无阻地聚到春风茶馆，既打发时间，也交流信息，想想也是蛮好的。

---

① 黄鲇：方言。即黄骨鱼。

② 血骨淌流：方言。意思是鲜血流淌。

夏恒义不怎么来说书了。有时虽然来了，见大家乱哄哄议论纷纷，不打断，也不插言，眯缝着眼睛听，仿佛他也是来凑热闹，而不是说书的。

这样的议论，大丫不参与，只带耳朵不带嘴巴。她本就性格内敛，口风很紧，不是个爱说三道四的长舌妇。不过，她还是喜欢安详地坐着，一边卖着瓜子点心，一边听人们卖弄小道消息。

“三婶！”

这天正听得津津有味，一声呼唤突然响起。大丫转头一看，宇明一只脚已经跨进了茶馆大门。

未待大丫开口，宇明就略微躬着身子，问房屋还原完了，有没有空过去看看？大丫“哦”了一声，起身就跟着宇明出门。这回到了街口，李宇明没再往前走，而是率先拐进了背街，好像生怕大丫误会似的。

看到屋的模样时，追讨房屋的种种艰辛浮上心头，大丫的眼睛霎时湿润，有酸酸的想哭的冲动。心里想着走快些，步子却迈不开，只得慢慢挪向那扇大门。

终于到了门口，抚摸着更加气派，还刷了桐油的大门和门框，大丫百感交集，泪水不自觉地流淌下来。不晓得每天进出多少回、摸过多少遍的门，早已熟得不能再熟如今却有些陌生的房屋，就摆在面前，让她有恍如隔世的不真实感。

推门进去，大丫揩干眼泪，仔细睃巡起来。用芦苇夹的壁子，换成了砖墙；摆小饭桌的地方，放了张八仙桌，外加八把椅子；灶台也比原来大。这样一来，堂屋的空间就狭小了许多，甚至显得拥挤。转进东西里间，发现用砖砌的床，换成了木床，还添了柜子。更出乎意料的，是把原来没给她的磨房打通，跟她原来的屋连成一体，中间开了扇门。另外，添了几样半新的家具。

转了一圈，大丫脸上并未呈现出宇明期待的兴奋，或者惊讶，反而是冷了下来。回到堂屋，问站在八仙桌旁的宇明：“我不是说还原吗？怎么又多了房间和家具，而且也不是我原来的样子？”

“原来的也确实太寒碜了，是我们对不起三婶和妹妹。所以我自作主张，调整了一下。”宇明解释道。

“哦！寒碜吗？可你娘老子连这片寒碜之地，都不肯给我，都要占了去。假如不是刘老三路见不平，我还要不回来哩！”宇明的话，触发了大丫心头的痛，再次落泪。等心情平复了，又说，“我跟老妈和宇洁，在这寒碜的屋里住了好几年，有感情了，不觉得寒碜，反当是天堂。当然啰，总归是你娘老子还存了一点良心，没直接赶我们睡马路。”

“我代大伯小伯给三婶赔罪。对不起，三婶！”

“对不起的话，我可承受不起。不要折了我的寿。何况他们是不是真这么想，我看也未必……我原本就只要还原，多余的房屋和东西，有劳你全部收回去。我不花你的冤枉银子，也不占你们便宜……还有这隔墙，芦苇就很好，冬暖夏凉。你搞了砖，我住着心里反倒硌硬。”

大丫说得太对了！李志伟两口子，现在恨大丫恨得牙疼。总觉得是大丫勾结刘老三，绑的他。人不为己天诛地灭，有哪个肯为不相干的人强出头？何况还是土匪！打抱不平？就是个托词！那天的整个过程，就是演给李志伟看的假戏。白花花的三千个大洋，那是花了多少心血才攒的？说没了就没了，更如从心尖上割了一块般疼痛。所以，压根就没打算还屋的，甚至郭凯武跟李郭氏，还成天嚷嚷，要找大丫评理性。

倒是这个宇明，于心不忍据理力争，才装修成这个样子。可是，大丫却说不要他的好意，顿时头大。想了想，苦笑着说：“三婶！您郎看我钱都花了，也修整完了。如果再拆再修整，又得花钱不是？能不能就这样算了？算侄儿孝敬您郎的。再说那间磨房，是给三爹住的。您郎大门不朝院里开，三爹住西厢房，来去也不方便啊！”

大丫想想，也是。而且，也不想把他们这辈人的恩怨，传递到下一辈。怎么说，都是李家的后人。她甚至企盼，一脉相承的李家，时机适合了重归于好，世代和睦。

于是退了一步，但依然用不容置辩的语气说："能够动的，你先搬走。不能动的，你算算花了多少银子，回头我慢慢还你。我只要自己名分的。你说那个屋给三爹住，我当个家，也可以。想三爹也不会反对。"

"三婶！说到名分，那就应该是您郎的，而且还不止这些。是大伯小伯过分，占了您郎的名分。"

"当初我接受那个结果，就已经作了了断。所以，你不要再说了。你要再说，就恢复我的原样。"

大丫说得斩钉截铁，宇明也不好再坚持，答应按她的要求抓紧办，三天后交屋。

大丫收屋的这天下午，三团和区保安大队垂头丧气地回到了镇上。闪在街道两边的人们，很快就发现，整个队伍，比出发时短了半截。而那稀稀拉拉的队伍，夹杂了大量头上缠块白布，或者胳膊上吊条绷带，或者胳肢窝里夹根拐棍，甚至躺在担架上的伤兵，像送葬似的。再衬着血红残阳，给人一片肃杀之气的强烈视觉冲击，仿佛他们真到了末日。

收拾完房屋，祖孙三人精疲力竭，就在这边吃夜饭。突然，门口出现了一个脖子上吊着绷带的人，都骇了一跳。再一细看，原来是黄天赐。

喊了声"姑妈"，也不待邀请，黄天赐跨过门槛。大丫阴沉着脸，问你来做么事。拖过一张板凳坐在桌边，从衣兜里掏出一张纸放桌上，黄天赐说杂货铺的事办好了，专门来送地契的。大丫问，不要我去办手续了？黄天赐咧嘴一笑，说他代办了，不劳姑妈再跑一趟。大丫盯着那张纸，疑惑地问真的假的，不会又蒙我的吧？

把筷子杵在碗里，宇洁拿起那张纸，看了正面看反面，看了半天，也看不明白，就又放下了。黄天赐显得很疲惫，有气无力地说，没骗您郎，真是办好了。大丫说那就信你一回。又问："我另外一间商铺，么时候能还我？"

黄天赐说我抓紧。然后央大丫放过他们一家。

热心快肠地跑一趟，这才是真正的目的，所以大丫也不意外，淡淡地说，你们何曾只占了我两间商铺呢？我乡下的几百亩地，那么大的屋，几十间哩，现在不都归你们家了吗？黄天赐一听又紧张了，脸都白了，连忙站起身来说姑妈！您郎晓得的，家里的事我没管的。不过，我一定把信，叫大伯抓紧还给天宝幺叔。但是，您郎千万要保家里人平安呀！再么样讲，打断骨头连着筋，我们是一个祠堂哩！

"嗯！一个祠堂，一个祠堂……原来我们还是一个祠堂。亏你还记得，我们是一个祠堂啊？"大丫先慢慢念叨，最后一句突然提高声调，手里的碗往桌上一蹾，人也站直了身子。

黄天赐吓得一个激灵，差点抡起巴掌，掴自己一个嘴巴。暗骂真是比猪还蠢，竟跟她套这么个近乎！

黄天赐正在斟酌，怎么接她的话，才既解自己的苦恼，又不使她反感时，越说越气的大丫，憋在心里的委屈，真是差点爆发。但是，她最后忍住了，幽幽地说："你们的心真的是黑呀，胆子真的是大呀，喉咙也真的是粗啊！那大的家产，一望无边的田地和湖泊，几十间房屋，还有满屋子的东西，以及钱庄的银票，说吞就吞了，骨头渣子都不吐一点。还恨不得赶尽杀绝，害得我跟小丫做童养媳，天宝当上门女婿。我爹这一脉，差点就没了。你们都这样了，还好意思讲一个祠堂！你们何曾把我们当作一个祠堂了？喂，黄天赐！你们也不怕遭雷劈呀？"

黄天赐气恼得要命，阴鸷而毒辣的光在眼里划过，又恨不得一巴掌呼在那张充满愤恨的脸上。长到三十七八了，他何曾正眼瞧过大丫？又何曾受过这等窝囊气？然而，他终究是没敢。

忍得一时之气，省得百日之忧。他倒不是惧怕这个单纯的女人喋喋不休，而是悚那个指名道姓给她撑腰的刘老三心狠手辣。人都没长后眼睛的，哪想到会冒出个令人胆寒的刘老三？土匪都是脑袋别裤腰带上的亡命徒，他一家老小二十几口都在设防很差的黄家大湾，随时可能成为土匪的囊中物。他是区保安大队长没错，手下也有一百多号人枪，黄家大湾还有个护湾队，但根本没被土匪放在眼里。事实上也是，不管玩阴的，还是玩阳的，他都不是土匪的对手。

吃到肚里的肥肉，哪个会傻乎乎吐出来？吞下的家产，他们正在慢慢消化，一点一点地成为自己壮筋壮骨的营养。还给她？那是天方夜谭，天大笑话！爹爹不会答应，娘老子不会答应，他自己也不答应！

大丈夫能伸能屈，好汉不吃眼前亏的道理，他太懂了。跟了日本人那么些年，这一套也应用得得心应手。只要眼面前的关过了，回头再慢慢收拾刘老三跟大丫，也就好办了。

想到这里，他装出一副可怜兮兮的样子，低垂着头，傻乎乎站着，任大丫发泄。直到大丫再不说话了，他才又说："我为大伯做的事，先跟姑妈赔个不是。我一定劝大伯，抓紧把田和屋退了。"

他的话，大丫打死都不信，然而也懒得再跟他浪费口舌，指着大门说："你走吧！但是请你记住，也转告你老子，人在做，天在看。伤天害理的事做多了，会遭报应的。"

虽然很不爽，黄天赐也装出唯唯诺诺的样子，转身离开。

端阳节就要到了，也正好新麦下场，荒湖的李叔赵叔送了几斗小麦来，大丫便差宇洁，接天宝跟小丫们来过端阳节，尝尝鲜。又觉得客居李叔家的王莲母子有家不能回，也没个去处走动，便托人捎信，一起来热闹热闹。天华一直拿她当亲姐，在茶馆帮她不少，也跟他讲了一声，到时候来吃餐饭。

又考虑端阳节有划龙船比赛，伢们都喜欢热闹，担心来晚了看不到，所以叫他们提前一天来。

大丫就是这样，继承了老妈的好生之德。尽管自己穷得叮当响，但悲天悯人地想着比她更可怜的人。

随后，便紧锣密鼓做准备。先背三斗小麦，去米行碾了灰面[1]，

---

① 灰面：方言。即面粉。

换了几升糯米，到糟坊打了三斤酒。魏登华是要喝酒的，天宝也喝，所以酒少不得。又到湖边打芦苇叶子，割灯芯草[①]，洗净了在锅里煮透，捞起凉在筲箕里。端阳节前两天，把糯米淘干净，浸泡在盆子里。次日下午，祖孙三人包了几筲箕粽子，然后放进锅里煮熟。

客人来的这天，一清早去肉铺割了几斤肉，又到菜场买了几条鱼，以及菜园没有的新鲜蔬菜。李邱氏把蒸笼翻出来，洗净了架在锅上，另外一只锅里煮了满满的粽子。

本想多割点肉多买两条鱼的。小丫跟天宝的伢们，除了逢年过节，基本闻不到肉腥味。鱼嘛乡下捞得到，他们不太稀罕。然而她就做个提篮小卖，的确没么钱，割不起太多肉。就这些，已经要她一家三口吃两个月的青菜萝卜，才挤得出来了。所以虽然愧疚，也的确是没办法。

43

日头还在东南方向，大丫正在炸虾散[②]，小丫一家六口就到了。

听伢们老远就“姨妈，姨妈”地欢叫，大丫放下手里的活儿，满面笑容地迎他们进屋。刚进门，小丫就身子一蹲，让最小的女儿从背上爬下来，拖了条矮板凳坐下，帮忙择菜。

搂着伢们挨个亲了一遍，大丫说饿了吧，粽子应该熟了。四个伢早把眼睛望向灶台，盯着热水翻腾的锅里，咽口水。大丫心疼得不行，吩咐小丫不忙择菜了，去拿双筷子试试，熟了就让伢们打个牙祭。

扭头扫一眼伢们，小丫犹豫地说，等舅爷们来了一起吃吧。大丫说没事的，今年包得多，吃不完的你们再带些回去。

---

① 灯芯草：蔺草。当包粽子的绳子用。

② 虾散：油炸的面粉食品。

魏登华没拿自己当客人，伸手从锅里抓起一提粽子[1]。粽子太烫了，连忙丢进一旁的筲箕，甩了几下被烫着的手，然后在伢们咽着口水，满是期待的注视下，解开一只，也不蘸糖，径直送进嘴里，引得伢们又使劲咽口水。

魏登华视而不见，嘴巴也被烫着了，一边快速咀嚼，一边含混不清地说："熟了，熟了！"

小丫起身，把筲箕端到桌上，找了只碗，放些红糖，粽子剥到碗里。四个伢一哄而上，抓起就往嘴里塞，也烫得"呵呵"直吐气。看他们烫得难受的样子，大丫心里一酸，眼泪差点掉下来，说慢点吃，别噎着了。姨妈今日管够。小丫不好意思，呵斥道，都是饿死鬼转世啊！慢点吃，别噎死了。

筲箕里没有了，魏登华又抓出一提扔进去，剥开来再吃了两只。两个大伢也学爹的样子，剥了粽子就往嘴里塞。可怜了两个小伢，眼巴巴地望着他们吃，口水直流。

小丫看不过身，数落道："你是饿死鬼转世啊？就晓得自己吃？也不怕把你胀死！先喂伢们你再吃，就把你饿死了？大的不管，小的管一下，总可以吧？哪像做爹的人！"

魏登华嘴里继续嚼着，含混不清地"嘿嘿"干笑，指着筲箕对伢们说："吃，吃，自己拿着吃。"

小丫常挨魏登华的打，大丫挺心疼的。怕她唠叨多了，又惹得魏登华不高兴，当然碍于情面，在她这里还不至于动手，但回去了呢？或者避过她眼睛了呢？心疼归心疼，又不能一直罩着。就拦住小丫的话头，说姨爷喜欢吃，就吃呗！转头吩咐宇洁，给两个妹妹剥粽子。

两提粽子吃完，见他们还望着锅里，大丫便说别吃太饱了，中午要上蒸笼的。宇洁提议去跳房子[2]，小丫的两男两女四个伢，有说有笑地跟宇洁出门。

---

① 一提粽子：江汉平原的人们一般把几只粽子用蔺草串在一起，叫"一提"。

② 跳房子：一种少儿游戏，又称为跳方阵、跳方格。

魏登华揩了下嘴巴，从腰间抽出烟袋点燃旱烟，在屋里一间间地转，不时发着感叹，最后竟说："大姐，你可以呀！占去三间茅草屋，还回来四间砖瓦房。"

这种戳心窝子的话，他真敢说。果然，大丫跟李邱氏仿佛吃了蛆，脸色霎时垮下来，没接话茬。魏登华没觉出气氛的诡异，烟杆指着东边大丫住的那间，又说："大姐！听宇洁说，商铺收回来了。那么过了端阳，我就把铺子支起来……你看，我们一家就住那间屋，好不好？"

两人更加愕然，不认识似的望着他。已经说过商铺是天宝的，实际上也是，他么样又忘记了呢？却也仍然没吱声。

小丫也晓得男人这话讲敞了，但她有些悚惧男人，便小声拐弯[1]："你不看正忙着呢吗？先去外面坐会儿，吃过饭了再商量。好不好？"

"说话归说话，做事归做事。相互又不影响。"魏登华很不满女人插嘴，但碍于情面，又是求人的事，也不好发作，嘀咕了一句。转头问大丫，"是吧，大姐？"

"屋里烟雾缭绕，也乱。您郎先去外面歇着吧，姨爷！"李邱氏也赶魏登华出去，又喊禾场上的宇洁，"宇洁，宇洁！给姨爷倒碗水喝。"

就在这时，天宝两口子背上背一个、怀里抱一个、屁股后头还跟着一个伢，也来了。

听伢们喊舅爷舅娘，大丫跟小丫忙迎出来，一人接过一个伢，问累坏了吧。宇洁也醒事，连忙又端了两条板凳出来。

她们的这个热乎劲，看得魏登华心里顿时有些酸，心想还是弟弟亲哪！但也不好表现出来，悻悻然打了个招呼，跟天宝坐到一条板凳上。

刚刚安顿好天宝一家人，王莲跟天树也来了。王莲一来，就加

---

① 拐弯：方言。意思是打圆场。

入到准备中饭的行列。天树长成了大小伙，喊了声小伯大姐二姐，转身又去了禾场。

四个撩将[1]女人一齐动手，饭菜的香味很快就满屋子萦绕，甚至飘出大门，弥漫到空中。

天华没来。他跟着夏恒义身不由己，所以也就不等了。

一桌坐不下，大丫跟隔壁的宋婶打了个招呼，三个男的去她家抬了桌子、搬了板凳过来。一顿丰盛的中饭，就于热热闹闹中开始了。伢们吃完，碗筷一丢，一哄去了禾场，也把叽叽喳喳带出门外，有的踢毽子、有的跳绳、有的跳房子。

顿时清静下来，大人们才得以省心，边吃边喝边闲聊。

魏登华被酒精浸润的脸庞，黑里透红，特别兴奋。只见他粗重地把酒碗往桌上一蹾，高声大嗓地又讲开商铺的事，并指着东边的房间说，他们一家人就住那边了。天宝夫妇甚至王莲母子，都怔住了，呆呆地望着他。

大丫看不惯这个长自己一岁多的妹夫，也受不了他那似乎脑壳缺根弦的做派，再次质疑爹么样把小丫许配给了这么个人的。看在他跟小丫的夫妻情分上，又不好对他使态度，所以一直忍着。何况在自己屋里做客，更不好说他么事了。

但是，他直巴笼统地问到脸上，好像搪塞不过去了。倘若不回答，一根筋的魏登华会盯着问，直到给他满意答复。然而商铺的事，大丫确实做不得主。思忖片刻，左右两难的大丫只得道："姨爷！我河南河北两处房屋，你们想住哪边，都可以。但商铺是黄家的，是舅爷的。这个话，说过好几回了，再不要说了，免得起隔阂。"

引娣急着要开口，两脸憋得通红，听了大丫这话，才把心放回肚里。正好怀里的小儿子哭闹，便抱到一边，撩开衣襟喂奶，遮掩了过去，脸色也慢慢复原。

---

① 撩将：方言。意思是能干。

“大姐！不是说好了，都来镇上做生意的吗？”小丫似乎也慌了，给人的感觉，她仿佛也不记得说过的话了，夫妇俩一唱一和。

“做生意可以，但不能打商铺的主意。商铺是舅爷的。”大丫没想到妹妹也这么说，干脆直接拦住，“做点小本生意，像我提篮小卖，不也十几年过来了吗？”

“没有商铺，我生意么样做呀？不行，那间商铺我要定了。”魏登华急得摔筷子，起身说道，“你女人家家的，提篮小卖当然可以。但我一个大男人，怎么着也要点脸的吧？”

谁也没想到，魏登华直接用不屑一顾，把大丫撑得翻了两下白眼，泪水在眼眶里打转转。其他人则目瞪口呆。

小丫本来想解释，她没打商铺的主意，而是话赶话，就赶出那个话来的。此刻，也忘记解释了。

实在看不过眼，李邱氏开口道：“我说姨爷！您郎这话，我就不爱听了。提篮小卖么样了？不偷不抢，光明正大挣钱，有么事不好的？怎么就没脸了？要不是大姐提篮小卖，哪来今日这一桌子吃的喝的？”

或许没觉出自己的话伤人，甚至都不晓得众人为么事惊诧，魏登华虽没跟李邱氏理论，却也依然气鼓鼓的，端起酒碗，独自喝了一大口。小丫剜他一眼，夺下酒碗，生气地说：“还喝！”

听出点味道的王莲，笑着说：“我来说句公道话吧。”

见众人都望向自己，有的期待，有的疑惑，王莲继续道：“大小姐二小姐天宝少爷，都是我看着长大的，还亲手带过，我就像疼天树一样疼你们。你们呢，也没拿我当下人，一直婶娘婶娘地叫，叫得我这做下人的，惶恐不安。我晓得，自老妈过世，家道中落，你们都不容易，吃了太多苦头。不过我还是替你们开心，替黄家开心，毕竟熬过来了，也都好好的……说到商铺，大小姐说得在理，那是黄家祖业，东家是天宝少爷。至于大小姐或者二小姐要在商铺做生意，或租或借，都是可以。不过，得天宝少爷同意……黄家也是可怜，就你们姐弟三人了，希望商商量量，千万别伤了和气。”

“我也是婶娘这个意思，并不是要商铺。只是说，舅爷来街上做生意，我们来帮忙，混个生活。刚刚话赶话，就赶成我们要商铺了。其实，登华跟我差不多的意思。”小丫连忙解释了一通，顺带帮男人圆场子，甚至转头问男人，“是吧？”

“男人说话女人听，打个么鬼岔？”不想这魏登华，真是一根筋，钻进死胡同出不来，不仅不理会小丫的意思，还丁点不给小丫面子。不客气地教训了女人一顿，又扭过头，急切地问坐同一条板凳的天宝：“那舅爷，您郎是个么意思？”

小丫噎得哑口无言，心中暗自叹息，帮他圆话都圆不成了。只得不再开口，生怕惹出更多荒腔黄板[①]出来。

木讷的天宝被他问到脸上，也是无语。直接拒绝，不太好意思说出口。两个姐姐对他的照顾，太多了。特别大姐，就是娘活着，也未必比她做得更好，那真是扒心扒肝的。但这个话，又不能不回答，口中“我，我”了半天，也不晓得“我”后再接个么话。

见他左右为难，引娣开口了：“小姑爷！我们早就说好了，自己来做的。难道您郎忘了？”

这下子，等于是把魏登华的路堵死了，翻了两下白眼。想了想，突然又说：“王莲老妈讲的不对！”

众人愕然，王莲也脸一红，忙问：“哪里错了？”

“您郎们想啊！大姐和小丫出嫁了，当然不算黄家的人。而舅爷上门，改姓方，叫方天宝，不也不算黄家的人了吗？也就是说，我跟舅爷，都能在商铺做生意。”魏登华说得眉飞色舞，眼睛四周里睃巡，很为自己的这个发现自豪。说完，又自得地喝了口酒，拿起筷子夹了块粉蒸肉送进嘴里，一边使劲地嚼，一边瞅众人惊诧不已的神情。

他这一通胡言乱语，弄得气氛不仅尴尬，而且紧张，甚至火药味更浓了。众人理解，他言下之意，黄家绝后了，那黄家的商铺，

---

① 荒腔黄板：方言。意思是胡说八道。

便成了无主产业；而做上门女婿，又是个抬不起头的羞耻事。这两桩事，都是挑人总筋揭人伤疤，只在吵架吵急了才骂的，一般吵架都不敢提。不想魏登华，竟于风轻云淡间，张口就来！

“姐夫！您郎这话也不对。”只吃饭菜不开腔的天树，突然把筷子一放，一本正经地说。就在王莲想拦，众人也疑惑地把头转过来时，又指着引娣怀里，继续道，“虽然天宝哥做了女婿，但牛娃就姓黄。就是说这商铺，还是黄家的。”

黄牛娃，就是引娣怀里正吃妈[①]的小儿子。

“瞎说八道！”喝得高了，见天树都敢驳自己，魏登华气恼异常。尽管承认他的话有道理，但面子上过不去。

“我哪里说错了？”天树一脸茫然。

“大人说话伢儿听，大人打屁伢儿闻！要你插嘴呀？”虽然认同儿子的话，但发现气氛不对，王莲便不客气地拦住。

天宝满脸涨得通红，眼珠子几乎滴出血来，双手攥起，只是强忍着，才没有砸向那张黑里透红的嘴脸。引娣则脸色煞白，浑身都在颤抖，愤怒的眼睛恨不得把魏登华吞进去。

小丫也吃惊地望着男人，心说真是怕么事来么事，生怕他再荒腔黄板，自己都不敢接话了，可他却越说越黄浑，越说越带劲。正要拦他时，大丫忍无可忍，终于把筷子一拍，指着魏登华怒骂：“你才瞎说八道！”

“么样？我说错了吗？”魏登华指着自己的鼻子，似乎不解。

天宝猛地端起面前的碗，使劲一泼，半碗酒就泼在魏登华脸上，又顺着脸颊，和着汗水流淌下来，把一件破旧的对襟衫浇了个透湿。迎着天宝发怒的目光，魏登华也火了，抹了一把脸上的酒和汗水，恼怒地说：“你有病哪！”

“你才有病！灌了二两马尿，就净瞎说八道。”小丫再也忍不住，扯了男人一把，意思是到此为止。

---

① 吃妈：方言。即吃奶。

魏登华却不想到此为止，好像憋了很长时间的郁闷，不吐不快，一只手在空中乱舞，冲小丫吼道："难道我说错了吗？你说我娶了黄家的女人，何曾沾过一点光？黄家大湾的家产被人占了去，就不说了。这街上的两处商铺，之前是大姐受益，之后是舅爷得好。我也没太多奢望，只不过用一处做点生意，有么错？"

他这一通歇斯底里，惊吓了所有人，望着他的眼神里，有愤怒，有悲哀，也有尴尬。甚至屋外玩耍的伢们，也拥到门口，瞪着惶恐的眼睛，不晓得该么样办。

大丫做梦也想不到，这么多年省吃俭用，扒心扒肝地照顾他们，到头来落得这么个评价，委屈得垂泪，说道："我没想到，您郎会说出这么不凭良心的话。看来，这些话在您郎心里，已经很久了。今天就当着王莲婶娘，正好大家都在，我把话讲清楚，免得姐弟生隔阂。不错，过去逢年过节，我确实支过钱，但都给您郎们一家和舅爷做衣裳了，我没花里面的一分钱。两个商铺的掌柜还在，可以去问的。当初商铺是有些盈余，因为舅爷小，黄有龙又虎视眈眈，我想着先放钱庄保险些，等舅爷自立了，再由他郎处置。不然，黄家就彻底没指望了。舅爷成家后，跟两个掌柜都结清了，银票也给了舅爷，并不在我手上。他郎们可以作证的。前面的事，是我经的手。后面的事，是舅爷做的主。当然，舅爷舅娘心疼我们，给了两家各三十个银元的银票。我跟您郎一样多，并不多一个。"

天宝和小丫，如对娘一样地信任和依赖大丫，所以并未存疑。但方引娣疑惑过。不过，成家之前的事，她不太好插嘴，所以只把疑惑藏在心里。如今大丫说出这么一番话，更不好再说个么事了。

大丫刚刚说完，魏登华又阴阳怪气地冒了一句："连刘老三都能搞定，搞定那两个掌柜，甚至合伙分黄家的钱，还不是太容易了？"

众人彻底无语，都不明白他今日到底是个么意思。小丫气恼不已，瞪着眼睛道："你胡说些么事呢？真是二两马尿一灌，就不知天南地北了。"又对大丫说："他喝高了，就像疯狗乱咬。大姐，别听他胡说八道。”

大丫如坠冰窟，满脸痛苦。总像个鸡母，想着给弟弟妹妹一个温暖而安全的翅膀。如今看来，她错了。尽管小丫跟天宝认同，但并非所有人认同。她的心被魏登华伤肿了，不想再打嘴皮官司，那样只会让小丫更难堪。起身去东厢房，取来商铺的地契递给天宝，说绸缎铺，我再想办法去催。

魏登华一把抢过去，展开一看，便得意地叫起来："我说的没错吧？你们看这地契上，可是写着大姐的名字。"

大丫一惊，连忙说怎么会呢。黄天赐送来地契，她没看就收好了。何况不识字，看了也是白看。转手递给天宝问，他说的是真的？天宝瞥了一眼，脸色也难看起来，还给大姐时说，是真的。大丫说："舅爷放心！大姐过去没占您郎的家财，今后也不会。嫁出的女儿泼出的水，大姐永远不会占黄家的，哪怕一丝一厘。明日就给您郎换回来。"

"我又没说不信你，大姐！"天宝说道。

原本要住一晚的，被魏登华一闹，都没心情了，吃过中饭便告辞。大丫坚决挽留，说你们这一走，就更说不清楚了，姐弟情分就没了。王莲想想，的确有这可能，加上魏登华醉得一塌糊涂，站都站不稳，哪里走得了？也劝大家住一宵。

44

日头火辣辣地挂在天空，知叶子[1]一个劲"知了，知了"地叫，聒躁得人心烦。

大丫满头满脸的汗，背着一捆捡来的枯树枝，卸到禾场上。刚喘口气，一抬头就发现堂屋坐着位慈祥的老人，正怜悯地望着自

① 知叶子：方言。指蝉。

己。再一细看，不是老妈黄周氏，还能是谁！她既大惊失色，又大喜过望，汗水来不及擦，连忙进屋，喊道："老妈！您郎么时候来的？怎么不捎个信，我去接您郎？"

老妈颤巍巍迎上来，嘴里说苦了我儿，柴火都要自个衔！

生怕老妈摔倒了，大丫赶紧上前搀扶，咧嘴一笑说人生在世，哪个不苦呢？扶老妈坐下，又问了一遍今日么样得空来看我的。老妈苦笑一声说，老妈也苦哩！想你们想的。大丫心头一酸，连忙说孙女不孝，应该我们去看您郎的。老妈又说生活艰难，不怪你们的。

"老妈！您郎肯定是有要紧的话。不然，这大热的天，又有五六里地，怎么会急着赶来呢？"大丫提起桌上的茶壶，给老妈斟了碗凉透了的"三匹罐"，这才揩一把额头的汗，又抓过扇子，给老妈可着劲地扇。

"唉！老妈来，一呢是放心不下你，要来亲眼看看。二呢也的确是有个事，要跟你叨叨。"

"是么话？您郎只管说。"

"伢！我晓得你苦，也为小丫天宝操碎了心，却还被误会。真是难为你了，伢！你心里头的苦，老妈都晓得……都晓得的咧，伢！"老妈怜爱地把她额头搭下来的头发，往两边捋了一下，叹了一口气。

大丫心头一酸，又急忙把泪噙住，苦笑一声说："没事的，老妈！哪个叫我是老大呢？"

"也是，你是老大。嗯！有个老大的样子。"老妈的手在她头上抚摸着，慈祥地盯着她的脸，目光中满是赞许，随后拉她到身边，紧挨着自己坐下，"伢！站着说话不累呀？坐，坐下陪老妈说会话。"

大丫听话地坐了，乖巧地搂着老妈的胳膊。甫一搂住，就像遭了雷击，心头猛地震颤了一下，转瞬又安定下来，仿佛找到了久违的依靠。有依靠的踏实感，三十多年都不知是么滋味了，尽管她一直渴望。然而世事难料，一个弱小女人，不仅没找到依靠，还得当许多人的依靠；一个需要躲避风雨的人，必须给许多人遮风挡雨。这让她活得很累很累，简直累极了，累得常常爬不起床，却必须每天天不亮就起床。

找到了依靠的大丫，如小女伢般仰着脸，恬静地听老妈说话：“伢！你的这份苦，是替你那不成球[①]的爹受的。他不爱惜，还把命搭上，以至于好好的家世，说败就败了。然后碰到恶人，逼得你姊妹做童养媳，天宝做上门女婿，志气也磨没了。不过，伢！这都是命咧，怪不得哪个的。”

“老妈！我不怪哪个，也不怨命。比起早死的人，我们知足了。您郎放心吧，老妈！”拉过老妈枯木般的手，放在手心轻轻摩挲，大丫眼里满是感激，“都是祖先们阴德庇护，我们虽经历磨难，却也都平安，且开枝散叶了。”

“老妈看在眼里哩，伢！”老妈脸上露出欣慰的笑，随即又叹口气，语气低沉了下去，“唉！真是难为我儿了。别的不说，就眼前这事，我儿就受委屈了。但是，姊妹兄弟之间，千万不能闹隔阂啊！”

“也没多大委屈，老妈！亲妹妹亲弟弟，脾气性格还不了解？应该说得清白的，您郎就别操我们的心了，过好自己的日子。”大丫强装笑脸，搂住老妈的胳膊摇了摇，一副撒娇的神态。

“你能这么想，就再好不过了。伢！万事当面说开，不让疙瘩结成死结，就么事都没有了。”老妈松了口气，反过来把她的手放在手心，轻轻地揉搓，满眼慈祥。

“我晓得的，老妈！”刚说完这句，心头还是一酸，泪水禁不住如断线的珠子，“哗啦啦”滴落下来。

“哭吧！哭出来了，心里就好受了。”老妈任由大丫伏在怀里，尽情落泪……

---

① 不成球：俗语。意思是不争气。

“三娘，三娘！你么样了，三娘？”大丫哭得昏天暗地，把睡同一张床的婆婆吵醒了，拼命地摇。醒来之后，才发现是做了个梦。一摸枕头，湿透了。

月光从芦苇棚子缝隙钻进来，暗淡无色，影影绰绰。大丫知道还早，心里哀叹一声，说没事，做了个梦。李邱氏爱怜地说，我知道你心里头苦，伢！可你又要强，一直憋着……哭吧！哭出来了，就好了。大丫轻声说睡吧，老妈！别把婶娘也吵醒了。

但是，王莲却已经醒了。

魏登华喝醉了，只得安排他们和天宝两家睡河北的屋，其他人去河南。

王莲是个聪明人，问大丫还在烦恼昨天的事。大丫轻叹一声说做了个梦，老妈不放心，托梦来了。王莲劝道，登华是喝高了，应该说得开的。大丫叹口气说，就怕是酒醉心明哩！王莲立即语结，这也是她担心的，但很快又劝道，登华就是个直肠子，心里藏不住事的。

大丫轻声说，婶娘您郎是不晓得。他这段时间，三天两头往我这里跑，一心一意要来镇上做生意，都魔怔①了。王莲继续劝道，他也是生活所逼，没办法了哩！大丫又叹口气，她其实理解魏登华，便说也是！这世道，穷人真是没活路了。

李邱氏也说，亲姐妹，你心里又没鬼，哪有讲不清的事？王莲又劝道，车到山前必有路，船到桥头自然直。世上就没讲不透的道理。大丫幽幽地说，老妈在梦里，也是这般说。但愿吧！

三人说了会儿话，大丫心境平复了许多，都重新入睡。

第二天一早，住河南的人又过河北来，大丫跟王莲煮了一锅粽子，众人吃过。伢们吵着要看龙船比赛，但大人们要说事，便给了些零钱，叫宇洁带了去。天树没事，王莲叫他去照看。

收拾干净桌子，大丫烧了壶开水，撒进几片“三匹罐”和葵花

---

① 魔怔：方言。意思是言行异常，像着魔似的。

花瓣，放到桌子中间时，平静地说："婶娘也不是外人，所以我就不避婶娘了……是这样子的。昨夜里老妈托了梦，我把老妈托梦的话，跟你们说一下。"

听说老妈托梦来了，众人都拖了板凳，围坐到桌旁。

大丫语气凝重，开门见山地说："老妈要我们姊妹兄弟和睦相处，不得生隙。特别叮嘱我这个当大姐的，要照顾好弟弟妹妹。"

大丫刚开了个头，小丫跟天宝就激动起来，都说得亏大姐，这些年总是委屈自己，扒心扒肝地照顾我们。

大丫继续说："老妈也说了，姊妹兄弟之间，没有说不透的事。所以，昨天没说完的，我想再作个完整交代，也商量下一步么样办。"

天宝连忙摆手说，商铺的事，我一清二楚，就不要再说了。这些年大姐为我们操碎了心，做的真是太多太多了。就是爹娘，也没几个能做到这样的。不过，大姐说商量以后的事，我觉得倒是应该。小丫抢过话头说，瞎子吃汤圆，心里有数的。姐姐就像个抱鸡母[①]，一直罩着我们。这些年尽是克扣自己，都接济我们了。不然，也不会过得这么苦。别的不说，单说我们身上穿的嘴里吃的，有几样不是姐姐给的？

王莲补充道，就这两天的大鱼大肉，也不知得省多长时间，才积攒得下来哩！扭头对李邱氏说，难为老妈了！李邱氏笑着说，三娘就你们几个亲人，我也没么亲人。你们能来，高兴还来不及，哪有么为难的？婶娘您郎这样讲，就见外了。

魏登华头还疼，摸了摸蓬乱的头发，面露愧色，检讨昨天喝高了，尽发酒疯荒腔黄板，惹大姐伤心了。

引娣也是聪明人，一边奶怀里的伢儿，一边笑着说："大姑妈！其实您郎不讲，我们都感觉得出来，像娘一样哩！我听天宝讲，不是大姐和婶娘，他早就不在人世了。我们感谢还来不及，哪里会有其他么想法？"

---

① 抱鸡母：俗语。指正孵小鸡的母鸡。

茶泡好了，大丫把桌上的一摞碗摊开，一一倒上茶水，苦笑一声说：“虽然你们相信我，但有些事，还是讲开了好。这也是老妈的意思。正好婶娘也在这里，可以作个见证。”

小丫跟天宝本就不疑有他，魏登华酒也醒了，所以大丫讲的，没人不信，这个事就算过去了。

接着商量做生意的事。大丫说：“你们想来街上做生意，我不打拦路板，还巴不得你们近一些，相互有个照应。但现在做生意是个么情况，大姐还是要跟你们讲清楚。至于是否做，么样做，主意你们自己拿。”

大姐住在街上，又一直做着生意，当然有发言权。所以，都屏气静息，专注聆听。

大丫言语苦涩，幽幽地说：“你们是只见人家吃肉，没看到人家赶兔。现在的生意，不是那么好做的。我也不是打你们的拦路板。日本人祸害了那么多年，油水基本刮走了，大老板搞成了小老板，小老板搞成了穷人，穷人只得讨米要饭。街上没隔夜粮的人家，很多很多了。你们也看到了，讨米要饭的成累堆[①]。生意好做，何至于如此？还不富人多得打破脑壳？比如我卖的瓜子花生，都是半夜现炒的；到潘家场挑斗笠，哪天不是摸黑回来？就这样没日没夜累死累活，赚的钱看起来没少，但物价涨得快呀！同样的钱，还买不到原来一半的东西。我也听老板们说过，都惨淡得很，有的能糊个口，有的口都糊不了。”

“其实吧，我们也不想改锹[②]的。就是租田种吧，都跟财主当赶棍了。碰到灾年，肚子都混不团圆。”小丫的神情有些沮丧。

“唉！我也晓得，条条蛇咬人，这世上就没穷人好做的事。帮人家种田，或者租田种，能饱全家，我也认了。但问题是累死累活，还饱不了肚子。所以，我就想换个法子试试。”魏登华无奈地说。

---

① 成累堆：俗语。意思是一堆一堆的，很多很多。

② 改锹：俗语。意思是换一种工作、换一种方法、换一个事做。

“做生意也要本的。本大，胆子就大，就敢赌，赚的钱才多。没有本，胆子就小，缩手缩脚，生怕赔了。这世上也是怪，往往怕么事来么事，越怕赔越赔。家里就这么个情况，真赔了，么办？”王莲若有所思。

“也是。”引娣眉头紧锁，也附和道，随即又不甘心地问，“可我们那间商铺，就这么空着？”

“您郎们先想好，要不要自己做？要做，是一种办法；不自己做，又是一种办法。做生意，还是要精明会划算才行的。我现在很理解老妈讲的，黄家后人不准做生意的话，就是都太老实。即便是做，也发不了财。不然，我早就租个铺子做了，何至于天天提篮小卖呀？”大丫的心中，真有流不尽的辛苦泪。但她不想跟弟弟妹妹诉苦，没多大个意思。

“真是这么个道理。我们那里有个人，日子过得也还可以，却听人怂恿，卖了田做生意，结果遭人算计，最后血本无归，吊死在一棵楝树上了。”引娣说得心惊胆战，众人也听得毛骨悚然。

“再说兵荒马乱的世道，到处都是强打恶要的散兵、游勇、土匪、地痞、流氓。一个老实巴交的乡下人，哪里应付得过来？别到时候钱没赚到，命却搞没了。”王莲皱眉补充道，一脸的担忧。

“唉！命里只有八角米，走遍天下不满升。人呢，也得认命。”魏登华哀叹一声，烟袋抽得“吧嗒”“吧嗒”直响。

这群老实巴交的人，原本都还雄心勃勃的。如今这么一合计，竟只想到了一处处凶险，而且也是实情，不由得心里面打鼓，最后决定把商铺租出去，收点租金。生来就是个穷命，那就认命，一辈子穷了。靠坡打鼓泅，比闯急流险滩，不仅稳当，而且省事省心。

天宝说街上他也不认识人，出租商铺的事，还得劳烦大姐费心。大丫说，您郎们要信得过，包括地契改名字，谈租金，我都可以办。反正没有行市有比市[①]，跟人家差不多就行了。租金您郎们

---

① 没有行市有比市：俗语。意思是比照别人。

自己去收，不过我的手。

天宝夫妇没有不放心的。商铺原本就是黄家的，当然归天宝所有，魏登华虽然心里面唉声叹气，却也再没么好说的。

这个事定了，大丫又满脸凝重，愧疚地说："过两天，我要去爹爹老妈和爹娘的坟头看看。虽然每到祭祀日，都会烧袱包，但也多少年没跟他们打理坟头了。"

王莲顿时眉头紧蹙，说："清明已经过了，月半[1]又还早。你这不上不下不前不后的日子，去也不好啊！"

大丫想想，也是，便说："唉！那只得等到七月半了。"

大丫突然说起这事，天宝脸上有些发烧。毕竟，他是黄家的儿子，更应该去的，然而事实是几年都没去过了。不是不想，只是回去了触景生情，徒增伤感。所以便取鸵鸟政策，尽量不回那片伤心地。

龙船比赛结束，零钱也花光了，伢们手里捏着棒糖[2]，高高兴兴回来，叽叽喳喳地讲各种见闻。大丫看时候不早了，话也差不多说完了，便抓紧做饭。

吃饭时，天宝问还喝酒不喝。魏登华不好意思地摸着脑壳，说吃完就要回去，不喝了吧？天宝又说那就下回再喝。大丫劝道，少喝一点吧！小丫连忙打拦路板，开始了就少不了，不喝了。少喝一餐[3]，又不少块肉。下回再喝吧！

既然这样，那就吃饭。光吃饭不喝酒，动作当然快。吃完了，便都告辞。

没吃完的东西，甭管生的熟的，大丫打了三个包，给他们带走。临走时，小丫一再赔小心，叫大丫和天宝原谅魏登华酒后的胡说八道。

用心准备的一场欢聚，原本应该皆大欢喜的。却因为魏登华酒

---

① 月半：方言。农历七月十五中元节，也叫"鬼节"。

② 棒糖：方言。指棒棒糖。

③ 一餐：方言。意思是一回。

后胡闹，结果搅得稀里哗啦，所有人乘兴而来扫兴而去。除了不知愁滋味的伢们。要不，怎么说酒是个好东西，又不是好东西呢？

虽然嘴上说没事，但客人们一走，大丫还是蒙着被子，痛快淋漓地大哭了一场。

45

来自亲人的伤害，是最不能接受的伤害，也是无法应对的伤害。外人的伤害，还能还击。亲人的伤害，只得受着。

扒心扒肝的大丫，算是被魏登华伤肿了心[①]，尽管他道过歉，说是酒后乱说。也不晓得自己的解释，能否让他们释怀。换句话说，他们口头上说理解了，但是否心口如一，大丫就无从知晓了。

伤心归伤心，答应过的事，还得抹干了眼泪，马不停蹄去做。所以第二天一早，大丫就找黄天赐，把地契上的名字换成了黄天宝，又过了几天，商铺也租了出去。

这就是大丫的性格，也是她的命运。

她不是个拖沓的人，现实也没给她拖沓的机会，逼得她雷厉风行。要是有丁点可能，她宁愿拖沓，宁愿过慢节奏的生活，同时给她一点舔舐伤口的时间。或者说，在湍急的生存旋涡里，她没拖沓的资本。被现实一次次打击得遍体鳞伤，然而第二天醒来，就忘了似的，又以一颗勇猛的心，把自己羸弱的身躯，投入到为了生存的新的战斗。

天宝托付的事搞掂，本以为可以喘息一口气了，不想在河南的房屋，却被人掀了，而且还不能跟掀的人说理去。

河南的这片房屋所在地，并非无主荒地，而是几家财主的良田及一些商家的库房跟厂房。日本人占领通海口镇，学英国早年的跑马圈地，在一望无垠的田野随意打了几根桩，然后霸气地军刀一

① 伤肿了心：俗语。意思是伤透了心。

挥，蛮横地说这就是大东亚共荣的“日化区”了！随后，又把库房和厂房无偿征用，还起了很多新的库房、厂房和营房，同时把河北的居民和商户赶过来，起了各种各样的民居和商铺。

日本人投降之后，财主们强烈要求归还。迫于压力，也收了不少贿赂，同时为争取财主们的财力支持，区长大笔一挥，发布告说，这片土地物归原主，限所有外来户即时迁出，哪里来的回哪里去。所以，大丫那间用芦苇搭起的棚子，理所当然地没保住。

河南的棚子被扒，大丫没显出多么沮丧，相反还有解脱的感觉。毕竟，原本就是人家的地。土地和房屋遭恶人强占，那种刻骨铭心的痛，她体会太深刻了。要不是可恶的日本人，她绝不会去搭个芦苇棚子，更不会跟李志伟发生那大纠纷，差点把河北的屋都搞没了。

或许是想通了其中的道道，魏登华彻底死心，再不提要商铺做生意了，老老实实给人当长工打短工。方引娣也不再提亲自做生意，踏踏实实按月收租金。

姐弟三家，虽然平淡无奇地勉力挣扎，倒也平安无事。

倒是不满六十的李邱氏，身体每况愈下，每夜咳嗽到天明，胸疼胸闷得紧，脑壳也像么东西绑着般难受，看了无数回郎中，喝了无数罐汤药，都无丝毫好转。把个原本魁梧的身躯，压榨得只剩皮包骨头，人仿佛矮了半截，背也佝偻了。及至后来，连痰都咳不出来。

大丫扒心扒肝地服侍，比对亲娘还周到。原本矮小瘦弱的身板，也折磨得风都能吹倒。

这种状况，持续了小半年。

李邱氏估摸着，自己油尽灯枯，多半是好不了了。媳妇的这个样子，也让她心疼不已。躺在床上就想，自己是不中了，与其把媳妇拖垮，把本就一贫如洗的家里耗得一文不剩甚至债台高筑，还不如早点了结了完事。何况她自己，也受不得折磨了。但这个话，她万万不能跟人说。同时在她心里，还有点纠结，有道坎过不去。就是如果主动了结，媳妇肯定要承受巨大的舆论压力。人言如软刀子，杀人不见血的。所以她常常幻想，自己一口痰出不来，或者一觉睡过去。然而这种奇迹，一直没发生。有时咳得吐血，咳得眼球都恨不得蹦出来。可是咳过之后，又遗憾地暂停了，那口幽幽的气，似乎通顺了。这个时候，她就特别懊恼，特别沮丧。但睡着了，又时不时地疼醒。

后来，她拒绝看郎中，也拒绝喝药。大丫哄伢般哄她，弄得她心里更难受。

这天傍晚，趁大丫去潘家场挑斗笠，宇洁砍柴火也没回，终于把心一横，也不顾后人会遭么样的舆论压力和精神折磨了，穿戴得整整齐齐，来到了通州河边。她原本要一根绳子吊死的，想想还是算了，拿起的绳子又放下。大丫跟宇洁拾柴，绳子也是必备工具。她不敢浪费半截绳子。

立秋之后，天气有些凉了。她一个久病之人，被冷风一吹，浑身打着冷战，一路走得摇摇晃晃，也停下咳了好几回。带着对后人的愧疚，李邱氏在河坡上坐了一小会儿，借着刚刚升起的月光，只见河水清澈，微波荡漾，早不像洪水泛滥季节波涛汹涌。内心几度挣扎，反复权衡利弊，期间又咳了数回。然后似乎下定决心，毅然下了河坡。

"使不得的啊，老太太！"她双脚刚刚踏进河里，还没感受到水温的冷暖，就突然听到一声惊叫，旋即一条小船从河中心飞快划来。就在她愣怔的片刻，胳膊被人一把抓住了。

老太太的异常，他们早就注意到了。但是，也不好提前打招呼，只得时时拿半只眼睛盯着。假如不是心中猜测的那样，可不就尴尬了吗？所以，直到老太太付诸行动了，夫妇两个才赶紧过来施救。

"你是哪个？为么事要救我？让我死了算了！"天黑了，李邱氏看不清来人面孔，但是非常生气，决绝地挣扎。

"好死不如赖活啊，老太太！要为后人想哩！您郎这么死了，不管后人有没有孝心，都永远抬不起头，做不起人的。”两人一边劝，一边拖她上岸。

两人的这句话，直接就戳到了李邱氏的心窝，顿时老泪纵横，跌坐在地呜呜咽咽，随即又弯成虾米，猛烈咳嗽。

借着船上的马灯，女人认出了她，惊呼道：“啊！这不是三太太家的邱老妈吗？”

“可不是吗？邱老妈，您郎这是何苦啊？短见千万千万寻不得的啊！”男人凑近一瞅，也心悸不已，说完又吩咐女人，取了干衣衫给李邱氏换上。

李邱氏愕然，止住哭泣，也止住咳嗽，疑惑地望向船家夫妇，却没印象，忍不住问道：“敢教恩人大名？么样晓得我的？还晓得我媳妇？”

把李邱氏扶进船里，女人边给李邱氏换干衣服边道：“恩人不记得我们，我们可是终身不敢忘的啊！”

换好了衣衫，夫妇俩你一言我一语，才让李邱氏听了个大概——

船家姓邱，叫邱六斤，通州河边上曾家坝人。论起来，还是李邱氏一个祠堂的侄子，只不过不住一个湾子。小时候天寒地冻，娘带他讨米到黄家大湾，在大丫家吃了半个月施粥，熬过了最艰难的春荒。

五年前的冬天，通州河封冰了，渔船无法下水，女人只得带着一双儿女讨米要饭，一直到过年都在外面奔波。年三十家家吃团年饭的时候，饥寒交迫的女儿两腿一软，栽倒在了李邱氏的禾场上。是大丫把她们娘母子请进屋遮风避雪，还烧了姜汤三人喝，又给了她女儿一件衣裳，请上桌吃了餐团年饭……

夫妇俩说得声泪俱下，李邱氏也把久病不愈的苦闷和盘托出，直言不想拖累伢们了。双方都唏嘘，当下认了亲戚。邱氏夫妇又劝了一回，总算是回心转意，才送她回家。还不晓得大丫发现她不见了，么样个急法哩！

邱六斤夫妇的预感是对的。

满头大汗地挑了担斗笠到家，没看到李邱氏，大丫便知大事不好，如五雷轰顶般慌了六脊，汗也顾不得揩，水也来不及喝，转身出门挨家挨户问。李邱氏虽然嘴上没说，但她拒绝看病吃药，特别是那个常常发呆的眼神，早叫大丫心里发毛，却又不好点穿，只是谨慎防备。

然而很遗憾，李邱氏出门，正是各家各户吃晚饭的时候，竟然隔壁左右都没注意。急得发狂的大丫，只得强迫自己稳住心神，揣摩她的去向。把几种可能性逐一揣摩过后，便隐隐明白了大致方位。

战火把通海口镇几乎烧成了废墟，但架子还在，大街小巷纵横交错，大丫其实是无从寻觅的。但目标很明确，就是通州河边。老太太如果寻死，就只有上吊与投河两种可能。上吊没在家里，也只能去河边，那里的树林还是有很大一片的。老太太的身子，虚弱得一阵风便可吹倒，也不可能去太远的地方。

依照这个思路，饥肠辘辘又心急如焚，大丫沿直路先到河边的树林。树林里阴惨惨的，脚下杂草丛生，不时有老鼠、野猫、野兔、黄鼠狼等动物蹿出，也惊得飞禽乱叫乱飞。平时胆小得很，这片树林白天都不敢深入，此刻却全然不怕了，借着茂密树缝间漏进的微弱月光，仔细搜寻。

树林里没有，大丫松了口气，转身去河边。河坡上有一大片零散的窝棚，都是芦苇随意搭起的，还有些无家可归之人，铺一床破棉絮，席地而卧。大丫在窝棚间穿梭，也问那些连窝棚都没有的人，有没有看到一个婆婆？有没有看到人落水？其结果，无一例外地令她失望，也有些振奋。

没有坏消息，就是好消息。

精疲力竭，腿都迈不动了。心情复杂的大丫，无奈地回家。刚走到禾场上，猛一抬头，就见迎面的一个男人，背着一个人，旁边还有个女人小心翼翼地扶着，似乎生怕那人从男人背上滑落。瞅一眼，不熟，大丫拐上台阶。

就在她的手扶到门框时，男人喊了声："三太太！"

月亮爬起老高了，人也离得近了。大丫扭头一望，那男人背上正望向自己的，不是李邱氏，还能是哪个？猛然转身扑上去，一把抓住婆婆的手，大放悲声："哇，我的个姆妈啊！您郎这是去哪里了？"

这一声凄凉而悲怆的喊叫，惊吓得左邻右舍纷纷开门，以为老太太走路①了。

急忙引人进门，把婆婆放到床上，大丫双膝一屈，对着邱六斤夫妇就磕了个头。惊骇得两人直摆手，随后又扶起："担不起，担不起的，三太太！"

两人没讲李邱氏寻短见，却扼要讲了吃施粥和在她家过年的事，也算给李邱氏留了颜面。但李邱氏穿着别人的衣裳，自己的却全湿了，大丫跟邻居们哪里猜不出是么回事啊？

替李邱氏换下邱六斤女人的衣裳，又认了亲戚，约定多走动多来往，邱六斤夫妻便告辞。见李邱氏暂时平安，街坊们安慰和劝导一番，说穷人子就是病多，得学会熬咧！也都离去。宇洁熬的姜汤也好了，大丫接过去，一边喂，一边坐在床边无声落泪。

李邱氏满脸羞愧，保证再不做傻事。然而大丫依旧不放心，此后只要有空，就守在她身边。

但生活又必须继续，她不出去，家里便没了进项，便会断顿，更别说给李邱氏看病买药了。她带信给荒湖的李叔，又卖了十亩田，给李邱氏请郎中抓汤药。实在要出去，就拜托隔壁的李婶，甚至要宇洁不上学，在家里照护。

这样的日子，艰难地挨了两个月。一个月黑风高的冬夜，李邱氏终于一口浓痰没咳出来，如愿地永远闭上了眼睛。

大丫都没泪水了。于婆婆而言，或许是彻底地解脱。整宵不停

---

① 走路：方言。意思是死了。江汉平原一些地方，忌讳说"死"了，往往用"走路"来暗喻。

地咳嗽，撕心裂肺的那种，太痛苦，太受折磨。默默地帮老太太把那早就骨瘦如柴的身子擦拭干净，换上她备好的寿衣，用卖十亩田剩下的钱，给老太太出殡。

老太太膝下无子，宇洁又是女伢，娘家也无什么人。但怎么说也是李家的长辈，总得有个戴孝执幡的，大丫想想，便给李志伟、李志华两家报了丧。最后两人都没来，而是派了孙辈宇明、宇亮做代表。

街坊倒是来了不少，左邻右舍基本倾巢出动。邱六斤带着家人，甚至回老屋，叫了邱氏族亲参加葬礼。所以，李邱氏也算是风风光光走的。

李邱氏的头七一过，大丫就把那间磨房收拾出来，然后叫宇洁通知宇明，说老妈住的那间屋，他们可以收走了。宇明客气了一回，说大伯小伯说，那间屋就给妹妹了，算是将来的嫁妆吧。

大丫一听，气得七窍生烟。按通海口镇的习俗，李志宏只有一个坛坛，为了撑门户，当然要招女婿。宇明居然说是嫁妆，可不就暗示要嫁出去呀？可不就暗示李志宏绝后了啊？便又要宇洁去说，我们不占别人丁点东西。就是嫁坛坛，也不要别人施舍，我大丫置得起嫁妆。

没过几天，李志伟就把磨房封了的门重新打开，把通往大丫家的门封死。这扇门封了，堵在大丫心头的那扇门，却打开了，顿觉通体舒畅。

李邱氏生病之后，大丫忙得焦头烂额，无暇顾及绸缎铺的事。现在又提上日程，而且方引娣也提醒过几回了。

方引娣生怕又如过去，空背了个有商铺的名，实际上分文没取，所以杂货铺改为月租方式。尽管每个月进项不多，但挑进篮子总是菜，总有一笔固定收入。这让方引娣的内心，踏实不少。继而又想着，抓紧把绸缎铺也整起来，早点租出去，早点产生收益。

然而事物的发展，往往与愿望背道而驰，这让大丫预感到不妙。隔三岔五地催，但催到民国三十六年年底，差不多一年时间，黄天赐不是躲着不见，就是见了也找种种理由推托。

坐在春风茶馆，大丫愁眉不展。顾顺堂问，莫不是又碰到了烦心事？大丫便简单说了说。过了几天，顾顺堂告诉大丫，听说是区长作主，把绸缎铺给了他小舅子。现在经营那间商铺的，是区长小舅子的远房亲戚。大丫一听就傻眼了。黄天赐就这么难缠，那区长更是个“皮笊篱”，出了名的滴水不漏。东西到了他嘴里，哪有吐出来的道理？

随后又想，甭管中间有多少曲折，商铺最后到了谁手里，源头还在黄天赐。便打定主意，只找黄天赐。实在不行了，抬出刘老三，不信他不怕。就是那个皮笊篱区长，估计也得掂量掂量，得罪刘老三的后果。何况刘老三也放过狠话，要帮她出头到底的。

这样一想，好像又拾回了信心。

46

然而就在这时，又猝然发生了一件事，霎时把她的盘算，再次搅得稀里哗啦。

原来，夏恒义、顾顺堂和唐则成的共产党身份，随着画了头像的悬赏捉拿告示贴满大街小巷，搞得路人皆知了。人们这才晓得，他们在共产党里还有另外的名字，分别叫夏杰、顾有恒、唐明义。等于是三个人，把夏恒义的名字分享了。如果不看头像，谁猜得出是天天跟自己打交道的人哪？

刘老三也匪夷所思地改邪归正，带着队伍投奔共产党，当起了游击队，不再当土匪了。

就是说，能帮她在黄天赐面前说上话的，或者能威慑到黄天赐的人，现在都帮不得她了。不仅帮不得，甚至可能因为和他们走得近，而受到牵连。想得到的是，他们对黄天赐和区长的威慑更大了，但却也令后者恨之入骨。假如恼羞成怒，给自己安个通共的罪名，就真是吃不了兜着走。

因了这些顾忌，她不敢再找黄天赐，甚至有意无意地避开可能与之相遇的场合。

大丫又陷入苦闷之中。她甚至暗暗埋怨夏先生和刘老三，怎样就不晚些暴露呢？等我把绸缎铺收回来，你们再暴露，再投奔共产党。但是反过来一想，人家整的，那是一等一的大事，哪能等自己把鸡毛蒜皮的小事处理完了呢？这事说到底，还是自己运气背，怨不得别人的。

到了民国三十七年，复城县的人们惊奇发现，目前的情形，跟日本人投降前何其相似！

除了县治复城和朱雀、通海口等几个大点的集镇，广大乡村都成了游击队的地盘。甚至大集的日子，游击队混进赶集的人群，到集贸市场进行反独裁反饥饿反内战宣传，或者袭扰国军。国军下乡“剿”过几回，但一回比一回惨，回来的人一回比一回少。士兵哪还敢出集镇？甚至缩头乌龟般，军营都不敢单独出了。

物价飞涨，商业凋敝，强人横行，民不聊生。整个通海口镇，都笼罩在白色恐怖同时充满期盼之中。

这是三伏的最后一天——六月二十九[①]，一个令通海口人刻骨铭心的日子。

夏夜酷热，屋子里实在待不住，都搬了凉床卷了草席到街上困觉。

睡到下半夜，北街突然传来爆炸声。在鬼子铁蹄下早把胆子练大了的人们，慵懒地睁开眼睛，但随即就把瞳孔撑到最大，继而惊骇得翻身爬起。

原来，刚刚聚了点人气，恢复了点生机的街道，火光冲天浓烟滚滚。惊骇过后，转身回屋，迅速挑了水桶、端着脸盆，潮水般拥向北街。

---

① 此处是农历。换算成公历，为 1948 年 8 月 4 日。

到了才发现，商业气氛最浓的东北街，火势尤其凶猛，把半边天空照得通红，且不时传出轰隆隆的爆炸声，根本就不是泼水所能控制的。甚至都不敢靠近了，因为不明究竟，怕出危险。所以，商铺在东北街的人家，唯有无助地望着不断蔓延的火海，捶胸顿足大声号啕。商铺在西北街的人家，慌乱地往外抢东西。

人们没时间去探究，半夜里怎么会火光冲天，且有比鞭炮还响的爆炸声的。

盛夏酷暑，天干物燥，火势飘过马路，很快往西边蔓延，同时烧到了紧邻的民居。好在没起大风，否则便可能把整个镇子都点燃了。

眼见烈火窜过街道，人们才猛地醒悟，又退潮般离开北街，奔回各家。这大的火势，根本就扑不灭，只得一边哭泣，一边拼了命往外搬东西，想着能抢一点是一点。

然而，面对越烧越旺且不断蔓延的大火，人们只道家里不能存东西，却不晓得放哪里安全，于是都堆在街道那早已坑坑洼洼的青石板上。

一时间，整座小镇人嚷马嘶，鸡飞狗蹿，拥挤不堪。

十字路口西北街打头，是素有盛名的田氏药铺，祖传几代了。老板田道德医术高超，医德可风悬壶济世，很受人爱戴。但是，伢们都在外面或者读书，或者做事，没一个在身边。两个徒弟，也不凑巧地告假回乡下去了。人们自顾不暇，哪里顾得上帮他抢东西？

眼看烈焰就要吞噬这被日本人炸毁又好不容易新起的药铺，以及满屋子药材，四十几了的田道德想搬又搬不动，急如热锅上的蚂蚁。

就在这时，冲进来一个只穿了大裤衩、打着赤膊的十五六岁瘦长男伢，扛起装满了药材的麻袋就往外冲。田道德定睛一看，原来是本家侄子田振海。顿时感动得不行，连忙把贵重药材往麻袋里塞。振海则一趟趟扛出去，码到通州河边，满头满脸的汗水都没工夫擦一下。

火苗窜到药铺的屋顶了，屋里浓烟滚滚。田道德呛了几口，连忙拎着只麻袋出来，心疼地劝还要进屋的糙子伢：“振海！里面危险，别进去了。该烧的，就让它烧了吧！”

振海“嗯”了一声，却还是一头扎进屋里，肩上扛一只、手里拖一只麻袋出来。刚要跨出门槛，就有一根着火了的横梁“咔嚓”一声断裂，面朝大门的田道德大声惊呼：“振海！横梁掉下来了。”

振海也听到那声“咔嚓”了，一个箭步冲出大门。随着“轰”的一声响，带着燃烧的火焰，横梁就砸在了他身后的柜台上，不仅把柜台砸塌了，也引燃了，“腾”的一声蹿起一堆火焰。振海回头一看，脸都吓绿了，失声惊叫道：“哎哟，我的个妈呀！好险啊！”

田道德也不晓得哪来的力气，猛然跨步，接过他手里的那只麻袋就往外拖，感激地说：“多亏你了，振海！再不进去了，就让它烧了吧！”

没想到，振海把肩头的麻袋往地上一扔，竟再次冲进火海，又抢出两麻袋的药材来。

一个狂奔的人，见振海从火海里冲出来，吃了一惊，脚步并未停下，气喘吁吁地说：“振海！还不回家抢东西？你家也着火了。”

振海一听，把麻袋往安全地方一放，对田道德说：“大伯！后面的事，您郎自己料理一下。”撒腿就穿过一条窄巷子狂奔，连田道德叫喊的“多谢你呀，伢！”都没听见。

振海家的棚子，在一片低洼处，离永长河不远，算是小镇北边的边缘了。这火也是怪，竟漏掉中间的几条街道，直接窜到了更北的这片没有街名的贫民区。

那些芦苇或者秸秆搭起的棚子，正被火舌吞噬着，人们守着抢出来的部分物品，远远地望着火海发呆。见振海气喘吁吁跑来，一个街坊没好气地调侃：“我看你真是朵奇葩，典型的二百五！整个镇子都烧着了，都在抢自家的东西。唯独你，去帮别人抢火[①]。”

① 抢火：方言。指从火里抢东西。

爹爹田孝文跟爹田道清脸色铁青，振海估计，肯定跟街坊一样的想法。“嘿嘿”一笑，抹了把满头满脸的汗水，然后两手对搓，憨厚地回道：“家里就两床破絮和破坛子破瓦罐，不值钱的。道德大伯药铺就不一样了，值钱是小事，治病救人才是大事。要是药材烧光了，镇上的人再生病了，拿么药给他吃呢？”

田家厚道，伢儿这么一说，原本紧绷的脸，也慢慢放开了。但是，田孝文跟田李氏还是心疼，毕竟家里就那点东西，烧没了就更惨了，除了出门要饭，似乎再无别的路可走。于是，田孝文虎着脸，戗了长孙一句：“再不值钱，也是老子们勤巴苦做攒下的。你含根灯草，说得轻巧[①]。哼！两床破絮，一些破坛子破瓦罐。没有两床破絮，冬天来了你盖么事？没有破坛子破瓦罐腌菜腌酱酢胡椒[②]，你过冬吃么事，春荒又么样熬？真是不凭良心！”

振海无言以对，又“嘿嘿”干笑了几声。

“真是你姆妈的个败家子！”田道清顺着老子的话，也骂了一嘴。似乎还不解恨，又在儿子的屁股上踢了一脚。

“真是你老子的个败家子！”田吴氏没好气地瞪了男人一眼，赶着补了一句。

“算了，道清！没抢出来的东西，已经烧了。你说他再多，能有么用处？其实，我看振海说的，也在理。”老头说话她不敢反驳，但儿子媳妇开口，何况媳妇还有责怪儿子的意思，田李氏摸着振海的头，赶紧帮长孙打圆场，又瞥一眼儿子，“我看他是照你学的，你们爷父子一个德行。日本人扔炸弹那回，你不也是不管家，帮人家抢东西去了？”

“嘿嘿！那不是就在附近，街坊搬不动，就搭把手吗？”

“哼！搭把手，就搭得沾上了，连自家失火也不顾？”田吴氏叫吴幺珥。吴幺珥剜了男人一眼，没好气地抢在婆婆前面，挤对男人。

---

① 含根灯草，说得轻巧：俗语。意思是站着说话不腰疼，也比喻眼高手低。

② 酢胡椒：用粮食和辣椒（江汉平原称辣椒为胡椒）腌制发酵后制成的地方特色小菜。

田道清当然明白女人的意思，一时气短，翻了两下白眼，但当着爹娘和四个儿子的面，又不好跟女人争辩。因为他当时帮的，是镇上的寡妇李黄氏大丫。那天也是凑巧得很——

家里那口本就打了两个补丁的损锅，娘炒菜时又铲了个窟窿，叫他拎到铁匠铺去补。王铁匠左看右看，然后苦涩一笑说，你这锅窟窿太大，整个底都掉了，我是没本事补了。建议他买口新锅。田道清皱起眉头仔细端详，好像的确是没救了，于是当废铁卖给了王铁匠，转头去西河街买新锅。

杂货铺的掌柜张业成，扯起来跟他有点亲戚关系，便径直去找他。刚选了口锅试水，不想日本人的炸弹就扔了下来。张业成见大事不好，想着能抢一件是一件，便央他搭把手，答应送他一口锅，于是就帮了这个忙。当然，他也如愿以偿地白拎了一口新锅回来……

其实，他连李黄氏的面都没见到。田道清觉得，人家那么清白一个人，却平白无故遭自家女人恶心，想想也是够冤的。但是，女人嘛，总是有些臆想的。

幺珥继续调侃，倘若是别人的铺子，你会不会“搭把手”？他晓得女人故意逗他乐子，然而还是气得吹胡子瞪眼，毫不犹豫地说，当然帮的啦！女人小嘴巴一撇，不屑地补他一刀：“我看是未必！”

幺珥是个没心膈的，并非把男人朝龌龊的方向想。男人心地善良，也不是只帮了李黄氏，他还帮过很多人。说句极端点的话，就是掏光所有钱买块锅盔，碰到乞丐伸手，也会撕一半给人家。但她就是要让男人吃瘪，找点乐趣。生活已然如此了，再不找点乐趣，那不死得更快呀？

田孝文不喜欢儿子媳妇开这种玩笑，何况还当着他的面，于是毫无波澜地“咳咳”两声。晓得爹不高兴了，两人识趣地打住。田孝文叹了口气，眼睛扫过一家人的脸，愁眉不展地说：“唉！就不晓得，这一家八口，到哪儿去安身哩！”

他这一说，周围的人们也哀叹起来。有的说，通海口镇还真是邪乎！前后十年，竟被大火烧了三回。照这么个烧法，还是个镇哪？再多的东西，也烧没了啊！有的疑惑，说前两回还有个头绪，是日本人扔的炸弹。今日无缘无故的，半夜就烧了起来，还夹杂“噼里啪啦”的爆炸声。有的更是脑洞大开，说那镇海寺跟河神庙，怕是得修了，破败得不像个样子，惹得老天爷发怒，故意惩罚的。

江汉平原灾患频仍，都认为是妖魔作祟，故建了许多镇妖驱魔的寺庙。仅通海口镇一地，就既有镇海寺，也有河神庙，前者镇通州河之妖，后者向菩萨祈福。

不知是谁冒了一句：“其实也不邪乎，是三团烧的。”

“怎么可能呢？三团的人疯了？好生生的一个镇，为么事要放火烧？”众人大吃一惊，连连追问。

“听说是朱雀吃紧，连夜坐船去帮忙了。或许是料到再也回不来，又不想留给共产党，就埋了炸药和雷管，还浇了洋油，然后丢几个火把。这样的例子，我听说过几个了。”那人说得煞有介事。

“真是放他娘的狗臭屁！人家共产党在解放区，把钱财都分给穷人了。我看是他们打不过，把气撒到我们平头百姓头上。”一个街坊气愤得不行，大声嚷嚷。

大伙仔细一琢磨，便确信是三团放的火了。不然，怎么会有爆炸声呢？于是愤恨不已，继而民怨沸腾。

也不知是谁高呼一声：“老虎不发威，他以为是病猫。这些年该交的税交了，不该出的这钱那钱也出了，本就没活路了。想不到王八蛋们丧尽天良，埋了炸药雷管再浇洋油，把好端端的镇子一把火点燃。这是把老子们往死路上逼啊！陈友谅的后人怕过谁？反正是一死，不如拼死一搏，去区公所讨个说法！”

“去区公所！”

“找王八蛋们讨说法去！”

……

真个是振臂一呼应者云集，正如北街仍在燃烧的那把火，顷刻间便在民众心中熊熊燃烧起来，群情激愤地朝区公所拥去。听说是三团放的火，都气愤不已，不断有人加入。

日本鬼子是外人，往通海口镇扔炸弹，蹂躏中国的人，糟蹋中国的物，似乎还有那么点理由。国军可是中国人，是政府的军队，为么事要烧老百姓的屋，祸害自己的臣民？人们越想越愤恨。再说，这火反正没法救了，仅剩的那点家当，也烧得差不多了。于是如滚雪球般，拥到区公所大门外时，已是黑压压一大片。

天边露出了鱼肚白，区公所里却漆黑一团，寂静无声。与大门外的人声鼎沸，形成鲜明反差。人们等得不耐烦了，何况门口也没岗哨，于是齐喊一声“一、二、三！”便推倒了那扇虚掩的大门。人们这才发现，哪里还有个人影？毛都没一根，早逃得无影无踪了！

愤怒到了极点的人们，霎时拿区公所出气，见东西就砸。也不知谁起的头，犹如日本鬼子逃跑后的那回，不再砸了，而是往自己家里搬。霎时，就把区公所搬得空空如也。连墙上抠得动的砖头也不放过，只留个千疮百孔的空架子，凄凉地立在那里，似乎诉说着……

另有一些人则去了三团营房，同样把东西搬得丁点不剩。

跟许多街坊一样，大丫虽心急如焚，却也只能站在通州河堤上，眼睁睁地远望杂货铺被烈火吞噬，而不能有任何作为。然后又是一夜未眠，心情复杂地在两种可能性中变换：因为是远望，所以心存侥幸，希望有奇迹发生；又因为火势凶猛，所以心如死灰，知道奇迹无发生可能。但到底有没有奇迹，大丫相信眼见为实。

好不容易熬到天色灰蒙蒙，坐等天明的大丫，心急如焚地奔向北街。

47

这把大火，一开始就是毁灭性的，就给了人们强烈的震撼和威慑，根本无法靠近，更别说浇灭了。

行走在大街上，沿途景象触目惊心，令大丫悸恸得心脏痉挛——

响了半夜的爆炸声，终于停了。但仍有房屋冒着烟火，尽管不似夜间猛烈。烟雾尚未散尽，空气里弥漫着浓烈刺鼻的焦煳味道。半座镇子都殃及，其中三条街道的房屋基本烧没了。剩下的，只有些尚未烧透的半截屋梁，浑身黝黑地一头穿在即将坍塌的墙壁上，另一头丑陋无比地随意斜向一边，似乎在泣诉遭受的磨难。青石板街面，满是瓦砾和灰烬，也散落着人们从家里抢出来的东西，以及无家可归、神情恍惚或绝望的街坊。仿佛一夜间，把原本关在各家各户的人和物都赶到了大街上，如开博览会一般。

人们擦肩而过时，几乎没了交流，犹如陌路人。

千年古镇，如死透了一般，寂静而苍凉。只有那些从区公所和三团营房抢了东西的人们，满脸焦躁地奔跑，才给人这街上还有点生气的感觉……

终于到了北街。这条昔日的“黄金街”，再次夷为平地，满地狼藉惨不忍睹。天宝家的杂货铺，哪里还有半点踪迹？除了灰烬中不时蹿出余火，整个铺子荡然无存！如果不是自家铺子，恐怕连地方都找不到。河坡上，到处是抢出来的货物，乱七八糟地扔在那里。遗散的货物，也满街都是，就像进了垃圾场。

站在还散发着燃烧余温的废墟前，大丫心头无限悲凉，泪水止不住地汩汩流淌。

大丫的记忆里，人们就没过几天安生日子。而命运多舛的她家，苦难更胜常人。原本殷实的家庭，随着老妈的去世江河日下，以至于家产被强人霸占，逼得姐妹俩当童养媳，弟弟做上门女婿。婆婆和男人刚死，她又被赶出家门，饥一餐饱一餐勉强活命。说起来生了六个伢，却唯有幺女相依为命。还有点念想的两间商铺，遭日本鬼子两次轰炸，一间至今没收回，一间好不容易恢复，却又变成了废墟。她仰头问苍天，还给不给人活路啊？这苦难的日子，何时是个头啊？

已成废墟的北街，挤满了人。号啕大哭者有之，捶胸顿足者有之，嘤嘤啜泣者有之，如痴呆般傻立者有之，双手在废墟里乱扒者有之，在河坡上清理夜里抢出来的乱七八糟货物者有之……女人都披头散发，男人则如斗红了眼的公牛，眼里喷火。

在废墟上驻足良久，晓得回天无术，便恋恋不舍，一步三回头地离开。脚步踉跄而艰难。

路过春风茶馆，正是被大火忽略的一片街区，大丫下意识瞟了一眼，意外发现熏得乌漆麻黑[①]的茶馆大门上，区公所贴的封条不见了。再透过紧闭的门缝，只见人影绰绰。

“莫不是，夏先生、顾老板回来了？他们敢回来，说明这天要变了，穷人的好日子，也要开始了。”大丫的心中，猛然生出一种预感，满脸阴霾一扫而光。这么激动地想着，人就走到了门口。

“三太太！茶馆里有么稀奇吗？”突然，墙角处传来一声招呼。

大丫扭头一看，田振海等三个半大糙子，已经到了跟前。问话的，正是振海。她顿时尴尬，满脸涨得通红。偷窥这种事，她就没做过。不料刚想做一回，还没做哩，就被人抓了个现行。真所谓要得人不知，除非己莫为。一边慌忙后退，一边红着脸回答：“没么事。我就是好奇，别的屋都烧了，这几栋么样好生生的？所以想看看。”

“噢，是大丫姐呀！进来吗？”大门突然“吱呀”一声开了一条缝，露出天华那张稚嫩中略显沧桑的阔脸。

大丫如蜡像般愣在当场。虽然预感他们回来了，但真的直面那熟悉的面孔，还是没反应过来。直到天华对振海几个人说，你们继续放哨，大丫姐不是外人时，她才惊问：“真的是你们回来了？”

“嗯！回来了。而且，再不走了。”天华满脸都是兴奋。

“是三太太吗？可以进来的。”夏杰高声叫道，又说，“天华！

---

① 乌漆麻黑：方言。一层意思是形容漆黑一团。另一层意思是乱七八糟。这里是后一层意思，指墙壁被烟火熏得不见原色，又沾满了灰尘。

把门大敞八开[①]。解放了，我们再不用遮遮掩掩，也让群众早点分享胜利的喜悦。”

夏杰话音刚落，早就按捺不住的天华，双手猛然一拉，茶馆大门就彻底打开了。

夏杰都叫她了，大丫也不好走掉。而且，也想看看夏杰几个人，便忐忑进屋。顿时就看到了迎面站在说书台前的夏杰，以及两旁的顾有恒跟唐明义，都不加掩饰地朝她微笑。夏杰一改长衫装束，头戴棱角分明的军帽，灰色军装扣上了风纪扣，衣领两边各缝一小块长方形红布，腰扎皮带。从左肩向右斜挎的皮带底部，是一个插着缀了一束红绸子短枪的皮枪套。脚上打着灰布绑腿，威风凛凛，神情飞扬。

大丫从旁边绕过，只见满屋子的人，都把压抑不住的激动与兴奋写在脸上。他们的右臂，都箍着一块鲜红的袖章。触景生情，一股扬眉吐气的豪爽，霎时从大丫的丹田处升腾。

虽然日夜为他们担惊受怕，此刻有很多话想说想问，但想着他们刚进镇子，又是这么多人开会，肯定在讲很重要的事。所以，把想说想问的话，浓缩成简单寒暄，只问了最为关心关切之事，就歉意地转身离开，说：“您郎们都好好的，我就放心了。不打扰您郎们办正事，我先走了。”

不知何时，门外聚了很多人。送大丫出门，唐明义微笑着说：“各位街坊！都可以进来听的。”

走在回家的路上，大丫一直回味刚刚看到的一幕。茶馆的人，多数是街坊。大丫很好奇，夏杰怎么组织起了这么多人的？五六十个血气方刚的年轻人哪！平常低头不见抬头见，也没察觉异样，不管是做工的、教书的、当老板的、当学徒或者伙计的，甚至在区公所当职员的。怎么就在一夜间，都聚在这间屋了呢？

大丫百思不得其解的同时，夏杰的讲话已经到尾声了。他慷慨

① 大敞八开：方言。意思是把门或窗最大限度地敞开。

激昂地说："同志们！县大队先遣队下午就要进镇，一个崭新的人民政府即将诞生！我们通海口镇民兵连，要配合先遣队，做好迎接县大队的工作，切实维护好秩序，帮助乡邻们渡过眼前难关，尽快复商复市复产复学。总之一句话，要用实际行动，做好迎接新政权的各项工作。"

随后，有的背着长枪，有的扛着红缨梭镖，也有的赤手空拳，鱼贯离开茶馆，奔向街道的四面八方。

这队人马的出现，顿时便引起轰动。人们的脸上，都写满了惊奇与兴奋。

除了通海口孤镇，四周的地盘都归共产党了。连驻扎在复城的五百师和国民党县政府，也仓仓皇皇地跑去了朱雀镇。

跟大丫一样，谁对共产党还没点认识？谁家没几个在解放区的亲戚朋友？谁没跟从解放区来的人打过交道？所以镇上的人心，早就倒向了共产党，都盼着国民党早些滚蛋，共产党早点进镇。就是说，共产党接管，从人心来讲，是顺理成章，是水到渠成！忽然见到这么多共产党，谁不激动得手舞足蹈？

于是乎，整个镇子，都暂且忘却了无家可归的痛楚，人们迅速聚到几条主要街道，围观着，议论着。一些年轻人，更是主动要求给事他们做。

大丫的门开在背街，但正街的喧闹，也不时传进耳朵。不过，她没参与到围观、议论的行列，而是在家里，专心致志做自己的事。不管是国民党当权，还是共产党当权，自己的日子还得自己过，自己的生活还得靠双手去刨。天上掉馅饼，大丫没奢望过。当然，她也得用自己的方式，为通海口镇的新生，做点么事。

"姆妈，姆妈！解放军要进镇啦！"下午三点多，宇洁把捡来的一捆树枝往禾场上一扔，揩了把满头满脸的汗，人没进门声先到，迫不及待地嚷嚷。没听见回应，又大步跨进门槛，见娘正在灶台上忙碌，语气里明显带着不满，不解地问："都在欢迎解放军，您郎么样还在炒花生？"

“哦！炒到一半了，走不开。”顺手舀了瓢水递给女儿，望着晒得红扑扑的脸，心疼地说，“累了吧？给，喝瓢水。”

宇洁一饮而尽，把水瓢扔进水缸，又催娘去看解放军进镇。大丫为难地说，这炒得半生不熟的，怎么丢得下手呢？宇洁不管三七是不是二十一，夺过锅铲，三下五除二就把花生盛了起来。大丫没办法，只得熄了灶里的火，跟着出门，心疼地拿手指点了下她的脑门，佯怒道：“风风火火得像个小子，将来么样嫁得出去哟！”

“我不嫁，一辈子陪着姆妈！”宇洁调皮地嘟了下嘴巴，拉着娘的胳膊，一蹦一跳地撒起娇来。

“娘可不侍候你一辈子！”

拐过巷子，就到了正街。但见熙熙攘攘，人头攒动，无法再往前走了。

“哎呀！部队都过完了，你么样才来呀？”好朋友张丽从人群里挤过来，拉着宇洁的手，满脸遗憾。

“都怪姆妈！这个时候了，还在家里炒花生。”从人群中收回目光，望了一眼娘，宇洁嘴巴噘得老高。

“你这丫头！我炒不炒花生，跟你来不来看，有么关系呀？这也怪我？”大丫哭笑不得，帮她把额头的刘海捋了捋，跟张丽解释，“宇洁去洪堤捡树枝了，也才刚刚到家。”

“哦！”张丽明白了，眉飞色舞地说，“你没看到，真是可惜了！我跟你说，虽说衣服破破烂烂，很多人也只穿了草鞋，但那个精神头，绝对比三团好到天上去了！”

“其实在路上，我就碰到了。我是等部队过完了，才回来的。”宇洁自豪地说。

“真的？哦！那你就不遗憾了。”好像是自己没落下遗憾似的，张丽终于松了口气。

两个丫头讲的解放军，其实是县大队先遣队。

这时，三个胳膊上箍着“通海口镇民兵连”红袖章的年轻人，被一群街坊簇拥着，昂首挺胸走来，其中一人背着杆老掉牙的步枪，一人扛着系了一撮红缨的梭镖，一人拿了把扫帚提着个水桶。两个女伢眼尖，异口同声地一个喊姆妈，一个喊婶娘，对着大丫惊叫："那不是春风茶馆的唐大哥、勤行[1]的田大哥跟篾匠铺的王大哥吗？哎呀！好精神啦！"

顺着两个伢的手指，大丫扭头一瞅，可不就是唐明义、田振海跟王顺生吗？但她在茶馆里见过了，所以也没表现出多大的惊讶。

只见振海放下水桶，拿高粱穗子扎的扫帚在里面蘸了蘸，然后在墙上刷几刷，王顺生把梭镖递给唐明义，把一张写满了字的红纸贴上去。人们顿时拥过去，围了个里三层外三层。

"这是新政府的安民告示，大家看仔细了。"唐明义高声说完，三个人又去下一个地方贴告示。

宇洁跟张丽拉着大丫，也好奇地挤进了人群，就听识字的人高声念道："复城县军管会公告（一号）。"

刚念了标题，那人就激动地停了一下，引起一阵骚动。不想他的激动还没结束，就再没念的机会了。有人接着念道：

> 鉴于复城县大部甫经解放，军管会命县大队卫戍全境。为迅速有效建立民主社会秩序，保障各阶层人民民主自由生活，特设军管会，暂行军事管制，并暂设县署于通海口镇。为此，宣布下列七项办法：
>
> 一、军事管制时期，军管会为最高权力机关，负责一切军事行政指挥管理事宜，并准由热心公益的社会团体和公正人士所组织之临时维持委员会与军管会合作，共同维持全县秩序。
>
> 二、着县大队即日起统一指挥，各区中队参加，坚决清剿朱雀镇等地的反动武装，迅速实现全县解放。
>
> 三、除依法逮捕少数战争罪犯外，凡不再持枪抵抗，

① 勤行：专卖早餐的铺子。

继续残害人民，进行非法活动，破坏社会治安的一切国民党政府官员、警察，军管会一律不加逮捕。所有国民党政府机关官员和警察及所有属于国民党政府的经济文化机关中的一切人员，均应安心供职，并负责保护各该机关的一切资材文件，听候处理，不得隐藏破坏。

四、全体人民之生命财产，凡一切私人经营之工商业、文化教育机关、社会公益事业机关及一切公共建筑、名胜古迹，军管会一律保护，严禁拆毁、破坏、迁移及偷窃。倘有故犯者，不论何人，均有权制止、逮捕，送交军管会依法惩办。

五、凡蒋匪之军用仓库、物质资材，一律没收。如有遗散者，应向军管会报告，听候处理。从国民党政府机关和蒋匪军营抢劫之一切财物，均应于十日内自觉返还。逾期不返还者，一经查出严加处治。

六、严禁蒋匪特务分子继续任何反人民的非法活动及一切扰乱社会治安的偷盗、抢劫等不正当行为。一切散兵游勇均应向本军管会投诚报到。所有旅社、公寓、茶馆、戏院均不得包庇隐藏特务坏蛋。一经查出，当予严惩。

七、军管会纪律严明，军政部门及公职人员公买公卖，不取民间一针一线，违者严惩不贷。祈望全体人民监督。

似乎接受了前面那人的教训，这人竟一口气，把所有条款念完。然而他刚停下，还是被人抢了过去，指着布告大声念道：

上列各项，仰我全体民众切实遵照执行，一律安居乐业，切勿自相惊扰，凡属保护秩序有功者，军管会当予奖励。倘有特务匪徒及不法分子造谣惑众，或企图暗杀、放火、组织暴动、阴谋捣乱，破坏治安者，准即向军管会明密告发，决予查拿，严惩不贷。凡我军政人员，务须遵照执行为要。

切切，此布！

复城县军管会主任　黄青山

副主任　曾　志

夏　杰

中华民国三十七年八月五日

“遥想当年，汉王刘邦入关中曾有‘约法三章’。而今这军管会，比汉高祖还多了四章呢！”那人刚刚抑扬顿挫地念完，一个白胡子老者捻着胡须，接过了话茬儿。

街坊们发出会意的笑，话匣子也随即打开：

“通海口镇真的解放了！”

“好日子就要开始了！”

“县署又搬回通海口，被日本鬼子和国民党烧毁的街道也能很快重新，这千年古镇，又要枯树发芽了！”

……

48

就在人们热烈议论着，大丫张着耳朵听着，宇洁跟张丽也伸长了脖子认真读着那张公告，一个满头大汗的男伢，气喘吁吁跑过来，喘着粗气说：“宇洁，张丽！明日举行解放庆祝大会，我们要抓紧彩排，田老师叫大家赶快回学校……你们抓紧先去呀！碰到了合唱团的同学，记得喊一声。我还得去通知其他同学……”

两人眼睛顿时一亮，雀跃起来。她们是通海口镇学校高小的学生，年底就要毕业了。前些日子，合唱团的指导老师田振春偷偷教了几支歌，没想到是为这个准备的。能参加解放庆祝大会，那是多大的荣耀啊！

“姆妈！我们去了，啊！”宇洁激动得眼睛闪着泪花，对大丫说。

大丫眼里也闪着泪花，说：“去吧，快去！注意安全啊！”待两个伢不见影儿了，大丫思忖片刻，也转身回家。

昨天回家很晚，又兴奋得一宵没怎么睡的宇洁，好不容易熬到天色微明，就一骨碌起床。

洗漱完毕，穿上洗得干干净净的校服，接过娘递来的零钱，抓了一把娘做的糕点，就如燕子般飞出家门。望着女儿轻盈欢快的背影，炒了半夜瓜子花生的大丫，轻轻地揉着酸疼的腰，疲惫的脸上也绽放出喜悦。

听人说，昨天进镇的一百多人，只是先头部队，维持秩序和筹备庆祝大会的。大部队是今天进镇，直接到谢家祠堂广场参加解放庆祝大会。她可不能如昨天，错过部队进镇，而且今天的人肯定多，去晚了站的地方都找不到。所以，女儿甫一出门，她简单收拾妥当，就挑起两只装满了炒好的瓜子花生和糕点的箩筐出门。

初秋的清早，天还是热。虽是偏巷，依然有很多人一边兴高采烈地议论，一边匆匆拥往正街。裹挟在熙熙攘攘的人流里，挑着担子的大丫，立马就汗水涔涔了。但她顾不得揩一把脸上的汗，朝着谢家祠堂的方向紧赶慢赶。

刚刚拐上正街，大丫就惊奇发现，整条青石板街道，都是如夏杰昨天穿戴的人，正忙着清理和打扫垃圾。她顿时愕然，怎么会有这么多解放军呢？怕不是有好几百人！随即心里一个咯噔：“莫不是，解放军神不知鬼不觉地进镇了？”

那些人，有的用铁锹铲着残砖烂瓦，有的拿竹扫帚清扫路面，有的挑着装满了残砖烂瓦的箢箕飞快地朝通州河堤而去——当然，也有挑着空箢箕返回的。还有的挑了水过来，洒在尘土飞扬的青石板路面上。一些街坊也夹杂其间，一边与陌生的战士交谈，一边愉快地劳动，不时发出舒心的笑声。

看到这个热火朝天的场面，大丫心头一热，把箩筐往道边一放，捡起一只水瓢，也从身边的桶里，舀水洒了起来。

“大小姐！这些力气活，我们男人做就行了，你还是忙你的去吧！”

这一声亲切呼唤，让低头泼水的大丫吃惊不小，连忙抬头，霎时惊讶得嘴巴可以塞进去鸡蛋。

跟她打招呼的，不是别人，正是她常常牵挂的腊狗叔叔。瞪大眼睛细瞧，虽然老了许多，还穿着制服戴着帽子，但那个轮廓，却早就烙在了脑海里。愣怔良久，她才回过神来，惊叫道：“真的是您郎呀，腊狗幺叔？”

“当然是我啊，大小姐！”接过她手中的水瓢，腊狗舀起一瓢水，潇洒地一扬，那水就呈抛物弧形张开，然后轻轻落下，洒了一大片地方。把水瓢递给一个战士，腊狗说感谢你这么些年，对他们娘母子的照顾啊！大丫忙说，是我们姐弟三个该感谢幺叔婶娘才是。

两人还没说上几句话，号声骤然响起。腊狗说我们要集合了，回头我去看你们。

初秋的太阳，刚升起就火辣辣的。顺着腊狗离去的方向，大丫看到，到处贴着红红绿绿的标语，许多房屋还挂了红红绿绿的旗帜。经过清扫，整条街道焕然一新。

大丫突然想起来，连忙边追边喊：“腊狗幺叔，腊狗幺叔！”

腊狗停下脚步，转头问么事。大丫指着远处的箩筐，喘息着说：“我专门炒了瓜子花生，炸了麻花玉兰片，慰问您郎们的。马上过早，正好下饭。但我走得太慢，怕挑过去，您郎们就吃完了。想麻烦幺叔，帮我挑一下。”

腊狗一愣，随即笑道：“大小姐！谢谢你的支持。但是，部队有纪律，不能拿群众一针一线，更别说两箩筐的零食了。你现在生活也不宽裕，还是卖了换点钱吧。”

大丫一听就急了，不解地问：“您郎不是我幺叔吗？我送给幺叔的，怎么就不能吃了？”

“哎呀！一句话两句话说不清楚，回头跟你解释。但纪律就是纪律，哪个都不能破坏。你还是挑去卖了，变点钱吧……喏！我要赶部队了，一会儿还得举行庆祝大会哩！”

这时夏杰大步走来，身后跟着左右两边都背着短枪的天华。大丫拦住转身就要离开的腊狗，对夏杰说：“夏先生！打扰您郎一下，请您郎给评个理性。”

夏杰慌毛火急地来，是找腊狗商量庆祝大会有关事情的。此刻只得打住，问她评么理性。大丫说：“我昨晚熬了半夜，炒的瓜子花生，炸的麻花饺子，是真心实意送给部队的，可腊狗幺叔死活不肯收。这有么事不能收的呢？要是换做国民党，早就开抢了。”

“哎呀，三太太！共产党不是国民党，共产党的部队纪律严明，真是收不得。昨天他们还在学习纪律哩。您郎总不至于让他一进镇，就犯错误背个处分吧？”夏杰一听乐了，他是打心眼里希望群众都像大丫这样对游击队的。但是，纪律就是纪律，必须严格遵守。所以，也劝了大丫一回。

“真不能收？”大丫不死心，又问了一遍。

“真不能收！”两人异口同声。

“挑回去吧，大丫姐！夏政委跟黄连长都不敢做这个主的。”天华补了一句。

大丫这才晓得，在他们队伍里，夏先生叫“政委”，腊狗叫“连长”。虽不晓得政委和连长是搞么事的，但肯定是官，更不敢冒失了。

大丫没辙，只得往回走，满耳都是热烈议论。一个说县大队真不简单，无声无息半夜进镇，然后就在街边睡了半宵。一个说可不是吗？连水都不肯喝我们一口。另一个说，难怪共产党能赢天下。秋毫无犯的部队，哪个不欢迎呢？再一个说，他们也是太过较真，弄得老百姓想表达点感激，都没机会。一个人突然说，我倒是想到了一个法子。其他人忙问，有么好法子？那人说，布告上不是讲要成立临时维持委员会吗？我们把东西送到临时维持委员会去，由他们再去慰问部队。众人顿时眉头一展，喜笑颜开，直说这个法子好！

大丫先是一愣，随即也茅塞顿开。赶紧把箩筐挑回去，又把锅洗干净，烧了两桶开水，撒了一大把“三匹罐”和红糖进去，然后挑到谢家祠堂前面的广场上。

天气这么热，肯定都会舌干口燥，喝口水应该犯不了纪律的。大丫想。

也因为天气太热，担心老百姓遭罪，所以庆祝大会定在了上午八点，且只准备简单隆重而已。

谢家祠堂是通海口镇上最大的祠堂，门口有很大一个广场，可以容纳差不多千人。大丫到达时，这里已经人山人海，甚至街道两边的路牙子上都站满了人，而且还有如她一样正络绎不绝赶来的四方乡邻，根本就挤不进去。

在外围维持秩序的振海，见大丫一副着急神情，问明来意，跟同伴打了声招呼，就自告奋勇地接过担子说，三太太，您郎跟在我后边。然后一边嚷嚷“让一下让一下”，一边往里挤。箍着红袖章的人要进去，人们自然让出一条道来。

进到会场里边，听振海说大丫是来慰问部队的，夏杰笑着说，真是难为您郎了。又叫振海把茶挑到一旁，叮嘱了他两句，然后舀起半瓢茶水，递给一个中年人说：“黄主任！你尝尝，这是通海口镇老百姓的一片真心。”

黄主任对大丫说了声多谢，接过水瓢一饮而尽，抹了把嘴，不由赞叹：“哎呀！真是香甜，也真是解渴。”把水瓢放进桶里，又说了声多谢老乡了！

“这就是我跟你提过几回的黄大丫，你的本家。她虽然没参加革命，却为我们做了很多工作。包括腊狗同志的家人到荒湖躲避，包括上次敌人要‘围剿’，我们提前获取了情报，都是她做的。”夏杰说完，又给大丫介绍，说这是军管会的黄青山主任。

黄青山再次拿起水瓢，在空中一扬，对满场的官兵大声说：“同志们！革命的胜利，不光是我们打出来的，更是人民支持的结果。所以，人民群众的支持，我们要永远牢记，并化作不断取得更大胜利的动力。”

“打倒蒋家王朝，解放全中国！将革命进行到底！”现场响起了雷鸣般的呼喊，震天动地，震耳欲聋。

黄青山把水瓢放进桶里，对官兵们说：“大丫老乡的这担茶水，甘甜解渴。建议都来喝一口，并时刻牢记，我们是人民的子弟兵！”

这话刚落地，战士们就围过来，象征性地喝一口，然后给大丫以及围观的老百姓敬礼。站在一旁的大丫，顿时弄得手足无措。

桶里的茶没喝完，大丫也不好离开。趁这个空暇，把会场瞅了个仔细。只见简易的棚子里面，摆了三张桌子和八把椅子，后面正中挂着两张慈祥的画像——后来她知道那是毛主席跟朱总司令。棚子前沿，贴着十张红纸，每张红纸上一个字。十个大字她不认识，估计是“通海口镇解放庆祝大会”，腊狗说过这个名字。战士列成几个方队，尽管衣裳补丁摞补丁，许多人还穿着草鞋，但是整齐，脸上充满了兴奋和胜利的喜悦。这些人里面，她不仅看到了腊狗，还看到了刘老三，以及黄家大湾的几个后生。四周是黑压压的人，有街坊，也有不认识的四乡农民。

八点整，随着夏杰一声“通海口镇解放庆祝大会，现在开始”的高喊，顿时鞭炮齐鸣，锣鼓喧天，掌声雷动，惊吓得鸡飞狗蹿。

随后，许多人发表了简短却热情洋溢的讲话，还举行了战士宣誓仪式。战士们诵读《三大纪律八项注意》，让观看的乡邻感到亲切和新鲜。黄青山念的军管会成员名单，其他人大家不熟，但军管会副主任、通海口区区长夏杰，是再熟悉不过。联想他平时的待人接物，都感叹共产党的官真是好，没一点架子，就像自家兄弟，跟一把火烧了通海口镇然后悄悄逃走的国民党，真是天壤之别。

庆祝大会最热闹也最轻松的，是舞狮子、玩龙灯、跑彩莲船，以及田振春指挥的大合唱。伢们刚开始唱“解放区的天是明朗的天”，主席台的人和现场官兵便跟着唱了起来，“解放区的人民好喜欢。民主政府爱人民呀，共产党的恩情说不完……”顿时就汇聚成了大合唱的海洋，把气氛推向新的高潮。

压抑得太久了，人们似乎特别期待这样一次情感的释放，都把舒心和会意的笑，毫不掩饰地写在脸上。

置身于这样的场景，很少有过笑容的大丫，也情不自禁地被感染。别人拍巴掌时，她也可着劲地拍，把满是老茧的两只手，拍得红彤彤了。她的茶水格外受欢迎，很快就喝得水桶底朝天，令她心里特别舒坦。而送王莲母子到荒湖避难，本是再普通不过的事，却被夏杰如此看重，还跟军管会的大领导提起，又让她感到，共产党真有人情味。

散会之后，战士们排着整齐队列，唱着激昂歌曲，雄赳赳地朝五百师三团的营地走去。看着这队伍，听着这歌声，人们仿佛有了依靠，也跟战士们一样热血沸腾，一直尾随着。眼见他们进了军营，兴奋得依然不愿离去。

人们笑容满面，不时跟挑着空桶的大丫打招呼。大丫也热情回应。走着，说着，笑着，大丫突发感悟，部队进镇，还真是水到渠成。而这场庆祝大会，不过是个仪式。因为，对共产党的好感和期盼，早就烙进了老百姓的心田。

不知何时，宇洁来到她身边，一把接过她肩上的担子，兴奋地说："我的个姆妈！您郎真是太伟大了。"

"瞎说个么事？"大丫脸一红，连忙低下头。

"真的，姆妈！同学们都在夸，说您郎是伟大的母亲。"宇洁仰起嫩脸，充满激动和兴奋，虽然挑着一对桶，也连蹦带跳的。

"干娘！宇洁姐说的是真的，我们都这么认为，您郎就是最伟大的母亲。"张丽也在身旁补了一句。

这丫头是宇洁最好的玩伴，"十姊妹"中的核心，嘴巴甜得很，见面就"干娘干娘"地叫。见大丫脸更红了，张丽一把搂住她胳膊，撒娇地摇了摇："我肚子饿了，要吃干娘烙的葱花软饼。"

"喂！别摔跤了！"提醒完疯疯癫癫的女儿，又用宠溺的口吻说张丽，"真是个馋猫。走吧，回家烙葱花软饼去。"

“放心吧，姆妈！摔不倒的。”宇洁挑着空桶，一蹦一跳地跑到前面去了。

大丫无奈地摇摇头，心中却满是喜悦。

大丫的喜悦，来自一个朴素的认知。她所视为亲人的，都在共产党游击队里，那么这共产党游击队，肯定不会干欺压百姓的坏事。这让她真切地感觉到，笼罩了她三十多年的阴霾，终于要散去了；期盼了太久的那缕阳光，终于要照进她的生活了；穷人的苦日子，也终于熬到头了。说不好，困觉的时候，都会笑醒哩！

大丫的心里，美滋滋地这么想着。

下午，听说有人带了物资去军营慰问部队，大丫灵光一闪，连忙挑起早晨的两只箩筐出门。

怎么说，部队里还有腊狗、刘老三以及黄家大湾的乡邻哩！别人都去了，她可不想落后。何况早晨就表达过意愿，只是腊狗不肯收。现在既然能收别人的，他还有么理由拒绝她呢？

宇洁一听，兴奋得一蹦三尺高，一把夺过娘肩上的担子，迈开步子向前走，喜滋滋地说：“我陪您郎去。”

张丽说：“我也去！”

满满的两只箩筐，三个人轮着挑，把扁担挑得直忽闪。望得见军营了，大丫却一个愣怔，脚步出现了短暂的停顿。

“怎么了，姆妈？累了吧？我来。”觉出娘的异样，走在前头的宇洁也停住了，回望一眼，转身要接过担子。

“哦！”大丫回过神来，说没事，还能挑得动。说罢继续往前走。

原来，大丫是想起与军营有关的一些往事了。

49

对镇子西北边缘的这座军营，大丫一直充满忌惮，当成是魔窟一般。不管是起先三团住，接着鬼子住，还是三团回来了继续住，她即便到这附近办事，也是能绕道尽量绕道。一想到里边住的人，她就会产生说不出来的恐惧，就会腿肚子打战。对这军营，似乎有了心魔。

刚刚，就是想到竟主动往魔窟送东西，心下间的那份恐惧感，下意识地浮了上来。女儿这么一打岔，她就突然醒悟，军营改姓共产党了，不再是魔窟，反而有了想亲近的冲动。因为里边住的，再不是激不起好感的三团，更不是挨千刀的日本鬼子，而是自己的亲人解放军。

想到这里，大丫的脚步不由自主地加快了。

军营门外，一反常态地出现了拥挤。

跟着熙熙攘攘的人流，她们发现，人们大多不是空手。肩上挑的、手里提的、怀里抱的，都是吃的、穿的、喝的、用的，好像生的、熟的，甚至活的鸡鸭，什么都有。不消说，都跟她们一样，是来送慰问品的。

炎炎烈日之下，夏杰、腊狗、刘老三、顾有恒跟一群战士满头大汗，满面笑容地解释着么事，手却直往外推。看那架势，应该是劝人们把东西带回去。然而，有的人懒得费口舌，有的也是不善辞令，放下东西，转身就走。

就在这时，远远地过来一辆马车，人们连忙让出路来。大丫跟宇洁和张丽也赶紧闪到一旁。

近到跟前，人们这才发现，坐在车辕两边的，竟然是李志伟跟郭凯武。往车上一瞅，好家伙！竟是劈成两半的一头猪、两只羊，还有十几袋面粉和大米。十几只活鸡活鸭挂在车辕，不住地挣扎扑腾，“咯咯”“嘎嘎”乱叫。顿时都惊讶得张大了嘴巴，心里说我的个乖乖，真是好大的阵仗哟，竟然送这么多东西！

对人们的哑然，两人视而不见，犹如眼睛长在头发林子里的旋涡上一般。街坊们却是心头一沉，暗忖真是人精哪，岂止是左右逢源！日本人来了，他们当商会会长副会长；国军回来了，还当会长副会长。如今共产党刚刚进城，脚跟还没扎稳哩，就又来套近乎了。就不晓得这共产党，是否也跟日本人和国军一样，同他穿一条裤子哩？

众目睽睽之下，刘老三抓住马笼头，迫使马车停下来。两人霎时就愣住了。特别是李志伟，脸色腾地一下成了猪肝。可以想见，刘老三给他造成的心理阴影，到底有多大。

不过，两人都是老江湖，很快调整好心态，跳下车辕，双手一拱说，解放军同志辛苦了！一点慰问品，不成敬意，还望笑纳。

刘老三不客气，要他们拉回去。夏杰却笑呵呵地说，多谢李老板！又掰开刘老三牵着笼头的手说，你可不要犯纪律呀！刘老三瞪了夏杰一眼，这才心不甘情不愿地松手。夏杰视而不见，也忽略掉街坊们不屑的神情，吩咐一个战士，带着马车进军营。

转头看到大丫母女，夏杰、腊狗和刘老三还有天华都迎了过来。腊狗接过担子，转头递给身边战士，哭笑不得地说，你真是执着呀，大小姐！刘老三也笑着说，真是难为大小姐了！

他们忙得不亦乐乎[①]，没时间跟她多说话。大丫也不想打扰他们，接过战士肩上的空箩筐，转身回家。走到半路，突然记起庆祝会上领导们的讲话，猛地意识到，腊狗或许不能一直待在镇上，说不定哪天就开拔了。于是把空箩筐给宇洁和张丽挑回去，转身去荒湖接王莲母子。

到荒湖已是傍晚，李叔李婶热情地留她住一晚上。但天树听说他老子在镇上，猴急地要去见，一刻都等不得了，只得星夜回转。

好不容易挨到天亮，大丫就陪着王莲母子，匆匆去军营。他们没想到，起得这么早，军营门口却已经聚满了人。

天树毕竟是个伢，么事都好奇，仿佛碰到了西洋景，半夜还吵着要来找爹的，此刻竟丢诸脑后，凑过去看热闹。王莲跟着大丫往里走，都没留意少了一个人。

站岗的战士，刚好有位是黄家大湾的，连忙带她们进院里。径

① 忙得不亦乐乎：俗语。意思是非常忙。

直到操场，对正给战士们做着操练示范的腊狗大喊：“连长，黄连长！王婶来了！”

腊狗扭头一看，顿时眼睛一亮，可不是王莲来了吗？连忙把手中的木棍递给身边的人，吩咐战士们两两一组对练，转身过来，问你么样来了。王莲笑着说，大小姐昨夜去接的。又问天树呢？

两人扭头一看，哪里还有天树的影子？大丫疑惑地说，莫不是，在门口看热闹？王莲恼怒地说，这个鬼家伙！整晚都吵着要来找爹，到了却跑去看热闹！

门口既有送慰问品的，也有报名参军的。腊狗顿时便猜到了七八分。边往门外走，边骂了一句：“好个臭小子！来了不看老子，看热闹。”

三人到了门口，王莲跟大丫才晓得，摆的那些摊子，是征兵的。刚才把全部心思都放在找腊狗上，便直接忽略了。

摊子前面排了长长的队，都是年轻人。维持秩序的战士，有的护着快被挤塌的桌子，有的笑着劝道：“大家排好队，不要挤，一个一个来。秩序一乱，就更慢了。”

大丫这才恍然大悟。原来共产党的部队不拉夫，是自己报名参加的。突然想到魏登华的三弟魏登武跟四弟魏登兵，心里就一阵发酸，为他们不值。

魏登武是国民党区公所“四丁抽二”抽走的。本来要抽两个的，其他三兄弟碰巧不在家，便只抽走了魏登武。魏登兵更离奇。一早牵了财主的牛去洪堤，就不见了，再没回来。第二天，人们只在洪堤上看到了财主的三头牛，却没找到魏登兵。据说是三团直接拉了夫。那天下午，三团的确在那里出现过，也的确拉走了几个人。但到底是不是，至今是个谜。

腊狗很快发现了儿子。他正趴在桌沿，跟摊子后面坐着的战士讲着么事。三个人挤过去，就听天树说了一句：“十八岁。”

战士瞅了一眼，看他人高马大，便信了，记在面前的本子上。

站在儿子身后，腊狗饶有兴趣地追问一句：“十几岁？”

天树伏在桌上，头也没抬，又回了一句十八岁！腊狗“哦”了一声，重复着又问了一遍：“十八了？”

王莲好像突然明白是么回事了，心里一紧，连忙说：“十六岁。别胡说八道！”

天树这才晓得露了馅，连忙抬起头来。一冷眼瞅见爹那张古铜色的脸，便要起赖来：“不管十六岁还是十八岁，大伯！这个兵，我是当定了。”

战士也看见了腊狗，“腾”地起身，敬了个礼，然后惊讶地问：“黄连长！这是您郎儿子啊？”

腊狗“嗯”了一声，吩咐战士：“不管十六岁还是十八岁，这个战士都收了。”

王莲没想到，一家人好不容易团圆，还没说上两句热乎话，却把儿子又送出去了。满心不舍，甚至心如针扎了一下地疼。但这事来得太过突兀，何况这种场合，也不好说么事，只是幽怨地瞪了父子俩一眼，强忍着泪水，没让它流下来。

大丫更不好说么事，便打了个岔，说：“幺叔婶娘！您郎们好不容易见个面，天树弟弟又要当兵了，中午过家里吃个团圆饭。我先去准备，您郎们忙完了就来。”

出乎大丫意外，中午来吃饭的，除了腊狗一家三口，他们还拉了夏杰跟刘老三。当然，也少不了跟夏杰形影不离，像他尾巴秧子[①]的天华。虽是满满一桌人，好在大丫熬的粥多，有一大锅，所以也够吃。

天树一见天华，便黏上了。两个年龄隔不了几岁的堂兄弟，也是打条胯的朋友，嘻嘻哈哈，打得火热。看着天华腰间两个枪套里露出的缀着绸布缨子的短枪把，羡慕得天树直流口水，眼睛都直了，老是想摸一把。然而，嬉闹归嬉闹，天华却是绸布缨子都没让他挨着，气得他时而涎脸涎皮，时而吹胡子瞪眼。

---

① 尾巴秧子：方言。意思是小尾巴。秧子：指没长大的孩子。

吃到中间，刘老三发起牢骚来，说真不该收李志伟郭凯武的东西。很多群众不理解，把我们当成了国民党，怀疑与汉奸沆瀣一气。夏杰笑了，说那么样办，收都收了。要不，你回头给他退回去？

猛丁听他们说这个，大丫便张大了耳朵仔细听。因为她也疑惑，而且听到了许多议论，都是刘老三说的这个意思。

“你这军管会副主任兼区长都同意收，我么样退？你这不是故意抬杠吗？”刘老三生气地说。

“那不就结了？”夏杰的语气里，满是不以为然，“天塌下来，有我这高个子顶着，你操个么瞎心呀？怕犯了错误，要你顶锅？”

“咸吃萝卜淡操心。”腊狗补了一刀。

“反正，心里不舒坦。”刘老三说不过两人，一时气结。

“我说，火山同志！你有这个阶级觉悟，和革命的警惕性，这是应该肯定的。但是，现在革命处于紧要关头，我们要争取一切可以争取的力量，也要利用一切可以利用的资源。部队急需给养，这个你也晓得。但老百姓太苦了，把提供给养的压力，全放在老百姓身上，是不成的。否则，就真跟国民党一样，压榨得老百姓除了造反，再没第二条路可走。所以，凡是支援我们的，都要持欢迎态度。不管他过去如何，也不管他动机如何。退一万步说，就算他居心叵测，也没么大不了的。算是打了他一回土豪吧！人可以分阶级，物资可是不分的。”夏杰说得语重心长。

刘老三不是不懂这些，只是过不了心里的那道坎。尽管心悦诚服，还是翻了个白眼，酸酸地说，这军管会的副主任，合该你当。站得就是高，想得就是深，谋得就是远。

大丫这时才晓得，刘老三叫刘火山，也明白了夏杰的良苦用尽，对他的崇敬，更增添了一分。

夏杰没顺着这个话题继续。他跟着来，不是混饭吃的，而是带着任务。转头对大丫说，区政府要成立临时维持委员会，想请她当妇女代表。

大丫吓得差点从板凳上滑落。回过神来，紧张得直说使不得，使不得！夏杰掰着指头，历数几大优势，耐心做工作：第一，家产给恶霸霸占，害得姊妹当童养媳，弟弟上门做女婿；年轻守寡，又被恶人扫地出门，衣食无着，这是真正的苦大仇深。第二，为人正派，充满爱心，街坊认可，说话能服人。第三，虽没参加革命，但对革命是有功的，体现了一定的阶级觉悟。特别是今天的庆祝大会，专门挑了担茶水过去，就是很好的例证，也起了很好的示范作用。第四，长期做小本买卖，了解的人和了解她的人都多。

听了夏杰这些话，大丫的情绪慢慢平复了，诚恳地说，您郎们都是好人，我很愿意为您郎们做点事。但我实在不是那块料子，做个么委员。断不了文，识不了字，就别赶鸭子上架了。搞得不好，误了您郎们的大事。

几个人又轮番劝了一回。但大丫依然坚辞，而且说得也诚恳，便都不好再说么事。夏杰转头对王莲说："你不用去荒湖了，明日跟火山回黄家大湾，当妇救会会长。贫协的其他人都到位了，就差你这个妇女委员兼妇救会会长。"

正听他们做大丫工作哩，夏杰这弯转得也太急了，把王莲骇了一跳，连忙惊问："这大的官？妇救会是搞么事的？"

"就是把妇女组织起来，一边协助贫协搞土改，一边组织妇女赶做军鞋军服、磨面碾米支援前线。"夏杰解释道。

"你家里有两个军人，可不能拖后腿呀！"腊狗开了句玩笑。听这意思，他早就知道这个安排了。

"当官我不会，但做鞋子磨面碾米还是在行的。"王莲出了口长气，一颗心放了下来。

"婶娘回去，会不会有危险啊？黄有龙可是阴毒得很哩！"目光在几个人脸上扫过，最后停在王莲的脸上，大丫担忧不已。

"没事！我陪嫂子回去。再说了，我在黄家大湾还有两个班的战士哩！"刘火山大大咧咧地满嘴应允。

大丫不仅知道刘老三叫刘火山，还知道他是区中队的副中队长了。但是，尽管刘火山打着保票，她还是心有余悸，提醒道："黄有龙的护湾队也有几十个人的，还有枪。还有黄天赐，也不是个善茬，他的保安团也不是吃素的。”

“三太太尽管放心。护湾队已经让区中队收拾干净了。黄天赐像丧家之犬，哪还敢回去呀？而且，也是考虑黄家大湾情况复杂，所以火山在那里驻了两个小队，还要再带一个小队过去。我在黄家大湾放了三十几个战士，还由一个中队长坐镇，谅他黄有龙再狠，也翻不起大浪的。”夏杰宽慰道。

看来，是自己多虑了。大丫的脸色缓和下来，不再言语。

王莲没多想。既然区长跟男人都要她回去，便说：“好，我明天就回！”

“你下午去区里，老顾会跟你交代些具体事情。土改和支军的事，不能拖，都要抓紧。”夏杰叮嘱道。

“好！”瞅了男人和儿子一眼，王莲不再说么事，抓紧吃饭。

听他们一本正经说工作，大丫更不会插嘴了。但她也明白，尽管拒绝当那个么委员，自己该做的事，也必须抓紧。

吃完饭，碗也没收，就要几个人脱鞋子。王莲当即晓得她要做么事了，便说腊狗和天树的鞋，她亲自纳，不劳大丫费心。大丫笑着说，幺叔和弟弟要上前线，我送双鞋，还不是应该的？何况婶娘重任在肩，哪有时间纳鞋呀？夏杰跟刘火山说，我们又不上前线，就在区里跑，就不用了。

大丫说，那不还是要跑的吗？鞋子不会烂的呀？说完起身，去里屋端出做针线活的筲箕来，逼着五个人脱鞋，在早就糊好的花花绿绿纸壳上拓鞋样。又歉意地对夏杰、刘火山和天华说，您郎们的要等几天。因为不晓得他郎们么时候走，所以先帮他郎们纳。夏杰呵呵一笑说，到年底都没关系的。脚下这双鞋，还可以对付几个月。

指着花花绿绿的纸壳，夏杰又调侃，三太太真是富豪啊！这么多钞票，居然用来糊拓鞋样的纸壳。大丫苦笑一声道，看来区长是不了解情况。您郎回家里看看，肯定也跟我一样的。

腊狗说，他不是不了解情况，而是觉得日本鬼子跟国民党可恨。刘火山也恨恨地说，可不是吗？这狗日的日本人跟国民党，都他娘的特不是玩意儿，天天换钞票，把老百姓薅得干干净净。

王莲叹口气说，唉！哪个说不是呢？手头刚刚攒了点钱，他却突然换钞票了，还不准兑换，那些旧票都塌在老百姓手里。大丫也叹口气说，搞得一口袋钱，都买不回一口袋米。这是要老百姓的命哩！夏杰安慰道，现在解放了，老百姓的日子，只会越过越好的。

提起这个话题，都觉得日本鬼子跟国民党的罪恶，罄竹难书。但是都忙，所以没再深入，各自回去了。

50

大丫生怕鞋还没纳好，部队就开拔了。所以客人一走，就慌毛火急地上街买布料，连夜给腊狗跟天树各纳了一双结实的布鞋。高兴得天树当场就穿上，再也不肯脱下来。

在通海口镇休整了半个月，部队又招了不少新兵，就攻打临时县城朱雀镇去了。王莲回黄家大湾，没日没夜地参加土改，组织穷苦妇女赶制军衣军鞋，也没能来送男人和儿子。

黄家大湾地域广，是全区最大的湾子，黄德林家的势力和影响也最大。夏杰担心他们捣乱，何况黄家大湾的土改搞好了，特别是把黄有龙拿下，对全区都有示范效应，对地主恶霸都有震慑作用，所以派副区长顾有恒当土改工作队队长，刘火山带了区中队三个小队协助。

也许是自知理亏，抑或受到新生的人民政权威慑，护湾队的武装也被刘火山收缴，所以土改工作队还没来，黄有龙就带着几个婆姨和伢们，灰溜溜滚回老屋。

区工作队十一个人和区中队三十几人，直接住进了黄有财的屋，并作为办公场所。

顾有恒挑选的工作队员，大多在老区搞过土改，经验很足。一进黄家大湾，就分成两组，一组专拣草棚、窝棚和芦苇棚钻，一头扎进穷人堆里访贫问苦，一组由党支部书记黄天达领着，丈量土地。晚上就在堂屋开会，或者接待群众。

晚稻就要收割了。顾有恒的想法，是赶在开镰前，把土地分给农民，让他们尽快分享到胜利果实。

当然，分田地与斗恶霸是要同时进行的。吞进喉咙容易，再要他吐出来，可谓难上加难。哪有地主恶霸轻飘飘地说，我有几百上千亩土地，你们拿去分了吧的？肯定是竭力反对甚至反抗！穷人当然想分，但没武装起来之前，谁有那个胆量？地主恶霸的浮财要是好分，还等得到今日，不早就分光了？所以，顾有恒每晚打开黄家祠堂，挂上马灯，堂而皇之组织诉苦申冤，宣传土改政策，进行动员发动，帮助农民提高阶级觉悟。

人们起初疑虑重重，生怕如头次革命[①]，来得快，去得也快。

当年打土豪分田地，那叫一个轰轰烈烈！但仅仅两年多，革命就陷入低潮，红军被迫撤离，地主老财不仅收回土地，而且变本加厉，把原本属于农民的土地也霸占了去。甚至，县委书记贺一章被穿了锁骨，敲碎螺丝拐[②]，用牛车拖着游街游乡一个多月，折磨得奄奄一息了，又残忍地砍下头颅，挂在城墙门口暴晒三天。农会干部、积极分子、红军家属，残忍杀害不计其数，弄得风声鹤唳，草木皆兵。

不过，这回的情形不一样。在此之前，夏杰通过农民夜校等形式，做了很多基础工作，还送了不少青年参加县大队和区中队。党支部也早就秘密成立。顾有恒一来，党支部就从地下走到地上，公开把穷人串连起来，贫农会、妇委会、民兵队，甚至儿童团也很快成立。另外，黄氏兄弟肆无忌惮，把老百姓欺负得太苦，黄家大湾

---

① 头次革命：第二次国内革命战争时期，共产党领导的土地革命，江汉平原一些地方叫“头次革命”。

② 螺丝拐：方言。指足踝骨，也就是踝关节。

已如干柴，扔个火星就能熊熊燃烧。于是，诉苦申冤的人，先是偷偷摸摸去黄有财家里，继而堂而皇之去黄家祠堂。人们声泪俱下，相互感染，恨不能立马把黄有龙一众地主恶霸拉来砍头，把他们的田地和浮财分个精光。

越来越多的人去祠堂，黄有龙们虽然惶恐，却也未太当回事。而且他们不相信，吃过一回亏的泥巴腿子们，真敢动了他们的土地和财产。头次革命，起初也如这般声势，最后还不是灰飞烟灭？他们坚信，国军只是暂时失势，最终还会回来的。何况就在临时县城朱雀，不到一百里，一天就到了。所以，他们也常常躲在一起，紧锣密鼓地密谋应对之策，汇总闹得最凶的是哪些人。

这天已经夜半了，几个吓得屁滚尿流的财主，又偷偷摸摸，从后门进了黄有龙的家。

坐在八仙桌旁，黄有龙劝黄德林和几个年纪大些的财主出去躲风声。头次革命，黄德林就是在外面躲过了风头，才回来的。而年轻好胜的黄德林弟弟黄德胜，则被泥腿子们拿锄头铁锹，活生生打死了。

几个财主眼巴巴望向黄德林，希望主心骨给他们吃颗定心丸。这群人里，黄德林不仅是最大的财主，还是他们的精神领袖。晚清秀才哩，县衙也做过官！站得高，看得远，虑得深，有主见，也够狠。众人都晓得，鲸吞黄有财那大家产，不显山不露水，骨头渣子都不吐，面上是黄有龙，实则是黄德林运筹帷幄。所以关键时刻，都是他帮这帮人拿主意。如今泥腿子们这般闹腾，已经把刀架到脖子上了。再不作决断，就真成砧板上的肉，任人斫剁了。

“我七十多，死得过了。这把老骨头，真丢到外边，对不起列祖列宗。共产党，也不至于真把我这把老骨头砸碎了。所以，我是不走的。”阴鸷的目光在众人脸上扫过，黄德林淡淡地说完，然后下逐客令，“本是同林鸟，大难各自飞。所以，以后不要再来我家，讨个么主意了。”

这话一反常态，打了那些人一个闷棍，先是面面相觑，继而不敢置信地盯着他看了许久，希望看出一点点暗示。然而，黄德林面无表情，众人居然得不到丁点暗示。惊愕良久，都如丧考妣，灰溜溜地哪里来滚回哪里去了。

黄有龙、黄有豹兄弟也大出意外，然而没敢置疑，只得像憋屎憋尿地把疑问憋在心里。外人走得一干二净了，才惴惴不安地问，大伯是何意？黄德林秃鹫般的眼睛闪着绿光，问吩咐的事办好了没有。得到肯定答复，又痛心疾首地说，国民党太无能了。这回丢政权，怕是铁板钉钉的。

两个儿子心里一阵寒战，浑身也打了个哆嗦。然后他说，钱财乃身外之物。留得青山在，不怕没柴烧。明面上的财产，肯定留不住，索性大方些，主动交出去。两个儿子又是一阵悸动，一阵肉疼。黄德林何尝又不悸动不肉疼呢？他饱含悲怆地说，我想过了，这是最好结局。最后，又面授机宜，听得两个儿子直点头。

于是，第二天晚上的诉苦大会，就出现了戏剧性一幕：人们正声泪俱下地诉着苦，于不期然间，老态龙钟的黄德林，竟由儿子黄有龙、黄有豹搀着，颤颤巍巍到了会场。就在人们惊诧莫名时，他径直走到台上，挣脱儿子们的搀扶，先是对着众人拱了拱手，接着一个鞠躬，且一鞠到底。这个超过九十度的大躬，大有不把脊椎骨折断不罢休的决心和勇气。

黄德林何时对人这么客气过呀？肯定是黄鼠狼给鸡拜年！于是，立即就遭到一通怒斥：

“你来搞么事？示威吗？”

“这是黄鼠狼给鸡拜年，假惺惺！”

“这里不是你来的地方。滚出去！”

“打倒恶霸地主黄德林！”

……

面对众人的愤怒，黄德林并未辩白，更没反驳，而是让人惊掉下巴地做了个“自控诉”，讲他如何不顾亲情乡情，做了对不起族人和乡邻的事，甚至还列举出几个不痛不痒的例子。也讲他此刻如何悔恨。讲得声泪俱下，甚至自抽了几个嘴巴，直抽得嘴角溢出殷红血丝。

人们很快就听出来道道，他是把所有责任，都揽到自己身上，仿佛与他儿孙们没半点关系。而他已经七十，人们应该不会拿他么样了。却原来，老狐狸是倚老卖老，企图拿这种自损，来逃避对他全家的惩罚呀！

他的这场表演，给了所有人意想不到的震惊，引起不小骚动。然而也出乎他意料的是，人们并未原谅，反而是彻底点燃了怒火，正式拉开了打土豪分田地的序幕。

开始时，刘火山跟支部书记黄天达要轰他下台，却被顾有恒拦住了，小声说："未必不是好事。"

半个月的申冤诉苦，因为是发动群众，所以来的都是穷人，缺少对立面。接下来进入打土豪环节，得请财主们出场了。既然有人跳出来，而且是最大最坏的土豪恶霸，那就顺水推舟，提前到今晚。这就是顾有恒的灵机一动。

顾有恒从会场一角，走到台子中间，双手往下压了压。等骚动的场面彻底安静了，这才高声说道："乡邻们！诉苦申冤，就是让大家说话的。有苦诉苦，有冤申冤，也是人民政府的政策。黄财主觉得自己有罪，肯控诉自己，我觉得，应该给他这个机会。"

黄德林的打算，正如人们所料，是只准备假惺惺地说，听着工作队的教育，想着乡邻们受的苦，他心如刀绞，惶恐不安。哪想到，顾有恒不按他套路走，直接定性为罪人，这让他心悸得直冒冷汗，当即就意识到这回失算了。但到了这一步，局势就不是他左右得了的，只得硬着头皮说："是的，我的确是有罪，所以我要控诉自己！"

然后，黄德林声泪俱下地说了三桩罪。第一桩，不该接受家族委托，代黄有财管那三百多亩地，以及三个伢的管教。以至于黄干泥巴落裤裆，不是屎也是屎，背了这个黑锅。第二桩，虽竭力劝阻，无奈家教不严，没挡住黄有虎成立狗屁护湾队，更投靠鬼子当汉奸，坑害了不少乡邻，还杀过共产党。他被镇压也是罪有应得，然而给黄家大湾、给乡邻们带来的耻辱，是洗刷不掉的。第三桩，虽然自己也算注意，但还是做了些伤害族人和乡邻感情的事。最后他说，愿意接受土改，把全部土地五百六十亩田，以及多余农具，全部分给大家。至于黄有财的那三百多亩，原本不是他的，他无权处置。

黄德林鼻涕一把泪一把地胡说八道，台下早就群情沸腾了，甚至有砖头瓦片土块扔到他身上。不过，顾有恒一直要大家听他把话说完，又让刘火山派战士上台维持秩序。

会场的震耳欲聋，吸引原本观望的人们慢慢聚拢，很快就不仅把祠堂塞满了，也把门外站得水泄不通。而这，正是顾有恒想要的效果。

祠堂的管理者黄有亮，望一眼被踩得稀烂的菜地和庄稼，眼睛皮乱跳，显然是肉疼得要命，却也束手无策，只得任人践踏。何况他的心，也在那祠堂里的会场上。

就在声嘶力竭的黄德林又鞠了个躬，准备下台时，顾有恒面无表情地拦住道："黄财主，且慢！"

狼狈不堪的黄德林不知何意，但也不好离开，只得尴尬地站在一旁。

今晚站上台来，他是迫不得已，也是经过几个日夜冥思苦想的结果，两害相权取其轻。要不是混在人群里听诉苦申冤的管家王保旺传回消息，他哪会来自取其辱？

把黄德林晾在一旁，顾有恒对愤怒的人群大声说："黄财主的这番自我控诉，怎么听着像是皇上老儿的'罪己诏'呢？各位乡邻！黄财主都下了'罪己诏'，是不是就可以放他一马呢？"

"不能，不能！绝对不能！"台下异口同声，愤怒的吼声恨不得掀翻屋顶，砖头瓦片土块又飞了上来，吓得黄德林跟他的儿子孙子们腿肚子打战，脸皮子惨白。

"好！很好！"顾有恒双手往下压了压，犀利地扫了黄德林一眼，又面朝群众说，“既然都不认同他的话，那么，我们就来跟黄财主辩辩，看看是他说的有理，还是我们穷人有理……要发言的群众，请上台来。”

夏杰早就说过，只要扳倒了黄德林，黄家大湾的土改，就好办了。这些天访贫问苦，召开诉苦申冤大会，顾有恒对黄德林的罪行，有了更深了解。他对黄德林的“自我控诉”，也气愤不已，甚至从他那话里，嗅出了一股浓浓的火药味，以及嚣张的对抗气焰。然而作为工作队队长，他不能感情用事。既然黄德林自己跳出来，这么好的机会，当然不会放过。

人群骚动片刻，便呼啦啦跳上来十几人。但是，还没等那些人开口，一直在台上的黄天达，早已按捺不住了，直接就开炮：“黄德林！你简直是胡说八道，血口喷人……”然后，一条条反驳。

黄有龙对这个晚辈后生恨之入骨，也后悔怎么就没看出这小子是共产党，没把他给了结了。此刻，他竟敢对德高望重的七十岁爹爹直呼其名，真是大逆不道，恨不得甩他两耳刮子，叫他晓得族长的权威，也晓得族规的厉害。然而，爹反复交代过，如今是泥腿子当道，切不可意气用事，所以就忍住了。其实他也没完全忍住，站在黄德林身旁，还是嘀咕了一句：“你说的，也不全是事实！比如黄有财两个丫头当童养媳，不是我送的。他儿子倒插门，也不是我做的主。这些事，主意都是王莲出的，家也是她当的。”

幸好王莲不在现场，正组织妇女赶制军衣军鞋，否则，估计肺都要气炸。

其实，王莲在不在现场，都没关系。听到黄有龙狡辩，人们更加怒不可遏，恨不能拿口水淹死他。好在顾有恒早有准备，让十几个战士维持秩序。不然，真有可能，黄家父子当场就被打死了。不过，跟死也差不多了，是被骇得，浑身筛糠，一个劲往维持秩序的战士特别是顾有恒几个人身边躲。现在，他们是后悔死来会场了。

众人你一言我一语，申冤、诉苦、咒骂、呐喊……尽情地宣泄，会议开不下去了。不过，这更是顾有恒的预期。

打黄家父子几下也可以，只要不死人，都在顾有恒的心理底线之上。眼见差不多了，顾有恒才宣布，今晚的诉苦申冤大会结束，明天继续。

既然黄德林赤裸裸地跳了出来，所以第二天的诉苦申冤大会，顾有恒索性命令所有的财主，必须参加。不愿来的，派战士去“请”。然后就在台上站了一长排，接受批斗。而且，也不在祠堂开了，太小装不下。而是干脆在祠堂门口搭了个台，挂上几盏马灯，把会开在露天里。

几个回合下来，财主们表面老实了，田地也丈量完了，便开始划分成分，分田分地分浮财，并开仓放粮。

此番下来，就该割晚谷了。随后，家家户户禾场上，有的牵着刚分的耕牛，拖着石磙辗；有的甩起连枷[①]，连夜打。再把晒干了的谷子，放心托胆地收进自家库房。没库房的，就堆在堂屋或者厢房。真叫一个欢天喜地。

然而，有关黄德林家的财产，众人都严重怀疑。不得不说，黄德林是狡猾的，或者说有些远见。近年来他不断卖地，所以田地的确是减少了。但是，卖地的钱，去了哪里？在他家甚至屋后的菜园挖地三尺，也没找到丁点。工作队不甘心，把他家的账盘了一遍又一遍，仍没发现破绽。

人们眼中最大的地主，仿佛除了挂在黄有财名下的那三百多亩，突然缩水成中小地主了。就是黄有财的那三百多亩田地，从交出来的地契看，霸占了快二十年，竟然还落在黄有财名下，也令人愕然。照黄德林的贪婪与心狠手辣，这简直不可思议。黄德林则振振有词地说，快二十年了，我地契都没过户，房屋也全退了，这说明么事？说明我心正，自始就没想过要贪他的！

工作队、党支部跟贫农协会反复开会，也找他家的长工和下人调查，都只感觉差距太大，却又说不清他财产的去向。黄家则上下

---

① 连枷：一个长柄和一组平排的竹条或木条构成，用来拍打谷物、小麦、豆子、芝麻等，使子粒掉下来。也叫作梿枷。

一心，一口咬定让黄有虎败了，而这几年收成不好，连年亏损，早就只剩个空架子。真正的死猪不怕开水烫。

为不影响土改工作进程，顾有恒转变策略，把调查由明转暗，不再大张旗鼓。重点则放到清匪反霸上，严惩有血债的反动恶霸与土匪势力。

方引娣爹娘已经过世，而天宝在方台，或多或少遭些冷眼，受些欺负，总有抬不起头的感觉。特别魏登华也讲他不是黄家的人——虽是酒后的话，让他心里憋屈。夫妇二人一合计，便向黄家大湾农协申请，干脆搬回来，改回姓黄。不仅分了地，还在老屋分了两间屋。

51

到了腊月，朱雀镇解放，盘踞在复城县的国军五百师被彻底击垮，投诚的投诚，逃跑的逃跑，当俘虏的当俘虏。当然，也有战死的。

由此，复城县再无国民党正规军，令全县人民欢呼雀跃。剩下土匪和散兵游勇，解决起来只是时间问题，对新生的人民政权，再构不成威胁。

就在人们欢庆全县解放和准备年货的时候，通海口的人们，却有如兜头一盆凉水，被人浇了个猝不及防。原来，在区政府门口挂了几个月的县军管会牌子，以及全套人马，都搬去了复城。

之前就有风声，说牌子挂在通海口镇，只是临时的，因为复城损毁太严重，需要维修。甚至当时的一号公告就写明了，是“暂设县署于通海口镇”，算是打过预防针了。但是，当事情真的发生时，人们还是不舍，甚至遗憾，觉得理想很丰满现实很骨感，有竹篮打水一场空的无奈。好在复城仍在通海口辖区，也好在新年马上就到了，加上从农村土改和城镇恢复中获得了诸多好处，记性小忘性大的人们，很快又把不快和遗憾抛诸脑后了。

腊月二十八清早，天蒙蒙放亮，查哨回来的刘火山推开大门，一张纸条突然从门缝掉落下来。起初没在意，以为是夜晚开会的人落下的。刚走了两步，又感觉不对劲——开会的人落下纸条，怎么会夹在门缝呢？遂转身捡了起来。迎着微弱晨光一看，顿时大惊失色，连忙叫醒顾有恒。顾有恒只瞟了一眼，就兴奋得趿拉着鞋，边系裤腰带边往外走，吩咐叫上几个战士，抓紧去！

其实，纸条上只有寥寥四个歪歪撇撇的字："黄家坟地。"

黄家坟地很大，大大小小一两百座坟茔。不过，这难不倒顾有恒跟刘火山，叫战士专挖黄德林家有新土的老坟。

虽有积雪，但并未盖严实，有些土块裸露在外，新土老土一眼就能分辨出来。

刚刚开挖，黄家就由黄鲁氏打头，来了帮女人和小伢，又哭又闹地阻止。黄鲁氏鼻涕眼泪一粑拉[1]，还抹了把甩到黄天达脸上，捶胸跌脚地号啕："你们分了我家的地，分了我家的农具，分了我家的财产，也就罢了。分了就分了……但是想不到，你们还要挖祖坟。这是要我家绝户啊……呜呜呜……黄天达，你个天杀的！我家的祖坟，也是你家的祖坟哩……你个不孝逆子，竟然带着外人，来挖自家祖坟哪……你不得好死啊！呜呜呜呜……"

天达年轻气盛，何况解放了，哪还肯受她这个气？抹一把被她甩到脸上的鼻涕眼泪，猛地揩她衣襟上，憎恶地说："我们是在工作！你再胡搅蛮缠，信不信老子挖个坑，把你就地埋了？"

"好！你个狗日的有胆子，就把老娘埋了。被你们这么欺负，老娘也不想活了。"黄鲁氏还真是个母猪疯，顿时就跌坐在地，撒泼打滚起来。

顾有恒不想浪费时间，给两个战士丢了个眼色。战士会意，把黄鲁氏拖到一旁，任她带着女人和伢儿在那边哭闹。其他战士则继

① 鼻涕眼泪一粑拉：俗语。意思是鼻涕眼泪满脸都是。

续挖。但是，他们很快就碰到了问题。

因为要过年了，许多人家给坟茔培了新土。黄德林家的这几座坟茔，刨开新土，就露出了原来的草皮。就是说，这些坟茔并未挖开过。坟茔没挖开，他么样藏东西呢？但是放眼一望，培了新土的坟茔大约有三分之一，有的是黄德林家的，有的却不是。总不至于，把这几十座有新土的坟茔，都开挖一遍吧？刨人家祖坟，农民还不把工作队吃了？

冷静下来的顾有恒，叫战士和工作队员们原地休息，把火山跟天达叫到坟地深处，商量办法。三人都坚信，那张条子不是空穴来风，也不是无中生有，黄德林肯定是把财产埋进了祖坟。

“咦！”三人边走边谈，天达突然停住，发出一声惊叫，指着一座矮坟，“我还没来培土，么样我爹爹老妈的坟上，就有新土了呢？”

另外两人也觉蹊跷，都驻足察看。天达又指着不远处的两座坟墓，纳闷地说：“有财大伯跟有仁叔的坟茔，也有新土？不可能啦！那两座坟茔，这些年都是我跟族亲看不过眼，三十才来培土的。今年天华没回，肯定不会来跟有仁叔培土。天宝哥也不会发勤快，这么早来跟有财大伯培土。那那些土，是哪个帮忙培的呢？”

顺着他手指望过去，果然都有新土，再一细瞅，又没那么新，不是这几天培的。看那土的颜色，以及枯黄了的嫩草，应该也有几个月了。顾有恒眼睛一亮，仿佛悟出道道了，随即心里又一个咯噔，暗说这狗日的黄德林，太狡猾，也太他妈恶毒，竟挖了别人家的祖坟，来埋自家的东西。但他没露声色，而是吩咐天达，把黄姓族人全部叫来，叫他们自己指认，是不是自己培的土，或者帮别人家培的土。

折腾快到中午，终于确认有七八座老坟，不是这几天培的土，也不是死者后人培的土。然后，把这些族人召集开会，说黄德林可能把财富埋在这些坟里了，我们要开挖，希望乡亲们理解和支持。

众人顿时就炸了锅。有的说，狗日的黄德林，真他娘的不是个东西呀，竟挖了人家祖坟！有的说，狗日的黄德林，真是狡猾呀，把财富埋进坟里。但是，气愤归气愤，说到挖祖坟，又都不乐意了。

这时，天达抓起一把铁锹，自告奋勇地说，先挖我爹爹的，再挖有仁叔的！黄姓族人还是不忍，工作队的人却没半句废话，动手开挖。刨开表皮的新土，人们以为就会见到旧土了，然而现实却不是，全是半新的土，越到下面越新。这令人们目瞪口呆，都盯着战士挖。

这时，母猪疯黄鲁氏又气急败坏地跑来，指着天达的鼻子臭骂："真是你姆妈的个不孝子啊！我黄家，怎么会出你这么个混账东西呀！"

天达一把推开母猪疯，冷笑一声道："我挖自己的祖坟，关你屁事？"

"去，请黄有龙过来！"顾有恒已经看出了端倪，心里有了底气，吩咐火山道。

坟地里闹出的动静，早惊骇得黄家一片惶恐，如坐针毡。不然，也不会叫黄鲁氏带着一帮女人和伢来哭闹了。不一会儿，黄有龙、黄有豹就带着几个儿子来了。

人们意想不到的是，老态龙钟的黄德林，也由三个孙子黄天良、黄天福、黄天禄搀着，跌跌撞撞地来到自家祖坟前，三叩九拜，呼天抢地地号啕。

顾有恒不管他那边的情况，威严地对黄有龙说："管好你的女人和家人，不要影响我们的工作。否则，人民政府有的是铁的手腕！"

瞅一眼已经挖了一半的坟茔，黄有龙心里绝望，却不敢表露出来，只得转身，去假模假样地约束自家女人。

见底的时候，人们惊得眼睛发直：几块腐烂的棺材板子和白森森尸骨扒在一旁，正中竟是几个蒙着油纸的坛坛罐罐！

待把坛坛罐罐抬出来，黄德林也不在那边哭闹了，眼睛一翻，一口鲜血喷出，当场就晕死过去。黄有龙、黄有豹兄弟也双腿一软，跌倒在地。

顾有恒依然不管他们那边乱成怎样的一锅烂粥，指挥战士和队员，打开坛坛罐罐。顿时，金条、银元、铜板、玉器……琳琅满目地展现在众人眼前。

瞅一眼面前的财宝，顾有恒突然对满眼惊悚的黄有龙喊道：“黄有龙！你过来。”

绝望的黄有龙，已经六神无主了，哪还敢抗拒？只得乖乖过来。顾有恒问：“哪几座坟里埋了东西？你自己说出来，比我们花力气挖出来，性质是不一样的。希望你认清形势。”

“哪几座坟里埋了东西，我哪晓得啊？这东西又不是我的。”这座坟里只有死物，没有文字记载的东西，应该辨不出主人的。所以，很快就醒黄的黄有龙，准备打死不认账，一副死猪不怕开水烫的架势。

“嘿嘿！不说，是吧？那就好办了。”火山冷笑连连，转身对战士和民兵大手一挥，命令道，“其他的坟，不挖了。把黄有龙家的坟，都给我扒个底朝天！然后，连骨头渣子都扔出来喂野狗。”

听闻这话，黄有龙脸上抽搐了一下，随后一片惨白。那边的黄德林刚刚醒来，也一阵昏眩，又差点闭过气去。早就气得发狂的天达，把铁锹一扔，扬起大手，一巴掌狠狠地甩在黄有龙脸上。黄有龙那张惨白的脸，顿时就有五个手指印，清晰可见。

想想也是可恨，自家的祖坟给人扒了，还当成库房，埋些乱七八糟的东西。这事放谁身上，谁都无法忍受。天达也是气极了，打了一巴掌，竟说不出一句话来。

既然作好了打死不认账的准备，此刻的黄有龙，除了摸着被打疼了的脸，怨毒地盯着天达，真的没说话，也没还击。

顾有恒冷冷地问：“黄有龙！你是想好了，要跟政府作对到底，是吗？”

黄有龙脸上又抽搐了一下，牙关一咬说：“你的问题，我没法回答。我就没埋东西，你要我如何回答？”

“好！那我们就在这里等着。”转身吩咐战士，把坛坛罐罐抬到黄有财家里，让工作队抓紧清点。

到了下午三四点钟，只见几个战士，远远地押着一个人过来。走近了一看，原来是黄有龙家的管家王保旺。众人刹那间就醒悟过来，兴奋得摩拳擦掌。

明明给了钱，叫他去武汉的，么样就到了共产党手上呢？与众人的兴奋相反，见到王保旺的这一刻，黄家人的心，算是凉透了，也恨死了这个不长眼的家伙。

处理完了黄家的事，王保旺的确背了些财宝，于三个月前去武汉，到黄天赐小老婆的商行做事。虽四十几的人了，却没怎么出过通海口，到了大城市竟有诸多不适，也常受同事挤对。何况佳节思亲，心说共产党也要过年的，回来过了年再去武汉。便于小年那天，溜回老家王家河。

他没想到的是，这一回来，就让由明查改暗查的顾有恒，通过王家河村党支部掌握了全部行踪。估计黄家藏宝的事没这么简单，顾有恒早晨出门时，就叫火山派了个班长，带两名战士，火速去了王家河。

被押到坟地，王保旺么事都明白了，眼睛不敢瞅黄家人，直接就说了三处坟茔。还是巧得很，除了天达爹爹这座已经挖开的，另外两座，就是有财跟有仁的。

“除此以外，还有没有？人民政府的政策，想必你是晓得的。要是敢隐瞒，可就罪加一等了。”顾有恒心里舒了口气，但还是把钉下的钉子回个脚①。

“我所晓得的，就这三处了。还挖了几座坟，是打掩护的。都是黄天赐带着保安团的亲信，于黑夜来埋的。至于后面还有没有，我就不晓得了。”大势已去，王保旺倒也很配合，下意识地瞅一眼不远处的黄家人，有的没的都竹筒倒豆子②。

---

① 钉下的钉子回个脚：俗语。意思是把事情做牢靠。

② 竹筒倒豆子：俗语。意思是毫无保留。

“先挖这两座。”顾有恒吩咐完战士和民兵，转头问黄有龙，“他说的，是不是实话？”

黄家人依然不开口。顾有恒也不再追问，盯着两座坟茔，看看究竟会挖出些么东西来。

目的明确，开挖的动作也就更快。不一会儿，两座坟茔都挖开了，竟然跟前一座一样。不过，在有财坟茔的一只缸里，全是账本和田契。

看到这些东西，黄有龙再也无法抵赖，脸上的汗珠，像黄豆一样往下掉。

其他的坟，顾有恒没再组织人挖，甚至阻止了气得不行的农民对黄德林家祖坟开挖。随后，带着队伍和起获的物资，押了黄家成年男丁和王保旺，全部回黄有财家里。

经过与原先的账目比对，没想到归在黄有财名下的那三百多亩地，在这里都变成了黄德林的，田契上都盖有国民政府通海口区公所的印扈扈。且侵占黄有财的不是三百多亩，是六百多亩。不仅如此，黄德林还在通州河对岸的廖家圩、胡埂坝、方刘场等村，甚至邻县，合计有近七百亩地。

众人一边清理，一边咬牙切齿，说这狗日的竟有这么多地，还藏了这么多金银珠宝。怕不是通海口区的地主，他说自己第二，再不敢有人称第一！

顾有恒几个一合计，当天就把东西搬到黄家祠堂门口，再次召开批斗大会。能分的浮财，又给穷人们分了一些。

夏杰等人乘胜追击，上报复城县军管会批准，于正月十五，也就是元宵节这天，召开公判大会，枪毙了黄德林、黄有龙、黄有豹等七个有血债的恶霸地主和反动军阀。王保旺助纣为虐，也跟十几个反革命分子一起关进了监狱。

终于拿下黄德林父子，穷人们拍手称快，其他地主恶霸哪还敢抵抗？纷纷交出隐瞒的浮产，老老实实接受新政权管制。黄家大湾甚至通海口区的政权，算是基本稳固了。

52

农村的土改如火如荼，城镇则以恢复为主。

只要没血债，不是罪大恶极，商人们该搞么事搞么事，生意照做，门店照开。跟大城市的不法商人与新生的人民政权明里暗里较劲不同，通海口镇没有太大的商人，且经过三次大火的“洗礼”和日本鬼子与国民政府的长期压榨，商人们也元气大伤，徒有商人之名，实为小贩而已。

北街的商铺，都归原主了。天宝的两间，也自然到了他名下。眼见别人在废墟上起新的商铺，天宝再次心动。不过，他实在没钱，只得忍痛割爱，一卖了之。从此，一门心思扑在刚刚分得的十几亩土地上。

就在人们以为终于风平浪静了，李志伟却于正月末的一个夜晚，怀揣一把银票，包了一些细软，带着最小的姨娘，乘坐一艘开往汉口的货船，毫无征兆地逃之夭夭。

李志伟的出逃，让许多恨他入骨的人痛心疾首，也让正要对他采取措施的夏杰等人扼腕长叹，后悔还是晚了一步。

要说，李志伟的嗅觉还是很灵敏，判断也很准确。或许，也是由黄德林等人被镇压，而产生了心理恐惧。

日本鬼子盘踞通海口镇四年多，李志伟就跟着喝了四年多的血。国民政府回来，继续跟着喝血。本以为共产党的军管会，会跟国民政府一样的，如果那样，他还能继续喝血。甚至县大队进镇，还送过几车慰问品。然而看到共产党坚定地在农村土改，以及毫不手软地镇压反革命，他心虚了，害怕了。因为他不是简单的商人，而是日本人的商会会长，为了给日本人筹款，也的确逼死过人。

其实在抗日后期，他就上过夏杰等人的锄奸名单，可惜没有成功。刚刚解放，民生凋敝，百废待兴，也顾不上搭理他。终于腾出手来，有时间收拾他了，他却脚底下抹油，跑到尚未解放的汉口去了。于是只得把这个想法暂时封存，想着等有机会抓住了，再找他算总账。

李志伟的出逃，在李家更是引发了一场地震。

自从刘老三放他回来，就对郭氏跟郭家宁愿他死，也不肯拿钱去赎，耿耿于怀，大为光火。为了报复，他本有两房姨娘了，却不顾李郭氏强烈反对，接连又娶了两房。

虽形同陌路，恩断义绝，但李志伟的出逃，还是让李郭氏比男人死了还伤心。死了也就算了，她还能体体面面地过有钱人的日子。但这男人没死。不仅没死，还卷走大量银票和细软，带着年轻风骚的妖精，去城里逍遥了。这让爱面子的她，哪里承受得住？

恼羞成怒的李郭氏，当然不会检讨自身有么问题，而是把气撒在另外三个姨娘身上。对李志伟拈花惹草，还连娶四房姨娘进屋，李郭氏本就深恶痛绝，所以常拿姨娘们出气，搞得四人忌惮她忌惮得不得了，有老鼠见了猫的恐惧。好在姨娘们均无子嗣，这才让她心里找回了一点点平衡。

“男人的心术，本来还正的。就是你们几个狐狸精，成天媚，媚，媚！媚得他变心，媚得他卷了银子跑路。滚，都滚！”这天，李郭氏愤怒地骂骂咧咧，把三人的东西往外扔。

三人都是外地来的戏子，贪慕李志伟钱财，李志伟则贪图她们容颜，便娶进家门的。此刻，两手死死地扒住门框，试图挣脱往门外拉她们的郭凯武，哭哭啼啼求饶：“大娘！你赶我们去哪里呢？除了李家，我们没地方去呀！……生是李家的人，死是李家的鬼呀！……呜，呜，呜！”

“你们去哪里，老娘管不着。随便！你们不是会媚吗？街上野男人多得是，再去媚呀！或者，去找领你们回来的那个死男人！他不是带一个跑了吗？你们去找他呀！正好蛇鼠一窝呀！”李郭氏继续扔东西，嘴里也继续骂骂咧咧。

衣服首饰在门外散落一地，看热闹的人也聚了半条街。人们虽然议论纷纷，却没为任何一方说话的，既没劝李郭氏，也没帮她赶人。

三个弱不禁风的女子，哪是身强力壮又凶恶似豺狼的郭凯武的对手？很快就被拎小鸡般拎出门外。然后“哐当”一声，大门关上了，又听“咔嚓”一声，大门上了锁。

三人披头散发，浑身凌乱，坐在门外先是号啕，继而呜咽，然后无声抽搐。直到天黑，那扇门也再没打开。饥寒交迫，又身无分文，三人见彻底无望了，无言地拾起各自衣裳首饰，漫无目的地离去。

到了第二天，人们在通州河边树林的一棵苦楝树上，发现了用花丝巾吊死的孙氏。此后不久，街上也多了一个年轻漂亮的女疯子。这个疯子，就是被李郭氏赶出家门的钱氏，人们管她叫“钱疯子”。另外一个不知所踪。

钱疯子是个爱收拾打扮的女人，即便疯了，也收拾得清清爽爽。然而，于一个疯了的女人，这却是要命的。一些地痞流氓，和无家可归的流浪汉，对一个脑子出了毛病，却又收拾得漂漂亮亮干干净净的女人，总是百般调戏，甚至引诱到背街人少或者阴暗之处，行禽兽之事。钱疯子也好骗，一块锅盔、半截头绳，就会跟着人走。

顾有恒当了副区长，顾不上春风茶楼的生意了。不过，茶楼并未歇业，而是由他父亲来照管。大丫则继续在茶楼里卖瓜子点心纸烟。在茶馆里，在街头巷尾，每每听人讲钱疯子的事，甚至一些龌龊男人讲得眉飞色舞，都如同吃了蛆般难受。

论年龄，钱疯子比宇红还小，二十岁左右。提起钱疯子，大丫就想到了宇红。听她受欺负，就犹如自己的女儿受欺负。于是，常把钱疯子领回家，给她一口热饭，让她洗个澡，留她过个夜。然而，大丫每天要出去讨生活，宇洁也要去学校帮忙。所以，钱疯子便常常跑出去。

这天早晨忍无可忍，大丫再次走进“李宅”那扇大门。李郭氏跟郭凯武姐弟都不在，她也没准备找他们，是找她儿子宇明的。刚进院子，便看见了正跟孙伢换尿布的宇明媳妇赵桃花。桃花有些意外，喊了声三老爹[1]，问今日么样有空过来的。

桃花跟大丫同年，如今都有孙伢了。把孙伢递给一旁的奶妈，指着板凳说："坐，三老爹。"

"你婆婆呢？"在旁边的板凳上坐下，虽然不是来找李郭氏的，但既然来了，还是随口问了一句。

"跟舅爷去汉口了。"桃花还算实诚，没隐瞒。

"去汉口？又找你老子去了？"大丫有些惊讶。

"是的。去了十几天了。"

"汉口那么大，她这不是大海捞针哪？就这么莽里莽撞[2]的，哪里找得到？何况兵荒马乱，她也快六十了，你们放得下心？"大丫的语气里，突然为李郭氏担忧。

"唉！我们也是这么说。但我婆婆那个脾气，老爹您郎也晓得，哪里劝得住？不过，我们叫了一个伙计跟着。"桃花满是无奈，又问，"老爹您郎来，肯定有事吧？"

"是的。为你钱姨的事。"大丫开门见山。

桃花顿时满眼惊恐，瞅瞅四周无人，才问："么样了？她找您郎了？"

大丫说她没找我，是我常接她去我那里住，接济点吃的。但是，我天天要外出讨生活，也没办法管她。桃花说，我们也晓得这样子不好，天天听街坊邻居骂。但是也很无奈，我偷偷给过她几回吃的，不知么样被舅爷晓得了，然后告诉婆婆，骂了我个半死。还说再去管钱姨，就跟赶钱姨一样，把我也赶出家门。大丫听出了她的无奈，然而还是说，再么样，也是你老子的妾，是你们的姨娘。你们这么做，对你们的名声，对后人，都不好吧？

"我也这么觉得，三老爹！那个女人，太可怜了。"两人正说着，身后响起一个声音。

---

① 老爹：在江汉平原一些地方，无论男女，曾祖辈都被重孙喊"老爹"，以示尊敬。

② 莽里莽撞：俗语。意思是毫无目的。

回头一看，二娘李向氏不知何时来到身后，满脸的同情。

桃花喊了声“二老爹”，又皱着眉头问，到底该么样做呢？两人不约而同地说，接回来！免得在外面丢人现眼，丢了李家祖宗八百代的人。桃花想想说，我回头跟宇明说，叫他去跟婆婆说。

大丫只是来提个醒，既然桃花这么说，她便告辞。

真是有巧不巧，刚一出门，居然就碰到了才下船回家的李郭氏一行三人。

虽然憔悴，人仿佛苍老了十岁不止，然而抬眼看见大丫，她那争强跋扈的本性立马暴露无遗，警惕地盯着大丫问：“你来我家做么事？看我笑话？”

看一行人颓废的样子，大丫估计她没找到李志伟，而桃花刚才那话，也提醒了自己，何不直接跟李郭氏说？于是，平静地说：“希望你把钱姨娘接回来。”

“你算哪根葱？居然管起了我的家事？”李郭氏言语极其不善，面目也变得狰狞。

“你的家事，请我管我都不会管。但接钱姨娘回家，关乎的是李家的颜面，不只是你的家事。你这样做，损害了李家的颜面，也损害了祖宗的颜面。我跟你一样，都是李家的媳妇。所以，我只是善意提醒你，为了你好，为了你的后人好，让他们在通海口镇能抬头挺胸做人，就应该把她接回来。你仔细想想，是不是这个理。”

大丫说完，头也不回地走了，丢下李郭氏在身后气得发抖，随后暴跳如雷。

遥远的北平改北京了，纪年改公历了，新中国宣告成立了！十月一日这天，通海口镇彩旗铺天盖地，游行的队伍塞满了大街小巷。

第二天，在区政府上班的人们，进大院时还带着喜庆，笑意盎然。然而不久，就被紧张、肃穆和压抑的气氛取而代之，且只准进不准出。这个异常景象，连来区政府办事的人，都猜得出来，肯定是出了不得了的大事。

也的确是发生了一件大事。

原来，提早上班的夏杰，拿着连夜写好的上报县军管会材料，到机要室盖公章。机要员去县里培训，由田振海临时顶替。振海拿出钥匙，却猛地发现抽屉的锁半挂着，心下一个“咯噔”，骇出一身冷汗。连忙查看那锁，已经撬坏了。拉开抽屉狂翻，那枚原本放在正中的公章，仿佛长了翅膀飞走了，怎么找也找不到。

夏杰的额头霎时也青筋暴突，一把扒开振海，把整个抽屉拖出来，反扣在桌面。抽屉里的纸、笔、印泥、小刀等办公用品，顿时杂乱地铺满了整张办公桌。但是，那枚“复城县通海口区人民政府”的公章，却依然没有出现。

振海早就脸色惨白，大汗淋漓了。夏杰也急出一身的汗，但毕竟见多识广，很快冷静下来，详细询问上回用印的情况。

振海哭丧着脸说，前天还用过的，抽屉也锁得好好的。昨天游行，便没来。今天刚进机要室，地还没扫哩！书记您郎就进来了。夏杰要他回忆仔细，这两天有没有不对劲的情况，比如情绪异常的人来过，或者他接触过，不能有任何疏漏。同时把保管的文件逐一核查，看有无丢失。

说完，夏杰就出门。还有半只脚在门里，突然折身返回，警告振海，不要跟任何人提起，免得满城风雨。见振海使劲点头，他才再次出去。

夏杰敏锐地意识到，这个事不仅严重，而且蹊跷，又不想在举国欢庆的时候引发恐慌，只找了社会部主任刘火山跟副区长顾有恒来办公室商量。

两人一听，也大惊失色。随后，便决定由两人先找值守人员，详细调查人员进出情况，再以秘密方式审查甄别。夏杰则写了封给县军管会主任黄青山的信，派社会部副主任唐明义骑马送去复城。

顾有恒跟刘火山一边听值守人员汇报，一边翻看进出区政府大院的人员登记簿，脸色越来越凝重。从他们这里，似乎发现不了头绪。十月一日放假，没有外来人员的登记，所有进出的，都是住区政府的人。区政府的许多工作人员，包括领导，来的时间不长，大多在镇里没屋，而旧政府有一排宿舍，于是就安排住在里边，少数人还带了家属。

两人又去找夏杰，三个人分析来分析去，判断是内部人员作案。于是回刘火山办公室，翻出所有人档案，一个个查找疑点，然后把范围缩小到九个人身上。

向夏杰请示过后，把这九个人分别叫来，也不说丢了印章的事，只要他们详细说出这两天的活动轨迹，事无巨细。随后又扩大范围，因为九个人都提供了可以证明清白的人。但是不是实话，有没有隐瞒，只有找证人挨个核实。随后，又把范围缩小到了三个人。

他们自以为做得隐秘，且叮嘱守口如瓶，但涉及的人太多，所以这一通折腾下来，还是闹得人心惶惶。人们越来越焦虑，也越聚越多。因为夏杰规定，只准进不准出，还让刘火山喊了区中队的战士在门口值守。有的人没过早就来了，此时已经过了中饭的点，却还是不能出去，能不焦急吗？

经过仔细清理，振海那边除了大印，还丢了两份县军管会的秘密文件，却没可疑线索可以提供。

恰在此时，唐明义回来了。与他一同进政府大院的，还有县社会部部长胡东山与一个排的战士。本以为可以松口气的，却弄得更加紧张，人们惶恐不安。

想想也是，社会部长亲自出马，还带了一个排的战士，那能是小事吗？

胡东山也不管那些人作何感想，跟夏杰商量过后，把门口的岗哨换上了他带来的战士，算是全面接管了。继续只准进不准出。更是弄得风声鹤唳，草木皆兵。

要说，生姜还是老的辣。就在鸡叫头遍，也是所有人都熬不住了的时候，经过嫌疑人指认，在灶屋那堆柴火的最底下，终于翻出了大印，以及那两份早已揉得皱皱巴巴，用来包大印的文件。

这令顾有恒跟刘火山好生郁闷，也有些愧疚。因为那个人，还是在他们圈定的范围，然而他们的工作不够细，到最后卡住了，再没法深入。不过，胡东山还是很惊讶，笑着说两个生手，能做到这一步，已经不简单了。

胡东山揪出的这个人，是从旧政府投诚过来的文书。据他交代，是受黄天赐指使——当然，他自己说是胁迫。其目的，就是制造混乱，给新中国成立的喜庆气氛添堵。印章和文件之所以没毁，是准备交给黄天赐的。但时间来不及，只得暂时塞在了灶屋里。

复城县全境解放了，黄天赐却没死，带了帮残兵败将，跑到三县交界的沟河湖汊当土匪去了。

胡东山并未罢休，而是深挖隐藏在区政府的反革命分子，以及反动政权余孽。随后的事实证明，他的判断极准，而且工作卓有成效，竟然拔出了一个五人特务小组。这个特务小组，还真是受黄天赐指挥。而黄天赐及其土匪，都听命于国民党复城县特务机关。

无奈五个特务层级太低，从他们嘴里，套不出县里的特务机关情况。胡东山想，看来得对黄天赐及其残余土匪，来一回彻底清剿了。

53

按照夏杰指示，区里成立宣传队，由田振春任队长。

振春今年十九岁，是郎中田道德的长子，原在武昌中学读书，秘密参加了共产党。后因身份暴露，党组织派遣他回家乡，以教育职业作掩护，继续从事革命工作。

宣传队是货真价实宣传革命的，所以，振春一律从出身比较干净的新青年中挑选骨干。乐器队除外。名单很快拟定出来，便挨门挨户动员。但让他没想到的是，听说叫子女去唱戏，都把头摇得像货郎鼓，直说对戏子没好感。

反复被人拒绝，振春心里很不好受，有一种挫败感。

其实在人们内心，除了反感戏子，还有另外的忧虑，当着振春不好明说。他们经历了太多的社会动荡，甚至日本鬼子都占领了通海口镇四年多。特别是头次革命失败，太多人被杀，把老百姓杀怕了，想起来就心有余悸。那么新政权能否巩固？心里没底。他们只想过平淡而安逸的日子。

十四岁的宇洁长得亭亭玉立了，又是为数不多的高小毕业女性，当然在振春的名单里，把这丫头兴奋得眉飞色舞。

但是不出所料，大丫一百个反对。以至于向来对娘言听计从的宇洁，第一回跟娘闹起了别扭。当然，大丫的反对，跟很多人的担忧不同。她不是担忧又变天，而是真心不想宇洁当戏子。

得亏田道德，自己才得以从日本人的牢房出来。这个恩情，大丫一直记着，想着只要有机会，就给报了。她不喜欢欠人情。假如答应了振春，田家的这个恩就报了，这份人情就还了。但宇洁进宣传队这个弯，她还是转不过来，她不能拿这个去报答田家。所以振春说，我们是革命的文艺工作者，不是旧社会的戏子时，大丫反问："不都是唱戏吗？不都是让人品头论足吗？不都是丢人现眼吗？有么事不同？"

一连几个问，问得振春语塞。想了想说，形式上差不多，但实质上区别大了去了。宣传队主要是唱新歌，宣传革命道理，启发群众起来革命。然而这些道理，跟大多数街坊一样，大丫听不大懂。

处处碰壁的振春觉得，凭着大丫的口碑，她的工作做通，其他人就好办了。抱着破冰的决心，去找区委书记夏杰。夏杰也晓得他的工作遇到阻力了，二话不说，拉着他去找大丫。

"三太太！听说宇洁参加宣传队，您郎不同意？"坐在大丫的禾场上，夏杰开门见山。

"是的。我不同意。"正在理菜的大丫，也不拐弯子。

"为么事？"

"具体原因，我跟田老师说过的。"大丫瞅一眼旁边的振春，直言不讳，"一个女伢，疯疯癫癫抛头露面，给人说三道四品头论足，恐怕以后嫁都嫁不出去。我就一个伢，书记您郎是晓得的，我还靠她养老哩！”

“三太太！您郎要晓得，宇洁去宣传队，是参加革命工作。革命工作没有高低贵贱，只是分工不同。就比如我是区长，振春同志是宣传队队长，这是分工不同。但我们都是干革命工作的，从这点来说，我们又是一样的。并不是说，我当区长，就比振春同志高一等。这跟过去国民党的官不同。宇洁去宣传队，也是同样道理，都是革命需要，也只是分工不同。这跟解放前的戏子，完全不是一码事。解放前的戏子，说句不好听的，就是有钱人的玩偶。但新社会人人平等，男女也要平等的。”夏杰耐心地解释了好长时间，最后说，“要不，让宇洁先去试试？实在不行，再说退出的话？”

“宇洁不可能退出的，她有表演的天赋哩！”振春一听，在一旁先急了。

“退不退出的，也得人家自觉自愿嘛！你这个振春同志！”夏杰瞪了振春一眼，起身说道，“就这样说定了啊，三太太！您郎忙，我也还有事，就不打扰了。”

一路上，振春心里还是不爽。夏杰开导说：“群众工作，是要慢慢做的。心急喝不得滚粥。三太太答应让宇洁先来试，已经很给面子了。至于能不能留下来，就看你这个队长，后面的工作么样做了。”

振春想想，还真是这么回事。而且，也只有如此了。

两人离去，大丫心里还在纠结。从骨子里，真不想宇洁去做个么戏子。然而，夏杰都出面了，再僵下去，也不太好。

就在拣好了菜起身时，突然一个激灵，兴奋得差点叫出声来。宇洁虚十五，该考虑她的婚事了。成了家，就会收心，哪有心思和精力在宣传队？

大丫不是优柔寡断之人，转身就托媒人，帮她物色人家。

参加了宣传队，宇洁忙得不可开交。区里的各种活动，少不了他们的身影，还常常下农村，做宣传发动工作。也利用空余时间，在各种集会上读报纸，把一个热血青年的担当，发挥得淋漓尽致。

这些表现，夏杰很满意，群众也认可。然而，大丫的担忧却与日俱增，给她找女婿的步伐加快不少。

“伢！人家介绍的几个男伢，有没有中意的？如果有，跟姆妈说，不要不好意思。姆妈好跟媒人回个话，老拖着不是个事。”这天吃夜饭，往女儿碗里夹了一筷子菜，大丫说。

“哎哟！妇女会的时间马上到了，我答应她们念报纸的。”三口两口扒完，宇洁把碗一推，起身往外跑。

“唉……早点回来啊！”每回说到她婚事，女儿总有理由岔开话题，大丫无奈地叹口气，却不忘叮嘱一句。

“哎哟，这疯丫头！你撞到我了……风风火火的，去抢钱啦！”宇洁刚到门口，不意间跟人撞了个满怀，那人说道。

宇洁抬头一看，是专门做媒的贺大婶，嘻嘻一笑说，对不起啊，贺大婶！话没说完，一溜烟地跑了。

大丫起身，跟已经进屋的贺婶说：“不好意思！还没说哩，她就跑了。”

“要我说，您郎就是太惯着了。”拖过板凳坐下，把宇洁吃过的碗往里推了推，贺婶眼睛望着门外，就像盯着宇洁似的，“自古父母之命媒妁之言，哪里容得伢自个当家？”

“唉！”大丫叹息一声，没接茬。就这唯一的细把吊着[①]，她不想约束宇洁太紧，更不想违背她意愿。但这话，贺嫂肯定不爱听。

“胡家可是一天三遍问信哩。三太太，您郎可要抓紧了！”见大丫面有难色，贺婶也不多废话，说完这句就走了。

自从放出话去，来提亲的媒人，恨不得踩塌她这窄门槛。然而，在她那心高气傲的心肝肉坨坨眼里，好像没一个瞧得上的，每回涉及这个话题，都被她避开了。也不知她心里，到底要找么样的人。也不好逼她，毕竟还得她自己喜欢。

天早就黑了。大丫心事重重，碗也不收，坐在桌旁发呆。

---

① 就这唯一的细把吊着：俗语。把［bà］，指花、叶、果实的茎，或者器物上的柄。意思是就这唯一的指望了。

不知过了多久，一个人不声不响地推门进来。大丫倒是没吓着，而是起身，打了盆水给她洗脸洗手，然后重新生火，给她下了碗高粱圪塔。

来人就是钱梅钱疯子。疯了都快一年，一直在外面游荡。大丫找过大房，希望接她回去。但是，李郭氏死活不松口。实在看不过身，只得隔三岔五寻她来家里。日子一长，钱梅居然记得这个家了，时常摸过来。每回她来，大丫都像对女儿，给她热的吃，帮她烧洗澡水，留她在家里住。

望着狼吞虎咽的钱梅，大丫心疼的眼泪，便簌簌往下淌，也忘记了给宇洁找女婿的烦恼。钱梅也如懂事的女儿，吃完了一抬头，望着大丫眼里的泪水发呆。大丫叹息一声，把桌上的碗筷收了，端来温热水给她洗澡。她仿佛么事都晓得，洗完了，自己去床上躺下。

宇洁还没回来，大丫不免又担起心来。正想出门去碰，她却像风一样吹了进来。大丫心有所感，掉头瞥了一眼，好像有个人影跑开了，问哪个送你回来的。宇洁吃惊不小，红着脸否认，说没有啊！大丫心下仍然疑惑，不死心地出门来到禾场，不过天比较黑，而且有几条巷子，估计是进了哪条巷子，反正是无影无踪了。

习惯了走夜路的人，大丫相信自己的眼力与听力。但是宇洁不承认，她也没办法，只得关了门。宇洁脸上红扑扑的，有被窥透了内心的惊慌，这让大丫更加坚定了自己的判断，说："姆妈不是顽固不化的人，伢！如果有中意的，就直说。姆妈只帮你把把关，决不干涉，最后的主意还是你自己拿。"

"哪有啊，姆妈！"宇洁的脸更红了，摇着娘的胳膊撒起娇来。

拍着女儿的手，大丫笑着说："男大当婚，女大当嫁。有也正常，没么事不好意思的。何况都新社会了，娘看一些自己恋爱成家的，也挺好。假若你自己找得到女婿，省了姆妈操心，姆妈高兴还来不及哩！"

"钱姨来了吗？"望一眼娘住的那间房，宇洁想把话题岔开。

“嗯！来了。”刚刚应完，大丫发觉不对劲，又把话题扯回来，“跟你说正事。告诉姆妈，哪个送你回来的？”

“都说了没有，您郎么样没完没了呢？我的个姆妈！”宇洁又摇了摇娘的胳膊，然后伸了个懒腰，“我困了，洗澡了困觉。”

“是田家的大儿子，田振海。”钱梅突然在那屋里说道。

两人都骇了一跳。大丫是因为钱梅好像突然正常了，宇洁则是被戳穿了秘密。

“是真的吗？”也不晓得是问钱梅，还是问宇洁。

“钱姨你别瞎说八道！”宇洁脸腾地一下就红透了，几乎与大丫同时开口。

钱梅却再也不吱声，仿佛睡着了。

回过神来，大丫兀自无声地笑了，对宇洁说：“田家那伢，也没么不好啊！”

“姆妈！”宇洁真急了，脸红得滴得出血来，“哪有！”

“你这死丫头！”放下心来的大丫嗔怪了一句，又说，“热水在锅里，你自己去弄。”

钱梅睡了大丫的床，大丫去跟宇洁睡。本来还想一鼓作气再聊聊的，没想到女儿发出了轻微的鼻息。女儿也的确是辛苦，想想，只得作罢。

对李志伟那对亡命鸳鸯，李郭氏偏执地不惜散尽家财，找了他们一年多。他们却仿佛人间蒸发般，杳无音信。其间被骗无数，一些市井无赖骗到钱了也玩失踪。

这种烦闷憋屈和刻骨仇恨的痛苦，也折磨了她一年多，把本就年近六旬的老太婆，折磨得骨瘦如柴，性情乖戾得亲人都无法忍受。

终于在一九五一年夏天卧榻不起，只十几天时间，就含恨而亡。至死之前，都恶毒地咒骂李志伟那对亡命鸳鸯，发誓死了也不放过他们，最后吐出一口不甘心的恶气，眼睛睁得老圆，瞳仁都恨不得突出眼睑。

接到宇明派他儿子忠茂把的信，大丫沉吟良久。最后叹了口气，还是熄了灶里的火，盛起炒了一半的花生，解了围裙，又洗了把脸，出门去李宅。

整个李宅，都笼罩在悲哀之中。

门外搭了天篷，一片雪白的纸花、娟花缠绕四周。里面有一个乐器班子，铆足了劲吹着、打着、敲着，合奏哀乐。

一身素缟的郭凯武站在门外，满脸哀伤地躬身迎客。猛一见大丫，他脸上抽搐了一下，眼中闪烁一抹复杂的光，但最终还是做了个“请”的手势，嘴里说了声“谢谢”，然后放大丫进去。

堂屋里或坐或站的，有认识大丫的，顿时一脸讶异，甚至跟旁边的人窃窃私语，却没打招呼。他们不理大丫，大丫同样也没理他们，坦然穿过，径直去院子。身后的叽叽喳喳声逐渐增大，甚至提了她的姓氏，大丫依然连身都没回。

站在堂屋后门，大丫停顿了一下，才迈步进院子。

院子里的灵堂布置虽然阔气，客人却稀疏，比帮忙的多不了几个人。大丫顿生感慨，一是李氏家族本就不大，来不了几个人撑场面；二是李志伟跑路，商人们减少了到他家的走动，何况对人刻薄，帮日本人和民国政府做了许多对不起人的事，更是惹得人怀恨在心，哪里肯来给他女人送最后一程？三是李郭氏性情乖张，没结么人缘。当然，也有些街坊抹不开面皮，来上炷香烧几张纸，就匆匆走了的。这里的客人，主要是李郭氏的娘家人，那是一个大家族。

“三老爹！您郎来了？”大丫刚在院子露头，侄媳妇赵桃花就穿过稀稀拉拉的人群，趋步过来。

大丫“嗯”了一声，随桃花径直去灵堂，在那口乌黑的大棺材前站定。披麻戴孝的宇明跪在旁边，陪同吊唁的人磕头，嘴里机械地重复着“多谢”两个字。

从香案上拈起三根香，在香炉上点燃了，大丫双手拱了三下，插进香炉。与此同时，有人代她烧了纸钱。因为是平辈，大丫没跪下磕头，转身问桃花，有没有要她帮忙的？桃花说事情都分派下去了，不需要三老爹做么事。

既然没事，我就回去了。大丫说。马上要开席了，您郎吃过席了再回吧！桃花说。大丫边往外走边说，席我就不吃了，我得去潘家场挑斗笠。跟人约好的，爽约就不好了。我晚上回来。有事的话，叫忠茂去喊我。

刚刚走到挑檐下，碰到志华老婆李向氏，惊讶地叫道："哟！这不是三娘吗？你怎么也来了？"

"大娘过世，我来也是应该的。"大丫淡淡一笑，又道，"看你这样子，是要出门去？那我们一起走吧。"

"我是个无事干[①]，出么门哪？就是吵得慌，出去透透气。三娘来了，我就不出去了。"李向氏也五十多了，看样子身板还硬朗。停下脚步，拉了大丫胳膊，不由分说地往西边的房屋去，"你可真是稀客啊！走，陪我坐坐，说会儿话了再走。"

她是听到大丫的声音，才出来的，却装着巧遇的样子。

"你去忙你的。我陪二老爹说会儿话，就到潘家场挑斗笠去了。"大丫对身后的桃花道，然后无视人们的议论，随李向氏一边走，一边问近来身体可好。

桃花眼里有些无奈，唉了口气，转身去了。

"好么事好啊？身上不是这样毛病，就是那样毛病。说不定哪天，也跟大娘一样，一口气上不来，就挺尸了。"李向氏说着，就到了她的屋。

54

两人刚刚落座，李向氏就露出惊讶的眼神，瘪着嘴巴道："三娘！我说你呀，真是宰相肚里能撑船。我要是你，肯定做不来。"

---

① 无事干：方言。意思是没事情做的闲人。

“要是较真，当初我就较真了，哪会等到今日？事情过去十几年了，我宇洁都十六了。那些陈谷子烂芝麻的事，总搁在心里，难受不难受啊？我这日子还过不过啊？再说人都死了，还有么事不能原谅的？跟死人置么事气呀？”大丫淡然一笑，说得轻描淡写。

“唉！日子真是不经熬，一晃，就老了。”李向氏感叹一声，稍停又问，“宇洁那丫头，说了婆家没有啊？我听说成天疯疯癫癫的，可别是闹出个么事来了。”

“都新社会了，能闹出么事啊？伢儿大了不由娘，她的事，她自己管吧。我懒得操那个瞎心。”没有家长不管伢的，何况是生了六个里面仅存的硕果。但自家伢的事，大丫不想由旁人当家，便敷衍了一句。

“怎么，听说跟田家的伢好上了？还听说田家的伢都住进了家里？”李向氏却没准备就此打住，继续刨根问底。

看来，她是晓得些情况了。大丫也不隐瞒，然而却很生气，正色说道：“田家那伢蛮醒事的，我也蛮喜欢。家长也见过面了，准备招他做女婿。但住进家里，暂时是没影的事。有时太晚了怕不安全，才送宇洁回家，但即便是刮风下雨，那伢也是回家去住的。这是哪个混账东西乱嚼舌根，居然传出这么龌龊的话来，败坏我伢的名声哪？”

“那家也太穷了吧？”李向氏没接她的话茬，故作惊诧道，“上次失火把屋烧没了，一家七八口到处找不到地方住，去央本家兄弟田道山，没想到富得流油的田道山只给了一个猪圈。后来是他叔伯姑妈看不过身，才给一间屋住了半年，直到他们搭起个芦苇棚子。”

“穷人好哩！穷人有么事不好的呢？我也是穷人，我不会嫌弃穷人的。人穷志不穷，那才金不换哩！再说了，穷人家的伢能吃苦，醒事早，懂得感恩，也稀罕女人。振海是个有志气的伢，人家夏书记都蛮喜欢的。每回来了忙进忙出，么事都抢着做。对宇洁，那是疼得不行了，恨不得滴水都不让宇洁沾。可不像一些富家子弟，成天端个老爷的臭架子不说，还到处招蜂惹蝶，动不动闹出是非来。要是嫁那么个纨绔子弟，那我娇娇宝贝还不遭活罪，死得快呀？我也得成天担惊受怕，哪里放得心哪？”大丫对她前面的那话还耿耿于怀，于是借题发挥，发了一大通议论。

“你说的这个，也是！……但是，富家子弟，哪个肯入赘当妻奴呢？也的确只有那些娶不起女人的穷人。不过，我还得提醒你，别聪明一世糊涂一时。年轻伢，哪个不是干柴烈火？坏了伢儿的清白事小，毁了李家名声，可就不好了。”

李向氏越说越露骨，根本不像长辈谈论自家闺女，倒像是外人幸灾乐祸，听得大丫直皱眉头，也懒得再听她胡诌。她是个没事干，三餐不愁吃，四季不愁穿，闲得跟那么事似的。大丫是要自己讨生活的。便起身，拍了拍身子，仿佛那衣裳沾满了灰尘，道：“身正不怕影子斜。我家的伢，我心里有数。谁爱嚼舌根，谁嚼去，让她烂嘴角。你就别跟着瞎掺和，败坏你侄姑娘的名声了……我得去潘家场挑斗笠了。”

“急么事？这不天还早吗？我还有事没说完哩！”李向氏似乎没听出大丫的不满，或许听出了也不在意，扯了她一把，继续说，“你看这都新社会了。招女婿，好说不好听，整得田家的伢也抬不起头。田家的伢给公家做事，总要个脸面吧？要我看，干脆嫁姑娘算了。你说呢？”

听这口气，好像很为别人考虑似的啊！大丫想。但是，大丫不想听她喋喋不休，就说：“伢们的事，伢们自己商量着办。到底是招女婿，还是嫁姑娘，由伢们自己定，我不干涉的。反正，我是看振海那伢蛮顺眼的。肯吃苦，有孝心，疼女人。你就不要咸吃萝卜淡操心了。”

“我也觉得吧，嫁姑娘，大气！至于三老爹养老送终的事，忠成忠和都可以做的。再么样说，曼珥也是您郎侄女哩！这亲上加亲的，他们敢不管？”一直没开腔的宇亮媳妇胡淑文，突然接口，又催坐在一旁给伢喂妈的忠成媳妇李黄氏，“曼珥，你表个态呀！像你姆妈个苕呃，一声不吭。”

李向氏跟大丫说话，儿媳胡淑文跟孙媳李黄氏就坐在旁边。只是长辈说话，轮不到她们开口，便一直当听众。

李黄氏本名黄曼珥，也是从黄家大湾嫁过来的，大丫本家侄女。在黄家，她喊大丫姑妈。但嫁鸡随鸡嫁狗随狗，到了李家，得喊老妈。

听见公婆这话，曼珥把怀里的伢换了个边，奶头塞进他嘴里，咧嘴一笑，乖巧地说："姆妈说哪里话！怎么可能不管呢？何况还是我比亲姑妈还亲的姑妈哩！"

祖孙三人的话，听得大丫头皮发紧。表面上，她们的话无懈可击，但大丫总感觉有别的意思。

宇洁这丫头，还真有点本事，那么逗人欢喜。才十六岁年纪，就选上了镇里的妇委会主任。虽然无饷，薪水还从宣传队拿，却被上下的人当作了干部。振海在棉花收购站，也负点小责。从大了说，都是吃公家饭的人。他们的名声，的确很重要了。

但是，大丫总觉得，二房的关心过度了。想想当初，虽然没像大房那样，把自己欺负到死，但绝对是帮凶。一个拿刀，一个端盆[①]。只是他们没想到，帮助欺负完自己，大房会回过头去欺负他们的，而且一直欺负着。如今这么关心母女二人，这中间说没鬼，打死大丫都不信。然而，到底是何居心，大丫却不得而知。

回家路上，大丫头皮都想爆了，也没捋出个头绪来。想不出来，就先放下，抓紧去潘家场挑斗笠。

挑了斗笠回来，大丫发现，家里变成了工地。禾场上和了一堆泥，屋里堆了些砖头、木材和芦苇。

前些时，大丫跟宇洁和振海说，在自己的房间，再给钱梅垒张床。现在的钱梅，每天都晓得落屋[②]了。大丫觉得，这是个好兆头。既然大房回不去，接到自家来算了，也就多双筷子的事。同

① 一个拿刀，一个端盆：俗语。意思是一个拿刀杀牲口，一个端盆子接血，形容一唱一和。

② 落屋：方言。意思是回家。

时，把宇洁的那张床拆了，垒一张大床，供他们成家用。不想两人今天有点空闲，拉上振海的好朋友王大毛——他有点泥瓦匠手艺，就一起干上了。

提着空泥桶出来的振海一见大丫回来，连忙把泥桶一扔，接过了她肩上的担子。大丫问，开始了？振海有些不好意思，“嗯”了一声，把斗笠挑进屋，转身出来装泥。

见床墩已经砌起来了，大丫满意地点点头，对王大毛说，累了就歇会儿，也不急这一时半刻的。王大毛直起腰，握着瓦刀笑嘻嘻地说：“为新人砌床，那得是多大的荣幸啊？哪里会累呢？不累！很快就好了，保证敦敦实实，怎么蹦怎么跳都塌不了的。”

这王大毛，也是口无遮拦，虽然说的是事实，但听得三个人脸上还是挂不住。大丫嗔骂他就会油嘴滑舌。宇洁本就红着的脸，此刻更红了，说你再胡说八道，看我不撕了你的那张臭嘴。提着泥桶进来的振海，则直接擂了他一拳，说你不说话，没人拿你当哑巴卖了。抓紧干活！不砌完，没饭给你吃！王大毛嘿嘿直笑，拿瓦刀在桶里挖了一刀泥，糊在砌好的床墩上，又捡了半块砖头，按上去。

钱梅基本好利索了，此刻也在屋里。她是河南人，但从小随戏班子出来闯荡，不知家在哪儿，便把大丫这里当家了。把做好的饭菜端上桌，说都洗把脸了抓紧吃吧，不然就冷了。

吃完了还得干活，大丫就抓住吃饭的时间，跟两个伢商量他们的婚事。钱梅不是外人，王大毛是振海割头换颈的朋友，这些话也可以当他们的面说的。

“振海！你这么疼宇洁，我是打心眼里高兴。但你要回我个真话，不要委屈自己，编个瞎话哄我开心。”大丫犹豫了很久的这个开场白，把四人吓了一跳，都放下碗，盯着她看，不晓得她要说么事。

“就是上门这事，你是不是真的心甘情愿？你娘老子是不是真的乐意？还有，对你的工作，会不会有影响？”大丫直截了当，提了一串的问题。感受到四人目光里的不解，发现自己这么突兀地问，让他们产生了误会，连忙补充道，“其实，我并不是一个顽固的人。只要你们真心好，嫁姑娘，我也能接受的。”

四个人更紧张了。特别是振海跟宇洁，面面相觑，不知她从潘家场回来，怎么又提这个问过几遍的问题，是不是受到了么刺激。

“黄婶娘！我喜欢的是宇洁，也不觉得上门有么不好，所以没想过是上门，还是娶宇洁的问题。反正只要能在一起，都可以。我大[①]跟姆妈也是这样想的，他们听我的。再说了，我有四兄弟，离了我，他们还有三个儿子。但宇洁没兄弟姐妹，我过来照顾您郎，撑李家这个门面，也是天经地义的。”振海稍一思索，也不拐弯抹角。

“这个话，不早就说过了吗？您郎今日么样又提起？是不是听到么事了？”宇洁还是觉得奇怪，瞪着一双探询的大眼睛，扭头问娘。

“我吃完了，您郎们慢点吃。我再去和点泥，那泥好像少了点。”虽然平时大大咧咧的，但一听这开头，王大毛就晓得人家要说正事。自己一个外人，坐在旁边听，虽然是好朋友，也是不太好。于是把碗一推，借故出门去了。

“我是怕委屈了振海，傻丫头！”瞪了女儿一眼，大丫又说，“既然是这样，振海你回去了跟亲家说说，还是弯个媒人，过个正式程序。毕竟媒人在中间转弯，有个么话要说，都方便些，免得两亲家当面锣对面鼓的……过年的时候，就把你们的婚事办了。省得人家嚼舌根。”

她这一说，三个人都笃定，大丫真是听到了么事。宇洁说：“我听姆妈的。”振海也附和：“我也是，听婶娘的。”

两个伢都说听她的，大丫便道：“那就好！振海你回去了问问你娘老子，看他们是个么想法。”

仅仅用了两天时间，就在东厢房加了张床，把西厢房的小床改成了大床。振海跟大毛顺手，再加上听到消息赶来帮忙的打条胯朋友周落成、徐德志等几个人，又把房屋整修了一下，像个新房的样

① 大：方言。指父亲。

子了。

听振海捎来的话，田家长辈布满褶皱的脸，高兴得如菊花般绽放，眉开眼笑地直说：“好，好，好！”

实话讲，长子上门做女婿，尽管他们说由振海自己做主，心里多少有些不自在，脸上也有些挂不住。但是没办法，家里实在穷，娶不起媳妇。而且宇洁不仅能干有文化，也真心对振海好，总算是就了一头，不至于一头不头[①]。

但是，田李氏婆媳随后就皱起眉头，蜡黄的脸也黯淡下来。虽然感激亲家的美意和体恤，把选择的权利交给了他们，但假若是娶媳妇，还真不晓得该在哪里给伢们安新房。

就条件而言，显然亲家那边更适合，毕竟有现成房屋。棚子被国军烧了之后，先是在本家兄弟田道山的猪圈栖身了几个月，后来姑妈余田氏看不过身，给了一间偏房一间耳房住了半年，直到搭起这个芦苇棚子。然而，这个芦苇棚子，一家三代八口人就够挤的了，哪里还能劈出一间新房来？伢们成家，怎么着也得有个单独空间，再不能跟两个弟弟挤一张铺了。

愁苦着脸，吴幺珥问儿子：“亲家母到底是如何考虑的？是要你上门，还是娶宇洁过来？”

“说是看您郎们的想法。上门做女婿，主要是怕我受委屈，在人前抬不起头。”

“亲家母想得真是周全。”田李氏感叹一声。稍停，突然想到了么事似的，又惶恐地问，“亲家母不会是想悔婚，但又不好明说，便故意出个难题的吧？”

“这个应该不是。黄婶娘一直说穷人家的伢好，会稀罕女人疼女人，还夸我醒事勤快，对宇洁也好。反正选哪头，都可以。宇洁那边的屋，我们整修了一遍，黄婶娘说可以当新房的。”振海也是继承了田家的忠厚，老老实实答道。

“上门是上门的做法，娶媳妇是娶媳妇的做法。假如是娶媳妇，

---

① 就了一头，不至于一头不头：俗语。意思是满足了一个方面，不至于两头落空。

肯定就不能住亲家母那边了。只要你住进宇洁家里，就会给人上门的猜疑，就辜负了亲家母的美意。你总不至于，老是跟人去解释吧？”田孝文打断了孙子的话。

“看来，亲家母弯个媒人的想法，真是对的。这样猜来猜去，也是头大。”田道清“吧嗒”一口旱烟，皱眉嘀咕。

“说到弯媒人，亲家母那边有么想法？”田李氏又问。

“黄婶娘没说。但我跟宇洁商量了一下，想请夏区长，或者顾区长。他们是领导，对我们也好。”

孙子这话，把一家人又骇了一跳。心说两个年轻人，真是敢想！请这大领导当媒人，可能吗？都不敢接茬，于是把话题再绕了回去。幺珥说：“就是娶媳妇，也不能委屈了媳妇。要我说，给他们起个屋，小些也不打紧。”

一家人又沉默了。起新屋，哪是那么容易的事啊！有那个本钱，也不会只起这么小的茅草棚子了。

“屋肯定是要起的，但不是现在。我跟宇洁商量了，先在外面佃个屋。”见长辈为难，振海只得编了个瞎话来搪塞，因为宇洁那边的新房，布置得差不多了。

一家人想想，也只能如此了。叫振海再跟大丫过话，说到底是上门，还是娶媳妇，全听丈母娘的。

接过田家又踢回来的球，大丫无奈地苦笑，咬了咬牙说：“那我就嫁姑娘吧！”

既然田家没么主见，又不想两个伢落下遗憾，大丫亲自去求夏杰跟顾有恒。两人一听，也乐得做个便宜月老，笑呵呵欣然应允，一个代表女方，一个代表男方。不过，他们提了一个要求，就是新事新办。大丫原本也没想搞复杂，何况双方都没钱，自然不会反对。这样，两个人的婚事，就正式提上日程。

有道是人逢喜事精神爽。现在到过年，还有三个月。尽管困难，但唯一的女儿终于要成家，大丫别提多高兴，成天划算着就是砸锅卖铁，也要添置两件像样的衣裳、两床像样的被子这些具体事。

正如二娘李向氏说的，田家的确是穷。然而人家养了这么个英俊能干的儿子到十九岁，又对宇洁好，所以大丫没想要人家再出点么事，夏杰二人也说要新事新办，就彩礼都免了，准备把所有物品包办齐整，连新人衣裳她都一起办了。

极少登门的赵桃花，没来过的李向氏、胡淑文跟黄曼珥，相继来过几回，送了被套、床单、衣服料子，甚至碗碟。每回来，都劝大丫别守老规矩，招个么女婿了，好说不好听，也影响姑爷前程。然后一边说，一边满屋子乱瞅。

她们在那里瞅，大丫心里就嘀咕，老话说无利不起早。她们换车泡子似的往这屋里跑，难不成，跟这屋有关？按说，应该瞧不上啊！

直到有一天，桃花的一席话，才让她恍然大悟。

55

这天，大丫在匹头店[①]买布料，一出店碰到了桃花，拉着她先聊了几句闲话，接着就神秘兮兮地提醒，二房撺掇嫁宇洁，是要以给她养老的名义，黑她那三间屋。大丫随即暗忖，她肯定也是这个心思，便不咸不淡地说："我跟亲家和伢们商量过了，嫁姑娘，不招女婿。"

桃花刹那间就眉开眼笑，说提前知会一声，我过来帮忙。

果然是这个心思啊！大丫心里头不是个滋味，暗道人心怎么这样，还真是不知足啊！已经占了那大的房屋跟院子，却连她这柴屋改成的三间小屋，也还不肯放过。

然而大丫不信，如今解放了，还跟旧社会一样没有公理，没有王法，还能强占了去！

---

① 匹头店：方言。即绸缎铺，专卖布匹的商店。

桃花的话，尽管让大丫心里不舒坦，但大房、二房的盘算，却促成她下了最后决心。那就是决不拖泥带水，不捎带丁点尾巴地嫁姑娘。

人活一口气。她倒是要看看，我就干净彻底地把姑娘嫁了，有哪个敢来占我的屋！

下了这个决心，吃晚饭时对振海说："离你们成家的日子，越来越近了。回去跟你娘老子讲，那间草屋多安得下一张床，你们就把草屋做新房。如果安不下，就到外面去佃屋。"

三人一听，差点惊掉下巴，似不认识般望着她。她可是说过，不管嫁姑娘还是招女婿，都在这边住的。而且，也布置一新了。

"别这么望着我，晓得你们觉得意外。"大丫淡淡地解释道，"我是走下坡路的人，不能影响了你们的前程。我思前想后，既是嫁姑娘，那就嫁得彻彻底底。你们人前人后，都挺得直腰板。"

"这不是有现成的屋吗？到外面佃个么屋？"宇洁不解，四周打量。

"伢！屋是李家的，不是田家的。如果招女婿，那就没么事。但是嫁姑娘，你们住这里，就脱不了招女婿的嫌疑，就一辈子活得不硬气。所以，再苦再难，甚至讨米，都到外面去佃，不打这屋的主意。我就是佃给外人，也不佃给你们。这不是我狠心，是迫不得已，伢！当然，你们来走娘屋①，那是另说。"大丫的口吻不容商量，也语重心长。

她说得如此决绝，两人都不好再说么事，却不晓得她为么事突然改主意。振海惊诧得杵着筷子，饭都忘记往嘴里扒了。因为这个话，竟同爹爹田孝文讲得如出一辙。

"三姐！"过了一会儿，钱梅小声喊道。

"嗯！"大丫应了一声，问她有么事。钱梅红着脸，声若蚊呐地说，夏家垴有个教书先生，新近死了女人，想她去续弦。她不能一

---

① 走娘屋：方言。意思是回娘家。

直拖累大丫，想找个可以托付的人家，把自己嫁出去。大丫连忙说这是好事啊！问她对教书先生了解多少，钱梅说不晓得。大丫说夏书记也是夏家垴的，我找个机会，帮你问问。

钱梅谢过，又动情地说，我跟李志伟，也没关系了，一直把你当娘看。要不是你，我或许还人不人鬼不鬼的，甚至说不定，早死在哪条阴刭沟了。要不，我做你干女儿，跟宇洁也好有个照应。

大丫顿时语塞。虽说她跟自己的女儿年纪相仿，但毕竟是李志伟的姨太太，隔着辈分哩！然而再一细想，李志伟都不晓得跑哪里去了，还跟他有半毛钱关系呀？心里的那道弯转过来了，便爽朗地说："这样也好！如果那个教书先生合意，我就两个姑娘一起嫁了。"

"干娘！"钱梅来得也快，甜甜地喊了声。

大丫没想到，会白捡个女儿，满心欢喜，也扒心扒肝地为她操起心来。

田家的打算，是让老二老三去外边找地方住，毕竟是男伢，好办些。大丫想都没想，就跟振海说，你成家，把两个弟弟赶出屋，也不是住一天两天。人家会讲闲话的。不如你们去佃屋，佃金我来出。

夏杰跟顾有恒答应当媒人，但哪有时间来传这些鸡毛蒜皮的事啊？两家也不好意思去麻烦他们。所以，一些具体事，还是直接谈。

于是，田道清去找屋。找来找去，也找不到合适的。不是人家不肯，就是佃金太高他承受不起。亲家说出佃金，他也相信是真心，不是便宜话。但自家佃屋，哪好意思要人家出佃金呢？丢不起那个人哪！再说了，人家白送个坛子，贴了嫁妆，再赔上佃金，还真是坛子嫁不出门了吧？亲家的脸面往哪儿搁呢？想想没辙，只得厚着脸皮，又去找田道山。他那个屋虽是猪圈改的，好说不好听，但是遮风挡雨还是行的。田道山犹豫良久，最后看在兄弟面子上，也是欣赏侄子振海，还是答应了。

钱梅说的那个教书先生，叫夏之阳，是夏杰的本家侄子。夏杰夫妇也极力撮合，双方在茶馆见过一面，就下了聘礼。

腊月二十八，大丫就热热闹闹地把两个女儿一起嫁了。

两顶花轿出门，亲戚朋友告辞，屋子里一下子就空空荡荡，烟熄火熄。大丫的心，也跟着空空荡荡，烟熄火熄了。

念叨了十几年的招女婿，亲戚街坊都晓得她要招女婿，没承想到最后，突然变成嫁姑娘了。这就意味着，李志宏做了一回人，香火没保住；一直单传的李家三房这一脉，也终结在了他们手上。不说亲戚街坊不解，就是大丫，其实也没过心里的那道坎，觉得对志宏不起，对祖先不起。

尽管领伢们跟祖宗和李志宏禀告过，天也黑得透透的，伸手不见五指了，心里空空荡荡的大丫，还是收拾了一下，提了一篮子祭品，摆到李志宏的坟头。燃起香，烧了纸钱，然后席地而坐，一边摸着他的墓碑，一边跟他掏心掏肺地聊天，诉说心中的苦闷与无奈。叫他照伢们的前程看，不要怪她狠心。她也是迫不得已的。一把鼻涕一把泪。

在田道山那间十几平米的猪圈，振海跟宇洁住了三个多月。田道德看不过身，也感动于振海在那场大火中舍命帮他抢药，便把一间二十来平米的耳房借给他们，还不肯收佃金。

不久，宇洁怀孕了。

起初反对宇洁进宣传队的理由，早被大丫抛到了九霄云外。不过，她终于有了新的理由，就是怀孕生伢。毕竟，自己有早产习惯，她担心女儿走她的老路。于是，劝她辞掉所有的事，包括宣传队和镇妇委会的事。宇洁哪里听得进去？不是组织妇女为志愿军赶做军衣军鞋，动员为抗美援朝捐款捐物，就是参加宣传队的排练和演出。天天如此，乐此不疲。

大丫过去觉得，自己就是个遭孽的鸡爪命，成天刨生活，为吃饱饭奔波，却依然食不果腹。现在又发现，自己还是个东想西想的操心命，不同的时候操不同的心，一辈子有操不完的心，还尽是瞎操心。这不，现在又操起女儿肚里伢儿的心了。虽然女儿当了耳旁风，但她执念不改，不住地念念叨叨。这不是瞎操心，还能是么事？

不过话又说回来，她现在的心情，其实是复杂和矛盾的。按她的惯性思维，女儿就该辞了事，安心在家怀孕生伢。但有时候，又被女儿的说法带进沟里，不知不觉，就认同了她讲的道理，以及她的做法。

通海口镇的人们，都喜欢看戏，也有看戏的传统。民国初年即有戏楼子，艺人在台上唱，观众在禾场上看。后来，大财主朱进财把正街的仓库，改成了能容纳三四百人的戏园子，吸引四方流浪的艺人演出。不管台上演得如何，戏园子都是爆满，朱进财也赚得盆满钵满。可恨的是，日本鬼子第一回轰炸，就把戏园子炸了个稀烂。而更可恨的是，投降鬼子当了“皇协军”司令的原五百师三旅旅长谢胡子，竟明火执仗，把烂戏园子拆了个干干净净，拉回他老家谢家场，建了个豪宅。

没有了演出场地，艺人们便逐渐从通海口镇消失了。

直到田振春组织宣传队，一帮年轻人唱新戏，便又把人们看戏的瘾勾了起来，也把流浪各地的艺人引了回来。

女儿演戏，大丫起先忍住了，没去看，觉得折人。后来老听人提起宇洁，就夸演得好，忍不住好奇，去看了几场。看过之后，大丫也承认，宇洁的楚剧，唱得的确是好。唱的么事不记得，但能调动人的感情和情绪。听人们赞不绝口，大丫的心里，还是蛮高兴的。

宇洁她们演出的节目很多，都是根据政治任务和观众对象演的。大丫记不住内容，也可以理解。比如去乡下发动群众参加土改，就演《田家寨》《白毛女》；宣传民主改革，就演《血债血还》；这段时间为配合抗美援朝，又赶排了《中朝兄弟》《消灭细菌战》等。

抗美援朝以来，志愿军征过几回兵。这回又在通海口镇征了三十几个。而由花行改建的剧场，可容纳四百余人，也恰好完工。

区政府于是决定，在刚刚落成的剧场，召开欢送新兵大会。这也是宇洁她们，第一回在室内演出。

这天下午，当胸戴绸布做成的大红花，坐着轿子或者马车、骑着马或者驴子的新兵，由四邻八乡敲锣打鼓送入剧场时，现场一片沸腾，口号雷动。

振海的二弟振湖，就是由一顶小花轿抬来的。振湖参军，说起来也挺儿戏的。

那天清晨，三个好伙伴背上鱼篓，兴致勃勃地去湖里收簝子[①]。可是提了好几个簝子，却除了癞蛤蟆，小虾和屎光皮、麻骨愣子[②]等小鱼也少得可怜。三个人顿时泄气，躺在满是露水的湖坡上海吹胡聊。

胡得桂突然侧身，吐出正在嚼的芦根，问另外两人，晓不晓得又开始征兵的事。征兵是大张旗鼓的，两个人当然晓得，问他么意思。稍停，张庆生惊讶地问，莫不是，你想报名吧？胡得桂嘿嘿一笑说，要不，去试试？振湖继续嚼着芦根，犹豫着说，人家要十八岁哩！胡得桂说，就报十八岁，哪个晓得你是不是十八岁？反正是好玩呗！何况，离十八岁也差不得几个月了。

都是年轻糙子，哪个甘当孬种？赶紧把十几个簝子都提了一遍，依然没么收获。倒出癞蛤蟆和杂草，洗净了背上，径直去兵站。起头的胡得桂太过瘦小，人家一看就晓得没到年龄，当场刷了下去。另外两个虽然刚过十七岁，但长得比同龄人高，就瞒过招兵的人，当场开了接收的光荣证明。

这玩笑，真是开大了，把天捅破了。三个人呆若木鸡，傻傻地在兵站门口站了许久。想后悔，又怕人家追究胡闹的责任。回过神来，两个人恨不得揍胡得桂一顿。但事已至此，揍胡得桂一顿，也于事无补了。只得悻悻然回去，却也不敢跟家里人讲。

---

① 簝子：类似于花篮的篾制捕捉小鱼小虾的工具。一般先天晚上沉入水里，第二天早上收。

② 屎光皮、麻骨愣子：均是江汉平原的小鱼。

直到喜报敲锣打鼓送到家里，田家才得知二儿子验上兵了。田李氏婆媳哭得要死不活，然而却无济于事。她家四个男伢，总得有人去当兵的。这样一想，心里又好受了些。

振湖跟娃娃亲赵慧娟是姑舅老表。慧娟的家在离镇上不远的张坝村，虽然分了田，但只有雇农的底子，比田家更穷，早就嚷嚷要送她过门，好减轻一个负担。听说振湖验上兵了，便一切从简，慌毛火急地把十五岁的女儿送到了田家。

一进剧院，振湖就被请到前排，跟三十几个同样胸戴大红花的新兵一起，坐到板凳上。目不转睛地盯着前面的振湖，田李氏婆媳俩满脸愁容，长吁短叹，不时还抹起泪眼，与剧场的热热闹闹格格不入。或许是年纪还小，慧娟倒没表现出有多愁苦。

知道亲家婆媳心里纠结，大丫不住地安慰。她也晓得，战场上死人的事，就如家常便饭。所以她的安慰，是多么苍白。但除了安慰，她似乎也不晓得，自己还能做么事。

领导们讲过话，就开始唱戏了，田家婆媳的情绪终于好了些，大丫这才安心看戏。别的戏叫么名字，大丫没记住，现在演的她却记得，叫《血债血还》，是宇洁她们的保留剧目。大意是讲解放前夕，共产党组织工人护厂保家，国民党潜伏特务和把头恶霸乘机破坏，逼死了少女桃英和无辜群众多人。解放后，人民政府通过民主改革运动，揪出并镇压了罪大恶极的反革命分子。

当宇洁饰演的桃英被凌辱后悲痛万分，一步一步走近长江时，观众的心都被揪了起来。突然，剧场里有人悲声大叫："桃英！回来，快回来呀！"大丫的眼泪夺眶而出，许多人已经泣不成声。

桃英这位弱女子最后纵身投进长江，现场观众的情绪霎时被彻底地调动起来，剧场爆发出振聋发聩的高呼：

"血债要用血来还！"

"向阶级敌人讨还血债！"

"打倒蒋介石，保卫新中国！"

"抗美援朝，保家卫国！"

……

全场怒吼，群情沸腾，大丫也被深深震撼了。心情稍稍平复之后，大丫抹了把泪眼继续看戏，也想起了夏杰和振春的话，真没想到几个伢的演出，会有如此精神威力。由此，她对宇洁不肯退出业余文工团（宣传队改名了），仿佛又多了一分理解。

散场时已近傍晚，人们敲锣打鼓送新兵到通州河码头。他们将从这里坐船，去县城朱雀集中。

在跳板上，吴幺珥抱着振湖，哭得那叫一个凄惨，真如生离死别。田道清絮絮叨叨，要儿子学会自我照顾，要记得常叫识字的人帮忙，写信报平安。田李氏跟振海也千叮咛万嘱咐，洒泪话别。

慧娟站在一旁，局外人般手足无措。后来是大丫把她推到振湖跟前，说没么事不好意思的，快跟二爷道个别。她这才红着脸，声如蚊嗡般忸怩说道，你放心去吧，我等你回来，也会孝敬爹爹老妈和爹娘的。振湖满心不舍，但也不敢表现出来，只对新婚妻子说了一句，放心吧，我会回来的。然后，就和新兵们都上了船。

眼巴巴看着船离岸，再慢慢驶进河道，朝着朱雀方向顺流而下，码头上、河岸边，哭喊声呼叫声嘱咐声又乱成了一锅粥。

56

直到那船望不见了，振海、宇洁和大丫先陪田家人回家，安慰片刻，这才送大丫回家。

见娘默然不作声，仿佛还沉浸在振湖当兵的郁闷中，宇洁便转变话题，问："姆妈！我演得好不好？您郎说，我的工作是不是有意义？"

"唉！桃英真是遭孽！"大丫哀叹一声，又瞅着她的肚子，眼里满是担忧，"演得好是好。就是，娘担心你的身子。头胎照护不好，后面搞成习惯性的，麻烦就大了。就像你的几个哥哥姐姐，都是不足月生的。”

“我的身体好得很，姆妈！没事的。”宇洁说完，还调皮地蹦了几下。

“别瞎闹！”大丫扯了下女儿的袖子，瞪了一眼，又道，“没事就好。但还是要当心的。”

“知道了，姆妈！我会当心的。”宇洁抱着娘的胳膊，不再疯疯癫癫了。

“唉！虽说是新社会了，但如果有条件，女人还是在家里，伺候好男人，抚养好伢，比较好。”被女儿摇胳膊摇得东倒西歪，却也任她继续摇。

“真是老思想。现在哪个女伢待在家里呀？不都在外面做事？再说了，您郎不也一直在外面奔波吗？”

“我不在外面奔波，你有今天哪？还不早跟你那些哥哥姐姐一样，见阎王去了？”大丫嗔怪地瞪了女儿一眼。

“我不也是不得已吗？佃屋还是您郎出的钱哩！”宇洁的语气有些无奈。

大丫一想也是，不再说这个事了。

一路上，振海都没插嘴。碰到街坊熟人打招呼，也都是娘俩应付，他只对人咧嘴一笑，算是回应过了。

刚到大丫的屋，小两口就要回去，毕竟有些晚了。大丫瞪了两人一眼，说不还没吃夜饭的吗？你们家里那个情况，也许就都不吃了。大人饿餐把可以，胎儿能饿吗？说完，去下了半锅面条，又打了两个鸡蛋进去。

家里只剩半把面条了，大丫全扔了进去。所以说是半锅，其实都是水和青菜。捞了碗干的给宇洁，再盛碗半干的给振海，到自己，就只剩清汤寡水了。两个鸡蛋，则是两个伢，一个碗里一个。振海见状，端起面前的碗，就往丈母娘碗里扒，说我肚子不饿。大丫急了，连忙拦住说，你搞么事？人老了，吃干的会撑得睡不着的，喝点汤就行了。宇洁说，我演了一下午，真是饿了，我先吃，你们慢慢推吧！

振海不管，坚持连鸡蛋和一些面条青菜，扒了多半到大丫碗里。大丫不再推让，欣慰地瞅了女婿一眼，无言地坐下来，却把她碗里的鸡蛋和面条，又扒到了宇洁碗里。

宇洁瞪了她一眼，娇嗔地说姆妈！大丫横她一眼说，前面那个鸡蛋是你吃的，这个是给我外孙的。宇洁这才不吱声，乖乖地把鸡蛋吃了。

随着人民政权的不断巩固，被日本人破坏得太严重的复城，已经容不下县政府机关了，只得迁往朱雀镇。当然，名字还叫复城县。通海口区也迅速在下辖的通海口镇、复城镇，以及九个乡建立政权机构。这就需要大量干部。于是，振海就从棉花收购站，调到镇里任民兵连长，成了全脱产干部。

宇洁的怀相越来越明显，再不能上台演出了。正好区里从武汉买了几台缝纫机，开了个缝纫厂，便调宇洁协助厂长做管理兼保管。

现在百废待兴，需要大量工人，慧娟也进了缝纫厂。她没文化，年纪也小，便到一线，跟师傅学踩缝纫机。

学了一个多月，却连缝纫机的轮子还踩不转，倒是把针别断了几根，把布料搞坏了两块。师傅气得吐血，气呼呼找厂长抱怨。厂长也是肉疼得嘴角直抽搐，心说多踩几回，轮子就踩得转了，只要多给些时间。但布料和针，那得多金贵呀！但她也没辙，慧娟是军属，她男人在前线杀敌哩！想想，跟宇洁商量，把保管让给了她。

农村的土改接近尾声了。大丫在荒湖的三十几亩田，只给她留了十亩。本来给她分农具的，她没要，因为不需要。她当然没法亲自种，便委托原佃户李叔帮忙打理。

钱梅生了个儿子，宇洁眼看着也要生了。一个干女儿一个亲女儿，大丫不能当两个新生命的便宜家老妈[①]。然而她却发现，手头实在没活钱，去给两个新生命置办点么事了。想了半夜，牙根一

---

① 家老妈：方言。即外婆。

咬，狠狠心，决定再卖两亩田。于是，第二天一早，又去荒湖。

李叔倒是热心快肠，帮忙找了几个买主。但人家一听两亩田的买卖，瘪瘪嘴，掉头就走。李叔劝道，三两亩田，价钱都不好讲。不如十亩田都卖了，既好找买主，也好谈价钱。大丫想想，觉得也有道理。何况，剩下几亩田，路途遥远来一趟也不容易，还得老是麻烦李叔。然而，她确实舍不得。毕竟，也就这点田产了。

在李叔家里住了一宿，心里也挣扎了一宿。真是左右为难啊！清早起床，大丫突然不再犹豫，暗说卖了就卖了吧！迟早要卖的，长痛不如短痛。

怀揣卖了十亩地的三十个银元回来，大丫拿两个银元，置办了一份漂漂亮亮的粥米送给干女儿。然后，找出装熟沙[①]的瓦罐，倒出熟沙，把银元全部放进去，再拿熟沙盖住，塞进床下最里边。

之所以放进装熟沙的瓦罐，是她的确没藏钱的地方。用熟沙盖住，则是担心被人发现。谁能想到，她把银元装进瓦罐呢？把瓦罐塞进床下，她并未立马起身，而是坐在地上想着，这是最后一笔财产，就是再困难，也不能花光了。怎么着，也得留点棺材本。倒不是担心女儿女婿最后不管她，主要是不想给他们添更多麻烦。棺材本，还是自己攒下来保险。

过了几天，叫振海把屋改了改，只留这一间自己住，另外两间租出去，赚点租金补贴家用。同时，一日不歇地去茶馆卖瓜子点心，去潘家场挑斗笠回来卖，在菜园里侍弄出新鲜蔬菜，也是去卖。偶尔去捡树枝、砍些柴火回来。反正是尽量缩减开支，努力增加收入。

小丫、天宝都分了田。虽然依旧清苦，毕竟有了田，填饱肚子没问题了，所以也不再时不时找大姐麻烦。

这样，大丫的日子，便如驴拉磨般，周而复始地每天重复着同样的轨迹。

---

① 熟沙：江汉平原焙瓜子花生炒米，都用炒熟了的沙，焙出来的食物既泡［pāo］又脆。

把美丽贤淑的妻子娶进门，却只能租屋住，振海满心愧疚。虽然一日三餐回去吃，体力活还是他做，只是过来睡个觉，仍觉没尽到孝道，也满心愧疚。两个满心愧疚，就让振海把起一栋装得下一家四代的屋，当成了头等大事。

起屋，他是不能指望爹娘的。爹大半辈子在码头当挑脚，娘种着土改分的三亩多菜地，卖了换钱。一辈子出苦力的两个人，却过早连锅盔都舍不得吃，常常饥一餐饱一餐，且浑身劳伤，不是喊这里疼就是叫那里痛。靠挑脚和种菜挣的钱起屋？振海知道那是天方夜谭。

夫妇俩都拿死工资，一家九口人的肚子还填不饱，哪有余钱起屋？想起屋，只有另找门路。但依目前的情况，另外的门路，基本是没有的。

振海急如热锅上的蚂蚁。他估摸着，砖瓦可以自己去板去旋，然后跟人合伙烧。但木料必须花钱买，工钱硬过硬要自己出。那么这些钱，去哪里筹？

老话说，办法都是逼出来的。想来想去没辙了，振海突发奇想，每年养十几头猪，养两年，应该是够了吧？

想到就行动，这是振海的做事风格。而且，有了目标，似乎有使不完的劲，出不完的力气。

妻子怀孕不久，也就是春末，振海平了屋后的那个烂泥坑，用芦苇圈了个猪圈，一次捉了十头猪娃丢进去。夏天，湖里河里的水草长起来了，他每天天不亮起床，雷打不动去绞一担扁担草[①]回来。菜地里的菜帮子、烂萝卜，原先是烂在地里的，现在全部挑回来，跟扁担草混在一起，剁了喂猪。

平烂泥坑盖猪圈时，他特意留了个小坑当粪坑。猪粪经过发酵，再挑到菜地里肥田，蔬菜长得又嫩又肥，卖得特别俏。甚至，一些街坊直接到地里来买。

---

① 扁担草：一种水草。

猪娃长成仔猪了，一担扁担草不够吃，他下班了也赶紧去绞。田道清也时不时去绞一担。吴幺珥则系个包袱，收工了也打些猪草带回来。总之，不能让猪饿着。

喂完食，振海总要伫立在猪圈门口，良久不肯离去。望着猪一天天长大，在圈里欢快嬉戏，或者争先恐后抢食，总是默算着，十头猪能卖多少钱，这些钱能买多少木料，起一栋屋大概还有多大缺口。

入夏了，跟也想起屋的三个好友合伙，请师傅教他们板砖旋瓦。通海口区到处是荒滩，土质也好，烧出的砖瓦不仅结实，而且贼亮。

到了秋天，两万多块砖坯和近万片瓦坯也都干了，便借方湾刚刚出了砖瓦的窑，满怀憧憬地烧起砖瓦来。

穷人板砖烧窑，放在解放前，是想都莫想的事。所以，他们烧的这一窑，还没开始，便引起了轰动。

终于到了开窑的日子，四家二三十口人都来了，街坊和方湾的群众也到了不老少。黑压压怕不是有上百人？都满怀激动和喜悦，把窑门口围得水泄不通，来见证翻身穷人烧出的第一窑。

烧窑师傅是河南人，姓周，大个，四十多岁，精瘦，黑脸，少言寡语，在这一带烧了十几年的窑。见到今日这场面，也是神情肃穆中带些激动。眼见吉时已到，穿戴整齐的周师傅，在窑前摆好的香案上焚了三炷香，又跪在地上念念有词地祈祷后拜了三拜。所有人屏气住息，呼啦啦跪倒在他身后，也跟着拜了三拜。

周师傅虔诚地走近窑门，拿铁钎撬开封住窑门的第一块砖，人们顿时欢呼起来。紧接着，四个合伙人与围观的人一哄而上，迅速而有序地把封窑的砖头一块一块撬下来。其他人自觉站成两排，准备传递砖瓦。

窑门洞开，周师傅率先进去，四个合伙人紧随其后。热气尚未散尽，加上又是初秋，刚一进窑，就仿佛入了蒸笼，浑身上下霎时透湿。窑里黑咕隆咚。过了一会儿，他们才勉强看得见面前的景象。突然，周师傅面色骤变，大声惊呼："怎么会这样呢？"

窑里的人也惊诧不已，死鱼般的眼睛，一眨不眨地盯着砖瓦，面如死灰。窑外的人不知所以，面面相觑，异口同声地问："么样了？"

然而，却没人理外面的人。

"不可能哪！"周师傅摸着还烫手的砖，喃喃自语，"怎么会这样呢？"

开始还满心欢喜的几个人，也抚着砖，心沉到了谷底，拔凉拔凉，丝毫感受不到窑里的闷热了。周师傅在这方圆几十里烧了十几年的砖，从未出过状况的。到了他们这一窑，却烧成了这样！

沉默良久，振海说："周师傅！不管了，先出窑吧。"

周师傅没吱声，默默转身，出了窑门。外面的人见周师傅出来，又纷纷询问么样了。周师傅黑着脸，低着头，还是没应答，然后一屁股跌坐在远处的草皮上。

"先出窑吧！出完了赶紧烧第二窑。人家方湾还等着烧哩！"振海说完，抱起五块砖递给王大毛。王大毛也默不作声，又递给周落成。徐德志自觉站到窑门口，接过周落成手里的砖，对外面的人喊"接砖！"声调冰凉。

振海说烧第二窑，是他们板的砖旋的瓦多，而窑比较小，一窑装不下。

外面的人接过一看，瞬间就晓得，周师傅为么事如霜打的茄子了。原来，这一窑烧溜了，烧成了癞火砖①。

外面的人也不好说么事，把好砖码在一起，癞火砖码另外一边。这一窑虽然烧溜了，但还是有些好砖的。

看热闹的人，满嘴唏嘘，遗憾地走了。只有四个合伙人的家人，和他们的好朋友留下来，心情沉重地把砖瓦从窑里递出来，然后分好砖瓦和次砖瓦，码在空地上。

---

① 癞火砖：方言。指过火砖。砖体弯曲变形，表面像癞蛤蟆坑洼不平，也像癞子头，形象地叫"癞火砖"。

整整花了两天时间，这一窑砖瓦才出完。下午三四点的样子，当最后一块砖码到那乌泱泱的长方体砖垛上，人们的精神便彻底垮掉了，男女老少，都东倒西歪地躺到草皮上。

歇息片刻，振海叫人们都回去，对来帮忙的好友抱拳拱手："真是有劳大伙了！改天喝酒！"

"好说，好说！"人们也客客气气地拱手回礼。心里却说，砖瓦都烧成这样了，哪好意思喝你们的酒啊？就好像砖瓦烧溜了，是他们责任似的。然后一哄而散。

四个人清点砖瓦。砖瓦是按规则码好的。砖是四手[①]一层，每垛十层，一垛就是两百块。大家数了一遍又一遍，好砖有二十二垛，那么就是四千四百块。布瓦[②]的堆码复杂些，因为是弯形的，且中间比较脆容易折断，所以是五十片叠在一起竖放的。当然，堆放也有规律，数起来并没有太难。最后的统计，是还有一千六百片好布瓦。

这个结果出乎意料，顿时都松了口气，心情比进窑那会儿好了许多。当时还以为全溜了哩！心情放松了些，也的确是累极了，四个好友又躺下，一边抽着烟，一边透过稀疏的树荫，仰望西斜的夕阳，商量接下来么样办。

振海眼里满是血丝，说："四千多块砖和一千多片瓦，起一家的屋还是勉强够的。癞火砖可以砌墙院，有人要，就卖了，也能换点钱。总之，损失也不是太大，至少比预料要好。你们商量一下，看哪个先起。然后抓紧烧第二窑，就可以起两家的屋了。剩下的人明年再烧一窑，跟我一起起。"

"不行的，振海哥！"王大毛抠着手掌上的血疱，扭过头来，眼睛在三人脸上睃巡，"宇洁姐快生了，你们却还住在租屋里。你是最最迫切要起屋的那一个。何况你那十头猪，再过三个月可以变现，也最有起屋的条件。所以我的想法，是振海哥你先起。我们也

---

① 四手：俗语。一手是五块砖，四手就是二十块砖。

② 布瓦：方言。指弯形的小青瓦。

得抓紧筹钱，比如也养十头猪，就都可以起了。”

周落成跟徐德志没有异议，也赞同大毛的意见。

“我是老大，你们得听我的。”振海坐起身，摆了摆手，“不管么样说，都是要起屋的。不然，就不会板砖烧窑了。但你们三家，比我更急迫。怎么轮，我也是最后一个。特别是落成，你一家十口，住的那个棚子四处漏风，也快塌了。还有你老妈那个哮喘，一到冬天咳得腰都直不起来。你是最最需要的。再说大毛跟德志，都等着起屋了娶媳妇。所以我的想法，是落成先起。我卖猪的钱借给你，就有资本了。”

他这话确实在理，便都沉寂不作声。依旧躺在草地上，徐德志仰望天空，叹了口气说：“周师傅也不知是么回事，一直没糟过手[①]的，竟然在我们这窑上走了麦城。”

“哦！对了。说到周师傅，这两天一直没来，还放话说不好意思要工钱。我想这窑烧塌了，可能是坯子没干透，也可能是装得太满火烧不转，或者是上一窑烧了还没冷，我们就迫不及待地装窑。总之，不能全怪周师傅的。何况，他也是不愿意的。所以，我们还是得整桌酒，感谢周师傅，顺便把工钱给人家。毕竟，他拖家带口，也不容易。另外，下一窑还得请周师傅烧。”振海提醒道。

类似于烧窑烧塌了，做桌子板凳做坏了，织袜子织出洞来了，一般都不好意思收工钱，或者有些赖皮不给工钱，都是正常的。手艺人只得自叹倒霉，哑巴吃黄连。甚至因为自毁名声，后面的生意也跟着受影响。

另外三个也是善良之辈，尽管懒洋洋的，还是附和着说：“那是！”

约定了请周师傅吃饭的时间，周落成又把没扯完的话题扯了回来：“振海哥！我今年起不了屋，本金不够。目前就你准备充足些，所以还是你先起。你起出个样板了，我明年依葫芦画瓢……嘿嘿！

① 没糟过手：俗语。意思没失过手。

起砖瓦屋，解放前梦都不敢做哩，如今眼看着就要实现了，想想都兴奋得睡不着。而这，也就落后个年把而已。再说我那个棚子，这么些年也住过来了，回头整整，再住一年，还是不成问题的。”

另外两个人都说：“是哩！我们都照你家的样板起！”

57

振海长他们一两岁，是结拜“十兄弟”的老大，也的确做了些准备，比如有点钱了，就从通州河放排的商人那里买两根原木或者楠竹，然后沉到屋后的沟里。其他材料的准备，也是如此。都这么说，他也不好再推辞，反正不可能四家同时起，砖和瓦都不够，就答应了。然后，请了几辆马车，把砖瓦拖到台基上。毕竟接着要烧下一窑，码在这里碍事。

他终于答应先起屋，其实还有个原因，没跟大伙挑明。就是烧出这么多癞火砖瓦，那好砖瓦的质量肯定也受影响。

然而，天有不测风云，人有旦夕祸福。有些话，真是不能说得太早。

就在十头猪长到百斤左右，第二窑也即将出窑的时候，通海口区突然走起了猪瘟。猪们似乎顿悟了早死早脱生的道理，跟约好了似的，骨碌骨碌抢着去见阎王。

这猪瘟来的，也忒他妈不是时候，仿佛跟可恶而傲慢的美国鬼子有契约似的。新生的中华人民共和国百废待兴，美国鬼子却挟天子令诸侯，组建所谓“联合国军”，在朝鲜半岛挑起战端，迫使中国人民不得不跟他掰手腕。通海口区的人们，也忙着支援抗美援朝，该死的猪瘟却突然跳出来捣乱，打了人们一个猝不及防。

田家人不例外地跟着忙碌，成天累得精疲力竭，却也不得不用半只眼睛，盯着猪瘟这事，生怕自家的猪中招，犹豫着要不要现在卖，落袋为安。但是，猪正在长膘，卖吧确实可惜，起屋的钱显然更不够了，差了一个大窟窿。不卖吧，左邻右舍的猪开始死了。特别是每每瞅见泡得鼓鼓胀胀的死猪，在河里沟里漂荡，都心惊肉跳。

这天早晨，振海绞了扁担草回来，见家人都在猪圈旁边满脸愁苦，丈母娘也在一旁无声无息发呆，他心里一个咯噔，连忙紧走几步。刚到猪圈旁边，还没卸下担子，眼睛就瞄进了猪圈里面。

只瞄这一眼，他就傻掉了，倏忽之间一个趔趄。这个趔趄，让肩上的担子霎时失去平衡，扁担前低后高，后面的秧架子[①]猛地一滑，就砸了脚后跟，扁担草也撒了一地。

原来，每次见他来了，都欢快地嗷嗷叫唤的猪，此刻都耳朵耷拉，眼睛勉强睁着，有气无力地哼哼唧唧，恹恹得无精打神。有两头甚至睡在地上，头都懒得抬。

丢下扁担，解开系在猪圈门上的绳子，急忙推门而入。拍了拍两头猪的屁股，猪只挪了下位置，不像过去撒开蹄子乱窜。走到躺着的两头猪前，把手放在耳朵下面，滚烫滚烫的，显然是发烧了。振海心下一沉，随即又冰到谷底。看来，自家的猪终于未能幸免。

振海紧绷着脸，拔腿就去最近的胡屠夫家。瘟猪还没死，肉便可以吃，能减少点损失，但要抓紧赶刀[②]。如果死了，便只能丢进河里，或者掩埋。

跑得气喘吁吁，到了却被告知，胡屠夫昨夜没睡几个时辰，半夜又被接走了。振海等不及，转头去周屠夫、孙屠夫家，也都不在。镇上就四五个屠夫，平时闲得蛋疼，如今却忙得没时间睡觉。看来，其他屠夫家不用跑了，不仅徒劳无益，还浪费时间。

心在滴血的振海牙关一咬，就在孙屠夫家借了把杀猪刀，沿

---

① 秧架子：竹片做成的劳动工具。用两片相同长度的竹片，分别在中间经过火烤弯曲成两个九十度，形成“U”形的秧架子三条边，最上面再系上绳索方便穿扁担，就是一只秧架。

② 赶刀：方言。意思是赶紧补刀。指畜禽因生病或受伤严重，在其临死之际抓紧杀了，便于放血。

途叫了周落成、徐德志、王大毛，并抬了徐德志家的江盆[1]，连忙回家。

家里人如泥塑般，依旧站在猪圈外面，心急如焚地盯着。街坊也来了十几个，小声议论，扼腕叹息。振海瞅了一眼，只见猪的状况更差了，躺着的原来只有两头，现在到了四头，另外六头虽还站着，也时而走动，但明显无精打采。

见他们这架势，众人知道要赶刀了，自觉让开一条道，年壮街坊也过来帮忙。幺珥、大丫和宇洁，则赶紧去烧开水。

忙活了一整天，杀猪刀钝了磨磨了钝，后来都卷口了，也只杀了七头。另外三头，或许急着投胎，等不及他们杀，就直接死掉了。

清理完第一头猪，还是上午，田道清借了辆板车，赶紧拉去菜市场。但是，菜市场却成了猪肉市场，全是卖猪肉的。那肉价，跟白菜差不了多少。卖肉的人，心都在滴血。而买肉的人，尽管价钱这么低，算是捡着大便宜了，却仍小心翼翼，生怕买了死猪肉。直到下午三点多，才卖完第一头猪肉。

天气也热，猪肉放久了，肯定臭。振海不管帮忙没帮忙，干脆整条巷子的街坊，都送了几斤肉。大丫上街，买了细米碾成粉，买了胡椒剁成末，赊了两只大坛子和盐，跟幺珥两人，彻夜剁了腌酢胡椒，准备放到没菜的季节慢慢吃。

杀了这么多猪，便宜了这一片甚至远处闻到血腥味的狗。它们大快朵颐下水[2]，也不时争抢，把肠子拖得到处都是。身边这么多狗乱窜，这要放在平时，人们早就恼了，赶得远远的。此刻却无暇顾及。实在碍事惹烦了，也就挥挥刀威胁一句："滚，一边去！再不滚，连你也一块宰了。"

到了半夜，把死掉的猪，以及处理的下水，都拖进自家地里埋了。第二天、第三天，爷父子拖着板车，到处叫卖。卖不完的，再腌成酢胡椒。

---

① 江盆：方言。指打豆腐、浆棉纱等用的特大木盆。

② 下水：方言。指动物的内脏。

折腾了几天，总算把十头猪处理完了。尽管眼睛熬得通红，走路也直打晃[①]，振海还没时间歇息，得抓紧盘账。最后结果，是虽然处理及时，却依然损失惨重，几乎血本无归。

“唉——”振海长叹一声，“还真是应了那句老话：福无双至，祸不单行。起屋的事，只得往后拖了。”

“伢！人赶财，赶不到；财赶人，溜不掉。别灰心。今年不行，还有明年；明年不行，还有后年。只要你有这个念想，财总会来的，屋也肯定能起起来的。”生怕他急出病来，大丫劝道。

“也只有这么安慰自己了。”振海苦涩一笑，然后又说，“姆妈您郎放心，我没这么容易打倒的。”

大丫欣慰地瞅女婿一眼，放下心来，转身忙自己的去了。

翻过年，农历正月初八，也就是一九五三年二月，一个吉祥的日子，宇洁落月，生了个男伢。遭受重创的田家，一扫满屋阴霾，谈吐间都有了喜色，仿佛走路都轻快了。

正在抗美援朝，民兵连长兼护厂队队长振海，想都没想，便给儿子取了个自以为有些意义的名字——援朝。

不想，爹田道清心里落寞。孙伢的名字，怎能不带辈分呢？爹这想法，让振海哭笑不得，解释这是小名[②]，回头再起了个大名，不就有了？田道清却等不得他那“回头”了，横了儿子一眼，没好气地说，你不晓得一起起呀？振海无奈，想想说：“就叫念国吧！”

“念”是辈分，“国”当然指国家了，寓意念念不忘国家，也寓意抗美援朝必将取得最后胜利。只要带上了辈分，叫么事田道清倒不介意，听到有个“念”字，心里便舒坦了，脸上的褶皱也如菊花般绽放。

宇洁临产时，大丫就放下手头的事，全身心照顾。宇洁说她没那么娇气，叫她放心。也依旧挺着个大肚子，在缝纫厂跑进跑出，忙得跟陀螺样滴溜溜地转。但是，毕竟是唯一的亲骨肉，哪里狠得

① 走路直打晃：方言。意思是行走不稳，晃晃悠悠。

② 小名、大名：方言。小名指乳名；大名也叫学名，指正式姓名。

心，撒得开手？除了为一日三餐奔波，没空也要挤出时间，往女儿女婿租住的那间房屋跑。

不过，从不在他们那边住。就是振海巡夜护厂彻夜不归，再晚她也要落自己的屋，然后熬到半夜，给未出生的外孙做小衣裳小鞋子，拆了旧衣服旧床单做尿布。当然，做好的衣裳尿布，也送了些到夏家垴钱梅那里去。

如今，更是尽心尽力地照料坐月子的女儿，和那刚刚来到人世的外孙援朝。也依旧风雨无阻地回屋去住。宇洁两人过意不去，老是留，她就是不肯。宇洁开玩笑："姆妈！您郎屋里是有金银财宝，还是有其他宝贝？一间破屋，值得辛辛苦苦每天来回跑？"

"是啊！有财宝哩！"她半真半假地说完，头也不回，一头扎进满天繁星，或者漆黑一团，甚至大雨滂沱的窄小街道。然后拖着疲惫身躯，深一脚浅一脚地回家。

有时一边走一边想，女儿坐完月子，肯定出去工作。一是振海的工资，养不活一家老小，何况还要起屋。二是照新社会的搞法，以及宇洁的性格，也不可能闲在家里带伢。如果是那样，带外孙的责任，或许就落在了她这个外婆肩上了。那不跟招女婿一样吗？想想都闹心。

都说嫁出的女儿泼出的水。严格来说，宇洁嫁入田家，她的那些事，包括照护孙伢，都是田家的事。自己这个外人，就该撒手的。但是，田家一大家子人，上有两个病病歪歪的老人，下面除了振海和当兵去了的振湖，还有两个儿子振江和振河。十三岁的振江不说了，正在读书。问题是六岁的幺把子[①]振河，还成天吵着要吃妈。亲家公做挑脚，仅有的三亩多菜地，全凭亲家母一个人打理，根本没时间照护孙伢。不然，一家人只有喝西北风了。

不管吧于心不忍，管吧又有悖初衷。由招女婿，改为嫁姑娘，她的内心挣扎了许久，不断进行思想斗争。最后才痛下决心，做出

---

① 幺把子：方言。即最小的那个男孩。

最大牺牲，甚至断了李志宏这一脉的后，就是要保全女婿尊严，免得因为上门女婿的身份，在人前抬不起头。而为以示清白，没变着法子，把家产送给女儿这个“外人”。宇洁出嫁后，她也在心里，跟他们进行了清晰切割，只扮演丈母娘这个角色，不掺和他们的家务事。这也是她忙到再晚，也坚持回家住的原因。

当然，伢们有需要，偶尔过来帮帮忙，那就另当别论了。

但是，真去照护田家的孙伢了，那么她的所有牺牲，就都白费了。想到这些，大丫就纠结，暗自叹息。

每晚回家的第一桩事，就是从床下抱出那个瓦罐，看看银元还在不在。然后，把板凳搬上桌子，人再站上去，从屋顶的布瓦条里摸出小布包，看看一对玉镯和一双金耳环还在不在。这是老妈留给她的，算是黄家的传家宝，也是黄家给她的唯一念想了。一直没舍得戴，也没给宇洁。想着等宇洁生个女伢了，送给外孙女的。

这天也是，先看这些物件。见还老样子，吊了一天的心，便放了下来。想了想，只把玉镯包好，依旧放回老地方。又寻了一块布，把耳环另包，塞进了另一头的布瓦条里。抬头望望屋顶，感觉应该安全，这才去洗漱，然后拎起做针线的小箩筐，煨在床头给外孙缝衣服。

田家本来就穷，又老想着起屋，所以一直节衣缩食。宇洁怀孕后，振海愧疚地对家里人说，再不能克扣她饮食了。但物资匮乏，巧妇也难为无米之炊，这种话，也就说说而已。宇洁善解人意，说我吃的够好了，再多便是浪费。

如今看来，营养真是不够，影响了胎儿发育。援朝出生时，比小猫大不了多少，谁见谁心疼，都担心养不养得活。又因奶水不足，整夜哭哭啼啼，吵闹不止。

伢的这么个状况，让大丫和田家头痛不已。能想的法子想尽了，土法子洋法子都用上了，企图催出更多的奶来，让这条小生命得以存活。比如，心急如焚的振海，不再想起屋的事，把卖了猪肉的钱，都拿来买鸡、鸭、鱼和骨头煨汤。大丫则找陈大仙施法，在黄表纸上写佛条子[①]："天黄黄，地黄黄，我家有个小儿郎。好心行人念一遍，我儿睡到大天亮。"然后在行人多的地方，特别是十字路口张贴。

然而，宇洁的奶水还是不足，婴儿依旧彻夜啼哭。

瘟猪肉本就没卖个么钱，所以很快就花完了。自此，清早或者晚上，去捕鱼捞虾回来给媳妇催奶，便成了振海的保留项目。

撒网是振海最擅长的。但开春没多久，鱼儿还沉在水下不怎么活动，所以撒网基本捞不到鱼，振海只得选择推罾。

通海口镇周边别的不多，但是处于湖区，湖河沟汊特别多。尽管雨季还没到，沟涧基本干涸，湖和河却不可能没水，只是水位低了不少。周围的湖和河都光顾过，最后发现，镇子后面的永长河，每回都有所收获，不会让他空手而归。所以永长河，成了振海最常去的地方。

春旱了好久的天空，终于在农人的殷殷期盼中，于傍晚打了几声清脆的响雷，随即便淅淅沥沥下起细如丝线的小雨。

冒雨回家，天已经漆黑，振海身上也湿透了。一进门，就听见儿子嘶声哑气的哭声，女人耐心而无奈的安抚声，以及在门外熬糊糊的丈母娘的叹息声。尽管天冷得不行，人也饥饿和疲倦得不行，振海还是换了件干的烂棉袄，挽了根草萋子系着，再披上蓑衣，搬起推罾，拎了鱼篓，踉跄而无声地出门，如往常一样直奔永长河。

永长河，是通州河的一条南北走向支流，北通排子湖。从家里到永长河东岸，大约两里地。黑灯瞎火也拦不住振海，很快就轻车熟路地到了河边。四周空无一人，除了刚刚生出嫩芽的树枝，被风吹得瑟瑟作响，以及偶尔的飞禽扑腾，寂静得令人头皮发麻。

振海似乎进入了物我两忘的境界，机械地重复着把推罾贴着河床伸进水里—端起迅速收回—睁大眼睛盯罾里—倒掉癞蛤蟆或者残渣—再伸进水里的过程。偶尔发现活蹦乱跳的小鱼，则捡进身后的

---

① 佛条子：方言。指信迷信的小纸条。

鱼篓，接着重复这个过程。

兴许是被雷打醒了，鱼儿开始游动，所以今天的运气，看来还可以。只推了约莫半个时辰，竟然推了几条喜头鱼[1]、两条鳊鱼和一些屎光皮、土憨巴，甚至憨子。鱼儿虽然不大，但加起来应该有三斤左右。而且，总算是个荤腥。过去也没打过空网，但这么短的时间，就有这样好的收获，也算是苍天有眼了。

振海心中暗喜，打算再推半个时辰，就收工回家。他也实在饿得撑不住了。倘若饿得一头栽进河里，肚子当然很快就饱了，人却可能因为太饱而胀死。牛脚板窝里淹死人、会水的人大多死在水里，其中的道理他是晓得的。再倘若沉在水里不浮起，即使被鱼虾吃个精光，也不可能被人发现。

这么想着，他仿佛注入了神秘力量，推进来的劲头就更足了。

又推了大约一炷香的工夫，收获了几条黄鲇、土憨巴、屎光皮，甚至还有一条约莫半斤重的鲇鱼。于是下定决心，还推最后三罾，推完了收网，决不拖拉。

58

突然，推罾好像碰到了么东西，软软的并没多大阻碍，而且还往前漂移了一下。

振海心里一个咯噔，这片水域他天天来，河床都推得光溜了，没碰到过么障碍呀！借着微弱夜色，睁大眼睛仔细瞅，却见那障碍物缓缓地漂浮了上来。

振海把推罾反过来，搭向漂浮物，然后往岸边扒。漂浮物很大，扒了几回，才移到岸边。终于够得着了，振海躬下身子，一把抓住拖了上来。原来是一只麻袋。

---

① 喜头鱼：方言。指鲫鱼。

振海心里又是一个咯噔，感觉特别不好，连忙解开了麻袋口的绳子。顿时，一具浸泡得鼓鼓胀胀的男尸，就赫然呈现在他眼前。

振海一秒钟都没犹豫，扔了绳子，推罾也没扛，撒腿就朝区公所跑。

得到振海的报案，黄有成当即带着干警赶往现场，边赶边听振海讲发现的详细经过。

黄有成，就是大丫老妈黄周氏收养的孤儿黄腊狗，后来参加革命，在一次战斗中负伤，经医治虽然康复，但右手成了残疾，组织安排他回原籍，在区公所当分管治安的副区长兼派出所所长。

到了现场，黄有成叫干警把麻袋拖上岸，拿手电筒往里照了照，然后让振海回家。说后面的事情，就交给我们了。

卸下后背的鱼篓，振海犹豫地往里瞅，想着要不要倒掉。

今日有这么好的收获，很可能是因为那尸体。别的鱼是不是这个原因，他不晓得，但食肉的鲇鱼多半是。假如宇洁和丈母娘得知，这鱼是在尸体附近推的，估计要作呕，还哪里吃得下？但他又实在不舍得。毕竟都还活蹦乱跳，更是自己顶风冒雨，饿着肚子推了一里多地，辛辛苦苦推上来的。

犹豫了好长时间，都犹豫得黄有成三个人奇怪他怎么还不走，问他要看破案吗？他才想起“闭眼吃毛虫”的说法，给了自己一个带回去的理由。于是把心一横，跟黄有成等人道过别，背起鱼篓，扛起推罾回家。

推罾竖在门外，鱼篓扔给丈母娘，闷声啃了两个红苕，振海便回自己的家。援朝这几天发烧咳嗽，丈母娘不放心，终于住在这边照顾，破例地没回去。尽管心有余悸，但担心吓着了家里人，尸体的事，振海只字没敢提。

弟弟振江跟爹爹睡一张床，振海不想吵醒他们，蹑手蹑脚钻进破被筒。不想田孝文并未睡着，轻声问么样这么晚哪，他不想讲尸体的事，而且也疲惫不堪，“嗯”了一声，算是回答。

“唉！”田孝文叹了口气，咳出一口浓痰，侧身“啪”的一声吐到地上，说快点睡吧，明日还要早起哩！哪知田孝文话还没说完，振海已经发出了鼾声。

经过这么锲而不舍的努力，宇洁的奶终于发了出来。有了奶吃，援朝不再哭闹。望着伢儿乖乖熟睡的样子，一家人终于把心放进了肚里。

没过几天，黄有成他们就把案子破了，还端了一个土匪窝子。死者是黄家大湾的一个土改积极分子，就是揭发黄德林父子把金条银元珠宝埋进祖坟的人，结果被亡命的黄天赐查出，残忍地杀害后沉尸永长河。遗憾的是，土匪窝子虽然端了，但狡猾的黄天赐却漏网了，不知所踪。

通海口区地处三县交界，又是湖区，沟河湖泊众多，芦苇茅草茂密，向来匪患猖獗。

为巩固新生政权，复城县就没停过清匪反霸，也把域内土匪和国民党残余势力消灭得差不多了。然而黄天赐这股最大的土匪，狡猾得像狐狸，滑得像泥鳅，跑起来比兔子还快。好几回，眼看抓着他尾巴了，结果却还是扑空，顶多抓些小鱼小虾。不过，围剿的回数多了，还是把他的势力越搞越小，活动空间越来越窄，破坏力也越来越弱。从这点看，黄有成倒是觉得，成效还是蛮大的。

这一回，黄有成觉得是坛子里捉乌龟，甚至顾有恒说他小题大做，因为谋划得太周密了。没想到，临到战斗结束才发现，还是给他溜掉了。这让黄有成愤恨不已，残疾了的右拳砸在桌上，都砸得鲜血淋漓，咬牙切齿地发誓，一定要抓住黄天赐，然后就地正法。

儿子还没满月，宇洁就回缝纫厂上班。但是，管理岗位被干妹妹张丽接了。厂长让她再接过来，说张丽是临时顶替的。张丽也主动要交接，说我是帮你占这个位置的。

宇洁不想夺人家饭碗，何况还是闺密张丽，于是直接拒绝，说我下车间吧，也学门手艺。这样，她就下车间当了踩缝纫机的工人。当然，每天下班了，也不忘去仓库，帮妯娌慧娟清点和登记货物进出情况。

慧娟接手了仓库保管，但她不识字，所以进出仓库的货物，她只须把货单收好，等宇洁忙完自己的活，再来帮她做剩下的事。宇洁也无怨言，反正帮的是自己妯娌，又不是外人。两人忙完了，正好一起回家吃饭。

援朝出生后两个月，振海的老妈田李氏过世，便只得交给老爹田孝文带。好在缝纫厂离家不远，援朝要吃妈了，体弱多病的田孝文就抱去缝纫厂，然后再抱回去。

两三个月的伢，半天要喂两回妈，所以虽然离家不远，但其实一直在街上来回跑。每每看到老爹抱着伢儿来，特别是起风下雨，宇洁都心疼得不行，劝他不要这么勤，说饿一下就饿一下，或者在家里喂点米汤。田孝文总是答应好好好！然而援朝一哭，他就又抱来了。

曾祖父疼重孙，宇洁理解，但也不是长久办法。便对男人说，假如老人摔倒了，麻烦就更大了。振海也觉得是，随即叹了口气说，那就只有请李老妈帮忙了。但这个口，他不好开。毕竟，援朝是田家的伢，李老妈没义务来全天候照护的。宇洁想想也是，不能再说么事。

不过，虽然他们没说，大丫心里却有数。当然，也是在内心一番挣扎之后，终于想明白了，她跟女儿女婿之间，自始就是一体，根本没办法切割，也切割不开的。毕竟，外孙身子太弱了，跟小猫咪差不多，又先天不足不时生病。那可是她亲外孙，身上有她的血脉，也有李志宏的痕迹。悟出了这一点，在继续自己营生的同时，便时常过来照护外孙。

端掉黄天赐的土匪窝子没多久，振海被提拔到潘家场当分管治安的副乡长。

区委书记顾有恒跟他谈话时，他竟傻乎乎地问能不能不去，搞得对方愣在当场，像看怪物一样盯着他。

跟被提拔的干部谈话，哪个不是眉飞色舞，激动地说着感谢组织的话呀？问能不能不去的，他是头一个！

顾有恒起初也没生气，盯着看了一会儿，要他说个理由。他也不拐弯抹角，照直说不方便照顾家里。原来在镇上，尽管白天去码头做工，晚上带民兵护厂护镇巡逻，也挺辛苦的，但再怎么着，是在家门口，家里的大小事情，都能照应得到。潘家场乡比较偏远，距通海口镇十几里，来去一趟不方便，更别说顾家了。再说了，他还惦记起屋的事哩。

顾有恒听得啼笑皆非，然后脸色骤变，严肃地一顿好尅。他说个人服从组织，这是原则！你解放前就参加地下工作，又是党员干部，竟然还停留在这种思想觉悟，连组织原则都忘记了！哪里还像个党员？哪里还有点干部的样子？他越说越气，指头在桌上敲得砰砰响，最后声色俱厉地说，你这是变质，是严重的个人主义，是典型的逃跑主义！

高高兴兴的任职谈话，竟挨了通批评，尅得他满脸通红。不过，也是一语惊醒梦中人，惊出他一身冷汗。当然，振海也很坦荡，意识到自己的错误后，当即作了检讨，保证完成好组织分配的任务。顾有恒的脸色这才缓和了些，但警告他下不为例！

不知怎么的，这次谈话竟然传了出去，气得好朋友直骂他傻，不对路的人，则当面背地里都说他嘚瑟。

振海不管别人么样议论，正式报到前几天，更是天天夜晚出去巡逻。既是站好最后一班岗，更是生怕出丁点乱子。

这天晚上带着民兵巡逻，碰见了棉花收购站副站长赵泽洪。刚跟他打了声招呼，他就凑到脸上，语气不善地说："你是不是脑壳叫门夹了？副乡长不比民兵连长大呀？别人骂你嘚瑟，照我看，还真是嘚瑟！"

好朋友这话，搞得振海一愣，随后说："我晓得自己错了，也作了检讨……不过，我的确是有些困难。"

"你那是后知后觉，提都不该提。还'有些困难'？就是天大的困难，你也得克服！"嘻嘻哈哈惯了的赵泽洪，这回却极其严肃，"再说了，你也不能当一辈子连长吧？那是年轻人干的活！还有，你每天白天上班，夜晚巡逻，风雨无阻地围着镇子转，那么多厂也要转，得花多少时间？不同样顾不了家呀？以为自己多顾家呀！”

振海不吱声，赵泽洪又提醒道，不要动不动跟领导杠，好像缺了你，地球不转了似的。哪天把顾书记顶烦了，一脚踹你进排子湖。振海捶了赵泽洪一拳，嘻嘻一笑说，谢了！

赵泽洪说巡夜辛苦，都是实情。因为这个，他也的确没怎么顾家。

通海口镇的格局，整体讲是四横十八纵。

四横指顺通州河东西走向的四条主街，包括河南的新街，主要由日本人建的日化区演变而来，狭窄的一条长街。河北三条街，自南往北分别叫北街、正街与新街。北街也叫堤街、好吃街，又分东北街和西北街，以商业和餐饮店为主。曾经最繁华，被日本鬼子炸了两回，国民党烧了一回之后，就不是了。如今最繁华的是正街，区里的单位和各种门市部，集中在正街。新街是解放后，随着经济发展和进镇人口增多，在原来棚户区基础上形成的一条尚不完全成形的街道。

振海的家，就在新街。

堤街和正街，是踏得凹凸不平且磨得锃光瓦亮的青石板路。青石板始于何年，无人考究。单从沧桑的面目，便可知是有些年头，甚至有些故事的。踩在青石板上，“踢踏，踢踏”的响声格外清脆悦耳，令人舒心畅情。南街和新街，有的地方铺了砖碴碎石，但多数还是泥巴路。严格说，通州河南北街道不在一个格局中，主要靠一座有些年头的石头桥（后来改叫汽车桥）和两座“咯吱”“咯吱”响的木桥连接。

十八纵是个概数，主要指通州河北岸从堤街到新街的南北向各个巷子。

四横十八纵，都是振海和民兵们巡逻的范围。且不说还有大大小小的单位、部门和工厂。要说不辛苦，那是骗人的。但是话又说回来，就是再辛苦，也都围着家在转，总有时间处理家事的。比如，早晚绞扁担草。如今要去那么远的地方，来回全凭脚力，且一个月只有两天休息，何况还不能保证，这于振海，的确有难处。家里的芦苇棚子又窄又小，宇洁母子搬进去不现实。继续住租屋，相互间照应便成了问题。

正式任命已经下达，再拖就不像话了，也不是振海的风格。想想没辙，转身去求丈母娘。

大丫正在炒花生，准备明天去茶馆卖的。振海打过招呼，突然不晓得么样开口了，坐到灶门口，默默地往灶里添柴。

“唉——”大丫哪里不晓得他的心事？也是沉默了好久，才叹了口长气，“伢！你不说，我都晓得。”

“我们也是没办法了，老妈！”

“唉——”大丫又是一声长叹，脸色极为纠结。她是真心不想走到这一步。

大房、二房的伢们说给她养老送终，也不过是盯着这点家产，当不得真的。其实，又有多少家产呢？三间瓦屋而已！想到这些，大丫心都寒了。她也晓得，帮不帮振海宇洁，都不会孤独终老，最后没人收尸。自己的伢，自己还不晓得呀？

不肯跟他们一起生活，主要还是难解心头的结，过不了心里的那道坎。假如住到女儿女婿那边——更别说他们住进自家来，旁人会骂她是投靠女婿的孤老，也会捣女婿的脊梁，说他想贪李家的家产。人言可畏！届时那铺天盖地的唾沫，还真淹得死人的。

振海依旧没说话，继续默默地往灶里递柴火。

瞥一眼女婿那消瘦得不成形的身子，以及疲倦得布满血丝的黑眼圈，大丫心头发酸，轻声说道：“我答应你了，伢！但是，我也把丑话说在前头。你那佃的屋，我不好去住的。援朝隔了妈[①]，我就接过来。其他的事，你就不用操心了。”

只要她答应照护援朝，就替田家承了一杠子[②]。至于住哪边，

---

① 隔了妈：方言。断了奶。

② 承了一杠子：俗语。意思是分担了一些事。

倒是无所谓。振海心里这么想着，也舒出一口长气，连忙说道："您郎觉得么样好，就么样来。全听您郎的。"

炒好的花生盛进筲箕，大丫问么时候走。

"就这两天的事。任命已经下了，区里催早点去。"

"你回去吧！安心工作，真正给老百姓办点事，不给组织惹麻烦。"

"嗯！您郎也早些歇息。"丈母娘这话，也是意有所指，振海听出来了。满口应允，然后回家。

起屋的事，本就深入骨髓，念兹在兹，无日或忘。而且，砖瓦都烧好了。如今要去外地上任，再不能常守爹娘妻儿身边，更该抓紧，让一家人住到一起，相互间有个照应。所以这几天，他一直为这事奔波。对十只猪娃，也更加上心。

这天一清早，他又绞了担扁担草回来。刚在猪圈门口站定，慵懒的小猪娃顿时雀跃，没等他发出"啰啰"的呼唤，要么哼哼唧唧，要么尖声大叫，拥挤着奔门口而来。

望着挤成一堆的十只猪娃，在仍有些寒冷的初夏早晨，只穿了土布背心的振海，揩了把额头和脸上的汗水，露出欣慰的笑。他抓了把扁担草扔进猪圈，顺手摸着一只猪娃的脑袋，情不自禁地说："多吃点，快快长。无论如何，都帮我下半年把屋起起来。"

对这十只猪娃，也难怪振海如此疼爱。它们不仅承载了他的梦想，他的希望，也来之不易。

儿子刚出世，家里困顿到了极点，为此戒了烟，酒也好久不喝了。甚至过早的毛角都掏不起，常常饿着肚子上班。他开春就去捉猪娃，却兜里没钱，人家怎肯卖给他？尽管是熟人，但也是靠卖猪娃养家糊口的。

振海好说歹说，嘴皮几乎磨破了，还找了好朋友、卖家的表弟王大毛——也是张丽的男人——作保，猪老板钱花子碍于情面，加上也知根知底，才勉强答应他可以赊账，但必须算利息。钱花子终于松口，让振海喜出望外，连忙说那是当然！毕竟我压了你的资金。赶紧打欠条，然后跟王大毛一起，用四只箩筐把十只猪娃挑回来，放进了早就空空如也又被他整修过的猪圈里。

如今三个月过去，这猪娃长得，是越来越可爱了。

内心的激动还没过去，脸上又凝重起来。自己去了潘家场，绞猪草的事，只怕是麻烦了。食物得不到保证，饥一顿饱一顿，肯定影响猪的生长，进而影响变钱的数额，也影响起屋的计划。这么一想，他的眉头就拧得更紧了。

振海在猪圈外伫立不久，瘦弱的丈母娘就端着大脚盆，吃力地过来。大脚盆里有一块砧板，一把菜刀，一只小板凳。

瞅一眼心事重重的女婿，大丫也不吱声，把大脚盆放在秧架子旁边，取出小板凳坐下。随后，就从秧架子里抓起扁担草，丢进大脚盆，“乒乒乓乓”剁了起来。

“老妈！这么早过来搞么事？没必要这么早的。”振海刚才出神了，听到剁猪草的声音，才发现一旁的丈母娘。

59

尽管没读几天书，不识多少字，但振海处处体谅丈母娘的感受，总能处理好一些细节，让人挑不出毛病。

比如，自打儿子出世，他对丈母娘的称呼就升级了，随儿子叫“老妈”，跟亲娘平起平坐，而没叫“家老妈”，免得大丫心中别扭，或者生出别的想法。两个娘在一起，他会分别叫“吴老妈”“李老妈”。还有，大丫本姓黄，他没叫“黄老妈”，而是叫“李老妈”，表示没忘了李家。他还想着，再有男丁了，必定会姓李，不能让老丈人一脉就此终结。家里人起初不习惯，“家老妈”“家老妈”地叫，他都当面纠正。现在的田家，但凡跟大丫说话，都叫“李老妈”。甚至亲戚朋友和街坊，也跟着叫“李老妈”。

这类细致入微的体贴，大丫当然感受到了，也由起初的不适应，到逐渐适应。在她内心，也慢慢把振海不当女婿，而当儿子看了。听到振海问，大丫一边剁着猪草，一边说："家里的事，你就不要操心了。一心一意把工作做好，不要辜负了组织上的希望。"

"我晓得！劳您郎费心了。"

"自己的女儿自己的外孙，费心也是应该的。"稍停，大丫又说，"其实也没太多要我操心的。亲家公亲家母身体好，宇洁又在上班，我就打个下手。"

两人说话间，宇洁抱着儿子过来了。小两口虽在外面佃屋住，但一日三餐，还是跟家里人一起吃，开销会小些。好在佃的屋离家不远，从正街穿小巷子，也就一两百丈。

刚跟娘和男人打过招呼，见儿子不安分，宇洁说："怕不是要屙㞎㞎[①]了？"

两只手在衣服上擦干净，振海接过儿子，蹲下端㞎㞎[②]，嘴里轻轻而长长地"嘘——"了起来。儿子涨红了脸，果真不动了，屁股下面落下些稀屎。

振江的小黄狗"赛虎"，早候在旁边。见状摇头摆尾，欢快地把那摊稀屎舔得干干净净，然后盯着援朝的屁股，渴望他再屙出点东西来。振海连忙喝了一声"去！"大丫也挥了挥刀，对狗说"去，去！"都是生怕赛虎一口咬向援朝的屁股，甚至把小鸡鸡咬掉了。

受到威胁的赛虎猛然跑开，惊骇得才出笼觅食的鸡，也爹开翅膀，"咯咯咯咯"四散奔走。

一只秧架的扁担草剩得不多了，大脚盆也快平口，正好田道清舀了瓢米糠过来。振海把儿子递回媳妇，让丈母娘起身，接过爹手里的瓢，然后把米糠倒进盆里，又兑了些水，用手拌匀，这才舀进猪圈的两只食盆。

十只猪娃早就等得不耐烦了，都奋不顾身扑进食盆，开始了疯

---

① 屙㞎㞎：方言。指解大便。

② 端㞎㞎：方言。指抱着孩子解大便。

狂的早餐。

“你放心，我会每天去绞猪草的。”田道清望着进食的猪娃，话却是对一旁的儿子说的。稍停，又对大丫说：“李老妈！去过早吧，吴老妈做熟了！”

穷人家里，哪有一起过早的习惯？有事的，先吃了碗筷一丢，就忙去了，手上缠着事了的，做完了才去吃。除非是过年，一家人聚在一桌吃团年饭。田道清家里也是如此。

但今日不同。振海要去外地当领导，这于家道中落了不知多少年的田家，于一直被人呼来唤去的田家长辈，于口朝黄土背朝天辛苦劳作，却依然吃不饱穿不暖甚至都没办法住在一起的田家人，直感觉祖坟冒青烟了。所以田孝文觉得，应该热烈隆重地一起过个早，然后送长孙赴任。

早餐依旧寒碜。菜稀饭，破例买了几个锅盔取代红苕，桌子中间有一碗腌洋姜、一碗咸菜，加上瘟猪肉酢胡椒。

尽管只有这些，一家人还是一边高高兴兴地吃，一边听田孝文和田道清絮絮叨叨，教导振海认真当官，千万别给田家抹黑。振海当然是满口应允。

吃过了，振海背起两床薄絮——一铺一盖，以及简单的换洗衣服，跟家人告别，踏上了去潘家场乡的土路。

振海赴任伊始，在政府机关和企业开展的“三反”、在私营企业开展的“五反”运动，已经基本结束。但是基层，还有些煞尾的事正在进行。而在广大农村，由互助组向初级社的转变，正大刀阔斧推进。

“三反”“五反”煞尾与初级社的建立，三件大事都牵动万人心，都涉及政权巩固，也都刻不容缓。

接受任务时，可以厚着脸皮讲条件。然而一旦应承，振海就不敢含糊其事了。他分管治安，得带着干事，成天在乡下奔波，调解纠纷，解决各种治安问题。他又是副乡长，还带一个工作小队，住进杜家坝，白天跟社员一起劳动，晚上组织学习，推进成立初级社，哪还有每个月的两天休息？

原来还想着，大不了辛苦点，摸黑回来处理家事——至少绞担扁担草，再起早床赶回去上班的。现在回过头来看，这想法真是可笑至极，幼稚得不能再幼稚。

好在潘家场乡是新建的，没么企业，他也只是个副乡长，工作还算单一。

这天回乡里，参加完乡党委会，就九点多了。想着一个多月没回，不晓得家里有事没有，振海跟书记一起走出会议室时，相约着走夜路回去看看。书记的家，也在通海口镇。

“振海！”还没出院子，分管财经的副乡长王顺生喊道。

振海心里顿时就隐隐不安，但也只得站住。果然，王顺生苦着脸说，家里带信来，老妈病得厉害。他不放心，要回去看看。但不巧的是，今晚归他值班。振海听出了弦外之音，虽内心懊恼，却也没犹豫，爽快地答应了。

不说两人是小时候的玩伴，是结拜过“十兄弟”的，也不说一起秘密参加夏杰组织的民兵连的事，单说他那病病恹恹的老妈，也的确叫人牵肠挂肚。如今看来，是病情加重了，不然不会专门把信的。而且，他也有十多天没回了。当然，振海也不忘托付他，顺便去自己家里看看。

上任以来，振海很少回去，很大原因就是替其他人值班。在班子里面，毕竟他最年轻。

带着守夜的民兵，在镇子里巡逻了几个来回，又叮嘱他们警醒些，加强巡逻，有情况及时报告，这才回乡政府驻地。解放四年多，土匪恶霸消灭得差不多了，但时刻保持警惕，还是必须的。譬如土匪头子黄天赐，活不见人死不见尸，说不定么时候就弄出点动静来。

回到乡政府驻地，见平房尽头的禁闭室还亮着灯，振海问哪个在里边，一个民兵说陈书学。振海这几天没回乡里，刚刚的党委会上也没人提起，顿时有些惊讶，问犯么事了。另一个民兵说还能有么事？贪污呗！

“贪污？就他那样的，还敢贪污？”

陈书学是乡里的会计，经常接触钱，贪污也有可能。但就他那个胆子，敢贪污？振海瞠目结舌，满脸惊诧地又瞥了禁闭室一眼，脚也下意识地朝禁闭室走去。

所谓的禁闭室，不过是平房尽头的两间普通办公室，只是借了军队禁闭室的名义，给人一种心理威压。

刚走了几步，他就停住了，随后头也不回地朝自己的办公室走去。领导不跟他讲，肯定是另有考虑。或者是免得他为难，也或者是避免他干预。不管么样说，以他跟陈书学的关系，都是该回避的。

陈、田两家是世交，他女人吴淑珍还是娘的侄女，现在也在缝纫厂，跟宇洁一直以姐妹相称。这些七七八八的关系加在一起，两家走动就很频繁。

当然啦，也许是他想多了，因为他只是分管治安的副乡长。贪污，自然不属于治安范畴。这么一想，就进了办公室。

他没上过几天学，识的几个字，都是参加工作后瞟学的。但是，仍然太少。不识多少字，就报纸读不团圆，书看不完整。尤其上面的文件，好些字认得他，他不认得那些字，每次都得找人念。所以，他随身带着报纸，有空就找人请教。到了晚上，把别人教的东西温习几遍，生怕忘记了。好在他还算聪明，别人教过的，大多记得住。

这晚也是如此。学习到二更的梆子声过了，已是疲惫不堪，眼皮子直打架，他才在办公室的长条靠背椅上，铺了被子睡觉。乡里没宿舍，不能回家的干部，都是这么睡的。

说起上学，也是挺心酸的。

日本人来之前，他六七岁就进勤行卖油条麻花，混个肚子饱。日本人来了，逼伢们进学堂，进行殖民教育。有适龄孩子没进学堂的，还要交教育税。田家很兴奋，心说日本人么事都坏，但总算有个好，免费开学堂，便屁颠屁颠地送九岁的振海进学堂。可惜只上了两个月，就被赶了出来。原来，日本人的学堂还是要收学费的，而且比一般的学堂还贵。

端了板凳回来，再进勤行当学徒。三年出师，能做简单糕点了，便去复城一家勤行帮工，赚钱补贴家里。后来又回通海口镇，仍然到一家勤行做过早。十五岁的时候，参加夏杰组织的民兵连，并成为了一名青年团团员。

第二天去街上过早时，路过禁闭室，脑海里突然浮现出陈书学的身影，以及民兵说的、他觉得不可思议的“贪污”。

新设立的潘家场乡，穷得叮当响，但“三反”还是揪出了几个贪污分子。其实都没多少钱，说出去逗人笑掉大牙。但是，“有没有”和“有多少”，是完全不同的概念。“有没有”是划分清白与否的标准，“有多少”是判定罪孽轻重的标准。陈书学被定性为“贪污”，那就不是“有没有”，而是“有多少”了。但是，他那么一个胆小如鼠又爱惜羽毛的人，怎么会贪污呢？振海还是不解。

“乡长早啊！”看守的民兵跟他打招呼。

“他的状态么样？”对着禁闭室的门努了努嘴，振海随口问道。

“没么事，关在里面写交代。就是上半夜老唉声叹气，但下半夜到现在，无声无息的。”

“一直没出来？也不蹲个茅舍？”振海脑袋一炸，瞬间感觉不对劲。陈书学体质不太好，每晚都要起夜两三回的。这都一宵了，一直没要出来？不合常理啊！

“没有。”两个民兵摇头，不晓得他是么意思。

振海的感觉更加不好，也顾不得避嫌了，叫民兵开锁，然后推门。然而，门却从里面闩上了。他更加着急，站在门口大叫：“老陈，老陈！陈书学！”

叫了几声，里面没任何反应。振海已经不晓得自己是个么感觉了，扯开嗓门高叫：“老陈，老陈！你把门打开。”

屋里仍然静寂无声，振海冷汗都出来了，连忙叫民兵把门踹开。对着门闩的地方，民兵抬腿就是一脚，随着“咣当”一声响，门应声倒下。振海冲进去，霎时骇得瞳孔一缩，转瞬又放大，嘴巴半晌合不拢。

原来，吊在屋梁上的陈书学，估计是门板倒下时砸到了，正在晃荡。再一细瞅，脸色涨成了猪肝，舌头吐得老长。屋里唯一的一条板凳，倒在他脚下。

振海疾步上前，伸手一探，哪还有半点气息？再一摸，身子冰凉。脑袋“嗡嗡”直响，呆呆地望着陈书学，半晌说不出一个字来。过了好久，才招呼同样傻掉了的两个民兵，给陈书学解绳子。尸体放到床上，这才闻到一股恶臭。原来，陈书学把屎尿都拉在了裤裆里。

终于冷静下来了，这才转身出屋，派人通知书记乡长回来，同时叫通讯员去区里报案。

从未经历过类似事情，哪还有心情过早？只得尽其所想，做些力所能及的事。比如，叮嘱民兵在门口把守，防止有人进入现场。又想到这两人也有嫌疑，赶紧叫来民兵连长王亮，另找民兵替换，两人则关进了另外一间禁闭室，同样派民兵看守。他现在不想问他们么事。破案的事，等书记乡长和黄有成来了再说。

住在乡政府的，很快就知道了。没在乡里住的，也陆陆续续来了。顿时便三五成群，议论纷纷：

“陈书学也是狠得心，竟然贪污我们的伙食费。”

“是啊！真是利欲熏心，又有多少钱呢？”

“唉！真是知人知面不知心哪。看着挺和气一个人，竟然是个贪污犯。”

“唉！为了丁点钱，把命搭上了。不值啊！”

“唉！人都死了，也没么好说的了。还是不议论了吧。”

“到底自杀还是谋杀？不会是合伙的人害怕他供出来，把他杀了吧？”

“看来，乡里这次是有的折腾了。”

……

“都散了吧。该搞么事，就搞么事去。”乡政府本就巴掌大一个小院，众人的议论，也传进了振海跟王亮的耳朵。两人走出办公室，劝道。

众人虽然满腹疑惑，最终还是各自离去，该下乡的下乡，该干活的干活。振海跟王亮则一直等在院子里。

通讯员不敢耽误，是借了老乡的马去区里报的案。黄有成带着两个助手，也是骑着马，九点多就到了。都没寒暄，直接开始工作。稍后赶回的书记乡长，又派人把回家了的王顺生叫回来。毕竟，他是陈书学专案组领导。

王顺生的老妈，都没等到他回去，就咽了气。正在家里给老人办后事，得到通知骇了个半死，连滚带爬地回来，半身都是泥巴，白色的孝衣看不出颜色，嘴巴哆嗦说不出话来。

快到中午，县公安局的两个侦查员也来了。

经过现场勘查、人员询问，特别陈书学留了遗书，经鉴定确属本人笔迹，县公安局定性为畏罪自杀。于是，所有人都松了一口气。

对于这个结论，家属却不服，觉得是谋杀的。退一万步说，即便自杀，也是刑讯逼供，才被迫上吊的。这个质疑，让黄有成非常恼火，认为是公然挑衅和蔑视革命政权。但看在他家死了人的分儿上，还是网开一面，没跟他家属计较，只是提出了警告。

受到了警告的陈书学家人，没敢再闹，但心里仍窝着火，甚至迁怒于人，直接跟田家、王家断绝了一切往来。就是宇洁上门看望，也被黑着脸的吴淑珍，把礼物当街甩了出来，然后“哐”的一声把门关上。

好心当成了驴肝肺，宇洁拎着礼物，闷声不乐回家。知道她吃了闭门羹，大丫叹了口气说：“洁儿！有些事，要站在对方立场去想的。毕竟，她家里死了人哩！心里有疙瘩，也正常。心急吃不得热豆腐，慢慢感化吧。”

“我晓得，姆妈！但是，她却无中生有，把脏水泼到振海身上。

说是振海为了向上爬，专门整书学，才整出这么个结果的。”把礼物放到桌上，宇洁眉头紧皱。

“街坊都晓得——其实淑珍也晓得，振海不是那样的人。只是书学死了，她得找个出气孔，就找到振海了。再说了，就算被她误会，也总有误会消除的时候。如今她在气头上，你去解释，肯定不管用的。”

“也是！珍姐年纪轻轻的，才二十五岁哩，就死了男人，还背着个一辈子都抹不掉的坏名声，也是够难受的。”

“是啊！这么一想，你在她那里受的气，就不是气了。人只要站在对方的立场，就么事都能想通透的。”大丫继续开导。

两人说着话，儿子援朝醒了。刚睁开眼睛，就奶声奶气、含混不清地喊了声“姆妈”，顿时把娘俩惊喜得直扑床头。一把抱起儿子，宇洁激动地说：“姆妈！我儿子会喊姆妈了。乖！再喊一声！”

“姆妈！”果然又喊了一声。

把儿子紧紧地搂在怀里，在吴淑珍家里遭受的不快，转瞬间消失得无影无踪。

葵花黄金色

下册

余立功 著

作家出版社

60

虽然陈书学被定性为畏罪自杀，但无论么样说，专案组是有责任的。所以，王顺生被免了副乡长职务，接替陈书学当会计。书记跟乡长，连带着也背了个处分。倒是振海，尽管没书面通报，但区里领导还是时不时拿来做正面典型，表扬他有警觉性和敏感性，且处置得当。

有人于是私下里议论，说振海走了狗屎运，瞎猫碰死老鼠的事，都能发生到他身上。

就在这类议论甚嚣尘上时，区委一纸公文，免了他的潘家场乡副乡长，调到区手工业合作化办公室当副主任。

办完交接，拿床单裹起棉絮和换洗衣裳，打成背包回家。

快到家门口，是下午四点多。猛一抬头，便看到丈母娘挑着半担扁担草，出现在巷子的另一头。只见她佝偻着腰，步履蹒跚，似乎很吃力的样子。

振海差点儿落下泪来，连忙丢下背包，跑过去接到肩上，嘴里直说："哎呀！绞这么多搞么事？您郎这大年纪了，哪里挑得起？"

大丫喘息甫定，捡起他扔在地上的背包，岔开话题问，今日么样回来这么早？他说调回了区里，再不去了。大丫心里霎时一紧，连忙担心地问："不会是没做好，被领导撸了吧？"

振海哭笑不得，心说丈母娘么样这么敏感，想得这么深？而且，净朝不好的方面想呢？但也的确不晓得这调动意味着么事，是贬谪，还是重用？只得如实回答：“不晓得。”

他这回答，大丫当然不满意。跟在后边叮嘱：“跟公家做事，要一心一意，不能耍滑偷懒。家里的事，家里人自然会做好，不拖你后腿。可不要让领导和家里人失望了。”

振海答应了一声“是”，又劝她以后绞扁担草，别绞这么多。大丫嗔怪地说：“搞好你的工作，别操些瞎心。”

这类似亲娘母子般的谈话，振海倍感温馨，也挺有感触的。从丈母娘的话里，他满满地体会出那种“儿行千里母担忧”的意思，愧疚不已。

挑着扁担草，从棚子旁的窄巷过后边，刚在猪圈一旁露面，振海就欣喜地看到，十头膘肥体壮的猪，刹那间就嗷嗷叫着围了拢来。放下肩上的担子，习惯性地抓起一把扁担草，手一扬，扔进了猪圈。

望着奋不顾身抢食的十头猪，把振海的背包放进屋里，刚从后门过来的大丫，跟振海对视一眼，都露出欣慰的笑。随后，大丫坐到大脚盆旁，剁起猪草来。

说起来有半担扁担草，好像很多，但照猪们进食的架势，估计不够一餐吃的。振海这才理解，丈母娘为么事要竭尽全力了。心里又是一阵愧疚，毫不犹豫把扁担草倒在地上，挑起秧架子出门。

大丫晓得，他是去绞扁担草的，便对着他背影喊了一嗓子：“少绞些。猪子吃不完，就烂掉了。”

缝纫厂女工多，便办了个托儿所，既方便哺乳，也不影响工作。援朝从三个月起，也被宇洁天天带去厂里。所以振海先前回来，并未见到儿子。等他绞了扁担草，家里人都已经回来了。放下扁担，手也没擦，抱起儿子就拿胡楂扎，扎得儿子咯咯乱笑，两只小手乱推。

一家人吃完夜饭，跟宇洁一起，送丈母娘和儿子去“李宅”。

正在隔奶[1]的援朝，现在都跟大丫睡。到了“李宅”，把儿子递给宇洁，振海转头出门，去新生巷看周落成的新屋。

按照约定，王大毛、周落成、徐德志都在起屋。从内心讲，他愧对人家。去年第一窑没烧好，第二窑还不错，四个人便趁热打铁，今年又烧了一窑。但是，他除了出份子钱，其他的事，因为去潘家场工作了，基本没操么心，都是他们三人张罗的。

三个人的屋台都在新生巷。

说起屋台和新生巷，穷人都感谢共产党，感谢人民政权，感谢新社会。

为给无家可归或者屋台太小的居民一个住处，真正体会到翻身得解放的幸福，区公所组织义务劳动，把原本连接永长河与通州河，如今却废弃了的臭水沟填起，取名叫“新生巷”，符合条件的人都可申请分台基。

振海家的屋只有二十几平方米，却住着十一口子人，属于台基太小的家庭，所以申请了一个。振湖在志愿军服兵役，且十九岁了，按照优抚政策也符合条件，何况树大分丫人大分家，于是慧娟也申请了一个，且与大哥振海紧邻，方便相互照应。

同样的原因，王大毛、周落成、徐德志三家，也都在新生巷申请到了屋台。只不过，没像振海兄弟紧挨着。

周落成屋前的空地上，人们围了两张桌子，正热热闹闹吃夜饭。他疾走几步，跟人们打招呼：“师傅们辛苦了！”

“哟！田大哥来了。来，来，来！坐下喝杯酒。”周落成连忙起身，一边往桌上引，一边递过来一支烟。

见是振海，有的说田乡长来了，有的说不辛苦，有的也起身让座。言行里，都透着一股子亲热劲。

轻轻挡住周落成的手，振海笑呵呵地说早戒了。又回答众人说，吃过了，师傅们慢用。借着挂在房梁上的马灯瞅一眼，只见瓦

---

① 隔奶：方言。即断奶。

已经上了一半，便欣慰地笑着说，快完工了啊！

边说边进到新屋里边。见周落成跟在后面，问他还有没有么困难，需要他帮忙做么事？周落成说七七八八了，没么事要他帮忙的。又说好在他出那个主意，合伙烧砖瓦。不然，哪里起得起砖瓦屋啊！言语间充满了感激和敬佩。

振海一边转悠，一边赞叹屋起得不错。周落成说，你的屋可以起大点儿，我这边还有些砖瓦没用完。振海嘿嘿一笑说，起大屋，哪个不想呢？得有那个实力呀！

回到禾场上，众人又客气了一回。振海接原班人马，“十一”过了帮他起屋。众人自是高兴，答应得不能再爽快了。随后，又去看王大毛、徐德志刚刚落成的新屋。见都妥妥的，他那颗愧疚的心，才稍稍好受了些。

通海口镇地处富庶之地，又有繁华商业埠头，手工业也门类众多。只是近几十年战乱连连，加上日本鬼子占领之后，大肆掠夺与极限盘剥，才凋敝下来。

一九四八年解放，政府实行休养生息政策，手工业迅速恢复。勤行、皮货行、铁匠铺、木匠铺、篾匠铺和纺纱印染等小作坊，又如雨后春笋遍地开花，已经超过鬼子占领前的水平。但是，随着生产力发展和购买力增强，分散的手工业生产方式，已经满足不了需要。

就是说，对手工业进行合作化改造，迫在眉睫。这也是手工业合作化办公室的唯一任务。

办公室主任是副区长王茂林兼的，而真正在办公室上班的，就三个人。除了副主任田振海，还有两个助理，一个是十九岁的男伢周崇武，一个是从旧政府转变过来的三十岁男人杜文斌。顾有恒和王茂林都明说了，王茂林分管的事务多，顾不过来办公室的事，由振海全权负责。也就是说，办公室的工作，以振海为主，不必事事麻烦王茂林。

这么重要的任务，振海不敢大意，上任伊始，就带着杜、周二人，马不停蹄挨家挨户调查摸底，宣传政策，再按行业分门别类登记造册。

虽没上过几天学，振海其实挺聪明的，何况又是镇上的人，知道谁谁有么手艺，所以调查摸底也没多难搞。过了几天，另外二人熟悉工作流程了，便分开，各负责几条街巷。

很快，他们就把手工业者的状况摸了个底透，然后起草合作化方案，建议成立铁业、木业、竹器、禽蛋、皮货、印染等大大小小十几个合作社。甚至准备以挑脚和马夫为基础，成立个搬运合作社。当然，振海跟周崇武算是半文盲，分类统计和写方案这种舞文弄墨的事，自然由在旧政府干过文书的杜文斌完成。不过，思路是振海的，他不停地讲，杜文斌再落到纸上。

他们提出的方案，是先试点成立竹器合作社，积累经验，再逐步推开。他在区委会上汇报时说："之所以先组织竹器社。其一，搞竹器的手艺人多，搞起来规模大，社会影响也大。其二，经过挨家挨户走访，发现一些人也有愿望，搞起来相对容易。其三，竹器手艺人大多只能养家糊口，有的基本生活还有困难，如果他们的生活明显改善，带动作用也大。其四，已经物色了管理、经营、销售方面的几个人才，他们也都愿意，有搞起来的基础。至于竹器的销路，就通海口区这么大的市场，以及这么便利的交通，应该不成问题。"

区委们也觉得这样比较保险，如果全面铺开，万一搞砸了一个，煮成了夹生饭，再推动，困难就大了。也有人担心，只搞一个试点，是否寒碜了些？毕竟是要搞十几个的。如果等到试点成功了再铺开，也不晓得要搞到猴年马月。

顾有恒很欣赏也很信任振海，何况讨论过多次，所以基本不发言，听任振海做解释。直到最后，他才拍板说："那就先搞一家吧，毕竟他们人手也少，只有三个人。但三个人都要在合作社里任职，振海任社长，周崇武任工会主席，杜文斌有文化会算账，当会计。我要强调的是，竹器社只能成功不能失败，而且要在最短的时间一炮打响。”

就在竹器社紧锣密鼓筹建的时候，卧病在榻半年之久的田孝文，撒手人寰，一命归西。振海只得请了三天假，料理爹爹的丧事。

穷人家的丧事，其实很简单。停尸三天，便出殡。

老话讲七十三八十四，阎王不接自己去。田孝文正好七十三岁，算是顺道，白喜事。但是，在许多亲戚族人眼里，田孝文是被这个不肖子孙气死的，就有些言语上的厌恶，以及眼神的鄙视。然而都知道死者为大，只有忍着。及至老人家出了殡，忍无可忍的亲戚族人，都坐在他家禾场上，如开批斗会般对他猛烈炮轰。

“我怎么生了你这个不孝儿子哟！”寡言少语的田道清恨铁不成钢，一双拳手攥得紧紧的。要不是他都当了爹，还是个狗屁干部，估计就一拳头砸他脑壳上了。

附和着田道清，一帮老人顿时都说开了：

“好不简单谋了个仕途，怎么能说辞就辞呢？”

“是啊！怎么能自毁前程呢？”

“出个狗屁风头啊？田家人的脸，都被你丢尽了。”

……

老人们这么说他，也不全没道理。

事情的缘由，是这样的——

按上级加快手工业改造的要求，区里准备设立专门办公室来推进，顾有恒叫组织部长唐明义物色人选。起初，很多人以为是香饽饽哩，争着抢着要当这个副主任。但一听唐明义说是临时机构，没行政级别，那些助理级的干部便找各种理由，打了退堂鼓，弄得唐明义很是尴尬。

潘家场本来很闭塞的，他却不知从哪里得到消息，竟毛遂自荐，还立了军令状……

好好的副乡长不当，去搞这个无官无职不讨好的事，何况还风险巨大。这在那些眼里容不得沙子的老人看来，怎么不是自毁前程？那就是睡着不烧爬起来烧[①]！

振海懒得解释，也不争辩，任他们发泄，一直收拾着东西。反正发泄完了，那口气顺下去了，就没事了。

他相信爹爹不是他气死的，实在是油尽灯枯了。毕竟一直身子不好，这回卧床就达半年之久，其间也出过几回差点儿就闭过气去的凶险。他现在最最愧疚的，是没能把屋起起来，让爹爹住几天砖瓦屋。爹爹常常佝偻着腰，拄着拐棍，到砖瓦垛间蹒跚，一边咳嗽，一边用那双皮包骨头的枯手摩挲码得整整齐齐的砖瓦发呆。尽管他没催，但振海明白，住了一辈子芦苇棚子的爹爹，对砖瓦屋有多期盼。他下定决心，就是借债，“十一”过后也要把屋起起来。

田家的事，大丫从不掺和，也不觉得振海真的有错，默默做自己该做的事。就比如，尽心尽力照顾好援朝。

讲振海诸多不是的，都是长辈，作为媳妇，宇洁也不好说么事，只带耳朵不带嘴巴。

那些人讲累了，见当事人不理会，也自觉无趣。何况自己的伢，没哪个比振海混得更好。怎么着，振海当过副乡长，管过上万口人的治安，现在虽然无职无权了，也还是在给政府做事。所以也不敢说得太过火，说了一会儿便偃旗息鼓。然后吃过夜饭，肚子也混饱了，抹一把嘴巴，各自回家。

前后只花了半个多月时间，“通海口区竹器合作社”的牌子，就挂在了原三团的一间营房门口。

尽管不到二十名社员，振海也不觉得寒碜，而是按专业特长，把他们编了三个小组。然后买来楠竹，再浸泡到河里，便紧锣密鼓编制各种各样的竹器制品。当然，主要是农业生产工具和家庭用品。

竹器社的牌子挂上了，振海终于松了口气。又踌躇了几天，还是咬咬牙，在“十一”之前，把十头猪都卖给了公私合营的食品

---

① 睡着不烧爬起来烧：俗语。意思是自寻烦恼、自找苦吃。

公司。

之所以踌躇，是猪正在长膘，如果拖到年关，每头猪至少能长十多二十斤，他不太舍得这笔眼看可以到手的收入。但又想在年前，全家人住上砖瓦屋，而且房东也要收屋了。

现在住的这间屋，是他远房姑妈的。前几天姑爷说，过完年了，有个亲戚要来长住。他明白姑爷的意思，毕竟没收他租金，他也不好意思老赖着不搬。

至于猪的价钱，卖给公私合营的食品公司，肯定比单干的屠夫低。不过，这个他倒是没犹豫，甚至想都没想过。他是区里的干部，这点儿觉悟还是有的。

砖瓦是现成的，木材也备了些，不够的早就拜托做木材生意的王大新了。拿卖猪的钱过去，自然也能拖回来。

十月一号晚上，夜空晴朗，和风轻拂。月亮还没起来。新生巷一块早已平整出来的空地上，三盏马灯高照。

马灯下面，八个男人围着竖起的石磙，整齐划一地握住碗口粗的竹杠，把石磙高高抛起，再重重砸下，然后一边潇洒地两手前后摆动，一边用复城花鼓调，有板有眼地高声唱和《打硪歌》[①]：

这山望来（哪）（嘿呀嗬）那山（的）高（哇），（嗨呀嗬，嗨吔嘿嘿嗬呀，嗨呀嗬，嗬呀嗬子嗨呀）；

两山合拢（啊）搭座（啊）桥（哇），（嗨呀嗬，嗨吔嘿嘿嗬呀，嗨呀嗬，嗬呀嗬子嗨呀）；

桥上跑车（啊）通南（啊）北（哇），（嗨呀嗬，嗨吔嘿嘿嗬呀，嗨呀嗬，嗬呀嗬子嗨呀）；

桥下流水（呀）灌秧（啊）苗（哇），（嗨呀嗬，嗨吔嘿嘿嗬呀，嗨呀嗬，嗬呀嗬子嗨呀）。

---

① 打硪歌：劳动号子。下文歌词括号里的是合唱，其他为领唱。

随着石磙不断地抛起再砸下，兴奋的人们缓步前移，一曲唱罢再换一曲：

打将的起（嗨嗨）来呀（呀嗬嗨呀嗨，呀嗬嗬呀嗬嗨呀嗨），兄弟们啦（啰嗬啰嗬）垒高（嗨嗨）台（吔嗬吔嗬嗬呀，嗬依嗬嗨呀）。感谢恩人（啰嗬啰嗬）共产（嗨嗨）党（吔嗬吔嗬嗬呀，嗬依嗬嗨呀），穷人翻身（啰嗬啰嗬）起瓦（嗨嗨）屋（吔嗬吔嗬嗬呀，嗬依嗬嗨呀）。

通海口镇的人大多没念过书，但也不得不承认这是一方肥田沃土，真正的人杰地灵。生于斯长于斯的人们，承载了几千年的文化底蕴，动辄出口成章。

就这《打硪歌》，既能信手拈来传统段子，也能现场发挥即兴吟唱，且领唱与和声配合得天衣无缝。打硪的人唱，围观的人和，犹如唱大戏。

61

打硪场上是八个人，参与振海家打硪的，其实有二十多个，轮流上场。还有不少街坊围观。

之所以这么多人到场，一方面是通海口镇民风淳朴，街坊和睦，都有互助之心，不论谁家有好事喜事，乐于相帮；另一方面田、李两家厚道，宇洁热心快肠，振海更是古道热肠，聚集了一帮割头换颈的朋友。

换下场的，田道清挨个上烟，宇洁倒一碗娘泡的“三匹罐”递上，大丫跟幺珥则劝他们赶紧披上衣服，免得着凉。尽管天有些凉了，他们却都只穿了件背褡子。振海则一直在打硪场上。

“应该夯实了！”差不多到了子时，王传武在屋台走了两圈，时而俯下身子，用手摸摸、拍拍，时而拿脚使劲地跺几下，对跟在身旁的振海道。

年近五十的王传武，木匠活儿远近有名，老说要帮振海起屋的，所以便委托他总负责。王传武如此说，振海便把手在空中挥了挥，高声叫道："伙计们！王叔说可以了。收工！宵夜！"

虽然宣布收工了，大伙还是又花了半个时辰，把屋台再打了一遍，这才意犹未尽地把石磙抬到一旁。幺珥跟大丫早就做好的夜宵，此刻端上一旁的桌子，招呼洗脸宵夜。

见围观的人们散走，两人又去拦，嘴里直说"宵夜了再走，宵夜了再走！"街坊们也应着"宵夜，宵夜"，却没一个留下的。彼此都客客气气，是通海口的一种文化，也是街坊邻里和睦的体现，并非虚情假意。

打硪的也有说晚饭吃得饱，不宵夜了的。但振海硬是拦着了，一个也没放走。

到此，振海起砖瓦屋的所有准备，算是基本结束了。然而，就在万事俱备、只差动工时，让所有人惊掉下巴的是，却被顾有恒无情地叫停了。

变故发生在夯实屋台的第三天。

这天下班后，振海正跟王传武几个人蹲在屋台，聚精会神地商量开工事宜。不意间，身后传来一声招呼："哟，好热闹啊！这是商量么大事呢？"

人们顿时吓了一跳，齐刷刷扭头，见是顾有恒，纷纷打招呼："哟！是顾书记！""顾书记也来了？"

"田主任起砖瓦大屋，我不也得来贺个喜呀！"走到众人中间，顾有恒笑呵呵地讥诮道。众人却没听出讥诮之意，还纷纷附和，说些恭喜的话。振海也没听出弦外之音，连忙上了根老虎叶子[①]，嘿嘿笑着说："同喜，同喜！"

---

① 老虎叶子：自己卷的土烟。

“商量完了没有？”接过老虎叶子，扯过王传武的旱烟头，凑着“吧嗒吧嗒”几口，顾有恒就把烟点着了。

听这口气，有逐客的意思，连忙说差不多了。王传武又对振海说：“那就先这样了。你看好了日子，就喊我们来开工。”

“好嘞！都慢走啊！”振海爽快地答应，又客气了一回，这才回头问顾有恒，“书记找我，肯定有事。是么事？”

“对不起了啊！各位慢走。”顾有恒也对众人客气地说道，回过头来却语气冷漠地回答振海，“泼冷水。”

这少头没尾的一句话，弄得振海丈二和尚摸不着脑壳，傻愣愣地问：“泼么冷水？”

“你这屋，暂时不能起。”

还真是一盆冷水！这兜头盖脑的一盆冷水，直浇了他个透心凉。愣怔半晌，才问：“为么事？人家能起，我不能？我的钱来路正当，不是偷的抢的贪污的，为么事不能起？”

面对振海的激动，顾有恒没拐弯抹角，而是语重心长地说：“振海！我知道你的钱来路正当，没人怀疑不正当，也承认你起屋的理由也正当。但是，我们是共产党员，是国家干部。只有解放全人类，才能最后解放自己。这是《共产党宣言》里说的。所以，我们不能在国家还这么困难的时候，在大多数群众还在为吃饱饭发愁的时候，先把自己搞得窝窝软软[①]。否则，那你说，我们跟地主老财有么区别？”

顾有恒这番话，可谓振聋发聩。然而，振海却听不太明白，消化了好一阵，也还是没弄明白，哭丧着脸说：“可……可是，我还在借屋住哩，书记！而且……而且我姑爷说了，过完年就得退。我是没屋住的人啊，书记！您郎掰起指头数数，就这街上，有几个比我更困难的？”

“不是不让你起，只是不想你抢在头里起。”顾有恒又做了一番

---

① 窝窝软软：方言。意思是舒舒服服。

解释，这才说，“你说，除了几个大户，镇上有几家起砖瓦屋的？哦！老百姓还住千脚落地的茅草棚子，甚至茅草棚子都没的住，共产党的干部却起了青砖青瓦的高楼大厦，你要人家么样议论你？”

“刚刚说过了，我不是偷的抢的贪污的。砖是自己板的，瓦是自己旋的，木材一部分是房前屋后长的，一部分是喂了十头猪换的。这一件件一样样，都是血汗换的，都是说得清白的。再说了，我没想起高楼大厦，我也起不起高楼大厦。就是能遮个风挡个雨，一家人不再分开住而已。”

“好！我跟你检讨，刚才夸大其词了，我不该说你起高楼大厦，你也的确没准备起高楼大厦。”顾有恒扑哧一声笑了，随即又一本正经地说，“我也说过了，没人怀疑你的钱来路不正当，我也觉得你该起屋，甚至台都给你了。但是，说一千道一万，就是现在你起砖瓦屋，不是时候。”

有这个屋台，他当然感谢政府，感谢新社会。但是，一码归一码，感谢归感谢，有台却不能起屋，心里还是不通。抱着能打动顾有恒的希望，哭丧着脸，无奈地耍起赖皮：“我那个芦苇棚子本来就小，现在又添人加口，哪里住得下？不说宇洁跟我长期佃屋住，就是振湖媳妇也是不得已，才老回娘家的。何况抗美援朝胜利了，振湖总要回来的。顾书记，难不成，区里给屋我和振湖住？”

“想得倒是臭美！几个副区长都睡办公室，还区里给屋你住！区里有屋，我不晓得先给他们？还轮得到你这个股级干部？”顾有恒被逗乐了，哂然一笑，随后给了他一个白眼。稍停又给他出主意，“既然台都整好了，也甭浪费。要不这样，你把砖瓦和木材先卖了，用那钱夹两间草屋暂住。你再继续喂猪。等镇上有一批穷人起屋了，你再起。反正，干部不能带这方面的头。有穷人起了，你再起，就不是带头了。而且，在干部里头，我批准你第一个起。么样？”

蹲在屋台上，振海痛苦地双手抱头，半晌不语。听他这话，当即就哭丧起脸，道：“我本来只花一回钱的——当然，肯定要扯些债。但按您郎这个说法，我却要花两回钱。”

这一趟，顾有恒其实挺不想跑的。他也晓得，做通振海这个思想工作，难度不小。毕竟，他的理由不能服人，甚至还赞成振海起砖瓦屋的。他家里的情况，太特殊了。也不晓得夏杰从哪里得到消息，专门打电话来，逼他来做这个恶人。所以，只得硬着头皮，来跟振海讲些苍白无力的大道理。而且，还不能把夏杰这个领导卖了。顾有恒没接他的话茬，突然说：“买家我都替你找好了。”

田振海霍地一下站起，紧张地问：“哪个？”

“你舅爷。”顾有恒说得轻描淡写。

“他堂堂区委副书记都能起，凭么事我不能？”一听是黄有成，振海顿时跳起脚来，愤然作色。

“凭么事？凭他是给公家起，你是给自个起。”顾有恒又是好气又是好笑，说明天他就派人来拖砖瓦。

“我都没答应，他凭么事拖？怎么着，我得跟家里人商量一下吧？”

“没的商量！县里要把原保安团营房改成监狱，又规定了时间。不说你这几千块砖瓦被征用，还得从其他地方想办法，哪有时间容你回去商量？……哦，对了！顺便通知你，竹器合作社你也得找地方了搬家。”

顾有恒也是一肚子的气。监狱哪里不好起？复城县偏远和荒凉的地方多的是，却偏偏要改原保安团的营房。那营房，他早有计划了。成立那么多手工业合作社，不都需要地方啊？心里有气，又不敢跟县委副书记兼组织部长夏杰发。如今逮着个不知死活的，老跟自己讲条件，惹得心头火苗直蹿，说话自然就不客气。

“哪……”振海一听，犹豫了。顾有恒听他“哪”了一声没下文，又心肠一软，说有话就说有屁就放，哪么事哪？

“价钱呢？”振海还是把咽回去了的话，又吐了出来。

“咦……”顾有恒像不认识他般，盯着他的脸看了好长时间，盯得振海心里发毛，这才说下半句，“好你个田振海！敢跟公家讲价钱？胆子越来越肥了啊！”

振海脸都绿了，却也彻底没了脾气。他这砖瓦木材，算是半卖半征了。瞅一眼振海垂头丧气的样子，顾有恒心又软了，说搭棚子前，记得写个申请，我批一下。

“搭个棚子还要申请呀？”振海这才晓得干部起屋，还要走这个程序，语气里满是讶异。他有些懊恼，早晓得还有这个程序，就不搞这大阵仗，以至于骑虎难下，脸面丢尽了。但是世上没有后悔药，只得哑巴吃黄连，算是买个教训了。

“你以为呀？”顾有恒说完，也不理愣在屋台上的田振海，扔掉烟屁股，独自背着手走人。走了几步，又回头叮嘱，“别只惦记自家起屋那点儿破事，忘了竹器社搬家啊！”

回了家一说，家里人也觉得不可思议，惊呼没想到共产党的规矩真是多，起个屋都要管。然而，也只得忍气吞声，盼着街坊们尽快起起屋来。

一些街坊听说了，也为他扼腕叹息，毕竟都准备好了哩。当然，也有人讥讽他嘚瑟过头，以为当了干部，就无法无天了。原来，还是有笼头套着的啊！

街坊们怎么议论，振海没放在心上。但夹两间草屋，是顾有恒的主意，不会犯错误，应该抓紧的。家里现在就住不下，慧娟只能跟娘睡一张床。振湖回来了，肯定得有个单独的空间给他们夫妇。不然，就更对他不起了。何况，哪天顾有恒又变了呢？不是草屋都没的夹了？于是叫宇洁赶紧写了个申请，自己签上名，马不停蹄拿去给顾有恒批。

皱着眉头思忖半晌，王传武为难地说，芦苇和茅草都没那个劲头，撑不起能住十几人的屋，很可能屋还没起起来，就塌了。听得众人毛骨悚然，张大嘴巴问那么办。

王传武说怎么也得搭个龙骨架子，四周用芦苇夹壁子，再糊上泥巴，屋顶盖茅草。不用砖瓦就是了。众人这才恍然大悟，说就是夹壁屋嘛！有人不忘调侃王传武装神弄鬼，说你直说夹壁屋不就得了？又不是没起过！王传武想想也是，夹壁屋比比皆是，摸摸脑壳，尴尬地嘿嘿一笑，没再接话。

振海再不敢擅作主张，又请示顾有恒，这才留下部分木料，在新台上起了三间两进最简单的夹壁屋。

起夹壁屋撩撇多了，也省钱多了，原来还准备举债的，现在基本上没该个么债。这让田家的人心里轻松不少，也让振海有更多精力投入手工业合作化改造。很快，通海口区相继组建了铁业、皮革、木业、禽蛋、糕点等合作社，以及搬运队、建筑队等十几个具有集体合作性质的企业组织。

竹器社搬家，并未费太大周章。原国民党区政府和三团，还有几处房产，都收归新政府所有，他干脆多要了几处，把新成立的合作社都放进去。为了运输方便，何况竹子来了——甚至劈成篾片了——还得浸泡，干脆搬到通州河边的一处房产，既省事省力，还节约成本。

尽管只是夹壁屋，不是砖瓦房，一家人搬进来，包裹于新鲜芦苇和茅草的芬芳气息里，嗅着浓烈的泥土味道，仍然有一种扬眉吐气的感觉，成天把幸福挂在脸上。

但是，振海的眉头却时常皱起。眼面前的三间夹壁屋，哪里只是十头猪卖的钱呢？除了十头猪钱，还有夫妇两个几年的省吃俭用和积积攒攒，甚至爹娘和丈母娘从牙缝里省下来的。等于是把全部家底，都砸在这夹壁屋上了。爱人的衣裳，还是结婚时从娘家带来的。虽然她在缝纫厂上班，做了无数衣裳，却几年了也没给自己做一件新的。也正是应了那句“木匠家里没板凳”的老话。何况，原本一步到位起砖瓦屋的，现在分两步走，无形中增加了起这夹壁屋的开支。想想，田振海都头大。

“唉！”也不知道振海是第多少回叹息了。

他老是唉声叹气，也老遭丈母娘数落，说不仅对身体不好，还影响气运，劝他不要动不动唉声叹气。然而，他却还是动不动就唉声叹气，仿佛习惯成自然了。

叹过气，振海咬了咬牙，决心年一过完，再捉十五头猪娃回来，精心喂养，早点儿把债还清，然后尽可能存钱。同时，再跟人合伙烧一窑砖瓦，政策一允许，就抓紧起砖瓦屋。

现在的猪圈，养十五头猪显然小了，必须再圈个大些的。何况这边起了屋，也没理由还占着原来的地，那边的棚子和猪圈铁定要拆。这不仅免得人家嚼舌头，说共产党的干部多吃多占，而且他是党员干部要带头，同时也求得良心上的安宁。

这样一想，他就觉得应该抓紧用黄有成没要的癞火砖，在这边圈猪圈。这几天收工了，他老是去屋后，用脚丈量那块空地，筹备圈猪圈。

新生巷是南北走向，屋便不能按传统的南北朝向开门，只能东西向。振海兄弟的屋台在巷子中间的西边，坐西向东。

尽管不是南北朝向，算是有一点点遗憾，但居民们还是很感谢政府。放到旧社会，国民党白给你屋台？做梦都没可能！不占你的屋台，就烧高香了。

当然，政府考虑得很周全，按照当地习惯，每个屋台后面留了一小块地，可以起灶屋或者圈猪圈或者围小型四合院。当然，你么事都不想，也可以种菜，甚至空着。田家的三间夹壁屋，没办法把两个屋台占满，而是在两个屋台中间，两边和后边各留了一些空地。

丈量了几遍，始终眉头紧蹙，差点儿又唉声叹气。因为怎么量，总感觉地儿小了点儿。他又去量二弟台基后面那块空地。

其实，他没必要量的，因为两边一样大，合起来圈个猪圈，一点儿问题没有。但他又不想占二弟那块地，怕人家讲闲话是一回事，主要是自己觉得不好，对不起二弟。何况，假如振湖回来，兄弟分家了，慧娟也想圈个猪圈，或者种菜呢？

现在只有三间屋，便也只能住在一起。爹娘住堂屋的拖院，他们夫妇住南面的厢房，慧娟住北面的厢房，振江、振河住南面的拖院。慧娟没提分家，但分家是迟早的事。起这个屋，没要她拿钱。她也提过，但振海夫妇叫她存着，振湖回来了也能打个开场。就是接济她娘家，也可以。

此刻振海想着，假如分家了，她肯定要养猪。如果自己圈了她的地，到时候拆还是小事，就怕慧娟心里不舒坦，发生了隔阂，那就得不偿失了。

实在想不出辙，初冬的天黑得也早，已经黑咕隆咚了，何况肚子早就叫唤，便进屋吃饭。路过灶屋，跟正在捣鼓腌菜的丈母娘打了声招呼。大丫说饿死了[①]吧，马上就好了。振海边往堂屋去，边说还好。

今天抓了把腌菜出来炒，发现坛子里没多少了，她就由大坛子转到小坛子。

大丫一边说着，一边拿张晒干的荷叶塞进荷叶坛子[②]，紧紧护住腌菜，再从灶门口抓过一把柔软的稻草，抒成一团塞住坛口，然后把坛子反过来，放进盛了水的瓦盆里。

这些煞尾的事做完，洗了手，揭开锅盖时，发现盖在里边的菜有些凉，连忙往灶里加了个柴火把子。

62

振海一进堂屋，就发现气氛不对。

爹坐在板凳上，气呼呼抽闷烟，娘跟振江一个脸朝东一个脸朝西，明显怄着气。宇洁怀里抱着儿子援朝，坐在一旁劝说。慧娟也坐在桌旁，但似乎事不关己，眼睛随着振江的赛虎游走。八岁的四弟振河蹲在角落，不晓得在搞么事。只有振江的赛虎，摇头摆尾地走来走去，无忧无虑的样子。

“这是怎么了？”见场面有些怪，振海讶然。

其他人都没出声，宇洁解释道：“三弟考上了高中，大跟姆妈

① 饿死了：俗语。意思是饿坏了。

② 荷叶坛子：坛口外围有荷叶边的坛子。

不愿意他去读。”

在桌旁坐下，目光在几个人脸上睃来睃去，振海说：“老三想读书，就让他读呗。么样搞得像仇人？”

“大姐[1]也是这么说，可大跟姆妈死活不同意，说是读书有鬼用。”振江小声嘟哝道。

“读书是有鬼用啊！说错了吗？除了浪费钱。”把旱烟袋在板凳脚上敲得“梆梆”响，田道清吼道。

“不管有用没用，我就是要读。”有大哥撑腰，有些叛逆的振江，毫不畏惧地迎上了爹的目光。

“抓紧吃饭吧，肚子肯定饿得一篾片穿得过[2]了。”把手里的菜放上桌，大丫反身又去灶屋。

幺珥也起身进灶屋。两人把饭菜都摆到桌上，也找位置坐下。一家人便开始吃夜饭。

一家人也就吃夜饭能够聚到一起，所以也是说事情的时候。今天也不例外。

只见振海抓起筷子在桌上敲了敲，语气低沉地对振江说：“有么话，好好讲。不准对爹娘这个态度。”

“嗯！”振江愣了一下，又瞟了眼爹娘，“嗯”了一声。

“要是再这个态度，我铁定削你。”振海扒了一口饭，又横了三弟一眼。

“晓得了。”振江知错就改，扭头对爹娘说，“大，姆妈！我错了，再不敢了。”

“他想读，就让他读呗。田家都不识字，有个喜欢读书的，也蛮好。说不定，是文曲星下凡呢？就算不是文曲星下凡，多识些字，对将来也是好的。您郎们是不晓得，我这不识几个字的人，工作起来有多遭孽。”振海劝道。

---

① 大姐：为表示对嫂子的尊重，一些家庭把嫂子叫姐，大嫂叫大姐。

② 饿得一篾片穿得过：俗语。意思是饿到了极点。

“唉！这个道理，哪个不懂呢？关键是，供不起呀！”田道清瞥一眼慧娟，眼里有责怪她不体恤家里，工资领了直接交给她娘，从未拿一分钱出来帮衬过田家。可惜慧娟正在夹菜，对公爹的眼神直接忽视，让田道清顿感遗憾。

振海夫妇可没指望她拿钱回来，反而对她照顾有加，只要她开心就好。毕竟过门才三天，振湖就上战场去了，也不知能否活着回来，觉得田家该她的。这也是宇洁下班之后，尽管累得要死不活，还天天帮她做账盘存的原因。

闷头吃了会儿，田道清不再针对二媳妇，又把话题挑起来，转头对大儿子说：“你像他这个年纪，十四岁，已经挑起家里半副担子了。”

振海笑笑，说：“我像他这个年纪，还在旧社会哩。想读书，也读不成啊！”

“大！三爷想读，就读吧！供个学生，要不了多少钱，也不至于比现在更穷的。”宇洁继续打边鼓。

“你老子说得对，读个书有鬼用啊！还不如做工来得实在，帮你哥承一肩。至少，也不当家里的累赘。”儿子媳妇都帮着说话，幺珥顿时急了，饭也不吃了，筷子在碗边敲了几下。

振海跟宇洁正要开口再劝，不料幺珥拦在前面，接着又说：“振海大字不识几个，却娶了读过书的宇洁，起了这个屋，还当了领导。宇洁，你读了六年，还不是嫁了个目不识丁的男人啊？彩礼都没要！”

幺珥的话，假如说到前面打住，兴许就没么大事。可是她一急，画蛇添足地又讲了后面一番话，何况还满脸不屑，语气嘚瑟。这可是赤裸裸打脸啊！大丫、宇洁跟振海霎时就张口结舌，满脸惊诧。

谁知一直没开口的慧娟，好像就等着婆婆这话似的，赶紧补了一刀：“我也觉得是！干活儿挣钱才是正经，读不读书真是没用。”

两人一句赶一句，顿时像扔了两颗炸雷，炸得其他人里嫩外焦。这变故来得太突然了。

最难受的是大丫，浑身哆嗦，头晕目眩，筷子都掉地上了，甚至差点儿一口鲜血喷出。她实在没想到，婆媳俩会如此轻薄自己跟女儿。骨子里的轻薄啊！这个轻薄，比被李志伟兄弟逐出家门，还让她难受！她瞬间又联想到，自己扒心扒肝地帮他们，这种主动，是不是显得太贱了？显得自己没儿子，求着田家呀？如今看来，这轻薄，还是自讨的！

好在她还存了点儿理智，担心撕破脸了，女儿夹在中间不好做人，更难受。何况，女婿还是不错的，小夫妻也恩爱。这样一想，尽管泪水在眼眶里打转转，也硬是没让它掉下来。但是，当她拾起筷子，迈着一双小脚到了灶屋之后，内心里翻江倒海，双腿打战，泪水终于无声地流淌下来。

宇洁心里也不好受，太伤人了！瞅男人一眼，把伢往他腿上一放说："乖！大伯抱。"也眼睛红肿地跟着进灶屋。

刚刚还教育三弟要注意对爹娘态度的振海，也忍不住了，不满地说："姆妈！您郎那个比方，打得太不恰当了。哪有这么说话的？李老妈跟宇洁，做得还不够好吗？"

"不会说话就不说，没哪个拿你当哑巴卖了！"虽然老实巴交，却也不是没脾气，田道清抬手就扬起筷子头，直接甩在了女人头上。但是，他不敢打媳妇，只打了自己的女人。

"梆！"随着一声脆响，幺珥也回过味来。自己那话，的确是讲敞了。用哀怨的眼神瞟男人一眼，起身也进灶屋。

公爹的这一筷子头，虽没甩在她头上，慧娟也仿佛被甩了一样。正好也吃完了，于是把碗筷放下，讪讪地说："我吃好了。"也不等人回应，回了她住的北厢房。

振海把儿子放地上，指着一旁的振河，对刚会蹒跚走路的儿子说，跟幺叔玩去！转身跟着去了灶屋。

母女俩坐在灶门口，双双垂泪。振海进去时，大丫如泥菩萨，除了那流泪的眼睛和轻微的叹息，表明她还是个活人。宇洁抱着娘的胳膊，满脸除了泪水，还有委屈与不甘。也许怕又说错话了，闹出更多误会，幺珥呆立一旁，静静地看着流泪的母女俩。这场面，真是尴尬无比。

“吴老妈！您郎出去吧。”略一思忖，振海把娘支了出去。他也不晓得该么样说，但道歉是必须的。幺珥还没出灶屋，就诚恳地说，“对不起，老妈，宇洁！我替全家道歉，我娘那话，说得太不应该了。”

说完，竟躬下身子，规规矩矩地鞠了个躬。

“唉——”过了好长时间，大丫才叹了口长气。

“李老妈！吴老妈不会说话，嘴里说的，并不是心里想的。您郎千万别往心里去呀！……但不管心里么样想，毕竟那么伤人的话，她郎说出口了。她郎是我姆妈，我也不能把她郎么样，只能替她郎赔礼道歉，替田家向您郎赔礼道歉。”口拙的振海，硬是说了好一会儿，不断地赔小心。

大丫的那口气，并不会因为几句道歉，就缓过来的。但毕竟日子还得过，她也不能因为这句话，把女儿的家拆散了，甚至都不能闹得婆媳不睦。尽管心仍在滴血，也只得揩了下眼泪，扯了把鼻涕甩在地上，自怨自艾地说：“你姆妈说得也对，我是自找的。自己找的罪，还得自己受。”

“千万别这样想啊，李老妈！能娶宇洁，是我的福分，是田家祖坟冒青烟哩！这话我姆妈说过不止一回呀，李老妈！我姆妈还说，跟宇洁做婆媳，她做梦都笑醒哩。”振海急得满脸通红，额头都出汗了，捻脚捻手无所适从。

“是吗？我么样一回都没看到，她做梦笑醒了呢？”大丫淡淡地讥讽了一句，又幽幽地说，“我只听到了她今天这话，也应该是她心里的话。”

男人说一句，娘撑一句，直撑得男人像猴子抓头挠脑，宇洁的心就软了，又心疼起男人来。于是膝盖轻轻地一晃，碰了下站在身旁的男人，意思是别再说了，免得惹娘又生气。

这个小动作，恰巧让大丫瞅见，心也软了下来，不想让本无过错的女婿作难，于是起身，又揩了把眼泪，扯了把鼻涕甩在地上，说："算了，不跟她计较了。牙齿跟舌头还磕碰哩。你们都出去吧！我洗完了碗，就回去了。"

"我来吧，姆妈！"宇洁内心一阵感激，一边抹眼睛一边起身，挽起袖子，拿过老丝瓜[1]。不料却被娘夺了过去，催他们去堂屋商量事情。

没儿子的娘，在人前直不起腰。

通海口地区的这个陋习，振海当然晓得，所以很体谅丈母娘的感受，尽量表现得好一些，让丈母娘觉得他就是儿子，而不是女婿。语言上就不说了，行动也很感人的。比如就是饿着肚子，也隔三岔五去豆腐铺，给老人们端一碗热豆腐脑。类似的事情很多很多，虽都是些小事，但透过小事能看出一个人的品性。于是外人都觉得，他们不是母子胜似母子。

弄出了这大的误会，振江读书的事，当然没人再提起。这让他郁闷不已。

全县只有三所高中，分别叫一中、二中、三中。二中在复城，离家最近了。但他考上的是一中，在新县城朱雀，距通海口差不多一百里，得从通州河坐大半天的船才能到。当然，骑马快一些，但要更多的路费。所以去读就得住读。假如家里不同意，没人出这笔钱，他当然去不成。

真不晓得娘是哪根筋搭错了，居然说出戳心窝子的话。还有二嫂不知是无意，还是真有个么意思，竟跟娘唱双簧。这让振江想想就来气，满脸苦楚。甚至，为有这样不通情理不知深浅的娘羞愧。

但事已至此，他也没办法改变。毕竟，是求爹娘跟大哥大嫂的事。

收拾完碗筷，解下围裙，大丫满脸疲惫和无奈地进堂屋。

---

① 老丝瓜：穷人家没有抹布，就把老丝瓜的皮和瓤清理干净，当作抹布洗锅碗。

“对不起啊，李老妈！我是被老三气昏了头，不是故意要气您郎的。”正在扫地的幺珥，赶紧丢了扫帚道歉。又扯着大丫的胳膊往板凳上引，愧疚地说，“吃亏了[①]，李老妈！来，坐，坐下歇会儿！”

她这么诚恳，还是能让人心里一暖的。就是不晓得，大丫接受不接受。于是都满脸堆笑地附和说，李老妈吃亏了！也劝她坐下歇会儿。

大丫惨然一笑，转身拉开门闩：“我得回家了。几天没落屋，还不晓得屋里成个么样子了哩！”

众人都是一个愣怔。这几天忙年货，她都在这边住的，突然要回去，肯定心里头还是不舒坦，那个弯还没转过来。说的也是，受了那样的羞辱，尽管不是存心的，哪个也受不了啊！何况大丫又是自尊心极强的人！

“我也要回去。”跟大丫睡习惯了的援朝，早把大丫那屋当家了，麻溜地从宇洁怀里溜下，稚声稚气地说，歪歪扭扭地跑过来，差点儿摔倒了，好在抱住了大丫的腿。

“李老妈太辛苦了。你就在屋里睡，让李老妈也歇口气。”幺珥连忙抱起援朝，继续释放歉意和善意。

见大丫眼里闪过一丝别样的光，振海觉得亲娘这歉意和善意不彻底，只叫孙子不去吵丈母娘，没留的意思。于是赶紧打圆场，道：“外面风大雪大，天又黑，摔一跤么办？就在这边将就吧，不过去了。等明天，我先过去收拾一下。”

众人也继续挽留。但大丫决定的事，基本不会改变。

“我不。我要听故事。”见老妈还是要出门，援朝挣脱幺珥，又扑进了大丫怀里。

幺珥顿时语塞，脸也红了。讲故事，她的确不会。援朝却是天天在大丫的故事中睡着的。从这点说，有文化跟没文化，还是有差

---

① 吃亏了：俗语。意思是劳累了、辛苦了。

别的。尽管大丫也不识字，但她晓得的事情，就是比自己多。讲起故事来，也头头是道，蛮得孙伢喜欢。

振海看出了丈母娘的决绝，跟宇洁对了个眼神，抱起援朝说："走，我们一起回去。"

天气冷，又要吹雪风，宇洁连忙给儿子找了顶帽子。

伸手不见五指。好在走惯了夜路，何况是熟悉的街道，也没么不适应的。振海抱着儿子，宇洁搀着大丫，四个人回了大丫那位于幸福巷的屋。

原本无名的背街小巷，新政府给所有街道和巷子命名时，便有了一个温馨的名字——幸福巷。

"我们到家了，你们回吧。"大丫划了根洋火，揭开洋油灯罩，点燃灯捻子[①]，盖上灯罩，屋里立即有了光明。再拧一下调节灯捻子的小铁圈，光亮又强了些。

宇洁原来住的西边那间屋，租给了在区政府上班的一对年轻夫妇，所以振海夫妇的确也没办法在这边住。

振海还想跟丈母娘唠会儿嗑，便推开东边那间屋的门，说还不困！然后，把儿子轻轻地放到床上。

也不晓得租客回去了没有，担心在堂屋说话吵了人家，大丫便端了洋油灯，也跟着进去。接过洋油灯，放到床头小柜子上，振海恭恭敬敬地说："老妈，实在对不起！"

吵着要听故事的援朝，路上就睡着了。宇洁帮他脱了衣服，塞进被窝，又把被子盖好。

"唉！"坐上床沿，大丫叹了口气，"没事了，都过去了。你们不要担心我，也不要责怪吴老妈。抓紧回去吧，天不早了。"

"我姆妈就那个说话不过脑壳的性格，您郎真的不要一般见识。"

"不要背后议论长辈，人都有说错话的时候。"停顿一下，大丫又叹了口气，"唉！就怕这是她心里生了根的想法，只不过一着急，

---

① 灯捻子：方言。指灯芯。

就说了出来。”

“姆妈！我也觉得，婆婆就是着急，说错话了。心里肯定不是那样想的。”宇洁也劝道。

“街里街坊的，你婆婆是个么样的人，我当然晓得。正因为她不喜欢嚼舌头，却还说出那样的话，我才心里难受。你们想啊！她都这么讲，那旁的人，岂不是讲得更恶毒、更离谱啊？”大丫又苦涩一笑，眼里却有泪花闪动，“不过，她说的也是实情，我争不起硬气的。振海大字不识一箩筐，却做了那大的事，二十一岁就白手起屋。放到镇里面，打着灯笼也找不出几个的。也的确娶了读过书的宇洁。读了书的宇洁呢，却偏偏喜欢没上过几天学的你，也确实没要一分钱彩礼就嫁了。只是，穷人子气大，争不起硬气，却还要争，还要心里头不舒服。”

大丫语气幽幽的，听得振海心头更堵，生怕她留下心结，两个长辈产生隔阂。宇洁则心酸不已，只差又要落泪了。

“天不早了，明天还要上班哩！你们走吧，我也要歇息了。你们放心，我这人心大，睡一宵，就么事都忘了。”大丫不想两个伢为难。他们为难，她心里也不好受，甚至有一种负罪感，仿佛他们的为难，是她的苛求带来的。

两人不好再说么事，又安慰一番，满腹愁怅地离去。

63

女儿女婿一出门，大丫就不禁又泪流满面。

怕吵醒援朝跟隔壁的年轻夫妇，是用巴掌捂住嘴巴，嘤嘤地哭泣。哭过了，心情也舒坦些了。烧了点儿热水，先给援朝擦了擦，又自己简单洗漱过，这才上床歇息。

回家的路上，振海又跟宇洁道歉。

尽管心里头像堵了团棉花，宇洁也不好说么事。毕竟一头是娘，一头是公婆。虽然也涉及她，但公婆说媳妇天经地义，不管对错她都得承受。这样一想，她就觉得真正难受的，是身边的这个男人。一个搞不好，就会既得罪亲娘，也得罪丈母娘，真成了风箱的老鼠，两头受气。于是，又反过来安慰，叫他别放在心里，自己跟自己过不去。

拐进新生巷，宇洁说："三爷想读书，就让他读，增加不了多少负担的。他去朱雀之前，我会准备好全套行头。但是在家里，我就不说了，免得惹大跟姆妈生气。"

"嗯！"振海应了一声，又说，"这个屋里，真要感谢李老妈和你。要不是你，不说今年起屋了，就是一家人一年四季的衣裳鞋袜，都没有一件完整的。"

"我是田家媳妇，都是该我做的。"

"看你每天纳鞋子缝衣服到半夜，我真是心疼，但又帮不上忙。李老妈呢，也把心都花在了我们家。比如今年的十头猪，要不是李老妈扒心扒肝地喂，可能早就饿死了，哪里换得出钱来起屋啊？说实话，李老妈是这个世上最伟大的娘。吴老妈今天的话，真是说急了，她其实也很感激的。"

宇洁心头一暖，说："我晓得，就是说急了。你的这些话，回头我也学给姆妈听。姆妈不是个狭隘的人，过段时间，就没事了。你也不要老放在心上。"

振海突然想起另外一件事，就是这些天的纠结。

宇洁皱着眉头，分析道："虽说没分家，但那屋台，是在二爷名下的。我们去圈猪圈，的确好说不好听，容易给人误会。但我们那块地，你又觉得窄小。还真是个问题。"

回到家里，家里人都睡了。两人进灶屋，点了谷草把子塞进灶里，洗净了锅烧水。坐在灶门口等水烧开，宇洁说："我们只在自己的地上圈，小点儿就小点儿。也别捉十五只猪娃，太累了。一口吃不成个胖子的。你说呢？"

"看来，也只得如此了。"振海皱着眉头，应道。

自从幺珥讲过那番话，大丫嘴上没再提，但来田家的回数明显少了。偶尔也来帮忙，但决不住这边，不论多晚，都回自己家里。

她仿佛又回到了从前，每天炒了瓜子花生、煮了鸡蛋咸蛋、削了甘蔗荸荠去茶馆卖。当然，她的理由也正当：过去振海在潘家场，她才过来帮忙照顾宇洁母子的。如今振海回来，就没她太多事了。

振海夫妇晓得她还怄着气，也不好挑穿，便在生活上尽量照顾。比如把她灶屋的柴装满，水缸的水挑满，省得她还去洪堤捡柴火，去通州河里挑水。诸如此类，不一而足。

田家现在最得意的，当数振江了，终于能如愿去朱雀上高中。

想着开春就要捉猪娃，尽管已经是冬天，振海还是带着爹跟振江，起早贪黑地在那块空地上，用耐火砖圈了个猪圈。又把老棚子拆了，芦苇搬过来，盖了个棚顶。接着，撒了些白石灰消毒，便算是万事俱备，只待年初捉猪娃。

虽然只是一个人，但大丫的年货，还是要备足的。毕竟除了女儿女婿，弟弟妹妹两家肯定来人，王莲也会带着媳妇和孙子来。天树在部队当连长，但在老家找了个媳妇，伢由王莲照看。当然，还有干女儿钱梅一家，以及婆婆邱氏的娘家人邱六斤和荒湖的李叔赵叔的家人。她跟他们都成亲戚了，平时常走动，到了街上也来歇个脚，过年更会来给孑然一身的苦命大丫拜个年。

关键是，大丫除了热情款待，下面条煮荷包蛋，每回都没让他们空手而归。比如过年，即便伢们不来，也会照人头，把给他们的压岁钱，以及吃的东西打包，叫大人带回去。

租客小王一家三口，早在腊月二十放假，就急急忙忙回乡下去了。过年要招待客人，大丫把这间房屋也简单拾掇了一下，为一年中唯一的几天热闹做准备。

腊月二十四，过小年。鹅毛大雪齐膝盖了，老天却还不准备停歇，如棉絮般铺天盖地地下。

敬完灶神，大丫开始卤菜。先把水烧开，将早就煺毛洗净的猪头、猪蹄、牛肉、鸡鸭、猪肚等荤菜焯水，盛到筲箕里，再拿水瓢舀出脏水，洗干净锅，重新往锅里加水。等水烧开了，把焯过水的东西分批次倒进锅里。然后坐在灶门口，一边往灶里递柴火，一边望着翻滚的锅里出神。

霎时，往事便如发黄的旧画册，在脑海里渐次浮现出来。然而，画面又很乱，跳跃性太强，无法形成完整的画卷，很多情景相互间没有关联，没办法用一根线索串起来。

这幅画卷，其实是有主线的，那就是她的人生。或者说，是她半辈子经历过的许许多多苦难的事。只不过，她没朝这方面想，以为杂乱无章。

想着想着，又想起了亲家那话，两行浊泪不由自主地淌下来。幺珥道过几回歉了，按说是真诚的。她也相信那些话，不是亲家的本意，内心已经原谅了。但刺激太大了，以至于自己都怀疑，这辈子还能不能忘得掉。

很快，她的浊泪跟锅里冒出的热气融为一体，眼前一片迷蒙。这迷蒙甚至糊住了眼睛，看不清锅里的状况。过了好一会儿，才抹一把泪眼，苦涩地摇摇头，暗叹一声不想了，不想了！能想起来的，都是辛酸事。还是回归现实，心情舒畅地过好后半辈子吧！

现实情况却是，买完正在锅里卤的这些东西，她除了那笔打死都不会再动的棺材本，以及留给可能到来的外孙女的两样首饰，又成了身无分文的穷光蛋。仿佛一年的奔波和积积攒攒，就是为了这几天。但是她不后悔。这都是为亲人准备的，她又没几个亲人。能为亲人做点儿事，当他们一块垫脚石，是她一辈子的追求，怎么可能后悔呢？

现在正做着的，也是她每年最喜欢做的事。

正在她一边卤着菜，一边胡思乱想时，女儿跟女婿来了。在门外拍打干净身上的雪，然后拍打大门。

料到他们会来，因为每天都有这么一趟，但拉开门闩，被一股寒风吹进来两个人，随即又关上大门时，她还是说道：“怎么又来了？你们不在家里准备年货的？今年起了新屋，亲戚朋友都会来送恭贺。不要准备不周，怠慢了人家。”

“没事！该我们做的，做完了。剩下的，就交给大跟姆妈了，无非是熟了起锅。”把援朝放地上，振海搓了把冻僵的手，抄起锅铲在锅里搅动，“我们家今年的卤菜，是按您郎教的法子，我亲自配的料，亲自下的卤，绝对好吃。”

大丫抱起援朝，和宇洁一起坐到了灶门口。这个天气，也就灶门口暖和点儿。见振海拿锅铲不停地搅，大丫提醒道：“不要老是搅，都搅散了。”

“好！”振海放下锅铲，瞪着眼睛看锅里。

往灶里喂了个棉梗把子，大丫还是不放心，问他们都准备了些么事，宇洁便把自家的年货，如数家珍一一道来。

“姆妈！商量个事呗！”报完年货，宇洁突然道。

“你说。”大丫其实猜到了，但没点破，言语波澜不惊。

“你说吧！”瞟了男人一眼，宇洁说道。

担心煳锅了，又抄起锅铲搅了一把，振海才道：“是这样的，老妈！每年舅爷姨妈们来，都是您郎一个人操持，太辛苦了。过去我们没条件，也不好意思开口接。现在我们有屋了，所以今年过年，一是请您郎跟我们一起过，这边不开火[①]了。二是请舅爷姨妈们去那边做客，我们也尽尽孝道。明天我就去接。不仅今年这样，以后都这样。”

“那不行的！怎么说，我也是一户人家。过年都不开门不开火，人家还真以为绝户了！”大丫想都不想，“噌”的一下站起，毫无商量余地，一口回绝。

她的这个态度，正是小夫妻担心的。毕竟，离吴老妈讲那个话，还没过几天。换句话说，吴老妈的那番话，还没冷哩！或许，还跟鱼刺卡在喉咙一样，卡在她心头。

“姆妈！宇洁的门开着，不就是您郎的门开着？不就是李家的

① 开火：方言。意思是做饭。

门开着？我们的伢，将来肯定会有个姓李的。哪个敢说您郎绝户了？”料到丈母娘是这个态度，甚至还记恨着亲娘的那番话，振海也不好捅破那层窗户纸，只得这样劝道。

“这个事就此打住，不往下说了。如果没别的事，你们留下援朝，就赶紧回，家里一堆的事，都等着你这个正经人[①]拿主意哩！雪下得太大，时候也不早了……就是说破了天，我也不会答应的。”斩钉截铁地对振海说完，又转头叮嘱女儿，“做个好媳妇，孝敬好公爹公婆。”

宇洁直接无语，“嗯”了一声，依旧坐在灶门口的板凳上，没打算挪窝。

“我们要请春客，也不能过来帮忙。但您郎身体不太好，哪里应付得过来？”振海担心她身体吃不消，随后又赶紧补充道，“刚才那些话，也是我大跟姆妈的意思。是他们逼我们来的。您郎要是不答应，我们回去没法交代的。您郎要宇洁孝敬公爹公婆，如今她连公爹公婆交代的事都办不好，那是不是就不算孝敬了？”

女婿将的这一军，大丫直接就忽略了，揩一把被烟熏红了的眼睛，笑着说道：“那就代我谢过你爹娘，说意思带到了，心意我也领了。等我哪天倒床[②]，实在不得动了，再说麻烦你们的话。”

娘那个不向困难和挫折低头，万事自己扛，生怕麻烦别人——哪怕是亲生女儿的硬气好汉脾性，宇洁跟振海太清楚了。如今看来，还是没办法说服她。二人只得再三叮嘱她千万别太劳累，然后拉开门闩，顶风冒雪回去。

刚一出门，宇洁就捂住嘴巴，嘤嘤地哭。振海搂过她的肩，两人踩着积雪，无言地艰难前行。

为吸引更多手工业者加入合作社，振海想了很多办法。其中一条，就是每月张榜公布收支，以及每个社员的收入。入社的收入还不如单干，人家肯定不加入。振海是这么想的。

---

① 正经人：方言。指当家主事的人，顶梁柱。有时也指主要劳力。

② 倒床：方言。意思是重病在床、卧床不起。

根据公布的情况，没入社的人悄悄算了算，的确比单干强，于是申请入社者络绎不绝。比如竹器社，刚开始只有二十几个人，现在发展到了一百多。各合作社欢天喜地分完红，然后放假，社员们就兴高采烈地置办年货了。

随着入社人员的增多，振海在社员和街坊中的威信，丝毫不比顾有恒这个区委书记差。刚开始，是他求着人家入社，现在是想入社的人求他。毛遂自荐引发的风波，也烟消云散，再无人提及。甚至觉得，振海这块好钢，终于用到了刀刃上。这个局面，出乎所有人意料，区领导一高兴，去掉他那个“副”字，担任了合作化办公室主任。

腊月二十八，大雪还在下。尽管起的是夹壁屋，但经不住亲朋撺掇，振海还是请了回客，庆祝新屋落成。也提前给儿子援朝把周抓了[①]。

不等伢儿满周岁就抓周，也是迫不得已。“过屋”只能当年办，不能拖到明年，所以年前要办完。伢儿抓周也是必须的，何况还是长子。不好意思麻烦亲戚朋友连着破费两回，就一起办了。而选在腊月二十八，一是再过两天就进入新的一年，过屋拖无可拖，二是也离援朝的周岁生日更近些。

“过屋”是大事，只有起得起屋的人家，才有资格“过屋”。也不是起个么样的屋，都能办这个仪式的。比如你搭了个芦苇或者茅草棚子，也不好意思“过屋”。就是你“过屋”，亲朋好友也不一定有脸来，而且还会招致讥讽和嘲笑。所以许多人家，几辈子都不敢起这个念想。就比如振海的曾祖父、祖父及至父亲田道清，都没动过这个心思。至于再往前几代，是否“过屋”过，振海就不晓得了。

如今终于敢“过屋”，同时长子长孙“抓周”，让田家上下兴奋不已，亲朋好友也为他们高兴。

一大早，就有三三两两的客人顶风冒雪来了。在门外放一挂

---

① 把周抓了：俗语。意思是做过周岁生日庆贺仪式了。

鞭炮，满脸喜庆地双手抱拳，对迎客的东家拱拱手，笑呵呵地连说“恭喜，恭喜！”或者“贺喜，贺喜！”田道清与大儿子振海、三儿子振江则回应“同喜，同喜！”然后发烟，把客人迎进屋，说“随便坐，随便坐！”

贺礼交给礼房，客人们有的找位子坐，等着吃桌盒，有的满屋子参观，嘴里发出“啧啧啧”的称赞声，也有的逗小援朝玩。

女儿女婿乔迁大喜，长外孙抓周，双喜临门，大丫放下所有不快，喜滋滋地过来帮忙。

客人们吃过桌盒，大丫挤在熙熙攘攘的人群里，正拿老丝瓜瓤子收拾桌子。一抬头，见宇明媳妇赵桃花和宇亮媳妇胡淑文来了，连忙丢下老丝瓜瓤子，迎上前去打招呼：“哎哟，舅娘们来了！稀客，稀客！快屋里坐，屋里坐。”

“没来晚吧，三爹？”跨进门槛，把贺礼——四只瓷碗和一套婴儿衣服——递给宇洁，桃花满脸堆笑地问大丫。

“不晚，不晚！舅爷舅娘不到，正席不能开的。刚刚吃的是桌盒。”大丫也满脸堆笑，一手挽着桃花，一手挽着淑文解释。

李志伟带着小妾跑了，李郭氏跟李志华夫妇也过世了，李家家道中落，犹如过了白露的庄稼，一日不如一日。兴许是矛盾的制造者走了，兴许是矛盾的基础没了，差不多断了的亲情，在三兄弟的后人手上，又突然接续起来。相互间走动勤了，他们家里的事，也主动来跟大丫和宇洁、振海商量。

当然，主导转变的，是大丫这个三爹宽容大度、宅心仁厚的人格魅力，很有点类似于老夫人李周氏。这一点，大房、二房后人的心里，明镜似的。尽管年纪跟宇明、宇亮相仿，甚至还小一两岁，但格局大多了，似乎忘了爹娘给她的种种非难，只记得都是李家之后。

这让他们不仅崇敬，而且充满了信赖，同时敬佩老妈李周氏的眼光。想当初，李周氏就指定大丫为李氏内当家。只是可惜，却因为这个，闹得父辈兄弟不睦，直接分家。

“三爹！我下午炒炒米，但熟沙少了点儿，能不能借您郎的沙炒一下？”看着熟睡中的援朝，桃花突然说。

“那有么问题呢？门又没关，自己去拿好了。”大丫不假思索，一边埋头抹桌子，一边爽快地应道。

通海口镇民风淳朴，即便如“李宅”住了十几二十家的大杂院，都不兴锁门的，相互串门甚至取个物件急用，也不用事先打招呼。所以桃花很快又道：“我找过了，但没找到。”

“哦！在床底下，你去摸，肯定摸得到。”也许是忙昏了头，或者高兴坏了，大丫竟忘了装熟沙的瓦罐里，还藏着二十几块银元。

桃花出门时，宇洁连忙挽留，叫她坐了席再走。桃花说：“晚上要熬糖，我得抓紧炒炒米，一会儿叫舅爷来坐席。天气不好，您郎们也别再去接了，他肯定来。”

“那就得罪舅娘了！”宇洁赶出来给了回礼，歉意地说。

淑文家里没事，自然留下来坐席。

64

天气不好，远道的亲朋还得赶路回去，所以很快就开席。

随着热气腾腾的菜一碗碗端上桌面，人们酣畅淋漓地吃喝起来，把酒席掀起一个又一个高潮。

三间屋都摆了桌子，振海便从这间屋到那间屋轮番跑，劝客人吃好喝好。其实，也在查看是否漏了客人。

回到堂屋，碰到从灶屋出来的宇洁，皱着眉头小声问：“怎么没见宇明哥呀？赵舅娘不是说宇明哥来的吗？这之阳哥也真是，舅爷没到，怎么就开席了呢？”

夏之阳，今天的知宾。礼房则聘了合作化办公室会计杜文斌担任。一个是连襟，一个是同事。

“没来吗？”宇洁也大吃一惊，连忙去各间屋走了一圈，也来不及问夏之阳怎么回事了，皱着眉头说，“那你赶紧去接！看来，只有对不起舅爷，坐第二巡[①]了。”

“好！我这就去。”振海应道。

“快点儿去！第一巡吃完，第二巡接着就要开了。”宇洁催促道。

女儿女婿的对话，仿佛一声惊雷，在大丫耳旁炸响。她猛地记起桃花借沙的事，霎时惊出一身冷汗，脸色惨白，一边脱围裙，一边说：“正好我要拿东西，顺便叫他过来。”

两人吓了一跳，异口同声劝阻。振海说：“这么个鬼天气，摔一跤么办？还是我去吧。”宇洁也说：“振海去吧！他年轻跑得快。您郎要拿么家[②]，叫他带过来就是了。”

大丫二话不说，拉开门闩，迈动一双小脚，就毅然决然地踏进积雪，把女儿女婿惊得目瞪口呆。

“李宅”两个字，依旧在那个大门楼上嵌着，然而住在里边的，却不再只是李家的人，而有十好几家租户，成了一个喧闹的大杂院。宽敞的走廊里，也早不见了李志伟砌的隔墙，被或大或小或高或矮星罗棋布的灶台所取代，有的还扎了个鸡笼在门旁。院子里的假山早就推了，搭起了各式各样的棚子。空余的地方，则蜘蛛网般拉着晾晒衣物被子的绳子。一天到晚，狗吠鸡鸣、少哭老叫不绝于耳，烟火气十分浓郁。

钱梅也再次住回“李宅”，但换了个男人，叫夏之阳。

经不住大房、二房恳求，以及钱梅等人劝说，加上镇里也出了规定，大丫便把朝外开的门封了，又开在了院子里。

在这寒天雪地北风呼号的年关时节，大院里的门户都紧闭着，一个人影没见，连鸡都不敢出笼，狗也瑟瑟发抖地蜷缩在各家各户。所以，大丫一路溜溜滑滑，气喘吁吁地回到“李宅”时，一股凄凉气息扑面而来。

---

① 第二巡：江汉平原请客，如果客人太多，则分几拨坐席。第一拨叫第一巡，然后依次叫第二巡、第三巡。

② 么家：方言。“什么”的意思，与“么事”同义。

大丫无暇顾及这份感受，而是匆匆走向宇明的屋。她要先去看看，桃花拿了熟沙没有。

还没到宇明的堂屋，钱梅突然在身后叫了她一声，然后快速追上来，好奇地问：“幺爷[1]家的酒席还没完，您郎么样提前回来了？”

大丫无心搭讪，随口问：“第一巡这么快就散了吗？我出门的时候，你正在桌上吃的呀？”

“嘻嘻！这不天冷吗？担心婆婆和夏魁吃了冷的不舒服，等菜一出齐，就夹了些赶紧跑回来了。”说着，把手里的篮子举了举。

夏魁是她儿子。

通海口地区吃酒，有带菜回家的习俗。大概是喜气共沾吧，因为不可能全家都去的。男人们不屑于干这种齿冷勾当，甚至厌恶，因为没菜下酒了。当然，东家会出几个腌菜或者花生米之类的冷菜，满足男人们下酒的需要。但女人脸皮厚，往往菜刚端出来，就一抢而光，碗比狗子舔过还干净。所以，除了至亲去全家，稍疏的亲戚和乡邻，大都派女人去。男人们虽不屑于抢，但女人们抢回来的菜，关起门来吃，甚至酌一杯小酒，还是津津有味的。

大丫叹了口气，说：“唉！姨爷姨妈接你们全家，你却把婆婆跟夏魁留在屋里。你说夏魁才一岁多，都不能吃，一个婆婆又能吃多少？”

钱梅脸一红，忸怩道：“又没赶个么拿得出手的情，哪有脸一家都去坐席？叫之阳当知宾，已经给我们面子了。”

“姨爷姨妈没拿你们当外人，自己倒是见外了。”大丫没心情跟她耗，接着说，“抓紧回屋吧，菜冷了。”

“好！那我回屋了。”钱梅一扭身，回了自己的屋。

宇明伏在桌上写对子。听见敲门声，正跟他老子打下手的忠茂赶紧开门，一见是大丫，就问：“三爹来了？”

反手关上门，大丫嗔怪宇明：“桃花说叫你去坐席的。钱梅都

---

① 幺爷：方言。江汉平原一些地方把小姑妈叫“幺爷”。钱梅比宇洁大，又是干姐妹，所以叫宇洁“幺爷”。

吃完回来了，你怎么还在家里呀？难道还要姑爷三请四接？”

“哎呀，哪敢劳姑爷三请四接呀！我这对子没写，糖也没熬，都赶一块了。叫忠茂去，他又懒得出门，说外面冷，就耽误了。”宇明满面堆笑地赔小心，扭头赶儿子，“还不快去！再不去，姑爷姑妈怕是要怪罪了。”

“只要你不怪罪，说舅爷没到，他就把席开了，就行了。他哪会怪罪？毕竟，帮他省了一个席位哩。”

她口头说不怪罪，宇明还是听出了抱怨的意思，连忙打起呵呵：“不怪罪，不怪罪。怎么会怪罪姑爷呢？是我们对姑爷不起，没给姑爷面子。”

大丫没敢忘了正事，对着灶屋喊：“桃花！炒米炒完了没有？炒完了我把沙拿回去。舅爹姨老妈们要来，我晚上也要炒些花生。”

租客一多，“李宅”下面的那扇大门，便再也没法关上了。因为不管白天黑夜，都会有人进出。如此一来，原先的堂屋便用不成了，只能当过道。于是，宇明把东边第一间房改成了堂屋，第二间改成灶屋，并把两间房打通。

“哦，三爹呀！我没拿您郎的。回来的时候，见胡老妈刚炒完，就顺手撮来了。”桃花继续忙碌，对着堂屋叫道。

“哦！你没去拿呀！”心中的一块石头落下地来，大丫呼出一口长气，迈步进灶屋，“我看看你炒了多少，这么长时间还没炒完？”

但见一只箩筐装满了，搁在案板上的簸箕里，白花花的炒米也堆得冒了尖，桃花却系着围裙，拿一把半截都黑乎乎的麻竿，还在锅里使劲炒，炒得米“啪啪啪”炸响。大丫一声惊叹：“哟！还真是不少，你这准备熬多少糖啊？”

她媳妇王春芝坐在灶门口喂柴火，咧嘴一笑，叫了声“三老爹”。这声“三老爹”，是随怀里的儿子喊的。照辈分算，从大丫数起，算是第四代了。

“家里人多，麻叶子[①]切少了都嚷不够吃。索性就多切些，免

---

① 麻叶子：江汉平原的一种传统年节小吃，用麦芽糖和炒米混合制作而成。

得吵得我脑壳疼。再说了，也不是都切麻叶子的。伢们喜欢泡炒米吃。”把炒好的炒米拿纱撮子①撮起，桃花一边筛沙，一边应答。

大丫应了王春芝一声，抄起一把炒米，无话找话地说：“嗯！你们今日有的忙了。又要熬糖，还要等炒米冷了筛沙，然后再切麻叶子。”

“今年动手晚了。不过也没事，大不了熬个通宵呗！”

桃花刚刚说完，就听宇明在堂屋招呼客人：“哟！唐师傅，您郎来这么早啊？坐，请坐！”

“那你们忙吧，我就不打扰了。”大丫往外走，到了堂屋，又对熬糖的师傅说，“辛苦您郎了，唐师傅！”

“三老妈也在呀！”唐师傅接过忠茂的烟，夹在耳朵上，“呵呵！习惯了，不辛苦。”

大丫还是不放心，回家关上门，钻到床底下，一扒拉那个瓦罐，脑袋就“嗡”的一声响，人瞬间如傻掉了一般。

瓦罐还在原处，重量却轻了不少。稍一迟疑，迅速拖出来，只见原本装得满满的瓦罐，只剩半罐沙了。她不死心，迅速把罐口朝下，全部倒到地上。

望着满地沙子，大丫眼睛都要滴血了，愣怔了半晌一动不动。随后，把沙迅速扒开，扒得半个房间都是。但是，除了一地熟沙，哪里还有银元的影子？半块都没见着！

她又爬进床底，眼睛瞧不见，便用手仔细扒拉。然而，除了扒拉一手鸡屎老鼠屎，依旧是半个硬物都没有！

她当命根子一样守护的棺材本，就是再难熬也不敢打它主意的棺材本，不翼而飞了！

大丫只觉血往上涌，脑壳一片空白，脸色惨白如纸，脊背上冷汗阵阵，坐在地上又是半晌无语。

稍稍清醒过来，大丫的第一反应，就是桃花见财起意，把银元

---

① 纱撮子：滤沙的工具。炒米是用沙炒的。为减少炒米里的沙，起锅时，趁热先用纱撮子筛一下。

倒走了，然后找胡老妈借沙，就有了没碰她瓦罐的借口，还有了胡老妈这个人证。但不管是么情况，也不管她如何抵赖，都必须去问她一回。

毕竟，天底下哪有这样巧的事？她说过要借沙，回头又不借了。哦！这借与不借之间，藏在瓦罐里的银元，就不翼而飞了。这可是自己的棺材本哩！

“家老妈！还在家吗？”大丫刚要起身，门外却响起了钱梅的呼唤。自从生了夏魁，一直叫她家老妈。

颤颤巍巍开门，大丫问她么事。钱梅说要回乡下过年，所以就没买油盐。问她再借一调羹油半勺盐。

钱梅经常来借柴米油盐鸡蛋腌菜，倘若她不在家，直接就进门取了。事后有时讲一声，有时忘记了，就讲一声的口舌也免了。而且只有借，却从未还过，不过使了个“借”字罢了。大丫也不跟她计较，只要家里有，从没打过拦路板，需要么事就给她么事。毕竟是认了干女儿的。

听说借点儿油盐，当即就答应了。钱梅也不客气，自己到灶台边上，从油碗里挖了一调羹油，又从盐罐里舀了一勺盐。

油么样要“挖”呢？原来，那碗里是棉油，天冷凝固了。这一“挖”，当然就冒尖了，不止一调羹。而她开口的半勺盐，实际也快漫出来了。大丫看都没看，任她取。谁让自己是干娘呢？何况，她要抓紧去问桃花，也没时间跟她计较。

待钱梅喜滋滋地回去，大丫忙拉上大门，用板凳顶住，急步小跑再去宇明家。但是刚跑了几步，她就停住了，怔怔地杵在走廊里一动不动。

这可不像筛子筲箕擀面杖，轻轻松松地回一句拿了或者没拿就能完事的。这话一问出口，就有了牙齿印[①]。不管她拿了还是没拿，都会撕破脸。而且可以预料的是，她铁定说没拿，并跟自己翻脸。涉及清白的事，除非抓了现行，或者有铁的事实，谁肯轻易认

---

① 有了牙齿印：俗语。意思是有痕迹了。后文“没牙齿印”，意思是没有痕迹，或者不着调、不着边际。

账？她此前提胡老妈，就已经暗示过了。自己又不能搜她的家，即便搜出来，她不承认也是枉然。毕竟，她有产业，有房屋出租，家里存几十块银元，还不是稀松平常？自己的银元又没做记号，狠话说你能咬它出血来呀！所谓捉贼要拿脏，无凭无据地去问，肯定会被人喷个狗血淋头。

回过头来又仔细想，腊月二十四炒过炒米，这几天帮女儿准备“过屋”和外孙“抓周”请客的事，也累得不行，就偷了个懒，没检查银元在不在，并不敢肯定是今日没了的。早被人顺走了，也说不定。刚刚去她家里，她一家人的表现跟表情，好像也不是做了亏心事的样子。而且，她也不是手脚有毛病的人，更不是缺钱的人。另外，院子里住着一二十户人家，平时都不锁门，只是拿条板凳顶在半掩的门背后，谁都可以进来，也就谁都可能顺走。甚至伢们躲猫蒙[①]，突然间钻进床底下，碰翻了瓦罐，发现了银元，也有可能。

更有甚者，租客小王的娘时常来镇上，他们那间屋住不下，跟她一张床也挤过好几回。

想起这些事，她就犹豫了，举棋不定，甚至懊恼自己怎么那么粗心，会把银元放进瓦罐里，也懊恼太大意，竟然缺少防人之心，长期不锁门。面对铁定问不出结果，而且只要一问，就铁定撕破脸皮的结局，大丫极其纠结，心里一团乱麻，吃了灶麻子[②]般难受。

俄顷，她又一个激灵，转身回屋，吃力地移动桌子，再搬板凳搁在上面，颤颤巍巍站上去，把手伸进瓦条，仔细摸索。她怕人家发现银元之后，觉得她屋里还藏有其他宝贝，连锅一起端了。

还好！两个布包都在，打开一看，玉镯跟耳环也原封不动地躺在布包里，这才松了一口气。

从桌上下来，大丫捏着两个小布包，像没安引窝蛋的鸡母，在狭窄的屋子里转来转去，不知如何是好。屋里显然不安全了，但她实在不晓得，该把它们藏到么地方去。交给宇洁保管？当然是不错

---

① 躲猫蒙：方言。即捉迷藏。

② 灶麻子：方言。指蟑螂。

的选择。但是，原本是想等她生个女伢了，给外孙女的，这突然给她玉镯耳环，之前没透露半点儿风声，虽说是亲生的，她会不会多意思？会不会吓着她呀？

按正常情况，大丫不会有这些想法。可在心乱意迷之下，她这么想，似乎也正常。还有那二十几块银元，她在不能跟桃花对质的前提下，第一念头是报案。毕竟是自己的棺材本，何况也不是小数目！但是，经过激烈的内心争斗，又痛苦地摇头，无奈地放弃。

钱财很重要，但特别像她这样的穷人，亲情却是再多钱也买不来的。大房、二房是对她不起，却是她们那辈人的恩怨。她不想把自己那辈人的恩怨，延续到宇洁他们这辈来。何况，老夫人李周氏对她不错，那份恩情她一直记着。而大房、二房的伢们，对她也还可以。报了案，钱财有可能追回，毕竟只是眼面前的事，面对新政权的强大，没人能心存侥幸。但是，不管是否桃花拿了，公安肯定先找她，毕竟她的嫌疑最大。只要公安找她，亲情就没了，而且他们在街坊面前，就再也抬不起头来。

所以这个事，她甚至都不能跟宇洁振海提，以免他们心里有疙瘩，跟宇明他们生芥蒂。

65

紧握着两个布包，大丫在屋里转圈，权衡着亲情与财产孰轻孰重，痛苦地做着抉择。

最后，她哀叹一声："唉！二十几块银元，看来只能哑巴吃黄连，就这么阴消[①]了。"

"家老妈，家老妈！"大丫正做着痛苦的思想斗争，还没想好玉镯与耳环的安顿办法，钱梅又在外面拍门呼唤。

---

① 阴消：方言。意思是暗暗地消失、悄悄地平息，就这样算了。

大丫是把门闩上了的。愣怔片刻，才应了一声："哎！"

"我们回乡下去了。两只鸡，麻烦您郎帮忙喂几天。"

大丫以为是关在她家的鸡笼里，也没开门，应道："晓得了，我早晚帮你去喂。"

不想钱梅捉着两只鸡，是要放大丫家里。只见她推了推门，说："大白天的，您郎闩么事门哪？我把鸡捉来了，省得您郎两头跑。"

"哦！"大丫也听到了"咯咯"的鸡叫声，赶紧把两个布包塞进枕头下面，转身开门。

钱梅进屋，见桌上搁着条板凳，心下一个咯噔，惊问："您郎这是搞么名堂？"

大丫愣了一下，讪讪笑道："哦！没么事，我在掸扬尘。"

"哦！"钱梅这才放下心来。说实话，第一眼看到，她还真是产生了非常不好的感觉，以为大丫有么事想不开。见她不是寻短见，又说，"我记得过小年那天，姨爷帮您郎掸过的呀？"

大丫又讪讪一笑，道："好像还有几块丝幔[①]，可能是掸漏了。刚刚看到，就又掸了一下。"

"没见丝幔哪！"钱梅也是一根筋，一副打破砂锅璺（问）到底的神态，抬头望向屋顶仔细搜索，又似自言自语，"姨爷做事蛮细心的，怎么会留丝幔呢？如果真有，那我可要跟他郎说道说道了。"

"兴许是一时眼花吧，你也别说他了。"大丫恨不得她快走，接过鸡塞进笼里，"天气不好，也快黑了，到夏家垴还有几里地，你们快走吧。鸡你就放心了，我会喂的。"

"我看您郎手上没扫帚，身上头上也没灰尘，哪像个掸扬尘的样子？"钱梅好像钻牛角尖里了，打量着大丫。

大丫哭笑不得，问道："你是不是不回乡下去了？跟之阳吵嘴了，还是跟婆婆怄气了？"

钱梅没话找话，也是要印证一下，大丫是否真的没事，真的不

① 丝幔：方言。指蜘蛛网。

是寻短见。听她这样说，才讪笑一声说，那就麻烦您郎了。

钱梅一走，大丫心想，既然玉镯跟耳环还在，那就说明放在上面，还是安全的。家里也的确没其他地方可藏，暂时也只能再放回去。于是，再闩上门，从枕头下摸出那两个布包来，依原样塞进去。

"李老妈，李老妈！您郎在家里吗？"

门突然又被敲响，还响起了振江似乎有些急迫的声音，骇得大丫差点儿从板凳上掉下来。连忙稳住神，应了一声"在家"，这才小心翼翼下来，把桌子板凳原样摆好，再去开门。

原来，客人差不多走光了，忙碌一天的田家张罗吃饭时，却发现大丫还没回，便差振江过来喊。

遇着这大的事，大丫哪有心情吃饭哪？第一念头是回绝，转头一想，好像不太好。不然，田家老少还不知么样想哩！说不定，振海也该来了。于是，在振江的搀扶下，再去田家，强装笑脸，吃了一餐没品出滋味的夜饭。

棺材本丢了，大丫的年当然没办法过好。不仅年没过好，而且跟魂魄丢了似的，好长时间都神情恍惚，出门做事也心不在焉。

她丢的，当然是银元，但又不止是银元。要知道，她是放在瓦罐里，塞在自家床空底下，凭空消失——不！不能说消失，银元肯定还在，只是从她的瓦罐，转移到了别人的口袋的。而不是带在身上不小心弄丢的，或者被恶人抢走的。大丫觉得，二者有着本质区别。说得直白点，是被她信任的人阴了银子，又要了人。

偷她银元的歹人，肯定是这个院子的，是她当作好人、没加防备、碰面了还热情打招呼的人。甚至是比她有钱多了，而她又视为亲人的人。

每每想到那人跟她打过招呼，转身就一边偷偷地笑，一边骂她憨B时的得意忘形，她就头疼欲裂。尤其令大丫接受不了的是，她还不能跟人去讲、去问，只能闷在心里，独自咽下这杯苦酒。

当然，她也在暗中察访，希冀从对方的表情和言谈中察访出些许端倪。然而，却是一无所获。所有怀疑对象，都既像心里有鬼，又像光明磊落，让她身心俱疲。

这样的日子，大丫熬了几个月，却于不知不觉间，熬成了间歇性的偏头疼毛病。疼起来头疼欲裂，生不如死，只差就地打滚，就像孙悟空被唐僧念了紧箍咒。

娘的这么个情况，把宇洁跟振海骇死了，到处请医生，到处找偏方，田郎中也看过好多回。然而，总是时好时坏，疼起来不要命。

最后田郎中也没办法了，抱着死马当着活马医的心态，无奈地说，我开几包“头疼粉”试试吧！不想，还真给田郎中瞎猫碰见死老鼠，试对了。只要头疼发作，和水吞服半包白色粉末的“头疼粉”，大丫的头疼症状就立刻缓解。

此后的三十多年，一直到临终，“头疼粉”都与大丫忠实相伴。当然，量是不断增加，半包不行就吞一包，一包不行再加量，总之是直到疼痛缓解了为止。有时找水来不及，或者在外面发作了没水喝，她就直接吞服干粉，噎得直翻白眼，也在所不惜。为此，她的床头、柜子里，到处摆着“头疼粉”。甚至身上也揣着几包这玩意儿，以备急用。她常常自嘲地说，除了饭，她吃的最多的，就是“头疼粉”了。——这是后话，提前表过。

年很快就在一片祥和中滑过。田家随后的事情，出乎意料地顺利——

十只小猪娃快乐地吃了睡睡了吃，当然也欢快地嬉戏，欢快地长膘。振海没敢捉十五只，猪圈实在小了些。就是十只，长大了也是挤的。之所以还捉了十只，他的如意算盘是喂成半糙子，就卖几头，总能换点儿钱回来。剩下的，喂到年底再卖。

振江满怀理想和憧憬，穿着大嫂赶做的里里外外——包括棉鞋棉袜——一身新，兴高采烈去朱雀读高中。

借方湾的窑再烧一窑砖瓦的事，包括时间都已敲定，而板砖旋瓦的取土地点也落实好了。顾有恒那话说得清楚明白，并不是不准他起砖瓦屋，只是不准他在人家前头起。所以，振海不死心，暗想提前准备还是必要的。假如哪天可以了，他却没准备好，还不后悔得床单都蹬烂了？

……

也不知是哪个归纳的，说理想很丰满，现实很骨感。这话用到田家，再恰当不过的。

就在一切都朝着既定目标稳步推进时，六月中旬开始的一场特大暴雨，竟断断续续下了差不多两个月，直到八月才结束。直把大地下成一片泽国，真乃是“一片汪洋都不见”，也把振海的谋划淹进浊水，化为泡沫，冲得无影无踪。同时，让大丫找回棺材本的梦想，也浸泡在那汪洋大海之中，再无实现的可能。

所有人的注意力和精力，都集中在了对付这百年不遇的特大洪涝上。

田家最早上抗洪一线的，是振海。各手工业合作社成立了联社，他是社长，自然是带着联社突击队，第一时间上前线，来到最为凶险的长江大堤。紧随其后，是第三天上长江大堤的田道清。全区的男人都上了，他作为初级合作社的社员，自然也得上。然后是宇洁跟慧娟，男人不够用，青年妇女便在第七天上了通州河堤。最后上的是大丫，编到了通州河防洪后勤队，负责给宇洁她们做饭。家里带两个伢——振河跟援朝——以及喂猪等所有事情，一股脑儿地丢给了幺珥一个人。真正的全民皆兵！

长江的水涨得太快了，大大超过了加固老堤和增加子堤的速度。就是说，面对百年一遇的洪水，他们的付出与努力，注定是徒劳的。只是，人们抱着侥幸而已。

很快，第一道防洪堤倒口了。幸亏省里有预案，提前放弃，所有人退守第二道防洪堤。然而，不过几天时间，第二道防洪堤又失守，再退守第三道防洪堤。

第三道防洪堤，是复城县的最后防线。如果突破，长江洪水将再无阻挡地不仅淹掉沿江几个县，甚至顺流而下，迅速涌进大城市武汉。所以，上面下了严防死守的命令。

其实守与不守，真没意义。整个平原都泡在洪水之中，一些垸子里的水甚至高出江面，更别说沟河湖泊了。许多村庄，只望得见可怜的树梢在水中摇曳。

通州河本就千疮百孔，加上国民政府堤防所所谓的“整修河堤”，只是个幌子，纯粹为了搜刮民脂民膏，每年钱没少收，堤却没真修，搞点儿中看不中用的“豆腐渣”工程。经过河水浸泡，整个大堤打回原形，迅速土崩瓦解，把通海口区淹了个透彻。

所幸通海口镇地势比较高，并未完全浸泡在水中，但部分街道也能行船了，台基不高的家里也进了水。低洼处的棚子就更惨了，天天有倒的。也幸亏没么值钱的家当。但是，棚子是没法住了，只得借住亲朋街坊家里。

新生巷的屋台高，振海还砌了几层砖脚，所以他的家，安然无恙。也有淹了或者倒了棚子的亲戚街坊无处安身，到他家借住的。一时间，家里倒也热闹非凡。

幺珥和几个婆婆老老却高兴不起来，热闹嬉戏的都是伢们。望着原本干燥的禾场浊水荡漾，成天提心吊胆，生怕懵懂的伢们去禾场玩耍，或者一个不小心，滑下台阶。更让他们揪心的，是上堤的亲人音信全无。天天听说倒堤，听说淹死人，却讨不到亲人的信，也没办法将家里的情况和焦虑把信给他们。

幺珥的揪心，则更多了一层。那就是十头饿得嗷嗷叫的半糙子猪。街道和庄稼淹在水下，道路和田埂无迹可寻，不仅没法绞扁担草，就是弄点儿青菜萝卜也困难重重。

人都要断炊了，哪里还有东西喂猪？只能充耳不闻，听任它们空叫唤。

幺珥担心的事，果然发生了。猪仔先是饿死了一头，接着是两头。十来天时间，整整饿死了五头。幺珥的心，真是滴血呀！

当然，猪饿死了，人的食物便有了。尽管那猪皮包骨头，从未杀过猪的幺珥，还是横下心来，叫借住的老头们帮忙，把死猪褪了毛，熬了汤给所有人喝。

过了几天，新的问题又来了——柴火快没了。原本灶屋里堆得满满的，振海还在旁边堆了个小皓[1]，按说是满充足的。如今，除了打湿的，差不多都烧光了。毕竟，油多盐多，没有日子多。这么多人天天烧，又没地方去弄，还不很快就捉襟见肘，烧没了？

大热的天，没了柴火，那水又混黄，一屋子人吃饭喝水还有洗澡，都成了问题。总不至于，把屋上的茅草和芦苇拆下来，当柴烧了吧？

幺珥急得，嘴角都起了燎疱。

上堤的人，神经是麻木的。尽管猜得出后方会出现这样那样的困难，但他们唯一能做的，是徒劳地同洪水抗争，根本无暇顾及后方。

直到八月，雨终于住了，大堤内外的水也差不多平齐，人们才意识到，自己的所有付出，都是徒劳的。想清楚了这点，也终于放弃和大自然的抗争。

拖着疲惫身躯，随着抗洪大军，田道清父子绝望地坐船，经过两天颠簸，才回到阔别近两个月的镇上。宇洁、慧娟跟大丫离得近些，比他们早回来五天。

大丫的屋进水，没办法住了，也只得住进田家，跟早前借住的亲戚街坊挤在一起。一看柴火没了，大丫说她家里还有些。用湿柴烧火做饭，尽管熏得泪流满面，眼睛睁不开，总比没有强。

于是借了条小船，娘母子过去拖。水浅的地方，船就搁浅了。只得下船，蹚着水推过去。好在是熟悉的街道，哪里能走哪里不能走，心里都有数。

差不多一个月不在家，大丫依然惦记着瓦条里的两样小东西。棺材本被偷，在她心头埋下了巨大阴影。见她把湿淋淋的板凳搁到桌上，宇洁莫名其妙，问她要搞么事。大丫也不瞒她了，扶着板凳

---

① 皓：方言。垛的意思。此处是指柴火垛。

说："我有两个小布包，你上去帮我看看，还在不在。"

宇洁听话地爬上桌子，再站到板凳上。板凳脚是湿的，一打滑，差点儿把宇洁滑落下来，惊出大丫一身冷汗，连忙说算了，不找了。别把腰闪了。宇洁下来，找了几块湿布垫在板凳脚下，再小心翼翼地站上去。

从屋里进水的印子[①]看，不高，大概齐小腿肚，但屋顶干燥得很。大丫暗道，宇明还真是过细，还屋之前的那回整修，一点儿都没糊弄。不然，一个多月的雨，早就到处漏湿了。就冲这一点，她又觉得那二十几块银元，应该不是桃花拿了。

按照娘的指点，宇洁分别在屋梁和瓦条里摸了好几遍。屋梁上的小布包还在，但瓦条里的怎么也没找到。大丫不死心，叫宇洁下来，亲自上去又摸了几遍，也是没摸到，心便凉了半截，边下来边自言自语："不会吧！"

把小布包递给娘，宇洁问丢了么事，大丫解开布包，一对闪着蓝光的精致玉镯就露了出来。递给宇洁时，黯然神伤地说："老妈留给我一对镯子、一对耳环，镯子是玉的，耳环是金的。你成家的时候，因为有李家留的镯子跟耳环，所以就没给你。想着等你生个女伢了，给我外孙女的，就一直塞在上面。不承想，如今只剩一对镯子，耳环却不见了。"

"不会是下雨冲下来，落到水里了吧？"屋里的水还没脚背，宇洁的眼睛在浊水里睃巡。

"不会！屋顶又没漏。我刚刚摸的时候，还干燥得很。"大丫轻轻摇头，顺手抽了根树枝，心不死地在水里扒拉。

扒拉了半天，实在找不到，只得悻悻然道："等水退了，再找找看。若是实在找不到，就肯定是遭人惦记，改姓了……喏！这对镯子，交你保管吧。放我这里，说不定也没了。"

"别担心，姆妈！肯定找得到的。"把手镯包好，塞进裤子口

---

① 印子：方言。即痕迹。

袋，宇洁安慰完，又道，“抓紧回去吧，家里还等着柴火烧饭哩！”

借宿的人一起帮忙，把柴火搬进屋，娘母子来到猪圈旁边。望着奄奄一息的五头猪，宇洁心痛无比，却也手足无措。

大丫心头也痛，甚至更痛。除了为死掉的和眼前奄奄一息的猪，还为被偷走的棺材本和不见了的耳环，以及偷窃者人性的沦丧，和她视为珍宝的那份实际变得虚无缥缈的所谓街坊“情谊”。

66

自从棺材本被盗，她对院子里的人的信任，就再回不到从前了，尽管表面若无其事。当然，那人或许骂自己傻B，也或许内疚，但表面也会装得若无其事。然而她（他）不管么样装，面对自己，绝对不可能像之前那样坦然。

大丫这么想着，头疼突然又发了。宇洁见状，赶紧冲了半包头疼粉，亲自喂娘喝下。

经历过太多波折，早已坚强坚忍的大丫，不可能长期生活在阴影里，也不容许发生过的事情，在她眼面前再度发生。她要救这五头猪，不能让它们也死掉了！而且她坚信，这五头猪之所以还顽强地活着，是悠着一口气在等她回来。就仿佛，她和这五头猪，冥冥中有着某种关联。

这是大丫此刻的倔强想法。所以，头疼刚刚好转，她便放下心中的痛楚，跟宇洁撑着借来的小船，凭印象去了通州河坡自家的菜地。

通州河仿佛宽阔无边了，且水流湍急，到处打着漩涡。然而这份凶险，并未吓倒一心救猪的母女俩。所幸的是，大丫的菜地，略高于别的地方，且是顺着堤坡的，而那堤还在水面之上。

把船系在堤外的一棵大树上，竹篙牢牢地插进地里，然后翻过河堤，进到菜园。尽管水不是太深，还不到膝盖，但为保险起见，两人还是拿绳子，一头系在腰间，一头拴在树上，然后在水里摸索着扯菜。

万一脚下一滑呢？可不就滑进深水里了？倘若滑进了漩涡，天王老子都救不了她们。小心驶得万年船。所以她们的安保措施，还是必要的。

被水浸泡得发黄甚至腐烂的青菜丢进猪圈时，嗅到了菜味的猪们，凭借求生的渴望，挣扎着咬进嘴里。大丫见状，松了口长气，连忙进到圈里，直接喂到猪的嘴边。

水终于开始退了，泥泞的土地，以极慢的速度，艰难地露了出来。望着原本青葱的植物，如今满是蔫不拉几的黄色，甚至腐烂成泥，人们就明白，这一季庄稼彻底没戏了。不仅庄稼没戏，就是牲畜鸡鸭也淹死了好多，倒了的房屋不计其数。损失实在惨重！刚刚复苏的经济，被一场洪水荡涤殆尽。

老百姓心急如焚，干部们更是心急如焚。于是把全部心思和精力，迅速转到生产自救。

水退之后的第一时间，宇洁陪娘回去找耳环。她们把屋里的稀泥用手捏了个遍，只差拿筛子筛，拿篦子篦了。且不说耳环了，就是包耳环的布片，也尸壳没见。大丫这才彻底死心，确认是改姓了。

作为手工业合作社联社的当家人，几百社员等着振海领导自救。其实哪止几百人？是几百个家庭，几千人口！所以，他根本无暇顾及自家的事，更别说板砖旋瓦了。

不能饿死人，是最基本也最起码的要求。为着实现这个目标，振海绞尽脑汁。比如，大水过后，沟河湖泊鱼很多，他组织竹器社日夜编制渔具，免费提供给其他合作社，以及农村的农业合作社。再比如，组织各合作社，到刚刚退水的湖区垦荒，抓紧种速生的萝卜和红苕。

这天，好不容易在家里吃餐夜饭，幺珥没话找话地突然说：“板砖旋瓦的事，看来是要泡汤了。”

谁都没想到，她会突然提这件伤心的事。太不合时宜！

田道清瞪了女人一眼，吼道：“萝卜稀饭都塞不住你那张嘴巴呀！”

振海愣了一下，随即解嘲地说：“好在没板砖旋瓦。不然，也全泡成稀泥了。”

望着憔悴甚至嘴角起了燎泡的男人，宇洁心疼无比，接口说：“砖瓦屋，我们暂时不想了。即使二爷回来，也有这间屋住着。我相信，过不了几年，我们还是会起砖瓦屋的。”

“就是！住了几十年的棚子，再多住几年，又有么关系呀？”顺着儿媳的话，田道清说完，又瞪了女人一眼。

知道自己又说错话了，幺珥埋头喝粥，不再吭气。倒是慧娟，仿佛跟婆婆有默契似的，突然插了一嘴：“能住砖瓦屋，还是早些住。肯定比棚子舒坦。”

但是，她的话，却直接被忽略，没人接茬。整个堂屋，陷入了短暂的沉默，只听得见喝粥的声音。

“如果二爷回来了住不下，你们就去我那边吧！”大丫突然对宇洁和振海说，打破了难堪的沉默。

她这个表态，如同幺珥前面的话一样，也骇了大家一跳，都把讶然的目光转到她脸上。

“唉！我也想通了，再不怕人嚼舌头，也不争那个硬气好汉了。谁要嚼嚼去。反正对我来说，儿子坛子都一样。何况女婿没拿我当丈母娘，是当亲娘待的。过去都是老思想作怪，害振海冤枉吃了好多苦。”说罢，大丫眼圈有些红。为了掩饰，赶紧低头喝粥。

“不急。振湖打信来说，他今年转不了业。转业要到明年。我们还有时间。今年这五头猪，总可以卖些钱的。明年再去烧一窑，再养十头猪，屋就起起来了。”振海似乎胸有成竹。

在大丫跟宇洁的悉心照护下，五头奄奄一息的猪，竟神奇地缓过气来，没有死掉。

“就是振湖回来，我们暂时没伢，住房也困难不到那个地步的。”慧娟红着脸，及时补了一句，好像忘了刚刚说住砖瓦屋好的话。

艰难熬过这一年，转眼又过一年，就到了一九五六年。

通海口区农村由初级社向高级社的转变基本完成，农民的土地、耕畜、大型农具等生产资料归集体所有，取消了土地报酬，实行按劳分配。镇上的手工业改造也基本完成，五花八门的手工业者大多参加了各类合作社。

于田家而言，更是“三喜临门”——

先是宇洁生了二胎，如愿以偿地是个坛坛，振海再不敢忤逆爹的意思，取个不带辈分的名字，直接叫“念梅”。

为这个“梅”字，钱梅还闹了回脾气，说中国字那么多，么样就单单挑了她的个“梅”字？假如叫小名，她是老“梅梅”，姨侄女叫小“梅梅”，太把她这个姨妈不当人了。

在通海口，给伢儿取名，一般都忌讳跟长辈同字。所以，钱梅有想法，也是正常。

宇洁却哭笑不得，说是吴老妈找陈半仙算的，大的叫“梅”，就能带来三个妹妹，梅兰竹菊，四友齐了。钱梅把眼睛瞪得像铜铃，说瞎子的话你们也信？还梅兰竹菊？哄鬼哩！宇洁说还不是哄老人高兴呗！钱梅这才放过。

接着是振江高中毕业，考入复城县师范学校。是否如大哥振海预言的文曲星下凡，就不得而知了，然而将来的工作是铁定轻松，而且田家终于有了个吃文化饭的人。

再是振湖完好无缺地回来。在战场上厮杀几年，而且是跟武装到牙齿的美国鬼子打，振湖却完好无缺！这让通海口镇的人颇为惊奇，人们因此断言，振湖绝对是有福之人。

当然啦！所谓完好无缺，并不是没受过伤，只是身体各个部件，都没损坏。

有福之人田振湖，在家休息了一个多月，正要去派出所上班，却突然接到了火速归队的电报。幺珥跟慧娟一听就急了，胆战心惊地问：“又要打仗啦？”

“哪里呀！”刚刚适应了舒适生活，跟妻子腻得也尝到点儿滋味的振湖，虽然心有不舍，但电报就是命令，战士以服从命令为天职，虽说脱下了军装。于是一边整理行装，一边解释道，“我们的部队整体安置。”

“整体安置？么意思？”一家人面面相觑。

“我也不晓得，电报里没说，只是叫我们到武汉集结。”振湖实话实说，一脸的无辜。

“不会是编瞎话骗你们的吧？”

都是第一回听到“整体安置”这个说法，怀疑振湖拿瞎话哄他们，以为又要打仗了，个个心甚忐忑，幺珥婆媳霎时就哭哭啼啼。及至跟他一同回来的战友到家里邀约，这才相信是真的，满眼不舍地送他们上船去朱雀转车。

站在通州河码头，收拾得意气风发的振湖，一边揩妻子眼角的泪，一边不舍地安慰：“等我安定好了，就回来接你。”

虽不知男人去哪里，去搞么事，这一去是福是祸，慧娟还是一边呜咽，一边使劲点头。

然而振湖前脚刚走，一件意想不到的灾难，却随后就悄然砸向了田家。

这个灾难，就是十一岁的振河，得了一个不知名的怪病。

振河聪明乖巧，可能是四兄弟里最聪明的那个。或许是老幺的缘故，抗战胜利那年才姗姗来迟的振河，尤得大他十三岁的大哥振海欢喜，一有空闲，就顶在头上玩耍。再过一年，就小学毕业升初中了。

穷人家的伢，都是放养的，跟阿猫阿狗没么两样，所以很多男伢叫狗子、狗剩、牛娃、大羊的。当然，叫猪的好像没有，除非骂人。

田道清世代清贫，伢们当然也是放养。伢儿放养也有个好处，就是一般都能野蛮生长，存活率高，不像有钱人家的，动不动就死了。所以吴幺珥生了四个儿子，都活蹦乱跳，没一个死掉的。

振河起初是低热，后来才高烧，有时畏寒、出汗，精神有些萎靡。这种情况过去也有过，他以为是风寒，挺挺就过去了，所以没跟家里人讲。其实他讲不讲，都没多大区别。就是讲了，家里人也不会理会，爹娘还会骂他神经，骂他矫情，骂他认不清形势，把自己当少爷了。这也是放养的特点。

这天，振河恹恹地背上书包去上学，恰好给过来瞅外孙女的大丫碰上了，无不担忧地提醒亲家母：“我看幺叔面相有些差，精神不太好，是不是病了？”

“他能有么病哪？”幺珥不屑一顾，给了大丫一个白眼。

为振江上学的事，幺珥前两年说的那番话，伤肿了大丫的心，至今不能释怀，发誓再不招惹田家闲事的。然而到底还是放不下，便再次提醒：“幺叔时不时流鼻血，还牙龈出血，颈子手腕上还有瘀点。正常的伢，哪会这样呢？要不，找田先生看看吧，可别耽误了。”

幺珥觉得她小题大做，兴许是吓怕了。大丫生了六个，最后只活了宇洁这棵独苗。她觉得，伢儿就是要放养，而不能娇生惯养。大丫就是太小心，太把伢儿当回事，才导致养不活。她生的四个儿子，从会爬起就放养，任他们自生自灭，却个赛个强壮，根本不可能发生大丫担心的情况。这也是她在大丫面前一直有优越感的底气，只是没用语言表现出来。所以想也不想，没好气地戗了一句：“没病没灾的，都打得死牯牛，看郎中搞么事？除非脑壳坏掉了！”

亲家母这话，让大丫不爽，心说好心当作了驴肝肺。然而经过了上次那事，也许其他的话，也激不起她生气了。或者按她自嘲的话说，那次把所有的气，都生完了。望着亲家母的背影，她“唉”地叹了口气，把这份担忧存在心里，想着等女婿回来了再跟他讲。亲家母不听她的，但绝对拿她大儿子的话当圣旨。于是，也忙自己的去了。

不承想振海到武汉办事，三四天没回。

这天下午，还没等大丫跟振海讲，就有学生风风火火跑来说，振河鼻子出血，怎么止都止不住，老师送他到田先生的诊所了，叫他来通知家长。

在家里照护孙女的幺珥，依旧没当个事。乡下的伢流鼻血，还不跟打个喷嚏似的？那老师也是神经，不仅送到诊所，还差个伢儿来把信！后来听了那伢的描述，才抱起念梅，半信半疑地去田先生诊所。

及至见到振河，幺珥才晓得那伢所言非虚，老师也并非小题大做故弄玄虚，倏地一下脸色惨白，吓了个半死，差点儿把怀里的念梅扔到地上。

原来，振河鼻子里的血虽然止住不流了，但胸前的衣裳有一大片血迹，仿佛穿着件血衣。流个鼻血，哪至于流成这样啊！但幺珥仍没朝儿子生病的方向想，而是连忙问道："跟人打架了？不然，怎么就流这多鼻血呢？"

送振河来诊所的老师歉意地说，的确是几个伢，课间休息在操场上嬉闹，撞得振河跌了一跤，可能跌破了鼻子。

"吴婶娘！伢最近有没有么异常啊？"坐在诊桌后面的靠背椅子上，田道德皱眉问道。

"没么异常啊！能吃能喝的，有么异常？大伯问这个，是么意思？"正要责怪老师的幺珥，只得先打住，不解地反问田道德。

"田先生！您郎莫不是看出了么事？我早晨还跟亲家母讲，幺叔面相有些差，精神不太好，身上有瘀点，鼻血比往常多，有时牙齿还出血。想着要不要请您郎看看哩！"听到消息，直接从茶馆赶来的大丫，喘息未定地接口说。

"你咒我儿子呀！"把念梅换了个边，幺珥怒道。

"是的。三太太说的这些表象，我也看到了。不仅脖子上、手腕上，其实很多地方都有瘀斑。脉相也比较怪。感觉是病了，但到底是么病，或者是不是病，我真说不上来。"田道德皱着眉头，没理会弟媳妇，慢条斯理地说完，又劝幺珥，"吴婶娘！伢儿肯定是有病，甚至是耽误不起的大病。只是我医术有限，不知道是么病。为稳妥起见，就像三太太说的，建议到朱雀，请县城的郎中看。"

田道德都瞧不出来的病，那肯定是不得了的大病！两个女人顿时唬了个半死，只觉头晕目眩，差点儿跌坐在地。稳住心神之后，粗心大意惯了的幺珥，也顾不得再跟大丫计较了，把念梅往大丫怀里一塞，一反常态地搂住振河，掀开衣裳满身子察看，紧张地问东问西。抱着念梅，大丫也凑过去察看，满脸焦灼。老师说那就暂时不去学校了，回头叫同学把他书包带回去。

把振河带回家，两个老女人六神无主，不停地转圈圈，屋里屋外进进出出，不晓得该么样办，只盼正经人快点儿回来。

终于等到有人落屋，便神色慌张讲振河生病的事，搞得刚落屋的人也跟着紧张，却又手足无措，只是惊问振河有么感觉，振河说没么感觉，就是没劲，头晕，胸闷，有时尿血。

正说得几人也慌了六脊的时候，在武汉办完事的振海，如及时雨般跨进家门。所有人顿时松了口气，连忙如此这般再说一遍。

风尘仆仆的振海也大惊失色，丢下手提包，转身掀开了弟弟的衣裳。见他身上到处是青紫瘀斑，霎时心疼得落泪。然后二话不说，转身出门去找田道德。

田道德晓得他所为何事，放下碗筷，直言不讳地说："老幺的病，像是出血热，但从脉相和症状看，又肯定不是。出血热我有办法治的。这个病，我的确没见过。后来我查了医书，也没查到。建议抓紧去朱雀，你也有些人脉，找个有名的郎中，说不定有办法。但是，千万别耽误了。"

振海哪敢耽误？跟顾有恒请了几天假，又找朋友借了些钱，第三天一早，就带着四弟坐船去朱雀。

67

他们先是如无头苍蝇四处求医，没一个郎中敢打包票。振海没辙，只得去求夏杰，介绍给朱雀最有名的陈郎中。

陈郎中把脉足足五分钟，也是无奈摇头，一脸苦相地说："这伢的病，我也拿捏不准。建议你们去汉口，那里有最好的医院，也有最好的医生，兴许西医有办法。”

陈郎中的话，叫振海三魂去了两魂，七魄掉了四魄，连夜带着弟弟坐船去汉口。

到汉口大医院的第三天上午，化验结果尚未出来，振河疼得在床上打滚，问：“我是不是要死了？”

“瞎说！医生说你很快就会好的。”振海心疼不已，阻止弟弟胡思乱想。

“那我到底是么病？”疼痛暂缓的间隙，振河问。

振海不知如何回答，因为结果还没出来，医生也没说。忍到下午，振海实在忍不住了，跑去医生办公室，推门就问：“请问郑医生，我弟弟到底得的是么病？”

“你来了正好，我刚要叫护士去叫你。请坐！”郑医生优雅地指了下对面的椅子，却没正面回答。

“他到底是么病？”郑医生的态度，让心里没底的振海更加焦灼，哪敢坐？身子前倾过了桌子中线，盯着郑医生的眼睛，忐忑不安地又问了一句，“怎么疼得这么厉害呢？”

“白血病！”郑医生皱着眉头，也不叫他坐了，轻轻地，却也直截了当地讲了三个字。

从未听过这么古怪的病，振海愕然，追问道：“白血病是么病？”

“白血病也叫血癌。按我们目前的条件，是不治之症。”郑医生不想欺骗家属，说话便直言不讳。

振海只觉眼前一黑，差点儿摔倒。连忙扶住桌子，一股热泪不由自主地流淌下来，接着双膝一屈，“扑通”一声跪倒在地，声泪俱下地哭求：“求您郎救救我弟弟，郑医生！他才十一岁呀！”

郑医生绕过桌子，搀扶他起来，面有难色地说：“医者仁心，我们也想救。但这个在目前，真的是不治之症。”

振河不知何时来到门口，见大哥跪在地上拜求，又听了郑医生的话，顿觉天旋地转，一屁股跌坐在地，扶着门框的手慢慢滑落。

振海连忙起身，跌跌撞撞地跑过来抱住弟弟。

所幸振河只是受了惊吓，但是回到病房，整个精神都垮了，瞪着绝望的眼神，反复哀求：“我不想死，我不想死……大哥，你要救我呀，我不想死啊！”

那个声音和声调，把同病房的两个病人瘆得半死，但也不好说么事，都同情地望着这个伢。

“哪个说你要死了？你放心，我们会倾尽全力医好你的，只要你好好配合。”郑医生安慰道。

“是啊，是啊！这是最好的医院，就没有医不好的病。乖！听郑医生的话。”尽管悲痛欲绝，振海也连忙附和。

振河情绪稳定睡着了，郑医生才带着振海又回到办公室，吩咐道：“他有什么需求，你们尽量满足吧！”

“难道真没法子了吗？求求您郎，郑医生！”振海苦苦哀求。

“这个目前是世界难题，基本没的救。不过你放心，我们会想办法尽量延缓他生命。当然，可能需要很多钱。如果你们硬要治，最后可能人财两空。”

这话貌似无情，实则无奈，因为是实话。振海眼睛通红，咬牙切齿地说：“就是卖血，我也要凑齐医好我弟弟的钱。”

“这不是卖血的事，而且你卖血的钱，可能支持不了一天的费用。这不是骇你。你再考虑一下吧。”

知道郑医生是好心，谢过之后，振海蹲在走廊，陷入了深深的愁苦之中。就是砸锅卖铁，也一定要救弟弟。这是振海唯一的念头。然而，郑医生说得对，没有钱，也就是个念头而已。为了筹钱，必须回一趟通海口。但是，振河这么个状况，须臾离不开人照顾。何况，把弟弟一个人丢在医院，他既于心不忍，也放心不下。

头皮都搔出血来了，振海也没想出一个万全之策。急得实在没法了，他掏出一张字条，看了正面看反面，看了反面又看正面，却仍旧犹豫不决。

字条上是夏杰朋友的电话，说是应急时可以联络。振海不是个爱麻烦人的人，也不想欠人情，所以来了这些天，所有困难自己克服，一回都没联系过。看来，这个人情得欠下了，振海翻看着字条，心里默默地想。终于下了决心，便去郑医生办公室，借用电话。

“只能摇市内，摇不了长途。”郑医生真是个好人。

“谢谢！就是市内。”然后摇了几次，都没人接听。振海像泄了气的皮球，握着话筒，怔怔地立在那里。

“怎么？摇不通？”郑医生关切地问。

“没人接。”

“你找朋友搞么事？借钱吗？”

“我要回去筹钱。但这边没人照顾，我又不放心。想叫朋友过来替我两三天。”振海苦着脸说。

“嗯！的确是个问题。”郑医生点点头，若有所思。随后又说，“筹钱事大，你赶紧回，这边我帮你盯着。另外，你也托付下同病房的朱哥。朱嫂一直在医院里陪着。我看朱嫂蛮过细的，又热心快肠，应该能替你照顾好振河。”

振海想想，也只得如此了，先谢过郑医生，又过来拜托朱嫂。正如郑医生所料，朱嫂满口答应。忧郁地叮嘱振河，说我回去筹钱，很快就回来。你要听朱嫂的话，想吃么事就跟朱嫂说。起初振河一百个不愿意，但知道大哥是去筹钱来给他治病的，便乖巧地含泪答应了。

振海这边正跟弟弟依依惜别，郑医生又过来了，说把你朋友电话给我，如果有急事，我就联系他。振海连忙掏出那张字条，郑医生在振河的病历上记下号码。

振海突然想起来，碰到紧急的事怎么办？便央求郑医生，说假如有急事，麻烦你摇个长途到复城县通海口区委。电话的钱，我回来了还你。

临走，振海还是不放心，也不死心，又去郑医生办公室摇电话。这回终于有人接了，连忙先喊了声周处长，接着自报家门。谁知话筒那头却说，周处长跟领导下乡去了，三五天回不来。振海彻底死心了，当晚就坐船回通海口镇。

听说可能人财两空，田道清夫妇蒙了，半天说不出话来，不晓得该治，还是不该治。

振海不管他们么样想，转身出门筹钱，顺便跟顾有恒续假。顾有恒半晌不语，也是蒙了。

振海以为他不同意，毕竟手头的事耽误不得，便说："如果不能请假，我就辞职。总之，我是要去汉口照顾老四的。"

"别动不动辞职好不好？辞过一回，辞上瘾了？还是想威胁哪个呀？"顾有恒哭笑不得。

顾有恒说的辞职，是指他毛遂自荐到手工业合作化办公室工作那事，被通海口区的人当成是辞职了。

"书记！我知道您郎一直照顾我。但请那长时间的假，也是过分。而且，也不晓得要多长时间。但是，这也是没办法的事。为不给您郎压脚①，我今日起辞职，希望您郎批准。"

"你决定？你决定个么事？你能决定么事？别动不动拿辞职来威胁组织！"

顾有恒不客气，一连几个反问，搞得振海满脸通红。思忖片刻，轻声说："我说的是真话。而且，也不想您郎为难。"

"你先去吧！老四这个病，也是情况特殊，相信同志们会体谅的。"顾有恒想了想，不再为难他。

"我不能占着茅舍不拉屎的，书记！辞职的事，我心意定了。"说到这里，振海眼睛一红，又嗫嚅喃喃，"也不晓得，我离开这两天，老四是个么状况哩！"

"老四看病需要钱，我知道你没钱。这些钱，也不多，拿去应个急吧。"顾有恒没再说么事，拉开抽屉，抽出一把崭新的人民币递给振海。

---

① 压脚：方言。意思惹麻烦、为难。

“我借您郎二十块，打个借条。剩下这五块，给您郎过生活。还有小半个月哩。”振海没客气，他回来就是筹钱的。接过来数了数，记下数额，又退了五块。从办公桌上抓过纸笔，写了张欠条，顺便写了个辞职申请，一起递过去。

顾有恒没吱声，但叹了口气，一起收了，锁进抽屉里。

振海又找做生意开店铺的朋友，听说是救命的，都没说二话，直接拿钱。加在一起，振海合计了一下，总算是借了一千多块。他也晓得，这些钱，于救弟弟的命，或许也就杯水车薪。然而，总比没有强。

大丫不声不响回了趟娘家。听说是借钱救命，黄家大湾的人们二话不好，十块二十块地凑，甚至还有五块一块的。请人写了借据，自己按了手印，许下还债的日子，怀揣借来的三百多块钱，又马不停蹄回镇上。

傍晚振海回家，田道清望着一脸憔悴的长子，含着泪说：“伢！我跟你姆妈昨天嘀咕了一晚上。大医院都说是不治之症，那就不治了，省得人财两空。”

“那是您郎儿子，也是我兄弟，怎么能眼睁睁地放弃呢？不行！我一定要想办法医好他。”振海有些生气，瞪着一双吓得死人的眼睛。

“不是我们不肯治咧，也不是你这个大哥当得不称职咧，伢！难道我们愿意放弃他？怎么说，也是我身上掉下的一块肉。但也不能都被他拖累了不是？”幺珥一边抽泣一边附和，声音颤抖得不行。眼睛也红肿得厉害，明显是哭的。

“您郎们说的道理，我懂。但我不会放弃的！”振海以少有的语气，恶狠狠地吼道。

幺珥叹了口气，又瞅老头儿一眼，不再吱声。田道清抹了把泪眼，也闭嘴，把旱烟铜嘴含到了嘴里。这时大丫回来了，一进门，就掏出一把钱给女婿。

振海一惊，忙问：“您郎哪来的钱？”

“我这些年还有些积蓄。也不多，就这三百多块。你都拿去，应个急。”大丫没跟他讲实话。

“怎么把您郎也牵扯进来了呢？”振海更加惊悚，眼睛瞪得像灯笼。丈母娘有钱没钱，他再清楚不过了。

田道清夫妇也是吃惊不小，说真是难为亲家了。

“是钱亲还是人亲哪？钱财去了有来的，人去了就一缕烟了。唉，可怜的四爷！”大丫瞪了女婿一眼，说完又幽幽地叹了口气。

她这一口气，直叹得幺珥心里发毛，以为还纠结在对她的伤害中，连忙道：“李老妈！我代老四多谢您郎了。”

“我没把四爷当外人，吴老妈！”大丫轻声应道。

宇洁也回来了，她也只借了三百多块。把钱给男人，又拿出平时舍不得戴的一只玉镯和一对耳环：“喏！把这个带上。说不定汉口的行情好些，可以多换点儿钱。”

“那是李家祖传的。而且你身上，也就这点儿值钱的东西了，还是留着吧。这一凑，就凑了一千几。可能花不了那么多钱的。”振海伸手挡住。

就是过去再困难，也没舍得拿镯子和耳环换钱。宇洁嗔怪道：“你这人怎么拎不出轻重啊？还有么事比四爷的命更金贵呀？拿着，备不时之需。”

“当用不省，伢！现在不是心疼东西的时候。”大丫也劝女婿，眼里满是怜爱。想想，又转向宇洁，“我给你保管的那对镯子，也给振海带上吧。”

“使不得，使不得！使不得的，姆妈！”振海双手乱摆，眼里噙着泪水。

宇洁二话没说，又转身进厢房，拿出一对镯子递给娘。大丫转手塞进振海手里，只说了一句：“保命要紧！”

“能不用我尽量不用。”振海的声音有些颤抖。

慧娟也拿着一把钱，说：“大哥！我没地方借，振湖又不在家。这是他回来，给我的五十块，一直没舍得用。”

“不行，不行！振湖这一整体安置，也不晓得你要不要跟着去。你们用钱的地方多着哩！我手上的钱，应该是够的。”

“怎么说，也是振湖的弟弟，他也该尽一份责任的。振湖不在家，我也帮不上别的忙，您郎也算是帮我们了。”

慧娟把钱放到桌上，也让两老对她刮目相看。振海不好再说么事，只得都收了。

吃完夜饭，找出振河的换洗衣服，连同自己的一起，把一千七百块钱和两对手镯、一对耳环小心翼翼地包在里边，振海连夜坐船去江口。

医院没治疗白血病的经验，一切全靠摸索，用药就特别多。振海带去的一千多块钱，很快就捉襟见肘。而振河的病情，并没随钱流水般地花出去，有丝毫好转，反而是每况愈下，疼痛加剧，有时还陷入昏迷。

振海每晚蜷缩在医院的过道，从未上过床。头发稻草般乱糟糟的，身上都长虱子了，馊味隔老远就闻得到。每天只吃一顿，饿得眼冒金光，也未敢在自己身上乱花一分钱。

兜里的钱快没了，他去街上转了转，也跟医生和病友打听汉口的当铺。这天，他又把手镯耳环从贴身衣服里掏出来，振河担忧地问：“你真要把大姐的首饰卖掉？”

“这不是你该关心的。你唯一应该做的，是配合医生把病医好，我们早些回去。”振海的话，说得语重心长。

“我这个病，怕是治不好了。大哥！我想回家，不治了。”被病痛折磨得死去活来，振河仿佛也想清楚了。话气幽幽，有气无力。

纵然七尺汉子，振海听了也泪如雨下，紧紧抱住他那瘦得只剩骨头的弱小身躯，浑身颤抖：“好弟弟！这话再不要讲了……”然后，再也说不出话来。

“唉！”朱哥和朱嫂听了，也是叹气。

然而，等振海怀揣卖首饰换来的八百多块钱回到医院，振河已经咽气了。

抱着骨瘦如柴的尸骨，振海号啕大哭。但他再么样哭，那个乖巧懂事的十一岁少年，也再没睁开过眼睛。或许，这于振河而言，是最好的解脱吧！

68

带着弟弟的尸骸，如乞丐般回到通海口时，漫天大雪狂飙，呼啸北风劲吹，与他的心情作了很好的呼应。

此时，离过年不到半个月了。

未成年的伢死了叫“夭折”，不能装棺材，也不能埋进家族坟地。好些的家庭还钉个匣子，大多是拿芦席一卷，寻块无主坟地或者荒地，最多的是到乱葬岗，草草掩埋了事。按照族人们的想法，振河的尸骸也该如此处理。

习俗不能违，族人不敢惹，然而用这样的方式，振海又于心不忍。毕竟，做了十几年的兄弟，尽管是短命兄弟。所以，他既没完全依习俗，也照顾了族人情绪，在棺材铺定做了口小棺材，把振河埋进了自家菜地，跟爹爹老妈做伴。

一切的一切，也就照旧了。正所谓日头依旧从东边出，从西边落。唯一不能照旧的，是欠下的不菲债务，亟须偿还。

田道清俩老早就说放弃，省得人财两空。是振海夫妇不死心，坚持要治的。如今这个屁股，当然得他们去擦。何况，自己也没那个能力。

就在俩老这么想着的时候，这天过早，昨天刚回了趟娘家的慧娟突然冒了一句：“大，姆妈，大哥大姐！俗语说树大分丫，人大分家。我们分家吧！”说完，把脸深深地埋进碗里，一双筷子使劲地扒，眼睛生怕跟人对视。

也的确如她所料，所有人惊呆了，讶异地望着她，比第一回见到她还觉得陌生。愣怔过后，都继续没言语，只是与慧娟相反，筷子变慢了，有一下没一下在碗里搅动，偶尔发出“嗞嗞”的喝稀粥声。仿佛都成了绅士。

“唉！”田道清终于叹出一口气来，却仍然没说么话。

气氛沉闷尴尬得仿佛打满了气的皮球，稍不留意就会爆炸。她这话太有冲击力，一家人都要慢慢消化。

慧娟吃完，碗筷一推，留下仍在消化她那话的一屋老小，上班去了。

田道清还有小半碗稀粥，慧娟一走，也不吃了。把旱烟窝伸进烟丝袋里使劲揉，然后取出来，拿洋火点燃，这才满脸愁苦地问大儿子：“她说分家的事，你么样看？”

“不分！”振海说得简明扼要，也干净利落。

“树大分丫人大分家，那是迟早的事，伢！拦不住的。就是拦住了人，也拦不住心。”幺珥提醒道。

“她那话，明显是有人挑唆的。”田道清显得很生气，把刚刚点燃的烟杆在板凳脚上使劲磕，一点儿也不心疼他视若生命的烟丝。

公公婆婆跟男人讨论，宇洁不好插嘴，起身收拾碗筷，拿到灶屋清洗去了。

“振湖去了那个么新疆，隔着几千里，他们也没个伢，要是分家，不得单独起火呀？增加开支不说，她要上班，哪里忙得过来？振湖不得埋怨我们没照顾她？”振海解释道。

新疆这个名字，是振湖来信说的。家里人没听过，于是到处打听，才晓得是离通海口挺远的一个地方。

二老觉得也是这个理，但慧娟的脾气，他们又是晓得的。别看平时不怎么言语，主见还是有的。话说出了口，就不会善罢甘休。于是又愁云密布。幺珥愤然正色道：“她这几年挣的薪水，从未给过家里，白吃白喝老大两口子。也就老四看病，出了五十块钱。如今提出分家，肯定是被债务骇的。这人心，怎么就忒大的不同呢？”

“姆妈！您郎说的是个么话？不要她出钱给家里，是我跟宇洁的主意，攒着以后跟振湖过日子用的。再说了，她娘家也是困难，弟弟妹妹又多，她是老大，帮衬一下，也是应当的。怎么说，养她这么大，也不容易。而且，她平时也是节俭，没大手大脚。她的钱，都用在了正道上。何况给振河治病，她也出了钱，并不是没出钱。这个话，再不要说了。给别人听去，容易生是非。不好！”

生怕这话传到慧娟耳朵，惹得家庭不睦，振海连忙制止。不等俩老开口，又道：“扯债给振河治病，是宇洁跟我心甘情愿的。宇洁说过，不要旁人操一分钱的心，我们两个慢慢还。姆妈可以告诉她。何况卖了宇洁首饰的钱，也没用完，可以还一些。剩下的，也就千把块，不是骇得死人的数。真要分家，其实也没么事可分，她看得上的，都拿走。至于这个屋，是三兄弟的，目前不能分。北厢房她们住，但振江暂时得住拖院。您郎们住我们后面的拖院，我和宇洁只要南厢房。但是，最好等她随军不随军的事定了，再说。不然，她孤苦伶仃一个人，么样过呀？”

爹娘健在，嘴巴上不好讲长哥长嫂替爹娘，但田家的顶梁柱主心骨，早就是振海了。宇洁也担心让振湖分担债务，惹得妯娌不高兴，影响小两口和睦。再有一点，她把自己的位置摆得很正，男人的决定，她会无条件支持。也是应了那句名言：“理解的要执行，不理解的也要执行。”

“就怕，她体会不到你们的好心哩！何况，还有个振江要负担。她的算盘，打得蛮精的。”田道清又装起了烟丝，满脸阴郁地说。

“唉，走一步看一步吧！”振海想想，爹娘的担心，也不是没有道理，叹了口气，起身上班去了。

宇洁仍如往日，下班后帮慧娟做账盘库存。

慧娟脸色有些尴尬，站也不是坐也不是，搓手捻脚的。宇洁觉得是个谈心的机会，便问她是不是心里有疙瘩，或者大嫂做得不周到，让她受委屈了？

“没有！”慧娟一口否定。把板凳往近处挪了挪，坐下之后又说，“跟你做妯娌，是我的福分，像大姐一样照顾我……唉！只是，心里乱得很。”

“乱么事？”宇洁正好算出了一个合计，拿笔记在账簿上，侧脸问道。

“唉！都乱，也不晓得从哪里说起。”

“那就一桩桩说呗。”宇洁边说，边拨着算盘珠子。

“田家太穷了，还不完的债，一天好日子都没的过。早晓得这样，就不嫁过来了。”慧娟是直炮筒子，没多少心膈。

“就为这个啊？你放心，家里欠的债，我和大哥包了，不要你们还一分钱。”宇洁扑哧一笑，没一点儿负担的样子。

“亏你笑得出来。那么多债，想想都脑壳疼。”慧娟翻了个白眼。

“这有么事？债多不愁，虱多不痒。慢慢还呗。”宇洁说完，又调侃了一句，“你要不嫁我家二爷，我跟你说，你会后悔一辈子。二爷那么帅，肯定很多姑娘以身相许。而且我看你看二爷的眼神，恨不得把他嵌到眼睛里面去。”

“哎呀！你说么事呢？”慧娟闹了个大红脸。过了一会儿，又说，“大姐！我真佩服你，心甘情愿为他们还债。”

“么事他们你们？生是田家的人，死是田家的鬼。那是一家人。”纠正了她的说法，又问还有么事。

“债务全压你们身上，也不公平。我也想出一分力，但我没那个能力，振湖在那边又不晓得过得么样。我讲分家，就是不想再铲你们，给你们减轻点儿压力。并没其他意思。”慧娟突然变得忧郁，语气幽幽的。

这个话，要是让她公爹公婆听到，估计要惊掉下巴。毕竟，都不是这样理解她那话的意思的。

“哎哟，你这个鬼丫头！你才十九岁咧，心事就这么深？都想到哪里去了？”宇洁恍然大悟，又是好气又是好笑地数落道，还轻轻地捶了她一拳头。

慧娟叹了口长气，没有接话。

见她这个样子，宇洁又掰开揉碎了劝道：“你说二爷远在几千里之外，也照顾不到你。如果分了家，你一个人既要工作，又要顾家，哪里忙得过来？何况开支也增加不少哩！”

“哪个说不是呢？我也这么想过。依我的想法，永远不分才好，天天吃粉鸡子[①]，天天铲你们。但是，分家也是迟早的事。难道不是吗？”慧娟的语气里满是无奈。

“我也不是反对分家，但不是现在。等你们安定了，不管是你随军，还是二爷回来，总之是你们能像个家的样子了，再分不迟。你说呢？”

慧娟想想也是，却没吱声。宇洁知道她性格直率，想事情比较简单，但看这样子，分家的想法是暂时打消了，心里便舒了一口气。正好帮她把账记完，库存也盘过了，便锁进抽屉，钥匙递给慧娟。然后伸了伸酸疼的两臂，挽起她的胳膊说：“回家吃饭去！不过你要相信，只要我们勤恳做事，日子肯定是越过越好，不会一直这么穷的。你才多大呀？十九岁，如花似玉的年纪，好日子长得很哩。”

听大嫂这么说，慧娟仿佛也信心百倍，顿时来了精神，挽着宇洁的胳膊，兴奋地说：“借你吉言！我们都好好做事，好好挣钱，把日子过得红红火火。”

两妯娌有说有笑地回来，进屋后还喊了声：“大，姆妈！”就像早晨的事情没发生过。俩老虽惊诧莫名，阴郁的脸色却放松下来，慌忙应了一声，招呼吃饭。

毕竟心下忐忑，吃过了，慧娟又回娘屋。她刚出门，幺珥就紧张兮兮地问大媳妇，是个么情况。宇洁淡淡一笑，一边收拾碗筷，一边小声说：“毕竟才十九岁，还是个伢哩！分家的话，也是随口打哇哇，没牙齿印的。”

二老这才把心放回肚里，长长地呼出口气去。

虽然安抚住了慧娟，但宇洁心里，还是充满了还债和起砖瓦屋

---

① 吃粉鸡子：俗语。意思是浑水摸鱼、占人便宜。

的紧迫感。而且她知道，为了这事，男人饭吃不香，觉睡不着，整个人更加憔悴，看着就心疼，也劝过他好多次。然而振海说，如果仅靠夫妇两个每月加起来不到四十块的工资，即便全家人缝起嘴巴不吃不喝，也不晓得要还到猴年马月，才能把债还清。就是算上才四岁的念国和一岁的念梅长大了帮忙还，也够伢们还一辈子的。所以，必须想生钱门路。

如今看来，男人的想法是对的。依慧娟的脾气，她既然动了这心思，那就随时可能再提出来。到那时，就不那么容易化解了。唯一能箍住她心的办法，就是抓紧把债还了，让她感觉不到压力，有一份安全感。同时帮他们起个砖瓦屋，让她舒舒服服住着，不再想分家的事。

表面看是两件事，说到底其实是一码事，那就是尽快生钱。有了钱，债能很快还，屋也想起就起。当然，起屋还有个政策横在中间，但愿那时候，政策也松动了。

然而，生钱的门路，哪是那么好找的？钱来得容易，人们还用勤扒苦做？还用挖空心思？

宇洁心里这么想着，待把女儿念梅哄得睡着了，也不点灯，两人黑灯瞎火地嘀咕起来。

前两年和好友联手烧砖瓦，让想起屋却苦于没钱的人茅塞顿开，纷纷板砖旋瓦烧窑，起了一批新屋。只是，方湾等几个有窑的合作社都设了窑厂，自己板砖旋瓦烧了卖，不再借窑给别人。

如今镇上和乡下都成立了不少合作社，都要起屋。很多人也想方设法凑钱，甚至扯起债来筑高台起新屋。这也是大前年那场大水逼的。而不管是集体，还是个人，起屋就要砖瓦。所以各合作社的窑，都没空着，出了一窑，紧接着烧下一窑，生意好得很。

显然，板砖旋瓦烧窑这个门路，行不通了。振海甚至懊恼，早知道会这样，就应该咬咬牙，多烧两窑。可是，世上没有后悔药。不然，他可能真就去吃了。

养猪倒是条门路。但是，农村合作化，家里那几亩菜地入了社，不能再随随便便砍菜回来喂猪了。唯一可行的是绞扁担草，或者到荒郊野外割野猪草。但夫妇两个都忙，不能保证有时间。何况，扁担草和野猪草也就长几个月，不是一年四季都有。但不管么样说，他们觉得，养猪还是条比较稳妥的挣钱门路。

夫妻俩紧皱眉头，嘀咕来嘀咕去，觉得还是只能走这条老路。振海说："养猪还是多养几头好。但是，屋后的那个猪圈，真是小了点儿。振湖过几天就回来了。我想跟他商量，看能不能把屋后的空地都利用起来，圈个大猪圈。"

前几天接振湖来信，说是部队派他回武汉采购物资，顺便批了他半个月春假，估摸着这几天该到家了。宇洁认同男人的想法，点头道："商量也是应该的，毕竟有一半在二爷名下。不要为圈个猪圈，闹得兄弟不睦了。"

"如果二爷有丁点儿打嗝[1]，就不要勉强了。"刚说完前面的话，又赶紧提醒。慧娟动了分家的心事，宇洁变得更谨慎，"实在不行，小点儿就小点儿。也不可能一口吃成个胖子的。"

女儿皱着眉头，在被窝里动了一下。宇洁一个激灵跳起，忙说快，要尿了！振海赶紧抱起，发现还是晚了，尿片子[2]和裤子已经湿了。对着踏板上的木盆让她尿完，再换块干的。

宇洁摸了摸女儿身下的尿片，也是湿的。眉头紧蹙嘟哝道，这大泡尿！这丫头，每回都不打个预防针的。边说边换了块干的。振海哭笑不得，把女儿塞进被窝，说她才多大？宇洁扑哧一笑，附和道，也是！不到一岁哩！

没过两天，振湖就风尘仆仆回来了。

开始两天，振海没讲圈猪圈的事。一方面是振湖长途跋涉很辛苦，刚进家门就讲这事，不近人情。另一方面是振湖回来的目的，他在信里没说，回来了才说，是接慧娟跟他去新疆的。

---

① 打嗝：方言。意思是犹豫。

② 尿片子：方言。指单层的贴身尿布。后文的"尿片"，指垫在床上的夹层尿布，大多由旧棉衣棉裤改制。

“去新疆？去搞么事？那么远，人生地不熟的。不去！”慧娟一口就回绝得没商量余地。

振湖不敢告诉家里人，他在新疆有多苦，反倒吹得天花乱坠：“新疆那真是个好地方啊！土地肥沃，牛羊成群，风景秀美，粮食够吃。天天喝牛奶、吃羊肉，还有叫不出名字的山珍野味……衣服被子是部队发的，房子是部队盖的，生活用具是部队免费提供的……”

原本木讷的振湖，也不知何时变得伶牙俐齿了，牛皮吹得要飞起来，竟然脸不改色心不跳。听他那炫耀的口气，总之是一切都不要钱，去了就是享受，吹得穷困潦倒的家里人无比向往，连爹娘都意动了。幺珥甚至问：“我跟你大能不能去呀？也省了你大哥大姐的累赘。他们的负担太重了，累得喘不过气来。”

娘这个话，把振湖骇得一个愣怔，这才晓得牛皮吹大了。他哪敢带他们去呀？

“老妈！您郎说么事呢？几千里之遥，不说路途上受得了受不了，就说有个伤风咳嗽头痛脑热的，我们么样去照护啊？难道是我们孝敬不周，惹您郎们生气了？”宇洁把怀里的女儿换了个边喂奶，脸色都变了。

于振湖而言，大姐这话比雪中送炭还来得及时，直接帮他解了围，连忙投去感激一瞥。

他实在不晓得该么样回答。说可以吧，那边比家里更苦，他不会让爹娘去遭那个罪，况且部队上没说能带父母。说不可以吧，一是前面的牛皮就破了，慧娟的工作就做不通了。二是爹娘虽不至于骂他没孝心，但肯定心里叹息，有福不给他们享。

果然，原本也要顺着老婆子的话问一嘴的田道清，顿时打住。猛地吧嗒了一口旱烟，接着呛得“咯咯”起来，好像印证了长媳的话。

慧娟满眼都是向往，然而毕竟去那么远，存在太多未知，比如还能不能见到爹娘，所以心里又打鼓，疑惑地问：“假如不是你说的这么好，我还能不能再回来？假如你欺负我，我找哪个讲理去？你会不会是拿好话诓我，然后神不知鬼不觉地把我卖了？”

她脑洞大开，听得人毛骨悚然，都拿疑惑的眼神盯振湖，盯得他心里发虚。

69

慧娟担心的有些事，倒不至于发生。比如，他不可能欺负如花似玉的妻子。何况在那个男多女寡的地方，都见不到几个蹲下撒尿的，宠她还来不及，怎会欺负呢？再说他是革命战士，还是排长，更不可能当人贩子。

但是，有些还是事实，比如确实言过其实了，而且是编瞎话诓她的。这次回来，可是跟战友打过赌的。连长也看戏不怕台高，半开玩笑半认真地说，好啊！带不回女人，你们也别回来了。

别回来？呵呵，太好了！有人就想这样，巴不得不回来。但是，敢吗？说真话，没哪个敢！就是当玩笑，都没人敢开。不回来就是逃兵，要军法侍候。为了女人受军法，这帮铁血人狼，丢不起那个脸。所以，打赌的十几个人，虽内心凄惶，表面上却像当年跨过鸭绿江，雄赳赳气昂昂，豪情满壮。

振湖算是好的，有现成媳妇，只是得想办法把她诓去。有的人八字还没一撇，都不知丈母娘在哪里，又是哪个，哪是说带个女人去就能带的呀！这些兵，宁可上前线杀敌，也不想骗女人，何况是要跟自己生活一辈子的女人。

然而，前面回家的战友传授的经验，就是诓。说你讲真话，告诉女人如何苦、如何累、如何穷，不仅没媳妇的找不到媳妇，有媳妇的也要一哭二闹三上吊，跟你打脱离[①]。振湖老实憨厚，也只得

---

① 打脱离：方言。即离婚。

心怀愧疚地拿这招来试了。

如今媳妇这么一说，霎时惊得肉跳，眼睛都不敢跟家人对视。但是，话已出口，也只能沿着这套瞎话继续编。不过，他使了个欲擒故纵的伎俩，苦涩一笑道：“你要这么想，我也没办法。反正，过了年，我就得回去。”

“那你么时候转业呀？”慧娟不想老是分居。否则，她的好日子，何时才能到来啊？

“我们现在亦军亦民，就在新疆安家了。”振湖这话并不是吓唬她，营长连长都是这么讲的。

“那……我听你的。”思忖了好久，慧娟终于松了口。

振湖也终于呼出口大气，趁热打铁地说：“过完年，我们就出发吧。我还得去武汉验收托人采买的物资。”

振海没说么事，因为他怀疑二弟话里的真实性。暗忖有这等人间天堂，还不早就被人占完了？还用成立建设兵团，拉一帮年轻人去呀？他还知道二弟是屯垦戍边的，而但凡边疆都贫瘠不堪。

瞅个空子，把二弟叫上了通州河堤。

凛冽北风冻得人瑟瑟发抖，兄弟俩缩着脖子，双手袖进袖筒里，一边散步一边交谈。

跟大哥，振湖不敢隐瞒，真实情况和盘托出，听得振海心悸不已，又对他们的未来忧心忡忡。然而，他却不好说么事，只是说：“如果慧娟受不了，就送她回来。这里是你们的家，是你们最后的退路，我跟大姐不会亏待她的。”

此话没再继续的必要，振湖便转了个话题：“振河生病治病的事，慧娟都跟我说了，也是难为大哥大姐了。不是欠了一屁股债吗？你分些给我。怎么着，我也是有工资的。”

“没欠多少，也还得差不多了。大姐说过，债是我们扯的，当然归我们还，一分钱都不会给你的。你们到新疆，新起新发[1]，都

---

① 新起新发：俗语。意思类同于白手起家。

要用钱。又人生地不熟，不比我们在家里。你就不要有包袱，也不要再提了。”

“振河也是我弟弟哩！”振湖说完，又叹了口气，“唉！怎么会得这么个怪病。”

“你有这想法，就当面跟大姐说句感谢吧。她的确做得太好了，从李家带过来的几样首饰，也都变卖了。但是，她肯定不会要你帮忙还债的。”稍停，就把话题转到圈猪圈上。

“没问题呀！这个屋，本来就是你起的。没有你，我回来了住的地方都没有。何况振河治病的钱，我真是有份的。再说我们去新疆，那块地也用不着。”振湖满口答应。

“好！那你跟小二爷商量一下，年前我就准备开工。不然，年后捉了猪娃，没地方放。当然，年底卖了猪，也分你们一些钱。”

“钱我们就不要了。刚刚我说过，振河治病的钱，本来就有我一份。只不过，在部队攒不下么钱，也是心有余力不足，只能辛苦大哥了。”振湖也没再矫情，接着又说，“圈猪圈的事，你放心，我回去就跟慧娟讲。”

“回去吧！天也太冷了。”

“这点儿冷算么事？跟新疆比，算是毛毛雨，甚至毛毛雨都算不上，小巫见大巫。”

振湖咧嘴一笑，轻描淡写地说，却听得振海心头一紧。看来，还真不是一般的艰苦，慧娟去了，受得了吗？

第二天过早，振海问振湖：“跟小二爷商量了吗？”

慧娟停下筷子，一脸茫然地问振湖：“商量么事？”

“哦！回家就困觉，忘记跟你说了。”振湖也停下筷子，歉意地解释了一遍。

慧娟当即皱了下眉头。去不去新疆，她其实还在犹豫。假如不去，也是要养猪的，毕竟分家是迟早的事，她得开始为今后打算了。随后又想，大哥大嫂都是通情达理的人，不至于占了不还。刚要开口答应，振海正好瞅见她皱眉头的那一刻，立即说：“算了吧，振湖！猪圈我不扩了。”

通海口地区的传统，是男人当家作主，很少征求女人意见。估计振湖也是这个想法，也或许长期一个人过惯了，忽视了听身边人的意见，所以根本没跟慧娟商量。振海这么一说，慧娟又不好意思了，慌忙抬头说道：“振湖说么事就是么事，我没想法的。大哥不要误会了。何况，振河治病那钱，我们也是有份的。”

“既然小二爷也这么说，那我明天就扩猪圈。”振海又松了口气。丢下碗筷出门，去找斜对门的好朋友王大毛。王大毛瞟学了一点儿手艺，算是半路出家的瓦匠。

第二天一早，振湖刚从门里出来，众人就发现他眼圈发黑，脸上有一道明显的抓痕，脸色也不太好看，便晓得小两口夜里闹不愉快了。然而为么事闹，都不清楚，也不好问，毕竟是小两口之间的事。何况振湖回来没几天，按说亲热还不够哩，怎么会闹不愉快呢？于是都把个疑问窝在心里。

但这社会里，从来不缺好事者，看戏不怕台高，专拣人家的短处戳，把自己的开心，建立在别人的尴尬上。新生巷也有这样的戏谑人[①]。

对门的王得志端着碗，正和一帮街坊在禾场上喝粥闲聊，一见就笑嘻嘻地明知故问：“哎哟哟，振湖哥！你也不悠着点儿啊？眼圈都搞黑了，像毛笔画的黑包公啊？还有这脸上，是蜈蚣爬了吧？”

王得志就是个戏谑人，也喜欢唱戏，开口闭口都是戏文里的人物。

振湖果真尴尬，遮掩道：“一堆事情要处理，熬过夜了。”

“啧啧啧！也真是的。怕是离家久了，忘记老话了吧？给您郎提个醒啊：只有累死的牛，没有耕坏的田。”

王得志凑到他脸上，一脸怪笑地调侃，也惹得街坊呵呵大笑。

---

① 戏谑人：方言。戏谑，开玩笑、调侃。全句的意思，是喜欢拿人开涮、爱用诙谐有趣的话开玩笑的人。

也有如王得志，盯着振湖的脸，一边看一边直摇头，嘿嘿怪笑的。

本要去战友家串门的。慧娟的工作做通了，还不晓得两个战友是个么情况。身为排长，他不仅要以身作则，还肩负督促使命。王得志这一调侃，闹得振湖不敢出门了，红着脸转身进屋。

也是说巧不巧，慧娟端了一盆水出来，见状满脸通红。她也不吭气，当街把水泼了出去，顿时溅了王得志等人一身。

刚刚还嘿嘿怪笑的人们，都没想到平素寡言少语、见面了只浅浅一笑打招呼的慧娟，会突然来这么一手，笑容刹那间凝固，想骂一句神经病，却硬是没敢骂，自认倒霉地掸身上的脏水。但是，和着尘土的脏水掸不下来，身上已经湿了，无奈地都回屋换衣服。

在禾场上陪援朝玩耍的大丫，也看了个全剧，但没说么事。援朝一直跟她住“李宅”。昨晚上在这边玩到要睡了，才爬上她那瘦弱的后背。背着外孙刚出门，就听到了小两口的争吵。

振海大汗淋漓地挑着两篼箕牛粪回来，人们已经散了。

农业合作化之后，为增产增收，农民自家积的肥不够，便常到镇上来收买。尽管卖不了几个钱，振海也作为挣钱的门路，隔三岔五挑着篼箕，去防洪堤下捡牛粪，倒进猪圈旁边的粪坑，沤了卖钱。把牛粪倒进粪坑，用钉耙打散，与原来的粪混合起来沤，振海才洗手吃饭。

家里人早吃过了。大丫坐在一旁，腿上坐着援朝，爱怜地瞅着女婿就着腌菜咽红苕，几番欲言又止。振海抬头，见状便说：“老妈！有么话，您郎直说不妨的。”

大丫担心说出来，影响兄弟感情。但是不说，已经影响到了振湖两口子。想了再想，才小心翼翼地问：“你那个猪圈，没必要弄那么大吧？”

“十五只猪娃，当然不要。可它们长大了，就必须这么大。家里养了几年的猪，您郎是晓得这个的啊！怎么突然这么说？”兄弟俩的房间中间隔着堂屋和灶屋，何况他出门早，又是刚刚回，当然不清楚振湖那边发生的事。

“就是……就是……唉！就是怕人家说闲话。毕竟，那一半地是二爷的，怕人说你欺负二爷。”

“兄弟之间的事，我们商量说行，那就行。别人有么闲话好讲的？”振海不解。

“虽然是亲兄弟，但屋台各是各的，亲兄弟不也得明算账啊？再说了，养猪是要成本的，其实是把散钱攒到一起了。十五头猪要垫多少钱？我担心到时候没那么多钱垫。一口也吃不成个胖子，伢！大不了多用两年时间，那债慢慢还呗。”

“老妈说的也是。但，墙都砌完了，只差盖顶的。难不成，再拆了它？”振海有些犹豫。

“拆了吧！别把自己累狠了，来日方长哩！”

“好吧！听老妈的，我晚上就拆。”丈母娘叫他拆，肯定有道理，虽然没明说。把红苕递到儿子嘴巴，看着他轻轻咬了一口，又用手摸了摸儿子的脸，“真乖！”

晚上，王大毛拉上徐德志跟周落成，说干脆一口气搞完算了。一听说不扩还要拆，顿时都惊诧莫名，异口同声地问为么事。振海苦笑着说，是我粑粑心太大了，其实养不起十五头猪的。圈太大的地方，不仅浪费，收拾起来也费劲。都住一条巷子，也听了些风声，于是不再说么事，四人动手拆。

振湖从后门出来，也觉诧异，忙问么样拆了。振海重复了一遍刚刚说过的话。振湖刚想说么事，忽听慧娟叫，要他泼洗脚水。王徐周三人一听，顿时乐了，调侃振湖：“行啦！当了几天兵长进了，堂客的洗脚水都学会泼了啊！”

“嘿嘿！是我倒多了，她端不起。”振湖嘿嘿一笑，没觉得给女人泼洗脚水，是多么尴尬的事。

振海心疼地瞅着弟弟的背影。从爹娘嘴里，已经得知了他们吵嘴的事。其实真不是么大事，就是埋怨振湖没事先通气，让她当众出丑。偏偏振湖是个闷葫芦，不晓得拿话哄，话赶话就吵了起来，还被慧娟抓了一爪子。然后，慧娟突然就哭了，说嫁到田家就守活寡，说话的人都没一个。她一哭，振湖又慌了，拿话去哄。这一哄，可不就大半夜过去了？

徐德志说："祖上传下的规矩，男人说话女人听，男人打屁女人闻。么时候轮到女人当家了？振湖也是窝囊，被媳妇这么欺负，也不知他那个排长，是么样当的。"

俗话说好事不出门，糗事传千里，何况通海口镇也就巴掌大。原本芝麻大点儿的事，东传西传，就传成慧娟欺负振湖了，且只一天时间，就风一样地传遍全镇。也是，在通海口镇，还没女人当家的先例，除非男人死了，就像大丫那样。更没给女人倒洗脚水的，甭说泼了。

王大毛接口说："要是我媳妇，老子不整死她。哪会让她爬在头顶上做窝？"

周落成说："就跟板砖一样，如果坯子坏了，肯定烧不出好砖。老大，你得跟振湖说，码头不能被媳妇打过去了。"

"都瞎说些么事呢？"

几个男人边做事边议论，也没提防隔墙有耳。或者说胆子大，不怕人偷听。兴许是太专注，也兴许光线不太明亮，反正是几个女人叽叽喳喳过来，都没注意到。及至宇洁实在忍不住的这声急呼，才纷纷扭过头来。这一扭头不打紧，顿时都倒抽一口凉气，异口同声地问："你们么样来了？"

男人们关系好，女人自然能走到一处。徐德志的女人也想发家致富，听说宇洁家要圈个养十五头猪的猪圈，便约另外两人来观摩。不承想，把他们的话，全落在了耳朵里。

"么样？你来得，我们来不得？"张丽一把揪住王大毛的耳朵，寒声道，"你把刚才的话，再说一遍。"

徐德志跟周落成的老婆也不甘示弱，分别对自己男人下手。徐德志的女人一边拧着耳朵，一边恨恨地说："老虎不发威，你当是病猫啦？"

"哟哟哟哟！松手，松手！"王大毛护着被揪疼了的耳朵，"留点儿面子，留点儿面子。好不好？”

另外两个的情况，比大毛好不到哪里去。在母狮怒吼及淫威下，三个人一迭连声告饶。振海愣住了，心说么情况啊？怎么像晓得这边说么事，都来了，然后一物降一物？宇洁哭笑不得，劝她们看在平时表现都不错的分儿上，饶他们过嘴瘾的错。三个女人大获全胜，松手后依然气咻咻的，威胁回去了还得跪搓板，泼洗脚水，只差说要他们倒尿罐了。

“大哥！圈都圈了，拆它搞么事呀？不拆了，不拆了！其实我跟振湖说的，真不是反对扩猪圈。我是说，大哥跟他商量定了就行了，可他个闷葫芦，却答应再跟我商量。这不是热疱头[1]上的虱子——明摆着，有么事好商量的？更可气的是，他答应了您郎，又不跟我说，就闹出误会了。再说振河治病的钱，本来就有我们的份，但您郎不要我们出，感激还来不及，怎么会反对您郎搞副业还债呢？再说我们早晚要去新疆的，这地方空着不是可惜了？真的，大哥，不拆了！您郎这一拆，我就更不好做人了。”

喊振湖泼洗脚水，慧娟就发现他们在拆猪圈，想着要制止，一看都是男人，只得把自己收拾整齐了，才敢再出来。不想刚出来，这边的动静整这么大，赶紧上前阻止。

这边闹出的动静，也吸引街坊邻居围了一圈。慧娟这一说，才明白真是误会了，又对慧娟有了全新的认知。暗说这田家，果真是祖坟冒青烟，娶的两个媳妇，都这么明事理。

被女人收拾得服服帖帖，大毛几个那叫一个狼狈，哪还敢参刺啊？都纷纷拿他们开涮。开么事玩笑，平时多嚣张的人哪！逮着谁戏谑起来不偿命的，拉的仇恨还少啊？如今这好的机会，还不落井下石，有仇报仇有冤申冤，痛打一回落水狗？于是各种挖苦、讽刺、调侃不绝于耳，搞得三人更加灰头土脸，又敢怒不敢言。

振海却为难了，继续拆呢还是扩呢？

宇洁看出了他的难处，及时上来解围。只听她对慧娟说：“小

---

① 热疱头：方言。指癞子头。

二爷想复杂了。原本我们没那个能力养十五头猪的，是您郎大哥粑粑心忒大了。这样子，先不扩了。那边的空地，还能种点儿菜。您郎们去了新疆，就我来种。如果圈起来，猪养不了那么多，菜又不能种，还不真是浪费了？”

“呃！那好吧。反正该说的，我都说了。”慧娟想想，是这么个理，也退了一步。

70

过完年，振湖就回新疆去了。

原本说好的慧娟，还是没下最后决心。不过，她留了个活口，说是天气暖和了再去。振湖说你一个人，又不识字，通海口的话人家也听不懂，叫我么样放得心？慧娟说，我跟胡明义的媳妇约好了，有伴。

毕竟这事太大，振湖也不好逼得太狠。万一逼毛了不去，那就得不偿失了。再说了，新疆那边的确太苦，又是拿谎话诓的她，还不晓得去了之后，么样跟自己闹哩！便只身带了两麻袋的棉被棉衣，先到武汉办完事，回新疆去了。

不过很快，也就隔了几个月，振湖夏天又回来了，还是到武汉采买，顺便接慧娟。

慧娟已经想通了。有天叹了口气，幽幽地跟宇洁说：“大姐，您郎那句话，蛮对的。生是田家的人，死是田家的鬼。其实我也不憨，晓得他拿瞎话诓我，那边肯定很苦，只是没戳穿他。不然，他不会比大哥小三岁，样子却像老十岁不止。而且，您郎们也不会恨不得砸锅卖铁，帮我们准备这准备那。唉！这都是命。我既然嫁了这个男人，他又是国家的人，就只能嫁鸡随鸡嫁狗随狗，他到哪里，即便天涯海角，即便再苦再难，也只能跟他走了。两人在一起，总是好的。”

听得宇洁鼻子一酸，当即抱在一起，两个人痛快淋漓地哭了一场。

想透彻了的慧娟，隔天陪男人去胡明义家，送胡明义带回的东西，同时叫他媳妇张妙芳一起走。刚进家门，就发现了张妙芳的难处。

原来，合作社的两头牯牛打架，一头被抵翻在地，他公爹奋不顾身去救。谁知另一头打红了眼，低头一冲，镰刀般的牛角洞穿了肚皮，又高高扬起再狠狠抛下。抵翻在地的那头，仿佛也恼怒他横插一杠子，搞得颜面尽失，转而用两只直角攻击。两头牯牛不再对打，转而齐心合力，直蹂躏得他鲜血淋漓。幸亏乡邻赶到还算及时，烧了火把，才把两头发疯的牯牛赶跑，让他脱离危险。如今，还躺在床上下不了地。

振湖大吃一惊，胡明义是丁点儿消息不知哩！其实这也可以理解，他们跟家里通信，也是报喜不报忧的，甚至编瞎话说如何如何好，生怕家里人牵肠挂肚担惊受怕。安慰了老人，也编了通胡明义很好的瞎话，夫妇这才告辞回家。

尽管都是亲生的，但在老人心里，却是扶弱不扶强，一碗水永远端不平。

田道清就是这样，总觉得大儿子强二儿子弱，便有心帮振湖。这天晚上，一家人围坐在禾场上唠嗑，田道清开宗明义道：“慧娟要去新疆了，这小半年准备了些东西，只怕是还不够。这几天想想办法，帮她再凑些盘缠吧。”

这话尽管指代不明，但谁都听得出来，是对振海夫妇说的。正读师范的振江，心里顿时就犯起了嘀咕。爹娘挣不到钱，有心无力，二哥二姐是当事人，不可能要他们出钱。如果家里仅有的那点儿钱，都为他们置办物资，甚至再去扯债，那么自己的开销么办？

一个十几岁的男伢，又一心要读书，有这点儿小九九，也不意外。但他尚不能自立，没发表意见的资格。读了这几年书，爹娘连饥寒都没问过一嘴，都是大哥大嫂关照的，一年四季的衣裳鞋袜，是大嫂一针一线亲手缝的。所以，大哥大姐不会不管他的生活费。这个自信，他是有的。在他内心，早把大哥大嫂当爹娘了。甚至暗暗立誓，请大哥大姐放心，你们在我身上花的钱，打个不恰当的比方，好比是捉了只猪娃，辛辛苦苦喂一年，就连本带利都回来了。

振江这么翻来覆去地想着，靠着门框不吱声。

“那是应该的，我们抓紧再置办些。毕竟，去那么远的地方，又人生地不熟。再么样说，我们在这里土生土长，有个么难处，还可以找街坊周转。”振海跟宇洁对视一眼，即便老人不开口，他们也要这么做的。于是异口同声地说。

知子莫若父。这个回答，其实在俩老的预料之中，便都满意地点点头。

振湖感觉意外，指着堂屋拿麻袋装好的棉被棉衣，连忙说：“我跟慧娟去新疆，部队是发盘缠的，到了也发铺盖。家里准备的这些，就绰绰有余了。不过是哥嫂的一片心意，不好意思不带走。再说了，大哥大姐把债务都揽到身上，就帮我们很多了。所以，再不要弄了。”

这些棉被棉衣，他们其实太需要了。他明白那天大哥套他真话的用意，是生怕他们在新疆过得太艰难。但是，哥嫂为此忙碌甚至举债，他内心有着深深的愧疚。

慧娟红着脸，也说，大哥大姐考虑得太周到，连小伢的衣服都准备了。八字还没一撇哩！到那边去打开场的东西，都有了，就差锅碗瓢盆。其他的，真不要了。振湖跟我，也挑不动。幺珥接口说，那就再跟你们买一套锅碗瓢盆。慧娟哑然失笑，说那么远，您郎真想把振湖挑死啊？再说了，就是再穷的地方，锅碗瓢盆还是有的卖的吧？幺珥自知失言，讪讪地道，也是啊！宇洁说走的时候给现金，到那边再买吧！

“大跟姆妈不能动了，么办？我们去了新疆哩！”

所有人都没想到，慧娟会突然提这么长远的问题。俩老身体不是太好，但到不能动，应该还有不短的距离。一时间，场面有些诡异和尴尬。

幺珥心里更是一个咯噔，脸色有些难看，心隐隐地痛，暗叹道，真是白为她忙活了。不过，其他人没发现她的异样，她也没说出口，所以都不晓得，她竟然生出这样的想法。

诡异和尴尬的场面，是宇洁率先打破的。她说："小二爷放心，大和姆妈肯定跟我们。当然，假如您郎们条件好了，或者有了伢要照顾，接过去过段时间，也不是不可以。"

就在振湖满心欢喜准备起程时，慧娟却说张妙芳把信来，要等她公爹病好了，俩人结个伴。不然，她一个人，可是不敢出远门。

这个消息，不仅弄得振湖目瞪口呆，就是俩老跟振江，也再次把心提到了嗓子眼儿。特别是振江，心里暗暗叫苦，可别弄得我真连生活费都没了啊！

振海夫妇倒没说么事。去不去新疆，当然由二弟二人决定，既不好催他们走，也不好说留的话。

送走了振湖，振海依旧每天清早捡牛粪，下班了绞水草。服装厂天天加班赶活儿，宇洁回家了还得赶制一家人的全身穿戴，也帮慧娟做了些伢们穿的衣服，常常熬夜到鸡叫。大丫依旧照顾援朝的饮食起居，送他去缝纫厂托儿所，再出门贩斗笠、瓜子点心。她那三间屋，又租出一间。为振河治病，她也扯了几百的债务哩！得抓紧攒钱还了。

这天幺珥出门办事，叫大丫过来照顾念梅。援朝昨晚发烧，便没送去托儿所，就一起照护了。

坐在猪圈旁边的小板凳上，大丫背上趴着援朝，身边的摇窝里睡着念梅，正在大脚盆里剁扁担草。

"三老爹！忙着呢？"耳畔突然响起一声亲热的问候。

大丫放下刀，反手护住援朝，生怕他摔下来。这才抬头，见是宇亮老婆胡淑文，便问道，二舅娘么样有空过来的，又指着不远处的板凳，请她坐。

坐下之后，胡淑文看向大丫背后，无话找话地说："哎哟，长得真乖！怕是有四岁了吧？您郎做事都背着？也太惯着他了吧？”

大丫晓得她无事不登三宝殿，便问有么事吗。胡淑文说忠和端阳节结婚，来请她到时候喝喜酒的。忠和是她小儿子。

“哦！忠和都要娶媳妇了？那这杯喜酒，我是一定要喝的。”甭管老一辈有何恩怨，大丫都真心期盼李氏家族兴旺发达，人人都好，就如当年的老夫人李周氏那样。李周氏对她的影响，跟她老妈黄周氏一样深刻。

“唉！”胡淑文突然叹了口长气，面露难色。

“么样了？人说人逢喜事精神爽，你叹个么气吵？”大丫不解，疑惑地望着胡淑文。

“婚期是定好了，却没婚房哩！”

“你那么多房间，随便拿一间，不就有了？”大丫大致明白她的意思了，就是不入套。

这时援朝在背上有些闹，大丫放他下来，牵着他的手，生怕他乱跑摔倒了。

“房间是多，但都租出去了，也不能赶人走啊！唉，真是愁死我了！”

“你那么多房间都发愁，那没屋的人么办？难不成，打一辈子光棍？”

大丫始终不入套，胡淑文不再拐弯抹角，说：“我是想，三老爹！您郎那三间屋，反正自己只住一间，另外两间，能不能给忠和当婚房？我们出钱买，又不白要。怎么说，也是您郎孙子哩！虽说不是亲的，但跟亲的又差多少呢？再说了，您郎不给我们，也得给大房，又不能带到棺材里去，又不能给宇洁姑妈。给我们还好点儿，毕竟没欺负过您郎，还是个人情。如果让大房占了去，相信您郎死都不瞑目的。”

“不卖！现在是新社会，我就不信哪个敢强占了去。”听她说不能带到棺材里去不能给宇洁，甚至说到了死，大丫气得七窍生烟。

“唉！您郎这是要逼我上吊啊！”胡淑文说着，就泪眼婆娑，仿佛真被逼上了绝路一般。

“你这话说的！明明你在逼我，倒成了我是罪人。”摇窝里的念梅被吵醒了，皱着眉头，两只手乱抓。大丫连忙松开牵着援朝的手，一把将念梅抱起，坐到板凳上把尿。

“考虑一下吧，三老爹！求您郎了。回头，我再来听消息。”胡淑文说完，转身走了。

望着胡淑文的背影，大丫气得差点儿吐血，对她背影喊道：“你就死了那个心吧！我就是带进棺材，也不给你们的。”

中午，气不忿的大丫，跟女儿女婿学了一遍胡淑文的话，然后补了一句：“真是欺人太甚！”

宇洁先是一愣，随后笑笑，却没生气，反而打趣道：“没想到修炼成佛的黄菩萨，也会为俗人的话生气呀！看来，菩萨也不是没脾气的哦！”

大丫想想，突然“扑哧”笑出了声，讪讪地说：“真是啊！她尽管说她的，我左耳朵进，右耳朵出就是了，有么事好生气的？”

直到丈母娘消气，振海也没吭气，因为他不好说么事，毕竟那屋是李家的。为了改善气氛，也是突然记起来了，对宇洁说：“顾书记今天找我，说是要办个幼稚园，叫你去当园长。你是么意见？”

“我在缝纫厂干得好好的，都带几个徒弟了，么样又要调整我的工作？”宇洁立马皱起了眉头。

“办幼稚园，也是解放妇女和解决镇上职工后顾之忧。因为并不都像你们缝纫厂，女职工可以带伢去上班。所以，顾书记就想办个幼稚园，让在家的妇女都出来工作，体现男女平等，也解决企业用工不足的问题。”振海解释道。

“那顾书记有没有说，幼稚园办在哪里？”大丫突然来了兴致，急忙打了个岔。

“这个事，是交给镇里的，顺生他们正在找地方，同时物色老师。顾书记说宇洁政治上可靠，事业心责任感也强，又有文化，还在业余剧团干过，能歌善舞，就叫我先征求她意见。”振海不知丈母娘何意，耐心解释了一通。

振海嘴里的顺生，就是受陈书学自杀影响的王顺生，此时恢复职务，调回通海口镇当副镇长。

“我觉得是好事啊，宇洁！不考虑了，这有么事好考虑的？再说组织惦记上了，考虑也没么用的。稍微一犹豫，还落个态度不好的名声。而且地方是现成的，就用我那屋，免得再有人惦记。”想起大房、二房一直不死心，又想起棺材本和耳环不翼而飞，特别是胡淑文诅咒的话，大丫消了的气又升腾起来，也就下定决心，彻底灭了他们的念想。所以，生怕宇洁不乐意，就像自己是组织部长，连忙劝道。

“我的个姆妈，您郎这话也太骇人了！又不是么大户人家，有很多屋。您郎就三间破屋，还要充公？不会是心血来潮，逗我的吧？”宇洁把手放大丫额头，以为她说胡话哩。

“虽然不值个么钱，但假如你们不要，我就送集体了。就是充公，也不叫有些人占了去。”大丫说得斩钉截铁，眼睛里又冒火了。

“老妈！那是您郎的屋，么样处理是您郎的事，我们不打主意。”振海赶紧声明。

宇洁则继续诧异，嘴巴张得能吞下个鹅蛋，高声叫道：“哎哟，我的个姆妈！您郎真是伟大，伟大得我都不好意思说是您郎女儿了！”

大丫翻了个白眼，没理会她的夸张，起身收拾碗筷。

既然顾书记开口，又是支持男人的工作，也为新社会和妇女解放做好事，宇洁掂量过后，勉为其难地答应了。

大丫说到做到，果真去镇上办捐屋手续。接待的工作人员有些意外，不敢做主，连忙找分管副镇长王顺生。

跟工作人员一样，王顺生也觉得不可思议，就她那条件，么样捐得起屋呢？赶紧跑过来。大丫当然不能说真实原因，毕竟家丑不可外扬。见她执意要捐，王顺生也不问原因了，转了个弯说：“公屋现在确实紧张，您郎这是雪中送炭。要不这样，我们租您郎的屋办幼稚园。您郎看，么样？”

“我又不是租不出去，想占政府的便宜！”大丫一听就生气了，噎得王顺生半晌说不出话来。

但他真心不想接受她的捐赠，毕竟她太困难了，何况跟振海也是朋友。想着回头跟振海通个气，听听他的意见，于是又说：“您郎看这样子好不好呢，李老妈？我们借您郎的屋开幼稚园，算是给伢们做个慈善。但捐不捐的话，等您郎想好了，再说。”

“老子是个伢儿啊？还想好了再说？不想好，老子过来搞么事？闲得慌？”大丫啼笑皆非，也晓得他跟振海的关系，所以说话就不客气了。

话说到这个份儿上，王顺生也无可奈何，只得叫工作人员办手续。但他还是留了个活扣①，说您郎倘若后悔了，我们再跟您郎办回去。

“不会有那一天的，你放心忙别的事。”大丫说。

两个租户听说她捐两间做幼稚园，当即另觅他处租房子。王顺生派人把堂屋和西厢房的隔壁拆了，合成一间，再简单地粉刷，置了桌子板凳。振海又叫竹器社做了十几个摇窝送来，就像那么回事了。

东边的厢房，则给大丫单独开了扇门。

71

端阳节后不久，宇洁就和钱梅、张丽以及另外两个小姑娘廖秋水、王凤珍，在自家老屋办起了“通海口镇幼稚园”。

望着那朴素的白底黑字园名，每天照看着三十几个幼儿，包括自己的儿子援朝和女儿念梅，宇洁心里乐呵呵的，脸上也是灿烂无比。

① 活扣：方言。即活结。留了个活扣，即讲了个活话。

大丫把屋捐给镇里办幼稚园，李家大房、二房别提多生气了。然而，这屋毕竟在大丫名下，么样处置自然是她说了算。因此也就生生闷气，至多阴阳怪气地讲些二五点子话。而随着日子的延续，其中的道理想通了，由此生出的芥蒂也慢慢淡了，没了任何念想的两家，跟三房的关系反而更亲密，甚至越走越亲热。这个结果，是他们都始料不及的。

两个外孙不要自己带了，女儿女婿债务又重，大丫就想着做些力所能及的事，能帮一点儿是一点儿。而且，从娘家乡邻那儿借的三百多块钱，她打算自己还，没算到女婿头上。

七月末，天气无比炎热，比哪年都热。

知叶子扯着嗓子嘶哑叫唤，聒噪得人心烦意乱。禾苗和树叶蔫塌塌[1]地无精打采。猪们、狗们、鸡们躲在阴凉处，敞开口喘粗气，牛们、鸭们、鹅们赖在水里，死活不肯起来。

人却无法偷闲躲荫，除了讨自己的生活，还得管这些畜牲的死活。

好在昨日傍晚，突然下了场大暴雨，才稍微解了下凉。

趁这场透雨，大丫上午打理菜园，下午又到洪堤拾枯树枝，快到做晚饭的时间才回来。把一捆枯树枝扔在女婿家禾场上，用毛巾擦了把满头满脸的汗，水都没喝一口，又去斜对面的菜市场捡菜帮子烂萝卜。

新生巷是新巷子，住户不是很多，镇里就辟出一块空地，做了菜市场。一到下午，大量的菜帮子烂萝卜，甚至没卖出去却又不太新鲜的蔬菜，扔得满地都是，惹得苍蝇乱飞老鼠乱窜。这些东西人不吃，剁了喂猪却蛮好。所以，大丫每天下午都会收拾些回来。

清洁工知道有人收，做卫生时也有意分好类。其实，有人来收烂菜，也减轻了他们的工作量，都希望大丫多收些。

挑着两箢箕菜帮子和烂萝卜，径直来到屋后的猪圈旁边。刚

---

① 蔫塌塌：方言。指花草枯萎、干瘪的样子，或者人精神萎靡不振、情绪低沉。

把箢箕放下，一抬头，眉头就皱了起来。原来，猪圈旁边的那棵枣树，又被人光顾过了，尚未成熟的青枣和枝叶散落一地。打枣子的工具，竟是就地取材，就是绞扁担草的绞棍，此刻也扔在树下。起屋之前，这棵枣树就在这里，振海舍不得挖掉，就留下了。

这个情况，昨天就发生过，以为是伢们顽皮，也没当回事。可是，今天又发生了一回。

她倒不是心疼枣子。毕竟起屋之前，枣树就在，野生的，许多人都摘过吃过，蛮甜的。问题在于，枣子还没熟哩！吃了生枣子，会拉肚子的。这才是大丫皱眉的原因。但打枣子的人不在，没法跟人讲这些道理。

她心里想着，只有下次碰到了，提醒他们枣子熟了才能吃。到时候，一定请他们过来打。

猪们并未给她太多的时间想枣子的事，都挤到猪圈门口，欢快地叫。大丫揩一把额头的汗，心绪回归现实，坐到小板凳上剁猪草。加水拌了些米糠，倒进猪圈的猪食盆里，拿小木棍在盆沿轻轻地敲，嘴里“啰啰啰”地叫唤。

其实用不着她叫唤，围着猪食盆，猪们早挤成一团了。之所以还要叫唤，一是习惯了，二是同猪们一样，心情欢快。每天看着这八头猪，么烦恼都没有了。

如慈母般站在一旁，欣赏半大了的猪糙子抢食，时而敲一下吃得太凶的猪，提醒它们讲点儿公德，让抢不到食的猪趁机挤近食盆。喂完猪，天就差不多黑了。她迈着一双小脚，快步回家。

幼稚园就要放学了，她得去照护援朝。虽然女儿当园长，但放学之后还有很多事要做，所以援朝一般是她照护的。

第二天下午，大丫留了个心眼儿，提前去了女婿家。

通海口镇民风淳朴，家里也没么值钱的东西给人偷，便都不锁门，甚至四门大敞。尽管有过银元和耳环被盗的惨痛教训，大丫依旧没锁门的习惯。女婿家也是如此。

她从堂门进去，刚到后门口，就听到了打枣的声音，于是加快了脚步。但是刚跨出后门，又停住了，目瞪口呆。

原来这打枣的，不是别人，竟是慧娟！不晓得是没去上班，还是中途回来的，慧娟仰着头背对她，拿着绞棍正在打枣。地上有一个装了十几颗青枣的筲箕。

大丫做梦也想不到，慧娟会是那个偷青枣的人。甚至，人家打自家的枣，哪能算偷呢？心里略想了想，便明白原委了，抿嘴一笑，轻轻点头，快速退入后门，转身出堂屋。好在慧娟专心致志，并未发觉身后来人。

大丫没去捡树枝，而是到菜市场买了条喜头鱼，回来便捣鼓起夜饭。此时，慧娟早不见了。

上工和下地的人前后脚回来，大丫的夜饭也做好了。她没回自己的屋，而是在田家做饭，让田家人甚觉奇怪。尤其那碗酸菜喜头鱼汤，香气溢满全屋，惹得人口水直流。更为奇怪的是，她竟亲手送到慧娟面前，而不是放在桌子中间。援朝也想吃，爬上桌，抓起筷子就伸了过去。大丫连忙阻止说："乖！这是给小二爷的。你想吃，老妈回头给你做。"

援朝的筷子停在中间，委屈的眼神看向老妈，想不明白一向宠他疼他的老妈，做了好菜竟不让他吃。其他人也莫名其妙。大丫也不理会，慈眉善目地对慧娟说："小二爷！这是专门给你做的。以后你想吃么事，跟你婆婆讲，跟我讲，都可以。二爷不在家，你要照顾好自己。"

振海心说，这是闹的哪一出啊！不料心里想着，嘴巴就不由自主问了出来。更没想到的是，丈母娘直接就喷了他二百钱："女人家的事，你个大老爷们，瞎掺和个么事？饭菜还堵不住你的嘴巴？"

振海闹了个大红脸，讪讪地说不问就不问。宇洁比较敏感，毕竟是女人，瞪着慧娟笑问，小二爷！莫不是有喜了？公爹跟大伯在座，宇洁问得这么直接，也闹了慧娟个大红脸。

大丫唉了口气说："小二爷也是怪可怜的。二爷也不在家里……"

她这言下之意，是没人照顾。说得慧娟眼眶也红了，泪珠在眼睑里打转转。大丫一见，又后悔不该讲这话，连忙劝她趁热吃。

“我真是粗心！虽然生了四个儿子，却不晓得照顾人，更甭说看出二娘的特殊情况。也做不出合口味的东西，每餐都是水煮盐拌，委屈两个媳妇了。”幺珥恍然大悟，惭愧地发了通感慨，又扭头对低头喝鱼汤的慧娟说，“你也是个苕伢。振湖不在家，有喜了跟我说啊，想吃么事我做啊！”

田道清心里也蛮高兴，但不好跟媳妇讲么事，望着大丫说：“多谢亲家了！照顾田家的大媳妇就算了，毕竟是您郎坛坛，还得麻烦您郎照顾二媳妇。”

“田爹客气了！我也是偶然发觉的。”大丫笑着说道。至于么样发觉的，这个场合不好讲，所以尽管都瞅过来探询的眼神，她只字没提。

得了这么个好消息，这餐饭当然是吃得喜气洋洋。同时，对慧娟更加关心更加照顾了，幺珥不断往她碗里夹菜，叫她多吃点儿，多吃点儿！慧娟脸上红彤彤的，毫不掩饰那份幸福和喜悦，把汤喝得骨头渣滓都没剩。

收拾碗筷进灶屋，宇洁还是很好奇，偷偷问娘是么样发觉的。大丫便把慧娟打酸枣的事讲了，然后反问道：“这不是害喜[①]是么事？”

“哦！”宇洁恍然大悟。

“哇！我要当爹了！”接到大嫂写的家信，振湖只看了前面一段，就欣喜若狂，手舞足蹈地大喊大叫，引得一帮战友抢他手上的信。

三张纸的家信回到振湖手里时，已经皱巴巴不成样子。赶紧把剩下的看完，结果是慧娟问，她是在家里坐月子，还是来新疆坐月子？振湖估摸着，她想来新疆坐月子，肯定是那些谎话起了作用，

① 害喜：方言。指怀孕。

真以为如他画的饼那样甜美，顿时皱起了眉头，心里纠结不已。他是真想妻子过来，亲自照护她，但这边的条件和自己的工作，又不可能照顾好她。左想右想下不去决心，两天了都没敢写回信。

这天又有战友到武汉采购物资，振湖买了些特产，采了些野果，都用包裹包了，把信夹在包裹里，托战友抽空送去通海口。信里的意思，建议她做完了月子，再来新疆。

突然来了振湖的两个战友，全家人高兴得很，极尽所能地热情款待。慧娟的心，早飞到那个充满想象的神奇地方了，却没想到男人会是这么个建议，心下不爽，当即就咬牙切齿地决定，跟他们去新疆。

她这个决定，不仅两个战友，全家人也都惊诧不已，心说她胆子何时变得这么大了？她可是胆小如鼠的，看见毛毛虫都骇得一跳三尺高，脸色惨白地拍着胸口，喘好半天粗气。然后都坚决反对，甚至请她娘来劝说，千方百计阻止。毕竟已有身孕，这路途遥远舟车劳顿，谁晓得会发生么状况？不可预测的变数太多！

但是，即将当妈的慧娟，竟一根筋地油盐不进，哪个劝都咧着嘴巴笑，然而却是直摇头。

两个战友见这事不好办，心里叫苦不迭，面有难色地跟她商量："我们还有半个多月才回去。要不这样，等我们把采购的事情忙完，抽空打个电话问问队长（部队整体安置后，番号取消，职务名称也变了），不管他同不同意，我们都再来一趟通海口。大嫂，你看如何？"

"我不管么情况，反正跟你们一块去新疆。"慧娟说这话时，脸上充满了刚毅，如女汉子般梗了梗脖子。

两个战友无可奈何，只得由她带着，先去胡明义家。

胡明义的爹能下地干活了，听慧娟说要去新疆，张妙芳也动了心，决计结伴走。这样，田家想阻拦，也阻拦不住了，抓紧为她做出行准备。战友虽不情愿带两个女人同行，然而也想不出更多拒绝的办法，在武汉办完了事，沮丧地再回通海口，带上她们一起回新疆。

慧娟去新疆前，大丫拉着她的手，给她补怀孕的注意事项，叫她路上小心。慧娟听得直点头，感动得泪花在眼眶里打转转，说我亲娘都没这么过细。

大丫笑着说，我只当多养了个坛坛。又趁机给她讲维护男人颜面的道理，说男人是女人的面子。男人在外面有面子，女人在家里才有里子；男人没面子，窝窝囊囊，女人就抬不起头。不要处处跟男人争个长短，男人赢了么样，女人赢了又么样？没必要争个输赢的。又说夫妻过日子，当然会有争吵，哪有夫妻不吵架的？牙齿跟舌头还有磕上的哩！但就是吵架，也只能就事说事，不要像拉稀，有的没的，噼里啪啦乱说八道。吵过了，就算了，不要搁在心里磨，更不要没完没了地吵。多难受啊！实在闹急了要掐，就在衣裳遮得住的地方掐，千万别在脸上留痕迹。不然，男人一出门，就惹人笑话了，就没志气了，就做不起人了！

慧娟明白她所指何事，脸腾地就红了。大丫最后又绕回去，说男人做不起人，女人有么好呢？没任何好。你跟二爷在外面，身边又没其他亲人，一定要互相体贴、互相照顾。

慧娟明白大丫的苦口婆心，红着脸直点头，说记住了，记住了！到了新疆，我一定不跟他吵。

一路跋涉到住地，慧娟就傻眼了，内心涌起惊涛骇浪。虽有心理准备，但现实还是让她明白，她的心理准备严重不足。岂止是严重不足，简直是颠覆了她对人生的认知！霎时忘了对大丫的承诺，还没进门，就跟振湖狠狠地发了回火，嚷着要送她回通海口。这也是她跟振湖，第一回真正发火。

振湖理解妻子为何发这大脾气，其实有些家属来了，比慧娟的火还大。所以，一直赔着小心，笑脸相对。

也是啊！当她满怀期许与憧憬，挺着怀身大肚颠沛流离，好不容易到了住地，却发现连个屋——哪怕是茅草的——都没有，而是住在不见天日的地窝子[①]里。至于给她灌输的那些天花乱坠的东西，还真如自己预料的，子虚乌有。满眼只有他不曾讲过的一望无垠的荒凉戈壁。家乡还在收割庄稼，这边却结厚冰了。想到要在这样的环境里生活一辈子，女人的内心一定是充满绝望，杀了他的心都有。

所以，振湖除了赔礼道歉，完全想不出还有么招数。

哭哭嚷嚷地走进地窝子，无视振湖满是苍凉而愧疚的脸，听不进他那苦苦哀求的话语，慧娟咬牙切齿地道："田振湖！你必须立刻、马上送我回去！不然，咱俩打脱离，我一路讨米，也要讨回通海口。"

振湖任她发泄，转身拿起开水壶，把一只土碗倒满开水，递给仍在嚷嚷的女人。慧娟也实在口渴了，双手捧起，一股暖流顿时从手上传遍全身。然而，慧娟的心里还是冰寒，大口喝完，把碗递回去，又道："别以为这样就能收买我。告诉你，这个鬼地方，我一刻都不想待。你最好趁早送我回去。"

一九五八年下半年，上级号召大炼钢铁。复城县是湖区，小土包都没一个，拿么事炼钢铁？不过，这个并不是难事，抽调了劳力上荆山。荆山是大山区，据说铁矿极其丰富。

按照上面布置的任务，通海口公社组织三千多劳力，书记顾有恒亲自带队，浩浩荡荡奔赴荆山，搭建工棚、建小高炉、炸山取石、砍树沤炭[②]，昼夜不息地参与到轰轰烈烈的炼铁大会战。

然而，山头炸平了几个，几人合抱的大树放倒了成片，把郁郁葱葱的原始森林，搞得如秃子头上的癞疮，钢铁却没炼出几斤。偏偏县里又每天报产量，排名次，把顾有恒急得嘴角都起了一圈豆大的燎疱。

---

① 地窝子：地下挖的土坑。上面用粗树干做檩条，细树干做椽子，铺上树条或苇把，撒上麦草，盖一层碎土，然后糊上草泥，正中间留一个天窗。创业之初，新疆生产建设兵团的职工住的几乎是清一色的地窝子。

② 沤炭：把木材沤成炭，便于炼钢铁。

十几万人集中大会战，吃喝拉撒的事，上级要求各团（以县为团）自行解决。所谓“自行解决”，无外乎当地购买和从家里运送两种了。如果当地有那个供应能力，上级也不会要求“自行解决”了。所以实际上，也就剩从家里运送这一条路可走。

72

从通海口到荆山山区，一百多里地，全靠牛拉马驮，其保障水平与艰难程度可想而知。作为后勤保障组副组长，振海就负责往“前线”运送物资，每天行进在运输线上。

这条运输线，尽管狭窄，且破烂不堪，坑坑洼洼，然而却不只通海口公社一家走，复城县十几个公社的运输队都得走。且进入江滩县地界，又会聚了江滩县的运输队伍；到了江津县地界，再会聚江津县的运输队伍。及至来到荆山地界，就形成了一个人牛马车摩肩接踵、拥挤不堪的蔚为壮观的运输大军，如蚂蚁搬家般蠢蠢蠕动。

原本就一塌糊涂的唯一通道，经过两个多月高强度的车碾马踏，早就不成其为“路”，沟壑纵横、尘土飞扬，比走棉田高粱田还不如。

然而，这还不是最难走的。最难走的，是最后十几里地。

烧铁的小高炉和民工，都在深山老林，根本无路。所以到了山脚，全靠运输队的民工肩扛背驮送上去。一些民工抱怨，也不晓得哪个出的馊点子，跑到山沟沟里烧个么狗屁钢铁，也没见烧出一块铁来，真正的劳民伤财。

振海也觉得不是个事，这趟送了物资到“前线”，站在小高炉旁跟顾有恒建议，前半程走水路，逆通州河到荆山境界，再改走旱路到山脚。

顾有恒也觉得如此不恤人力畜力，确实是个大问题，何况也不知要炼到哪一天，便叫他先试试。不过，他还是提出了顾虑：“眼看通州河进入枯水季节，舟船是否好走？如果水路好走，县里为么事要我们走旱路，而其他公社也不走水路呢？再说走水路，怎么着也比旱路要多两天时间。这个你想过没有？”

“表面看，走水路时间长，但有保障啊！书记您郎想啊，再过个把月下雪封冻，路面打滑，旱路就更不好走了，说不定比水路时间更长。再说了，即便时间长一点儿，但人力、畜力节省了呀！”

振海的嘴角也裂了口子，渗出血丝。脚上的一双草鞋，只剩两只麻绳带子系着，跟打赤脚差不多。顾有恒看着心疼，于是让了一步：“我其实是赞成的，但也得跟指挥部的同志们研究一下，再向团指挥部请示吧！”

“这有个么好请示的？我批准了。”

嘶哑的声音从身后传来，吓了二人一跳，慌忙转身，齐声道：“夏书记来了？么时候到的？”

穿着露出棉絮的军用破棉袄，头发蓬乱如鸡窝，眼圈深陷红肿，脸色蜡黄尽显疲态的夏杰，如今是县委书记，亲任了复城县大炼钢铁会战团团长。

烧了两三个月，才发现荆山哪里有铁矿，品质不高的石灰矿倒是有一些。所以，复城县的近百座小高炉，除了烧出一些石灰，没见个么铁，更甭说钢了。偏偏省里和地区天天要进度排名次，复城县也就天天挨批坐角落，搞得他焦头烂额，寝食不安，只得不停往各小高炉跑，希望第一时间见证眼睛一亮的奇迹。

转到通海口公社的这座小高炉，就听到了两人的上述对话。夏杰目光深邃地看向一眼望不到头的小高炉上冒出的浓烟，似乎自言自语：“看来，这种搞法不行哪！上级管得也太宽了。各公社运送物资，走么线路都要指定呢？”

二人对视一眼，脸上现出欣喜神色。振海说：“那我们试试水路？”

“试吧！出了问题我负责。回头，我也跟县指挥部说说，别管那么宽了，给各公社一点儿自主权。”夏杰说。

“书记！您郎看，这搞小三个月了，钢铁没炼几斤，厌战情绪却开始蔓延，得不偿失啊！何况要收秋粮了，水利任务也重，家里的人手肯定不够。也不晓得么时候能回去咧？”长期跟夏杰搭班子，对他的脾气秉性是了解的。但是，顾有恒还是说得小心翼翼。

“唉！”夏杰收回目光，长叹口气，没回答。其实是没法回答。他也郁闷，也希望早点儿回去，也想问省里和地区的领导，这毫无意义的会战，何时是个头？然而这个话，他能跟下级讲吗？

“喂，两位书记！我来的路上，看到许多车，拉的都是铁锅铜壶啊罐头壁耳[①]啊，钉耙耖齿[②]的。这些乱七八糟的东西，拉来搞么事？”振海忽然岔开话题，满是好奇。

两人“扑哧”笑出声来，像看外星人般看着他，看得振海头皮发麻，懵懵懂懂地追问：“到底是么回事？”

“还不是被上头逼得没法子了。”夏杰止住笑，无奈地释疑解惑，“石头里烧不出铁，上级又天天催产量排名次，那就拿铁器充数啊！但领导要的是生铁，不是铁器。你拿锅啊、犁头啊这些东西，领导一看不就发现是假的？不过没关系，不是有小高炉吗？丢到炉里一烧，不就成铁了？甚至把石头熔化后，烧结成的有‘铁色彩’的块状物拿去当铁上报。上级才不管你是么样来的，也不管是不是铁。你说是，那就是了。这样，你的产量和名次就有了。”

“哦！”振海恍然大悟，俄顷笑道，“还真是要得生铁打破锅哟！”

“要不，我们也搞些破铜烂铁来？”顾有恒建议道。

“不要！总要有团垫底的，复城团就垫底好了。大不了，批评我夏杰没那个烧铁的本事。而且，也侧面提醒领导，真的是烧不出铁，早下撤退的决心。”夏杰斩钉截铁地竖起右掌，异常决绝。见

---

① 罐头、壁耳：木犁上的两件铁器。罐头在下，壁耳在上。罐头紧贴地面，耕地时扎进泥土。壁耳架在罐头上用以固定罐头，把握泥土翻转的方向，同时免得翻起的泥土糊在犁上，减少摩擦力。

② 耖齿：耕整土地的农具，有铁齿的，也有木齿的。这里是指铁齿的。

两人都拿愕然的目光瞅自己，稍停，又缓和语气叮嘱，“不过，真正的破铜烂铁，还是可以运些来回炉的。废物利用嘛！但千万别学别人，把好好的铁器砸碎了运来，搞些糊弄人的东西。”

“好！那我就叫家里收破铜烂铁，然后运过来回炉。正好，人民公社化运动就要完成了，发动群众贡献破铜烂铁，也有基础。”振海说。

听振海说了山上的情况，在家主持工作的副书记王新发就气不打一处来，说既然别的团搞邪门歪道，我们也搞。给复城县争光，给夏书记减压。副书记黄有成纠正道，破铜烂铁重新回炉，也不算邪门歪道，那叫废物利用。其他领导心领神会，笑着附和说，对，对！不叫邪门歪道，叫废物利用。

接着畅所欲言，纷纷献计。有的张口就说，小公社都生活集体化了，各家各户的铁锅等生活工具便用不着了，动员社员交出来，送到荆山去。振海纠正道，夏书记强调，只送破铜烂铁，千万别“要得生铁打破锅”，把群众好生生的家具呀，生产生活用具呀，送去了。

有人马上反驳说，集体大食堂已经办起来了，而且会越办越大、越办越红火。难不成，还倒回去？

这个话其实有点儿阴险，埋了颗雷在里面。谁敢说要从集体食堂退回到过去的一家一户？“反对人民公社”的大帽子，他都拿在手上了。只要有人接茬，立马就会扣上去。好在，人们直接忽略了他的问题。

又有人出主意，说搞就搞彻底！不仅把各家各户的锅收了，连灶台也砸了，让想走回头路的人，念想都断了。又有人说，坏了的犁耙耖子榔头铁锹什么的，也别拉下了。振海再次提醒，反正夏书记的话，我带到了。贯彻中走样变形的责任，可不在我这里。

夏杰不仅是县委书记，还长期在通海口地区领导地下工作，这里的党组织就是他领导建立起来的，也是首任区长区委书记，威信蛮高的，说话当然有权威。所以王新发拍板时，只是号召群众献出破铜烂铁，并未要把所有的铁器铜器及其他金属物件交上来。

然而，这个貌似正确的决策，执行时还是变形走调了。

这天，新生巷居委会主任黄响珍带着人，拖着板车挨家挨户收铁器。收到振海家时，宇洁看板车上有许多完好无缺的锅和其他铁器，心中一个咯噔。然而，男人在公社当干部，自己是幼稚园园长，也不好做落后分子，就不情不愿地把两口铁锅拎出来，又找了一把破铁锹、一把生锈了的钉耙，默默无言地放到板车上。

黄响珍天天跟街坊打交道，各家情况摸得通透，便笑着说："姑老妈！我记得三老爹还有两口铁锅，您郎家也还有一只铁火钵子[①]的。"

论起来，黄响珍跟宇洁是两重的亲戚关系。她跟大丫一样，都姓黄。她死鬼男人李宇栋，是宇洁的堂兄。她跟大丫年纪相仿，且都是男人早死，守寡抚养了一个伢成人，所以有很多共同语言，平时走得也近，便一直跟着孙子叫大丫"老爹"，叫宇洁"姑老妈"。

宇洁顿时尴尬，脸刹那间就红了。家里确实还有只铁火钵子，但她不舍得拿出来。伢们和老人冬天要烘手烘脚哩！

就在这时，大丫突然出现了，解释道："我援朝、念梅晚上要宵夜，食堂又不供应夜食。我把锅交了，拿么事给他们做夜食？交不得的。再说一只火钵子，能烧几两铁？我冬天怕冷，要焐手暖脚的。我藏起来了，她找不到的。"

这话算是给女儿解了围，但黄响珍哭笑不得，说："喂，三老爹！又不只您郎家里有小伢，哪家没有啊？人家的伢不是伢呀？也没听哪个说要做夜食啊！"

"人家是人家，我家是我家。情况不同的。"大丫说。

"都是小伢，哪里不同了？"黄响珍不依不饶，"干部家属不带头，我们工作不好做哩！"

"没哪个跟我攀比吧？我连屋都给镇里办幼稚园了，还在乎两

---

① 火钵子：方言。即火钵（不是火盆），冬天烤火取暖的主要器具。多是泥土烧制而成，上面有提把。但也有金属的，比如铁或者铜铸成的。

口锅？”听她说干部家属不带头，大丫不高兴，“啊珍哪！人家公社是说自愿，怎么到你这里就变强迫了？不是说只交破铜烂铁的吗？我那两口锅，还没破哩！火钵子，也还能用。不是真的还有用，我留它搞么事？再说了，我住解放街三居委会，又不归你民生巷管，老逼我交锅搞么事？”

“李宅”所在的那条主街，解放后改名叫“解放街”，不叫“正街”了。又因为街道太长，人口太多，便分成了解放街一至六共六个居委会。

任她说得天花乱坠，甚至拿话威逼，大丫就是不为所动。黄响珍除了悻悻然离去，还没办法反驳。毕竟，大丫的确是把两间屋贡献给镇里了，这可不是哪个都做得出来的。

各大队送来的“破铜烂铁”，都堆放在粮所的晒场上，整整占了半个晒场。前几天被王新发安排做其他的事，振海也没过去看。这天是装船的日子，天气晴好，在食堂吃过饭，振海就带着搬运队的人过去，准备装船。

到现场一看，差点儿把肺气炸了。原来，乱七八糟堆放的，哪里是“破铜烂铁”呀？许多还是簇新的农具、完好的铁锅和铁器等生产生活用品。有些虽有破损，但那新鲜的裂痕或缺口，一看就是随便扔时砸坏的，或者故意捅坏的。如果原封不动送上山，让夏杰看到了，还不遭他一顿猛尅呀？

虽然气得七窍生烟，但他强忍着没骂人，而是叫搬运队的人现场清理。凡是能用的，放进粮所的空仓库，以备不时之需。真正的破铜烂铁，则放一边，明天再装船。果然如他所料，完成这项工作，硬是花了一天时间。

第二天装完船，又叮嘱负责接收的人，再有大队送物资来，让他们分类。可以用的拉回去，这里只收破铜烂铁。

送上山的破铜烂铁，终于让通海口公社甚至复城团长了回脸，因为总算烧出铁水来了。然而令人喷饭的是，铁水冷却后，变成了几块黑不溜秋丑陋无比的奇形怪状家伙，要多难看有多难看。人们脸上的笑顿时凝固，脸色跟那几块奇形怪状的家伙极其相似。不仅遭兄弟团耻笑，省里和地区领导也直摇头，搞得夏杰更加灰头土脸，再也不让送破铜烂铁了，劳民伤财。

时至秋末，山上突然蔓延起拉肚子来，一个个拉得黄皮子寡瘦[1]，有人甚至拉得脱水。各县的粮食供应，却逐渐困难起来。这对于人困马乏的大炼钢铁，无异于雪上加霜。县委书记们纷纷上书，实在烧不出钢铁，撤了吧！

但是，上级不仅不准撤，反而要求增派劳力，不烧出钢铁不罢休。顿时，个个都傻眼了。

兴建丹江口水库，复城县去了一万多劳力，大炼钢铁又是一万多，还有些其他工程，也派了劳力。且都是壮劳力。家里正值棉花采摘、秋粮收割季节，再派劳力确有困难。夏杰跟其他几个团长（都是县委书记）商量，集体“罢工”。省里和地区领导大为光火，威胁谁不执行就撤了谁。

正僵持不下，突然有民工竟然拉肚子拉死了。拉个肚子都能死人？这可不是闹着玩的，民工都嚷嚷要回家。领导们想烧铁，自己烧好了。

领导们也怕出事，何况山上的气温一天比一天低，很快就要下雪了。真下雪了，天寒地冻的，也没办法炼钢铁。于是宣布“休战”，明年开春了再来。

然而，对县委书记们的“罢工”，依旧耿耿于怀，说死罪可免活罪难逃，那条运输线不是被蹂躏得不叫“路”了吗？就由上山炼钢铁的民工，按高标准修一条省内最好的公路，每个县完成一段。不修好不准回家。

县委书记们哭笑不得，不过不用在山上过年，心里还是蛮爽的。于是，也不管小高炉如何处理，组织民工收拾行囊，丢下一个烂尾摊子给荆山，慌毛火急地带着人下山修路。

---

① 黄皮子寡瘦：俗语。意思是黄皮寡瘦。

顾有恒专门去团指挥部，请示那几块铁坯如何处理。

“扔掉！”夏杰的脑海，顿时浮现出带给他耻辱的几个黑不溜秋家伙，眼睛一瞪，右手用力一劈，不假思索道。

“带回去，打点儿铁器还是行的吧？”顾有恒试探地问。

“嗯！”夏杰思忖片刻，缓和语气了，“那你就带吧！”

后勤保障组没撤，但终于不再上山，而且路程少了大半，振海们顿感轻松不少。直到大雪纷飞，眼看着就要过年了，通海口公社才完成修路任务。

73

年前收到振湖来信，说慧娟生了个胖小子，取名念喜，母子平安。得了这份惊喜，田家个个把笑挂在脸上，丝毫不加掩饰。宇洁也连忙写回信，同时把早就备好的婴儿衣裳及其他物资，赶紧又寄了过去。

当初决绝的慧娟，并没真的转身回程。

虽然物资条件很差，生活过得很苦，跟在老家完全没法比，但沉浸在振湖的关爱甚至溺爱里，慧娟好像忘了把过的狠[1]，竟有些乐不思蜀。毕竟这个老实坨子，是她托付终身的男人。而做了母亲之后，更是脾气性格大变，对振湖也有了更多理解，不再动不动抱怨。

见妻子真有既来之则安之的意思，振湖喜不自胜，每天忙完队里的事，就窝进地窝子，屁颠屁颠地当家庭妇男，把慧娟跟儿子照顾得不晓得有几好。

远在几千里之外的大嫂宇洁，除了隔段时间来信嘘寒问暖，介绍家里的情况，每到快换季的时候，还会寄些衣裳或者棉被来，也

---

① 把过的狠：俗语。意思是讲过的狠话。

让他们觉得，亲人一直都在身边。

管着山上烧铁的几千人的后勤供给，振海丝毫不敢大意，所以尽管艰辛，也毫无怨言。但是，他整天奔波在运输线上，家里的事，就完全托付给宇洁和爹娘了。

宇洁负责的幼稚园，收了几十个伢。许多人上班是没日没夜的，她们便主动承担了晚上也照护伢们的任务。所以，自家的两个伢儿，实际上丢给了丈母娘。这让振海十分内疚，却也无能为力。

好在，丈母娘从未抱怨，除了大食堂的惊人浪费以及质疑其可持续性之外。

人民公社实行组织军事化、生活集体化、行动战斗化，办“大食堂”。为搞好“生活集体化”，通海口公社也学其他地方，大办集体食堂，集中居住、集中劳动、集中吃饭。

通海口镇虽没改名叫“公社”，但也以居委会为单位，办了几个食堂，男女老幼都在大食堂吃饭。

一时间，都说集体食堂好，赞歌铺天盖地。但是，也有泼冷水的。譬如大丫。

之所以冒着挨批挨斗的风险，也不肯交出两口铁锅，除了援朝、念梅要宵夜，还有一个原因，她没跟黄响珍说。她认为集体大食堂，吃不长的。如果哪天散伙了，家里一口锅没有，她拿么事炒菜煮饭啊？

提起集体食堂的浪费，大丫就心疼得不行。

就好像那不是庄稼上结的果实似的，就好像那不是农民拿汗水浇灌，然后吹干拍净了送到餐桌上似的。饭菜、包子成筲箕地倒，桌子上、地上到处是没吃完的，有的还没动过筷子。好在她养着猪喂着鸡鸭，心疼白花花的粮食就这么倒进污水沟实在可惜，于是天天去食堂收潲水，然后挑到女儿这边来，拌进扁担草里当饲料。还别说，拌了潲水的饲料就是好，几头猪膘肥体壮，鸡、鸭、鹅下蛋也比往年多。这让她内心，又稍稍获得些许平衡。

她不光心疼，还跟女儿女婿抱怨，说要遭天打雷劈的。

大丫的抱怨，振海夫妇是认同的，却不好顺着说，只劝她家里说说就行了。经过磨难的大丫，哪里不明白其中利害？怎么可能去外面说？那不是自找不自在吗？之所以跟女儿女婿讲，也就发泄些郁闷。

上山烧铁的人修完了路回来，振海才有时间处理家里的事。他把八头猪全卖了，竟一口气还清所欠债务，还有点儿结余。这个结果，大大出乎预料。原以为他只操心不出力，八头猪会黄皮子寡瘦了哩！哪想到，家里人精心饲养，竟卖出了超过十头猪的价钱！

宇洁只埋头干活儿，不怎么会理财，怕自己不小心花掉了，便让振海保管结余的钱。第一回有了余钱，振海既兴奋又发愁，不晓得该放哪里。想来想去，他钉了个小木盒子，把钱放进去，神鬼不知地塞到了夹壁里。

放钱时，他从自家养猪的事，突然联想到一些地方不顾地力和其他生产条件，密植庄稼，产量反而下降的现状，心里豁然开朗。原来，庄稼并不是种得越密越好啊！

集体食堂吃不长，还真被大丫一语成谶。仅仅吃了大半年，一九五九年夏末，通海口公社各个集体食堂，就出现了办不下去的征兆。

也是应了那句“绳子从细处断”的老话，集体食堂难以为继，最早是从最穷的潘家场小公社李沟大队开始的。遗憾的是，并未引起人们重视，以为是个案哩！不承想，自李沟大队起，便如多米诺骨牌，各大队及至各小公社接连告急，最后是通海口镇各居委会的集体食堂时开时关。

为挽救好不容易办起的集体食堂，或者说，为了不至于成为全县最先倒下的典型，顾有恒不惜要粮所开仓放粮。但终归杯水车薪，有的大队把种子都熬粥喝了，也没撑多久。

集体食堂的这么个结局，于通海口公社的领导和群众都始料不及。原以为会越办越好、越办越大、越办越红火的，谁晓得不到一年，就无米下锅关门大吉了？

集体食堂瓦解，最直接的效应是一锅难求。

农民和街道居民的铁锅，许多被砸破，然后烧成了那几块奇形怪状的黑不溜秋的家伙。供销社仓库，根本没存货。整个公社十来万人口，睁开眼睛都要吃饭的，可是没锅，如何是好？比巧妇碰到了无米还难办！只是无米，可以煮野菜，甚至煮水喝呀！

为渡过难关，公社党委专门研究。然而，一个个除了唉声叹气，就是面面相觑，大眼瞪小眼。

顾有恒着急地归纳道，当务之急就是帮群众找锅。但是，全县甚至全省都缺锅。因为打破了锅烧铁，是全县甚至全省性的。所以，就是去大城市买，也不一定买得到。但又迫在眉睫，必须立即解决。这是政府必须做的！而且，造成这一困难局面，是我们工作失误，也必须由我们去弥补。

众人都说，理是这么个理，但么样解决呢？

顾有恒没回答众人，而是指着列席会议的振海道："要说，还是振海同志敏锐，硬是顶住压力，留下了一些锅，可以应一部分群众的急。"

振海组织人清理出来的那些锅，大家都忘到脑后了，除了振海本人，还有粮所主任许文忠。

许文忠是当年李家的管家刘家才的外孙，也是振海结拜过"十兄弟"的打条胯朋友。要不是照这些关系看，他都不会开粮所仓库的门，让振海把铁锅放进去。然而放进去之后，就再无人问津。

这段时间，许文忠后悔死了，急得屁眼门子冒烟，天天跟在振海屁股后头催，叫他抓紧把锅搬走，因为要收粮食了。振海也是头疼，搬到哪里去呢？无奈之下，只得嘻嘻哈哈打马虎眼："集体食堂办不下去了，老鼠都快饿死了，哪有粮食往你仓库装啊？做春秋大梦吧，你！"

"早晓得你是这么个不落听的泡皮，当初就不该让你装进去。"许文忠气得吹胡子瞪眼，咬牙切齿地一边跳脚一边臭骂。然而，骂归骂，骂完了，他也只得自叹倒霉，不敢把那些锅扔了。振海的脾气，他太晓得了。

如今顾有恒提起，众人也突然记起这码事，仿佛打了鸡血浑身一振，眼里也放出精光来。王新发连忙说：“喂，振海同志！马上派人统计一下，看到底有多少，然后根据各大队缺少程度，迅速发下去。”

“供销社去办这个事吧。”顾有恒指着供销社主任刘茂林吩咐完，又解释道，“振海去办，显然不合适了。而且，镇上的居民也交了锅，通海口镇委也要着手解决锅的问题。”

“哦！也是，也是！一时性急，忘记振海同志不再是手工业合作联社社长了，他现在是通海口镇镇长。”王新发尴尬一笑，荷叶烟突然烧了指头，低头一看抽完了，连忙扔掉。

“喂，振海！你是灵姑转世还是能掐会算的孔明先生？收上来的破锅还有用处，这种事都能预见到？”原来说不仅砸锅还要毁灶台的那位副社长，调侃道。

“都么时候了，还有心情开这种无味的玩笑？”顾有恒瞪了他一眼，吓得他立马打住，也堵住了其他跃跃欲试者的口，一个个打起精神，正襟危坐地继续研究解决办法。

振海截留的锅，毕竟杯水车薪，解决不了根本问题。于是，党委作了如下决定：一是各小公社迅速统计上报缺锅数量，掌握全公社缺锅底数；二是供销社即刻向县社写报告求援，能支援多少算多少，以解燃眉之急；三是不等不靠，迅速派人到武汉等大城市采买；四是铁业社停止生产农具，加足马力补有些损伤却补补还能用的锅；五是号召社员和居民互帮互助，有锅的做完饭了借给无锅的乡邻使用。

于是，一场买锅、补锅、借锅的温馨行动，在通海口公社迅速展开。

振海家的两口锅，被宇洁傻乎乎交了，一口没留。好在丈母娘硬气，硬是没交，就把那口大锅拎过来，总算是灶台上有口锅架着。这让一早跑到大丫家里要锅的钱梅，老大不高兴，阴阳怪气地抱怨：“干娘！到底是亲闺女亲哪，最先想到的还是紧着亲闺女呀！我这个干女儿，只得往后站喽！”

这话大丫不爱听，抄了一把锅里煮着的青菜稀粥，横她一眼道：“振海那是一大家子人，六七张嘴巴。外加宇洁快要落月了。你才几口人哪？”

“干娘这话说的！好像我家三口人，不是人似的……唉，还是亲闺女亲哪！干的就是干的，毕竟不是亲生的。关键时候，就分出亲疏来了。”钱梅叹了口气，说罢往外走。

尽管从来都是自己接济她，未见她一分一厘的孝敬，但毕竟认过干亲。所以大丫心里也不是个滋味，内疚而无奈地说：“回头我让姨爷想办法，给你找口锅。找到锅之前，我每餐早点儿做，而后你把锅提回去，做了再还过来。行吗？”

“那多麻烦啊？每天提着口锅走来荡去，还不如在一口锅里抡勺哩！”钱梅转身回来，笑嘻嘻的。

“唉！”这言下之意，大丫再明白不过，叹了口气，只得再让一步，“那你们记得要带粮食。就我一个人的口粮，哪里管得住你们三张嘴巴？今日不如往时哩！”

“那敢情好啊！”钱梅高兴得差点儿跳起来，态度来了个一百八十度大转弯，扭着腰肢转身，赶紧去喊男人夏之阳跟儿子夏魁，“今日起，我们就在干娘这里吃了。”

望一眼离去的背影，回头再看锅里照得见人影的青菜稀粥，大丫的眉头皱了起来。这是按自己跟援朝、念梅三个人的量做的，突然加上钱梅一家三口，肯定不够吃。然而就要熟了，再放米显然来不及，肯定做成夹生饭。看看没其他办法，只得添了一瓢水，又洗了把青菜、舀了半勺糙面粉扔进去。生怕稀粥煳了，使劲搅了几下，又想了想，再洗净一个鸡蛋丢到稀粥里去煮。

她每天早晨给外孙煮一个鸡蛋。过去只有援朝，她便煮一个。后来有了念梅，她先是煮一个给援朝，炖一碗鸡蛋羹喂念梅。现在念梅三岁了，就煮两个，两个外孙一人一个。天天吃煮鸡蛋，援朝有些腻了，不想再吃，说是有鸡屎味。大丫耐心地哄，说吃了才有力气，才能长个子。援朝是个听话的伢，这才坚持下来。

今天熬粥，就没单独煮。直到稀粥快熟了，才丢了两个进去，也是节约柴火。现在夏魁要来，她也不好只给自己外孙而怠慢了他，所以又丢进去一个。她并不是怕钱梅那张嚼得死人的嘴巴，而是真正把三个伢平等看待的。

钱梅一家人真不拿自己当外人，很快都喜滋滋过来。钱梅给各人盛了碗稀粥，就着酸萝卜“吸溜吸溜”津津有味地喝起来。

钱梅一边喝，一边还留半边嘴巴说话。她先怀疑地问，难不成家老妈见我们来，才弄这么稀的？仔细瞧过坐一条板凳的夏魁和援朝，剥了鸡蛋给儿子，又问家老妈拿么东西喂的援朝，只是每天一个鸡蛋吗？比我家夏魁小半岁，却不仅脸上有红是白，甚至还高出半个头呢？

这话三个伢听不大懂，乖乖喝粥，吃大人帮他们剥的鸡蛋。夏之阳跟大丫却明白，然而大丫没接话。夏之阳打断了她，说抓紧吃吧，一会儿该上班了。

过完早，宇洁挺着大肚子去幼稚园，振海不放心，同时也想看看两个伢，何况上班时间还早，就跟着一起过来了。见钱梅一家人坐在桌上，便有些惊诧，心说不年不节的，他们到这边过早，闹的是哪一出啊？然而都忍住了，没问出口。

钱梅倒是来得快，就在念梅丢下碗扑进振海怀抱时，笑着问姨爷姨妈也来蹭饭吃。振海抱起念梅，说我们吃过了。夏之阳问要不要加点儿。宇洁说刚刚吃过，哪里还装得下？钱梅却接口说，看来你们家粮食富余呀，吃那么饱！

大丫跟夏之阳差点儿喷出饭来，宇洁则脖子都噎红了。正要回一句，却有家长送伢来，只得把话吞回去，连忙出去相迎。振海没吱声，抱着念梅坐在桌旁喂她吃。

由老师转行到镇里当干事的夏之阳，低声提醒女人，抓紧吃了接伢去，姨妈一个人忙不过来。

钱梅也是幼稚园的老师，但她还在想自己的心事，直接忽略了男人的话，把话头又绕了回去，对大丫撒娇道："家老妈！从今往后，夏魁就交给您郎了。您郎得跟喂援朝一样喂夏魁。援朝吃么事，夏魁就吃么事，帮我把夏魁也喂得胖嘟嘟的。"

自己的伢自己养才是正经，别人哪有这个义务？尽管大丫没说不，夏之阳脸上也挂不住，把碗轻轻一蹾，差点儿把稀粥荡出来，有些恼怒地说："吃饭也堵不住你的嘴呢？吃不言睡不语的道理，不懂吗？"

男人这话，钱梅不乐意听，觉得没给她面子，瞪了一眼道："我跟干娘说话，你老打岔搞么事？"

怕他们吵起来，大丫息事宁人地说："那你每天早上把夏魁送来吧。援朝念梅吃么事，夏魁就吃么事。大不了，我每天多煮一个鸡蛋，多摆一双筷子。"

钱梅这才高兴地说："好！我也不怕辛苦，每天三餐都送夏魁过来。"

不断有家长送伢来，廖秋水和王凤珍也到了，跟宇洁一起和家长打招呼，高高兴兴地哄伢们进幼稚园。

大丫心里叫苦，每天一个鸡蛋，都是从鸡屁眼里抠出来的，哪儿那么容易攒呢？转念一想，既然答应了，就走一步看一步吧。然而很快，她刚放松的心又一紧，钱梅答应带米过来，肯定只是口头说说，当不得真的。无数的事例，已经证明了这点。如果他们只带嘴巴不带米，那不跟吃集体食堂一样，能撑几天哪？想到这里，也算是提醒钱梅，对振海说："我昨天跑了趟粮所，才买五斤米。作为一镇之长，你可要提前想到这个事，对得起镇里的街坊。"

"是的。我们注意到了，今天就专门研究这个事。"

丈母娘从不干涉他的工作，但听到看到想到了么事，还是时常提醒。某种程度上说，大丫是振海了解民情民意的眼睛和耳朵。心里装着事的振海，听着门外欢快的嘁嘁喳喳，把念梅放到板凳上，叫她自己吃，又摸了摸援朝跟夏魁的头，叮嘱他们快点儿吃了去上学，可别迟到了。最后，对三个大人说：“我上班去了，你们慢慢吃。”

“哎呀，干娘！我家的事还没说哩！”振海半只脚已经迈出门槛了，钱梅突然跺跺脚，急切地对大丫说。

“哦！差点儿忘了。”大丫这才记起钱梅说的事。

振海停下脚步，扭头问丈母娘么事。

“你想个办法，帮之阳他们找口锅吧。”大丫道。

“好的。收上来的旧锅都分下去了，回头我去供销社看看，到了新锅没有。”振海这才知道，钱梅一家人怎么会在丈母娘家里吃饭了。

援朝、夏魁背上书包去上学，钱梅叮嘱上一年级的儿子，放学了跟援朝弟弟结伴，回老妈家吃饭。儿子懂事地点头，这才放两个伢手牵手蹦蹦跳跳离开，自己则加入迎接伢们的行列。

74

通海口地区过去常闹春荒，主要是粮食青黄不接。夏荒这种事，真没出现过。甚至听到这个词，人们都觉得新鲜。夏季万物生长，畜禽鱼类资源也丰富，怎么着，都能闹饱肚子的。顶多，吃得差点儿就是了。今年却出现了，还很严重的。

一到镇里，振海便提议研究粮食蔬菜供给问题。镇委书记王富洋也晓得事态严重，雷厉风行，当即主持镇委会议。

振海说：“春旱连夏旱，锅的问题还没解决，粮食蔬菜困难又接踵而至。而且，这个困难更棘手、更急迫。有了锅，只是有了做饭炒菜的家伙什。没有锅，生吃还可以活命，古代的人就是这么做的，比如说茹毛饮血。但没有粮食蔬菜，居民拿么事填饱肚子？这可是性命攸关哩！要是饿死了人，可不是闹着玩的。希望大家多出主意，我们集思广益。”

有人一听就发起牢骚来：“早晓得没那个条件，办么事集体食堂？说么事敞开肚皮吃，真是天大的笑话！开始还是干的，慢慢变成稀的，而且越来越稀，照得见人影。再最后，干脆连稀的都喝不上，只得关门大吉。依我看，塞把谷草进去，把肚子撑满，然后再把嘴巴缝起。”

“喂，各位请注意！过去的事，已经过去的，再纠缠没任何意义。我们今天不是追究责任的，是研究如何渡过眼前的难关。而且这责任，也不是我们有资格追究的。”王富洋不准这种情绪蔓延，敲了敲桌子制止。

在一片唉声叹气中，副镇长王顺生皱着眉头说：“镇里不像公社有耕地，可以搞农业副业。何况这几年的农田基本建设，把一些荒湖呀沼泽地呀都变成了农田，荒都没的垦了。镇里的粮食供应，全靠兄弟公社支持。如今人家也有难处，自己都吃不饱，哪里有富余粮食支援镇里呢？”

“也有一个办法。”副镇长张兴旺刚这么一说，众人连忙把脸转向他，异口同声地问：“么办法？”

“公社包括各部门的人，户口都在镇里。镇里没粮食蔬菜供应，他们不也得挨饿呀？向他们求援，包括粮所、供销社、食品所。如果不支持，就先断他们的供。”张兴旺神气活现地说。

“这是馊主意，使不得的。”振海马上制止道。

王顺生不屑地说：“嘁！我还以为，真有么好办法哩！”

“为么事使不得？”张兴旺的得色尚未退去，顿时僵在脸上，不高兴地反问。

王富洋抢着解释：“公社是领导机关，哪个敢断领导的供？除非你干部不想当了。再说那些部门各管一块，镇里求人家的地方多着。人家随便卡一下脖子，镇里就死翘翘了。”

镇上虽然民生部门齐全，镇里却针插不进水泼不进。部门都是公社的，虽与镇政府平级，也不过股级单位，却比镇里的干部牛逼得多。给人家提鞋，好像还差不多；当个小媳妇，还得看人家乐意不乐意。断人家的供？那岂止是摸老虎屁股？简直是活腻歪了，扯老虎的胡子！于是，都嘲笑张兴旺，尽出馊主意。

“那你们说，眼面前的这个困难，如何解决？谁能提出更好的办法？”张兴旺不服气，梗着脖子反问。

大伙又都泄了气。王富洋没辙，振海没辙，大伙都没辙。会议室里陷入了沉寂，只有“吧嗒吧嗒”的吸烟声。

见讨论不出个所以然来，王富洋笑着对振海耍赖：“这是民生的事，该你镇长管，就拜托你多想想办法吧。总之，政府么样做，镇委都支持。”

任务派给了振海，众人都松了口气。振海苦笑一声，摇着头说，你真是只狐狸呀！王富洋也没反驳，露出一个意味深长的笑。振海深思了一会儿，说倒是真有个办法。众人连忙问么办法。振海说这个办法，救不了眼前的火，但可以解长远的忧。

听了前半句，有人又泄气了。另外的人催道，别卖关子！真想把人急出病来？

振海不慌不忙地说，我觉得老王的办法，可以一试的。要解决困难，不能靠别人，得靠自己。据我所知，荒湖还有一大片沼泽地，就是水深了些，开垦难度有些大。可以动员镇直部门和各合作社，甚至居委会，组织人去垦荒，建自己的农场。先抓紧种速生食物，解燃眉之急。然后长期生产粮食蔬菜，供应镇上的居民。生产的粮食蔬菜，按各单位开垦土地的比例分配。这个法子，五四年洪灾之后，我组织合作社试过，效果不错的。

他在潘家场乡当过副乡长，荒湖在潘家场那一片，所以都不怀疑有荒可垦的真实性。而且，五四年振海组织合作社在排子湖垦荒，也的确救了急。那些田，现在还在种。但他这么宏大而长远的计划，也确实把会议室里的人震撼到了。一时间，又陷入沉默。

“我就说垦荒嘛！”沉默时间不太长，就被王顺生率先打破了。

听他语气里充满了先知先觉般得意，随后还点上了烟，张兴旺就如同吃了蛆般难受。刚刚可是被这家伙败仗[1]得无地自容。立即反唇相讥："你可是说无荒可垦的，镇长说的是有。意思完全相反嘛！"当即就噎得王顺生直翻白眼。

这对活宝又打起了嘴仗，何况振海提出了一个不错的建议，惹得神情轻松起来的大伙，一阵哄笑。

王富洋想了想说，办法倒是个好办法，就是不晓得公社批不批。毕竟那地是公社的，听说留着建农场和渔场的。马上有人又说，但是远水救不得近火啊！现在居民等米下锅哩！

王富洋立即拧了一句："不要老当质疑派！人家提个建议，只晓得去质疑。有本事，自己也提个试试。"

说完，气咻咻地宣布散会，然后拉上振海，去公社找顾有恒要粮食。

坐在办公桌后面，顾有恒眉头皱成了"川"字形，语气低沉地说："你们讲的缺粮情况，以及可能产生的后果，公社也清楚。这几天我天天在乡下跑，希望找到解决办法。不过，乡下形势也不乐观，各个大队小队日子都不好过。所以，你们要做自力更生的准备，不要把希望寄托在别人支援上。"

他刚说到这里，王富洋就接口说："我们刚刚开过镇委会，振海同志建议组织人去垦荒。"

"这个办法好哇！组织人垦荒，建自己的基地，免得老跟人磕头讲好话，是个好主意，公社大力支持。总之，公社会跟你们一起想办法，渡过眼前的难关。"顾有恒眼睛一亮，当即肯定。但是随后，又心里一个咯噔，警觉地问，"你们想好了地方吗？到哪里去垦荒？"

两人对视一眼，心说问题的关键来了。犹豫片刻，王富洋才呵呵一笑，说："书记建议我们去哪里？"

"你们来找老子，肯定想好地方了。老子没空跟你们猜谜。"顾

① 败仗：方言。意思是贬损。

有恒没好气地对两个年轻人说。

振海这才说："我们想去荒湖。"

"荒湖？不行，不行！"顾有恒一只手乱摇，"荒湖已经有安排了，公社要建农场跟渔场的。你们另外找地方，什么地方都可以，就是荒湖不行！"

果然是不同意，两人哭笑不得。王富洋哭丧着脸说："我是说要书记给个地方，您郎却要我们自己说。我们说了，您郎又说不行。除了荒湖，我们也找不到其他地方。而且这个地方，还是振海同志在潘家场当过乡长，了解情况，才想到的。要不，还是书记您郎说个地方吧！"

顾有恒陷入了沉思。

"书记！您郎看，这样行不行呢？"振海也沉思片刻，问道。

"你说。"

"您郎那农场跟渔场，也不晓得猴年马月才能建。那片荒地，空着不还是空着？不如先给镇里应个急。将来您郎想建了，我们再还给您郎。"

"你小子打的么算盘，老子还不晓得啊？刘备借荆州，借了多少年啊？还个屁呀还？"顾有恒当即笑骂道。

"这是哪儿跟哪儿呀？那刘备跟刘表，是堂兄弟，可以说翻脸就翻脸的。但镇里跟公社，是儿子和老子。哪个儿子敢跟老子翻翘[①]？除非他不想活了！借了老子的东西敢不还？一巴掌拍死，撸得他干干净净！"振海也啼笑皆非。

"喂！我说，书记！总不至于，您郎要镇上一万多人饿肚子吧？"王富洋又不失时机地将了他一军。

顾有恒仔细想想，也的确没更好的地方，便只得退了一步，说还是得有个君子协定。这样，你们写个报告，公社批一下。两人一听，喜出望外。王富洋马上说："我们马上写报告，然后就抓紧组

---

① 翻翘：方言。意思是调皮，不听话。类似于掰手腕。

织劳力去垦荒。”

“能否向上级求回援？即便是垦荒，也得有个过程哩！”离开前，王富洋又异想天开，涎皮赖脸地说。

顾有恒苦笑一声说，别得寸进尺！自己的困难自己解决，不给上级找麻烦。上级也有上级的难处。振海也苦涩一笑说，我们也不想给上级惹麻烦，这不是没辙了吗？

顾有恒起身，说再想想吧。怎么着，我们还守着良田沃土哩！王富洋无奈地道，远水救不得近火啊！顾有恒边往外走边说，你们只须想近万人的事，我可要操十来万人怎么度荒的心哩！……不跟你们鬼扯了，我得去小河公社看看。

两人明白，从他这里再找不出别的辙了，只得随他一起出公社的院子，然后分道扬镳。顾有恒跟党办主任骑脚踏车去小河公社，王富洋回去写报告，振海去粮所找许文忠。

听振海说了个开头，许文忠就大倒苦水。振海没时间跟他磨叽，半开玩笑半认真地说，如果镇里粮食断供，我第一个就断你家的口粮。

“你就是断我家的口粮，我也生不出粮食给你呀！”许文忠无奈地说完，突然凑过头来，小声说，“你不是胆子挺大的吗？我透个消息，就看你敢不敢了。”说完故意卖了个关子，停住不说了。

振海睁大眼睛，也凑过头去问么消息，我琢磨琢磨能做不能做。许文忠蚊声说道，粮所的确有批粮食，是顾书记这些天从各公社调来的，准备运到县里去。

粮所虽说是公社的部门，实际却是县里设在各区为上级筹粮的。振海心里动了一下，然而很快又泄气了。上调的粮食，哪个有胆子去截呀？于是开了许文忠一句“你这是监守自盗啊”的玩笑，就告辞出来。

刚刚走到门口，意外碰到刘茂林，顿时记起钱梅的事，停住脚步，打逗了他一嘴：“老刘，你真是我的好枕头啊！”

刘茂林一头雾水，但也晓得他没好事，也打逗一句说，难怪一早听到老鸹叫[①]哩！振海笑着说，我刚要找你讨口锅，你就在这儿等着我。这不是我想瞌睡，你就送枕头了？刘茂林恍然大悟，哭笑不得地推他一把，说你这个家伙，自作多情。我么时候等你了？我刚好路过，好不好？

振海不再废话，问：“你就说，给不给吧？”

刘茂林说，你家里还差锅吗？我可是听说，李老妈把锅提你家里去了。振海实话实说，帮夏之阳要的。刘茂林顿时来了兴趣，想恶心他一把，阴恻恻地问，帮钱梅要的吧？振海也不怕他嚼舌头，说算是吧！怎么着，人家之阳是镇上的干部，家里没锅做饭。领导关心下级，让他一心一意做事，也是应该的。

在通海口地区，开姨姐姨妹的玩笑，是司空见惯的。按刘茂林的想法，怎么着，也得否认一下吧？可他却不上道，直接就承认，把玩笑堵死了。他哪里晓得，振海现在一头的脓疱，哪有心情跟他开玩笑？

见这家伙这么没情趣，刘茂林顿时就蔫了，兴趣全无，也不再废话了，说算你走狗屎运，昨天刚组织了两百口锅回来，还没上架哩……你是现在跟我去拿，还是想怎么着？振海说，我拿着口锅到处跑，可能还没到家，就被人截和了。回头我让之阳找你，也顺便领你个人情。

刘茂林想想也是，凭振海的好人脉和好心肠，真可能半路被人截走了。但也不忘提醒，锅很紧俏的，别耽误，最后没拿到锅，又跟我扯皮。

中饭是在丈母娘家吃的，钱梅一家人也在。振海让夏之阳抽空找刘茂林买锅，钱梅当即就不高兴了，瘪瘪嘴说，这么快搞么事？我们在干娘这里才吃了一餐哩！

振海跟宇洁直接无语。不弄快点儿，说对她的事不上心。弄快了，说不想她在这边吃饭。嘴巴长在她脸上，话都由她说，反正落不下个好。大丫横她一眼，没好气地顶了一句，你能不能贤惠些，

---

① 听到老鸹叫：俗语。意思是不是好兆头。

正经给男人儿子做饭哪？吃白食还吃上瘾了吧？

钱梅笑嘻嘻地说，哪个叫干娘比我做的好吃呢？他们在您郎这里，比在家里有胃口。又摸着儿子的头问，是不是啊？夏魁直点头。宇洁说，那就天天来吃吧！钱梅嗲声嗲气地说，还是姨妈理解我！大丫又顶一句，好，好！姨妈对你好，干娘对你不好！不好，你就不吃干娘做的饭吵！我看你吃得鬼大的劲咧！钱梅又说，早就说过了呀，干娘比我做得好吃嘛！

她们说话间，夏之阳脸色泛红，埋头吃饭，显然有些不好意思。

“你想好了，就去拿锅。如果拖到人家卖完了，我不会再去折人的。”吃罢午饭，振海又提醒夏之阳。然后，也不管夏之阳跟钱梅再说么事，撒开两片脚丫去范家湖农场。

解放后，为把成片湖区和沼泽地改造成农田，通海口区动员田地较少的乡村，同时把逃难来却不走了的人组织起来垦荒，建了几个农场。范家湖农场是最大的一个。

振海此行，是求援去的。相比各小公社，农场社员少，田地却宽得多，振海觉得求援的把握也大些。还真让他蒙对了，场长方新木当即答应，条件是镇农具厂生产的农具，优先供应农场。振海也没道理不同意，两人便一拍即合。

在范家湖农场获得的成功，鼓舞了振海，连夜又去向北湖农场，也同意力所能及地予以援助。尽管都是粗粮，但总比没有强啊！

75

有了粗粮做后盾，振海总算松了口气，但他还不死心，第二天又找顾有恒，想再弄点儿细粮。见面就说，人家兄弟单位都支持到这个份儿上了，公社不能只说不做，一点儿没有吧？

顾有恒把脑壳摇得像货郎鼓，直说真没办法。振海半开玩笑地威胁道，假如有人截了粮所的粮，可别怪我没提醒啊！顾有恒一惊，问你么样晓得粮所还有粮食的，警告他别胡闹！说那是战备粮，要上调的。少了一颗，都要处分人的。他嘻嘻哈哈地说，人都要饿死了，还怕背个处分吗？

顾有恒没办法，叹了口气，写了张条子推到他面前。

振海抓过一看，是写给粮所的，批了五吨大米。于近万人而言，人均才一斤左右，也就杯水车薪。但他还是眼里闪光，激动地抓住顾有恒的手直摇，恨不得抱着敬爱的顾书记啃一口，然而又不敢。生怕夜长梦多顾有恒反悔，转身去找许文忠，把大米提了出来。

就这样绞尽脑汁，总算是接上秋粮，让通海口镇的人熬过了夏荒，没像其他地方，出现逃荒要饭甚至饿死人的情况。

夏荒刚刚熬过，通海口镇的农场尚未完全建成，振海又调回潘家场了。他过去在潘家场，只是副乡长。时隔几年再回去，是当书记兼小公社社长。

“中秋”这天，秋高气爽，旱灾继续蔓延。尽管形势这么严峻，田家还是给二儿子补办了个满月酒。

这个满月酒，三个月前就该办的。因为忙于救灾，而且碰上大旱食物奇缺，也办不起。当然，现在仍在旱中，物资依旧短缺，但都说不办个满月酒，对不起伢，田家思量再三，就咬咬牙，还是办了。不过，他们把规模压了再压，要接的客人缩了再缩，既不给亲戚添负担，也减轻自身压力。

宾客尚未到来，只有三四个帮忙的，正做着准备。

堂屋斜对角摆了两张方桌。夏之阳背靠神龛面朝大门，正襟危坐在一张方桌上，很专注地把两张红纸裁成十六开本大小，对折，用索子①装订成册，小心翼翼地在桌子上按了再按，然后抚平，一个礼簿就做成了。

作为礼房先生，他今天的事，就是帮田家清点亲朋贺礼，并记载在礼簿上。端详了一会儿刚刚做成的礼簿，夏之阳面带满意的

---

① 索子：指纳鞋底的线。

笑，在早就放了清水的砚盘里研墨。突然想到了么事，把墨块立在砚盘里，扭头对着后面的灶屋，兴奋地大叫：“书记，书记！”

“在自家屋里，又不是官场，哪有个么鬼书记呀？他又不是没名字，你叫他名字不好？退一万步说，你跟他是连襟，随伢儿叫声姨爷也成啦！”大丫抱着婴儿从禾场进屋，满脸春风地打趣夏之阳，逗得在场的人呵呵嬉笑。

“那哪儿成呢？书记就是书记，走到哪里都是书记。”夏之阳也不觉尴尬，一本正经地说完，又像生怕别人听不见似的，更加夸张地连叫了两声书记。

大丫无奈地笑着摇头，也不好老去纠正他，只得由他叫。

周落成端了四条摞得老高的板凳进来，边摆到桌旁边打趣道：“他挑水从你身边过，你不问他。刚刚进了灶屋，你却又书记、书记地叫。这中间隔着天井，灶屋里又喊喊喳喳，他哪里听得见？还不是浪费了你的表情？你说吧，要问么事，我帮你去问。”

去年振海一直在外奔波，宇洁也成天绑在幼稚园里，夫妇两个无暇顾家，一堆家务事和几头猪全丢给三个老人，把他们累得够呛。良心上十二分过意不去，不忍老人再这么累，细想债也还了，何况振江二十了，说成家就成家，即便在朱雀安家，偶尔回来也要个安身之处，于是年前改小了猪圈，留下一个小天井，在后面盖了两间矮屋，大间做灶屋，小间做客房。振江回来，就把正房让给他们，自己两口子睡客房。如此，他的房屋，就俨然是一座小小的四合院了。

夏之阳没告诉周落成喊振海做么事，搞得周落成有点儿尴尬，转身抹桌子，摆杯筷碗碟。

把水倒进缸里时，隐隐听到有人喊，振海连忙放好水桶和扁担，擦着额头的汗水，跟灶屋的人说了句么事，就往前边去。刚进堂屋，夏之阳就一边研墨，一边嘴巴对着礼簿一努，道：“小少爷大名怎么称呼？礼簿上要写的。”

振海愣了一下，才明白所谓的“小少爷”，是指二儿子，哭笑不得地说："这都新社会十年了，怎么还老爷少爷的？何况穷人家的小子，哪里称得起少爷呀？"

夏之阳嘿嘿一笑，指着大丫怀里的婴儿，尴尬地说："哎呀！唐突了。我是问，给他起了个么名字？这要写在礼簿封面上的。"

众人哄堂大笑，纷纷讥讽："就这个话，问你干娘不就得了，还得喊七八声书记书记的？"

"看来，夏助理心里只有书记呀，干娘都不认得了。"

"拍马屁，夏助理你也含蓄些，别太露骨了行吗？真是酸不拉几！"

……

夏之阳是镇里的文教助理。这张一嘴李一舌的调侃，他也没觉得不好意思，依旧伸长脖子望振海。

"田念民！"

"李忠国！"

就在众人戏谑夏之阳时，大丫跟振海都脱口而出。

众人这下糊涂了，把笑僵在脸上。到底叫田念民，还是叫李忠国？大丫也满脸惊诧地盯着女婿，不相信地问："你还是没改过来呀？"

众人懵懵懂懂，连忙问么回事。振海搔了搔头皮，不好意思地道出原委——

给伢儿上户口时，他没跟人商量，直接报了个"李忠国"。既跟大儿子"念国"呼应，都有个"国"字，也循了李家的辈分，"忠"字辈。听他讲报了这么个名字，田道清跟大丫都老大不乐意，把老脸顿时绷起。田道清就不说了，田家的伢，却姓李，自然不高兴。大丫却也不高兴，众人便不解。

振海知道丈母娘的意思。她早就嘱咐过，所有外孙姓田，一个都不准姓李的。如今先斩后奏，拂了她好意。但在他心里，不给李家留个根苗，对不起李家，特别是对不起丈母娘跟宇洁。所以，即便惹得她们不高兴，他也壮起胆子先斩后奏了。心想木已成舟，她们不会再说么事。如今看来，他还是想差了，只得硬着头皮承受。

“姆妈！振海也是一片苦心，也算李家这一脉有后了。”宇洁过来打圆场。

“亏你们还是党员！怎么这觉悟，还没我这群众高呢？”大丫一边给婴儿整理襁褓，一边不忘戗了一句，戗得两人不敢吭声。整理好襁褓，然后抱在怀里，也不理会女儿女婿，自顾自地在婴儿脸上亲了一口说，“我的好念民哟，真是乖！”

她早给婴儿取名叫“念民”了。夫妇俩哭笑不得，相视一眼，宇洁道：“去把名字改过来吧！”

“老妈！您郎说，给三儿取个么名字好？”振海不再坚持己见，满脸诚恳地问丈母娘，同时瞥了眼吐出一口长气的爹。

“别问我！你们喊么事是你们的事，户口上写么事我也不管，我只晓得他叫田念民，也只喊他念民！”大丫生硬地说完，又在婴儿嫩脸上连亲几口，亲一口喊一声“念民”，逗得婴儿“咯咯咯”地笑。

“好吧！我回头就去改，田念民！”这回振海老实了。

但到潘家场上任前后，一直忙着抗旱，把改名字的事，又忘了个干净彻底。家里人却以为他改过了，也再没追问……

振海解释到这里，众人都“哦”了一声。明白是么回事后，有的赞大丫思想开明，有的说振海有孝心。研好了墨的夏之阳为难了，一边拿毛笔在砚盘里蘸墨，一边指着礼簿，执着地请示：“书记！那这礼簿上，到底写么名字？”

瞅瞅丈母娘，见她刚刚还笑逐颜开的脸，又黑得如墨，振海歉意地说：“就写田念民吧！”

“抓紧给我念民改过来。”大丫不失时机地补了一句。

“是，是！回头就改，明天就改。”

第二天，振海还真去了镇里，但是很不巧，管户籍的人到县里送报表去了。他一忙起来，再次忘了这事。“忠国”的名字，也渐渐为家里人和亲朋街坊接受。特别是婴儿，听到“忠国”两个字，眼睛瞪得贼亮，两只小手乱舞，咧着嘴巴使劲地笑。大丫直接无语，心说这是天意呀！既然如此，便没再坚持改名字了。“忠国”两个字，就伴随这伢一生了。——这是后话，顺便交代。

一场风波刚过，客人们就陆陆续续到了，屋里欢声笑语一片。周落成跟王大毛要摆杯筷碗碟，夏之阳便转到门口的一张小桌，展开礼簿登记礼金、礼品，并把登记过的礼品叫客人送进厢房，礼金则收进小桌的抽屉。

知宾王大毛正安排客人入席，钱梅就牵着儿子夏魁，喜笑颜开地进来，径直到男人跟前，把礼金递了过来。钱梅是宇洁的干姐妹，王大毛便安排跟娘家人坐一桌。

这也是知宾的职责，须把来宾与东道[①]的关系，记得清清楚楚，捋得明明白白，做到心中有数，且能随机应变，恰到好处地安排座位。倘若安排不当，比如姑爷、舅爷的座位排反了，客人不会怪罪东道，只会怪罪知宾。讲究大的，或者脾气暴躁的，甚至追着知宾打。因此，知宾也不是一般人做得了的。

尚未开席，客人都围着婴儿嘁嘁喳喳，钱梅也满面生花地挤过去凑热闹。只见她手指在婴儿嫩脸上轻轻捏了一下，随后逗道：“好乖的念民哟！叫一个，叫姨妈！”

众人哄然大笑，有的说四个月的伢，叫么事叫啊？有的说你是想人叫姨妈想疯了。也有的说，说不定是神仙下凡，真开口叫了呢？甚至逗婴儿：“你就叫她声姨妈吵！”

一旁的大丫没笑，而是眼睛一亮，接着就直了，盯着钱梅耳朵再不愿离开。钱梅没发现她的异样，试图抱过婴儿，嘴里还在说：“叫一个，叫一个。就叫一个，好不好？”

刚在方引娣手里还好好的，不料钱梅一抱过去，那婴儿却哭了起来。大丫连忙接手，又看了钱梅耳朵一眼，哄着襁褓中的婴儿：“哦，哦！念民乖，念民乖！不哭了，不哭了。”

---

① 东道：方言。指请客的主人家。

婴儿果然不哭了，却一泡尿撒出来，尿片子顿时就湿透了。大丫说：“这小子一高兴，就尿尿。我去换块尿片子，你们抓紧入席吧！”

进厢房给念民换尿片，眼里尽是钱梅耳垂下的耳环。那对耳环，她太熟悉了，就是她塞在屋梁上，五年前突然不见了的。自家祖传的东西，摸过不知多少遍，烧成灰也认得。她相信自己不会看走眼。当时，她跟宇洁把屋里的稀泥差不得翻了个遍，也没翻到。本以为再也见不着了，不意间竟出现在钱梅的耳朵上。

耳环么样跑到了钱梅的耳朵上呢？大丫真想现在就核实。但是，外孙做满月，一屋子客人，不管她承认不承认，闹起来都不好看。不问吧，又如同鱼刺卡在喉头，浑身难受。

犹豫不决间，头疼病忽然发作了，而且一发不可收拾，疼得天旋地转。把小外孙放到床上，吃了包头疼粉，似乎也无好转，只得倚靠床头休息。

宇洁进屋取东西，一看娘满头大汗，吓了一跳，连忙把手放到她额头，焦急地问：“这是么样搞的？是不是头疼病又犯了？”声音里带着哭腔，眼泪都要出来了。

大丫差点儿就把她的发现告诉女儿，想想又忍住了。毕竟，她只是怀疑，并未坐实的。说不定是自己看花了眼，或者钱梅也有同款呢？捕风捉影的事，还是不讲的好，省得闹到满城风雨。即便要讲，也等核实以后。这么一想，就摇了摇头，说刚吃过头疼粉，躺一会儿应该没事了。

宇洁不疑有他，把娘扶到床上睡正。见儿子也睡着了，就把取的东西送到灶屋，然后在床边守着。

大丫的头疼，一阵一阵的，来得猛，去得也快。躺了一会儿，就不疼了，便起床。早席已经散了，钱梅也回去了，暗忖只有等开正席，瞅机会再问了。不承想吃正席时，钱梅耳朵上却空空如也，耳环又不见了。

这下子，大丫又犹豫了，问呢还是不问呢？问了就有牙齿印，不管她承认还是否认，亲戚肯定没的做了。但是不问，心里又堵得慌。

透过耳环，又勾起了她对棺材本的联想。一直怀疑是桃花拿了，如今看来，也不尽然，也多了一种可能性。

几桩事搅到一起，折磨得大丫吃了毛虫般难受，想着尽快弄个清楚明白。然而，这个口，仁慈如观世音的大丫，又觉得开不得。倘若对方承认——这种可能性微乎其微，那对方的名声就毁了。怎么着，也是干女儿，她得为干女儿的脸面着想。倘若不承认——可以预料的结果基本如此，那就撕破脸皮了，而且也不晓得街坊四邻会么样看自己，背地里么样议论自己。

回过头再想沙罐里的银元，好像桃花的可能性，还是更大些。自那天之后，总感觉她眼神怪怪的，且再没找她借过任何东西。这太反常了，过去不管她有没有，都习惯性先找她开口。事出反常必有妖。所以在骨子里，还是认定了桃花。

万难中的大丫，头疼病又犯了，赶紧再吃头疼粉。

就这样，外孙的满月宴，大丫在自我煎熬中艰难挨过了，没感受到丁点儿喜悦。直到客人走得一个不剩，也没想出个万全之策。

此后几天，她一直被这事所困扰，寝食难安。

突然有一天，她好像想明白了。银元和耳环，不管是桃花拿了，还是在钱梅手里，一个是亲侄媳妇，一个是干女儿，总之是没落外人之手。就是说没好事旁人，肉总是烂在锅里。那点儿钱财，相比较没至亲的女儿维持这份难得的亲情，倒显得微不足道。再说了，自己连屋都能捐，这镯子跟耳环，也当作捐出去的好了。她顿感恍然大悟，不再耿耿于怀。

当然，心里的提防，还是要的。否则，保不齐女儿也会吃同样的亏。但明着说，好像太直接，单纯的女儿又不会掩饰，转过身就会表现出来。所以这个念头，被她直接掐死了。左想右想，觉得只有言语上疏远，给女儿一些暗示。但是，这一疏远，还是会伤害到自己想要竭力维系的亲情。

如此反过来一琢磨，问题似乎又回归了原点。“唉！”大丫心力交瘁，不知如何是好。

76

跟大丫一样，赵桃花和钱梅也心力交瘁。

桃花心力交瘁，源于振海给伢起了个李家的姓，等于是想挤占李家的资源。

大丫随随便便就把二十几块银元丢在沙罐里，毫不惧怕丢失。不见了也一声不响。再者说了，哪个会眼睛都不眨地把两间屋说捐就捐的？种种迹象让她坚信，一直装穷的大丫，是有财产的，说不定还不少。只是，不晓得她放哪里了。

没错，那二十几块银元，就是借沙罐的时候意外发现，她见财起心拿走了。起初还忐忑，生怕大丫跟她较真。后来见她没吭气，才放下心来，又偷偷摸进屋翻过两回，也再次钻进床下，差点儿就掘地了。可惜除了沾满鸡屎灰尘，却晦气地一无所获。这些年，她一直怂恿大丫，从孙辈里过继一个到三房，名曰继承香火，实则觊觎她那尚未露面的财产。

振海给儿子上了个李姓户口，桃花过继的计划就落空了，怎能不郁闷？而且，还没处说。宇明以为她念念不忘过继这事，真为延续三房一脉的香火，既不晓得她拿了二十几块银元，更不晓得背后动机。还劝她算了，说三爹都没那想法。

不过，振海的阴谋，被大丫在大庭广众直接粉碎，让桃花又生出一丝希冀。但是，还有二房那个程咬金，也是贼心不死的，说不定么时候半路再杀出来，这也让桃花伤透脑筋。为防夜长梦多，她觉得这个事，也得加快步伐，尽快画上句号。然而么样做，才不显山不露水，让死脑筋三爹接受呢？

按说，大丫有钱没钱，即便有再多的钱，该如何处置，原本是她自个的事，旁人有么权觊觎呀？桃花却一根筋地认为，那是李家的，不是大丫一个人的。所以就庸人自扰地沉浸在苦恼里不能自拔。

不要脸，则无敌！桃花的这么个想法，倘若传出去，估计都要笑掉大牙，甚至会成为整个通海口镇的笑柄。

同桃花一样，钱梅的苦恼，也是自寻的，甚至比桃花有过之而无不及，简直是自作自受。

干娘屋梁上有燕子窝，老有燕子飞进飞出。两岁多的儿子见了，死活要玩燕子，被缠磨得没法了，她便摸了根竹竿去捅。没想到，燕子没捅到，倒捅下个旧布袋。打开一看，包着对耳环，心下大惊。左右瞅瞅没人，也没多想，就揣进了怀里。想着过去五年多了，哪个还会记得呀？便心血来潮地想在田家请客的时候显摆一回，却还是从干娘的眼神，明白她起了疑心，后悔得恨不得吐血，骂自己么样这么贱哪！匆匆吃完早席，回家取下耳环放好，还自扇了两个耳光。尽管干娘没提，但保不齐哪天突然问呢？

老天不管几个女人如何郁闷，仿佛考验生灵万物承受极限，黑了良心几个月不下雨，直接让干旱持续，把江汉平原所有人的心思，都集中到一个方向，那就是以更大力度抗旱。

在那亘古年代，云梦泽浩瀚如海，把长江南北连成一片，天水一色，何等壮观。然而，经过长年累月的天地运动，竟分割成为南北两个完全不同的世界。南边是依然浩浩荡荡的八百里洞庭，北边则由无数湖泊沟河星罗棋布般构成了一个人间天堂——美丽富饶的江汉平原。

虽然泽国不再，但夹在长江、汉江中间的江汉平原，从来就不是缺水的地方，甚至常常水患成灾。复城县就有许多名谚，既表明水患严重，也体现出富足。比如“襄水[①]涨，南水足，荒湖锅底坐了蔸[②]；十年淹九水，穷人断了禄。”“荒湖复城州，十年九不收；

---

① 襄水：汉江。所谓的江汉平原，即位于长江与汉江中间的广袤平原，由长江与汉江冲积而得名。

② 坐了蔸：俗语。意思是见了底。

十年收一秋，狗子不吃糯米粥。”

但是，这场由夏至秋历时半年滴水不下的大旱，大小湖泊干涸，甚至襄河断流，不仅庄稼几近颗粒无收，人畜饮水更是前所未有地困难。通州河断流后龟裂的口子，掉得进牯牛去。这真是开阔了人们的脑洞，提升了人们的认知。

加上“大跃进”比赛“放卫星”，虚报产量成风，上级领导也误判形势瞎指挥，强调“少种、高产、多收”，致使种植面积减少，粮食大减产，荒年端倪出现。

好在到秋末，犹如顽皮的伢腻味了恶作剧，老天爷突然淅淅沥沥降下雨来。天下所有人，这才松了一口长气。夏粮早就枯死，秋粮也基本指望不上，人们赶紧做度荒准备，比如种速生食物。

建国之后，全国大兴水利。处于“水袋子”的复城县，受水患祸害更重，流离失所的切肤之痛更深，改善水利条件的渴望更浓烈，从而兴修水利的力度也更大。为北排域内的水，一九五五年在通州河底建河神庙埋闸时，通海口区硬是忍痛割爱，把据说元朝末年就有的一棵八百年重阳树砍了，锯成木板做涵管。这也是前三年，粮棉连年丰收的重要因素。

开展农田水利基本建设，通海口人简称“上水利”。经历这次历史罕见的持续六个月大旱，人们对“上水利”的重要性认识更加深刻，力度更大，范围也更广。

可以说，在“上水利”这件事上，可谓上下同心。

除丹江口等常年水利工程，早就组织劳力夜以继日施工之外，各级政府还确定了新的水利建设任务，并层层分解。比如省里和地区确定的长江堤防岁修、从襄河引水入荒湖的河神庙闸扩建工程和几座中小型水库，还有县里的通州河疏浚以及其他水利工程。通海口公社域内的沟河湖汊也不能不管，同样明确了水利任务。

当然，上有千条线，下面一根针。如此繁重的水利任务，最后都靠农民一锹一锹挖，一筢箕一筢箕地装，然后“吭哧吭哧”肩挑背驮去完成。仅潘家场公社上水利的民工，就分散在七八个地方。

冬播尚未结束，衣衫褛褴、行色匆匆的人们，赶着装了粮食蔬菜柴火的马车牛车，挑着破行李卷和篼箕铁锹等劳动工具，甚至抬着石硪，络绎不绝地奔赴各个工地。随即就见长江大堤、襄河大堤以及类似于通州河这样的县域河流，甚至沟河湖汊，到处彩旗招展，人头攒动，号子声、呼叫声此起彼伏。仿佛把所有人，都集中到了水利工地上。

对于上水利，农民们表现出某种狂热，即便抱病也踊跃参加，除了看到兴修水利的好处，也是为了度荒。

上水利是集体起火，节约下来的口粮，能够保证在家的老人和伢们不至于饿肚子。县区乡领导心知肚明，尽管上级只按土方给予粮食补助，但实际人数大大超过需要，他们也睁只眼闭只眼。反正人多力量大，都想尽快完成任务。

振海要去丹江口，顾有恒没批准，便去了河神庙闸扩建工程。这也是个浩大工程。将以襄河的牛尾巴支河为基础，新修一条全长几十公里的复城长渠，从襄河倒潭口连接到一九五六年建成的通州河河神庙埋闸，再南连长江支流荆河，形成可灌可排的双重功能。但牛尾巴支河淤堵厉害，几成废河，亟需清淤、扩宽。

潘家场公社的主要任务，就是牛尾巴支河中间一段的清淤和扩宽。指挥水利建设，振海没么经验，但也不是太难的事。没吃过猪肉，还没见过猪跑啊？他在心里想着，无非是亲力亲为，以身作则，同时多向别人学习，充分尊重行家意见。定下了这个章程，他便默默依章程行事。

但是，他没像有的公社眉毛胡子一把抓，胡乱支派劳力，而是做了个相对合理的分派原则。即去丹江口、长江岁修和河神庙闸清淤疏浚的，必须是青壮年男劳力；参加县里和大公社工程的，是大姑娘和中青年妇女；老弱病残则就近整治沟河湖汊，或者留在家里从事冬季田间管理。公社领导，分别去各个工地任指挥长，统筹领导和协调解决问题。

在牛尾巴支河，他白天跟社员一起劳动，晚上或者开会协调解决各大队的共性问题，或者提着马灯，带着技术员检查质量与进度，解决个性问题。一日三餐，跟民工们一口蒸笼盛胡萝卜或者红苕饭，一只木桶里舀照得见人影的萝卜或者白菜汤。跟民工睡一样的工棚，滚同样只铺了稻草的通铺。倒是相处甚洽，其乐融融。

打开了牛尾巴支河清淤疏浚工程的局面，振海火急火燎地转战到长江岁修工地。在那里当指挥长的副书记周泽洪带信说，群体性争斗不断，防不胜防，大小公社领导犹如灭火队员，疲于奔命，苦不堪言。振海决定跟周泽洪对调。

振海一边劳动，一边观察了解群体性事件的原因，暗暗琢磨解决之道。第二天，就叫通讯员周春生通知各大队书记，来指挥部开诸葛亮会。

指挥部是个四周透风的简易工棚。与一般工棚不同的是，稍大一些，同时用杨树对半锯开，钉了几排固定的“板凳”，中间有一张从老乡家里借来的桌子。

瘦如猴子的振海感觉有些冷，紧了紧捆在破棉袄外面的草要子，皱着眉头跺着脚，痛心地说：“民工都是阶级兄弟，没有阶级仇，没有民族恨，本应相互帮助相互体恤，可是却老发生争斗。解放十年了，还发生这种事，不应该啊！所以请大伙来，除了查明原因，更主要是寻求解决办法。”

就着昏暗的马灯，坐在硌屁股的“板凳”上，与会的十几个人心情都好不到哪里去，旱烟或者老虎叶子吸得“吧嗒吧嗒”响。书记的开场白刚结束，便乱糟糟一通抱怨。振海也不阻止，任大家抱怨。为阻止争斗甚至械斗，他们也伤透了脑筋，甚至有的被打破了脑壳，或者肩上腰上挨了拳头，吃了扁担，遭了脚踹。

抱怨了差不多一刻钟，工棚里也烟雾弥漫了，几年没过过烟瘾的振海，夺过武家河大队书记刘志高的铜烟杆，“吧嗒吧嗒”抽了两口，呛得“喀喀”了两声。把烟杆还给刘志高，这才开口说道：“大伙说的，跟我了解的一样。就是矛盾的根源，在于取土。那么，有没有解决办法？毕竟，我前面说了，民工都是阶级兄弟，看着阶级兄弟为了取土相互打斗，甚至弄到死人，大伙心里都不好过。而且忙一天都累了，天色也不早了，早点儿找到解决办法，也好早点儿回去困觉。”

还真是一语中的。群体性打斗的根源，就是取土。

刘志高是老土改积极分子，年纪大些，威望也高些。在桌子脚上磕了磕铜烟杆，老成持重地说：“主要是都想就近取土，怕吃舍近求远的亏。如果能公平解决取土远近的问题，矛盾就不存在了，也就不会再打斗了。”

其他人迫不及待地附和：“是哩！是哩！就是这么个理。”

“哪个也不是为了打斗，大老远跑到长江大堤上来的。”

“是啊！还吹冷风淋冷雨吃冷饭，这个罪真不好受。”

……

“公平确定取土远近，说起来容易做起来难啊！上级只划定了各大队加宽加厚的段面[①]，却没划定取土的地方，那肯定是就近呀！哪个会傻乎乎近处的土不取，跑远处去取呀？”有人不温不火地泼了瓢凉水。

众人一听也是这个理，顿时又都哑巴了。

但是，振海却有了计较。见认识统一得差不多了，焦点也集中了，猛地站起，把腰里的草蒌子都挣断了。也顾不得拾起重新系上，任没有扣子的破棉袄敞开，兴奋地启发道：“除地堤脚范围，上级没划定取土的地方，也没划不准取土的地方啊！那我们在哪里取土，不是自己就能商量着定的呀？”

真是一语惊醒梦中人，一个个霎时眼冒金光。是啊！上级把段面划到了公社，那公社范围内的事，田书记不就可以定的吗？各大队小队再发扬点儿风格，问题不就迎刃而解了？何至于在这里愁眉不展，大眼瞪小眼？于是，拍了一通到底是书记、书记点子就是多等马屁之后，开始商量解决办法。

---

① 段面：方言。段指长度，面指宽度。段面，就是完成水利任务的宽度和长度。

办法倒是简单，振海也想到了，就是各大队取土地点远近搭配。实在做不到的，就发扬互谅互让精神，近处取土的，段面增加一点儿；远处取土的，段面减少一点儿。总之是固定各大队取土地点，避免为取土发生争执，进而激化成打斗。

振海又给书记们打预防针，笑呵呵地说："当然，世上没有绝对的公平啊，公平都是相对的。那么，互谅互让，就尤为重要。而且我相信，这个觉悟，大伙都是有的。毕竟，我们都是共产党员，都是党的干部。民工们，也都是血肉相连的阶级兄弟。"

大伙再没异议，振海便趁热打铁，兴奋地让技术员取出段面图摊在桌上。大伙"呼"的一声，迅速围着那张矮桌子，在段面图上调剂起来。

调剂过程当然艰难，毕竟都要维护本大队利益，让太狠了，也不好跟民工交代。因为岁修的土方，终归得民工们一篼箕一篼箕地挑到堤上去。于是，又争得脸红筋暴唾沫四溅，甚至指手画脚言辞激烈，喷出的气流几次差点儿吹熄马灯。当然，最后都能达成某种妥协。只要他们能达成一致，振海便持不干涉主义态度，乐观其成。所以，他倒成了局外人，站在一旁当观众。至于会不会打起来，呵呵！振海完全放得心。

调剂完毕，已经是半夜了。大伙兴奋得睡意全无，毕竟省了好大一桩烦心的事，再不必提心吊胆了。于是嚷嚷一不做二不休，现在去现场，调整各大队的施工段面和取土范围。

振海更是乐见其成。打击人积极性的事，傻子才会做。振海又不是傻子！于是带着技术员和各大队书记出工棚，有的扛起弓丈，有的提着马灯。很快，就在各大队的施工段面移了桩，又在取土地钉了桩，这才心满意足地各自回去歇息。

社员们也不是不讲道理，所以在潘家场公社的段面，再无争斗之事。振海兴奋不已，让周春生告诉在其他工地的领导。很快，在潘家场公社所有工地上，为取土而打斗的事，再没发生过。

这种群体性事件，各级领导都伤透了脑筋，不只振海一个人。

顾有恒也提心吊胆，老怕发生打斗。听闻了振海的这个法子，当即指示区指挥部推广。

然而，顾有恒的指示还没完全落地，这天上午又发生了一起涉及两个公社的打斗事件。

77

话说这天，临近中午了，天空惨白，冷风更大了些，都带上“呼呼”的哨声了。似乎要下雪，也或许预示着要发生点么事。

跟民工一样，振海敞着破棉袄，裤脚挽起，赤脚踩在泥泞下的枯草皮上，挑着冒了尖的两箢箕泥土，“呼哧呼哧”从堤脚艰难往堤面爬去。

如果不是他扁担上挂着洋铁皮土喇叭，谁也不敢相信他是公社的党委书记兼社长，同时也是乡委书记兼乡长。当然，他胸前还挂了一只小口哨，只不过口哨太小，不过细看不见罢了。土喇叭和小口哨，是通海口公社为方便指挥，给各小公社指挥长的标配，也是身份的标志。

已经爬到江堤半腰了，正想着一鼓作气到堤顶上去，西头取土处突然爆出鼎沸人声，撼天呐喊，当即心头一紧，下意识地停步扭头。只望了一眼，脑袋便“嗡”的一响，口哨都忘记吹了，取下土喇叭，丢了扁担箢箕，拔腿就朝西边跑。

一边向堤脚那片人声鼎沸处斜冲，一边用土喇叭给同方向奔跑的社员喊话，要他们继续劳动，试图阻止聚集。然而，有的民工停住了，胆大的却扛着扁担，继续奔跑。

目测那个地段，应该是李沟大队的。远远地，看得见扁担和铁锹乱舞，也听得清愤怒的叫骂，以及挨家伙[①]了的惨号。眼中的情形，骇得他心惊肉跳，暗说我的个娘啊，怕不是有上百人聚斗！

---

① 挨家伙：方言。意思是被工具击中，挨打。

好在今天参加高家垴大队的劳动，段面与李沟紧邻，所以跑过来，也没花太多时间。振海边往人群里挤，边对着土喇叭高声叫喊：“住手，都住手！再打就要抓人了。”

拿土喇叭叫的，肯定是领导，所以外围民工散开了些，却没离去，迅速形成两个阵营，拿不善的眼神盯着对方。核心圈子里的十几个人却如若不闻，打斗仍在继续。

这时，另外一只土喇叭从对面响起，和他说着一样的话。振海一看，是杨场公社的书记余孝祖，心里便稍稍轻松了些，于是继续叫喊，并挤进了核心圈。劈手夺过一把眼看就要砍下去的铁锹，愤怒地大吼：“你就不怕打死人了坐牢啊！”

或许“坐牢”两个字，真能产生威慑，加上余孝祖和两边公社的其他领导及大队干部也挤进来，跟振海一起，迅速在中间站成一排，把打斗双方隔成了两个阵营，终于休战。尽管愤怒的眼睛，仍然瞪得比牛卵子还大。为了公家的事，闹到去坐牢，的确不划算。

原委很快就弄清了，仍然是取土。比较复杂的是，闹矛盾的李沟大队跟幸福大队，分属潘家场和杨场两个公社。

振海跟余孝祖对视一眼，都无奈地皱起眉头，不约而同地哀叹道：“这对老冤家哟！”

这两个上下村子的矛盾，由来已久。两个大队都用荒湖的水，共一条河。为调节用水，解放前建了座土闸。解放后以土闸为界，上游叫幸福大队，下游沿用“李沟”这个老村名。在用水上，幸福大队占尽地利，享有绝对话语权。

比如荒湖水泛滥了，就把闸门拉了藏起，让湖水奔流而下。地势偏低的李沟大队，本就渍得人心慌，正想方设法往外排哩，哪经得住再来外水？那不是雪上加霜吗？就派人去关闸。然而闸门不知所踪，只得拿草包装了泥巴填闸。幸福大队也是泛滥成灾，何况荒湖的水还源源不断下来。闸门堵死了，不得把整个村子都淹了？所以拼死阻止。一方要填一方阻止，摩擦就发生了，先是赤手空拳打斗，随着火气越来越大，便动起了家伙，铁锹、扁担顺手就抡起来……抓起么事是么事。

到干旱了，幸福大队又把闸门关得死死的，甚至拿泥巴糊住缝隙，不让丁点儿水下流。李沟人又不干了，想办法开闸。其结局可想而知，同水多的时候一样，再次发生械斗。

总之是为了水，两个村子就像打红了眼的牯牛碰头，也不知打斗了多少回。打死人的事，都发生了几起。如今解放十年了，这种状况也没根本改变。振海到潘家场公社上任才七天，就跟余孝祖一起，处理过一回打斗的事。

旱情太严重，那条河干涸得早裂了口子，哪里还有争斗的前提？但是，李沟大队却偏偏在那口闸的附近，打出了一口冒水的井。都不知打了多少口井，突然有一口冒水，还不欣喜若狂？然而，幸福大队的人来了一看，却说井是斜着打的，水在自己的地界，便来抢井的控制权……

这场械斗，受伤的社员多达十几人，更是打断了李沟一队管水员的一条腿。

振海跟余孝祖无语，心说真是冤魂不散哪！分属不同公社的两个老冤家，上水利都能鬼使神差地再次做邻居。

工程完成了多半，再调整段面，显然来不及了。吩咐受伤的社员去工地卫生所包扎，又赶社员们抓紧去劳动，两人才和两个大队的书记现场办公，解决取土矛盾。

振海建议用潘家场公社的法子，但双方都在气头上，哪是那么好商量的？且不说社员互不相让，就是眼面前的两个书记，也是言语不睦。

比如李沟大队的李得水说："这个地点，是我们先来取土的。"这话明显有先到为王的意思。

幸福大队的杨想生立马撑道："我们早就钉桩了，不过近处的土尚未取完，便没先过来。"意思也相当明显，傻瓜都听得出来。

振海不满地说："你们两个是书记，要有全局观念。"

"要不这样，我和老田都走，留你们两个互撑，或者再叫民工来打一架。哪个打赢了归哪个。死人发火我们都不管。”余孝祖也生气。

“领导们定吧！”见领导生气了，两人这才讪讪地表态，然后缄口藏舌不再言语。

余孝祖是个文人，跟几个农民，突然酸溜溜地讲起了六尺巷的故事。说清康熙年间有个大学士叫张英，一天收到家信，为争三尺宽的宅基地与邻居发生纠纷，要他利用职权疏通关系，打赢官司。张英阅信后哑然一笑，挥笔写了一封信，并附诗一首：“千里修书只为墙，让他三尺又何妨？万里长城今犹在，不见当年秦始皇。”家人接信后惭愧无地，让出了三尺宅基地。邻居见了，也主动相让，结果成了六尺巷。

两个书记虽是农民，却也不是傻子，当然明白他是个么意思，惭愧无地。但又折不下面子①，对视一眼，再重复一遍：“领导们定。”

既然两人都这么说，振海也不客气，指着稍远一处地方，对李得水说：“这个地方让给幸福，你跟社员们做做工作，再不要抢了。当然，也不要你白让，公社干部天天来李沟劳动，再不去其他大队。同时，明年给你减点儿任务。行不行？”

李得水心有不甘，但是书记开口了，也不好拂了面子，便说：“书记说么事就是么事吧，我执行就是。”

余孝祖也问了同样的话，得到的答复，竟跟李得水一样。问题圆满解决，两人这才放下心来，叮嘱他们去商量，也不忘警告再不准械斗了，否则拿他们是问。

令振海跟余孝祖没想到的是，两个大队都没在这里取土，而是去了更远的地方。而且，再没因水的事发生争斗，成了互帮互助的好邻居。——这是后话。

处理完长江岁修工地打斗的事，振海又跟副书记周泽洪换岗。

---

① 折（shé）不下面子：俗语。与丢不起人、放不下身段同义。

毕竟牛尾巴支河工程大些，民工也多些。

各水利工地的后勤保障，越来越困难。本就遭受夏秋两季大旱严重减产，又进入隆冬季节，草也早就枯黄了，家里老人和伢们都在挨饿，拿么粮食运到工地上？而上级允诺的粮食补助开始拖延，也不能按期到位。

为了不影响工期，民工的一日三餐，先是由干转稀，慢慢地碗里都见不到几颗米粒，只能喝青菜萝卜汤，根本就吃不饱。吃不饱肚子，劳动的效率当然越来越低，工程进度越来越慢。

眼见整天高强度劳动，营养又跟不上，民工个赛个地黄皮子寡瘦、无精打采，病号也逐渐增多，卫生所都住不下了，振海急如热锅上的蚂蚁。到处化缘又无果，脾气变得暴躁起来，动不动想骂人。然而又不能骂，只能强忍着，嘴角都起了燎疱。

这天清早，振海刚刚起床，正用冰冷的水洗脸，卫生员姚小军就匆匆跨进指挥部，满脸惊惶地说发生浮肿病了，且不是一个两个，而是一群人，几十个。振海大惊失色，用衣袖揩干粗糙得像树皮的脸，正要急声发问时，通讯员周春生抢在前面问："这个病，很严重吗？"

"当然严重啦！弄不好，会死人的。"姚小军急急地说。

振海一急，揩脸时把嘴角的燎疱弄破了，血顿时就流得嘴角下巴到处都是。他也顾不得揩，拉着姚小军去卫生所，却又被周春生一把扯住了。

正在疑惑间，周春生早蹲下身子，掀起他的裤腿，在那皮包骨头的腿肚子上按了按，见凹陷下去的窝弹不起来，霎时惊呼："姚医生！您郎看，书记也是按一个窝了起不来哩！"

姚小军也试了一下，随后道："哎呀，书记！您郎这是典型的浮肿病症状。"

振海心里打了个突兀，暗道难怪这几天感觉不得劲的！下意识地弯下身子，也按了一下，果然有个起不来的凹陷，顿时把眉头皱成了"川"字形。放下裤脚思忖片刻，边出指挥部边问，怎么会有那么多浮肿病呢？跟在身后的姚小军说，还不是缺乏营养和高强度劳动双重打击引发的！

说话间到了隔壁的卫生所，振海仔细询问患病社员的状况和感觉，并一一安慰。出来时叮嘱姚小军，准备给更多民工做检查，同时不要把自己得病的事宣扬开去，剩下的事他来想办法。

回到指挥部，当即指派正在洗漱的水利副乡长范体发，火速去区指挥部求援，包括粮食、医生和药物。又唤过周春生，叫他通知工地上的公社干部和各大队书记，即刻来指挥部开会。两人刚走，想想转身进灶屋，吩咐大师傅①陈落子多做些早餐，且比往日要干。

陈落子有些为难，说："书记，马上就熟了。"

振海明白他的意思，多做来不及了，而且过早太干，中晚餐就得比往日更稀。因为每天的定量，就那么多。不然，哪里做得到上级要求的"细水长流"啊！吃集体食堂的教训，就在眼面前晃哩！振海懒得废话，不耐烦地说："别的不要你管，你照做就是了。"

这几天书记心里烦着哩，脾气冲得很。陈落子不敢触他霉头，只得应了一声，再去淘米洗菜。

不一会儿，三三两两的人顶风冒寒来到指挥部。振海声音低沉地把浮肿病的事一说，书记们就嚷嚷开了，述说各大队民工生病的情况。振海惊诧不已，这情况，比自己掌握的还严重啊！脸色越发沉重，心说自己这书记，当得不称职啊！只盯着工程进度，忽视了对民工的关心。

想到这里，他先做了番检讨，然后征求意见："各位！水利建设重要，民工健康也重要，甚至更重要。我们搞建设为么事？还不是把社会主义建设好，让群众过上好日子？所以，我有个想法，听听大伙意见。姚医生说浮肿病主要是营养不良，加上超强度劳动。只要增加营养，减轻劳动强度，就基本能好。既然是这样，我想，凡是得了浮肿病的，送回去休息，并增加口粮。耽误的工期，过完

---

① 大师傅：方言。指掌勺的厨师。有时也泛指所有的厨师。

年了抓紧来补。反正离春汛还有几个月，既不耽误春耕用水，也不影响防汛。倘若上级怪罪，我这个书记担全部责任，跟各位无关。这个事能做不能做？大伙都说说。”

振海话音刚落，指挥部里就七嘴八舌议论开了：

“书记太英明了！其实，工程早一天晚一天完成，只要不影响春耕和防汛，又有多大关系呢？但是人没了，就么事都没了。”

“何止是一个人没了呢？整个家庭都毁了。”

“早就该这样。又要人出力，又不让吃饱，时间长了，哪个受得了啊！”

“这担子也不能书记一个人挑，大家都挑点儿。大不了，明年多接些任务。或者，就像书记说的，过完年接着干。”

“还有，书记你也不要自责。哪个不是病得扛不住了，才去找医生的？乡下的人没那么金贵，小病小灾都是硬挺的。所以情况没汇报到你这里，也是正常。”

……

“书记！早饭好了。”就在大伙吵成一锅粥时，陈落子走到振海身边，小声提醒了一句。

“那就先开饭。”振海大手一挥，对众人说，“过完了早再讨论……顺便说一句，今日落子照顾大家伙，管饱。”

早就饥肠辘辘了，一听要在指挥部吃饭，还管饱，顿时“哄”的一声，笑逐颜开进灶屋找吃的。陈落子则嘴巴瘪了瘪，嘴角抽了抽。他是没想到，书记会把这大的人情，记他头上。

众人还没吃完，有的喝着南瓜汤，有的啃着烧红苕，范体发就慌毛火急地进来，径直走到振海身边，兴奋地说：“书记！顾书记完全同意你的建议，让我们立即停工，组织民工回家生产自救，全力度荒。”

话虽然是对振海说的，其实也压抑不住内心的激动，声高嗓大，所有人都听见了，顿时把搪瓷碗敲得叮当响，还发出了“嗬——”的齐声欢叫，南瓜汤喷了一地。

有人饭都不吃了，拿着烧红苕就走。却被振海拦住，笑着说你知道过这个早，是指挥部的人一天的口粮吗？给你们吃了，我们一天都得饿肚子。对方不好意思地嘿嘿傻笑，重新抱起碗来，三两下把南瓜汤喝得干干净净，振海这才放他们出指挥部。

督促民工回家，又在所有段面拉网式检查了两遍，整整花了两天时间。确认一个民工都没有了，振海这才拖着疲乏的身子，有气无力地对指挥部的人说："我们也撤吧。"

此时，工地上除了呼啸的北风，以及黑老鸹偶尔如捏着嗓子的令人头皮发麻的嘶哑叫唤，沉寂得瘆人，仿佛从未出现过人山人海、人声鼎沸的场景。

振海等人正在拆指挥部的工棚，突然接到区指挥部转来县指挥部的通知，除几个重要水利工程，其余一律停工，全力度荒。他们这才知道，通海口公社出现浮肿病还是晚的，情况也是轻的。有些地方早就断粮，不仅出现了浮肿病，还有干瘦病，且数量惊人。而由于长期凉水浸泡，甚至出现了子宫脱垂、闭经等女性病人。

自己也有浮肿病症状，振海却不敢去养病。七个大队近万群众，还眼巴巴等他领着生产自救，度过饥荒哩！

78

世代生活在水灾与旱灾交替频发的江汉平原，人们的忧患意识很强烈，求生的手段也层出不穷。比如度荒，捕鱼、挖藕、挖野菜、打野禽野兽……直至铲地皮剥树皮，无所不用其极。倘若这些措施用尽了，还解决不了饥饿，通海口的人就使出最后的"撒手锏"，背起三棒鼓和渔鼓筒子[①]到处流浪，满世界讨生活。

三棒鼓和渔鼓筒子，是通海口人讨生活的工具。他们固执地认

① 三棒鼓、渔鼓筒子：现在作为演奏曲艺的乐器。以前是讨米要饭的工具。

为，讨生活不同于乞讨。讨生活是形势所迫，乞讨是好吃懒做。他们耻于不劳而获的乞讨，而以自己的走唱等形式付出劳动，给予别人精神享受，从而换取别人的物质给予。这是一种对等的取予，有别于普通的端个破瓷碗挨家乞讨。

这里又是一片肥田沃土，令人割舍不下。不然，祖先们早就背井离乡，另寻生存之地了。所以，渡过了饥荒，总会再摸回来，重复祖辈的人生。

现在已是年末，冰天雪地搞生产自救，哪儿那么容易？就是说，生产自救的最佳时机已经错过了。当然，庄稼蔬菜肯定得种，却只能为稍后的度春荒做准备，解不了眼前之急。再者说了，自己能想到的，别人也能想到。因为灾荒是大面积的，至少整个通海口公社如此。

振海头大不已。但有一条，他给自己下了死命令，就是决不能让群众闹到再背三棒鼓、再敲渔鼓筒的地步。

坐在屋里空想，肯定不是个事。振海不辞辛劳地往各大队跑，号召大家不等不靠，一起商量生产自救的办法，还每户分了三五分土地，赶种胡萝卜等速生食物。同时，组织群众到湖里河里捕鱼、抓虾、摸螺蛳憨子，到处挖野藕、荸荠、野菜等代食品。弄一点儿是一点儿，总能解决些问题。

一天天地挨，总算挨到了过年，也的确没人背起三棒鼓和渔鼓筒子，外出讨米要饭，振海心里才稍稍踏实了些。

大年三十，大雪纷飞，把七个大队又挨个走了一遍，眼见家家户户吃上团年饭了，振海才拖着疲乏不堪的身子，往家里赶。一路没见几个人影，除了他这个着急赶路的人。

风雪人在路上行色匆匆，家里人在堂屋坐立不安。中午就等起，等过了下午，等到了黄昏，又等到上灯过了好长时间，他们所焦急等待的那个人，一直没现身。

为了打发难挨的时间，也排解彼此紧张，田家一边拉长了耳朵听门外的动静，一边心不在焉地回忆往事。最后，都把焦点放到了大丫身上——

这一年，振海在外面操劳得得了浮肿病。但家里的人，一点儿也不比他轻松。

生忠国之前，宇洁就请辞幼稚园园长，推荐张丽接手。考虑到幼稚园不可一日无主，镇里批准了。所以，几天的产假过后，镇里安排她回缝纫厂，协助厂长做管理。缝纫厂事情太多，厂长让她单独分管了一块，加上还要踩缝纫机做衣裳，根本没时间顾家。于是援朝跟念梅的照护，大丫都接了手，食宿全在“李宅”大院的那间小屋。

忠国太小，还要吃奶，被宇洁带去厂里的托幼班，暂时不需她接管。而援朝上小学，念梅在隔壁的幼稚园，她其实只需管个早中晚。这样就有空隙，出门谋生活。

她喂了两头猪和五六只鸡。鸡是放养的，早晚撒点儿谷，或者丢半把菜叶，这个倒不难。猪不敢在外面喂，怕人偷走了，便在“李宅”院子靠自家那间屋的角落，圈了个猪圈。早先跟着街坊，在通州河坡垦出四五分菜地，每天精心侍弄。偶尔去洪堤上捡枯树枝或者割马草卖给搬运队。茶馆早没了，不然，她还能去卖瓜子点心和纸烟的。

通州河坡的那片菜地，算是政府睁只眼闭只眼，给居民发的福利。通州河岸的土地，以前归几个强人把持的修防所管，是他们出佃收租的来源之一，容不得旁人染指。解放后，河道及其附属土地收归集体所有，但又无力经营，反正荒着也是荒着，何况街上居民也都困苦，便不提倡，也不禁止，放任各自开垦，总可以改善些生活。

对于养猪，大丫的口头禅是：“你不叫猪吃饱，猪不给你长膘。最后吃亏的，还是你自己。”但是这一场大旱，沟河湖泊干涸，最容易弄的扁担草没地方绞了；大地干裂，万物凋敝，河坡荒野猪草也难得寻了。想想也是，人都没的吃，榆树皮、地皮草、红花苕子成了炙手可热的美味，哪有剩余食物喂猪呢？大丫却坚持喂养。尽管瘦骨嶙峋的，都只有一口气吊着，但到了年底，总能换点儿钱。所以，养猪的困苦，自不细言，说起来都是掬不尽的辛酸泪。

单说种菜，就远比人们想象的艰辛，何止百倍千倍。

原本慷慨的老天爷，突然变成了葛朗台式的吝啬鬼，一连几个月滴雨不下，甚至让通州河断流。即便通州河还有水的时候，以她一双小脚和瘦弱身躯，要浇灌那几分菜地，本就艰辛。而只剩河中心的涓涓细流时，原先的埠头够不着水，河坡泥泞且陡峻，就更困难了。她赤着一双小脚，胆战心惊地下河去挑，生怕掉进河里。别看只剩绢绢细流，弄点儿水上来费心劳神，淹死人却绰绰有余。

然而，这还不是最困难的，更大的困难还在后头。那就是通州河彻底断流，河床龟裂得陷得进牯牛。

为解决人畜饮水困难，镇里在相对低洼的地方，打了七八口深井。全镇近万人，几口井哪里够用？每天排着长队取水。何况大地长期干涸，地下水位下降，井里也就些沁水，浅浅的只盖一个底。沁水还没出来，就被迫不及待的人们舀得一干二净。犹如禾苗刚刚破土，就被饿得奄奄一息的人们抠起，塞进嘴巴一般。排在后面的，只剩泥巴浆，甚至泥巴浆都捞不着。为了井里的那点儿水，好几个好得穿一条裤子的朋友，也不惜翻脸，甚至大打出手，弄得头破血流。

大丫一介女流，身板又弱小，还时不时头疼病发作，靠吃头疼粉才能镇得住，哪有力气跟人挤跟人抢？亲家田道清、振海的朋友及左邻右舍看不过眼，有时挑半担水来家用。但浇菜园，就不好劳烦人家，只有半夜自个去井里打了。

其他时候还好，有月亮光照着。月头月尾就麻烦了，伸手不见五指，那井又深不见底，黑咕隆咚犹如张着噬人大口的魔鬼，瘆得人心惊肉跳。但大丫凭着一股顽强的意志，和尽可能给外孙创造更好生活条件的信念，每晚照护两个伢睡下之后，都提着半明半暗的马灯，坚持打了井水浇地，保证每天有菜可吃。

事实证明，她的付出，是有回报的。左邻右舍的菜地，泥巴枯得如砖头，不少人早就放弃了。她的菜园，总有那么些绿色，在一片荒凉中显得尤其突兀。而那四周栽的葵花，到了花季也鲜艳夺目，后期结籽，也基本饱满，少有瘪壳[①]。

田家、李家和钱梅家，长期吃她的免费菜。几家吃不完，就提到菜场去卖，补贴家用。过路的人见了，总会眼睛一亮，不自禁地夸赞几句。也有不怀好意或者无可奈何者，打她菜的主意。而她，一律慨而慷之，睁一只眼闭一只眼。

正是家里人同心协力，特别是大丫倾心付出，所以尽管振海当了甩手掌柜，大半年不怎么落屋，田家的这个荒年，也过得并不十分艰难，更没出现揭不开锅的情形……

“嗵嗵，嗵嗵！”

门外猛然响起的跺脚声，惊得说话声戛然而止。早就守在门背后的田道清，一把拖开顶门的板凳。

霎时，一阵寒风，挟带着鹅毛般大雪，猛地灌了进来，吹得人下意识闭眼。睁开眼睛细瞧，这雪人不是振海，还能是哪个？顿时都心疼不已，连忙催他：“快进来，快进来！外面冷。”

掸了掸身上的雪，振海这才进屋。反手推上大门，闩好，一见屋里的情形，心里“腾”地打了个突儿，嘶哑着嗓子歉声道：“团年饭还没吃啊？这都吃成宵夜了。”

原来，堂屋当中挂着的马灯下，或坐或站或抱在怀里的，满满一屋子。既有自己一家子，振江身边还有个面生的女子——估计是他对象，还有丈母娘，更有夏之阳一家三口。

爹娘死后，夏之阳两口子干脆年也不回乡下过，直接到他这里蹭年饭。

振江取下大哥背上的行囊，放到一边。大丫心疼地瞅着女婿说，你这个当家人没落屋，团年饭么样吃啊？宇洁眼角有些酸，见他头发上身上还有雪，连忙帮他掸干净。田道清怜悯地望着长子，

---

① 瘪壳：方言。指果实不饱满，甚至只有壳而无果实。

吩咐抓紧出菜。又责备说大过年的，怎么头发不剃胡子不刮？你看你头发胡子拉碴，搞得像野人。真就这么忙，剃头发刮胡子的时间都挤不出来？

通海口的乡俗，脏衣服脏床单脏被套年前都得洗干净，吃完团年饭了都得洗澡，男人更要剃头刮胡子，搞得清清爽爽，寓意不把晦气带到来年，图个吉利。

这个乡俗，振海当然知道，解放以来也一直这么做的。然而今年的确是特殊。社员们饭都吃不饱，又因吃不饱病了那么多人，他没那个心情，所有时间都花在解决社员饱肚子和治病上了。小公社没理发师傅，他也不能为这个专门回一趟镇上。有大队书记建议他就地解决，然而每个大队才一两个剃头师傅，男社员和男伢都要剃头，他没时间排队，更不好意思插队。这么一拖，就拖到了现在。

想到这里，振海苦笑一声，无可奈何地说，留到明年“龙抬头”吧，还省一回剃头的钱哩！

“唉！”大丫心疼地望着他那鸡窝般的头发和又黑又瘦的脸庞，叹了一声没说话。钱梅嘻嘻一笑，指着正给振海掸雪的宇洁，调侃道：“姨爷！到龙抬头的时候，您郎头发跟姨妈一般长，可以扎辫子了。两口子走到一处，人家还以为是两姐妹哩！”

“瞎说八道个么事！”宇洁脸上一红，啐了她一口，转身进灶屋帮婆婆出菜。

振江拿了挂鞭炮出来，夏魁、援朝跟在后头，兴奋地嚷嚷放鞭啦，放鞭啦！边嚷嚷边踮起脚拉门闩。

振海一进屋，三岁多的念梅就抱住了他的腿，此刻见幺叔跟哥哥们去放鞭，顿时就眼巴巴地望着爹。振海把手伸近烤火盆向了向，又交替乱搓了几下，差不多热乎了，这才抱起女儿。

忠国才八个月大，却像么事都晓得，嘴里咿咿呀呀，双手伸向振海。大丫无奈地说大伯太累了，你就不晓得心疼你老子？忠国不理会，一如既往地执着。振海嘿嘿一笑，左手把女儿抱好，右手从丈母娘怀里接过小儿子，用胡子扎了下他的脸，扎得忠国咯咯乱笑，双手推拒，却并未想着逃离。

振海抱着两个伢，一家人站在屋檐下，看振江放鞭炮。念梅盯着挂在竹竿上的鞭炮，双手捂住耳朵，嘴里不停地提醒弟弟：“快堵耳朵，快堵耳朵！”

忠国不明白么意思，在爹怀里兴奋地扭来扭去。念梅一看不是个事，把手从自己耳朵上拿开，抓起弟弟的两只手堵在耳朵上，回头再捂自己的。忠国到底小，没见过放鞭炮，便没去捂。鞭炮马上点着了，念梅也管不得他了，再次把自己的耳朵捂上。

振江用香把鞭炮点燃，顿时便在寂静的夜空、在纷纷扬扬的雪花中，响起了欢快的“噼里啪啦”声。但是，只炸了一会儿，就寂静了下来。见对象许茹萍跟几个侄伢意犹未尽，振江拍了拍援朝的头，安慰道：“这鞭炮也太短了。三爷保证，明年买一挂老长的回来，让你们过足瘾。”

“快进屋，快进屋！烟都吹进去了。”大人们都嚷嚷。于是鱼贯进屋，田道清顺手关了大门。夏之阳表现出了当知宾的本领，笑呵呵地安排人们落座。

堂屋摆了一张大桌一张小桌，男人和长辈坐大桌，女人和伢们坐小桌。冷了又热的菜，热气氤氲，满屋弥漫。伢们哪能饿到这个时候？早都吃过，却也听话地再次爬上板凳。

“干娘！大过年的，您郎不会只打这点儿酒吧？还是看我们过来，小气不舍得拿出来呀？”刚喝了几口，夏之阳碗里就空了，大大咧咧地把碗递给振江。等振江再次斟上，一喝才发现是白开水，立马放下，望向大丫的眼神尽是失望。

“唉！”大丫解开围裙放到一边，疲惫地挨幺珥坐下，满脸无奈说，“对不起呀，之阳！干娘没本事，这餐团年饭，只给你们喝一斤。不过，饭菜管饱。”

“忙一天了，快吃点儿东西！”幺珥把屁股挪了挪，给大丫让出更多位置，眼里充满感激地先对大丫说完，转头又对夏之阳说：

“还就是亲家会操持，这大的荒年，能整这么一桌年饭菜来，好歹还有鸡鸭鱼肉哩！换作是我，可整不出来，你就知足吧。”

众人的眼光，扫过虽然简单却也满满一桌子的菜，心里暖暖的，又不约而同把目光转向满脸疲惫的大丫，正要说些感谢感激之类的话，不料钱梅从小桌上扭过头来，满脸不可思议似的，打趣振海道：“平头百姓没酒，还说得过去。可这是书记家里，难道也弄不到几斤酒吗？”

“也是啊！”还真的不是一路人不进一家门，钱梅刚刚说完，夏之阳夹了块蒸肉到嘴里，赶紧附和了一句。

“酒我是叫宇洁打了五斤，但过年还要请春客。往年都请的，今年也不好破例，总有亲戚要来哩！况且许姑娘第一回来家里，就更得请了。所以没都拿出来。”大丫解释道。

“这么多人喝，一斤酒哪儿够啊？何况是吃年饭，何况还有酒神在场。”夏之阳厚着脸皮，指了指田道清，又嘻嘻哈哈地讨要，“干娘，再拿点儿出来呗！就半斤，么样？”

做挑脚的田道清，酒量的确是大，镇上没几个喝得过他的，人便送了个“酒神”的外号。夏之阳突然把他绕进去，推出来当棋子，让他猝不及防，连忙两手直摆：“姨爷！够了，够了！我现在喝不得二两了。”

有些人家能把肚子搞饱就烧高香了，没想到他们还说风凉话。心里本就沉重的振海，正要说你们去看看农民的团年饭都吃的么事时，大丫也不乐意了，望着钱梅，抢先抢白了一句：“你说一般老百姓，团年饭早就吃完了，有的澡都洗过，正坐着讲古话。你们口中的书记，却是忙到大年三十，黑咕隆咚了才落屋，头没剃胡子没刮，肚子饿得一篾片穿得过。你们好意思找他讨酒喝？你们要有这个心，不晓得打两斤酒来，孝敬我这个干娘啊？”又耐着性子，对夏之阳道，“原因跟你们讲明白了，今日真的不行！之阳，别怪干娘心狠，明年加补。好不好？”

尽管强忍着不满，大丫语气里还是透出不高兴。愣怔片刻，夏之阳尴尬地打了个哈哈，道："呵呵！过个革命化的年，吃个革命化的团年饭。也好，蛮好！"

钱梅脸一红，讪讪地不再言语。

起初宇洁心里也不太舒服，及至娘说出这个话来，又担心钱梅两口子面子上下不来，便道："是我没本事，只打了五斤酒，也的确还要请春客。对不起啊，姨爷。"

幺珥也打圆场，说："抓紧吃吧，都凉了。"

"快吃，快吃！"众人连忙附和，然后端起白开水互敬，欢快地大快朵颐。尽管没酒了，也把个年饭吃得热热闹闹。

79

夏之阳一家走了，家里顿时冷清下来。

大丫也准备走，两个外孙早就困了，且都还没洗澡。正在洗碗筷盘碟的宇洁，连忙放下活计，揩干手上的水，振海也起身，齐声劝道，这么晚了，就在这边挤一挤算了。大丫笑着说，那也是我的家哩！

姆妈的言下之意，两个人岂能不明白？她这是要回去守岁了。一个人的家也是家，也要有个过年的样子。而且她的决定，都是细想过的，轻易不会改变。他们也不想改变她。但是振海不放心，一把抱起念梅，说我送您郎回去吧！

大丫没反对，先后在两个伢的脸上摸了摸，然后牵起援朝的手，毫不犹豫地跨出大门。

宇洁找出新毛巾，吩咐振江跟许茹萍轮流洗。家里只有一只大脚盆，六七口人轮流洗，也要不少时间。何况洗完澡了还得洗衣服，这是不能留到明年的，其实也就明天了。

振海回来时，最后一个洗的宇洁正好洗完，连忙舀了热水给男人。夫妇俩紧赶慢赶，总算赶在子时的更声敲响之前，把所有事情忙完。等于是把夜也守了。

“瘦得都脱形了。”宇洁靠在床头，半截身子偎进被窝，抚摸着男人那刀削般棱角分明的瘦削脸庞，泪眼婆娑。

“还好吧。”振海真是困了，躺在被窝里轻声应了一句。

宇洁又道：“喂！姚医生说你也得了浮肿病，要不要紧哪？乡里伙食没营养，你又不听姚医生的话休息，还像拼命三郎天天跑乡下，身体哪里吃得消？真不要命了？”

“睡吧！一早就有人来拜年了，我也要去於家渡烧新香。”振海一脸困倦，把熟睡的忠国挪了个位子，然后倒头便睡，不一会儿就打起了呼噜。

小丫的婆婆去年过世，这个新香是必须要烧的。不仅是姨妈家的新香，其他亲戚朋友家的，不说现在只下雪，就是下刀子，振海都会去跑一圈。在人情世故方面，男人做得无可挑剔。宇洁不再说么事，叹了口气，脱了棉袄困觉。

没想到，脚碰到他的腿时，只见他眉头紧蹙，好像很疼很难受的样子，顿时心下一紧，连忙端了灯，掀开被褥察看。这一察看不打紧，泪水“唰”地就像开闸的洪水，奔涌而出。却原来，他那腿，肿得发紫，都有水桶粗了。

他这是明显的粗腿子病[①]哩！原以为只有浮肿病的，不想，他还得了这个令人讨厌的粗腿子病！也不晓得他是么样走回来的。顿时又是心疼又是气恼：“铁人也没你这么拼的吧？你可是三个伢的爹，不照自己想，不照我想，也得照伢们想啊！要是有个三长两短，你叫三个伢么办？”

“没事！睡个觉就好了。”

振海的轻描淡写，把宇洁惹得火起。这哪能没事呢？粗腿子病跟大肚子病，都是医不好的病，既普通又要命。虽然这些年结合水利建设，把这两种病的虫子消灭了不少，但并未绝迹。睡一个觉就

---

① 粗腿子病：方言。即血丝虫病。

好？简直是天方夜谭！但是，男人已经这样了，发再大的火，也于事无补。

宇洁叹了口气，披衣起床进灶屋。烧了热水，浸了毛巾，坐在床边，轻轻给他敷腿。男人真是太累了，不一会儿，就鼾声如雷。

听着男人雷鸣般的鼾声，宇洁的眼泪汩汩地流。直到鸡叫头遍，才停止帮他敷腿，昏昏沉沉睡去。

大年初一，天蒙蒙亮，振海就醒了。正要起床，却碰醒了女人。宇洁一把按住，叫他多睡会儿，说你这么个情况，不去烧新香，姆妈和姨妈都不会怪你的。振海说那哪里行呢，我也不是怕李老妈和姨老妈怪罪，才去烧新香的。何况，你昨晚上敷了一晚，也好多了。

男人的倔脾气，宇洁再清楚不过了。他想做的事，没几个劝阻得了，九头牛都拉不住。想想没辙，也只得穿衣起床。洗漱完毕，生火下了鸡蛋面条，留一碗男人吃了好出门。另外两碗，恭恭敬敬端到公爹公婆床边，尽媳妇孝道。至于振江跟许茹萍，只得等他们起床，再单独去做了。

田家的一九六零年，就这样揭开了序幕。

只是谁也想不到，这次自然灾害，竟然长达三年之久。而振海的粗腿子病，因为耽误了最佳治疗时间，也时而复发，折磨得他苦不堪言。

直到一九六一年秋，老天爷才如玩过头了的伢儿突然醒黄，淅淅沥沥地补了几场透雨。久涸的沟河湖泊渐渐充盈，长江襄河甚至通州河又可以行船了，大地终于有了生机。人们欣喜若狂。

苦自然灾害三年多，总算是熬出头了。回过头来看，周围都有饿死人的。通海口公社却奇迹般愣是没饿死一个人，甚至外出讨米的也没几个。凭着这份沉甸甸的业绩，顾有恒调到县里当了副书记。

田家的日子，饶是大丫勤扒苦做精打细算，这三年仍然困顿不堪，好多回都差点儿断炊。

外孙们每天一个鸡蛋的优渥，早成为奢望，成为过去时，有时十天半月都不能过个嘴瘾，打个牙祭。援朝背起书包上学之前，接过老妈从灶灰里扒出的烧红苕，常常望着空空如也的灶台，嘴角流着口水，馋馋地说："老妈，我想吃煮鸡蛋。现在都忘记是么味道了。"

大丫听得心如刀割，搂着外孙，任泪水滴到他头上。援朝又醒事地劝道："老妈不哭。煮鸡蛋有么好吃的？我再不想闻那个鸡屎味了。"

说得大丫更加心酸，暗下决心，要尽快恢复外孙们每天一个煮鸡蛋的保障。然而，却总也没法兑现。

大丫从未中止过喂鸡。只是，人都吃不饱，又拿么事喂鸡？肚子填不饱，挣扎在生存边缘，鸡们也心有余而力不足，没法多生蛋。隔三岔五生一个，还得拿去换油盐。

三个外孙中，大丫最对不起的，是老三忠国。不管么样说，两个大的，还享受过每天一个煮鸡蛋的待遇。自忠国出生，她就供应不起了。

不过话又说回来，虽然吃得不好，却也没怎么让他们饿肚子。特别是援朝。她常常在粥熬到半熟了，捞小半罐出来，塞进灶里去煨。或许他是老大，或许她更喜欢男伢，这煨出的半罐干饭，尽管里面也有白菜，或者胡萝卜，都是援朝一个人的。有时念梅站在旁边流口水，她也不会分半勺给念梅。

当然，振海得浮肿病，是个例外。倘若跟家人一起生活，而不是长期在乡下，他也得不了那个浮肿病。他得浮肿病，还有个原因。原本就那么点儿定量，他却时不时匀出一些，接济更困难的乡干部，或者群众。

丈母娘的付出，振海感恩戴德得五体投地。然而他口拙，并不挂在嘴上。但只要回来，都去菜地里做事，深挖、耕整、挑水、下种、采摘，样样都干。打听到治头疼病的偏方，也想法寻来，亲手煎好药了端到丈母娘床头。遗憾的是，大丫的头疼病始终不见好，时而复发，伴随终生。另外，就是自己饿肚子，也不时去饮食店，给爹娘和丈母娘端豆浆。

值得一提的是，自家生活都过成这样了，大丫还以为自己是活菩萨，想着惠及更多的人。比如，妹妹小丫、弟弟天宝、干女儿钱梅几家，甚至整条民生巷和住“李宅”的街坊，以及在她菜园偷过菜的人。

按说，乡下度荒比镇里容易。怎么着，有地有湖，只要不择好孬，吃的喝的总能寻得到。就是铲地皮，也近水楼台。但是，小丫跟天宝家里伢多，又不太会打理，日子便过得一团糟。大丫看不过身，也听不过耳，时不时接济。

夏之阳手无缚鸡之力，谋生手段极差，却还好口小酒。钱梅小小年纪进戏班，后来当了几年妾，基本没么独立生活能力，不晓得计划着过日子。爹娘在时，农村有田，经常接济，他们还不觉得生活不易。以至爹娘走了，便窘境毕现，常常没到月半，就没钱买米了。钱梅也跑顺了腿，一有难处就找干娘，厚着脸皮“借”这借那——当然从不记得还，还常常拖家带口来蹭饭。她也磨不开面皮拒绝。何况是干女儿，自己也觉得理所当然。

所以，对她感恩戴德得五体投地的，何止是振海呀？在人们内心，大丫就是活菩萨。甚至李家大房、二房，尽管嘴里不说，讳疾忌医地选择性忘记，但凭良心说，都念她的好。当然，也有背地里骂她憨巴的。

她也不管人家叫她活菩萨，还是骂她憨巴，照着内心的想法，我行我素。比如她那菜园，就是个活典型——

这几年遇灾，她的菜园，便隔三岔五有人光顾。原本留到第二天采摘的菜，莫名其妙消失，既不在篱笆或秧架上，也不在地上。甚至，蒜苗刚刚出芽，青菜还是苗子，丝瓜秧上的那朵嫩花正在绽放，就如同锄头薅过镰刀砍过般丁点儿不剩。她大约猜得出，消失的菜上了谁家餐桌。因为好几回，都碰到脸色红红包袱鼓鼓的人，从通州河堤下来。而通州河坡上的那边菜地，也就她的菜园，还有些绿色。

菜地里的菜突然没了，她的心里，起初有洋辣子[①]辣了的痛。然而随后，她都能想起老妈架锅施粥的事，仿佛听到老妈念佛诵经的喃喃之声。所以这种痛，转瞬便消失得无影无踪，继而涌出普济众生和劳动成果被认可的快感。在她仁慈的内心，想不到谁会平白无故偷菜，肯定是实在没辙了，桌上没菜可端了，才背个强偷的名声。甚至，她生出了“一人吃香一口，万人吃饱万肚”的想法。

既然做好了给人偷的心理准备，就把那些菜当作别人的好了。别人的菜，别人以么样的方式采摘，那是别人的事。所以，她连扎个棚子看守的念头都没动过。

当然，她还是希望当她的面采摘，有的人也的确这么做了。这时候，她会笑呵呵地从包袱里匀一把，或者让人进菜地，喜欢么事就采摘么事。及至后来，她故意留些丝瓜、黄瓜、豆角、鹅米豆之类。换季砍藤时，也努力不收拾干净，给有需要的人留点儿念想，不让人白进她菜园一趟。就如生产队里收庄稼，故意留些稻茬和麦穗……

此刻的菜园，一如既往地好，甚至更好。尤其那片延伸到坡底的南瓜，叶子已经泛黄，甚至枯萎死去，原先隐藏在茂密叶子下的南瓜，只剩一小撮稻草或者枯叶盖在上面，实则暴露无遗。犹如长大成人，却依旧穿着儿时衣裳的俊小伙倩女子，衣不蔽体却又不得不暴露在大庭广众般满面羞涩。

扎着包袱摘豆角的大丫，先是瞟了几眼，随即忍不住，从上往下默默地数。一个，二个，三个……越往下数，大丫越兴奋。成熟的金黄色南瓜、刚刚成形的南瓜泡子[②]，加起来十好几个。

今年的南瓜，可能是下了几场及时雨，也可能是她倾注了更多心血，抑或老天爷怜恤的缘故，比前两年都更加饱满。尤其七八个熟透的金黄色大南瓜，个赛个地傲挺圆滚滚的肚皮，虽然盖在稻草

---

① 洋辣子：方言。学名褐边绿刺蛾，属鳞翅目刺蛾科。别名绿刺蛾、青刺蛾、黄缘绿刺蛾、四点刺蛾、曲纹绿刺蛾等。

② 南瓜泡（pao，轻声）子：方言。指尚未成熟的青涩南瓜。

下面，也煞是打眼。犹如那是自己的伢，大丫满心欢喜。

扒开南瓜上面的稻草，大丫犹豫着，要不要顺便摘回去。不管是现在煮汤喝、清炒了吃，还是留到冬天熬粥，肯定都是美味。倘若不摘，明天再来，说不定就见不着了。

正纠结时，一转头，瞥见树荫往东边去了，原本睡在树荫下的忠国，半边身子暴露在日头下。连忙迈动一双小脚，灵活地穿出菜地，给他挪了个窝。忠国乖巧地咂了咂嘴巴，好像很满意帮他挪了个地方似的，然后继续困觉，大丫也露出了舒心的笑。

不一会儿，她的眉头又皱了起来。这些南瓜，除了熟透的，都再长些时间才好，那时会更甜，青皮的也会更大。左想右想，还是拿镰刀，砍断了四只熟得不能再熟的南瓜蒂把。剩下的十几个，有人摘也就罢了，总不至于都摘完了，一个也不留给她。何况多得不如少得，少得不如现得，也不至于辛苦一场，一个没得。

处理完了南瓜，她的目光又在菜园四周扫视。见高出篱笆一截的葵花，都朝着日头的方向，她满意地笑了。走近了细瞧，朵朵都颗粒饱满，更是舒心得合不拢嘴巴。随后，割了几个熟透的。

随后的日子，果然好了不少。至少，能吃饱饭了。人们终于松了一大口气。

但是，好日子不禁过。一眨眼，一年又过去，就听得见癸卯年的脚步了。

80

冬末的一个下午，太阳懒洋洋地照着。

回来过年的振江，陪着出怀了的妻子许茹萍，无所事事地坐在禾场上晒太阳，有一搭没一搭扯闲篇。

“三哥！二哥来信了。”邮递员王强把装得下他整个人的邮件袋，从背上卸下来，喘着粗气放到门前台阶上。

“哦！二哥来信了？”振江一跃而起，跨上台阶，盯着邮件袋，看王强在里面翻找。

“啊！老二来信了？”正在堂屋掸扬尘的田道清跟振海，也停下手里的活计，疾步出屋。

不一会儿，王强就翻出一封信来。田道清一把抓过，眼里满是激动，手也有些颤抖。

“看您郎抢个么事。是认得字啊？”早就伸出手，不想被爹把信抢走了，振江意兴阑珊，指着信封上的几个字，“这是大哥的名字，不是您郎的。”

被三儿子讥讽得满脸通红，田道清讪讪地递给大儿子，道：“嘿嘿！快些念，快些念！”

“怎么跟大说话呢？”三弟的态度，振海很不爽。但他是成年人了，旁边还有个怀着身孕的弟媳，也不好像过去狠狠地教训。却还是瞪了他一眼，顺手把信递过去，眼睛有些湿润，“老三你念！老二两口子，不容易。”

随着时间的推移，振湖两口子的状况，家里渐渐知晓了。田道清常骂振湖混蛋，但毕竟是亲骨肉，骂归骂，心里的牵挂却与日俱增。幺珥更时常饮泣，泪水不自觉就满面流淌，已经流成白内障了。振海宇洁也惦记远在几千里之外的亲人，不时寄些生活必需品过去。

“对不起，大！我错了，不该那样说您郎。”振江尴尬地道过歉，这才小心翼翼地拆开信封，抽出信笺，很快就饱含深情地念起来：“敬爱的大哥大嫂……”

田道清毫不在意三儿子的态度，听得专心致志。幺珥、大丫、宇洁也不知何时来到禾场，生怕听漏了一个字。

振湖识不得多少字，信却写得满怀深情，思念之情溢于言表，听得人人脸上挂着泪花，几个女人更是发出了压抑不住的哭声。

“等等，等等！”人们突然意识到了一个重要信息，异口同声地打断振江，要他把刚刚读过的，再读一遍。

振江也明白，这是亲人们的最关心处，但他没有再读，而是扬着手里的信笺，兴奋地说："二哥说上级同意他转业了，明年就能回来。"

"哎哟，我儿终于要回来了！"

"是啊，一家人终于可以团圆了！"

"那敢情好啊，亲家！"

……

什么叫弹冠相庆？此刻便是啊！

即将团圆的喜悦与激动之情，真是无以言表。短暂的激动过后，又催促振江："接着念，接着念！"

振江刚刚念完年月日，振海就迫不及待地吩咐他，再端两条板凳出来。

人们甫一落座，振海就说："大，姆妈！振湖一家人马上回来，我想我们最急的，是抓紧起屋。不然，住的地方都没有。"

"哪个说不是呢？可是，拿么事起呢？"田道清顿时皱起了眉头，扭头望身后的茅草屋。

"唉！五三年，材料都备齐了，顾书记就是不让起。"幺珥唉声叹气，满眼不甘，语气里有一丝幽幽的怨气。

"也是。这间茅草屋，一住就是十年。虽然年年整修，仍然到处漏风漏雨，也该起新的了……就是不知，振海……政策变了没有？"大丫也望向茅草屋，既不甘，又担忧。

"应该可以了吧？毕竟起屋的多了，唐书记、黄书记不也起了吗？我现在就是个搬运队队长，也不算领导了。"

顾有恒调到县里当副书记，现任区委书记兼公社主任唐明义和副书记黄有成等好几个领导，都是起了瓦屋的。话虽这么说，他还是拿不准，不清楚政策是否允许。搬运队队长也是干部，不能拿红苕不当干粮。想了想又说："我抓紧去问问，党员是否准许起屋。"

响应城镇人口回乡号召，振海辞了潘家场公社书记兼社长，由商品粮改为农村户口，回到了爹所在的菜园队。搞起合作化，田道清就在搬运队，长期积劳成疾也干不动了，于是退出搬运队，回队里做些力所能及的事。这样，振海就去了搬运队，不久又阴差阳错地当了队长。

当搬运工，振海还有个小九九，那就是收入比小公社书记高，时间也充裕些，可以名正言顺搞副业。其实，也是为起屋做准备的。宇洁也是这个原因，几回婉拒镇里要她当厂长的提议。当一线工人是按件取酬[①]，勤快能干的，比厂长收入还多点儿。

也就是说，起屋这个事，夫妇俩在心里磨了十多年，却至今不能施行，早成心魔了。

“抓紧问，抓紧问！我二儿在外边吃了那么多苦头，回来了连个屋都住不上。”幺珥连忙催促，又抹起了泪眼。

宇洁没插嘴。但在她心里，已经盘算起预算来，盘算如何筹钱。仅凭工资，糊个嘴就烧高香了，哪敢动起屋的心思？五三年没起成，以至后面十年都没机会，也不敢再想这粑纱。如今形势好点儿了，正如男人所说，街坊四邻甚至领导起了不少屋，或者动了起屋的心思，自己也该再起回屋了。不说别的，就是随着人丁增加，眼面前这屋，也住不下了。

振江两口子也不插言。一方面没那个能力，讲不起那个狠话。一个是县教育局的小干部，一个是医院的小护士，糊口都勉为其难，都得爹娘和大哥大嫂接济，哪有资格参与起屋的讨论？万一爹娘要自己凑份子，么办？另一方面，自己的家在县城，一年回来不了几回，起屋对自己意义不大。有间房，就回来住几天，没有就算了。

更紧张的是许茹萍，生怕男人一激动，说出个大话来，她应也不是不应也不是，所以一直紧紧地抓着振江的胳膊。好在，振江一副事不关己的样子，静静地坐在板凳上倾听。

不过，振海夫妇也没想过要老三出力放血。长哥长嫂替爹娘，

---

① 按件取酬：一九五六年全国推行计件工资制。一九五八年起全国范围都受到冲击，十年内乱期间几乎全部停止实行，直到一九七七年才恢复。

他们要凭自己的肩膀，把这副责任担起来。

跟许多妇女不同，宇洁对钱没多少概念。并不是说她有钱，相反常常入不敷出，但就是不晓得么样计划。好在她是个聪明人，知道自己的短处，把财政大权交给了男人。

老天不负勤快人。这些年振海坚持喂猪，坚持偷工摸夫[①]搞点儿副业，以此弥补工资的不足。同时，尽量节俭，一分钱发挥两分钱的效用。加上伢们长期由家老妈照护，也变相为他承了一肩。就这样抠抠搜搜、积积攒攒，便有了点儿积蓄。宇洁从不过问，也不伸手要。甚至钱放什么地方，她都不想知道，尽管振海告诉过。

与其坐而论道，莫若起而行之。家里人都睡了，振海掀起床上的铺盖、谷草和木板，跨过床架，把扔在里边的破锅呀，夜壶呀，锯子呀，乱七八糟的东西扒开，就露出了两块薄薄的柳树板子。揭开板子，露出一个洞，以及洞里躺着的一口小瓦罐。小心翼翼地掏出小瓦罐，递给了候在一旁的女人。然后复原。

“不放进去了吗？”宇洁问。

“还放进去搞么事？马上要进材料了。”振海把床铺整理好，接过瓦罐，扯下包在罐口的油纸，然后罐口朝下，一股脑儿地全倒到床上。

“哇！你攒了这么多吗？”望着一堆十元、五元和一元的钞票甚至毛角，宇洁瞪大眼睛，捂着嘴巴发出一声惊叹，把她对钱没概念的特点表现得淋漓尽致。

“大概有两千块吧。但起屋肯定不够，还得借钱才行。”振海的语气却波澜不惊。

有些钞票是叠好的，也有零乱的。夫妇俩先按面额分类，然后重新数了一遍，最后再加总，是一千八百七十三块六角。

振海的眉头缓缓舒展，说：“打开场应该没问题了。另外，前几年预订砖瓦时交了部分定金，还攒了些木料。”

---

① 偷工摸夫：方言。意思是挤出时间、利用一切时间。

“姆妈说屋后的十几棵树，叫我们放了[1]拖来。”

“那些树都十好几年了。放了还真舍不得。”

“要是不放，姆妈会不高兴的。她说她也帮不上其他的忙，也就几棵树了。”宇洁提醒道。

“嗯！”振海沉吟片刻，这才点头，“好，明天就找人去放了。春天放树，不太好。”

春夏起屋，并不是最好的季节。主要是材料不干，做出来的东西，既容易走样变形，也容易遭虫蛀。不干的木料和楠竹，只有采取烘干的办法，不能等到自然干了，这也无形中增加成本。何况老是下雨，也影响进度。但是，这也是没办法的事。田家等不及了，振湖一家人，说回来就回来了。

腊月二十，振海就带着几个人，把大丫屋后的十几棵水杉和柳树放了，然后跟竹器社的楠竹一起，浸泡到通州河里。主要是竹器社那里有人看管，不至于被人偷走了。

到了四五月份，砖瓦在禾场和屋后的空地上码得到处都是，条子檩子楠竹堆了满屋，大门都关不上。振海夫妇这才松了口气。然后择个吉日，放了阵鞭炮，王传武叫振海砌了第一块砖，他筹划了十多年的起屋工程，正式揭开帷幕。

起屋这件大事，田家期待太久太久了。想着梦想即将变成现实，还真从睡梦中笑醒了几回。

然而，搬运队有几十口人要管理，要安排每天的工作，还有里里外外的关系要打理，甚至家长里短的矛盾要调解，所以他这个队长，也是忙得如陀螺昏头昏脑地转。何况，他也不能只撑着个干部架子派别人的活，还得带头搬麻袋、赶马车、从码头挑货。不然，哪个服他管？

没时间盯在工地，只得把这事托付给爹，然后下班了再过来，了解进展，跟王传武商量事情。

---

① 放：方言。放倒、砍掉、锯掉的意思。

这天晚上七点多，天完全黑了。振海冒着不大不小的雨，打着赤脚踩着泥泞，送了一车砖到七八里远的小河公社，回来后湿透的衣服来不及换，饭也没顾得上吃，甚至水都没喝一口，就围着新砌的墙打转转。

短短四五天，墙就有一人多高了，两进两拖合计四间的房屋轮廓已然形成。做好的木质构件，以及原木或者半成品，堆放得井井有条，盖在油毛毡下，只等墙砌到一定高度，就可以安放到相应位置，成为房屋的一部分了。照这个进度，只要物资保障跟得上，不出一个月，这幢砖瓦屋就能完工。

里里外外走走停停，这里摸摸那里瞧瞧的振海，自然是十分欣慰。

唯一遗憾的，是资金实在不足，原本两栋独立的屋，只得合为一体。就是说，本应各有三堵直墙，中间留条小巷的，如今合起来是五堵，中间的一堵共用。也不知振湖看了，会作何感想。振海心下嘀咕。

“振海！”王传武的声音从身后传来。

“辛苦了，王叔！”振海转过身，眼里满是感激。

木匠王传武不仅手艺了得，人品也好。帮振海起屋的，四个木匠是他徒弟，瓦匠张师傅跟他长期搭班子，另外的三个泥瓦匠，则是张师傅的徒弟。

见他欲言又止，振海心里惊诧，但仍然沉稳地说：“直说不妨的，王叔！”

“其实，进度还可以更快的。”王传武拿不准该不该讲，过渡了一下，给他个缓冲。然后，坐到一旁的砍板上。

“是么原因，影响了进度呢？”递一支烟给王传武，振海也坐到砍板上，把烟盒装进了兜里。自决定起屋起，烟酒戒了都有十年了。

“呃！盯现场的事，能否换你丈母娘？”王传武点燃烟，思虑再三，还是直接说了出来。

振海一听就明白了。爹一辈子当挑脚，从来都是听人吩咐做事的，猛然接过这副担子，的确是勉为其难。做不好，也正常。就是他结婚，也简单得不能再简单，好在解放了，他和宇洁自由恋爱，丈母娘也没提任何要求。

“盯现场”，说起来挺简单，就是每天守在现场，师傅们需要么东西，他就去取，或者买。但是有些事，还是需要现场商定的。取或者买东西好办，照吩咐做就是了。但商量是要拿主意或者拍板的，爹就显得力不从心了。

当然，还有一个虽没明说，却彼此都明白的意思，那就是监工。谁也不能保证，师傅和小工都是尽全力的，也可能偷懒。而且，也的确有累了，得歇口气的问题。这就考验监工的技巧和能力了，既让人多出力，也心甘情愿，做到张弛有度，恰到好处。

“这个事，我得跟李老妈和宇洁商量一下。”振海有些犹豫，半晌才说，“毕竟比较辛苦，男人更合适些。何况李老妈五十多了，还要管几个伢，身体又不是太好。”

“也是！我也想到了这点。但实在是影响进度。窝工了，就会耽误工期，还不得增加你的开支？师傅们其实无所谓的，甚至还希望窝工，反正做一天有一天的工钱。要不是实在没办法，我也不会出这个馊主意。”

“王师傅，振海！”两个人正说着，田道清来了。

“您郎这么早就过来了？”振海有些愧疚，毕竟在背后议论自己的爹。王传武说了句老哥累了吧，然后就没话了。

“劳您郎费心了，王师傅。”跟王传武客气了一句，转头问儿子，“还没吃饭吧？”

“嗯，没哩！这不刚去了趟小河，就直接过来了。”振海苦涩一笑。

“哦！还没吃饭哪？那你抓紧去吃吧。我也走了。”王传武连忙说道。

“一道走吧。”振海说罢，跟王传武一起离开屋台，往巷道口走去。

两人一边走，一边小声商量。在巷道口道别之后，振海一直纠结换人的事。好在距“李宅”不远，他便没纠结太久。

81

“李宅”住着近二十户人家，热热闹闹的。见振海回来，纷纷打招呼，振海回应的嗓门儿，恨不得十里八乡都听得见。

材料堆得到处都是，白天有人做事，倒不怕强偷。晚上还是不放心，便搭个棚子，垫了几捆谷草，甩一床破棉被，田道清父子将就着在里边睡。宇洁跟婆婆及四个伢，则挤进了大丫那一间屋。一家人吃饭，也在这边解决。

家里人早吃完了，不然田道清不可能这么早去新屋那边。听到男人的大嗓门儿，正在扫地的宇洁丢了扫帚，把留在锅里的饭菜，端到紧挨着灶台的桌上，心疼地说：“饿死了吧？快点儿趁热吃。”

一间屋实在施展不开，大丫便学其他租户，在过道砌了个灶台。如今女儿一家都挤在这边，她更是把饭桌也搬到过道，紧挨着门口。

看着冒着热气的饭菜，振海心头也热乎乎的，似乎饱了一般。亲娘从未细心照顾过他，更别说单独留饭菜了。回家晚了，剩菜剩饭对付，有时剩菜剩饭都没了，直接饿肚子。丈母娘却尽量等他一起吃，实在等不到，肯定给他留，甚至单独再做。

他没坐下，而是跨进门槛，说：“我看看小丫头。”

“床上躺着哩，喏！睡着了。”正给四岁的外孙忠国洗澡的大丫，嘴巴朝床上努了一下。

在通海口，男人太腻伢，会惹人笑话不像个男人。何况穷人家的伢没那么金贵，不需要系在裤腰带上，或者时刻拿眼睛盯着。能管吃饱穿暖，就不错了。然后放心托胆让他们去疯。振海也是这样，不怎么管伢，只为工作和一家人的生活奔波。但这个老四念兰，也就是他口中的小丫头，却让大丫跟宇洁操碎了心，也让振海时刻挂记。

这丫头都过百日了，但跟般大的伢比，的确叫人不放心。不成样子的瘦弱不说，还四肢无力，低垂的头颅仿佛不长在她项上，倒像是用么东西缠上似的。家椅子[1]坐不稳，老往下滑。瞌睡太多，就是哭也气若游丝。都担心是个“软伢”[2]，心悬到嗓子眼儿。出奇的是，生老二、老三都妈妈多得不得了的宇洁，这回却少得可怜，仿佛回到了生援朝时的状况。但是，生援朝开始是没妈，而一旦催出来，就汹涌澎湃了，援朝吃不完，还周济了其他的伢。

幺珥老是哀叹，说真是船破偏逢顶头风。然而，再么样说，也是条跟田家有缘的生命，便如侍候啥似的，小心翼翼地天天熬米汤给她活命。

这些天没住在一起，振海起床后，都匆匆过这边，看看这个可怜的小人儿。收工回来的第一桩事，也是先来瞧幺女。仿佛再不瞧，就没机会了。如果她醒了，还抱在怀里，逗她一乐，让她感受那份父爱。总之是精心呵护。

此刻，见女儿安静地睡着，若非那露在外面的头，还以为薄簿的被子里面么事都没有，振海心里有些酸楚。

无言地伫立片刻，轻轻给女儿掖了掖被子，转身出门。瞥一眼站在大脚盆里洗澡的忠国，吓得他一个激灵，一泡尿就撒了出来。大丫一见就不高兴了，横了女婿一眼：“你就不能把那张驴脸放下？吓得我孙子尿都撒盆里了。”

丈母娘护外孙，振海哪能没感受？但今天真没给儿子脸色看哪。唉！看来自己的这副面孔，尽管不是故意摆的，却还是在儿子心里产生了阴影。心下愧疚，下意识摸了几把儿子的头。本来他是

---

① 家椅子：方言。指婴儿椅。多为外婆家所送。江汉平原一些地方把外婆叫“家老妈”，故名“家椅子”。

② 软伢：方言。指无骨的孩子。

释放善意，忠国却又误会了，满眼惊恐，傻傻地站在澡盆里，泪水在眼眶里打转转。

“我忠国不要你摸，快吃你的饭去！”大丫心里更不爽，打了下他还放在儿子头上的手。

“老妈！真的不要给我留饭菜了。”振海无奈，只得转移话题。

振海的话来得太突兀，大丫顿时没了脾气。她一边拧干了毛巾给忠国擦身子，一边想都没想就转换语气，脱口而出道：“老说这个搞么事？再说真要生气了。你是正经人，又是干的力气活儿，不吃饱哪来力气做事？”

拖过板凳坐下，振海狼吞虎咽起来。叫忠国上床，大丫出门泼水，见女婿这么一副吃相，更是心疼不已：“吃慢点儿。不好消化的。”

“嗯！”振海应了一声。刚想说盯现场的事，却突然忍住了，觉得还是先听宇洁的意见。何况亲娘还在屋里，听到了也不太好。

援朝、念梅疯够了回家，见爹坐在门口吃饭，援朝顿时就蔫了，耷拉着脑袋，蹑手蹑脚地从他身后挤进屋。念梅却抹一把满头满脸的汗水，爬到了爹的腿上。

振海夹了筷子炒藕肠子[①]喂女儿，女儿却乖巧地用小手一拦，说我吃饱了，大伯您郎吃！振海的心情顿时大好，仿佛所有的疲惫都消退了。坐在一旁洗衣服的宇洁，也欣慰不已，但还是对女儿嗔道：“多大了，动不动往大伯腿上爬？也不晓得心疼大伯？洗澡了困觉去！”

吃完了，振海丢了个眼色给妻子，便穿过院子，出了“李宅”大门。宇洁会意，悄悄跟了出去。屋里人多，院子里人也多，都不是说话的地方。夫妇俩的私房话，都是在街口拐角说的。

站在拐角，振海刚开了个头，宇洁就皱起眉头说，姆妈不会接的。振海说就是怕窝工，一是经济承受不起，可能扯更多的债，二

---

① 藕肠子：也叫藕尖、藕梢、藕带。指连接藕节和嫩荷叶的茎藕带。

是不知道振湖一家么时候回，应该在他们回来之前完工才好。宇洁想想也是，说我先探下口风，免得推墙堵壁了。姆妈不反对，你再具体说么样做。振海说那我就在这里等消息。

宇洁转身回去，见娘正在收拾振海吃过的碗筷，便一边帮着收拾，一边小声跟她讲。不一会儿，又出了大院。

刚才宇洁离开，王大毛碰巧路过，提醒振海说，叫田爹精明些，眼头放亮点。我下午去你那里看，师傅们坐在木料上抽烟闲聊。见我去了，才慌脚毛手起身做事。听得振海更加焦急。所以，妻子一现身，他就迫不及待地问："答应了吗？"

"果然是不肯！"宇洁眉头紧蹙，为难地说。

"老妈的想法，其实能理解。但也是迫于无奈。不然，我也不会出此下策。实在不行，也只能别想他法了。"

"我觉得吧，姆妈的想法有道理。假如她郎接手，估计大不会说么事，但议论肯定会有，大的面子上还是不好看。再说我那几个堂哥，一直想要姆妈这间破屋，只是找不到理由。这下就有说头了。他们会说，你都在田家理事了，那李家的屋是不是该退出来了？"

"那就别为难老妈了，我再想其他办法吧。"振海其实很想说，这间屋本来就是老妈的，她想给哪个是她的权利。就是不想给，甚至烂掉，或者如另外两间捐给公家，也没哪个敢说半个不字。稍稍想了想，还是作罢。

"不过，姆妈倒是出了个主意。"

"么主意？"

"盯现场还是大，但只负责师傅们要找或者要买的东西。至于拿主意的事，还是你跟王师傅晚上商定。"

"有的是临时冒出来的，哪能想得那么周全？"振海紧皱眉头，苦笑着摇头，"再说了，没个精明的人盯着，眼里没活，还不是磨洋工？磨一个洋工，就是一天的工钱。"

"也是！"

“看来，也只有用老妈的这个法子了。”振海想了想，又内疚地道，“是我贪心了，没替老妈作想。”

大丫心里头也不好过，两头为难。她不是不想帮，实在是人言可畏，不能帮。

尽管口头上拒绝了，大丫到底心软，还是时不时地绕过去。王传武是聪明人，有意无意跟她讨论些事情。师傅们见她来了，也不好意思偷懒。这样，起屋的进展还是快了许多。

一个月后，一幢假两栋——中间一堵墙共用——且大门两边镶着鼓皮的青砖青瓦屋，就在民生街中间的那块空地上耸立起来。自此，整个新生巷，总算是消灭了芦苇棚子，变成清一色的砖瓦屋了。王传武带着三个徒弟，又花了半个月时间，打了神龛、床、桌子、板凳，且都漆了桐油。

振海还用耐火砖跟剩下的半截砖头，在屋后挨着那棵枣树，又圈了个大猪圈。不过，中间用废木料隔了个栅栏。就是说，实际上是两个，两兄弟一家一个。

振湖一家四口，到秋初才回来。房屋的桐油味吐得差不多了，何况也没其他地方可去，便直接住了进去。

虽没说过分家的话，但自他们去了新疆，便实际上分了。振江也是，一成家，就跟断了脐带似的，再回到家里，便是客了。

头十来天，振海没让他们单独开火。他们也没生活用品，不具备开火条件，便没客套，每天在大哥家吃，然后围着餐桌聊天。当然，主要是听振湖两口子讲。自从慧娟去了新疆，他们有快六年没见面了，只有书信互通消息。所以，这份由亲情扭结的其乐融融，自然弥足珍贵。

往往说着说着，慧娟就痛哭流涕。家里人这才晓得，他们到底过得有多苦，生活有多贫穷。幺珥、宇洁也跟着一把鼻涕一把泪，田道清则把旱烟抽得吧嗒吧嗒响，伴随着阵阵咳嗽唉声叹气，又把这份其乐融融破坏殆尽。

这天晚上躺在床上，宇洁搂着念兰，还沉浸在压抑的氛围里，叹了口气，幽幽地说：“他大伯！帮二爷起了屋，添了必备家具，让他们有了个安身场所。但他们那点儿安置费，开张发事[1]怕是远远不够。”

“唉！晓得他们苦，却没想到苦成这样。”振海也叹了口气。

“再帮他们置点儿家当吧。”宇洁说。

弟妹诉说时，振海虽没插言，心里的滋味其实也不好受，也有心再帮一把。就如女人说的，帮他们再置点儿家当。然而，也得有那个能力啊！宇洁嫁到田家十一年，一直处于不停的借债还债中，没过几天舒心日子。单说起这屋，也是打肿脸充胖子，扯了不少债。这要再帮，拿么事帮呢？

见振海没接话，宇洁又说：“总得帮他们先把火开起来吧？他们么事都缺，甚至灶台上连口锈锅都没有，还有衣服被子基本用具这些。也别问要不要了，买了送过去，算是帮他们安家。再有就是抓紧帮他们找工作。虽说是转业，上面有政策，公社、镇里肯定安排，但拖拉也是有可能的。”

“找工作的事好说，明天就帮他们跑。但前面的事，哪样不要花钱？看起来是小件，加起来也得不少钱。今年起屋，去年操办振江的婚事，已经欠不少债了，哪里还借得到？”振海的语气里，满是苦涩。

“我想这样，你看行不行？”

“你说。”

“必须要用的，帮他们置一些；能共用的，叫他们尽管拿去用。另外，猪圈里的三头猪，给他们一头。”

抚摸一把妻子那比实际年龄苍老许多的脸，振海的心头涌出无限愧疚和怜悯。生了老四没妈，也许就是操劳过度。想到这里，帮女儿掖了掖被子，轻声说道：“天色不早了，明天又要早起，睡吧！”

---

① 开张发事：方言。意思是开头。

“睡吧！我也想好了，虱子多了不痒，债务多了不愁。但是，别叫二爷他们跟着犯难。毕竟才回来，哪个都不熟悉。”抱起女儿，对着踏板上的尿盆子端了一泡尿。

第二天，安排好搬运队的活，振海就带着振湖，去公社找组织委员黄天树。天树是黄有成的儿子，营长转业。

大不了振海几岁的天树，比较烦这个外甥女婿。颇有干泥巴糊不上壁，或者恨铁不成钢的味道。本来有点儿培养前途的，却动不动辞职，去年更是挑子一撂，干部身份也不要了，跑到搬运队当工人。瞥一眼身后的振湖，没好气地问：“么事？”

知道他忙，振海也不废话，叫振湖把转业介绍信递上，说这是我弟弟振湖，刚转业，找舅爷讨个职位。接过介绍信，天树睥睨着振海，讥诮道：“你不是很喜欢搬运队吗？叫他也去呀！记得有句老话说，打架亲兄弟。兄弟两个都在搬运队，多好啊！哪个也不敢欺负。就是做事，也有个好帮手。比如花包[①]扛不起，兄弟一起抬。”

“嘿嘿！”振海很不好意思，尴尬地说，“那哪儿成呢？好歹，人家也是连级干部哩！”

“哦！连级干部是干部，小公社书记就不是啦？你就这么瞧不起地方干部？那你么样不去当兵呢？”天树白了他一眼，继续揶揄。

“哎呀！舅爷，过去的事，就不提了。我就是想回去当那个书记，你也不要我去了呀！”

这种敏感话题，哪是敢随便议论的？除非吃了熊心豹子胆。但两人是么关系？甥舅哩！所以私下里调侃了一下。天树也就是出口恶气，该办的事，毫不含糊。毕竟，军转干部安置是政治任务，不办也是不行的。当然，还得等县里转来他的档案，然后区委会议讨论。所以又过了几天，才通知振湖到棉花采购站——原来叫收购站——当副主任，慧娟到新设立的制药厂当工人。

---

① 花包：装棉花的包装袋。

宇洁效率也高，只几天时间，就把家里的东西清了清，又买了些必备用品，都送到二弟家里。就是那一担水桶，也拎了一只过去，只差把扁担锯成两截，一家半截了。三头仔猪里最大的那头，也赶进了他们的猪圈。

82

振湖夫妇要上班，一儿一女的照顾便成了田道清俩老的心病，折磨得几夜都没困个囫囵觉。

他们生过三个伢，但老二两岁时得脑膜炎夭折了。如今儿子念喜不满六岁，不够上学的年龄；女儿念莲比念兰还小一个月，才四个多月。

有心帮老二，毕竟更困难些，等于是白身子[①]起家。但慧娟不开口，他们又不好主动揽这个活儿。万一她没这个意思，岂不是闹个糖不甜哪？老脸没地儿搁哩！何况三媳妇许茹萍怀身大肚，叫幺珥去朱雀帮忙都催几回了。

最后，终于是老头子心疼老婆子，决定自己帮老二，老婆子跟老大。毕竟比老婆子硬朗些，而老大的几个伢由大丫管，也会轻松些。至于老三那边，只能等许茹萍快落月时再说了。何况分身乏术，撕碎了也就两把老骨头。

这天吃完夜饭，照例聚在老大堂屋闲聊。

老汉终于没忍住，说了他们的打算，然后满怀期待地在儿子媳妇们脸上睃来睃去，以为他们会感恩戴德的。孰料，他的好意，却被慧娟直接忽视了。

慧娟不咸不淡地说：“我跟振湖都有工作，两个伢还负担得起。您郎们先闹自个的。闹不动了，再说养您郎们的话。”

---

① 白身子：方言。等同于“一穷二白”。

本意是帮她一把的，却好心当作了驴肝肺，两个老人的心顿时就凉了半截，有吊在半空上不上不下的感觉，面面相觑，尴尬不已。这话的意思，他们听着，分明就是不想养他们呗！果然糖不甜哪！

瞅见公爹公婆面色不爽，宇洁侧头问慧娟："那你两个伢哪个带？"

"也可以。两老吃住都在我们这边。您郎们赚的钱，自个留着，想么样花就么样花，我们一分都不要。小二爷你们每天把伢送过来，老妈负责照护。"振海也瞅见了爹娘的脸色，怕引起更深误会，立马把话题拦了下来。

振江就是回来接幺珥的，也赶紧说："茹萍快生了。姆妈抓紧收拾一下，过两天就跟我去朱雀。"

振湖过意不去，说大哥你还要养李老妈，大就我们养吧。振海两手直摆说，不争了！我是老大，三个老人都我养。当然，你们需要帮忙，那是另说。振湖和振江想了想，相顾一笑说，我们两个合养一个老人吧！

这话风转换也太快了，怎么变到赡养老人的话题了？俩老心里的那个弯，有点儿转不过来。

当然，被儿子们争来争去，心里还是蛮受用的。只是，幸福来得太突然。不过，二媳妇那话，感觉是不想养他们，所以又有些郁闷。再一个，两人还闹得动哩，怎么听儿子们那口气，就成没用的皮球，被踢来踢去呢？这么一通想下来，便如打翻了调味柜，有些五味杂陈了。

幺珥打定了主意去朱雀，也不想那么多了，跟老头子商量："要不，就依他们的，你住老大家，我跟老三去朱雀？"

老头子不吭气，就算是定了。

俩老原本住老二那边的，见慧娟的话说到那个份儿上，后来又没表态，心说不蒸包子争口气，急着搬到老大这边来。只是老大伢儿多，加上也得给振江留个房回来住，便只好暂且先在老二那边将就，催振海抓紧想办法。

这天一早，大丫突然牵了头仔猪过来，歉意地对振湖两口子说：“你们回来安家，我也该表示个心意的。无奈我确实没东西，也没钱，做不起人，便牵了这头猪过来。”

两人大吃一惊，振湖双手直摆，说这怎么可以！大丫说我牵都牵来了，街坊邻居也看到了，你好意思要我再牵回去？伸手不打送礼人哩！说罢把绳子递给振湖。

振湖想想也是，心说先收下，以后再还情就是了。千恩万谢，牵着仔猪穿过堂屋和后面的灶屋，赶进了猪圈。

站在猪圈旁边，大丫对慧娟说：“你看多好！两头猪，有个伴。”

正在屋后比画加盖个棚子的振海，想都没想就问大丫：“老妈！您郎也就两头猪，怎么还给振湖送一头呢？”

“你这伢，么样说话呢？我送二爷一头猪，你多个么嘴？”

振海一听，也是，说不定自己多嘴，闹得振湖心里不好想。果然，振湖尴尬地说：“我也是这么说。要不，李老妈，您郎还是牵回去吧？”

“你这伢！你哥就是个敞嘴，别听他瞎说。”

“振湖！李老妈一片心意，送你就送你了。养着吧。”振海说完，又转移话题，“老妈！三个小家伙呢？”

“还没起床哩！我先看看老四，就转头回去。”大丫过振海这边来，进后门时问，“烧退了没有？”

“烧了一晚上，总算是退了，吴老妈照护着。”宇洁在灶屋接上话茬，放下手里的锅铲，陪姆妈进厢房，看着睡得昏昏沉沉的小女儿，心里甭提多揪心了。

“我看这伢，怕是没的救了。”幺珥皱着眉头，帮孙女掖了掖被子，嘀咕道。

“呸呸呸！大清早的，说么屁话呢？有你这么咒自己孙子的吗？”本就心里忐忑，顿时气得两眼冒火，大丫猛地扒拉了幺珥一把，扒拉得她一个趔趄，手里端着的碗也差点儿掉地上了。

大丫不管她，俯下身子，一只手搭在婴儿额头，又用手背反过来试了试，皱着的眉头这才舒展开来，直接无视了幺珥，对宇洁说：“嗯！烧真是退了。”

“我看这伢，只怕真是命里犯煞，得送人才能解。不然，真怕是活不长。”

这个话，好几个人边摇头边说过，钱梅和张丽还说自己缺个女儿，几回三番涎皮赖脸要领养。但幺珥真没眼力，说话也不过大脑。说这话的，哪个没被大丫喷个八百钱，喷得灰头土脸，然后悻悻然落荒而逃？都晓得大丫把外孙看得金贵，如抱鸡母般舍命维护。而且前面的话，已经惹得她不高兴了，她却还敢给自己补刀，这不是缺心眼儿自找没趣吗？

宇洁正要劝婆婆少说两句，大丫却两眼圆瞪，狠狠地剜了幺珥一眼，恶狠狠地警告：“吴老妈！你要再瞎说八道，小心我撕了你的烂嘴！我的外孙，一个都不送人。你就死了这个心！”

屋里的不和谐，惊动了屋后的振海，连忙进来，把气鼓鼓的姆妈劝进堂屋。宇洁也对大丫说：“三个小家伙应该起床了吧？说不定正找您郎要过早哩，您郎先回去吧。我手上的事已经忙完了，有时间来照护老四。”

大丫心里很不好受，不光是亲家说的那话，实在这伢状况的确不太好。在床边站了一会儿，又担心那边的三个外孙，吩咐了女儿一阵，这才蹒跚离去。

两个老人的安顿，成了振海的当务之急。好在后面还留了一小块空地，就想着去湖边割些芦苇，再搭个棚子。

然而，他的计划还没来得及实施，就在半个月后，振江再次回来接幺珥的第二天一早，俩老就夹着几件破衣裳及床上铺盖过来了。振海、振江都觉意外，连忙接到手里。振海说这么急呀，我还没准备好哩！

正做过早的宇洁听到动静，也连忙来到堂屋，对振江说：“三爷啊，麻烦您郎把东西收一下，放到厢房去。拖院给大跟姆妈住。

您郎们以后回来，就住厢房。”

除了振海，都愕然，片刻才问：“那你们住哪儿？”

宇洁在围裙上一边揩手上的水，一边笑着说：“我们昨晚商量过了，先在灶屋旁边搭个棚子。”

振江说：“我一年回不了几回，你们别费心了。大不了，我回来了住旅社。”

“回家了，却去住旅社，不怕人戳大哥脊梁骨啊？”宇洁白了他一眼，随后补充说，“当然啦，您郎们不回来，厢房还是我们住。搭个棚子，平时也能做个客房。”

正说着，慧娟急匆匆过来，问二老怎么突然就搬家了，好像我赶您郎们似的。这叫我们做晚辈的，在街坊邻里面前，么样抬得起头呢？还不被人戳脊梁骨啊！

这边的人都不晓得是个么情况，是不是慧娟说了么话，惹他们生气了？便不敢贸然接话，怕引起甚至加深误会。

场面陷入尴尬。见俩老不吭声，振海只得说，既然搬过来了，就别回去了吧。总归是要搬的。先挤一挤，我抓紧搭棚子。振江接口说，我过完早就回朱雀，大跟姆妈就有地方住了。二姐，你放心吧！

说好了跟振江去朱雀的，幺珥却又变卦了，说待茹萍快落月时再去。明面上的原因，是她还没收拾好。其实，有么收拾的？几件旧衣裳，布包一卷就可上路。之所以一拖再拖，没说出口的小九九，还是心疼幺儿子。毕竟她去了，就多了一张嘴，而小两口工资不高，想着能帮他们省一餐是一餐。

她这想法，假如老大两口子晓得了，肯定哭笑不得。而她说不走，当然也不会赶她。否则，就不是振海跟宇洁了。

宇洁的身份，在老人面前是儿媳，跟慧娟是妯娌，说深说浅都不好，便转移话题，问慧娟过早做了没有，要是来不及，就都过来吃。我今天做得多，算是跟三爷饯行。

慧娟先回答宇洁，差不多了。又歉意地对众人说，既然俩老执意要搬，我也不好拦。其实在哪边住，都是一样的，都是自己儿子的家，也是俩老的家。而且，还是大伯小伯起的屋，我也讲不起狠话……我得回去了，锅怕是煳了。说罢，转身走了。

振海端了几条板凳到禾场，把俩老的铺盖搭在上面晒，回屋后接着前面的话，催促振江道："这是你大姐的心意，就按她的吩咐去收拾吧！"

听着老大两口子的安排，想着慧娟埋怨振湖，甚至给脸色看的情形，俩老心里不是个滋味，老泪纵横地杵在堂屋。振江也不顾爹娘就在跟前了，放下斯文，躬下身子，对着宇洁恭恭敬敬喊了声嫂娘，说我代表田家感激嫂娘了！

宇洁骇了一跳，随即脸一红，连忙说三爷说么话呢，好像我不是田家人似的。

爹娘突然搬家，肯定是有原因的。振江觉得二哥又可怜又可气，对二嫂却丁点儿好感都没了。过完早，心情复杂地回朱雀去了。

事情不能再拖了，振海便约几个好朋友，一下班就去湖边割芦苇，然后铺在湖坡上晾晒。当地民风好，没人会偷别人晾晒的芦苇。十天左右，就把晾晒得差不多了芦苇拉回来，在那块空地上搭了个棚子。又钉了几根木桩，铺上杨树板子当床。顺带地，起了个灶屋，捶了堂屋拖院的灶台，也改成住房。

还别说，芦苇棚子和灶屋搭起之后，竟意外地形成一个小型四合院。只是那口天井，太小了些，不到十个平米。

田道清坚持住棚子，说闻惯了那淡淡的芦苇香味。宇洁死活不让，说芦苇未干，棚子里潮湿，不合适年纪大的人住。何况三爷也不常回来，援朝他们又在李老妈那边，拖院空着也是空着，不要换来换去了。

"都是媳妇，差别么样这么大呢？"幺珥无限感慨，问这话时声音都有些颤抖。

"吴老妈，别那么说。我看小二爷，也蛮孝顺的，只是表达的方法不同。”大丫劝道。这也是她一贯的处理方式，不管是夫妻关系、婆媳关系、邻里关系，即便矛盾再尖锐，都是劝和的，更不挑拨是非。

“但愿吧！”幺珥附和一声，眼皮耷拉下去，随即又揩了下白内障眼睛。

“唉！”田道清长叹一声，低头点燃旱烟，再抬起头来，把长长的铜烟袋抽得“吧嗒吧嗒”响，说只要他们两个好好生生过日子，就行了。其他的，别要求太高了。

幺珥附和道，也是！我们都半截身子入土了，除了希望后人好，还能有么其他想法？

这天，在禾场上跟刚刚混熟的伙伴们玩耍的念喜，前面还兴高采烈的，不知何故，却突然哭着进了大伯的屋。

“这是么样搞的？么样出鼻血了？”摇着摇窝，哄孙女念莲困觉的幺珥一抬头，边惊叫边起身，把孙子揽在怀里，叫他昂起头来止鼻血。

出鼻血这种事，于这么大的伢，太平常了。而孩子打架，也不是么大不了的事，一会儿就和好了。便没当回事，更没问出个子丑寅卯来。血很快止住了，又帮孙子洗干净血渍，从灶里扒了个红苕来哄他。

念喜破涕为笑，又出门玩儿去了。

幺珥没想到，她眼里的小事，很快就变成了大事。

83

慧娟晚上下班回家，一进屋就黑着脸，没瞅一眼坐在家椅子里喜滋滋向她挥手蹦脚的女儿，也没看一眼桌上的饭菜，一把扯过儿子，直截了当地问：“说！是哪个打得你鼻子流血的？”

顿时，念喜如惊兔般瞪着惊悚双眼，不敢言语。在建设兵团跟小朋友打了架，他从不敢告诉父母。母亲太护犊子了，肯定跑到小朋友家里讨说法，其结果就是，第二天被孤立，没人跟他玩儿了。

从儿子嘴里问不出所以然来，慧娟转头，语气不善地问一旁的田道清：“到底么回事啊，田爹？”

田道清白天做小工，也是刚落屋，过来替老婆子照护孙伢，好让她一心一意做饭的。虽然不在二儿子家吃住，但还是不忍心撒手不管，一直帮他们做饭。

无缘无故沾火星的田道清，当然是一问三不知，也没认识到事态的严重性，反而劝道：“小伢家家的，上午打架下午和，多大个事啊！算了，邻里街坊的，闹狠了都不好。你们抓紧吃饭，我们过去了。”

幺珥从灶屋出来，在围裙上揩干手上的水渍，揽过念喜，紧张地问：“我以为是自己流鼻血哩！原来是人打的呀？还打了哪里了？给老妈看看。”

慧娟一听，火冒三丈高，抓起扫帚，就对儿子劈头盖脸地一顿乱抽。边抽边骂：“你这个没用的东西，被人打了说都不敢说，也没人跟你撑个头[①]。与其给外人打，还不如老娘打死算了。”

可怜念喜才六岁，此时连哭都不敢，只顾双手护着头，躲到老妈身前。但是，慧娟根本就无所顾忌，继续劈头盖脸地抽，让躬着身子护孙子的幺珥，自然也沾了便宜火星，手背上火辣辣地疼。

田道清看得目瞪口呆，都忘记保护孙子和老婆子了。好在振湖下班，劈手夺过扫帚，生气地说：“发什么神经啊！你这是要打死他呀！”

幺珥也回过神来，问慧娟：“你么样晓得他跟人打架的？就是流了点儿鼻血呀！”

慧娟也不言语，继续抢扫帚，被振湖藏在身后没抢着。这下火更大了，身子一弯脱了鞋，本意是要抽儿子屁股的，没承想一鞋板

① 撑个头：方言。即撑腰。

抽到了振湖的脸上。振湖正护着儿子，哪料到她会来这一手？下意识地伸手去护，慧娟的第二下也接踵而至，打在了手背上。这一下劲更大，把振湖的手背打掉了一块皮，渗出血来。

继承了田家的老实巴交，又念她跟着自己吃了不少苦，振湖打定主意，不跟女人一般见识。所以，也没说话，只是护着儿子。

慧娟没想到会把男人打出血来，何况女儿也吓哭了，于是休战。脸无表情地穿上鞋，从家椅子里抱起女儿，一把掀开衣裳，把妈妈塞进了女儿的嘴里。她这一连串动作，搞得田道清老脸一红，连忙牵起念喜的手进灶屋，说："乖！去洗个手吃饭。"

把孙子哄上桌，俩老才去老大家。幺珥进灶屋做饭，田道清坐在板凳上抽旱烟。想到孙子挨的这顿冤枉打，心里疼得不行，两眼分明噙满了浊泪。

慧娟心里也不好过。等二老一出门，就问儿子疼不疼，又扯过男人的手，看皮破得大不大，叫他去卫生所包扎。

振湖哭笑不得，调侃道，这会儿晓得心疼了？刚刚怎么像母老虎不管不顾的？听他说自己母老虎，慧娟脸上挂不住，眼睛瞪得像灯笼。振湖一看又不得劲了，赶紧把筷子递她手上，说吃饭吧，没事的。

慧娟这才转过身来，一边给女儿喂妈，一边自己吃。想想，又教育儿子，别动不动跟人打架，更不要吃牛屎不看堆头[①]。如果是好打架的伢，就不跟他玩了。念喜还在刚刚的惊悚中没回过神了，但娘这么讲，肯定有她的道理，于是懵懵懂懂地一边扒饭，一边点头。

一场疾风暴雨，总算是结束了。

许茹萍的预产期，越来越近了。振江急如热锅上的蚂蚁，要么亲自接，要么托人带信，催娘早些去朱雀。真乃道道军令如山岳，点点鼓声催战激啊！

---

① 吃牛屎不看堆头：俗语。比喻自不量力。

振江这么着急，要说也在情理中。年轻人都要忙事业，茹萍下班了，还得挺着个大肚子做家务，十分不易。而振江老是下乡，也顾不了家，更甭说照顾女人了。

早就铁了心要去的幺珥，却变得举棋不定，迟迟下不去决心。倒不是她心硬，不疼幺儿子幺媳妇。主要的是，她对自己，突然没了那份自信，对自己的未来，也突然间产生了惶惑。不晓得迈出这一步，会面临些么样的情况，而假若再想回来，还有没有可能性。

比之过去，慧娟的性子，好像更乖戾了，常给他们脸色看，给他们气受，就像不是爹娘似的。儿子振湖也压不住女人。茹萍是城里的伢，本就有个娇生惯养的性子，会不会也给她气受？甚至，比慧娟更厉跛[1]？

没行市有比市。过去没对比，也没想这粑纱，还不觉得。现在幺珥猛然发现，三个媳妇里，也就宇洁能设身处地照顾好他们，一味迁就他们，从不给他们气受。就是劝她去帮老三，那话里话外的意思，她都听得出来，并非嫌弃，只是觉得老三那边实在需要。何况城里的生活，肯定比镇上要好些。

比过去比过来，她就觉得，还是老大家里最安全，也最自在。在镇上，即便受了二媳妇的气，还有这个消场[2]，也有个跟自己一起受气、相互安慰的老头。但去了朱雀，倘若茹萍也如慧娟这脾气，她就只有一个人受着了，连个诉苦和安慰的人都没有。她又不敢保证，万事都遂三媳妇的意。

而老大家里，还有个“软伢”老四需要人照护，她此刻抽了桥板[3]，会不会惹大媳妇不高兴？尽管她一再劝自己去朱雀。万一把大媳妇也惹毛了，而自己在朱雀又没立住脚，再想回来，就没这么好说话了，就糖不甜了。

甚至说得更严重些，虽然养了四个儿子，娶了三个媳妇，也都

---

① 厉跛：方言。意思是跋扈。

② 消场：方言。意思是躲避的地方。

③ 抽了桥板：俗语。意思是过河拆桥。

有了自己的屋，可能闹到最后，自己连立足之地都没有！原以为伢们大了，能享几天福的。却从来就没想过，会沦落到这步田地！这让她无比沮丧。

归纳起来说，比起天天受气，她恨不得早点儿去。但未来的不确定性，又让她不敢贸然作决定。

复杂的心理煎熬，让幺珥度日如年，出行也一拖再拖。心乱了，做事便跟丢了魂似的，不是丢三落四，就是有悖常理，把原本病恹恹的孙女照顾得奄奄一息，只有一口气吊着。

或许是心有感应，这天下午在菜园里移栽白菜秧子的大丫，老是心神不宁，便丢下活计，去女婿家里。还在禾场上，就听见念兰哭得嘶声哑气，脸色就变了，赶紧进屋。及至走进厢房往床上一瞅，更气得差点儿晕死过去。

原来，念兰体质太弱，虽然初秋天气尚热，困觉一般都盖件薄薄的单被，此刻却被睡得像死猪的幺珥，裹到自个身上去了。念兰不仅没单被，身下还有摊湿濡濡的屎尿，因滚动和蹬踢把床单糊得一塌糊涂。

大丫一把抱起念兰，顺手推醒幺珥，气恼地怒骂："你个死人，就是这么照顾自己孙伢呀！"

梦中的幺珥，正内心煎熬哩。猛地被推醒，蒙蒙眬眬的，揉了揉眼睛问："么样了？"

"么样了？你还好意思问么样了？"大丫彻底怒了，拉着她的手就按在屎尿上，怒吼道，"你说说，这是么样了？"

转眼一望，见床上一摊屎尿，自己也沾了满手，幺珥连忙爬起，一只手整理衣裳，歉意地说："不好意思！太困了。"

大丫没跟她磨叽，抱起满身屎尿的念兰，裹了件干衣裳，转身进灶屋。幺珥自知理亏，红着脸不敢说话，讪讪地跟在身后。洗净了手，然后坐在灶门口生火，往灶里递把子。

"我苦命的儿啊！晓得你遭罪了，却没想到遭的是这种罪，还是你亲老妈给你遭的罪呀！"大丫抱着念兰，一边拿水瓢从缸里舀水倒进锅里，一边老泪纵横地哭诉。

幺珥无地自容，更担心大媳妇晓得。宇洁脾气好，从未发过火，但可能是没真惹恼她，没绊动她那根筋，没挠到她的逆鳞。她的逆鳞，当然是几个伢。倘若把她脾气撩发了，就真有的自己受的了，原来的担心，就立马兑现了。

想到这里，幺珥头皮发麻。又想起宇洁对自己的好，更觉得不该这样待她的伢。但是，她真是困了，真不是故意盘整念兰的。

坐在灶门口，有口莫辩的幺珥，一边拿火剪往灶里递把子，一边嗫嗫嚅嚅地解释："我真不是故意的！"

"你要去朱雀享清福，尽管去，没哪个拦你。小三爷快落月了，你也该早些去。这是你这个做婆婆的本分……你不待见这个伢，我也晓得……但她毕竟是你亲孙女。你不觉得，太过分了吗？"几个伢是宇洁的逆鳞，更是大丫的逆鳞。今日这事，真是让她怒火中烧，所以尽管面对亲家，一点儿也没客气，不留丁点儿颜面。

幺珥惭愧不已，加上灶膛的火映照，脸色更像熟透了的番茄，一直红到了耳根。大丫的指责，她无法否认，也不敢辩驳。她的确如大丫所言，把这个伢从心里剔除出田家了，甚至当成第二个振河，是个讨债鬼。所以不止一回主张送人，也当许多人的面一边叹息，一边说这伢活不长的。

有了这些潜意识，行为上自然懈怠，不那么上心。她的不上心，大丫逮过不止一回。不过，都没像今日这么过分，所以大丫只是脸色不好看，并未发飙。这一回，也的确是太过了，理亏的是自己，并非发飙的大丫。

水烧好了，大丫舀进洗澡盆，吩咐幺珥熬点儿稀粥。然后边给外孙女清洗，边不容置辩地说："从今日起，念兰我来带。我保证她活得旺赳哒，坚决不遂你想她死的意。你就放一百二十个心，去朱雀享福吧。"

"李老妈！我就是太困了……您郎真是误会我了……我保证，再也不会了。"幺珥羞愧难当，淘着米，痛哭流涕。

“你放心，我不会告诉你儿子媳妇的。但是我说我来带，就是我来带。老四的死活，跟你没半点儿瓜葛了。”大丫的口吻不容商量，“小三爷快要落月，也确实需要人照顾。”

两个老妈吵成一锅粥，念兰却如面团般软绵绵的，任她们递来接去，逆来顺受，不吵不哭也不闹。仿佛她们的世界，与她无干。

晚上，大丫就如抱鸡母，把一直住她家里的三个外孙，都带回他们自己家，说我们再不两头跑了。

三个小家伙激动得欢喜若狂，雀跃不已。这也让劝了她无数回，却始终无功而返的振海夫妇惊诧不已，不晓得她么样突然就想通了的，连忙把厢房的拖院收拾出来。

再无牵绊的幺珥，也夹杂着些许愧疚和忐忑，去朱雀照顾待产的茹萍。而在大丫悉心照料下，小丫头念兰竟奇迹般好转，终于有了个人样。

厢房的拖院，对门就是亲家田道清。大丫跟田道清都觉得不方便，只得都把房门关上。

但虽入秋季，天气还是热。三个小家伙上半夜在禾场上乘凉，睡着了才抱进来，依然嚷嚷热得受不了。的确也是，拖院就后面开了扇小窗，门再一关，就丁点儿风都透不进来了。

亲家那床窄，睡四个人确实是挤。这边就自己一个人，田道清颇觉不安。这天夜里，喊长孙过来跟他睡。援朝开始不愿意，因为他一直跟家老妈睡，早就习惯了。后来是大丫说，先试试吧，不习惯你再过来。这才勉强答应了。

可是只睡了一晚，他就再也不肯了，宁愿四个人挤一张床上受热。援朝不肯来，便喊小孙子忠国。哪知援朝顿时就嚷嚷起来：“哎呀，忠国！千万别去。爹爹这大年纪了，还尿床。太臊臭了，熏得我一晚上都没睡好。”

“胡说八道！”振海脸色顿时绿了，举起手来作势要打。

“是真的。不信你去睡一晚试试。”援朝连忙躲到大丫身后，信誓旦旦地说。

本来喝酒就上脸，刚刚又喝了二两烧酒，田道清顿时更像关公，臊得满脸通红，尴尬得再不好意思开腔，甚至下意识夹紧双腿，生怕那处又有尿液沁出。

大人都晓得他是身体出了毛病，或许是尿泡丧失了功能，像缺了角的闸门关不住水，有点儿尿液就自动流出来了。卫生所的医生轮番看过，振海、振江还带他到朱雀看过，都看不好。他心疼钱，被幺儿子振河花了那么多钱，最后还是没医好搞出了心理阴影，何况的确是没钱，便死活不肯去大城市上大医院。每晚上床前，他便如侍候婴儿，给自己垫块尿片子。但也常常流到床单上，甚至渗进垫絮里。于是，他的床单便经常洗，而垫絮盖絮，只要天晴就抱出去晒。

得了这种病，难受和难堪的，其实是患者。他不能只关在家里，得出门讨生活。下面湿濡濡的，难受就不消说了，关键是时常因臊臭遭人嫌弃和轻视。

万万想不到，会被亲孙子打脸，还是当亲家和儿媳的面。她们晓得他的这个病，只是从未说破，却默默地帮他洗床单，晾晒垫絮盖絮。如今这个脸打得，那是“啪啪”地响，打得田道清无地自容。

振海也没想到，自己越是威胁，懵懂的儿子越是绘声绘色，真正的童言无忌，恨不得把他嘴巴缝起。好在援朝刚刚开口，丈母娘就收拾碗筷进灶屋，宇洁也抱起老四出了门，避免了彼此的更多尴尬。

振海转变策略，说爹爹一生劳累，得了一种治不好的怪病。你们要有孝心，长大了学医，帮爹爹把怪病治好，好不好？三个伢这才突然明白，为么事他床上的棉絮，老是被姆妈和老妈拖出去晒了。都露出同情的目光，说长大了去当医生，帮爹爹把病治好。田道清的脸色，这才慢慢复原，还欣慰地说，你们有这个心，爹爹就知足了。

晚上睡在床上，大丫不好直说，就拐了个弯，循循善诱地教诲三个外孙，有些话只能装在心里，不能说出口的，尤其不能当着对方的面。不然，大家都尴尬。援朝歪着脑壳问，比方呢？大丫耐心解释，比方不揭人家的短处啊，比方不讲人家身体的缺陷啊，那是当面打人家的脸哩！

念梅的一双大眼睛直忽闪，抢着直白道，比方爹爹这怪病，本来他就难堪，哥，你还当面说他尿床，他肯定更难堪了。大丫摸着念梅的头，欣慰地说，就是这意思。援朝“哦”了一声，说我懂了。大丫又问忠国，小乖乖，你懂了吗？虽然懵懵懂懂，忠国也歪着脑壳答应懂了，接着就要老妈讲故事。

搂着外孙讲故事，直到他们甜甜睡去，是大丫每晚必做的功课。再累再困必须做。她早先在茶馆讨生活，听了不少故事，记性又好，所以也不在话下。于是，讲了个凿壁偷光的励志故事。

84

振湖一家人回来，田家因为激动和兴奋，生活节奏打乱，作息没规律，仿佛一切都没章法了。

短暂的适应期过后，终于平静下来，日子又过得波澜不惊。恰在此时，区委一纸任命，在搬运队干了一年多的振海，又恢复干部身份，再回通海口镇当镇长。

突然降临的喜事，虽有许多人羡慕嫉妒恨，却让振海懊恼不已。

也不是说振海不想当干部，但养家糊口的压力太大，他还是宁愿在搬运队。收入比当干部高，主要是时间宽裕，能搞点儿副业，挣些额外收入。夫妇俩挣的那点儿工资，要养活八口人，宇洁还承包了老三们的鞋袜及部分衣裳。更主要的是，外债不能老赖着不还。所以，经济压力不是一般地大。

田道清做小工挣的那点儿钱，也就管他的烟酒。他太能喝了，号称“酒神”，也有人叫他“田坛子”，意思是能抱着酒坛子，喝个一干二净。振海是个孝子，不忍心断了他的这点儿嗜好。何况有医生说，酒是烈性，对缓解他的病，兴许有帮助。所以，就是再困难，也未动过他手头零钱的心思。让他万一酒瘾上来了，能有点儿活钱，去堤街的小馆子喝两盅。

提起外债，振海心里就痛，觉得愧对女人。自从嫁过来，宇洁既操小家的心，也操大家的心，就没个伸腰的时候。

成家十几年，家里的事层出不穷，往往感觉可以喘口气了，却突然冒出一桩新的来。于是不停借债，且旧债未还清，又扯新债。比如，振江去年成家，宇洁说虽说新社会一切从简，但也不至于么事都没有。小两口一个月就几十块钱工资，能做么事？于是打了几样家具，置办了行李衣裳，又在家里办了酒席，也算风风光光了。这些，都得花钱。到了今年，起屋借债本就不少，而给振湖他们置办那些东西，虽然零碎，加起来也是半年的工资。

他是一个党员，虽未修炼到全心全意为人民服务的崇高境界，但个人服从组织的觉悟，还是有的。公社书记唐明义找他谈话，见推托无望时，他郁闷地说："我试试。"

唐明义不是顾有恒，不跟他娘们[①]，当即板起脸，严肃地说："我不是征求意见，是通知你。你不要搞错了！你必须马上到任，且必须做好。更不能像过去，动不动辞职。"

书记把话都撂到了这个份儿上，振海还有的选择吗？只得走马上任。

振海刚到任，县委就决定开展以清工分、清账目、清仓库、清财物为主的"四清"运动试点，通海口镇赫然在列。人们更加忙碌，白天工作，晚上开会，或者写检查材料。

振海顿时对唐明义让他"归队"的动机，产生了怀疑。但也不好去问，只得把疑问闷在心里，闷闷不乐地按要求做工作。

开夜会不成问题，别人能熬，他也能，甚至更能熬。何况刚

---

① 娘们：方言。意思是啰唆。

到任，东南西北还没摸清楚，也没多少问题可检查的。苦的是写材料，实在识字太少，何况还要绞尽脑汁上挂下联，搜肠刮肚上纲上线。

吃完夜饭，振海就趴在饭桌上，就着昏暗的洋油灯，愁眉苦脸地冥思苦想。但往往半个小时过去，都没法把那张材料纸写满。然而，每当他如小学生交作业，战战兢兢递上不到两页纸的材料，或者听完他的检查，县工作队队长王福林都把头摇得像货郎鼓，神气活现地说："嗯，不行。认识没上去。"顿时就把振海打击得像霜打了的老丝瓜，蔫头耷脑。

丈母娘管着伢们，此刻正在灶屋洗澡。爹吃完就出门，不晓得搞么事去了。宇洁陪着他，共一盏洋油灯纳鞋底。得知别人纷纷出水①，而他这个镇长三番五次过不了关，又瞅见男人眉头紧锁，就心疼地问："听说你是认识不到位，才出不了水的？要不，我帮你写个试试？"

"不行，不行！"振海把头直摇，转得比货郎鼓还快。

女人的文化比他高，写出的东西肯定行。他说的不行，是工作队队长王福林有个规定，检查材料得亲自动笔。假如宇洁帮他写这事让外人知道，再传进工作队的耳朵，那就不是认识不高，而是态度不好了。

认识不高只是理解问题，可大可小。态度不好却是原则问题，可以终止政治生命的。自己说不干，还有点儿面子；别人不让他干，那就丢死人了。

"夫妻间的事，你不说我不说，还有哪个晓得？再说了，我写了你抄一遍，又不是原稿子上交。"把装针线的箧篓从腿上拿起，放到板凳另一头，顺过男人面前的纸笔和报纸，宇洁先看报纸，寻找有用素材，然后就在材料纸上写起来。

振海想想，好像是这么个理，何况也实在没辙了，便起身去灶

---

① 出水：方言。与"过关"同义。

屋看水缸。见只剩半缸水，就取了扁担，拎起水桶，又去振湖家拿了另外一只，到通州河埠头去挑水。挑了三担，除了把缸灌满，最后的一担水，自家留一桶，另外一桶提到了振湖家里。

“你看看，这样行不行？”刚在板凳上坐下，宇洁就推过写好的四页纸。

“天不早了，抓紧抄完了困觉。明天还有很多事的。”振海也不晓得行不行，不禁苦涩一笑，便抄了起来。

第二天一上班，先去王福林办公室交材料，他只翻了翻，就微微颔首：“嗯，可以了。晚上就照这个念。”

回自己办公室的路上，振海哑然失笑，老出不了水的原因，看来是写得太少，每回只有两张纸。其实，这回虽是三张半，但如果数字数，也就多两三百个字。由此，便悟出一个道理，那就是不在乎你写得有多深刻，关键看你写了几张纸。心情愉悦地把材料放进抽屉，便去棉花采购站。

这段时间正收棉花，采购站主任赵泽洪昨天风风火火找他，说晒场小了点儿，希望镇政府支持。

还没到采购站，他又皱起了眉头。感觉不光是晒场小，而是整个都不大，人手也不太够。排队等着检验和过磅的农民，把本就不宽的马路挤得水泄不通。虽都静静地等着，却满眼透出焦躁不安。

也难怪农民焦躁。天没亮就出门，路途远的，挑着拖着走了十几二十里，不仅饥肠辘辘，而且水也没得一口喝。而照这架势，到了下班的点，后面的人能否当天卖出去，都是个未知数。倘若是那样，就得在马路上过夜了。

从马车牛车和担子间穿行，望着满脸疲惫的农民，偶尔跟熟人打个招呼，振海已是汗流浃背。挤进采购站，先碰到了振湖，正在过磅处维持秩序。兄弟俩没寒暄，振湖让他自己去晒场找赵泽洪，自己继续坚守岗位。

“我的老佛爷呀，你总算是来了！”擦了把额头的汗，赵泽洪同样没寒暄，指着晒场上白得耀眼的棉花，“你看看，你看看！这么小个晒场，哪里行哪？”

“你也别歪歪叽叽得像个娘们，就说我该么样帮你吧。”振海指着远处高高的花包皓、近处白灿灿的棉花，以及乱糟糟摆放的工具，心里也着急，“你这儿不仅晒场小，我看哪里都有问题。万一发生火灾，可是要掉脑壳的。再说了，马路塞得水泄不通，让县里省里的领导碰上了，至少也得挨一通臭骂。”

“哪个说不是呢？可这地界归镇里管，便只有找你们磕头了。但是磕了几年，脑壳都磕破了，你们这些菩萨却爱搭不理，就等着看笑话。敢情，采购站给你们镇里管就好了。”棉花是战略物资，出了事，还真不是闹着玩的。赵泽洪心里门儿清，也知道振海不是骇他，所以急如热锅上的蚂蚁。

“哪儿那么多屁话？有事说事，没事我转身走人！再说了，过去的事，不归我管，翻篇了。你要还说过去的事，就去监狱找崔老大，我转身就回。一大堆的事等着我哩！你以为我吃饱了撑的，跑来听你瞎咧咧？你要说眼前的事，我们就好好商量……你昨天讲，我今天就来了。这么个速度，你还想么样？”

崔老大叫崔大富，前任镇长。这崔大富也是吃了熊心豹子胆，竟敢太岁头上动土，把男人在部队当连长的小学老师睡了，结果以破坏军婚罪，吃牢饭去了。所以，对赵泽洪的牢骚，振海一点儿不领情，直接就怒撑回去。

“你这人咋这样？玩笑都开不起，枉我对你这么好。”赵泽洪尴尬一笑，无奈地两手直摆，“好，好！不说了，不说了！”

“老赵！你看这样子行不行？我们分头行动。我去竹器社，叫人把那个大晒场整理出来，先给你们用。你把人员和工具分配一下，分两个点收购。另外给你出个主意，去找唐书记，叫他支援些人手。你说要是下起雨来，抢都抢不赢。不说晒场上的棉花泡汤，马路上排队的棉花不也得泡汤？”

“哎呀！还是老弟理解哥，处处为哥着想。难怪人家说，打仗亲兄弟，上阵父子兵哩！”赵泽洪刹那间眉开眼笑，一把抓住振海的手，使劲地摇。

“别像个娘们，腻腻歪歪的。”振海晓得他这德行，抽出手，又给钉下的钉子回了个脚，“那就这么说定了。”

振海转头就走，赵泽洪愣了一下，很快又跟上来，在过磅处吩咐振湖：“田主任，你跟田镇长去对接一下。”

这件事太过急迫，两兄弟中午只吃了个锅盔，到下午才协调完毕。毕竟竹器社那边，也是忙得很，晒场上到处是楠竹毛竹及各种竹器制品。

舌干唇焦地刚进镇委会院子，就被候在门口的两个老人拦住了，拉着他的手，要他为他们做主。振海停下脚步，耐心地问：“王叔，刘婶！今天又是么事呢？”

王叔和刘婶，是一对苦命的孤寡老人。原本有一双儿女的，跟他年纪相仿。可恨的是，女儿被日本人扔炸弹炸死了，儿子分吃了柳家二儿子双喜从鬼子军营偷的毒包子，毒死了。此后再无生育。之所以问今天又是么事，是因为前两天闹了桩啼笑皆非的事——

那天俩老哭哭啼啼过来，说半糙子猪不见了，怀疑朱老三偷去卖了。振海都没犹豫，就吩咐分管治安的副镇长王顺生去找朱老三。朱老三本就手脚不干净，一听这话气得跳脚，指天画地地赌咒发誓，说要是偷了他们的猪，天打五雷轰。

正在一个一口咬定他偷了，一个赤脸黄牙唾沫星子乱飞自证清白，王顺生也是头大如斗时，镇里的通讯员气喘吁吁地跑来，说菜园一队捡了头半糙子猪，这才解了围。

一行人刚到菜园一队禾场，老两口就眼前一亮。那拴在树桩上的猪，不是自家的，还能是谁的？疾跑过去，牵起绳子就走。然而，人家却抓住绳子不放，说这猪把菜地糟蹋得一塌糊涂，不赔钱休想牵走。俩老哪里赔得起？双方又争执起来。王顺生没辙，只得带他们回镇里找镇长。

振海也是哭笑不得，叫通讯员找来菜园大队书记，让他们自认倒霉算了。书记也晓得俩老的情况，何况镇长发了话，这个面子能不给？便叮嘱他们把猪管好，别再放出来了。威胁再跑到菜园队，一定杀了它吃肉。末了还耸了耸鼻子，阴阳怪气地说，都好长时间没闻肉香了。骇得老两口脸色都变了，一个劲作保证，然后夹紧屁眼，乖乖地跟在书记屁股后头去牵猪……

“你说。”

“你说。”

俩老正在推让，振海瞅一眼早在这里的夏之阳，问道：“夏主任！又是么事啊？”

夏之阳是镇委办主任，犹豫了一下，为难地说：“王叔、刘婶说是不见了一只鹅，怀疑是朱老三偷了。”

“又是朱老三？”振海的眉头顿时皱起，面对俩老道，“能确定吗？不要又搞错了。街里街坊的，老是误会就不好了。”

“确定。有人看见他卖鹅毛了。”刘婶的表情，十二分地肯定。

“人家卖个鹅毛，就能确定是人家偷了？养鹅的多了去了，兴许，朱老三也养了呢？”

“他家没养。而他卖的毛，就是我那只鹅的颜色。错不了的。”王叔信誓旦旦。

“既然能确定，那就叫王镇长再辛苦一趟吧。”吩咐了夏之阳，又歉意地对俩老说，“不好意思啊，我这边还有事，就不去了。再有么问题，随时来找我。”

“老田啊！你总算是回来了。”刚进办公室喝了口水，镇委书记王富洋的声音就在门外响起。

“有事啊，书记？”振海转过身，问已经进屋的王富洋。

“嗯！几个军转干部的安置，和你商量一下。”王富洋坐到办公桌对面的椅子上，把那把快要散架的椅子压得嘎吱嘎吱响。

两人商量完，就到了下班时间，振海赶紧回家。宇洁写的材料，有几个生字，昨晚太晚，抄的时候没来得及请教，他得回去搞熟了。会上念错了，出洋相是小事，出不了水，就大条了。

偌大的镇委会议室，坐得满满当当，却只有一盏马灯挂在横梁下的挂钩上。借着昏暗的灯光，王福林那双犀利的鹰眼，威严地扫过会场，并在每个人脸上稍作停顿，但见一个个正襟危坐，这才板着面孔讲开场白。

出乎意料的是，今晚的开场白，他仅三言两语，并未长篇大论。然后，叫夏之阳念了一遍念过无数遍的文件，便进入正题。

书记王富洋已经出水，所以第一个做自我批评的，便是镇长田振海。这是他第四次做自我批评了，或许是紧张，稿子便念得磕磕巴巴，还念错了几个字。

干部们大多如他一样，是半文盲，所以没能听出念错的字，但磕磕巴巴还是感受到了。有些文化的，一听就晓得念错了，王福林和几个工作队员甚至皱起了眉头。不过，没人中途打断，而是耐着性子，听他在那里拉锯[①]。

“不好意思！这东西写起来还可以，念起来却费劲。后面的，我不念了，口头讲，可不可以？”感受到会场的气氛，振海停下来，自嘲地解释一通，又向王福林请示。

“说吧！”王福林依旧面无表情，但总算恩准了。的确，都照这个速度念，今晚不晓得要熬到么时候。再者说了，原本严肃的组织生活，搞得像走家老妈[②]，也是不像话。

当镇长不到一个月，没太多工作上的问题可以检讨，生活上一直谨慎，也挑不出太多毛病，所以后面一页半，振海还是比较流利地复述出来。

会议是一个一个过的，振海讲完，便进入批评环节。

王富洋照例第一个发言，说了一堆初一十五的话[③]，最后提了个建议，要加强文化学习。应该说，这个建议很中肯，镇里有文化

---

① 拉锯：方言。形容念稿子念得断断续续。

② 走家老妈：方言。意思是随意，外婆家想去就去。全句的意思是，搞得像去外婆家一样随意，太不严肃。

③ 初一十五的话：俗语。意思是好听的话、恭维话。源自“初一十五，尽拣好听的说”。

扫盲班，镇长肯定得带头参加，而且他文化也的确低了点儿。其他人要么跟振海关系好，要么担心自己出不了水，何况书记的发言，也算是定了调子，所以都顺着王富洋的话讲，建议也是一样。

“喀！”眼见发言差不多了，王福林咳嗽一声。

这是王福林做最后点评的信号。对一个人的批评估摸着差不多了，他都会咳这么一声，然后做点评。前面的人把批评对象夸得天花乱坠，或者贬得一文不值，都作不得数。更直白地说，一个人能否“出水过关”——也有人形象地比喻“搬梯子下楼”，就王福林有最终决定权。

听到这声咳，众人都松了口气。站在众人角度，觉得事不过三，振海已经是第四回了，王福林总不至于老卡着不让他出水，何况也没太多问题。而振海呢，则是听话听声锣鼓听音，而且王福林早上还说过“可以了”的。

“我也发个言吧。”一旁做记录的夏之阳，突然放下笔，声音里有一丝颤抖。

85

夏之阳说要发言，众人都是一个愣怔，齐刷刷转过头去，不知他葫芦里卖的么药。

不过，很快都释然了，毕竟他女人是振海丈母娘的干女儿，关键时刻想帮他美言几句，也在情理之中。但还是有人嫌他多嘴，因为他说不说好话，从王福林的表情看，已经不影响振海出水了。

王福林也是一个愣怔，然后点点头。

感受到了人们的诧异，夏之阳舔了舔干涩的嘴唇，谨慎地说：“镇长的检查，我觉得挺好的，没意见。”

“哦——”会议室里顿时有些骚动，异口同声地呼出口长气。随即，又有人暗骂他多事，心说你不想早点儿回家困觉呀，尽耽误时间！

在大伙不加掩饰的鄙视目光中，夏之阳接着说：“就是……就是……就是感觉，不是镇长写的。”

他这话，还真是语破天惊，仿佛扔了颗炸弹，搞得全场愕然，随之精神一振。这跟直接说态度不好，有毛区别呀？心说这是当面捅刀子，往死里整的节奏哩，枉振海一直拿你当姨夫！也有人心说，你当大家是傻瓜，就你聪明啊？

心里骂他，眼光里鄙视他，在目前的氛围里，再正常不过。因为他不仅当面戳穿了振海，也打了所有人的脸。振海的检查，他们可都是肯定的，并未指出这个问题。

“田镇长！夏主任说的，属实吗？”王福林也愕然他的发言，但有人提出疑问，他必须有个姿态。

“是的！前面写了三回，王队长都说认识不够。宇洁就帮我写了这个。”振海满脸通红，却没隐瞒。

“这个态度，还是蛮诚恳的嘛！”王福林及时肯定，随即又话锋一转，“不过，这叫人代写的错误，是可以上升到政治高度的。你是对‘五反’不满吗？”

王福林这话，太重了，把所有人又震了个目瞪口呆，振海更是嘴巴张了几回，也没说出一句话来。

坐在一旁的王富洋回过神来，抓起振海的稿子扬了扬，说：“王队长！我觉得田镇长情有可原。毕竟，他抄了一遍，这也是学习嘛！何况，后面没照稿子念，也算是自己的认识了。”

众人也反应过来，附和说：“是哩，是哩！”

夏之阳下不来台，红着脸看王福林。

“那就这样吧，田镇长！今天算你过关。但是，罚你把检查抄三遍，明天交给我。”王福林也不管其他人作何感想，甚至都没瞅夏之阳一眼，直接说，“下一位！”

王福林的这个结论，又出乎众人意料，先面面相觑，再用鄙夷的眼神盯夏之阳。谁都不清楚，夏之阳为么事发这个羊角风，而一向挑剔的王福林，竟这么轻易就放过了振海。

家里人都睡了，只有宇洁在洋油灯下做针线。振海一回家，就兴奋地告诉她，自己出水了。既没讲么样出水的，更没讲出糗的事。当然，他还是按王福林的要求，把检查材料抄了三遍。明天就要交，白天到处跑，没时间抄。

看他专心致志抄了一遍抄两遍，宇洁觉得奇怪，问你要练字啊。振海“嗯”了一声，说他们嫌我签字丑，反正你也没睡。宇洁还是不解，说你要练签字，练“田振海”几个字就行了，么样抄检查材料呢？振海说我签字，不能只写个名字啊！正好有个材料，就拿来抄呗。宇洁没深问，说时候不早了，我是在等你。说罢收了针线活。振海说你先睡，我抄完了就睡。

镇委院子很开阔，却只有一排平房当办公室，以及挡在办公室后面的几间宿舍。

振海第二天进院子，远远地就望见夏之阳站在自己办公室门口，心说肯定有急事，于是疾步快走。虽然是镇长，却从未以领导自居颐指气使，总是客客气气跟人说话，也喊他一声之阳哥。今天也是，到了跟前就问：“之阳哥，有事啊？”

夏之阳微微躬身，双手交互搓着，尴尬地说：“镇长，对不起！昨晚唐突了，我不该戳那个疤的。”

听他说这事，振海掏钥匙开门，说：“你这是么话？民主生活会，就是发扬民主，开展批评和自我批评，帮助同志成长进步的。都不批评，那还叫民主生活会呀？毛主席教导我们有则改之无则加勉，对的虚心接受认真改正，不对或者没有的情况引起重视引以为戒。何况你提得对，就是宇洁帮我写的。何错之有呢？而且我也决心加紧文化学习……哦，对了！你这个老先生，可得帮帮我。”

打开门，夏之阳跟进来，又讪讪地说：“总之，我不该在外人面前揭你疤的。”

“哎！我说你烦不烦哪？我都说了是正常组织生活，你的意见是对的，我虚心接受，你么样还嘀哆[1]呢？是不是还要再说声感谢呀？”振海顿时无语，知道他是迂腐坨子，只得戗一句堵住，然后问，“今天有么急事没有？”

“上午没特别安排。”夏之阳终于放下心来。

“那好！你如果没别的事，我们就去一趟竹器社。老赵他们开了个临时棉花收购点，也不清楚是个么情况，心里不踏实。”说着出门，也没上锁。

“振海！”还没出院子，又被王顺生叫住了。

“有结果了吗？”估计他是讲王叔、刘婶那鹅的事，振海便直接问道。

“嗯！这回俩老没猜错，果然是朱老三。他说猪那事俩老冤枉了他，搞得他很窝火，于是干脆偷他一回，算是扯平了。”王顺生也不废话，直截了当地道。

“他妈的这叫个么狗屁话？用这样的方式去扯平？既然是这样，我们也跟他扯平一回。就是狠狠地罚他一回，罚得他肉疼，罚得他再不敢偷。”振海一听，气不打一处来，末了又补一句，“连王叔、刘婶的东西，都黑了良心下得去手，真他娘的不是个东西！”

“可问题是，他就一剐皮猴子，除了身上的破衣裳。”王顺生双手一摊，一脸苦笑。

振海一个愣怔，还真是他说的那么回事。挠了挠头皮，问：“那王叔、刘婶么样说？”

“还能么样说？当然是要他赔呀！说是如果不赔，就剁他指头。”

“剁指头？”振海顿时语塞。想想又说，“剁指头就算了，那是旧社会的搞法。我们是人民政府，不能做那样的事……这样，你去派出所找张所长，看他有么办法没有。”

王顺生应了一声，随后分道扬镳，几个人各行其是。

夏之阳在民主生活会上的发言，都觉得耐人寻味。所以第二天——或许当天晚上，就不胫而走，在不大的通海口镇传得沸沸

---

① 嘀哆：方言。意思是啰唆。

扬扬。

宇洁刚到缝纫厂，就得知男人被阴了一道，心里别提多憋屈。而比女儿更憋屈的，是大丫。

吃罢早饭，大丫背上背着念兰，手里牵着忠国，送他去幼稚园。也没注意到钱梅的脸色不自在，还托付了她一番。及至到菜市场买菜，碰到桃花，一见就说："哎呀，三爹爹！我刚去家里，却没找到您郎。"

"有事吗？"桃花找她，都不是省心的事。大丫不知她又找么麻烦。尽管棺材本始终如鲠在喉，但念在同为李家媳妇的分上，能帮则帮，从未打过拦头板。

桃花神神秘秘的样子，瞅了眼周围，把大丫拉到一个角落，问："听说姑爷被夏之阳摆了一道？"

"瞎说个么事咧！他们是杠子[1]。"侄媳妇挑拨是非的毛病，大丫是晓得的，也晓得她一直看钱梅不顺眼。她其实不光看钱梅不顺眼，所有当过小老婆的，都看着不顺眼。只不过钱梅当过她几天姨娘，就更看不顺眼。于是白了她一眼，语气间不太客气。

"看来，您郎是不晓得啊？"桃花一脸惊诧。

"不跟你扯白[2]，买菜去了。"背着念兰，提着篮子，大丫转身就走。

"哎哟！是真的，三爹！街上都传轰了。"桃花一把扯住她的衣袖，然后绘声绘色地讲了一遍。

突然记起耳环的事，嘴上说不可能，大丫心里已然信了，恨恨地骂夏之阳夫妇："真是喂了对养不家的白眼狼！"

一上午，大丫都恨恨不已，直到淘了米，洗好菜，背着念兰去接忠国回家吃中饭。钱梅在门口送伢们，先问了声干娘来了，又对着屋里喊田忠国！忠国蹦蹦跳跳出来，拉着老妈的手，跟钱梅说了声姨妈再见！

---

① 杠子：方言。指连襟。

② 扯白：方言。意思是说闲话。

看大丫扭头就走，钱梅明白所为何事，连忙跟上来小声解释：“干娘！之阳没别的意思，他也是为姨爷好。”

她这一说，等于是给桃花的说法作了注脚。大丫更不爽了，看都没看她一眼，拉了忠国一把，小脚板迈得更快，“噔噔噔”就离开了幼稚园。

回家吃中饭，宇洁小声跟男人核实。振海绷着脸，说：“单位的事，别瞎打听。正常的民主生活会，人人都有批评的权利。再说了，人家也没冤枉我，说的是事实。”

宇洁只得打住，叹了口气，专心致志喂念兰吃糊糊。大丫不惧振海，问道：“如此说来，外面传的那些，是真的了？”

“老妈！单位的事，您郎不是不打听的吗？怎么也开始八卦了？”给念梅碗里夹了筷子菜，振海啼笑皆非地开了句玩笑。

“你以为我喜欢八卦呀？”大丫的腿上坐着忠国，白了女婿一眼，没好气地戗一句。

“您郎放心吧，老妈！我和之阳哥，还跟过去一样。”丈母娘护犊子的脾性，不管是对自己的伢，还是对自己，振海都深有体会，所以生怕她横插一杠子，把事情搞复杂了。何况，那也是她干女婿，也怕他们生隔阂，急忙拦道。

“哼！真是一对养不家的白眼狼。”本不想当着女儿女婿说之阳夫妻么事的，怕他们起硌硬，但大丫还是从牙缝里冒出了这么一句。

“怎么又扯到‘一对’上面去了？人家钱梅惹您郎了？”宇洁不明就里，眼神里充满了好奇。

“可不……”本想说可不就是一对吗，但是想了想，大丫突然又忍住了。假如她说是，宇洁再打破砂锅问，就不好接茬了。耳环的事，毕竟关系到钱梅的脸面，她决定烂在肚子里，到死都不说的。

田道清心大，何况也饿了，低头吃饭，好孬不插话，像个不相干的外人。

担心丈母娘跟女人紧咬着不放，振海恰到好处地转移话题，无话找话地问援朝跟念梅：“学校有新鲜事没有啊？讲给我们听听？”

两个伢一愣，大伯么时候关心起学校的事了？停住筷子，望望大伯，再望望母亲和老妈，不知如何回答。宇洁懂男人，对两个伢说："没事。快吃，下午还要上学哩！"

不想四岁多的忠国停下筷子，望着爹接口说："我们幼稚园有新鲜事，大伯您郎要不要听？"

"好！你讲。"

大伯那张刻板的面孔，难得一见地充满慈爱，给了有点儿阳光就灿烂的忠国以鼓舞，便讲一个小朋友，把屎拉裤裆了，结果那个臭啊！熏得同学们"哄"的一声，跑出了教室。

他一边比画，一边绘声绘色地讲，四个大人哭笑不得，念梅却皱起眉头，瞪他一眼道："吃饭哩！讲这么恶心的事！"

忠国的一双眼睛天真烂漫，稚声稚气地对念梅说："是真的，姐姐！臭死了。他出去了好半天，我们才敢进去。"

"好了，好了！没人说是假的。"摸了一把小外孙的头，又把筷子递他手上，大丫耐心教诲，"吃饭的时候，记得不要讲倒胃口的事。"

事情本来至此结束了，可是大丫一年多没发的头疼病，却被撩发了。送忠国去幼稚园，头就隐隐约约地疼。她预感不妙，赶紧回家，把在背上睡着了的念兰放到床上，掖好被子，抓起头疼粉就吃了半包。但是，疼痛并未缓解，而是像孙悟空被唐僧念了紧箍咒，疼得钻心。赶紧加了一包，又找了条毛巾系在额头，企图把疼痛压下去。

她很想躺下睡一觉，奈何不晓得念兰么时候醒，便只敢半倚在床头。这样倚着，心中五味杂陈，百感交集。她不晓得夏之阳所作为何，但以自己和振海夫妇对他们的照顾和接济，如果稍有良心，都不该捅刀子。好在人家领导清白，没进他下的塔[①]，否则的话，

---

① 没进他下的塔：俗语。意思是没入他下的套。下塔是捕黄鼠狼的一种方式。一般在黄鼠狼必经处，安放一个三角形的塔，塔里面吊鸡头、猪肠、鸡肠等诱物，塔上面堆满土块、砖头等重物。黄鼠狼咬动诱物引发机关，塔瞬间坍塌压死黄鼠狼。

振海还有好日子过呀？

唉！都说抱来的儿子不养家。夏之阳连抱养都不是，他只是干女儿的男人。

大丫昏昏沉沉地东想西想，身旁的念兰似乎跟老妈心有灵犀，醒后自个啃手指头脚指头，不哭也不闹，一直到大哥大姐放学回来。

把书包往饭桌上一扔，援朝就嚷嚷肚子饿了，去灶屋找吃的。几只闲逛的鸡，被他吓得奓开翅膀乱跑。念梅文静多了，先进厢房看妹妹。老妈似乎睡着了，没敢去吵醒，蹑手蹑脚抱起独自玩耍的妹妹。不想还是把老妈惊醒了，小声问放学了，强撑着下床。

也许是起床过猛，刹那间又头疼欲裂，身子轻飘飘感觉不是自己的，一个站立不稳，一头就跌在地上。念梅吓了一大跳，惊呼道："老妈，您郎么回事啊？"

在灶屋没找到吃的，刚刚回堂屋，就听到妹妹惊叫，援朝连忙跑进来，一见也大惊失色，赶紧搀扶老妈起来。

"没事！我伢们饿了吧？我去做饭。"大丫扶着门框出门，慢慢挪进灶屋。

大丫的饭还没做好，宇洁就回来了，两个伢连忙叽叽喳喳向她报告。一听姆妈头疼病又犯了，都没来得及亲候向她挥舞小手的小女儿，直接去灶屋，接过姆妈手中的锅铲，说她来！又着急地问，到底么回事。把锅铲给了女儿，大丫坐在灶门口的板凳上，往灶里喂了个草把子，有气无力地说不碍事，一会儿就好了。

小女儿念兰没脾气，娘没理她，也不哭不闹，乖乖地在姐姐怀里啃指头。

把菜盛到碗里，舀了半瓢水洗干净锅，等锅烧热的间隙，宇洁瞅一眼姆妈的脸色，又把手放她额头，顿时着急得跳起来："这不行的，姆妈！您郎这脸色蜡一样的黄，还发着烧。快去床上躺着。等振海回来了，送您郎去卫生所看医生。"

合作化之后，私人诊所就关了，郎中集中到区卫生所上班，称呼也改叫医生了。大丫没其他毛病，除了这个偶发却不能根治的头疼病。所以，她极少去卫生所，只在家里常备头疼粉，仿佛那个卫生所，跟她不相干似的。

发作的次数多了，她也揣摩出了点儿规律。就是这头疼病，兴许跟情绪和精神有关。碰到着急上火的事，或者精神紧张，或者情绪不好，往往就来凑一回热闹。等情绪缓解了，精神变好了，它也销声匿迹了。所以，她一直努力控制好情绪，不让它发。就是发了，也慢慢调节，等它自个消失。吃头疼粉，或许有点儿心理暗示的作用，治不断根的。

这回发作，应该是振海被夏之阳摆了一道，一个生气，就引发了。但这话，她不能跟女儿说，于是白了女儿一眼，嗔怪道："大惊小怪！吃半包头疼粉不就好了？还要去看医生？钱作烧啊！别跟振海说了。"

不管姆妈么样抗拒，宇洁还是扶她到了床上。

86

一落屋，振海就发现了异样。往日这个点，应该是饭菜上桌等着他的，今日却没有。

还没等他开口问，念梅就抱着妹妹，又迫不及待地嘁嘁喳喳，说老妈病得摔了一跤。振海脸色霎时一凛，连忙去拖院子问细节。本不想让他晓得的，却还是晓得了，大丫不好再隐瞒，便大致讲了一下经过。不过，死活不肯去卫生所。劝说无效，振海径直出门。

饭菜端上桌，宇洁问大伯呢，忠国指着门口说，出去了。宇洁以为他绞扁担草去了，自言自语地嘀咕，绞猪草，也得先吃饱肚子呀！吃完了，还得送老妈看病哩！援朝说没挑秧架子，空手去的。

大丫还是不舒服，头疼胸闷，在拖院子接口说，莫不是请医生去了？这个振海也真是的，钱多了作烧啊！宇洁恍悟，对公爹和伢们说，都饿了吧？我们先吃。说着，往一只盛了半碗饭的碗里夹了些菜，端进拖院给娘。又抓过一只空碗，往里留菜。这是娘的惯常做法，她自然也就继承了。

伢们狼吞虎咽。从念梅怀里接过念兰，宇洁刚喂了几勺糊涂[1]，振海就回来了，身后跟着个背着药箱的中年男人。宇洁抬头一看，连忙打招呼："添麻烦了，姚医生！"

倚靠床头的大丫放下碗，对姚小军说："其实没大碍的，都是振海小题大做，害郎中跑一趟。"

"隔壁街坊的，老妈客气了……来，您郎躺下，先做个检查。"把药箱放在一旁，姚小军拿出听诊器戴了，坐在床边仔细检查起来。

乡下的医生可能医术不精，但中医西医都会点儿，又望闻问切了一番，姚小军才说："李老妈放心，大毛病没有，还是老毛病发了，也或许有点低血糖。这样子，您郎按时吃饭，多休息，喝点儿红糖水，应该就缓解了。要是特别不舒服，可以推点儿葡萄糖。另外，我再开几包头疼粉。"

"谢谢姚郎中！感觉头疼跟心慌都好多了，糖就不推了，您郎上次开的头疼粉，还没吃完。"回答完姚小军，大丫又嗔怪振海，"我说了没事没事，你硬要折腾姚郎中跑一趟。"

振海说："您郎别心疼钱，老是硬撑着。身体要紧哩！"

"田镇长说得对，病了还是要看的。我这就几步路，不辛苦的！"收拾好药箱，姚小军又说，"那我就先走了，有事随时叫我。"

送走姚小军，给娘喂了碗红糖水，宇洁跟振海才来吃饭。刚端起碗，夏之阳两口子出乎意料地来了。宇洁跟振海很讶异，心说，他们这么快就得到娘生病的消息了？

然而很快，他们就哭笑不得地发现，自己想差了。

夏之阳苦着脸，拖了条板凳坐了半边屁股，便满腹委屈地絮絮叨叨起来。听了半天才听明白，原来是民主生活会上的事，满城风雨了，虽没人当面指责，但背后的指指点点跟鄙视的眼神，弄得他

---

① 糊涂：糊状的食品，主要是面粉糊糊。

跟钱梅压力山大。他们过来，是向镇长讨主意的。

钱梅接口说：“姨爷！这个事，您郎不能不管。首先，会上的话，怎么一散会就传开了？其次，之阳给您郎提意见，却搞得好像是跟街坊四邻作对，或者做了么丑事，都对我们不待见。如果是这样，哪个还敢给领导提意见？‘四清’运动还搞不搞啊？我们在镇里么样过呀？何况您郎当时就说了，之阳的意见没错。所以这个事，您郎这个镇长不能不管。”

“那照姨妈的意思，我该么样管呢？”她一下子上纲上线，扯上了“四清”运动还搞不搞，让振海哭笑不得。

夏之阳又叽叽歪歪，也仍然没说出个所以然来。钱梅不耐烦了，把话头抢过去，也的确说得简单明了：“其实很简单，姨爷！一是追查泄露消息的人，二是辟谣消除影响。”

“第一条，我可以跟王队长和王书记建议，再次严明纪律，会场事会场了，不要到处乱传。但追查可能比较麻烦。说不定，越追查，关系搞得越复杂，怨姨爷的人越多。第二条，在群众中辟谣，我不晓得该么样做。不过，我会把你们的要求，转达给王队长和王书记。”略作思索，振海又笑着劝道，“我觉得这个事吧，没您郎们想的那么复杂，大可不必放在心上，该搞么事搞么事。”

“么意思？”夏之阳脑壳往前一伸，脸上满是疑惑。

“您郎们想啊！正像姨妈说的，我也是当事人，而且是更窝囊的那个。因为我没文化，写个检查都要麻烦女人，哪有资格当镇长？这不是惹人笑话吗？姨爷您郎呢，不仅有政治觉悟，还有文化，既能发现问题，还敢不顾亲情批评，多好啊！传来传去，是不是笑话我更多？”没等他们接话，振海接着又分析，“所以这个事吧，我看传两天就阴消了，哪个吃饱了撑的追着不放，嚼一辈子啊？何况嘴巴长在人家身上，不能去捂着吧？但是如果追查谁泄露了消息，或者敲锣打鼓地辟谣，岂不是越抹越黑，狗屎不臭挑起来臭啊？”

见二人面面相觑，振海又说：“您郎们觉得，是不是这个理？

所以吧，您郎们不要解释，更不要放在心上了。”

男人跟人说事，宇洁从不插嘴。这回也是，尽管内心不舒服，很想说两句，终于忍住没说。又怕还是忍不住，就起身说：“您郎们聊着，我去看看姆妈好些了没有。”

夏之阳跟钱梅一愣，问干娘么样了。钱梅起身跟进拖院，拉着大丫的胳膊问：“干娘病了？”

堂屋的对话，大丫听得一清二楚。他们进门就说自个的事，也没问她一句，这心里就来气，于是翻了她个白眼，戗道：“你咋不问我死了没有呢？”

她像吃了枪药的，所有人都吓蒙了。钱梅更是被炸了个里嫩外焦，连忙说：“哎呀，干娘！我们都巴不得您郎长命百岁，好跟着享福的。这才活了一半，哪敢咒您郎死了呢？”

“那不老成妖怪了？你盼着我成妖怪呀？”自从知道耳环的下落，态度上就有些淡了，夏之阳又阴了振海一道，心里便更不爽。但是，面子上还得顾着。大丫也发觉那话太冲了，便顺坡下驴。

都明白大丫火从哪来，只是心照不宣。钱梅左说左不对，右说右是错，只有转而嘘寒问暖，夏之阳也说了一堆保重之类的话，夫妇二人这才告辞。

夏之阳夫妇刚出门，大丫就叹了口气说，这脸皮厚得像城墙，也没人能比了。还好意思跑来讨主意！之后问振海，没么大碍吧？

振海知道她担心么事，咧嘴一笑说：“我都上岸①了，有么大碍？没大碍。”

“唉！没大碍，就好。”大丫又出了口长气，“听人传了之阳那些话，说实话，我心里好不舒服。”

“您郎这头疼病，是不是这个撩发的？”宇洁很敏感，一下问到了点子上。

“我一直在想，之阳为么事唱这一出。思前想后，就好像闹明

---

① 上岸：方言。意思是熬出头了。与出水、过关同义。

白了，他是心里不辣火，有牢骚。逮着这么好的机会，就利用一回，看能不能有点儿作用。”大丫没正面回答，似乎自言自语。

“姆妈！您郎这是么意思？我么样听不明白呢？”看怀里的念兰乱动，感觉要尿尿，宇洁就坐在床沿，给女儿把尿。

大丫往里边挪了挪，给女儿腾点儿地方，苦笑一声说：“你们看，振海不识多少字，年纪也比他轻，就当了镇长，还是返乡了又回去重新当的镇长。如果不是中间打了两个腾①，或许都到公社当领导了。而他呢？有文化，当过先生，在镇里也工作好几年了，却连个副镇长都没混上。”

“他没混上副镇长，跟振海有么关系？又不是振海不叫他当，或者占了他位置。”宇洁还是不懂，语气里有些不愤。

念兰尿完了，但是一动不动，脸却涨得通红，感觉要屙屉屉的样子。念兰内火重，便结，所以每次大便都是这副神态。振海连忙去堂屋拿了把锹过来。

“唉！你说得也没错，但之阳不这么想啊！他觉得跟振海比，亏大发了啊！你要晓得，没人会觉得比别人差的。”大丫叹了口气。

振海正要把女儿拉的屉屉铲出去，李德松家的黑狗突然蹿进来，“吧唧吧唧”几口，就添了个干干净净。把锹放回堂屋，振海回来后说：“老妈！您郎的意思，我晓得，我不会为难之阳哥的。况且，他也没说错。”

“唉！可怜之人，必有可恨之处。跟小人计较，自己不也成小人哪？得饶人时且饶人吧！”大丫道。

“您郎多虑了，老妈！我虽然脾气差点儿，但没想过跟人结垢。人家说得对，我就改。说得不对，我听着，提防自己犯那样的错误。再说了，跟我提意见，也是提醒我。关系不好的，巴不得我犯更大的错，哪会提醒呢？”振海说道。

“你能这么想，我就放心了。”大丫展眉一笑，就要起床，“碗

---

① 打了两个腾（teng）：俗语。“打腾”的意思是停顿。指振海早先不当潘场乡副乡长而到区手工业合作化办公室工作，以及后来辞了潘场乡书记当搬运工人。

还没收吧？我先去洗碗。”

宇洁连忙把女儿放到娘的身边，又一把按住要起身的娘，说：“洗碗慌个么事？没几个碗，我几下就洗了。您郎还是躺着吧，病还没好哩！”

“头不疼了。”大丫把被子一掀，还是溜下了床，看得振海跟宇洁目瞪口呆。

想明白了这事，且知晓了女婿的态度，大丫的病就好了大半。和为贵，与人为善，防人之心不可无、害人之心不可有……这都是大丫的处世哲学。夏之阳做得再不地道，也是认了干亲的。如果振海跟他掐起来，只会惹旁人看笑话。如今看来，振海没打算跟他掐，大丫想，那就好办了。

她甚至想着，夏之阳只是钻了牛角尖。等找个恰当时机，把道理掰开揉碎了跟他说道说道，叫他有话私下提醒振海，不当着外人说，免得给人把柄，以为两个人不睦。苍蝇不叮无缝的蛋。只要两人和睦，外人想打破①，也没处下杈②。这也是为他好。如果都把他当小人，还不时时处处防着他呀？又不是你死我活的事，哪有打不开的心结？再么样说，夏之阳是读书人，不可能那些道理都读到屁眼里去了。

也不知道，夏之阳夫妇听了这段对白，明白了干娘的良苦心思，会作何感想哩！不过，随着“四清”运动的全面展开，估计也会嗤之以鼻。

这天一早，王顺生又来找振海，说特派员张亮说，朱老三属于屡教不改的惯偷，必须送去劳改。振海心里一个突兀，蹙紧眉头问这么严重吗，如果这样，那他这辈子算是完了。随后又说，既然这样，那我们就不再插手了。想了想补充道，年底给王叔、刘婶评个困难补助，算是补偿了。我怕事情多忘记，你到时候提醒一下。

王叔、刘婶这个事，就这么解决了。

---

① 打破：方言。意思是挑拨离间。

② 没处下杈：俗语。意思是无从下手。

87

转眼到了一九六四年秋末，“四清”运动全面铺开。

接县里通知，通海口镇抽了十名干部，由镇长振海带队，到地区参加社教工作队集训。一行人刚安顿下来，就集中到地区邮电局的大会议室开会，由地委副书记兼县委书记、社教分团团长夏杰宣布集训纪律，布置集训任务，作集训动员。

振海没来过地区，想着趁机看看大城市风景，回去有点儿吹牛的资本，同时给家里人买点儿么事。没想到刚来，就被强大的阵势和夏杰严厉的讲话震慑住了。集训进行了一个多月，除去会场参加会议看过些街景，没敢单独出去一回。

县里的领导，除了夏杰和组织部长顾有恒，振海都不熟，所以提不出意见，也不敢瞎说八道。反正参加集训的好几百人，如果某领导有问题，总会有人提的，他也就混过去了。

通海口公社的区乡干部面对面批评，是顾有恒主持的。办法跟县委领导一样，把参加集训的近百名干部集中起来，一个个地过筛子[1]。刚经过了“小四清”，该说的都说几遍了，该检讨的也检讨了几回，再说不过是炒剩饭，没多大意思。何况来的人，也政审过，所以都没提多少意见。即便提的，不过鸡毛蒜皮，做过解释，或者说明，便都顺利“出水”。

但对振海开展的批评，却让他差点儿过不了关。新晋汪嘴乡副乡长夏之阳，好像忘了跟振海道歉的事，也忘了被街坊搞得像过街老鼠，又突然发难。

一个是入党和当干部动机不纯，利用职权牟取私利，竟于十年间起了两回屋；不仅自己起，连带着帮弟弟也起。说完了，夏之阳还设了个问：“试想想，如果不是动机不纯，如果不是以权谋私，

---

① 过筛子：方言。意思是用筛子筛选。

怎么可能十年间起两回屋呢？通海口的领导干部，还能找出第二个吗？”

不等人回答，又讲第二件事，心胸狭窄打击报复。举了个例子，说在民主生活会上，有同志提了个意见，结果第二天就传得满城风雨，弄得提意见的同志抬不起头来。这件事，他觉得跟振海的纵容，脱不了干系。

尽管他没说那个提意见的是自己，但两顶大帽子压下来，还是引起了轰动，叽叽咕咕议论纷纷。知情的暗骂夏之阳无耻，但更多人不知情，有的为振海捏了把汗，有的幸灾乐祸，暗道真是抓了条大鱼呀！

振海知道有解释的机会，便专心在本子上记，没打岔分辩，脸色也如平时波澜不惊。这也是会议要求的，虚心听取意见。直到批评结束了，顾有恒才让振海一一回应。

其他人讲得无关痛痒，有的甚至虚无缥缈，振海便统一作了回应。然后，集中回应夏之阳的批评，开口就说：“夏乡长的批评，我虚心接受。”

这话一出，会场发出“啊”的一阵惊呼，心说都是真的呀！随即又迅速沉寂，满怀好奇之心，看他如何做自我批评。

哪知他接着道：“但是，夏乡长只讲了结果，没讲过程，更没讲原因。我这么说，并不是狡辩。听完我的解释，如果领导和同志们仍然认为我有问题，我打起铺盖马上滚蛋。”

众人听他如此说，都拉长了耳朵，看他能说出朵么花来。振海把起两回屋和民主生活会的事，都竹筒倒豆子，众人这才释然。当然，他也没点夏之阳的名。但有知情人跟旁边的人小声嘀咕，便让所有人，顿时对夏之阳起了防备之心，心说这人太阴了，跟他打交道，可得小心点儿。

顾有恒睃巡四周，问还有没有不清楚的，见都摇头，又专门问夏之阳。夏之阳的脸，红得像猴子屁股，恨不得把头埋进裤裆，瓮声瓮气地也说没有了。既然都没要说的，振海又是他看着成长起来的，可谓知根知底，当即宣布过关。

通海口公社的批评与自我批评，持续了五天。白天搞，晚上也搞。

轮到夏之阳时，通海口镇的干部因为知根知底，也有憋了气要为振海打抱不平的，提了很多意见。出人意料地，振海却说了不少好话，也帮他作了些解释。把两人的发言一比对，人们对夏之阳就更加鄙视了，以至于差点儿出不了水，惊出一身冷汗。

集训结束，已经下起了小雪。最后，通海口公社只有两个人被送回原单位。一个是供销社的，社会关系有点儿复杂，他舅舅跑到台湾去了。一个是学校老师，五七年反“右”虽没打成右派，但他那言论还是有立场问题。

就在准备进点时，地区给复城县分团又支援了两支队伍，一支是北京大学的三十几名学生，一支是柳集县的两百多名干部。三方加起来一千多人，分成十八个工作队，去江滩县的各个公社。然后再分组，下沉到生产大队。

十八队以通海口公社人员为主，队长由县委宣传部副部长薛丁山担任，通海口公社副书记黄天树和振海任副队长，近百人去新沟公社。薛丁山还是县分团办公室副主任，不能在新沟公社常住，实际工作便由两个副队长负责了。

大伙不晓得的是，夏之阳异想天开，当晚摸进夏杰住地，希望留在县分团机关，却被批了个体无完肤。

按照“四清”运动规定，须与群众“三同”——同吃、同住、同劳动。这事说起来简单，操作起来却不容易。单说“同住”，既要考虑群众的住宿条件，是否有能力接纳，又要考虑他们的政治、历史、成分是否清白，免得被坏人腐蚀，还要考虑队员性别搭配，千万别弄出个男女作风错误来。所以，两个副队长特别慎重，挨个大队跑，一个个地安排。

把队员安顿好了，才考虑自己住哪里。天树其实不用考虑，为了协调和统筹，自然是住公社了。振海问新沟公社书记王华新：

"你看，我住哪个大队比较好？"

王华新晓得他的意思，想了想说："你住高家庙吧，那里群众反映的问题多点儿。"

高家庙在长江边上，一片滩涂无边无际，一百多户人家依堤傍水，此刻笼罩在漫天雪花之中。

谢绝了王华新陪同的好意，在公社吃过中饭，振海带着通讯员王小宝，踩着积雪，步行一个多小时，才来到大队部。

大队书记周正好和小河公社副书记、工作组组长郑焕民，正坐在火盆旁向火闲扯。把雪人般的振海和小宝迎进屋，四个人一边向火，一边听周正好介绍住户。介绍到烈属周大爷时，振海眼前一亮："就是周大爷家了。"

周大爷原本有三个儿子一个幺姑娘。大儿子不到十四岁，就在游击队当通讯员，突围时死在日本人手里。二儿子死在朝鲜战场。剩下个小儿子，也送去了部队。丫头嫁在邻村。如今家里只有老两口，这样的人家，绝对可靠。

大雪纷飞，田里的活路基本完成，水利也上不成了。趁着这个时机，各工作组天天深入农户摸底，召开大会宣讲政策，开展宣传发动。对于"四清"运动，干部群众都有顾虑。

振海本来就在基层工作，还能不理解干部和群众想什么？但他相信毛主席说的"只有落后的干部，没有落后的群众"，在把规定动作做扎实的基础上，深入走访，很快，就跟郑焕民一起，把一百多户至少走访了一遍，跟社员建立起感情，打开了工作局面。

"四清"工作队的队员们，是在小年这天回的家。从到地区集训算起，振海有三个多月没落屋了，跟家里的联系，除了少量通信，多是队员们偶尔回来带的口信。

振海背着简单行囊，顶风冒雪于傍晚敲开家门时，一家人吓了一跳。愣怔片刻，才认出这个头发凌乱胡子拉碴的人，不是要饭的，是自家的正经人。这一刻，宇洁的眼泪哗的流了下来。十一岁的大儿子援朝连忙上前，吃力地卸下他肩上的行囊，念梅扑上去为他掸身上的雪花，向来忌惮爹的忠国，和早会走路却有些怕生的念兰，则躲进了宇洁的身后。

“来！大伯抱抱。”望向宇洁怀抱的女婴，振海搓了搓冻僵的糙手，拍一拍，再伸出去，嘿嘿地笑。

这是他们的第五个伢，叫念竹。振海去集训时，还不到百日，如今却有半岁了。把伢递给男人，宇洁用衣袖揩了下泪眼，说：“乖！大伯抱抱。”

念竹比姐姐念兰大方多了，似乎并不认生，或者对爹有着天然的亲近，眨巴眨巴大眼睛，看看爹，再看看娘。

“来！喝碗姜汤，驱驱寒气。”大丫从灶屋出来，把冒着热气的姜汤放到桌上，对振海说完，又吩咐外孙们：“都去帮忙，把饭菜端出来。大伯肯定饿死了。”

援朝、念梅奔向灶屋，就连五岁的忠国也屁颠屁颠地跟在身后。不一会儿，热气腾腾的饭菜上桌，伢们饿极了，捧起碗就吧唧吧唧吃了起来。

田道清倒了半碗酒，抿了一口，盯着儿子的头，叮嘱道：“明日去把头剃了。”

“嗯！”振海应了一声，喝完姜汤，正要起身去灶屋盛饭，碗却被念梅接了过去。他心里一暖，心说还是养坛坛好，才八岁，就这么醒事了。转头对坐在一条板凳上的两个儿子说，你们两个，明日跟我一起去剃头。

援朝想都没想，就应了一声“好”。忠国却哭丧起脸，半晌没吱声，扒饭的动作也停顿了。剃头，是他不喜欢做的事之一。但瞥一眼爹，又勉勉强强点了下头，不情不愿的样子。

坐在老妈腿上，由老妈喂饭的老四念兰，瞪着怯生生的眼睛，不时偷偷瞅爹一眼，然后赶紧转开。注意到女儿的神情，振海拍了拍手，满脸堆笑地说：“乖！来，大伯喂。”

“去，叫大伯喂。”宇洁也鼓励。

“算了！大伯累了，还是老妈喂我儿吧。”大丫抱紧了念兰，又舀起半调羹炖鸡蛋，送到她嘴边。

不想念兰瞅瞅娘，又瞅瞅老妈，然后麻溜地从老妈腿上滑下，转身爬到了爹的腿上，逗得满屋子人哈哈大笑，饭菜喷了满桌。

笑够了，大丫揩了揩泪眼，伸手对振海说："还是给我吧，冰天雪地走了几十里，早就累坏了。"

念兰却往爹怀里一躲，双手也搂紧了他的棉袄。

天不亮就赶路，傍晚才落屋，的确是辛苦。但此刻，振海仿佛精神百倍。特别最让他担心的念兰，居然会跑路了，还是穿着棉袄棉裤跑的，心里更是欣慰。他离家时，她可是病恹恹的桩子还站不稳当。对丈母娘投去感激一瞥，笑着说："您郎吃，老妈！我没事。"

大丫不再坚持，把一小碗炖鸡蛋推到振海面前，这是念兰的晚餐，哂然说念兰："真是个鬼精灵，还是亲爹亲哪！这一碗，你可要吃完。不准吃猫食[①]，丢碗蔸子[②]！"

"吃给大伯看，我伢肯定不吃猫食啦！"宇洁鼓励道。

先瞅老妈，再瞅娘，念兰扭过身子，果然抓起调羹，笨拙地直扒，弄得嘴巴脸上到处是鸡蛋羹。大丫连忙给她把围兜围好，喜不自胜又逗她："哟哟哟哟，多会吃啊！自己动手，是个不吃猫食的样子。是吃给大伯看的吧？以后都不要人喂了，自己吃啊！"

念兰一听，吃得更带劲，腮帮子塞得鼓鼓的，嘴巴快速咀嚼和吞咽。边吃还边左顾右盼，好像炫耀自己会扒饭了似的，惊得宇洁生怕她噎着，直说慢点儿吃慢点儿吃，没人抢你的！

久违的家庭氛围，让振海终于心安。

在高家庙，虽然周大爷周大娘、他和小宝很像一家三代人，和睦而温馨，也常跟周大爷促膝谈心，但跟此刻的气氛比，还是差了很多。他甚至心情奇好地关心起伢们的学习，问考试成绩，也问忠国有没有调皮惹老妈和小伯生气，弄得三个伢既惶恐又兴奋。

---

① 吃猫食：方言。比喻吃饭吃得少。

② 丢碗蔸子：方言。意思是碗里的饭菜没吃干净。

88

第二天一早，爷父子去剃头。

合作化运动，几个剃头师傅不甘落后，向镇里申请成立剃头合作社。振海觉得人太少了，搞不起一个合作社，便叫他们参加联合社，合在一间剃头铺。不然的话，就得还跟旧社会一样，尽管冰天雪地，也得在露天剃了。

走在去剃头铺的路上，振海记起这事，嘴角不由得露出一抹欣慰的笑。但是，快到剃头铺的时候，看到排到门外等待剃头的长龙，他的眉头却又蹙起，心说剃头师傅岂止是太少啊，简直寥若晨星！

镇上就一间剃头铺，找不到第二家。屋子还是参加联社时，他帮忙安排的，只摆得下五张靠背椅，一个师傅一张。排在马路上等待剃头的人们，此刻都把脖子缩在衣领里，双手袖进袖筒里，满脸焦躁。

排这长的队，说不定整个上午都轮不到，忠国就想开溜。但是老子在这里，他又不敢，于是像没安引窝蛋的鸡母，局促不安。他之所以不想剃头，排队的时间长，也是一个原因。只要是剃头，就没有不排队的。所以每回，都是大人押着他，才满腹不爽地来。

振海也觉得浪费时间，想了想，进屋跟师傅打了声招呼，也拜托了前后排队的人，把两个儿子留在这里，转身去丈母娘家里掸扬尘。临行，叮嘱两个儿子，快到的时候，你们一个排队，一个去“李宅”叫我。

振海是援朝剃完了，才来喊他的。他也掸完了扬尘，正在锁门。见援朝剃完了，觉得奇怪，问怎么这个时候才来喊，忠国剃了吗？援朝不敢欺骗爹，又不想出卖弟弟，便支支吾吾。振海哪能猜不出是么回事？顿时心里冒火，但也只得压着，赶紧去剃头铺。

忠国果然不在，其实振海离开不久，他就跟援朝扯了个支吾[①]，和刚刚剃完头的一个小伙伴玩去了。

振海挤进门，等着剃头的人不干了，要他后面排队去。他解释说，我早上就来排了，中间有点儿事，出去了一会儿。又指着援朝的头说，这不，我儿子刚刚才剃的。那些人才不管，说哪个是无事干的，都有一堆的事！今日甭管哪个来，都不准插队。剃头师傅做证，说田镇长真是排过队的。

不料一个人冷笑一声又说："哈哈！你们这些马屁精，给干部开后门是常事，哪个不晓得？你们做的证，连塌票子[②]都不如。在我这里，更是不作数！"

几个师傅哑口无言，振海更是心里的火苗直蹿。当然，他不是对那些反对插队的人，人家的话其实没错，话糙理不糙。他的火，是对两个儿子的。他们早些去叫他，就不会有这些误会了。特别那个忠国，头还没剃，竟然就跑了。但又不好发作，只得转身回去，明天再来排队。

师傅们兴许是心里过意不去，兴许是感他让他们入合作社，并帮忙找了这间剃头铺的恩，竟没让他第二天再来排队，而是在晚上九点下班之后，来喊他跟忠国去剃的头。

没错，就是感恩！过去哪有风不吹雨不淋日头不晒的铺子啊？也没办法等人上门，把脑壳递到手上给他们剃。除了店长李长河是在自家堂屋，其他几位都是挑着担子走街串巷，甚至到乡下给人剃的。那份艰辛，如今想想都头皮发麻，也感叹那些年，不晓得是怎么熬过来的。

腊月二十八，幺珥和振江一家三口回来，宇洁把正房——堂屋旁边的厢房——让出来，她和振海以及两个小女儿搬进新起的芦苇棚子。

大丫要让拖院，带三个外孙去"李宅"。振海跟宇洁不同意，说舅爷姨爷们来了，没地方住。大丫想想，也是。她没多的亲人，

---

① 支吾：方言。意思是借口、理由。

② 塌票子：方言。指废钱，贬值的钱。

只有一个弟弟天宝，一个妹妹小丫，尽管都过得苦寒，却也处得亲热。就是这大把年纪了，天宝跟小丫的老头魏登华，正月初二铁定来拜年，住一到两个晚上。当然，大丫也会好烟好酒好吃好喝地招待。

倘若自己回去，他们来了就没地方过夜了。甚至可能多想，以为她故意的。女儿女婿这么一劝，她也这么一想，就放弃了。

腊月三十，北风呼呼地刮得山响，鹅毛大雪就没停过。直冻得鸡们吃过一把谷子和一些剁碎的菜叶，就赶紧回鸡笼，蜷缩在一起抱团取暖。狗则趴在桌下的火盆旁，身子都不想挪动。

田家一早就起来忙碌，砧板剁得震耳欲聋。

下午两点多，街上早就冷冷清清空无一人了。此时，随着猛烈的鞭炮声在纷飞大雪中戛然而止，田家的年饭便正式开始。

虽然分家了，但循惯例，三兄弟的团年饭，一直在老大家里吃。倒是夏之阳一家，过去多早就来的，今年还专门去接了，却没来，说是人太多，桌子坐不下，板凳也不够，不好意思再来凑热闹。

面对满桌菜肴，瞅着济济一堂，时而接受儿子们恭敬敬酒，时而接受媳妇们殷勤夹菜，这份天伦之乐，使辛辛苦苦的田道清俩老备感欣慰，好像一辈子所受的苦都值了。

想想也是。原本还在千脚落地四壁透风的棚子里，为如何养活四个儿子愁眉苦脸哩。这也没几年工夫，就搬进了砖瓦屋，再不愁北风怒吼大雪飘飘，高的桌子低的板凳要坐满两桌了。

年饭桌上，讲得最多也最深刻的，当属今昔对比忆苦思甜了。田家也不例外。

随着酒精的浸润，额头褶皱密布、脸庞黑里透红的“酒神”田道清，原本呆板的一张脸，此刻变幻无常，光彩夺目；原本木讷的一张嘴，话匣子一打开，也兴奋得收不住场。一会儿讲旧社会如何穷得没裤子穿，如今有鱼有肉有酒喝；一会儿讲儿子们小时候如何调皮，如今都有了自己的事业自己的家庭；一会儿讲过去土匪地痞流氓横行，如今家不闭户国泰民安。他还列举了许多案例，最后的结论就是新中国好、共产党好。

儿子媳妇们热烈附和，分享各自的喜悦与收获，甚至讲些趣闻轶事，为田老汉的演讲作注脚，给足了老汉面子，也给老汉当了皇帝似的不真实感觉。

幺珥嘴上说得不多，但心里的喜悦溢于言表。在朱雀，三媳妇茹萍并未如她此前猜测，给她多少难为，婆媳关系处得跟母女差不多。又因为一年回不来几回，大媳妇宇洁把她当客待，么事都不要她做，二媳妇慧娟也不再处处针对她，常常给她脸色看。这种距离产生的亲密，反而让她有走亲戚的感觉，之前的种种顾虑，也荡然无存。

屋里正兴高采烈，却突然传来违和的敲门声。谈笑风生戛然而止，都讶然这个时候，哪个会来敲门呢？

不管是哪个，开门是必须的。坐在门旁的振湖反身拉开了门闩。

门刚开了一条缝，就有两个雪人，呈现在众人眼前：一个老婆婆和一个十来岁的小女伢。

振湖随口问找哪个，老婆婆瞪着两只白多黑少的眼睛，从破烂不堪的袖筒里变戏法般捧出一只破碗，双手合拢作揖，用嘶哑的嗓子说：“恭喜东家发财！”

原来是两位乞食者。大丫觉得要饭和讨米的叫法，有些侮辱人，不喜欢叫人“要饭的”或者“讨米的”，而夏杰说书时，提到过“乞食”这个说法，感觉含有尊重对方的意思，就被她接受了。久而久之，也被田家的人所采用。

愣怔片刻，宇洁起身，接过了那只破碗。不想大丫也起身，拦住了准备往碗里夹菜的女儿。

众人不知何意，露出茫然神色。

只见大丫紧走几步，牵过满脸冻疮瑟瑟发抖的小女伢，微笑着对老婆婆热情相邀：“老姐！我们正在团年，你就过来了，这便是缘分。快进来，快进来，跟我们一起团个年。”

一屋人这才恍悟，也都起身，热情邀她们进屋。

老婆婆愣住了，进也不是不进也不是，随即就说：“多谢老妹子！施舍些饭菜就千恩万谢了，我们吃了还得赶路。”

“我说老姐！这天也快黑了，又冰天雪地的，你还赶路去哪里？这大过年的，好歹让伢吃顿热菜热饭呀……我已经吃好了，你就坐这里吃。”不由分说，把小女伢引到空出的板凳上，满眼爱怜，“真是可怜哪，这才多大点儿。”

宇洁也说：“大娘！我也吃完了，您郎坐这里吧。我去拿两副干净碗筷。”

老婆婆似乎觉得这样不好，但孙女已然进屋，且坐在板凳上紧盯着满桌的饭菜，嘴巴咂吧着，似乎抿不紧，口水就流下来了，何况也的确饥寒交迫。便一边进屋，一边半推半就地说：“那哪好意思呢？”

“这有么不好意思呢？哪个不碰到个难处？我刚说过了，这是缘分，老姐！”大丫搀扶老婆婆过来，按在板凳上。

宇洁拿了干净碗筷，分别递给老婆婆和小女伢，对小女伢说：“饿了吧？快点儿趁热吃，想吃么事吃么事。”

接过碗筷，小女伢怯怯地瞅一眼宇洁，又瞅了瞅老婆婆。老婆婆已是老泪纵横，哽咽着对小女伢说：“囡囡！我们碰到好人了，就不要客气，快点儿吃吧。我伢肯定是饿坏了。”

小女伢这才动筷子，旋即埋下头去，狼吞虎咽起来。大丫怜爱地抚一把女伢的头，劝她慢慢吃慢慢吃，别噎着了，今天管饱。

多了两个外人，其他人虽然还在吃喝，喧哗却停了。坐在许茹萍让出的板凳上，大丫边给二人夹菜，边跟老婆婆闲聊。大家这才晓得，女伢的老子炼钢铁炸山炸死了，娘为了几个包子跟一个南方人跑了。她们是从河南一路乞讨过来的，为了找女伢的娘。

听罢唏嘘不已，都对老婆婆和小女伢投去同情的目光。

祖孙俩吃完，千恩万谢后要走。大丫心说，叫花子也有三天年哩，便穷尽办法挽留。

先是关切地问有落脚的地方吗，婆婆叹了口气，无奈地说得寻她娘哩，哪有固定落脚的地方？走到哪里算哪里吧！大丫问晓得她娘在哪里吗？婆婆说晓得就好了。大丫又说世面[1]这么大，你这无头苍蝇似的，哪里寻得着？要我说，不如回去。不定你媳妇醒黄了，就找回去了。婆婆说我也想哩！但我们等了一年多，她也没回去，只得出来寻了。

大丫又说，她音信全无，你又没个方向，只晓得是南方，话说出了你的家门往南都是南方，那南方大了去了。我觉得吧，你还是回家等着，比较妥当。就是她不回去了，你们也不必吃这份苦头啊！婆婆苦笑一声说，哪个说不是呢？可孙女死活要找啊！大丫表示理解，又摸着女伢的头说，就是要找，也不急这一时半会儿呀！你看要是没个落脚的地方，这冰天雪地的，天又黑了，还不得冻死啊？

女伢一听害怕了，扭头望婆婆。婆婆爱怜地抚摸了一下女伢的头："唉！"叹口长气，不再说话。大丫继续劝道，这样吧！即使要找，也今天先住下，明天再走吧。

大丫反复劝说，婆婆终于同意在振海家里住一宿。

直到这时，大丫才放下心来，转身帮着收拾杯筷碗碟。眼见差不多了，便呼唤三个外孙："我们去李宅喽！"

把祖孙俩留下，他们真没地方住了，只有去"李宅"那间屋。援朝跟念梅到底大些，答应很爽快，但忠国不乐意，外面太冷了，又黑得伸手不见五指。大丫说你不去也行，跟大伯小伯挤吧。听到这话，忠国出门比哪个都快，逗得一屋子人呵呵大笑。

对大伯，他是老鼠见了猫，才不跟猫挤一床哩！

正月初一，雪住了，风也小多了。

大丫一早过来，等祖孙俩过完早，又劝她们再留一天。老婆婆死活不肯，说添的麻烦够多了。临出门了，对女伢说，给恩人拜个谢！女伢二话不说，扑通一声跪拜在地，连磕了三个响头。大丫吓

---

① 世面：方言。意思是世界。

得连忙扶起，直说使不得，使不得的！都有为难的时候，老姐！送出大门，又叮嘱老婆婆，实在找不到落脚的地方，就再回来。

踩着积雪，老婆婆溜溜滑滑地一步三回头，鼻涕一把泪一把。看着这副情景，大丫想起了凄惨的过去，情不自禁地陪着流泪。

整个春节，大丫都絮絮叨叨，为那对祖孙担忧。

把猪圈整过，该男人干的活儿抓紧干完，闹过元宵，振海正月十六又去了高家庙。直到七月，他们才完成在新沟公社的“四清”运动，坐着县里派来的卡车班师回家。

89

这天一早，屋后树上的知叶子就扯开嗓子拼命叫唤，似乎它们也热得受不了了。

振海一家人，早早地拆了搁在禾场上乘凉的门板，振海也绞了扁担草回来，此刻都在过早。突然，振湖家里传出了争吵，甚至摔东西的声音。顿时都愣住了，连忙停住筷子，张着耳朵仔细听。听了一会儿，才明白是么回事。

原来，昨天慧娟下班有些晚，发现缸里的水见莌[①]了，只够勉强做个饭的。既没洗澡的水，更不说洗衣服了。这大热的天，衣服还能拖到明早去河边洗，但不洗澡么样过呀！白天出了一身的汗，儿子更像在污水沟里打滚了的牛犊。便想着等振湖回来了，叫他去挑水。哪知振湖白天下乡看棉花长势，在乡下吃了饭，直接去单位值夜班，也没托人把个信说不回家。

慧娟心里直冒火，打算去提半担水，然而水桶却找不着。心说肯定在大伯家，但时间太晚了，也不好意思过去取，便把心里的火一直窝着，将就了一晚。

---

① 见莌：方言。即见底，意思是只有一点点儿了。

水桶的确在振海家。田道清昨天做小工，是帮粮所起仓库和泥，自带水桶。田家只有两只水桶，兄弟两家共用，平时一家放一只，需要时去隔壁取另外一只。想着今天还要做小工，田道清就偷了一回懒，没及时还过去。

一早上起床，叫儿子念喜过大伯家挑水桶。六七岁的伢，也就水桶高，哪里挑得动？田道清倒还醒目，把水桶连同扁担都送过去。但也就醒目了一半，并非完全醒目。再说，他也不晓得振湖昨晚上没回来，不晓得老二家里滴水不剩，更不晓得二媳妇心里窝着火，所以送过去的是空桶。假如挑担水过去，兴许就没事了。最可气的是，临走还撂下一句话："你们抓紧把水缸挑满，我白天做小工还要用的。"

憋了一晚上的气，见他只送对空桶过来，慧娟脸色就不好看了，及至听到后面的话，更像雷管点着了捻子[①]，也像猫被踩了尾巴。但是，还没等她爆发，公爹就出门了，只得挑了半担水回来做过早。做过这些事情，便脏衣服也没时间去洗了，慌手毛脚给女儿穿衣服，叫儿子抓紧吃了去学校。

就在她心里的那根捻子即将烧到雷管的时候，振湖捧着油纸包着的早点，兴高采烈地踩着点进屋，嘴里还喜滋滋叫唤："好香好新鲜的油条包子，快来吃啊！"

听见他那欢快的叫声，慧娟犹如仇人相见，当即发了飙。只见她把还没收拾妥当的女儿往床上一扔，一边嘴里骂骂咧咧，一边抢过振湖手里的早点，直接扔到了门外，转身又操起劈柴的斧头，三下五除二，就把一只水桶砍了个四分五裂。

她这股无名怒火，烧得振湖丈二和尚摸不着头脑，傻傻地立在一旁，眼睁睁看着水桶成了几块碎片。等他回过神来，慧娟已经扔了斧头，去哄吓哭了的念莲，继续给她穿衣服。

好端端一只水桶，转瞬就没了，振湖也是气恼，跟进厢房，黑

① 捻子：方言。指导火索、引信。

着脸责问："一早晨的，发个么神经？"

听他敢骂自己发神经，慧娟心里的火苗又蹿了一下，心说简直是岂有此理，是可忍孰不可忍！正要爆发时，突然想起他其实也不容易，何况得抓紧吃完了上班，没时间跟他算账。这么一想，打算先把这笔账记下，等有时间了，再跟他慢慢算。于是，紧绷着脸抱起女儿，撞了一下杵在门口的振湖，先把女儿放进家椅子，然后去灶屋盛锅里的过早。

振湖去禾场上捡过早，哪还有丁点儿？早进了几只狗的肚里。就是那张油纸，也被李德松家的大黑狗正悠闲地舔着。气得也是火起，对着大黑狗就是一脚，转身又找慧娟问理性。

刚刚熄灭的火苗再次蹿起，慧娟终于没忍住，大吼大叫。振湖这才晓得她发火的根由，转而小声解释起来。慧娟却根本不听，气咻咻地说，不想好好过，就爽爽快快地一拍两散，大家都撩撇。说着说着，心里的火气更大了，手里的锅铲一使劲，直接把锅捅穿了，然后捂着脸，呜呜地哭。

那锅本就补过两回了，此刻更是一个大窟窿。锅里的稀粥顺着那个窟窿，猛地流进灶里，"噗"的一声，浇得烟灰腾然而起，又溅得满屋飞扬，火星差点儿把灶门口的柴火点着了。

这下，振湖也忍不住了，大吼一声，你到底想么样？转身摸水瓢，想舀了水缸的水浇火星。快到水缸边才记起，吵架的原因，正是没水。连忙端起破锅，把没漏完的稀粥泼到火星上。见柴火没事了，也顾不得瞅自己被热锅烫起了皮的两只手掌，依旧提着锅，盯着那个窟窿，眉头顿时皱起，心说这大的窟窿，估计补都没法补了。

就在这时，慧娟却鬼使神差地扬起锅铲，对着振湖的头，"咚"的一声砸下去。振湖扔了锅，抬起头来，像不认识似的盯着慧娟，下意识地捂头。不想，血从手指缝里渗出，把慧娟也吓傻了，不知所措地站在原地没动。

两口子五天一小吵，半月一大吵，吵得四邻先是不得安宁，慢慢也适应了。但俩老却被吵得心里发毛，越来越紧张，暗道不回来还好些，眼不见心不烦。

一听这回是自己闯的祸，田道清更是吓得脸色惨白，两腿发抖，单薄的裤子下面又湿了一片。

见爹这副模样，振海心里一酸，泪水差点儿涌出来，不禁暗暗自责："怎么把买水桶的事忘了呢？害得爹又犯老毛病了！"

过去吵，也就一会儿，解跤[①]的人还没到，却已经完事了。但这回时间有些长。宇洁不放心，把正在吃妈的老五往娘怀里一塞，拉下衣衫，皱起眉头说："一清早晨的，么样又吵起来了呢？而且还久战不息了。我得去看看，解个跤。"

宇洁刚出门，就听有人惊呼："哇！振湖头上出血了，赶快去卫生院啊！"

原来的卫生所，如今改叫卫生院了。

门外的惊呼，也骇了振海一跳，连忙出门，果见禾场上的振湖满脸无奈，捂着额头的指缝间，丝丝殷红。紧走几步搀住，说快些去卫生院！宇洁则直接进屋，一把抱起家椅子里哭得嘶声哑气的念莲，转头安抚同样哭成泪人的慧娟。

虽然听了个七七八八，去医院的路上，振海还是忍不住问了句，到底为么事？振湖一只手捂着没么流血了的脑壳，也不好直接提水桶的事，只说不晓得为么事，我一进门她就唠唠叨叨，我没忍住顶了几句，就把她逼急了。

弟弟不肯讲实话，振海更心酸，想了想，劝道："为生活琐事，夫妻两个吵嘴，也正常。牙齿还跟舌头打架哩！像你大姐不跟我吵的，你到街上访访，还能找出第二个吗？小二爷说么事，就让她说，听着就是了，别还嘴。你越还嘴，她火气越大。有些事，得慢慢解释，小二爷又不是不通情理。你呀！就是言语太短了。两口子相处，还是要多沟通。"

---

① 解跤：劝架。

“唉！道理我也懂。但一遇到事，就忘记了。”振湖也后悔起来，脸色有些尴尬。

“慢慢来吧！急不得的。等她心情好些了，再解释。”

两兄弟谈心，两妯娌也在唠嗑。

慧娟没像振湖那样遮遮掩掩，而是讲了遍实情。为没及时归还水桶，宇洁道了个歉。慧娟叹了口气，把瘪瘪的妈妈塞进女儿嘴里，语气幽幽地道：“唉，小伯！其实我也不想这样的。真的！我也很后悔。打过就后悔了，恨不得抽自己两嘴巴。也不晓得，他伤得么样哩！”

“打都打了，还心疼他个鬼呀？早晓得还要心疼，就不打呀！再说了，也让他长回记性，不要自己在外面快活，就忘了屋里还有老婆伢儿。”宇洁又是好气又是好笑，激将了她一句。

见慧娟红着脸，嘴巴瘪了瘪没应答，宇洁接着说：“说实说，我老觉得你心里憋着话，没讲出来。有么话，你就讲出来，不要憋，会憋出病的，对胎儿也不好。真动了胎气，麻烦就大了。”

“您郎说得没错，我心里确实憋屈。但哪个晓得我为么事憋屈呢？而且，就像得了病似的，脾气来了不受控制，不过大脑就发，事情过了又后悔。”慧娟眼泪又流了下来。

“没哪个说你有病哪！你真是想多了，哪个没个脾气呢？你说你心里憋屈，没人晓得为么事，还真是这样子。就是我这个大娘，也不晓得。也是我不称职。”只要她能消气，宇洁把责任尽量往自己身上揽。

说破了天，也就是个妯娌关系。如果不是嫁了两兄弟，可能一辈子都不会认识，有么事好揽的？放在大多数妯娌那里，你憋屈你的，与我何干？说不定你憋屈，我还窃喜哩！甚至你本来不憋屈的，我还故意搞点儿事，逼得你憋屈！所以有些妯娌，搞得如刀尖之仇。

宇洁却相反，总看在兄弟情分上，如娘老子般，抠心挖胆地帮振海的两个弟弟。她也不是富人，甚至是穷人中的穷人，比一般的穷人还穷，长期债务缠身。但依然无怨无悔地帮着男人，关照两个弟弟的家庭。

再说慧娟，二十五六的人了，也是两个伢——差点儿是三个，或者说即将是三个，因为夭折过一个，目前又怀孕了——的娘。你的憋屈，为么事要别人承接，或是化解？然而，宇洁总觉得自己是大娘，应该担负这个责任，尽管只比慧娟大四岁。所以，她那话，也是发自内心的。

“唉！”慧娟没评价她称职不称职，轻轻叹了口气，无奈地说，“我可能真是有病。本来好好生生说，就能说清白的事，却不过大脑地硬要发火。发火之后吧，又后悔。还有，脾气来了，他跟我解释，我会生气。他当耳旁风不理我，我更生气。总之是脾气来了就不受控制，理我不理我，都会生气，直到那个火发出来。”

“别自责了，事情都过去了，以后注意就行了。你这怀身大肚的，该给她隔妈了。”知道慧娟心结打开得差不多了，宇洁瞅着女婴，拿手指在脸上一边羞，一边柔声道，“莲莲，你都两岁多了，还咬着姆妈的妈妈不放，羞不羞啊？姐姐生下来就吃糊涂，你跟她一起吃，好不好？”

“早就瘪了，她也就是过个瘾。我也是拿这个止她的哭。”慧娟解释着，把妈妈从女婴嘴里抽出来。

念莲似乎听明白了小伯的意思，白了她一眼，又白了姆妈一眼。不过，并没有抗议性地哭泣。

想着还要给老五喂妈，宇洁道：“要不这样，小二爷！晚上我过来，心里有么苦楚，你都跟我叨叨。叨叨完了，你心里的疙瘩解了，就不会再这样了。好不好？你看时候也不早了，再耽误就要迟到了……你过早也没了，好在大伯今天买得多，跟我们一起过早去。”

“唉！”慧娟又叹了口气，死活不肯。她哪有那厚的脸皮哟！但禁不住宇洁死拉硬拽，甚至说你能饿，胎儿不能饿呀！你不吃，哪有营养喂胎儿？这才抱着念莲，随宇洁过来过早。宇洁又喊：“念喜，走，过早去！”

叫婆婆盛了碗糊涂过来，宇洁对念莲说：“从今儿起，我们家莲莲也跟姐姐一样，自己吃糊涂。”

慧娟刚刚落座，田道清就如老鼠见了猫，拿了油条锅盔，躲进了天井。他很郁闷，答应了上午帮粮所和泥，自己带桶的。现在只有一只桶，这可如何是好？唉！只有一会儿先去，看情况再说了。他心里说。

90

等振湖清理完伤口，兄弟俩分道扬镳。

振湖不仅头砸破了，双手也被热锅烫得起皮，看着都有些瘆人。但他还是赶紧回家，都没来得及过早，就到对门王大毛家里借了水桶，赶紧挑水。

振海则去了生资门市部。为了一担水桶，就闹成这个样子，再不解决，还不定出么样的乱子。他选了三只水桶，又买了一小桶桐油，带着去镇政府。想着中午带回家，趁着天热抓紧上桐油。

把水桶放进办公室，转身去找王富洋。大半年时间在外地搞“四清”，他对镇里的工作，是完全不了解了。所以这几天，主要是跟王富洋了解镇里的工作情况。

两人刚谈了没多一会儿，建筑队队长朱恒大突然闯进来，慌张地说田爹叫人打了，已经送卫生院去了。

老实巴交的人，怎么会跟人打架呢？年轻的时候都没打过，这眼看就六十了，怎么可能跟人打架？所以两人都吃惊不小，脑壳“嗡”的一声响，然后霍地站起，异口同声地问：“到底么回事啊？”

一脸错愕地问过这话，不等朱恒大回答，振海对王富洋说：“对不起，书记！工作上的事，回头再研究，你么样安排我么样做。

我得赶紧去卫生院，看看我大是个么情况。”

王富洋当然不会反对，反倒是催他快点儿去。他说工作上的事不急，反正大半年你都不在镇里，也不在乎多等你几天。

谢过王富洋，振海就朝卫生院跑。

打小工，比在生产队挣工分收入高点儿，也灵活些。

生产队是到年底了，才看全年盈余多少，留足次年开张发事的备用金，再除以所有人的工分总和，算出每个工分的分值，然后乘以该社员的工分，就是他的分红。但盈余要看年成。年成好能分点儿红，不好就打白条。

农民把没分到红，甚至打白条，戏称“火火嗨”，意思是白闹了一年。年底分红那几天，亲戚朋友都会互相关心：“分了多少红？”没分到红，或者拿了白条的，有的哈哈一笑，有的面露尬色，不过都会说：“哈哈！闹了个火火嗨！”

全队都闹个“火火嗨”的，毕竟是少数年份。但有些家庭，比如家大口阔的、劳力弱的、有长期病号的，无论么样闹，最后也只能闹个“火火嗨”。这样的家庭，各生产队总有那么几户。

另外有些人也戏谑地附和“火火嗨”，其实不算的。比如家里办喜事或者起屋借了钱，等于是提前透支了，分红的时候当然要扣除，这是天经地义的。如果借得多，超过了分红，还要倒打白条给生产队，怎么能说是闹了个“火火嗨”呢？——扯远了。打住！

打小工不仅稳当，做一天结一天，至迟工程结束能结钱，不至于闹个“火火嗨”，且往往比生产队分红高。所以，镇上没正式工作的，就靠打小工为生。农村有些人，农闲了也偷偷到镇上打小工。

田道清所在的菜园队，算是个另类。菜园队隶属通海口镇，但又不吃商品粮，然而也不简单地等同于农村。对比商品粮户口，有低人一等的卑微；对于种粮棉的农民，又有高人一筹的骄傲。所以，他们既歧视农村人，又遭镇上人歧视。

介乎两者之间的菜园队，本就土地不多，又在镇子边缘耳濡目染，商业头脑相对发达，经济信息也相对灵通。为保证青壮年劳力挣足工分，也为社员们增加点儿零用钱，便对做小工这事睁只眼闭只眼。像田道清这样五六十岁的人，更是放任自流，挣工分和打小工各人自便。

建筑队常年有工程，是请小工最多的单位，也是小工们的首选。田道清就常年在建筑队打小工，赚点儿烟酒钱。

跟在振海身后，朱恒大一边跑一边说："田爹他们这些打小工的，基本是分好了组的，有的搬砖，有的和泥，还有做其他的。相对搬砖和其他活路，和泥轻松些，因为除了挑水，和泥是牛在踩，所以田爹一直在和泥。但是，和泥要自己带水桶。"

"我们家的水桶，坏了一只。"振海大致明白是么回事了，脸色有些尴尬，但不好明说被弟媳砍得四分五裂了。

"我听说了，田爹也解释过，说是箍[1]断了，要重新箍。"能在镇上最大的企业当老大，朱恒大那是何等精明？知道是慧娟砍了，但振海如是说，便给他留情面，没戳穿。

"我上班前，就去生资门市部买了桶，还没拿回去上桐油哩，哪晓得就出了这档子事。"振海十分懊恼。如果能料到会发生这样的事，肯定早买了桶，跟振湖一家一担，也不至于闹得两口子吵架，还让振湖脑壳缝了好几针，双手涂满膏药缠满纱布了。随后，把话题又转到爹打架这事上来，"虽然没挑水桶去，但怎么跟人打起来了呢？"

"也不是田爹跟人打起来了。"气喘吁吁的朱恒大喘了口气，继续解释，"这两年粮食丰收，红瓦仓库装不下，就在旁边建了个新粮库。田爹没带水桶，也可以牵着牛在池子里和泥的。但这里面有个情况，就是和泥的另外几个人住得远些，挑着水桶粪桶大老远来回不方便，何况牛是人家牵来的。原本说好三个人带水桶，田爹却

① 桶箍：为防木桶开裂，达到密封紧固的效果，并能承受桶内压力，人们便在木桶底部和腰部用钢丝、铁丝拧成绳，或者用篾片，以及其他适用的材料缠绕一圈，叫桶箍。

没带，只有两担水桶挑水，水就供应不及，和泥的速度也就跟不上，进而影响了施工进度，就有人埋怨田爹……”

“那我大就跟人打起来了？”振海还是不解，爹不是一言不合便动手的人哪！

镇政府在北边，卫生院在西南，相隔差不多三华里，跑过去还是得费点儿时间。朱恒大继续喘着粗气，边跑边说：“田爹人缘好，也不恤体力，和泥组的人都很尊敬他郎。田爹没带桶，那些人虽说有些不高兴，也没说太重的话。但田爹不好意思分工钱，就去搬砖。结果，搬砖组的人不乐意。因为工钱是按砖瓦总数给的，且都是小伙子，田爹去了，就多了一个分钱的，又年老体弱。”

“不搬就不搬呗！我大也不是个多事的人，但是么样就跟人动手了呢？何况还是跟一帮年轻小伙？”振海冥思苦想，还是没想出个原因来。

“也不是跟一帮人打，甚至都没跟人打，只是被人打了。”朱恒大喘了口气，又解释，“田爹本来也不打算搬了，要回去的。可是刚把手里的砖头码到脚手架上，在一旁抽烟的魏老六突然跳起，对着田爹就砍了几扁担。被人夺了扁担后，又对田爹拳打脚踢。”

“魏老六？魏泽彪的小儿子？现在是新社会哩，他还敢这么猖狂？真是没国法了？”刚跨进卫生院的大门，振海惊诧不已，停下脚步，扭头问道。

魏老六的爹爹魏德恩早年开鸦片馆，不晓得害多少人家破人亡。宇洁的家爹[①]黄有财，就是被他诱惑着吸鸦片吸死的，以至于丈母娘姐弟三人有了那段悲惨的人生际遇。后来，魏老六的老子魏洪泽给日本人当翻译，丧尽天良之事罄竹难书，甚至参与杀害过抗日志士，包括游击队员苕货，解放后才被武汉市人民政府肃反时镇压。魏老六随他娘，则被遣回原籍通海口镇。

一直以来，振海就对魏家没好感，甚至充满了憎恨。如今又打

① 家爹：方言。指外公。

了爹，更是旧恨添新仇。但是，现在不是他算这笔账的时候。他得赶紧去看看，爹伤得么样了。

“伤得么样了？”振海跑得满头大汗，见爹躺在木板床上，姚医生正在清理头上身上的伤，焦急地问。

“头上还好，只是皮外伤。衣服上的血，也是头上流下来的。腰上的问题可能大些，田爹一直喊疼，碰都不能碰。”姚医生继续清理血污，头也没抬。

田道清想说么事，但医生正在清理脸上的伤，嘴巴张了张，随即又闭上了。

送他来的两个工友接过话头，气咻咻说，魏老六太可恶了！他其实成天不干活儿，就是凑人数分工钱。都想赶他走，但念他是街坊，拉不下那个面皮，又二十好几了还剐皮猴子一个，一人吃饱全家不饿，怕他报复，也不敢开口赶……其实都不反对田爹搬砖的，毕竟田爹不恤体力，虽然搬得少点儿，但不像魏老六偷懒……

正说着，特派员张亮带着干事过来，打断了他们的讲述，说是要作笔录。姚医生说稍等，很快就处理完了。

张亮来了，振海便放下心来。人家打了爹，他不可能再打回去。何况他是个领导，干不出那事。如今特派员来了，交给组织处理就好。

不一会儿，头上手上都缠着绷带的振湖，也气喘吁吁地来了，同样一脸焦急。

张亮做完了笔录，姚小军说留院观察一天吧。两兄弟都说听你的。田道清却摇着头，态度坚决地说，左右是个睡，我还是回去睡！睡在医院，花冤枉钱。振海说您郎不要心疼钱。钱去了有来的，身体不搞好，麻烦就大了。

田道清说着，便试着翻身下床。哪知疼得他龇牙咧嘴，又不由自主地躺了下去，骇得众人连忙伸手去扶，纷纷说都这样了，还逞个么强呢？听姚医生的，住一天院吧！

“不住！回去睡。”田道清咬牙切齿地挤出几个字，又挣扎着要起床。

兄弟俩晓得爹的脾气，无奈地问姚小军，能不能回去？姚小军也无奈，说也可以。卫生院的条件，的确不太好，还是回家方便些。毕竟也不远，有么事，随时叫我们吧。

“门口的板车，借我们把大拉回去一下。”既然是这样，振海便跟一直陪着的朱恒大说。

“那有么问题呢？田爹是在我的工地被打的，我陪你们一起吧。正好顺手把板车拖回去。”朱恒大说完，叫那两个工友先回去。

通海口镇就这么大，传递消息的能力又强过龙卷风，所以田道清挨打的事，转瞬间就全镇皆知了。

田家与事无争，人缘又好，特别大丫母女为街坊邻居做了很多贴心的事，所以尽管中午时间紧张，但不管是田家的亲戚，还是李家的亲戚，以及街坊邻居，甚至对陈书学的死耿耿于怀的吴淑珍，还是抽空来探望。

这种客情往来，在通海口镇很时兴，大丫跟宇洁平时也想得周全，得了消息都去赶个人情。但大丫家里完全不做事，田家的事也少得可怜，人们都没办法还情。如今终于有了田道清挨打这么个机会，就不约而同地买了梨水罐头、饼干，甚至捡了蛋捉了鸡送来，弄得田家没法吃中饭了，应接不暇。

吴淑珍能来，尽管面色还有些许尴尬，也是让大丫、幺珥跟宇洁宽心不少，说了许多感谢的话。两家本就是亲戚，宇洁跟淑珍又是同学，也算闺蜜了，还是结过“十姊妹”的人，何况都在缝纫厂做事。就为陈书学的事，十几年了都对振海心存芥蒂。如今，一块石头终于被她们焐热乎了，任谁也会欣慰。

慰问完了躺在拖院里的田道清，一些人聚在堂屋义愤填膺，说这是阶级斗争新动向，要对阶级敌人的反攻倒算，给予坚决回击，劝他们千万别心慈手软。又说，他爹爹魏德恩开烟馆，当然不是善良之辈，老子魏泽彪更是地地道道的汉奸，历史反革命，魏老六这个反革命的狗崽子，还能好到哪里去呀？还不跟他爹爹和老子一样，头顶长疮脚下流脓坏透顶了呀！

大丫应酬着，一直到人们辞别，甚至女儿女婿去上班，都没发表意见。

振海一到镇政府，也有不少人来讨信，说些安慰的话。当然，也表现出极大愤慨，恨不得把魏老六千刀万剐。夏之阳也一样，尽管他中午跟钱梅去家里探望过了，此刻也夹在人群里，说得慷慨激昂。

下班回家，振海先去看爹，见没么大情况，又去绞了担扁担草。猪圈里的四头半糙子猪，正是长膘的时候。丈母娘端了大脚盆来剁猪草，他才去吃给他留的饭。然后在禾场上，一边应酬着探望的街坊，一边给三只木桶上桐油。真正地忙得脚不沾地，连几个女儿都没空亲候一下。

几个小家伙，好像顷刻间长大懂事了，大的照顾小的，小的也乖巧听话，叫搞么就搞么事。十三岁的援朝跟十岁的念梅，还不声不响抬起水桶，去通州河埠头抬水，把缸灌满。

伢们做得井井有条，不仅给宇洁留出了招呼街坊和做其他家务的时间，也让她欣慰，有终于上岸了的感觉。

公爹被打成这样，原本说好两妯娌谈心的，只得往后放了。不过，起因是她把水桶砍得四分五裂，又瞧见大哥借着月光给三只新水桶上桐油，都让慧娟触动不少，挺着大肚子主动嘘寒问暖，搞得公爹公婆有受宠若惊的激动，也有黄鼠狼给鸡拜年的惶恐，一时间五味杂陈。

91

街坊走了，伢们睡了，桐油也上过一遍了，大人们这才坐在天井里，商量爹挨打这事，接下来么办。毕竟，张亮说了，受害者的态度很重要。

“总不能再打回去吧？看大是么意思吧！”振湖犹犹豫豫地首先

开口。

躺在拖院的床上，田道清咳了口浓痰，不想扯动伤处，一阵钻心的疼。直到疼痛过去，才叹了口气说："还是算了吧！一个年轻人，一棍子打死，就再翻不了身了。也许是老偷懒，被我说过几回，存了心要报复，就找了这么个茬。"

振海又问幺珥、宇洁和慧娟的意思，甚至大丫这个严格说是外人的意见也不放过。结果竟高度一致，就是给魏老六一个机会。毕竟，他不是罪大恶极的魏德恩和魏泽彪，只是他们的孙子跟儿子。何况街里街坊的，冤家宜解不宜结。

这些人的意思，跟振海不谋而合，便说那就这样了，我明天就跟张亮去说，叫他教育从严处理从宽。

张亮知道田家善良，却也未料到会善良到这个程度，毕竟老人打得头破血流还躺在床上哩！所以第二天听了振海这话，就愕然地问，就这么便宜他了？振海无奈地反问，不然呢？狗子咬你一口，你再咬回去？

张亮想想也是，便对魏老六进行了严肃的批评教育和严厉警告之后，告诉他这个处理结果，全因田家善良不追究，并不是他的罪行不够坐牢。张亮最后说，虽然田家不追究，但为了让你长一回记性，我还是要加一点儿码。第一，医药费你全部负担，一分钱不能少，少了我再抓你回来。第二，上门赔礼道歉。然后，就把目瞪口呆的魏老六放了。

得知老六把田道清打进卫生院，然后躺在床上动弹不得，魏家几兄弟紧张得不得了，也对这个不争气的老幺恨得要命，用战战兢兢、度日如年来形容，一点儿都不为过。本就丧家之狗过街之鼠，夹尾巴都生怕夹得不紧，然而他却忒不懂事，偷鸡摸狗惹是生非，偷奸耍滑贪占便宜，好像忘了反革命狗崽子身份似的。如今可好，更把镇长的老子打得躺到床上不能动弹。真是活腻歪了，狗屎不臭挑起来臭！这下还有好果子吃啊？判个三五年，怕都是轻的。想去田家求情，却又不敢上门。没想到田家这么大度这么仁慈，以德报怨地放老六完好无缺回来，心里直念阿弥陀佛。

夜饭的时候反复商量，几兄弟最后提了几个桃子和两瓶梨水罐头，诚惶诚恐到田家赔礼道歉，表示要出医药费。

田家接受了他们的道歉和当天的医药费，但拒收了慰问品，以及后续医药费的许诺，弄得几兄弟尴尬不已。

振海早中晚都给三只水桶上一遍桐油，雷打不动。

好在天气不仅晴朗而且炎热，所以水桶被他上得黄灿灿明镜晃亮，没有一丝褶皱。桐油干透了，让振湖挑了两只过去，自己留一只，与那只旧桶配成一担。

在床上躺了差不多半个月，田道清才能下地走动。然而，他那关不住尿和腰疼的毛病，更严重了，不仅裤子老是湿濡濡的，腰也直不起来了。这样，他连小工也做不成了，只得回菜园一队，住在田边的草棚子里守菜。

也有让俩老意想不到的高兴事。那就是二媳妇好像转性了，端了几回鸡汤骨头汤过来，也没再听到吵架的声音。不过，想起留给儿子们的唯一物件——一担水桶，就这样毁了一半，心里还是有些硌硬。但倘若因此让二媳妇转性，他们无奈中又有些欣慰。

这天，夕阳西斜，余晖绚丽。妇女们聚在通州河边的埠头上，一边捶洗衣服，一边嘁嘁喳喳说笑。河里则是男人和伢们的天堂，打鼓泅消暑，嬉笑打闹。

田家两兄弟碰巧都去挑水。上游坡势平缓，他们一边说着话，一边蹚进河里，在没膝的水里站定，先用桶底拂去水面杂物，然后躬身弯腰，把桶扔进河里舀水。

赵泽洪踩着水，笑呵呵地道：“田镇长，问你个事呗！”

打条胯和泥巴玩大的朋友，哪能不清楚他的德行？从来就没句正经，振海给他起了个“赵两句”的绰号，意思是东一句西一句，没想到还真是喊开了。听他此刻开口，晓得又憋了个幺蛾子，只是不晓得是么幺蛾子，便直起身子，没好气地说：“赵两句呀！我说你废话真多。快点儿，有话说有屁放，我可挑着水哩！”

“喂！你那两只桶，长得不一样哦。一只公的一只母的，还是一只是老子，一只是儿子啊？”赵泽洪憋住笑，装得一本正经。

河里河岸的人听了，都朝两兄弟身边的桶望去，顿时哄然大笑。的确，振海挑的两只桶，一新一旧差别太大，旧桶瘦而高且黑不溜秋，新桶胖而矮且黄色灿灿。没等振海回应，赵泽洪又对振湖说：“田主任！田爹偏心眼啊！”

众人顿时茫然不解。不过，赵泽洪很快就帮人们揭开了谜底。只听他接着又嚷嚷：“别的老人，好东西都留给小的。田爹倒好，连一只水桶都给了老大，却不留给老二……田主任，你咽得下这口气呀？劝你赶快回去，跟田爹问个理性。”

众人这才明白，把玩笑当饭吃的戏谑人赵泽洪，绕这大个弯子，是调侃慧娟砍了水桶，又哈哈大笑。

振湖还没开口，正在槌洗衣服的慧娟脸一红，随手就把棒槌朝赵泽洪扔去，嘴里笑骂道：“个么逼舅爷吵！真是德行！”

一只棒槌突然飞来，吓了赵泽洪一跳，一个匿泅[①]钻进水里，出水后嘻嘻地说：“哎呀，姑妈也在洗衣服啊！得罪得罪！”

两人都姓赵，虽没亲戚关系，也当亲戚叫的。他知道慧娟在这里，就是故意说给她听的。

“跟我把棒槌捡回来！”站在埠头上，慧娟无奈地嚷道。

通海口镇民风淳朴，却不乏幽默风趣。刚刚的一幕，也是每天上演的欢乐剧之一。当然，开玩笑得看对象，不是哪个的玩笑都能开的。敢拿慧娟开涮的人，基本没有。你敢开她的涮，她就敢开你的脾[②]。今日被赵泽洪涮了一把，她却并未开脾，还巧妙地化解了，让人们刮目相看。

于是，趁赵泽洪捡棒槌的空当，供销社主任刘茂林也跟着起哄，满脸不屑地说：“这算个么事？老赵，你也太不上档次了。我讲一个，保证比你这个更有冲击力。”

---

① 匿泅：方言。指潜泳。

② 开脾：方言。意思是翻脸。

“你那张狗嘴里，又能屙出坨么好屎来？”振海不客气，当即骂了一句。但也不待这儿了，挑起水桶上岸，赶紧离开。拿大伯跟弟媳妇开玩笑，这帮家伙一个比一个行。不定接下来，就朝这方面转，讲出什么更难听的来。

众人却不想放过他，纷纷喊他留下来听完，刘茂林更是说：“田老大！田爹偏心眼，表面上对你好，其实并不喜欢你。你晓不晓得？”

振海置若罔闻，径直走了。

众人又是一阵哄笑，问刘茂林到底要放么屁，催他快点儿放，可别憋出毛病来，还得花钱买药。

刘茂林这才煞有介事地说：“那天田爹中了彩，生怕街坊不晓得，赖在板车上不肯下来，要两个儿子拖着游街。你们猜怎么着？”

都晓得他在卖关子。不熟悉他套路的人，望着他那一脸贱贱的贼笑，心说田爹被人打了，他还拿来调侃，真是过分。这个关子卖得，不么样！但另外的人，却饶有兴味地追问：“怎么着？”

“呵呵！猜不出来了吧？真是笨蛋！”刘茂林呵呵大笑，随后说，“我可是看出来了，田爹是偏向二儿子的。”

果然憋的不是么好屁！众人心说。但是，慢着！这怎么就跟田爹偏向谁扯上关系了呢？

就在所有人都有些蒙，刘茂林这才接着说：“田爹头上绑根彩带，也就算了。但田爹偏不，还叫老二也绑，沾沾喜气。而且，不仅头上绑一根，两只手也得绑，却不给老大绑。你们说，这不是偏向二儿子，是什么？”

众人愣怔片刻，突然醒悟过来：那天可不是田道清跟振湖都受了伤，一人头上缠块纱布吗？于是，又“哇”的一声哄然大笑。有人兴奋过了头，忘记是在水中了，笑得呛水，又猛烈咳嗽起来。

但是慧娟没笑，满脸红得快要滴血。她突然记起去新疆前，大丫关于里子面子那段话，羞愧不已。心说自己这脾气，真是得改改了，再不能动不动跟男人置气，惹旁人笑话。

从江滩县小河公社搞完“四清”回来，振海等人在家里并未待太久。为支援轰轰烈烈的“三线建设”，通海口公社按照复城县委要求，组织一千多民工，以通海口民兵营的名义，挺进大山，炸山修路。正副营长还是去小河公社搞“四清”的公社党委副书记黄天树，跟通海口镇的镇长田振海。

他们是八月中旬到的山区，来的时候都没带棉衣。山里本就湿寒，冷空气也比平原来得早。此时才十月末，竟然早早地下了一场雪，民工们直嚷嚷扛不住。何况高强度劳动，也干小三个月了，便强烈要求轮换。至少放几天假，回去换了冬衣冬裤再来也行。

天树跟振海觉得这要求合情合理，便向县民兵团请示。带队的县委副书记、民兵团团长雷国志倒是通情达理，而且其他公社民兵营也有类似请求，便同在家的县委书记顾有恒商量，又请示地区民兵师领导。谁知上下竟是一心，答复说很快就大雪封山，民工们可以提前下山，明年开春了再来。

得到这个回答，民工们顿时雀跃，都恨不得连夜起程。于是，天树带大部队先走，振海带少数民工善后煞尾。

接善后煞尾人员的卡车终于来了，吃过夜饭，都兴奋得睡不着觉，热热闹闹地围坐在工棚里闲聊。

正在欢声笑语恨不得掀翻工棚，惊得马灯忽闪就差熄灭时，麦沟大队民兵连长王大洪气喘吁吁地掀开帘子进来，然后躬着身子，双手撑在膝盖上，凑到振海耳边小声嘀咕。

振海不满地说，瞧你慌张的！死人发火了？先喘气，把气喘匀了再说。王大洪却等不及把气喘匀了，一把拉起振海出人群，急切地对着他耳语。刚听了个头，振海就大惊失色，急切地问人在哪儿呢，王大洪说扭送焦岭公社了。

刚刚还怪王大洪慌张的，这下自个儿也慌张了，拔腿就冲出工棚，黑灯瞎火地朝山下迅跑，弄得人们目瞪口呆，不晓得发生了什么大事。通讯员王小宝还算机灵，刹那间反应过来，挤出人群跟了上来。

92

三人跌跌撞撞地跑了三里多地，才望见焦岭公社那个简陋的小院子。还没进院子，就听到里面嘈杂得很，心下更急，又加快脚步。不想已到院子门口了，突然踢到了石头上，振海一个趔趄，好在王大洪眼疾手快，一把拉住了。

山里人烟稀少，且住得分散，容不下这多民工，便只得安排部分民工借住农户，更多人则集中住工棚。夏之阳跟麦沟大队的民工，就借住在坂田大队农户家里。

被群情激愤的人们围在院子中间，焦岭公社书记白明一抬头，就看见了振海，连忙招手："你来了正好，田营长！你也来听听情况，待会儿合计合计，这事该么样办。"

在人们七嘴八舌的补充和插话中，坂田大队书记把事情重新又讲了一遍。

原来，住坂田大队的夏之阳，把房东未出阁[①]的女伢睡了，已有身孕。要不是明天回去，女方慌毛火急约夏之阳讨主意，被打猎回来的男方族人听到，估计还要瞒一阵子。

男女方都是坂田大队的，这样的消息，还不像长了翅膀，迅速飞进两家人的耳朵？何况坂田大队也没几户人家。得到消息，两家顿时炸了锅，抄起扁担木棍，端着猎枪，不约而同找夏之阳算账，然后不由分说一阵乱揍。如果不是大队干部还算清醒，赶去制止，并扭送到公社，夏之阳的小命，极有可能就丢在坂田了。

最要命的是，女伢的未婚夫在部队当排长，年底就要过门。他这是破坏军婚，属于从重打击的范围，坐牢是铁定的。

虽然一路上，王大洪把事情讲了个七七八八，听得振海满腔怒火，此刻却不是找夏之阳发泄愤怒的时候。振海和白明一直耐着性子，脸色铁青地听社员们说。直到大伙声音渐渐稀了、弱了，白明

---

① 出阁：方言。指女子出嫁。未出阁，指尚未出嫁的女子。

也把目光转向他，这才心情沉痛地代表民兵营，诚恳地做检讨，以及不护短的保证。

对夏之阳么样处理，他没太多可讲的，那是组织上的事。他只是说："国有国法家有家规，我们民兵营也有自己的纪律。作为一个副乡长，一个带队领导，夏之阳这样的行为，组织上一定会严肃处理。请大家相信，我们一定如实向上级汇报，决不会包庇迁就。"

他现在更担心女方的处境。作为受害一方，何况还未婚，出了这样的丑事，基本就没抬头之日了，被人背后指指点点都是轻的。人言可畏，那可是一把杀人无影的软刀子。在舆论高压之下，一时想不开寻短见的，在农村屡见不鲜。何况这里是山区，人们的思想更加保守。倘若是那样，后果就更严重了。还有胎儿么办，打掉还是生下来？都是麻烦得不能再麻烦的事。振海不敢细想。他跟坂田的书记等人反复讲的，恳求的，就是希望大队出面，做好女伢的工作，做好两边家里人的工作，千万别出现更加恶劣的情形，先把眼前的事态平息了，再讲其他的。

万幸的是，作为民兵营副营长，振海跟白明和坂田大队书记打过很多次交道，也跟当地群众建立了情谊，而女方是书记的堂妹，男方是贫协会长的侄子，两人跟振海更是无话不谈。所以，虽然愤恨不已，但碍于情面，都表态回去做工作。好说歹说，总算把怒气冲冲的群众安抚回去了。振海这才跟白明一道，去特派员办公室见夏之阳。

五花大绑地跪在地上的夏之阳，额头渗出的血已经凝固，如两条红蚯蚓从头发里穿下来。肿得像灯笼的眼睛一大一小，狰狞地镶嵌在红一块紫一块的脸上，使得整张脸色彩斑斓。身子如筛糠般乱抖，哪里跪得住？屁股就坐在两只脚上。见振海进来，先是面有愧色，然后不顾廉耻跪爬过来，带着哭声说："姨爷，你可要救我啊！"

"你实话告诉我，事情是不是真的？"振海站在门口，压抑着满腔怒火。

“不是我主动的，是她勾引我的。”

“那就是说，你真是作孽了？”

“真不是我主动的，真是她勾引我的。你要相信我呀，姨爷！”

振海忍无可忍地扬起手，房间里外的人一愣，心说这一巴掌下去，真有夏之阳受的。然而，那“啪”的一声脆响，却并未如期响起。

扬起的手在空中停顿片刻，然后猛地往下一甩，振海怒不可遏地斥责道：“你还是不是个男人？不管是不是你主动的，总之是你把人家女伢祸害了。祸害了不算，还把责任推人家头上。你的良心叫狗吃了？退一万步说，即便人家勾引你，但苍蝇不叮没缝的蛋。住坂田大队的社员二三十个，别人怎么没被赖上？却单单赖上你了？你是年轻哪还是帅气呀？我真是不晓得，钱梅怎么会瞎眼，嫁你这么个畜牲！”

特派员早已审问完毕，吩咐干事把夏之阳关进办案子的房间里。被五大三粗的干事，像拎小鸡一般拎起来，伤痕累累又冻得直打哆嗦的夏之阳，又哀求连连：“你一定要帮我啊，姨爷！你不帮，我就死定了。”

“你作的这个孽罪大恶极，你叫我么样帮你？”本就刻板的脸，因痛心疾首而扭曲得有些狰狞。见夏之阳零乱的衣衫里，透出道道或红或紫的绳子勒痕，又于心不忍，对特派员说：“夏之阳违犯了党纪国法，自有党纪国法办他。能否看在我的面子上，少让他受些苦头？”

“那是坂田群众打的，来公社后没挨过打。绳子也是群众捆的。”特派员解释完，又对干事努努嘴：“那个绑，给他松一下。谅他也跑不了。”

振海没办法回去收拾行李了，就吩咐王小宝和王大洪辛苦一趟，回工棚帮他收拾一下，明天一早带民工来公社会合。卡车去不了工棚，只能到公社，现在就停在院子外边。随后，三人没挪窝，聚在特派员办公室商量如何处理这事。

当然啦！不是商量怎么隐瞒，或者给夏之阳什么处罚，那不是他们商量得了的。他们商量的，主要是夏之阳身份有些特殊，这类案子么样处理，都没经历过。如果是当地人，白明和特派员都晓得如何做。

商量来商量去，一致的意见是，分别给各自的上级摇电话，由上级去研究，他们在这边等指示。

蜷缩在潮湿的墙角，夏之阳沮丧至极，悔恨至极。

他明白，等待自己的，是牢狱之灾，是名声扫地。而带给家人的，是无尽耻辱，是再无抬头之日。但他还没闹明白的是，沦落到今天这步田地，也是咎由自取。

他的沦落，其实是性格使然，是“自我”逐渐膨胀的累积。他自视颇高，却眼高手低。话讲得那是呱呱叫，一套一套的，且常常引经据典，没几个能讲过他的。继续当老师，绝对是好材料，说书更是把好手。然而做事呢，却不敢恭维，绝对不靠谱。因此，人们送了他个绰号——老猪娃，借用了当地那个“八十岁捉猪娃”的俗语，意思是只买了张嘴巴。

表面上，他谦卑得很，对哪个都低声下气，做事谨小慎微。但在内心，却处处跟人攀比，好像都不如他，进步却比他快，于是就觉得组织对他不公。即便夏杰这个堂叔，当了地委副书记，也没给他个么关照。

杂七杂八的东西想多了，心里的天平就失衡了。比如对振海，他就很不服气，凭么事啊？于是逮着机会了，便酸溜溜地讲些二五点子话，也上点儿眼药。民主生活会和“四清”培训出他的挺①，别人觉得不可思议，他却仿佛出了口恶气，心理得到了些许慰藉。但是很快又后悔，跑去跟人道歉。

他这种不同常人的心理，不能归于“复杂”一类，大概用“乱”来概括，比较恰当。因为，说不上他真正想要的是么事，他做的那

---

① 出挺：方言。意思是让人出洋相。

些又是么意思。他已经迷失自我了。

此次来支援“三线”[1]，原本没他的，汪嘴公社报的带队领导是武装部长。但他听说振海来当副营长，就鬼使神差地自告奋勇，屁颠屁颠地跑去大公社找书记唐明义主动请缨。唐明义以为他刚提拔为副乡长，想图个表扬，也不好打击积极性，当即就同意换人了。

与房东女伢的暧昧，就是在失衡心态下，胆子突然大了，自然发生的。男方在部队，相互只有书信联系，然而女伢不识字，夏之阳却知书达理，便常常央他代笔。夏之阳来者不拒，帮她读来信、写回信。

情书当然不乏肉麻的话，夏之阳往往读得抑扬顿挫，听得女伢面红耳赤。久而久之，夏之阳自动代入，把自己当作了那个远在千里之外的军官，倾注进情感。同时，把读《金瓶梅》的体会也用上，犹如西门庆一般，回信的词句越来越肉麻。写完了读给女伢听，弄得她春心荡漾，不能自持，被夏之阳温水煮了青蛙。

公社只有一部电话，三个人轮流摇，各自向上级汇报。等领导们连夜研究，再摇电话过来作指示，鸡就叫头遍了。

一脸倦容的振海，瞪着满是血丝的眼睛，对同样疲惫不堪的白明说，欢送仪式就免了吧。

民兵营在炸山修路之余，也帮焦岭公社做了不少实事，为表达感激，白明是准备搞一个欢送仪式的。如今想想，也是，本来皆大欢喜的一场送行，全让夏之阳这颗老鼠屎，给搅和得稀里哗啦了。送的没了心情，走的没了脸面，还怎么“欢”得起来？就说好的，我马上通知下去，叫各大队不来人了。

白明的本意，是振海再待几天，协助处理此事。振海也是不放心，觉得应该有个结论了，再回去比较妥当。但领导们商量的意见，是这事交由地方政府全权负责。振海便按原定计划，带民工回

---

① 三线：指始于一九六四年的“三线”建设工程。

通海口公社去。

天蒙蒙亮，散居在农户和集中住工棚的民工，都来公社会合。也许是通知晚了，仍有不少大小队干部和社员群众送行，有的欢声笑语，有的拉着民工泣不成声。这一幕，看得振海跟白明也眼泪汪汪。

清点过人数，发现只少了夏之阳，振海便催民工上车。当地干部群众拥到车边，跟民工握手道别。振海也跟白明握了握手，就头也没回地爬进驾驶室，吩咐驾驶员开车。

卡车开出了老远，还有人跟着跑，更多的人不停挥手。这幅画面，让振海的眼睛再次湿润，也深深地刻进了脑海。

93

振海回到一别三个月的家里，是第二天上午了。其他人当天就回来了，因县委办叫他去汇报夏之阳这事，所以半路下车。

朱雀到通海口，一天只有三趟客车，早中晚各一趟，振海没赶上，只得去振江家里住了一个晚上，赶今天的早班车回来。

“哟！老大回来了？”望见门外的振海，幺珥打了声招呼，随后便照护三个伢儿去了。振海一边回应，一边背着行囊进堂屋。

屋里正玩耍的三个小女伢，都怯怯地望着他。这三个般长般大[①]的女伢，一个是自己的老四念兰，一个是振湖的女儿念莲，另一个是振江的长女念芳。昨天去振江家，便得知姆妈带念芳回来隔妈了。

已是九点多钟，家里人该上班出工的上班出工，援朝、念梅和忠国也上学去了。鸡们都去了禾场，餐桌下只趴着一只胖嘟嘟小花狗——忠国叫它“虎子”，探头望了他几眼，然后怯懦而识趣地起身，一摇一摆乖乖去了后面的天井。

---

① 般长（cháng）般大：方言。意思是一般大小、年纪相仿。

“过早了没有？”把念芳𡟜在手里，幺珥抬起头来问。

振海挨个摸了一遍三个女伢的头，回答：“一会儿去公社的时候，顺便买个锅盔吧！”

“你这刚刚落屋，就又要去上班啊！”幺珥的语气里，充满了惊讶与怜爱。

正环顾着熟悉而又有些陌生的堂屋，听到娘这话，振海的眉头猛地蹙起，心情顿时沉重起来，道：“嗯！有些事，要处理一下。”

刚说完，猛地听到天井里有说话声，间或还有哭泣。心下愕然，转身走去。

振海听得没错，大丫跟钱梅正分坐在两条小板凳上说话，钱梅还鼻涕一把泪一把地抹着。

纸是包不住火的，何况还是弥天大火。其他民工回来了，但夏之阳没回，所以他的丑事，刹那间就传得沸沸扬扬。振海不晓得该么样跟钱梅说，正好摇窝里的老五念竹皱了下眉头就睁开眼睛，他抱起女儿准备离开。

“姨爷！您郎是不是特厌弃我们一家？见我来了转身就走，怕沾上晦气了不成？”振海刚刚转身，钱梅甩了一把鼻涕，悲戚戚地问道。

“嗯！没有啊！我给老五把个尿。”振海一个愣怔，敷衍道。

“好！姨爷先去给念竹把尿。”钱梅幽幽地说。

念竹脸色涨得通红，在振海怀里扭动，果真有屉屉的样子。钱梅瞅她一眼，有些无奈，又似自言自语：“我相信我们家之阳，他不是那样的人，他肯定是被人诬陷的。”

“哪个也不指望他出事，对吧？”振海蹲在屋檐下，给女儿把屎把尿。

刚把了一会儿，虎子就露出喜庆的笑脸，欢快地跑来。原来，女儿不仅尿尿了，还真梗出一坨屉屉。刚满周岁的念竹内火重，大便一直困难。大丫一见心里宽慰，连忙起身找纸，嘴里怪叫道：“好，好，好！三天没屙屉屉了，原来是要留给她老子回来端的。”

这时，一只大黑狗猛地蹿进来，“吧唧”一下，张嘴就把屉屉含了，不仅把慢吞吞的虎子拱到一边，还把女儿吓得“哇”的一声大哭。振海连忙站起，抬腿就给了大黑狗一脚，正好踢在肚皮上，踢得它一个翻滚，“嗷”的一声惨叫，刚含进嘴里的屉屉吐出来，悻悻然跑了出去。落下的那坨屉屉，正好便宜了虎子。

“姨爷您郎也不要打气[①]。我们家之阳也许不争气，惹您郎在外面折了人受了气。但再么样说，也是您郎的杠子，一肩挑哩！打断骨头连着筋的。”钱梅的语气里，满是阴阳怪气。

“我这哪里是打气呢，我的姨妈？您郎难道没看见，老五被它吓哭了？”振海被她气乐了，啼笑皆非，“再说了，姨爷的事，也犯不着我拿恶狗出气呀！”

“是啊，钱梅你是多心了。德松家的那条恶狗，真的吓着我五儿了哩！”大丫拿了纸过来，一边帮念竹揩屁股，一边帮女婿的腔。

“您郎这不也骂之阳是恶狗吗？不带这么骂女婿的，干娘！”钱梅眼泪又流了下来，“唉！骂也是该骂，哪个叫他狗都不如呢？”

振海无语，转而哄还在哭的女儿：“好了，乖，不哭了！恶狗让大伯赶走了。”

也许是念竹的哭，也许是受到蹿出来的黑狗惊吓，堂屋里念芳也哭了起来。

“去！”幺珥跺了一下脚，对着黑狗一声吼，把它赶出了大门，转身抱起念芳，丢下也骇得呆立一旁的念兰和念莲，边进天井边哄道：“嗯，嗯！不哭了，不哭了。我们找李老妈要吃的去。”

大丫连忙进灶屋，帮念芳炖鸡蛋。

坐在大丫空出的板凳上，幺珥一边哄怀里还在哭泣的念芳，一边抽空问大儿子还去不去的，振海说开春了再去，因为任务还没完成。钱梅幽幽地说，您郎们回来欢欢喜喜过年，却把我家之阳丢那里了，让我们屋里冷冷撇撇[②]。还真是磨完了豆腐，就把驴杀了。

---

① 打气：方言。指对某人有气，又不好发作，便借其他的对象发泄。

② 冷冷撇撇：方言。意思是冷冷清清。

“您郎硬要说驴，我们都是驴。可我们这些驴，不都好生生地回来了？”振海更加无语。

言下之意，钱梅当然明白。正待再说么事，宇洁突然回来了。一见振海，问么样才回来呀，别人昨天就回来了。说着，在一旁的板凳上坐下，接过正扯振海胡子的女儿，撩开衣衫，就把妈妈塞进她嘴巴，说：“乖！我儿肯定是饿了。”

“有点儿事，去了趟县里，在振江那里住了一晚上。”振海哪好说是汇报夏之阳的事？只得含糊其词。回答完，又觉得蹊跷，问还没到中饭时间，你么样就回来了？

“回来的人都说，是您郎在那边处理的。”宇洁还没回答，便被钱梅语气低落地岔开了。突然回过神来，钱梅又神情有些激动地问振海，“您郎去县里，是为之阳的事吧？”

振海顿时有些纠结，不晓得该么样跟她讲。也不是现在才纠结，自从得知了夏之阳的事，他就一直在纠结，不晓得该么样面对钱梅的诘问。

正在振海纠结时，把炖鸡蛋递给亲家，大丫说：“你晓得多少，就告诉她多少吧。这也是天大的事。钱梅昨晚上就来了一趟，今天又没去上班，清早过来等信，我也劝她老半天了。”

“这大的事，我哪有资格处理呀？只不过职责所在，做了些沟通工作。”振海苦笑摇头。

钱梅问：“民兵营见他最后一面的是姨爷，那他是么样说的？”

“他没推，但说不是他主动的。”振海只得实话实说。接着把知道的简单说了一下，但没讲他被打的事。

“我就说嘛！我们家之阳是多老实的人，这么一个老实坨子，怎么会做那样的事呢？肯定是那个骚狐狸精勾引的。”钱梅像是抓住了要害，抢着说道，显出些激动，也仿佛有了自信。稍停，语气里还是透露些忐忑，问，“那他的事，应该小多了吧？”

“我觉得吧，跟个未出阁的女伢，又怀孕了，再去讲哪个主动哪个被动，没太大意思。更主要的，对方是军婚。这破坏军婚，就是犯法。犯法的事，哪个敢包庇呀！”外面的传言，宇洁也听到了。男人说得这么详细，更是不疑有他。她也是隐晦地提醒重情义的振海，切莫一时间被情义蒙了眼，明知不可为而为之。

钱梅当然听出了她的意思，幽幽地撑道：“哎哟，姨妈！我说你到底站哪边的，你不帮我劝姨爷去捞之阳，也就算了，怎么还搓起了反绳子[1]呢？”

振海当然明白女人的用意，说：“不说是我，就是夏书记，也帮不上忙。我在县里听说，那边县里也不敢做主，打电报到部队征求意见了，部队的要求是严惩。而且，支援‘三线建设’的带队领导犯作风错误，这事太过恶劣。”

尽管不耻于夏之阳所为，也为那个女伢不值，但在当地和向县里的汇报，振海仍在能力范围内低了下贱，该说的该做的，最大限度帮他说过做过了，甚至主动承担领导和不察责任。但这些话，没跟她们讲，没多大意思。

钱梅的情绪，顿时沉入谷底，只以为不肯帮忙，而不是帮不上忙。人的情绪一旦失控，就会说出啼笑皆非的话来。此刻的钱梅正是。只听她如诉如泣：“我不管！人是跟着您郎去的，就要跟着您郎回来。我只管找您郎要人……呜呜呜！您郎们当领导的，不仁道。‘四清’半年不落屋，刚回来又去支援‘三线建设’两三个月，哪个男人受得了？……肯定不止他一个犯错误，为么事单拿他当典型？点子低[2]呀？肯定是得罪了您郎们，看他不顺眼，就想着法子阴整他……他要坐了牢，我们孤儿寡母，可怎么活呀？呜呜！……”

女婿的为人有目共睹，肯定是无能为力。大丫心里明镜似的，但一直没插嘴。及至钱梅吐出这些黄浑腔板，才安慰道：“伢！我看你还是早做打算，谋划好今后的日子，才是正经。”

振海没法在家里久待，唐明义还在公社等着哩！便撇下几个女

---

① 搓反绳子：俗语。意思是帮倒忙。

② 点子低：方言。意思是运气差。

人出门。宇洁也是抽空回来给小女儿把妈的，便紧随其后。钱梅没辙，又坐着垂了一会儿泪，也回去了。

这天吃完晚饭，伢们都睡了，大丫又把女儿女婿叫到灶屋，神情肃穆地说，之阳这个事，的确是个大事。对钱梅跟夏魁，那是塌了天了。当着钱梅的面，我不好说么事，怕你们为难，也怕给你们惹麻烦。之阳干了禽兽之事，但娘俩是无辜的。所以，我想拜托你们，看在这层亲戚关系上，不要轻视他们。能帮的，就帮一把。她也太可怜了，前面做妾，被男人甩了。好不容易再嫁，舒坦日子没过上，男人又要坐牢了。而且我还担心，再把她那个疯疯癫癫的老毛病搞复发，就更惨了。

说着说着，就泪眼婆娑。

振海说您郎放心，肯定不会丢下他们娘俩不管的。夏之阳是夏之阳，钱梅是钱梅。是夏之阳犯罪，又不是钱梅犯罪。宇洁也说，是啊！一个人拉扯个伢，肯定不容易。这跟姆妈过去拉扯我，是一样的。

大丫叹口气说，比我那时候还难！我那时候拉扯你们，我是清白的，除了生活，没有别的压力。她现在不一样，家里有个犯了作风错误去坐牢的人，会像一座大山，压得她一辈子都透不过气来。

夫妻俩想想，也是，都叹了口气。宇洁问男人，她说在幼稚园天天面对街坊，脸皮没地方搁，想换个不怎么见人的事，有没有办法？大丫说，也是！她都三十好几了，在幼稚园带伢，年纪也大了些。振海说，要不也去缝纫厂？如果她愿意，我去跟老张讲。或者她想好了去哪里，我都来想办法。

他说的老张，是缝纫厂厂长。宇洁说，我明天问她一声，看她是个么意思。

钱梅过来，也是生怕人听去，所以他们的话，是躲在天井讲的。但是，总有街坊从灶屋后面的小巷子穿过，何况钱梅因烦躁而声高嗓大，所以很多人还是听见了。于是，又被人添油加醋地传了一通。

听见就听见，传就传吧。好事不出门，糗事行千里，他们也拦不住。传一阵子，兴奋劲过了，自然就消失了。

94

振海这些天比较伤脑筋的，还是夏之阳那事。钱梅天天过来哭哭啼啼，鼻涕一把泪一把，央求振海想办法。甚至说等那个女伢生了，她可以抱过来养，只要放夏之阳回来。

田家是心地善良之辈，虽然对这种兽行深恶痛绝，但看在钱梅遭罪的分儿上，也转头劝振海帮她想办法。大丫甚至觉得，钱梅拿了她耳环，也不算个事了，劝振海说，就当是让她死个心呗！

振海无奈地说，就这样放回来，肯定不可能。国法不容哩！就是打探消息，也不晓得有没有机会。钱梅马上顺竿子爬，说那就有劳姨爷费心了！

实在被逼得推墙堵壁了，正好去朱雀开会，顺嘴问县委书记顾有恒，有没有夏之阳的消息？哪知顾有恒把脸一黑，也没正面回答，反问他，是不是还想去地委找夏书记呀？当即就闹了他个大红脸，讪讪地“嘿嘿”两声，再没敢吭气。

他哪敢去打扰地委副书记啊？除非吃了熊心豹子胆。

钱梅还抱着幻想哩，夏之阳的判决就下来了，七年有期徒刑！虽然都觉得够重的，但钱梅也彻底死心，只得等七年之后，再与男人相见了。

为钱梅换工作，振海找了无数人，还是没着落。她不想做抛头露面的事，但哪件工作不是跟人打交道呢？文化又不高，坐不了办公室，可选择的余地就更小了。而因为夏之阳的牵扯，一些单位也不想要。

正为钱梅工作的事焦头烂额时，十一月初，唐明义把他叫去公社，说要新盖个礼堂兼剧院，一方面丰富群众文化生活，另一方面方便召开各种各样的大会。现在的大会越来越多，公社没个像样的地方，老在露天开，不太好。这个重大工程，由通海口镇委组织筹建，他这个镇长全权负责。

振海二话没说，就答应了。随后灵光一现，觉得钱梅可以到剧院来呀！盖剧院进的砖瓦木材，需要人保管；剧院盖起之后，不仅要人管理，打扫卫生，还要人卖票。

心里这么想，嘴上就跟唐明义提了出来。唐明义说盖剧院这大的事，肯定要成立指挥部，我是指挥长，你是镇长兼常务副指挥长，具体人员组织，那是你们镇委的事，我不管。

这等于是同意了。振海转头就去幼稚园，征求钱梅意见。

钱梅开始有些犹豫，因为不是很理想，好说不好听。不过，略微思忖，就咬咬牙同意了。

离过年不到一个月，眼看着剧院的外框已经成形，振海的心里莫名兴奋。他跟唐明义立过军令状，保证开春后的三级干部会，能在剧院开的。

这天，唐明义来察看进度，见天气虽然寒冷，但工地上热火朝天又有条不紊，甚是高兴，好好表扬了几句。随后话头一转："剧院的事呢，我看七七八八了，后面应该出不了么大乱子，就交给其他人煞尾吧！现在，给你一项新任务。"

他这个弯转得也太急了，仍在兴奋中的振海，一听有些蒙，忙说："不是……喂，书记！您郎么意思？不要我搞了？已经搞到这样子了，就让我搞完呗！我还想着搞完了，亲手锁大门哩！再说了，我可是立了军令状的。倘若后面出个么乱子，人家说责任在我，您郎再秋后算账，那我找哪个说理去啊？我可担不起这个责任。"

风太大，唐明义好不容易点燃烟，惬意地抽了一口，随风吐出浓烟，笑着说道："你是我的金刚钻，专整瓷器活儿的。剧院这个瓷器活儿忙乎得可以了，就得让你去整下一个。不然，真是高射炮打蚊子，我才舍不得。从今往后，你的任务，就是专攻急难险重的活儿。”

领导这么看得起，振海还能说么事？只得问道：“那下一个任务，是么事？”

“你也晓得，这回来我们公社搞‘四清’的，是江滩县的人。你在新沟公社当过队长，有经验，人也熟，准备派你当联络员。不过，我可警告你啊，好好配合，千万别给通海口公社丢脸。”唐明义黑着脸，把任务和要求讲得明白透彻。

“么时候到？”一听是这个政治任务，振海哪还敢讲条件？再不提剧院的事了。

“就这几天吧！他们正在集训，这几天就到了。”

“就我一个人？那肯定是忙不过来的。”

“我也不敢只派一个人哪！不然，人家还不说我有抵触情绪呀？这个小鞋我可不敢穿。我准备成立一个对接办公室，你当主任，然后再给你派几个人，明天就开展工作。”

“那么……”本来还想说点儿么事的，一想没意义了。与其给他批一通，最后还得照办，不如爽快答应。于是说，“好吧！您郎把接手的人定了，我马上办交接。”

“下午吧！下午就跟你舅爷交接，回头我跟他讲一声。”唐明义说。

“喂，书记！这不公平啊，怎么什么好事都给他占？都是我栽树浇水，最后他去摘果实？”振海一听，就跳起脚来。

唐明义口中的舅爷，就是天树，丈母娘的堂弟，如今的区委副书记，还兼了个牛皮哄哄的武装部长。在新沟公社，他要是不被提前叫回来，处理夏之阳的事，就归他出面。可是他命好，躲过去了。以至于后面一堆的麻烦事，钱梅只找振海，怨也是怨振海。

“你……你这个家伙，以下犯上了啊！”唐明义把指头甩了甩，阴恻恻地冷笑，“小心他回头找你算账。”

振海这才回过神来，这话真是讲敞了。天树是他前辈，他虽不是那个意思，但陡然听起来，的确有点儿前人栽树后人乘凉的意味。嘿嘿一笑："书记您郎晓得，我不是那个意思。"

"我不管你几个意思，反正话是从你嘴巴出来的。祸从口出。说了的话，就不要去否认。不像个男人。有意见，当面提，别背后说。"唐明义今天心情好，也不一本正经了，说话像打机关枪，"再说了。你在"三线"工地帮他揩了回屁股，他这回帮你揩一回屁股，算是还你一个人情，扯平了。"

"算了，书记啊！我的屁股自己揩，不敢劳动黄书记大驾，我也不领他郎那个人情。"振海一听，就不乐意了。他明明是摘桃子，倒变成当好人了。

"嗬，长本事了啊！"唐明义盯着振海瞅了一会儿，突然说道，"敢这么说你舅爷了。回头，我一定转告他。"

虽心中小有不爽，一想到事情这么急，跟书记斗了会儿嘴，振海还是答应下来。

之所以小有不爽，是愧对家人。他成天不落屋，却又有个粑粑心，养猪等副业都想搞一点儿。而他整出来的事，往往都一股脑儿地甩给了女人甚至年迈体弱的爹娘和丈母娘，等于是给他们派了活儿，自己只当个甩手掌柜。

负责跟"四清"工作队对接，虽不像去新沟公社和"三线"工地隔着近百里地，但代表通海口公社，甚至代表着复城县的脸面，也不会轻松。至少，不能天天回来，就只得辛苦家里人了。

突然又想起来，对接"四清"工作队，事无巨细，肯定没法行使镇长职务，但唐明义似乎忘记这码事了。他不想多占个茅舍惹人说闲话，就提醒说，我那个镇长职务，公社是不是应该免了？

"这个事，我其实也很纠结。按说，对接会很忙的，你没法一心挂两头。但对接办只是个临时机构，'四清'结束，就得撤了。倘若因为这个搞得你回头没位置了，也觉得蛮对你不起的。"唐明义犹豫着，却也实话实说。

原来他是这样为自己考虑的呀！振海心头一暖，随即说道："以后的事，以后再说呗！总不至于，影响通海口镇的工作大局呀！"

对这个士为知己者死的下属，唐明义很是欣赏的。听了这番话，更是心情大爽。说了句“如你所愿”，就一路哼着复城花鼓，回公社去了。

剧院这边，其实没么好交接的。

这是公社的工程，虽说通海口镇委负责，但也不敢交给别人，而是直接给了建筑队。朱恒大也不敢大意，一直在现场盯着，么事都清楚。何况天树是副书记，官比他大，说话的分量更足，哪里要他指手画脚？所以下午的交接，也就象征性的。天树、振海、朱恒大三个人，一边在剧院内外穿梭，一边三两下就交接完了。

“喂！”见他热情不高，在一空旷处站住，望着已经形成的剧院轮廓，天树调侃道，“你这家伙，有心事啊！是不是怪我抢了你的功劳？”

“我就一赶工佬[①]，哪敢怪领导抢功劳？何况功劳本来就不是我的。起得好，功劳自然是领导的；起得不像个样子，人们只会骂赶工佬不会干活儿。所以不管起得好不好，都没人敢骂领导，这个您郎放心。”振海苦笑一声，酸溜溜地搾了他一句。

“我估摸着，老田是放心不下家里的事。”人精朱恒大狡黠一笑，掏出烟来，递给天树一根，自己嘴上叼一根，然后都点上。

“就你他妈的是个蛔蛔虫！”被朱恒大窥破了心事，振海气恼地横了他一眼。不过，也算是间接承认了。

“人都是公家的，还敢惦记家里的事？”天树吸了一口，喷出一股烟雾，盯着振海的眼睛，一脸不解。

“哎哟，我的个舅爷耶！哪里都像您郎，不食人间烟火啊！我们就升斗小民，不惦记家里，我一家人喝西北风啊？后方不稳固，您郎让我拿么事去冲锋陷阵？”振海怪声怪气地调侃了他一句，又叫起撞天屈。

“你们好像是不能跟我比啊！我爷父子都是部队转业，本身工

① 赶工佬：方言。意思是打工的人。

资就高些。又没其他开销，伢儿也少，负担没你们重……”天树嘿嘿一笑。得意的话还没说完，突然发觉不对劲，好像被忽悠了，指了这个再指那个，语无伦次地说，“喂……不！我说你们两个……好！但是，干好工作，是我们的本分。怎么跟不放心家里，扯到一起了呢？”

“您郎没见到，从“三线”工地回来，老田每天起早贪黑呀？人都瘦成这样了，除了骨头只剩皮，以为都是操公家的心？”朱恒大显然不怀好意，说完嘿嘿地笑。

“你老小子别放屁！公家的事，老子丝毫没耽误。”振海哪里听不出他话里话外的意思？当即像被踩了尾巴的猫，踢了他一脚。

“嘿嘿！我不是那个意思，老田你误会了。起早贪黑完了公家的，不也得起早贪黑自家的？你不也说了，我们就是升斗小民，不像黄神仙，不食人间烟火呀！”朱恒大又狡黠一笑，使劲拍了拍振海踢在他裤子上的鞋印。

振海被朱恒大搞得无话可说，天树更是被戏谑得满脸通红。正要发作，细想也是，便说：“你不放心家里，是有道理的。要不，我跟唐书记说说，换个人去？反正派哪个去，还不是公社说了算？”

“算了！不给组织找麻烦，搞得您郎跟唐书记为难。再说了，哪个家里没个难处呢？上‘三线’的干部民工，哪个不是一去大半年不落屋？再退一步说，我霸在这个位置，就好像建这个剧院，要捞个么油水似的。给人说闲话，不好。”振海想都没想，就拒绝了。

“那也不是老田的性格。”这朱恒大，就像说相声那个捧哏的，关键时候总能冒出句让两人想发火，却又无语的话来。

“那你打算么办？”天树问。

“回头，我把家里的‘三线’建设压缩一下。”振海自嘲地说。

“就怕我那个博爱的大姐，不会同意的。”天树眉头紧蹙，提醒道。

“这也是我担心的。”振海也眉头皱起。

丈母娘的博爱，在街坊间是出了名的。或许骨子里就镌刻着黄家好生之德和恻隐之心的遗传因子，或许小时候跟着吃斋施粥的老妈耳濡目染，她那颗博爱之心，从未泯灭过。街坊四邻有困难，找她不找她，都会毫不犹豫伸出援手。有街坊说，假如李老妈只有一个粑粑，碰到了叫花子，也会毫不犹豫地全部给人家，不留丁点儿渣末。事实也的确如此，讨米的人到了门口，哪怕缸里只有一升米，也要抓出一把，决不让人空手离去。甚至，她都照顾对方情绪，改称“乞食者”，免得人家心里不舒服。

素不相识的人尚且如此，对亲人就更甭提了。

几个外孙，她就像抱鸡母，生怕出丁点儿差错，呕心沥血地护着，男伢女伢一般看待。当然，对老大援朝，更是格外疼爱，就是再困难，也坚持给他煨半罐子干饭。她从不嫌外孙多，口头禅是有人就有世界。她常跟振海和宇洁说，你们愿意生，我就愿意带；你们生多少，我就带多少。真正的韩信点兵多多益善。宇洁直接无语，嘟哝道我又不是母猪。

凭了这份执念，都不看好的老四，她依然一把屎一把尿细致照护，一勺米汤一勺糊涂悉心喂养，甚至整宵不眠地陪伴，硬是把她从夭折的边缘、从鬼门关前拉了回来。

她身体不好，头疼病时常发作，但为了这份博爱，却苦行僧式既勤快撩将，又节俭持家，也懂得合理安排，把一家人的清贫生活，打理得井井有条。

压缩“三线”，振海想到的办法，是先把四头糙子猪处理掉。

那是他去新沟公社搞“四清”，丈母娘亲手捉回来，由丁点儿大的小猪娃，喂到今天的。如果自己在家，总能抽空去菜园队，买菜帮子，捡烂红苕烂萝卜。而光喂烂菜叶烂萝卜也是不行的，没营养，还得拌米糠或者麸皮。但不论是么事，都得挑回来。

宇洁厂里一堆活儿，根本顾不了家；娘要照护几个孙子孙女，哪里都去不了；爹挨打之后干不得重活，只能去队里守菜园；伢们都小，还没劳动能力。就是说，养猪的重担，最后还是得丢给丈母娘一个人。但她也是五十几的人了。

钱少点儿就少点儿，生活苦点就苦点儿，总不至于为了那点儿钱，把老人们累趴下了。

但是没想到，不仅食品所上门收猪的人，被丈母娘好言劝了回去，晚上回家，还被她气咻咻地点着额头，少有地骂了一句败家子！说你要下乡就下乡，家里的事不要你操心。

等于说，他的苦心孤诣，不仅打了水漂，甚至都没落下一个好。振海讪讪地说，就是太辛苦您郎了。大丫不客气地说，辛苦不辛苦，是我的事。我乐意辛苦。你说你上半年去新沟，然后又去“三线”工地，一走半年不回，家里的事你操过丁点儿心吗？我们还不是过得好好的？没饿死谁冻死谁吧？

振海何尝不知，离过年也就个把月，那时再出栏，不仅猪肥了重了，而且价钱也好些，但老人们的辛苦，却不是按钱算的。大丫又何尝不懂他的心思？平和了语气解释道，菜市场就在斜对面，有大量烂菜叶烂萝卜捡。我一回不多弄，多弄几回，喂这几头猪，还是能行的。你就放心吧！

振海没辙，只得同意先留几天，说如果实在不行，他回来了一定处理。大丫说，等你回来再说！

裁减“三线”工程的头炮就打哑了，振海头大如斗，却再不敢有丝毫动作，怕招致更猛烈的反击。反击倒在其次，关键是问题依旧没解决，徒惹老人生气。真把老人气病了，麻烦就更大了。于是，带着深深的不安走马上任。

95

“对接办”刚成立，江滩县打前站的同志就如期而至了。带队的不是别人，竟是新沟公社书记王华新，算是老朋友。

仔细推敲过细节，王华新说我去黄湾大队吧。我看那个大队人最多，生产队也比其他大队多。振海当然不会反对。何况总得去一个大队，那么去哪个大队，都是一样的。王华新是队长，他去黄家大队，振海也别无选择地跟着去了。

黄家大队原名黄家大湾，宇洁的家家屋[1]就在黄家大湾。

劳力都上牛尾巴支河清淤去了，所以王华新等人也直奔牛尾巴支河工地。

上水利任务，碰到有住房条件的，就两人合铺睡，一人带垫絮，一人带盖絮。没住房条件的，几人甚至十几人铺上谷草打通铺。

振海带了床盖絮，干事周崇武带了床垫絮，两人准备搭伙睡。寻到黄湾大队的工地，把王华新介绍给书记黄天达，他就挽起裤脚，挑起篼箕，一脚踩进寒冷刺骨的污泥里，同社员们一起干起来。

振海下乡去了，家里并未引起太大波澜，因为他在家的时间真的不多。两个儿子甚至觉得，他们又解放了。爹给他们的感受，实在太威严。爹疑似重女轻男，对三个女儿笑脸相待，但转头面向他们，就换了一张板起的面孔，动不动训斥，弄得兄弟俩诚惶诚恐。

但大丫的压力，的确是陡然增加了不少。

马上要过年了，宇洁赶厂里的活儿，加班成了常态。给一屋老小赶制过年的新衣新鞋便得熬夜，熬到鸡叫头遍才躺下眯几个时辰，也成了常态。这样，其他的家务，加上日常运转的筹划和过年的准备，以及五个伢的照护，四头猪和十几只鸡喂养的任务，就大多落在了大丫肩上。

当然，幺珥带着念芳回来隔奶，也不能只盯念芳一个，也帮着做一些。但是，只能大帮小贴，打个下手。她没大丫撩将，也没大丫那个眼力见儿，不晓得主动找事做，门门[2]要大丫吩咐。而几个伢，也不怎么黏她，只黏大丫。

隔奶的伢，生活不能太差，每天一个炖鸡蛋，是必不可少的。

---

① 家家（ga ga）：方言。指外婆。家家屋：外婆的家。

② 门门：方言。意思是样样。

其他食物没么营养，鱼肉又不能天天买——没钱，可能就鸡蛋还有点儿。这是大丫的认知。

念芳是投奔大伯小伯来的，不敢亏待了。幺珥也似乎更看重老三家的伢，生怕她受虐待。所以，即便不给自己外孙念兰、念竹和振湖的女儿念莲吃，也得保证来隔妈的念芳。尽管念竹更小，才一岁半。

家里养了十几只鸡，但到冬天，都基本不生蛋了。四个小女伢每天的鸡蛋供应，就成了大问题。

装鸡蛋的篮子空空如也，幺珥一早便两只眼睛不离鸡窝。大丫看在心里，知道她么意思，叹了口气，叫她照看四个孙女，提着篮子出门。

终于，一只羽毛凌乱翅膀耷拉的黄花鸡母，在堂屋转了几圈，又去天井，见实在无食可觅，再回堂屋，“咯咯咯”地叫唤几声，突然翅膀一振，竟跳上屋角鸡笼上的鸡窝。然后东瞅瞅西瞧瞧，还用尖嘴在窝中的草丛里扒了扒，就毅然决然地一屁股蹲下去。

幺珥的眼睛，一直跟着鸡母转。此刻心头狂喜，额头的皱纹明显舒展，脸上也有了喜色。

但是很快，鸡母倏地起身，翅膀一展又飞了下来。这让紧紧盯着的幺珥大失所望，脸色霎时黯淡。看来，念芳今天是没炖蛋吃了。但幺珥不死心，见四个小女伢玩得挺带劲，便去了隔壁振湖家里。

轻车熟路进拖院，提起装鸡蛋的篮子，发现还有五个蛋。她先是抓起四个，心说四个孙女，一人一个，反正也有念莲的分儿，谅慧娟不会说么事。只不过等她回来，要打声招呼。心里这么想着，就转身出门。还没到老大家门口，心里还是发虚，右眼皮突突乱跳，迟疑了一下，虽然不甘，还是无奈反身，把鸡蛋又放回了篮子里。

忽然，隔壁响起了女伢的哭声，她三步并作两步赶紧过去。未进门就看见李德松家的大黑狗，正在欺负忠国的虎子。见主人回来，黑狗猛地一蹿，逃跑了。好不容易把吓坏了的孙女们哄得不哭了，念芳却可怜兮兮说："老妈！我饿了。"

幺珥的心，霎时就像锥子扎了一下。总不能老喂糊涂吧，茹萍说过，那东西没营养的。这么一想，把心一横，暗说就犯一回法了。抱起念芳再去老二家，连声哄道："好，好！我儿乖，不哭。老妈给我儿炖鸡蛋。"

她终究没敢拿四个，只拿了一个。把蛋磕在碗里，用筷子拌匀，又放了很多水，然后盖在锅里，生火炖了起来。蛋少水多，炖鸡蛋不成形，终归有那么个意思。

当然，她也没只喂念芳，四个孙女都喝了一点儿。

大丫是在四个女伢吃完，才姗姗回来的。进门就说："我的四个儿呀，肯定饿死了吧。忍耐一下，老妈这就做中饭。"

也不知幺珥么样想的，反正是没说去老二家拿鸡蛋的事，也没讲给四个孙女喂过了。

"各位听好啦！哪个有娘养没娘教的混账东西，敢到老娘家里偷鸡蛋。老娘篮子里明明有五个的，被哪个狗日的偷了一个……你要不给老娘还回来，老娘天天骂，骂得你全家不得安逸……是男的，吃了烂鸡巴；是女的，吃了生伢不长屁眼……"

一家人正吃中饭，禾场上突然响起慧娟扯着嗓子的叫骂。一边抑扬顿挫地骂，一边配合着有节奏地跳脚，犹如唱歌打拍子。顿时把街坊邻居骂出了屋，端着碗一边吃，一边聚到禾场上围观。

听到慧娟的叫骂，幺珥的一张老脸，瞬间垮了下来，筷子都掉地上了。原本想着慧娟回来了讲一声的，这一忙，竟然忘记了。而慧娟也没过来看念莲，就直接骂开了。

如今慧娟已经开骂，她又不敢去承认了。

老头被打躺床上那段时间，慧娟的脾气好了一阵，但现在不仅跟振湖吵，还吵了半条巷子。都是鸡毛蒜皮的小事，甚至无缘无故，也不晓得她么样那么容易上火。就连俩老，也被她戗了好几回，都戗出心理阴影了。

如演独角戏，骂了好一阵，都没人接茬。

住斜对面的王得志不知哪根神经搭错了，突然不长眼地质疑道：“我说二姐，您郎会不会是记错了？您郎说篮子里也就五个鸡蛋，强偷会这么憨，只偷一个，而不全部倒光？会不会就只有四个呀？”

“放屁！老娘上班前数过的，就是五个，不会错。”

“你嘴巴放干净点儿！你说哪个放屁？你是哪个的老娘？”本来是一番好意提醒她，就为一个鸡蛋，淘坏了身子不划算的。没想到她开口就骂，王得志脸上便下不来。

“哪个胡说八道，哪个就是放屁！”慧娟来得也快，随后一双眼睛盯着王得志的脸，“咦！莫不是你偷的？”

“莫血口喷人哪，小心我告你！就是偷，也不会只偷五个鸡蛋哪！”王得志一急，话赶话地好像自己是江洋大盗，惹得街坊哄然大笑，有的喷出还没咽下的青菜萝卜饭来。

“听你这意思，偷过不少东西哟？还真不是小偷，是大偷，是惯偷啊！”他那话，果然被犀利的慧娟抓住，句句见血。然后不等他回答，话锋一转又扯了回来，“说不定，就是你偷的。然后就像你说的，不全偷，只偷一个，老娘就不怀疑了……你真是够狡猾的啊，王得志！但是老娘告诉你，老娘是个过细的人，早晨真是数过了才去上班的。”

“进屋去！真是生得贱，伸着脑壳接砖头。”见男人被骂得狗血喷头，王得志媳妇汤小菊气不打一处来，扯了男人一把。又赔着笑脸，小心地对慧娟说，“二姐，对不起啊！他就是嘴贱，惹您郎生气了。真不是我们拿的。”

她一口一个老娘，且咄咄逼人，加上自己慌忙之下说了句错话给了她把柄，惹得更是火上浇油，说出更多不好听的话来，王得志便相当狼狈。然而又觉得好男不跟女斗，何况跟振湖也是朋友，正好借着女人这话顺坡下驴：“好，好，好！你厉害。你爱么样说就么样说，想骂哪个就骂哪个，淘坏了身子去吃药。就像你说的，吃了烂鸡巴。”退出人群，回家关上门。

王得志回屋，其他人也怕沾火星，不敢再围观了。

幺珥脸色红一阵白一阵，想去跟她说清楚，免得冤枉好人，也免得她跟街坊邻里把关系搞僵了。但她在气头上，又不敢了，只是呆呆地坐着，好像魂魄出窍。

起先宇洁想去劝，再想想又放弃了。毕竟她那脾气来了，六亲不认的。田道清更不会去管了，任她继续叫骂。

幺珥的表情和表现，大丫看在眼里，心里便明白了七八分，但当着亲家公、女儿和一屋孙辈的面，没好戳穿，也没起身去劝。

骂得声嘶力竭了，慧娟终于偃旗息鼓。气呼呼进屋，热了点儿剩饭，跟念喜两人吃过，赶紧去上班。

等该上班的上班，该上学的上学去了，四个女伢也睡了，大丫拿出一个鸡蛋给幺珥，说："吴老妈！我上午去废品收购站，卖了几个乌龟壳和一些破烂，到食品所买了十几个鸡蛋两只乌龟。您郎放二爷篮子里去，免得小二爷不舒坦。"

田道清守菜，一个意外收获便是，隔三岔五捡只乌龟或者甲鱼回来。通海口的人不怎么吃乌龟，觉得那东西怪怪的，但食品所却收购，因为城里的人吃。于是农民们也捡，反正田里沟里河里湖里甚至茅舍里，到处都是，然后提到食品所换钱买油盐。田家却是吃了乌龟再卖壳。一只乌龟壳，比乌龟还值钱。就是说，从食品所买来乌龟，不仅有肉吃，转手卖壳给废品收购站，还能赚钱。

坐立不安的幺珥，脸又臊得通红，嘴巴嗫嗫嚅嚅，也不晓得想说么事。大丫轻声细语地劝道："去吧，没事的。"

幺珥还是么事都没说，对大丫投去感激一瞥，然后把鸡蛋放进了老二家的篮子里。

晚上下班，慧娟依然黑着脸。不一会儿过来接念莲，却兴冲冲地对大丫跟幺珥说："您郎们看怪不怪呀！"

两人晓得她所指何事，幺珥的脸又红了，不自然地瞥向大丫，没接话。大丫随口问道：“么事怪不怪的，小二爷？”

“您郎们看哪，我中午骂了一餐，鸡蛋就骂回来了。我刚刚数了数，又是五个了。”

“兴许对面王幺叔说得没错，是你中午一着急，数错了呢？又兴许，人家只是借个鸡蛋救急，但你不在家，便没法跟你说。但你一回来就骂，人家也不好再跟你开口解释呢？”

“哎呀，李老妈！您郎这一说，还真有可能。他要是偷，明明篮子里有五个，他会只偷一个，而不全部倒走？”慧娟恍然大悟，随即又懊恼地一跺脚，“我这火暴脾气，怎么还是改不了呢？”

“没事，小二爷！你要想改，慢慢来，总会改掉的。其实吧，脾气火暴，说明你耿直，没心膈，这不是大毛病，就是心急了些，容易得罪人。按说也是，任谁的东西被别人拿了，都会生气的。”

“老妈说得是。下回碰到这样的事，真得先问清楚。不然，把自个的名声搞坏了，也把街坊得罪了。”慧娟说得诚心诚意。

大丫就是这样，总能设身处地地替对方着想，并恰到好处地处理团圆各种关系，化解街坊邻里的矛盾。比如，有街坊开玩笑，说老四原本不是那个病恹恹的身子，是被吴老妈带成那样的。更有人接口说，好在李老妈接手了，要是还由吴老妈带，肯定就带死了。

尽管是玩笑，幺珥也是尴尬甚至恼怒不已。也确实被大丫抓过现行，甚至搬到这边吃住，也是因为幺珥对念兰不怎么上心。但这样的玩笑，大丫能附和吗？那不闹得鸡飞狗跳才怪！所以，她总是坚定地站在幺珥一边，帮她圆场子，再劝那些人别开这样的玩笑了。“有牙齿印的。”她说。

听着二媳妇跟大丫心平气和的对话，幺珥一直没插嘴，心里却终于松了一口气。

96

王华新打过照面，就提前走了，但把振海和工作队员留在了牛尾巴河支流。却也只清了几天淤，就跟社员们一起回黄家大队。因为下雪了。

工作组队员的住户早就号[①]好了，房东都在大队部候着。所以，那些人刚进大队部，就被房东领走了。等人走光了，没人来领自己，振海一屁股坐在坑坑洼洼的板凳上，问大队书记黄天达："我跟崇武住哪里？"

"嗯！一路我都在想这个事。住大队部吧，不是不可以，但吃饭是个问题。江滩的人在大队部集体开伙[②]，你肯定不想混在一起。不自在呀！再说了，人家当你是通海口的奸细，老得防贼一样防着你，有个么话都不好讲。吃派饭[③]吧，也比较麻烦。哪天忘记派了，你们就得饿肚子，我这个舅爷就对不住你。吃流水[④]呢，因为不是天天在一家，肯定有人忘记放你们的米，或者你们忘记轮到哪家了，都不好。"天达把旱烟抽得吧嗒吧嗒响，为难地挠着蓬乱的头。

"喂！我说，舅爷您郎么意思？不会是没放我们的米[⑤]，要我们自己找吃的住的地方吧？"

黄家大队多数姓黄，一个祖宗发下来的，一本族谱一间祠堂，所以都算是大丫的娘家人。天达跟大丫同辈——不晓得出没出五服，也算是宇洁的舅爷。

---

① 号：方言。此处的意思是编、安排。"早就号好了"，意思是早就编好了、早就安排好了。

② 开伙：方言。意思是生火做饭。集体开伙，就是一起生火做饭。

③ 吃派饭：俗语。意思是安排去哪户吃，就去那户社员家里吃。

④ 吃流水：俗语。意思是按社员居住顺序，轮流着去吃饭。

⑤ 没放我们的米：俗语。此处的意思是没安排我们的住处。

“不管你们？怎么会呢？”天达吧嗒一口旱烟，头摇得像货郎鼓，瞅一眼振海，“于私，你是我外甥女婿；于公，你跟周干事是公社的领导，我是黄家大队的书记。于私于公，我都得管。就是不管工作组，也不能不管你们。这个你们放心。只是，我计较着怎么管，更好些罢了。”

“您郎这不对呀！按说早该号好的。哪有请的客都坐到桌子上了，才想起要买菜的？敢情是把公社的干部没当领导啊！告诉您郎啊，我们不是来讨米要饭的。”振海感觉被他摆了一道，当即就言语不善了。

“哎哟！你这脑壳，成天想些么事呢？不是你想的这回事！正因为你们重要，我才挠头嘛！”天达笑着捶了他一拳。

“哎！老赵他们来，是么样安排的？”振海忽然记起，黄家大队原来是棉花采购站的点，赵泽洪和振湖都来住过一段时间。

“都试过，但都出过差错。”天达为难地说。

“跟江滩的人一起开伙，肯定是不行。搞得我们真像探子，会影响通海口形象。后面两种方法，的确有些麻烦。要不，安排个固定住户？住哪家就在哪家吃，反正要交米交伙食的。”振海不想他太为难，毕竟自己是来工作的。

“高！要的就是你这句话。”天达一拍大腿，把铜烟杆在板凳脚上使劲地磕了磕，瞅一眼烟窝，见烟灰磕得干干净净了，然后竖起大拇指。

振海顿时无语，感觉又被他摆了一道，钻进了他的笼子。

天达大腿一拍，爽快地说：“就去你舅爷家，么样？”

“啊？！”振海嘴巴大张，能放得进去一个鹅蛋。虽然他也是个舅爷，但他嘴里冒出的舅爷，当然是天宝。

“啊什么啊？我也是想了好长时间，才想出这么个辙的。你想啊！住他家里，他就是天天大鱼大肉款待，旁人也不会指责你，我也不会眼红你，甚至组织上都不会处分你。毕竟，你们是铁得不能再铁的甥舅关系……至于我这样的水货舅爷嘛，呵呵！太多了，数都数不过来，不算数的……当然啦，前提是他得有这个条件。”天达白了振海一眼，说了一通废话，随后狡黠地嘿嘿笑了几声，“但是，他就是餐餐给你腌菜辣酱拌青菜煮稀饭，甚至饿你肚皮，谅你也不敢说他半个‘不’字。外甥不认舅的事，不相信你做得出来。”

“您郎……好！难怪都叫您郎黄鼠狼。够狡猾，跟黄鼠狼一样狡猾，下塔都塔不住的那种。”振海直接无语，然后竖直大拇指，“就依您郎的！”

天达呵呵大笑，满脸得意。随即又心疼地说：“你也是浑气！忘了自己是粗腿子了？冰天雪地的，还卷起裤腿下水，把毛病搞发了，腿子又粗得像水桶，不也得敷啊？到别人家里，哪个有耐心侍候你？去你舅爷家里，你那舅娘，还不把你当亲儿子，照护得服服帖帖？”

振海差点儿泪奔，瞬间感动得无以复加。的确，前几年染上粗腿子病，就医不好了，时不时地发。这回在牛尾巴支河清淤，又搞发了，不仅疼痛难忍，而且粗得棉裤都穿不上。于是说道：“到底是书记，想得就是细。多谢了啊！”

“以为是为你呀？自作多情！我是心疼我那遭孽的外甥姑娘。病了往床上一躺，你是没事了。但我那外甥姑娘，还不得扒心扒肝地照护？”天达嘴巴一瘪，不屑地说。

振海顿时又啼笑皆非，但不想跟他打嘴皮官司了，便道：“么样，黄鼠狼舅爷？看这架势，是路都不准备带，要我们没脸没皮自个儿寻去的？跟您郎说啊，好歹是公社来的干部。这个便宜船，划不过去的。您郎敢把我们不当回事，回头我叫江滩的人好好地划拉划拉，把您郎拉的屎都划拉个底朝天。反正，我是‘四清’工作队的联络员，我的话他们肯定信。做糖不甜做醋酸。我就不信，您郎那屁股，干净得一粒屎都不剩，您郎那屎里面，就没点儿别的东西。”

该严肃则严肃，该开玩笑照开，寓严肃于玩笑间。这也是一些人怕振海的原因。所以于笑眯眯调侃间，对天达进行了赤裸裸的威胁，他还没法还击。

“岂敢岂敢！走吧，现在就带你们过去。”把烟杆插进腰间系的布带子，天达双手拱了拱，起身出门。

“把你们安置了，我也好放心回家，免得你老是烦我。这一出门大半个月，你舅娘也该想我了哩。”振海跟周崇武刚刚起身，天达口无遮拦地又迸了一句。

这种玩笑，哪是甥舅间开的？振海擂了他一拳：“我说，能不能正经一回呀？小心我在舅娘那里参您郎一本。”

天达嘿嘿地笑，没作答。这种玩笑，他早就习以为常了。农村的人，或许也就这点儿乐子了。否则，还不憋死啊！

周崇武插不上嘴，也不想插嘴。反正田主任么样说，他就么样做，乐得清闲。所以就挑着装了行李的箢箕，铁锹挂在扁担上，默默无言地跟在二人身后。

黄家老屋是个四合院，中间正正方方的大院子，可以摆十几桌酒席。院子四周，有二三十间带连廊的屋。早先上九级青石台阶才到得了正门，发再大的水，都淹不进来。就是五四年的那场大水，也只淹到了五级台阶，离屋台还有差不多一米的高度。正门高大的门楼前，有两只威武的石狮坐镇。那真叫一个恢宏气派，方圆几十里的乡下，没几个院子能与之媲美。就是镇上的“李宅”，也相形见绌。

这里是丈母娘的根，她的爱她的恨甚至她的仇，都在这里。所以，振海算是熟的，也是他愿意住这儿的一个因素。

遗憾的是，早先的恢宏气派，振海并没见过，是听丈母娘和天宝舅爷几个人讲的。

这幢曾被黄有龙强占的宅院，土改时分给了近二十户贫雇农，都改成了单门独户。经过解放后近二十年的分蘖发枝，住不下的搬走了，也有老人还住这里，伢们另觅他处起屋的。就是还挤在这里没搬的，也有在院里起屋，或者搭芦苇棚茅草棚的。搬走的，当然会把屋拆了，包括砖瓦、柱子、檀条、横梁、鼓皮、窗格……甚至屋基和半头砖，全用到新屋上去。实在没用的碎砖破瓦，包括门外的青石板台阶，也被生产队敲碎，用板车拖去铺路了。那对石狮子，则改成了两只石磙。

振海每年都给舅爷拜年，平素也来吃酒席。但他看到的，只有一些杂乱破败的房屋，犹如一个发掘出来的古迹，想象不出当年的样子。

“天宝哥，天宝哥！”刚进院子，尚未到天宝的屋前，天达踢了脚凑上来讨好的黄狗，在雪地里一边走，一边高叫。

雪还在下，天气实在寒冷。院子里的几十扇门，全都关着。天达又喊了几嗓子，终于喊开一扇门，探出一顶狗钻洞帽子，没好气地回应：“大冷的天，黄天达，你号丧啊！”

“就是号丧吵，号你的丧吵！么样，你没死啊？你活成老妖精了哦！你这是要祸害活千年的吧？”天达也不恼，一边继续走，一边笑呵呵地跟堂兄开玩笑。

天宝没他说的那么老，不到五十岁，大他十来岁。但这家伙就是口无遮拦，虽然当着书记，按理应该正经些的，却成天胡说八道。老实得三个石磙压不出屁来的天宝，哪是他的对手？顿时气结，不理他的茬，转头看他旁边的人。

发觉他注意到振海跟周崇武了，天达又说：“给你领了个娇客，也是交给你个艰巨任务。这是你外甥女婿，更是公社领导，下来搞‘四清’的，以后就住你家。你得侍候好了，管吃管住。你要敢胡搞，全大队的社员都饶不了你。”

在通海口，新女婿叫娇客。振海三十几了，伢都有五个，还娇个屁的客呀？他这明显又是打趣振海的。但振海没时间跟他计较了，跨一步上前，亲亲热热喊了声舅爷！

“哦！真是振海呀？快进屋，进屋！”说着，把三人让进了屋。

把怀里的婴儿放进家椅子，扯了扯有些皱巴的补丁衣裳，方引娣亲热地说：“快坐，快坐！我去沏茶，驱驱寒气。”

不一会儿，天宝的两个儿子方花子[1]、黄牛娃闻讯过来，顿时

---

[1] 方花子：黄天宝是上门女婿，改姓方了。所以第一个儿子姓方，第二个儿子才姓他本性。

把小屋挤了个满满当当。虽然在牛尾巴支河工地跟振海天天照面，但毕竟亲戚上门，小时候又在姑妈家里打高滚[①]，姑妈和表姐对他们无微不至，所以也表现出了极大热情。

天宝俩老没跟儿子们住一起，人多屋小住不下。他们住院子后面东头第二间，一进三拖。前面是堂屋，中间有个拖院，后面加盖了一间灶屋。床就摆在拖院里。听说外甥女婿两人长住，俩老心里高兴，但方引娣随即又皱起了眉头，因为没办法再摆一张床了。

她的表情，被很多人捕捉到了。两个儿子当即说爹和姆妈去他们家，把拖院让给振海两个人。振海说要赶舅爷舅妈走，同时给两个表弟添麻烦，他们就不住这里了。他说来的路上就想好了，在堂屋搭个铺就成。天达自告奋勇，说搭铺的事他负责，吩咐黄牛娃去喊几个人来。

于是，和泥的和泥，搬砖的搬砖，砍树枝的砍树枝，不到一个时辰，一张简易的床，就在靠东边鼓皮的角落搭成了。往床上铺了两捆谷草，再把棉絮扔上去，振海笑着对方引娣说："舅老妈！以后，我们就天天吃您郎做的饭了。"

今年的头场雪，下得比较早，下在了冬月末，往年都是腊月后期才下的。加上田里的活儿也忙得差不多了，这倒是给"四清"工作提供了便利。

作为联络员，别人不让——振海也不想——掺和具体的事，但是琐碎的杂事不少，每天不是坐在大队部摇电话，就是以黄家大队为原点，在镇上及各小公社和各大队跑。虽然唐明义特批了两辆脚踏车，但下雪的天气，其实派不上用场。所以，他跟周崇武不是一般的累。何况他的粗腿子病，还未痊愈，每晚还得热敷。

除了应付工作队，他们还偷工摸夫走东家串西家唠嗑，了解情况，把自己搞得像陀螺不停旋转。很快，他就察觉出，社员越冬的粮食可能有问题。

---

① 打高滚：俗语。意思是经常去。

口粮是定量的，画有严格的红线，他也不好出个违反政策的主意。但是，么话都不说，既不是他性格，良心上也过不去，更不符合现在的身份。毕竟解放十七年[①]了，总不能还让群众闹饥荒。说不过去的。

“黄书记！我看一些社员家里，麻袋是瘪的，箩筐是空的，米缸好像也吃不到过年了。按说，你们是九百九的大亩[②]，还有通州河滩垦荒的那片没算在内，怎么感觉比人家六百六小亩的大队还困难呢？”

离过年还有小半个月，江滩县搞“四清”的人回去了，振海没急着走，处理些遗留事宜。这天开会，直截了当问天达。

“田主任，你可别睁眼说瞎话啊！我们也是小亩的。”天达脸色都变了，矢口否认。

“是吗？既然黄书记这么说，那开春了我找人重新丈量一下，给黄家大队正个名。免得外面的人老不服气，说黄家大队是大亩，嚷嚷不公平。”振海淡淡一笑。

他说得风轻云淡，听得大小队十几个干部却如六月飘雪冬月响惊雷，沧桑的脸上写满惊诧。天达嘿嘿干笑两声，讪讪地说：“你这人也真是！甭管大亩小亩，那都是公社备了案的。较那个真搞么事？”

“黄书记，你要搞清楚耶！不是我要较真，是‘四清’工作组要较真的哟！”振海也没真想管他大亩小亩，只是为社员过冬度春着急。

振海如是说，大伙又放下心来，脸色缓和了不少。“四清”工

---

① 解放十七年：通海口镇是一九四八年解放的。到一九六五年，是十七年。

② 大亩、小亩：标准的一亩，大约六百六十六平方米，也叫“小亩”。有些地方土地比较宽阔，往往加大田亩所占面积，比如此处的九百九（平方米）。当然，还有七百、八百的，不等。超过六百六十六平方米的，都叫“大亩”。主要是应对上面的公粮政策。公粮政策是按亩，而不是平方米算的。虽然面积相同，但按“大亩”计算的田地，所交公粮显然要少。

作组，是查干部作风问题的，又不查户口查土地，人家管你大亩小亩啊？当初鼓励垦荒，政府规定垦荒的田不计入缴纳公粮的土地基数，所以也不怕他拿这个说事。

“田主任！你也得为我外甥姑娘和外孙们着想哦！把黄家大队整狠了，社员得罪光了，看这个家家屋里，她们哪好意思再来？”大队长黄天发笑嘻嘻地当润滑剂，适时调节气氛。

振海没再纠缠田亩的事，而是忧心忡忡地说：“现在到过年，没几天了，田里的活儿基本干完，水利也暂时不上了。我想啊，别都闲在屋里向火。该挖藕的挖藕，该捕鱼摸虾捡螺蛳憨子的捕鱼摸虾捡螺蛳憨子。总之为度荒做准备，别到时候手足无措。”

大小队干部们唯唯诺诺，都夸他考虑周到。

“田主任！春荒的确有可能。但你这办法，冬天不可用。鱼虾都躲进泥巴里了，哪里抓得着？再说天也冷，把社员搞病了，还得花钱看。得不偿失的。我倒是有个主意，就怕你不同意。”起初抬了会儿杠，天达却故意卖了个关子，不说了。

“什么主意？私分吗？您郎要不怕处分，就搞。反正，我么事都没听到，也肯定不帮您郎担责任。”振海直接戳穿了他，不入他的套。天天跟基层干部滚在一起，还能看不透他们心里的那些花花肠子啊？他们一抬屁股，他就晓得他们要拉么样的屎！

“你看你！要我们想办法的是你，不肯担责任的也是你。唉！”天达叹了口气，“听天由命吧。算了，这个事，不研究了。”

吃过夜饭，天色还早，振海跟天宝几个人唠嗑。桌下有口破锅，放了些柴火烧着取暖。天宝又主动问他么时候回去，说工作组都走了。这个话，这几天他好像问过几遍了。振海觉得奇怪，问您郎老问我么时候回去，是个么意思？是不是我住这里，吵得您郎和舅娘不安逸？

“哪有？哪有舅爷不亲外甥的？我巴不得你天天陪着。那不……那不，那不是我姐跟宇洁她们太操劳了吗？你说，田里没活干，水利也不上，工作组都走了，你还有么事啊？更主要的是，就要过年了，家里总得备年货吧？”天宝是个实诚人，不太会编瞎话，被外甥当面戳穿，感到一张老脸没处放，连忙辩解。

天宝的解释，振海当然是不信的。联想到白天开会，干部们只跟他打哈哈，甚至拿话试探，又见一些社员本来眉飞色舞的，然而见他过来便一哄而散，仿佛生怕他听到么事，心下警觉。就仿佛大家正在酝酿大事，又不想让他知道似的。于是想着套舅爷的话。但是，天宝这次却口风紧得很，始终没透露丁点儿有用的信息。

“舅爷！缸里没几升米了，这几天么样过呀？要不，我跟周干事明天回去，先背些口粮过来？”振海继续试探。

“哦！米呀？……好啊！”天宝起初没反应过来，随后面露喜色，赶紧答应。稍微想了想，又说，“先回去看看伢们，办些年货，也是好的。至于米嘛，车到山前必有路，不急的。下回来，再背来就可以了，没必要单独跑一趟的。”

干部下乡住队，都是自己背米去的。振海跟周崇武也是。

听到这里，振海基本断定，黄家大队是要私分粮食了。他的内心，陡然矛盾起来。对于私分粮食，公社处分过，还挺严厉的。但是，按照正常情况，黄家大队闹饥荒，那是铁定的，甚至挨不到春天，年前就要开始了。

倘若黄家大队私分，他么办？阻止还是不阻止？报告还是不报告？振海陷入彷徨。经过一夜深思，他第一回做了个违背职业操守的痛苦抉择。这样的抉择，他这辈子只做过这一回，唯一的一回。那就是，睁一只眼，闭一只眼。

97

第二天一早，叫上周崇武，两人毅然决然回镇里。

至于黄天达敢不敢私分，就看他的胆子够不够大了。振海在心里说，只要你们胆子够大，受处分算我一个，甚至争取比你们更重。

周崇武的心，早就不在黄家大队了。要过年了，哪个家不是一堆的事？但又不敢开口。没想到振海突然说走，心里的那份兴奋与喜悦，就甭提了，三两下卷了脏床单脏衣服，夹在脚踏车后架上，屁颠屁颠地上路。以至于一路上，还掩饰不住兴奋与喜悦，推着脚踏车——地面冻凌[1]了没法骑，无话找话地哇啦哇啦。突然，他面色一凝，神神秘秘地说："田主任！有个事，我觉得怪怪的。"

在这荒无人烟的寡路[2]上，除了寒冷的北风呼呼地刮着，稀疏的歪脖子树嘎吱嘎吱地摇着，树尖上的枯枝鸟窝里几只黑老鸹偶尔低沉地叫着，再无其他了。

置身这样的场景，愣是胆大如振海，听了他这话也不禁浑身起鸡皮疙瘩，下意识地回望一眼身后，这才问道："么怪事？"

周崇武接着说，也不晓得是不是做梦。反正是晚上困觉，老觉得鼓皮外面有响动，起床细听，又么事都没有。好几回都这样，搞得毛骨悚然。振海拿一双看外星人的眼神，盯着他看了好一会儿才说，我么样跟你感觉一样的呢？难不成，我们会做同样的梦？不行！回头得看看，到底是人是鬼。

站在村口，看着萧条的乡村土路上，外甥女婿推着脚踏车，溜溜滑滑渐行渐远的落寂背影，天宝的眼神里满是无奈、愧疚和自责。

他不是个爱说谎的人，这辈子基本没说过谎。这回却说了，还是对自己的亲外甥女婿。但是，他也实在没办法。就像天达说的，他这谎，是为黄家大队两三千号人的生存说的，是承载着重要使命才说的。直到望不见两人的影子了，他才叹口气，自言自语："别怪我，振海！我也是为你好。"

振海的预感是对的，天达的确是要私分粮食。但是，"四清"工作组看得太紧了，就像饿狼一样一眨不眨地盯着，让他们做么事

---

① 冻凌：方言。意思是结冰。

② 寡路：方言。指两旁没多少树木的路。

都诚惶诚恐提心吊胆。

好不容易把工作组打发走，振海却说还要待几天，天达头就大了。振海的性格，全区干部都晓得，似乎油盐不进，很多法子，在他身上不好使。安排他到天宝家吃住，就是想通过亲情来减轻他的防备，绊住他的手脚，掌握他的动向。

别看天达动不动插科打诨嬉皮笑脸，荤段子流氓话张嘴就来，碰到谁都一副五八不着调的样子，实际上精明得很，小算盘打得贼精。都说他这个人，很好地诠释了农民的朴实、狡诈与精悍。不然，怎么会得黄鼠狼这个诨名？想想也是，黄家大队三千多人，相当于其他两三个大队的人口总和，生产小队也有十三个。没两把刷子，他哪里玩得转？

比如振海疑惑地问，人家六百六的田亩，他这里是九百九，交完了公粮，即便是再交余粮，也比其他大队富裕呀！他眨着一对看似纯朴实则狡黠的小眼睛，嘴巴不动声色地吧嗒着旱烟，心里却轻蔑地说："小样！哪能呢？"

天达有名口头禅："有肉别长在脸上！"

当然，这话也就在黄家大队说，从不在外面讲，也严禁社员跟外面的人提。不得不说，他的话还真管用，就是"四清"工作组住了小两个月，也没人外泄一句。仔细琢磨这话，谁都能想得到，他是个重内涵不做表面文章的人。吃饱肚子才是正经。那些虚头巴脑的先进啊，锦旗呀，他一样都不想要，除非公社非要塞他手里。

事实也的确如此。就说粮食，其他大队都堆在仓库，打开大门一目了然。然而去黄家大队的各个小队，如果只看仓库，肯定为他们着急，心想这哪里够分呢？就如振海慌毛火急要他们抓紧备荒一样。

但实际上，为防备上面时不时检查，把多余粮食强行拉到粮所去，他们还在其他地方存了粮。比如牛棚旁，都有两三个高大的谷草峼。旁人以为是牛过冬的饲料跟垫草，也确实每天从峼上取谷草喂牛。但那里面，却藏着整麻袋整麻袋的粮食。

还有脱粒，不管是稻谷，还是麦子，或者黄豆，从不干净彻底，直接忽略了“颗粒归仓”的要求，然后当柴火分。社员挑回家去，有的用连枷打，有的在石磙或者板凳上板，甚至牵了公家的牛拖着石磙铺在禾场上碾，啥工具没有的干脆拿手搓。

其他大队收割之后，都组织学生拾穗，真正的一粒不剩，田鼠都饿死。黄家大队不屑于这么干，借口人手紧忙不过来，其实是让老人伢们拾回自家去。所以，每年收割之后，到黄家大队拾穗的人特别多。也不像到了其他大队的田地，被人赶强偷一样赶得飞跑，可以放心大胆地拾。

类似的例子，不胜枚举。

反正都没事干，于是大队干部和各小队队长们，便天天到大队部报到，一边向火闲扯，一边听振海回镇上的消息。

不过，今日得了天宝的报告，也没显得有多激动。这样的事，他们又不是第一回干，每年都干那么两三回。然而，天达还是讲了几个注意事项，然后都回去做准备。

民兵连长在几个路口放上哨，防止上面的人突然袭击，或者其他大队来探子，打他们个措手不及。其实他们多虑了。这冰天雪地的，又时值年关，哪个吃饱了没事干，来查他们的铺啊？不过，天达说小心驶得万年船。万一来了呢？

晚上八点，各小队仓库的门悄然打开，昏暗的马灯闪着微弱的光，影影绰绰地看得到几条晃动的人影。那是准备撮谷和过秤的社员、记账的记工员、主持分粮的小队长。

与此同时，人们都把狗拴进自家屋里，免得它们瞎叫唤，然后无一例外地挑着箩筐出大门，无声无息地奔向仓库。虽然人数众多，却也井然有序。再然后，就有人吭哧吭哧挑着沉重的担子出仓库，原路返回，直到仓库的那盏马灯熄灭，所有人消失得无影无踪。

这就是私分的全过程，顺畅而静谧，与正常分粮在白天，且熙熙攘攘吵吵闹闹，形成了鲜明对比。

“帮你老子把粮食轧了，先放些你家里，别傻乎乎都挑他屋里去。给姑爷看到了，可不是好玩的。”天达叮嘱方花子。

花子应了一声，直接挑到大队轧米厂。

怕上级发现或者外人揭发，天达要求轧米厂的三个机务员，从当晚开始，人歇机不歇，尽快帮社员把米轧完。有的社员不想去排队，又等不及，当晚就在家里用碾子碾，碓窝子[①]碓，忙得昏天黑地，却也不亦乐乎。

第二天，见振海没转来，天达一不做二不休，如法炮制又干了第二票。昨天分的是粳稻米，今天分的，则是糯米、小麦、黄豆、高粱等杂粮。要过年了，社员们总得熬糖切麻叶子、搓汤圆蒸包子、打豆腐炸玉兰片的。

分过了粮，又从谷草皓里搬出些麻袋来，把粮食倒进仓库补空缺，再把谷草皓码好，免得人看出破绽。

天达其实多虑了。振海是过了年，才再来的。当然，春节来给天宝拜过年，但那不是工作，应该不算。之所以年前没转来，除了确实处理一些事，也是担心真碰上了，彼此尴尬。索性好人做到底。

回到镇上这几天，振海公私兼顾，一边处理公事，一边做过年准备。如赶在小年前，叫食品所把四头猪全部赶走。

仿佛是晓得阳寿将尽，四头猪一边“嗷嗷”或者“哼哼”叫唤，一边拿泪眼望猪圈门口同样泪眼婆娑的大丫，跟两个师傅躲猫蒙般不肯出圈。大丫见状，心情复杂地进到猪圈，轻拍猪的脑袋，嘴里轻声地哼：“猪儿猪儿你莫怪，你是桌上一道菜。今日早早去，明日早早来。”

不清楚是否听懂了有些凄凉的歌谣，还是被又进去的两个街坊帮忙逼得走投无路，总之是犹如新姑娘上轿，扭扭捏捏地走出相伴一生的猪圈，然后一步三摇哼哼唧唧远去。

---

① 碓窝子：方言。舂米的工具，由对头和对窝子两部分组成。对头学名叫杵，对窝子学名是臼。

今年粮棉大丰收，乡下的农民和镇上的居民收入都不错，做新衣裳的就特别多，宇洁在厂里日夜赶工。幺珥灶上的功夫差些，何况慧娟落月，不仅没办法准备年货，还得人照护，便跟大丫分了个工，她专职照护二媳妇，兼着照看几个孙儿孙女。这样，兄弟两家过年的准备，就都落在了大丫一个人身上。

过年的准备，都是灶上的活儿。本就有头疼的毛病，如今又犯了哮喘，大丫却日夜守着两口锅，煎炸卤炖炒，把生的变成熟的。腰酸背疼四肢麻木就甭提了，一双眼睛也被灶里的火和锅里的热气熏得红肿，时常模糊不清。更难受的，还是嗓子火辣辣地疼，喉咙拉锯般不时发出咕噜咕噜声。

猪出圈的这天，大丫的心一直空落落的不好受，做事也丢三落四。连再熟练不过的炒花生，都炒煳了几锅，气得她直骂自己老糊涂了。

直到腊月二十八，大丫上午炒了炒米，又筛过炒米里的沙子，下午请熬糖师傅熬了糖，半夜切了麻叶，他们过年的准备工作，终于大功告成。也是这天晚上，宇洁和厂里的师傅们终于赶完最后一批活，才拖着疲惫不堪的身子，满脸菜色地走出缝纫厂，正式放假。

俗话说：“做得百日强偷，守不得百日夜。”

守夜人总有犯困瞌睡的时候，甚至撒泡尿，强偷就得手了。所以田道清守菜园，说起来轻松，却绑人，因为偷菜的人总是有，且防不胜防。除了一天三餐有人来替换，其他时间，他只能以棚子为中心，沿着田埂晃荡，争取让偷菜的人死心。碰到胆大的下田扯菜，还得远远地吆喝几嗓子，把人赶跑。都是熟面孔，尽量不和人正面冲突。

这年腊月小，除夕在二十九。下午两点多，援朝来喊他吃团年饭。这是援朝来的第三趟，说是菜都凉了。

田道清心里焦躁，因为替换的人还没来。望着天空飘着的雪花，心说这种鬼天气，何况家家户户团年，应该不会有人偷菜了。

于是拉上棚子的门，爷孙俩牵着手往村子里去，想着顺便知会一声替换的人。

棚子距离村子，有一里多地，中间隔着队禾场。禾场后面是仓库跟牛棚，牛棚旁边有个谷草皓。

“爹爹！您郎看，那人怎么在皓旁边睡呀？不冷吗？”戴着绒帽缩着脖子的援朝，一抬头看见草皓旁躺着个人，心下疑惑，惊叫了一声。

顺着孙伢的手指望过去，隐约看见一件花衣裳，都快被雪覆盖了。以为是乞讨的人走不动了歇息，田道清便过去，想着提醒她，最好找个避风避雪的地方。或者她出了么状况，也施一下援手。善良的田道清，最见不得别人遇到难处，尽管自己难处多多。

走到近处，霎时便惊悚得张大了嘴巴说不出话，也迈不动脚，浑身战栗，下意识捂住了孙伢的眼睛。

原来，那人身下有摊血，肯定是死了。他都没看清死者的脸，拖着孙儿就朝村子里跑。

溜溜滑滑地跌了几跤，才跑到书记家门口，拍着紧闭的大门，上气不接下气地说：“书记……死……死……”

正是万户团圆额手相庆的时候，想想正热热闹闹吃着团年饭的书记一家人，被人如此没礼貌地打扰，肯定不高兴。又奈何他一张嘴，连说几个“死”字，便再没下文。

不说正吃团年饭哩，放在平时，也能火冒三丈啊！所以可想而知的，书记把筷子和酒杯往桌上重重一顿，一把拉开大门，也不管他是田振海的老子了，也没看他浑身的泥巴和积雪，铁青着脸，一点儿面子都没给地大吼一声：“呸，呸，呸！死，死，死！你儿子死了？”

田道清没跟他计较，双手撑着膝盖，身子弯得像虾米，反手指着队禾场的方向，大喘不止，断断续续地说：“书记！不好了，牛棚那边……死人了。”

这下书记听明白了。何况田道清不是个戏谑人，不会除夕这天来咒他死了。愕然道："你说么事？你再说一遍。"

田道清气喘得匀些了，急促地说了他看到的情景，书记顿时也大惊失色。

解放到现在，菜园大队没出过一件凶杀案。如今在一队的禾场上，却躺着具死尸。头发奓起的书记，也不管田道清了，自顾自往一队的禾场跑。当然，他没如田道清，吓得三魂掉了两魂，路过几个干部家门口，还不忘把他们叫上。

他虽然只叫了几个人，却是很快地，不仅一队的人晓得了，二队、三队的人晓得了，镇上的人也都晓得了，都奔到菜园一队禾场，把牛棚那块地方围了个水泄不通。

98

虽然书记没叫他，田道清还是跟了过去。毕竟是他第一个发现的，说不定派出所的人会问他话。当然，把援朝打发了回去，让家里人不等他了。

田道清到那儿不久，特派员张亮就带着干事，火急火燎地扒开人群，径直来到死者跟前。

死者的身份已经清楚，是菜园一队一个十七岁的女伢。

她娘哭得快晕死过去，鼻涕一把泪一把地诉说：男人身体不好，领了生产队的两头牛在放。今日除夕，又下着雪，女儿心疼不过，代替爹来牵牛喝水、换垫草、加饲料。女儿上午十点多就出来了，正疑惑她为么事一直没回去，要差儿子来寻，却不料得了这个噩耗。

死状也的确是惨。是被人用钉耙打死的，头上的四个钉耙齿印，几乎把头都开瓢了，背部还有八个钉耙齿洞，殷红殷红。女伢身下，是血与雪混合的红水，看得人毛骨悚然。那把杀人的凶器——四齿钉耙——上还有血迹，就扔在一旁。

十三岁的援朝，正是既醒事又懵懂的年纪，一边比画一边讲，把几个妹妹吓得要死，捂住耳朵往大人怀里钻，央求他不要讲了，不要讲了！一屋女人都垂泪，为那个女伢惋惜，哀叹太可怜了。大丫搂住念兰和念竹，泪眼婆娑："这要多大的仇恨，才下得去这狠的手啊！"

听闻了这么一件惨事，一家人都没了吃团年饭的心情。振海三兄弟拔腿去现场寻爹。

不仅田家如此，菜园队的，镇上的，但凡还没吃的，或者吃到中途的，都不约而同地心情比外面的天气还沉重，为那个冤死的亡灵默哀祈祷。到了半夜，大丫还去到街角，嘴里念念有词地给那个女伢烧了一堆纸钱，就如当年给被日本鬼子杀害的苕货等六个英烈烧纸钱那样。

好在正月初一，案发过去仅仅一天，就告破了。凶手十九岁，同村的一个男伢。

起因令人唏嘘，过程让人咋舌：女伢先到，提了半撮箕碎棉油饼，毕竟过年嘛，人要吃好点儿，也得给牛加点儿料。刚把渣饼拌在谷草里，男伢空手进来了，见自家喂的牛闻着饼香扭头望过去，便要女伢分他一半。女伢没理，拿钉耙收拾牛屎和被牛尿打湿了的垫草。男伢顿觉伤了自尊，再联想两家闹过矛盾，于是怒从心头起恶向胆边生，夺过钉耙，猛地砸向女伢。女伢见势不妙，赶紧出牛棚。男伢红了眼睛，赶出来又砸了几下，直到女伢倒地纹丝不动……

为了一顿牛料，就残忍地把一个如花似玉的姑娘杀了。这件事，给所有人敲了警钟。所以，案子是破了，人们的心却并未轻松，反而揪得更紧。大人更是天天教导伢们，忍得一时之气，免得百日之忧，千万不要跟人结垢！

这天下雨，忠国放学回来，像在污水沟里打过滚的牛，浑身都是稀泥，脸上还有两道血痕，衣裳也撕得稀烂。

大丫知道他又跟人打架了，心疼地替他换洗和擦拭，叮嘱再不能跟人打架了。要是碰到个像菜园一队那样的疯子，你么办？不料他说，哪个让他们骂大伯长得像阎王？随后骄傲地补充道，虽然他们比我大，长得比我高，只要敢骂我爹我娘，就再跟他们打。就是打不赢，咬也要咬他一口。

“你这是吃牛屎不看堆头。再说了，他们骂大伯像阎王，大伯就真是阎王了？”大丫又好气又好笑。

忠国神气活现地晃着脑袋说，士可杀不可辱。这样的赖皮架，我肯定继续打。大丫知道，他是听自己讲英雄豪杰的故事听多了，威胁说你要再打架，我就告诉大伯。忠国这才咬着嘴唇不说话。只要得知他跟人打架，甭管有理没理，也甭管是否有人告状，振海都不由分说，把他按在板凳上，脱了裤子打屁股。好在，他不在家的时候居多。

几个外孙，大丫最不放心的就是忠国了。虽然小小年纪，不到七岁，但调皮得出奇。所以，时时用半只眼睛盯着，生怕他惹是生非，得罪了不能得罪的人。尽管在她心里，希望外孙都有点儿男子汉气概，而不是面团一般的窝囊废。

振海是过完了年，“四清”工作队再来时，才跟他们一起回的黄家大队。他意有所指地问天达，年过得还好吧？不会闹春荒吧？

天达是个人精，哪能不明白他的意思？讪讪地笑着回答，还好吧！你一走，我们就照你说的法子，组织社员备荒了。振海说既然过了个舒服年，也没见春荒，那就把心思转到生产上。牛尾巴支河清淤的任务还没完，眼看雨季就到了，抓紧安排人手做完了它。另外，春耕的事也别大意，犁耙耖子该修理的修理，不足的抓紧添置。别要用时，这也坏了，那也少了，影响生产。

天达还是心虚，该老实的时候一点儿也不滑头，尾巴夹得紧紧的，不仅唯唯诺诺，而且立即分派下去。何况这些事，也是他这个当家人该操心的，出了差错也是打他屁股。所以第二天，振海就跟一些青壮年劳力，一起上了牛尾巴支河。

不到半个月，他们就从牛尾巴支河回来了。

见刚刚生出嫩叶的树枝和草皮上，鸡鸣鸟唱狗奔猪叫牛哞，一片春意盎然景象；各队仓库里和禾场上，修整农具的人排开架势，虽春寒料峭却大汗淋漓干得欢畅；近处的一些田地，被犁耙耖子闹得水响，振海便放下心来，全力配合“四清”工作队的工作。

这天中饭过后，有点儿空闲，突然记起年前周崇武说的话，振海便让天达叫来几个人，去看夹墙里面到底是个么情况。

天宝的家，是后排东头第二间。第一间住的，是黄天赐的小老婆。姓王，都叫她王婆子。

虽然一直没找到黄天赐，但他小老婆却在武汉找到了。就是黄家送王保旺到武汉躲避风声，所投奔的那个女人。“肃反”时，被遣返原籍接受劳动改造。

王婆子没有子嗣，孤身一人遣返回来时，家里的屋拆得只剩几间，由没被政府镇压的家人居住着。原来，黄家大湾的人痛恨黄德林祖孙三代，又怀疑他屋里藏有珠宝，一气之下，除了留下的那几间，把他那屋分了之后，都拆了个干干净净，搬到其他地方起屋。然后掘地三尺，也的确挖了些银元和铜钱。

正好天宝这边有间屋空着，那是他老妈黄周氏专门起的佛堂。天宝家的这座宅院，也是慢慢扩建才有后来规模的。只不过，黄老夫人起了佛堂之后，就再没扩展。黄有龙强占了这座宅院，因厌恶黄老夫人，也恶其余胥地厌恶这间佛堂，就一直空着，任其破败。土改时有的檀条断了，灰瓦掉了，大门卸了半块，甚至墙上的砖和鼓皮也被抠走了一些，已经透风漏雨与破庙无二，没人要也就没分下去。

妇委会主任王莲动了恻隐之心，跟群众反复解释，说尽管黄天赐丧尽天良做尽坏事，与她也有不共戴天之仇，但他小老婆毕竟是个妇人，何况政府也没镇压，说明并无多大罪恶。既然遣返原籍，就让她好好改造，但总不至于睡田埂吧？也不符合政策呀！所以便把那间屋给了她，还帮她修葺得能够居住。

站在院子看，后排的房子是连成一排的。即使两间屋之间有缝隙，也用鼓皮封住，外表看不出来。但是站在屋后的菜园，所有的缝隙便一览无余。这也是这座并非一蹴而就，而是不断扩建的宅院的一个特点。

两间屋的缝隙，有三四十公分宽，却被柴火堵着，往里瞅黑不溜秋，并不能看到么事。见振海、天达几个人一边往里瞅，一边议论纷纷，王婆子顿觉天旋地转，仿佛天要塌了，连忙从屋里出来，拦在前面解释说，只是堆了些柴火。

她不阻拦，说不定他们就放弃了，因为里面黑咕隆咚，什么都看不见。但她这一阻拦，都觉得欲盖弥彰，此地无银三百两。天达吩咐把柴火搬开，冷笑一声说，我倒是要瞧瞧，你说的没么事是么事。很快，几捆谷草、棉梗被搬到一旁。阻拦不住的王婆子，如一摊烂泥瘫坐在地，眼泪止不住唰唰地流。众人更觉蹊跷，手上的动作也更快了。

春季的中午，阳光很好。搬掉了阻隔物再往里瞧，一个个惊悚得差点儿掉了心蒂把。原来，在那狭窄夹壁[①]缝里，竟藏着个蓬头垢面得分不清男女、长相和年纪的人，正张着同样惊悚的眼睛，与他们对视。

“你是谁？出来！”回过神来，忍住里面飘出的尿臊臭的恶心，天达吼道。其他人也纷纷大喊着要他出来。

那人没动。

振海见状，对王婆子说：“他到底是哪个？现在藏是藏不住了的。你叫他出来，说不定还有商量余地。若是我们揪他出来，那后果你自己想必也清白。”

“出来吧，老头子！我也尽力了，看来命该如此，听天由命吧！”犹豫了好长时间，王婆子才慢慢起身，走到洞口幽幽地说。

老头子？她不就一个人吗？何时有个老头子了？还藏在夹壁缝里？然而很快，人们就察觉出她这话的分量——她的老头子，可不

---

① 夹壁：方言。指两间屋之间的隔墙，但不是用砖砌成的，而是用木板（当地叫鼓皮）隔的。

就是那个罪恶昭著的黄天赐吗？所以，尽管她声音细得像蚊子，回过神来的众人，还是有如晴朗的天空炸了个霹雳，震撼得脑壳有些蒙。

意识到事体重大，振海吩咐人赶紧给公社摇电话，让特派员张亮赶过来。又叫大家准备家伙什。黄天赐是有武器的，假如里面真的是他，倘若他困兽犹斗垂死挣扎，那可不是闹着玩的。然后对着里面喊话："不管你是不是黄天赐，你都插翅难逃了。所以，你最好自己走出来，别让我们动手！"

听说黄天赐居然藏在夹壁缝里，赶来看稀奇的人越来越多，已经围了个里三层外三层，把天宝跟王婆子自留地里的菜踩躏得一塌糊涂。人们拾起砖头瓦片，有的操着扁担冲担和铁锹。夹壁缝里的人本来都要出来了，一看这阵势，又有些犹豫，再次站住了。

他的举动，振海看了个一清二楚，说："只要自己走出来，不管你是不是黄天赐，我都保证你不挨打。我是公社干部，叫田振海，说话算数。"

其实他说不说自己叫田振海，都无所谓的，里面的人肯定早晓得了。而且不仅晓得他叫田振海，还晓得他是大丫的女婿。以前就认识，何况又朝夕相处了这么些时日。

王婆子早哭成泪人，几近昏死过去，被几个妇女看着。里面的人还是没说话，又犹豫了差不多五分钟，这才双手抱头，侧着身子挤了出来。

这也难怪。夹壁缝太窄，根本不容人正常行走，只能慢慢地蹭。振海估计，半夜听到的声响，就是他蹭出蹭进时碰到夹墙发出的。毕竟，他总得出来吃饭喝水，屙屎屙尿，或者透透气的。

眼见快到夹壁口了，振海让几个民兵守着，不让人挤到前面来，又转过身去，威严地对所有人说："我说过，不管他是不是黄天赐，都不准动手。如果他是黄天赐，那么论起家仇，他跟我家，比你们哪个都大，我是最有资格打他的那个人。但是，不管他是不是，该杀该剐，都交由政府审判。哪个要是动手，就别怪我不客气，我一定毫不留情地处罚！”

振海的话，还是很有震慑力的，或者说，人们还是很听干部的话的，都把家伙什由举起改为提着。当然，警惕性还是在的。也不晓得他会不会狗急跳墙，为完全起见，那人双手抱头刚刚走到夹壁口，振海就大喝一声抓住他！早就守着的民兵连长跟几个民兵，抓手的抓手，薅头发的薅头发，抱身子的抱身子，霎时就把那个瘦骨嶙峋的人牢牢控制住了。

他那花白的头发老长老长，把整张脸盖得严严实实，一直拖曳到胸前。天达伸手往后一拂，一张满是疤痕的丑陋面孔显露出来，人们愕然不已，惊呼：“我的天啦！”

这还是一张人脸吗？也不晓得他是自己毁了掩盖身份，还是被别人打的，但更像是火烧的。除了几块瘤疤，没一片平坦，犹如一堆红蚯蚓纵横交错地布满整张脸。众人一时拿不准，他到底是不是黄天赐。

这时，年过六旬的王莲挤过来，张大昏花老眼凑近了瞅。她没瞅别的地方，只瞅他那双眼睛。片刻之后，就充满怒火很肯定地说：“黄天赐！你就是烧成灰，我也不会认错你！”

还真是黄天赐啊！找了他十好几年都没找到，他却一直就活在眼皮子底下！短暂愣怔之后，人们迅速反应过来，继而就愤怒了，喊着吼着要打死这个坏事做尽的大恶霸。振海一看大事不好，而张亮也没这么快到，喝令民兵把他从后门架进了天宝的屋，然后关上前后门。

人们太愤怒，离得近的一顿乱拳，拖他进屋的民兵也趁机塞几个冷砣子[①]，打得他鼻青脸肿嘴巴鼻孔出血。进不了屋的人们，转而迁怒于王婆子，毕竟是她藏着他养着他的。本来看她孤身一人，也装得老老实实，平时没拿她当恶婆子，有时还可怜她照顾着，没想到她骨子里竟跟那个恶霸一样地坏，欺骗了大家不知多少年！

天达一看不是个事，连忙叫民兵，把王婆子也架进了天宝的屋。

---

① 冷砣子：方言。意思是打冷拳。

张亮带着人过来，已经是傍晚了。一路上，都是闻讯往这边赶的群众，群情激愤的人们拥塞了坑坑洼洼的土路，他跟干事只得推着脚踏车，根本无法骑。满头大汗到了黄家大院，感觉比黄老太太当年施粥的场面还壮观。好在振海坐镇，或者说社员们还有觉悟，没人砸天宝的门。

挤进屋里，见到黄天赐跟王婆子，张亮也来不及审问，只简单核实了身份，便跟振海商量，么样弄到公社去。张亮忧心地说："如果不采取措施，冲群众对他的仇恨，可能出不了院子，就砸成肉泥了。"

"我以为你会多带几个人来哩！哪晓得你这个伙计，就带个干事啊！"振海眉头紧蹙，语气里有些埋怨。

"确实大意了。说实话，接到电话我还疑惑，真不敢相信找了他十七八年，他却一直就在眼皮子底下，在这么个夹壁缝里藏着。"张亮指着黄天赐，苦笑摇头："你还不晓得外面的情况。跟你说，路上全是人，我们是推着脚踏车过来的。不然也不会到这么晚。照外面那架势，我就是带几十上百号人，如果不荷枪实弹，估计也没么用。"

振海想想，喊守在门外的民兵连长进来，叫他通知所有党员和民兵到院子里集合，同时套两辆马车。然后指着黄天赐跟王婆子说，就这个样子，走是走不动了，即便是能走，也不晓得猴年马月才到得了镇上。而且必须尽早出发，免得夜长梦多。张亮说也是！晓得他在这里，都往这边赶，还不是人越赶越多，就更加麻烦。

按照振海的办法，民兵们先把院子里的人清理出去，把黄天赐跟王婆子弄上马车，振海、天达和两个民兵排长押车，张亮跟干事举着手枪、民兵连长带着十几个民兵端着"三八大盖"[①]在前面开路，马车两边和后面有几十名民兵护卫，才算是安全护送到了公社院子。

---

① "三八大盖"：日式手动步枪。当时农村的民兵连配有部分老式武器。

尽管这样，还不时有瓦片砖头跟泥块飞来，振海等人也硬是沾火星，挨了些便宜揍。到了公社也不敢多待，黄天赐民愤太大，生怕一个不小心闹出意外，于第二天一早，就由县公安局连夜来的人提走了——这是后话。

99

黄天赐居然就藏在自己身边，让黄家大队所有人倒吸一口凉气。而一想到与老仇人仅隔一堵薄木板，住了不知多长时间，天宝俩老更是脊背上冒冷汗，当晚就卷起铺盖，搬到小儿子黄牛娃家里，跟孙娃们挤床铺去了。

张亮把捆绑着的黄天赐跟王婆子，分别锁进钉死了窗户，只有半捆谷草的房间时，已经快半夜了。振海这才跟大队来的人，一起走出公社院子。不过，没跟他们一起去黄家大队，而是回了家里。他得第一时间，把这个消息告诉丈母娘。她本性良善，宽容大度，但对黄天赐祖孙的仇恨，虽然没么讲，振海也知道，没那么容易释怀的。

刚刚拐进巷子口，就见皎洁月光下，聚着不少街坊。听他们的议论，都是讲黄天赐被抓的。该歇息的时候，还如此兴奋地聚在巷子里议论，可见这事在人们心里产生了怎样的震撼。毕竟，一个人在夹壁缝里不知藏了多少年却没暴露，本身就是奇闻，何况是人民公敌黄天赐？更何况是在老屋？那是典型的最危险的地方也最安全啊！

见振海回来，“呼啦”一声围拢，热切地打探最权威消息。振海也没隐瞒，把事情粗略讲了一遍，然后说情况就是这个样子的，他也累死了，要睡觉了。

他自然是没法这么早睡的，一家人急切地想听得更详细哩！特别是丈母娘，毕竟黄天赐祖孙把她们害得差点儿成了绝户，还藏在弟弟那个夹壁缝里不晓得多少年。于是，振海少不得把整个经过，更加详细地讲一遍，也不时回答提问。

“幸亏天宝两口子不精明，没早发现他。要不然，还有命活啊！”听完之后，大丫心有余悸地发了声感叹。

一家人想想，的确是这样。于是又惊出一身冷汗，然后再松口气，庆幸天宝引娣憨人有憨福。就黄天赐那个杀人不眨眼的魔鬼性格，晓得天宝发现了他，还不直接杀人灭口？振海也是组织了那么多人，才把他坛子里捉乌龟的，否则也说不定会出事。

倘若他们晓得黄天赐随身就带着枪，这种惊悚，更是不知道该如何形容了——此是后话。

第二天正好是休息日，宇洁在家，不愁几个外孙没人管。依旧不放心的大丫，一早买了半篮子烟酒和零食，还割了两斤肉，买了一条鱼，坐振海的脚踏车回娘屋。

到了黄家大院便分道扬镳，振海去现场，大丫进了黄牛娃的屋。张亮和县公安局连夜赶来的人，正在翻王婆子的屋，振海得去看看，有没有需要帮忙的。

把篮子递给牛娃媳妇，大丫吩咐道：“诺！中午跟大娘一起，做点儿好吃的，给你爹爹婆婆压个惊。肉和鱼少了点儿，毕竟你们兄弟两家，也快十口人了，再加上爹爹婆婆，得满满一桌子。但再么样说，也是姑奶奶一片心意。两包烟，留给你爹爹。酒就中午喝了。零食你跟大娘商量着分。”

姑妈喜欢舅侄，这话没的说，何况黄家也就这点儿血脉。两兄弟小时候在大丫家里打高滚，有点儿好吃的，总想方设法给他们留着。长大成人了，只要过去，都好饭好酒招呼。他们也听她的话。这不，牛娃媳妇二话没说，就准备去了。

转头拉着引娣的手，见她愁眉苦脸，大丫问吓坏了吧，到底是个么情况？这么长时间，你们一点儿没察觉？尽管女婿昨晚说过了，她还是又问了弟媳一遍。又不住安慰哭诉的引娣，说没事就好，没事就好！直到引娣心情好些了，才止住。

现场那边，把王婆子的屋翻了个底朝天，也没发现么事。张亮不死心，而狭窄的夹壁缝实在挤不进去，就指挥人把夹壁拆了，顿时就被尿臊味熏得直流眼水。张亮捂住口鼻，皱着眉头说，这样的环境一待这么多年，我真是服了黄天赐。拆除夹壁时，果然在一人多高的壁缝里，发现了一把用油纸包着的手枪、几十发子弹，以及一把日本军刺。那油纸早就干得透透的，但油味还在。

“我就说嘛，他怎么会是剐皮猴子！”张亮很兴奋，也终于松了口气。然后，谢绝了天达留吃中饭的好意，说得抓紧办案子，就和公安局的几个人，慌毛火急地走了。

在黄家吃中饭时，大丫叮嘱两个舅侄媳妇，说：“你们娘老子怕回那个屋，就先在这边将就，别赶他们。等他们把心结放下了，再说回不回去的话。想想也是硌硬得紧，黄天赐居然在那里住了那么长时间。”

之所以跟侄媳妇讲不跟侄子讲，是因为都是媳妇当家。两个媳妇本来还有想法的，但姑老妈这么一说，果然只得作罢。一个说那是应该的。再么样说，也是我们的爹娘，不能不管的。另一个说大姑老妈放心。再说了，姑爷还在这里，要是不周到，姑爷还不难堪死我们啊！

吃罢中饭，大丫回去。她是个计划性很强的人，从不浪费丁点儿时间。这次来看弟弟，就准备沿路捡捆柴火背回去。所以，她的篮子里，早就放着一把镰刀。

一捆柴火砍得差不多了，大丫突然眼前一亮，紧走几步，迈进了路旁绿茵茵的地巴草里，随后用镰刀挖起来。

原来，地巴草里有几株一尺多高的葵花秧子，密挨密地挤在一起。她准备挖回去，移栽到自己的菜园里。所有的花草中，葵花是她的最爱，让她情有独钟，所以她的菜园四周，年年都会栽一圈葵花。还别说，这葵花虽然贱，生命力却超顽强。前几年干旱得就连地巴草都枯死，她菜园里却硬是有二十几棵葵花最后结籽。

把挖出的葵花秧子，连同根部的泥土一起，小心翼翼地放进篮子，大丫才心满意足地背起柴火，挎着篮子回家。

在黄家大院，送走大姐，天宝叫两个儿子把夹壁的泥土挖走。尿都渗进土里了，实在太臊臭。何况与仇人近距离相处，自己却浑然不觉，想想都硌硬得慌。仿佛那空气和泥土里，到处都是黄天赐的魂魄在飘荡在躲藏，虽然看不见摸不着，又似乎无处不在，吓得他冷汗嗖嗖。可是怎么清理，总还是臭，两个儿子说再不能挖了。再挖下去，只怕这屋就塌了。不如垫些石灰灶灰吧！

天宝想想也是，思忖片刻，袖子一甩去找天达，说："我那夹壁是特派员拆的，大队要帮我砌起来，不然我没法住。同时，在地上撒些石灰，这个只有队里有。他妈的黄天赐太缺德，竟在老子的夹壁缝里撒尿，搞得臭烘烘的。"

天达戏谑道："那尿又不是今天撒的，都闻几年了，怎么突然就觉得臭了？"

"是老觉得臭，又不晓得哪里臭。时间长了，就习惯了。"天宝老脸顿时红了，在板凳脚上使劲地磕烟杆。

"既然习惯了，哪就那样呗！突然搞干净了，你会不舒服的。"

"要不，跟你换屋住？反正，你是书记，也换你去闻闻那个味道。"

"屋是说换就能换的？你开么玩笑？"

"哎呀！味道倒是其次。关键是一想起他在那里住过，还不声不响的，这心里就瘆得慌，总觉得他就站在床边，盯着我困觉。特别还起了把枪和刺刀，要是他哪天心里不爽，对着我开两枪，或者对着喉咙刺一刀，真是死都不晓得么样死的。"天宝下意识瞅了瞅身后，好像黄天赐正拿着枪或者刺刀，指着他脑袋，一副毛骨悚然的样子。

"嘿嘿！不是怕他开枪，或者刺你一刀吧。是怕他盯着你跟方嫂子干那事，心里有障碍了吧？"天达的不正经又来了，满脸邪恶。

"你这人……算了！你正经点儿行不行？跟你说正事哩！再瞎说八道，小心我抽你。"天达老脸一红，扬起了手，又无力地放下，仿佛这也是他担忧的一个方面。

“你放心！他想活着回来，那是不可能的。不过，他在夹壁缝里住了那么久，肯定也有念想了。枪毙之后，魂魄飞回来，也说不定。”天达见状，继续调侃。

“你真是个鬼吔！老是骇我。黄天赐是你们揪出来的，倒是你，当心他的魂魄来找你算账……不过，你说的也有点道理。等有钱了，我肯定搬屋，再不敢住那里了。”天宝心有余悸，又想起么事似的，“我那屋，也是该你们帮我整的。不说是特派员拆的，就那王婆子，也是你们硬塞到我老妈佛堂来的。”

“那王婆子也是可恶，亏社员们还念她孤身一人，可怜她，照顾她。她既然不仁，那我们也不必存义。干脆，把她的窝撮了算了。反正，估计她后半辈子也回不来了。”天达不再调侃，转而气愤地说。

随后，天达派人把王婆子那屋拆了，在夹壁处回填了新土，先撒草木灰，再撒石灰，帮天宝重新砌了堵砖墙。尽管这样，天宝也没敢马上搬回去，一直在小儿子那里挤着。但振海跟崇武却没有搬，依然住这里，只是一日三餐去牛娃家里吃。

整个事情由发生到目前，工作队认为与“四清”无关，便没介入。

岁月的脚步何等匆忙。春耕大忙刚过，就是夏收。人们的注意力和精力，包括“四清”工作队的重点，迅速转到生产上来，连轴转似的，水田忙完了忙旱地，旱地忙完了再回到水田。关于黄天赐的议论，也渐渐烟熄火熄。

新麦刚刚开镰，振海跟天达挑着麦子，还没到队禾场，就见张亮倚着脚踏车，站在树荫下一副焦急的神情。

把冲担由右肩换到左肩，又用脖子上挂着的毛巾擦了把脸上的汗，天达笑嘻嘻地打着招呼：“喂！我说，你是不是跑黄家大队跑上瘾了？我知道你无利不起早的。可是，黄天赐你也抓了，我这又没丢个牛啊啥的，也没打架斗殴的，更不会出第二个黄天赐，你又跑来搞么事？哦！你巴巴地跑来，肯定是练习骑脚踏车。但我声明，都忙死了，没人管你饭的啦！人家田主任，是背了米来的。你总不能老占人家便宜吧？你要是闲得蛋疼，我找根冲担，去田里挑几担麦子来。”

“我看你的个臭嘴，真该跟嫂子来了好事一样，拿块破布包起来。难怪老田说你只晓得东一句西一句，就没一句上腔[1]的。”张亮哭笑不得，然而也不客气，惹得路过的社员一阵哄笑。

不过，张亮没时间跟他打嘴皮官司，随后就冲他和振海嚷嚷：“麻溜点儿，把担子放了过来，有重要的事要你落实……喂，老田！你也一起。”

“莫不是，来支农的？毕竟，乡下大忙哩。如果是那样，我们举三只手欢迎！”已经走远了，在社员的哄笑声中，天达还来了这么一句。

张亮懒得再搭理他。他是个人来疯，你喂他一句，他还你十句。

两个人都没磨叽，把麦子卸到禾场上，就来到树荫下，摘了草帽使劲扇，正儿八经听张亮讲来意。

原来，黄天赐不出意料地判了个死刑立即执行，王婆子也因窝藏罪，判了五年有期徒刑。为配合“四清”运动的开展，打击阶级敌人的嚣张气焰，巩固人民政权，县委和“四清”工作分团决定，四天后在黄家大队召开公判大会。

两人顿时眼睛放光，这是大快人心的好事啊！兴奋地问，要大队做么事？么样做？张亮简单地说，一是整理出容纳万人的会场，二是搭建公判台，三是协助维持会场秩序，四是组织群众揭发控诉黄天赐的反革命罪行。张亮最后说，他有一堆的准备工作要做，就不现场盯着了。

这是政治任务，而且大快人心，两人不可能不接受。尽管有些急，也有些难度。张亮一走，当即就通知大队干部和各小队队长

① 上腔：方言。意思是说到了点子上；不上腔，比喻说话不正经。

开会，研究怎么落实。众人一听也是眉飞色舞，很快就把任务落实下去。

万人大会——说不定还不止万人，哪个队里的禾场都装不下，所以把地点定在了三队四队的麦田里。但麦子抢收还没完成，振海便建议集中全大队精壮劳力，先帮两个队割麦子。既然是万人大会，公判台不能小，也不能矮，大队没那么多木材来搭，决定动员社员贡献方桌和门板，摞起两层方桌来。至于上台控诉，黄家大队够条件的人，太多了。但他们还是一个个地梳理，进行严格的政治审查，然后选了王莲等六个苦大仇深的人。

各小队队长转头跟社员们一讲，也是兴奋得不行，个个摩拳擦掌，趁着月色，连夜帮三队四队把小麦收割完，然后挑到禾场上去打。那条只能跑马车牛车的土路，也连夜修整加宽，一直连到会场。

第二天，张亮陪着县法院的人来指导布置工作，还去看了几个地方，商定行刑的地点。第三天上午，唐明义跟黄天树也来了，在刚刚收割的麦地里走走停停，又跳上公判台仔细察看。最后，拍着振海和天达的肩膀说："嗯！很好，这些我们都很满意。"

正当两人把心放回肚里时，谁知唐明义又面向振海，调侃道："唯一美中不足，甚至遗憾的，是你丈母娘的工作还是没做通。你说你在外面工作那么好，怎么就做不通丈母娘的工作呢？"

他的确是希望大丫上台控诉的，还叫张亮带信给振海，要他做工作。但振海以没时间回去为由，直接回绝了。甚至把球踢回给唐明义，说他当年以春风茶馆为掩护搞地下工作，大丫常年在那里卖瓜子糖果，得他不少关照。这不仅有面子，而且平辈好说话，大丫不好意思拒绝的。

振海尴尬一笑，随即将了他一军："您郎可是书记哩！书记的面子都不好使，我能有么办法？总不至于，我把丈母娘捆来吧？"

"我看你呀，是越来越不晓得么样跟长辈沟通了。"

唐明义这话，不晓得是批评振海对他的态度，还是说没做通大丫的工作，反正是把自己的尴尬掩盖了过去。不过，说他是振海的长辈，也勉强过得去。毕竟，他在春风茶馆，多数时候喊大丫三太太，但有时也是叫姐的。

100

第四天是个绝好的晴天，艳阳高照。

一清早，远近四乡的社员停下手中的活路，匆匆忙忙赶来参加公判大会，顿时就把那片刚刚割了麦子的田，塞得满满当当。

上午八九点的样子，几辆吉普和两辆卡车，在两辆摩托车的带领下，从远处缓缓驶来。人群顿时骚动，都踮起脚，朝路口引颈张望。

“狗日的黄天赐，居然坐汽车来的。老子们贫下中农还没坐过哩！”

“别说汽车了，拖拉机你坐过？”

“坐汽车有狗屁用？坐完了还不得吃花生米[①]？你要是羡慕，就去坐个试试，然后也给你一颗。”

“你才吃花生米哩！”

“也不晓得耀武扬威的黄天赐，还敢不敢威风哩！”

“还威风个屁吔！肯定早尿裤子了。”

……

这些不和谐的议论，振海听不过耳，恶狠狠地瞪了一眼，警告说：“再胡说八道，等会儿拉你们上去陪斗。老子说到做到。”

那几个人不是黄家大队的，但黑脸包公田振海哪个大队没去过？被他呵斥一顿，脸上挂不住，嘻嘻哈哈找台阶下：“开玩笑的，田主任！”

---

① 吃花生米：方言。意思是挨枪子。

“这是开玩笑的场合吗？要讲开玩笑，老子是祖宗。你他妈的跟老子提草鞋，老子都不要。”天达也是不客气。

几个人讪讪地红着脸，低着头，再不敢嬉闹了，擦不晓得是晒的还是骇出来的汗。

车队终于到了，车上的人鱼贯上公判台。令人没想到的是，陪着黄天赐接受公判的，除了王婆子，还有五六个五花大绑胸前挂着牌子的。听审判长公布罪行，才晓得这些人，都是过去保安团，后来又跟黄天赐一起当土匪的头目。

王莲是第一个上台控诉的。她没太讲自己受剥削受压迫，主要讲苕货被杀以及大丫三姐弟受迫害。讲得泣不成声，几近昏厥，然后被公安干警搀扶到台下的板凳上坐着。

六个人控诉完毕，会场便响起了地动山摇的口号：

“不忘阶级仇！”

“血债要用血来还！”

“坚决镇压反革命分子黄天赐！”

……

黄天赐始终低着头，一声不吭，也不晓得在想么事，也许是晓得末日到了，说什么都没用的。不过，他即便不想低头，也是不行的，因为双手反绑着，捆得像粽子。

就在审判长起身要读判决书时，又有几个人跳上台，声泪俱下地控诉如何受他家里欺压的点点滴滴。审判长只得又坐下，耐心等待。

突然，一个三十四五的男人跳上台去，直接甩了黄天赐一个大耳刮子，气愤地说：“你个狗日的黄天赐，还认识老子不？老子就是你老想整死的黄天华！哦，不！你可能只记得黄二蛋。不过，老子没死。倒是你，肯定会吃花生米。”

还要再打时，公安干警赶紧过来制止了，告诉他黄天赐肯定会受到应有惩罚。

黄天赐眯缝细眼瞥了一下，还真是令他咬牙切齿且铁了心要除掉，却最终也没能除掉的黄二蛋——

天华原名二蛋，娘早就死了，爹黄有仁是黄天赐家的长工，他自小也给黄天赐家放牛。一回堆谷草皓，二蛋的老子不慎从高处跌下，虽没丢命，却弄了个半身不遂。黄有龙不仅不给医治，还工钱一分不给地赶了出来，半年就一命呜呼。夏恒义见他可怜，就跟黄有龙说，想收他为书童，打扫和收拾学堂。铁鸡公当然舍不得，毕竟牛要人放哩！不想他老子黄德林眼珠子一转，破天荒地答应了，条件是扣除夏恒义的部分聘资。这样，二蛋在十二岁那年就跟着夏恒义了。夏杰给他起了个大名，叫黄天华，一直叫到现在。

解放战争如火如荼，通海口的革命武装也迅速发展，夏杰的工作便由地下转到地上。得知夏恒义就是夏杰，夏杰就是夏恒义时，黄天赐恨得咬牙切齿，一心要取他项上人头。的确也有几回差点儿得手，可都功亏一篑，甚至损兵折将。

之所以总是中途折戟，甚至差点儿狼狈丧命，就是夏杰身边有个背着两把撇把盒子，形影不离的天华。

最让黄天赐愤怒，也是他离成功最近的一回，是通海口解放前夕，得知夏杰发动群众落了单，带了保安团二十几个人，于漆黑的夜晚去偷袭。

说起来也让黄天赐泪奔，或者于夏杰是天无绝人之路。那两天天华拉稀，拉得翻江倒海黄皮子寡瘦。睡到半夜，肚子又疼了，刚刚打开堡垒户①的大门，就发现了异样，不仅听到狗叫，还影影绰绰地看到树林里的人影，连忙夹紧屁眼，反身叫醒夏杰，二人从后门出去。

堡垒户的后门只隔着菜园子，就到了通州河边。为了隐藏的干部和子弟兵脱险，这里常备了条划子。二人刚解开划子的绳索，不想黄天赐也够狡猾的，早候在那里了，立即开枪。天华也是机敏，反手回了两枪，而且巧得很，竟然打飞了黄天赐的帽子，吓得他赶

---

① 堡垒户：对敌斗争环境极端残酷的情况下，觉悟群众舍身忘死、隐藏保护共产党干部和人民子弟兵的住房关系户，是保护和积蓄革命力量的基地。

紧趴下。趁着敌人慌张的工夫，划子就到了河中央，两人因此躲过一劫……

虽是几辈人的仇恨，但打了这一巴掌，天华再说不出更多话来。他本就不善表达，不然也不会干了五六年革命，还是解放前就参加的，如今还在农村摸牛屁眼。

听了审判长宣读的判决书，众人这才晓得，黄天赐这些年是么样过来的，也终于揭开了一些无头案的谜底——

被人民政府围剿了几回，黄天赐的人就所剩无几，再成不了气候，只剩东躲西藏的份儿。后来奉上峰命令，带着残余势力准备经云南去缅甸，却和另外一股国民党残余在一座山头火并，不想对方丧心病狂，向他们借以栖身的草棚发射燃烧弹，一场大火把十几个人烧了个七七八八，电台也炸没了。他的脸，就是这场火并留下的后遗症。

养好伤，他不敢去缅甸了，带着余下的几个亲信，辗转到了广东的罗湖，想混进香港。但人生地疏，又言语不通，也没人引荐，加上关口戒备森严，只得沮丧地回转。这样一晃，就几年过去了。到一九五九年，心灰意冷的几个人回了通海口，想着听天由命吧。

回来之后昼伏夜出，住过破窑、坟墓，大多是在芦苇和茅草丛里，也杀了几个仇人，闹出了几个无头案。

再后来，只剩他孤家寡人，也在这三县交界处晃悠了两年多。实在走投无路，便冒险回家，求王婆子给个安身之处，当即把王婆子吓了个半死。家里肯定不能住，一天两天可以，长住肯定给人发现。两人左想右想，就想到了夹壁缝。于是，黄天赐就以夹壁缝为家，白天待在里边，夜深人静了，出来活动筋骨、吃饭，然后和王婆子睡在一起……

众人掐指一算，他竟在夹壁缝里躲了四年之久，顿时都毛骨悚然。特别是长期与虎相伴的天宝俩老，更是差点儿昏厥过去，裤裆都尿湿了。

公判大会开到下午两点才结束。

黄天赐是被拉到通州河堤脚下，跪在地上枪毙的。从汽车拉来开公判会一直到死，他都没讲一句话，甚至都没像天宝那样，尿了裤子。

人们的“11号”[1]，当然赶不上汽车的四个轮子，何况还有公安维持秩序，所以胆大的人们拥到刑场时，那里只剩三具脑壳下面流着一摊血的罪恶尸体。其中一具，当然是黄天赐的。另外两具，则是早先抓住却隐瞒了杀害革命干部罪行，直到黄天赐交代才重新挖出来的同伙的。王婆子跟另外三个押来陪审的囚犯，则随汽车带回了朱雀县监狱。

气不忿的人们一边痛骂，一边使劲踢三具尸体。张亮没阻止，站在一旁抽烟，静静地看着。他理解他们的心情，他又何尝不想踢上几脚呢？这时，六十多岁的县公安局副局长黄有成突然点燃一架鞭炮，然后嘴里高呼“送瘟神啦！”把人们吓了一跳。

张亮这才指挥干警和民兵，拉起警戒线。把人们劝出警戒线之外，又要人叫黄天福、黄天禄的儿子们，来掩埋尸体。两家人哪敢不从？何况死者是嫡亲大伯，总不至于暴尸荒野，任野狗随意撕咬吧？挖了个坑，把三具尸体扔到一起埋了。

他们没埋过犯人尸体，还以为跟埋其他死人一样哩。不想正要垒个土堆时，张亮气急地吼道：“你们是不是还要树个碑呀？铲了，铲平了！要是敢高出周边一寸土，我把你们一起埋了。”

几个人连忙把刚刚垒上去的土又铲下来，跟周边一般平，然后拄着铁锹，忐忑不安地望张亮，意思是行了不。

群众早就散了，这里只有黄有成、天树、张亮、振海、天达及维持秩序的民兵。黄有成给了张亮一个眼神，意思是差不多了，张亮这才把手一挥，说：“回吧！”

这一晚上，或许受黄有成的启发，黄家大队到处响起“噼里啪啦”的鞭炮声。可见，枪毙黄天赐，真是大快人心。

---

① “11号”：方言。意思是两条腿。

黄有成心里，别提多舒坦了，便没随县里的人回朱雀，而是叫王莲整了两桌酒菜，把几个老哥们儿，还有张亮、天树、振海、天宝、天华、天达叫来，痛快淋漓地大喝了一场。跟黄天赐父子斗了半辈子，如今黄天赐终于伏法，想想都该庆贺的。

几个人边喝着酒，边说着与黄天赐一家有关的事。黄有成感叹："也是作恶太多，民愤太大，所以都没好下场。"

众人掰着指头一算，可不就是这样吗？黄德林和大儿子黄有龙、三儿子黄有豹土改被镇压了，黄有虎死得更早，锄奸队锄的，孙子辈的黄天赐也枪毙了。其他孙子黄天良、黄天福、黄天禄几个人，都戴着地主分子帽子，连同他们的后人，哪还敢耀武扬威霸道横行？乖乖接受改造！

"你跟我们不同。"天达突然对天宝说。

众人晓得他又要戏谑天宝了，但也猜不透他憋着个么幺蛾子，张着眼睛望过来。天达却一本正经地说，"我们是痛恨，但你要感谢。"

天宝是个实心眼，懵懂地问："感谢么事？"

"要没有他们，你今天也是个地主。"

天宝顿时气得直翻白眼，恨不得一巴掌掴过去。正在他气结时，王莲给他解了围："也不过是个地主，但肯定不是恶霸。天宝多老实？怎么当得成恶霸呢？"

大家一想，都说："是的，是的！"

天宝的脸色，这才缓和下来。

黄有成总结似的说："人在做，天在看，善恶到头终有报，这是没办法的事。"

"有成爹这话，太对了。"这辈里年纪最大的黄有望，瞪着混浊小眼，随孙伢辈分叫了黄有成一声爹，又对天宝骂道，"还有你那个狗屁表叔周光烈，真是禽兽不如。占了你家那么多地不说，居然对你小妈做那种事，最后也是遭了报应。"

他这话一出口，众人浑身一颤，都拿惊诧而尴尬的目光望过去，怀疑他是不是老糊涂了，居然把这件事往外漏。怎么说，也是黄家之耻哩！

周光烈强暴小凤，自以为做得隐蔽，其实很多人知道，只是有的人不敢说，有的人不想说，都埋在心底。后来，周光烈当了伪保长，还向日本人告密，使一个养伤的游击队员惨遭杀害。黄有成一气之下，新账旧账一起算，派除奸小组除了他。

"哎呀，有望爹您郎也真是的！几百年的事，八竿子打不着的人，你还提他搞么事？喝酒，喝酒！"见场面陷入沉寂，王莲连忙打圆场。

但是，沉寂下来的场面，哪是那么容易再调动起来的？没多久，就都散了。

虽没去公判大会控诉，但大丫的心都在黄家大湾，五味杂陈。即便是枪毙了黄天赐，她们姐弟三个遭受的欺凌，也不可能抹掉，反而是把尘封的旧事又翻出来，把抚平了的伤口再次撕开。

吃过夜饭，大丫带了香烟烧酒和纸钱，到烈士公园。

给苕货几个人烧香，每年的忌日大丫都做。今日不是忌日，却比忌日更有意义。忌日让人悲凉，今日让人欣慰。大丫觉得应该禀告他们一声，可以安息了，所以就来了。点燃香和烟插在坟头，又分别浇了酒，大丫跪在地上，一边焚烧纸钱，一边细语轻声报告黄天赐伏法的事。

黄天赐伏法不久，江滩县来的"四清"工作队，就打道回府了。倒不是完成了任务，而是被上级批评，说是"复城县的'四清'运动，基本滑过去了"，要求重新补课。在具体做法上，地委的批示又有所松动，要求每个大队留两名观察员，观察发展态势，再择机补课。

虽然只留观察员，但振海这个联络员的工作还得继续。然而没过几天，他就被一个电话，叫到了唐明义的办公室。

101

已入三伏，天气热得不行。

跨进唐明义办公室时，振海满头满脸都是汗水，背心也湿透了。同样满头大汗的唐明义，没叫他喝口水，也没等他落座，就直接布置任务：“公社决定成立接待站，由你当主任，专门负责串联学生的食宿。”

振海的头，顿时就膨大如斗。通海口是周边几个县进出省城的必经之地，络绎不绝的串联队伍，或者步行，或者坐船，或者扒汽车通过。队伍的庞大和他们的所作所为，振海耳濡目染，哪是那么好应付的？

对他这个犹豫，唐明义似乎很不满，也没给讨价还价的机会，沉着脸说办公室帮你安排好了，在粮所，也配了几个人，搭了个班子。你现在就过去，把工作抓起来。说罢挥了挥手，像赶苍蝇蚊子一般。

书记这副神情，估计他也是郁闷，振海只得去粮所。终于把事情安排妥帖，振海这才放心回家。

还没进门，便听到堂屋里传出读书和争吵的声音，叽叽喳喳乱成一团。振海很是诧异，也就个把礼拜没回，家里么样就开起了学堂？于是紧走几步。

他的身影刚在门口出现，屋里的声音便戛然而止，十几双眼睛齐刷刷望过来。很快又迅速躲开，或者低头看书本，或者望脚尖，犹如老鼠见了猫。就是三个女儿，怯怯地叫一声“大伯！”也没了下文。

一旁坐着的大丫，把才三个月大的老幺念菊递给念梅，问了句饿死了吧，起身穿天井进灶屋，给他取吃的。

还真是应了那算命先生的话，宇洁真的生了四个女儿，如今梅、兰、竹、菊四友齐全。就是不知道，还会不会生第五个。假如真有，该叫她什么。

家里人吃过了，宇洁去厂里学习，爹依旧守菜园。娘还在朱雀，帮振江带两个伢。不过，丈母娘依旧给他留了饭菜。

也不是晓得他回了镇上，到接待站上班，才留的饭菜。

他神龙见首不见尾，回不回来，全没规律，也无法提前通报。他太忙了，不是在各小公社和大队跑，就是住在黄家大湾，却也经常回镇上办事。回镇上办事，就回家吃饭。

于是大丫不管他回不回，每天的饭都算他一份。假如他没回，就第二天热了自己吃。

从大女儿手里抱过老幺，用胡楂扎了下她那满是懵懂的嫩脸，逗得她咯咯直笑，一双嫩手乱舞。转头打量满屋的伢，见除了自己的六个和振湖的两个，还有夏之阳的儿子夏魁、宇明的孙子传福、宇亮的孙子传禄与传寿，便好奇地问："这么晚了，你们这是搞么事？"

"学校不上课，老妈就叫我把他们叫过来，有时候读书，有时候玩。但不许出大门。"在严厉的大伯面前，老实巴交的援朝丝毫不敢隐瞒。

儿子这话，让振海的头又大了。他头大，不是把这些伢接到家里，而是停课这事。

说实话，晓得有这么一批人，干着轰轰烈烈的事，却从未想过，会跟自己有瓜葛，今天直接打了交道，他才开始认真对待。这一认真对待，顿时就为他们捏一把汗，心吊到了嗓子眼儿。

那些伢，有的比援朝还小，十一二岁，么事都不懂，话都讲不清楚，跟着一帮并不怎么负责任的大伢瞎跑。跑丢了，或者生病了，么办？也不晓得他们爹娘么样想的，就放心让这大点儿的伢出门。但这些话，他哪敢跟人讲？闷头吃过，拿了条毛巾出门。

夏天到河里洗澡，是人们不多的保留项目。看他那架势，是要去通州河洗澡的，男伢们嚷嚷也要去。夏天黑得晚，看天色，还有亮光，振海便没反对，于是都蹦蹦跳跳跟在他屁股后头。

带着六七个伢到河边的时候，河里如饺子开锅，都是嘻嘻哈哈的人头。还有叽叽喳喳捶洗衣服的妇女，在河边挤挤擦擦，落脚的地方都难寻了。

站在齐腰深的浅水里，叮嘱大些的伢们注意安全，不要游远了，然后伸手去抓忠国，准备给他先洗，甚至教他打鼓泅。哪知七岁的小家伙，像泥鳅从他老子手下滑过，一个猛子扎进河里，骇得振海脸都变了颜色，以为是不小心滑进水里了，身子一扑就跟着游去，生怕他淹死了。然而很快，就晓得自己多虑了，因为忠国的脑壳，从五米开外又冒了出来，还一边像模像样地踩着水，一边笑嘻嘻地回望，就如挑衅一般。

小儿子么时候会水了的？振海不晓得。尽管在水乡，这只算一项基本生存能力，但他还是很生气。忠国出生不久，大丫找朱先生算过命，说他命里缺水，所以一直不敢让他玩水。照这个熟练程度，分明是把警告当屁放了，说不定天天泡在水里。

只许伢们在河里野了一会儿，振海就吆喝他们洗澡，然后带着回家。在河里没发威，但刚进家门，就一把揪住忠国的耳朵，疼得他嗷嗷叫，也吓得嘻嘻哈哈的男伢们，个个噤若寒蝉。正要开口教训，不想听到忠国的叫声，正给外孙女洗澡的大丫，急忙从灶屋过来，扬手就在振海的背上拍了一巴掌，道：“你疯了？回来就打我伢！”

振海啼笑皆非，只得松了揪着儿子耳朵的手，无奈地说：“您郎是不晓得，他打鼓泅的水平，比我还高。”

“啊！你会打鼓泅了？跟哪个学的？在哪里学的？么时候学的？”大丫霎时满脸惊诧，问了一串的问题。

夏魁看戏不怕台高，忠国还没交代哩，就接过话头说：“哪个都没教，我们在河里玩，他就自个溜下去了，拦都拦不住。玩了几回，就玩会了。”

“奸臣！”揉着还有些疼的耳朵，忠国嘟哝了一句，眼里满是不屑。

“我跟你说了多少回呀，儿啊！你跟他们不一样，你玩不得水的。你么样就没记性呢？”大丫心悸不已。要是滑到深水处，还得了啊！瞪着惊悚的眼睛，叮嘱忠国，“以后记住，再不玩水了啊！实在要玩，就叫大伯陪你。”

“大伯老不落屋，么样陪我？”忠国脖子一梗，似乎很不服气，也终于找到了反击的理由。

这一点，他跟援朝太不一样了。援朝是老老实实听大人话的，叫东不往西，叫南不往北，大人说么事就是么事，且执行得分毫不差，令人非常放心。

别看忠国年纪小，主意可不小。比如他那名字，就既不完全中老妈的意思叫“田念民”，也不照爹的主意叫“李忠国”。而是自作主张，新生报名时报了个“田忠国”，说么事大丈夫坐不更名行不改姓，生是田家的人，死是田家的死人，打死都姓田。听到哥俩的名字，不知底细的还以为是“国”字辈，因为哥哥叫“田念国”，弟弟叫“田忠国”。

在他幼小的心灵里，起这个名字，还有点儿小小的报复快感，只不过没跟人说起。只要挨了打，便拿这个自慰，偷偷地乐。仿佛那打挨得也值了，颇似鲁迅笔下的阿贵。那就是你不让我姓田，我偏要姓；但姓了田，却没要你们的辈分，我跟姆妈家的辈分，做姆妈的儿子。

他的这些小九九，大人哪里察觉得到？也没工夫跟他较真。田忠国就田忠国吧！反正就是个符号，不会叫错人就成。

他常常自称是打不死的程咬金，刚挨了打，转身又惹事。大丫心疼又无奈地说，他是记吃不记打的狗，跟他养的“虎子”前世是两兄弟。

振海一愣，儿子说的的确是实情，自己是该他的，内心便有些愧疚。而且，他很喜欢小儿子这个性格，像他小时候，只不过比他更轴，挨不得的要挨，碰不得的要碰。当然，老大的性格也喜欢，听话，不惹事，省心。其实说白了，自个的儿子，么样的性格，他都喜欢。

但是，为了维护当爹的威严，他还是厉声而霸道地说：“那也不能下水！要是不听话，老子剥了你的皮。”

还真是打不死的程咬金，忠国一边往老妈身后躲，一边又犟了一句嘴：“剥皮就剥皮！剥皮是犯法的。您郎敢剥我皮，我就敢告您郎去坐牢！”

“你……”振海一副气极的样子，高高扬起巴掌。

护住忠国，大丫吩咐道：“抓紧下门板，伢们要睡了。”

振海也没真的要打，只是吓唬吓唬而已。听丈母娘吩咐，知道她护犊子的天性又占主导了，瞪了忠国一眼，转身去下门板。天气太热，屋子里没法睡，但家里只有一张凉床，便每天下门板，在禾场上搁铺。

忠国很是后悔忘乎所以，竟然忘了打鼓泅是偷偷学的，而在爹的面前又暴露无遗。然而，他也晓得，只要老妈在场，爹就不敢把他么样。于是对着爹的后背，吐了吐舌头，做了个怪相。振海自然看不见，哥哥和姐妹们也不会告他的刁状。

长嘴巴夏魁就没那么消停了，特别是忠国讲告振海坐牢那话，也触动了他的心，以为是讥讽他爹夏之阳的，便对着振海的后背喊：“姨爷！他做了个鬼脸。”

夏魁还真是冤枉忠国了。一个七岁的伢，尽管有些调皮，但哪有这么深的心思？有这么多弯弯绕？

“就你话多！”大丫扭头，没好气地瞪了他一眼。

不过，两人的对话，振海没听到。估计听到了，也当耳旁风吹过。振海怎么可能被一个小毛孩牵着鼻子走？何况他正忙着，先把凉床搬出去，给几个女儿睡，然后把大门、厢房甚至拖院子的门，都下了。几个男伢也有些眼力见儿，搬板凳的搬板凳，抬门板的抬门板。待振海搁好，大丫用湿布抹了一遍，就都爬上去了。

轻轻摇着蒲扇，大丫一边给念兰、念竹、念菊扇风赶蚊子，一边轻声细语讲王宝钏苦守寒窑的故事，哄她们困觉。

睡在门板上的忠国，突然大叫：“老妈！我要听徐苟三的故事。”

振海就坐在他身旁，给他扇风赶蚊子，闻言叱道：“讲么事徐苟三哪？快睡！”

“徐苟三做过的事，他都会。老妈不要再讲了，再讲他就比徐苟三还徐苟三了。”夏魁不失时机，再上了一把火。

忠国果然吓了一跳。那些事要是爹晓得了，肯定又要揍一顿。于是很不爽地盯着夏魁看，别看大他六岁多的夏魁人高马大，要不是忌惮身旁的爹，他肯定跳起来跟他干仗了。

但是，夏魁煽的火却没烧起来，因为宇洁拖着疲惫不堪的身子回来了。伢们顿时爬起来，纷纷打招呼，有叫小伯的，有叫姨妈的，还有叫姑老妈的。可见在伢们心中，宇洁的形象不是一般的好，跟振海的反差太大了。

宇洁一一答应，抱起老六念菊喂奶。念梅连忙进屋，给娘准备洗澡水。

102

伢们都睡了，宇洁挨个望了男伢们一遍，忧心忡忡地说，老是关在家里不让出门，也不是个办法。

大丫白了她一眼，无奈地说，你以为我愿意呀！光这么多张嘴吃饭，就累得我够呛。但是你们看，串联的学生把镇海寺、河神庙砸了，屋脊的飞檐翘角都掰了，连类似“李宅”的字都铲了，这算哪门子革命哪？学校又不开学，你放心他们出去野呀？

实话实说，宇洁还真不放心。

振海继续给伢们扇风赶蚊子，说那就找点儿事他们做。大丫说，没到做事的年纪，能做得动么事？大人都没做事，尽开会学习哩！振海说我明天找菜园队的书记，叫援朝去劳动。反正他的户口下到菜园队了。

宇洁犹豫片刻，说也是个办法。想想又说，那夏魁跟传福、传禄、传寿呢？他们跟援朝般长般大，十四五岁，说大不大说小不小，说醒事又不醒事，说不醒事又好像醒点儿。总不能，都去菜园队吧？他们可是商品粮户口，菜园队不管的。

振海想了想又说，马上要收粮食了，粮所肯定缺人手。叫振湖安排做小工。大丫跟宇洁不再说话，看来也只能如此，走一步看一步了。

过了几天，几个伢就照振海的吩咐，乖乖去菜园队或者粮所劳动。

尽管这样，大丫心里仍然忐忑。以她的认知，懵懵懂懂的伢们，哪里分得清是非曲直？就该坐在教室，乖乖听老师教诲，然后完成学业。但是，运动来势汹汹，她也有些晕头转向，不敢保证自己的想法就对，只得存在心里，私下嘀咕。她能做的，就是把他们箍住，不跑出去惹是生非。弄他们去劳动，是否有效，能坚持多久，心里还真是不托底。

虽然心里不托底，但事还得做，一日三餐的饭要管哩。

这天吩咐十岁的念梅和七岁的忠国，以及振湖八岁的儿子念喜，照看好五个妹妹——另外两个是振湖的女儿念莲、念荣，提着篮子出门。

通州河边开垦的几分田菜地，供应着一家人的一日三餐。她要去摘些菜回来。

刚一出门，就碰到从斜对面王得志家里慌慌张张出来的供销社副主任向士春。自己满腹心事，也不放心把八个伢长时间丢在家里，想着快去快回，也就没在意。然而向士春却脸一红头一低，匆匆跟她擦肩而过，还是让她觉得反常，心生诧异。过去每回碰面，都是老远就热情打招呼的，这次是怎么了？大白天的，不会没看见啊！难道，跟振海闹矛盾，不好意思喊她一声李老妈？

虽然不解，也仍没多想，继续往前走。走了没几步，刚到王得志家门口时，他媳妇汤小菊正好一脚跨出门槛，见到大丫顿时一个愣怔，仿佛想退又没退回去，然后满面绯红地叫了声李婶！

大丫没过大脑，张嘴就问，这个时候才去上班呀？问完就后悔了，恨不得抽自己一嘴巴。心说自己是人家么人哪？管人家么时候上班？

不想她的这句话，弄得汤小菊更尴尬，耳根都红得几乎要滴血了。也没回答，跟向士春一样，急匆匆就走了。

大丫有些愧疚，想着么时候跟汤小菊道个歉，解释自己没想管她的意思。已经上了通州河堤，大脑忽然一个激灵，顿时惊讶得下巴都要掉了，突然停住脚步，捂住了嘴巴。因为，她想到了一种情况，而且非常肯定，也只能是这种情况！

小两口都喜欢伢，不仅表现在看别人伢的眼神上，而且对新生巷的小伢那是真好，逗他们玩，给糖果吃，就像自己的一样。但是，汤小菊嫁过来五年多，却一直没生育。假如……大丫不敢继续往下想。

她真是懊恼，今日出门么样这么早，偏偏碰到两人前后脚出门，又都慌慌张张……哦，不！不是出门早，这都九点多，上班的人七点就出门了。哪里是早呢？分明是巧！

她不晓得这事，该么样处理。大半辈子了，经历过那么多，却从未碰到这种事。说，眼面前可能死人；不说，等王得志发现了，同样可能死人。这可如何是好？

纠结不已的大丫，还没想出万全之策，蹒跚的脚步又突然停在了菜地附近，满眼都是错愕。街坊们辛辛苦苦种的菜被“红卫兵”弄得一片狼藉。

大丫的菜园离得远些，还好没受太大破坏，不过她沿篱笆四周栽的一圈葵花，却被拦腰打断了不少。望着刚入花期尚未结子的葵花，大丫也是心疼不已。

田道清好几口酒，又没什么下酒菜，连花生米都缺，栽些生命力顽强的葵花，就是结子焙了给他下酒的。葵花盛开的时候，中间绿油油一片蔬菜，四周鲜艳的葵花齐刷刷跟着太阳转，也形成一道亮丽风景，不知羡煞了多少人。可如今，就这样被摧残了，能叫她不心疼吗？

不过，她也没敢心疼太久，因为街头传来了更大的嘈嚷声。听那嘈嚷声，便知道是又游街了。她心下一紧，胡乱摘了些蔬菜，便挎着篮子，急匆匆回家。

到了吃饭的点儿，不见振海跟夏魁回来，大丫更加惶恐。振海就不说了，他是接待站主任，估计在那游街的队伍里忙碌。但夏魁怎么也没回来呢？责备传福等三个人，怎么不叫他一声？说你们一起去的，就该一起回。三人说他只在粮所干了一会儿，就不晓得去哪儿了，整个上午不见人影。传福还说了句俗语，“同伴不丢伴，丢伴是王八蛋”。然后说这个道理，我们是懂的。最后反问：“都没见他人影，么样叫他呢？”

大丫哑口无言，但心里的“突突”更甚，暗道别是跟着游街去了吧？想着等振海回来了，叫他给夏魁把个狠①，别去凑那个热闹，好好生生做小工。

大丫哪里晓得，振海被红卫兵整得焦头烂额，一直跟着游街的队伍，给唐明义当“陪游”，哪能回来吃饭？而混在游街队伍里的夏魁，则大呼小叫兴奋异常。

过了几天，很多外地来的老师和学生，居然消失了。在通州河畔种菜的婆婆老老，以为外地学生走了，便没么事了。然而没过多久，他们就发现自己把事情想简单了。通海口公社的革命烈火，已经燃烧了起来。

就这样，通海口公社歪歪撇撇地跨进了一九六七年。

迫于大形势，年刚过完，唐明义就在剧院召开三级干部会，用五天时间统一思想，决定火力全开地推动“破四旧”和“割尾巴”运动，要求按照上级标准，三个月内完成任务。

通海口镇主要是“破四旧”，因为没多少尾巴可割。农村的重

① 把个狠：方言。意思是讲个狠话，威胁人。后面的“把狠”，也是同样的意思。

点，则是“割尾巴”，他们也没多少“四旧”可破。

103

这段时间，大丫自觉地灵魂深处闹革命，篦子梳头般细密清理，内心反复煎熬，看存不存在给女婿惹麻烦的事。

想过去想过来，仿佛没太严重的问题。比如，穷得只剩十几张吃饭的嘴，不怕人上房揭瓦掰檐翘①，不怕人查抄反动书籍字画。唯一能归入“四旧”的嗜好——给外孙们算命，因几个算命先生一夜间打成牛鬼蛇神，再不敢算命，只能走村串户卖针头线脑维持生计，想搞也搞不成了……

哦！真还有一个，忌日烧纸钱。这么一梳理，大丫突然一个激灵。

犹豫再三，把心一横，决定为了活人得罪亡灵，给黄家、李家祖先烧纸钱也取消算了。想他们九泉有灵，也会原谅的。除此之外，好像……真的再没么“四旧”了。

然而，“尾巴”呢？振海说镇上的重点是“破四旧”，但真要是“割尾巴”，也是有些把柄的。想到这里，大丫那刚刚平复的心，又不安宁了，再次煎熬起来。

已是仲夏，天热得不行。这天晚上好不容易逮着女婿回得早些，吃饭时，忐忑不安地问：“振海！你看我们家里养了两头猪，十几只鸡，还有河边的那个菜园子，会不会影响你呀？会不会有人拿这个说事，找你的麻烦哪？”

“应该……没事吧？我不是跟您郎说过吗？在三级干部会上，

---

① 檐翘：飞檐是中国传统建筑檐部形式，多指屋檐特别是屋角的檐部向上翘起，若飞举之势，常用在亭、台、楼、阁、宫殿、庙宇等建筑的屋顶转角处，四角翘伸，形如飞鸟展翅，轻盈活泼，所以也常被称为飞檐翘角。“破四旧”把其当作封建糟粕，都给打掉了。

唐书记说街上的重点，是‘破四旧’，没说‘割尾巴’呀！‘割尾巴’的重点在农村。再说了，我们家十一口人，平均起来，就不算多了。”

丈母娘提的这事，也是振海的心病。

上面画杠杠，是以户为单位，没管你家有多少人口。而按上面的尺子去量，肯定是超了的。但他不想丈母娘担心，何况真的都没了，一家人么样生活？也是个大问题。几个亲戚家的半大糙子，丈母娘担心他们不务正业，时不时喊过来吃饭，负担就更重了。因为所有的副业，譬如捕鱼、铲马草、捡牛粪，等等，都不准再搞了。那是典型的资本主义尾巴。假如偷偷卖马草、鱼虾、柴火、鸡鸭或者蛋，甚至可以当现行反革命，判投机倒把罪的。心里想着这些，便安慰了一回。

“要不，卖一头猪吧。我可是听说，一些社员超过限额的生猪和鸡鸭，都是直接杀了的。别老妈辛辛苦苦地喂，都好事了造反派。”宇洁也是天天学习，这些事知道得一清二楚，心有余悸地说。

“可这……可这两只猪糙子，正长膘哩！”大丫心有不甘。

“唉——”振海长叹口气，没再说么事。他也不好再说么事，因为他也拿不准形势。何况要卖，也不晓得卖给谁。食品所肯定不要，他们只收成年猪，两头猪糙子都才五六十斤。而农村漫山遍野“割尾巴”，许多人家都有猪要卖，哪会再买半大不小的猪糙子？

“哪个来牵老子的猪，老子就跟他拼命。”八岁的二儿子忠国突然插嘴，一副小大人的样子。

“就你嘴巴长！饭菜还塞不住呀？”振海眼睛一瞪，吼了一句，满桌瞅了一圈，又用筷子点着忠国，“大人说话伢儿听，大人打屁伢儿闻。你看哥哥姐姐妹妹，哪个不是乖乖吃饭？”

在饭桌上的，除了自家的伢，还有夏魁和李家的三个伢，果然都在乖乖吃饭。听到振海这话，更是都把头埋进碗里，筷子敲得碗叮当响。

本想给小外孙一个肯定的，听他老子发火，大丫只得打住不吱声。女婿原本只是长了张包公脸，人却很温和。现在脾气不断见长，动不动对小儿子发火。照她那个抱鸡母性格，敢对她最宠爱的小外孙吹胡子瞪眼，早就奓翅膀，跟女婿杠上了。但他如今心里窝着火，在外面不好发，还得忍气吞声侍候红卫兵，回家了便拿小儿子出气，她也只有不跟他计较。

忠国发扬他那打不死的程咬金风格，脖子一梗，硬是顶了一句："就跟他拼命！"

"砰！"一声脆响，从忠国的脑瓜上响起，随即又响起振海的吼声："你跟别人拼命之前，先跟老子拼命！老子可不想你的命，丢在别人手里。"

振海这一筷子头，是下了死手的，明显是生气了。后面的吼声，也给他的火气，作了最好的诠释。

不解父亲火从何来，忠国的眼里溢出泪花，但他强忍着，没让它滴落，只是盯着老子看。大丫终于忍不住，放下筷子摸忠国的头，一摸就摸到一条鼓起的梗，轻轻摩挲，生气地说："打儿子，算么本事？你是不是连我也要一起打？你是嫌我多事吗？要是的，你就明说，别拿伢出气。你要再这样，我就带了忠国，回我家里去，让你眼不见心不烦。"

大丫这话够重的，也是真生气了。宇洁忙劝道："姆妈！您郎别跟着掺和了，好吧？振海他没那个意思。"

"你们两个一丘之貉！一个拿刀，一个端盆，我伢还有个活路啊？他才八岁哩！"把忠国抱在怀里，轻轻地摩挲那条梗，眼泪都要下来了。

振海彻底无语，也知道不该发火，便道歉："老妈！我真没那意思……得，得，得！我错了，我认错！还不行吗？"

其他几个伢们，早吓得把碗里的饭扒得颗粒不剩。连动不动使性子，能把地蹬出个坑来的老五念竹也是。然后，都像见证了杀鸡现场的猴，逃出堂屋。

这餐少见的早夜饭，在寡淡无味中不愉快地结束。

但是，还没商量出个结果哩！所以收拾了碗筷，也把几个孙伢照护着躺到禾场上的凉床了，振海跟宇洁开完了会回来，大丫又提出了这个问题。

商量来商量去，还是怕夜长梦多，决定忍痛先卖一头。

但是事物的发展，总是出乎意料的，并不按设计好的线路。振海还没找到猪的下家，红卫兵就上门了。通海口公社的造反派头头，主要有两个。一个叫胡冬青，学校的体育老师；一个叫周顺松，食品所杀猪宰狗的。这回就是他们带队来的。当然，也不只来他们一家，而是半条新生巷都“光顾”了。甚至，把菜市场也毁了，再没人敢来菜市场卖菜买菜了。

家里大人不在，忠国死命保护家里的猪和鸡，还竟然咬了周顺松的左手一口，拉扯间自己也受了伤。

等大丫回屋边轻轻擦拭小外孙脸上的伤，边泪水涟涟地说：“他们要牵猪捉鸡，就让他们牵了捉了。但你要有个三长两短，让老妈么样活呀？”

“就不！我们家的猪和鸡，凭么事让他们抢走？他们敢再来，我还要他们好看。”

“唉，真是个苕啊！是猪跟鸡重要，还是你的命重要？”大丫无奈地叹气。

“士可杀不可辱！我田忠国也不是好欺负的。”

“好，好，好！”大丫简直无语，俄顷又说，“吃牛屎，你也先看看堆头嘛！”

把忠国脸上的伤处理完，大丫又清点剩下的鸡，发现少了六只。再一细看，都是正生蛋的母鸡。念梅说，有两只是在鸡窝里捂走的。大丫顾不得那么多了，出门找猪。

听她满巷子“啰啰啰”地叫唤，有街坊悄悄告诉她，猪还在，被好心人系在了菜场的电灯杆子上。于是连忙去菜场。

果不其然，那头有几朵黑毛的花猪，正一边摇着尾巴哼哼唧唧，一边嚼着不知是谁丢给它的一把烂菜叶。不晓得是遍体鳞伤，痛得它哼哼唧唧，还是得了一把烂菜叶，惊喜得哼哼唧唧。反正，见到正哼哼唧唧的猪，大丫又惊又喜，连忙解开绳子，牵回家里去。

小儿子闹的这一出，影响太大，振海总觉得没那么容易过去。所以这几天，都是天蒙蒙亮起床，做完“早请示”，匆匆去文化墙。

这天也是。但是，古人云“莫道君行早，更有早行人”，还真是至理名言。已经觉得早了，到了才发现，他只能归入“迟到者”一类。

一张大字报前，围了尤其多的人。心说那里肯定有猛料，振海便凑了过去。突然，众人投来同情一瞥，并自觉让出一条缝，这让振海的感觉特别不好，右眼皮直跳。

尽管感受到了人们的异样，振海还是不动声色地挤到前面。该面对的总得面对，躲是躲不掉的。抬头一看，果然是揭发自己的大字报，而且用了一整张白纸。

自以为出身好站得直行得稳坐得端，甚至解放前就参加革命的田振海，在这张大字报里，简直烂人一个。这让他很是挠头，脸色变得难看，甚至怒火胸中烧。但是，他却不敢发火，甚至都不敢把愤怒表现在脸上。

胳膊肘被人轻轻碰了一下。扭头一看，唐明义不知何时到了身旁，还向他眨了眨眼睛。振海会意，待唐明义走了一百多米，他也不管还有没有关于自己的大字报了，跟着挤出人群。

挤出人群时，公社副书记兼武装部长黄天树、副书记刘火山、组织委员王富洋、特派员张亮、副区长杜子权等人，有的给一个眼神，有的如唐明义碰他一下胳膊。振海知道，这是对他的同情。但他不敢有任何表现，只是将他们的善意默默记下。

104

造反派占了那间大会议室，胡冬青跟周顺松每晚就睡在里边，而院子里到处是红卫兵，在这里说话已经不方便了。所以，唐明义并没进公社大院。

振海不管他去哪里，一直跟在身后，拉开了两三百米距离。直接出小镇，到了菜园三队的地界，唐明义踏上了一条满是野草的小径，振海这才明白，他把自己带到了烈士陵园。

有些荒芜的烈士陵园，占地三四亩，四周栽了一圈冬青树与农田相隔。长眠在烈士陵园的，是通海口区自头次革命起牺牲的两百多位英烈。苕货也在其中。

此刻的陵园，空无一人，只有零星松柏与水杉，肃立着与烈士相伴。偶尔有飞禽从头顶掠过，更显悲凉与肃穆。

“晓得为么事带你来这里吗？”泥菩萨过河的唐明义，在头次革命失败后被国民党穿了锁骨、敲碎螺丝拐，又残忍砍下头颅挂在城墙门口暴晒三日的县委书记贺一章衣冠墓前，满脸肃穆。

说实话，振海有些蒙，的确不晓得他是么意思，轻轻摇了摇头。

唐明义好像也不需要他回答，抚摸着贺一章的墓碑，声音低沉地说：“我烦闷了，都会来这里。拿不定主意的事，求先烈们给个解方，出个主意。心里面有疑惑，来接受他们的灵魂拷问，看看我所想所做，是不是他们希望的，是不是出了偏差。有时候么事都不做，就静静地待着。那个时候，我的心情，就特别安宁，没有一点儿杂质。”

只这一个解释，就让振海对这个矮个子领导肃然起敬，顿时心下大定，不再慌张了。

唐明义仰望天空，声音沙哑地说：“红卫兵接待站，你是不能去了。上午我就开党委会，撤了你的接待站主任。”

闻听此言，振海激动得差点儿跳了起来。说实话，大半年的接待站主任，他当得既憋屈又无奈。如今可好，终于解脱了。于是，不假思索地直点头，连说了几个“好”。

“我晓得你憋屈，心里不舒坦。抓革命，是为了促生产。但人们好像只记得抓革命，忘记促生产了。但是，生产搞不上去，没有吃的，没有穿的，拿么事搞革命？所以，我的想法，还得有人专心搞生产。搞好了生产，才能更好地革命。搞革命你不在行，没那个心眼，搞不赢人家的。但搞生产，你行，能塌下心去搞出个样子来。”

“书记您郎就说吧，要我搞么事，保证完成任务。”振海听出了他的潜台词。

“也许，这是我最后给你布置任务了。以后的事，你好自为之吧。”向来刚毅的唐明义，突然伤感起来，不等振海开口问，又说，“毛主席早就教导我们，农业的根本出路在于机械化。也的确，现在农民种田，两麻一锁[①]，面朝黄土背朝天，一年三百六十五天没个休歇，真是太苦太累了……产量也不高，肚子都搞不饱……公社的农机站，你也晓得，这大个公社，十一二万人口，十几个乡镇，几年了还只有五台拖拉机。这个状况必须改变。”

“那书记的意思，是要我去农机站？”他说得这么直白了，如果还听不出道道，振海这些年的干部，真是白当了。

“对，你去当站长。但不是混日子。两三年时间，至少跟我整出二十台拖拉机来。还要按农业机械化要求，把耕整机、播种机、收割机这些都整起来。同时，推动各小公社、各大队也搞些小型农业机械……由行政干部改行搞企业，管只有十几个人的农机站，表面看也是处理了你，给了他们一个交代，料想再不会太为难你了。”

唐明义如交代后事般，搞得振海无比难受，也把自己的烦恼抛到一边，说我听书记的。唐明义说，你还是跟他们作下说明，他们叫搞么事就搞么事。这是态度问题。

停顿了一下，唐明义加重语气，叮嘱道：“虽然就那点儿事，

---

① 两麻一锁：俗语。意思是天麻麻亮出工、麻麻黑收工，白天一把铁锁锁门。

也没说不明白的，但态度问题至关重要。该给的面子给足，不留把柄。然而你也记住了，你的工作，是在农机站。”

他是被人贴大字报贴得最多的一个，甚至说他搞地下工作时，出卖过同志，是叛徒，有血债。振海没想到，都这个时候了，他还只想着工作，想着群众，想着保护下级，心里更加崇敬。

一早晨，丈母娘和宇洁愁眉不展，一个在猪圈旁剁猪草，一个在灶屋褪鸡毛。守菜园子的爹提前回来了，坐在桌旁把旱烟抽得“吧嗒吧嗒”响。念兰、念竹自个儿在玩耍，念梅抱着念菊，在一旁默默无言地看着。小儿子忠国，搂着他的虎子，蜷缩在天井一角，那副怯懦样子，看了叫人心寒。往日的欢声笑语和叽叽喳喳，仿佛都躲起来了。

买了过早，端了豆浆，振海八点多钟到家时，看到这副异样，心里“咯噔”了一下。随后也就明白，是么回事了，便喊家里人都来过早。

巴掌大的通海口镇，哪里藏得住事？肯定是大字报的事，都晓得了。他是这间屋里的顶梁柱，就是天大的难，也得自己扛，可不能让家里人跟着担惊受怕。想到这里，也不等家里人都来了，呵呵一笑，躬下身子，对念菊拍拍手，故作轻松地喊：“乖乖，来！我端了我儿最喜欢吃的豆腐脑儿，大伯喂我儿吃！”

念菊最高兴的事，莫过于坐在爹的腿上，吃爹喂的饭。于是，从大姐身上溜下来，蹒跚几步，然后“哧”的一声，就扑进了爹的怀里。

舀起一勺豆腐脑喂进幺女嘴里，然后把勺子给她自己吃，振海问田道清：“大！怎么回来这么早？朝儿换的您郎？”

“不是。他去於家渡了。”坐在桌旁的田道清磕干净烟窝，嗡声嗡气地说，语气不带半点儿感情色彩。

“这么早？他去於家渡搞么事？”振海眼中惊诧。

“多谢我伢！”接过念梅递来的豆浆，刚坐到桌旁的大丫说，“前几天我问姨老妈，她今年没钱捉猪娃，还有个指标，就让念军送了一头去。另外，按‘割尾巴’的杠杠，家里还多四只鸡，我们杀两只加餐，另外两只，也送去了。”

“大字报的事，都晓得了？”虽然都讳莫如深，尽量避开话题，却开始行动了，这让振海无语。知道是怕刺激他，所以干脆挑明，一副风轻云淡的口吻。

“嗯！”宇洁应了一声，望男人一眼，无不担忧地问，“听说写得蛮骇人的，你准备么办？”

芝麻小事，传来传去就成了西瓜大的事。何况，写得也的确够吓人，撤职都是轻的，所以宇洁和家人的反应也是正常。振海苦笑一声，咬了一口包子，说：“什么么办？凉拌！”

望见家人都一副担忧的神情，振海又呵呵一笑，淡淡地说：“被人贴大字报，又不是我一个。公社领导，哪个没几张？官都比我大哩！写得更严重的，也多得是。真的不用担心。一会儿我去说明情况，就彻底没事了。相信我。”

尽管他拈根灯草说得轻巧，家人还是忧虑地叹了气。

三人同时叹气，惹得一直憋着的忠国，“扑哧”一声笑。但随后，就记起了老妈要他再不惹爹生气的叮嘱，顿时吓了一跳，偷偷瞅一眼爹，赶紧把包子塞进嘴巴，满脸憋得通红。儿子突然变得这般胆小，看得振海心里一悸，如锥子扎了一下，但装着没看见，接着说让他到农机站去的话。

“姨爷，姨爷！姨爷在屋里吗？”

刚要听振海讲他去农机站的事，钱梅突然大呼小叫地撞进来，让大丫有些不高兴，数落道：“你也三十几的人了，就不晓得稳重些？怎么还毛毛躁躁的？”

“还没吃吧？念梅，去！给姨妈拿只碗来。”宇洁关切地说。

“出么事了？姨妈？”振海连忙放下筷子，问道。

三个人的话，几乎同时出口。钱梅却一个也没应，哭着说：“大事不好了，姨爷！魁儿……魁儿……”

伢的事，都是大事。听她这语气，也许真不是小事，又异口同声追问："魁儿么样啦？"

钱梅依旧带着哭腔，说夏魁去北京了。众人吃了一惊，半晌没说话。

还是振海反应快，说没路条没钱，他哪里都去不成。哪个敢接待他？讨米人家都不敢给哩！安慰钱梅甭着急，就等这两天，肯定乖乖回来。田道清也说是啊！我们菜园队来镇上卖菜，也得每天开介绍信。虽然抬头不见低头见，其实都认识，也是不敢来卖的。宇洁问您郎是不是搞错了，他从未出过远门，哪敢跑到北京去？

钱梅掏出一张字条，振海接过一看，是夏魁的字："娘！我跟张远兵、郑洪波几个串联去北京了。不见到伟人，就不回来。抽屉里的二十四块钱和八斤全国粮票，我拿走了。"

宇洁也看了一遍，把字条还给钱梅，着急地问："您郎问过远兵跟洪波家里了？"

"嗯！"钱梅收起字条，泪眼汪汪地说，"远兵姆妈说，半夜就走了，一共去了八个人。"

"唉，也怪我！还是没把他箍住。"大丫叹了口气。

"干娘！箍得住人，箍不住心的。您郎么样抓了虱子放身上[①]呢？要怪，就怪胡冬青。"钱梅语气哀怨，幽幽地说。

"你的儿子不听话，怪人家胡冬青搞么事？"宇洁顿觉奇怪，脱口而出。

"难道，是他开的路条？"振海听出了点儿味道。

钱梅这才难为情地道出原委。因为夏之阳坐牢，夏魁老受同学欺负，就想找个出人头地的门道。胡冬青去北京接受了一回检阅，回来就青云直上了，这让夏魁看到了希望，天天念叨要去北京。

"唉！也不怪你的。毕竟，伢儿也就这么大。"大丫安慰了钱梅一句，又担忧地问振海，"那你看，还能追回来吗？"

"去北京，有几条路。只晓得是往北，但具体走哪条，坐车还是

---

① 抓了虱子放身上：俗语。意思是给自己找麻烦、往自己身上揽责任。

坐船，从哪里上车哪里上船，都不晓得，没办法追的。”振海苦笑。

“唉，我也是不中用。男人没看住，儿子眼看着也看不住了。或许，这就是命吧。也只能听天由命了。”听振海说也没办法，钱梅一脸苦相，随后又问，“姨爷！您郎不会有多大麻烦吧？”

“我那都是有头有脑的事，说得清白的。”振海不想跟她讨论自己的问题，直接把话题关上了，起身说道，“我要去一趟公社了。顺便，也打听下魁儿的事。”

听他主动说打听夏魁的事，钱梅和大丫当然一百二十个感激，又叮嘱了一番。

105

坐在大会议室桌子后面用柳树板子钉的长条靠背椅子上，神气活现地瞅了瞅左右坐着的几个年轻人，胡冬青颇有一览众山小的感觉。又整理了一下心情，才居高临下地对振海说：“老田！大字报说的那些事，我们不听说明。大家知根知底，没必要浪费时间。回头你逐条写明情况，过两天在学习会上做检查。革命群众能不能通过，就看你的态度了。”

听他开口就叫“老田”，振海心里一阵震颤。这口吻，变化真是大呀！此前的他，哪敢大大咧咧？哪回碰到了不是恭恭敬敬在“田”字后面喊职务，或者“叔”？称呼也是“您郎”，而不是“你”。随后又有些欣慰，毕竟没像对其他人直呼其名。但是，他不听说明，然后如审犯人般声色俱厉地刨根问底，搞得对方面红耳赤大汗淋漓，却又叫振海心里不托底，不晓得他葫芦里卖的是么药。

胡冬青这个不同寻常的开场白，一下子就打乱了振海的思路，之前打好的腹稿，全部作废，不晓得么样接话。

在他愣怔的片刻工夫，胡冬青又开口了：“听老唐说，叫你去农机站？那就抓紧去，白天把工作抓好，把农机站的革命搞好。但是，晚上得来这里，参加公社的学习。用‘抓革命，促生产’的真实成绩，争取革命群众的理解和原谅。”

这口气，仿佛他是公社一把手，加上他竟把堂堂公社书记唐明义叫“老唐”，也是够逗的，振海差点儿“扑哧”一声笑出声来。然而，他哪敢笑？振海没傻到做飞蛾赴焰的事。迅速调整好情绪，爽快答应。之后，直截了当又问：“夏魁去北京，是你批准的吧？不知道这回是哪位老师带队？”

“我提醒你啊，老田！管好自己的事，揩干净自己的屁股。”胡冬青脸色一寒，语气也变得严厉了。

“他是我姨侄儿子哩。”打听夏魁的事，不仅是受钱梅委托，他也的确有些不安。

“组织红卫兵去北京，过去的确有老师带队。为了锻炼年轻人，这回没有。而且想去的人太多，也没那么多带队的老师，以后都不派老师了。但我相信，他们一定能很好地完成任务，载誉归来。所以，你真的不必担心。”

姨爷关心姨侄儿子，好像也在情理之中，所以胡冬青似乎没法反驳。但他今天的脾气，出人意表地好，没直接搾回去，反而耐着性子，作了一大通解释。

尽管担忧，也别无选择，振海转身退出会议室。

“老田！”刚走到门口，胡冬青突然叫了一声。振海只得转身，问还有么事。

“为争取革命群众的谅解，你家的尾巴，自己割了吧。街里街坊的，我们就不再去了。”

胡冬青能说这话，也算法外开恩了，其实是出于无奈。那天本来要直扑振海家的，想了想还是没做那么绝，而是手下留情地在整个新生巷闹了一出，搂草打兔子。不想碰到忠国那个浑气，吃牛屎不看堆头，把事情闹大了。回家吃夜饭，生生挨了爹一板凳，饭也没准他吃。一直溺爱的姆妈，不仅数落了他好一阵，甚至都没帮他劝爹一句。

爹和姆妈生气，跟他不想直扑田家，是一个原因。不然，他堂堂体育老师，岂能对付不了一个七八岁的小屁伢？而一个造反派头头，还怕人指指点点？听见兔子叫，就不种黄豆了？胡冬青不是那样的人！

但是胡、田两家，算得上挑脚“世家”，几辈人都在通州河码头当挑脚，同病相怜，所以走得很近。除此以外，还有些其他渊源。比如那年大炼钢铁，他爹胡铁锤拖了一车物资去荆山，空车回来时马惊了，连马带车滚下山崖，摔断了三根排骨。是振海冒着性命危险，下到山崖背上来，又亲自驾着马车拖回来的。那一路照料，只怕是亲兄弟，也不过如此了。而大丫对他，更有救命之恩——

那年他小，还不会水，竟跟小伙伴一个赌约，就鬼使神差地抓着埠头打鼓泅。不想手一滑，人就滑到了河中间。眼看着他时沉时浮，一帮小伙伴傻掉了，呆呆地杵在河边，连呼救都忘记了。

也是说巧不巧，正好大丫来洗衣裳。见一双小手在水里时伸时隐，有一下没一下地瞎扑腾，连忙丢了满盆子衣裳，毫不犹豫就扑进河里，一把抓住了那双小手。

通州河边长大的人，没几个不会水的。但是，大丫也有三十多年没下水打过鼓泅了。就是说，她是不顾自己安危，也不顾河水是打着漩涡流动的。这个事，让胡冬青刻骨铭心，也让只有一根独苗的胡家感恩戴德。

那次溺水，在胡冬青心里刻下了深刻阴影，再不敢下水了，以至于现在还是个旱鸭子。通海口不论男女，倘若不会水，那真是奇耻大辱。胡冬青，却必须忍受这奇耻大辱……

明白了胡冬青不想深究的“善意”，振海心下一宽，就说援朝清早起床，把多的猪娃跟鸡送去於家渡了，说完就去农机站报到。

他直接去农机站，害得在家等消息的丈母娘，一上午都如坐针毡，不晓得他跟红卫兵说明情况，是个么结果。

惴惴不安的大丫，现在纠结的事情，主要有两个。

一个是菜园子要不要毁掉？不管是“割尾巴”还是“破四旧”，她好像没么事可担心的了，除了那个菜园子。倘若不毁掉，振海便可能过不了关。但是振海说得也对，她带这个头，不说街坊么样看她，而且真的是坑了街坊一把。毕竟，都指着菜园子过日子哩！更何况说实话，那个菜园子，跟她、跟全家，已经有感情了，说是有恩，也不为过，关键年份、关键季节、关键时候，都是靠着菜园子度过来的。亲手去毁，既不忍心，也舍不得。

二个是真把菜园子毁了，十几口人的生活么办？这个她必须想透彻。亲戚家那几个伢，肯定是管不过来了。自家都吃不饱，哪还有能力管他们？过去能管几餐，也是菜园子有菜。吃不完的，甚至还能换点儿钱。十几口子人，睁开眼睛就喊饿。副业早就不敢搞了，假如菜园子再没了，就靠振海、宇洁那点儿工资，肯定是不行。她也不会变戏法，变出吃的来。

两个问题，其实是一个。只不过，把它们分开来想的。

正在她忧心忡忡时，援朝骑着振海那辆破脚踏车，汗流浃背地回来了。

从脚踏车后架卸下装小猪的篓子，援朝指着篓子里的几只红薯说，姨老妈说我们家更困难，毕竟镇上么事都要花钱买，死活要我带回来的。

他是怕老妈责怪，毕竟姨老妈家的日子，真是不好过。

“他们家里嘴巴不少，同样不好过哟！”一边收拾那几只红薯，大丫一边嘀咕道。小丫这个妹妹，没过几天好日子，比她还惨，性子又懦弱，大丫比对天宝还挂记。现在又据说两个弟弟跑去了台湾，被打成了“敌特家属”，就更担心了，不禁问道，“姨老妈还好吧？”

“跟我们差不多吧。不过，乡下‘割尾巴’，好像割得更彻底些。两只鸡当场就杀了，说是不敢留到第二天的。”

大丫心里又是一阵痛。大丫想了想，问援朝能否不去菜园队，援朝不明就里，说我就是个帮工，不去也可以。大丫说既然不去也可以，那么你就辛苦一下，跟老妈去菜园子。大丫仿佛下了决心。她不能拖女婿后腿，搞得他为难。

“去菜园子搞么事？菜秧正在长，还没到摘的时候。倘若是浇水，也下过雨没多久，地还是湿的。要说施肥，前两天我跟您郎去施过了，不能太勤的。太勤，菜秧疯长，就不好了。”常常去自家菜园子，又在菜园队出了几天工，对菜地里的活，援朝门儿清了，不解地问。

“唉！”大丫叹口气，无奈地说，“我想，把菜园子刨了算了，省得惹麻烦。”

“啊？不是吧，老妈？菜园子刨了，我们吃么事？”老妈跟哥哥讲前面的那些话，念梅就觉得奇怪，但因不明就里，所以没吱声。猛听老妈这么说，骇了一跳。

“伢，你以为我想啊？”摸了摸念梅的头，大丫眼里满是无奈，“不然，你老子这关过不去呀！”

“不刨！我去守菜园子，哪个来刨我跟哪个拼命！”趴在桌上专心致志做土喇叭的忠国，突然把螺丝刀和小磁铁一蹾，猛地起身，一双大眼睛瞪得圆溜溜的。

他这话，吓了所有人一跳。

“去去去！哪儿哪儿都有你。你不掺和还好些，你越掺和，事情越糟糕。”回过神来，大丫又好气又好笑，数落道，“我看你是三天不上房揭瓦，就手痒；三天不挨你老子揍，就屁股痒。屁股又痒了，是吧？”

在哥哥姐姐面前，忠国还是很听话的，从不惹他们生气，所以都护着他。老妈这么一说，两人心头一紧，生怕她跟大伯告状，尽管她从未告过。援朝赶紧劝老妈，千万别跟大伯说。念梅说，您郎说的好像不对。么样不对了？大丫瞪了念梅一眼。念梅说，那天要不是忠国掺和，猪就给人牵走了，鸡也捉干净了，今天就没鸡汤喝了。

大丫哭笑不得，不过也很欣慰，毕竟两个伢长大了，有点儿大哥大姐的样子了。她也就吓唬吓唬，宠都来不及，哪会去告状？巴掌落在忠国的屁股上，哪回不像打在她心上？于是说好好好！不告状，不告状！又问援朝你去不去，只要弟弟不挨打，援朝做么事都愿意，马上说去，去，去！

“不去，都不准去！就是打死我，也不准去。”忠国还真像个浑气，麻溜地滑下板凳，倔强地堵在门口。

心里本来就乱，他又老添乱，从不对外孙大声说话的大丫，也差点儿把狠。但最终忍住了，无奈地说：“你懂点儿事好不好，我的乖忠国？你以为我想啊？这不是没办法了吗？”

祖孙几个僵持不下，不想跪在板凳上看忠国做喇叭的念喜，突然横插一杠子，很男子汉地握紧了拳头，声援忠国说：“我跟你一起去守菜园！”

“你又跟着瞎掺和个么事？不怕你姆妈打板子啊？”大丫真是无语了，一个两个都反对毁菜园，念喜都掺和进来了。

“不怕！”念喜说，“那菜园子，我们也吃了不少菜。要是毁了，我们也没菜吃了。姆妈不会打我的。”

念梅又说：“既然您郎也不想，那就等大伯小伯回来了，再商量一下？”援朝附和说：“是啊，看大伯小伯么样说。”大丫没办法，摇摇头叹口气，只得作罢。

别人的喇叭接上线了就出声音，自己么样就弄不响呢？百思不得其解的忠国，带上工具和材料出门，去找读初三的王福恩请教。王福恩是王大毛和张丽的儿子。父辈是哥们儿，姆妈是干姊妹，尽管他比王福恩小四五岁，但也是哥们儿。

跟他家一样，王福恩的祖先也没本事帮后人攒个台，是解放后政府在新生巷划拨的。他家在新生巷中间，王福恩的家在新生巷北头。

快到王福恩家了，碰到他隔壁的李传洪。通海口镇也就巴掌大，街上的人或多或少沾点儿亲戚关系。传洪跟忠国也是。论起来，他爹爹李宇栋，是忠国娘宇洁的堂兄，所以每回见到长他三四岁的传洪，都一副长辈样子，嘚瑟地叫他一声侄儿子。传洪当然不爽，毕竟大他几岁哩！但是论辈分，又的确如此，除了气鼓鼓地不想搭理，却也没别的辙。谁教自己辈分低呢？

这回也是。见传洪从家里出来，忠国就笑嘻嘻地问："侄儿子，这是要出门呢？"

传洪这回却没忍气吞声，如吃了枪药般，搴了他一句："你个走资派的狗崽子！再没大没小，看我么样收拾你！"

除了大伯，忠国就没怕过哪个，何况开个玩笑，又不是没开过，却遭了一顿骂，连带着还把爹一起骂，哪里能忍受？当即就奓了毛，跟他对骂起来。也不晓得传洪哪里来的硬气，骂道："你不仅是走资派的狗崽子，还是破产地主的狗崽子，还是资本家的狗崽子！你是所有反革命的狗崽子！"

关于老妈破产地主和资本家老婆的身份，他也是早晨在饭桌上听大伯讲大字报时听过一耳。老妈是忠国的逆鳞，被传洪如此咒骂，当即就脑壳"嗡"的一声响，把手上的东西往地上一扔，上前就抓住传洪的衣领。传洪也不是吃素的，两个人迅速扭打在了一处。

巷子里早就聚了一堆人，看热闹，不劝架。小屁伢打架，哪天没有？司空见惯了。两人在地上滚得衣服辨不出颜色，除了鼻腔和脸上那股红的血。

被压在下面的忠国好不容易翻身，正要骑到传洪身上，却突然被人一把拎起，随即传来一声怒吼："好啊！你竟敢寻上门来打人，真是欺人太甚！"

吃了亏的忠国，扭头一看是传洪的老妈黄响珍，倔强地一把挣脱了，揩了一把鼻子里流出的血，说："是他先骂的我！"黄响珍薅他的衣服，说："他骂你，你就动手打？他只是骂了吵！没先动手打你吵！"这时，传洪趁机偷袭了忠国一拳。

被黄响珍薅住衣服，忠国挣了几下没挣脱，气得破口大骂。传洪又踹了两脚。黄响珍明显拉偏架，众人看不过身了，议论纷纷。想想也差不多了，黄响珍正要松手时，从未受过这种窝囊气的忠国，一把抱紧她的手，直接拉进了嘴巴。

随着一阵疼痛，黄响珍恼羞成怒，连忙抽出了手。正要顺势一巴掌时，却被闻讯赶来的大丫拉住了。大丫气恼地说：“祖孙俩欺负一个伢，真是好家风啊！”

黄响珍也不管辈分了，气嚷嚷地道：“是你外孙欺负我家传洪了。”

“论年龄，传洪大忠国三岁多；论个头，高忠国半个头。你说忠国欺负传洪——”大丫指着围观的人问，你们信吗？

众人哄然。

黄响珍自知理亏，一把扯住孙子，边进家门边骂：“长个苕个子有鬼用！你不晓得往死里打呀？”

忠国没哭。他打架，不分输赢，从来没哭过。默默捡起四散的喇叭零件，扭头对一旁的王福恩说：“福恩哥！我来学你做喇叭的。”

然后，两个小家伙进屋，犹如刚刚的事没发生过，装起喇叭来。

106

两个伢打架的事，按说当时就了了。不想中午振海跟宇洁前脚刚进屋，黄响珍拉着孙子，后脚就跟进来，指着一直没处理脸上血迹和身上泥土的传洪，说：“你们看你们看，你家忠国真是狂得很啦！把我家传洪打成这个样子了。”

上午得到通知，复城县革委会批准了通海口公社革委会组成人员名单。区委副书记兼武装部长黄天树当主任，按照“三结合”要求，胡冬青、周顺松被“结合”进了班子，唐明义、刘火山等几个区委领导靠边站。

振海心里正烦闷，哪承想刚刚进屋，就有人上门告状，心里的火“噌”地就蹿了上来，心说还真是不让人省心哪！决心不再打小儿子的，此刻却又皱起眉头黑着脸，下意识地问："忠国呢？"

援朝一看大事不好，偷偷去王福恩家里把信，叫忠国中午不要回来。王大毛夫妇回来就听儿子学过一遍，也知道振海那个脾气，便留忠国吃饭，说等你老子上班去了，再回去。

正在灶屋做饭的大丫，见黄响珍竟敢找上门来，迈着一双小脚，"噔噔噔"出来，说："你还有脸来讨理性？你祖孙俩把我儿打成那个样子，我没打回去，就好不过的了。你真是脸都不要了！"

"老妈！您郎不要老护着忠国好不好？"振海无可奈何。他心里很是担心，照忠国那个样子，在外面不吃亏才是怪事。

"也不是我说你！除了打儿子，你还会做么事？你能不能讲点儿道理，问个原因？伢儿错了，你打他，我不拦你。伢儿没错，你也打。你还要不要他活了？早知有今日，当初你怎么不把他捏死了算了？"大丫早就窝了一肚子火，顿时如奓了毛的抱鸡母，对着振海一通吼。

宇洁正给念菊喂妈，问黄响珍："舅娘！到底是么回事？"

也许真觉得理亏了，黄响珍从鼻孔里哼了一声，没答话。

"怎么回事啊？她祖孙两个，一个把忠国抱得死死的，动都不能动，一个拳打脚踢，打得鼻青脸肿，口鼻出血。"大丫还在气头上，也是心疼不已，气呼呼地回答完，又面朝黄响珍，"我说你脸皮也真是厚，打完了，还敢上门讨理性！敢情田家好欺负啊？"

被大丫一通硬掉，黄响珍只得拉着孙子，悻悻然回去。

"唉——"振海长长地叹了口气，脸色逐渐缓和，对念梅说，"把饭菜端出来，吃饭吧！"

"你有打儿子的力气，还会饿呀？没的你吃的。"大丫的气还没消，戗了女婿一句。说罢，进灶屋端饭菜去了。

这一餐饭，田家吃得沉闷至极。伢们生怕触爹的霉头，三两下就把稀饭喝完了，仅有的几碗青菜，基本没动筷子。振海心里也不好受，吃完了把碗一推，转身去农机站。胡冬青要的说明，他得抓紧写。如今他当了正儿八经的革委会副主任，还不新官上任三把火啊！他可不想成为活靶子！

宇洁则是饭都没顾得上吃，抱着念菊就去了王大毛家里。摸着小儿子脸上的伤，瞅着他那倔犟不屈的神情，听着王大毛一家的补充和劝慰，回想姆妈讲的事，联想男人的处境，泪水情不自禁地流淌下来。

振海的说明——严格讲应该叫“检讨”，也不知道今晚是第几回了。不过，最后还是不出意料地没过关。

天树灵机一动，吩咐振海：“你的说明，这两天也不做了，当然，也不能让你闲着。你去趟地区，找夏书记搞几台拖拉机指标。县里只给了两台指标，太少了。另外，看有没有机耕船、抽水机啥的，也搞几台回来。按照目前的进度，农业机械化，要等到猴年马月呀？这应该是你这个农机站长的主要任务。抓革命、促生产两不误嘛！如果你能要来指标，即使你有些问题，也可以将功折罪，算你过关的。”

会场的人又蒙了，面面相觑，不知他葫芦里卖的是么药。

胡冬青则吃了屎一样，心里不是个滋味。这不是典型的业务挂帅吗？那还搞么事“文化大革命”？于是急着要反对。但是稍微想了想，又冷静下来，没开口。

胡冬青之所以出人意料地沉默，主要是振海去地区，能不能要到指标，还是未知数。他的前任搞了这么些年，也才五台拖拉机。他去一趟地区，就能要来指标？开么事玩笑！

胡冬青不吱声，周顺松便也仆旗息鼓。说实话，杀猪宰牛，他在行。但斗智斗勇玩心眼，他的智力的确不够。

其他人都暗叹，这小子有两把刷子，当了几天副主任，学会内敛和隐忍了。振海则先是一愣，随即就答应了，说我想约天华舅爷一起。可以！天树想都没想，点头应允。

振海先筹了一笔钱，才去地区的。不过，他没直接去地区，而是先去黄家大队找天达，要天华陪他一起。

听说去搞拖拉机，天达没反对，但提了个条件。只见他小眼珠骨碌碌转了一圈，先是一个标准的黄氏狐狸笑，这才慢条斯理地说："大型机械，我发扬风格不跟你抢，也没钱买。但手扶拖拉机，你得帮我弄一台。"

振海晓得他是雁过拔毛的主，苦笑着说："也得夏书记批了才有啊！"

"夏书记批不批，我不管。既然派天华，就得给他记工分。但我也得跟社员解释个理由啊！你说，他出去白玩一趟，回来还记工分，社员不撕了我啊？不给他记工分，以天华那个黄浑性格，他会跟你去？"

振海拿他这个狐狸舅爷，也是没辙，只得答应试试看，说如果夏书记不批，我也生不出来给你。

倒是天华，一百个不乐意。他最怕见夏杰，更怕见他老伴邓婶娘。每次总唠叨个没完没了，说他不听话，要回来摸牛屁眼。但经不住天达的威逼利诱和振海的苦苦央求，最终同意走一遭。于是，振海叫会计取出了筹备的几千块钱，又喊了两名司机，在公社开了介绍信，一行四人坐客车去地区。

之所以准备几千块钱，还叫了两名司机，是县里下来的指标，虽铁板钉钉了，但有时在地区农机门市部提货，有时到武汉提货。振海不晓得这批指标，到底是去地区提，还是去武汉提。既然去地区一趟，干脆连带着碰碰运气。说不定运气好呢？

别看天华一副傻得冒泡的神情，却是粗中有细，竟背了刚打的十斤高粱。

"你还背高粱搞么事？"司机不解，问道。

天华微蹙眉头说，夏杰家大口阔，本身养着两个老人、五个子女，又赡养了一个烈士的双亲，却只有夫妻俩和老大夏之栋的工资，粮食肯定不够吃。他又责怪振海去早了，惋惜地说再晚些时候，秋粮就下来了，至少还能再背些红苕的。

振海感叹道，是啊！别看当那么大个领导，家里的日子，过得还不如我们。说着，打开提的布袋，露出一个小布袋说，李老妈让我也带了五斤米。两个司机唏嘘了一阵，又缠着天华讲夏杰的故事，四个人倒也不寂寞。

振海他们坐的客车，到地区是下午一点多。

几个人先去农机门市部，一打听，可以提，连忙先把两台拖拉机的款付了，四千多块钱。两个司机也没其他事，高高兴兴地开了回去。振海跟天华则去地委找夏杰。

还没到地委大院，就见前面熙熙攘攘，到处是箍着红卫兵袖章的人，跟赶集一样热闹，霎时骇了二人一跳。愣怔片刻，然后挤过人群来到门口。两个门卫同样箍着红卫兵袖章，问他们找哪个，振海递过介绍信，说找夏书记。

瞅一眼院里院外到处游荡的人，再盯着他们的脸，门卫皱起眉头问，又是找夏书记的？这话让两人心里又打了个“突”，心说“又”是个么意思？

有人凑过来，警惕地问找夏杰搞么事。两个人留了个心眼儿，说你管我们搞么事，你们又是搞么事的？那几个人说，你们也是来揪夏杰的？我可警告你们，不能跟我们抢，我们先到的，批斗会场都布置好了。两人大惊失色，对视一眼，振海问你们哪里的。那几个人倒没隐瞒，趾高气扬地说复城县红总司①。你们抢不赢的，我们有几十人在这里。

几十人找夏杰？振海可不敢再盯着门卫，问夏杰下落了。前后左右瞅了一圈，灵机一动说田振春在不在，我是他堂哥。门卫说哦！你找田组长啊。稍等，我打个电话。

振海都不敢想拖拉机指标那耙纱了。人家的日子过到这个份儿上，再找人开口，太不近人情。至于么样跟天树交代，只有回去了再说。但是，既然晓得夏杰的日子不好过，讨个实信还是应该的。不然，心不死。地委他们不认识别人，只认识振春，郎中田道德的大儿子，小振海几个月。

---

① 红总司：红卫兵总司令部。

等了一会儿，振春就急急忙忙出来了。

远远地看他一把年纪了，也箍个红卫兵袖章，两人都觉得滑稽，有想笑的冲动。但是，没等他们笑出来，其他人或许见过振春，晓得他这个人，倒是先把振春围在中间，七嘴八舌地说了几个名字，最后都是问回来了没有。他们问的那些名字，两人只知道夏杰，但那些人好像不只找夏杰一个人，心里又稍稍松了口气。

耐心回答完了问题，振春又劝那些人，最好先回去，因为这就到下班的点儿了。他的言下之意，当然是不一定碰得着了。也不管他的话，那些人听得进去，还是听不进去，然后黑着脸，转头问振海二人，你们又是么事？

两个人顿时愕然，把笑僵在脸上，要说的话，被他硬生生堵在嘴里。没想到，多少年没见，他竟麻面无情，半点儿不客气，直接就硬邦邦地甩出这么一句。

愣怔片刻，下不来台的振海扯了下他的衣袖，说借一步说话。振春依旧板着面孔，说有话当面说，别扯扯拽拽的。说着，进了门卫室。被晾在一旁的两个人，顿时丈二和尚摸不着头脑，不晓得他这是闹的哪一出。

不过，振春很快又从门卫室出来了，两人不晓得该不该继续找他。正在犹豫间，振春主动过来，说你们该搞么事搞么事去，别在这里添乱。说话间，貌似碰了下振海的手。

正要生气的振海，蓦然发现手心多了个纸坨，连忙捏紧了，赔着笑脸说，那你忙吧，我们不找你了。来到僻静地方才打开。一路都骂振春不是个东西的天华，凑过头来问，这是个么东西？振海皱着眉头说，振春给的字条，约我们晚上十点到地委后门口见。

长期跟夏杰搞地下工作的天华，突然感到好像错怪振春了，不再骂，转而喃喃地道："看来，情况不是一般地复杂呀，搞得像地下工作的。"

两人先找了个旅店，好不容易挨到九点，实在待不住了，提前去地委后门口。蚊虫太多，也顾不得了，一边拍蚊子，一边焦急地翘首以盼。

107

振春是过了十点才来的。

见他一直沿着围墙阴影走，还不时回头看身后，好像怕么事似的，弄得两个人也紧张不已。

停在两盏昏暗路灯的中间，振春突然不走了，那里正好是一片阴影。两人连忙过去。振春语气不善地问，你们也是来揪夏书记的？

“揪夏书记搞么事？我们又不是造反派。”两人丈二和尚摸不着头脑。

回过神来，才晓得振春下午的态度，是误会他们了。振海实话实说：“我们来找夏书记办点儿事的。没想到，人都见不到了。”

“唉！地委的几个书记专员，这几天被造反派整得够呛。”振春这才出了口长气，语气也缓和了许多，但透出些无奈与担忧。

“那……书记现在安全吗？”两人都替夏杰着急。

“安全。”振春欣慰地一笑。

又问能不能见到夏杰，满是担忧的天华犹豫一下，晃了晃手里的口袋补充道：“我们还带了点儿粮食来。”

“见面可以，但粮食肯定是不敢收的。人家正抓他把柄。要是发现了，不是伸出指头给人咬啊？”振春瞅了眼天华手里的袋子。

“那去看看邓婶娘吧，难得来一趟。”振海的小算盘，是去了家里，把两个小口袋一扔，也不管她收不收了。

“家里也不能去！那些人像特务，二十四小时在领导小区楼晃荡，就等着逮领导。这段时间，领导都不敢回家的。”振春又道。

“那么办？难不成，我们还背回去？”天华一听着了急。

“背回去吧。你们也困难，家家粮食都不够吃的。”振春无奈地劝道。

“背回去像个么话？给你吧，算是我们来看大伯的。”振海退了一步。他嘴里的大伯，是田道德，振春的爹。

“我是文革综合组副组长，也是他们关注的对象。所以，我也不敢背回去的。”振春一口就回绝了。

“喂！这也不行，那也不行。那你到底是个么意思？这是我们自己产的。我一个雇农，也算是跟日本人和国民党都打过的老革命了，我还怕那些小鬼不成？”天华犟劲上来了。他跟着夏杰的时候，振春也在通海口区工作，熟人间说话就没多少禁忌了。

“今日不同往时，真得麻烦你们背回去。”振春无奈地一笑，然后说抓紧去吧。

沿着古城墙，三人绕了好大一圈。他们也不晓得夏杰住哪里，振春说能见到，肯定就能见到了。所以，虽然心里忐忑，也没多问，提着口袋跟在他身后。

走到半路，振春突然停下脚步，说：“大前天红卫兵出了事故，死伤二十多人。听说死的人里头，有一个是通海口的，伤的也有两个。你们知道这事吗？”

两人又吓一跳，也不知吓了几跳了，心情更加沉重。

短暂沉默过后，天华问振海晓不晓得，说我在乡下，闭塞得很。振海摇摇头，问伤者住哪家医院，不管是不是真的，肯定要去讨个实信。

终于到了目的地，竟是跟地委只隔一堵墙的军分区。

天华好奇地问振春，原来这么近，你却带我们兜那大个圈子，么意思？振春说担心人跟踪。两人又差点儿惊掉下巴，对这场革命，是越来越看不懂了。愣怔片刻，天华才说我的个乖乖！比我们搞地下工作，还复杂呀！

振春把工作证给哨兵看了，三人登过记，才进到院里，上了三楼的一间会议室。

夏杰笑呵呵起身，跟两人握了手，就介绍给其他人。原来，会议室里坐着的六七个人，都是地区的大领导。军分区司令员雷江涛拍着天华的肩膀问，你就是那个背着老夏到处跑，救了他几回命，最后又回去摸牛屁眼的小黄啊？搞得天华愣愣的，不知如何应答。

夏杰说可不就是这小子，可以共患难，不肯同甘甜！通海口刚解放，就把两把撇把盒子往我手里一拍，说要回去摸牛屁眼。我问他为么事，他说就是个摸牛屁眼的，还是摸我的牛屁眼自在。就这样，回乡分了几亩田。要不然，现在也差不多是个区委书记了。

“当个区委书记，有么好处？你现在是地委副书记，行政十一级，高干哩！结果呢？家都不敢回。你看他，还能到处跑，甚至跑到地区来看你。多自在。”地委邓书记幽默地说完，又指着天华调侃道，“你有先见之明，我佩服你。”

一屋子人哈哈大笑。

领导们的谈笑风生，让两人的紧张情绪缓解不少，也更加佩服他们的乐观与豁达。

夏杰问你们来搞么事，两人不敢提拖拉机的事，怕给领导添堵，只说想老领导了，所以来看看。夏杰说哄鬼呢，哄鬼鬼都不信哪！振海，你是明义的左膀右臂，哪有这闲工夫？随即又说哦！明义靠边站了。又对天华说，你小子的底细，我就更清楚了，只会摸牛屁眼。说吧，到底是么事？

雷江涛几个人也是不信，说哪个会闲得蛋疼，不年不节的，专门跑一趟地区看老领导呀？说吧！趁老夏还有点儿权，也还想办点儿事。不然，过了这村，可就没这店了。

瞅一眼天华放门边的口袋，邓书记嘴巴一努，问：“里面是么事？”

天华脸腾地红了，讪讪地实话实说：“我带了十斤高粱，振海带了五斤大米。”

“你们胆子真肥呀！礼都送到地委来了。就不晓得，这是要帮老夏呢，还是要害他呢？”邓书记打趣道。

“走亲戚，不好空手不是？”振海搓着手，嘿嘿笑道。他只得把关系往近了靠，心说再大的领导，不也有几个亲戚呀？给亲戚送点儿礼，旁人能揪出么毛病？

“老夏！我们都没看到。至于收不收，就看你觉悟了。”邓书记却直接忽视了振海那话，又说无事不登三宝殿，何况还带了礼物，那你们是公事还是私事？要不要我们回避？

领导把话都说到了这个份儿上，振海也不好再矫情，这才把来意简单讲了，随后赶紧补充说，真没想到地区的形势都这样了。要是早晓得，打死都不来找书记麻烦的。我行得稳坐得直，他们奈何不了我的。

夏杰笑眯眯地说，你小子运气不错嘛，这种好事都能碰上。然后对其他人说，我刚刚说了，这边抓不出我么事，顶多说我态度暧昧，要滑头。我的问题在复城，所以还是回复城去解决。你们不是要我去蹲点吗？就去通海口公社了。这样，我的两台拖拉机指标，就名正言顺给他们了。何况佛说救人一命，胜造七级浮屠。又指着振海说，还能救这小子一命哩，他丈母娘可是对革命有贡献的。

雷江涛皱起眉头，思忖片刻说：“好倒是好。就怕那帮龟儿子往死里整，我一个关照不到，让你吃大亏。”

“你放心！我的问题有多大，我心中有数，出不了大乱子。你要知道，复城县有要整我的人，也有要保我的人。过去环境那么凶险，都没出么事，现在还能出么事？何况……”夏杰指着天华，笑呵呵地说，“这小子是我的福将，拉个稀都能救我一命。这眼面前刚碰到点子事，他又不招自来。所以，你大可以放心，我屁事不会有。”

他讲的典故，是指黄天赐那次围堵，本以为十拿九稳的，不想被半夜出门拉肚子的天华发现，拉起夏杰就从后门上了停在通州河边的划子。虽然天华把稀屎拉在裤裆里了，但两人却成功脱逃。天华脸一红，连忙说那时年轻，还有那个能力。但我现在就一农民，可是不敢打包票。

“老子没要你打包票！”夏杰大喝一声，阻止他继续往下说。

“我觉得吧，老夏说的有些道理。你们想啊！通海口是他的发家之地，他在那里有多大影响？土皇帝哩！哪个敢动他？肯定比在地区这个龙卷风里安全。”邓书记若有所思，又指着雷江涛，“你是军代表，再派两个干事陪着。打着你的旗号，谅那些人有天大的胆子，也不敢为所欲为的。”

雷江涛不再犹豫，当即就拍板，说你也不回家拿东西了，我找两套旧军装给你，连夜出城。转头对振海二人严肃地说，我把他交给你们，你们要拿性命保证他的安全。要是少了半根寒毛，你们拿命来抵！两人听得脸色一凛。不等回答，又问今晚出城，有问题吗？

“没问题。”意识到事态可能比较严重，不然不会要他们连夜出城的。两人有些犹豫地对视一眼，随后异口同声。

“是这样子的，司令员！”振春知道他们犹豫么事，解释道，“大前天的那场事故，死伤的人中有通海口的。但他们还不晓得，想着去医院确认一下。”

“我们公社一个月前出去了七八个学生，说是到北京串联的。但现在还没回，消息也没一个，音信杳无。”振海补充道，犹豫一下又对夏杰说，“其中一个，是之阳的儿子夏魁。我是担心，他们跑地区来了。您郎说，之阳我没看好，倘若他儿子再出事，我真没法交代了。尽管给他们开路条的是胡冬青，但也是我没看好，让他出去了。”

其他人不知道夏之阳其人其事，相互探询。夏杰却直接沉默了，片刻才说：“之阳的事，是他咎由自取，怨不得任何人，你不要自责了。至于他儿子，既然振春得了这么个消息，搞清楚也是应该的。”

“朱干事，朱干事！”雷江涛军人的作风，马上就显现了出来，打开门，喊了两声。待一个军人进来，又吩咐说找辆车，陪他们去趟地区医院。振春也自告奋勇。

有振春和军分区的朱干事居间协调，振海很快就找到了夏魁，眉头顿时拧成了“川”字形。夏魁没想到半夜三更振海会来，像见到了亲老子，“呃呃呃”地哭泣。听医生说头上只是皮外伤，但腿部伤及筋骨，可能终身残疾时，振海追问了一句：“就是瘸子，是吧？”

“应该是。”医生答。

振海呼出一口长气。只是瘸条腿，也不算太大的事，小命能保住，就好。

“你们住哪里？跟你一起来的几个人呢？”又气又恼又心疼的振海，不敢直接问哪个死了，换了种问法。

夏魁说住在三中，然后眼神黯淡下来，说张远兵死了，郑洪波、胡老五跟他受伤，还有四个人依旧住三中，白天偶尔会过来。

把身上的钱和粮票掏出来，拿了一半给夏魁，叮嘱他安心治伤，再不出去瞎跑了。夏魁激动得差点儿跳起来，随后语气低沉地说，千万别告诉我姆妈！振海说你总不能一直瞒着她吧。夏魁不吱声了，脸憋得通红。振海没跟他磨叽，又去看另外两个伢，把剩下的钱和粮票再一人给了一半，然后心情沉痛地回军区。

夏杰已经做好了出发的准备。雷江涛说，我的两台拖拉机指标，也给你们，另外给三台手扶拖拉机和两台“一九五”抽水机指标。前提是，你们必须以性命担保，老夏绝对安全。

一回就跑到了四台拖拉机、三台手扶和两台抽水机，这个意外收获，兴奋得两人如伢般手舞足蹈，一扫刚刚见到三个伢的郁结。道过谢，问么时候可以提货。雷江涛说，指标明天就下达给农机门市部，包括老夏的，随时可以提。随即又脸色一沉，严肃地说指标不是白给的，是以老夏的安全为前提的。你们答应过的事，必须做到分毫不差。

雷江涛反复强调夏杰的安全，两人自然明白肩上担子的重量，压力还是蛮大的。但是也没含糊，郑重其事地又做了一回保证。

随后，一辆挂着军牌的绿色帆布吉普，悄悄驶出军分区大院，又迅速驶过沉寂的城市，再在夜色掩护下一路往东。

108

最危险的地方，也是最安全的地方。这句富有哲理的警句，黄天赐使用过一回，现在夏杰也打算用了。事情如何发展，他无法预知。只能走一步看一步，以后的事以后再说。

还在地区等着揪了夏杰回去批斗的复城县造反派，也许早就鼾声如雷，美梦温润。但是哪里梦想得到，此刻的夏杰，正朝着他们的大本营、旁人眼中的“虎穴”，一路挺进。不过，夏杰在军分区会议室里，跟战友们可不是这样说的。他充满自信，乐呵呵地爽声说，自己这是龙归大海，是鱼进长江。甚至拒绝了雷司令叫他住复城县武装部招待所的建议，说我只有一头扎进江底，人身才安全，心里才踏实。

雷司令没辙。不过，他也不是一点儿辙没有。管不住老夏，但两个干事是他的兵，那是管得住的。当即下了几条霸气的死命令：第一，你们现在是老夏的秘书，老夏么时候回，你们就么时候回；第二，你们现在是老夏的警卫员，老夏少半根头发，你们剁一根指头；第三，你们现在是老夏跟老子的联络员，每天报一回平安；第四，你们现在是老夏的卫生员，他身体出了任何状况，你们都要及时处置。这四条，把两人的工作，跟夏杰的安危牢牢地捆绑到了一起，听得两人也是一愣。末了威严地问：“明白了没有？”

“明白！”两个干事也不是第一回干这类事情，双腿并拢，昂头挺胸，敬了个标准的军礼。待雷司令回过军礼，又挥了挥手，才敢放下。

这种仪式感，强烈震撼了所有人，振海跟天华更有一种重任在肩的厚重使命感。

车子是两位干事轮换开的，中途没休息。

坐在副驾驶上，年过半百的夏杰没眯过眼，一直跟身后两个人聊着各种人和事。两人知道，这是领导做调查，于是很谨慎，也很详尽地汇报他问到的所有事情。知无不言言无不尽，但绝不添油加醋，更不模棱两可，以免领导误判。

凌晨三点多，就要进通海口镇了，夏杰示意车子靠边，放振海跟邓干事下去。夏杰的想法，是他跟朱干事随天华直接去黄家大队，邓干事跟振海去公社。

临分手，夏杰问振海，都记住了没有？得到肯定答复，又指着振海，对两个干事说，以后你们听他的。他说搞么事，你们就搞么事，他说么样搞，你们就么样搞。两人对视一眼，明显难以接受。开玩笑！堂堂两个正营职干部，听地方上一个股级干部调遣？然而，望一眼夏杰那坚毅的眼神，又想起司令员的嘱咐，还是勉为其难地点了点头。

望着两根忽左忽右忽高忽低的灯柱越来越远，最后消失在夜幕里，振海带着邓干事，步行去公社。

敲响了唐明义跟黄天树的宿舍门，振海把邓干事介绍给他们。天树叫邓干事就在他宿舍休息，三个人径直去烈士陵园。他们不敢去办公室谈事，怕隔墙有耳。

站在原县委书记贺一章的衣冠墓前，振海把在地区的所见所闻做了详细汇报，包括八个伢的情况。二人脸色一直很凝重，乃至意外搞了几台拖拉机指标，也没激起太大兴趣，除了听说夏书记去了黄家大队。

听到这消息时，天树擂了他一拳，兴奋地说老子就知道，你不会让老子失望的。果然是我黄家的好女婿！唐明义本来也高兴，听他这话却不乐意了，脸色古怪地说，哎哎哎，老黄！他首先是党的好干部，其次才是你黄家的好女婿。公私都搞不明白，还当个么狗屁的革委会主任！

看来，他对自己没结合进革委会，还是耿耿于怀的。他那个古怪神情，加上戏谑语气，逗得两人嘿嘿直笑。

三人当即商定，天一亮就去看夏杰。天树说，他是地委来蹲点的领导，我们去汇报工作理所当然，任何人挑不出毛病。听说夏杰叫唐明义也去黄家大队住队时，他就更兴奋了，使劲点头，说吃过早饭就出发。

振海说现在地区不安全，夏书记叫把几个伢接回来，包括张远兵的尸体。受伤的先在地区治疗，毕竟条件好些，治好了再接回来。见两人皱眉，振海赶紧补充道，夏书记说这个事，叫胡冬青去办，放行条是他批的，人也必须由他去接。两人顿时眉头舒展，嘻嘻笑着说，姜还是老的辣。

天树说叫他带几个司机，顺便把拖拉机开回来。唐明义马上反对，不行！任何可能成为资本的事，都不给他沾手。天晓得拖拉机开回来，他会么样吹牛，说是他弄的？你能一个人一个人去解释？再说了，你好意思跟他争？狗咬了你，你去咬狗一口？不给他沾手，他屁由头没有，吹牛皮的头都没法起！他要搞斗争，就让他专门搞斗争去。要我说，派火山去，反正跟我一样靠边站，没事干。给点儿事他做，还充实一点儿，免得成天东想西想。天树觉得是这个理。

振海又说，朱干事跟邓干事，是雷司令派来保护夏书记的，接了死命令。公社安排住宿，不跟夏书记一起。这也是夏书记的意思，不要轻易暴露他们的真实目的。就说来搞外调的，反正现在外调满天飞。但公社要配合，样子做足，不让人在他们跟夏书记之间产生联想。天树说马上安排。

振海说他得回家一趟，毕竟夏魁还躺在医院。不晓得是不晓得。现在晓得了，不让钱梅晓得，说不过去的。

振海还没出陵园，又被天树叫住了，说干脆把靠边站的人都派下去住队，既给唐书记去黄家大队打掩护，也省得那些人东想西想，同时免得造反派天天找麻烦，弄得灰头土脸。黄家大队是地委的点，工作队搞大点。你去当个副队长，协助唐书记。碰到么急事，唐书记也有个商量的人。再派两个普通干部跑腿，就像个工作队的样子了。要他抓紧准备，然后到公社会合。

振海觉得这个办法好，当即应允。走在路上，想着有日子没给老人们端豆腐脑了，振海拐进了堤街。

堤街这家餐馆，是全镇最大的，过早的品种也最多。当然，说品种多，只是跟另外两家比。其实也就五六种。跟以前几十上百个卖过早的摊子比，又少得可怜了。

振海以为自己算早的，毕竟天才蒙蒙亮。不想放眼望去，尚未开门的餐馆，门前摆起了长龙阵。想想也是可怜。全镇上万人，三个餐馆卖过早，何况每天就做那么多，十几二十蒸笼包子而已，哪里够啊？还不挤得打破脑壳？也的确为这个，打过几回架了。

望了一眼，振海就放弃了买过早的打算。唐明义跟天树还等着自己，一起去黄家大队的。

丈母娘在做过早，宇洁在清理猪圈。振海一回家，就把宇洁叫进灶屋，简单说了张远兵被打死和夏魁受伤的事。听得二人目瞪口呆。

自己没空，振海让宇洁去跟钱梅讲，也说了公社会派胡冬青去接伢们回来的话。夏杰回来这事，他不会跟任何人讲，尽管外界迟早会晓得。宇洁早都没过，就慌毛火急去找钱梅。

上午十点了，三个人才骑着脚踏车去黄家大队。

唐明义问天树，怎么跟胡冬青讲的？天树得意地笑着说，就是主任布置工作啊！听到八个小伢到了地区，且一死三伤，胡冬青整个人都傻掉了，脸色惨白，腿肚子打战，半晌说不出一句话。叫他去地区处理这事，像被踩了尾巴的老猫，哭丧着脸，一蹦三尺高，张口就问为么事派他去。

想象着他一蹦三尺高讲那话的情形，振海饶有兴味地问，那舅爷您郎是么样说的。天树不屑地说，还能么样说？他屙了屎的屁股，他不擦，哪个帮他擦？肯定得自己擦呀！

“这一回，够他喝一壶的。应该没精力，也没心思对夏书记么样了。”唐明义若有所思。

“书记您郎么意思？可别忘了，他在县里是有后台的。县里的方文革，可是很抬举他的。”振海提醒道。

方文革，县里造反派的头子，原名方来民，县委办副主任。后来自己改了名，如今是革委会的副主任了。

“他不过是方文革的一枚棋子。方文革可以用他，也可以弃他。”天树不屑地说。

“也是！”振海同意他的判断，随即又说，“赶下台一个胡冬青，再来一个更难缠的赵冬青，就得不偿失了。”

“是否再来一个赵冬青，或者说是否更难缠，那是以后的事，只能走一步，看一步了。但是，先让胡冬青面对八个家庭，把这壶苦酒喝下去再说。八个家长饶不得他，肯定吵得他不安生。何况张老三前面生了四个女伢，好不容易生个幺把子，却死在地区了。你想想，张家肯放过他？被这些人天天缠着，他还不焦头烂额，哪有心思出其他的幺蛾子？”唐明义分析道。

他这一分析，振海终于松了口气。随即又问天树：“那张书记跟冬青一天走吗？”

“我才不会让他们一天走哩！”天树不假思索地说，“去地区的班车，每天就一趟。一天走，冬青肯定拖着火山办那些事，就跟他当替罪羊了，甚至把责任推到老张身上。我是担心，老张再禁不起折腾了。而把拖拉机弄回来的功劳，也就有了胡冬青一份。这种傻事，我不会干的。我让胡冬青明天走，他后天走。”

“嗯！这个安排好。”唐明义赞叹了一声。

果如他们所料，八个伢的家长得到消息，都跑到公社找胡冬青要人。特别是张老三一家，听说伢死了，一刻都不愿耽误，哭哭啼啼要即刻去地区，搞得胡冬青心慌意乱，不知所措。最后，他祭出了“撒手锏”，先是竖直一根中指，在钱梅眼前乱晃，恶狠狠地说：“今天来的，都有资格跟我提要求。但你这个现行反革命的家属，没有！牛鬼蛇神的狗崽子，本来没资格串联的，我是为了拯救他，本身也担着风险。再者说了，是他死皮赖脸求我的。”转头又气势汹汹对其他人说，“你们的伢，是响应号召参加革命的，你们却在这里拖后腿。我为你们不耻。这后果，承担得起承担不起？你们想清楚了，然后再来找我。”

钱梅果然被震慑住了，泪水瞬间在眼眶里打转转，整个人也顿觉天旋地转。平时伶牙俐齿的，愣是立在当场哑口无言。夏之阳因为丑事坐牢，但在通海口公社，她还没被归入牛鬼蛇神一类，许多人反而同情她。毕竟，她也貌似是受害者。如今，胡冬青竟如疯狗般，当面骂她现行反革命的家属，骂宝贝儿子是牛鬼蛇神的狗崽子，她却反驳不得半句。

这个也是她最担心的，是她的一块心病，就怕人拿夏之阳的事说事。就如一块旧时伤疤，生怕被人猛然揭开。为了儿子的体面，夏之阳出事之后，她成天如坐针毡，活得小心翼翼，工作极其勤勉，话也少得可怜。然而这个伤疤，还是被胡冬青无情揭开了。甚至不留面子，直接骂出了“狗崽子”。

其他人也被胡冬青的气势震慑住了，场面静寂下来。然而，也就静寂了片刻，张家的老人又激动起来。再么样说，他们跟钱梅不一样，不说查三代，就是查五代都历史清白得如一张白纸，真正的根正苗红，真正的领导阶级。何况独苗死了，又跟胡冬青脱不了干系。

“我不晓得么革命不革命，我只晓得我孙伢死了。他的死，是你搞成的。所以，说一千道一万，你必须给一个交代。”张老三的娘想，自己六十多岁，他还敢把自己么样？于是就说出了这段话。

“嘿嘿！好，好！”胡冬青冷哼了两声，一连说出了两个“好”，然后面目狰狞地说，“王老妈，单凭你这个反动话，就能打成现行反革命。你信不信？”

张老三的娘急眼了，一头撞到他身上，往他衬衣上揩了一把鼻涕，一边哭一边说：“我的个乖乖儿啊！好，老娘现在就给你打。”

面对王老太婆的撒泼打滚，胡冬青还真是束手无策，最后败下阵来，答应第二天去地区。他现在恨死振海跟天树了。八个伢的事，是振海去了一趟地区，回来散布的；而他去地区接人，则是天树压下来的。

众人离开他办公室时，胡冬青又对着后背补了一句：“明天去地区，只能张老三跟我。其他人，一个都不许。”

众人顿时又傻眼了。然而想想，只要伢能平安回来，也就烧高香了。于是无奈摇头，算是默认了。钱梅恨不得一爪子抓夏魁到手，她却连摇头的资格都没有，迈着沉重脚步，心里滴血地随众人离开。

无心上班，也无处诉说的钱梅，突然间发现，自己的人生，竟然如此失败，自己的命运，竟然如此不堪。最后，她鬼使神差地到了振海家里。

她这一副失魂落魄的神情，把捡了捆柴火刚刚背回来的大丫吓了一跳，连忙把柴火一丢，拉她坐在板凳上，叫念梅端了碗三匹罐送她手里，问么时候去地区。

不提这话还好，钱梅还能勉强忍得住。但大丫这话刚一出口，钱梅万般委屈铺天盖地，心理防线彻底崩溃。只见她把茶碗往桌上猛地一放，也不管茶水溅了满桌子，一头扑进大丫怀里，泪水如开了闸门奔流而下，号啕大哭起来。那真叫一个撕心裂肺，就像委屈至极的伢儿在娘的面前。

大丫心说没有天大的委屈，哪能哭成这个样子？但她默默不语，只是如对伢般，一只手在她后背轻轻地拍着。等她号啕得差不多了，才问根由。钱梅便抽抽搭搭地讲了刚刚遭受的羞辱，以及内心的憋屈。

大丫陪着落泪。而随着钱梅的哭述，她的心，更如锥子慢慢扎入，越来越疼，越来越疼。真是个苦命的女人啊！或许，这才是个开头哟！也不晓得，她能不能挺得过去哩。她当初被李志伟抛弃，又被李郭氏赶出李家大门的落魄画面，反复在大丫脑海里浮现，使得大丫心里也在滴血，默默为这个女人祈祷，希望她能想得开，挺得住，迈得过去这道坎。可千万别把那个疯疯癫癫的老毛病，搞复发了。

109

八月下旬的天气，临近正午更是骄阳似火。路边没么大树，虽然戴着草帽，三人却感觉不到丁点儿凉爽，衣服汗湿得拧得出水来。

道路两边的棉花或者水稻，迎着微微的热风轻轻摇曳。突然，天树指着棉田中间，说好像是夏书记吔！另外两人揩了把糊住眼睛的汗水，扭头望去，果见几个戴斗笠的男人中间，有一位戴着草帽、穿着白色长袖的人，正讲着么事。

不是夏杰还是谁？连忙把脚踏车放在路边，跳过涧沟，走进差不多有人高的棉田，顿时就如关进了蒸笼，闷得透不过气来，身上则汗如泉涌。

听三人喊夏书记，像从水里出来的夏杰，脸色极其不爽，劈头盖脸就好一通教训："庄稼不是这么种的呀，我的唐书记、黄主任！你们不能光搞斗争啊，抓革命要促生产哪！照你们这么种庄稼，我看年底只有喝西北风。到那时候，看你们拿么精神抓革命。"

"书记批评得是，我们马上改。"三人先是一愣，随后天树满脸诚恳地表态。

一个靠边站的人，唐明义不好抢在前头说话，但也不能完全不开口。天树表过态，这才接过话头说："书记！您郎看看有么问题，我们找个阴凉的地方，您郎仔细说，我们保证落实到位。这样的环境，年轻人都不敢久待，何况您郎一个年近六旬的老人？要是中暑了，我们跟哪个都不好交代。"

"太阳刚露头，书记就出来了，一直在地里转，看了水田看棉田，看了棉田又看水田。身上先是被露水打湿了，现在又汗湿了，都没干过。我们也是一直劝，就是不听。当然，也是工作没做好，惹书记生气了。"天达抢过话头做检讨。

"老子生个屁的气呀？老子是为你们着急！农民是搞么事的？农民是种地的。多产粮食棉花支援国家建设，才是农民的本分，才是农民的一亩三分地。怎么多产粮食棉花？当然是提高产量。但是，它是自己提高的？是搞革命搞出来的？人误地一时、地误人一年的道理，还要我教你们？不务正业！我看就是偷懒，就是图凉快。再说了，年底群众没红分，甚至闹饥荒，看你们么样交代！你们这些当干部的，真是昏了头了，不顾群众死活！”

老头儿口说不生气，但说出来的，那一句不是气话？而且，老头儿也真敢说，弄得几个人话都不敢接。或许是憋得太久了，面对自己人，才敢放心托胆地吐露一回心声吧。

“喂！我说你们，么回事啊？大热的天，也不让人歇个荫喝口水，这是要周结老头子的节奏啊？”也不知一上午他搞么事去了，也不知从哪里冒出来的。天华一进棉田，就对着众人一顿吼，然后不由分说，拉着夏杰的胳膊说，“走！先吃了中饭再说。”

不得不说，夏杰跟天华的关系，真是不一般。被他这么一拉，竟离开棉田，朝着村子走去。看得一行众人大跌眼镜。特别是天达，劝了好多回，都硬是没劝动。

三人推起脚踏车，陪着夏杰等人走，听他讲发现的问题。

他说棉花主要有两个问题。一个是整枝打叶不彻底，疯长，伏前桃没几个，伏桃也少得可怜。满是讽刺意味地对天达说，你们黄家大队的社员，今年应该不缺柴火烧了。这意思，就是没结几个棉桃只长棉梗了，听得天达脸上红一阵白一阵。二是虫害比往年严重。转头又讥讽天树，看来通海口公社的革命形势，一派大好啊！连虫子都加入革命队伍，而且越来越茂盛了。

地委的几个书记，夏杰分管农业，也把自己搞成专家了。

调侃完了，话锋一转，忧心忡忡地说，再不在秋桃上想点儿辙，今年的棉花就彻底没戏了。要他们抓紧补救，一是组织社员整枝打叶，捉红铃虫、棉铃虫。二是在棉田里多插些柳树把子，早晨起来收蛾子。水稻的主要问题，是施肥不足，长得太瘦弱。马上要分蘖扬花，再不催肥，说不定交完了公粮，就准备渡饥荒了。又不满地瞥一眼几个干部：“别成天只想着抓革命，分点儿心思促生产。”

提到施肥，天达终于有话说了。只听他大倒苦水，说为了沤肥，地皮草都铲没了，河坡沟边铲得光光溜溜，牛都没新鲜草吃了。哪里再去弄肥料啊！说着，还望了天树一眼。

天树明白他意思。然而，他也的确冤枉公社了。公社手上也没肥料。就每年轧棉花的那点儿饼肥，各大队只能撒点儿胡椒面，还得按卖棉花的数量比例购买。

“提拖拉机的人走了没有？”夏杰突然问。

他这个话题转得太快，都不知何意，但也不敢隐瞒，天树便实话实说：“还没。大概后天吧。”

“这样吧！地区领导蹲点，有一吨尿素指标。叫他们多带点儿钱，顺便买了拖回来。”

尿素，刚刚冒出来的新玩意儿。那可是肥料里的大哥大哩！众人一阵狂喜，纷纷叫道，还有这样的好事啊？

村子前面有条小河，靠天华禾场的河坡有几棵大柳树，几个男人在树下歇凉。一行人刚到禾场，天华就赶他们走，说让领导们也躲躲荫。夏杰跟这几个干部，他们没不认识的，打过招呼，都识趣地走了。

坐在他们留下的板凳上，振海有些纳闷，问朱干事呢，车也不在？夏杰说我叫他去公社了，你们没碰到？

从镇上到黄家大队，只有一条路。天树解释道：“我们不是从公社出发的，可能错过了。”

唐明义关切地说，您郎身边没有车，有情况了么办？比如人家来抓，跑都跑不赢啊！您郎可是五十几的人了，不是当年搞地下时的年纪。夏杰笑呵呵地说，黄家大湾是我的窝子，谁吃了熊心豹子胆，敢来窝子里抓我？天树提醒说，那些人不按常理出牌的，还是小心驶得万年船。

“不扯这个了。我既然来通海口公社蹲点，也得抽空到其他大队看看。当然啦，我的根据地，在黄家大队。”夏杰把手一挥，又扯回正事。随即面向天达，问你没么意见吧。

“书记这是对我们厚爱，高兴还来不及哩，哪里会有意见？”满嘴跑惯了火车的天达，在夏杰面前像乖乖儿，哪敢有半点儿不正经？“不过，书记！您郎看天华这屋也窄，还漏风漏雨。不说吃饭困觉不方便，也没人照护。要不，去大队部住？”

夏杰一来，就直接住进了天华家里。天达的意思，他住大队部，可以名正言顺地派人帮他提供些服务。毕竟，也是一大把年纪了。

天华抱了两只北瓜过来，也没洗，一拳头捶破了，大的一瓣给夏杰，余下的分给众人。天达也捶开一个，几个人边吃边聊。

“我觉得吧！天达哥说得有道理，去住大队部吧。毕竟方便些。如果想住天华哥这里，回头把屋整了再搬过来。”天树说。

“我的黄书记耶！我们是党的干部，不是当官做老爷。我是来蹲点，不是享福的。有张席子，就不错了。哪儿那么多讲究啊！想舒服，我就待在地区不出来，下来搞么事？想当年搞地下工作，我跟天华在坟地里都不晓得睡了多少回，差点儿被蚊子抬走。是吧，天华？”夏杰没同意，也不等天华呼应，又把话题绕回去，“我前面讲田间管理的事，不单单是对黄家大队的，希望全公社落实下去。季节不等人。到了年底，没钱过年，甚至闹饥荒，就太对不起人了。”

“下午就去落实，书记放心。”回答完，天树再讲三个人研究的打算，无非是派唐明义和振海陪他住队，以及军分区两个干事在公社的活动安排。夏杰没说么事，毕竟也只能如此了。再提运动的事，夏杰直接就不听了，说我来蹲点，只问生产，不是指导你们搞运动的。我只管生产上的事。

天华女人过来，说可以吃饭了。天华问夏杰，屋里吃，还是外面吃？唐明义抢着说外面吧！既有树荫，又有刮过河面的风，多清凉？不比你那蒸笼一样的堂屋强多了？我都不想挪窝了。夏杰呵呵笑着没吱声。一看他那架势，天华就晓得了，转身搬桌子出来，他女人和伢则端了菜碗，跟在身后。

衣服差不多吹干了，在河边洗了手，就坐下吃饭。

天达不好意思，说我回家去吃。闷葫芦天华冷不丁冒了一句，你装个么正经？天树也顺势插了他一刀，说假正经！我可是听说，你老来天华哥屋里混饭吃的。么样，碰到夏书记，就尿了？说得天达更不好意思，厚得针都扎不出血的脸，居然还红了，嘿嘿干笑。夏杰说，一起吧，今天是我拜码头，请父母官的。

天华女人又是鱼又是肉地摆了一桌，众人晓得不便宜，纷纷说那像么话呢，不说您郎是地委领导，第一我们是老下级，要请也是下级请；第二您郎是远客——尽管是回老家，也应该是东道请；第三，您郎是老人，我们狠心吃一个老人的？第四，您郎家大口阔，那点儿死工资拿来请客了，家里人喝西北风啊？夏杰说，天天这么请，肯定是请不起。但偶尔请一回，还是行的。别说得领导跟叫花子一样，好不好？

当然，最后还是没让夏杰请，而是镇上三个拿工资的人打平伙，平摊了天华报得出账的七块三角钱。

桌子刚摆好，众人还没落座，就有一群狗围过来。夏杰感到奇怪，说我印象中，黄家大湾没养狗的习惯哪！怎么这回回来，发现这么多狗呢？时兴养狗了？人都吃不饱，拿么事喂狗？天达刚刚被打击过，觉得是个还击的机会，不满地瞥了天树一眼说，书记问你话哩，哑巴了？唐明义跟振海憋住笑，把脸憋得像猪肝。

夏杰更加不解，在几个人脸上瞅过去瞅过来，知道他们有鬼，但不知道是么鬼。然后盯着天达问，村里养这么多狗，他晓得原因，你不晓得？

天华女人的脑壳，看来比天华灵活，嘴巴也利索多了。瞅一眼坐在一条板凳上的天树跟天达，不满地说，两个德行，真是一对活宝！连回答书记问话，都斗心眼子。

说得两人尴尬不已，正要回答，她却又抢先道出了原委：“这回割尾巴，政策太死了，丁点儿不松动。猪鸡鸭鹅都画了杠杠，多一只都不行。狗却没有。乡邻们就改养狗了，年底杀了，补猪鸡鸭鹅的不足。尽管肉不多，但反正是自己找食吃，不要人管的，而且挑进篮子是菀菜，有肉总比没肉强。老百姓都晓得杠杠是公社画的，一肚子意见，却又不敢讲。天达大伯也是个鬼，听您郎问，就出天树幺叔的挺，叫他回答您郎。”

“哦！真正的英雄，果然是群众啊！”夏杰感叹一声，随即就面色黯然了，内心充满了惆怅。心说这运动，也不晓得何时结束哩！

“书记！这基层干部，真不是人干的活儿，老是代人受过。杠杠明明是上面画的，却要我们背锅，天天被老百姓捣脊梁。”天树叫起撞天屈来。正好一只狗跑到他脚下，猛地踢了一脚，嘴里还吼出一声“滚”字。

“喂！你踢我的狗搞么事？”天达一看，不乐意了，瞪着眼珠子问天树。

“哦！是你的狗啊？对不起，对不起，我还以为是你哩。”

天树满脸坏笑，也引得哄然大笑。唐明义甚至喷出饭来，像撒胡椒粉一样溅了满桌。

唯独天达没笑，气得脸上红一阵白一阵，举起拳头作势要打。随后又放下，对笑弯了腰的天树怒声说道：“我黄家，么样出了你这么个二黄！更不晓得，县里的人么样就瞎了眼，叫你这个二黄当革委会主任。”

笑闹了一阵子，终于可以安静吃饭了。不想天达又扭头对天树说：“当着老书记的面，我把丑话讲在头里啊！也是明人不说暗话。就是那三台手扶，给我两台，而一吨尿素，都是黄家大队的。你可不准拦路打劫。否则，别怪我翻脸，不认你这个兄弟。”

“你……你……好！你说出个道道来，凭么事？”天树没想到他这时候提这个事，顿时就愣了。其他人也是一个愣怔，眼睛都盯着他看。

天达不慌不忙地说：“你好意思问我凭么事？凭夏书记在黄家大队蹲点，化肥指标是领导蹲点才有的。凭我派天华哥专门跑一趟，手扶是夏书记看天华哥的面子才给的。要不你现在问夏书记要？你要到了我一点儿也不眼红。还凭我是你哥。哥的话你也敢不听？”

他这正理加歪理，又霸气侧漏的一番话，弄得众人哭笑不得，也撑得天树一时语塞，一张老脸涨得通红。

“喂！不是……喂，天达舅爷不讲道理啊！天华舅爷是我带去的，讨要的话，也是我开口说的。不信您郎问夏书记跟天华舅爷。尿素的事我不管，抽水机给不给您郎我也不管。但是，凡是能上路跑的，都是拖拉机站的。您郎别横插一杠子。”振海也是急了。

“呵呵！大人说话伢儿听，大人打屁伢儿闻。舅爷们商量事，你个小辈插个屁嘴？去，去！哪儿凉快哪儿蹲着去。再说了，公社那是拖拉机站，却只搞几台手扶，你不觉得寒碜，我还替你丢脸哩！”天达满脸不屑，把无赖和狡侩本性暴露无遗，噎得振海直翻白眼儿，气得说不出话来。

“喂，黄天达！你别欺人太甚啊！首先，书记蹲点，可不只蹲你黄家大队，而是整个通海口。刚刚书记还说，要到其他大队看看的。其次，拖拉机跟尿素，书记从未说过是给你的。不要蹬鼻子上脸，把公社领导欺负完了，还连带着把夏书记绕进来。你要这么无耻，回头我告诉胡冬青，叫他找你谈心去。”唐明义看不过身，也加入到跟天达的争斗之中。

“喂，唐书记……喂，不带这么欺负人的啊！三个公社领导，绞起杠来欺负贫下中农，算么事嘛？小心我一张大字报，贴到文化墙上去啊！”天达继续把无赖发挥到极致。不过还是有分寸的。依他的初衷，是坚决把夏杰绕进来，让他评评理的。但被唐明义一捅破，好像把夏杰绕进来，也的确不厚道，便只得打住。

“呵呵！东西还不晓得在哪里，八字都没一撇，就为分赃闹翻了天。也真是颠覆了我对你们的认识，这还是我熟悉的那几个人吗？得！为了不给你们添矛盾，我叫邓干事转告雷司令，收回拖拉机指标。尿素的事嘛，反正要的地方多得很。我看哪里没矛盾，就给哪里了。”

眼见吵得不可开交，饭都吃不成了，夏杰干笑一声，说出了这么一番话，顿时唬得几个人傻掉了。回味过来之后，异口同声地说："别呀，书记！"

"还吵不吵？"夏杰问了一句。

"不吵了，不吵了！我们商量着办。"几个人乖乖地说。

"就是嘛！你们这些人，都变了。再碰到敌人诱降，还不都当叛徒了？也不晓得你们这运动，是么样搞的，越搞越转去[1]了。"夏杰趁势又教训了一回，见都脸红耳赤，也见好就收，"吃饭……我想了一下，一吨尿素，也就撒个胡椒面，全给黄家大队，其实都不够。"

听到这里，天达心头一喜，立马接口说："就是嘛！"

不料夏杰继续说："但又不能都给黄家大队。"

另外三个人"扑哧"一声，笑得又喷出饭来。天达眼睛都绿了，结结巴巴地对夏杰说："不是……这……书记，都给我们吧！我保证扛面红旗回来，给您郎争光。"

"在江汉地区，哪个扛红旗不是给我争光啊？都是我管的地盘。"夏杰轻描淡写的一句话，撑得天达差点儿梗死了，那口饭上不上下不下的。见他这样子，夏杰又安抚道："当然，也不亏待你。毕竟，我的队，还是蹲在黄家大湾的。"

被夏杰绕来绕去，几个人都糊涂了，哪里还敢接话？住了嘴巴，瞪着眼睛望着他。天达更如坐过山车，这份体验，可是不好受。

夏杰接着说："摊上你们这群土匪，算我倒涧。这样吧，我好人做到底，送佛送到西。叫振海跟火山一起去地区，再找雷司令——雷司令对他印象不错的，就说我说的，把雷司令的两吨尿素指标要过来。他又不蹲点，留着没鸟用。另外，再调剂两吨机动指标，一共是五吨。但给黄家大队，只有八百公斤。剩下的，全公社分。三十几个大队，也就撒个胡椒面。至于缺的肥料，你们自己想办法，不能全指望上级的。养成等靠要的习惯，就更不好了。

---

① 转去：方言。意思是回去了。

拖拉机的事，今年就这么多。么样分，自己吵去。我不管了。行不行？”

四个人哪里敢说不行？简直太行了！面对这意外惊喜，感激感谢的话，说了一大堆。夏杰又是好气又是好笑，问你们假不假呀。

天华始终没发言，默默听他们讨论，乃至争吵，比他女人还不如。当然，时不时给夏杰夹菜。

天树对天达说：“我也不跟你计较了。给你两台手扶，抽水机没有。都给你了，别人会骂我私心太重的，甚至贴大字报，说我这个革委会主任，么时候变成黄家大队的书记了。你不会六亲不认，逼得我去挨批挨斗吧？但一千六的购买款，你不能赖账。公社不跟你当这个冤大头。”

“不行！你还得给我培训几个司机。不然，不还是一堆废铁呀？我花一千多块买堆废铁，别人不笑话死我？社员还不骂我败家子？这个冤大头，我也不当。”天达想得还挺过细，咬住一件事不松口。

“好，好！真是服了你这块狗皮膏药。不！比狗皮膏药还讨人嫌。像蚂蟥，搭腿上了揪都揪不下来……这样吧，你选四个政治上可靠的，送到振海那里去。”天树败下阵来。

下午回到镇上，天树马不停蹄召开会议，落实夏杰田间管理的指示，同时部署干部下乡住队的事。当然，他没敢说是夏杰指示的，怕给夏杰招惹麻烦。

他正讲得起劲，胡铁锤气急败坏地闯进来，劈手就扇了儿子胡冬青两耳光，然后一把揪住他衣领，嘴里骂骂咧咧：“你有几斤几两，自己不晓得？走！跟老子赶马车去。”

他是搬运队的，这话的意思，当然是叫儿子跟他去搞搬运。但这毫无征兆的举动，骇了众人一跳，都没反应过来，傻傻地坐着没动。

胡冬青满脸通红，羞愧难当，都不顾疼了，拼命扒胡铁锤的手。无奈干体力活出身的胡铁锤抓得太紧，他扒了几回都没扒开。

眼看着要被胡铁锤拖出会议室了，天树连忙跑过去拦住：“胡爹爹！有么话，您郎好生说。行吗？您郎跑到会场，打了胡主任，还把他拖出去。这要传出去，不仅胡主任脸上不好看，我整个通海口公社，也要沦为笑柄了。”

胡铁锤终于松手，转身就是一个鞠躬，老泪纵横地说：“我的黄主任哪！我也不想这样的。但是这个畜生，把我胡家几辈子的脸都折尽了哟！您郎说，他哪是当领导的料啊？街坊都在捣脊梁骨，我跟他姆妈，都不好意思出门了咧！现在更好，搞死人了。他继续当干部，还不晓得要祸害多少人。您郎们真狠得心，让街坊再遭殃，也让我胡家做不起人哪！”

众人这才明白，他是这个意思。胡冬青脸上青一阵白一阵，整理扯皱了的衣领，嘟哝道：“张远兵的死，跟我没关系。我没搞死人！”

“你说么事？你个畜生，你再狡一句嘴试试。你说你早上跟街坊说的，那是人话吗？”胡铁锤脸色铁青，嘴唇直哆嗦，又高高地扬起了手。

胡冬青赶紧躲了一下，天树也拦在他前面：“胡爹爹！有理不怕辩，打人就不对了。”

“到底是个么情况？”天树回来就开会，没顾得上问上午有么事没有。听胡铁锤这么一说，转头问胡冬青。

“没么事！”胡冬青本不想讲的，但天树毕竟帮他解了围，便把早上一生气说的那通话，大致重复了一遍。

“你们看，你们看看！他那讲的是人话吗？人家钱梅，也是个苦命的人。她男人做那事，跟她有么关系呀？是她唆使的吗？她心里的苦，有几个人晓得？他竟然那样败仗人家，他还要不要人家活呀？还有张老三家，都死独苗了，他还有点儿人情味吗？还是街坊该说的话吗？”胡铁锤气得手指直颤，先对众人，又指向了儿子，“你这干部当下去，还不晓得要祸害多少人。是不是在你眼里，都是坏人？连你老子也是？”

胡冬青早上那些话，早就传开了，只是天树不晓得而已。此刻见他亲口承认，都拿不齿的眼神看他。也有人心里，怪天树多事，恨不得他爹多捶他几捶才好。天树听了，也是沉默不语。

“你要不卷铺盖回家，还留恋这个狗屁副主任，就跟老子断绝父子关系。老子宁愿没养你这个儿子！你不是老子的儿子了，杀人放火都跟老子没关系。老子也再不管你，任你胡作非为。”最后，胡铁锤把脚一跺，下了最后通牒，气冲冲地离开会场。

这下，所有人都傻眼了。

“脱离关系就脱离关系。”胡冬青也是头上有反骨，嘀咕完了这句，又一屁股坐到原来的位置上。

“胡主任！都是街坊四邻的，别做得太绝了。受伤了的学生，还是让家长去看看，放个心吧！另外，张远兵的父母，也都去吧！毕竟，儿子死在外地了哩。”

天树冷不丁儿冒出的一句提醒，震惊四座，都愕然盯着他的脸，心说胆子真是大，“别做太绝”这样的话他也敢讲啊！何况，还当着胡冬青跟周顺松的面。同样让他们大跌眼镜的是，这回胡冬青竟不以为然，还淡淡地回了一句：“多谢提醒！”

得知准许去看儿子，钱梅喜极而泣，当即跟几个家长开了介绍信，第二天就随胡冬青到地区。三个伢伤得不是太重，便都接回来治疗，毕竟方便些。

从地区回来，胡冬青回了趟家。胡铁锤以为自己的权威起作用了，儿子回心转意，连忙叫老婆子烧了个韭菜炒鸡蛋。他哪里想得到，胡冬青清理了自己的物品，用床单包了，放到脚踏车屁股后头，看都没看桌上的韭菜炒鸡蛋一眼，一溜烟骑着去了公社。

望着儿子的背影，胡铁锤才明白，这是跟他彻底决裂了，气得破口大骂。老婆子则站在禾场上，无声落泪。

纸是包不住火的，何况夏杰也没想隐瞒行踪，尽管雷江涛是这个初衷。

随着几台拖拉机和五吨尿素到了通海口公社，夏杰在黄家大湾的消息，就迅速传开了。一时间，地区的造反派、县里的造反派，都直扑过来。倒是通海口公社的造反派，或许慑于夏杰的威望，或许清楚自身的渺小，没敢轻举妄动。

但是，一连好几天，不管哪里来的造反派，连夏杰的影子都没找到。的确，有唐明义跟振海在这里盯着，他们要找到夏杰，基本没么指望。

夏杰在黄家大队一住就是两个月，直到要冬播了，地委来电话催，才依依不舍地回去，也就遗憾地没能去朱雀作个交代。他是分管农业的副书记，不可能一直缺位的，何况也终于结合进革委会了。

110

黄家大队甚至通海口公社，这年粮棉单产总产都超历史，喜获大丰收，分别被树为全省农业战线的红旗和农业学大寨的先进典型，黄天达则被评为全省农业战线先进工作者。这是大伙始料不及的。

更让人始料不及的是，因为保护夏杰，竟搞得名声远扬，都说通海口的群众不好惹。甚至越传越邪乎，说到底是老区，骨子里就天不怕地不怕，随便站出个农民，都是杀过日本鬼子和国民党反动派的，造反派也惧他们三分。

夏杰回地区之后，唐明义跟振海仍住在黄家大队，帮夏杰“守点”，但时不时地，会被胡冬青们一个电话摇回来。

该说的，早就说烂了，听的人也耳朵起茧了，但振海的检讨，却总过不了关。乃至他还没开口，人们就在心里对他的检讨判了死刑：“真造孽呀，肯定又过不了关！”

天下人都明白，他的检讨过不了关，并不在检讨书本身。女秀才写的，还能给人挑刺？开么事玩笑！但是，要振海告个低，求个饶，他也不干。过不了就过不了。虱多不痒债多不愁。大不了，多辛苦宇洁几回。所以他牢记唐明义的话，态度无比地好，三番五次炒剩饭，一篇稿子隔几天再念，依旧不厌其烦。

相比振海，大丫的心里的确更不舒坦，闹得不仅哮喘加重，头疼病也不时地发。但她硬撑着，偷偷吃药，生怕给伢们增加负担。日子虽然艰难但还是过得飞快。眨眼间，就磕磕碰碰地跨进了注定不平凡的一九六九年。

菜园子收了，副业不准搞了，即便有钱也没东西买了——何况都没钱，人们的生活水平，直线下降。振海家里也不例外。好在丈母娘精打细算，千方百计节缩开支，连伢们过年的新衣裳也免了，总算能勉力维持。所以这个年，过得那是相当节俭。

元旦过后不久的一天，振海下班了回家，发现念菊正在援朝的肩上顶家马，满禾场疯跑，顿时满脸惊诧地问："噫！你么样回来了？"

"大伯回来了？我验上兵了。"连忙放下"咯咯"乱笑的幺妹，援朝恭恭敬敬地说。

虽然性情大变，再不对伢们动手，脾气也磨得极少发了，但并不妨碍他在伢们心目中的威严。

"么样？你验上兵了？"振海再吃一惊，反应过来又说，"你才十七岁咧，他们么样就让你过了？"

"好男不当兵，好铁不打钉。验个么鬼兵吵？在乡下好好劳动，推荐读个大学，或者招工，不比当兵强？不准去！二爷当过兵，枪林弹雨都闯过，后来弄得不明不白，粮所主任也搞没了，还写了几年检讨。"身体越来越差的田道清，当即说道。

"爹爹您郎说个么话？好男不当兵，好铁不打钉。那是旧社会的事，老皇历了。现在是新社会，哪里还有那个说法？再说二爷，虽然外调材料他们不认可，但也白纸黑字写着，二爷是英雄，怎么就不明不白了？"援朝哭笑不得。

开么玩笑！当兵才是时髦，听说他验上兵了，同学和知青点的人羡慕得要死要活的。

“是啊，伢儿！听爹爹的，准没错。二爷当初要是听话，何至于闹到今天这步田地？”带着振江的老三念学回来隔妈的幺珥，后悔死让振湖当兵了，连忙帮腔。

此时大丫在做饭，宇洁还没下班。如果她们在场，肯定也会骇个半死。

“验上了，怎能不去呢？除非部队不要，把他刷了。”对于外面的形势，振海比爹娘还是看得清楚些，苦笑一声说，“伢儿大了，总要出去闯的。就跟鸟儿一样，不能老待在窝里，等老鸟喂食，那它一辈子都不会飞，能成个么气候？既然他决定了，又验上了，就让他到部队去锻炼锻炼吧。其实，也是个不错的选择。”随后又问援朝，什么时候启程？

援朝说：“过完年就走。”

这时宇洁回来了，大丫也从灶屋出来喊他们吃饭，不明就里，异口同声地问：“过完年就走？走去哪里？”

不满十岁的忠国，仿佛自己验上兵了似的，满脸骄傲，搂着援朝的胳膊，神气活现地告诉她们：“我大哥验上兵了。我们家里有个军人了。”

两人顿时惊讶得嘴巴都合不拢，立在原地好长时间没出声。回过神来的宇洁愕然地问振海：“你要送儿子去当兵？”

大丫则直接吼道：“田振海！你个疯子，他是你儿子咧！”

“我也是才听他说的，不是我要送他去的。就跟二爷当年一样，没跟任何人打招呼。”振海啼笑皆非，无奈地解释道，然后双手一摊，“他都验上了，除了去，还能么办？”

振海的话无可反驳，可他们就是不能接受。可以想见，这顿晚饭，吃得有多沉闷多别扭了。

“大伯！我要下放了。”

真是一波未平一波又起。援朝验兵的打击，几个老人还没消化完，吃到中间，念梅突然又抛出个重磅炸弹。好在这家人心脏没毛病，够强大。不然的话，真有可能骇得猝死。

“下什么放？你才十三岁！”大丫第一时间开口。

“我是这样想的。爹爹跟两个老妈年纪大了，身体光病，也做不动了。哥哥去当兵，家里就少了一个挣工分的。幺妹会跑了，我在家里便没多大必要了，还不如去挣工分。即使年底分不到红，也少了一张吃饭的嘴。”

念梅似乎胸有成竹，说得慢条斯理，却听得所有人泪奔，异口同声地说：“不行！”

“已经批准了，是去於家渡，姨老妈那个大队。”

念梅这话更像冬日惊雷，把全家人炸了个里嫩外焦。还以为只是个念头，可以拦住得。没想到跟她哥哥一样，先斩后奏，木已成舟了，才跟家里人说。这分明是通报，哪里是商量？愣怔过来的直接反应就是，这兄妹俩，都疯了，一个两个，担待太大了。都不跟家里打招呼，就验兵的验兵，下放的下放。

“真是胡闹！我去跟他们讲，把你刷下来。你才十三岁，不够条件，报了也是白报。”从不跟几个女儿讲狠话，脾气性格也大改的振海，破天荒地跟女儿讲了回狠话。

“早点儿下放，早点儿招工。招了工，就有工资，就能帮您郎们了。您郎们放心，我晓得照顾自己的。宁可少挣些工分，只做做得起的活儿。做不起的活儿，我不做就是了。求您郎了，大伯，别跟知青办的人讲。”念梅泪水在眼眶里打转转，用乞求的眼神望着爹，生怕他去找知青办的人。

“唉——”振海叹了口气，放下没吃完的碗，转身出门。

“大伯您郎搞么事去呀？”念梅以为他是去找知青办的人，赶紧追了出来。

“没事，回去吃吧。天冷，饭菜都凉了。我去剧院。”

屋里的几个女人，泣不成声泪流满面，哪还有心思吃饭？他也吃不进去了，心里像堵了团棉花，甚至担心也落下泪来，所以赶紧出门。

想想也是，儿子抚到十七岁，就隔山遥水去当兵，女儿才十三岁便要下放。都是家长的心头肉，哪个放心得下？

111

俗话说，穷养儿子富养女。

这话放到当下，当然很不合时宜，也没那个条件。但振海觉得，儿子当兵，去人就行，部队会发生活用品。何况男伢，生活马虎些，条件艰苦些，没多大关系，反而还能经受磨炼。但女儿下放，知青办也会准备些生活用品，却太少了，只有脸盆、搪瓷缸、毛巾，然后用一个网兜装着。伢儿太小，没单独生活过，何况还是个女伢。不帮她办些必备用品，就太对不起她了。

但是，生活物资奇缺，到门市部，肯定买不齐全。于是，他一脚跨进了供销社主任刘茂林家的门槛，没拐弯抹角，直截了当地说："老刘！我大丫头要下乡了。麻烦你开一回后门，帮她置办些生活用品。"

"我记得下放要十五岁呀，你家念梅才十三岁咧！"正在吃饭的刘茂林也吃惊不小，连忙放下碗筷。

"唉！她铁了心了。"振海没说多的话。

"那就么事都不说了！都是养儿养女的人，何况老田你从不开口。这个后门，我帮你开了。明日你叫李师傅去门市部，需要么事，直接跟柜台上讲。"

从刘茂林家出来，振海的心情，总算是宽慰了些。

刚刚拐进新生巷口，就着高高的路灯那昏暗亮光，突见巷子中间乱哄哄的，听到悲天抢地的哭声响成一片。振海才放宽的心，又是一紧，赶紧过去问："么样了？"

"汤小菊喝了药水。"旁边的人一脸悲悯，小声说。

"喝了药水不赶紧送卫生院，都围在这里搞么事？"振海大惊失色，连忙往王得志屋里挤。

“闭气了。”被他扒到一边的人，并未生气，解释了这么一句。

汤小菊一动不动地摊在堂屋的凉席上，王得志立在一旁呆若木鸡，他姆妈伏在媳妇身上哭得死去活来，大丫等几个老女人一边劝，一边陪着落泪。

看了一眼，振海脸色铁青地退出，见宇洁抱着王得志两岁的女儿站在一旁，小声问：“她是么样搞到药水的？”

“今日财贸口又开向士春的批斗会，拉小菊陪斗。散会了，兴许是想回娘家。你也晓得，去她娘家汤家沟，经过许坝。许坝的人也是发神经，这大冷的冬天，竟用药水毒鱼，也不怕吃了有毒的鱼，把自己毒死了。还有半瓶‘1059’，他们也是粗心大意，就放在小沟边上。结果，小菊看到了，抱起就往嘴里灌。那些人捞完了鱼，上岸时才发现，连忙往卫生院送，半路就断了气。”宇洁一边哄着怀里的伢，一边小声说，语气里满是忧愁与哀伤。

王得志跟汤小菊结婚后，四五年都没生育，直到前年才得这个女儿，宝贝得跟么事似的。真正地含在嘴里怕化了，捧在手上怕飞了。上个月，不晓得是谁写的揭发信，说供销社副主任向士春跟汤小菊打皮绊，还生了个伢。这真是飞来横祸，顿时把一个幸福温馨的家庭，弄得一片凄楚。

打皮绊这事，通海口镇不多，猛不丁冒出一个，还不炸了锅？胡冬青几个人，组织大会小会批斗向士春。同时，把汤小菊挂双破草鞋，游了几回街。

“别都杵着了，商量后事么样办吧。”对街坊们说完，振海又吩咐一个后生，“憨巴！去把得志喊出来。”

尽管寒风砭骨，但也就这禾场上好商量事情一些。

整条新生巷，就振海跟黄响珍的儿子李忠祥当领导。当然，振湖也应该算，只是他一直在企业，街坊们便忽略了。李忠祥不在通海口公社当领导，又很少落屋，也被忽略了。振海区里镇里都干过，为居民们办了很多好事，人又耿直，很有威望。所以新生巷的街坊认可的领导，便只有振海一个人了，尽管他老在学习会上做检讨。

听他说要商量汤小菊的后事，憨巴转身去找王得志，振湖、王大毛几个街坊搬来了板凳。女人们则散开了，商量这样的大事，她们插不上嘴的。

“振海哥！小菊是被逼死的，她死得好惨啊！”王得志说完这一句，终于“呃呃呃”地放声大哭，竟如伢死了娘。

“先坐吧，得志！”扶着得志坐了，又叫众人坐，“不管是么样死的，得志，人死不能复生，你要节哀。死者为大，我们商量一下，把丧事办了，让小菊入土为安。你说呢？”

到现在，王得志整个人还是蒙的。

区文艺宣传队被县里看上了，调到“三线”工程焦柳铁路工地搞慰问，他是骨干，本不能回来的。但听说了揭发信这事，哪还有心情演出？领导们同情他的遭遇，何况他这个状态也没办法演了，便批了他的假，叫宣传队休整几天。

是怕她想不开做傻事，所以王得志一直盯着。就是她上班，甚至挨批斗，他也在那周边转，等着接她回家。回到家里，跟姆妈两个人，都是拿好话哄她、开导她。

今日也是活该出事。下午，一百多斤的猪，竟拱穿了猪圈，不知跑哪里去了。他娘寻了一圈没寻到，只得叫他去找。等他从菜园队牵了猪回来，再去会场时，批斗会早散了，汤小菊不知所终。

预感特别不好的王得志，像疯狗咬破了卵子，满街疯找，逢人就问，也没找到汤小菊的影子。终于听人说汤小菊在卫生院，已经没救了时，他整个人当场就瘫掉了。是振湖跟大毛几个街坊，用板车把汤小菊的尸体拖回来的。

众人正脸色凝重地一边商量，一边听王得志哭诉，汤小菊娘家的一二十人，突然汹涌而至。刚进堂屋，看到摊在凉席上的汤小菊，几个女人就号啕大哭。俄顷，七八个男人大声嚷嚷，要抬汤小菊的尸体去公社。振海连忙说使不得，使不得的，舅爷们！

汤家虽不是大姓，但也有二十几户人家。来的人，除了汤小菊的姆妈跟四个亲哥亲嫂，还有堂兄弟。汤小菊大哥怒气冲冲地说：“田主任！不是我们要驳您郎面子，也不是要瞎胡闹，实在是活生生的一个好人，就这样给逼死了。这口气，我姑爷想前程，咽得下，我们做哥哥的，咽不下。”

一边说，一边下门板。

振海又阻止了一回，说真的使不得的，我的舅爷们！然而，汤家的人执意，他也不好硬拦。毕竟，他一个剧院的主任，既不是领导，也不是当事方，没任何瓜葛，只是关系比较好的街坊。

顺便交代一句：把农机站搞得有点儿规模了，振海就调到剧院当主任。说不上降，天树甚至说是重用。因为要加强政治教育，占领舆论阵地，公社专门成立宣传队。后勤和场地保障，由剧院负责。天树说，宣传队搞得好不好，他这个主任关系重大。所以，王得志他们到处演出，更是被县领导相中，拉到“三线”工地慰问演出，他就在家里提供后勤保障。颇有“前方打胜仗，后方支前忙”的味道。

汤家的人抬着尸体，一路哭哭啼啼，一把鼻涕一把泪地吆喝怒骂，街坊也渐次加入，就如送葬一般，逶迤浩荡。

队伍走到半路，被得知消息的天树截住了，劝他们先回去，说一定给你们一个答复。但是丧事该么样办，就么样办。毕竟，死者为大，落土为安。

汤家兄弟都是老实农民，要求其实也简单，就是写揭发信的人公开道歉，声明是诬陷，给汤小菊恢复名誉。

要求虽然简单，天树却不能当场答应。倘若他照做，那就是压制革命群众。再上纲上线，就是反革命。这个帽子，天树戴不起。想了一会儿，才说：“要不这样。我们成立个调查组，先看看揭发是否属实。如果的确是诬陷，我们再讨论么样处理。你们看行不行？”

“别糊弄我们，黄主任！等我们把后事办了，你们却不管了，我们找哪个申冤去？”

“就是。我姑妈已经死了，你们一偏袒，那个人还是逍遥法外。这种事，还少啊？”

……

天树说调查工作连夜开始。如果你们不放心，可以指定信得过的干部参加。他们商量了一下，汤老大对振海说，我们信得过田主任，想麻烦您郎参加。

振海顿时一个愣怔，不晓得是该答应，还是该拒绝。这事跟他八竿子打不着，只是跟王得志关系好，怕中间有个么事要帮忙转弯，才跟着来的。可是万万想不到，球竟然踢到了自己脚下了。刚要说我一企业干部，哪能参加公社调查组呢？天树却说可以呀，那就田主任参加。

革委会主任亲口承诺，汤家兄弟不好再把尸体抬去公社了。便掉头，回去办后事。

一桩如此棘手的群体性事件，貌似四两拨千斤地化解了，可是天树的心里，丝毫不轻松。他拉着振海，又去了烈士陵园。办公室早就不是安全所在，所以他现在跟唐明义一样，常去烈士陵园和人说事情。安静，保密，同时面对烈士，内心油然生出一种肃穆。

汤小菊这事，其实不用调查，他心里门儿清，向士春也交代得一清二楚。却仍然承诺调查，实属无奈之举，或者缓兵之计。总不至于，真让他们把尸体抬到公社去，或者说明真相？就汤家兄弟在气头上的那么个状况，岂不是火上浇油？更何况，十分爱惜面子的王得志颜面扫地，今后么样在镇上立足？么样面对街坊邻居？

天树皱眉沉声讲这些，振海有些蒙。

天树接着说，王得志没生育能力，又是独子，就跟向士春商量借种，向士春鬼使神差地居然就答应了。说到这里，一拳砸在身旁的树干上，一副恨铁不成钢的样子：“这些人，也真是糊涂！”

“那揭发信说的，还真是真的？”振海有些愕然。

“你呀！唉！真不晓得么样说你。”天树瞥了振海一眼，一副无语的神情，“新生巷的许多人，其实都晓得。王得志的姆妈不仅晓得，还是参与者。大家都不讲，就是觉得这家人可怜，也小意。实话跟你说吧，揭发信，我也收到了一封，但我当时就烧掉了。胡冬青就没这么好说话了，第二天就公开了出去。”

“真是他娘的混蛋，活活逼死一条人命！”振海也一拳砸在树干上，随后又问，“既然是这样，那调查还么样进行？”

“不跟你说了吗？就是个缓兵之计呀！”天树似乎胸有成竹，“我估摸着，一会儿你回去，要么是王得志，要么是他姆妈，会去找你。你让你丈母娘开导一下，我们装个样子，他们也不再催，阴消算了。闹大了，都不好看。”

这的确是个妙招。天树没讲哪个揭发的，他也没问。如果天树觉得应该告诉，肯定就说了。不该晓得的事不打听，这是他的原则，他没那大的好奇心。晓得多了，于他无益。

新生巷的事，大丫和宇洁会跟他叨叨，所以振海大多晓得。但家长里短，特别类似汤小菊这样的绯闻，他没多大兴趣听，她们便选择性地忽略。所以，振海相信了天树的话。

闹出了人命，以及要展开调查，晚上的学习会，当然是取消了。

振海回到家里，大丫跟宇洁忧心忡忡地问，调查的事，你们准备么办？振海便把天树的话，说了一遍。毕竟，这话是要丈母娘去跟人讲的。

天树所料，果然不差。振海到家不久，王得志姆妈跟他丈母娘，都来了。让他们没料到的是，两个老女人竟然双膝一屈，双双跪在三个人面前，骇了他们一跳，连忙扶起。

“老姊妹！这万万使不得的。”大丫一边扶起，一边对王得志的姆妈说。

“唉！”被搀扶在桌子边上坐了，两个女人都长叹口气，然后一副欲言又止的样子。

“振海！缸里好像没水了，你去挑两担。”大丫说道。

振海会意，跟两个女人打过招呼，去灶屋挑了水桶出门。就眼面前的情形，兴许汤小菊的姆妈，也是知情的。不然，不会两亲家一起来找丈母娘。振海一路往通州河码头去，一路想，然后叹息一声：“唉，真是苦命的人啊！”

在河边坐了一会儿，吹够了冷风，他才去打水，然后挑回去。果然，两亲家已经离开了。把水倒进缸里，出来后振海问：“说的么样了？”

“唉！还能么样？打碎了牙往肚里咽呗！”大丫叹口气。

“那就好。我明天跟舅爷回个话。”

这个事，果然就这样阴消了，再也没人提起。

也是说巧不巧。汤小菊下葬这天，黄响珍祖孙二人把门一锁，毫无征兆地搬到磨盘公社，投奔她儿子李忠祥去了。

她这个举动太过异常，何况又这么凑巧，一时间便传言四起，都说是黄响珍交的揭发信。到最后，大伙欣喜地说，新生巷终于清净了，街坊终于可以安生，再不用提心吊胆过日子了。

112

日月如梭。一转眼，差不多十年就过去了。

昨晚忙碌到下半夜的振海，尽管精神疲惫，腰腿酸疼，还是一如既往地早早起床。

洗漱完毕，就来到神龛旁，往上卷起一张挂着的日历本，再用小夹子夹好，“1979 年 1 月 27 日”的字样，以及下面的一行小字“农历戊午（马）年甲子月．除夕”，就醒目地映入眼帘。注目了一会儿，似乎回想或许憧憬着么事，脸上露出一抹欣慰。随后转身，把大门打开一条缝。

“瑞雪兆丰年啊！”他感叹了一句，毅然决然跨出大门，反手把门带上，再拖板凳抵好。然后，冒着天空飘着的雪，踩得脚下积雪“咯吱咯吱”响，挤进了熙熙攘攘的人流。

这年是小年，除夕在腊月二十九。这天只有上午半天的买卖，初一到初三更是没人卖菜的。姆妈年前过世，过了今天是新香，客人肯定多。不仅如此，今天的团年饭，也会更热闹，因为多了好几个人。包括新添的孙女田甜，念梅的男朋友马玉斌，夏之阳也终于出来了。所以必须多买些菜才是。

废了十多年的菜市场，又开张了。但是菜市场太小，卖菜卖柴火及手工制品和小吃的人太多，仿佛是一夜间冒出来的。又因为菜市场名气太大，解放以来一直就有，便都挤到这里，把整条新生巷摆了个满满当当，如开庙会摩肩接踵，针插不进水泼不进。

这于新生巷的街坊，虽然行走不便，但市场就在家门口，差点儿么事开门就有的卖，却相当省事。

唉！这十多年，也不晓得是么样熬过来的。自留地没了，菜园子没了，河里湖里连鱼都没几条了。七一年为争一条看鱼①，武家河大队竟闹出人命。家禽不能多养，一家只能喂一头猪，真是苦了办婚嫁喜事的人家。副业明令禁止，挣外快的路一律堵死，否则办你的学习班，甚至开批斗会……

看着眼前景象，振海浮想联翩，无比感激丈母娘。要不是丈母娘精心维持，他这一大家子，真不晓得能不能熬到今天。

“振海！买菜呢？”

一声亲切呼唤，打断了振海的联想。从人缝里望过去，见是黄湾公社书记黄天达，连忙挤到他地摊前，讶异地问：“哎哟！书记也亲自卖菜呀？”

前两年行政区划变动，因为黄家大队实在太大，趁机分为三个大队，又把相邻的小河大队、倒潭口大队纳入，新设了黄湾小公社。省劳模黄天达转干，当了第一任书记。

“书记就不能卖菜？哪条哪款规定的？你这工业办的主任，不

① 看鱼：就是只能看不能吃的鱼。“看鱼”有个美好的寓意——年年有余。从团年饭这天端上餐桌，“看鱼”天天占据餐桌左上的位置，一直到正月十五晚餐，才被人一哄而上，瞬间消灭得半根骨头不剩。

也亲自买菜吗？”天达没丁点儿尴尬，一如年轻时诙谐犀利，搀得振海无语。

振海以企业干部身份，转到工业办当主任了。他也说不清自己换了多少岗位。但有一条是说得清的，就是再也当不回行政干部了。不过他不后悔，干么事不是干？能对社会有点儿贡献，能为群众办点实事，就够了。再说了，四十不惑。他都四十六了，还有么事看不开的？

“买点儿？”天达指着面前的地摊，一脸贼笑。

“不买您郎的。便宜了，回头舅娘要您郎跪搓板，显得我没良心；买贵了，我没那么多钱，不做那个冤大头。”振海把头直摇。

“喂，你还真是外甥不认舅啊！抓紧卖了我好早点儿回去，价钱你自己说，出得了你的手就行。对子都还没贴哩！”

“真不买。回头您郎跟舅娘告状，说我强打恶要，那黄家大湾我还去不去了？再说了，不管贵贱，都以为我拍书记的马屁。一辈子没干这样的事，给人戳脊梁，不划算。”

“屁话真多！不买就滚，别影响我做生意。”被他驳了几回，天达有些恼怒。振海笑嘻嘻刚要走，他又嘴巴往巷口一努，“那你去照顾周主任的生意，他在那边卖肉。”

顺着他嘴巴努的方向，振海望过去，果见周顺松摆了个摊子，夹在几个卖肉的人中间。前些年他闹得太凶，结果开批斗会把人打残了，被县革委会免职，回食品所继续干杀猪卖肉的老本行。

“还是算了。大过年的，我不触他那个霉头。再说了，他也瞧不上我这点儿肉钱。”振海嘴巴一瘪，嘀咕一声。

刚一扭头，又跟胡冬青碰了个对面，顺口问了句：“么样，胡主任也买菜？”

随着“四人帮”垮台，他不是革委会副主任了，振海依旧叫他胡主任，不过是叫顺了嘴而已。胡冬青却以为是恶心他，脸色铁青地冷哼两声，气鼓鼓地说：“哼哼！到这儿来买菜？你以为，都跟你一样没原则吗？”

“到了菜市场不买菜，那你来做么事？闲得蛋疼，还是检查工作？”天达一副百思不得其解的表情，却是赤裸裸地恶心他了。

“也不是我说你。堂堂公社书记，竟来这里卖菜，不说自己折人不折人，单说你严重损害革命干部形象，就该撤了你的职。”

“哟呵，真看不出来呀！这帽子够大。”天达被他逗乐了，呵呵一笑，“那你说说，我一不偷二不抢，全凭自己的一双手，拿劳动成果换钱，么样就有损革命干部形象了？”

“你别忘了，无产阶级专政的铁拳，最终会荡涤一切污泥浊水，包括你这嚣张一时的资本主义尾巴。”

“哎，我说！你看没看三中全会公报啊？”

“那你还记得七五年的反击右倾翻案风吗？两条路线的斗争，是长期存在的。”

两人唇枪舌剑，振海看不下去了，问天达：“喂！我说，您郎这菜还卖不卖了？抓紧卖了去我家喝两盅。”

旁边的人也听不下去了，影响买卖呀！何况这十年，胡冬青做了多少恶心事？单说这菜市场，就是他带人毁了的，多少年都不方便啊！于是，发出了赶鸭子般的“嘀嘀”声。

“这么早回家吃团年饭哪，胡主任？”胡冬青铁青着脸离开，振海又故意追了一句。

“唉！除了学校的那间宿舍，他哪还有家哟，吃个屁的团年饭？”天达叹息一声，补充道。

周围的人哄然大笑。胡铁锤宣布跟他断绝父子关系，就再没准他踏过门槛。而他姆妈也因为这事，于前两年去世了。两人声音很大，胡冬青当然也听见了，因为走路的步伐加快不少。

最终，振海还是买了天达的大白菜、胡萝卜、蒜苗等几样菜。但天达没答应去他家里喝酒。他得抓紧回去，很多家务事等着哩。

“喂！这么小气吗？这也没几斤胡萝卜，没几兜白菜，就不能买完了算了？”

振海还没离开，天达正在整理菜摊，一个苍老的声音响起。两人一望，都吃了一惊。说话的人，竟然是夏杰！同声问道："您郎今日么样来了？"

天达随后又调侃一句："书记啊！外甥不认舅，我理解。"

"他不买，我买。"夏杰扭头对身后的田振春说，"你先付账，回头叫小朱领了工资把钱给你。"

小朱是他秘书，兴许是要回家过年，所以没带来。

"我买，我买。都买了！哪能叫书记买呢？"振海闹了个大红脸。末了，也不忘挤对天达，"跟您郎说啊，书记！人家是坑爹。我这个舅爷呀，专门坑外甥。"

开完了玩笑，两人又问："这大过年的，您郎还往乡下跑，莫不是有么急事吧？"

"没有急事。就是来看看，你们这年打算么样过。"夏杰用手划拉了一遍新生巷的地摊，满脸兴奋地说，"看来，这是春江水暖鸭先知啊！"

说没急事，天达跟振海打死都不信。因为在他身后，除了振春，还有县委书记顾有恒和公社书记黄天树，以及调到县里当农会主席的唐明义等几个人。

"既然没事，又到了家门口，不如都到我家团年吧。我起的这个屋，书记还没看过哩。"振海试探一句，接着补充道，"书记说要看我们么样过年，在我家吃个团年饭，就都晓得了。"

"这么多人，还不把你请春客的菜都吃完呀？还是给你省着吧。"夏杰指了指身边的人，爽朗地呵呵一笑，直接拒绝了。

顾有恒这才开口，吩咐天达："把你的菜，都挑到公社去。书记中午请大家团个年。"

"啊？"顾有恒的话，把两人烤了个里嫩外焦，异口同声惊呼。其他人估计晓得这个安排，所以除了兴奋，表情没么变化。

"啊么事啊？书记早就说了，不白吃你的，给钱。再者说了，就是白吃你一顿，也就几斤胡萝卜几兜大白菜，值几个钱？大惊小怪的。"天树不失时机地打击自家兄弟。

“不是……哎，我不是这个意思……你这家伙……算了，不跟你说了……我的意思是说，这除夕了，书记到通海口来请吃团年饭？这也太邪乎了，闻所未闻哩！”天达闹得了大红脸，从来只是他调侃别人的，今日竟被搞得结巴起来。

到地委工作时间长了，振春有些不太适应基层干部的交谈方式了，插嘴道：“是这样的。中央的三中全会精神，地委虽然进行了传达，但还要提出落实的措施，准备印个一号文件。但文件怎么写，要有什么落实措施，就是书记下来调查的目的。因为时间很紧，书记就把春节走访慰问群众，跟调查结合起来了。到通海口公社，是要开个座谈会的。”

“走吧，不耽误时间，也不影响乡邻们采买了。”顾有恒手一挥，率先迈动脚步。

都是通海口的老人，认识的人太多，就这一会儿，周围已经聚了大堆的人。夏杰满面笑容，跟乡邻们嘘寒问暖。听了顾有恒这话，人们自觉让出一条缝隙。

振海把篮子的菜倒进天达挑着的箩筐，说等会儿过秤，这些您郎不能算哪，这是我付了钱的。众人哈哈大笑。天达说，以为都像你一样小气呀？我整担都不卖了。振海也不客气，说您郎把刚收的钱还给我。天达的话更绝：“那是孝敬舅爷的，不是买菜的。”

一路嘻嘻哈哈，夏杰、顾有恒跟乡邻们一路寒暄，就到了振海的家门口。振海说喝碗茶吧，暖和暖和身子。在门外瞅了一眼，夏杰迈过门槛时，突然指着顾有恒，问：“这就是他一直不批准，直到他走了你才敢起的屋？”

顾有恒顿时脸黑，当即就搒了回去：“真是官大一级压死人哪！难怪明义说官大真理多，有权就正确。敢情，责任都是下级扛的。”

夏杰当然明白他是么意思，呵呵直笑不答话。领导心情好，随行的人也就轻松了，都跟着嘻嘻哈哈。

满屋的人一看来了这么多领导，赶紧打招呼，端茶递水，留他们团年。然后，就各忙各的去了。伢们则“哄”的一声，去了隔壁振湖家。

进门就瞅见一屋子的人，随后又四周瞧了瞧，夏杰眉头蹙起，对振海说：“你这屋，不仅小了，也破得不像个样子了。得张罗着起新屋啊！”

“哪个说不是呢？就这个小屋，住着十好几口子人，更不说过年过节伢们回来，只差打地铺了。而且漏风漏雨，年年捡瓦[1]年年修。但是，哪里那么容易起屋？没钱哪！”田道清“吧嗒”一口旱烟，听得见扯锯般的嘶哑闷响。然后“喀喀”两声，“啪”地一口浓痰吐在脚下，再拿鞋底使劲碾。

夏杰没嫌弃，甚至都没再皱眉头，而是兴奋地说：“田师傅您郎放心，老百姓真正的好日子，就要开始了。您郎就等着住好屋吧！”转头对振海说：“你这屋台，就两间屋的开间[2]，只能打进深[3]的主意。连同后面的空地和猪圈，好好规划，起个小型四合院。前面的屋，掀了盖三层楼房，后面灶屋的旁边再起个两层小楼，就住得下了。”

他这话一出口，惊骇所有人。振海苦笑一声说：“我没那大的粑粑心，书记！我只要全家能安个身，就心满意足了。”

“不按我说的起，你会后悔的。而且，我相信你到时候起得起。不信，我们打个赌。我赌你三年，至多不超过五年，就得按我说的起。”夏杰笑哈哈的，信心满怀的样子。

振湖、振江兄弟把桌子收拾干净了，援朝跟念梅男朋友马玉斌端出桌盒来，振海招呼大伙落座，过个早。唐明义不客气，抓起几块麻叶子说，一鬼早晨就被书记掀了被窝，真是饿了。天树吃了一惊问，真没过早啊？顾有恒说，五点钟起床，到你这里七点多，过

---

① 捡瓦：方言。检查更换屋顶破损或者移位的瓦。

② 开间：方言。相邻两堵横墙的定位轴线间的距离，因为是就一自然间的宽度而言，故又称开间。

③ 进深：方言。指一间独立的房屋或一幢居住建筑，从前墙壁到后墙壁之间的实际长度。

个鬼的早啊？振海拉夏杰入座，说赶紧吃赶紧吃，刚刚回过卤，还是热的。

大丫从灶屋出来，听得心疼不已，一边在围裙上揩手上的水，一边说："书记您郎也六十多的人了，好像是六十四了吧？怎么还跟年轻人一样呢？也不晓得爱惜身体！这让我那邓婶娘么样放得心呢？"

"是啊，六十三了，小三太太三岁。"看她弯得像虾米，夏杰感叹，"心里着急睡不着啊，三太太！解放三十年了，老百姓还过这样的生活，惭愧呀！看您郎这样子，就晓得有多不容易。才六十六岁，就折磨成这样了。"

听他叫"三太太"，大伙起初愣是没明白，几十年都没人叫了啊！待会过意来，才晓得书记是心情大好，嘻嘻哈哈之后，都抓紧吃。

"人都通知到了没有？"顾有恒突然问天树。

"加上天达跟振海，就通知齐了。其他人，也就该到了吧！不说别的，单听说夏书记请吃年饭，您郎说那些人，还能在家里待得住？"天树夹了一筷子卤藕到嘴巴，含混不清地答道。

"抓紧过去吧！别把振海吃得更穷了，也别让那边的人等急了通娘骂老子。"夏杰放下筷子起身。

众人都跟着起身，不想他拐进了灶屋，只得继续跟着。到了灶屋才晓得，他要察看振海家的年货，甚至还揭开盖子看了看腌缸。

看完之后，夏杰心里又沉甸甸的，不是个滋味。他这十好几口子人，还有个新香要烧，也得请春客，但摆在面上的和藏在缸里的东西，真是不多啊！

113

按照通海口地区的习俗，夏杰一行人先去烈士陵园，给贺一章等烈士上坟送灯，还放了一挂鞭炮，这才去公社开座谈会。

尽管提前打过招呼，但十几年习惯谈政治了，猛不丁要谈经济，还是谈不出多少东西来。夏杰不急，慢慢启发。

他说建国近三十年，特别是“文革”前十七年，我们开展大规模农田基本建设，也有了些轻纺工业和集体企业，这为加快经济发展，奠定了一些基础。特别是把民心搞顺了，人心思富，不再像解放前一盘散沙，也为加快经济发展集聚了力量。而江汉地区的有些做法，按照三中全会的调子来衡量，是正确的。只要我们坚定贯彻三中全会精神，就再不会出现五位省委书记闹江汉的情况，也不会发生他的发言讲到半途，就被省委书记轰下台的尴尬了。

这两件事，许多人都晓得，但不敢当夏杰的面讲，毕竟不是什么光彩的事。没想到，他主动提了出来，会场便活跃起来。

自“大跃进”起，江汉地区老是谨小慎微，省委有些领导很是恼火，便戴了个右倾保守的帽子，批评为“小脚婆婆”，不停“掺沙子”。地区干部，也鲜有提拔到省里当领导的。不然，不至于去年省政协恢复工作，六十二岁的夏杰才去当副主席。而且，虽然解决了副省级待遇，却还兼着江汉地委书记，在一线操劳，并未去省里享福。这比其他地委书记，至少大了一个放牛娃。然而掺进来的“沙子”，很快就“淹没”或者同化了。省委一气之下，来了五位书记，把江汉闹了个翻来覆去，最后也没能实现由右向左转变，不了了之。

全省三级干部会上被省委书记轰下台，原因类似。虽然省委领导不感冒，但是江汉贡献大呀！人口只占九分之一，粮棉油产量却占五分之一，素有“江汉熟，全省足”的说法，所以也不敢贸然对江汉的班子动大手术。每回大会发言，也不得不安排。但夏杰只讲“促生产”不讲“抓革命”，或者讲“抓革命”不过是个幌子，为“促生产”暗度陈仓。一次讲到一半，主持会议的省委书记实在听不下去了，把桌子一拍：“胡说八道！你先下去，听人家么样讲。”尽管尴尬，夏杰也只得中止发言，闹得很多人为他捏一把汗。

有了书记的启发，大家脑洞大开，各种诸如立足农业、发展企业、狠抓副业、盘活商业的具体措施，纷纷贡献出来。夏杰越听越高兴，跟顾有恒说，晚上的座谈会，也照这个样子开。我相信，有这么好的政策，有这么好的基础和条件，我们江汉地区的经济，一定能够搞上去。

他们还得去朱雀，跟老干部吃团年饭，然后连夜开会，所以在通海口未作过多停留。当然，夏杰许诺的团年饭，还是请大家吃了。就是天达的胡萝卜大白菜，天树又叫人买了点儿鱼、肉，学东北做法，搞了锅乱炖。尽管简单，兴奋的人们还是吃得津津有味。

临上车，夏杰手扶吉普车门，对振海说："当年顾书记不准你带头起屋，你做到了。今天我要你带头起三层楼房，建一个小型四合院，希望你也能做到。"

已经上车的顾有恒实在受不了了，又跳下车来说："喂，喂，喂！书记，不带这么损下级的啊！让不让他起屋，我哪有那大的权力呀？"

"哦！不是你打的拦路板哪？"夏杰好像故意跟顾有恒抬杠，笑呵呵地问振海，"你起屋的报告，是哪个不批准的？"

振海也知道其中缘由，无奈地笑着说："你们神仙打架，把我们小鬼绕进来搞么事？"

"振海！你真是抬举你顾叔了。我哪敢跟人家平起平坐，当狗屁神仙啊？我们这群人，也就他算神仙，我们都是小鬼。想当年搞地下党，他是支部书记，还是我的入党介绍人，后来他不好意思，叫我当个支部委员；搞情报站，他是县支队副政委兼站长，我充其量算个副站长。解放了，他当区委书记，还是县军管会成员，我才是个副区长；后来他当县委书记，我紧赶慢赶，才赶了个组织部长。好不容易我当县委书记，还没来得及嘚瑟呢，得！人家却地委副书记当腻了，直接去掉'副'字，当书记。"顾有恒苦笑一声，回头对夏杰说，"喂，我说书记！好歹你也松下手啊，别一直捏我捏得死死的好吗？搞得我都魔怔了，以为你会管我管到见马克思的。"

“以为我想管你呀？也就现在没有干部退休制度。像人家外国，到了我这把年纪，早就含饴弄孙享清福去了。”夏杰不屑地瞥一眼顾有恒，又对振海说，“记得在三楼给我留个房。等国家有了干部退休制度，隔三岔五，我要回来住的。”

不待振海回答，转头又对顾有恒跟唐明义说：“记得把春风茶馆再开起来，你们还是老板伙计。我天天来说书，大家伙都赚点儿外快。”

众人都愣住了，心说顾有恒早把春风茶馆给供销社，如今更是拆得尸壳不剩。这是哪儿跟哪儿呀！

同样不等顾有恒跟唐明义回答，夏杰对众人大手一拱，爽朗地笑着说：“恭喜发财，大吉大利！”

他这句话，更是把满院子的人搞得愣头愣脑。“恭喜发财”这类话，已经十多年没人敢讲了。没想到夏杰张嘴就来。等到回过神来，小车已经驶出了公社院子。

虽然吴幺珥过世，但援朝不仅娶了媳妇，还生了个女儿；振湖的四个伢，一男三女，老大念喜二十岁，在农具厂上班，最小的念英，也有十岁了；振江的三个伢，两女一男，都长得洋气得很，煞是好看。夏之阳年前出狱，一家人也被振海接来了。所以，这也是田家最整齐最热闹的团年饭了。

大家一边听振海讲夏杰说过的话，一边兴奋地喝酒吃菜。不过，夏之阳父子例外，情绪始终不高。

其实也难怪。他真是够冤的，本来只判了七年多，却硬是坐了十二年的牢。人们忙于革命，公检法也砸烂了，没人管他是否该出狱。

他始终觉得，夏杰跟振海是能帮他的，但他们没帮，说不定为了保自己，显得大义灭亲，落井下石都有可能。正如鲁迅写的，“以人血染红顶子”。这不仅毁了他一生，更是毁了他一家。夏魁背了个“狗崽子”的包袱，招工去不了大城市，验兵和参加刚刚恢复的高考连资格都没有，二十六七了还剐皮猴子一个。试想，他爹一个现行反革命，还是因为那种人们最痛恨的事坐的牢，谁家姑娘敢嫁他？地富反坏右的女子都不敢。不说怕被公爹祸害，就是“黑五类”的家庭组合，哪还有出头之日？那不是把女伢往火坑里推吗？因为这些事，夏魁一副跟他不死不休的架势，整天爱搭不理。

他跟夏魁原本都不肯来的，无奈振海登门接过两趟，钱梅说人不能没良心，就是看在干娘和姨妈的面子上，也都该去。被斗得死去活来，颜面碾得荡然无存，钱梅死了的心都有，大丫和宇洁总在她挨了批斗之后，给她亲人般的安抚和慰藉，让她有了艰难活下去的勇气。不仅如此，还鼓励她每年探监，且备些他喜欢吃的食物、做了衣服鞋袜叫她捎过去。特别照胡冬青的想法，是要把钱梅母子下放回夏家垴的，是大丫找了天树，才留在镇上，还安排了工作。

夏之阳一方面怨恨振海没搭救他一把，一方面又感激大丫和宇洁帮了他的家庭。然而，他们又是一家人。所以，内心比较纠结。

尽管男人不温不火，甚至酒都没么喝——过去可是讨酒喝的，知道更多事情的钱梅，还是把感激表现在明面上，起身说道：“来，之阳，夏魁！我们敬大家一杯。”

他们的情绪，田家人怎么会看不出来？但也不好说么事。安慰的话，估计没太大用，自家的喜事好事更不敢说，怕刺激他们。索性不说，举起杯子，也附和说干！

大丫有心帮他们解开疙瘩，夏之阳一家人回去时，说一起走吧，正好我也要收拾屋子。回到“李宅”院子，大丫问道：“你们有空没有？陪老妈说会话？”

“您郎不是要收拾屋子吗？”钱梅不禁讶异。

“天才刚刚黑，收拾完了守夜，时间来得及。”大丫说。

于是，夏之阳一家三口，便跟着进了大丫那间屋。

“钱梅！烧壶水，给他们爷父子泡碗茶。”拉亮电灯，吩咐完钱梅，又叫夏之阳父子坐，“之阳，夏魁呀！我老想跟你们说几句掏心窝子的话，却一直没得机会。刚刚团年的时候我就想，择日不如撞日，就今日吧。就我们祖孙四个人，一起唠唠。我有么话就说么话，你们也一样。虽说你们不是我亲生的，但我从未拿你们当外人。我这么说，你们应该不会反对。是吧？”

两人都点头。大丫接着说：“我始终相信一个道理，人有跌倒的时候，但不可能一直走墓库运[①]。俗话说三十年河东，三十年河西，不是没道理的。”

见两人眉头紧蹙，大丫继续说：“我晓得！你们会说我站着说话不腰疼。但是，我生过六个伢，却勉强只活了幺爷这一个。看着活蹦乱跳的伢，一个一个在我眼面前死去，你们碰到过吗？你们也没碰到过。我当时的心情，你们也体会不到。是吧？”

说到这里，大丫甚是心酸，眼里溢出浊泪，满是褶皱的老脸抽搐了几下。夏之阳想开口，她挥挥手打断了，揩了把泪眼，继续说：“我不是找你们来听我诉苦的。我是想说，任何人，都不要以为，自己是世上最倒霉的那个，老天爷独独对自己不公。比方我，死了五个伢，好像倒霉透顶了。但还活了一个呀！跟一个都没活的，我是不是又是幸运的呢？”

把水烧上，往灶里塞了两个把子，钱梅也坐到门口，一边听大丫说话，一边关照灶膛里的柴火。

大丫停顿了一下，给他们时间消化。一会儿又说：“要我说，之阳你多坐了几年牢，的确是冤。但话说回来，你把人家女伢祸害了，又不冤。这在老社会，是要滚帘子沉潭的。你进去之后，我一直在想，胆子那么小的你，么样做得出那种事呢？么样看，都不是做那种事的人哪！想得我头疼病都发作了好几回。后来，我就想通了。大概，你是走墓库运了。包括多坐了四年多的牢，也是命里该有这一劫。”

夏之阳的脸色，跟灶膛里的火一样红，臊得无言以对。

大丫接着说：“但是很多人不一样，人家那是真冤枉的。其他

---

① 墓库运：命相术名词，指地支辰、戌、丑、未。一般认为，人逢之则命运蹇滞不通或归藏不发。“墓库运”即厄运，指某人一直碰到倒霉的事情。“墓库运”也可写作“暮库运”“磨苦运”“魔科运”。

人我不说了，就说田二爷，那是英雄哩！却被诬蔑成逃兵，把干部也撸了。人家怨过哪个？人家还说自己捡了一条命，比死去的战友，幸运多了。”

大丫说的田二爷，就是振湖。振湖的事情，钱梅探监的时候跟夏之阳讲过。

运动开始后，有人揭发他从新疆回来，是当了逃兵，公社派两个人远赴新疆外调，结果被揍了一顿。原来，振湖抗美援朝，就荣立集体一等功一次、个人二等功和三等功各两次。到新疆后，为维护领土主权，在争议地区跟对方国家的边防人员发生冲突，对方扬言要“从肉体上消灭”他。组织上为了他全家安全，反复做工作，才动员回来的。他还把安置费，分出一半给了更困难的战友。慧娟老跟他吵，也是不理解他为么事要隐瞒这段历史，又不是讲假话欺骗谁，有么事不能说的？振湖说我那些功劳，甚至生命，都是战友的牺牲换来的。相比长眠在异国他乡的战友，我有么事好炫耀的？有么资格拿去换享受？连振海这个亲哥，都没让他晓得。被批斗了那么多回，也守口如瓶，没吐露半个字。

“我晓得了，干妈！您郎别说了。”夏之阳满脸愧色。

“不！你听我说完。”为了让他彻底走出阴影，大丫擤了一把鼻涕，轻声又道，“有句话，叫祸福相倚。就你的那个事，假如这几年不在牢里，日子一定好过吗？不一定的。很可能，还不如在牢里安逸。在运动面前，每个人都像水浮子[①]，经不起风浪的，风一吹就漂走了。就是说，你是多坐了几年牢，的确也是亏，但也避免了一些事。”

这时水烧开了，钱梅起身泡茶。把茶碗放到几个人面前，怜爱地盯着夏魁，深有感触地说：“是啊！就像魁儿，有么错呢？但这些年是么样过来的？”

夏魁眼里闪出一丝光，心情复杂地瞅了爹一眼。夏之阳羞愧得

---

① 水浮子：方言。指水葫芦。

无地自容，把头深深地埋进双手间，没跟儿子对视。

瞥了一家三口一眼，大丫趁热打铁："我晓得，你对振海有误会。真的是误会！为你的事，为你们家的事，振海不晓得操了多少心，跑了多少腿。这个钱梅跟魁儿，都是晓得的。但是，你说你那大的事，哪是他一个小干部遮得住的？就是再大的干部，也遮不住。这个，你要理解他。他真不是把你往火坑里推的人。你是自己跳进火坑的，怨不得任何人，包括夏杰书记。你是读书人，道理比我懂得多。这些道理，相信你肯定懂，只是不想承认。"

听到这里，钱梅落泪了，附和说："要不是干娘和姨爷姨妈一直关照，你回来了，还能不能见着我跟魁儿，都两说了。刚把你弄回来，姨爷就找人，叫你到剧院上班，也是生怕你到工厂吃苦头。"

"我晓得，我都晓得。我不是不明事理……就是……就是心里别扭。"夏之阳的头继续埋在双手间，开始抽泣。

"说完了你爹的事，我也跟你唠叨几句。"大丫见好就收，扭头对夏魁说。

夏魁"嗯"了一声。

大丫接着说："真正受苦的，也是有些冤枉的，是我魁儿。你心里的苦，没人体会得到。比如，比你小的援朝，伢都有了，你却连媳妇还不晓得在哪里；文化没你好的忠国，今年考上了大学，你连资格都不够，只能在农具厂翻砂。还有世面上的白眼，更没几个人受得了。"

她这一说，夏之阳愧疚地抬起头，瞅了儿子一眼，随之又低下头去。钱梅眼圈一红，泪水又滴滴答答下来了。

大丫说他文化比忠国高，真是不假。从江汉回来就瘸了腿，造反派嫌弃"黑五类"也不要他了，姆妈老是挨斗，出门尽遭白眼。索性不出门，天天关在家里，却又无所事事，只有看书打发时间。不看书的振海，到处帮他借，然后叫大丫或者宇洁送过来。这几年，他算是镇上看书最多的人，么书都看，包括人家瞧不起的高中课本，做人家瞧不起的数学、物理、化学题目。当然，他也成了人们最瞧不起的书呆子。

“你是沾了你老子的火星，却也不要怪他。他再有错，也是你老子。你的命都是你老子给的，你能怪他么事呢？你老子本质不坏的。不然，夏书记不会撮合他跟你姆妈，我也不会同意。他就是一时想差了，做了错事。当然，这个错有些大，影响到了你。这也像我前面说的，你们父子都走墓库运，命里该有这一劫。”大丫喝了口茶，抚摸一把夏魁的头。

一家人都有些感慨，却再无从说起。

既然早就想说，大丫索性说完：“世事难料的。你看斗了十年，突然不斗了，要搞经济。过去推荐读大学，现在不兴推荐，要考了。你现在没资格，说不定哪天有了呢？世道变化太快，哪个也说不准的。所以我觉得吧，你才二十六岁，日子长着哩，机会总是有的。赶得早不如赶得巧，说不定到时候，考得比忠国还好呢？关键是，自己不要失了信心。”

大丫苦口婆心，絮絮叨叨了好长时间。直到那家人情绪似乎好多了，她才说：“今天就说这么多吧。说得对，你们就听。说得不对，就当哑屁放了。”

114

突然，门外传来了女伢们的叽叽喳喳声。大丫叫坐门口的钱梅把虚掩的门打开，说念梅几个过来困觉的，那边睡不下。

抬头一看，果然是。跟在念梅姊妹屁股后头的，还有王得志的女儿王丹妮。小丫头十一岁了。汤小菊死后，王得志叫她认宇洁做干娘，腻几个干姐姐腻得不得了。大姐念梅好不容易回来，她就黏上了。王得志只得依她，毕竟从小死了娘，也是可怜。

打过招呼，三人便起身告辞。送到门外，大丫说：“过了今日是明年。过去的一切，到今日就打住了。从明日开始，一切都会好起来的。”

三个人很有感触，都说您郎说的，都对。都是为我们好，我们听进去了，一定好好过后面的日子。然后，才一步三回头地进自家的租屋。

几个人还没聊上几句，突然又响起了的敲门声。大丫问了句哪个，外面没响应，她犹豫一下，还是把门打开了。

见钱梅站在门外，有些讶异，望着她的身后，疑惑地问，之阳爷父子呢？落下东西了？钱梅说他们回去了。见她欲言又止，大丫让开身子说，进来吧，外面太冷了。钱梅望了望屋里，吞吞吐吐地说，您郎能不能出来？就几句话。

也许她的话，不好当着几个外孙说吧。大丫这么一想，就吩咐念梅把门抵上。没想到，钱梅搀着弯得像虾米的大丫，竟然出了“李宅”。她的神神秘秘，弄得大丫心里忐忑，说冷死了！我还有哮喘跟头疼病哩！你这死丫头，是要周结我这把老骨头吗？有么事，不能在屋里说，非跑这么远？

在无人的角落站定，钱梅仿佛鼓起天大勇气，深鞠一躬道：“干娘，对不起！有件事，折磨了我二十年，想说却一直没胆子说。怕您郎瞧不起，不再认我。但是，我要再不说，怕是没机会了。”

大丫心里一个“咯噔”，腰也立马撑直了些。二十年，莫不是耳环的事？她要是敢承认，也是一桩好事。但到底是不是，得她亲口说了才算。便说：“你这伢，不把我骇死了。么事能在你心里磨二十年？还说出来怕我不认你了？”

“干娘！那年……”搀着大丫的胳膊，钱梅痛哭流涕，真把耳环的事说了出来，“我就是一时猪油蒙了心，做了这么下作的事……但我保证，我绝不是手脚不干净的人。一辈子，也就做了这件手脚不干净的事……真是后悔死了。”

“唉！”听她终于把事说出来，大丫心里很是欣慰。叹口气，拍了拍她搀在胳膊上的手，“你这伢！干娘的东西，还不跟亲娘的一样？分么事彼此啊？拿了就拿了，告不告诉我都没所谓。有么好难过的？好了，我晓得了。这里太冷了，回去吧，别让之阳他们等太久了。”

“但是，干娘！我没办法还您郎了。之阳进监狱，日子实在难熬，还要帮魁儿买书看，我拿到黑市上卖了……团年的时候，姨爷不是说日子会好起来的吗？等我有钱了，再买一对还您郎。”大丫不计较，钱梅心里宽慰了不少。

“我们是么关系？还么事还？在我这里，它就是个念想。你却是卖了度日子的，还帮魁儿解闷长文化，用处不是更大？”大丫说完，天也真是冷，便往回走，“回去吧。念梅那丫头，好不容易放三天假，又带了新女婿上门，肯定有话跟我说哩！”

“嗯！”钱梅对老太太，更加爱戴，小心翼翼搀扶，生怕她滑一跤，摔出个么事来。

“快进来，快进来！帮您郎把被窝焐热乎了。”大丫一推门，窝在被窝里的念菊跟丹妮掀开被窝，连忙招手。

“真是长不大呀！我总得洗个澡吧？”大丫又是怜爱又是好笑。又对正收拾屋子的三个女伢说，“算了，收拾那干净做么事？明日一闹，就又脏了。”

她本来要自己收拾的，跟夏之阳一家人说话，就耽误了。如今三个外孙女在收拾，她又心疼起来，想着不收拾，过个邋遢年算了。再说，扬尘早被振海掸过。

“今日是除夕，得收拾干净才好哩。”念梅丢下抹布，出门揭开煤球炉子上的铝锅盖子看一眼，说热水烧好了。

念兰赶紧把盆子端过来，把冻得硬邦邦的毛巾丢进去，帮她做洗澡的准备。念竹则把垃圾扫进撮箕里，提到外面倒进了灰坑。

“哎哟，我的姑奶奶们！您郎们做好事，快些上床去。冻得么样了，我还得费心费力照护。”

“哎哟，姐姐们！笑死我了，老妈喊我们姑奶奶！”丹妮笑得在床上打滚。

天的确是冷，冻得牙齿打架，念兰、念竹做完手头的事，先钻进了被窝。念梅则把老妈换下的衣服洗了，搭在走廊的竹竿上，在老妈之后，最后一个上床。

夹在五个女伢中间，大丫很暖和，披着棉袄偎在床头，有意引导话题：“叽叽喳喳的，有么喜事啊？说给老妈听听，也跟着高兴高兴，也算是我们讲古话了。”

念梅一听就紧张了。妹妹们缠着要她讲的，都是她跟马玉斌的事，满脸通红地警告不准说。大丫面带微笑问念梅：“哦哟！还有不能让老妈晓得的秘密呀？”

丹妮抢着说：“大姐在跟我们说，她跟马哥谈恋爱。”

“你个死老七！”念梅羞得脸红到了脖子，气恼地骂了一嘴，还扬起手，作势要打过去。田家兄弟姊妹六个，丹妮一直自认老七，田家也把她当作老七了。

“过年！不准讲不吉利的话，更不准伸手舞脚[①]。”大丫假装嗔怒地拦念梅，随即把念菊跟丹妮一边一个搂在怀里，笑眯眯地说，“乖乖放心。老妈在，没哪个敢欺负的。”

丹妮对着念梅做了个鬼脸，然后把头埋进大丫怀里。

大丫像个充满好奇心的伢，眼里放出柔和的光，又对念梅说：“喂！你们么样谈的？让我也听听……哟哟哟哟！人都引到屋里了，还有么事不能讲的？说不定，老妈能帮你参谋参谋呢？”

脸红得恨不得滴下血来，但禁不住老妈苦苦相逼，念梅只得羞涩地说，马玉斌的妹妹马玉娴也在她们医院，还是一个队的知青，牵了个线。两人原本就认识，也相互有好感，大半年时间通过十几封信，就朦朦胧胧觉得马玉斌是自己的白马王子了。马玉斌也是同样感觉。今年回来探亲，就两边都见下家长，希望确立恋爱关系……大致情况，就是这样了。念梅说完，扯起被子捂住脸。

“哎呀，大姐！你把我被子扯没了，冷死我了。”挨她睡的念竹大叫，往身上扯被子，逗得众人又一阵嘻嘻哈哈。

---

① 伸手舞脚：方言。即动手动脚。

瞅一眼念梅从被子里露出的脸，大丫打趣道："脸皮这么薄啊！那你跟马家的伢写信，不会也这么羞涩吧？还写了十几封哩。"

"哎哟，老妈！"念梅忸怩不安，娇叫了一声。

马玉斌也是镇上的，跟援朝一路从小学同到中学。他家的底细，大丫一清二楚。那是真的穷，不是一般的穷，比一般家庭都穷。如果纵向比较，比当年的田家好不到哪里去。

既然把话题引出来了，大丫便不再打趣念梅，而是搂着念菊跟丹妮，犹如过去讲故事，语重心长地说："伢儿们！相女婿，相的是人，相的是人品，不是家世。古话讲得好，子孙超过我，要钱做什么？子孙不如我，要钱做什么……"

"老妈，扯远了。您郎讲大姐相女婿的事，么样扯到古话上了呢？这句古话您郎讲过，是讲要培养后人良好品性，不要留财富的。"念竹急忙纠正。

"老打个么鬼岔！"正听得带劲的念梅，不满三妹插嘴，"老妈，接着讲。"

大丫欣慰地瞅一眼念竹，因为她记住了自己讲过的话。当然，念梅跟念兰也不是没记住，只不过一个特别想听忠告，一个本来就是慢性子，别人讲话一般不插嘴，默默记在心里。

大丫接着说："是啊！这个话，本来是教人积德累善，重视培养后人品性的。你们想啊！钱财是身外之物。后人强，自己会积累财富，不需要前人给他留；后人差，前人就是留座金山银山，也会败得一干二净，等于是害了他。就像是我们黄家，那是多大的家世啊！可是家家老爹[①]不珍惜，迷上鸦片，不仅把自己吃死了，也害得我跟姨老妈做童养媳，舅爹爹当上门女婿。真是说败就败了。假如家里穷得揭不开锅，他郎没钱沾鸦片，或许不会死那么早，我们也不会遭那大的孽。这就是前人留的财富，他郎福浅，消受不起。假如他郎有那个福分，品性坚定，顶得住诱惑，祖上留的财富，也

① 家家老爹：方言。指外曾祖父。

是守得住的。就是说，品性还是主要的。当然，也不是说，富人的后人就一定品性不好，就一定败家。穷人的后人就一定品性好，就一定发财。如果是那样，就都没必要积累财富了。品性是培养出来的，所以一定要想办法培养后人品性。”

“老妈！您郎还是扯远了。”急性子念竹又提醒道。

“哎哟，三姐！大姐叫你不要打岔不要打岔。”念菊也抗议了一声。

“你呀！真是个急性子。好！老妈不扯远了，讲重点。”大丫无奈地用指头点了下念竹的额头，接着说，“这个道理，其实也能用到相女婿上。就是说，女婿人品好，那么过得再穷再苦再难，也不会出么大事。因为那是暂时的。况且，人也不能只为钱活着。有些人一辈子穷，但是知足常乐，活得大气，过得舒坦。比如大伯小伯刚成家，都是佃屋住的。穷吧？苦吧？难吧？但大伯人品好，勤快，晓得疼女人，几十年了他们嘴都没吵一句……女人一辈子，图个么事呢？不就图男人疼吗？图男人能给她遮风挡雨吗？图家庭和睦儿孙满堂吗？这么些年过来，虽然还是穷——也不是哪一家穷，家家都穷，也苦，也难。还不是起了屋？也养了你们这堂人？要我说，你们就是老天爷奖励他们的财富。有了你们这堂人，他们两个就是富人，哪里还是穷人呢？看着你们这堂人，一个两个三个，兄弟姊妹有六个……”。

“老妈，还有老七哩！虽然不是亲生的。”丹妮连忙嘬起嘴巴提醒，生怕把她说漏了。

大丫搂了搂怀里的丹妮，笑着说：“当然，还有老七……个个懂事听话，我梦里都笑醒。所以，不要贪图钱财和家世，不要看他父母当多大的干部，家境有多么殷实。这些都是表面的，是人家的。说不定，一阵风，就吹得干干净净，尸壳子不剩了。只有女婿的人品，才是自己的，是自己一辈子的。嫁得好，一辈子受用不尽；嫁得不好，一辈子倒霉到底。”

念梅已经过了羞涩期，问：“么样看人品好不好呢？”

“那你觉得，马家那伢，人品好不好？”大丫想了一下，慈祥地瞅着孙女。

“嗯……应该还可以吧。”

“什么叫应该……还可以？”大丫不满地瞪了念梅一眼，又说，“举几个例子呢？”

“嗯！”念梅想了想，随即说道，“比如，当兵前，他天天帮瘫痪在床的马爹爹翻身擦身子、端茶倒水、端屎端尿。再比如，他一直让着弟弟妹妹，从未跟人打过架，也没批斗过一个人；还比如，虽然以前不兴考大学，但他坚持读书，在部队当上了文化教员……反正很多很多，我就觉得他人品好。”

“嗯！你的感觉，应该是没错的，有你小伯年轻时候的影子。”大丫欣慰地肯定完，又对其他女伢说，“你们将来找女婿，就按姐姐的这个法子。不说找到最好的，但肯定差不到哪里去。”

念菊顿时捂住耳朵，说不听不听，人家才十二岁，羞死了！丹妮这个跟屁虫也说，我更小，才十一岁哩！大丫慈爱地抚摸一把她们的脸，笑着说，不经晃的，乖乖们！几年光景，一晃就过去了。过几年，你们也该着急找女婿了。

“梆，梆，梆！”几声清脆的梆子声，穿透寒冷的夜空，穿透静谧的院子，也穿透了院子里的门窗，震荡得耳膜鼓胀。

竟然不知不觉间，就到午夜了。几个女伢精神一振，嚷嚷新年到了！

大丫瞅一眼窗外，挨个吻了五个伢的额头，慈祥地说：“是啊，新年到了！新年一到，雪也住了，是个干净年。睡吧，伢们！做个好梦，想么事是么事，想么事有么事。”

讲古话，本是为了守夜，打发无聊时间的。如今子时到了，守夜的任务完成了，祈福的话也说过，就该歇息了。但是，今年特别兴奋，都没睡意。

尽管还没睡意，但田家有新香，少不得一天好忙，大丫就脱棉袄，准备抓紧睡觉。不想丹妮跳起，一把按住说：“不准睡，都不准睡！”

瞅一眼其他几个，也都兴致盎然，大丫又把棉袄穿上，无奈地说：“好，好！不睡，不睡！……但是，你们不会就这样跟我大眼瞪小眼，瞪一夜吧？”

伢们听她言下之意，只要找个话题，就可以了，并未反对聊天，顿时雀跃起来。

115

找话题，还不容易吗？很快，她们就找到了新的话题。

“老妈！我们来之前，大伯们就开始讲古话了，都说您郎是大功臣，说田家的这片天，就靠老妈撑着的。”念菊搂着大丫的脖子，兴奋地说。

“什么功臣哪？还撑起一片天？他们就会瞎说。这片天，是我这副瘦弱的身子，撑得起来的？”大丫无奈地笑了笑，“也就做了些小事，挑不上筷子的，哪有那么玄乎？鬼的功臣哪！”

“才不是小事哩，老妈！”终于被幺妹把话题引开了，念梅松了口气，赶紧接上话头，“别的不说，单说抚养人这事。您郎先是抚养了一个好女儿，她后来成了我们的小伯。接着抚养我们兄弟姊妹六个，现在大哥成家，幺妹也有十二岁了。抚养了两代人还不算，都六十几的人了，又山遥水远去江汉，帮大哥抚养甜甜。”

援朝转业，安排去了地区棉纺厂，去年添了个女儿。大丫便自告奋勇，去带重孙。

“带伢儿？哪个女人不带伢儿？带几个伢就成功臣了？大惊小怪！你要是愿意，生伢儿了，也给我带，保证帮你带得好好的。”大丫不屑地白了念梅一眼。

“老妈！说么事呢？我发现您郎今日很不正常。”念梅的脸，又红透了，满脸羞涩。

“带法不一样的，老妈！把我们带大，哪是那么容易呀？单说我，都说活不成的。要不是老妈，早不知死几回，脱个么生了。也许是猪，也许是牛，也许是羊……哎呀！不能是狗。”念兰依然慢条斯理。她就这性子，讲话慢吞吞，做事也慢吞吞，似乎追求完美，让性子急的人恨不得急掉心蒂把。然而说到后面，却突然也急了起来。她实在是对狗充满了厌恶和恐惧，小时候被李德松家的大黑狗吓怕了，到现在连狗肉都还不敢吃。

“还有我！都被电打死了，也是老妈救回来的。”念菊仰头望向老妈，眼里满是感激。

她说的是家里刚刚拉电线接灯泡，电工粗心大意，有个接头没缠好胶布。四岁的她懵懵懂懂，不晓得会漏电，更不晓得漏电很危险，伸手去抓，结果浑身一麻就人事不省。幸好大丫在堂屋扫地，大叫了一声。也幸好懂点儿电工知识的王得志打门口经过，听到惊叫跑进屋来，夺过扫帚就把电线打开了。然后下门板，放门板上躺了好半天。直到她幽幽地出一口气，大丫才“我的儿啊”一声惊呼，抱起她号啕大哭。

“还有我。肝火重，老拉不出屉屉来，家里又没细粮吃。您郎想尽了法子。不然，说不定早就憋死了。”念竹也说。

“你们几个，都是命硬，阎王不敢收的，我找朱先生算过。再说了，哪个伢长大成人，不有些磕磕碰碰啊？小的时候，有大人帮忙解决。但大了，就得靠自己。这一点，你们要记住了。”大丫挨个瞅一眼，见都点头，舒出一口气，又欣慰地说，“要说功臣，你们才是我的功臣。把你们一个一个带大，不晓得我心里有多舒坦。照你们的话说，多有成就感啦！”

这是她的心里话。看着自己带的伢，一个一个长大，一天比一天醒事，她满是喜悦与骄傲。仿佛吃的所有亏，受的所有苦，都值了。

“老妈！小哥也说最感谢您郎。不然，他都没考大学的机会。”念菊又说。

“考大学的机会，还是有的。但要依你老子，能不能考得上，就不晓得了。”这个说法，大丫没否认。

“我知道小哥说的事。那天正好肚子疼，我请假没去学校。”念竹连忙插话。

念梅在县医院上班，真不晓得是么回事，便问原委。

念竹便绘声绘色地讲了那天的事：下午小哥刚落屋，大伯不晓得为么事，也脚跟脚地回来了。一进门，就奇怪他不年不节的，回来做么事。小哥说复习，准备高考。大伯说不好好劳动，生个么烂心高么事考啊？小哥说知青点的人，都请假回来了。意思是又不止我一个。大伯说人家是人家，你是你，赶紧滚回生产队去。好不容易恢复高考，这个机会小哥哪里肯错过？就嘟哝了两句，却惹得好几年都没打过小哥的大伯突然火起，把小哥的书撕了个稀烂，还踹了一脚。小哥没作声，默默去卷才打开的铺盖，但我看到，泪水在他眼眶里打转转。这时老妈站出来，对大伯吼道，我伢就想读个大学，有么事错？你要赶他走，连老娘一起赶！又把小哥搂在怀里，说我儿就在屋里复习，看哪个敢赶我儿走。

念梅惊诧地问，还有这事啊？念兰感叹，也就老妈敢，我估计，老娘都不敢。

“唉！”大丫叹口气说，“你们的老子也是好心。他是被整怕了，生怕儿子也挨整。”

“刚刚二爷三爷，还有小二爷小三爷，也把老妈夸成了一朵花。”念竹又说。

“其实，你们的二爷，才真正了不起。”大丫感叹道。

“他郎本身就是英雄。”伢们一脸骄傲油然而生。

“岂止是英雄啊！”帮她们掖了掖被角，大丫接着说，“有几个做好事不留名，生怕人家晓得的？又有几个不拿功劳换享受的？但二爷是一个。就是挨批挨斗，也没说半个字。要不是公社搞外调，这通海口镇上，还真没人晓得。”

“还真是的。”几个伢一想，真是这么回事。

“其实你们每个人，都了不起。先说念梅，十三岁下乡，硬是劳巴苦做了六年，才招考上卫校，有了这份工作。有几个女伢，十三岁就下乡的？这通海口镇上，你是独一个！男伢都少。再说援朝，当兵之前么事没做，么苦没吃啊？还有忠国跟你们几个小的，八九岁就挑水、抬水、洗菜、扫地、拾粪、捡柴火、铲地皮草，不也样样都做？忠国有一回捡柴火，被黄蜂蜇了眼睛，肿得像灯笼，也饿得走不动了，却硬是不舍得把柴火丢了，歪倒在洪堤脚下。后来天黑了还没回，田爹爹就去撞他，看他靠着柴火睡着了，心疼得要死……说到田爹爹跟吴老妈，也不容易的。本身身体不好，一直硬撑着，扒心扒肝地操劳。就是小二爷，没有她的巴家，哪有念喜他们现在的生活？三爷跟小三爷，从小就出去了，吃的苦你们晓得？对你们也没假过。忠国跟念喜小的时候，每年都去过一段时间。所以要讲功臣，田家个个都是。当然啦，最大的功臣，是你们的娘老子。”大丫如数家珍，挨个说了一遍，就是没说自个儿。

“还有我呢？算不算？”听她讲了一大段，就没提自己，丹妮仰起头来，瞪大的眼睛里满是期待。

“我的儿，当然也是啊……对不起，把我儿说漏了！”想起这伢两岁就死了娘，大丫心里一酸，把她搂得更紧了，“你是我的小八哥[1]，专逗老妈开心的。”

“小哥还说，老妈的人品性格，为人处事的方式，以及半世经历，像极了葵花。”念兰说。

“么意思啊？我是个人，么样就像葵花了？”大丫没明白过来。

“哎呀！二姐，你能不能不慢条斯理，一次把话说完呢？搞得老妈都着急了。”急性子念竹催促道。

但念兰就是个慢性子，这是没办法改变的事。不过，她还是慢悠悠地给大丫作了解释：“小哥说金黄色的葵花是太阳花，永远昂首挺胸面朝太阳，不怕困难挫折，做事坦荡。说葵花颜色亮丽，花朵气味清香，代表着阳光、信念、忠诚、高傲、无私奉献，寓意乐

---

① 八哥：江汉平原一些地方，把八哥叫喜鸟。

观、积极、光明和热情的人生态度，象征着快乐、活力和健康，给人温暖和力量。还说葵花株形秀美、花叶美观、清新淡雅，能够保护视力，还能净化空气。有邪气的东西，在您郎这里都没办法生存。”

“哎呀，这都什么跟什么呀！我活了大半生，么样就没感觉有忠国说的这些意思呢？”大丫哭笑不得，“这忠国也真是的，还没上大学哩，就成天琢磨这些东西。要是读了大学，那还得了啊？还不连韭菜跟小麦都分不清了啊？不行，我得跟他说道说道，不整这些邪门歪道。”

“这哪里是邪门歪道了？都说他总结得好。”几个孙伢顿时不依了，纷纷嚷嚷。

“哦，对了！”大丫突然来了个急转弯，闹得几个女伢一愣，都问么事对了。

大丫转头问念梅：“你们打算么时候办婚事？”

“哎哟，我的个老妈！怎么又扯回去了？八字没一撇哩！”念梅顿时又羞红了脸。

“男大当婚女大当嫁，又不是个么丑事。再说了，你二十二岁，也嫁得了。觉得差不多了，就请个媒人，把事情定下来。这个意思，你回头跟玉斌说说。”

“嗯！”念梅这回没忸怩，却声音小得像蚊子。

“你们几个，也都这样。我希望你们自由恋爱，找喜欢的人。但涉及婚嫁的事，还是请个媒人比较好。”

“您郎这是老思想，我的老妈。”念竹纠正道。

“老思想有么事不好呢？既然流传下来了，肯定有好的意思在里边。那些不好的东西，早就淘汰了。”大丫又帮她们掖了回被子，一张床上挤六个人，也的确不够睡。突然想起了振海跟宇洁结婚前的事，随后解释道，“婚姻大事，两家人当面锣对面鼓，毕竟不太好讲。还是有个媒人居间传话，调和一下，方便些。”

“哦，对了。老妈！这些年这么难熬，您郎是么样熬过来，把我们都抚养长大了的？”念梅又转移话题。

“没觉得难哪！”大丫轻描淡写地说。

“讲讲呗！反正睡不着。”几个伢都充满期待地央求。

“其实吧，人生在世，哪样不难呢？都难。人生下来，就是经历磨难的。从生到死，都是磨难。但是，再难，日子不也得过呀！活人还能被尿憋死啊？……要说难，旧社会，那才是真难哩。”这个话题，勾起了她的回忆，呢喃道。而回忆的闸门一但打开，仿佛就关不住了，滔滔不绝。但她还是稍稍整理了一下，然后断断续续地说了下面一长篇——

你们硬要我说个么原因……我觉得吧，主要是有个念想。这个念想就是，熬过了今日，再睡个晚上，明日肯定出日头。有了这个念想，就么样的难，都熬得过去了。就觉得天也蓝了，水也甜了，路也宽了，总之是一切都只会越来越好。

我今年六十六岁，在旧社会过了三十六年，新社会又过了三十年。按说，我前三十六年的条件，比后三十年还好些，毕竟有田，也做些小本买卖。

但那时候，哪里敢有个么念想？成天过得提心吊胆，今日不知明日的事，能保命就不错了。一会儿土匪进门，那家仿佛不是自己的了；一会儿家产被恶人霸占，财主家的小姐，成了一无所有的童养媳；一会儿日本鬼子来了，到处逃难，还死了两个伢在鬼子手里；一会儿我自己的商铺，被人说占就占了，说理的地方都没有……那钞票恨不得天天换样子，好不容易攒了点儿钱，却突然塌了，成了废纸。物价也见风涨，有钱买不起东西。总之，那时的穷人，就像蝼蚁，哪个都能踩死你，天天生活在噩梦里。

但这三十年，就完全不同了。因为有了念想……为么事过去没有，到新社会就有了呢？我觉得吧，是有了总为老百姓作想的政府。政府就是老百姓的主心骨，老百姓想到的，没想到的，政府都想到了。碰到难处，一想到有政府，心里就不慌了。久而久之，念想就自然而然地生成了。

别的不说，就说两回大灾，一回是甲午年[①]发大水，一回是从己亥年[②]起的三年大旱。那要是放到旧社会，不晓得得死多少人。尸骨成山都有可能。但是政府不放弃，干部冲在前面，领着群众抗灾，硬是扛过来了。还有大肚子病，闹了多少年？没人说得清白。我醒事的时候，不说乡下了，就是街上，看到的都是大肚子病人。我老妈，就是得了大肚子病死的。也就十几年光景，消灭得干干净净。旧社会，谁管你得不得大肚子病哪？还有前几年流行的脑膜炎，放在旧社会，还得了啊？不得一屋一屋的伢死绝？但政府却想了一切法子，硬是没死几个人。

还有，从你们醒事起，看到几家锁门的？在家不在家都大敞八开！旧社会，哪个敢？人在屋里，都有土匪闯进来，强偷比蚂蝗还多！一眨眼的工夫，东西就不见了。那真叫一个防不胜防。这不也是政府管得好？

大伯算是当官的，小伯早先也是，但他们何曾管过你们？何曾管过这个家？都把心思放在公家的事情上。在过去，不说像大伯以前当个乡长镇长书记，就是区公所一个打杂的，都像不得了似的横着走，明目张胆地把人家的东西往自己怀里扒……

新旧对比的例子，她举了很多很多。特别是她跟宇洁母女都生了六个伢，但她的伢，只活了宇洁一个；而宇洁的伢，却个个长大成人了。这让几个伢，特别有感触，唏嘘不已。

大丫最后总结似的说："总之吧，旧社会过来的人，尽管还是穷，但心里踏实，因为有个念想，总觉得好日子在前头等着。再者说了，都穷，当干部的也穷。不像旧社会，只是老百姓穷。那你还有么事好抱怨的？……说实话，就是菜园子收了，大伯老挨整，我的念想都未灭过。总觉得难处是暂时的，肯定能熬出头，日子肯定会好起来。"

她的话匣子一打开，伢们竟然很少插话，一边听，一边想老妈

---

① 甲午年：1954 年。

② 己亥年：1959 年。

话里的道理。见都沉默了，说得舌干唇焦的大丫就说：“抓紧睡吧，天都快亮了。”

“老妈！假如成家了，应该么样处理家庭关系呀？”不想，念梅却突然又提出了个问题。

“哎哟！前面还说八字没一撇的，么样突然问这个话了？莫不是，想好了？”大丫调侃了一句，心里却是一喜。

“总要成家的嘛！您郎不会想着，都嫁不出去吧？”念梅脸又红了，又变成忸怩不安的样子了。

“你这个话，问得其实蛮好的。”大丫肯定地点点头，略微思索，才说，“我感觉吧，一个家庭，和睦不和睦，发达不发达，关键看女人孝顺不孝顺。而且，不仅自己要孝顺，还要教育后人孝顺。这其实跟前面讲相女婿，要重人品，是一个道理。孝顺孝顺，有孝才顺，一孝万事顺。”

“哪么样才算孝顺呢？”念兰问道。

顺着念兰的话，她又掰开揉碎了，一点儿一点儿地教她们，么样当好贤内助，相夫教子，让男人安心在外面打拼，面子有光，里子温暖；么样勤俭持家，做到富贵时有余粮、贫困时饱饥寒；么样孝敬公婆，和睦姑嫂妯娌及乡邻；么样低调做人，高调做事，做人如水，做事如山，等等。那叫一个语重心长！恨不能倾其毕生经历与感悟，一股脑儿地全部灌输给外孙女们。

“喔，喔，喔——”不知谁家的鸡公，突然开口了。随后，“喔，喔，喔——”的声音，此起彼伏。

挤在狭窄的床上，窝在两床簇新的暖和被窝里，上面堆了所有人的棉袄棉裤，祖孙六人的古话，竟然讲到了鸡叫头遍……

（完）

2021 年 7 月 30 日完成初稿。

2021 年 12 月 9 日完成修改一稿。

2022 年 2 月 17 日完成修改二稿。

2022 年 7 月 28 日完成修改三稿。

后　记

继2016年华夏出版社出版我的四卷本《余立功文学作品选》(分别是长篇《破格》《闯荡》《纠结》《引姑》及中篇《鸡骨架》《装修得找陌生人》), 2019年海天出版社出版发行《人生归途》之后三年，承蒙作家出版社抬爱,《葵花金黄色》(上、下)终于付梓。

在《人生归途》后记里，我曾说过，文学作品的创作，是件痛苦并快乐着的事情，痛苦与快乐交织。痛苦的过程就是快乐的过程，而痛苦过后尽是创作快乐。快乐建立在创作痛苦之上。这份体验与感受，在写作《葵花金黄色》(上、下)的过程中，以及作品成稿之时，依旧如故。

2010年，是我长篇小说的创作元年。是年春节动笔创作《破格》，历经七年孜孜不辍，终于2016年把由四个长篇和两个中篇组成的《余立功文学作品选》，摆在读者面前。其中,《破格》描述了政协机关普通文秘工作者的酸甜苦辣;《闯荡》讲述一个有理想、有抱负的外来工的艰难求职，有志者事竟成;《纠结》、《引姑》与《鸡骨架》(中篇)，都是以江汉平原农村为背景的小说，选取的时代和题材迥异于上述两篇，但基本围绕着人性这个主题展开；而《装修得找陌生人》(中篇)，则透过主人公在房子装修中的亲身感受，反映了我所生活的这座城市的普通人生活。

从严格的意义上讲，这些作品除了“人性”这个共通点，题材本身没有逻辑关系，并不能构成严格意义上的丛书系列。华夏出版社用“作品选”丛书名，或许是对作者的鞭策和期许。呼应出版社及编辑贾洪宝先生期盼，我于2019年，把讴歌深圳退休干部奉献余热为主题的第五本小说《人生归途》，呈现给了大家；时隔三年，再把《葵花金黄色》（上、下）捧到大家面前。

我坚持文学创作，除了心存一份不吐不快的执念，也是朋友们激励和鞭策的结果。上述作品出版后，《人民政协报》、《深圳商报》、《深圳晚报》和广东作家网、深圳新闻网及家乡的《仙桃日报》等媒体，都热情洋溢地发表了相关介绍，朋友和读者也通过各种方式，表达勉励之意。

更有评论家周思明先生等朋友，为之奔走呼号，发表署名文章推介。

周思明先生在《人民政协报》2018年8月6日版发表《以城乡视角观照现实人生——余立功系列长篇小说综论》评论指出：“余立功的长篇小说创作，现实主义精神、现实生活题材始终占据着显要位置，为深圳文学创作提供了新的维度。作品集社会思考与艺术探讨于一体，将一个个来自当代中国城乡的故事以个体性又不乏公共性之笔调娓娓道来，散发着生活的勃勃生气，把我带入到他所建构的文学世界，让我结识了一群既默默无闻也让人牵挂的与命运抗争的城乡人物。”他在广东作家网2019年9月9日版，又以“倾情塑造新时代党员干部形象”为题，发表7000多字关于新书《人生归途》的评论，指出：“《人生归途》在塑造新时代党员干部形象方面，彰显了一个较为突出的亮色，让主人公的所思、所盼、所为跃然纸上。他以敬畏之心，和书中人物融为一体，组成一个命运共同体，加之在结构、故事、语言等方面的经营，具有了一定的思想价值和审美价值。”

深圳新闻网主办的《读创》社交平台，也在2019年6月9日以“荐书：退休干部陈志立回乡记”为题，推荐《人生归途》时指出：“他不像当下一些作者，以猎奇志怪为能事，苦心孤诣地搞一些穿越、玄幻、盗墓之类的鬼把戏，而是老老实实向现实生活要素材、找灵感、寻机遇。是现实生活，促使作者投入长篇小说的发现、思考、孕育、发酵、建构过程。他以退休干部参与故乡家园重建为题材，用文字反映乡土中国裂变，以坚韧不拔的毅力，打下又一场长篇小说战役。”

另外的一个强大驱动力，是对家乡的一份热爱，也存有一份回馈的心愿。于我而言，位于江汉平原的通海口，不仅是一个地理标识，不仅是我的故土，更是陪伴一生的重要标签，是魂牵梦萦的精神安放处。

站在历史的长河和广义的角度看，我的故乡通海口，算得上物产丰富，人杰地灵。自南北朝时期的梁朝天监二年（503 年）置沔阳郡起，直到人民共和国成立初期（1952 年），这里一直是郡、府、路、州、县所在地。是元末群雄之一、农民起义领袖、陈汉开国皇帝陈友谅的故乡；也是近代以来鄂中第一个红色政权所在地，涌现出了一批以胡幼松为代表的革命先驱，他们在这块红色土地上浴血奋战，创建了革命根据地；还是新中国最早创办农业合作社（1953 年）的地方之一，有关经验被毛泽东主席收入他主编的《中国农村社会主义高潮》……

所以，历史悠长、民风淳朴、文化和人文底蕴深厚的通海口，不仅赋予我肉身，而且给予我创作的土壤、源泉与灵感。本人已经发表的文学作品，除前面提到的长篇和中篇之外，还有中篇和短篇《土憨巴》《装点门面》《昂首的女人》《过山车》《鸡骨架》《卤水点豆腐》《叛逆》《悬赏》《远行记》《剃头》，以及散文《我的中学永存》《贵人不难遇》，等等，大多取材于家乡通海口这个弹丸之地。甚至语言风格，也留有故土的深刻印记。

自 2018 年把《人生归途》书稿交海天出版社编辑王民先生之后，我便琢磨着写一部更接地气、乡土气息更加浓郁、通海口特色更加鲜明的长篇，即现在奉献给大家的《葵花金黄色》（上、下）。

确定这一方向之后，并未匆匆动笔，而是花了差不多两年时间，反复构思，整理素材，丰富资料，腹稿论证。终于 2020 年 2 月 15 日落笔，并于一年半后的 2021 年 7 月 30 日完成初稿。后经反复打磨，核实史料，才于 2022 年 3 月 15 日完稿，交给作家出版社。后又根据责任编辑袁艺方女士要求，进行了润色修改，终于2022年7月28日正式完稿。

书名也几经修改，直到最后，才给这部55万多字的心爱之作，起了《葵花金黄色》这么个书名。

花费近四年心血写成的《葵花金黄色》（上、下），从民国初年写到十一届三中全会召开，时间跨度近60年。本书以中国社会发展变化的重大事件为背景，聚焦到江汉平原的一个小镇——通海口，以主人公大丫的大半生经历为主轴，集中展现生于斯长于斯的几个核心人物——大丫、振海、夏杰、宇洁、天宝等的人生际遇，以及人心、人性的变化轨迹，包括他们的坚守，也包括他们的改变。

同以往作品一脉相承，《葵花金黄色》（上、下）依然是一部展现人性的作品。

取名"葵花金黄色"，是源自葵花的品性，以及所象征的意义，像极了主人公大丫。或者说，大丫的大半生，很好地诠释了葵花的品性。这在全书结尾处，借大丫外孙女念兰之口，作了简单归纳："小哥说金黄色的葵花是太阳花，永远昂首挺胸面朝太阳，不怕困难挫折，做事坦荡。说葵花颜色亮丽，花朵气味清香，代表着寓意乐观、积极、光明和热情的人生态度，象征着快乐、活力和健康，给人温暖和力量。还说葵花株形秀美、花叶美观、清新淡雅，能够保护视力，还能净化空气。有邪气的东西，在您郎这里都没办法生存。"金黄色则象征着高贵、光荣、华贵和辉煌。

小说的主人公大丫，正是集葵花的品质于一身，阳光、信念、忠诚、高傲、无私奉献，不畏艰难、不惧挫折，胸襟开阔、做事坦荡。同时，具有金黄色的高贵、光荣、华贵和辉煌。

生于民国元年的大丫，一生不可谓不坎坷，既是那个时代妇女的典型代表，又充分体现出了人物的特殊性，是典型性与特殊性的有机结合。在旧社会，本是殷实之家，却随着祖母离世，生父吸食鸦片而亡，家产遭恶人霸占，于十三岁成为童养媳；无奈丈夫短命，在她二十六岁时撒手尘寰，又被婆家明目张胆欺负，微薄家产无以维持生计，便由富家太太，沦落到提篮小卖，养活一屋老小；生过六个小孩儿，最终只活了一个女儿……到了新社会，一心招女婿为夫家延续香火的大丫，最终改为“嫁姑娘”，且外孙里一个都不许姓夫家的姓；坚持要跟女儿女婿在经济上划清界限，最终住到了一起；本就贫穷，却捐屋给镇里办幼稚园；以无尽的爱，不仅勤劳持家，而且帮助了很多街坊乡邻……

之所以能艰难而坚实地一步步走来，用大丫的话说：“主要是有个念想。这个念想就是，熬过了今日，再睡个晚上，明日肯定有阳光。有了这个念想，就么样的难，都熬得过去了。就觉得天也蓝了，水也甜了，路也宽了，总之是一切都只会越来越好。”

“念想”，其实是贯穿全书的一条主线。作者原本也是要用“念想”作书名的，无奈已经有人先用了。

文学源自生活，又是对现实生活的发酵和再造。缺少了生活的土壤，作品就是无本之木，就是无源之水，就是无病呻吟，就苍白无力。在剧烈动荡的社会，政治经济制度、民风民俗、思想观念，等等，都发生着深刻变化，人性的美与丑、善与恶、是与非、爱与恨、情与仇，主人公的所思所盼、所作所为交织纠缠，为小说的创作，提供了更多生动素材和深厚养分。小说写的是以大丫为核心的几个普通人物的平凡故事，但也暗含了中国社会变迁的历史必然性，从一个侧面印证中国社会的发展变迁遵循了一般规律。

与前几部作品一样，我始终以敬畏之心，在创作过程中和书中人物融为一体，组成一个命运共同体，同悲喜、诉衷肠，他们哭时我亦哭，他们笑时我亦笑，他们悲时我亦悲，他们喜时我亦喜。

说到这里，我要再次感谢生我养我的江汉平原，感谢我的故乡通海口。创作这部作品的过程，也是和父老乡亲唠嗑的过程，和他们聊些彼此熟悉的人和事。是他们，催动我写下去，再写下去；也是他们，为作品提供了鲜活素材。我所能做的，就是老老实实当一个文字匠，把他们创造的故事，忠实地记录下来。

所以，《葵花金黄色》同样倾注了我对家乡的热爱，对故土的思念，以及对生于斯长于斯的英雄人民的颂扬。甚至把通海口，作为了故事的主要发生地，同时借用了“通海口”等老家的部分地名，借用了“通州河”这条横贯通海口的河名。在这里，通海口，已经不只是一个地理家园，同时也是文学家园，更是我的精神家园。书中讲述的大量故事，都来自于生活，来自于身边的凡人小事。换句话说，都有生活中的影子。但是，又不是简单地写我们身边的某个具体人、某件具体事。就是说，故事并非真的发生在地理上的通海口，而是文学上的通海口。所以，读者诸君掩卷之后，切勿对号入座，因为所有人物和情节，绝无真实原型，纯属作者虚构。

在这里，要特别交代小说的语言风格。因为近乎通海口“土话”“俚语”，虽作了必要注释，却仍令抢先审读的朋友们伤透脑筋。尹昌龙先生是一位文化大家，籍贯安徽，一边苦笑摇头，一边无奈地肯定我“家乡情结浓郁”。不过，这样的语言风格，同为通海口人的涂阳斌先生倒是赞赏有加，因为小说鲜明地镌刻着“通海口”这个闪亮标签。

创作长篇《葵花金黄色》（上、下），要特别感谢两位已故老人。或者说，这部小说，是为思念两位老人而作。一位是我爱人雷玉华的外婆。就品格而言，像极了主人公大丫，但人生绝不雷同。整个故事情节，以及人际关系，小说都进行了虚构和再造。第二位是湖北省政协原副主席胡恒山先生。活到一百岁的胡恒山先生，本身就是充满故事的传奇人物，且长期在天门市委、荆州地委、湖北省纪委和湖北省政协从事领导工作，夏杰就有他和他的战友的影子。在给胡恒山先生当秘书的七年多时间，随老先生走过了江汉平原乃至荆楚大地的山山水水，结识了众多人物，见闻了数不清的故事，也积累了大量创作素材。

在《葵花金黄色》付梓之际，我要特别感谢作家出版社及王松副总编、责编袁艺方女士的关心和支持，感谢尹昌龙、聂前雄、涂阳斌、梁宇、于爱成、王绍培、胡野秋、李志江、陈俊海、刘创等众多朋友的指点和帮助，也特别感谢广大读者的厚爱与包容。

作者于深圳

2022 年 7 月 28 日

图书在版编目（CIP）数据

葵花金黄色：上下 / 余立功著．--北京：作家出版社，2023.1

ISBN 978-7-5212-1974-6

Ⅰ．①葵…　Ⅱ．①余…　Ⅲ．①长篇小说-中国-当代　Ⅳ．①I247.5

中国版本图书馆 CIP 数据核字（2022）第 131224 号

葵花金黄色：上下

作　　者： 余立功
责任编辑： 袁艺方
装帧设计： 宋晓亮
出版发行： 作家出版社有限公司
社　　址： 北京农展馆南里 10 号　　**邮　　编：** 100125
电话传真： 86-10-65067186（发行中心及邮购部）
86-10-65004079（总编室）
E-mail: zuojia@zuojia.net.cn
http: //www.zuojiachubanshe.com
印　　刷： 唐山嘉德印刷有限公司
成品尺寸： 152×230
字　　数： 580 千
印　　张： 53.25
版　　次： 2023 年 1 月第 1 版
印　　次： 2023 年 1 月第 1 次印刷
ISBN 978-7-5212-1974-6
定　　价： 88.00 元（全两册）
